回顾丛书

梁由之 策划

刘忆江

著

汉武大帝

之

飞龙在天

上

汉武帝系列长篇小说

辽宁人民出版社

ⓒ刘忆江　2018

图书在版编目（ＣＩＰ）数据

汉武大帝之飞龙在天 ：全 3 册／刘忆江著．—沈阳：
辽宁人民出版社，2018.8（2021.1 重印）
ISBN 978-7-205-09255-9

Ⅰ．①汉… Ⅱ．①刘… Ⅲ．①长篇历史小说－中国－
当代 Ⅳ．① I247.5

中国版本图书馆 CIP 数据核字 (2018) 第 043740 号

出版发行：辽宁人民出版社
　　　　　地址：沈阳市和平区十一纬路 25 号　邮编：110003
　　　　　http://www.lnpph.com.cn
　　　　　电话：024-23284321（邮　购）　024-23284324（发行部）
　　　　　传真：024-23284191（发行部）　024-23284304（办公室）
印　　刷：朝阳铁路印务有限公司
幅面尺寸：170mm × 240mm
印　　张：56
字　　数：840 千字
出版时间：2018 年 8 月第 1 版
印刷时间：2021 年 1 月第 2 次印刷
责任编辑：赵维宁
装帧设计：丁末末
责任校对：常　昊
书　　号：ISBN 978-7-205-09255-9
定　　价：185.00 元（全 3 册）

关于"回顾丛书"

约半年前，艾明秋女士来电，要我"再做点贡献"。小艾是辽宁人民出版社文史编辑室主任，也是我的第一本书《大汉开国谋士群》的责任编辑，我们的合作非常愉快，进而"成为生活中的益友"（张立宪语）。

对小艾的要求，我一向近乎有求必应。听她谈过初步设想后，觉得挺有意思，可以操作。随后，辽宁人民出版社副总编辑张洪兄来电，进一步讨论、商定了相关细则。这便是"回顾丛书"的由来。

"回顾丛书"拟每年出一辑，每辑6册左右。以经过时间和市场淘洗的旧书再版为主，新作为辅；以专著为主，文集为辅；以史为主，政治经济军事社会思想文学为辅。入选的各类书籍，都是我所感兴趣的，有料，有趣，有种。回顾的目的，当然是为了更好地前瞻、前行。

太白诗：却顾所来径，苍苍横翠微。2008年初夏，收到首册样书时，欧洲杯激战方酣。去年秋天再版，新书出炉时，我正沿着318国道驱车前往珠峰大本营。此情此景，宛如昨日。我想，再过五年、十年，回过头来看这套"回顾丛书"，又会是什么心境呢？

是为序。

梁由之

2013年6月6日，夏历癸巳蛇年芒种后一日，于深圳天海楼。

却顾所来径·苍苍横翠微

龍

主要人物

―――――

刘　彻　　汉武帝。故事中的他，自青年至壮年，随着汉朝进入全盛时期，也已成长为一代雄才大略、卓有建树的君主。

田　蚡　　刘彻之母舅，以亲贵封侯拜相，跋扈贪婪，后与窦婴、灌夫交恶恶斗，虽致敌死命，自己亦暴病而亡。

陈　娇　　武帝最初的皇后，因无子而行巫蛊厌胜，废居长门宫，后郁郁而终。

卫子夫　　平阳长公主家的歌伎，入宫后为刘彻诞下皇长子并由此加封为皇后，皇子亦成为太子。

卫　青　　字仲卿，卫子夫之同母弟，私生子，少时艰难，后为平阳公主家马夫。卫子夫贵幸后，被拔擢为郎官与侍中，后在汉与匈奴的战争中，拜将封侯，屡立大功，成为大将军大司马，为国重臣。

霍去病　　字巨孟，为卫子夫二姊卫少儿与人私通所生子，卫子夫贵幸后，少儿嫁詹事陈掌，去病以门荫入宫为郎。霍去病天赋异禀，勇猛善战，在对匈奴作战中屡立奇功，颇受刘彻爱重，封冠军侯、大司马、骠骑将军，后因行事不轨，擅杀大臣，而遭赐死。

李　广　　西汉名将，被匈奴称为"飞将军"，一生征战，命途多舛，不得封侯，后在征伐匈奴时迷途失期，以卫青不公，愤懑自刎而亡。

张　骞　　字子高，初为汉郎官，建元二年奉使西域，联络大月氏，合纵以攻匈奴。行至河西为匈奴所获，十年后逃出，赴乌孙大宛月氏，首开凿空之旅，月氏耽于安乐，联盟不得要领，张骞等回程于羌中再被俘获，流落匈奴前后十三年。返汉后向刘彻提出打通河西，联合西域，以断匈奴右臂之战略，奉派再使西域，返国后出任联络四夷藩国之大行，不久病故。

司马相如　字长卿，蜀郡成都人，汉景帝时以辞赋为梁王客卿，后为刘彻招纳入宫为郎，拜中郎将，循抚西南夷，建议刘彻封禅，是西汉著名辞赋大家。

司马迁　字子长，初为少年郎官，先后就学于孔安国、董仲舒等大儒，博览群书，壮游四海，识见广博，后受其父太史司马谈之托付，立志撰述历史，以实现乃父未竟之志，后继乃父之后出任太史，是中国首部通史的作者。

刘　安　汉淮南王，学识渊博而又富有野心的诸侯王，将爱女安排在宫廷作中诇，然多谋寡断，瞻前顾后，因反迹暴露自杀身亡。

刘　陵　刘安爱女，被父王安排在汉宫做卧底，后因助皇后阿娇巫蛊厌胜，参与谋反而流亡江湖，为报父仇，于泰山谋划行刺刘彻，失败后跳崖自尽。

义　纵　初任长安令，廉洁奉公，勇于任事，行法不避贵戚，后历任各郡都尉、太守，杀伐决断，为著名酷吏，后因受郭解、朱安世等江湖人物牵连，被诛。

张次公　少时与义纵为挚友，后为汉宫期门郎，侍卫，后以北军校尉随卫青出征，因功封岸头侯，后因与刘陵有染被黜为城旦，是刘陵的情人与追随者，泰山行刺未遂，下落不明。

朱安世　早年为长安阳陵大侠，马匹走私的大驵。因早年夺剑之恨的心结，刘彻必欲得之而甘心。故其游走四方，隐姓埋名于江湖，乃至与朝廷为敌。后为贵戚出卖被捕，大揭内中黑幕，巫蛊之祸由此滥觞。

韩毋辟　汉军边将，匈奴攻陷障城后被俘，逃回，成为李广所部将领，李广自杀后，愤而辞职，代乃兄打理河洛酒家。

一

匈归障前沿的障北燧，昨夜出现了人为扰动的可疑的痕迹。

顺着戍卒指画的方向，韩毋辟细细地打量着地面上的痕迹：烽燧前面用细土铺就的天田①边上，有被人踩踏过的足迹。看得出那人试图抹平足印，但在黑夜中没能做到，被拂拭过的地面上，足迹仍依稀可见。

"难道没有一点响动？你们竟甚也没看到么！"韩毋辟皱着眉，盯着昨夜值岗的两名戍卒，不满之意溢于言表。

"小的们午夜当的值，确实甚也没看到，甚也没听到。"

"前半夜谁当值？难道也一无见闻么？"

当值的戍卒连连摇首，脸上满是茫然无措的表情。

足迹位于天田的外侧，靴尖向着烽燧，汉人鲜有穿靴者，且足印向内，可以肯定不是逃亡者留下的。那么，最大的可能就是匈奴人了，是匈奴人就应该有马。韩毋辟双脚磕了磕马肚，纵马前行。百步开外就是高可没膝的大片草丛，里面果然有了踪迹，倒伏的草丛中，有不少尚未干透的马粪。看来，来人是将马匹留在草丛中，徒步潜行至烽燧前面的，难怪士卒们听不到声响。如此诡秘，所为何来？一丝不祥的预感，浮上韩毋辟心头。

①天田，汉代边塞烽燧周围用细土铺成的地面，是具有侦测功能的设施。进出关塞的人畜，经过时都会在上面留下印迹，有发现敌人或逃亡者踪迹的作用。

自从做下了刺杀朝廷重臣的大案，韩毋辟携带窈娘与堂邑甘父辗转逃亡，经郭解安排，随徙边的移民来到上郡，韩毋辟投了军，甘父则重操旧业，打铁为生。郭解果然守信，不久后便将甘父的老母和兄弟候生托人送到了上郡，阖家团聚。边塞的兵器和蹄铁用量很大，堂邑兄弟在匈归障开了间铁坊，生意很好。两人隐姓埋名多年，新皇帝登基大赦，他们才恢复了本名。韩毋辟为人勇武，自不难脱颖而出，又有黄轵的长兄、都尉黄晓的看顾，他已由一名戍卒升任匈归障的候官，管辖着沿边十数个烽燧。匈归障与匈归都尉的治所奢延县都在边塞以外，安置有不少归降的匈奴人，即所谓"保塞蛮夷"，为朝廷牧养马匹。近些年来，塞北风调雨顺，水草丰盛，加上军臣单于一直致力于征服北海一带的丁零人，匈奴很少扰边，上郡沿边很过了几年太平日子。为了便于照顾夫君，窈娘也将家迁到了匈归障，与堂邑一家做了邻居。有过一段患难与共的经历，两家情好无间，走动得如同一家人一样。

　　韩毋辟记起，堂邑候生日前曾对他提起过，近来到他的铁坊上蹄铁的胡人中，有些生面孔。他当时不甚在意，以为不过是到此互市交易或串亲的胡人。接到昨夜有人窥边的报告，他一早就赶到出事的烽燧，在证实夜间窥边的是匈奴人后，事情不那么简单了。现在想来，两者应有关联，难道匈奴人真要犯边？

　　汉代的制度，发现敌情之后，作为第一线的警戒措施，烽燧守军应即刻发送警报，昼举烽，夜举火。根据入寇人数的多少，警报也有不同。入寇者在十人以下者，或近处有敌五百以下活动者，白日，要点燃湿柴，以浓烟和上下摇动的两架烽表报警；夜间，则须点燃芦苇扎成的火炬。若有大股敌人入寇攻燧，则烽表或苣火都要增至三枚。烽燧间相距一般不过二三里地，一燧点燃烟火，相邻的烽燧会马上接续报警，这样由远及近，不过片刻工夫，后方的障城和边塞守军就会得知敌情和入寇规模，迅速派队增援，并及时将敌情报告给郡县长官。有了这套烽燧制度，敌情可在一两日之内传达到长安，朝廷可以及时调度军队和辎重，从容应敌。

　　韩毋辟属下的烽燧守军和直属骑兵，总计三百余人。在距匈归障约四十里地的奢延县城，驻扎着都尉黄晓统辖的两千骑兵。现在令他委决不下的，是无从知晓窥边匈奴人规模的大小。如果是小股，他自己就能解决；若是大股，就应即刻报警。但若不实，则会导致一场虚惊，自己也必会招致上峰的责备乃至处罚。

他思索了片刻，打算将所辖烽燧巡视一遍后再作决定。于是吩咐燧长，不可有些微的松懈，要备足薪柴和蔺石，若有敌情，即刻燔柴升表。随后，带着亲兵向下一座烽燧疾驰而去。

在他戍边的这么多年中，匈奴人时有小的侵扰，大的进犯只有过两次。在他的经验中，匈奴大举犯边，多在天时不利，罹遭灾荒的年头，冬季的酷寒冰雪和春旱所致的草荒，会使畜群大量死亡。胡人犯边的主要目的是掳掠，以弥补灾荒中的损失，再有就是抢夺边苑牧养的马匹。通常是在秋高马肥之际，匈奴人才会大举南下。每年的春夏，是胡人的大忙季节，畜群要由大草原上的冬季牧场转场到山中的夏季牧场上去，通常不会有大股胡人犯边的事情发生。

归虏燧建在土丘上，站在敌楼上可以望出去很远。年初雨水偏少，草情不佳，虽已到了五月，边塞内外仍是一片枯黄的草色。难怪匈归障的关市上，胡人用以交易的马匹等牲畜数量明显减少，膘也比往年差了许多。如此年成，看来，小股胡人犯边掳掠的可能很大，对此倒要严加防范呢。

他在烽台上转了转，逐一检查守备的设施。汉代的烽台上筑有可供戍卒躲避雨雪和箭矢的敌楼，在外向的燧壁处，设有木制楼橹，以栈木挑出台外，四面围以板壁，是士卒守望之所，作用相当于城墙上的马面①。台上还设有状如天平的烽架，架上安置着一支长达数丈的木杆，被称作桔槔。桔槔的一头系重物，一头系有被称作兜零的大笼筐，内置柴草，通过杠杆作用可以上下升降。这就是用于报警的所谓"烽表"，平时置于台上，发现敌情后，由戍卒操纵，一上一下地连续摇动示警。举而燃之为烽，举而不燃为表，夜则举烽，昼则举表；也有以赤白两色的麻布制作的烽表，晴天施用，起信号旗的作用。烽台上还设有放烟用的灶突，白昼升起的烟柱，十数里外都可以望到。相邻的烽燧见到信号后，会次第响应，警讯片刻之间就会传递到整个边塞。

___

① 马面，古代城墙上的凸出部位，由此可以射杀攻至城墙底部的敌人。

烽台上的防御设备是架巨大的弩机，可四面旋转发射，故又被称为"转射"，弩力强劲，射程在千步以外。韩毋辟转动弩机，眼睛从望山中觑准数百步外草丛中一只觅食的兔子，扣动扳机后，野兔应弦而倒，士卒们齐声喝彩。另一种武器是尺把长的河卵石，又称作蔺石，是防备胡人攻燧用的，相当于后世的滚木礌石。韩毋辟皱了皱眉，指着敌楼墙边堆放的一小堆卵石，告诉燧长，要马上大量补充，做到有备无患。

从烽台后面的陛阶，可以下到一座高墙围护着的院落，这是它的附属建筑——坞，坞中建有三丈见方的大屋一座，一铺大炕几乎占据了屋子的一半，是守燧士卒们的住处。每座烽台戍守的士卒十至十数人不等，由燧长统领，分三或四班值守，每班三到四个时辰。坞的垣墙高约一丈四尺，院内还有马厩和堆放柴草和食粮的库房。

从烽台上下来，韩毋辟又仔细检查了烽台外围的虎落①和天田，没有可疑的痕迹。但随从在捡拾那只死兔时，发现了草丛中有马匹践踏过的痕迹，仔细搜寻，又发现了尚未干透的马粪。显然，昨夜匈奴人也在此潜藏侦测过。

胡虏如此诡秘，意欲何为？韩毋辟开始不安。匈奴犯边，惯常的做法，是麇集呼啸而来，狂放张扬。昨夜这种隐秘的作为，十分反常。他思忖了片刻，嘱咐燧长近几日要严加戒备，然后派亲兵为斥堠，深入草原，侦察匈奴人的动静，约定日落前在平远燧会合。平远燧是韩毋辟辖区最为边远的一座烽燧，距此约有四十里地。

一路巡查下来，各燧周边没有再发现匈奴人的痕迹，韩毋辟的心渐渐放了下来。或许，早间所见只不过是阑入②走私者留下的踪迹。到得平远燧，已近晡时③，他等了两个时辰，直至日落，却仍不见斥堠来会合，心里又开始焦躁起来。要出事，要出事，不祥的念头在他脑际徘徊不去。派出侦察的亲兵没能按约定会合，可能的结果只有一个，他们遭遇了匈奴骑兵，而且是数量

---

① 虎落，汉代烽燧及障城外围的防御设施之一，即由削尖的木桩成片布成的鹿砦。

② 阑入，汉代惯用语，指无传（出入关卡所需的官方木牍）偷入关塞，多用于指称走私者。无传出塞称之为阑出。

③ 晡时，即后世之申时，午后三至五时。

很大的匈奴骑兵。他们不是阵亡，就是被俘，不然不可能不依主官的命令前来会合。如果这一带集结着大股匈奴骑兵，就极有可能犯边；如果是从自己的辖区进入，作为主官，他有很大的责任。这么想着，他叫过随行的府掾张成，命令他即刻赶赴奢延，务必连夜向黄都尉陈报自己的判断，要他早作准备。

"路过匈归障时，顺便到我家和堂邑家带个信，就说匈奴可能犯边，军情紧急，我一时回不去。告诉内子和堂邑候生，早早动身，去奢延避一避。"

韩毋辟心里焦虑，可脸上仍是一副好整以暇的神情。直到目前，还没有事情发生，也许不至于如自己料想那么糟？他抱着些许期望，决定再等一阵。如果午夜还没有消息，就连夜赶回障城，安排御敌的军事。

韩毋辟的预感没有错，在距障北燧约十里处，此刻正集结着数千匈奴骑兵。骑士和马匹都隐没在高茂的草丛中，数千人马屏息待命，静悄悄的没有一点响动，几个头领样的人物，坐在一处低语，议论着什么。

"这雾噜帽放的，不等半夜，几步开外就甚也看不见了，真真是天助！"蹲在地上的圆脸壮汉，面相凶狠，硕大的鼻头上泛着红光。精心鞣制的皮袍缘边缀有汉锦彩带，这是匈奴王族的标志。他名冒脱，王号白羊，上郡、北地先秦旧塞之外，黄河以南的这块广袤的森林草原，被匈奴称作"河南地"，而汉人称之为"新秦中"，就是他的驻牧之地。他拔开皮壶的塞子，咕咚了一大口酒，将酒壶递给盘腿坐在骆驼皮褥上的中年男人。

"这马奶子酒，醇！殿下来一口，祛祛寒。"

男人高鼻深目，一头黑发用一条红色丝带系住，披在脑后。瘦削而轮廓分明的脸上，漠然而外没有任何表情，只有鹰隼式的双目灼灼逼人，不怒而威，透露出王族的高贵气质。他名伊稚斜，出身于匈奴王族中最为尊贵的挛鞮氏族，是军臣单于的幼弟，位居左鹿蠡王之位。伊稚斜摆摆手，止住了递过来的酒壶，摆头示意身前的矮个子继续讲下去。

"匈归障的关市明日午后散市，必得日出前包围、拿下障城，此行才能有所掳获。这里距障城约二十里，障城距奢延四十里，若能顺利拿下障城，即便奢延来援，也得一两个时辰，我军早已全身而退了。要紧的是出其不意地拿下正面两个烽燧，让它们来不及报警。"

"日间抓到的汉军探子交代，他们的主将已经有所怀疑戒备，出其不意怕是不能了吧！奢延来了援军又怎样？我们的人多，又善于骑战，战胜是手拿把攥的事。在塞外我们怕他个毬呀！"冒脱不以为然地大摇其头。

矮个子谦和地笑笑，可眉宇间却透着一股精悍之气。"殿下说得是。可咱们所求的是财不是？若是与汉军开战，掳获的子女玉帛还带得走么？况且，这次并未事先请示大单于陛下，动静闹大了，回去不好交代呢。"

矮个子名赵信，父亲是汉初被掳入匈奴的汉人，后来娶妻生子，归化了匈奴。赵信自幼颖悟好学，精通匈奴语和汉语，长成后被选拔为通事，服侍单于，极受器重，去年被单于任为参佐政事的数位相国之一。军臣近年来一直在北海一带征伐丁零、坚昆人的部落，留太子、左屠耆王於单监国。伊稚斜与於单不和，借口视察春荒，邀了相国赵信同行。到得河南地，白羊王冒脱提出突袭关市，以掳掠弥补春荒的损失。伊稚斜为了笼络冒脱，答应参与此事。两部从转场牧人中抽出来的人手，加在一起约有四千骑兵。他们成功的掳掠，汉人无可奈何，因为他们马少，而步兵没有出塞作战的能力，单于知道了也不会深责。可若是与背倚城障的汉军胶着作战，不仅掳获的东西拿不走，军事上也未必占得了什么便宜。在大忙的季节，耽误了牲畜转场不说，再损兵折将，势必会受到单于的责罚。

伊稚斜颔首沉思了一会儿，扫了眼冒脱道："赵相国说得对，我们为的是求财，不是峥气。况且如你所说，今夜的大雾，几步外就甚也看不到，堪称祁连①神助！你马上去把那些爬高攻城的好手召集起来，带上家伙，趁着这雾气，我们马上就干，出其不意地拿下正面的烽燧，占住它，给大军回归留个安全的通道。"

一刻之后，匈奴大军分两路出发。人马迅速隐没在草丛中，雾气越来越浓，最终，大雾吞没了一切，随着队伍渐行渐远，人马穿行时的欷歔声变得若有若无，最终留下的是吞噬一切的寂静。

---

① 祁连，古匈奴语，义为"天"。

二

晚餐过后,障北燧长张彤带领三名戍卒,值头班岗。日间,依韩毋辟的指令,他带领戍卒们捡拾了大量薪柴,又向敌楼上搬运了数百枚河卵石,一日下来,众人都疲累不堪。黄昏时起了雾,一个时辰后,大雾弥漫一切,不见星月。从敌楼上眺望,三五步之外,黑蒙蒙一片雾气中,什么也分辨不出来。寒湿的雾气包裹了一切,连一丝风都没有,万籁俱寂中,时不时传来的,只有士卒们的鼾声。

两名戍卒沿着烽台的女墙对头巡视,负责引火报警的士卒,倚在灶突旁打瞌睡。张彤招呼了一声,要他们要睁大眼睛,竖起耳朵,自己则倚在敌楼的外墙上,裹紧羊皮外套,默默地想心事。长官的担忧,他觉得是过虑了。早间的踪迹,应该是走私的胡人留下来的,这两日不正是匈归障的关市么。

皮外套很暖和,这是他妻子在关市上用半袋谷子从胡人那里换来的,昨日才托人捎过来。他自二十三岁服役戍边,已经十年了。汉代男子均要服兵役,张彤家贫,代人过更①,为了还清债务,他须不断代人服役以获取过更之钱。就这样一年年拖下来,竟始终未能还乡。后来,他还清了债务,还有了些积蓄,娶妻生子,还乡的心渐渐地淡了。积劳绩升任燧长后,他每月有千钱的俸禄,

---

①过更,即代人服役。汉代应服役而不能或不愿服役之人,向官府交纳一定银钱,而由官府统一给付代服役者,称之为"过更"。

家中还有屯田分得的粮食，比起务农，日子过得更富足，况且这么多年，他对这里的土地和人都有了很深的眷恋。皮毛的温暖催出了浓浓的睡意，他眯起眼，仿佛看见匈归障的家中，在灯下缝纫的妻子盘坐在炕上，正含笑看着两个已经入睡的儿子……

一声沉闷的响动惊醒了他。他睁开眼，赫然入目的，是一把紧紧扣在女墙内沿上的五齿抓钩，巡更的戍卒大声喊叫着，脸憋得通红，使足气力想把抓钩掀下墙去。张彤一跃而起，推开戍卒，抽出腰刀狠命向钩绳砍去。绷紧的钩绳霎然而断，一声惨叫而后，是重物落地的声响。

张彤大声喝令引火燃苣，他从女墙上探出身子，想看看胡人如何能够越过烽燧前宽达一丈的鹿砦而没有响动。这一看，他的心凉了，匈奴人早已将厚厚的毡毯铺到了烽台之下。浓雾中，无数的胡人正悄没声地拥过来，随着接连不断的沉闷声响，一个个抓钩抛入了女墙，胡人迅速攀缘而上，守住烽台，眼看已不可能。张彤怒骂着，又斩断了两根钩绳，偏偏火绒受潮，迟迟打不着火。越来越多的胡人翻上女墙，与守卒短兵相接地格斗。

看看烽台守不住，苣火又点不起来，张彤翻身跃下烽台，打算点燃院内的积薪报警。被惊醒的士卒们已纷纷冲到院内，正沿着阶陛上来，他大呼：点火！点火！推开拥堵的士卒，向宿舍所在的大房跑去。他用铁锸从灶坑中撮出一堆火炭，转过身时，院中的情景让他惊呆了。匈奴人已完全控制住了烽台，以居高临下之势张弓齐射，箭矢密如飞蝗，顷刻间，张皇失措的汉军便倒伏了一地，空中回旋着濒死者的痛苦呻吟。匈奴人沿着阶陛慢慢走下来，坞墙外满是胡骑杂沓的马蹄声。

张彤明白自己已没有逃生的可能，头脑中唯一的念头就是点燃积薪报警，如此，自己的家人和驻守障城的兄弟们或许还有救。他端着一锸炭火，奋力向高高堆拢的薪柴跑去，但不过几步，就被身后掷过来的鹤嘴斧击了个趔趄。他能感觉到利刃嵌入身体时的剧痛，带着腥气的鲜血从喉头奔涌而出，他用尽最后的气力，将铁锸抛向积薪，在他倒地前的最后一瞥中，是飞迸四溅的火焰。

烈火穿透了浓重的雾气，将障北燧映成一片通红。十数里之外，回程中的韩毋辟驻足观望着，他心情沉重，最坏的事情还是发生了，但愿障城还来得及防御。他勒转马头，疾驰进夜色中。

　　接到韩毋辟的口信，窈娘的好心情一下子没了。男人戍边，聚少离多，好不容易能一家团圆，厮守在一起过日子，却又要她搬回奢延去。她收拾着常用的衣物，心里乱乱地理不出个头绪，于是领着三岁的儿子韩昌，到堂邑家的铁坊讨主意。

　　三年前，朝廷派张骞为大使，前往西域联络匈奴人的世仇大月氏。大月氏世代居住于河西，逐水草游牧为生。汉初，匈奴强盛，冒顿、老上两代单于经过十数年征战，终于击垮大月氏。大月氏王被杀，头颅被制成酒器，老上、军臣单于每每用以饮宴报聘的外国使臣，炫耀匈奴的武功。大月氏被迫举族西迁，据说逃到了西域重新立国。堂邑家就是世居河西的月氏人，战乱中逃至中原。堂邑甘父通晓月氏、匈奴和汉语，故被朝廷征召为使团的通译，随张骞出使月氏，一去三年，传闻使团已陷没于匈奴，甘父迄今生死不明。甘父的兄弟名候生，也是个锻铁制器的好手，兄长走后，奉养老母和家室的担子就落在了候生一人身上。自从匈归障被开辟为关市，往来交易的汉胡商贾甚多，更有很多归附的"保塞蛮夷"被安置在周边牧马，兵器、马具的用量很大。堂邑候生雇了几个伙计，生意反倒比从前更红火了。

　　"大嫂，听到韩将军捎来的口信么？甚时动身？"韩毋辟曾任梁国的校尉，是堂邑甘父的上司，到了边郡，私下里兄弟俩还是一直敬称其为"将军"。两家是通家之好，见到窈娘，候生放下手中的活计，径直将娘俩让进内室。

　　"才搬过来几日？我不想回奢延。况且，那匈奴真的会犯边么？"窈娘与堂邑婆媳见过礼，问道。

　　堂邑候生摇摇头道："说不准。按常理，开春是胡人转场的日子，一个冬天下来，牲口的膘不行，很少有此时犯边的。"

　　"匈奴人诡谲多诈，韩将军既然有话，还是宁可信其有。"堂邑氏一头华发，虽年过六旬，精神仍然矍铄，耳不聋，眼不花，每日仍主中馈。

　　"那么婆婆家也是明日动身？一道走好么？"

　　"我还有批兵器要赶出来，障上急等着用，得过几日。娘，大嫂明日与你们先走一步可好？"堂邑候生笑笑，望着母亲道。

"我不走，儿子在哪里我在哪里。"堂邑氏摇摇头，是不容商量的口气。

众人又议论了一气，觉得边燧尚无警报，匈奴人会不会犯边，是没有一定之事，去不去奢延，到明日看情形再说。窈娘留下来闲话，当晚，就宿在了堂邑家。

夜半边燧火起时，守障的士卒立即点燃了苣火，同时吹响了报警的号角。夜雾中的角声听上去凄厉惊心，障城内的房屋，除少量客舍，多是士卒与随军家眷们的住舍，往来关市交易的商贾大都住在障城四外临时搭建的帐幕中。闻警后，众人纷纷携货物避入障城，一时间，人喊马嘶，秩序大乱。夜间敌情不明，主官又不在，几个掾史和军尉商量了一下，决定婴城固守。同时，派人通知奢延的都尉府和附近朝廷的马苑。

窈娘和堂邑一家被角声惊醒，惊疑不定之际，又响起猛烈的敲门声，打开门看，原来是晚间捎信要他们离开的侯官府的掾吏。

"堂邑老弟，可见侯官夫人？"府掾张成一脸的焦灼。

"正在我家，出了甚事？匈奴人来了么！"

看见从内室走出来的窈娘，张成舒了口气，边施礼边说："请夫人和公子马上随我们去奢延，障城即刻便要关闭，迟了就出不去了。"

"仲明呢？他出了甚事？不见他一面，我不能走。"

"夫人，大人一早出城巡燧，小的从平远燧回来后，就再无大人的消息。外围的烽燧起了大火，看样子是被匈奴人攻陷了，大人生死不明。匈奴大军就要过来了，吾等奉派去奢延和马苑报警，韩大人曾嘱咐小的要将夫人和公子送到奢延，请夫人立即随小的们动身，再晚就来不及了！"

"不，我不走，见不到仲明我不走。要死，死在一起。"窈娘面色惨白，呆呆地站着，口中喃喃自语。

"你糊涂！"厉声的呵斥惊得窈娘转回头去，原来是堂邑氏，眼中满含怒气地盯着她。"你自己不惜死，昌儿怎么办！昌儿是毋辟唯一的骨血，孩子若出了差池，你怎么对得起夫家！"

堂邑氏将韩昌领过来，对儿子吩咐道："候生，去把厩里的马牵出来。"

"婆婆，你们不一起走么？"韩昌揉着睡眼，拉着堂邑氏的手问。

"你二叔的活计没做完，过几日，婆婆与你二叔一起到奢延接你们回来。"

堂邑氏拉着窈娘和阿昌走出铁坊的大门，街上满是惊慌失措的人群。堂邑候生牵出了自家的黑马，这马是西域的种，比内地的马高出一截，脚程极快。他为马佩上鞍鞯，扶窈娘母子上了马，揖手道："大嫂保重，韩将军不会有事的，后会有期！"

窈娘母子在张成等几名士卒夹护下，好不容易穿过蜂拥进城的人流，刚挤出城外，守门的士卒即关闭了城门。大批人群、牲畜和货物被拦在了门外，哭喊、怒骂、诅咒声响成一片。放眼望去，远近不一的数十道烽火穿透了黑暗，将天际映得通亮，随着雾气浮动的，是一片血样殷红的夜色，那景象壮观而又令人心悸。忽然，一阵模糊、低沉的声音，由远而近席卷而来，匈奴铁骑的隆隆蹄声，穿透了浓浓的夜雾，将巨大的恐惧压入人们的心坎，麇集在障城门外的人们开始四散奔逃。窈娘母子随着张成等人，紧夹马肚，向着奢延方向狂奔，很快隐没在黑暗中。

韩毋辟赶到时，匈奴刚刚破城，左鹿蠡王率部继续奔袭马苑，留下来洗劫障城的是白羊王属下的骑兵。城上城下，三五成群的守军和商贾们仍在作殊死的抵抗，城内四处刀光剑影，空中回荡着杀声、哭叫声和濒死者的呻吟声。韩毋辟扒下匈奴死者的衣帽，易装后催马入城。他转过街角，来到自家的小院，院门洞开，室内狼藉，显然已被洗劫过。他策马直奔堂邑家的铁坊，看到堂邑候生正带着数名伙计与一队匈奴人相持。他抽出长剑，出其不意地砍倒两人。匈奴人遭到背后突袭，四下逃散。

韩毋辟跳下马，抛掉头上的尖顶风帽，堂邑候生才认出他来。

"晓生，没接到我的口信么？为甚不走！窈娘、昌儿呢？"

"大嫂和阿昌随张成他们去了奢延，走了约莫半个时辰，应该没事的。"

"你们为何不一起走？"

"给障上打造的一批兵器还没完工。嗨！谁又想得到，匈奴人来得这么快，这么多！"

"快招呼伯母弟妹，我们马上走。天还没亮，这会儿乘乱走，或许还冲得出去。"

堂邑候生摇摇头道："没有马，这么些女眷孩子可怎么走？大哥，你快走吧，一个人容易脱身。"

"不成，我去找马。"韩毋辟边说边向院外走去，却被门口的伙计拦住。

"大人，出不去了。胡虏的骑兵又上来了，两面的街口都给堵住了。"

韩毋辟命伙计拴牢大门，到得这样的关头，就只有作困兽之斗了，但愿能够坚持到奢延的援军赶过来。他当然知道，这不过是自我安慰而已，求生的机会，百不及一。

匈奴人已清除了抵抗者，开始逐门逐户向城外驱赶居民。铁坊被围的铁桶一般，一个胡人用半生不熟的汉语在门外喊话。

"里面的人听着，放下兵器归顺，可以保全性命。"

韩毋辟与堂邑候生对望了一眼，谁也没有说话。五六支弓弩指向大门，等待着最后的搏杀。

"里面都是铁匠师傅吧，只要归顺，手艺人在我们那里是受不了罪的。我再重申一遍大王的军令：打开门，徒手出来，到城外听候处置。听命者生，不从者死！负隅顽抗者将遭火焚，尸骨无存！"话语声刚落，五六支火把抛进了院子，其中两支落到了院角堆积的柴草与焦炭上，浓烟瞬时而起，夹杂着尺把高的火舌。

"毋辟、候生，按他们的话做，不要再斗了，徒死无益。"堂邑氏不知何时来到院中，她将一套便装递给韩毋辟，面色如常地说："你换上，就说是这坊间的伙计，他们分辨不出来的。"

"娘，万万不可，娘忘记了贼虏是如何处置老弱妇孺的么！"

"当然不会忘记。"堂邑氏淡淡一笑，"我这把老骨头，死不足惜。只是害了媳妇孙儿。"她回过头，看了看身后的女眷和孩子，泪水夺眶而出。

"娘，和他们拼了！要死，大家死在一起！"候生与几个伙计，纷纷抓起架子上的兵器，围着堂邑氏与内眷，布成了一道防线。

"伯母，匈奴人不识仁义，难以侥幸。到了这关口，也只有拼个鱼死网破了！伯母和内眷请先退到内室里躲避，我们总可以与他们周旋一时的。"韩毋辟换上汉装，对堂邑氏揖手致谢，面色凝重。

"毋辟、韩将军！候生不懂事，你难道也糊涂了么！这障城现下在胡虏的掌握之中，插翅也难飞了。不降，大家都会死，留不下一个活口。依他们的话做，你们这些个男人能活下来，各家的根苗就不会绝，我们这些先死的人也有冤仇洗雪的一日！"

她拉起堂邑候生，将他的手交到韩毋辟的手中。"韩将军，你与甘父是过命的兄弟，这么些年，没少看顾我们全家人。如今大难临头，我把候生也托付于你了！你们若能活下来，莫忘记多杀贼虏，为我们报仇。"众人大恸，韩毋辟、堂邑候生几个八尺昂藏的汉子也忍不住唏嘘泪下，而女眷孩童们更是哭作了一团。

堂邑氏望着儿子，用手轻轻拂去候生脸上的泪水，深情地说："你兄长生死不明，是为娘最大的心病。贼虏若押送你们到漠北，你一定要打探到甘父的消息。纵有千难万险，你们兄弟一定要活下来，回到中原，到堂邑氏的坟上告祭祖宗。只要你们好好的，堂邑家的血脉犹存，祖宗和爷娘都会含笑于九泉的。"

"里面的人听好了，我最后说一次，马上放下兵器，打开门出来！"

"打开门，照他们的话做。"看看众人不动，堂邑氏径自走上前去，拔下门闩，推开了大门。

曙光熹微，门外站满了目光凶狠的匈奴人，个个张弓搭箭，持满待发。曙色和火把把堂邑氏的面孔映得通红，她全无惧色，回转过头道："候生、毋辟，记住娘的话，放下兵器，跟他们走。"

韩毋辟长叹了一声，扔下了长剑，候生和其他人也丢下了手中的兵器。匈奴人一拥而入，将男人们的双手捆缚住，随后搜拣铁坊中的兵器。一个骑在马上的头目指着堂邑候生几人，对身边衣饰华贵的胡人统帅说着什么，那人高颧大鼻、满面虬髯的面孔极为惹眼，也似曾相识。堂邑候生一下子想了起来，这正是前日来此换蹄铁的胡人。

他们被押解到城外时，天色已经大亮。被驱赶出城的有几百人，黑压压一片站在城外的旷地上，四周围着密密匝匝的匈奴骑兵，持满待发，根本没有脱逃的可能。装满粮食和财货的牛车排成长列，缓缓向北方进发。不断有强壮的男人与手艺人被从人群中挑出来，用牛皮绳拴成一列，随着车队北行。不顾押解的匈奴骑兵的斥骂和鞭打，男人们频频回头张望，希望能够再看到亲人一眼。堂邑候生和韩毋辟都清楚亲人们将会是什么命运，但一切为时已晚，匈奴人这回能否网开一面，放过被挑剩下的老弱妇孺，只能祝祷老天，保佑自己的亲人了。

不同于偷袭得手的白羊王冒脱，伊稚斜心中回荡着一股怨毒之气。本想此次能够虏获一批战马，补充自己的实力。却被汉军提前报警，当他率部赶到马苑时，非但未能虏获大批牧马，反而遭到了伏击，损兵折将，无功而返。他望了望渐行渐远，隐没在草原中的车队，恨声道："这次便宜了汉人，我们撤！"

"这些人怎么处置？网开一面如何？我看，那些来关市交易的商贾，可以放生。以后，我们短不了还要同他们互市。"冒脱用马鞭指着被围着的人群，问道。

赵信望着伊稚斜，也试探着说："要是这样，莫不如全都放生。我们也可以仿效汉人怀柔的手法，这样，日后他们抵抗的意志，该当可以减弱。"

"一个不留，全杀掉。你们记住，摧毁敌人的意志，要靠恐惧，而不是甚怀柔！要把恐惧深深钉在他们心里，要汉人想起我们来就发抖，就出冷汗，就整夜地做噩梦！我们强胡送给对手的，只有剑与火、铁与血，要他们记住，这是对抗我们的唯一下场！"

伊稚斜目光阴冷，叫过身旁的传令官吩咐了几句。一声号令，包围着人群的匈奴骑兵，密集的队形迅速散开，拉成了一圈散兵线，张弓搭矢，对准了惊慌失措的人群。又一声令下，千矢齐发，箭若飞蝗，大批人中箭倒下，哭喊詈骂之声直冲云霄。匈奴人还不停向人群中投掷火把，并格杀试图逃跑的人。几轮齐射之后，空场上尸身狼藉，空中弥漫着杀戮的血腥和濒死者的呻吟。临行时，匈奴人点燃了城内的房屋和贮藏的马草，冲天的烟火，边燧报警的烽烟，与数百人的冤魂，在塞外的旷野上，久久徘徊不散。

三

"哦？他真是那样问的么？"刘彻很有兴致地问道，脸上有股忍不住的笑意。

"千真万确,那多同确实问臣,'汉与夜郎,哪一个更大？'"唐蒙敛容顿首,小心地回答。

"哈！天下还真有如此自大无知之人,哈,哈……"刘彻再也忍不住,朗声大笑起来。他双手扶着御案,全身抖动,笑不可抑。富于穿透力与感染力的笑声,在宣室殿中回荡,引得满殿的大臣与内侍郎官都笑了起来。

待皇帝笑过,唐蒙才又开口道："夜郎地处荒服,蕞尔小国,如井底之蛙,不识大汉的威仪。可那多同是个憨厚率直之人,真心向化。陛下若以爵禄羁縻之,收夜郎为外藩,定可得他日之用。"

刘彻笑道："当然,当然。那个多同,自称夜郎侯是吧？如此大国的国君,怎可只是个侯？朕当加封他为王,以副大国之实。"殿中又响起一片笑声。

唐蒙出使夜郎,还要从前年闽越与南越之争说起。建元六年,闽越王驺郢攻击南越,南越告急于汉。闽越与南越都是汉的封国,产生纠纷,于礼应首先陈告于天子,由朝廷出面调解。闽越擅自发兵,违制悖礼,给了南越假朝廷之手,打击闽越的口实。南越上书朝廷,说自己谨守诸侯的本分,不敢擅自发兵抵御,特为奏报,请朝廷处置。刘彻于是任命大行王恢、大司农韩安国为将军,分别由豫章、会稽征集军队,分两路夹击闽越。

骆郢闻讯，下令倾全国之兵，倚山据险抗御汉军。其弟骆余善与宗族大臣密谋，认为此次战争，全因骆郢擅自发兵所致。汉军兵强势众，即使一时幸胜，后来增援者愈多，最终不免于亡国。莫若杀王以谢天子，天子若许罢兵，国家可以保全；若不许，再力战，失败了则亡命于海上。众人全都赞同，所以征讨的汉军尚在半路，闽越即发生了政变，骆郢被杀，闽越迎降。使者将骆郢的头颅呈献给王恢。王恢一面通知韩安国暂且按兵不动，一面派使者携带闽越王的头颅驰报长安。闽越既屈服，皇帝下诏罢兵，另立繇君丑为粤繇王，以奉闽越之祀。

王恢兵不血刃，不战而胜，于是借出征的兵威，派当时还是鄱阳县令的唐蒙出使南越，晓谕闽越灭国的消息，隐含有镇抚的意思。南越朝廷在宴请唐蒙时，席间有一味枸（音矩）酱，引起了他的注意。这枸酱的原料乃蜀地所产的一种桑葚，味酸甜，蜀中用以酿造果酱，是当地的特产，被视为珍味，故又称为蜀枸酱。南越僻处南海，巴蜀远在数千里外的内地，两地并无交通，蜀地特产如何到得了南越？

唐蒙大为好奇，于是问起枸酱的来由。陪宴的南越官员告诉他，境内西北有条大水，名牂牁江①，水道宽达数里，有舟楫之利，蜀地物产，可由此江直达南越的国都番禺城下。问到个中的细节，则支吾搪塞，不肯多谈。唐蒙回到长安后，专门就此询问了蜀中的行商。原来枸酱贩运到南越，多由夜郎走私而成。夜郎国位于牂牁江上游，水深江阔，足以行船。南越以财货利诱夜郎，从而打通了这条走私的通路，但并不能臣使夜郎。唐蒙究明底细，便上书朝廷，提出了结交夜郎以图南越的建议。此议一上，大得天子的重视，将唐蒙调任宫中为郎官，又派任他出使夜郎。经营西南夷的政略，竟由此发轫，成为汉朝大规模开边的序幕。

原来，南越早在秦时已并入中国版图。始皇帝三十三年，开始经营岭南，他派任校尉屠睢为将军，征召天下的逃亡者、赘婿和贾人五十万编练成军，凿灵渠连通湘、漓二水，以通粮道，伏尸流血数年，最终镇抚了百越，攻占

---

① 牂牁江，即今横贯黔、贵、粤三省的珠江之上游的北盘江。

了大片土地，设立桂林、象郡、南海三郡。战后，这五十万大军就地屯戍，统理百越。秦末，陈胜、吴广举义，天下响应，群雄并起。而后又是刘项争雄，中原战乱的消息不断传过来，驻守在岭南的秦军中流言四起，人心惶惶。此时，有个从中原来此做官的汉人，因缘时会，趁势而起，成为割据岭南一方的势力。

此人名赵佗，常山真定县人，随秦军征伐岭南，以军功升任南海郡龙川县令，很得上司、南海郡都尉任嚣的赏识。秦末战乱之际，任嚣身患沉疴，自知不起，于是召见赵佗，对他说：中原群雄逐鹿，天下不知会乱到什么时候，南海地处偏僻，还算安定。我担心中原的兵火会蔓延到我们这里，打算切断往来中原的通路，兴兵自保，静观其变。番禺负山临海，东西数千里，中国人在此也算是立住了脚跟，退可以为一州之主，进可以立国称王。这个心愿，我病重难起，力有未逮。郡中诸长吏均碌碌不足与谋，惟公可称人杰，所以将思虑已久的这件事交代给你，希望你能有所作为，不负所望。随后便写下文书，命赵佗行都尉事，将兵权交给了他。任嚣死后，赵佗果然行檄南岭各个关口，宣称中原乱兵有南下之意，要各地立即断绝与内地的交通，据兵自守。同时，他又诛杀了那些不服从的官吏，以自己的党羽取而代之。秦亡后，赵佗又趁乱以武力兼并了桂林、象郡，自立为南越王。

刘邦立国后，百废待兴，也因南越偏僻，不愿劳师远征，曾派陆贾招抚赵佗。剖符立约，承认他为南越王，要他和集百越，毋为边患。南越与汉之豫章郡、长沙国①接壤，两国因边界走私而屡生龃龉。吕后时，有司奏请禁绝与南越的关市，以制止铁器流入南越。赵佗认为是长沙王使谗，试图依仗汉朝的势力削弱、兼并南越。于是调集军队，数次侵扰长沙国境。吕后曾派隆虑侯周竈率兵征伐，可岭南暑热潮湿，疫疬流行，士卒病死大半，出征了一年多，竟不能越五岭一步。吕后崩逝后，不得已而罢兵。赵佗由此益发桀骜不驯，自上尊号为皇帝，黄屋左纛，临朝称制。他还广为联络与之接壤的骆越、西瓯、闽越等国，示以兵威，遗以厚赂，软硬兼施，役使如同属国。一时间，东南万余里皆其号令所及，颇有与大汉分庭抗礼的声势。

---

① 豫章郡、长沙国，位置大致在今江西、湖南一带。

孝文皇帝即位后，再派陆贾出使南越，招抚赵佗。赵佗诉说委屈，顿首谢僭越之罪，明里信誓旦旦，愿去尊号，长为藩臣。实则阳奉阴违，汉使一走，仍自称尊不误。朝廷后来虽得知实情，终因道路险远，派大军征伐，一怕暑湿疫病，二忧辎重转运困难，不得已而姑息迁就，睁只眼闭只眼罢了。赵佗十分长寿，建元四年薨逝时，已逾百岁高龄。其孙赵胡即位，虽不得已派太子婴齐入质于朝廷，可仍托病不奉朝请。南越不平，南方不靖，最终会牵制对匈奴的作战，这是刘彻的一块心病。只要有机会，他是要扫灭南越，使之再入中国版图的。唐蒙的建议之所以大受重视，刘彻之所以加派他为中郎将，出使联络夜郎，即种因于此。

经营西南夷，最终平定东南，重立郡县的大略，刘彻已在心中酝酿了多年。他知道，在朝廷的重臣之中，反对经营四夷者大有人在，在朝臣中具有压倒性的势力，这个政略通过的难度很大。好在这些年来，运用大量招用郎官的方式，他已在身边聚拢了众多人才。近些年来，凡朝议难于通过的议题，刘彻并不直接与大臣们争执，而是转而征询随侍郎官们的意见，并由着他们与朝廷大臣问难辩驳。郎官们气盛善辩，先声夺人，每每能使朝议逆转，这时他或予以肯定，或加以折中，不必与大臣们冲突，朝廷之政策即可顺遂自己的意志。郎官们虽然官卑职微，可有真才实学，有朝气，求进取，而且作为内廷侍从，与皇帝朝夕相处，参与，更能领会贯彻他的意图。刘彻亦得以从中识拔人才，因材施用。近来，愈来愈多的事情，他不再经由三公九卿议决执行，而是加派差遣，由身边的郎官去办，这种做法既得心应手，又能分朝廷重臣之势，渐渐扭转了原来"外重内轻"的局面。同样，经营西南夷的政略，他也不打算由自己，而是从内廷郎官们的口中提出米。

"多同你见过了，夜郎的山川形势你也实地看到过了。那么说说看，朝廷羁縻蛮夷，益处何在？经营西南夷，若不能得其所用，朝廷大臣里面，可有不少人以为这是得不偿失，虚耗国帑呢！"刘彻看定唐蒙，双目灼灼，面色转为凝重。

"小臣以为，南越自高皇帝以来，黄屋左纛，僭制越礼，时叛时服，表面恭顺，内藏祸心，实为南方之大患。东南、西南蛮夷诸国，多视其马首是瞻。

朝廷若姑息不问，久之必附于南越。陛下若赐以爵禄，假以名器，则诸蛮夷不难向化中夏。如此既可以分南越之势，又可以潜消反侧，这是一。

"其二，南越王桀骜不驯，阳奉阴违，自汉初至今已七十余年，是可忍，孰不可忍。南越所恃者，五岭委蛇，道路险远，大军征伐，若道出长沙、豫章两郡，水道不通，粮草转运诚为难事。可若道出夜郎，则由牂牁江顺流而下，可直抵南越国都番禺城下。出其不意，攻其不备，这是制服南越的奇计。况且小臣听说夜郎有精兵十万，以大汉之强，巴蜀之饶，凿通夜郎之道，收其为边郡。待南越有事，于南岭虚张声势以作牵制，合夜郎之兵，乘船一鼓而下，赵越当束手就缚，成功可期。小臣愚昧，凭陛下明断。"

"唐蒙的建议如何，行不行得通？各位大臣以为如何，尽可以各抒己见。"刘彻扫视着群臣，目光落在了丞相田蚡和太中大夫公孙弘身上。公孙弘顿首不发一言，田蚡面色难看，斜睨了他一眼，迟疑了片刻，揖手道：

"建议固然不错，可实行起来，怕不像说起来那么容易。西南蛮夷的所在，崇山峻岭，四季烟瘴，修路谈何容易！况且蛮夷生性狡猾，叛服不定，谁给他们的好处多，他们便依附于谁，能靠得住么？臣以为，南越边僻，乃疥癣之患；经营西南夷，为不急之务；朝廷之肘腋大患，在北边之匈奴。轻重缓急之别，不可不辨，望陛下三思。"

"臣以为不然，敢为陛下言之。"刘彻循声看过去，原来是随侍在旁的郎官司马相如，于是颔首示意他讲下去。

"巴蜀殷富，四夷皆欲与之关市贸易，臣祖籍蜀郡成都，以臣所知，邛、筰（音昨）、冉駹（音芒）、白马①诸夷，环踞于蜀郡周边，道路并不如传说中那般艰难险远。诸夷自秦时已为中国收为郡县，后因秦乱而重归化外。于今中国大兴，诸夷应有向化之意。朝廷可借这种向心力，招揽羁縻西南诸夷，重新收为郡县，正其时也！陛下即位以来，边塞并无大警，且军臣正用兵于北海，这正是朝廷经营西南诸夷的大好时机。西南平定，则南可以制南越，北可以抗匈奴，也消解了后顾之忧。丞相之言，是过虑了。"司马相如侃侃

---

① 邛、筰、冉駹、白马，古西南夷中较大部族，分布于今四川邛崃、雅安、汶川、松潘一带。

而谈，全不顾忌田蚡那愈来愈难看的脸色。

"小臣亦赞同唐蒙与司马先生所言，秦始皇帝时，西南诸夷多已内附为郡县。此时大汉休养生息七十余年，国力充实，经营西南夷，恢复前人基业，实所应为。"说话的人站在随侍的一排郎官的末尾，年纪极轻。

"你是……"刘彻看那少年面熟，可一时记不起他的名字。他摆摆手，示意那人到前面回话。

那人出列，疾步趋行，伏地顿首道："小臣司马迁，新近入宫为郎。"扬起头看，年纪不过十几岁的样子，稚气尚存的面孔上，眉清目秀，儒雅蕴藉之中亦不乏勃勃的英气。

"喔，朕记起来了，你是司马谈的儿子？"

"是。家父是司马太史。"

"既是司马太史的哲嗣，家学必有渊源。你们说西南夷早已内附，有甚根据？载籍上有记载么？"刘彻问，是鼓励的口气。

"有。小臣曾助父亲整理列国史记，亲眼所见，敢为陛下言之。战国时，秦最强，而楚之国土最大，经营西南亦最早。楚威王时，曾派庄蹻带兵循江而上，攻略巴与黔中，立为郡县。此后一鼓作气，进军到滇池。滇池阔三百里，周边良田沃土数千里，庄蹻以兵威镇抚，收归于楚。就在他想要归国报命时，秦楚开战，秦军夺占巴郡和黔中郡，道路因此湮塞不通。庄蹻乃楚庄王苗裔，知道归国不能，遂因其军称王于滇。他变易服装，从当地风俗，成为滇人的君长。"

"此乃用夷变夏，何来的内附？不足为训。"踞坐于田蚡侧后的御史大夫韩安国忽然冷冷地插了一句，可看到皇帝不满的目光，赶紧又低下了头。

"秦灭楚，于山中凿五尺道，遂灭滇。虽未立郡县，却派任了官吏，为蜀郡之外徼①。吕不韦有罪，自杀于蜀，其家人门客多被放逐于此，子孙遗胤甚多。秦灭汉兴以后，以蜀之故徼为界，西南夷遂成弃地。"

"西南夷者，所言即夜郎、滇国两处么？"刘彻问。

---

① 外徼，边界。

“夜郎与滇，是其中较大者。称为君长的有数十人之多。夜郎以西，有靡莫①部落十余个，其中滇国最大。其北，有十数个部落，邛都最大。这些部落都是椎髻，耕田定居为生。其南方名为巂（音髓）、昆明②，地方千余里，此地蛮夷编发，放牧牲畜，随水草迁移为生，居无常处，亦无君长。其北面则如长卿先生所言，为邛、筰、冉駹、白马诸部落，由十数个君长统辖，其俗或定居或迁徙。以上全体，通称之为西南夷。”

　　“这么个地旷人稀的地方，如何经营，你若有成算，说来与朕听听。”刘彻望着唐蒙，眉头微蹙，西南夷如此广袤，一时颇有无从措手的感觉。

　　唐蒙抖擞精神，胸有成竹地说道：“西南夷地方虽阔，可分为数十部落，互不统属，分而制之，不难收服。小臣以为，经营西南夷，一在凿通道路，深入诸夷，探察其底蕴；二在以财货厚贿之，使诸夷君长自附于朝廷，允许朝廷派置官吏。蛮夷不知工商，贪我器物华美，多愿与我交易。夜郎为其中大国，夜郎宾服，诸夷定会风从效仿。陛下若能厚赐夜郎君长，谕以威德，待以宽厚，诱之以关市贸易，则西南夷可兵不血刃而依附于大汉。羁縻日久，人心向化，则可以因时制宜，设立郡县，西南夷定可再入中国版图。”

　　“兵不血刃么？好！朕就加派你为中郎将，前往镇抚夜郎。至于财货，朕会要大农与少府为你安排，兵与筑路之人么，可以就地在蜀中征集。兵，不宜多，宣示军威，朕看千人足矣。”

　　田蚡狠狠地瞥了眼身旁的公孙弘，公孙弘不得已，深吸了口气，硬着头皮出班陈奏道：“兵凶战危，请陛下三思！秦始皇当年征伐百越，以臣所知，伏尸流血数十万，主将屠雎战死，国家也因此伤了元气，后来的大乱，可说是种因于此……”

　　“如此就更要收回南越！几十万条人命换来的土地人民，难道是说声不要就可以丢掉的么！”刘彻攒起眉头，盯住公孙弘，厉声喝问道。

　　“当…当然不是。”公孙弘一急，额头上竟冒了汗，声音也结巴了起来。

---

① 靡莫，古羌人之一支，今云贵川边的彝、纳西等各民族即其后裔。

② 巂、昆明，为古代西南夷中较大部族，位于今四川西昌、云南大理一带。

"老……老臣的意思是，是对……对西南夷和南……南越，最好用羁縻的法子，能用财货招抚的，就不必用兵。"

刘彻领首，微笑着对唐蒙道："公孙大夫的话你记住了？此去西南夷，羁縻招抚是一等的要义，能用钱办下来的事情，就莫动干戈。"

看到田蚡还欲谏阻，刘彻面色蔼然，口气却不容争辩："丞相可听明白了？唐蒙此去是招抚，而非征伐，不会大动干戈，耗伤国家元气的。仅巴蜀之力，西南应该可以底定于成。这是大好的事情，丞相以为不是么！"

田蚡等默然无语，敛容揖手，既无赞同，也无反对的表示，可沉默亦可视为无言的抗议。看着田蚡负气的样子，刘彻心中不快，不以为然地说道："人无远虑，必有近忧。朝廷休养生息为的是甚？当然为的是有朝一日能够奋起有为，重振国家的声威。四夷边患，国家富强之际不去消除，难道要坐待它们成为朕及子孙的心腹大患！都说老成谋国，各位多是两朝的元老大臣，还是要从长远计，辅佐朕尽忠谋国，切莫尸位素餐，苟且图安。今日的朝议就到这里，散了吧。"

退出宣室殿，田蚡不满地瞥了跟在身后的韩安国与公孙弘一眼，恨声道："长孺、伯远，约好了我们一起当廷力谏，事到临头你们却首鼠两端，看我一个人的笑话！你们的话，我今后还敢相信么！"

"君侯难道看不出，经营西南夷，皇帝早已下了决心，辩有甚用？明知无益，何苦再触这个霉头。不辩，不等于赞同这个政略，哪里扯得上首鼠两端？"韩安国摇摇头，苦笑着说。梁孝王死后，安国失势，居家了很长一段时间。直至新皇帝即位，武安侯田蚡以亲贵用事，出任太尉，安国以五百金贿遗田蚡，经田蚡上言于太后、皇帝，韩安国方得以北地都尉起复为官。依附田蚡后，他官运亨通，先升迁为位列九卿的大农令，去年，田蚡被拜为丞相后，又举荐他为御史大夫，成为位列三公的朝廷重臣。田蚡既是丞相，又是太后的弟兄，皇帝的母舅，位高势尊，韩安国在朝廷公事上多以田蚡马首是瞻。可他也认准了一条，决不能拂逆皇帝的意志，田蚡有椒房①之亲，有恃无恐，他韩

---

① 椒房，古代指太后与皇后居住的宫殿，意思是与皇室有着裙带关系。

安国却无批逆鳞的本钱。所以，看到皇帝有心经营西南夷，他只能三缄其口。对于田蚡的责备，他只能付之以苦笑，自我解嘲地想道，官大了，人老了，怕是胆子都会愈来愈小吧。

公孙弘的心情很复杂。他是淄川薛县人，出身贫寒，母亲早死。早年为狱吏，后牧猪于海边，直到四十多岁，方才自学春秋杂说。公孙弘为人孝悌，为此，建元初年，以贤良文学征为博士。此后，仕途蹭蹬，他心灰意冷，以母病辞官回乡。嗣母死，他亦为之守孝三年，传为乡里的美谈。去年，朝廷征孝廉，他再获推举，赴太常应试。初选时，参加策试的百余人中，公孙弘的策论被置于下位，本已绝望。不想皇帝亲自阅卷，通览过后，竟擢其策论为第一。原来其策论以"仁、义、礼、术"为治国之本，以为不可偏废，与一般儒者只论道德大有不同。再察其履历，知其早年曾为狱吏，熟知律法而又深通儒术，实在是体用兼备的难得人才。召见时，公孙弘魁伟的身材、斑白飘逸的须发和辩给的言辞，给皇帝留下了深刻的印象，以为他容貌甚丽，有大儒之相。此时的公孙弘已年逾花甲，原以为注定会一生蹉跎，却不料出幽谷而迁于乔木，这次的际遇是太难得，太可珍惜了。

在朝为官这一年多来，他时时努力在皇帝面前表现自己，含蓄而不张狂，很得皇帝的好感，很快就由博士升任官秩千石的太中大夫。他每日必做的功课就是揣摩皇帝的心思，毕竟，只有顺遂皇帝的意旨的人，在官场上，才能够百尺竿头，更进一步。至于与田蚡走到一路，夤缘亲贵权势的动机只是一个方面，共同的原因却是出自对内廷郎官们的嫉恨。这些个郎官，由于侍从于内廷，对皇帝的影响，竟超过元老重臣。自己一生坎壈所得，在这些后生小子那里竟是轻而易举，老天岂不是太不公道了。

今日这场朝会，看得出来，皇帝对这位娘舅已经心存不满，倒是该与田蚡拉开些距离，形迹过密，招致皇帝的猜疑，被视为丞相一党，就不妙了。当然，丞相是亲贵重臣，也得罪不起。他笑了笑，敷衍田蚡这种胸无城府的跋扈之人，在他是游刃有余。

他大睁起眼睛，若有所悟道："错了，我们都错了！风头不对，不是该我们说话的时候。"

"甚风头？"田蚡转过头，一脸的阴云。

"皇帝乃大有为之君，身边的少年新进又都亟思表现自己，还能不生事？正在兴头上的事，任谁也谏阻不了的。"

"那就看着那些狂徒鼓惑天子？朝廷的体统何在？大臣的尊严何在！"

"就任他们欢喜一时，又有何妨？火候到时，我们再说话，自然管用。"

"甚火候？"田蚡满脸疑惑。

"以君侯看，唐蒙的谋略行得通么？一千人，又要凿路，又要示蛮夷以兵威。纸上谈兵容易，真正实行起来，难处多着呢。"公孙弘面色凝重，却是不以为意的口气。

"伯远的意思是……"

"等着看他们的笑话就是。等闹到劳民伤财、怨声载道之际，君侯再说话，皇帝即便不甘心，也只能虚心受教了。"公孙弘捋着花白的胡须，笑了。

三人走入朝臣办公事时的值庐，正待坐下，一名当值的尚书郎捧着几卷简牍，急匆匆地走进来。"北边有紧急公事奏报，请丞相过目。"

田蚡掰开封泥，展开卷牍扫了两眼，递给韩安国。"还以为北边太平无事，这下看他们还有甚话好讲！"随即又展读另一卷奏牍，他的眉头皱了起来，吩咐候在一旁的尚书马上将这些简牍上奏皇帝。

迎着公孙弘探询的目光，田蚡不无得意地道："伯远，看来火候是说到就到了。匈奴人袭击了上郡匈归障的关市，杀了数百人，这是几年来都没有过的事情。再有，军臣的阏氏，皇帝的姊姊，我们大汉的南宫公主上个月薨逝了。这两桩事碰在一起，皇帝马上得就和战大事作决定，西南夷的事，恐怕得放一放了！"

四

　　田蚡回到相府，正待沐浴更衣，宾客告之，淮南国的中郎伍被刚刚来府上拜谒过，说是淮南王刘安的车队，已经过了函谷关，午后便可抵达长安。田蚡心头一喜，大声吩咐道："马上备车，去灞上接王爷。"

　　田蚡五短身材，鼻高耳阔，双目微凸，看上去有些暴睛。一张四方大脸上，放松时和蔼可掬，板起时则有股豪横的霸气。其貌虽不扬，可母亲曾请义妁为他相过面，义妁说他这种身材与面相，在相法上是贵格，日后必会大发达。果然，不到四十岁的年纪，他便封侯拜相，成为朝廷中炙手可热的显贵，对此，他颇为自负。他边更衣，边端详着铜镜中那张因酒色过度而略显臃肿了的脸，吩咐候在一旁的府丞道："若是宫里头有事情找我，就说我去了长乐宫，出迎淮南王的事，莫声张。"

　　刘安是老淮南王刘长的长子。刘长是高祖与赵美人所生，是刘邦的幼子，极受宠爱。刘邦打下天下不久，为保刘氏的天下长治久安，开始有意剪除因功被封为王的异姓诸侯。高祖十一年，刘邦伐灭淮南王英布，将他的地盘转封给了刘长。

　　刘长的母亲赵美人，原是赵王张敖的宫人。高祖八年，征伐韩信，途经赵国时，张敖献赵美人侍寝，竟而受孕，赵王将其安置在离宫奉养。贯高等人谋反事发后，赵美人连同赵王张敖等一干人犯，被押解至河内郡听鞫。赵美人请求狱吏转告高祖，自己已有幸怀了身孕，是皇帝的骨血。刘邦当时正全力以赴在案子上，无心理会这件事情。于是，赵美人再托人，走辟阳侯的路子。辟阳侯名审食其，被吕后倚为腹心，他若尽力，不难借吕后之力救出赵美人。不想吕后得知此事后，心存妒忌，不仅不为她说情，反而将事情压住不报，而审食其亦没有为之力争。赵美人绝望，生下刘长后，怨而自杀。狱吏抱着婴儿请示刘邦，刘邦悔恨不已，将孩子交与吕后抚养，赵美人则被葬于家县真定。

刘长自幼失母，寄人篱下，常遭吕后及其男宠审食其的取笑侮辱，他隐忍不发，脸上一副憨态，心里却渐渐由怨愤而扭曲变态。长大后，刘长勇武过人，力能扛鼎，性格亦骄蹇刚直。孝文皇帝即位后，由于是仅存的亲兄弟，对他格外优容，每每宽宥其骄恣不法的行为。孝文皇帝三年，刘长进京奉朝请，亲赴辟阳侯府求见，酬酢间，突然以藏于怀中的金锤击杀审食其，并命令从人将其碎尸泄愤。之后刘长驰诣阙下，肉袒谢罪道：臣母无罪，辟阳侯能救而不争，致臣母冤沉海底，其罪一；吕后杀赵隐王如意母子，幽死赵幽王刘友，辟阳侯不争，其罪二；吕后封诸吕为王，欲以危刘氏宗亲，辟阳侯非但不争，反而阿附吕氏，其罪三。臣杀郦食其，为母复仇，为赵隐王母子与赵幽王[①]复仇，为天子诛贼臣，一时愤激擅杀，伏阙请罪。孝文皇帝悯其志在为母复仇，特谕赦免，没有治他的罪。

刘长是近支亲王，自恃尊贵，对文帝直呼"大兄"，又兼性格刚烈，好勇斗狠，往往一言不合，即怒目相向，自薄太后、太子至诸大臣皆对之敬惮有加。归国后，刘长益发骄恣不逊。不仅僭制逾礼，不奉汉法，甚至数次上书，口吻极不驯顺。文帝曾亲自作书切责，刘长不仅全无悔改之心，反而勾结朝臣、闽越与匈奴，试图谋反。事发后，文帝尽诛与谋者，将刘长全家发配到蜀郡严道县的邮亭服役。囚车就道后，刘长不堪其辱，于途中绝食自杀，留下了四个年幼的孤儿。

刘长死后，文帝悯其早死，将这四个孤儿都封作了侯。八年后，有好事者将兄弟之争编排成了民谣，曰：一尺缯，好童童；一升粟，饱蓬蓬；兄弟

---

① 赵隐王，即赵王如意，隐为谥号；赵幽王，即赵王刘友，刘邦庶子，原被封为淮阳王，刘如意死后被徙封为赵王。因与王后吕氏不谐，吕氏进谗他欲谋反，被吕后召入长安囚禁饿死。幽为其谥号。

二人不相容。言下似责难文帝待兄弟苛刻。文帝听到后笑笑说："难道百姓以为朕贪图淮南的土地么！"于是将淮南国一分为三，加封刘长已成人的三个儿子刘安、刘勃、刘赐为淮南、衡山和庐江三国的国王。身为长子的刘安，与乃父作风迥然不同，自幼好读书鼓琴，不喜弋猎狗马驰骋。长大后尤其好名誉，暗中以德行拊循百姓，树立名声。孝景皇帝前元三年，刘安二十五岁，七国构乱，他原打算响应，但为其国相所阻，刘安竟因此免祸。

刘彻即位后，刘安得知皇帝好儒术艺文，于是招致四方宾客术士数千人，其中出名者有苏飞、李尚、左吴、田由、雷被、毛被、伍被和晋昌八人，及儒者大山、小山之徒。刘安与宾客，整日议论学问，著书立说，天文地理、仁义道德、古今存亡治乱之道与世间诡异飘渺之事，无所不论。撰述为内外百余篇，又有中篇八卷，专论神仙黄白之术，总名之曰《淮南鸿烈》。刘安将此书进献，大得皇帝的好感。刘彻曾试使之为《离骚》作传，刘安日出受诏，食时即撰写完毕，所费不过一个时辰。他还进献过《颂德》及《长安都国颂》，尽极歌功颂德之能事。由于摸准了皇帝的嗜好，刘安不露痕迹，总能逢迎得恰到好处，每次宴见，坐而论道，探讨政治得失和赋颂、方技，君臣侄叔两个都兴会淋漓，直到日暮掌灯时分，方才依依惜别。

刘安身材高大，眉目疏朗，留着一口美髯。进退行止间，既有从小锦衣玉食，长大南面为王养成的那份尊贵，又有由学问中浸淫出来的儒雅。从辈分论他是刘彻的叔父，不仅辈分高，且学问渊博、才思敏捷而又善于文辞，颇为皇帝所敬重。凡下达给淮南国的诏敕、信件，刘彻每每召司马相如等视草润色后方才发出，对刘安的景慕，可想而知。

田蚡得与刘安结识，是在淮南王上次进京奉朝请时。田蚡因得罪窦太后，被罢职家居，刘安以长辈的亲王，折节下交，在京期间，两人往来游宴无虚日。探知田蚡虚荣好货，刘安每每厚赠之，分别时，两人竟成了忘年之交。数年后，田蚡被拜为丞相，朝廷中有了这样一位有权势的朋友，刘安窃喜自己的钱用对了地方。田蚡则与之互通声气，朝廷中的机密大事，刘安知道得一清二楚。汉代的诸侯王，大致五年进京朝觐一次。刘安上次朝觐是在建元二年，转眼四年过去，这次再入长安，他已经是四十六岁的人了。

淮南国的车队到达枳道亭时，已经时近日中了。看到田蚡等在那里，刘安心里一喜,下车见礼道:"迎送诸侯乃太常①的职掌,怎敢劳动丞相的大驾!"

田蚡长揖道: "殿下乃高祖皇帝的嫡亲孙儿,连皇帝尚且拿殿下作长辈对待,能伺候王爷,是我们这些作臣子的荣幸,甚劳动? 谈不上,谈不上,王爷客气了! "说罢,两人相对揖手,大笑起来。

刘安向坐在后面车子上的一位女子招了招手道: "陵儿,还不下车见过你田叔叔。"

田蚡觉得眼前一亮。那女子从车上一跃而下,身手甚为矫健。年纪也轻,不过十四五岁的样子。肤色白皙润泽,两只黑亮的眼睛深若潭水,波光潋滟,一头黑瀑似的长发松松地绾在脑后,瓒珥不施的她,却艳光逼人,不可方物。

"父王姓刘,哪里来的姓田的叔叔? "刘陵打量着田蚡,莞尔一笑。

刘安喝道:"陵儿不可放肆! 当朝的丞相,天子的母舅,你田叔身份贵重。丞相与寡人情好无间,有如兄弟,当然称得上叔叔。快些与你田叔叔见礼。"说罢又对田蚡介绍道: "这是小女刘陵。此番进京,非缠着要跟来不可。寡人无奈,带了来。小女顽皮,打算在长安住一阵子,还要承望君侯日后多加看顾喽。"

"噢。田叔叔大安。陵儿初来乍到,不懂得京师的规矩,请田叔叔指教。"刘陵直视田蚡,笑语莺声,长揖着请安。

"哪里,哪里。都是自己人,用不着客气。" 刘陵容色夺人,目光中有种勾魂摄魄的力量,在她的审视下,田蚡竟有了种说不清的感觉,既有些自惭形秽,又有些心旌摇动。真看不出,刘安竟会有如此出色的女儿。

刘安邀田蚡同乘一车。车驭是侍候他十几年的心腹,御术极为老到。四马并辔,一溜小跑,宽敞的车身伴着嘚嘚的蹄声,款款而行,几乎觉不出颠簸。刘安用眼角的余光扫视着身旁的田蚡,田蚡仍是色迷迷的,一副神不守舍的样子。刘安心里生出一丝鄙夷,他咳了一声,堆出满脸的笑容。

"君侯,皇太后安好?"

---

① 太常,汉代九卿之一,秩二千石,掌宗庙礼仪,下辖太祝、太史、太乐、太宰、太卜、太医六署。

"哦……还好，太后近来心思全在外孙女的婚事上。吾上封信中提起的事情，不知殿下以为如何？"修成君金俗，是太后王娡的长女，论起来也是田蚡的外甥女，她的女儿金娥年已及笄，到了出嫁的年纪。太后对这个女儿一直心怀愧疚，所以对外孙女的婚事看得格外重，一心要为她寻一门好人家，要田蚡在诸侯王中加紧物色。淮南国的太子刘迁年将弱冠，年龄相当，身份也贵重，田蚡早早就向刘安打过招呼，一心要成就这门婚事。

在这件事上，刘安心里很矛盾。金俗出身微贱，乃太后入宫前与平民所生，并非皇家血胤，根本配不上自家的门第。娶金娥作太子妃，其他诸侯王背地的非议和耻笑，一定不会少。可与权势相比，门第又算得了什么！太后自觉亏欠女儿太多，对修成君母子格外看顾，结下这头亲事，与太后乃至皇帝的关系就更进了一步，金娥毕竟是刘彻的外甥女。想到这里，他有了决断。

"能与太后攀亲，幸何如之！待犬子行了冠礼，寡人即托君侯议亲。"

这下可以给太后一个喜讯了。田蚡极为满意，笑道："都是皇室宗亲，这下亲上加亲了。今晚吾做东，为殿下洗尘接风。"

"君侯太客气了！还是寡人做东。天子这一向可好？"

"这要看这好指甚了。"

"怎么说？"听出田蚡话里有话，刘安诧异地问道。

"自打太皇太后崩逝后，再没人管得住上边了。这回闽越内乱，不战而胜，上边的心气更高了。眼下又盯住了西南夷和南粤，在边事上，仗着国家府库充实，上边的雄心大着呢。"

"是呀，寡人知道君侯的主张，也曾上书谏伐闽越，不想全无作用。今上身边有个名庄助的中大夫吧？"

"有。怎么？"

"今上派他出使南粤，回来路过淮南时，竟专程来王府，说是传达皇帝的谕意，实则申斥老夫。人倒是精明强干，不晓得他是怎么个背景，如此得天子之宠？"

"这个人，说起来倒是有些家学渊源。他父亲庄忌，善辞赋，与枚乘齐名。都在梁孝王那里作门客。建元元年举贤良文学，这小子对策当意，被今上擢为第一。此人巧舌如簧，皇帝每每令他和其他郎官与大臣廷辩。在征伐闽越这件事上，非但王爷，就是我这个丞相，也曾被他窘辱过呢。"

皇帝重用小臣，折辱大臣，显然已引起了大臣们的不满，日后的祸乱，搞不好就会伏机于此，倒是个值得注意的迹象。刘安笑笑道："皇上这个年纪，少年气盛，好大喜功。既存了经营四夷之心，也只好随他去了。谏阻无用，徒然招怨，寡人是不会再触这个霉头了。君侯放心，早晚碰了壁，皇帝方会知道国事艰难，不是想甚就能做甚的。"

田蚡心有灵犀似的笑笑，决定试探一下刘安。他近来失意于天子，除亲近太后以固宠外，也有外结诸侯巩固权位的心思。自梁王薨逝后，诸侯王中，淮南最盛。世事无常，这淮南王日后或许会大贵，倒是值得费心结交的呢。更何况，他还有这么一位妙龄好女。

"国事上顺，可在家事上，上边焦心得很呐。"

"怎么？"

"王爷难道想不到？上边与陈皇后结缡七八年，竟无一子半女，尤其不可解的是，后宫其他嫔妃也全无子息，殿下想想，这正常么？"田蚡话中有话，他看定刘安，双目灼灼，说出了一番令刘安既紧张又振奋的话来。

"王爷试想，这病若是在天子身上，就难得有子嗣，宫车一日晏驾，谁接位的可能最大？王爷是高皇帝的嫡亲孙儿，正值壮年，学识渊博，平日广行仁义，口碑遍传天下。够格承继皇室大位的，除去王爷，还能有谁！"田蚡侧过身子，躬身长揖，很有几分输诚的样子了。

刘安内心狂喜，可脸上却是惶惑不安的样子。他扶住田蚡，正色道："天子富于春秋，哪里谈得上绝嗣？君侯莫妄测未来，况且此事非吾等为人臣者所宜言。我们先谈眼前的事，晚间还是寡人做东，我们好好商量一下两家的亲事。这件事，若能蒙太后允准，寡人欲觐见长乐宫，太后那里，还请君侯为寡人先容。"

"这绝无问题。论起来，那女子还是我外甥孙女，这个亲家，我们算是做定了。"田蚡捋髯笑道。稍顿，他回首向后车瞟了一眼，凑到刘安的耳边，很恳切地说道："还有件事情，不知王爷可能帮忙？"

"君侯莫客气，尽管说，尽管说！"

"内子故去已好二年了，中馈乏人。这继室，找，就要找个门第、模样都好的。我想要在刘氏宗亲中物色,物色到了,还要请王爷助成田某这件大事。"说罢,田蚡紧紧盯着刘安的反应,只等他开口应允,自己马上就可以毛遂自荐,做淮南国的女婿。

田蚡的心思,从他对女儿的频频顾盼之中,刘安已了然于胸。这个人,权势财色,无一不贪,人品卑下,自己是决不可能将爱女许给他的。可他位高权重,是皇帝、太后的近亲,又是得罪不起的人物。况且,朝廷上的机密大事,离不开田蚡为他通气,若如他所言,日后自己果真有龙飞九五的机会,朝廷中还真不能没有他的合作,这个面子,还真就不能驳他。一念至此,他故作思索地沉吟了一会,一拍额头道:"有了!君侯这件事情,就落在寡人身上。可真是不能再巧了,君侯还记得燕王么?"

"燕王?刘定国?"

"正是。他有个妹妹,极美,已寡居数年。上次朝觐,他就托我在京师为之寻一户好人家。君侯大贵大富,运势正旺,这兄妹两个必定会满意的。燕王位在诸侯,妹子也是个翁主①,门第足够,陪送也不会少。丞相若有意,孤愿作这个大媒。"

真是个老狐狸!田蚡心有不餍,却又不好回绝,于是颔首漫应之:"那么,便有劳殿下作伐了。"

两人一时无话,车入长安,田蚡要去长乐宫,换车告辞。看着他怏怏不乐的样子,刘安向随侍的家臣使了个眼色,笑道:"寡人备了礼物,一车劳君侯敬献给太后,还有一车就直送君侯的府上。都是些淮南的特产,不成敬意,请笑纳。"

望着侍从押解过来的两车方物,田蚡的脸上又有了笑意。"王爷太客气了。既是在京师,当然由我做东,尽地主之谊。晚间吾邀些大臣,就在舍下摆酒,为大王洗尘接风。"

---

① 翁主,汉代诸侯王的女儿的通称。

五

　　进得长乐宫不久，田蚡远远就看见停在长信殿前的车驾仪仗。看来，皇帝得知南宫的死讯，已先一步亲自报知太后了。

　　果然，太后倚在卧榻上，双泪长流。刘彻面色肃然，正襟危坐着不发一言。田蚡深吸了一口气，抢前几步，泪眼婆娑地扑倒在卧榻前，语不成声地说："人死不能复生，请皇太后、皇帝节哀。悲恸伤身，皇太后哭坏了身子，如社稷、苍生何？"

　　"阿舅所言极是。死者已矣，可母后膝下仍有儿孙满堂呢。南宫既死，朝廷正可重新检讨与匈奴的关系，汉家的公主今后决不会再远嫁匈奴。"南宫的死讯，唤起了刘彻的旧恨，他也难过，可更令他愤怒的是匈奴人全无信义，连年不绝地侵扰边郡，此次匈归障的陷落，是最新的证据。南宫之死，是个恰到好处的契机，他不会再投鼠忌器，打算一反本朝七十余年来的对匈奴和亲的国策，从根本上扭转因循被动的局面。

　　"南宫一去几近二十年，可到死，连亲人的面都见不到，竟成了流落异乡的孤魂野鬼。想起这个，我这个为娘的心呐……"平时只有双方使节报聘时，母女方能互通消息，不想此番带来的竟是女儿的噩耗，母女就此天人永隔。想到这里，王娡心痛似绞，大放悲声，四下顿时跟着响起一片啜泣之声。

　　觑准一个间歇，田蚡劝谏道："人死不能复生。皇太后身子要紧，凡事请多往开处想，节哀顺变。太后身心康泰，皇帝、臣子们和天下之人方能心安释怀啊。"

"你倒说得轻巧！中年丧夫，老来丧子，白发人送黑发人，这些个倒霉事情全叫孤遇上了。伺候走一个老太婆，孤也成了个老太婆，一个人整日困在这冷清清的殿堂里，开心处在哪里？又如何去想！"王娡的心头像是翻倒了的五味瓶，苦涩酸辛一下子涌了出来。她冷冷地瞥了儿子一眼，恨声发泄着积压已久的不满。

刘彻眼观鼻，鼻观心，不作一声，竟似充耳不闻的样子。他明白太后这是在敲打自己。自韩嫣死后，他与太后的关系日渐生分了，请安时母子间的话也愈来愈少。

田蚡偷觑了眼面无表情的皇帝，陪着小心道："眼下就有件让太后开心的事情。太后托付臣为阿娥物色的夫家，有着落了。"

"哦？是甚人家，门第如何？"

"是一等一的人家，淮南国的太子刘迁，年将及冠。刘安来京师奉朝请，臣已当面与他讲定此事。"田蚡将刚才与刘安议亲之事复述了一遍，王娡心头一振，情绪上松快了不少，于是细细询问起刘安与淮南国的事情来。

难怪他午前议事时缺席，原来是忙着结交淮南王去了。刘彻冷冷地注视着田蚡，努力抑制着心里的无明之火。诸侯王进京朝见，例应由太常接待，田蚡此举，有交通诸侯之嫌，他不能不警惕。尤其可恨的是，他居然谎称到太后处报丧，这个方头大耳的家伙，仗着太后的宠爱和母舅的身份，竟敢明目张胆地欺罔自己了。

窦太后死后，刘彻起用田蚡，一是朝廷有以母舅辅政的传统，更根本的意图是为了削抑窦氏和朝廷中守旧老臣的势力，推行兴儒的大政。起初，田蚡十分卖力，刘彻颇得其腹心肺腑之力。甥舅二人议论国是，常常议到日头西下方止。田蚡的建议，他可以说是言听计从。可渐渐地，刘彻觉得，他这位母舅表面谦恭，内里跋扈。其所作所为，并没有将他视为君临天下、至高无上的君主，而是一切大包大揽，自己在田蚡眼中，仍不过是个不谙世事的少年而已。

田蚡为相不过两年，外间关于丞相豪奢贪贿的传言大起。刘彻命郭彤暗地察访，事实有过之而无不及。田蚡为人豪横霸气，利用权势与京师官吏上下其手，占据了长安城内外大量膏腴之地，大治宅院甲第。而后又派人四出各郡县，搜购奇珍异物，往来的车马相属于道。相府堂前，编磬、钟鼓罗列，曲旄①竖立，已有僭越的味道。充其后房的妾侍和女乐人数过百，各地进献的珍物、犬马与玩好则不可胜数。可田蚡仍不知分寸，竟公然向他开口，求要一块准备扩建武库的公地。那一次刘彻真的动了怒，大声呵斥道："你何不干脆将武库一并占走？！"此后，田蚡才有所收敛。单是贪贿奢靡还罢了，尤令刘彻不能容忍的是，田蚡打着为朝廷求贤的旗号，大肆进用私人，有的甚至起家就成为两千石的大员，颇有把持人事的迹象。一次，廷议九卿官署与地方郡国官员的任免，他竟一口气荐举了五六十个人选，满朝的大臣无人敢发异议，唯唯称是。刘彻心下不平，揶揄他道："丞相的官位安排够了没有？朕也想要安排几位做官呢！"

在兴儒治国的方略上，田蚡也一改起初的敢作敢为，变得保守谨慎起来。由他主持诸儒议定的礼仪制度，议论虽多而迁延不决；每每皇帝欲用兵于四夷，他都领头谏阻。东越如此，西南夷如此，匈奴还是如此。

接到匈归障遭袭的边报后，刘彻心中陡然火起，马上诏命三公九卿会议和战大计。众臣平日唯田蚡马首是瞻，田蚡不在，皆敛容屏息不作一声。主战者只有大行王恢一人。王恢为燕人，曾数为边吏，熟知胡事。他以为和亲数十年来，并不能约束匈奴，反而使胡人觉得朝廷软弱可欺，不反击，胡人势必得寸进尺。反对与匈奴开战者，占了朝臣中的绝大多数，以御史大夫韩安国的意见最有力量。他的理由是兵凶战危，无必胜之把握即不可轻易言战。匈奴地广人稀，迁徙不定，得其地不足以耕作，兼其众不足以强盛。胡人善于骑战，来若飙风，去若流电，居无常处。朝廷的马匹不足，速度先就输了一筹，难于捕捉其主力决战。若冒险深入，则有粮草中绝，后援不继的隐忧。自高皇帝以来的列祖列宗，无不以天下苍生为重，力行和亲，以女子玉帛羁縻强胡，为中国求得一个太平的局面，足为后世效法。言外之意竟是他刘彻不遵祖制，不自量力了。刘彻虽不快，亦不得不承认韩安国的话有道理。是呀，

---

①钟鼓编磬，是皇室、诸侯王方可使用的礼器；曲旄，即曲柄赤旗，亦为皇室诸侯身份之标志。田蚡身为列侯（武安侯），位不至王侯，列钟磬，立曲旄，有僭越之嫌。

马匹不足，反击匈奴又从何谈起？

然而这场争论，还是令他觉得几年来的措置，非但没有使自己在用人行政上收到如臂使指之效，反而凡事掣肘，使他的意志难于贯彻伸张。原有的守旧势力虽已消散殆尽，而田蚡等一批新贵，占据了朝廷的高位，左右着朝野的舆论，党同伐异，权移主上，已成为左右朝政的新势力。而太后，亦通过田蚡，暗中对朝局施加着影响。犹如面对着一张无形而又绵密的大网，诸事皆难于措手。人心惟微，帝心惟危，他真正理解了父皇所言，是君主都会有孤危的感受，真正是孤家寡人！打破这种局面还是要靠进用新人，以分而治之。不过，今后的用人行政他必得亲力亲为，断不能再假手他人，就是至亲也不成。

"皇帝，你阿舅提的这头婚事，你觉得如何？"

刘彻怔愣了一下，看到母后正殷殷地望着自己，尽管不满田蚡所为，可金娥能嫁到淮南，无论门第还是身份，再难找到第二家。于是颔首道："母后觉着好，当然好。"

"那好。这件事可以定下了。皇帝，你阿舅是当朝的丞相，既是刘安托的媒人，又是阿娥的舅姥爷，这头婚事，交给他办最妥当，对不？"

"是。六礼①仪节繁复，可以交给太常办理，丞相总其成就可以了。"

"不，你阿舅一手托两家，这件事还是他亲自出面张罗，我才能放心。一可见朝廷重视，让淮南王觉得有面子；再者也能壮壮阿娥这边的门面，她娘亏待过就罢了，绝不能再委屈了这孩子。"

母亲的心思，刘彻当然清楚，于是颔首道："一切听凭母后的意思办就是。"

"那刘安欲给长乐宫请安，不知太后见不见？请示下，臣等好去安排。"

"见，既然作了亲家，面当然是要见的，就在这几日内吧。今晚，阿蚡你先约上几位大臣，好好宴请一下淮南王，告诉他儿子的婚事孤与皇帝准了，问名、纳吉之后，就可以定日子了。"

虽不满于田蚡私下结交诸侯，可见到母亲由悲转喜，刘彻还是觉得欣慰。

---

① 六礼，古代婚礼要经过纳彩、问名、纳吉、纳征、请期、亲迎等六道程序，故统称六礼。

有这么件婚事要操办，母后的悲戚与无聊寂寞可以排遣于一时，是件好事，自己正可用心于国事，斟酌对匈奴的和战大计。

回到未央宫，斟酌再三，仍旧是计无所出。这种心有余而力不足的感觉令他焦躁，他无心批读新送上来的章奏，于是传召当值的郎官司马相如过来一谈。

"匈奴寡诺背信，连年侵扰我边郡，数日前偷袭匈归障，杀掠我数百吏民，是可忍，孰不可忍！南宫既死，朕已无牵挂，本想以之为契机，一举颠覆和亲的旧局。无奈我们的马匹不足，韩安国讲得有道理，没有马，难于制敌。和不愿，战又不能，长卿，这个局面下如何作为，朕想听听你的想法。"

司马相如沉吟了片刻，道："小臣以为，朝廷既然准备不足，莫不如先将和亲之事拖一拖。陛下可先下一道敕书，责问匈奴为何背约攻掠我边塞，要来使带回去，看单于如何回答再作定夺。"

刘彻起身踱步，沉思了片刻，转头看着司马相如道："和亲先不谈，而责之以大义，堂堂正正，对头。你讲下去。"

"至于军事，则非臣所专……可臣看今日廷议中，王恢似未尽言。他既主战，必有他的道理，不过碍于重臣的权势，未敢深辩而已。陛下可召他独对，听听他的意见。"

得知是皇帝单独召对，王恢又紧张，又激动。稽首行礼后，屏息敛容，静候皇帝的问话。

"今日廷议，君一人主战。朕亦想战，可马匹不够，没有把握，孤注一掷的事情则朕所不取。韩大夫主张循先帝故事，与匈奴和亲以维持一时，有他的道理。这个局面下，君何以主战？直说无妨。"

王恢略作思忖道："大汉与匈奴，处于必战之势。既如此，则迟不如早。兵法云：先发制人，后发制于人。"

"何谓必战之势？"

王恢取出一轴卷帛，展开后乃是一幅边塞山川形势图。他边比画，边为皇帝讲解。"陛下请看，这图中一南一北，有两道长城。南面的一道，西起临洮，北接河曲，是战国时秦昭襄王为防匈奴南下而筑，人称前秦故塞，也是目前大汉与匈奴的分界之处。

"北面这道长城，则是秦始皇兼并六国后，派将军蒙恬率大军三十万驱逐匈奴以后修建的，与赵燕两国的故长城相接，东向逶迤直入朝鲜。南北两道长城之间的这块土地，即匈奴所谓的河南地，秦始皇则名之为'新秦中'。

"河南地阔千里，水草丰茂，是极好的牧场，且其土质肥沃，易于开垦耕作。秦始皇即于此移民垦荒，并设置了三郡四十县，以之为关中屏障。可惜秦末战乱，胡人乘间再占河南地，牧马长城。中国无此屏障，则强邻逼处，势难苟安。孝文皇帝时，胡人大举进犯，前锋直逼甘泉，京师震动，数月戒严，原因即在于此。

"陛下再看北面这道长城，建于大河之北，直抵阳山①。阳山之北即匈奴之腹地，单于庭亦在此处。由此形势一目了然：河南地属我，则我有大河与两道边塞为屏障，胡人势难南下牧马。且逼近匈奴腹地，势成其肘腋之患，反之亦然。臣所谓必战之势，指的就是河南地势在必争的这种地位。谁占据了这里，即可制敌而不为敌所制。"

王恢兴奋起来，言辞辩给，滔滔不绝。

"匈奴失了河南地，其腹地仅阳山一道屏障，形势由安转危，朝廷则可相机攻逐之。匈奴势必将王廷迁移至漠北，失去了漠南这片膏腴之地，其国力必衰，久之，绝难再为患大汉。"

这番形势的分析，令刘彻大为折服，也坚定了他与匈奴开战的决心。可兴奋之余，马的问题依然存在。"诚如君言，汉家与匈奴不能两立。可朝议主和，且以祖制不宜为说，而马匹不足，又奈匈奴何？"

王恢胸有成竹，应声道："礼乐之大法，五帝三王也不相沿袭，何况和亲乃先帝不得已之举，因时因事制宜而已。况且臣所言反击，非发兵塞外，而是诱敌深入，在自己的地盘上打。"

"诱敌深入？怎么说？"

---

① 阳山，又称狼山，即今之阴山山脉。古人称山南水北之地为"阳"，反之则为"阴"。汉在山之南，故称此山为阳山；匈奴在山之北，故称此山为阴山。

"朝廷事先调集大军设伏，再将匈奴诱至塞内，关起门来打狗，我军可以己之长攻敌之短，如此单于可擒，匈奴主力亦可一网打尽。"

刘彻摇头沉吟道："匪夷所思。"随即又目光灼灼地看定王恢："那军臣也是久经战阵之人，会那么乖乖地入彀？你拿甚诱他动心？"

"有了这个人，臣料定军臣一定会动心。"王恢从怀中取出一卷写满了字的细麻帛书，呈给皇帝。

一望而知，帛书是用扯下的袍襟写就，内容杂乱，大意是愿意献计诱擒匈奴单于，以赎死罪。落款署名聂壹。

"这聂壹是甚人？何以带信给你？"

"这个人是雁门郡的豪强，出身于驵侩①世家，生意做得很大，家财豪富。他既做边塞关市的牲畜买卖，也背着官府与匈奴阑出②交易，数月前被逮，下入狱中，依律当弃世。臣数年前巡边时与之相识，他知道臣职掌四夷，故托人关说。"

"他有何能为，可以诱致军臣？"刘彻盯着王恢，问道。

"这聂壹往来出入边塞多年，不仅与胡人相熟，而且极得军臣的信任。臣以为，他献的这个苦肉计可以行得通。"

刘彻细读帛书，也被聂壹这个大胆的计谋打动了。原来，聂壹提出，只要朝廷赦免其死罪，他愿诈亡匈奴，立功赎罪。他的计谋是：以官府治罪为由，亡命匈奴。取得军臣信任后，游说匈奴入塞掳掠。他则回城作内应，斩杀马邑县令，开门迎降。马邑为雁北要塞，一旦失守，汉之边防如同被撕开一个大口子，雁门、太原这两个最富庶的边郡门户洞开，军臣既可饱掠一番，又能重创汉军，这个前景，无疑对他有极大的吸引力。而要实现这一点，军臣必得携大军深入塞内数百里。汉军则可以逸待劳，一举全歼匈奴主力，从此确立优势。这样的机会与前景，是太难得了，刘彻竟不敢相信。

"这个聂壹，靠得住么？"

---

① 驵侩，从事马匹交易的经纪人。

② 阑出（阑入），汉代法律术语，指未经官府准许而私自出（入）关塞贸易，即走私。

"臣以为靠得住。此人信守然诺，在江湖上是有名的。况且还有其数百口男女族人的性命在官家手里。"

如此，他不能不动心。刘彻站起身，在殿堂内踱起步来，面色如常，可心潮却如翻江倒海一般汹涌难平。他记起父亲一再对他讲起，要他牢牢记住的往事：高皇帝被困白登山，不得已而与匈奴订立城下之盟，深以为耻；高祖薨逝后，冒顿单于竟致书调戏高太后，而太后忍气吞声，卑辞厚礼以谢冒顿。文皇帝、景皇帝之时，匈奴连年寇边，单于国书自夸"天地所生日月所置"，故意侮慢汉家天子。乃至朝廷迫于匈奴的淫威，以亲姊妹出塞和亲，更是自己少时经年不解的隐痛。这一切令他痛苦的耻辱，果能由此一战而洗雪，他还犹豫个甚！他停下来，望着同样兴奋的王恢，问道：

"军臣若来，你以为他会带多少人入塞？我们又要多少人，方能置敌于死命？"

"匈奴地域辽阔，由单于、左、右贤王分三大部统驭。胡人掳掠，与者有份，臣以为，军臣不会倾国出动，而会以本部精骑自行出击。如此，当在十万人上下。兵法：十则围之，倍则攻之。我军有备而战，以逸待劳；又可绝其归路，断其辎重，敌孤军深入，发觉中计，军心必乱。如此，有三四十万汉军，足以制敌了。"

"三四十万，三四十万……"刘彻摩挲着双手，欣喜之情溢于言表。"切莫忘形，切莫忘形，决定大事时一定要冷静，要周全。"他暗自叮嘱自己，容色渐渐如常。他看了眼在一旁侍候的郭舍人，问道："郭彤，这件事你怎么看？"

"奴才一向侍候陛下，于军事一窍不通，无从置喙。"

"你但说无妨，朕想要知道的正是外行人的想法。"

"奴……奴才"，郭彤口中嗫嚅，脑子却在飞快地转动。看来，皇帝是铁下心要与匈奴开战了，自己人微言轻，可如此大事，提醒皇帝小心决断是不会错的。一念至此，话即脱口而出了。

"能捉住单于当然好。可这么大的战事，几十万人调往雁门，难保不走漏风声，消息一泄露，军臣还能上钩么？陛下三思，还是与各位大臣商量个妥当的法子为好。"

刘彻摇首道："事以密成，这你说得没错。可谋及众臣，知道的人越多，消息走漏得愈快。这件事情，眼下只有朕、大行与你三人知道，绝不可外泄，你二人记住了？"

二人顿首答应。刘彻命郭彤将虎符取来，一一交代给王恢。当晚王恢奉诏持节出京，名义上是巡边，暗中则负有诏令各边郡的主将厉兵秣马，准备大战的使命。同时王恢还受命坐镇马邑，亲自监督实施聂壹的计谋。待一切毕备，他才会对大臣们公开这件大事。想象着众臣得知此事时惊愕的样子，刘彻无声地笑了。

六

　　王恢出使边郡的当晚，长安尚冠里的丞相府张灯结彩，府前车水马龙，宾客盈门。淮南王午后拜会了先到了几日的燕王，为田蚡提亲，燕王很痛快地许了婚。消息早已通报到田府。田蚡既奉有太后的口谕，索性两好并一好，大办宴席，淮南王而外，还请了燕王与来京师朝觐的其他诸侯王，并知会御史大夫与九卿与宴作陪。主宾到齐后，检点人数，唯独少了大行王恢一人。

　　田蚡面色一沉道："这王恢忒不识轻重了！大行职任接待四裔、诸侯，王爷们都到了，他却连个人影子也不见，总不成要贵宾等着陪客吧。好大的架势，来人，拿我的名刺去请！"

　　"丞相误会了。在下听说是上边差遣了王大人紧急的公事，君命，不俟驾而行，这会儿，他只怕是已经出了长安城了。还是先请各位王爷入席吧。"太常、宣平侯张欧（音右）知道田蚡是个极要面子的人，见其恼怒，赶忙劝解。

　　"甚紧急公事，我怎的不晓得。"

　　"君侯告假，整日都在东宫，如何晓得。"韩安国于是将午前朝廷会议和战的经过讲述一过。"听说，皇帝午后单独召见了王大人，之后就派他出京巡边，看来这趟差事与考察边塞的军备有关。皇帝还是想战呐。"

　　"既是这样，各位王爷就请入席吧。"田蚡摆摆手，脸上仍是一副悻悻的样子。

　　酒过三巡，田蚡宣告了太后许婚的消息，宾主纷纷向刘安祝酒贺喜。刘安又报告了田蚡与燕国公主结亲之事，众人又纷纷向田蚡与燕王道贺。一番觥筹交错之后，相府的女乐出场，燕乐歌舞的柔管繁弦之中，酒宴的气氛放松下来。乐舞间歇中，刘安看似不经意地问道："君侯，看来皇帝是一心求战的喽？以君侯之见，何时开战，胜算如何？"

"求战？吾又何尝不想求战！可马呢？马匹不足，怎样战？全无胜算么！皇帝年少性急，做大臣的也不晓事吗？岂能不计轻重利害，阿顺上意，行险侥幸！"田蚡满面阴云，看得出对王恢主战耿耿于怀。

"君侯差矣，兵法上不是有庙算一说嘛。皇上天纵英睿，即便身在庙堂，也可以决胜千里之外呢。"燕王刘定国嘿嘿笑道，颇有皮里阳秋的味道。

"王叔是在说笑话吧。"一个声音既尖且细，听上去怪怪的。众人循声看去，主宾席上一个身材瘦削的人物。其貌不扬，但目光与声音中却有股阴森森的力量。原来是胶西王刘端，他是景帝第八子，与江都王刘非同为程夫人所出。

"如丞相所言，别说马匹不足，即便有马，出得边塞作战，最要紧的是甚？当然是粮草辎重。打起来，这粮草辎重从哪里征发，还不是北边这些郡国。王叔的燕国，我们胶西、中山和赵国，朝廷哪一个能放过？"

"老八所言在理，大汉才过了几年安生日子？兵凶战危，征兵加赋，天下扰动。若能战败匈奴倒还罢了，怕的是劳师远征，一无所获，国家从此多事了。"坐在刘端身旁的赵王刘彭祖大有同感。

刘端不以为然道："加赋？加赋倒好了，怕的是皇上体恤民瘼，这打匈奴的钱粮要从吾等身上找补呢。"

背后议论天子，是大不敬。陪席的大臣们面面相觑，杌陧不安起来。

再这样议论下去，大不妥，要赶紧转圜。刘安摆摆手道："各位少安毋躁。匈奴既是我汉家的宿敌，战是早晚要战的，莫说皇上想战，吾等难道就不想雪祖宗之耻？关键是时机。时机适宜，对皇上扫灭匈奴的抱负，凡我汉室宗亲，哪个不愿鼎力相助？时机不到，言战还不是徒托空言。吾等还是莫辜负了丞相家的美酒佳肴，来，寡人为丞相上寿。"说罢，举酒一饮而尽，照照杯。

主宾都领会了刘安的用意，纷纷跟随祝酒。一时间笑语喧阗，宴乐重新进入高潮，及至夜深，客人方陆续告退，由巡夜的缇骑，分头护送回邸。

刘安是最后离开的。回到府邸，已时交二鼓。他酒意虽浓，可头脑却十分兴奋，全无睡意。他盥了盥面，又吩咐侍者烹了壶浓茶，倚在卧榻上，思绪如潮，浮想联翩。

一日之内，他与太后结了亲，为田蚡提了亲，由此加深了与皇室的关系，当然也加深了与当朝势要的关系。更令他兴奋的是，他知道了宫廷中的隐秘，皇帝因无嗣而焦急，而帝后之间必由此而生龃龉，宫中从此多事了！从今日之酒宴上可以感觉得出，丞相、大臣与诸侯王大都不赞成皇帝外事四夷的主张，担心这会损及自身的利益。皇帝少年意气，好大喜功，正是容易犯错误的年纪。对国家，这不是好事，对自己，却未必是件坏事。

二十年了，二十年了！不想机会又一次重现了。被深深压抑住的那一点念想又开始萌动，在他心中掀起涟漪。

文帝八年，时年十六岁的刘安被封为淮南王，继承了被贬黜而死的父亲的王位，而国土被一分为三，权势大不如前。他表面恭顺，心里却怀着一股恨，发愤读书。他一反诸侯王狗马弋猎、骄奢淫逸的做派，文雅、好学直追河间王；在国政上，他更是宽厚仁慈，不吝钱财，拊循百姓，广揽人才。景帝三年，朝廷削藩，激起了吴楚等七国之乱。吴国使者到淮南联络时，二十五岁的刘安本欲响应。国相看出他的意图，假意愿意带兵出征，哪想到取得兵符后，却将他软禁在宫里，顿兵坚守，直到朝廷救援的大军赶到。响应吴楚的事情，竟因此消弭于无形，刘安亦由此得免七国败亡的命运。此后，他深自韬晦，恭顺朝廷，极力讨好皇帝与宫廷势要。自保而外，原先的仇恨、不平和雄心被深深压入心底。原以为此生只能顺遂天命，老死蒬裘，不想前年（建元六年）秋，中国出现了几十年方得一见的天象——彗星。

古人最重天象，认为天象关乎人事。彗星当空，自古是大凶之兆。一般人都说它是事关太皇太后崩逝①的天象，而占星者对此的推算是，天下将要刀兵大起，血流千里。他将占星的史官召入密室，那一晚的密谈惊心动魄，刘安至今记忆犹新。

"这种天象，预示人世将有逆乱凶孛的事情发生，很准的。"

"何以见得？"

---

① 窦太后于是年（建元六年）五月崩逝。

"殿下可读过《左氏春秋》？"

"当然读过，怎么？"

"文公十四年，周内史叔服的占验，大王可还记得？"

刘安略作思忖，问道："是彗星现于北斗，叔服预言，不出七年，数国国君都会死于祸乱那件事？"

"正是。其言极有效验。三年后，宋昭公被杀，公子鲍僭位；五年后，齐懿公被弑；七年后，晋灵公被赵穿弑于桃园。"

"这次又会如何？"

"昨夜彗星孛现，星官在角①，角宿有两星。依甘氏星经，彗星孛犯两角间，主邦有大丧；而石氏星经②也以为此种天象，主天下大乱，皇位更迭，都是极为凶险的兆头。"

"那么应在何时、何处？"

"角宿之分野③对应于兖州，而慧尾西指长安……"史官停顿了片刻，打了个冷战，压低声音道："近则三五年，远则不过九年。大王可早为预备。"

一股热流直走丹田，刘安竭尽全力，方才压住了心头的躁动与狂喜。当夜，他便秘密处决了这名史官，那番谈话，则成为紧锁于他心头的秘密。

什么事情会使天下刀兵大起，血流千里，皇位倾覆？他百思不得其解。匈奴内侵？不可能，匈奴扰边是常事，可他们没有深入中原的力量。再就是内乱，如以前的七国之乱。可从何而乱？什么人倡乱？仍然理不出头绪。直至今日，田蚡向他暗示，皇帝有可能绝嗣，他才恍然大悟：国无太子则国本动摇，皇帝一日宫车晏驾，刘姓诸侯会并起争夺皇位，天下大乱。所谓刀兵大起，流血千里，定是起于这样的局面。现存刘姓诸王中，自己与皇室的血统与亲缘最近，辈分和声望最高，天子一旦不讳，最有机会的不就是自己吗？

---

① 星官：古代观测天象，将众星命以百官之名，如帝后将相等，以别尊卑；又称天官，其实指的是空中的恒星团。角，二十八宿之一，为东方七宿之首。

② 甘氏，即甘公，战国时齐人，名甘德，是著名的占星家；石氏，名石申，战国时魏人，又称石申公，也是著名占星家。二人学说均对古代天文学有深远的影响。

③ 分野，即与星宿相对应的地域，占星学认为，星宿天象之吉凶可以直接影响到分野的人事。

或许是酒的作用，他觉得气血涌动，浑身燥热，于是呷了一大口茶，站起身在堂内来回踱步。他恨自己沉不住气，拍拍额头，深吸了口气，重新坐下，收拢思绪，开始做下一步的打算。

首先，他要未雨绸缪，大治攻战的器具，招揽更多的豪杰，暗中联络各郡国，互通声气，使自己的声名德望，百尺竿头，更进一步。同时他要安排可靠的人，为他联络朝廷的重臣，侦伺宫廷的消息，淮南距京师千里之遥，一旦有事，他决不能落了后手。可这种极为机密重大的事情，他能托付于谁呢？

随驾同来的中郎伍被，是门下数百豪杰中的佼佼者，对自己忠心无二，才能智计，亦不在京师中的人物以下。可之前自己从未向他透露过心曲，他赞同与否，尚不可知。况且以伍被的官职身份，不便与朝廷重臣交往，更难窥探宫中的动静。

看到面前递过新茶的那双纤纤玉手，刘安才从沉思中抬起头来。"阿陵！怎么是你？"

刘陵嫣然一笑，取下簪子，将灯焰挑亮。"父王一路风尘，进得京城不遑歇息，又去拜会诸王和大臣，就不觉得疲累么？夜半归来，中堂的灯就一直亮着，鸡鸣时分还不安歇，莫不是有甚心事么？"

刘安眯着眼，细细端量着灯下的爱女。一袭月白色的睡袍中的女儿娇小婀娜，黑瀑似的长发、鹅蛋形的面庞、高挺的鼻梁与盈盈似水的眼波，十六岁的女儿已经出落成为一个美人，这正是自己理想的人选呀。

"心事？当然有。陵儿，你过来，坐下。"他将女儿的一只手握住，抱憾道："阿爹场面上的事多，顾不上你哟。说说看，今日在长安逛了哪里？玩得好不？"

"好。"提起日间的见闻，刘陵来了兴致。"我带着阿苗，坐车在长安城里转了一圈。长安好大噢，咱们淮南国的都城可真是没法子比！午后我们又逛了东市，好大噢！阿爹，你猜，我买了甚东西回来？"刘陵满脸欢喜，急切的目光中仍不脱顽皮的稚气。

"好看的衣裳？"女儿摇头。

"珠宝首饰？"

"才不是呢！"女儿娇嗔道，头摇得像是拨浪鼓。

"不是衣裳，不是珠宝，那还能是甚呢？香粉、胭脂"刘安掰着手指沉吟，故意作出苦思不解的样子来。

女儿果然忍不住，将头靠在刘安肩上，扑哧一声笑出来。"我要不说，阿爹永远猜不出来的。"之后又跳起身，瞪大眼睛，两手夸张地比画着道："黑黑的，长毛，好大好大的头邪！身子就像只小牛，可凶了！"

"喔，是只猛兽么？"刘安并不吃惊，这丫头的性格自小就不像女儿家，若是买些脂粉妆奁回来，反倒不像是她的为人了。

"是獒犬！商家说是西海①羌人那里产的，中原根本没有，很名贵的。阿爹，你再猜，这只犬要多少钱？"

通常的家犬，不过百钱上下，名犬可值万钱。刘安想了想，伸出二指道："两万钱。"

"才不是呢！"女儿嗔怪似的跺跺脚，满面骄色，把头一昂道："百金。"

"百金？"那就是一百万钱了！刘安吃惊了。五口之家一年的用度不过五千钱，百金可以养活二百个这样的家庭。女儿平日奢靡成性，挥金如土，他是知道的。可毂辇之下，如此作为，免不得惹人侧目，闲话传到宫里去，会引起何种议论，可想而知。

"还有个不知谁家的公子哥，与我争买，惹来一市的人围观。可他的现钱没我多，狗还是被我牵走了，众目睽睽，气得他鼻子都歪了。"说到得意处，刘陵咯咯笑出声来。

"陵儿，在京里做事切不可张扬，这里不比淮南，是自己的地盘。阿爹之上有皇帝，有朝廷。当朝的贵戚公卿，哪一个权势都不在你阿爹之下。你要学会夹起尾巴做人。不然，朝请过后，你随爹一同回去。"刘安板起脸，不快地说。

"不嘛，我就不回去。"刘陵抱住父亲的胳膊，使劲摇晃，双眸荧荧似有泪光。刘安不忍，放缓了口气道："好了，好了。你买的那只獒犬，拴到了哪里？"

"在后院的狗圈里。原来的那些狗，见了它，都伏在地上，摇晃着尾巴，

---

① 西海，即今之青海湖。

呜呜地叫唤，害怕极了。"谈起自己的爱物，刘陵转忧为喜，又有了笑容。

"陵儿，看来你是愿在这长安长住喽？"

"是。女儿愿意。"

"那好，你坐下。阿爹有事情交代。"刘安正襟危坐，神情一下子庄重起来。见到父亲如此，刘陵亦敛容端坐，神情专注地看着他，犹如长大了十岁，不再是个少女了。

"长安是天子之都，高皇帝创立基业的地方。此番带你来，本意是要你见见世面就回去。你既如此喜欢长安，就要谨守朝廷的体制，不可如在家时那般随意。你记住了？"

"女儿记住了。"

"近日内，阿爹会带你进宫问安，面见皇太后、皇后，也许还能见到皇上。你要想法子讨她们的欢喜，她们喜欢你，才会常常召你进宫做伴。陵儿，你要切记，在太后、皇后身边，务必谨言慎行，不可骄恣放纵，如此，她们才会信任你、亲近你。"

"我干吗要低首下心，让她们信任？就是不进宫，这么大一个长安城，也足够女儿玩的。"刘陵直视着父亲，不屑地说。

"阿陵，你年已及笄，不是小孩子了。平常人家的女儿，在这个年岁上早都有了婆家。你是阿爹的独女，要为阿爹分忧呐。"

"阿爹是一方诸侯，南面为王，何忧之有？"

"可你阿爹，还有其他诸侯王，在皇帝、朝廷那里仍只不过是个臣子，生杀予夺，是由不得自己的。你以为诸侯王风光？其实哪一个不是战战兢兢，揪着心过日子。朝廷视诸王为异类，监视得紧。一旦被拿住甚把柄，轻则申斥，重则削地黜爵，稍有怨望，即以谋逆论处。诸侯王身死国灭的事情，从大汉立国时起，就没有断过……"

"我们淮南也会这样么，难道没办法免祸吗？"刘陵显然被吓住了，原本红润的脸色苍白了。

"当然，淮南国在你爷爷手里已经灭过一回。若不想贾祸，就得低首下心，忍辱吞声，除非……"

"除非甚？"

"除非自家做皇帝。"

"自家做皇帝？那不是谋反么！"刘陵惊呆了，怔怔地盯着父亲。

刘安看着女儿，心潮起伏。做大事，非得有种力量做支撑。而人世之中，没有哪一种力量的深沉、持久比得上恨。从懂事时起，占据他心灵的第一种情感就是恨。四十年来，父王被贬黜后押赴西蜀的那段经历，时时浮现在他脑海中：困车中困兽般的父亲，鬓发散乱、衣衫不整的宫人，沿途围观者的唾骂嘲弄，跟在囚犯队列中的他与涕泣不止的幼弟……他想托付的大事，没有仇恨的力量，女儿是做不来的。是时候了，该把这几代的仇恨，交代给女儿了。

"这皇帝的位子，本是高皇帝打下来的。高皇帝的子孙，都有承继的资格。你爷爷是高皇帝的儿子，阿爹是高皇帝的孙子，若不是一直被些恶人压着，坐这刘家天下的，保不定就是我们这支人。"于是，他从赵美人屈死狱中，刘长寄人篱下，受尽吕氏欺凌说起，备述七十年来淮南刘氏的故事。讲到刘长被黜，负气绝食而死一节，刘安词气哽咽，刘陵则已泣不成声了。

相对啜泣了好一阵子，情绪方略有平复。"爷爷报了祖奶奶的大仇，奸人污蔑，皇帝摧折，爷爷宁可绝食而死也不稍屈服，是顶天立地的硬汉。可爷爷的冤屈，又何时昭雪？"刘陵盯着父亲，黑亮的眼睛中闪烁着愤懑不平。

"阿爹的心事，就在这上面。七国败亡后，二十年来，阿爹忍辱负重，卧薪尝胆，等的就是雪耻报仇的一日。可眼下还不是时候，我们还得忍。"

"忍到何时？"

"或许不会太久。阿爹这次回去，会暗中准备，可有件大事，阿爹做不了。"

"甚大事？"

"今早田丞相告诉了阿爹一件惊天的秘密，当今的皇上大婚已经八年，皇后，还有其他的嫔妃却至今未有子息。皇帝是太后的独子，一旦不讳，连个接位的亲兄弟都没有。这个皇位会交给谁？"

"交给谁？"刘陵也紧张起来。

"自然要在刘氏的宗亲中挑选，而这，就是阿爹的机会了。现存的诸王，论亲缘，没有谁比阿爹与高皇帝更近；论德行名望，也没人能与你阿爹比肩。即便诸王并起争位，阿爹亦能号召天下，扫平群雄。那时候，追尊你爷爷皇帝的封号，我们方能一吐七十年来的腌臜之气，光耀祖宗的门楣。"

"阿爹既已成竹在胸，为甚还说做不了？"刘陵既兴奋，又不解地问道。

"外面的事情，阿爹可以暗中准备。可宫里的事情，就非阿爹力所能及了。宫闱秘事，外人绝难知晓啊。"

"甚秘事？"

"皇后不能生育，不仅皇帝忧心，也会引起他人的觊觎，乱象定会由此生发。皇帝与皇后的关系如何？皇帝还会亲近哪些女人，有无子息？宫内的争夺最终会到何种地步？这些事情，非帝后腹心之人，是无从知晓的。而这，恰恰是阿爹判明形势，决断大局最要紧的根据。兵法上讲的'知己知彼'就是这个道理。"

"阿爹的意思，是要陵儿结好太后和皇后，坐探宫里头的秘事，随时通消息给阿爹么？"

"真是个聪明的丫头。还不止于此，有机会还可以推波助澜，宫里头越乱，我们的机会越大。"刘陵秀外慧中，一点即通，京师的事情，很多可以交给她来办。刘安喜不自胜，慈爱地抚了抚女儿的头。

"这样子，女儿住在长安可就不只是一年半载了，对么？"

"当然，三年五载不回淮南也成，用度上，阿爹会供着你。以你的身份，不光可以进出内廷，也可以多多结交朝臣，为阿爹物色些有用的人才，来日总会派上用场的。"

知道可以长住京师，而且有花不完的钱财，刘陵大喜过望："不就是挑动宫里不和吗，阿爹放心，陵儿准叫这些个宫人争得鸡飞狗跳，让那个皇帝气死。"想象着宫里被搅得乌烟瘴气的情景，刘陵自觉有趣，扑哧笑出了声，那笑容既顽皮，又灿烂。

刘安心头一沉，这丫头全不知利害，竟视宫廷内争为儿戏，得警告她。"陵儿，兹事重大，切莫视作儿戏！孟浪从事，一旦露了形迹，会坏了父王的大事！"

见父亲面色严峻，刘陵也郑重其事起来："父王放心，陵儿知道如何做，决不会牵累父王，危及大事的。"女儿面色坚毅，一副成熟稳重的模样，仿佛一下子长大了十岁。刘安大为释怀，比起儿子来，这个女儿是强得太多了。两人重又对坐，低声推敲起行动的步骤与细节来，直至平旦，父女方各自归寝。

舟车劳顿，又一夜未眠的刘安困倦已极，刚刚宽衣睡下，府中的侍者却叩门通报，宫里头传诏的谒者，已经候在门外，说是皇帝召淮南王速去雍城陪祀五畤，天子的车驾已经上路，要他马上赶去从驾。皇帝郊祀，是件很少有的事情，最近的一次，已在十几年前。能够陪祀，是很大的荣耀，也是接近皇帝的难得机会。尽管哈欠连连，步履踉跄，刘安还是匆匆盥洗更衣后，在众人服侍下，登上自带的车驾，乘着熹微的晨光，西出长安，绝尘而去了。

七

雍城①位于三辅右扶风郡的西头，是秦国的旧都，有回中道与长安相通，距京师百里之遥。刘安一行赶到时，天色已经向晚，通往皇帝驻跸的棫阳宫沿途，五里一坛，已燃起了熊熊的烽火。

这一带是渭、汧、雍②三水交汇而成的冲积平原，古称周原，历史上是周人、秦人的发祥之地，故留有不少祭祀天神与祖先的遗址。如吴阳的武畤③、雍东的好畤，多已废弃不用。周幽王被犬戎击杀后，周室被迫东迁，周王将关中的弃地封给了勤王有功的秦襄公。秦国此时尚僻处西陲（即今陇西一带），后来逐走犬戎，方才入据关中。秦王室姓嬴，奉西方之神祇白帝为祖神。白帝名招拒，是上古传说中西方的天帝。秦人出自西陲，故尊之为神，并设立西畤，作为郊祀之处。

之后，秦文公行猎于汧、渭二水交汇处的汧阳，卜居大吉，遂迁都于此。又梦见空中跃下一条大蛇，蛇口止于鄜衍。史官详梦，解为上帝之征，可于此立畤，于是立鄜畤以祀白帝。又过了几十年，秦德公嗣位，卜居于雍，得"子孙饮马于河"之大吉。河者，黄河也，意谓秦国之疆土可以东扩至大河，囊

---

① 雍城，秦早期都城之一，建于秦德公元年，至秦献公二年迁都栎阳止，254 年中，雍城一直是秦国的都城，其遗址在今陕西凤翔。

② 渭、汧、雍，汧（音千）水、雍水，都是渭水的支流。

③ 畤，覆有封土的祭坛，是古代帝王祭祀天帝始祖的所在。

括整个关中。德公大喜，于是迁都于雍。直至秦献公迁都栎阳，二百五十四年中，雍城一直是秦国的都城，而秦人亦由此崛起发达，最终一统天下。

德公仍以鄜畤郊祀，其子宣公又作密畤于渭水之南，把据说是山东一支秦人先祖的青帝（又称东帝）作为白帝的陪祀。周、秦两大氏族都发祥于陇西与关中，而周后来成为天下之共主，秦人自视与周一脉相承，为争正统之地位，后来的秦灵公索性将周人的先祖炎、黄二帝（黄帝姬姓，炎帝姜姓，两姓互为姻娅，分别是周人父系与母系上的先祖）列入秦人的祭祀系统，在吴阳分立上、下两畤，上畤祀黄帝，下畤祀炎帝，做成了一个完整的郊祀系统，这就是著名的秦雍四畤。

战国末年，齐人邹衍以五行之术阐述政治运数，首倡五德终始说①，流行于山东。秦灭齐，此说为秦始皇采用，此后流行于天下。高祖刘邦曾杀大蛇，当时即有传言说，蛇乃白帝之子，杀蛇者乃赤帝之子，刘邦颇为自喜。诛灭项羽后，刘邦回到关中，询问前秦都祭祀哪些天帝，博士奏以白青黄赤四帝。高祖又问，吾闻天有五帝，秦人只祀四帝，是甚缘故？众说纷纭，莫衷一是。于是高祖裁断道：吾知之矣，乃待我而五帝俱全矣。以汉承秦制，为水德，尚黑，下令于雍地设立黑帝祠，命名为北畤。这样，西、鄜、上、下、北，五畤一体郊祀，又称汉雍五畤。秦以冬十月为岁首，一年的郊祀，即于此时举行，奉祀者须宿于雍城，提前沐浴斋戒。汉初，仍以十月为岁首，郊祀一如前秦。

秦及汉初岁时祭祀五方天帝始祖，多由太常下属的太祝等职官代行，皇帝很少亲临奉祀。刘彻何以忽然动了这个念头呢？这就不能不涉及他对朝政的失望与不满。国之大事，在祀与戎。在刘彻心里，戎即战争，击败匈奴，一雪前耻，继而镇抚四夷，开拓疆土，扬大汉声威于天下，这是自少年时已有的渴望。祀关礼制，乃国家制度的基石。敬天法祖，以兴儒做成太平盛世

① 五德始终说，齐人邹衍运用金、木、土、火、水五行相胜相生创立的一种政治学说，认为王朝的命运依五行德运为转移，循环往复。如秦自认为水德，周为火德，水克火，故秦能取代周而有天下。水德尚黑，以十月为岁首；汉初承袭秦之水德，武帝时改制，推汉为土德，取土克水之义。土德尚黄，以正月为岁首。此后，每逢王朝嬗递之际，新朝都要改正朔，易服色，以标榜自己奉天承运，作为新统治者合法性的包装。

的新气象，由此复兴三代之治，成就圣帝明王的大业，则是他亲政后萌生的志愿。太皇太后死后，原以为可以一展宏图。可很快他就觉察到，群臣非但不能给他以助力，反而事事掣肘，使他难遂所愿。不要说反击匈奴，就是征伐闽越、南越这样的藩国，田蚡之流亦百般阻挠。至于兴儒所需的礼乐典章的创制，大臣们虽然踊跃，可众口嚣嚣，莫衷一是，至今也议不出个究竟来。

斟酌了数月，他将清了施政的头绪：若做大有为之君，则垂拱之治决不可行。打破目前因循拖沓的局面，非得自己先动起来，群臣才会动起来。而后可再选贤良文学之士，为朝廷注入新的朝气。诱击匈奴之事，已在暗中发动之中。而重兴礼乐，以郊祀入手，没有人能够阻拦，不是说帝王须率先垂范，方能化民成俗么！可这件事不能在京师办，大臣博士们的争论徒乱人意，好在有雍城这么一个僻静的所在，可以找些行家，把这件事情问个明白。

刘安沐浴更衣后，在谒者令郭彤引领下走进棫阳宫正殿。殿内正在晚膳，皇帝而外，尚有数人作陪。见到刘安进来，主宾纷纷起身见礼。刘安欲行大礼，刘彻笑道："郊祀斋戒，不备酒，素飧便宴。朕请些人过来闲话，王叔年齿最尊，就不必拘礼了。"

皇帝东向而坐，刘安被让到南向的席上，同席的是河间王刘德。北向的席上，相对而坐的两人，苍苍美髯，年纪已近五旬，风度儒雅，可从服饰上来看，不过是职位很低的郎官。此等人物，想来便是田蚡所说的文学侍从之臣，身份虽卑，可日日在皇帝身边，对朝政的影响，怕是贵为诸侯王的他，也难以比肩的呢。一念至此，忧戚顿生。

素飧无酒，很快用完餐，各自盥手擦脸后，宦者奉茶，主宾开始闲话。

"数年不见，王叔一向可好？"

"承陛下关爱，老臣的心身都还健旺。"刘安揖手称谢，目光却在对面两人身上。

刘彻笑笑道："这两位先生王叔看着眼生，可说起名字，怕是耳熟能详呢。"

"喔？"

"司马相如，邹阳。朕致王叔的诏书和书信，多请司马先生视草润色。邹先生原来也是梁孝王那里的客卿，如今也被朕罗致到了未央宫，都是当今的大才，不可小觑哟。"刘彻语声刚落，刘德已起身揖手致意："得见二位先生，幸何如之！虽未谋面，可二位的诗赋遐迩闻名，吾神交已久了。"

刘安也淡淡一笑道："是呀，《子虚》《上林》之赋，传诵天下，司马先生的大名，老臣如雷贯耳呢。幸会，幸会！"话虽这样说，可司马相如还是觉出了其中的不屑。都说淮南王礼贤下士，门下食客三千，其实不过如此，叶公好龙而已。他心里好笑，面上却纹丝不露。

"哪里，殿下《鸿烈》一书，上述天文地理，下论阴阳造化，瑰奇诡异，荟萃诸子，折中百家，王爷这般学识，方称得上渊博。微臣之诗赋，不过小道末技而已。"

刘彻摆摆手道："都是一时之秀，就不必过谦了。有些事情，朕还要请各位贡献意见。"

刘彻注视着刘安与刘德，神情殷切。"二位乃诸王中学养最深者，朕亲奉郊祀，为的是移风易俗，重兴三代的气象，二位怎么看？王叔请先讲。"

"陛下有此大志，真乃我大汉之幸也！"刘安跃如，满面喜色，忽而又敛容，以极其庄重的口吻道："帝王之事莫大乎承天之序，承天之序莫重于郊祀，所以古圣王无不尽心竭虑以建其制。我朝承列祖列宗荫庇，天下富庶，已有太平盛世的气象。陛下此举，正当其时呀。"

"是么？"皇帝昂首抱头，很开心的样子。随即注视着刘德道："二哥以为如何？"

"当然是大好事。而且古圣王奉天承运，必封禅泰山，巡狩五岳。《舜典》言'五载一巡狩，群后四朝，敷奏以言，明试以功，车服以庸。'巡视九州，考察治绩；怀柔远人，安抚四夷，整齐天下的风俗，正是圣王大业之所在。"

刘彻喜动颜色，击节道："二哥所言，正朕之所想。郊祀只是第一步，朕早晚要追随大舜，巡狩九州，封禅泰山的。"

看不出少年天子，竟有如此志向。看来田蚡所言不虚，皇帝是个好大喜功之人。征战匈奴而外，再行封禅巡狩，天下将无宁日，怨声载道之时，或许就是自己的机会了！刘安亦喜亦忧，可脸上仍是欣然的样子。

"朕自幼长于宫中，迄今足迹不出三辅。这天下究竟是个甚样子，朕心中全无印象，如此做皇帝，岂不形同瞽人！当年赵师傅、王师傅曾为朕草拟巡狩封禅诸般兴儒大计，可格于太皇太后，赍志以终。如今能够畅所欲言了，可三公九卿连带偌多博士，竟没有中用的！三代的典章制度，如何因革损益，经年议而不决。兴革的大计无从入手，朕心焦虑，可满朝的公卿安之若素。看来这朝廷中的暮气，不冲一冲，是不成的了。"

事涉亲贵，疏不间亲，众人皆低首敛容，缄口不言。丞相居三公之首，皇帝虽未点田蚡之名，可内心的不满已溢于言表。刘安的心一下子沉重起来，皇帝若罢黜了丞相，自己会失去朝廷内最大的助力，他虽看不起田蚡的人品，可为长远计，还真要想个法子帮他。

"王叔此次进京，田丞相亲迎到了灞上吧？"

刘安一惊，顿首道："是。丞相急皇太后所急，想先一步落实外孙的婚事，以分太后之忧，所以……"

"朝廷的规制，诸侯王奉朝请，例由太常接送。而丞相违制，朕没有办他交通诸侯之罪，也是看在为母后分劳的份上。此事过不在王叔，无须挂心。田蚡没有抱怨朕好大喜功么？"

刘安的身上已是冷汗涔涔，再拜顿首道："丞相实在只谈了婚事，定议后便匆匆赴长乐宫复命，断无大不敬之语。老臣愿以身家担保！"

看着刘安惶恐不安的样子，刘彻暗自好笑。宽猛相济，恩威并施，先帝所授的驭人之策还真是好用。他并非真起了疑心，只不过敲打敲打，示之以警告而已。于是放缓口气道："丞相乃朕之母舅，王叔也是皇家至戚，朕厚望于汝者，凡事为朝廷着想，助朕成就大业。"

"陛下的教诲，老臣感铭五内，谨记了。"刘安松了口气，可旧恨上又添了新愁。看不出，皇帝人年轻，却是个厉害的角色，大意不得呢。

"礼乐的复兴，势在必行。朕初即位，董仲舒上天人三策，深得吾心。兴儒为的是甚？所谓改正朔，易服色，无非以礼乐重新确立我汉家的大一统。推崇儒术，罢黜百家，兴学校，举孝廉，董先生这些提议，都是些治国的大要。现在想来，派他去江都，莫如留在长安以备顾问。朕真是想他了呢。"

"那么陛下为何不留住他呢？"刘安感兴趣地问道。

"董先生是个醇儒，治国的大经大法，他是看得准的。可论起做事，就未免书生气了。"

"陛下看人入木三分，老臣佩服。"刘安直觉，若董仲舒还朝，肯定于他不利，要想法子打消皇帝召回他的念头。

"淮南与江都密迩，老臣也听到过董先生的故事。"

"哦？甚故事，说来听听。"

"董先生为江都王讲解《春秋》，江都王曾问他，勾践与范蠡、文种卧薪尝胆，最终报仇雪耻，以此种谋略和意志，这三个人可否称为越之三仁。"

"他怎么说？"

"董先生先举了个例子，说是鲁国的国君想要攻打齐国，召问国中的贤人柳下惠。柳下惠对曰不可，退下来后面有忧色道：'我听说谋伐国者，不问于仁人，国君何以问我？惭愧呀！'董先生接下来便发挥道：'柳下惠见问尚且觉得羞愧，更何况以诈力伐吴！以此观之，越国本来就没有仁人，更何论三仁呢？仁人者正其谊不谋其利，明其道不计其功。春秋之义，贵信而贱诈。诈人而胜之，虽有功，君子不为也。是以仲尼之门，虽五尺童子，羞称五霸。'董先生的志意虽高，可揆诸实际，确如皇帝所言，是迂阔了一些。"

刘安此说，果然止消了皇帝召董仲舒回京的念头。马邑诱击战正在发动之中，以董仲舒反对诈力的立场，此时召他回来，不啻增强了朝廷中反战者的力量。刘彻笑道："江都王骄横跋扈，也只有如此道德学问的长者，才拘束得了他。"于是顾左右而言他，转问刘德道："王兄素通儒学，封禅巡狩之事，何时可行？"

"古人云：'功成作乐，治定制礼。'高皇帝创业垂统七十年，国家富庶，天下治安，大汉已有太平盛世的气象。臣以为，一俟礼乐典章议定，即可行古圣王之事。"

"典章？天晓得朝廷里那些人还要议到甚时候。至于太平，四夷尚未宾服，匈奴尤其肆无忌惮，封禅一事，怕还要假以时日。不过，有些事情，眼下就可以做起来。譬如郊祀的乐舞…"

"臣在河间，收集到了一批雅乐古谱，这次奉朝请带了来，正要呈给陛下。"刘德拜手陈奏，侍从随即献上以卷帛誊抄精裱过了的曲谱。

"难为王兄有心。"刘彻领首，含笑翻看着曲谱。

"不过，"刘彻望着司马相如和邹阳，"只有古谱还不够，制礼作乐，还是要推陈出新。朕在东宫时，就想立乐府采风，作一部新的诗歌总集。二位先生是这方面的行家，这件事要请你们主持。"

原以为皇帝会将此事托付于他，便可以在暌别多年的长安多住些时日。不想皇帝全无此意，看来，冷冰冰的君臣关系已完全取代了往昔的兄弟之情，刘德心有戚戚。

"陛下所言极是。此次郊祀，臣不才，作了数首歌诗。"邹阳说罢，起身呈上简册一卷。刘彻展开卷册，看到的是一手雄浑苍劲的汉隶。

朱明盛长，敷与万物。桐生茂豫，靡有所绌。

敷华就实，既阜既昌。登成甫田，百鬼迪尝。

广大建祀，肃雍不忘。神若宥之，传世无疆。

"子曦先生诗作得好，不曾想书法的功力亦如此深厚，二美并兼，相得益彰，难得，难得！"刘彻满面喜色，双目熠熠地看定邹阳道："说起郊祀，朕还有一事要请教。人言海岱①之间多仙人，此事可真？邹先生是齐人，可曾目睹过神仙么？"

众人面面相觑，吃惊于皇帝为何忽然问起神仙之事。邹阳略作思忖道："臣之乡里，这类传说极多，可臣实在从未目睹过仙人。"

"朕少时，七夕乞巧，曾听宫人讲过牛郎织女和董永之事，你们说说，这些事情都是真的么？"

"臣鄙陋寡闻，"司马相如看了眼刘安，顿首道："淮南王博洽多闻，所撰《鸿烈》一书，神仙黄白之术，所论多有。此事所知必多。"

"老臣所纂之书，已进献于朝廷，应该藏在石渠阁。"司马相如的推许，令刘安心里很受用。皇帝的兴致更使他感悟到了什么。是呀，哪个做皇帝的不想得道成仙，长享荣华？鬼神的话题谈说不妨，可一旦认真追求，就难免做出种种荒唐事来。当年孝文皇帝最喜鬼神的话题，而新垣平之流得售其奸。孝景皇帝据传也是死在长生的丹药上面。

---

① 海岱海，东海；岱，岱宗，即泰山。

"神怪之事，虽不可全信，亦不可不信。老臣虽未曾亲见，可老臣会集来撰述《鸿烈》的诸生中，目睹过神仙者，所在多有。故在书中亦有所论列。"

"果真么？怎么说？"刘彻好奇心大起，恨不能马上看到此书。于是吩咐郭彤，回长安后的第一件事，是去石渠阁将书找出来。

"神仙出没之处，多是人迹罕至的名山与海上。据见到过的人说，山中雨后初晴，雾色朦胧之际，空中往往化出七彩灵光，中有仙人出没，其形颇大。"

"那仙人，可与人接言语么？"

刘安摇首道："寻常人等并无诚心，偶然撞到，神仙怎肯搭言？不过听说也有化作常人之形，混迹于人间者。"

"那么朕所祀天神上帝，平日又是住在何处呢？"

"自然是在九天之上。《鸿烈》书中有'地形'一篇，说是自昆仑之丘，上登万里，是凉风之山，凡人至此已可长生。再上登万里，是名为'悬圃'的所在，至此者可以通灵，能呼风唤雨。再上登万里，就到了天上，名为太帝之居，登上此处者，就都成了神仙。臣以为，诸天上帝和三皇五帝得道成仙者，均居于此。"

刘安当然明白，这些不过是上古的传说，但他却言之凿凿，煞有介事。皇帝既好鬼神之事，不妨投其所好怂恿之，刘彻的心思一旦用到这上面，朝政的荒疏可以料定。而对自己的大事而言，却正是巴望不得的局面呢。

于是，他鼓足精神，开始大讲神仙鬼怪之事，手舞足蹈，绘声绘色，而刘彻等人则如饮醇醪。这一番神仙话题，直谈至深夜，方才兴尽而散。

辞出时，连夜不寐的刘安已神形委顿，内心却极为欣快。皇帝既显露了自己的嗜欲，就不难摆布。他已经想到了一个人。有了这个人，不仅可以缓解皇帝对田蚡的恶感，更可对皇帝的嗜欲推波助澜。

八

　　雍城的郊祀未完，就传来皇太后召见的口谕，刘安向皇帝告假后，连夜赶回长安。次日一早，携女儿赴长乐宫谒见。宫门下车后，由宦者迎至太后所居的长信殿，他要女儿等在外面，自己入殿后急趋数步，伏地顿首请安。

　　"臣淮南王刘安再拜顿首，愿皇太后福寿安康，长乐无极！"

　　"皇太后为淮南王起！"一旁的大长秋高声赞礼。

　　"都是本家的至戚，又亲上加亲，就莫拘礼啦！王爷请起。"王娡一面起身还礼，一面示意侍女们为淮南王看坐。她没有穿着正式的礼服，而是淡妆素裹，身披一袭月白色的锦袍。

　　刘安抬起头，只见面前端坐着五六位丽人。居中而坐的那个年纪较长，体态丰腴，笑容可掬的女人，应该就是皇太后了。皇太后接见外臣，为何不穿朝服？侍坐于殿中的女子，为何也多是淡妆素裹？思忖间，他猛然想起，远嫁匈奴的南宫公主就是太后的次女，她的死讯传来京师还没几日，太后素装，为的是还在女儿的丧期。

　　"这位是陈皇后，王爷也是初见吧？"王娡指了指身旁的年轻女人，女人容颜妍丽，身着天青色的织锦缣袍，可面孔看上去冷冷的，一副心思很重的模样。这就是当年喧阗众口，天子欲以金屋贮之的陈阿娇了。

　　"臣淮南王刘安再拜顿首，恭祝皇后华颜永驻，长乐未央。"

　　"皇后为淮南王起！"大长秋再次高声赞礼。

　　陈娇躬了躬身，算是还了礼。她的烦恼，刘安心知肚明。

"余下的都是晚辈，就莫拘礼了。大丫头是阳信长公主，嫁到平阳侯曹家，都称她平阳公主。小的是隆虑公主，嫁给了馆陶长公主的儿子。"王娡冲侍坐于身后的两个女儿摆摆头道："平阳、隆虑，过来见过你王叔。"

平阳长公主长于阿娇，体态略显丰腴；隆虑个子较矮，与阿娇年纪相仿。若论容貌，两人与阿娇相去甚远，但皇家贵胄，自不乏富贵骄人的气质。

王娡拍拍身旁另一位妇人的手，笑道："这位，就是王爷的亲家，修成君金俗，是皇帝和平阳他们的大姊。"妇人略近中年，体态丰腴，妆画得很浓。她笑吟吟地望着刘安，促膝向前，揖手为礼。妇人身着黑色织锦深衣，簪珥流光，全然是命妇入朝时的装束。看得出，对今日的相亲，她看得很重。

这位修成君，是太后与前夫所生的女儿，并非皇家的血胤。可仗着太后的威势，全无上下尊卑，竟与身为诸侯王的他揖手为礼。刘安心里不快，可面上纹丝不露，还是揖手还了礼。

"王爷，不，亲家！"妇人满面喜色，拍打着双膝，咯咯笑出了声。"她舅爷给拉拨的这头婚事，太后与我这个为娘的，打心里头满意，管谁都说是天作之合呢！"女人很张扬，谈笑无所顾忌，太后想必是很宠她。

她一把拽过身后的女儿，推到刘安面前，"丑媳妇早晚要见公婆，何况咱家阿娥不丑呢！你害的甚羞？快见过你公公。"又附在刘安耳旁道："丫头随我的姓，叫金娥。"

刘安细看那女子，相貌平平，迎回去作淮南国的太子妃，儿子肯定不会喜欢。可木已成舟，反悔不得了。他从怀中取出一束帛卷，递给修成君，是夫家纳彩①的礼单。

修成君看过礼单，交给王娡，喜滋滋地说道："亲家南面为王，阿娥嫁过去，享福是一定的，咱们娘家脸面上也光彩。咱家也不弱，阿娥好歹是皇帝的外甥！迎亲时，太后和皇帝都会陪送大笔的嫁妆，太后说是不？"

王娡颔首道："那是自然。这么些孙女里，孤最疼的就是阿娥。嫁过去，

---

① 纳彩，古代结亲的六礼之一。男家有意纳妇，先要向女家请婚（提亲），请婚时向女家提交一份初步的礼单，称之为纳彩。

王爷要厚待她。"

刘安赔笑道："那是当然。"

"太后，舅老爷到了。"一个侍女匆匆进殿禀报。话音未落，田蚡已大步跨进正殿，身后还跟着一女一男两个人。刘安看过去，女的，是女儿刘陵；男的则衣饰华贵，像是贵戚出身的公子哥。刘安正思忖着怎样向太后引见女儿，田蚡的到场，恰逢其时。

"谈婚论嫁，父母之命而外，缺不得媒妁之言。今日议亲，不等我这个媒人到场，忒不像话啦。"田蚡昂首阔步，大咧咧地与众人见礼。正待为刘陵引见，一眼看到刘安，蹙眉道："王爷可真是的，既带女儿过来，为甚不进殿请安，叫她孤零零等在外面，真是让人心疼。"

"此次入朝，这孩子非缠着跟来。老臣原想，带她进京见识见识也好。只是在淮南娇纵惯了，怕坏了宫中的规矩，所以没带她进来。阿陵，还不快给太后、皇后和各位公主请安！"

刘陵黑瀑似的秀发如丝般光亮，一袭藕色薄丝绣袍，使得款款前行的她，愈发娇小婀娜。众人几乎从第一眼起，就都喜欢上了她。在她身上，依稀可见自己少女时代的影子。

睽睽众目之下，刘陵落落大方，行礼如仪，有份超乎年龄的成熟。王娡拉住她的手，上下端详，赞道："南国的女儿到底不同！人水灵，又不小家子气。谁说咱不懂规矩？"她斜睨着田蚡身后的青年，笑道："要说没规矩的，是我这个野马似的外孙，阿仲，还不给淮南王行礼！"

那青年笑笑，朝刘安揖揖手，算是见礼，一双眼睛却只盯在刘陵身上。刘安早听说太后有个外孙，绰号修成子仲，依仗外家的权势在京城横行不法，看他行事的派头，可证传言不虚。

"阿菱？是菱角的菱字么？"一直无语的陈娇，忽然发问。

"是'青青陵上柏'的陵字。"

"哦，你读过乐府的歌诗？"随口就能引用乐府歌辞作答，这孩子不但模样好，人也聪慧，陈娇不由得刮目相看，从心里喜欢上了她。

"读过一些，是父王布置的功课。"

"嗯！都说淮南王学问大，养出的闺女也是冰雪聪明，不知哪家有福气，能娶了去做媳妇。"刘陵进止有序，对答得体。王娡也很满意，笑吟吟地问刘安："这丫头多大啦，及笄了么？"

刘安点了点头。"今年才满十五。"

"寻婆家了么？"王娡问道。

"还没有，他娘只此一女，舍不得，想多留她几年。"

"唉！女大不中留，早晚还不得嫁人？孤倒可以在长安为这丫头寻一头门当户对的好人家，王爷意下如何？"

"这……这要待老臣回去与她娘商议后再定。况且她兄长的婚事还没有办，哪里轮得到她。"

"也是，长幼得有序不是？"王娡颔首道。

修成子仲不知何时绕到母亲身旁，附在她耳边说着什么。金俗连连点头，喜不自胜。她又附到王娡耳边低语了一阵。王娡看了眼刘安，含笑不语。

"亲家，"金俗看了眼刘陵，指着金仲，喜滋滋地对刘安说道："我就这一个宝贝儿子，亲家也就一个宝贝闺女。我有个主意，包亲家你满意。咱们索性两好做一好，我闺女嫁过去，王爷的闺女嫁过来。这样亲上加亲，咱们可就成了对头的亲家！"

这女人真是得陇望蜀，匪夷所思！刘安呆呆地愣在那里，一时竟不知如何作答。女儿是他的心尖子，怎可许给金仲这种纨绔子！若一口回绝，则一定会拂逆太后……以后的事情，他不敢再想。他低头不语，努力克制着自己的厌恶之情，思索转圜的办法。

"辈分怕是对不上吧。"一直冷眼旁观的陈娇，忽然淡淡地插了一句。

"怎么？"金俗不满地看着她。

陈娇扬眉对视，毫不示弱，她根本看不起这种平民出身的暴发户。"论辈分，我们还要喊淮南王叔父，阿陵与你我平辈，金仲的辈分更低，难道侄儿娶姨娘为妇不成？传出去，皇家丢不起这个人。"

"照你的说法，阿娥的婚事岂非也不合适？"金俗恶狠狠地盯着陈娇。

"夫家辈分高些，说得过去，我没说不合适，你用不着红头涨脸。"陈娇冷冷地看着金俗，一脸的不屑。

王娡沉下了脸，"辈分？好，就说这辈分！修成君年长于你，论辈分你和皇上还要称她大姊，你就用这种口气对她！”

陈娇的脸也渐渐红了起来。“我是大汉的皇后，领袖六宫，对一个命妇，不成还要低声下气！”

“你是皇后？孤还是皇太后呢！今日家人聚会，你摆的甚架子！”

“正是家人聚会，我才实话直说，给她提个醒，她却恼了。有甚可恼的？我说的不对么！”无视太后的恼怒，陈娇仍不甘示弱。太后与皇后起了冲突，一种紧张倏然而生，人人屏息敛容，大殿中静得怕人。

“太后，意见既由我而生，小女子能不能讲几句？”一直静观着的刘陵开了口。王娡点了点头。

刘陵看着金俗，指着金仲，笑吟吟地问道：“夫人的意思，是要小女子嫁给这个人么？”

“对，对，就是他。”

“我的夫婿，自要当我之意。这个人，我是不会嫁的。”

“怎么？”

刘陵转向父亲，大声道：“父王，这就是那日在东市与女儿争买獒犬的人呐！一看就是个衣轻裘、乘肥马的膏粱子弟。这样的人，女儿不嫁。”

太后与修成君本已气急败坏，女儿再火上浇油，局面将不可收拾。刘安一急，高声呵斥道：“你莫胡言乱语，婚姻大事，父母之命，媒妁之言，哪里由得了你！马上给我退下去！”

刘陵冲父亲做了个鬼脸，嫣然一笑道：“退下就退下呗，干吗那么大声。可父王得答应女儿去看未央宫，这皇宫大内真是好大好大呐！”小儿女之态，天真毕露，众人不觉莞尔。

“放肆！皇宫大内是你随便进出的？”刘安佯怒，见到太后的面色有所缓和，揖手赔笑道：“小孩子不懂规矩，老臣管教无方，太后、修成君莫与她一般见识。”

王娡已然冷静了下来，当着这么多人与媳妇争吵，失的是自己的身份。于是大度地说：“王爷莫怪她，小孩子哪个好奇心不重？阿陵既愿意来大内，就给她办个门籍，时常出入就是了。”

对气头上的意气用事，陈娇也心生悔意。太后心机很深，睚眦必报，得罪了就很难化解……她不敢再想下去。太后所言，正是个机会，于是起身告退，笑道："翁主既想去未央宫，就随我一同回宫便了。门籍的事，媳妇会按母后的吩咐，交代人去办。"又对刘安道："王叔尽管在此议婚，阿陵我会派人送她回去的。"说罢拉起刘陵，扬长而去。

看着她们离去的背影，金俗恨声道："娘，她这不光是冲着我和仲儿，也是冲着太后你的。"

王娡不置可否地笑笑，怨愤之气，却并未稍减。她没有当年太皇太后那种权威与霸气，儿子处处防她干政，未尝不是由此。不然，皇后又怎敢当面顶撞，给她难堪！这种隐痛，已折磨她多年。她终于承认，即使贵为皇太后，宫中的人事，也还是要处之以自己一贯的阴柔。老子不也认为，柔弱胜刚强么？！金俗说的对，陈娇对她的藐视，也含着对自己早年身世的鄙视。金俗虽非皇家的血胤，却是自己的骨血。这鄙视仿佛无声的嘲笑，令她恨之入骨。你以为皇后就了不得了？笑话！摆设而已。作为过来人，个中三昧，她一清二楚。何况陈娇还没有子嗣，皇后之位，又能坐多久呢？她会琢磨出个周全的法子，叫她落入圈套，再收紧绳索，慢慢地收拾她，让她生不如死。想到这里，她无声地笑了。

适才的冲突，令刘安如芒刺在背。搅进这样一场是非之中不是件好事，还是早些离开，置身事外为好。刘安向田蚡使了个眼色，田蚡一笑，打哈哈道："一家子人，好容易凑到一起相个亲，吵吵个甚！"他凑到王娡身边，低声道："大姊，阿娥的婚事既定，两家人也见了面，余下的事情，交给我这个媒人办就可以了。阿陵、阿仲年少，婚事晚些再议也罢，事缓则圆嘛。再者，王爷就这么个女儿，也真得回去与王后商议后才能定夺，咱们也得容王爷个工夫不是？"

王娡颔首。此刻，她的心思全在陈娇身上，对眼前的事情已兴趣索然。又客套了几句，便要众人退下，只留下大女儿陪她说话。

见母亲郁闷不乐，平阳劝解道："阿娇从小惯出来的脾性，得理不让人，母后莫与她一般见识。她这脾性，四面树敌，早晚会吃大亏，那时她哭都来不及的。"

"娘哪里是同她赌气？我知道，她怀不上个儿子，心里一直不痛快。自己的肚皮不争气，可也用不着拿你大姊出气呀！我忧心的是，阿彻二十好几的人了，还没有个儿子。没有皇嗣，这根基就不稳，那么些个刘姓的诸侯，哪个不存觊觎之心？皇后怕的是失宠，我忧心的是阿彻呀！"

平阳心里也着了急，"阿娇生不了，可后宫里有的是宫人，也都怀不上。娘，我怕像我家那死鬼一样，这毛病，是出在阿彻身上！"

"不会。"王娡想起了大萍，很肯定地摇了摇头。

"平阳，娘问你件事，你给娘说实话。都说你在曹家征歌选舞，使钱如流水，果真如此么？"王娡话题一转，扯到了平阳身上。

平阳脸一红，略停片刻道："曹家是万户侯，有的是钱，不用又待怎的？"

"你行事不检，平阳侯他不晓得么？"

"晓得了又如何？"提起曹寿，平阳满腹委屈。曹家是汉初开国大功臣曹参之后，到了曹寿这一代，几代的养尊处优，曹家子弟的体质却孱弱下来，曹寿更是先天阴痿，行不得人道。平阳在曹家等于是守活寡。三十岁出头的年纪，也没有一儿半女。曹寿愧对妻子，常常避到自己的封地——平阳去。久之，不甘寂寞的平阳开始自己找乐子。她征选了大批歌姬舞伎，聘请了名师教练。家中每日丝竹高张，笙歌不辍，车水马龙，门庭若市。不久，便有种种闲话传出，说是她有不止一个男宠。

这些事情王娡早有耳闻，可她能体会女儿的苦楚，一直放任不管。之所以今日方才问起，当然别有肚肠。

"你莫只顾着自己乐，你是老大，要为娘分忧，为你兄弟分忧。"王娡的语气严重了起来。

"分忧？"

"对，分忧！"

"分甚忧？"

"自然是皇嗣之忧。"

"女儿不明白，如何做方能为母后与阿彻分忧？"

"你选来的歌伎、舞伎中，有无出色的？"

"当然，可说是个个出色。"

"那么有无宜子之相呢？"王娡急切地问。相法，女人面丰耳阔，三停匀称，印堂饱满者，为宜子之相。

平阳明白了，"这我倒没有在意。母后的意思，是要选几个女人送进宫里？"

"不，不是送到宫里来，而是养在你那里。"

送给皇帝的女人，却要养在自己府中，平阳纳闷道："为甚？"

"送进来过得了阿娇那一关么！"

平阳猛然间心如明镜。皇后主管后宫，宫人录籍，嫔妃进御，她都能管到。阿娇目前最忧心的，就是有哪个女人在她之前有孕生子，那样就会从根本上动摇她的皇后之位。为此她会不遗余力地防止其他女人得到皇帝的宠幸。进宫的新人，不要说面君，怕是一进去就会被禁闭在永巷，再难有出头之日了。

"不进宫见不到皇上，也是枉然。"平阳有些泄气。

"不然。邀皇帝到你府上游宴，姊弟亲情，再自然不过的。在那里把事情办了，生米煮成了熟饭，阿娇纵恼，也无可奈何了！"

想到阿娇气得发疯的样子，母女二人不由得大笑起来。

田蚡随刘安去了淮南王府，诸侯王在长安都有自己的府邸，以待进京朝请时驻跸之用。协商过迎聘的细节，刘安设宴尽主人之谊。酒过半酣，叹道："皇后无嗣，已自处于危疑之地，不自克制，反而意气用事，冲撞太后，危矣！"

田蚡呷了口酒，满脸的不屑，"还不是出身贵盛给害的！处处拔尖使性，从小惯成的娇狂脾性，改是改不过来的。可风水轮流转不是？太后换了王家！没了太皇太后，窦家算个甚？就是刘嫖见了咱也得低首下心。不能生养的女人，如同不能下蛋的鸡，她还狂得个甚？也不想想，这皇后的架子，她还能端几时？笑话！"

刘安的想法却不同。不能生养的皇后，会千方百计地阻止其他宫人生养，她若能坐稳皇后之位，皇帝就难有皇嗣。这不正是自己的机会么。好在皇后与阿陵投缘，要告诉阿陵，两宫之争，她应暗中帮助皇后。

田蚡的骄狂，亦不在阿娇之下，身居高位，不知守拙，亦不免步他人后尘。真是旁观者清，当局者迷，正该借此点拨，要他心知警惕。

于是面色凝重地叹口气道："富贵而骄，自遗其咎。这居安思危的道理，放在谁身上都是一样的。君侯要警惕啊！"

"你这话甚意思？"

"此次雍城的郊祀，皇帝召老臣作陪。言语之间，对君侯，对朝政，似多有不满。君侯要当心呢。"

刘安语气严重，田蚡一惊，酒意下去不少，连连追问，皇帝都对他说了些什么。

"皇上说，朝中暮气重，要冲一冲。"

这话，田蚡也听到过。皇帝无非嫌他把持人事，要再征贤良文学之士，引进新人。"还说了甚？"

"君侯到灞上迎我，越俎代庖了太常的职事，皇帝疑心你交通诸侯呢。"

交通诸侯乃图谋不轨的罪名，田蚡一惊，背上已是冷汗涔涔，顿时酒意全无，急问："王爷怎么说？"

"还能怎么说？自然是为君侯遮掩，说你为太后分劳，为金娥提亲呗。皇帝看来也体会了你的苦心，才没有追究。所以，公事而外，你我今后的来往真要小心了。"

"看来，皇帝是真对我有成见了！"田蚡叹了口气，满面忧容。

"皇帝未必有甚成见。即使有成见，又从何发生？君侯身居相位，参与密勿，难道就从无反省？以老臣观察，皇帝欲作大有为之君，却每每受阻于君侯与大臣们，志不得申。你们这是在批逆鳞，很危险！"

"皇帝好大喜功，今日要伐匈奴，明日欲经营西南夷，兵凶战危，事关社稷苍生，为大臣者难道听之任之，由着他的性子不成？"田蚡颇不服气。

"可也不能硬顶。圣人言枉则直，曲则全，君侯莫如顺着来，以柔克刚。事不可行，定会碰壁，碰了壁皇帝自然回头。"

"嗨……"田蚡长叹一声，嗒然若丧。"我早觉出今上心有不惬，与我疏远多了。若非太后在那里，我这丞相之位难保，做一日算一日吧。"

"君侯莫消沉，以老臣观察，尚有转机。"

"怎的？"田蚡精神一振。

"此番郊祀，老臣觉出皇帝颇好神仙之事。"

"神仙之事？"田蚡颇感吃惊。

"对，神仙之事。斋戒无事，今上召吾等闲话，详问此事，一直谈到深夜，意犹未尽。寻访神仙，求道长生，君侯于这上面投其所好，下些功夫，应该可以讨得皇帝的欢心。"

田蚡又犯开了愁，"可去哪里找那神仙与长生之药呢？"

"寡人的宾客中有人识得一人，长年在齐鲁山中修炼，据说已得道成仙。你可派人带上他，一道赴山东，应该可以访得到。"

"好！就这么办。访到后，吾当驷马安车迎来长安，举荐给天子。" 田蚡兴奋至极，拊掌大呼。

刘安摇首沉吟道："不可！今上乃雄猜之主，君侯如此，搞不好会弄巧成拙。"

"那该怎么办？望王爷有以教我。"

"君侯可将其招纳府中，待以上宾之礼，大宴宾朋，为之延誉。用不了许久，消息就会传到宫里，皇帝一定会问起此事。此时举荐，时机最好。"

田蚡大喜，称谢不止。于是重开酒宴，佐以女乐，直至日晡，方才散席。刘安送至大门，田蚡已醺醺然，被侍从扶上马车，正待离去，却猛然睁开了眼。

"说了那么多，那神仙姓甚名谁，王爷知道么？"

"李少君。"

九

　　以又急又快的锤法锻完刃口，堂邑候生抹去脸上的汗水，长嘘了口气。把钳的韩毋辟将短剑丢入一旁的水桶中淬火，欻然一声，青烟中，剑身由暗红转为青灰，刚硬、锋利，在夕阳的余晖中熠熠生辉。剑名径路，剑身长约一尺，宽三寸，中棱双刃。平日宰牲割肉，战时肉搏击刺，是匈奴人从不离身的利器。这把径路是使用过多年的弃物，刃口早已锈蚀，是堂邑候生捡拾到的，重新锻打，加了钢口后，仍是一把利剑。他拾起短剑，深深地插入一旁的柴草垛中。

　　堂邑候生精湛的手艺，大为匈奴人看重。伊稚斜起了私心，没有将他送往单于庭，而是留在自己的驻牧地。候生借口离不开把钳的，把韩毋辟也留了下来。二人做胡人分派的杂活，更多的时候是为胡人修补与打造马具和兵器。被掳八个月来，胡人已放松了看管，只是将他们的脚踝上了铁钛①，以防他们逃亡。

　　候生望了望远处，两个匈奴人似在争论什么，完全没有注意他们。他示意韩毋辟抬脚，将系在脚踝上的铁钛靠住铁砧。他从怀中掏出一支钢凿，用力连凿数下，钛虽未断，可已被凿出一道深印。以韩毋辟的腕力，足可掰断。他抓起一把泥灰，在铁钛上抹了几把，不留心，很难看出凿过的痕迹。

---

　　① 铁钛，古代刑具，系颈为钳，系足为钛，如今之脚镣。

"把凿子给我。"韩毋辟伸出手，意在为候生凿断铁钛。

候生摇了摇头道："我不走。我要随他们去龙城，找我兄长。"

"你怎知道甘父一定在龙城？一起走吧。"

"甘父随张大人出使，陷在匈奴，肯定在单于庭。每逢五月，胡人大聚龙城祭天，所有的部落都会与祭。到时候或许能够找到我哥。"

"若是找不到呢？还是一起走吧。"

候生摇摇头，看得出主意已定。

"大家是过命的兄弟，你不走，我也不走。"

候生攥住了韩毋辟的胳膊，很恳切地说："我娘与妻子家人都没了，没了念想，回去做甚？况且找到甘父，是娘临难前的嘱托，再难，我也要做到。兄长不同，嫂子与昌儿还在，日日盼君早归呢！"

几个匈奴骑士向这边走来。两人不再说话，重新锻打起兵器来。一个矮壮的匈奴人拾起锻好的环首刀，用手指试了试刃口，说了句什么。胡人斜觑着他们，抱起兵器，大声哄笑着离开了。

候生扫了眼匈奴人的背影，沉吟道："将军若能回到塞内，要告诉咱们的人，看样子胡人很快就要大举犯边了。"

"怎么知道？"韩毋辟一惊，五月并非胡人南下的季节。

"他们的议论，我多少能听懂几句。方才那个矮子话里有话。"

"他说些甚？"

"他说龙城大会后就可以试试新刀了。那些个汉人死都想不到，砍死他们的兵器会出自自家人之手。"

难怪匈奴人连日打造兵器马具，原来如此打算。

"事情听起来挺紧急。莫如兄长今晚就走，早些把消息带回去。很可能咱们那边出了内奸，是里应外合。"

"我走了，你怎么办？"

"他们还得打兵器不是？凭我的手艺，胡人不会把我怎样的。"

很快暮色四合，远近放牧的匈奴人，赶着大群的牛羊马匹归栏。毡帐外燃起了一堆堆篝火。男人们煮茶烤肉，女人们为牛羊挤奶。她们吆喝着将羊群收拢成数队，一人扯住羊角，另一人从身后分开羊的双腿，攥住羊的奶头，利索地将羊奶挤入身下的皮桶中。女人们的动作飞快，数百只牛羊，不过半个多时辰，奶已经挤完。鲜奶被倒入几个铜制的大釜，边加热边用棍棒搅拌，很快就浮起厚厚一层奶沫，捞出后拌入食盐，胡人称作脑儿，可以经久不腐，保存起来用作日常的食粮。另一些鲜奶，煮沸后晾温，掺入前一日剩下的酸奶作引子，盖上驼绒毡子，一两个时辰后，便成新鲜的酸奶，既可食用，又可用来搅制奶油。

牲栏的一角，用厚毡搭着一座窝棚，这是韩毋辟与堂邑候生的宿处。匈奴人送过来一壶奶茶和一堆吃剩下的骨头，这就是他们的晚餐了。堂邑候生用那把日间锻好的径路，细心地剔着骨头，韩毋辟则大口喝着奶茶。想起来也怪，初入胡地，饮浆食酪，他只觉得膻腥难以下咽。可胡地无稼穑，不粒食，每日三餐，顿顿无缺的偏偏就是奶茶。时日一久，他竟喜欢上了这种饮料，这东西耐饥耐渴，一日的劳作下来，几杯入口，就能消弭枵腹难耐的感觉。

"仲明兄，晚上要赶路，多吃些。"候生将削刮下来的肉装在一只开裂的旧木盘中，递了过来。随即又从皮荷包中取出一大块奶油，小心翼翼地装入一只注满清水的牛皮囊中。这东西搭在马背上，行路时不断颠簸，囊中的奶油与水会融合成一种清凉微酸的饮料，既解渴，又可充饥。胡人称之为马湩（音踵）。有它，即便没有干粮，也可驰行千里。身陷匈奴后，韩毋辟才明了，匈奴人的善战，不单单靠马匹，其饮食习俗，在草原作战时也有着汉军难以比拟的优势。

胡人陆续进帐安歇，篝火渐次熄灭。夜色虽深，可月明星稀，铺洒下来的月光，将草原映染成一片银白色。堂邑候生与韩毋辟靠在一起，垂头假寐，只待胡人夜半加喂牲畜草料后，便可盗马逃亡了。

又过了约莫一个时辰，最后几个匈奴人加过马料，进帐歇息。韩毋辟双手握住铁钬，运足气力，钶锒一声，铁钬断了开。他俩屏住呼吸静听，除去毡帐中的鼾声与草丛中的虫鸣，草原上一片静寂。将脚踝上另一支铁钬掰断后，韩毋辟轻声道："兄弟，还是一起走吧。"

候生摇摇头，指了指马栏，示意他快走。

"好兄弟，珍重了！"他拍了拍堂邑候生的臂膀，起身欲走。

"慢着，带上这个。"候生将径路与那袋马湩递到他手里。韩毋辟心头一热，两眼酸酸的，转身跪下，紧紧握住堂邑候生的双手道：

"这一别，关山阻隔，相见无期。见到甘父，代我致意，告诉他，我在中原等着你们回来。千万珍重！"

他用腰带杀紧身上的皮衣，将径路插入靴筒，拎起皮囊，轻手轻脚地走向马栏。马儿静静地咀嚼着草料，他逐个看过去，最终选定了一匹黑马，他越过栏杆，解开拴马的皮绳，牵起缰绳。见是生人，那马打了个响鼻，嘶鸣蹬踏起来。他摸出把粟米，送到马嘴边，轻轻抚着马背，马安静下来。他停了许久，听到四下并无响动，方才将马轻轻牵了出来。

他将那只皮囊搭上马背，用皮绳杀紧。正待跃上马去，忽然觉着肩头一沉，脖颈上凉森森的，侧眼一觑，搭在肩上的，是把匈奴长刀的锋刃。命悬一线，已容不得思索，他就势一蹲，从马肚下扑了出去，跳起后，与匈奴人已是隔马相对。

匈奴人正是日间那个矮子。夜间起来小溲，正看到韩毋辟往栏外牵马。他从背后悄没声地摸上来，打算活捉这个盗马贼。看清楚是汉人铁匠，矮子先是一怔，随即明白了韩毋辟想要逃亡。他狞笑了一下，边用长刀指着对方，边拽住马缰，大声呼喊起来。

间不容发之际，韩毋辟本能地拔出短剑，扬手一掷，矮子应声倒地，短剑刺穿了他的喉咙，他瞪着韩毋辟，大张着的口中，发出嘶嘶的声响，鲜血从伤口处汩汩而出，带出一串串殷红色的泡沫。韩毋辟拔出短剑，顾不得擦拭，便翻身上马，用足跟狠磕马肚。黑马嘶鸣了一声，如箭一般射向草原，蹄声踏碎了夜的寂静。待帐中的匈奴人赶出来时，四顾茫茫，人与马都已融入无边的夜色之中了。

韩毋辟纵马驰骋，一口气狂奔了数十里，估摸匈奴人一时难以追上，方才勒住马头停了下来。四野茫茫，不辨西东。他细细搜索着自己的记忆，可除去穿行过大山而外，草原单调齐一的景象，竟使他难以记起来时的路程。他仰头观望中天，北斗七星皎然可见。斗衡坐北，斗勺指南，朝着斗勺的指向，一直前行，应该不会错。穿过阳山，离边塞就不远了。

接下来的数日之内，他昼伏夜行，尽可能地避开有人烟的地方。人与马的饮食，全靠那袋马湩维持，偶尔也能捉住些野兔和獾鼠充饥。可穿越阳山时，还是遇到了麻烦。连续几日的瓢泼大雨，使他迷了路，转来转去，总是在原地打转，找不到出山的山口。接着，夜宿时又遭遇了狼群。虽侥幸脱险，可受惊的黑马却跑得不知去向。数日来，狼群一直跟踪着他，害得他昼夜不寐，疲惫不堪。终于，他熬不住了，夜宿时整夜燃着篝火，以防狼群的袭击，如此会不会暴露行踪，他已经顾不上了。

终于，他走出了阳山，也甩掉了追踪他的狼群。他计算着，再有一日，最多两日的脚程，应该可以走到边塞了。想到可以很快回到自己人中间，与妻儿团聚，他心里暖暖的。数日来，饥餐浆果，渴饮山泉，他并未觉得如何不适，可一旦绷紧着的神经松弛下来。饥渴难耐的感觉却又陡然而起。他俯下身子，用短剑拨开草丛，仔细地搜索着，很快就找到了草原獭兔的巢口。他将短剑深深插入土中，又从怀中摸出一根皮绳，一端结成活结，悬于洞口，另一端在剑柄上缚牢，随后退身数步，匍匐于草丛中，静静地等候着。

约莫一个时辰后，果然有出洞的獭兔被勒住。獭兔死命挣扎，越挣，勒在脖颈上的绳套越紧，很快就气力不济，奄奄一息了。韩毋辟走过去，按住獭兔，抽出短剑，结果了它的性命。他顾不得腥膻，对着刀口，大口吮吸着兔血，唇吻间鲜血淋漓，看上去很是怕人。之后，他利索地剥下兔皮，燃起篝火，将兔肉割成块，插在剑上烤炙。饱啖一餐后，浓浓的倦意又攫住了他。他用泥土盖死火灰，以牧草铺成厚褥，打算好好睡一觉，然后乘夜一气赶到边塞。

他望见窈娘领着昌儿，向自己招手。他急不可耐，大步流星地赶过去，昌儿挥舞着双手，扑入他的怀抱。他抱起昌儿，大笑着举到空中……远远地，似有狗吠马嘶之声，四下张望，却无半点人烟村落的踪迹，而妻儿也转瞬间没了踪影。他猛然惊醒，耳边却分明听得到愈来愈近的狗吠马嘶之声。他坐起身，豁然入目的，竟是匈奴骑兵的身影。

坏了！定是方才的烟火引来了匈奴人。他弓下腰，钻入茂密的牧草丛中，使足气力奔跑着。可没有用，他甩不开胡人的猎犬，身后的狗吠与胡骑呼啸之声愈来愈近，愈来愈可怖。他心若擂鼓，喘息如牛，知道绝难幸免，索性转身蹲下，打算做鱼死网破之搏。

一只褐色的大犬最先追上来，龇牙露齿，狂吠着扑了过来。不等它上身，韩毋辟的短剑已掷入了它的喉咙，犬嘶鸣着倒地，浑身抽搐。随后而来的两只猎犬见状不敢近身，可仍追在他身后狂吠不止。又跑出数十步，匈奴人追了上来。他们并不拦截韩毋辟，而是在两旁策马夹峙而行。他们斜睨着这奔跑着的汉人，大声嬉笑着什么，似乎是想要试试他到底能跑出多远。

这样跑下去是跑不脱的，唯一脱身的生路，是劫夺胡人的马匹。这样想着，韩毋辟停下身，大口喘息着，做出体力不支的样子，慢慢蹲了下去。左侧的胡人勒转马头，俯身想要看他的笑话。猛不防韩毋辟一跃而起，将他拉拽马下。不等他回过神，韩毋辟已从身后牢牢扣住了他的脖颈，胡人拼命挣扎，试图抽身出剑，无奈对方的手掌如铁钳一般，竟然动弹不得。觑准个机会，韩毋辟腾出左掌，猛力一推，咔嚓一声，那胡人的脖颈断了。韩毋辟松开手，瘫软的胡人轰然倒地，他拾起那胡人的长刀，紧跑两步，跃上了那胡人的坐骑。

被惊呆了的匈奴人这才醒悟过来，大呼小叫着将韩毋辟围了起来。韩毋辟猛然勒转马头，让过匈奴人劈面而来的刀锋，觑准一个空当，策马急驰，冲出了包围。无奈匈奴人太多，驰出十数里，仍然甩不脱追兵。最前面的两骑胡人已追了上来，从嘚嘚的蹄声可知，身后的胡人与他相距不过咫尺，他甚至听得到胡人下刀时的唰唰风声。说时迟，那时快。他用双腿夹紧马肚，猛然转身，双手将环首长刀推了出去。紧随其后的胡人猝不及防，惨叫着摔下马去。不等另一个胡人反应过来，他已勒转马头，两马对头交错之际，在他斜劈出去的刀锋下，那胡人不及出声，便已身首异处。

他继续策马狂奔，匈奴人仍紧追不舍。终于，远远望见了汉朝的烽燧，他心中一喜，正欲加鞭策马，身后的响箭却如蜂鸣一般，呼啸而来。他转身以刀格挡，无奈密矢如雨，他腿部中了一箭，坐骑的臀部也中了两箭。马负痛不过，跃起蹬踏，将韩毋辟掀下马来。他咬住袖口，用力拔出腿上的箭，伤口的肉翻开来，血流如注，剧痛令他头晕目眩，冷汗如注。站起来待走，则踉跄难行。他长叹一声，原地站住，准备与匈奴人作最后一搏。

匈奴人将他团团围住，知道他身手了得，不敢近身擒拿，而是远远地用弓矢逼住他。一名小个子匈奴人，策马在他左右兜了数圈，扬手甩出一圈套索。腿伤和剧痛，使他难于躲闪，竟如方才那只獭兔一般，被绳圈死死缚住，动弹不得。胡人纷纷下马，走到他跟前，将他的手脚缚住后，匈奴人开始泄愤，狠命地打他踢他。片刻工夫，韩毋辟已面目青肿，血肉模糊。那个小个子胡人，还抓出一把盐，用力揉进他腿上的创口，痛得他高声惨叫，匈奴人则放声狂笑。看得出来，不将他折磨死，匈奴人不会罢休。

剧痛使得韩毋辟几次昏厥过去，再醒来时，日头已经过午。围坐在一旁的匈奴人边进餐，边似商议着什么。最后，两个胡人走过来，用两条长长的麻绳系住他的双腿，头朝后缚在小个子的坐骑上。一声唿哨，胡人都上了马，策马小跑起来。韩毋辟被仰面朝天地拖着，剧痛，失血过多已使他虚脱麻痹，身下的颠簸反而不似先前那样痛楚，只觉得浑身的筋骨似乎正在散开。

他双目茫然，高远澄蓝的天穹和翻飞飘动的云团令他眩晕，一只苍鹰在他上方盘旋，窥视着这垂死的猎物。窈娘、昌儿、候生、甘父、韩孺，一个个亲人挚友闪现在他濒死的记忆中……他拼尽最后一点气力，侧首回望边塞，依稀间看到，远近不一的烽燧都已冒起了狼烟，一团黄尘正在远处升起……匈奴人大叫着加快了马速，他长嘘了口气，觉得自己正在沉沉的黑暗中下落。

十

　　似乎有只小虫在鼻孔中骚动，奇痒难耐，鼻翼不由自主地抽搐起来。随着一声响亮的喷嚏，韩毋辟终于睁开眼，苏醒了过来。咯咯的笑声似乎就在耳边，眼前弥漫着雾一般的混沌。他使劲眨巴着眼睛，良久，他看到了一双童稚的眼睛，正好奇地注视着自己。

　　"你是谁？我，我这是在哪里？"

　　孩童有五六岁年纪，黑色衣裳，头上留着刘海。他并不答话，转身喊道："婆婆，阿叔醒了。"

　　一个老媪快步走进屋，骨节粗大的双手团着一堆晾晒过的军衣。看到韩毋辟醒来，老媪如释重负地笑道："老天保佑，这可好了，这可好了。"

　　"我这是在哪里？你老是……"

　　"这里是上郡肤施同安里田家，我是这家的家主，你喊我田婆婆好了。"老媪鬓发花白，满面皱褶，背微驼，可神态落落大方，看上去已年过六旬。

　　"肤施？"韩毋辟一脸茫然。肤施是上郡的郡治所在。自己如何到得这里，他一点也记不起来。

　　"军爷们送你过来那会儿，简直吓死个人，全身血肉模糊，找不出几块好地方。伤口恶犯，腿上还生了疽疮，高热连日不退，大伙都以为你活不过来，亏得李将军执意救你，说是死马全当活马医吧。这不，昨夜黑才退了热，算起来，你昏厥了整整八日呢。"

　　"哪个李将军？如何救我？"

"大汉朝有几个李将军？当然是李广将军。看到你腿伤生了疽，肿起老高，李将军亲自吮脓敷药。不然，壮士的一条腿，怕是保不住的。"田婆说到这里，目中滢滢似有泪光，声音也哽咽了。

"婆婆这是……"

田婆抹了把眼睛，"我没有事情，不过是触景生情，想起了家里人从前的事，心里难过。"

"敢问婆婆因何难过，家里人怎么了？"李广爱护军士，韩毋辟早有耳闻。此次救他，印证了这个口碑，可这与田婆家人何干呢？

"剩儿，到婆婆这儿来。"田婆坐到炕沿上，将那孩童揽在怀中道："这孩子名字叫田剩，是老婆子的孙儿。我们田家，眼下只剩我们婆孙相依为命了。他爹，他爷，都跟过李将军。打仗受了伤，李将军也都为他们吮过疽伤。"

"李将军爱兵如子，跟了这样的人，岂不是大幸，婆婆何以难过呢？"韩毋辟大惑不解。

"谁都是这么说。李将军本心，当然出于仁爱。可也因此得了士卒们的死力。早年李将军在上谷，给他爷爷吮过疽伤，他爷爷打匈奴战死在那里。李将军调任卫尉，带我儿去长安，说是朝廷收留阵亡军士的儿子，叫甚羽林孤儿，也归他管。朝廷管穿衣吃饭，还给银子花。后来吾儿操练时受了伤，又是李将军为他吮的疽伤。吾儿来信说起此事，我当时就哭了出来。乡里邻居都说，你儿子一个小卒，将军亲自吮伤，幸何如之，哭得个甚！他们哪里知道，当年李将军为他爹吮伤，他爹作战赴死唯恐不及；如今再吮吾儿，我个老婆子怕是没得养老送终之人了呢！"说到这里，田婆的泪水夺眶而出。

"果真如此么？"韩毋辟不觉动容，失声问道。

"我那儿，后来跟李将军去了陇西，战殁在西羌。"

韩毋辟不觉长叹一声，冥冥中自有定数。李广救了自己一命，大丈夫要当知恩图报，这条命，或许真是会交代在沙场上吧。

见到他叹息，田婆以为韩毋辟误会了她的意思，连忙解释道："那一战死了不少人，李将军一怒，将捉住的八百羌虏，同日斩杀，为他们报了仇。后来，还把我和孙儿接到这里，盖了房，平日为军营洗洗缝缝，可以养家糊口。李将军族人众多，还不时从俸禄中省下些银钱，接济我们婆孙，是个大好人哪。"

"婆婆，我长大也要跟李将军当兵打仗。"一直倚在田婆怀中静听的剩儿，忽然叫了起来。

田婆在他头上拍了一巴掌，故作嗔怒道："打甚仗！你是田家仅剩的根苗，阿婆绝不允你从军。"

韩毋辟再问起如何获救之事，田婆却不知晓，只是嘱咐他安心静养。他托田婆带话给军府，说是有要事相告。军府来人听取了胡人将大举入寇的消息，却一去再无回音。又托人打探妻儿的下落，却得知她们已不住奢延，去向不明，令韩毋辟十分郁闷。就这样，军营中的医士每日为他换药，田婆侍奉他的饮食，半月之后，他的伤势已大见好转，可以下地慢慢行走了。所盼的是，早些痊愈，当面拜谢李将军，然后去寻窈娘母子。

这一日，韩毋辟与田婆在房前负暄闲坐，正说话间，远远看到数骑进了里门，直奔田婆家的方向而来。走至近处，他一眼看出，原来是自己的上司，匈归都尉黄晓。跟在黄晓身后的人中，有一人看上去眼熟，可急切间又想不起在哪里见过。他起身招呼，那人见到他，满脸喜色，舞着双臂，大呼小叫着策马跑上前来。

直至那人翻身下马，握住他的双手时，他才猛然认出，来人是多年以前邂逅于轵县的故人，黄晓的兄弟——黄轨。十余年不见，黄轨长高了，也壮了，唇上生出薄薄一层髭须。

"兄弟，别来无恙乎？"两人把臂相对，眼中都噙着泪花。

"好着呢！儿子都有了两个。听说兄长陷没于匈奴，却又捡了条命回来。早就想来看望，无奈边郡戒备得紧，好容易才弄到探亲的传策，昨日到奢延，今日就督着我哥来看兄长。还有郭大哥也问你好呢。"

"翁伯兄？他还好吧？"看着黄轨，想到郭解，韩毋辟心潮起伏，当年亡命时的经历，历历如在目前。

"好，好，郭大哥的生意，现在做到了长安城，有的是达官贵人帮衬，红火着呢……"看到黄晓一行到了近前，他没有再说下去。

韩毋辟一下子伏倒在黄晓马前，顿首行礼道："罪将韩毋辟参见都尉大人。"

黄晓跳下马，把臂相扶，微笑道："莫要如此，仲明受苦了。"之后，他将韩毋辟引见给同来者，都是边郡重镇的将领。其中一位高鼻深目，卷发虬髯者，他识得是驻防于龟兹①的属国都尉公孙昆邪。

众人大都认识田婆，一一见礼。一下子来了这么多将官，田婆既欢喜，又局促，忙不迭地招呼众人进屋，与剩儿煮水烹茶，忙活了好一阵子，方才分宾主坐定。

匈归一役，韩毋辟下落不明，都以为他已不在人世。得知他逃亡归来，黄晓已探视过一回，无奈他昏厥不省人事。今日郡守李广召众人会议军事，于是顺路过来探视。闲谈中，韩毋辟历数当日匈奴杀戮之惨，堂邑氏举家赴难之烈，逃亡之艰难，与胡人殊死搏杀力屈被俘的经过，众人无不动容，唏嘘感叹了好一阵子。

韩毋辟望着黄晓，揖手道："毋辟尚有一事不明。在下最后记住的，是边燧狼烟四起，此后便无知觉。醒后听田婆讲，是李将军吮伤救我，至于谁从胡人手中抢下我，她亦不知。都尉大人可知当日实情？再生之大恩，毋辟没齿不忘，是一定要报答的！"

公孙昆邪道："这件事我知道。你该感激的是小李将军。你那日逃到高平边燧，是我的辖区。军士们发现匈奴人，照例施放烟火报警，并无出塞救人之责。也是你命不该绝，那日正逢小李将军巡边，见胡人马后拖着个汉人，便率人追了出去。他射杀了数人，胡人一哄而散，你才捡了条性命。"

"哪位小李将军？莫不是李广将军的公子么？"

"正是。是李将军的长公子，名当户。李将军在京城做卫尉时，当户是未央宫随侍天子的郎官。眼下随父镇边，他勇力过人，现已升任校尉，是员虎将。"

一股暖流起自丹田，灌注于周身。韩毋辟情不能已，喃喃自语道："大恩难以言谢，毋辟日后只求多杀胡虏，以报将军父子于万一。"良久，又揖手发问道："敢问都尉大人，可知在下妻儿的下落？"

黄晓沉吟了片刻道："自你陷于匈奴，生死莫辨。你媳妇等了数月，实

---

① 龟兹，西域古国名。这里指上郡龟兹县，为龟兹属国都尉驻地，位于今陕西榆林县北。此处安置的多为西域归附于汉朝的胡人，由朝廷任命的属国都尉管辖，是汉朝用来对抗匈奴的所谓"保塞蛮夷"一种。

在得不到你的音讯，便卖了房，领着孩子回长安了。后来也曾派人来打探过一回你的消息，此后再无联络。只是听说，在京师的大户人家做事。仲明放心，想来不会有甚事情的。"

黄轨插言道："兄长放心。我近日受郭大哥之托，要去京师一行。郭大哥为人四海，朋友也多。只要嫂子在长安，就一定找得到她。"

"谢了。一切就拜托公路了。"韩毋辟大喜，长揖致谢。

看看时候不早，众人起身告辞。黄晓落后几步，拍拍韩毋辟的肩头道："仲明，宽心调养。有件事李将军要我与你通个气。朝廷厉兵秣马，要与匈奴对决。天子下诏，申明军纪，功必赏，过必罚。比起从前，严厉了许多。你做侯官，守土有责，丢失匈归障，虽情有可原，可于军法不能不问，你要有个准备。"

"如此，这件事我要当面向李将军陈情。大人可否转告将军，韩毋辟求见。"失地被俘于军法是死罪，韩毋辟有些沉不住气了。

黄晓握住他的手，很恳切地说道："你我相知多年，我当然晓得你绝非贪生之辈。李将军被召到雁门会议军事，昨日才回上郡，便召见众将，朝廷怕是会有大举动。你还是安心养伤，今日所述，我一定报告给将军。将军视君为壮士，你尽管放心，不会有事的。"

众人走后，黄轨留下盘桓了二日。两人互道契阔，细说江湖故事，倒也不寂寞。原来，洛阳大侠剧孟已于数年前病逝。死前，他将自己在长安东市经营的几家店铺卖掉，除周济亲友，还清赌债外，余下的一家酒店，半卖半送地盘给了郭解。郭解朋友愈来愈多，解难济困在在离不开钱，手头颇感拮据。盘算起来，是得有个生财的地方。于是接下了这爿店。可郭解长居轵县老家，并无意亲自经营。于是派黄轨到关中寻韩孺，试图说动这位经商多年的老友，代他打理此店。有知于此，韩毋辟思亲之情更切，黄轨离去后，他便每日活动拳脚，一心早日复原，告假寻亲。

半月之后，得知韩毋辟伤势已瘳，李广召见了他。韩毋辟疾行数步，欲以大礼叩谢救命之恩，被李广一把扶住道："你莫如此，一切尽在不言中，说出来，反倒俗了。你莫谢我，要谢，谢朝廷。多杀胡虏，报君国，卫百姓，方是壮士的大节。"

节堂正中坐着位老者，鬓发花白，服饰华贵，看面相很熟，却想不起是谁。侧旁便是李广。空着的一侧设有几案笔墨，另一侧坐着匈归都尉黄晓。见他在场，韩毋辟忐忑不安的心，稍稍放下了些。李广看看那位老者，老者颔首示意，脸忽然沉了下来，大声吩咐道："来人，请军正①上堂问话。"

一个身量不高的瘦子走上堂来，满脸公事公办的神情。尤其是那双眼睛，冷冷地，盯着人看时目不转睛，令人心瘆。向在座将领揖手施礼后，他在空着的几案后坐下，取过跟从军士手中的简册，在几案上铺展开来。

"韩毋辟，你将匈归障陷落与被俘逃亡的始末情节，为各位大人细细说一遍。"李广声音不高，可面色阴郁。室内的气氛一下子紧张了起来。

"是。"节堂中的静默，化成了令人窒息的张力，压得韩毋辟喘不过气来。他深深吸了口气，尽可能捋清思绪，从巡察边燧，发现匈奴人踪迹那日起始，叙述自己八个多月来的经历。军正时而提笔记录，时而提问，其他人则一声不吭地静听。随着讲述，那隐藏在记忆深处的可怕场景，又一幕幕闪现出来。他忽然觉得很屈辱，很压抑，强烈的、挥之不去的灰心绝望攫住了他。于是，他不再强调当时的无奈，放弃了争辩，不过半个时辰，就讲完了整个经过。

"完了？"军正问，目光阴冷逼人。

"是。"

"韩毋辟，你知罪么？"李广问道，声音不高，可仍令人心惊。

"末将失土被俘，未能死节，知罪。"他匍匐顿首，觉得额头上的冷汗正在一点点渗出来。

李广问："军正，依大汉军律，该治何罪？"

瘦子解开一个青布袋囊，取出一卷简册，又从另一布囊中找出几支尺把长的竹简，排放于案头。他展开简册，略扫一眼后答道："韩毋辟身为侯官裨将，守土有责。既未能预警于前，又不能坚守于后，亡失甚多，且为胡虏所生俘，

---

① 军正，汉代军中之执法官。

于律当斩。"

又问："可赎么？"

"可赎。"瘦子拿起那几支竹简，看了看，略作思忖道："依律，可以军功和爵位赎罪。从在下调来的尺籍①看，罪将过去作战时曾斩捕首虏甚多，拜爵累计五级。再者罪将戍边年久，亦可以积劳为功，积劳四岁，可记一功。算来可以折功三级。"

"那么折算如何？"

"夺爵免职，减死罪一等，髡钳完为城旦。"髡钳意为剃光头，披戴枷锁。完为城旦，则意味着韩毋辟将身着罪人囚服，在边塞服充苦役。身体发肤，受之于父母，不可毁伤。髡钳苦役，辱及先人，对军人是种极大的羞辱。

"夺爵免职，赎为庶人不可么？"李广仰头，闭目沉思片刻后，问道。

"不可。失陷匈归障，吏卒百姓丧命者不下数百人，罪将身为主官，难辞其咎。死罪可赎，活罪难逃。"瘦子似胸有成竹，回答得斩钉截铁，无半点商量的余地。

"刻下正值用兵之际，将才难得，就不能略作通融么？"李广仍是商量的口吻。

"不能。军律无情，对谁都是一样。通融？对不得通融者岂非不公！再有类似事情，难道再通融？如此，又置大汉律法于何地！枉法行权，恕在下不敢。"

"军正何必说得这么难听，甚枉法行权？小题大做了吧。"李广的声音仍然不高，可已明显听得出压抑着的怒气。

"军正，韩毋辟在麾下多年，恪尽职守，从未有过疏失。匈归障失陷，乃胡虏背信突袭，猝不及防，情有可原。是不是可以从轻量刑呢？"黄晓向瘦子揖手致意，口气和蔼，试图转圜僵持的局面。

"将军们爱惜部属，在下晓得。可律法无情，讲不得通融。功不抵罪，

---

① 尺籍，一尺长的竹简，汉代用以记录军士作战时立功斩首的数字，这些尺籍犹如军士的档案，是用以记功授爵和折抵刑罚的凭据。

减死一等无非如此。除非他还有积功，不然论到朝廷那里，也还是宽免不了的。"瘦子坚执律条，有恃无恐，环顾诸人，意颇扬扬。

"军正此话当真？军中无戏言！"侍卫在李广身后的一名军将，一直在阴影中。此刻忽然前行一步，站到了光亮处。韩毋辟抬眼看去，原来是位英气勃勃的青年将军。

"在下乃执军法者，何敢戏言？"

"韩毋辟方才所述，各位都听到了。其亡命归汉，先后斩杀胡虏四级，依律可拜爵二级，以之赎罪，免为庶人，戴罪立功应该可以了吧。军正以为如何？"青年将军咄咄逼人，众人的目光也都集中在瘦子身上。

瘦子不为所动，扬了扬手中的尺籍道："我只认律条，空口无凭的东西，作不得证物。"

"此乃我亲眼所见。军正若不信，那日跟我出击的数十士卒亦可作证。"原来，这青年将军就是当日救了韩毋辟性命的李当户。

"口说无凭，人再多亦不可取信。若无记功的尺籍作凭据，在下绝不敢变通！"瘦子十分倔强，不稍屈服。

"好了！军正既要凭据，本府就给你凭据。来人哪，唤郡史，取尺籍笔墨来。"李广看了眼瘦子，好整以暇地捋着须髯。

郡史按李广的吩咐，写好为韩毋辟记功的尺籍，放到军正的几案上。"如此，功罪相抵，赎为庶人，戴罪军营可以了吧。军正以为如何？"

"郡守大人如此坚持，在下无话可说。天子诏命严申军纪，在下虽在将军治下，却是代朝廷行法，不敢妄自裁夺。此事在下要奏报上峰裁断。"瘦子将那尺籍推到一边，神色傲然不屈。

"哦？既然如此，那就还按军正说的办，请上峰裁断好了。"李广看看居中坐着的老者，向那瘦子笑道："这位是本朝御史大夫韩大人，位在三公，主持朝廷的律法监察。皇帝特拜韩大人为护军将军，主持北方各郡军务。这件事由韩大人裁夺，军正看可行？"原来是当年一起在梁国共过事的韩安国，难怪看着那么眼熟。有他在，韩毋辟的心放下了大半。

瘦子一下子泄了气，满脸惶恐，伏地顿首道："下官成安，鲁钝无知，不知大人在此，顿首死罪。"

韩安国道:"不知者不为过,成军正起来吧。你严执律法是好的,可拘泥于律条,不识变通就不对了。被俘不等于降敌,况且他千里逃亡,手刃数敌,亦属难得。朝廷用人之际,宜宽大为怀,死抠律条,未免过苛。这件事夺爵减死,赎为庶人,戴罪军营,我看可以。既由老夫裁断,就按李将军的话办吧。成安,你还有甚说道么?"

瘦子唯唯,向韩安国、李广等行礼后,收起简册,悻悻而去。韩安国望着他的背影,摇了摇头道:"这个人,面恶心亦不善,李将军要小心他呢。"

韩毋辟再拜顿首,叩谢搭救之恩。韩安国连忙扶起他道:"都是故人,仲明又何必如此。一别十数年,不意竟在这里重逢!要谢,你还是谢李将军吧。我当他拉我来何事,原来是为他顶雷。不过既是故人有难,老夫自当搭救。"

韩毋辟又转向李广父子,揖手道谢:"将军救我脱难,恩同再造,毋辟没齿不忘。大恩不言谢,惟有依将军所言,多杀胡虏,以报国家。"

"好!早听黄晓说你是个壮士,今后就留在我这里,杀虏立功。大丈夫人生一世,要当立功封侯,衣锦还乡。你说是不?"李广拍拍韩毋辟,大笑道。

之后,李广设便宴招待韩安国,韩毋辟亦叨陪末座。席间宾主谈谦话旧,说起梁国旧事,不胜沧桑之感。觥筹交错,酒酣耳热之际,韩毋辟提出要去长安找寻妻子。不想李广竟若充耳不闻,频频劝酒,顾左右而言他,令他好不郁闷。

散席后,李广、黄晓送韩安国安歇,李当户叫住韩毋辟道:"长安,你去不了了。父亲要我告你,接妻儿之事,留待日后再说吧。"

"为甚?"

"大军近日即将开拔到雁门待命。朝廷要诱匈奴入塞决战,韩将军便是全军的统帅。大战在即,军中所有人等概不许离营,否则以军法论罪。那个成安今日所为,你都看到了。你若临阵缺席,他会放过你么!"

韩毋辟不由得倒吸了一口冷气。

十一

　　元光二年夏五月，谋划半载，诱击匈奴之战终于启动。刘彻下达了实施作战的诏命。出乎众人的意料，皇帝没有任命首谋且主战最力的王恢出任统帅，反而任命主张和亲的御史大夫韩安国为护军将军，作为前敌的主帅。卫尉李广、太仆公孙贺、大行王恢与太中大夫李息则分授为骁骑将军、轻车将军、屯骑将军和材官将军，四将军均受韩安国节制。韩安国本不主战，可皇帝将如此重任托付与他，这份器重与信任，他不能不心生感戴。此战若胜，会大大成就他的功名，私心里，他也未尝没有这种企盼。

　　诏命下达后，北方边郡的数十万大军开始向雁门、代郡集结。名义上是调防，但却昼伏夜行，行动隐秘，各军将军之外，没有人知道去向与目的。韩安国将李广、公孙贺的两支劲旅与各郡征调来的材官蹶张①之士组成三支军团，作为正面攻击的主力，二十余万大军隐蔽于马邑城东南句注山的密林深谷之中。王恢、李息则率三万步卒，屯兵于代郡北部的参合陉（今河北阳高一带），他们要做的是，在匈奴人入塞后，抄其后路，断其辎重，最终形成合围之势。

　　聂壹则依计行事，四月便潜出了边塞，在匈奴五月大祭时赶到了龙城②。

----

　　① 材官蹶张：材官，意谓勇武之卒；蹶张，以足踏弩张弓，指力壮身强的弩手。

　　② 龙城，匈奴人每年一次祭祀天地祖先神祇之处，在今内蒙古多伦一带。

他因私自出塞交易而罹祸，家产被抄，族人下狱，颇得匈奴人的同情。哭诉过破家之难与侥幸逃脱的经过，聂壹献议，为报此恨，他愿作内应，诛杀马邑的长吏，接应匈奴入塞掳掠。南宫死后，汉廷迟迟没有和亲的回应，军臣原已不满。既可掳掠，又能教训羞辱汉朝，是个不错的机会。于是一拍即合，约定聂壹携其使者先期潜回马邑，军臣则顿兵塞外，一俟聂壹得手，遣使者相告，匈奴即纵军入塞，里应外合，饱掠一番。

龙城大会一过，正值月满，被匈奴视为动兵的吉时。军臣调集十万精骑，一路行猎，接近了边塞。六月，汉军也部署到位。聂壹从狱中提出个死囚斩了，谎称是马邑县令，将头颅悬挂在城墙上示众。一直候在城外的使者见其得手，黄夜驰报军臣，于是大军从武州塞①突入长城，一路南下。至此，势态与预想契合无间，再过一日，匈奴军抵马邑，埋伏在句注山中的汉军即可以迅雷不及掩耳之势，予敌以迎头痛击。却不料弄巧成拙，功亏一篑。

原来，聂壹等为诱匈奴上钩，将马邑城内外的牛羊牲畜，遍放于四野。匈奴骑兵距马邑百余里时，但见牛羊遍野，军臣大喜，随其出征的伊稚斜与赵信却起了疑心。匈奴入塞，汉人早应逃遁，现今放牧依旧，却无人看管，不合常理。军臣闻言，也犹豫起来，下令暂停待命。此时恰有雁门郡的尉史带队巡边，见到匈奴大军，急忙避入近处的亭燧。匈奴人很快攻下了亭燧，捉住了尉史。刀口之下，贪生的尉史竟将实情和盘托出，军臣等大惊，即刻回师北撤。隐蔽在句注山的汉军闻讯出击，无奈已迟了一步，追到边塞时，胡人早已出关，扬长而去。而王恢、李息的步军亦未能如约截断敌军的归路。一场精心策划的战事，偏偏在最后关头出了纰漏，无疾而终。

谋划半载的马邑诱击战，竟如此结局，是刘彻没有想到的。几十万大军的调动集结，军需辎重转运所耗费的大量民力与资财，到头来竟落得一场空，岂非滑天下之大稽！自己的苦心孤诣，竟成了众口嚣嚣的笑料。每念及此，他都会恨得全身发抖。尤其是王恢，若如约堵截住匈奴人的后路，只需顶住一两日，马邑的大军就会追上来，予匈奴以重创。可他却踌躇不进，贻误军机，

①武州塞，古长城要塞，位置在今山西左云县一带。

使这次战事成了天下人的笑柄。

很快，朝臣们纷纷上书，不仅主张和亲的大臣们振振有词，尤令刘彻忧心的是，他准备用来冲一冲朝中暮气，上月才征召来的一批贤良文学之士，竟也纷纷上书，指陈用兵的不当。其中一个名为主父偃的，言辞极为激烈。谏书起首便引《司马法》之言："国虽大，好战必亡。"又称，古之人君一怒必伏尸流血，故圣明的君主要善于制怒，谨慎行事。之后举秦始皇拒谏饰非，北攻匈奴为例，指出穷兵黩武，必引发内乱，累及苍生，最终没有不后悔的。

令刘彻震动是其中关于兵事累及民生的一段话。主父偃称，干戈征战本身已经很可怕，可由此加诸天下百姓的负担更为可怕。从其家乡所在的山东诸郡，数千里转运军粮到大河前线，出发时的三钟①粮，人食马喂，沿途损耗，到达边塞时，余下的不过一石。由此扰动天下，"男子疾耕不足于粮饷，女子纺绩不足于帷幕。百姓疲弊，孤寡老弱不能相养，道死者相望，人心怨恨，天下亦会由此大乱"。

果真如此，这次的损失就大了。愤怒而外又添加了不安，刘彻将奏章递给正在一旁侍候的右内史②郑当时。

"你看看这奏章，他讲军粮转输耗费大，三钟才余一石，是这样么？"

郑当时默读奏章，惊奇于这个主父偃的大胆，心里却在转念，让皇帝明白征战非只沙场拼杀，而是会牵动国本，累及苍生，这倒是个机会。

"钟为古制，约合六斛四斗；钟、斛、斗，乃以容量计数。现今以权量计数，用石、钧、斤、两，折算起来不同。十六两为斤，三十斤为钧，四钧为石，合一百二十斤。换算成古制，约合一斛。三钟约合二十斛，余一石，则途中损耗折合二十比一。"郑当时指掰口算，条分缕析，把账算得明明白白，倒真让刘彻对从前这位师傅刮目相看了。

"二十比一的损耗，不夸大么！"刘彻问道，文人好大言夸饰，这个主

---

①钟，古代计量单位，一钟合六斛四斗，折合约为六石多。三钟余一石，则损耗比率高达二十比一。

②内史，古代管理京城的最高官员，位比九卿。景帝二年分为左右内史，右内史武帝太初元年更名为京兆尹；左内史更名为左冯翊。

父偃亦难免危言耸听。

"应该说，去实际不远。《孙子兵法》上说，智将因粮于敌，食一钟，当吾二十钟。意思是，作战应尽可能从敌人那里夺取给养。食用敌国一钟粮，相当于从我之后方运送二十钟粮，其比正为二十比一。主父偃的话，不算夸大。"

刘彻赧然："如此，马邑之耗费，怕不在少数吧。"

郑当时颔首道："兵法云：'兴师十万，日费千金。'更何况是三十万大军！运筹半载，耗费巨亿，匈奴却毫发无伤，全身而退。这笔账，是太不划算了。"

每句话都如同重锤，敲打在刘彻心上。于是顾左右而言他，话题转到了郑当时身上。"郑师傅工于计算，应该是个当家理财的行家。大农令掌理国用钱财，非凡庸可任。大农一职，韩安国之后，尚无朕当意的人选，就烦郑师傅为朕当家理财吧。"

大农掌管赋税收入，位在九卿，位高权重，郑当时无意间跃升高位，自然欣喜，拜谢而去。刘彻又召见了上书言事的主父偃、徐乐、严安，大加勉励，均拜封为郎官，出入内廷办事。那个主父偃，竟已年近五旬，衣着寒薄，可骨相奇特，高颧大鼻，双目深陷，能言善辩，尤其精通律令，令刘彻印象深刻。

马邑的善后，是在一个多月后。大军解散，各回驻地，韩安国等六将军回到京师，向皇帝交卸将军的符节。这次行动的失败，王恢的责任最大，故而面君时脸色灰败，再无先前的豪气。刘彻望着他，心情复杂，痛恨与怜惜兼而有之。

"王恢，你知罪么！"

刘彻的声音不高，可内含杀气。六将军个个敛容屏息，王恢不由自主地打了个寒战，一下子仆倒在地上。

"臣知罪。可事出意外，臣实有隐衷，敢为陛下言之。"

"讲。"

"军臣半途起疑，抓获巡边的尉史，实出意外……"

"朕将意外归罪于你了么？朕要知道的是，身为偏师的主帅，你为何不按照约定出击，截断军臣的后路！"

王恢嗫嚅难言，环身四顾，希望能有人为自己缓颊。可天子震怒，朝臣们眼观鼻，鼻观心，个个目不斜视，无人愿触这个霉头。而他寄予了最大希望的丞相田蚡，竟不在朝堂上。他心里一沉，额头冒出了汗水。

他知道，马邑之事，自己的干系最重。还在参合陂前线时，已密令家人请托于田蚡，致送千金，求其在皇帝面前代为缓颊。回到长安，听家人说相府收了馈遗，心才安了下来。不想紧急关头，田蚡面也不露，径自避开了。人情之奸伪，竟至于此！

人绝望了，头脑反而冷静了下来。他思忖片刻，辩解道："临战前会议军事，约定匈奴进了马邑城，两军接战后，臣所部出击截其归路，掳其辎重，与大军成合围之势。可军臣半途折还，情势与预想已大为不同。臣等以三万步卒，当胡虏十万精骑。臣知道，战，寡不敌众，丧师辱国。不战而还，是死罪，可也为陛下保全了三万战士。臣，选择了后者。"

"哦？听起来，韩安国、李广的责任比你还大啰？是他们没按约定出击在先，你方失约于后？朕原以为你是个有担当的人，不想尔巧舌如簧，文过饰非，一至于此！军臣退兵，对马邑的将士可说是意外，对你则不是甚意外，他已进了长城，你完全有机会抄其后路。三万人倚城而战，拖他一两日，马邑的大军就会赶到，重创军臣！甚丧师辱国？难道韩将军会坐视不进，要你孤军作战？他们敢么！"

刘彻愈说愈气，声音也高了起来。"明明是临敌畏懦，反而美其名曰为保全战士。避战苟活，你已亵渎了我大汉的军威！三十万大军的军费耗费，数以亿计，这个花费，难道只为保全三万战士？"

王恢语塞。刘彻命将其下入北军诏狱，以军法议罪处分。

其实，田蚡一直在为王恢活动，只因近来皇帝不惬于他，自己不便出面而已。他曾几入长乐宫，去太后处设法。皇帝请安时，太后依他所言劝说过皇帝，说是王恢为匈奴设计了这个圈套，虽未成功，杀他不正中匈奴人的下怀，为敌人报了仇么。刘彻拿奏章给她看，众口嚣嚣，无不指责王恢，说他轻启战端，而又临战畏懦，贻误军机，要求绳之以律法。马邑的失利，必得有人负责。王恢是朝中仅有的主战大臣，刘彻虽不情愿，最终却不能不以"首谋不进，畏懦逗留"的军法处他以死罪，给天下人一个交代。

这样，当日家人向狱中送衣物时，告诉王恢，丞相府已退回了馈遗。王恢明白绝难幸免，夜中以衣带悬梁自尽。

匈奴那里，能够从如此险恶的圈套中全身而退，军臣单于归于天命佑护。回到龙城后，军臣宰牲祭天，日日欢宴，那被俘的尉史竟被他视为上天所赐，授予了天王的封号。

尉史受宠若惊，大礼叩谢而后，起身斟酒，自军臣起，逐个向在座的大小名王、贵人敬酒。敬到伊稚斜处，遭遇到了尴尬。

"你不过是个无名的军卒，贪生叛降，凭甚敢称天王？大匈奴的天王，竟是这么好当的么！"伊稚斜满脸的不屑，身子欠都未欠。

"天王"无言以对，四顾仓皇，无助地望着军臣。

"伊稚斜，若非天王，吾等还能在此宴乐么？他教汉军的阴谋落了空，这就是天意，封他个天王的名头，有甚不可！天王乃祁连①神的使者，他敬酒，你得喝，莫要搅了大家的兴致。"军臣的脸沉了下来，言语中明显有了不快。

伊稚斜非但不从命，索性放下酒碗，起身陈词道："汉人狡诈，诡计多端。匈奴当以其人之道反治其人之身，汉人用间，我们也可以用间。兵法上讲，知己知彼，百战不殆。深入马邑之险，就在于我们疏于情报，轻信了汉人。"

"放肆！"军臣大喝一声，目光凶狠地盯住伊稚斜。伊稚斜是他的幼弟，随着年龄见长，翅膀硬了起来，近来常擅自行事，愈来愈不把他的威权放在眼里。

"始祸之人，倒还振振有词？若非你偷袭汉人的边障，和亲之议早就有了结果，食物酒浆，缯絮布帛会源源不断地送过来，又何必与汉朝刀兵相见！"

兄长真是老了，竟贪恋起汉朝的衣食酒浆了！当年的勇武哪里去了？伊稚斜不觉心生怜悯，抗声道："吾强胡入塞，岂为的是衣食财物？汉人休养生息七十年，日渐富强。汉人强大了，必会亟思报复，此次马邑的圈套可为佐证。我们决不可坐视汉人强大，必得如高祖祖父，时时侵袭掳掠，耗其国力，使之永远疲弱，方可永绝后患……"

---

① 祁连，匈奴语，义为"天"；祁连神即天神。

军臣气得目瞋须张，哐啷一声，将酒碗掷了过来。随即戟指怒骂道："你个目无尊长的东西，还轮不到你小子来教训我！马上滚出去，滚回你的牧场去！"

众人纷纷下席劝解。伊稚斜被几个王兄强按着跪下请罪，待要分辩，赵信将他拽出大帐，一路劝解着回了自己的宿处。

"大单于正在兴头上，殿下怎好当面顶撞，叫他下不来台？"坐下后，赵信摇摇头，嗔怪道。

"难道我所言不对？"

"对，也不必如此张扬。锋芒太露只会树敌，殿下终究还不是大单于！"

"赵相国，我忧心国事有甚错？汉人讲得对，人无远虑，必有近忧，等到汉朝羽毛丰满了，就难制了，那时悔之晚矣。"

"这道理我懂，许多人都懂。大王拳拳之心，吾等知之久矣，所以才会亲近大王。在下与一批贵人有厚望于殿下，殿下切不可意气用事，自坏前程！"

伊稚斜斜睨了赵信一眼，"前程？甚前程，你们甚意思？"

"大单于年寿已高，太子於单幼弱，不堪承继大任。能够振我匈奴神威者，大王而外，再无他人。还望殿下潜心励志，以待将来。"

"你是说……"

赵信用力握住伊稚斜的双手道："臣等心意，尽在不言之中，殿下不必说破。"

如此看来，单于庭中会有一批人助自己竞夺大位，一念及此，伊稚斜只觉周身热流涌动。伊稚斜是左鹿蠡王，位在左屠耆王（即左贤王）於单之下。按匈奴的规制，身为左屠耆王者便是未来的单于，更何况於单是军臣之子，血缘更近。他不过是军臣之弟，本无继位的可能。但若有诸王与大臣们的支持，又当不同。他紧握赵信双臂道："赵相国，当真？"

"当真。按理父死子继，可於单身子羸弱，难以克承大任。殿下神明勇武，众望所归。可时机不到，宜韬光养晦，大单于若把你视作於单的威胁，起了杀心，就难办了。"

赵信之言令他凛然，头脑也渐渐冷静下来。两人相对默然。良久，伊稚斜猛然跳起，拉着赵信道："走，去向大单于赔罪去。"

赵信颔首笑了。

走向军臣大帐的路上，伊稚斜看了眼赵信，若有所思地说道："对汉人，吾等还是要有所防备，有件事情一定得做。"

"甚事？"

"用间。"

"用间？如何用？"

伊稚斜仰头望着繁星密布的夜空，长吁了口气道："这件事情怎样办，我还没有想透，想透了自当告诉你，而且事情只能由你来办，我才放心。"

十二

戚里魏其侯家冷清了几年的门庭，终于来了访客。访客姓翟，名公，字明远，京兆下邽人。原为廷尉，位在九卿。大行王恢于狱中畏罪自杀，未能明正典刑，皇帝怒管狱者渎职。追究下来，翟公也受到牵连，担失察之过，被免为庶人。

让入中堂，寒暄见礼后，窦婴吩咐家人烹茶待客，宾主对坐闲话。

自罢相而后，尤其是窦太后死后，窦婴除每年岁首的朝会大典，随班进宫贺岁而外，极少出入宫廷。彼此见面少了，原来很熟的人，却有了些生分；相对无言，各自呷茶，好一会儿，主人方没话找话地问道："明远别来无恙，这一向可还好么？"

翟公尴尬地笑笑，"好甚？我的事王孙应该知道，在家赋闲而已。"于是将马邑失利，皇帝震怒，王恢下狱自杀，自己牵连免职之事叙述一过，摇头叹息道："丢了官，方才明白了人情势利，世态炎凉！"

"怎么？"窦婴望着他，目光中似有同情，唇间却隐含笑意。

"在位时，家中宾客填门，逢迎请托者奔走门下，推都推不掉。每日退朝还家，难得有片刻的清闲。这么些年，对这些宾客我总不能说全无好处吧？可一日去职，全作鸟兽散。半月来竟门可罗雀，家中无一人上门，每日对坐者，惟老妻而已。"翟公苦笑，眼中却满是愤懑之情。

"明远家居半月，就受不了清静了？老夫赋闲数年，日子又该怎么打发？怨天尤人有甚用，要怪，就怪自己看不破好了！"

"看不破甚？"

"就是你方才所言的人情势利，世态炎凉嘛。"窦婴捋髯笑道："当年我做大将军，做丞相，巴结我的人还少吗？我下来时，明远你又来看过我几次？我也是不平了几年，方看破了这其中的道理。"

翟公尴尬地笑笑，"公事忙，家里客人又多，分不开身……"

窦婴摇摇手道："你莫辩解，在位时都是这么说。明远，今日能来看我，就是朋友。我送你三句话：一死一生，乃知交情；一贫一富，乃知交态；一贵一贱，交情乃见。高朋满座莫若有一知己，这天下最可珍贵的，是朋友情义！有所图者，没有了利益，当然会作鸟兽散。而以情义相交者，朋友有难，虽杀身之祸，亦绝不趋避。"

翟公颔首道："知己难得，王孙可有这样的朋友么？"

"当然有。不过这种朋友官场少，草野多，尤其游侠中人，大都如此。老夫好侠，为的就是这个。"窦婴捋髯微笑，神情颇为自负。

"可为在下引见几位这样的朋友么？"翟公脸上是颇为向往的神情。

"等下就有个朋友会来。不用我引见，明远也熟识的。"

翟公凝神细想，猛然而寤道："王孙说的朋友，可是灌夫？"窦婴微笑不答。这就是了，朝内外早传窦婴与灌夫情同父子。灌夫一直在关东各郡国任职，皇帝即位之初，一度调入京师，出任掌理马政的太仆。可次年即因醉酒殴击太皇太后的从弟，皇帝担心太后报复，将他任命为燕国的国相。数年后因违法事免职，移家于长安。

"官场中讲义气的朋友，不是没有，灌夫而外，尚有袁盎、季心、周亚夫，可惜好人不长命，都已物故了。"

同朝共事，翟公也熟悉这些人。窦婴忆及当年欢聚时的盛况，历历如在目前，感叹光阴荏苒，故人凋零，两人又相对唏嘘了一阵。

又有客人来访，可不是灌夫，而是宗正刘弃疾。他也是窦婴、袁盎、灌夫的至交，不时过府来看看老友。

熟不拘礼，不待寒暄，主人便笑道："好了，朋友中唯一在朝的到了。无病，近日朝廷上有何消息，可能给吾等在野之人说说？"

无病是刘弃疾的字，他笑笑说："王孙还真问着了，还是惊人的消息。你们猜猜看，弃疾在丞相府见到了甚人？"

"你莫卖关子，有消息就讲来。"

刘弃疾慢条斯理地呷了口茶，漱了漱口，将残茶吐入盂中。窦婴、翟公知道他是在吊人胃口，索性不再催他，也端起杯，好整以暇地品起茶来。

看看无趣，终于开了口："武安侯昨日大张筵席，九卿全都请到了。开席以后，方知贵客乃一耄耋之年的老者。经丞相给众人引见，方知此人了得，竟是个得道的活神仙！"

"活神仙？！"窦婴、翟公面面相觑，不由得瞪大了眼睛。

汉代之人，虽普遍信仰鬼神，可活生生的神仙，几乎没有人见过，更不用说请到家中，同席共饮了。故震惊过后，反而生出几分疑心。"怎么知道他是神仙？"窦婴问道。

"这个人叫李少君，说起来倒是有些来历。"李少君原是深泽侯府的舍人，主方药，后来亦以方药游走于诸侯之间。他为人视病巧发奇中，常常有奇效，在各诸侯国间很有名气。关东齐鲁一带的人，都说他能役使鬼物，且长生不老，故尊之如神，给其金钱衣食，所以他不治生产而衣食无忧。后世之人不识其来历，愈加信服，争相服事之。宗正府掌管皇室宗亲与刘姓诸侯王事务，故而刘弃疾亦久闻其名。

"深泽侯赵将夕，是高祖皇帝时封的侯，那时此人便在赵府做舍人。他没有妻子儿女，也没人知道他的年龄。高祖至今已经七十年，算起来，此人年纪最低也超过百岁了。可鹤发童颜，精神矍铄，酒量大，说起话来中气十足，哪里像个百岁老人。"

"既无人知其来历和年龄，又怎么知道年逾百岁不是他信口胡编的呢？"多年审罪查案，使翟公养成不轻信的习惯。况且以前也出过新垣平之类的骗子。

"百岁是推算，问他，他永远自称七十。今日席上，有一老翁年届九十。闲谈时，李少君笑问老翁可还认得他，老翁茫然不识。少君言，还在老翁儿时，他俩便相识。老翁不信，一座的人也都心存疑惑。于是少君历数当年他与老翁之大父① 携其游猎之处，与老翁记得的竟纤毫不差。举座皆惊，

---

① 大父，古人称祖父为大父。

老翁也服了气。"

看看翟公等仍心存疑惑，刘弃疾道："二位莫不信。深泽侯已传承四世，赵将夕的曾孙赵夷，昨日亦在席上。少君叙其家世，历历如数家珍。赵夷连连称是，不由得人不信。"

"武安侯不好好做他的丞相，摆弄神仙作甚？"窦婴不以为然道。

刘弃疾道："我也纳闷。不过，他这一向收敛了许多，事事看着皇帝的眼色行事。"

翟公亦有同感，"是这样。武安侯自称要做太平丞相，历来主张和亲。此次马邑的军事，若搁在以往，他肯定会大加反对，可这回一声不吭。事后，对平日最为忌恨的王恢，他却施以援手，很反常。"

提起田蚡，窦婴总有种说不清道不明的复杂感情。先帝时，窦婴先后出任过大将军和太傅，位高权重，又有窦太后的背景，奔走于他门下的官员，如过江之鲫。当时还不过是个小小郎官的田蚡，对窦婴的殷勤巴结，堪称个中的翘楚。

那时的窦家，风光极一时之盛。日日筵席高张，宾朋满座，来客不是当朝的三公九卿、皇亲贵戚，就是各郡国上计的主官与江湖中的朋友。而那田蚡亦如上课一般，日日到窦府报到，或帮忙招呼客人，或与窦家晚辈一道，充任斟酒布菜的杂役。他的殷勤恭敬颇得窦家人的好感，窦婴亦视其为自家子侄。

王娡被封为皇后，特别是刘彻即位为皇帝后，田蚡以母舅之尊，被封为武安侯，身份日渐贵重。二人此时仍旧友好，相互吸引，建元初年，窦婴为丞相，田蚡为太尉，赵绾为御史大夫，三人均好儒术，合作无间，辅佐天子的兴儒大业。不想触怒了窦太后，赵绾下狱死，他与田蚡罢职家居。

风水轮流转。建元六年，窦太后薨逝，外戚之权势随即转移至王太后家族，田蚡也复出为丞相。官场上多的是追求势利之人，自然弃窦而就田。田家门庭若市，窦家门可罗雀，一个热闹，一个冷清，反差之大，令窦婴备感凄凉。起初，田蚡还顾念旧情，窦婴之子醉酒伤及人命，罪应抵命，是田蚡下令赦出。丞相府年节宴客，也邀请窦婴。但田蚡日渐骄狂的做派，令他难以忍受。

田蚡宴请皇室外戚列侯，其兄盖侯王信、弟周阳侯田胜、魏其侯窦婴等都到了场。通常家人亲戚饮宴，以辈分年齿为尊，尊者坐西朝东，依次为向南、向北。以此，窦婴、王信本应上座，可田蚡却称丞相体制尊贵，不可因私害公，自坐东向，而置窦婴、王信于下座。窦婴一气之下，拂袖而去。

丞相府长史藉福，曾为窦婴下属，追出来劝道："君侯个性太刚，刚者易折。世间君子少，小人多，君侯能够兼容，可以长久。做不到，好恶也不必挂在脸上，徒然招怨而已。"可盛怒之下的他，根本听不进去。事后虽后悔自己意气用事，却也羞于再登田府大门，两家从此便断了来往。

及至灌夫移居长安，两人原来交情就深，又都致仕家居，遂日夕往来，相互引重，亲密犹如父子。灌夫不好文学，喜任侠，重然诺，家赀豪富，交往的多是江湖豪杰。尤其好使酒任气，醉后常常痛骂贵戚豪门势利小人，让窦婴感觉十分解气。

窦婴道："这没甚可怪的，我早料到他会有这么一天。人得意时不可忘形。甥舅归甥舅，君臣归君臣。他仗着母舅的身份，骄狂跋扈，早晚会招致天子的反感。现下他夹起尾巴做人，不用说，是觉出了皇帝的不满。"

"王孙所言甚是。"翟公道："上个月朝廷又招纳了一批贤良文学之士，大都被安排在宫中任郎官，大得信用。我揣度着皇帝这么做，为的就是打破武安侯独揽朝政的局面。"

"对，对。我也觉得，这一向皇帝城府更深了。想要做的事，只出个题目，要随侍的郎官们与朝臣辩论，而后折中采纳。这些新人，个个智珠在握，辩才无碍，廷议中，大臣们常处于下风，武安侯这个丞相，现下确实难做了。"

"哦？都是些甚样的新人？"窦婴颇感兴趣。

"老少不一，无奇不有。大都是些怀才不遇的穷书生。有个会稽吴县来的朱买臣，家贫不事生产，只好读书，实在挨不过去，方入山樵采，以给衣食。一次，夫妻担柴去市场卖，他边走边高声诵书，引得一市之人围观讪笑。妻子愈劝，他声音愈高，妻子羞愤不能自已，下堂求去。公等猜这个朱买臣怎么说？"

"怎么说？"

"他说我年届五十命当富贵，已没有几年了。你跟我苦了这么久，难道就不想等我富贵后报答你么？这样的话他妻子听得多了，哪里肯信，骂他道，等你富贵，我怕早已饿死于沟壑了。还是与他绝了婚。

"后来有了个机会，这个朱买臣充当押车的卒隶，随上计的官员到了京师。他诣阙上书，待诏于公车①，可迟迟没有回音。干粮食尽，只好向同行的吏卒们乞食。"

"为求仕进，一至于此，真是有辱斯文！"窦婴摇头叹息道："后来又怎样如愿了呢？"

刘弃疾道："也是他时来运转。一日，在司马门遇到了故人。君侯可还记得建元初年那次贤良文学的征召么？"

"当然记得，那次董仲舒上天人三策，今上据此制定了兴儒的大计。怎么？"

"那批贤良文学之中，有个叫庄助的，君侯可还有印象？"

"名字听说过，人不详细。"

翟公插言道："这个人也是会稽郡吴县人，与朱买臣同乡。早年也是个穷人，曾为富人所辱。他学问好，有辩才，很得皇帝的器重，升迁甚速。后来被拜为会稽的太守，在那里，认识了朱买臣。"

"明远所言甚是，就是这个庄助帮了他。庄助亦曾身历坎坷，推己及人，惺惺相惜，便向天子荐举了他。召见后，说《春秋》，言《楚辞》，大得赏识，遂以郎官侍中。老来发达，看来还真是被他说中了。"

久仕之人，即便下野，对于官场的人事也会格外关注。这批新进之人，既然得到皇帝的信用，必会影响今后的朝局，所关匪细。看来田蚡的好日子也快要过去了！窦婴这样想着，微笑着问道："老夫家居，孤陋寡闻。此次征选，朝廷还得了甚奇才异能之士？还望二位告我。"

"此次入选者，多为自荐。或以文名，或故作惊人之语，以动人主之心。譬如枚皋，是从前梁王宾客枚乘之子。此人禀赋其父，也作得一手好诗赋。今上好诗赋，欲兴乐府，当然不能缺司马相如、枚皋这样的人才……"

---

① 公车，汉代卫尉下属的公车署的简称，主官为公车令，负责皇宫司马门的警卫。臣民上书或征召，均由公车接待，自带干粮，在公车署等候回音。

"那么无病所言，故作惊人之语者又是谁呢？"刘弃疾话音未落，窦婴已忍不住追问起来。

"是那个东方朔吧？"翟公道。

"正是。此人是平原郡厌次县人，身长九尺，是个大个子。他素性诙谐，明明貌不出众，偏称自己目若悬珠，齿若编贝，勇若孟贲，捷若庆忌，廉若鲍叔，信若尾生①，以此可以为天子大臣。"

"这倒是个有性格的狂人呢，见面名不符实，皇帝怎么说？"

"他如此夸示，还真起了作用。今上好奇，说是此人既敢这么说，应该不差，当日就召见了他。伺候今上的郭公公告诉我，在皇上面前，他更大言不惭。说自己文史兵法，样样精通。皇上问他何以为证，他说证在公车。结果公车令连同下属，三个人才勉强把他带来的简策搬进宣室殿，数了数，足足有三千支之多。"

"皇帝重用了他么？"窦婴笑问。

"皇帝只觉得此人有趣，赐食公禄，要他待诏公车。可他不甘心久等，就吓唬御厩中那些饲马的侏儒，说是皇上说汝辈力不能耕田，战不能从军，出不能治民，徒然耗费衣食而无益于国用，想把你们都杀掉。侏儒们不明就里，怕得要死，涕泣问计于他。他教他们再遇到皇帝时，叩头请赦。侏儒们依言行事，在遇到皇帝时，顿首号泣请罪。皇帝问明原因，果然召见，责问他为何矫诏吓唬侏儒。矫诏是死罪，他却理直气壮地说：非如此不能向陛下面诉委屈。侏儒身长不过三尺，俸禄是一袋粟米，钱二百四十；臣东方朔身长九尺，俸禄也是粟米一袋，钱二百四十。侏儒们撑得要死，臣饿得要死。臣言可用用之，不可用罢之，莫在长安浪费国家的米粮。皇帝听后笑得要命，加了他的俸禄，命他待诏金马门。"

窦婴摇头笑道：求官不是这样子求法的。这个东方朔，聪明反被聪明误！出之以诙谐，必处之以诙谐，靠逗天子开心，是得不到重用的。"

---

① 孟贲、庆忌，均为古代著名之勇士；鲍叔，即鲍叔牙，春秋时齐国大臣，有廉名；尾生，传说为战国时鲁人，与一女子约会于桥下，女子未来，水涨，尾生抱桥柱而死，后成为坚守诺言的化身。

翟公颔首道："君侯所言甚是，那个主父偃就比他精明得多。他上书所言九件事，除谏伐匈奴一事外，余者所论，全为律令，大得皇帝赏识，当日召见，拜为郎官，不久后升为谒者，再升为中郎，一月三迁，升迁之速，可称是官场中的异数了。"

"哦，此人甚来历，所学为何？"

"这个人的事情，我倒听说过一些。"刘弃疾道："此人早年所学乃长短纵横之术，中年以后又习《春秋》与百家之言，因学术杂驳不纯，而为齐鲁诸生所排斥。后北游于燕、赵、中山各诸侯之间，皆不得志。游学四十年不遇，家贫乏资用，告贷无门，客困于长安。半生潦倒，此次一鸣惊人，也许是厚积薄发所致吧。"

"我倒不这么看。"翟公道："不知二位注意到没有，皇帝用人，有自己的一套章法。"

"甚章法？"窦婴、刘弃疾注视着翟公，不约而同地问道。

"我觉着，皇帝真正赏识重用的是通才。光学问好不够，只会做事也不成。只有二者兼备，才会得大用。譬如这个主父偃的学问，骨子里是权术，外饰以儒术，既堂皇，又实用，皇帝青睐的，其实是这个。再如太中大夫公孙弘，看上去平庸木讷，其实城府很深，中年学儒以前，他做过多年的狱吏。这两个人的意见，皇帝很看重，别看现在位置不高，我敢预言，此二人将来必会大用。"

窦婴很注意地看着翟公道："明远的意思是，他们会做到丞相？"

"那主父偃太张扬，不是长久之道，不敢说。公孙弘老于世故，深藏不露，应该是做大事的材料。无论如何，这两个人必得重用是肯定的。"

"我看不尽然。今上欲作大有为之君，故凡勇于任事者，皇帝都喜欢。譬如这次征召的博士弟子终军，年方十八，全无阅历。皇帝也拜他为谒者给事中，每日带在身边，信任得很。"

窦婴欣然称庆道："如此看来，皇帝睿智英明，必成大有为之君。老夫忧心外戚把持朝政，看来是多余的了。"

三人又闲话了一会儿，看看日已正午，翟公、刘弃疾起身告辞，窦婴不允，吩咐家人备酒饭。正推托之间，灌夫到了。一眼看到翟公，诧异道："这不是翟大人么？稀客，稀客！我不是在做梦吧？跟我们在野的人一路，不怕沾了晦气？"

翟公知道他是在奚落自己，不好意思地笑笑，"仲孺莫揶揄人，总归我也下了野，要骂，就由你骂吧。"翟公服软，灌夫倒也不为己甚，拍拍他的肩头道："不忘记老友，就算有良心！"

得知二人欲走，灌夫瞋目道："见面话没有说上两句，二位就要走，做朋友不是这般做法吧！"又对窦婴道："王孙也莫张罗，我知道个饮宴的好去处，我做东，大家一起去乐乐。"

窦婴道："酒肆饭舍，人多眼杂，不免拘束，还是家里清静。"

灌夫道："饮酒图的是热闹，要甚清静！你老莫再矫情，随我来，管教各位有意外的惊喜。"

言罢，不由分说，将三人带至府门，各自登车。一声招呼，一行车马直奔东市而去。

十三

进得南门，穿过几排货肆，赫然入目的，是座粉刷一新的酒肆，檐下挂着一排红色灯笼，斜挑着的酒旗上写着"河洛酒家"四个大字。

窦婴对这里并不陌生。剧孟生前，每逢到长安，都要在这里与朋友聚会。剧孟死后，这里被布置成灵堂，供长安的友好吊唁。此后，他再没有来过，听说不久就关张歇业了。

人还在门外，灌夫已大呼起来。"黄三，黄三！有贵客来了！"

一个酒佣掀开门帘，边让客，边答应道："黄主事一早出去办事，几位先请进，小的约莫着他快回来了。"

店堂里面也已修葺一新。大厅东侧用木隔扇间壁成数间雅座，莆席铺地，矮几上，酒具而外，还摆放着一盆兰草，一挂细竹帘遮挡住入口。室内洁净素雅，看得出，主人的品位不低。可能才开张的缘故，饭口上的客人并不多。

进到雅间，那酒佣带着两个小厮，跑前跑后地侍候，很是殷勤巴结。客人们盥手擦脸完毕，一壶滚烫的热茶已经烹好。待要请客人点菜，灌夫摆摆手道："不忙，等等主人再说。"

窦婴打量着室内的陈设，笑道："很像样子么，那个姓黄的，是新主人么？"

灌夫摇摇头，捋髯微笑，一脸的莫测高深。

"仲孺是个直肠子，怎么也学开故弄玄虚了！"

见到窦婴蹙眉不快的样子，灌夫道："主人有话，要给君侯一个惊喜。"

话音未落，竹帘一挑，一个身长八尺的大汉走了进来。窦婴双眼一亮，起身招呼道："千秋，怎么是你？"

韩孺大笑，环视众人，长揖为礼。主宾坐下叙话，互道契阔，方知他一直在关东经商。不久前，才受朋友之托，来长安打理这家酒肆。

"怎么，千秋也不是主人？"窦婴诧异道。

"主人也是王孙的故人，郭解郭翁伯。我只是代他照管而已。"于是将剧孟死前把酒肆转让郭解之事，讲给他听。

看到窦婴吃惊的样子，灌夫道："我也是昨日闲逛，到这里买醉，方知剧孟的买卖已经姓了郭。千秋兄知道君侯在家赋闲，邀我们来聚聚，特意嘱我不要事先露了他的身份。"

韩孺对众人笑笑，"王孙与灌将军，是多年不见的故人，在下行走江湖，难得与朋友一聚。今日各位大人肯赏光，在下心里高兴，旧雨新知，这顿酒，咱们得喝好。伙计们，上酒菜来！"

一声吆喝，咄嗟立办。后厨煎炒烹炸，香气四溢，不多时，小厮们抬进数张食案，酒肴兼备，爆炙杂陈，丰盛异常。韩孺径自斟满一大杯酒，一饮而尽，照照杯道："此杯在下代翁伯尽主人之谊，先干为敬。"随即再斟再饮，"这一杯所为故人重逢，青山常在，情义不渝。"第三杯举起，却辞气哽咽，泪光隐约可见。"人生苦短，聚散匆匆。袁盎、季心、亚夫……多少老朋友做了鬼。此杯权作祭奠，以慰亡灵！"言罢，以酒酹地，窦婴、灌夫亦跟从之。把个翟公和刘弃疾看得目瞪口呆，但觉一股豪气，跌宕起伏，搅得人心里热辣辣的。

灌夫不甘人后，也欲换大杯，韩孺笑道："喝大酒可以，可得有酒德，等下醉了，仲孺莫耍酒疯。"

于是推杯换盏，互致祝愿，几巡下来，不擅酒如翟公、刘弃疾者，已面红耳赤，醺醺然了。

灌夫叫道："干饮岂不寡淡！快去招些女乐歌伎来！"

"翁伯与我乃江湖中人，不愿招摇，故肆中不备鼓吹女乐。"韩孺言罢，为不使众人扫兴，笑道："不如这么着，吾与仲孺和歌一曲助兴，各位以为如何？"

众人赞同。于是韩孺与灌夫站到室中，相对注目，拱手致意。猛然击掌两声，韩孺引吭而歌：

青青河畔草，绵绵思远道。远道不可思，宿昔梦见之。

是《饮马行》①，灌夫和道：

梦见在我傍，忽觉在他乡。他乡各异县，辗转不相见。

韩孺的音色厚重沉郁，灌夫则高亢而略带沙哑，相映成趣。可歌声中浓浓的故人之思，闻之还是令人鼻酸。

枯桑知天风，海水知天寒。

歌声再起时，韩孺盘旋起舞，灌夫亦击节对舞和歌：

入门各自媚，谁肯相违言！

《饮马行》的曲辞流行已久，众人耳熟能详，于是纷纷起身，击掌踏歌而和之：

客从远方来，遗我双鲤鱼。呼儿烹鲤鱼，中有尺素书。
长跪读素书，书中竟何如？上言加餐饭，下言长相忆。

歌毕，主客轰然大笑。此时酒肆中客人渐多，不少人被歌声吸引透过隔扇上的透雕槛窗，向里面张望。

────────────

①《饮马行》，古乐府曲名，又名《饮马长城窟行》，所歌咏者，多为征夫思妇，故友怀思一类内容。

归坐重新把盏。竹帘一掀，出外办事的黄三走了进来。韩孺为众人引见道："这位小老弟是翁伯的同乡，姓黄名轨，字公路，也是帮忙打理这爿店的。"

黄轨对灌夫笑笑，向客人们拱拱手，算是请安，随即附在韩孺耳边，低声道："嫂子我给请过来了，就等在外面。"

韩孺猛然起身，想到马上可以见到暌违多年的亲人，不由得心中一热，竟有些不能自持的感觉。他向众人抱抱拳道："各位接着用，我出去见个人。"又拍了拍黄轨的肩头道："小老弟，代我招待好几位客人，我去去就来。"

韩孺走后，黄轨与众人重新见礼。窦婴等问起郭解的现状，黄轨于是将剧孟如何赠酒肆与郭解，郭解如何托他找到韩孺，两人又如何修缮经营之事，细细叙过一遍。"郭大哥一再吩咐'河洛酒家'的招牌不能变，一是追念剧大侠，二是为江湖上的朋友们留个熟门熟路的落脚之处。"

黄轨边说，边为客人们斟酒。斟完一轮，仍不见韩孺回来。窦婴问道："千秋去见的，是个重要的客人么？"

"哪里是甚客人，韩大哥见的是离散多年的义妹，也是他兄弟媳妇。"于是将自己如何受人之托，在长安寻找朋友的妻儿，不想数月过去，了无踪迹。直至昨晚，方得知她是在平阳侯府上教练歌舞伎。今日午前去打探，果然不错。通过消息后，女人向府上告了假，方得来此相会的经过讲了一遍。

窦婴双眼一亮，紧紧追问道："公路说的这个女人，可是安陵人氏，叫窈娘？"

"怎么，大人也认识她？"

"她也是袁子丝的干女儿，老夫岂止认识，还很熟呢！故人到了，也不请进来见个面，千秋未免外道了。公路，你快去招呼他们进来！"

黄轨出去后，灌夫的脸色却沉了下来，豁朗一声，佩剑出鞘。

"王孙，这女人不正是那个刺杀子丝的凶手之妻么！"

窦婴连连摆手，"你莫乱讲，她男人是千秋的从弟，老夫见过，是位壮士。况且季心亲自查过，告诉我不是他的错。他原想救子丝，不料阴差阳错，没能如愿。"

灌夫收起剑，可仍虎起脸不说话。黄轨掀起竹帘，韩孺带着两个衣妆华美的女子走了进来。众人眼前一亮，不约而同地将目光投在了她们身上。前面的女人略显年长，鹅蛋脸，用一方丝帕包住的前额下，一双杏眼，含着几分忧郁。后一位身材娇小，年不过十四五，眉似远山，面若芙蓉，皓齿明眸，一望而知是个绝色的美女。

窈娘见到窦婴，躬身下拜请安。

"快起来，快起来。我记得上次聚首还是在千秋的家里，有十多年了吧？今日不期而遇，真是想不到的事情。"言罢又将窈娘一一引见给席上的客人。引见到灌夫，灌夫扬眉睨视道："听说袁子丝死在你男人手里？"

"不是。"窈娘很沉静。

"你怎敢肯定不是！"

"出事时我就与袁大人在一起，亲身亲历，我当然敢这么说。"于是将当日整件事情的经过细细讲述一遍，末了说道："我知道，灌将军与袁大人情同父子，大人之死，将军心里难过。可袁大人待我，亦亲如儿女，这窦大人可以作证。袁大人的死，我也难过。可把责任推在原想救大人的仲明身上，这不公平。若是仲明作的案，郭翁伯与季心将军能放过他么？"窈娘不卑不亢，侃侃而谈，且叙事入情入理，灌夫挑不出什么破绽，心中的积郁消解了许多。

黄轨也将韩毋辟一行到轵县投奔郭解，郭解与他如何助他们亡命北上的经历讲了一遍。应窈娘之请，又将前不久赴上郡探亲时的见闻，铺张扬厉地渲染了一番。讲到匈归障遇袭，韩毋辟被俘，又如何历尽艰险，九死一生亡归塞内的经历时，众人皆咨嗟感叹；窈娘情不能堪，亦悲亦喜，泪眼盈盈；而灌夫则不免神游意夺，血脉贲张，方才的猜疑与仇视烟消云散。

于是向韩孺与窈娘拱手道："千秋，韩夫人，灌夫莽撞，多有得罪，失敬了！韩将军乃壮士，将来若来长安团聚时，请一定告诉我，灌夫为他摆酒赔罪！"

误会解开，皆大欢喜。于是添酒加菜，重开筵席。窈娘是久历江湖之人，男人们聚饮的场面见过多了。令众人惊奇的是，一直静坐旁听的那名少女，竟也毫无怯色，随窈娘入席陪酒。

见到男人们的目光盯在那女子身上，窈娘笑道："光顾到说话，忘了给各位大人引见，这位是窈娘的弟子阿嫣，听说我要到东市，就缠着跟了过来。阿嫣，与各位大人见礼。"

阿嫣嫣然一笑，与众人见礼。窦婴笑道："名师手里出高徒，这姑娘看上去就错不了。不知可否请姑娘献艺，助助兴。"

"嫣儿的舞技确是精湛，若是有只打点的盘鼓，阿嫣的舞技，包各位大人耳目一新。"窃娘含笑道，看得出对自己的弟子很有信心。

"盘鼓么？市场里甚样鼓没有？我陪阿嫣姑娘去挑一面。"黄轶兴冲冲地说。那姑娘看了看师傅，窃娘颔首，于是跟着黄轶去了市场。

见众人好奇，窃娘便说起这姑娘的来历。她从上郡回到安陵，本不想重操旧业，就为人缝补洗涮，勉强度日。可到了孩子进学的年纪，菲薄的收入远不足以供儿子读书。不得已将儿子寄养在安陵，自己到长安入聘平阳侯府，教府中的女伎歌舞。其中虽不乏歌舞俱精者，可要论到舞技，最拔尖的还要数这个阿嫣。阿嫣姓李，李家世代乐工，阿嫣的兄长李延年，尤其精通音律。而阿嫣幼承家教，且兰心蕙质，天生是个歌舞的好坯子。经她调教，现已是平阳侯府中最出色的舞伎了。

韩孺道："弟妹，今后莫再为钱发愁了，你辞了事，带孩子搬来这里住，或到蓝田乡下家里与你嫂子做伴，等毋辟回来团聚可好？"

窃娘略作思忖，摇摇头道："昌儿我会接到大伯这里。辞事的事情，教练未完，平阳主怕是不会允准。"

正说话间，一阵嘈杂的人声，由远及近地传来。李嫣急匆匆跑进来，气喘吁吁，神色慌张，看来受了不小的惊吓。

"阿嫣，出了甚事？与你一起的黄主事呢？"窃娘一把揽住她，问道。阿嫣惊魂未定，喘息了好一阵子，方开口讲话。

原来李嫣随黄轶转了几个售卖乐器的摊子，正欲挑选盘鼓时，遇到一伙闲逛的浮浪子弟。他们先是嬉笑围观，而后言语挑逗，黄轶与他们理论时，这伙人竟推搡嘲骂。黄轶要她快走，自己与他们动起了手。

"姑娘，莫慌，他们有多少人？"韩孺问。

"说不准，总有十几人吧，都带着兵器。"话音未落，酒肆外已是人声鼎沸。

韩孺、灌夫正待起身出去接应黄轶，只听咣当一声巨响，酒肆的大门被踹开，一拥而入的是四五个面目强横的后生，黄轶面目青肿，鼻口淌血，被绑缚在后面。随后进来的是两位少年主子，衣饰华丽，像是出身豪门的公子哥。两人身后还跟着七八个壮汉，从衣装上看，都是豪门的仆役。

透过竹帘看过去，翟公、刘弃疾猛然一惊，两人竟都是当今的皇亲贵戚。翟公拦住正欲出去的韩孺与灌夫，低声道："韩兄、灌将军，不可造次。这两人大有来头！"

其中年纪稍长、个子较高者便是修成君之子金仲，绰号修成子仲。个子较矮的那个是隆虑公主之子，名陈玝，被封为昭平君。论起来两人均是太后的外孙，天子的外甥，自幼锦衣玉食，骄恣放纵。成人后更是仗着外家的权势，整日里游手好闲，架鹰纵犬，呼朋引类，在京师横行无忌。翟公任廷尉时，不时有二人违法为恶的案卷上报，可慑于其家世背景，没有人敢于认真查办。

"就是这家？"个头较矮的昭成君，横眉立目地四下扫视，客人们不知发生了什么事，个个敛容俯首，不敢作声。

他指着黄轨，对当垆的酒保道："叫你们店主给小爷滚出来，这小子太岁头上动土，若没个说法，小爷砸了他的买卖！"

韩孺大步跨出雅间，朝两位少年拱拱手道："在下是主事的，公子有事可对我说。"又看了眼黄轨道："他是我兄弟，你们放开他，有话好说。"言罢，径自上前为黄轨开解束缚。韩孺身高体壮，目光阴郁，不怒而威，那伙人被慑住，一时倒也无人敢拦。

韩孺招呼酒保拿过条手巾，为黄轨擦拭血迹。他斜睨着昭成君问道："我这兄弟，如何得罪公子，公子将他打成这样？"

"他坏了我大哥的好事，就得揍他！非但如此，你们店里还得摆酒赔罪，叫那个小丫头出来陪酒，侍候得小爷们高兴。不然，这件事没完。"昭成君冷笑着，一副睥睨一世的神态。

"你们大天白日，稠人广众之中调戏少女，打了人不算，还要让受害人摆酒赔罪，是这样么？"韩孺话音未落，黄轨已将沾满血迹的手巾攥成一团，猛掷了出去。昭成君一闪，身后的仆从躲闪不及，被砸了个正着。满脸血水，甚是狼狈。

那伙人一下子炸了窝，亮出手中的兵器。昭成君挥剑欲上，被修成子仲止住。他看着韩孺道："你可知小爷是谁？说出来吓死你！我们再让你一步，把那个小妞交出来，这件事就此作罢，怎样？"

"二位的身份，在下知道。可这是京师，毂毂之下，即便皇亲国戚，怕也不能无视朝廷的法度！"韩孺的目光更阴郁了，声音冷冷的。

"朝廷？"两人相视，纵声狂笑，群从亦哄然大笑。"你说朝廷？朝廷是我家开的买卖，老板是我大舅，掌柜的是我舅爷！"昭成君笑不可抑。雅间内的窦婴等人无不气愤填膺，外戚子弟如此骄狂不法，不亲眼看到，竟难以相信。

"大哥，莫与他啰嗦，来人，给我把那小妞搜出来！"笑罢，昭成君傲然喝道，恶狠狠地盯住韩孺。

"放肆！你们两个孽障给我住手！"灌夫怒不可遏，目眦欲裂，一脚踏出雅间，一声暴喝，声震屋瓦。

灌夫名重京师，他不认得别人，可别人却认得灌夫。看到他，昭成君怔住了。

"原来灌将军也在这里快活！"修成子仲对灌夫揖揖手，皮笑肉不笑地对韩孺说道："灌将军是你朋友？也好，你把那小妞交出来，我们不与你为难。"

"放你娘的狗屁！别以为没有人敢收拾你们，识趣的，赶快给老子滚出去！"灌夫目眦须张，戟指怒骂。

修成子仲恼羞成怒，也回骂道："这里是长安，不是颍川！老匹夫，给脸你不要，莫怪小爷们不客气了！"

灌夫年轻时，是个万军之中斩将夺旗的勇士，根本不把这些纨绔子弟放在眼里。他哼了一声，随手脱去外面的长袍，露出一身短打，正欲一跃上前，胳膊却被韩孺紧紧攥住。

"仲孺，莫坏了翁伯的生意。不要在这里动手！"

"甚人在此搅闹，活不耐烦了是不！"数名市掾恶狠狠地推开围观的人群，走在前面大声呵斥者，身材矮壮，虬髯满面，相貌凶恶。韩孺认得是市丞胡镇。店里的一名仆庸，方才溜出去，向正在当值的胡镇报了案。

韩孺等在筹开酒肆时，没少请客送礼，与胡镇处得很熟。听说有人闹事，他马上带人赶了过来，一进门，正与韩孺打了个照面。胡镇抱抱拳道："韩老板，呀，灌将军也在！谁他娘不识好歹，到贵处找事？落在老子手里，要他的好看！"

及至拨开人丛，看到里面的昭成君与修成子仲，胡镇原本凶巴巴的面孔一下子变得煞白，舌头仿佛短了一截，张着嘴，却嗫嚅难言。可片刻沉默之中，他却有了决断。韩孺不过是个商人，灌夫名气虽高，可已卸职家居，没有了权势。而面前的两个少年却是当今的贵戚，孰重孰轻，一目了然。他的脸，也马上阴了下来。

"韩孺，二位公子光顾你的店，是长你的脸。你不好生伺候着，还惹公子们不快，真是吃了豹子胆！还不快给人家赔不是！"他转向修成子仲，堆起一脸的谄笑道："这家店哪里得罪了公子？公子尽管吩咐，是罚他的钱，还是封他的店？"

"你是甚人，敢在小爷跟前放话？"修成子仲和昭成君冷冷地看着胡镇，一脸的不屑。

"小的胡镇，是这里的市丞。公子们常来东市溜达，公子不认得我，我可认得公子。公子可还记得，前几月淮南国的公主买那獒犬那码事，若不是公子点头，小的绝不会放她走的。"

"哦？你是这东市管事的？"修成子仲记起来，那日确有个满脸胡子的人，脚前脚后地巴结他。

"小的正是。"胡镇长揖行礼，毕恭毕敬。

"那好，你叫他们把那个小妞交出来。"

"小妞？"胡镇不很明白，怎么忽然冒出来个小妞，可还是盯着韩孺问道："韩老板，你听明白了，赶快把小妞交给公子，不然，你这家店，是开不成了。"

"朗朗乾坤，天子脚下，你们还敢强抢良家女子不成！"窈娘气愤不过，拉着李嬷，走了出来。众人眼前一亮，胡镇心想，如此好女，难怪修成子仲纠缠不放。可跟出来的几位，更让他吃惊。其中的两人，分明是从前的丞相窦婴和不久前才卸任的廷尉翟公，他以前曾为狱吏，是翟公的下属。

"你们是甚人？何以得罪修成公子！"胡镇避开翟公的目光，只向两个女人提问，中气已明显不足。

"我们是平阳主府里的人，今日来这里会亲。"窈娘逼视着修成子仲，厉声问道："公子莫不成连你大姨家的乐人也要抢吧！"

原来是平阳长公主家的人！胡镇心跳加速，额头开始冒汗。两边都是来头极大之人，哪边都得罪不起，还是马上脱身为妙。想到这里，他马上绽开笑脸，作出很欣慰的样子，四下揖手道："嗨嗨！闹了归齐，原来都是自家人。

这下好办了，各位慢慢商量着办，莫伤了和气。小的外人，不敢在此掺和，告退了！"说罢连连揖手，带着手下，忙不迭地退了出去。

"你们是长主家的？那好啊！咱们是一家子了。一家人不说两家话，没的说，跟我们走吧！"听说是长公主家的乐人，昭成君更加有恃无恐，满脸轻佻地走上前，伸手欲拉李嫣。

窈娘将李嫣挡在身后，怒斥道："公子是皇亲，大庭广众，请放尊重些！"

"你个半老的徐娘，跟着裹甚乱！难不成也想跟小爷们一起乐和乐和？"昭成君做了个淫邪的手势，那帮仆役顿时狂笑起来。

是可忍，孰不可忍！乘其不备，韩孺一把攥住昭成君握剑的右手，顺势一别，昭成君已疼得大叫，长剑哐啷落地。而不待修成子仲挥剑，灌夫一跃近身，伸腿一扫，把他摔了个仰面朝天，黄轨随即夺下他手中的长剑。转瞬间，韩孺已用两指锁住昭成君的喉咙，黄轨则剑指修成子仲的胸膛，跟从的恶仆瞠目结舌，人虽多，可害怕危及主人性命，没有人敢上前。

"你之所为，哪里像个人？畜牲不如，在人世间是个祸害！"韩孺逼视着昭成君，冷冷的目光中含着股杀气。

"你以为与皇家沾亲，就没人敢动你了？"韩孺手上加了力，昭成君痛得大叫起来。

"千秋，手下留情，莫惹出大事来！"昭成君命悬一线，窦婴一急，不觉叫出声来。

顺着叫声看去，修成子仲也认出了窦婴，大叫道："魏其侯救我！"

放了这两个恶少，谁能担保他们不找后账，危及家人性命？可若取其性命，朝廷必穷追不舍，一生亡命奔波，还会累及亲人，不知何日方是尽头。思前想后，竟没有两全的办法。于是狠狠心，扭头对窦婴道："大丈夫个人做事个人当，我为百姓除去这两个祸害，与各位无关。"再看昭成君，双目圆睁，方才的气焰，已全然为死亡的恐惧所取代。

韩孺运足中气，两指收紧，对已经吓得瘫软了的昭成君笑笑，"汝等欺人太甚，自作孽，不可活，明年今日，便是你的周年……"

话音未落，一名壮汉推门而入，口中高喊道："韩千秋，手下留人！"

十四

　　来人高挑身材，狭长瘦削的脸上，生着双黯淡无光的小眼，可盯着人看时，却有种令人不寒而栗的力量。

　　韩孺一怔，那人用手指抵住薄薄的嘴唇，示意他不要声张。这人不是别人，正是睽违了十几年的大侠朱安世。景帝时，两人都曾在东市经商。后来到都接掌京师的治安，用法严苛，游侠豪强纷纷走避。韩孺去了关东，此后，他绝少再听到朱安世的消息。不想今日不期而遇。

　　翟公碰了碰灌夫，"这是谁？"灌夫摇了摇头。在场的，除去韩孺而外，没人认识此人。

　　而躺在地上动弹不得的修成子仲与昭成君，看清来人面目，却大叫起来，"师傅救我！"

　　"师傅？"韩孺看看二人，又看看朱安世，满脸的疑惑。

　　"在下朱六金，这两个后生，是我的弟子。"说罢，他朝两人身上各踢了一脚，骂道："不好生习武，跑出来给我丢人。"他蹲下身，朝韩孺笑笑，继续训斥道："蛇有蛇路，鼠有鼠路。朝廷与江湖是两码事。你们到韩大侠的地盘上，摆甚威风？做官的怕你们，可江湖上不吃这一套！我若晚来一步，汝命休矣！你们信不？"

　　"信，信。"二人再也抖不起威风，一连声地称是不迭。

　　"还敢不敢再来闹事？"朱六金问，眼睛却望着韩孺。

　　"不敢了，弟子再不敢了。"

"都是皇孙公子，平日绝难向人低头的。既认了错，韩兄就卖我个面子，饶了他俩？"

"我好说，"韩孺看了眼黄轨道，"这位是郭翁伯的弟兄，被他们伤着了，你该问他肯不肯。"

朱六金起身，向黄轨长揖施礼，边赔不是，边从腰间取出个沉甸甸的钱袋，递给黄轨。"久仰翁伯的大名，无缘得见，今日能见到翁伯的兄弟，也算是缘分。这两人少不更事，是我管教无方，过错都在我身上！这点钱，权作疗伤之用。回去我代黄老弟教训他们！老弟放他们一马，如何？"

作为地位很高的大侠，话说到这份上，算是给足了黄轨体面。若再不依不饶，依江湖规矩，就是有意栽朱六金的面子了。黄轨即便心有不甘，也不能不退让一步，于是点了点头。朱六金摆手示意，仆从们赶忙上前扶起他们。

看看这伙人要走，韩孺道："朱兄，既然是你的弟子，有句丑话我且说在前头，这些人再来此闹事，我会找你说话。"

"你们听到了，再来这里闹事可就是不给我脸了！你们先回去，我与老友叙叙话。"言罢，朱六金挥挥手，一伙人灰头土脸地狼狈而去。

韩孺将朱安世让入雅间，知道他改名必有隐情，依江湖道义，自己必得为他遮掩，于是以朱六金的名讳为众人引见。得知在座者多为官宦，朱六金大喜，尤其是对灌夫，颇有相见恨晚之意，不仅频道仰慕之情，而且言辞极为谦恭，全无江湖大侠的傲气。

寒暄过后，众人意兴阑珊。窦婴、翟公与刘弃疾等先后告辞回府，窈娘师弟则由黄轨护送回府。他们走后，韩孺按不住满腹的疑窦，问道："朱兄，你何以做了那两个纨绔的师傅？"

"说起来，话就长了。孝景皇帝时，郅都那个酷吏坐镇长安，追查栗家的案子，兄弟们为避祸，风流云散，各奔东西。我家里不能待了，就出关去了鲁国，寄食于先大父①的朋友家中。坐食他人，岂是我辈所为？于是凑了些本钱，也做起了生意。"他不愿露底，字斟句酌，故意含糊其辞。

---

① 大父，汉代称祖父或高祖父为大父，这里所指乃汉初大侠朱家。

其实，起初几年，朱安世投奔了齐鲁的大盐商东郭咸阳，为其押运盐车。后来又做中间商，钱赚到一些，可是比起东郭家，差得就太远了。他是见过世面的人，可东郭家的财大势雄，还是令他惊叹。田连阡陌，僮仆数千，衣必文采，食必粱肉，履丝曳缟，肥马高车。饮食起居上的豪奢，比之于长安的贵戚豪门，有过之而无不及。东郭家有钱，又能交通王侯，势力竟压过了地方上的官吏。东郭家的人出游，虽千里之行，冠盖相望，处处不乏送往迎来的高官大贾。

有汉以来，朝廷一直重农抑商。高祖皇帝甚至有贾人不得衣丝乘马，拥有兵器的命令，而且重施租税以困辱商贾，更禁止有市籍者①做官。可天下的富庶繁荣终究离不开贸易，大汉与民休息，开放山泽盐铁的国策，更是给了商贾贸易蓬勃发展的空间。几十年下来，随着国家的富强，商贾之地位已非从前，禁律虽在，形同具文。富商大贾，争相奢侈。当时民谚称，千金之家比一都之君，巨万②者乃与王者同乐。民间流行的是笑贫不笑娼的淫靡风气，富商大贾之家被称之为"素封"，意思是，虽没有朝廷的封号，他们的生活仍富拟王侯。

朱安世原本看不起商贾，可在东郭咸阳家的所见所闻，却由不得他不眼热，心理上发生了极大的转变。他心里盘算，继续依附于东郭，固可衣食无忧，可难以自立门户，永远也发不了大财。于是他北走雁、代，结识了马邑大驵聂壹，做起了利润更丰厚，风险也更大的走私马匹的生意。他胆大心细，武功高强，很得聂壹的倚重，每次分成都所得不菲，很快便积攒起一笔资财。可惜好景不长，一年多后，生意便失了手。聂壹被逮入狱，他则辗转逃到南阳，在那里竟意外结识了一个当年的仇敌，现今地方上的豪强——宁成。

宁成景帝时继郅都为中尉，掌管京师的治安，也是行法不避贵戚的知名酷吏。长安的宗室豪强，畏之如虎，十年之间，其治绩斐然。虽称不上路不

拾遗，夜不闭户，可贵戚王侯的逾制违法与民间的罪案，逐年减少。可宁成有个最大的短处——贪财，于是仇视他的皇族贵戚，时时散布其贪贿的传闻。刘彻继位后，徙宁成为内史，意在保全，要他避避风头。可他索贿受贿的证据，最终还是被抓住了，好在他已把资财预先转移了出去，赃证罪不至死。抵罪后，他被髡钳示众，处以苦役。宁成知道，那些从前被他处以重刑，满腹怨恨的刑徒们绝不会放过他，一旦被押往服刑地，自己断无生路。于是，他贿赂狱吏，为他解脱刑具，用事先藏下的传，混出函谷关，逃回南阳穰县老家藏身。隐姓埋名了几年，直至大赦之后，宁成方敢露面活动。

遇赦后的宁成，依然威风不倒。他与家人亲戚聚饮，酒酣之际，大放豪言道："大丈夫仕不至两千石，贾不至千万，还能叫人么！我宁成，两千石的高官做过，现今既归故里，也要做一回布衣王侯，为宁氏父老争光。"此后，他用多年为宦聚敛的资财，买入了千顷良田，雇用上千家贫民为其耕种，又兼营盐铁，不几年，他果然成了家产千万、名闻关东的富豪。

宁成为宦多年，官场的黑幕自然心知肚明。他多方行贿，握住官员们的把柄后，又巧为操纵。郡县两级的官衙，乃至南阳的郡守，在民间的声望，都难以望其项背。

此时的宁成，一反从前，倾心结交江湖中人。往来出入时，身后总有数十骑人马跟从，其中多是江湖中人。朱安世逃亡到南阳，投奔故人，却被引见给宁成。朱安世乃长安有名的大侠，宁成曾多年缉捕不得，此次相会，却倾力相助，将他藏在自己的庄园中，直到风头过去。

在宁家躲藏时，每日晚间，朱安世常与宁成把酒闲话。问起他为何收留自己，宁成道，皇帝用我做恶犬，整治贵戚豪强，得罪的人多了，最终不免弃如敝屣①的下场。伤了心，方知江湖道义的可贵，多个朋友总是好事。

宁成好为人师，酒后每每吹嘘自己东山再起的经历，为他讲述官场内幕，以及如何操纵利用官府，为自家牟利的种种事情。得意之际，往往拍着朱安世的肩头道："小老弟，你得记住，马不吃夜草不肥，人不发横财不富。要

---

① 敝屣，破草鞋；屣，古称草鞋为屣。

发横财，第一要紧的就是要靠住官府，靠住了官府，你才有的钱赚，你赚的钱也才能保得住。"他还举聂壹被赦的事为证，说若朝廷里没有人为聂壹缓颊，他绝不会有戴罪立功的机会。"老弟，走私确有大利，可这是刀头子上舔血的勾当，没有当官的罩着，绝做不长远。"朱安世向他请教结交官场的诀窍，他笑笑道，没有甚诀窍，但看你敢不敢放开手使钱，"别吝惜钱，你送出去的愈多，回来的愈多，怕的是你送不出去。"尤其令朱安世印象深刻的话是，"大生意没有权势罩着不成。怎么办？先靠住那些位高权重的人，做他们的死党，他们当你是自己人，才会给你机会，才会保护你！日子一久，就成了自家人，一荣俱荣，一损俱损。关系到了这个份儿上，做官、做生意都好办，要在善为操纵利用而已！"

朱安世有种豁然开朗的感觉，打心里服膺宁成。不久后，他又回到马邑重操旧业。而朝廷为加快马匹繁殖，也放宽了关市马匹交易的监管，马匹走私进入了黄金时代。聂壹年高，且怕匈奴报复，遂将塞外走私马匹的生意交给了他。经聂壹引荐，朱安世结识了不少边塞驻军的将领，尤其与他交好的，是驻扎在上郡北边的龟兹属国都尉公孙昆邪。

公孙氏原是北地义渠胡人，汉初即归附于朝廷，是所谓保塞蛮夷中的一支。公孙昆邪早年从军，平息吴楚七国之乱时，因功被封为平曲侯。此后一直在边塞出任镇将。龟兹县为边郡重镇，公孙昆邪统率着一支由西域胡人编成的骑兵，守护朝廷在这里设立的马苑。朱安世走私之余，也夹带着为边郡驻军引进匈奴的优良种马，一来二去，两人渐成忘年之交。由此，他又结识了公孙昆邪的孙子公孙贺。

公孙贺的父亲死于边塞战事，皇帝当年与韩嫣组建期门和羽林骑兵时，作为战死者的遗孤，公孙贺被选入长安大内，成为侍从皇帝的郎官，极受宠信。皇帝即位后，升迁更速，不数年，由中郎将而骑都尉，元光初年，二十多岁的年纪，就被皇帝任用为太仆，成为位列九卿的重臣。太仆执掌朝廷的马政，沿边各郡数十个马苑，数万养护马匹的军卒，均属太仆管辖。朱安世生意的大头，就是马匹出入走私，有了公孙昆邪与公孙贺这两层关系，他算搭上了顺风船。不过一两年的工夫，他已取代聂壹，垄断了边塞关市的马匹贸易，成为拥资巨万、畅行无阻的大驵，他此时的身家，虽不敢说超过东郭咸阳，可宁成之属，已远不能望其项背了。唯一令他忧心的，就是当年胶东王的夺剑之恨，这个现在高坐在皇位上的人，据宁成讲，一直对此耿耿于怀。所以他也早做了预备，将名字改为朱六金，家赀虽富，可绝不显山露水。为了隐匿形迹，他连家都不敢安在京师，更避讳过去的熟人。除非生意上的事，他几乎不来长安。直至结交了几门皇家贵戚，情况才有所改变。

他从公孙贺那里取得一批马匹入塞的许可后，独自在东市的一家酒肆中饮酒。恰逢修成子仲与昭成君带着一群恶仆，也在此聚饮。席间，因调戏侑酒的歌女，与人口角，竟然大打出手。将店堂砸得一片狼藉。朱六金不愿惹事，早在双方动手前即避了出来。换了家店用饭后，他回驿馆结了账，打算连夜赶赴龟兹。在行经一条深巷时，却又意外遇到修成子仲一伙，被近百名手执棍棒刀剑的后生围得水泄不通，其势汹汹，原来是吃了亏的一方，求来了援兵。众寡不敌的局面下，修成子仲一伙的下场可想而知。他忽的灵机一动，大呼缇骑①，不少人慌了神，择路而逃。他乘乱冲入重围，剑锋指处，所向披靡。见到有人相救，修成子仲等亦勇气倍增，里应外合，围击的人群，很快便作鸟兽散了。

事后，修成子仲与昭成君自然不肯放走这位救星，请入府中，置酒高会，待为上宾。得知二人的贵戚身份后，朱安世暗自心喜，亦倾心结纳。两个恶少本来就喜欢舞剑弄枪，见他身手了得，无论如何要拜他为师。他略作逊谢，便答应了下来，"师傅"之称便是这样来的。此后每逢来长安办事，他便住在修成君府上，向二人传授些剑术，更深的用心，是欲借二人的关系，结识更多的权门势要，为自己的生意编织成一张保护网。

凡此种种，皆江湖中深以为耻，不足为外人道者。朱安世自不会如实相告，他淡淡一笑，"甚'师傅'，不过受生意上的朋友所托，指点他们些剑术而已。"

见朱安世闪烁其词，韩孺亦不便再追问。灌夫却道："此等恶少仗势欺人，横行京师，怙恶不悛，老弟授其剑术，但愿不是助纣为虐。"

---

① 缇骑，中尉下属负责缉查逻捕的骑士，相当于现代都市中的骑警。

朱安世赔笑道：“少年气血未定，好勇斗狠也是有的。等到年岁渐长，明事理后就好了。”随即话头一转，“颍川灌氏，名重一郡，在下仰慕已久。灌将军，不知可对生意感兴趣？”

“生意？哈哈，老夫不缺钱花，做甚生意，若说兴趣，老夫只认得酒！”

“那么韩兄经商多年，不知可愿与我联手，做些大买卖？”

“甚大买卖？”

“马。”

韩孺一下子明白了，朱安世做的是马匹走私的买卖。这确实是赚钱的大生意。他虽信不过朱安世的为人，可也不愿得罪他，于是笑道：“朱兄的情谊可感，可我受翁伯之托，打理这家酒肆，实在分不开身。联手之事，还是容后再议吧。”

“那么拉翁伯一起做好了，何苦守着间酒肆，能搞出甚名堂？！他名气大，人缘广，若能与我联手，在下包他月进斗金。”

“笑话，翁伯若有心发财，还用等到今日！”灌夫不屑道。

话不投机，主客都不免尴尬。韩孺见朱安世脸色难看，知道灌夫的话伤了他的面子，于是哈哈一笑，打圆场道：“朱兄的盛情，我一定转达。不过，翁伯生性疏懒，平日足迹不出乡里，剧孟送他的买卖，他还要推给朋友打理，与人联手经商，我看希望很小。”

大汉承平既久，奢靡之风渐起。关中，尤其是长安，贵戚、达官与豪门会聚，夸权比富的风气极盛。近来更是兴起了一股比拼车马的风气，车求华美，马求雄健，贵戚豪门与朝廷高官，无不以此相标榜。于是，对西域名马的需求大增。西域的马匹面目清秀，身形高大矫健，四肢颀长。而普通的中国与匈奴马匹多为蒙古种马，个头较矮，躯体壮实，四肢短粗，耐力持久。相形之下，不免在形象上略逊一筹。况且通往西域的通道——河西，在匈奴人手中，西域名马根本进不到中国。物以稀为贵，一匹西域马的价格，是中国马的数倍乃至十数倍、上百倍，也就不足为怪了。即便如此，世家豪门对此仍是趋之若鹜。

西域的马，只有通过匈奴人方可搞到。而这，就是他朱安世的机会了。他仔细算过一笔账。中国之马，一匹约合五千钱，牝马可卖到万钱。而西域之马，少则数金①，多则十数金，最高可至百金，其间差价可达十数倍乃至百倍以上。匈奴无内地奢华风气，不甚追求马的外观。相反，马在匈奴人那里，为日常生活生产及作战所必备，因而胡人更注重马匹的粗饲性、耐力与挽重能力。以朱安世与匈奴人交易的经验，阑入西域马，所费并不比匈奴马或中国马更多，甚至还要低些。若能将西域马由匈奴走私到长安，这一进一出之利，大到他不敢多想，一想便如欲火焚身，反侧难眠。

从匈奴人那里搞到西域马，对朱安世而言，不算难事。走私入塞，他亦有把握，边塞关市与驻军的关节，早已被他打通。问题在于，如何把马匹带入长安。朝廷严禁边郡的马匹进入关中，路经的关口，查核极严，没有朝廷特批的文牒，根本没办法把走私进来的马匹送入长安。尤其像函谷一类的重要关塞，更是极难过，而又非过不可的关口。

千里贩运，关卡重重。朱安世左思右想，终于琢磨出了一个办法。这就是，从边塞到关中，组织一个严密的贩运网络。这个网络上的"结"，就是所经的关卡，可用重贿收买官吏，打通关节；而一站站输送马匹的"线"，则只能由江湖中的人充任。他这次到长安，为的就是这件事。留下来叙旧，为的是联络江湖中人，共筹大计。

官场中人虽然爱财，可收贿可以，通关节可以，若要他们亲力亲为地参与经营，则绝难指望。商贾虽富，可身份是四民之中最为低下的，权门贵戚非但不肯，而且不屑与之为伍。生意愈做愈大，朱安世深感力不从心，于是想拉些江湖中的朋友一起干。方才低首下心，曲意奉承的用意即在于此。可甫经接谈，他便看出，江湖中人，特别是郭解、韩孺这类声名在外的大侠，大多高自标置，爱惜羽毛。与他们联手，自己是寻错了对象，与其白费口舌，莫不如去找从前的兄弟们帮忙。

朱安世仿佛想起了什么，一拍额头，叫声"糟了！"起身揖手告辞，说是与别人约了生意要谈，匆匆道别而去。

"此人铜臭满身，顶风都要臭出十里，也配称大侠？笑话！"灌夫呷了

---

① 汉代货币比值，一金合一万钱。

口酒，不屑地说。

"是呀，一别十数年，他真是变了许多。"韩孺摇摇头，若有所思地说。

"还有方才那两个恶少，在长安城里是出名的霸道，今日当众栽了面子，是不会甘休的。千秋你莫大意了。"

"我乃江湖中人，大不了一走了之。仲孺方才动了手，他们外家的势力大，将军也要小心。"

"小心个毯！"灌夫猛然将酒杯顿在食案上，"当年老夫做到两千石的国相，他们的舅爷，也就是当今的丞相田蚡，不过是个郎官。整日在魏其侯府上跑前跑后，比窦家的子孙还孝敬！光给我斟酒，怕也不下百回。如今靠太后发达了，眼睛抬上了天，凡人不理，最他娘的势利不过！哪日老夫有心情，还要找上门去，好好数落数落他，要他莫得意忘形！"

看看天色向晚，闭市的钲声亦响起，灌夫告辞回府。送走他，韩孺命仆庸点灯，一个人坐下来，默默想心事。平阳主是那两个小子的姨娘，他们少不了上门，窈娘在那里不安全。好不容易寻得她们母子的下落，他一定要确保她们不再有任何意外，等候韩毋辟回来团聚。

"韩叔。"韩孺猛然抬头，原来是黄轨回来了。

"日间我放过他们，没有为你出头，公路不怪我吧？"

"我知道不能在这里动手，坏了郭叔的买卖。"

韩孺颔首道："那两个恶少是太后的外孙，仗势横行，今日栽在这里，怕不会甘休，我们要加小心。"

"不甘休？我还没有完呢！韩叔，我想抽空回趟轵县。"

"怎么，找郭解为你出头？"

黄轨摇摇头道："这事用不着郭叔，也不要你我出面，约几个兄弟过来，办完事就走。抓不着事主，他们干吃哑巴亏。"

十五

长安来了活神仙，而且成了相府的座上宾，这件事，次日便传入了未央宫。果如刘安所料，刘彻迟疑了几日，终于按捺不住好奇，传召李少君进宫。

"草民李少君，给天子请安，恭祝皇帝寿与天齐，长乐未央。"李少君长揖为礼，并不跪拜。请过安，捋着满口雪白的须髯，气定神闲地望着刘彻。

面前这个人，虽须发皆白，可面色红润，双目炯炯有神，话语中气十足，绝不像耄耋之年的老人。相见之下，刘彻先自存了几分疑惑。

"老人家，今年高寿？"

李少君眯起眼，若有所思，"前生之事，老朽已记不清，七十岁总是有的。"

"陛下，"陪侍在旁的田蚡，上前一步解释道，"李先生所言，乃其得道成仙后的年数。"

"哦，那么此前老人家身在何处，又做些甚呢？"刘彻问道，脸上是半信半疑的神色。

"老朽在深泽侯府上做过事，后来去了齐鲁，在山中采药修炼。"

田蚡又陈奏道："确实如此。深泽侯先人的家事，李先生娓娓道来，如数家珍。那日深泽侯赵夷与九卿全都在场，李先生所言，与赵夷记得的，全无差错。"

"真是这样？"刘彻看了眼随侍的刘弃疾，他是宗正，位列九卿，应该在场。

刘弃疾俯首称是。刘彻决定亲自试他一试，命人将平日盥手的那件铜盂取来。这件铜盂，虽屡经擦拭，光可鉴人，可在纹饰铭文中，斑驳的锈色仍隐约可见，一望可知是件古器。

"老人家年高识广，可知道这东西的来历么？"刘彻指了指那件铜盂，问道。

李少君略作端详，很肯定地说道："这东西我见过。那还是齐桓公十年，那会儿，它摆在柏台齐桓公的寝宫里。"

在场者无不震惊失色，面面相觑。齐桓公十年，距今已有五百余年！这东西他当时既亲眼所见，那么他的年岁，只会比这更长。

"郭彤，传司马太史上殿。"刘彻在手中摩挲着那铜盂内的款识，识得铭文，当可鉴别出这古器铸造的年代。这老者所言之真伪，亦当皎然可辨。他看了眼李少君，微笑不语。

太史令司马谈，先世世代为史官，学识渊博，举朝无出其右者。他匆匆赶过来，将铜盂内外的纹饰与款识翻来覆去地看了许久。宣室殿内，除李少君外，所有的人都屏息凝神地盯着他的反应。

终于，司马谈放下铜盂，顿首道："老臣愚昧，不敢说识得每个字，铭文大意是，桓公作器，子孙宝用。这应该是齐桓公自用的铜器。"

话音刚落，殿内外响起一片啧啧称奇之声。刘彻大喜，此前的疑惑一扫而空，言语中已添了几分虔敬。"先生既是得道的仙人，敢问擅长何术，凡俗之人又何以得道成仙呢？"

"老朽所为，长生而已。所学不过祠竈、辟谷、长生而已。"

"祠竈？"刘彻听得一头雾水。

"祠竈者，奉祀竈神也。竈神乃炎帝神农精魂所托。人死皆为鬼，可也有极少人魂附于竈神。陛下可听到过神君显灵之事么？"

"神君？"

"长陵有个女子，死后不久，忽然在她妯娌面前现身。事情传开后，四邻乡里之民纷纷前往拜祭，据说求子很灵。后人都称这长陵女子为神君。神君，便是竈神之使者。"

田蚡兴奋地插话道："陛下，确有此事。记得少时我娘说过，她也常去拜祭神君，说是子孙的发达，离不开神君的护佑呢！"

"祠竈何以能致长生，还请老人家指点。"刘彻欣喜不置，恨不能马上得知长生的诀窍。

"凡祠竈，心先要诚，诚则能通灵。通灵则能役使鬼神，鬼神可使丹砂化为黄金。这黄金含着仙气，使用它制成的饮食器具，可以益寿延年，也可以通神，见到海中蓬莱三岛中的仙人。有帝王之尊者，益寿延年兼以封禅，则长生不死，升天成仙，比如黄帝。凡人如我等，则先死后化，尸遁升仙。"李少君捋髯微笑，侃侃而谈。

"老人家得道后可曾见得仙人？"刘彻双目熠熠生辉，兴奋地盯着他。

李少君颔首道："那是自然。陛下可听说过安期生？"

刘彻摇头，怔怔地望着李少君。

"安期生就是个得道的仙人，他原是琅邪郡阜乡人，在东海一带卖药为生，传说已寿高千岁。这个人超逸不群，道相合者，现身相见；道不合者，你求上门去，他亦隐匿无踪。当年秦始皇帝东游，曾见到过他，密谈了三日三夜。秦皇帝赐金璧千万，他却不稀罕，封存于阜乡亭，只以赤玉鞋一双为报，留下话说：数年后求我于蓬莱。秦皇帝于是遣使者徐市、卢生等数百人入海，可都未曾到得蓬莱山，就遇风波而还，最终也没能够见到。"

"那么老先生见到过这个安期生？"

李少君捋髯，矜持地笑道："老夫曾与之游逸于海上，他请我尝食蓬莱仙山上产的巨枣，那枣竟如瓜般大小，一只可供常人饱食一年。"

"今日得见真仙，幸何如之！"刘彻心驰神往，不觉前席相就，欢喜之情，溢于言表。他握住李少君的双手道："仙人可愿指教朕长生之道么？"

李少君略作沉吟，颔首道："老朽已届化生之期，这副皮囊，但求速化，怕是不久于人世了。陛下既有心于仙道，老朽自当尽力，不知陛下打算从何着手？"

"一切自然按老先生的话办。"

一番计议之后，刘彻下令，在上林苑中建馆，作为李少君养身修炼之处；长陵神君的神主也要迁至馆内，作为皇室祠竈之处；祠竈列入皇家祀典，为五祀之一。明年冬腊月二十三日，他将亲临祠竈。至于化炼丹砂为黄金之事，他命太祝史宽舒、祠官黄锤（音追）师从少君，配集方药丹砂，一俟齐备，即开始炼金铸器。

天子祠竈炼金，所求者长生不老，可更深的用心，刘彻是无论如何不肯在人前表露的。近来，无论是国事还是家事，带给他的，郁闷而外，又添了烦恼。马邑的失手，使他大失颜面，而京师的治安亦大不如前，外家子弟倚势横行的消息，不绝于耳。看来确如先帝所说，长安城非酷吏不治。他已有几个人选，如何用，尚在斟酌。

最令他忧心者，则是后宫至今尚未诞育皇嗣，他甚至疑心是不是自己有了毛病。起初，他疑心阿娇不能生育，可召幸多人，仍迟迟没有宫人怀孕的消息。近来，他每次去长乐宫请安，太后都会提起此事，焦虑之情，还要超过他。前几日甚至很露骨地暗示他，应下诏征选一批民间女子入宫，挑选一些有宜子之相的女子，纳为嫔妃，充任后宫，早育皇子，以稳固皇基。

最令他头疼的是皇后阿娇。骄矜而外，加以嫉妒多疑，这女人就不独是让人烦，而且令人怕了。孔子所言，惟女子与小人为难养，远之则怨，近之则不逊，真是一点不错。结缡之初，帝后之间称得上是琴瑟合鸣，情好无间。阿娇出身贵重，自幼娇纵非常，养成了骄矜傲慢的性格。这种骄矜的个性，配以皇后的地位，使年轻的阿娇，平添了威势。六宫中的嫔妃、宫人与宦者，在皇后面前，无不低首下心，后宫秩序井然。

起初，阿娇宠擅专房，他的一片心也全在皇后身上。可久久不能成孕，他郁闷，阿娇焦躁，太医署几经诊视，调配了无数求孕的药方，温经活血，调肝补肾，仍无济于事。绝望之下，他开始召幸宫人，龃龉，也由此发生了。

宫中的规制不变，阿娇每隔五日，仍可到前殿侍寝，可脸上已满是怨怼之色。整日地批阅奏章，与大臣们讨论国事的皇帝，退朝后求的是心身的放松。可每当皇后侍寝之夜，他却要面对一副怏怏不乐的面孔，与随之而来的坏心情。阿娇泪眼盈盈，他怜惜她，劝慰她，可无嗣动摇了她的自信，而愈不自信，阿娇愈要紧抓住他不放。女人要的是情感上的证明。她说他负心，说他虚情假意，责备他移情于别的女人。他若辩解一句，她会跟过来十句，搞得他百口莫辩，索性以沉默应对。每次相对，都是一场煎熬，言语上的勃豀，阿娇无休止的吵闹，令他身心疲惫。他发怒，喝止她，她泣下如雨，伤痛欲绝的样子也伤透了他的心。

与妒忌并生的是多疑。阿娇布置了不少窥伺动静的眼线，后宫的一举一动都逃不过她警觉的眼睛。她逐日索要永巷的宫档，了解每晚伴皇帝过夜的是些什么人。后宫的嫔妃每日要向皇后请安，阿娇会趁此训斥她们，夹枪带棒，冷嘲热讽。宫人若稍有得宠的迹象，更会被她视若寇仇，詈骂而外，阿娇总有办法将其打入另册，或发配永巷浣衣扫除，或以年长为由放归乡里。后来，她索性以皇帝国事繁重，须节劳养生为由，亲自甄选侍寝的宫人，只有那些相貌平平的女子，方能有侍寝的机会。

刘彻得知她的所为，不由得怒火中烧，召她来问话。她着皇后的朝服相见，冷冷地听着皇帝的训斥，一言不发。最后，他说，皇后大可不必迁怒于人，要怪，只能怪她自己不育。皇嗣事关国本，少了这个根本，皇统难以为继。皇后母仪天下，应以朝廷的安定为重，不该沉溺于个人的情欲而不能自拔。这时，阿娇一下子爆发了。

"五日方得一见，倒是我沉溺于情欲？没有皇嗣怪谁？凭甚说我不能生育！"愤怒攫住了她，阿娇泣下如雨，冲口而出道："怎知道不是陛下身上的毛病？！"

"你放肆！"刘彻勃然大怒了。

"皇帝亲近过的宫人还少么？哪个受孕了？难道不是陛下无能么！"阿娇口无遮拦，她现在一心想要的，是狠狠伤害这个伤害了她的人。

总是这样，以争辩始，以哭闹终，如同没有尽头的梦魇。刘彻再不能忍受这一切，他令侍者强行架出阿娇。吩咐郭彤，传谕后宫，今后不准皇后再过问永巷的事情，皇后例行的侍寝取消，责其闭门思过。

可过后他又不忍，到底是从少年夫妻走过来的，一日夫妻百日恩，更何况十年的深情。母后频频暗示可以大不敬的罪名罢黜皇后，他没有答应。刘彻知道皇后无子的后果，阿娇的焦虑与处事乖张，情有可原。事后冷静下来，他心中颇为不忍，很快恢复了皇后的事权。阿娇的话，并非全无道理，或许毛病真在自己身上？无子的焦虑，已成了他的一块心病。

田蚡家里来了神仙，也是从太后那里得到的消息。王娡告诉他，民间的说法，祠竈求子很灵验。当年平原君嫁到田家，据说就是祠了长陵的神君，才一连生下两个儿子。"这是你姥娘亲口讲的，皇帝不妨见见那个神仙，毕竟大婚快十年了，皇嗣的事情不可再拖了。"

回到寝宫，盥洗更衣后，刘彻斜倚在卧榻上，心情比以往松快了不少。他看着在一旁侍候的郭彤，问道："这个李少君，你以为如何？"

"奴才从未见过活神仙，不敢说。不过他看上去可不像是几百岁的人，可太后、丞相所荐之人，应该不会错。"

"你说这个祠竈，真如民间所言，求子很灵么？"

郭彤侍奉刘彻十余年，皇帝的心事，他自然知道。"陛下莫把皇后的话放在心上，皇子，早晚会有的。"

"朕盼了十年没有结果，你怎敢说一定会有？"

"陛下忘记大萍了么？"

刘彻猛然坐起，胸中沁沁似有凉意，仿佛有一团冰正在化开，令人心畅神怡。是呀，大萍曾怀过他的孩子，这不孕的原因决不在自己身上！

十六

　　刘陵人小，可机灵鬼怪，主意多，直言无忌且又是王室翁主，大得陈皇后的欢心。虽然年龄相差十余岁，皇后却视刘陵如姊妹，投契得不得了。为此，不仅为她办了门籍，而且日日召她进宫陪侍。不久，刘陵便被皇后倚为心腹，常常留宿宫中了。

　　体制所关，皇后难得出宫。只有在年节朝会，与皇帝出席朝会大典时，方能够远远望见到奉朝请的爹娘。除非窦太主进宫看她，与娘家的联络只能靠宦者居间。有了刘陵，这件差事自然也少不得她，由此，皇后与大长公主一家视刘陵如自家女儿。她出身高贵，人又姣好聪慧，本来就招人喜欢，再有这般背景，在长安的局面，毫不费力就打开了。

　　有女儿作中诇①，朝廷内外与皇宫禁苑的各种消息源源不断地传往淮南国，其中最重大的消息，就是帝后勃豀，皇后险些被黜与皇帝召见李少君之事。刘安得意于自己的算度，一切尽在预料之中。皇帝既热衷于鬼神，必会荒疏国事，孛星②所预示的动乱，或迟或早，一定会发生。知天命，尽人事，他所要做的，就是因势利导，促使那一时刻早日到来。至于另一件，他派人带密信给女儿，要她悉心维护皇后的地位。

---

　　① 中诇，汉代用语，诇，刺探、侦察之意；中诇，即在宫廷中坐探。

　　② 孛星，即彗星，古人认为彗星出现是大凶的天象，主刀兵四起，天下大乱。

父王的心思，刘陵了然于胸，皇后地位的稳固，取决于她能否为皇帝生一个儿子。皇后之子是嫡子，也是天经地义的皇嗣，有了他，皇后地位方可稳固不摇。可皇后偏偏不能生育，不能生育的皇后会引来无数双窥伺的眼睛，更可怕的是，皇帝最终会为此罢黜皇后。

自从相遇于长乐宫，一年多来，刘陵与皇后渐成莫逆，她了解到皇后的处境，开始同情她的苦闷，真心想帮她。中秋之夜，是阖家团聚的日子，可上次长乐宫婆媳间的口角，使太后与皇后大为不睦，本该随皇帝赴长乐宫的晚宴，皇后却以身体不适推掉了。独处深宫，那种冷清凄凉，刘陵虽少，可也能体会得到。那次冲突起因于她，自己在京师也是孤身一人，于是主动留宿在椒房殿，陪皇后赏月。

月明星稀，扶疏的树影与重重宫阙披着一层淡淡的银光，亦真亦幻。两人沿着殿外的回廊散步，月色虽好，可陈娇的心思不在于此，默默地走了一回，就回寝殿了。

"若能像高唐神女那样，托梦于天子就好了。"刘陵年少，终究耐不住寂寞，望着灯下沉思的陈娇，说道。

"甚？"皇后神思恍惚，根本没有听清楚她的话。

"宋玉《高唐》之赋，殿下可还记得？"刘陵顽皮地一笑，朗声吟诵道："昔者先王尝游高唐，怠而昼寝，梦见一妇人曰：'妾巫山之女也，为高唐之客，愿荐枕席。'"

陈娇脸一红，嗔道："你个小女子，知道些甚？莫乱说。"

"怎么是乱说？淮南乃楚国故地，此类传说极多，臣妾自幼已耳熟能详了。殿下思念皇帝，托梦于他，回转天心，有何不妥？"刘陵不服气地说。

"噢？那你说说，宋玉赋中所言之事，可是真的么？"陈娇心神一振，盯着刘陵。

"都说是真的呗。巫山脚下立有朝云祠，据说所祀就是高唐神女。传说她是天帝的季女，名瑶姬，还未出嫁就亡故了，葬在巫山之阳。她的精魂化为香草，又名瑶草，楚人说那草有移情的奇效。可使负心人回心转意，两情相悦，和好如初。"

"当真如此？"陈娇双目熠熠，紧锁的眉头舒展开来。"阿陵，你可能帮我采到瑶草？"

刘陵摇摇头，"臣妾只是听说，这草甚样子，我也没见过。不过……"

"不过甚？"

"楚地多巫觋，识医药，通鬼神，都说很灵的。殿下何不以重金密召入宫，由她们作法，必有效验。"

巫觋？太常属下的太祝，倒是管辖着不少巫觋，郊祀陪侍而外，节令时用以禳灾祓禊。其中一些被皇帝派去上林苑，随李少君炼金铸器。召用巫觋，必得通过太常府，皇帝就会知道这件事，一旦被皇帝误会为自己在行巫蛊，这个皇后也就做到头了。思来想去，这件事情只能托付给刘陵，绝不可假手于宫里的人。陈娇沉吟了许久，方才看定刘陵，低声道：

"擅用巫觋作法，所关非细，一旦走漏了风声，你我百口莫辩，是灭门的大祸。阿陵，这件事对我，性命攸关，我想办，可怎么办，你要再三斟酌，务必做到万无一失才好。"

皇后以身家性命相托，使刘陵也感到了压力，她略作思忖道："外头的事情，由臣妾分劳，待物色到楚巫，殿下可以疗疾之名，召入宫中，封作御医，留她在椒房殿伺候。可宫里头的事情，还得皇后安排，若保不住密，莫如不做。还有……"

"还有甚？"

"这恐怕要耗用殿下大笔的资财，若从少府支取，要说明用项，难以保密。"

陈娇站起身，逡巡徘徊了一阵，最终下定了决心。"钱不是问题，太皇太后把所有的积蓄都留给了我娘，用不着少府，钱也足够用了。至于椒房殿内的宫人，全是跟了我多年的，这件事孤会交给胭脂来办，绝无问题。"胭脂，原是大长公主的贴身侍女，从小照看陈娇长大，陈娇出嫁，她也随之陪嫁入宫。年届三十，本来可以放归乡里，可皇后从来都由她一手服侍，起居饮食，样样都离不开她，不肯放她走。于是胭脂便留在了后宫，现已位居女御长，是皇后治内的得力助手。有着这种一荣俱荣，一损俱损的关系，再机密的事情，交给胭脂来办，她都可以放心。

两人又细细地议论了一阵，把各种细节都考虑了进去，直至妥帖无误，方才吩咐侍女奉茶点宵夜。

看看皇后心情转好，刘陵把一直藏在心里的话说了出来。"殿下今夜何不去长乐宫团聚？回避总不是办法，太后对殿下的误会会更深的。"

"误会？她才不会误会！若能做得到，她恨不能皇帝马上罢黜了我。非如此，她不能插手后宫之事。我去与不去，她都会恨我，我又何苦向这个老太婆低头！"陈娇呷了口茶，不屑地说。

看来，皇后与太后结怨，有更深的缘故。刘陵故作不解，借题发挥道："难道太后恁大年岁，不安于位，还想与殿下争后宫的权位么？"

"阿陵，你可明白，甚是妒忌？"

刘陵一脸茫然地摇了摇头。

"一件好东西，人人想要。别人有，你没有，那种难受的心情，就叫作妒忌。"

看着似懂非懂，怔怔地望着自己的刘陵，陈娇忽然有了个主意，莫不如将内情和盘托出，将这个丫头拉到自己一边。"太后恨我，根子在妒忌。她出身贫寒，入宫之前已经嫁人生子，也就是修成君。那女人好似她的疮疤，谁也碰不得。先帝在世时，她低首下心，忍人之所难忍，为的就是一朝扬眉吐气，成为像大行太皇太后那样的人。可儿子即位做了皇帝，偏偏不给她那样的权势，而要皇后统驭六宫，她插不进手来。论出身，论家世，论权势，她样样都不如我，坐了皇太后的高位，权势却不出长乐宫。她怀恨在心，当然会迁怒于我。

"还有，修成君为甚非攀着你家，还不是为了抬高自己的门第！那女人俗不可耐，那副暴发户的嘴脸，令人齿冷；我泼了她冷水，等于揭了太后的疮疤，她们当然恨我刺骨。太后是个心机很深，睚眦必报的女人，结下了这样的怨恨，你想还能解得开么？你那日当众回绝她们，也是一样，你也要当心。"陈娇吁了口气，眉间又有了忧色。

皇后说得不错，刘陵自己也感觉到了长乐宫的疏远。起初，太后还有意撮合她与修成子仲，可刘陵心里有数，父王绝不会应允，以父母之命为搪塞，谁也拿她没办法。可随着她频频进出未央宫，太后对她日渐冷淡。近几次请安，太后甚至连面也不露了。

太后妒忌，皇后欲独占皇帝的宠爱，不也是妒忌？妒忌催生仇恨，也暴露人的弱点，利用得好，巾帼弱女也可以将须眉男子玩弄于股掌之上，成就自己的愿望。想到此，刘陵唇吻间泛出了笑意。

"那个修成子仲一定是个纨绔子了，殿下可为我讲讲他么？"

"你说的不错，非但纨绔，他还呼朋引类，架鹰唆犬，横行京师。下面知道他与皇帝沾亲，没人敢管，可事情总会传到宫里，皇帝碍于亲情，很为这件事头痛，可早晚会处置他。你轻易莫招惹他，这人很难缠的。"

"恐怕我已被他缠上了。"刘陵掏出一卷锦帛，展开递给陈娇道："他差人到淮南府邸送信，约我去茂陵西园比犬，殿下说我该么？"

"比犬？怎么回事？"陈娇不明就里，蹙眉看信。信不长，大意是约在茂陵斗犬，负者必得应胜者所求，不赴约者，视为认输。

"我初到长安时，去东市闲逛，看中一头上好的獒犬，价钱都讲定了，不想碰上了他，非要我让给他。他带的一帮打手把我们围在中间，货主怕他，市里的掾吏也向着他，都要我让犬。凡事要讲先来后到不是，我买犬在先，凭甚让？当时以为他不过是个地痞无赖，我亮出父王的名爵，他们的气焰才下去了些。后来，我当场拍出百金，他身上没那么多钱，獒犬还是被我买下了，拴到车后扬长而去，他们也没敢再拦我。"

"你以为淮南国翁主的身份能吓住他？"陈娇不以为然地笑笑，"诸侯王到了京师，不比在封国，朝会的位次尚在三公之下，若论起权势，连九卿都不如！至于钱，莫说百金，就是千金，那个纨绔也会挥之若土。他既不是怕你，更不是没钱。他让过你，我思忖着，是他当时便中意于你，有心与你家结亲。不然，你绝出不去市场，更带不走那条犬。犬的事，拒亲的事，你算把他惹下了，这个约你不要去赴，就住在我这里，他胆子再大，也不敢闹到未央宫来。"

"不，我一定要去，不然他会以为我怕了他。"刘陵柳眉轻竖，全无惧色，颇显巾帼英气，陈娇也在心中暗暗赞好。

"再者，在淮南时，臣妾便听说京师茂陵有座西园，如何的富丽奢华，百闻莫如一见，正可趁此看个究竟。"

"那么孤给中尉府打个招呼。派些缇骑随你去，有官家的人在，他或许不敢乱来。"

"殿下放心，一帮纨绔子，谅也没甚真本事，我带上阿苗，足可应付了。"

“阿苗？”

“就是那个黑黑的，总跟在我身旁的侍女。她原是武陵诸蛮的王女，诸蛮内讧，她父母被害，逃亡到淮南，父王收留了她。阿苗自幼与我做伴，登山走马，弩剑飞刀，样样身手了得，须眉男子，亦不遑多让。”

陈娇记起，是有个面色黝黑，体格强健的侍女，不离刘陵的左右。“这个阿苗，既出身于苗蛮，对于鬼神之事，想必知道得不少。”

“是知道一些。臣妾心里掂量过，派阿苗去江南寻找楚巫，是再恰当不过的了。”

陈娇大喜，当下召见阿苗。阿苗人机警干练，言语谨慎，一见而知是极靠得住的人。

“苗人放蛊之事，你可知道？”

“小时候听阿爹阿娘讲过。”

“亲眼看到过么？”

“放蛊者都是女巫，是件极机密的事情，连家人都背着。奴婢没有见到过。”

陈娇想询问媚道①之事，张了张口，话没说出来，脸却红了。刘陵知道她的心思，接口问道：“男女相恋，有使男人不负心的法子么？”

阿苗垂着的头一下子抬起，瞥了她们一眼后又垂了下去，“有的。”

“怎么做？”刘陵追问。

“奴婢所知全是听来的，做，要由女巫亲手操持，凡人不灵的。”

“你就先说说听来的。”刘陵有些不耐烦，口气急躁。

“是。法子很多，最常用的是由巫觋刻制男女相交的木偶，将男人身上的东西粘在偶人上，然后埋在那男人的近旁。每逢月明之夜，女巫作法诵咒，时日一长，可以把他的魂勾过来。”

“男人身上的甚东西？”陈娇终于克制不住好奇，开了口。

“身体发肤，只要是身体上的东西都成，比如须发、指甲。”

---

① 媚道，古代流行于西南的一种巫术，使用偶人或草药作法，据说可以使所爱之人钟情于自己。

"巫山的瑶草，据说可以转移人的情意，你见过么？"刘陵又问。

阿苗摇摇头，"听人说起过，没有见过。可媚草，我家武陵山也出，名字叫鹤子草。很少见，汉人常有用金子换的。"

"能够作法移情，采摘媚草的人，你可认识？"陈娇的心，跳得很急，口气也促迫了起来。

阿苗点了点头，"我家大寨中就有。那年寨子被攻破，也是她带我逃下山，路上失散了。后来听家乡的人说起，有人见过她，好像是在江汉一带行医。"

"是女人么？"

阿苗又点了点头，"是女人。"

陈娇、刘陵大喜过望，对望了一眼，脸上都有了笑容。"这女人怎么称呼，有名字么？"

"有，叫楚服。"

十七

　　出长安城，过渭桥，沿西北方向的回中道行约八十里，就是右扶风郡的槐里县。建元二年，刘彻起建寿陵①时，将槐里东北一大片地区划归陵邑，因为陵址选定在茂乡，故陵邑也定名为茂陵。

　　茂陵南面渭水，北倚五凤山，位于广阔的关中平原之上，用风水占著的行话说，背山面水，明堂宽广，是国祚绵长，泽及子孙的旺地，当然会被当作寿陵的首选。

　　寿陵工程浩大，非多年的开凿经营不能为功。所以新皇帝即位之初，就得着手预备。至于陵邑，则是汉朝确立的一项新制度。汉初，高祖听从娄敬、张良之议，定都关中。可关中经历秦末的兵燹，户口流失，城垣残破。为了充实关中，强干弱枝，刘邦又采纳娄敬的建议，将关东六国如齐国的诸田，楚国的昭、屈、景，燕魏韩赵的强宗大族，计十余万口，迁居于关中。此后，每代皇帝均借寿陵的营建，从关外将地方豪族大量迁移到陵邑定居，既可以卫护皇陵，充实中枢，又削弱了地方诸侯与豪强的势力，此长彼消，一举两得，遂逐渐形成为制度。陵邑既为供奉皇陵所置，故由职掌宗庙礼仪的太常府管辖。陵邑的建制，相当于县，但事关皇室，所以地位又略高于县。

　　陵邑居民的主体，是各地的贵族豪强，家赀豪富，他们的衣食住行，游

---

① 寿陵：古代，皇帝的陵墓称作寿陵。

乐玩好，带动起诸多行业的兴旺发达。因而各陵邑的富庶繁荣，不逊于京师。茂陵虽属初建，人口、规模却都不在诸陵之下。陵邑西北有座富人的园囿，富丽奢靡，堪称京师第一。

园子的主人袁广汉，家居长安。以贩盐起家，累积起千金。可真正成为关中的巨富，还是靠了某种机缘。吴楚七国之乱时，京师列侯贵族子弟多应命出征，可马匹甲胄兵器均得自备，需要大笔的现钱置备。家赀不足者纷纷告贷，可有钱人多囤钱居奇，认为关东战事胜负未定，风险太大，不肯放贷。只有与袁氏一起贩盐的毋盐氏，坚信朝廷必能平叛。他说动袁氏，两人凑集了数千金，借贷给这些贵族子弟，利息高到平时的十倍。三个月后，叛军瓦解，毋盐氏与袁氏独擅其利，家财暴增十倍，成为富压关中的豪门大户。袁氏尝到了放贷的甜头，干脆做起了这一行，二十年来，放贷收利，以钱生钱，成了关中数一数二的富户。袁广汉继承家业后，在茂陵北邙阪买了块地，斥巨资修建成这座庄园，起名为西园，作为休憩与待客之所。西园周回数十里，引水入园，构石为山，亭台楼阁，皆以回廊连属。园内遍植奇花异卉，茂林修竹，还畜有各地搜购来的珍禽异兽，洋洋大观，不一而足。有人曾骑马细游此园，移晷尚不能及半。

茂陵李亨，是袁广汉的外甥。平日呼卢喝雉，架鹰走狗，与修成子仲等沆瀣一气，也是五陵有名的恶少。李亨家中养着众多名犬，尽用兔鼠等活物喂食，性情极为凶猛。修成子仲两次受窘于刘陵，亟思报复，李亨得知刘陵买了只獒犬，便献议斗犬，大言必胜无疑。袁广汉得知金仲的背景，亦有意结交，地点便定在了他的西园。

金仲一早就赶到茂陵，亲自从李亨家中选了四条大狗。一条黑褐色，背部耸起一丛鬣毛，名为修毫；另一条土黄色，眉上有长须的被称作鼇睫；通体乌黑，两眼上方各有一个白斑者名白望；青色杂有白斑，阔口垂耳者，被呼作青曹。李亨巴结地说，这四条犬，弋猎时全都捕到过狐狸和豺，狼若走了单，也未必是它们的对手。

到西园时，时候还早，他们将犬拴到兽池近旁的兽舍中。兽池是专门用作斗兽的，池壁用石块砌筑而成。呈长圆形，高两丈，底部有两个相对而设的栅门，由通道连至兽舍，供斗兽出入。之后，两人坐上袁家特备的肩舆，到前堂去见主人。

袁广汉很殷勤，请金仲上座，自居于客位。见礼后，仆僮奉茶点，主人殷殷垂询，公子这，公子那，赞誉不绝于口，倒使金仲有些不好意思。闲谈过一阵，金仲想起朱六金的托付，呷了口茶，问道："袁君放贷，利息几何？"

"哦？"袁广汉望着金仲，脸上依然笑容可掬，可闪烁的目光中，已经有了生意人的警觉。"公子是想用钱？"

金仲点了点头。

"利息没有一定，但看借多少，风险大不大。寻常利息，不能低于三分。公子要用多少？"袁广汉好整以暇地捋着胡须，笑眯眯地说。

"少了我也不会找你。我有笔大买卖要做，钱不凑手。"金仲懒洋洋地说道。对袁广汉这类商贾富人，他根本没看在眼里，若非师傅所托，他才不会张这个口。

"哦？大买卖！"袁广汉佯作吃惊，心里飞快地计算着。鬼才相信金仲这种纨绔子会做买卖，他才不会拿自己的钱打水漂。

李亨也很吃惊，金仲这般门第的豪门公子，会做生意？在他看来，简直是匪夷所思。"金哥，甚大生意？"

"马。西域的马，长安豪门趋之若鹜，能卖大价钱。"

袁广汉马上明白了。金仲指的是走私，且不论从哪里搞到那么多西域马，只将马匹运至长安，就绝非一般商贾所能为，没有一个周密的网络，不打通层层的关节，根本没有可能。他笑了笑，"公子的这桩买卖，没有千金，怕是提都不要提。阑入西域马，要经过匈奴，还要过重重的关卡，风险之大，难以逆料。搞不好会血本无归，公子还是慎重为好。"

"千金算甚！我既开了口，就只定能赚到钱，你怕我还不起么？"金仲有些不快，脸渐渐红了起来。

园丁来报，淮南公主的车马已经进了园门。

袁广汉放贷，打交道最多的就是金仲这类王孙公子，色厉内荏的大话他听得多了。他心里头冷笑，面上却仍是煦煦和易的神情。"不是老夫信不过公子，实在是这等买卖，绝非一般人所能为。钱，我有，也能借，不过买卖要讲诚信。请公子转告那位想借钱的主儿，或者他来，或者我去，中间人免谈。"说罢，揖揖手，径直去接客人了。

刘陵先看了看对方带来的犬，又由袁广汉陪着，逛了好一阵园子，方才来到斗兽池。

"修成公子，犬，我带来了。你说说看，怎么个斗法。"刘陵嫣然一笑。她簪珥不施，素面无华，一袭黑色的斗篷裹住了娇小的身材，可仍难掩她绰约的风姿。金仲怔怔地望着她，又爱又恨，一时竟难以自持。

"就在这兽池子里斗，死伤自负，负者必得如胜者所愿……"李亨话出了口，方才见到刘陵身后的獒犬，不由得心里一惊。獒犬头大如斗，通体深黑色的被毛，蹲坐着的个头已在人腰之上，凹陷的双目，色如点漆，警觉地盯着他们。

"是这样么？若是公子胜，我怎样如公子之愿呢？"

"我的心意，翁主应该明白，你许嫁于我，我、太后与我娘，都不会亏待你。"

"我若不答应呢？"

一股怨毒翻上心头，金仲冷笑道："翁主不许嫁也成。可是得允我陪你乐几日，翁主年方及笄，怕是还不知道与男人相好的滋味吧？在下愿意效劳。"话音刚落，李亨与金仲的家仆们，一齐哄笑起来。

"若是我胜了呢？"刘陵却并未生气，笑声止后，仍很平静地问。

"但从翁主吩咐。欲识男人的滋味，金仲仍愿效劳。"金仲斜睨着刘陵，无赖之中，透着凶狠。

金仲的顽劣，比传闻的更甚，袁广汉开始后悔答应他们在此斗犬。他将将胡须，笑道："二位都是皇家贵戚，输赢小事，又何必意气用事！天地间和为贵，看在老夫的薄面上，这个犬还是不斗了吧。"

李亨悄悄拉了一下金仲的衣襟，轻声道："她那犬是西羌的獒犬，狼都怕的。公子言语上已脏污了她，莫不如见好就收。"

"话都放出来了，怎么能不斗！修成公子自称是个男人，就这么偃旗息鼓，岂不难堪！是不是，阿黑？"刘陵对袁广汉笑笑，好整以暇地拍了拍身旁的大獒。

众目睽睽之下，在个女子面前退缩，修成子仲当然不肯。于是，双方纵犬入池，各自俯在池沿上观战。

首战出场的是修毫，它耸着背上的鬃毛，呲着利齿，冲着对手放声狂吠。大獒阿黑盯着它，狺狺低吼着。片刻之后，两只犬几乎同时向对方扑去，滚作了一团。再看时，修毫猛咬阿黑硕大的头部，可粗厚的被毛，阻挡了它的利齿，没能给敌手以致命的伤害。而阿黑则以有力的双腭咬住了它的一条前腿，人们清楚地听到骨头碎裂的声响。修毫呜呜哀叫着，拼命挣扎，阿黑则猛力撕扯着，将奄奄一息的对手拖出去好远，随即一口咬断了它的脖颈，殷红色的鲜血汩汩而出，淌了满地。

金仲大怒，命手下提起栅门，将余下的三只猛犬全都放了进去。三只犬从三面围着大獒，可无论金仲一伙怎样狂呼乱骂，它们只是狺狺狂吠，并不敢近身攻击。对峙了片刻，见过血的阿黑野性大发，一跃而起，将"四眼"的白望撞了个趔趄，随即将它压在身底，咬穿了它的头骨。余下两只犬见状，心胆俱裂，伏在地上，摇着尾巴，呜呜哀叫着表示屈服。

刘陵眉毛一挑，得意地看着金仲，"不想公子的犬中看不中用，人别也是这样子吧。怎么，服么？"

"服？你当爷是甚人！想知道爷中不中用？好呀，今日就要你个小贱人见识见识。"金仲倚着身后的树，狞笑着，开始解带宽衣。

两道白光闪过，众人惊叫声中，金仲觉得双颊凉森森的，用眼角一觑，两把飞刀的锋刃紧贴着他的脸颊，牢牢嵌在树干里，把他的头夹在中间。向前面看去，不知何时闪出来的一个小个子侍女，已将刘陵护在身后。女子面色黝黑，身手矫捷，手中张着的连弩，直指金仲；另一只手挥着尚未甩出的三把飞刀，威吓着他的手下。之后撮口打了个长长的唿哨。哨音未落，大獒已撞开木栅，回到了主人身边。它目光凶狠地望着四周的人群，发出威胁的低吼声。

挺大个男人，输了耍赖，没有一点担当，该当受些教训！袁广汉心里鄙夷，可还是堆出副笑脸，连连摆手道："各位千万莫伤和气，都是王孙贵胄，伤了谁，老夫也担待不起。公子、翁主，看在鄙人的薄面上，都退一步说话，好不？"

"主人家的面子，我当然会给，可这要问他干不干。"刘陵指着金仲，笑道："要是输不起，你还可以寻条好犬，日后再比。不过这次你是输了个干净，我要的不多，你这四条犬得给我留下，肉，请袁公剔下来宴客，骨头，喂我的阿黑。"

望着愤郁难平的金仲，刘陵喜滋滋地说道："不服，对吧？谁让你们没有眼光，寻不到好犬。我还可以给你提个醒，茂陵本来有只猛犬，叫青驳，今日你若带它来，与阿黑还有的一拼。你买到了青驳，咱们可以再比。"

金仲一伙离开后，袁广汉叹道："翁主不该说出青驳之事。这个修成公子决不会甘休，而那青驳的主人爱之如命，决不肯出让，非出人命不可，造孽呀！"

刘陵早就打听出，茂陵有个叫杨万年的人，养着一只猛犬，唤作青驳，个头如小牛犊般大小，凶猛异常。杨万年视如性命。刘陵曾托人试探，价格出到百金，主人却一口回绝。这次修成子仲启衅，她知道长安内外，除去青驳，没有可与阿黑较量的猛犬，而青驳的主人决不肯出让。由此她心生一计，决心做个圈套要金仲去钻。斗犬金仲必败无疑，这她早已料定，金仲为挽回颜面，必会寻犬再比。闻知杨万年有猛犬，他必会寻上门去，主家不肯出让，以他的性体，一定会动抢，主人必会以性命相搏，若酿成命案，引来官署介入，事情早晚会报到宫里，惊动皇帝。皇后讲，皇帝对这个外甥已很头痛，再加些码，兴许就有决断，给这个恶少一个大教训。

父王回淮南前，曾与她深谈。她问刺探消息外，她还能做些什么，父王告诉她，凡能引起宫廷不和，朝纲紊乱的事情，不妨推波助澜，使敌人一步步自毁而不觉，是最高明的办法。父王还把这种谋略概括为一句话，叫作"逢君之恶"。她同情皇后，可她更秉承了祖上的仇恨与野心，决意助成父王的大业。她诱使皇后寻求媚道，看来是在帮她，实际便是在行逢君之恶。她诱使修成子仲夺犬，同样是逢君之恶，事情虽小，要敌人不知不觉地向死路上走，则无二致。

果然，数日后便有了消息。得知修成子仲一伙在茂陵强抢杨宅，逼死了两条人命，刘陵无声地笑了。

十八

　　西园斗犬的次日，茂陵杨家便出了命案。杨家报到官衙时，茂陵尉张汤尚在寿陵的工地。案情重大，尉史①鲁谒居不敢耽搁，策马赶到工地，将消息报告给他。汉代地方县治，令长②之下，设有尉，主管一县的治安。茂陵为陵邑，与一般县治不同，不由郡管，而是分归太常府管辖，而陵邑的县尉也兼管工程。张汤对此极为上心。他家远在杜陵，衙内无公事时，几乎日夜驻守在工地，在他的监管督促下，陵工进展很快，土方掘进已经过半。

　　张汤皱着眉头听完报告，问道："这事报过县令大人了？"

　　鲁谒居点点头，"李县令要小的急报给大人，说等你回去商议。杨家的苦主还等在县衙。"

　　"既是抢劫杀人，先把案犯拘起来，审结后，依律问罪就是了，有甚好商议的。"张汤颇不以为然。在他眼中，陵工比案子要紧得多，对他的前程关碍甚大。

　　"可……"，鲁谒居看了看四周，放低声音道："案子牵涉京师的贵戚，县令大人说很难办。"

　　"贵戚，谁？"

---

① 尉史，县尉的下属。

② 令长，汉代大县（万户以上）的首长称县令，小县（万户以下）的首长称县长。

"说是修成君家的，来头大着呢。"

张汤出任茂陵尉前，曾在长安做过多年的狱吏与内史掾①，修成君的背景他当然知道。他不再说什么，纵身上马，随鲁谒居飞驰而去。

回到县衙，县令李文早已等在后堂。匆匆看过杨家的诉状，张汤知道他为何畏缩了。

当日一早，家住茂陵的李亨带着修成子仲一伙，到杨万年家买犬，指名要那只青骏。价钱出到了二百金，杨万年坚不肯卖。买卖双方先是起了口角，而后恶语相向，恼羞成怒的修成子仲，仗着人多势众，命手下强行牵犬，双方都动了手。争斗中两死一伤，死的是杨万年与其父杨昌，伤的是李亨的家仆，系被青骏咬伤。青骏最终被修成子仲的人射死，之后这些人便扬长而去，估计已经回了长安。狱丞已带人去杨家踏勘了现场，死者亦经仵作验明，致死的是刀剑之伤，初定为强买民物不遂，故意伤人害命。

张汤摩挲着手中的爰书②，头脑却在飞速翻转。狱吏出身的他，各种律条早已烂熟于胸。这案子事实清楚，狱丞定谳准确，按律是弃市③的重罪。通常情况下，他会"行法不避贵戚"，问题是，这个修成子仲，与天子有甥舅之亲，如何处置，决不可造次。

从前，他最为服膺的是酷吏宁成。这不单是因为他出任茂陵尉，出于宁成的力荐，更是由于在治狱上，他们志趣相投。宁成行法不避贵戚，敢作敢为，极有决断。他任中尉的十年间，京师的皇亲贵戚，听到他的名字，无不谈虎色变。可终因树敌过多，百密一疏，被人抓住了把柄，髡钳亡命，逢大赦方保住性命，下场令他心寒。

结发以来，张汤做狱吏几近二十年，虽精于律法，却沉沦下僚，久久得不到升迁。后来，一个名叫赵兼的人因事下狱，囚在他的管号。张汤得知此人是淮南王的姻亲，于是倾身服侍，没有让他吃到半点苦头。赵兼引之为患难之交，出狱复职后，奉为上客，处处为他延誉，张汤这个名字，从此才为

---

① 掾，汉代中央与郡国两级属官的通称。

② 爰书，汉代法律术语，指包括原、被告和官府所有申告、自诉与公诉及证人笔录文书的案卷。

③ 弃市，古代死刑之一种，在城内居民集中的市场行刑，以暴其罪于众。

人所知。由此，宁成才会用他为内史府掾，他也才有机会崭露头角，一年之内，以自己的精明干练迁升为长吏。二十余年的仕途蹭蹬，他揣摩出来的教训是，做事要认真，可得留余地，与人方便，自己方便。再就是要善用律法，该狠的要狠，该松的要松，而且要松得没有毛病。

他合上爰书，声色不露地望着县令，"这件案子，大人怎么看？"

"人死了两个，是件重案，压是压不住的。如何按律，是张君的职事，你斟酌着办吧。"李文看看他，意味深长地笑了。

不错，这样的重案是压不住的。至于职事，一县的治安，责在县尉，由他定谳，也是正办。李文召他回来，名为商议，实则置身事外，轻轻一推，责任全落在了自己身上，居心不问可知。自任职茂陵后不久，张汤就觉出县令与他面和心违，可嫌隙由何而生，李文不讲，他也无从问起。渐渐他才明白，他的能干与勤勉，使他在劳绩与官声上，都盖过了县令。汉代一县之主官，有令、丞、尉三人。令为首，丞为副，掌管文书，是令的副手。尉掌治安，与丞官秩相同，同为长吏，由朝廷直接考绩任用。李文虽由妒生恨，张汤无过错，他也无可奈何。张汤为求相安无事，平素致力于陵工，为的就是避开他。可怕什么来什么，这件棘手的案子，陷他于两难的境地。

此案牵涉皇室亲贵，深究严办，会得罪权门势要；不办，是失职；办而敷衍，不深究，是枉法渎职。无论他怎么做，都是凶多吉少。县令有项使他忌惮的权利——在邑县官吏的考绩上报前，加以评语。汉代每年秋冬上计时，丞尉以下，都要接受考绩，称之为（考）课殿最，即据官吏的劳绩大小，排出名次。名次靠前者（最者）为优，予以勉励嘉奖，名次殿后者为劣，予以督责，甚至会上报大府①，以不称职免官。李文刚才那一笑，很阴险，可以想象得到，他会给自己什么评语：不任职②，软弱不胜任，甚或更糟，说他见知故纵、枉法不直③。

---

① 大府，汉代称丞相府为大府。

② 不任职，汉代法律术语，指官员不尽职办事，意思类同于现今法律上的"不作为"。

③ 见知故纵、枉法不直，均为汉代法律术语。前者意为知情不举，后者指不能依律办案，徇情谋私。

"为官一坐'软弱不胜任'，势必终身废弃，再难入仕。其羞辱甚于贪污坐赃。"他耳边又响起宁成的声音。宁成好为人师，常对下属耳提面命，这是他最常说的一句话。有过错免职，还有起复的机会，而"软弱不胜任"，则意味着你根本不够做官的材料，会被永远关在官场大门之外。他心头一震，瞻顾徘徊，徒乱人意！李文想看他的笑话，他偏要抖擞精神应对这个挑战，要对手的算计落空。

张汤看似不在意，冲李文点点头道："那好，卑职就先办眼前办得了的事。来人，带杨家的人上来。"

男女老少十余人，跪了满满一堂，呼天抢地，要官府做主，缉凶申冤。张汤摆摆手，止住众人，"汝家之事，本尉与县令大人都已明了，朝廷律法无情，对恶人决不会姑息。汝等先回去安排后事，殡殓亲人，入土为安。"

"天子脚下，竟有歹人白日入户行抢，行凶杀人，王法何在！他们仗着甚？我杨家拼上全家的性命，也要讨个公道出来。杀人抵命，欠债还钱，求大人为小民做主，为吾儿吾孙申冤哪！"一个须发皆白的老者，目光灼灼地看定张汤，抗声而言。侍候在一旁的鲁谒居，悄声告诉他，这是杨家的家长，杨万年的大父。

"来人呐！"张汤喝道，声音不高，却带着股肃杀之气，一屋的人众顿时安静下来。他传令鲁谒居带领一队狱卒，拘捕李亨下狱候审。随即起身搀起老者，很郑重地说："老人家放心，人犯一个也跑不掉，都会按律治罪，明正典刑。你老还是先回去料理亲人的后事吧。"

"可那主犯跑掉了，说是甚长安来的贵戚，大人一定要捉他归案，莫使吾儿吾孙，九泉之下，抱恨终天哪！"老者言罢，大放悲声，杨家的人也都随之泣下不止，整个后堂，哭声震天。

"老人家，"张汤揖手道，"拿住了同伙，他还脱得了干系？可在长安拘捕人犯，由不得茂陵，总得呈报京师的衙门允准，你老总得容我些时候不是？老人家还是先领家人回去，操办亲人的后事要紧！"

对张汤的承诺，老人半信半疑，可也只能如此了。于是长揖道："大人的话吾等记住了。大人积德行善，为小民做主申冤，吾阖家焚香祝祷，愿大人子孙富贵，公侯万代！"说罢，由晚辈们搀扶着，一行人千恩万谢地去了。

总算打发了苦主,张汤长吁了口气。在一旁静观了多时的李文笑道:"看不出老弟做事还真有良吏之风!这件案子你若办得妥当,本县考绩时最好的评语非君莫属,老弟好自为之!"

"全凭大人栽培。"张汤恭敬地笑笑,心里已经有了主意。次日一早,便单人匹马去了长安。

坐落于尚冠里的武安侯府,是座占地百亩,前后五进的大宅。院内近日工料堆积,匠人蚁聚,斧锯之声不绝于耳,看得出又在大兴土木,扩建装修。散朝后,田蚡推掉了几处应酬,早早赶回了家中。今日,他约见了一位重要的客人。

他与燕王刘定国已约定了婚期,明年春三月,燕王之妹将嫁入田府。田家原为编户平民,自己封侯拜相,贵极人臣,很快又要迎娶诸侯国的公主为妻,虽属再醮,可对田家,仍是件光大门楣的大喜事。婚事,他决计要大办,皇太后也赞成。扩建装修,使侯府焕然一新,是题中应有之义,更关系到他的脸面。可计算下来,工、料两项,所费不赀,手头一时颇感拮据。借用官钱,必得经过大农令,绝难保密,消息若传到天子耳中,以为他假公济私,保不准就会有不测之祸。他也不愿向太后与亲友们张口,觉得有失丞相的身份。正在踌躇无计之时,外孙修成子仲来找他,说是他师傅有事求他办,细问之下,那人竟是个做马匹生意的富商。田蚡心中窃喜,商贾求人决不会空手,更何况所求者是当今的丞相。

在后宅更过衣,田蚡回到会客的前堂,正思量客人会求他办什么事,府丞禀报,客人到了。及至照了面,却不觉暗自失望,脸也冷了下来。

客人四十上下,身瘦脸狭,眼小无光,身着普通的麻布衣衫,全无富商大贾的气象,或许不过是个平常的马贩子。客人俯首敛容,长揖为礼,态度极为恭敬。田蚡颔首,算是还礼,连坐也没让。

"听仲儿讲,你是他师傅?"

"公子们好武,在下少时习过武,有时指点一二,不敢忝称师傅。"

"连仲儿都肯为你说项,可见面子不小!有甚事,讲吧。"田蚡白了他一眼,思忖着如何赶快打发他走人。

"小人求见丞相，是受人之托，并非为了一己的私事。"

"哦？"田蚡大感意外，"你受谁之托？"

"罪臣宁成。"

"宁成！你是说那个做过中尉的酷吏？"田蚡不只是意外，而是大为吃惊了。整倒宁成，他是主要人物，宁成恨犹不及，竟会求到他门下，真有些匪夷所思。

"正是。"

"他求我甚事？你说。"

"宁大人闻知丞相将有合卺之喜，特托付在下，奉千金为贺。"

一直低着头的客人猛然举首，幽幽的目光仿佛看到了田蚡心里。田蚡倏然心惊，这才觉得面前这个人绝非寻常之辈。

"你与宁成？"

"是朋友。在下贩鬻，游走四方，在南阳结识了宁成。"

"哦？南阳，他可还好么？"

"宁君是南阳人，遇赦后便回了家乡。与族人垦田殖荒，兼营盐铁，宁家现已是郡中的大户，与孔氏、暴氏鼎足而三。"

这个昔日的对头，想不到却能因祸得福，他送这份厚礼的居心，倒不可不问明白。田蚡这才向客人摆了摆手，"请坐下说话，客人怎么称呼，哪里人哪？"

"在下朱六金，山东鲁人。"客人顿首称谢，神色愈发恭敬。

"你去告诉宁成，他的心意我领了，这礼，我不能收。"

客人面露难色，沉吟不语，良久，方揖手道："在下受朋友之托,诺而无信,无颜再见宁君！敢问丞相，为甚不能收？"

"从前虽然同在朝廷做事，可我们不是一路人，并无交情。平白厚赠，居心叵测，你说，我敢收他的礼么？"

原来如此，朱安世的心放了下来。"丞相误会了！临别时，宁君一再叮嘱下走代为向丞相陈情，拳拳之心，可质天地。他说自己往昔好胜任性，招怨甚多。戴罪以来，时时反省，知道自己糊涂一时，是大错了。宁君奉千金为贺，别无所求，无非借大婚之机，向丞相谢过输诚，表白心迹而已。在下愚笨，没有先向丞相道明宁君的曲衷，错在下走，还望丞相见谅。"

别无所求？田蚡根本不信，大摇其头道："宁成已是布衣草民，就是不送礼，本府也不会把他怎么着。千金之礼而别无所求？骗骗小孩子可以，这个话，会有人相信么？你是买卖人，人情事理上，应该很明白。既做说客，就讲明来意，用不着藏着掖着。不然，这不明不白的礼，本府是绝对不能收的。"

"丞相洞幽烛微，是在下多心了。宁君确实还有话，说他愿为朝廷，再效驱驰。恳求丞相在朝廷起复罪臣时，在天子面前，为他说句话。"

"哈哈！"田蚡捋须大笑起来，"这不就得了！说来说去，还不为的是做官。这么大的手笔，是想要多大的官呀？"

"宁君自二千石的位置上罢职，当然还想在这个位置上起复，若有难处，退而求其次，做个比二千石的关都尉也成。"汉代高官的秩禄，大致可分两档：万石，二千石。三公秩皆万石。二千石又分三等：中央九卿秩皆中二千石；郡国守相次之，秩皆二千石；郡国及关塞都尉又次之，秩皆比二千石。宁成曾为中尉，位列九卿，以比二千石复职，等于降了两级，俸禄也低了许多。

朝廷每年秋冬上计时，要考核官吏的劳绩，奖优黜劣。罢职官员的起复，一并进行。官员的任用陟黜，丞相有建议之权。不过张张口，就能有千金的进账，解了自己的燃眉之急，何乐而不为！田蚡心中暗喜，可面上仍是公事公办的样子。"话，本府可以去说。可事成与否，用与不用，用，派作甚官，全在于天子。宁成他应该明白，所望不要过奢。"

"丞相肯帮他，不啻再生之德！宁君是个知恩图报的人，定会肝脑涂地，以报万一。在下先代宁君，叩谢丞相再造之恩！"朱安世再拜顿首，大事有望告成，这一份欣喜，情见乎辞。

"你倒是个肯帮朋友的人！你告诉他，即便如愿，也莫得意忘形。以后凡事要小心，莫重蹈前衍。"

"是。"朱安世猛然憬悟，自己有些失态。其实，整件事都是他谋划中的一步棋，宁成毫不知情。他出巨资，为宁成打通复出的关节，为的是引西域马入关的大生意。他已在贩运的沿途的驿亭，安排了接送转运的人手，又与京师藁街的胡商，议定了代售马匹的合约。而走私网中至为关键的一环，取决于进出关中的要塞上，有无肯与他合作卖放的官员。他看中宁成，一在他敢作敢为，胆子大，办法多；一在他亦官亦商，熟知如何卖放关节，贪贿求利的门道。当然，他也算定，自己斥巨资为宁成谋官，宁成必会感激图报，助成他的生意，更何况还能从中提成分润呢。

府丞走进来，附在田蚡耳边，说是周阳侯介绍来一位茂陵来的县尉，有要事求见。田蚡正待说不见，转念一想，莫不是陵工上的事？大意不得，于是吩咐府丞要他等在门外候见。

朱安世见状，起身告辞。"丞相公务繁劳，在下就不打扰了。"见府丞退出后，他又低声道："在下既赶上丞相的喜事，也备下五百金为贺，日暮后与宁君的贺礼一并送过来，请丞相笑纳。日后有事用到朱某，只要传个话给我，在下愿效犬马之劳。"

雪中送炭，且出手阔绰，办事又谨慎得体，初见时不佳的印象早已一扫而空。田蚡竟也屈尊起身送客，站在前堂门前，满面含笑地目送他出府。

十九

朱安世出来时，张汤正等候在侯府大门之外，只觉得此人看上去有些眼熟，正思忖间，府丞用手碰了碰他，"你随我来。"

府中正在施工，院落中工料成堆，甬路不通。他跟着府丞，沿着曲曲折折的回廊走了许久，穿过数座角门与两进院落，终于止于一座大院之中。院中屋宇呈凹字形，高大峻伟，映掩于扶疏的花木之中。将他引入东厢的客室等候，府丞却径自去了。

田蚡曾视察过陵工，朝廷与三辅的官员前呼后拥，排场很大。张汤随令丞迎送，根本靠不了前。他早年交结过田蚡之弟周阳侯田胜，田蚡贵后，他也一度频繁出入田胜府邸，但运气不佳，一直无缘得见田蚡。这次单独谒见，还是走的田胜的路子，但心里仍不免有股莫名的紧张。他深吸了口气，眼观鼻，鼻观心，屏息凝神地思索谒见时应持的举止。莫张皇，莫失态，谦而不卑，要言不烦……他默默打着腹稿，渐渐拾回了自信。若论律法精熟，运用得宜，他自认不在任何人之下，惴惴不安的心情一扫而空。

张汤的自信，来自他对律法的精通。算起来，自幼而今，他浸淫于律法已近四十年。张汤之父也是狱吏出身，后来做到了长安丞，仍协管刑狱。张汤自幼颖悟，尤得父亲的喜爱。张家居住在杜县，张父任职京师后，常常带他在身边，居住于官舍之内。

张汤儿时，一次，父亲外出办事，叮嘱他看好门户，他却与邻里的孩童游戏，乐而忘归。父亲回来后，儿子不见踪影，庖厨中的腊肉却为老鼠所盗。父亲一怒之下，将张汤好顿打。次日，父亲办事，中途折回，目睹了若非亲眼所见，绝难相信的事情。原来，张汤遭笞后，愤懑不能平。父亲走后，便连掘带熏，活捉了那只老鼠，还在鼠洞中找到了残余的盗肉。奇就奇在，张汤并不马上处死累他挨笞的元凶，而是一如审决人犯，按律施行。他将那只老鼠四肢拴牢，头前陈放着盗肉，又自撰了爰书，援引律法，一条条按问盗肉始末。他身兼两造，既提出指控，又代鼠答辩，每每以老鼠诡辩为由，不时以荆条抽打得老鼠吱吱惨叫。最后，宣判老鼠盗窃成立，方才以小刀肢解老鼠，报仇雪恨。父亲取过他书写的爰书，更为吃惊，文辞之老辣，用律之得当，一如老狱吏所为。原来，平日父亲审案时，张汤经常在旁观看，耳濡目染，久而无师自通。张父惊喜不置，此后便加意培养，每每由儿子代他书写按狱文牍。所以，还是在儿时，他已精于此道。父亲故后，张汤子承父业，也做了长安的狱吏。

屋外步履杂沓，两名侍女掀开竹帘，田蚡走了进来。田蚡方头大耳，满脸横肉，霸气十足。他五短身材，身着华丽的丝绸便服，挺胸凸肚，举手投足，都不脱旁若无人的傲慢。张汤伏地顿首，以大礼请安。

"你是茂陵尉？陵工上有事情么？"田蚡上下打量着张汤，这个人，谨饬中透着精明干练，不觉先有了几分好感。

"下官张汤，职任茂陵尉。承问，陵工一切顺利。在下谒见丞相，为的是一件特别的公事。"

"陵工之外的事情，你该逐级上报，即使是陵工上有事，也该先报太常。都像你这么越着锅台上炕，岂不乱了朝廷的规矩！太常若知道你之所为，你的职事只怕是要做到头了。"田蚡的语气中有了教训的意味。躐等奏事，是官场上的大忌，刚才还以为他谨饬，看来并非如此。

"此事，在下原想报知太常，可上报之前，下官觉得丞相应该先一步知道。"

"哦，为甚？"

张汤看了看左右，揖手道："事关重大，张汤只能向君侯一人奏报。"田蚡略作沉吟，摆了摆手，府丞与侍女们悄然退了出去。

"是件杀人的命案，事情牵涉丞相的亲属。"

"哦？谁？怎么回事！"田蚡一惊，追问道。

"修成君之子，在茂陵强买民物不遂，杀人害命。若下官所知不差，修成君乃皇太后之女，君侯大人之甥女。"

"是金仲？他跑去茂陵做甚？强买甚？这件事确实么！"田蚡有些急了，这个孽子，平日胆大妄为，终于闹出大事了。

"确实。事情出在昨日午前，修成子仲由茂陵浮浪子弟李亨引领，到杨万年家买犬。杨家有一名青骏的猛犬，爱之如命，坚不肯卖。双方起了争执，动了手，杨万年与其父杨昌毙命。"

两条人命！田蚡倒吸了口凉气，知道这是绝难遮掩的重案，唯一的希望，是外孙没有亲自动手。"金仲动手了么？你敢肯定，人是他杀的？"

"光天化日之下，杨家邻里有多人目睹，均已作证。目击者众口一词，说是修成子仲先动的手，杨万年胸口致命的一剑，是他所刺。杨家的人上前拼命，混乱中，杨父亦被刺中，伤重不治。"

"张县尉，这件事汝等作何处置？"

"在下已将始作俑者李亨下狱，杨家那头先安抚了回去。下一步拟报太常府，同时行文长安令，协缉人犯到案。"

田蚡眉头紧锁，脸色阴沉。这件事若报上来，修成子仲下狱不说，皇帝必会震怒，而且很可能会迁怒于众外戚，太后、修成君乃至自己日子就难过了，非得想办法压住不可。一念至此，原先的倨傲一转而为和煦。

"张君为官，一直做治狱这行么？"

"是。自束发至今，已近四十年了。"

"哦，那么，汉律应该是极熟的了？"

"是。"

"看得出来，你是个精明干练的人。我这个外孙顽劣非常，本该要他抵罪。可修成君是太后的爱女，又只此一子，若抵了罪，就是绝了修成君的后。老来丧子，她会伤痛欲绝，一旦不讳，如太后何？太后不安，天子又当如何？况且，事关皇家与外戚的脸面！依张君看，有无转圜的余地，怎么办为好呢？"

张汤等的就是这句话。"张汤不才，敢为丞相言之。在下贸然谒见的初衷，就是想要君侯早早有个准备。这件案子无非两种办法，一是依律而行，修成子仲必死无疑；一是先压下来，之后慢慢设法。事缓则圜，多与金钱，安抚住杨家。民不举，官不究，以不了了之。"

田蚡双眼一亮，可随即又黯淡了下来。"好个以不了了之。可是怎么压？若知情不举，可就是欺君罔上的大罪！日后通了天，不要说你，就是我这个丞相，也难脱死罪。"

张汤淡淡一笑，这件事他早已成竹在胸。"压住，自然也可以依律而行，律法是死的，可人是活的，关键在于活用。依律而行，即便日后追究起来，于情于理，天子亦无可挑剔。"

田蚡大喜，不觉前席，与张汤造膝而谈。"果能如此，张君就帮了修成君，也帮了本府与太后的大忙！说说看，依照哪些个律条，能将此事压住？"

"其实，事情的关键，就在这上报的程序上面。君侯该知道，朝廷有先请之制。借用这个制度，应该可以压得住。"

"先请之制？"田蚡搜索枯肠，终于想起，高祖皇帝曾颁有诏令，对身边的近侍郎官，罪耐①以上者，要先请示，由皇帝决定是否定罪，如何定罪。他摇了摇头道："高皇帝的诏令只用于郎官，可能适用么？况且请示上去，皇帝出于大公，必会治罪。非但压不住，修成子死得更快！"

"皇室宗亲，包括远亲，犯法当髡②以上，亦可先请，以示亲亲之意。这一条可以适用。"

"如何用？"

"九卿中的宗正，掌录皇室宗亲。郡国上计时，各地有涉及皇室宗亲犯法当髡以上者，规定要先报请宗正，由宗正请示皇帝，然后方可决狱。这就有了缓冲的时间，在下可以案涉皇室宗亲为由，须呈报宗正府，将此案拖延到上计时。如此，可以争取到一个多月的时间。宗正若能压住不报，则时间更长，哪怕只多几日，也是好的。当然，宗正那里，得丞相出面，这个面子，他不可能不给。"

两个月的时间，料理善后应该够了。天大的一个官司，顷刻之间便有

---

①耐，秦汉时处罪的一种刑罚，刑期二年，剃去胡须。古时以为身体发肤，受之于父母，不可毁伤。故视剃掉胡须为一种惩戒。

②髡，古代处罪的一种刑罚，刑期三年，被刑者要剃光头发，惩戒之意同上。

了转机。对这个小吏，田蚡不由得刮目相看了。自己身边，缺的正是这等人物。

"还有一事，职任所在，例行的程序不能不走。在下会行文长安，请示协捕人犯，修成子最好躲避一时，彼此都会省去许多麻烦。至于长安令，丞相可以派人关照，以例当先请，要他听候上边的裁断。"

田蚡沉吟不语，忧形于色。许久，才语气沉重地说："恶事传千里，两条人命啊！压得住一时，压不住一世。吾等凡事要从最坏处想，万一漏风，又该如何？望张君有以教我。"

"压得住一时，便足够了，事过境迁，疏解起来要容易得多。万一杨家不肯了事，也有另一条路可走。"张汤并不在意，一副成竹在胸的模样。

"甚路？"

"买爵赎死。孝惠皇帝三年，有赎死之诏：'民有罪，得买爵三十级以免死罪。'此事若下廷尉决狱，可以此比照。爵一级直钱两千，三十级不过六万，先把命保下来，以后遇到大赦时，再想办法脱罪。"

"此事可行？"

"可行。君侯想，朝廷中难道真有那不识死活的官员，一意与丞相、太后作对？只要律法上说得通，谁不愿意做好人！"

"只要律法上说得通，人人愿做好人。你说得对，说得好！"田蚡双手拍腹，忘情地大笑起来。

张汤等他笑够，很沉着地说："在下以为，买爵之事当马上着手，有备无患，不可临渊羡鱼。"

田蚡握住张汤的手道："好，这件事就照你说的办！"

他看定张汤，笑吟吟地问道："听家丞讲，你是老二介绍来的，你们怎么个关系？"

张汤俯首道："在下十年前在长安城中做个小吏，适值田君搬至小的的管地，初来乍到，人地两生，小的义不容辞，跑前跑后地张罗，由是熟识。"

田蚡大笑着，拍了拍脑门道："好像听老二提起过这么个人，可朝廷公事忙，就撂脑后去了。"

随即收起笑容，正色道："张君是个通才，做邑县的小吏未免委屈了。

野有遗贤，我这个丞相有责任，好在可以弥补，吾当为朝廷举拔人才。按理，相府也该有位谙熟律法的智囊，我看你很适合。我这里还缺一位长史，你用心办事，本府会虚位以待。"

丞相府的长史，秩禄千石。尤其重要的，它是仕途跃升的关键位置。长史协助丞相佐理政务，参与机要，往往略经迁转，即可升至九卿的高位。张汤暗自心喜，眼前这个赌注，自己是押对了，不仅逢凶化吉，而且出幽谷迁于乔木。李文的失算，即在于他不明白，危机善为利用，也可以化为机遇。既已见知于田蚡，李文的评语已不足为虑，两个月后，见到自己后来居上，李文怕是鼻子都会气歪吧。想到这里，张汤差一点笑出声来。他强自克制，赶忙顿首称谢，把这份得意遮掩了过去。

张汤辞出后，先回了杜县的家中，与老母妻子团聚。返任路经长安时，他顺路访友，有意多盘桓了一日。想象着李文每日被杨家的苦主纠缠不休，无一刻得安宁的窘状，觉得很开心。

他在长安做狱吏时，交下了两个朋友，一名田甲，一名鱼翁叔，都是东市坐市的富商。当时他还是升斗小吏，入不敷出。仗着二人的接济，维持家用。他的来访，二人欢喜非常，买了酒菜，一起到田甲家中叙旧。主宾欢洽，互道契阔，觥筹交错，一席酒宴直吃到日晡。面对两位于他有恩的朋友，他心中一热，滴水之恩，当涌泉相报。

自己日后发达，决不可辜负了他们。

于是奉酒齐眉，很郑重地说道："在下早年丧父，家境寒微，上有寡母，下有弱弟，蒙二位兄长不弃，以朋友相待，汤无日不感念于心，他日得志，定当图报。汤仅以杯酒为誓，拳拳此心，苍天可鉴！"言罢，一饮而尽。照照杯，面色已经红了。

散席后烹茶解饮，张汤醺然，打算留宿于田家，与朋友作竟夕之谈。田甲眯着醉眼，拉过一直在旁侍候的少年道："这是吾弟田信，自幼好学，我不想再让他做这行。张兄若能提携他，在公家谋个差事，在下感激不尽。"

张汤笑道："怎么，从商不好么？我可是一直羡慕二位呢。"

鱼翁叔抿了口酒。叹道："从商固然可以发财，可背着市籍，世世低人一头不说，豪门恶吏，予取予求，稍不如意，非打即骂，这个中的滋味，不好受啊！"

张汤曾为狱吏多年，豪强欺行霸市，恶吏敲诈盘剥一类的事情，他听到看到得多了。"怎么，京师市场的秩序很乱么？"

鱼翁叔道："外戚豪强，横行无忌！现今的中尉，畏懦不任，连问也不敢问。说句心里话，我们这些规规矩矩的生意人，倒宁愿由宁成那样的酷吏坐镇京师，起码他在时，街市贵戚敛迹，没有人敢胡作非为。"

田甲道："我看物极必反，他们闹大发了，劣迹早晚会传到宫里，朝廷必会起用酷吏整治他们。这几日已有些迹象，那两个外家的太岁，已一连数日未在东市露面了。"

"田兄所言，指的是皇太后的外孙修成子仲么？"张汤问道。

"正是，还有个叫陈玤的更恶，是隆虑公主之子。这两个纨绔拜个姓朱的驵侩为师，整日里舞拳弄剑，啸聚于街市。看谁不顺眼，非骂即打。只要这两个恶少在，东市人人提心吊胆。"

"姓朱的驵侩？这个人是不是瘦高挑，小眼睛，走路步子疾快如风？"张汤猛然想起前几日在田蚡府门前遇到那个人，面熟，可就是记不起那人是谁。

"这个人物江湖做派，极少张扬，吾等只是听说，从没有见过，都传他生意做得很大。"鱼翁叔道。

"我见过他。"一直在旁别斟茶的田信忽然开了口。他每日随兄长去东市，田甲谈生意时，他随意闲逛，曾目睹过河洛酒家那一幕，于是绘声绘色，将那日修成子仲与陈玤受窘的事情讲述了一遍。

"那个搭救他们的人自报姓名，叫……对了！叫朱六金，是个瘦高个，修成子仲和陈玤都叫他师傅。"田信印象极深，很肯定地说。

"好小子！你还听到见到过甚，说给张叔听。"

田信少年心性，本来心里就存不住事，于是又讲出了修成子仲与陈玤离开长安的事。他昨日在藁街看胡商交易时，一列五六辆马车由戚里驶出，沿章台路直奔安门而去。最前面一辆驷马安车上，坐着的就是这两个人，后面几辆车，载的是仆庸和行李，一望而知是出远门。

与陈玤同行，出远门……张汤明白了，他们这是外出避风，去向极可能是河内隆虑县，那里是陈珏父母的封邑①。看来，田蚡已经按自己的话办了。他打消了在此过夜的念头，人犯既已不在长安，他便没必要在长安拖延，可以回去办案了。

他拍了拍田信的肩头，看定田甲，很肯定地说："田兄放心，阿信的脑子很够用，将来定能出头。你的事便是我的事，我肯定帮忙，或许不用许久，我就能为阿信谋个让你们不再受欺的差事！"

说罢，张汤起身，不顾友人们的一再挽留，一路快马加鞭，连夜返回茂陵。夜风习习，吹散了酒意，他突然记起了，那个时时浮现于脑海中的人，根本不叫朱六金，而是当年威震长安的大侠朱安世！

---

① 汤沐邑，汉代皇室加封给公主的封地，称作汤沐邑。

二十

　　元光三年冬十月，寒气比往年来得早，刘彻的心情也如长安的天气一般阴冷。一个月前，他还十分乐观，下诏于秋收之后，举国大酺五日，普天同乐，与民休息。可郡国上计的结果告诉他，国事并非如他所想，诸事顺遂。尤其有几件大事，像沉甸甸的石头，压得他喘不过气来。

　　先是，关东诸郡纷纷上报，河堤年久失修，应予翻修，工程浩大，钱粮、民力均有不足。北边诸郡，塞外匈奴异动，有可能大举扰边的奏牍不断。西南巴、蜀、广汉诸郡的太守，则对朝廷派去经营西南夷的唐蒙啧有烦言，抱怨他滥用民力，征发无度，诸夷怨望，早晚会酿成事端。尤其令他愤恨的，修成子仲与陈珏胡作非为，为恶不悛，大臣们却意图蒙蔽，压住不报。他昨日观犬，狗监杨得意哭诉了其从弟杨万年父子被杀之事。外戚子弟横行闾里，时有耳闻，可如此胆大妄为，出乎他的想象。

　　他连夜召人查问。太常张欧坦言，案子刚报上来不久，已交宗正府议亲议贵①，意见不一，故尚未上奏。再查长安令、丞，则云早已接到茂陵的协查文书，可人犯不在长安。且宗亲有罪，有先请之制，如何办，他们要等上边的裁决。进封君的府邸抓人，也须待朝廷的诏令。一切都合乎祖制，中规中矩，

――――――――――
　　① 议亲议贵，古代封建社会中，达官贵族处罪时享有的特权；是根据人犯身份地位，与皇室亲戚关系的远近而予以减轻刑罚的一种特权规定。

他竟难以驳斥。这件已发生两个多月的血案，若非杨得意冒死陈奏，他至今还会被蒙在鼓中。

冷静下来后，他也感到了为难。两人都是皇太后的外孙，与他有甥舅之亲，若置之以严刑峻法，是绝难活命的。可自己做恶人，又如何面对母后与姊妹？身为天子的他尚且犹豫，大臣们不愿做恶人，更害怕得罪皇室，毋宁说是在情理之中。己所不欲，勿施于人，无可厚非。置之不理，是枉法；依律问罪，有伤亲亲的孝道。这种两难的局面，非常人可解，办这种案子，非自甘于恶人的酷吏不可！三辅的治安，自宁成罢罪去职，已经大不如前了。他有些怀念起这些个酷吏来了。先帝常言治国之道，赏罚不可偏废，酷吏如同君主的皮鞭、快刀与恶犬，是实施惩罚的利器，真是一语中的。自己的失误，就在于身边没有甘做恶人的酷吏，急切间难得其用。这个失误，日后决不容再有。

"丞相，你说，这大汉的天下，朕要怎样才能够坐得稳？"

这日的朝会，自丞相以下，无不敛容屏息，惴惴不安，以为皇帝会严究茂陵一案。不想，刘彻神色和易，好整以暇地问起了一个毫不相干的问题。

田蚡一怔，不知皇帝是何用意，支吾了一阵，赧颜道："陛下圣明，臣愚昧。"

公孙弘见状，出列揖手道："老臣以为，欲求社稷之安，还是要遵循先贤孔子的教诲，为政以德为上。为政以德，居其所而众星拱之。如此方能上下尊卑有序，君君臣臣父父子子，令行禁止，方可江山永固。"

"公孙大夫不愧是宿儒。那么又如何做到令行禁止呢？"

"子曰：其身正，不令而行；其身不正，虽令不从。自天子以至众臣，要率先垂范，方可化民成俗。"

"说得好！如今京师三辅纪纲不振，民风浇薄，甚至出了外戚子弟强抢民犬，草菅人命的案子！又该怎么收拾呢？"刘彻脸色一沉，问道。

"严惩不贷，以儆效尤。"众臣面面相觑，这句话就在嘴边上，却无人敢于说出来。

"看来，你们都怕，都不愿意做恶人。也好，你们推举几个肯做恶人的能吏出来，整肃一下京师三辅的治安。田蚡，丞相掌丞百官，你肚子里，有无现成的人选呐？"

"陛下所言极是，三辅的治安是该整治了。当年宁成在时，京师十年无事。可惜他为官不谨，自毁前程。臣以为，中大夫赵禹廉明奉公，可当此任。还有一个人精通律法，精明强干，臣想用作相府的长史。"

甘当恶人？田蚡看出皇帝是想用酷吏整治京师，他早有运筹，并不觉得突然。作为丞相，他掌丞百官，对人事上的事了然于胸。可他从前任用官吏时的大包大揽，引起过皇帝极大不满，现在他已收敛了许多。转行投石问路，见机行事的办法，反而可以隐蔽地达成目的。

"赵禹么，可以算上一个。另外的那个人是谁？"

"此人名张汤，做狱吏几四十年，律法精熟，现任茂陵尉。"

"宁成现在哪里？"

"在南阳穰县故里，听说富甲南阳。"皇帝果然有起复宁成之意，田蚡不由心中暗喜。

"朝廷用人之际，朕看可以起复他。要他重回京师，再做内史如何？"

"老臣以为不可！陛下所言极是，其身不正，虽令不行。宁成因贪贿罢职，人心不服，怎可号令三辅！"公孙弘道。

"人非圣贤，孰能无过？要在知错能改。臣以为，吃一堑，长一智；宁成是再不敢犯赃的，何况他如今有的是钱。"田蚡恨他沮事，狠狠瞪了公孙弘一眼。

不想公孙弘视若不见，抗声道："臣从前居山东为小吏时，宁成是济南都尉，其治民如狼似虎，以虎狼牧民，民可活乎！臣以为，决不可使宁成治民，陛下明鉴。"

刘彻觉得公孙弘的话有道理，宁成坐赃，京师无人不知，难以服众，还会有不少人忧心他报复。可田蚡的话也不错，使功不如使过，宁成这样的酷吏不多见，弃之可惜。一时竟有些委决不下。

沉吟良久，刘彻方问道："丞相，官吏考绩陟黜的结果出来了么？"

"出来了。"

"宁成既不可与治民，就退求其次，比二千石的空缺还有么？"

"有。函谷的关都尉调任武关，位置还空着。"田蚡暗喜，能做关都尉，也算是不负宁成所托了。

"函谷扼守关中门户，是得有个厉害的人守着，就着宁成去那里吧。可这京师的治安，派甚人为好呢？"

太常张欧出列陈奏道："长陵令义纵，执法不阿，勇于任事，在三辅邑县考绩第一。"这也是田蚡预先的安排。他早已将茂陵血案报知了太后，太后要修成子仲与昭成君外出躲风而外，点名要他重用义纵，说是自己对他们姊弟有恩，万一事发，有他在长安，自会知恩图报，照应他们。所以。他早已授意张欧，举荐义纵出任长安令。

"你是说义纵？"刘彻记起当年东市酒肆那一幕，唇吻间浮出了笑意，可心里亦不免歉疚。

"义纵之前在上党郡任县令时，县无逋事，路不拾遗，治绩也是第一。"汲黯道。刘彻为太子时，曾与汲黯有师生之谊。汲黯治任黄老，政清刑简，清静无为，出任东海太守一年多，全郡大治，远近称誉。念及师傅体弱多病，刘彻从任上调他回长安，出任主爵都尉。

"义纵治绩虽优，可只是个六百石的县令，越级拔擢到京师，资望轻了些。"田蚡道。这是欲擒故纵，他愈迟疑，皇帝往往会愈坚决。

刘彻不以为然道："一县之治，麻雀虽小，肝胆俱全。做过一县的长吏，就能胜任郡守的职任。县令乃亲民之官，他为政多年，应当熟知民间疾苦，官场弊端，用到京师来，朕看可以。"

大功告成！田蚡道："那就用用看，先做千石的长安令，合用，不负陛下所望，再大用为两千石？"

刘彻点了点头道："先这么办吧。义纵到任前，先要他进宫陛见。"

这次廷议，自始至终，皇帝没有提到过修成子仲与陈琉的名字，大臣们却都知道，调义纵入京，为的是茂陵的血案。可皇帝会动真的，对自己的外甥下手？谁也不敢肯定。是抓是放，这个两难之局，总算有人顶起来了，除田蚡外，众人既松了口气，又都为义纵捏了把汗。

人事之后，有待于议定的，是河工、边备与西南夷的问题。秋冬枯水季节，河工似可以缓一缓。而边备，则事关要不要继续经营西南夷，在这件事上，争议很大。

元光元年，刘彻派唐蒙为中郎将，抽调巴蜀广汉士卒千人，经营西南夷。

起初诸事顺利，夜郎侯多同不仅拜受了朝廷的封爵，而且约定由朝廷代为置吏。周边众多邑聚部落，见朝廷厚赐多同，贪图财帛，纷纷与唐蒙定约内附。朝廷将夜郎及归附的诸邑、广汉南部与僰人①的疆域合辟为犍为郡，辖六县，郡治设于鳖县②。鳖县位于符关③至夜郎的中途，是深入夜郎与牂牁的要冲。沿途山重水复，层峦叠嶂，若要打通深入夜郎的道路，实现沿牂牁江顺流而下，直捣南越的目的，非架桥筑路不能为功。这条道路西起僰道④，与蜀郡灵关道相接，东至符关，再向西南转入夜郎。唐蒙挟朝廷专使之威，号令三郡，征集民工，修治道路。仅转运粮食工料者，就有上万人。

两年过去，仅修通了僰道至符关的一段，暑湿炎热，瘟疫流行，加以食粮不继，疲饿交集，病死者甚多。而三郡食粮工料的征发转运，也已不堪负担，吏民怨声载道。三郡每年上计的文书，无不抱怨，停筑缓筑的呼声不绝。尤其令人忧心者，当道路临近夜郎时，诸多内附的夷人开始不安，反对筑路。

原来，这些夷人并非诚心归附，而是贪图朝廷赏赐的财帛。以为道路险远，汉朝终不能对他们实行实际的统治，乐得骗些财物使用。一旦看到道路将要修筑到自家门口，遂群起抗拒。唐蒙不得已，以兴律⑤诛杀其渠帅，激起了部分夷人的反叛。一时间，传言四起，都说朝廷将征集大军进剿，三郡吏民惶恐不安。而三郡亦将耗费巨大，民心浮动的情况，借上计的时机，奏报朝廷。

看过奏牍，刘彻又羞又恼，经营西南夷，是他全力坚持的方略。平心而论，当初他低估了经营的难度。尤其是筑路，最为耗费民力。可行百里而半九十，半途中辍，功亏一篑，他心有不甘。斟酌数日，他有了个主意，准备听听大臣们的意见，再下决心。

刘彻指了指案头的奏牍，对田蚡道："丞相，巴蜀广汉上计附来的奏牍读过了吧。当初你不赞成经营西南夷，可谓有先见之明。事情搞成这种不上

---

① 僰（音勃）人，古西南夷之一种，居于今四川宜宾以南。

② 鳖（音必）县，汉代县名，初为犍为郡郡治，位于今贵州遵义附近。

③ 符关，古代由巴蜀通往夜郎的关口，位于今四川合江附近。

④ 僰道，汉代县名，位于今四川宜宾。

⑤ 兴律，汉代用以征集钱粮物资以供军用的律法，又称军兴法。

不下的局面，何以善后？丞相怎么看？"

所有上计的文牍，均须先报到丞相府，经田蚡之手上奏皇帝，这些奏牍他当然看过。奏牍中陈报的种种，无一不在他的预料之中。可这种得意他得藏在心里，还要给皇帝一个台阶下。"臣一直以为，西南不过疥癣之患，我朝的大患在北边的匈奴。西南夷不是不能经营，可要分轻重缓急。当务之急，重中之重，还是北边的防务。马邑之后，就更是如此。"

他略作思忖，加重了语气："自马邑之后，我大汉与匈奴原有的和亲关系破裂。一切迹象都表明，匈奴正在酝酿大规模的报复，朝廷必得集中力量，严阵以待。这个时候在西南夷出了乱子，会陷国家于两面作战的不利境地，使匈奴人有隙可乘，危及大局！"

"那么西南这一摊子，就不管不顾，前功尽弃了么？"

"当然要管。臣以为，不妨行晁错故事。唐蒙以首谋之人，欺蒙天子，好大喜功，扰动三郡，虚掷民力，罪不容诛！应派专使就地诛杀，以释民怨。如此，西南可以传檄而定。"

"虚掷民力？偌大一个犍为郡难道是天上掉下来的！"田蚡指责的是唐蒙，可一个个罪名，无一不是像在数落自己。刘彻不悦了，吩咐宣召司马相如上殿。

"司马相如，经营西南夷，你与唐蒙都是始作俑者。闹成这样的局面，丞相要诛杀首谋以儆效尤，你有甚话好说么？"

"臣有一事不明，敢问丞相。"司马相如揖手请示，双目熠熠，直视着田蚡。

刘彻点了点头，司马相如转向田蚡，揖手道："首谋者何罪之有？南粤僭制称尊，勾连百粤，心怀不轨，是我大汉的隐患。为臣子者忧心国事，未雨绸缪，为天子分忧，何罪之有？"

"唐蒙滥用民力，虚耗国帑，三郡惶恐，诸夷怨望。以司马先生之见，这些不是罪，难道是功？"田蚡白了他一眼，反唇相讥。

"何谓滥用民力，虚耗国帑？西南崇山峻岭，非筑路不能深入夜郎，不入夜郎，又何以挟制南越？唐将军挟三郡之力，兵不血刃，为大汉增一郡之地，扬天子之威德，夜郎归附，群夷宾服。这当然是功。"

"那么三郡的父老，何以怨声载道？"公孙弘冷冷地插了一句。

"民不可以虑始，而可以乐成。今上乃大有为之君主，如鲲鹏翱翔四海，其志非燕雀可得而知。盖世必有非常之人，然后有非常之事；有非常之事，然后有非常之功。非常者，故常人之所异也。故曰：非常之原，黎民惧焉，及臻厥成，天下晏如也。"

司马相如引经据典，辩才无碍，言辞如滔滔江水，激越飞扬。刘彻听得心驰神往，如饮醇醪，原有的焦虑也一扫而空。尤其是那番非常之人与非常之事的议论，道出了自己内心的抱负，令他激赏不已。

"天聪明自我民聪明，难道百姓的怨声可以不顾么？"司马相如避实就虚，称扬天子以塞众人之口。汲黯本与田蚡不合，可他最见不得这般巧舌如簧的文人，便也加入到问难之中。

"秦孝公用商鞅变法，头一年秦民怨新法不便者数以千计。可新法行之十年后，秦民大悦，道不拾遗，山无盗贼，家给人足。民勇于公战，怯于私斗，举国大治。民怨的对错，要看长远，而非一时。经营西南夷是安天下之举，以一时之累，而遗泽百世，造福中国，何罪之有！"司马相如侃侃而言，愈辩愈勇，诸臣辟易，竟无一人可以折服他。

刘彻心里有了决断，散朝后，单独将司马相如留了下来。

"长卿，今日廷辩，君风头之健，辟易千军呐！朕也算领教了你这张利口。不过辩得好！辩明了西南这件事情上的是非。"刘彻将司马相如领入寝宫，边称赞边示意他坐下说话。

司马相如笑笑，引了句孟子的话自我解嘲。"余岂好辩哉？余不得已也！"

"不过，老臣们的话也有他们的道理，一件事情，搞得民怨沸腾，总不是件好事。唐蒙功大于过，可过犹不及，他的躁进会偾事，不可置之不问。三郡的民怨，也要化解，你怎么看？"

"陛下圣明。臣以为，朝廷可以派专使赴三郡传谕天子的德义，抚慰民心。对唐蒙则不宜苛责，不然会冷了勇于任事者的心。"

刘彻额首道："朕记得，长卿乃蜀郡成都人吧，家乡还有亲人么？"

"臣之父母，早已物故。内子的家人在临邛。"

"朕还听说，长卿上次还乡，还家徒四壁，赖妻丈资助过活，是这样么？"

"臣空怀文才，百无一用，蹭蹬半生，辱及先人，实在惭愧！"司马相如脸一红，低下了头。

"惭愧？长卿大可不必！今日朝堂之上，三公九卿皆非君之对手，这个面子，你可挣大了！"刘彻笑起来，好整以暇地问道："人都说富贵不还乡，如衣锦夜行。长卿以为如何？"

"衣锦还乡乃人人所欲，陛下的意思，是派小臣去巴蜀广汉，宣抚吏民？"司马相如眼中一亮，小心地问道。

"你是朕身边的近臣，最知道朕经营西南夷的用心。加之辩才无碍，有张所向披靡的利口，笔头子又了得，由你抚慰三郡，朕看最为合适。朕将拜你为朕的持节专使，另加中郎将的职衔，秩比二千石。这样，可以当得起富贵还乡了吧？"

司马相如再拜顿首，多年来立功显亲扬名的抱负，而今总算有了施展的机会，事出意外，不由得他感极而悲，泣数行下。"陛下知遇之恩，臣至死难报于万一……愿竭犬马之劳，不负陛下所望。"

"马邑失手后，朕算定匈奴绝不肯善罢甘休，大汉或迟或早要与强胡对决。既如此，就莫不如先下手，出其不备，予匈奴以重创。为此，朝廷非以全力不能为功。田蚡说事有轻重缓急，这话不错，两面作战会分散力量。所以西南夷的事情要先放一放，维持现状就可以了。你记住，不是放弃，不是半途而废，而是把摊子收拢一些，以待将来。对唐蒙、三郡的守尉与地方上的父老，你要把朕的这个意思交代清楚，要他们上下一心，维持大局，寓开拓于守成之中。"

"是，臣明白。"

处置完两件大事，刘彻的心情好起来，斜倚在卧榻上假寐，朦胧中听到有人轻声言语。他坐起身，问道："谁在那里？"

郭彤从帐幔后闪出，双手捧着封奏牍，趋前顿首道："尚书那里送过来一封特奏，说是窦太主上的奏牍。"

"哦？"姑母上书言事，在刘彻的记忆中，还是头一次，不觉好奇地问道："奏牍所言何事？"

"窦太主说，要将她家的长门园献给陛下，供陛下藉田时休憩。"说罢，郭彤含笑，将手中的奏牍恭恭敬敬地递了过来。

二十一

　　出长安城东南数十里，在浐水与灞水交汇处，有一处极大的庄园。内中池沼连属，水禽繁盛，长荻修竹，郁郁葱葱，论起景色的佳丽，在长安城东首屈一指。浐水又称长水，所以该地被称作长门园。长门园东面不远，便是汉文帝的霸陵，其间隔有上千亩良田，自文帝时起，它就被划作天子的藉田。长门园原来也附属于藉田，文帝疼爱女儿，把它赐给了大长公主刘嫖。刘嫖后来被朝野尊称为窦太主，这片庄园又被称作窦太主园。

　　藉田，既指古代天子专有的田产，又是礼仪上的一项制度。中国以农立国，历朝历代，无不以农为本，把重农奉为国策。每年正月，在立春前三日，皇帝照例要斋戒，准备藉田大典。朝廷杀牛宰牲，以太牢①祭祀先农（即炎帝神农氏，传说为农神）。立春之日，皇帝亲率百官，携耒耜赴藉田亲耕，率先垂范于天下百姓。至于各郡国的守相，也都相率于此时躬耕劝农。藉田的出产，存于专用的藉田仓，用于每年天地、宗庙与诸神的祭祀。

　　作为制度，藉田有三重含义：首先，皇帝亲耕，以所产的黍谷作为奉祀的粢盛②，是尽孝心于祖先。其次，天子率先亲耕，寓有劝农之意。最后，示范子孙，使他们知道稼穑之艰难。

----

　　①太牢：牢，盛装祭牲的食器称牢，太牢即最高规格的祭祀，要用牛、羊、豕（猪）三牲。又有祭牲用牛者，亦称太牢。

　　②粢盛，古代祭祀用的祭品，即盛于祭器之中的黍谷。

藉田距长安数十里，周围没有离宫别馆可供驻跸休憩，皇帝与众臣藉田亲耕，来回近百里，不得休憩，不免疲累。而长门园近在咫尺，用作藉田时的离宫，最合适不过。可长门园归窦太主刘嫖所有，刘嫖是皇帝嫡亲的姑母，皇帝与大臣们谁也开不了这个口。

刘嫖之所以主动献园，半是想化解女儿与皇帝之间的龃龉，半是出于她与董偃的私情。女儿做皇后已近十年，却没有一男半女，皇帝召幸别的女人，皇后妒火中烧，更怕别的嫔妃有孕生子，取她而代之，几次寻死觅活，大闹未央宫。由此，帝、后日渐疏远。皇后无子，会是什么下场，刘嫖心知肚明。她心急如焚，以重金寻医问药，源源不断地送到宫里，可仍不见一点效用。

而刘嫖自己，老来颇不寂寞。堂邑侯陈午去世后，年逾半百的刘嫖再无顾忌，与男宠董偃，出双入对，宛如夫妻。董偃年方而立，自幼被刘嫖收养，当作自家子侄一般教以六艺①，博览群书。弱冠之后，董偃出落得一表人才，非但面容姣好，而且性格温顺，善解人意，极讨人喜欢。董偃名为窦太主的近侍，实为爱侣。出则执辔，入则侍内，关系之亲密，已到了不拘形迹的地步。即便在外人面前，刘嫖亦以"董君"相称。

老来的刘嫖，情热似火，有种不管不顾的劲头。为了给情人打通社交的大门，刘嫖走到哪里，将董偃带到哪里，不但四处为他延誉，而且命他散财交士。按她的吩咐，董偃用钱，一日金不满百，钱不满千万，帛不满千匹，可以不用请示，直接从府库中支用。长安的豪门贵戚，起先是碍于窦太主的面子，勉强接纳了他。而相接之下，董偃的彬彬有礼，谦和可亲，颇出人意料。加之他为人大方，出手豪阔，就更是博得了众人的好感。很快，他便成为达官贵戚座中最受欢迎的客人，"董君"的大名，在长安不胫而走。

董偃的朋友中，安陵的袁叔，最与他交好。一次两人对饮，酒酣耳热之际，袁叔问道，足下私侍太主，挟不测之罪，何以自处？董偃忧从中来，叹息说这不光是他，长久以来，也是太主心头的大病。两人于未来都有种不祥的预感，长夜相对，计无所出，不免相拥而泣。于是，袁叔为他们谋划了一个久安之策。

---

① 六艺，古代贵族子弟的教育科目，即礼、乐、书、数、射、御，通称六艺。

袁叔的计策，就是主动进献长门园。长门园的位置，最适于作藉田大典时，皇帝与公卿大臣们休憩的离宫。皇帝心有所欲，可不便开口，不如主动进献，以博取皇帝的欢心。皇帝晓得了献园出于董偃的建议，当然会对他抱有好感，如此，他与太主可以高枕无忧，两情长久。

　　听到袁叔的计策，刘嫖几乎立刻就答应了下来。能与董偃两情长久，她什么都舍得。另一个考虑，就是帮助女儿。阿娇忧心皇后之位，茶饭不思；她却顾自与董偃快活，不免心生愧疚。女儿怀孕生子之事，她无能为力。可进献一处园子，讨皇帝的欢心，多少化解一些他对皇后的恶感，她无所顾惜。于是，便有了那封进献长门园的奏牍。

　　这手果然奏效，刘彻大喜，将园子更名为长门宫，并派宦者到窦太主府上传谕，约姑母奉朝请时相见，他要当面致谢。窦太主喜出望外，要董偃以黄金百斤，谢赠袁叔。袁叔却之不恭，于是再作筹划，这回的目的，是使皇帝面见董偃，当面认可他与窦太主的关系。

　　汉代皇室的公主、封君，以及朝廷命妇，例当于春秋两季进宫朝见，春称朝，秋称请，通称奉朝请。为示以恩德荣耀，皇帝对于致仕退职的大臣与皇室外戚，也常会给以奉朝请的名义，使他们得以参加朝会。窦太后生前，刘嫖可以随意出入大内，可太后死后，随着窦氏一族失势，王太后与她的关系也日渐疏远。女儿阿娇虽贵为皇后，却因无子而与皇帝、太后时有龃龉，这些年，除去进宫看望女儿，未央、长乐两宫，她已不能如从前那样出入无忌了。一年中有数的几次朝会，她也只能与其他皇室命妇一起，远远地望上皇帝几眼。皇帝传话约见，在她而言，已经是很难得的机会了。

　　可朝请之日，她没有去。刘彻见到的，是姑母一封称病谢恩的奏牍。刘彻已许久没有见过刘嫖了。他得登太子之位，最终顺利即位为皇帝，姑母之力，功不可没。阿娇虽令他心烦，可对刘嫖，他心中仍怀有一丝感激。姑母称疾不朝，莫不是生了重病？他有些放心不下，决定亲临问疾，终究，她是自己仅存的嫡亲长辈了。

　　车驾到了堂邑侯府，满府上下的人，又惊又喜。待要通报主人接驾，刘彻摆了摆手，要人引路，径直奔刘嫖的寝室而来。相见之下，刘彻不觉有些心酸，眼前这个老妪身上，哪里还有当年那个丰容盛鬋，心高气傲的大长公主的影子？

刘嫖粉黛不施，裹着件缣丝睡袍，卧于睡榻之上，她头上包着方丝帕，由于未戴假发，花白的、有些稀疏的头发披散着，额头、眼角与唇吻间，已可见细碎的皱纹。

"阿彻，可见到你了！可见到你了！"看到刘彻，她挣扎着要起来，还未开口，已双泪涟涟。

刘彻赶忙上前揽住，侍女往她身后垫了几只茵褥（靠垫），使她能够坐起来。刘嫖握住皇帝的手，仔细端详着他的脸，露出一抹欣慰的笑容。

"皇帝气色很好。"随即神色又黯淡了下来，"阿娇她不争气，净惹陛下生气，臣妾没少说她，陛下莫与她一般见识。"

刘彻尴尬地笑笑，"朕不会与她生气，姑母放心。姑母的病如何，要不要派几位宫中的太医来这里诊治？"

刘嫖摇了摇头道："我这病，九成是心病。陛下不忘当年的话，善待阿娇，姑母的病就好了一半。阿彻，你不会怪阿娇吧？"

"朕怎会忘记姑母之恩呢！皇后若非妒忌心重，朕又怎么会怪她呢？姑母放心，无论如何，朕都会善待她的。"

"阿彻，你这就是不懂女人了。女人妒忌，吵啊闹的，那是她在乎你，真爱你！陛下误会了她，她心里苦哇！阿娇没有为陛下生下皇子，她连死的心都有，陛下再不理她，她还有甚活头？"

刘彻心有不忍，不愿意再谈这些，于是转了话头："姑母的园子，是文皇帝所赐，献给朕，这份心意朕领了，可园子姑母还是自己用。立春藉田之际，朕与大臣们到那里歇歇脚就可以了。"

"不可以。"刘嫖看着刘彻，声音很高。她要侍女扶她下榻，伏地顿首道："臣妾得列位于公主，是蒙先帝之遗德；陛下厚恩，赐我以奉朝请之礼，备臣妾之仪，皇恩浩荡，臣妾万死无以回报。献给陛下一个园子，算得了甚？陛下不要，是生阿娇的气，看不起姑母这个老妪了么？"

"哪里的话！"刘彻扶起刘嫖，侍女们重新服侍她在卧榻上躺好。刘彻坐在榻旁，握住姑母的手道："这个园子朕收下便是了。姑母缺甚，尽管向朕开口。"

"姑母甚都不缺。梁王与你父皇死得早，太皇太后死前，把她的私蓄都给了我，我下辈子都用不完。要说愿望，老妪倒是有一个，不知皇帝可能允准。"

"姑母尽管讲，只要办得到，朕一定允准。"

"我已年高体衰，说不准哪一日就起不来身了，填埋沟壑也许会比我的那些马呀、狗呀的还早。姑母最怕的是老来寂寞，身边没有个人陪伴。要说愿望，还真有一个，陛下公事之余，常到姑母这里走动走动，若能时时与亲人聚首，我就是死了，又何恨之有？"

姑母似有责备自己淡忘亲情之意，刘彻笑道："姑母大可放心，早些养好身子，这些都不难办到。朕只怕到这里，随行的大臣侍卫众多，劳姑母破费呢。"

"我的钱比不上皇帝多，可也够花。陛下若不忍，就厚赏臣妾以偿酒食之费么！"刘嫖大笑道，刘彻及一室的随从侍女也都忍俊不禁，笑了起来。

"朕看太主人虽苍老，可精神很好，不像有病的样子。你怎么看？"回宫的路上，刘彻心有所感，向陪侍于车中的郭彤问道。

"皇上明鉴，太主自己不也说了？她得的是心病。"

"心病，"刘彻颔首道："看来，她还是放心不下皇后啊。"

"是。可以奴才看，太主的心病，还不止于此。"

"哦，何以见得？"

"太主说，皇上待皇后好，她的病会好一半，可太主还说自己九成是心病，好了一半，还有另一半呢。"

"另一半？"刘彻憬然而悟，方才姑母说自己最怕老来寂寞，身边没有人陪，竟是意有所指的暗示。"你是说她的那个面首？"

"正是。奴才听说，正是此人，劝太主进献长门园。"

刘彻记起，从前曾听到过母亲与姊妹们议论过这件事，"那个人是叫董……"

"董偃。"

"对，是叫董偃。"刘彻不解道："他不过是个奴才，怎么会成了姑母的心病？"

"太主是主子，而董偃不过是个奴才，有伤风化的事，总免不了被人议论，朝廷若追究下来，董偃被问罪，再到哪儿找这么个知疼知热的人呢？太主说她最怕老来寂寞，要说心病，应该就在这上头。"

"知疼知热？"刘彻有些好奇，"他为人如何？"

郭彤于是把自己听到的种种传闻，拣要紧的说了几件，刘彻听了，对这个董偃生出了几分好感。"那么姑母所求，不过是朕的认可喽？"

"奴才以为，应该是这样。"

姑母与那董偃的关系，已有十几年。陈午死后，他们的这种关系不过由暗化明而已。既是两情相悦，又有甚可的呢！姑母当年有恩于己，阿娇之事，已在姑甥的亲情上罩上了一层阴影，认可这件事，对她倒不失为一种弥补。想到此，刘彻有了主意。

"郭彤，你马上去少府支领千金，然后送到大长公主府上，告诉她，朕之所赐，乃肴馔之赀，要她好好预备着，就在这几日，朕会去她府上做客。届时，会有京师的列侯将军作陪，总会有百人之多，风光得很。"

郭彤领命，正待退下，又被刘彻叫住，叮嘱道："你到那里莫多言语，尤其是她与董偃之事，你要装作一无所知。"

"是。"

数日后，刘彻再到大长公主府时，刘嫖仿佛换了个人。她神采焕发，盛装出迎，先引着刘彻一行观览府中的园林池沼，亭台楼阁，一路偕行，到了一座宽大的殿堂，升阶登堂后，刘彻看到，内中的几筵，早已分宾主设好。东向的一张纹饰华丽的漆案上，放置着一套极为名贵的错金食器，在烛光下熠熠生辉。刘嫖笑道："这是你二叔梁王当年送给姑母的，只在太后与你父皇来时用过，如今轮到陛下使用了。"

入席后，欲坐未坐之际，刘彻忽然向正在安排众人入席的刘嫖招了招手，刘嫖走到近前，笑盈盈地刚要开口，刘彻揖手道："客人都入了席，主人翁该露面了吧？"

刘嫖一怔，脸色一下子苍白了起来，口中嗫嚅着，不知道如何应对。侍坐于刘彻身后的郭彤见状，高声复述道："皇帝口谕，请主人翁出来相见！"

众人面面相觑，殿堂内一片肃然，静得仿佛能够听到人的心跳。刘嫖急急退入后室，再出来时，已经换了装束，素衣徒跣①，簪珥不施，俨然又是一副老妪的模样了。

"臣妾辜负了陛下，无颜以对，请陛下致之以法，顿首死罪。"话音未落，泣数行下。

刘彻心中好笑，连连摆手道："朕哪里有怪罪姑母之意！快下去更衣，引董君见我。"

好一会儿，装扮一新的刘嫖，拉着董偃走进来。董偃身着绿衣，胳膊上戴着套袖，一副庖人（厨师）装扮。见到皇帝，慌得手足无措，伏地稽首，战抖着说不出话来。刘嫖见状，只得代他请安："馆陶公主家庖人，臣董偃昧死再拜天子，顿首顿首，死罪死罪。"

董偃一个劲地叩头请罪，刘彻起身，亲自扶他起来。之后诏赐衣冠，董偃穿戴整齐后，与主人同席，坐于南向上首之位。刘嫖亲自为刘彻斟酒布菜，刘彻举觞，对董偃笑道：

"董君，自今而后，你便与朕沾亲了。只要侍候好朕的姑母，你虽年少，朕见尊不名，就称汝'主人翁'可好？"

刘嫖大喜，连忙拉着董偃，顿首谢恩。举座的列侯将军与随从官员，齐声欢呼上寿，筵席上的气氛随即热烈起来。事先早已等候在一旁的鼓吹女乐，也开始奏乐起舞，席间觥筹交错，笑语喧哗，很快就进入了高潮。

这一场饮宴，宾主可谓尽极而欢，车驾回宫时，刘彻已醺醺然。郭彤带着所忠、苏文等几个小黄门，连搀带抬地将他扶回寝宫，不待盥沐更衣，他便呼呼睡去了。

仿佛还是四月阳春，繁花似锦的时节，似曾相识的花坛，好闻的香气，一种久远而又温馨的感觉紧紧包裹住他，好像还在大长公主温暖的怀中。阿娇羞红着的脸，一闪而过，远远传过来女人熟识的声音，"七岁啦？阿彘想娶媳妇不？""想娶。"一阵女人的哄笑声……"阿娇好不？""好。若得

---

① 徒跣，赤足行走；古时赤足为请罪的一种表示。

娶阿娇作媳妇，吾当作金屋贮之。"又是女人们哄然大笑的声音……

　　大傩仪式上驱逐疫疠的鼓声隆隆作响，"如今还这样想么？"是阿娇的声音。他四下寻觅，远远的，在空荡荡的大殿门口，有个女子的身影，与阿娇依稀相似。"你说谎，你负心！"阿娇的声音，和着鼓声，在空旷的大殿中回荡，尖厉、凄凉。"你要善待你大姑，善待阿娇。我们是一家人，你做了皇帝，要照顾她们。"父皇的声音忽然响起在耳畔，伴随着剧烈的咳嗽与喘息。"我没有，我不会！"他争辩着，想要拦住殿门口的阿娇，可两腿似乎没有了知觉，怎么也迈不开步。强烈的光线刺向他的眼帘，晃得他睁不开眼睛。阿娇的身影一晃，闪了出去，他大叫起来："阿娇，你等等！别走，等等我！"

　　他猛然醒过来，额头上满是汗水。日头高起，阳光透过窗棂，将寝宫照得通亮，小黄门苏文正在用丝帕为他擦汗。谒者令郭彤走进来奏报，新任长安令义纵应召候见，已在金马门等候多时了。

二十二

为了休沐日的饮宴，窦家上下，已足足准备了一日。自昨日起，窦家的人为采购宴客的菜蔬禽畜，在东市忙活了一个午后，又连夜洒扫供张。鸡鸣未爽之际，窦夫人便躬亲下厨，指挥爨炊。窦婴也早起沐浴更衣，曙色熹微，便吩咐家人于门下候客。不知怎的，他有种如承大祭、如见大宾的感觉，不时要人到路口观望，客人是不是过来了。

仿佛当年侍奉先帝与太后时的感觉，这种踧踖不安在窦婴是久违了。一个他素来看不起的人，兴之所至的一句话，却搅得家中忙乱一团。真是落了毛的凤凰不如鸡，从前的日子，竟颠倒了过来，悲夫！窦婴边在室内踱步，边摇头叹息。这个搅得他亦喜亦悲、坐立不安的人物，不是别人，正是当朝的丞相——田蚡。

原来，因族人过世，灌夫回了趟颍川老家。办理完丧事后，为了家族一桩田产官司，他专门造访了田蚡。谈完了案子，两人闲话，窦家兴盛时，两人都是座上的常客，话题很自然便转到窦婴身上。田蚡好整以暇地说，本想一同造访故人，不巧仲孺在丧期，不免遗憾。灌夫闻言大喜，说将军既有此意，灌夫又怎敢以服丧为辞！于是与田蚡约定，次日休沐，去窦家饮宴。

之后，灌夫兴冲冲地来到窦府，告诉窦婴，他越俎代庖，邀约了丞相田蚡来府饮宴。窦婴起初不信，细听灌夫讲过事情经过，心头一热，难为田蚡还记着他！能够请动丞相到府饮宴的人家，毕竟少有，再现窦家的声光，这是个送上门的机会。面对长安朝市上的那些势利小人，窦家总算可以一吐胸中的腌臜之气了。

先帝时，窦婴以至戚之尊，出任大将军与太傅。那时的魏其侯府，几乎日日置酒高会，门前车水马龙，府中高朋满座，笑语喧哗，觥筹交错，那一段流金般的岁月，恍如昨日。那时的田蚡，几乎粘在了魏其侯府中，如同窦家的子侄一般，每日四下招呼宾客，斟酒布菜，那一脸殷勤巴结的笑容，还历历如在目前。曾几何时，这一切如同翻了个个儿，田家侯门如市，窦家门可罗雀。乃至于听到田蚡会来做客，自己竟怦然心动，紧张到难以自持。权势竟有如此魔力，能够颠倒人的心智么！

室外杂沓的脚步声，打断了他的沉思，正待出外迎客，门帷一挑，进来的却是灌夫。

"王孙，我带来些颍川的家酿，有劲！听说丞相善饮，今日咱们就弄他个尽兴！"灌夫满脸喜色，乐滋滋地说。

窦夫人派家人传话，酒食已备齐，问他何时开筵。窦婴看了一下院中的日晷，时近隅中①，可田蚡全无消息，心里一沉。若田蚡不来，一日的辛劳便尽成笑料，受此愚弄，窦家会颜面扫地。

"仲孺，丞相与你，确是约定今日午前来访么？"窦婴蹙眉问道。

"绝不会错。我还特意告诉丞相，我会马上去魏其侯府，要他们备办酒食。临行前还相约次日早早在王孙处见面，他不可能食言的。"灌夫信誓旦旦，窦婴的心安下了一些，耐下心来等待。

可等来等去，哪有田蚡的影子！时过日中，窦夫人频频催问，窦婴苦笑道："看来，丞相不过是随口说说，早把此事忘在脑后了。是你我自作多情，过于当真了！"

灌夫心里早已搁不住，脸涨得通红。"难道，丞相以为我身在服中，不宜共饮么！"他向窦婴揖了揖手道："王孙莫急，我亲自去迎他，拽，也要拽他来！"说罢，大步出门，登车直奔尚冠里去了。

---

① 隅中，古代计时的名称，相当于以后的巳时，现今的上午十一时。

田蚡果然将此事丢在了脑后。昨晚,他大宴宾朋,酒食征逐,直闹到后半夜。灌夫过府亲迎时,他尚高卧不起。家丞不予通报,灌夫大怒,不顾众人拦阻,一直闯进田蚡的寝室。

看到醉眼蒙眬的田蚡,灌夫强压怒气道:"将军忘记昨日之约了么?"

"甚约?"田蚡故作不知。

"今日休沐,将军曾与灌夫相约,共访魏其侯府,丞相忘了么?魏其侯夫妇自昨日起便预备供张,亲治酒食,敬候丞相,自平明等到日中,至今未敢进食。"

"哦?有这回事?"田蚡拍了拍额头道:"你看我这记性!都怪昨夜饮过了量,到现在还反不过乏来。魏其家么,我们改日再去吧。"

灌夫伏地请行,言辞斩钉截铁:"丞相乃国之重臣,岂可言而无信,又怎可陷灌夫于无义!丞相不践约,下走就一直跪在这里!"

田蚡无奈,只得答应践约,可事非情愿,心里窝着股火。于是吩咐侍女服侍他盥栉更衣,故意耗了半个多时辰,方才登车揽辔,去魏其侯府赴宴。一路上他借口宿醉未解,车马行快了头晕,要车驭按辔徐行。从尚冠里的田府,到戚里的窦府,不算很远的路,又足足走了半个时辰。为了不失信于好友,要田蚡到窦府践约,灌夫只好迁就,可心潮已如釜中的沸水,强忍着才没有发作。

到得窦家,已近晡时,虽已枵腹等候了多半日,看到田蚡能来,窦婴夫妇还是很高兴。一番寒暄后,升堂入室,张灯开宴。

酒很醇,回味悠长。主人殷勤致意,频频劝酒,可田蚡心存芥蒂,推说宿酒未醒,不肯干杯,只是小口啜饮。窦婴无奈,只好主随客便,陪着他浅斟慢饮。灌夫也不计较,自斟自饮,连干数大杯后,面色酡红,自席上一跃而起,哈哈大笑道:"好酒!好酒!痛快!痛快!"

他斜睨着田蚡,讪笑道:"都说将军善饮,不想今日扭捏作妇人态,枉费大名!"他击掌两声,做了个邀舞的动作,"将军心绪不佳,饮酒易醉,来,来,吾与汝共舞一曲,以助酒兴,如何?"

田蚡觉得他意存戏弄,有些恼了,冷冷地看着他,问道:"仲孺总呼我将军,有甚特别的用意吗?"

灌夫边舞边向田蚡招手,哂笑道:"汝曾任太尉,主朝廷军事,呼尔将军有错么?将军就该有将军的气派,汝言而无信在先,小肚鸡肠于后,扭捏作态,难怪羞称'将军'!"

"仲孺,你给我住口!"窦婴喝道。

田蚡视若不见,轻蔑地问道:"王孙,仲孺在此,总是这样酒后无德么?"

"酒后无德?"见到田蚡那不屑的神态,灌夫心头陡然火起,一个靠裙带关系身居高位的家伙,不知斤两,居然敢藐视自己!他愤怒了,索性移席相就,坐到了田蚡身边。"君醉酒高卧,累人久等,灌夫不过起舞助兴,反倒是吾酒后无德了么!"

灌夫乜斜着眼睛,满嘴酒气,田蚡避开身子,蹙眉道:"你使酒骂座,当然是无德。朝廷体制尊卑不可废,今日私人燕聚,我不与你计较,你要知道适可而止。"

"啊哈!将军的身份尊贵嘛,"灌夫哂笑道,他推开上前劝阻的窦婴,猛地捉住试图避开的田蚡,瞋目怒视道:"你牛得个甚?以为靠女人的裙带,爬上个高位,自己的斤两也重了?"他一把扯开袍服,累累伤疤,虬结于前胸与臂膀,足有十数处。

"老子也做过将军,可我这个将军,万军之中,斩将掣旗,是拿命换来的!你这个'将军',连战场甚样子都没见过,不过是个银样镴枪头。不服?不服你敢解衣露体,让王孙与我看么?里面怕只是细皮白肉,一身囊膪吧!"灌夫言罢,纵声大笑。田蚡脸上一阵红,一阵白,气得浑身乱战。

看看要起冲突,窦婴招呼过几个家人,将灌夫架起,扶入安车,强送他还家。一阵忙乱过后,回来招呼客人,田蚡已面色如常。他冲窦婴笑笑,好整以暇地说道:"仲孺说咱们靠女人起家,连王孙你也骂在里面了。说轻了是他酒后无德。说重了,他这是大不敬,掉脑袋的罪!"

窦婴赔笑道:"他就是这么个脾性,酒喝多了,就成了个疯子,君侯何必与他一般见识!"他斟满酒杯,亲自递到田蚡手中,"其实,仲孺心里不是那样想的。这杯中之酒,还是他从颍川携来的佳酿,知道君侯善饮,特意拿来这里,为的就是与丞相饮个尽兴。不想酒后失态,君侯看在老朽身上,莫与他计较。"

"是么？"田蚡啜了口酒，细细品了一回，赞道："果然是佳酿。方才光顾与那疯子生气，竟喝不出味道了！王孙，你我故人，多年不聚，是有些生分了。今日便放开量，借灌仲孺的好酒，一醉方休，如何？"

"那么君侯不会计较仲孺的无礼啰？"

"看在王孙的面子上，这回就放过他。可你要告诉他，别以为在江湖上混出了名气，就可以得意忘形。他若不知悔改，日后便怪不得本府无情了！"

窦婴的一颗心放了下来，于是殷勤致意，频频劝酒，两人推杯换盏，直饮至深夜。告辞回府时，两人皆醺醺然。田蚡扶住窦婴的肩头道："这酒…喝，喝得痛快。王孙有…有事，尽管对我讲，我…一准给办。我若有事求到王孙头上，王孙不会驳我面…面子吧？"

窦婴与家人将田蚡扶到车旁，用力托他上车，只道他在说醉话，便信口敷衍了几句。"丞相说醉话了不是？君侯位高权重，只有老朽求丞相的份，丞相用得上，老朽甘为驽马前驱。"

"好，王孙够…朋友，够朋友！"醉眼蒙眬的田蚡，满意地摆了摆手，车马在一群相府侍从的卫护下疾驰而去。窦婴回到后堂，吐了好一阵子，心里才觉得好受些。今日的饮宴，虽有灌夫闹酒，总还算圆满。回想两日来的种种，他不禁摇了摇头，不过是饮酒这样的小事，把一家人折腾得疲累不堪，无非因为来者是炙手可热的权要。他责备翟公看不破官场人情，自己又何曾真的看破呢。

两日后，丞相府长史藉福到访，窦婴方知道，田蚡不是说醉话，而是真的有求于他。

藉福是丞相府的老长史，侍候过几任丞相。建元初年窦婴任丞相时，他就是长史，彼此相熟，藉福略致问候，便开门见山地讲明了来意。

"君侯可是答应过丞相，愿出让城南的田产？卑职此来，乃奉丞相之命，与君侯商定一个价格。"

"出让田产？哪里的话！丞相莫非是指老夫的东门瓜田么？"窦婴先是一惊，随之而来的，是满腹的心酸与愤懑。田蚡的予取予求，摆明了是种轻视，以为自己与他门下的那些势利小人，没有什么不同。

"老仆虽弃，将军虽贵，怎可强加于我，以势相夺！"

长安城东的霸城门，由青泥夯筑而成，故又被称作青城门。相传秦末有个广陵人邵平，曾被封为东陵侯，秦亡后成了一介布衣。为了维持生计，便在霸城门外买了一块田产，种瓜为生。这块地的土质特别，产出的甜瓜瓤分五色，甘甜适口，因而格外好卖，被称作东陵瓜。邵平死后，后人举家迁回广陵，这块瓜田，便卖给了少府，归皇室所有。

景帝前元三年七国之乱时，窦婴以大将军出师平叛，立有大功，朝廷封他魏其侯外，也将青城门外这块瓜田赐给了他。几年前窦婴儿子杀人，为赎死罪，窦婴卖掉了南山的别墅，可这块瓜田他却舍不得出卖。不仅因为这块地的瓜好，更是由于这块地乃先帝所赐，里面寄托着窦氏往昔的成就与荣光。

藉福来访时，灌夫也在座。他不明就里，见窦婴愤懑难平，便细问缘由。原来，田蚡所要娶的那个燕国的公主，幼时生长在长安，极爱东陵瓜。燕国使者来京师纳征，议定聘礼时，指明要以这瓜田作聘。藉福来前，田蚡告诉他，几日前聚饮时，魏其侯已答应过，派他去，是议定价格，早日成交。

"难怪他肯来喝酒，原来图的是这块瓜田。他既想要，当面不讲，事后强加于人，一肚子诡计，是可忍，孰不可忍！王孙，这块地，决不可卖，我就不信，他能奈何于你！"灌夫恨声道，一拳几乎将书案擂倒。

藉福见状，知道这趟差事难办，赔笑道："这块田，事关丞相在燕王那里的脸面，他是志在必得。二位莫要意气用事，还是从长计议为好。价钱可以往高了叫，有了钱，哪里买不到好田？以卑职之见，不值得为此得罪丞相。何况君侯大人与灌将军也都求过丞相办事呢。"

"放你娘的狗屁！他志在必得？我就不信，他敢动抢不成！得罪，老子就得罪他了，怎的？你回去告诉他，我求的事他爱办不办，想强买王孙的瓜田，做梦去吧！"灌夫拍案大骂，声震屋瓦。随藉福前来的几个掾史，不知发生了什么事，面面相觑，引颈细听。

窦婴决心亦定，他揖揖手道："烦藉长史带话给丞相，其他事情有的商量，惟此田产，乃先帝所赐，恕难从命。"

藉福灰溜溜地回到相府。他知道灌夫与田蚡有过节，如实禀报，会激起更大的仇怨，于是息事宁人，假称魏其侯还在犹豫，不妨缓一缓，窦婴人老体衰，来日无多，假以时日，这块田早晚是他田蚡的。可田蚡不久后还是从其他掾史处得知了真相，找藉福对证。藉福不得已复述了那日的经过。

"好，好！魏其侯的儿子杀人，理当抵命，是我田蚡帮了他。他儿子的一条命难道抵不上几顷田？我田蚡侍奉魏其侯，无所不可，他却舍不得几顷田！好！好！这田本府不要就是。况且买田是我与魏其侯两人的事，与他灌夫何干？！"看着田蚡阴恻恻的目光，藉福知道，田蚡与窦、灌两家，这回是真的结下了不解之仇。

数日后，新到任的另一长史张汤，被田蚡召去面授机宜。

"颍川有件强占民田的案子，牵涉灌氏，你速派人去密查究竟。灌氏是颍川的豪门大族，多年来横暴不法。当地民谣都传到了京师，说是'颍水清，灌氏宁，颍水浊，灌氏族'。可见百姓恨之入骨。尤其是那个灌夫，他混迹官场，结交江湖，是个心怀不轨的危险人物。三辅与京师的治安不靖，根子即在灌夫者流的骄纵不法。可这等人名气大，朋友多，在官场上也颇有人缘，证据不足难以扳倒他。你们要细查深究，尽可能多地搜集证据。除恶务尽，这个道理你可明白？"

"在下明白。"张汤略作思忖，很谨慎地问道："敢问丞相，茂陵那件案子怎么办？"

"茂陵的案子有我们自己的人在办，不用你费心。况且人犯不在长安，一时半会结不了案。你该关心的，是颍川灌氏，给我把那个灌夫查个底儿掉！"田蚡口气倨傲，白了他一眼。

"是。"张汤恭恭敬敬地顿首领命。

几乎在这同时，一辆四马传乘出了长安城，沿驰道向着函谷关飞驰。传乘中坐着的，正是新任的长安令——义纵。

二十三

由轵关北进，便是纵贯太行山的轵道。沿途谷深林密，阴森晦暗，时有虎豹熊罴出没。胆小的行人，是不敢孤身上路的。北行二百余里，便是轵道上最险要的去处——羊肠坂。这段道路弯曲狭窄，起伏盘旋，状如九曲回肠，行人过此，无不汗如雨下，气喘如牛，中途要歇息四五次，方能登上峰顶。登顶后的视野豁然开朗，太行山蜿蜒起伏、层峦叠嶂的景观可尽收眼底，一览无余。

三个牵着马的男人，满头大汗登上了羊肠坂。拴好马匹后，三人在一块巨石上坐了下来。阳光驱散了秋寒，三人解开衣衫，任由山风吹拂，汗湿很快被吹干，浑身暖洋洋的，好不舒服。

"你们看那面，下山后过条小河，向东北不远，就是隆虑县了。"说话的是个身材矮壮、方头大耳、紫脸膛的中年男子。另外两个都是二十多岁的年轻后生，随着那男子的指向望着，神态十分恭敬。

男人又指了指不远一座垭口处的岔路。"顺这条道下去，山口处有座乡亭，郑山，你马上下去，假作行人，在乡亭中候着，他们过来时，你先一步回来报信。"

"是。"郑山答应着，牵起一匹马，从岔道处下了山。

"黄三，你敢肯定，他们今日动身？"中年男人顺来路溜达着，边问边观察地势。

"不会错。我们买通了县里的人，前日传话过来。说是京师来了人，修成君的女儿要出嫁淮南，要他们赶回去送亲。动身的日子，就定在今日。"

踱到距峰顶百步之遥的弯道处，有块巨岩，高数丈，上面生满一人多高的茅草，是个绝好的藏身处。那男人略作端详，满意地笑了。"对，就是这儿，咱们就在这儿等着。"

"郭叔，这两个恶少，到哪里都带着打手，前呼后拥一大帮人……"后生面带忧色，迟疑着没有再说下去。

"林深路隘，人多了反倒不得施展。况且我等在暗处，出其不意，攻其不备，没有甚可担心的。"被称作郭叔的男人冲他微微一笑，握拳挥了挥，示意胜券在握。"别说他们了，秦始皇东巡，随行护卫的虎罴之士总有十万吧？可在博浪沙，张良与东海力士猝然一击，他们还不是连个人影子也捉不到！"

他走回到马旁，取出一柄铁锸交给后生，"我还要四下看看，你先在附近找个地方，把坑挖好。我们没有工夫耽搁，办完事就走。"

四下踏勘地势的人是郭解，而挥锸挖坑者，正是还乡养伤的黄轵。黄轵的伤痊愈后，纠集了一批轵县少年，亟图去长安报仇。消息传到郭解那里，知道此事非同小可，拦住了他们。郭解答应，一定代他出头，可事涉皇亲外戚，要从长计议。之后，韩孺来信告诉他们，金仲与陈珏在京师犯案，已赴隆虑公主的封邑避风。隆虑县也归河内郡管辖，进出必经轵道，本可以逸待劳。可他们得知消息后，修成子仲等早已到了封邑。而封邑平时护卫严密，不但难于下手，而且会惊动官府。郭解的打算是，尽可能不惊动官府，神不知鬼不觉地把事情办了，全身而退。而这，非得等他们从封邑中出来不可。前日得知他们要回长安，他带上黄轵与郑山，马不停蹄，日夜兼程地赶过来，为的就是要赶在羊肠坂下手，这里地势险峻，动起手来，可收以一当十之效。而人少，更便于隐藏行迹。少年时，他曾长年于此打劫行旅，对这一带的地势极熟。

巡视一遭后，黄轵也挖好了坑。两人将马匹藏好，寻了个隐蔽处躺倒休憩，等候郑山的消息。

郑山此刻，正坐在邮亭旁的饭舍廊下，就着碗热水，吃着干粮。

汉代大抵五里一邮，十里一亭。亭乃官家所建的房舍，类似于后世的公署，大都建在大道旁的高地上。亭的前面，树立有名曰"桓表"的路牌，标明道路方向。亭的前部为办公事的处所，后面有楼房，可供行人留宿。亭中还设有鸡埘畜圈，饲养着鸡豚；亭旁有饭舍，以供行旅饮食。

这种邮亭遍及全国的郡、县、乡，设在乡间的称乡亭，设在城郭附近及城内街头的称作都亭。亭，不仅是地方的行政治安中心，也起着交通与邮政驿站作用，成为帝国巨大道路网的网结。西汉时全国计有二万七千左右个亭，这些亭和与之相连的道路，共同建构了一个紧密有序的行政交通系统，奠立了帝国牢固的统治基础。

长年驻守在亭中的，吏卒各有一名。吏称亭长，卒称求盗；前者管理一亭的事务，后者的职责是治安。县里所置的乡官，如啬夫、有秩、游徼①，与乡里拔擢出来的三老、孝悌、力田②等，有事会议，也在亭中举行。

"这位客人，要去哪里呀？"郑山抬起头，一个眨着一双泡眼，满脸横肉的矮个子不知何时到了他的身前，目光中含着一丝警惕。

"足下是……"郑山少年老成，揖手致意，一副气定神闲的模样。

"我么，是本亭的求盗。你是哪里的？拿传出来我看。"矮子伸出手，神色倨傲地说。

"城关方会验传，怎么，这里有甚事么？"郑山心里好笑，屁大个求盗，连乡官都算不上，威风倒摆得足。可他不能因小失大，还是取出一副木牍，交给了矮子。

矮子反复查验着木传，看不出破绽，口气便缓和了一些。"今日，有皇家外戚的公子打这儿过，得格外小心。出了事情，我们担待不起。"

他将传还给郑山，催促道："你赶紧吃完了上路，等会儿贵人来了，备不住会在这儿打尖。"

"隆虑不过是座山城小县，有甚贵人？闹这么大动静！"郑山慢条斯理地吃着干粮，不以为然地笑笑。

---

① 啬夫、有秩、游徼，均为秦汉时乡官的名称。啬夫主管一乡之诉讼与赋税；有秩主管一乡之民政；游徼察捕一乡的奸盗。

② 三老、孝悌、力田，秦汉时由民间推选拔擢上来，协助地方推行政令的人，他们或年尊德韶，或孝行突出，或长于耕作，均为民间有名望与威信之人。

"咋？小县？告诉你，这儿是隆虑侯与大汉公主的封邑！"矮子圆睁双眼，瞪着郑山。"今儿个打这儿过的，是公主的儿，皇帝的外甥，你开玩笑！"

郑山心里有了数，点了点头道："你老放心，贵人来了，我一准回避，决不给你老惹事。"

"嗳，这就对了。你也别急，慢慢吃，还来得及。"矮子满足了自尊心，可能是闲得无聊，并没有离开的意思。

"这贵人来这儿，地方上沾了不少光吧？"

"沾个鸟光，百姓遭老了罪了！听说，县邑里模样好点的姑娘，白日里都不敢出门。让他们瞅见喽，就没有个好了，罪孽呀！"矮子愤愤然，可怕人听见，声音压得很低。

"如此为恶，难道县里不管，任凭他们胡作非为么？"

"县里？他们巴结还来不及呢！也别说不管，老百姓若想去郡里告状，根本出不了县境。"他指了指亭前的路，"去郡里或关中，只能走这条路。县里的游徼日日在这里把着，没有县里颁发的关传，谁也甭想从这儿出去。"

"那今儿个他们打这儿过，是要回长安了么？"

矮子凑到他耳旁，"前几日长安来了个不小的官儿，听说是迎他们回长安。说是姊妹出嫁，要他们赶回去送亲。谢天谢地，这伙子人走了，咱们这地面上也就消停了。"

一骑人马自县城方向飞驰而来，到得近前，骑者飞身下马，看装束像是县里的游徼。"赶紧招呼他们预备上，大队随后就到！"他冲着矮子大喊，快步走向亭舍。矮子答应着，也跟了过去。郑山引颈远眺，东北方向，车马带起的烟尘，已依稀可见。他解开缰绳，手抓马鬃，一跃而上。马感觉到了主人腿上的加力，嘶鸣一声，跑了起来，不久便隐没在密林中。

郑山回来后，他们又在羊肠坂足足等了两个时辰，当听到金仲一行的人语马嘶时，日已落山，天色暗了下来。三个人白布裹头，只露出双眼。郭解命郑山爬到巨岩上面，以弓矢封住隘口。他与黄轵埋伏在弯道两边，待机而动。

暮色更重了，火把的光亮，惊起了树上的寒鸦，叫成了一片，他们等候的人终于到了。金仲与陈珏一行，在乡亭打尖，酒足饭饱后，与送行的县邑官员话别，又耽搁了一气。两人为求舒适，非要乘坐安车，可一路上坡，马匹气力不济，行走艰难。最后还是众人连扛带推，费了九牛之力，总算将安车拉上了羊肠坂。

轵道路窄坡陡，只能容双马并行，安车厢体宽大，占据了多半边路面。尤其在羊肠坂，走这种盘旋曲折的山路，即使在白日，稍有不慎，也有车毁人亡的危险，何况是在夜间。不得已，金仲与陈珏跳下车，换乘马匹。两人一前一后，在随从们的簇拥下，缓缓前行。车驭则牵着辕马，慢慢地跟在后面。

铮然一声，一名手持火把的侍卫应弦而倒，没等金仲等人反应过来，又有数人中箭倒下。黑暗中，人喊马嘶，秩序大乱。陈珏大呼有刺客，率先掉转马头下山。金仲欲待后退，却受阻于身后的那辆安车，他慌不择路，在几名侍从卫护下，直奔弯道而来。

拐过弯道，是条长长的陡坡，冲在前面的侍卫，触到了绊索，连人带马摔了出去。金仲猛然勒住马头，再看身边，只剩下了两名侍卫。

"想活命就站住别动，把剑都扔到地上！"

呵斥声低而有力，眼前忽然闪出两个人，白布蒙头，只露出眼睛，手中的弓弩直指着他们。再看身后，百步开外巨岩上，也有个蒙面人，张弓搭矢地瞄着他们。知道没有了退路，金仲的头脑，反而冷静了下来。

他跳下马，揖手道："各位老大，都是江湖中人吧，敢问高姓大名。"

个子较高的蒙面人，附在那个身材矮壮者的耳边说了句什么。"你是修成子仲？"矮个子蒙面人问道。

"不错，我就是修成子。各位老大既知道我，事情就好办。要钱，报个数，没有问题。"

矮个子用剑指了指他身后的侍卫，"把剑与马留下，放你们两个一条生路，滚吧。"

两人如蒙大赦，跳下马，扔下长剑，顺着来路，跌跌撞撞地跑掉了。

该死的，事头上没有一个顶用的，孬种！金仲心里骂着，心里发慌，脸上却仍是满不在乎的样子。"那么各位是冲着我来的了？也好，各位要甚，痛快点说。"他边说，便拔出了佩剑。

不等他有所动作，郭解已抢到他身边，三拳两脚，打落了他的长剑，金仲被反剪着双手，按倒在地。

"各位老大，不就是求财么？有话好说，何必伤和气呢！"

郭解并不理他，吩咐黄轨与郑山将他缚牢，抬到事先挖好的坑边。"办了他，手脚利索点。"

看到那深坑，金仲害怕了，挣扎着大叫道："我与汝等素无冤仇，为何害我性命？这么不明不白地杀人，算甚好汉！小爷不服！有种汝等就报个名姓，让小爷我死个明白！"

"好，就让你死个明白！"黄轨一把扯掉蒙面的头巾，目光灼灼地逼视着金仲。"你看好了，可还记得我？"

"是你……你与灌夫一伙？东市那件事，不是了结了么，你若嫌不足，我愿以百金谢罪，如何？"

黄轨冷笑道："钱，我们不要，要的是你这恶人的命！你恶贯满盈，该下幽都！你怕死？好，我这就送你活着上路。"言罢，起脚将金仲踢进了深坑。

"我与皇帝沾亲，杀了我，朝廷放不过你们！我师傅也是江湖上的大侠，他也绝放不过你们，一定会为我报仇！"金仲绝望了，声嘶力竭地大叫起来。

黄轨扬起一锸泥土，抛在了金仲脸上，他惨叫一声，咳啐不止，死命地摇晃脑袋，想把溅入眼耳鼻口中的泥土甩出来。

"慢着。"郭解走了过来，蹲在坑边，问道："既然你师傅是大侠，道出名讳我听听。"

"我师傅姓朱，叫朱六金。"

"朱六金，大侠？没听说过。"

金仲真的绝望了，泪水浸湿了脸上的泥污，他泣不成声了。"大叔，是真的，我师傅是朱家的后人。"

"朱家的后人？"郭解蹙眉沉吟，若是朱家的后人，应该是朱安世。这个人虽未曾谋过面，可他听剧孟和韩孺提到过，十几年前，在长安很有名气。

"翁伯叔，那伙人回去求援，会很快赶回来。再不动手，要来不及的。"郑山道，是焦虑不安的口气。

"好吧，我让你死个明白。"郭解扯下头巾，望着仰卧在坑中的金仲。"你伯伯我郭解，少时睚眦必报，是个眼里不揉沙子的人。时下你伯伯只想过安稳太平的日子，本不愿生事。可不生事不等于怕事。我郭解不欺负人，也绝不允别人欺负，谁欺负了我的朋友和兄弟，我必代他们出头。"

他指了指黄轨，"你动了我兄弟，打得他口鼻蹿血，犯在了我头上，不是道个歉就能完事的。不错，你是皇亲，杀了你官家肯定会追究，这我知道。可有件事你肯定不知道，蛇有蛇路，鼠有鼠路，官家与江湖，从来是两股道上的车，各跑各的路。像你这种人，我见过多了。平日里仗势欺人，鱼肉百姓，官家不敢动你，这很正常，你势力大么！可物不平则鸣，你为恶不悛，犯到了江湖中人，这笔账就得一块算了！老百姓的冤屈也得加到里头。侠之大者，在于替天行道。你师傅既是大侠，这个道理他理应对你讲过，理应劝你为善，所以今儿个把你活埋在这里，算不上不教而诛，而是替天行道，替你师傅行道。话我是给你讲透了，你安心上路吧。"

郭解挥了挥手，黄轨与郑山开始向坑中填土，金仲破口大骂，绝望地闭上了眼睛。

"且慢！"树丛后忽然闪出一个人影。郭解等一惊，拔剑出鞘，围了上去。

来人头戴两梁进贤冠，黑色官袍上佩戴着印绶，中等身材，目光锐利。"是翁伯兄么？"面对刀剑，他并不惊慌，语气沉着。

"你是甚人？怎么认识我。"郭解的剑锋直指他的喉咙。

"吾名义纵，吾姊义姁，翁伯可还记得？"

"义姁？"郭解一惊，长剑归鞘，上前仔细端详，眉眼果然与故人十分相似。

"你怎到得这里？"郭解回头看看坑中的金仲，狐疑地问道："你与这恶少是一伙的？"

"翁伯兄，请借一步说话。"义纵作了个手势，示意郭解到路上去。

看看离土坑已远，义纵放低了声音，"阿姊曾对我说过，论江湖道义，没有比得上郭兄的。小弟有一事相求，望翁伯答应。"

"甚事？不会是要我放过那恶少吧？义姊乃我故交，别的事，我都可应允。若是这件事，没得商量。"

"为甚？"

"为的是诛恶扬善，还天下人一个公道！"

"国有律法，郭兄怎可擅行诛杀？"

"怎么叫擅行诛杀？你们官府畏惧权势，难道良善百姓就该当冤沉海底，恶人反倒逍遥法外？朝廷不管，江湖上要管，何况他犯到了我兄弟头上。"

"谁说朝廷不管？我这次来，就是奉命带他们回京师问案的。皇帝已决心澄清吏治，整肃贵戚豪强，修成子仲等在茂陵犯下了血案，理当押解回京，明正刑典。君等在此施以私刑，当然是擅杀。"

郭解摇摇头道："我才不信，这恶少一路前呼后拥，风光得很，哪里有半点羁押还京的样子！"

"这乃我有意为之。我放出风，明里说请他们回去送亲，其实是防其通逃，诱其返京的一个安排。只要他们乖乖随我回了长安，一进城便会被逮入狱，按律治罪。"

"当真？"

"当真。我义纵若不能将此恶人绳之以法，甘受天谴！"

"我得想想。"郭解犯了难，自己已向金仲袒露了身份，金仲不死，必会反噬。到时不仅自己危险，还会累及他人。何去何从，颇难决断。

"翁伯兄，我受命整肃京师治安，成功与否，在于茂陵这件涉及皇亲的大案，我敢不敢秉公执法。若连人犯都带不回去，案子从何问起？又何谈行法不避贵戚！皇帝怪罪我事小，朝廷追究起来事大。如此，非但他们的罪行得不到清算，朝廷会转而追查他失踪之事。大狱一兴，殃及天下，吾兄乃至整个江湖，危矣！能够堂堂正正办到的事情，又何苦冒斧钺，走偏锋呢？孰得孰失，望郭兄三思！"

人喊马嘶之声愈来愈近，岔道处的亮光已隐约可见，显然，山下的援兵就快赶到了。黄轨、郑山跑了过来，一脸的焦灼。

"郭叔，再迟，就来不及了！索性用剑刺死罢了。"黄轨道。

"慢着。"郭解拦住他们，转身逼视着义纵，"你不会放过这恶人么？"

"绝不放过。"义纵的语气很沉，很肯定。

"那好，我信得过你。人，就交给你了。我们后会有期！"

目送郭解一行远去后，义纵下到坑中，为金仲解脱了束缚，扶他上来。

"你认识郭解？"

义纵点了点头。

"你们都说了些甚，他怎么会放过我？"

"我说出了你师傅的真名，你师傅原名朱安世，看在你师傅面上，他才肯放过你。"

金仲忽然狂笑不止，笑得上气不接下气，好一阵子，才恨恨地说："他肯放过我，我却不肯放过他，落到我手里，我会一刀刀地慢慢磔死他！"

"那是以后的事，眼下我们还在他的地盘上，入函谷关之前，公子说话做事都得小心。"

义纵扶着他，向岔道口走去。远处已看得到赶来救援的士卒，在数十支摇曳的火把下，士卒们斑驳陆离的身影，被映染成了不祥的暗红色。金仲一激灵，心有余悸地望了望四周，不再开口。

二十四

　　义纵一行晓行夜宿，八九日后，来到了函谷关。函谷东西长约十八里，沿途路隘林深，狭窄处仅能容一车通过，是中原通往关中的要冲，地势极为险要。关城将函谷一截两半，人称一夫当关，万夫莫开。如同其他重要关塞一样，朝廷于此设有关都尉，征收关税，稽查往来行旅。

　　离关城还有数里，义纵便觉得气氛不对。商旅充塞，错毂摩肩，道路拥堵不堪。金仲与陈珏哪里容得了这个，一声令下，侍从如狼似虎，棍棒交加之下，商旅行人纷纷避让。躲闪不及者挨打之外，车辆也被推翻，货物抛撒了满地。人们侧目而视，敢怒而不敢言。义纵看在眼中，恨在心里，强抑着怒气，随他们前行。

　　到得关前，才发现已经警跸，塞门内外，道路两旁，布满了手执长戟的军卒。等候过关的人都被拦在百步之外。金仲等驱车向前，未到警跸线，就被数只长戟逼住。

　　"狗胆包天的东西，小爷的路也敢挡！赶快让开！"陈珏怒骂道，扬手甩出一记清脆的响鞭。

　　戍卒们目光冷漠，不仅不为所动，反而有更多的长戟指向他们。

　　"混账！把你们陈都尉找来……"

　　不待陈珏讲完，一名卒史模样的人走过来，他摆摆手，要戍卒们少安毋躁。"陈都尉已调任武关，朝廷有重大公事，关城警跸，公事完了方可过关。各位莫吵，新都尉怪罪下来，不是玩的。"

义纵上前揖手道："这两位公子乃皇亲贵戚，本官奉命护送回京。烦请通报都尉大人，事急从权，请放我们过关。"说罢，将通关的传檄递了过去。

"皇亲贵戚？"卒史哂笑道，根本不接传檄。义纵身着千石官员的服绶，可显然并未被他放在眼里。"你这话，对原来的陈都尉兴许管用，可新都尉不吃这套，你们还是老实等着，莫自讨没趣。"

义纵拦住欲待发作的金仲，问道："敢问新都尉高姓大名？"

"宁成宁大人。"

听到这个名字，不光义纵，连金仲与陈珏也吃了一惊。不过五六年前，提起宁成，京师三辅的豪门贵戚，无不闻名丧胆，谈虎色变。这个坐赃受刑、逋逃亡命的罪人，居然能够东山再起，又做了关都尉，实在出人意料。难怪他手下的一介小吏亦如此张狂！义纵记起从前的民谣：宁直乳虎，莫直宁成之怒。带崽的母虎，尤为凶悍，可这仍不足以譬喻宁成的凶狠。犯在他手上的人，绝难侥幸，轻则破家，重则灭族。

二十年前的义纵，还是长安东市中的混混。那时，郅都、宁成这类酷吏，被豪族权门视为克星，却是百姓们心目中的偶像。酷吏们行法不避贵戚，为底层小民所津津乐道，落在大人物颈上的屠刀，仿佛代他们出了口腌臜不平之气。草根出身的义纵，也禀赋了这种平民气质，自步入官场，他有意无意，总是效法酷吏的行事。那些昔日对他不屑一顾，高高在上的人的哀求、恐惧与战栗，每每给他以最大的心理满足。茂陵血案，事涉皇亲，义纵接手后，一则以喜，一则以忧。喜的是，这是个能够成就大功名的案子，办得好，他会一鸣惊人，在酷吏中后来居上，狠如宁成者也会瞠乎其后。忧的是，涉案者后面的那股势力前所未有地强大，铅一般沉重的压力很快驱走了义纵心中最初的喜悦。

压力出自太后与丞相。他调任长安，尚未到任，太后便召他去了长乐宫。太后殷殷垂问，含泪回忆当年与义妁相处的往事，露骨地暗示他该知恩图报。到任伊始，丞相田蚡则明白告诉他，他之所以能够做这个长安令，出自长乐宫的意愿，太后拿他当作自己人，他得想法子为太后的外孙洗脱罪名。这是公然要他枉法了，他们把他看作了甚？可他强压住内心的愤懑，还是接下了这个案子。不接，他或许永无报仇雪恨的机会。

四年前，阿姊死得不明不白，事后隐隐约约听人传说，阿姊之死，是被杀人灭口。他四处求证，终于在郭彤那里，得知了事情的真相。义姁是因为知道太后太多的阴事，而被赐死。从那时起，他的心里仿佛时时在淌血，这个仇不报，这道伤口永难愈合。阿姊既由太后而死，太后就得为此付出代价，她的外孙草菅人命，她却想要保全这两个恶少的性命，好像他们的命有多贵重？是可忍，孰不可忍！她们居然选中他来办案，不啻为冥冥中的报应，天假其手，还阿姊与受害人一个公道！

　　可单凭一己之力，又怎能将罪人绳之以法！他真能与太后、丞相这样的人物对抗么？即使拼上性命，在官官相护的官场上，他又能有几分胜算呢？

　　忧惶无计之际，皇帝的召见，犹如一道阳光，驱散了漫天的阴霾。皇帝还记得他，笑着提起少时在东市的那番遭遇，称他为患难之交。皇帝也很清楚他在上党与长陵的治绩，着实夸奖了他一番。皇帝告诉他，调他来长安，期望甚高，就是要他整肃京师的风纪，问他有何打算。他借机举出了茂陵的案子，请示机宜。此案牵涉贵戚子弟，京师瞩目，若不能碰硬，整肃风纪云云，无乃空话。皇帝迟迟不语，心事很重的样子，末了只说了一句话：行法不避贵戚，你放手办案，遇大事谒请，其余便宜行事。

　　皇帝的话，给了他信心，他动了起来。诱人犯归案，只是第一步。第二步、第三步要艰难得多，他将直接面对长乐宫与丞相府的巨大压力。即便如此，亲手复仇的快乐，他决不愿放弃，这是他之所以阻止郭解活埋金仲的本意。他父母早亡，是阿姊一手抚养他成人，阿姊迟迟未嫁，也是为他维持一个家所致。阿姊于他，既是姊妹，又如父母。这个仇不共戴天，不报，他枉为男人。仇复了，也就没有了退路，他会成为太后与丞相必欲置之于死地的仇人，生死荣辱系于皇帝的一念之间，一生活在忧虑与恐惧之中。

　　一阵杂沓的蹄声打断了他的沉思。抬眼望去，一伙人正赶着数十匹高头骏马走向关门，为首几人似曾相识，仿佛在哪里见过。正思忖间，身旁的金仲与陈珏却大叫起来，"师傅，师傅！"

　　为首一人勒转马头，向这边望过来。就在此刻，义纵记起，这个被称作师傅的，正是当年横行东市的大侠——朱安世。

　　"二位公子怎么在这里？"朱安世策马过来，边揖手致意，边问。

金仲拍了下陈珏的肩头道："去他家的封邑住了几日。阿姊就要出嫁，长安来人接我们回去。师傅这是去哪里？"

"还能去哪里，送这些马去长安。既是回京师，一路走，如何？"

"娘的，这里的都尉换了新人，说是有朝廷的公事，公事不完，一概不予放行。师傅，你道这个新都尉是甚人？"陈珏悻悻地说。

不想朱安世全不在乎，"不管甚人，不能不让咱们过！二位上马，带上你们的人，跟我来。"他看到了身着官服的义纵，觉得眼熟，问道："这位大人是？"

"在下义纵，奉命接送二位公子回长安。"

"义纵，义纵……"朱安世沉吟着，一时记不起在哪里见过此人。

"呦，官做得还不小么，真是士别三日，当刮目相看哪！大哥不记得了，当年在东市，为了朱家那把剑，咱们还同这小子干过一架。他姊姊是个卖药的，挺能讲的一个女人。"朱安世身后跟过来的一个刀条脸的瘦子，讪笑着说。

义纵一眼认出，瘦子是朱安世的手下，绰号李虫儿，当年是个在东市横晃的打手。

朱安世自从做起走私的买卖，最忌遇到熟人，尤其是在官的熟人。他心里一紧，拍拍额头道："人上了岁数，记性也差了。各位请上马，跟我来。"说罢掉转马头，双腿一夹马肚，直奔关门而去。

说来也怪，方才公事公办，绝无通融的卒史，此刻非但不阻拦，反而满面谄笑，指挥着守关的士卒退后让路。一行人马大摇大摆地进了关城。

义纵有意落在后面，问那卒史："江湖上的人，反倒比皇家来的尊贵么！何前倨而后恭？"

卒史红着脸，揖手笑道："哪里，哪里。在下眼拙，不知大人与朱先生有旧。朱先生与都尉交好，待遇自然不同。望大人包涵。"

"如此警跸，请问今日有何公事？"

"听说是淮南国迎娶太子妃，丞相府的公函前日就到了，说是昨日出城，今日应该过函谷的。宁大人吩咐封关，要等淮南国的车马仪仗过后，方准通关。"

淮南国的太子妃，不就是金仲的姊姊么？真是巧了，姊弟在此相逢，见的只怕是最后一面了。义纵想着，策马向前赶去。到了都尉府，一干人马都在，金仲与陈珏被都尉请进内堂相会，而朱安世一伙连人带马却没了踪影。一问，才知道，他们只同宁成打了个照面，就过关直奔长安了。义纵悄悄叫过一名侍卫，低声吩咐了一阵，侍卫领命而去。待要进堂参见宁成，却被拦在了外面。

这朱安世出入关城，如此随意，他与宁成的关系，绝非一般。他又是金仲他们的师傅，这些人之间，到底是甚关系呢？朝廷对马匹的管制，十分严格。刚才那几十匹骏马，看模样像是产自西域，朱安世怎么会搞到西域的良马呢？他苦苦思索，却总也得不出一个合理的解释。

"到了，京师过来的仪仗马上就到了！"一名尉史快步跑进庭院，口中大喊着冲进内堂。宁成陪着金仲与陈珏走了出来，边走边对身边的随从下令，"关城内的士卒官吏马上列队迎送，关外由骑士清道，莫堵了迎亲仪仗的路！"

金仲指了指义纵，对宁成说了句什么。义纵长揖为礼，宁成瞟了他一眼，拱拱手道："辛苦了！"随即大步走出都尉府，去布置接送仪仗的事宜。义纵曾见过宁成，印象中的形象变化不大，还是五短身材，方头大耳。一副似笑非笑的泡眼中，暗含杀机。只是苍苍的须髯使他略显老态。

义纵随众人出来，鼓乐喧天，大队仪仗已经过来。最前面的是一队奏乐的鼓吹，紧随其后的，是近百人组成的仪仗，胄甲鲜明的骑士手持五彩斑斓的旗幡，并列而行。之后是一列十余辆驷马安车，在骑士的夹护下款款前行。中间两辆是迎亲的彩车，车马装饰极为华贵，一辆乘坐着淮南国的太子刘迁，另一辆乘坐着新妇金娥，由返国省亲的公主刘陵骖乘。其余各车，则由接亲的使臣、陪嫁的侍女分乘。车队之后，是嫁妆，也足足装了十车。殿后的卫队，也有近百人之多。将不长的关城主路，塞得满满的。

车队在都尉府前停了下来，宁成、金仲与陈珏上前参见淮南太子夫妇，礼成后，刘迁与新夫人下车，与两位妻舅话别。义纵看到，金仲的目光，并未在那对新人身上，而是痴痴地望着后面那辆车。随着他的目光看去，车上乘坐着的一位殊色少女，正与身边的一位侍卫说着甚。少女时不时地瞟一眼金仲，似笑非笑，含着某种挑逗。金仲开口，她却视如不见，径自与那名侍卫说笑。看得出金仲对她是爱恨交加，却又无可如何。

义纵正在琢磨金仲与这女人是何种关系，那名侍卫转过头来，一张再熟悉不过的面孔，出现在他眼前。那人也看到了义纵，两人几乎是同时喊出了对方的名字。

"次公！"

"义纵！"

那名侍卫正是他少年时代的好友张次公。两人因义姁的关系，都被召入宫中做郎官，可义纵很快便外放地方，辗转迁升，而张次公仍是三百石的郎官。此番乃初次出外差，担任送亲的护卫。他朝走过来的义纵当胸一拳，笑骂道："这家伙，官做大了，还记得朋友？"

义纵也回敬了他一拳，笑道："你总窝在宫里，想见都难，说我忘了朋友，亏你说得出口！"

张次公勾肩搭背，附耳道："刚才还说起你！来，过来见见淮南国的公主。这一路肥吃肥喝，还伴美人而行，你说是不是趟难得的美差？"他将义纵推至彩车前，揖手道："殿下，这位就是小臣提到过的好友，新任的长安令义纵。"

义纵长揖为礼。刘陵注意地看着义纵，颔首笑了笑，算是还礼。"听次公说，你是个能吏，"她瞟了眼金仲，"你不在长安，与他们在一起做甚？"

"下官奉命接二位公子回京送亲，不想在这里巧遇，若耽搁半日，他们姊弟……"

刘陵吃惊地扬起眉毛，"是么？我可听太后说，想要他们在封邑多住些日子呢。你奉谁之命接他们回来呀？"

义纵心里一紧，回头看看金仲与陈珏，正在与金娥话别。于是顾左右而言他，笑道："险哪！吾等只早到了一个时辰不到，他们姊弟总算见到了面，幸何如之！"

刘陵意味深长地笑道："是奉皇帝之命吧？这趟差事怕是不好办呢，太后丞相那里你怎么交待？你好自为之喽。"

她难道知道内情？一旦漏风，会坏了大事。义纵心里焦急，却仍是一副好整以暇的神情。"殿下所言，在下不明白。"

好在金娥走了回来，义纵借势退到后面，刘陵没机会再问。金娥登车后，大队人马又开始行进。他紧跟在金仲等人后面，一直目送车队远去，方才回到都尉府，交验传牒。

众人归心似箭，一行人日夜兼程，赶到长安时，已经是次日的深夜了。进得清明门，看到候在那里的大批差役与缇骑，义纵松了口气。

　　"送二位公子到他们该去的地方！"义纵一声喝令，众人前呼后拥，夹护而行。金仲与陈珏以为是他格外的关照，还笑着向义纵挥手致意。他们哪里晓得，他们即将面对的，不是自家的家门，而是阴森可怕的诏狱。

二十五

清明门一别，金仲与陈珏再见到义纵，已经是七日之后。两人及所有的随从，无一人漏网，都被拘入了长安的诏狱。长乐宫、丞相府与两家家人，都以为他们尚在隆虑，这给了义纵时间，他可以从容办案。把他们抛进阴森恐怖的牢狱，不闻不问，一撂数天，足以折辱其傲气，摧垮其心理，只要他们急于出狱回家，事情就好办得多。

义纵坐于长安令署堂上，边浏览案牍，边思忖着如何使人犯招供。以他的经验，一压一拉，软硬兼施，是迫使案犯就范最有效的办法。他已经吩咐狱丞，在狱中拷问囚犯，刑室就设在金仲与陈珏囚室的隔壁，他相信，连日刑讯的种种惨状已足以令其丧胆，而每日一餐与少得可怜的清水，也足以消磨其体力与意志。狱吏报告，这两个自幼锦衣玉食的纨绔，已没有了初来时的气焰，每日里垂头丧气，甚至哀求狱卒，许以重贿，要他们去家中报信。这些信件就摆在他案头，火候看来是够了，现在，他所需要的是个搭帮做戏的帮手。他上任不久，手下的这些狱吏，他还不够熟悉，用谁好呢？

"长安城里出了大事，大人可曾听说？"

义纵抬起头，说话的是属下的一名捕头，名叫王温舒。此人个子矮小，而面相凶恶，义纵心里一动，这个人或许能行。王温舒家住阳陵，据说从前也是个好事的恶少年，成年后，数为亭长，捕缉奸盗很有一套。

"甚大事？"

"丞相府与颍川的灌夫较上劲了。灌夫不知怎么得罪了丞相，丞相府的人搜集了灌氏不少的劣迹，呈报给了皇帝。"

"哦，皇帝作何处置？"义纵问道。灌夫是他所崇敬的那类响当当的硬汉子，在感情上，他自然偏向灌夫。

"皇帝给丞相碰了个软钉子，说是丞相权限内的事情，用不着事事请示。可灌夫以两千石的大员致仕，无真凭实据，岂是轻易动得了的！"

"其实，丞相也未必那么干净。"

"大人说的一点不错。那灌夫也不服，把田丞相收受贿赂，假公济私，交通王侯等不少阴事都抖搂了出来。总之你来我往，闹得不可开交。"

"此事我一无所知，你消息倒很灵通，从哪里得来的？"

"小的巡街时遇到个同乡，他在廷尉府做事，丞相府送过去的案牍，他亲眼见过。"

义纵板起脸道："好了，此事到此为止。背后议论上官，不是件好事，言语多，是非多。你记住了。"

"是，小的记住了。"王温舒恭恭敬敬地答应着，转身欲走。

"且慢，有件案子，案犯来头很大，我正缺个帮手，不知你可愿意助我问案？"

王温舒受宠若惊，揖手道："来头再大，在狱中也只是个犯人。大人用得着，温舒愿效犬马之劳！"

义纵对这个回答很满意，于是将案头的爱书递了过去。"这案卷你先看看，琢磨个法子出来。我给你交个底，咱们是搭帮做戏，你充那个恶人，除去动手用刑，你怎么做都行，总之要让这两个纨绔害怕，怕得要死！"

王温舒阴阴一笑，"小的明白。"

"白昼归你，估摸着应该够用了。夜间我会趁热打铁，非让他们认供画押不可。他们已被关了七日，估计心劲消磨得差不多了，今日，先从那个姓陈的小的开始，他招认了，那个大的就好办了。"

王温舒唯唯称是，可翻开案卷，脸色却一下子白了。"这件事丞相、太后晓得么？"

"当然不晓得。我可以给你交个底，此事乃皇帝亲自交代查办，授我便宜行事之权，不然我怎敢把他们扣在这里。这件事，在他们认罪前，绝不可外传，他们家里人知道了，会即刻要我们放人。搞不好会前功尽弃。"

"是。"天塌下来自有长人顶着。王温舒回答得斩钉截铁，心中的忧虑一扫而光。

"还有一事，敢问大人，对他们手下那些人，可以用刑么？"

"你看着办吧。"义纵微微颔首，"这些人为虎作伥，死有余辜。"

长安令属下的刑狱，半处于地下。一条长长的走道两面，间壁着数十间囚室，囚室终年不见阳光，阴暗潮湿，弥漫着腐肉与粪溲的恶臭。金仲与陈珏被分开监禁，根本见不到面。起初两人喊叫大骂，还可以听得到对方的声音。可时日一久，饥渴难耐，谁也不再有力气喊叫，整日昏昏沉沉，难辨昼夜，睡了醒，醒了睡。

开锁的声响，惊醒了陈珏。他抬起头，映入眼帘的是火把的亮光。囚室平时一灯如豆，极为昏暗。乍现的亮光刺得他睁不开眼，光晕中闪动着许多人影，好一会才看清，狱卒们正向他的囚室内搬运刑具。梁柁上束着根绳子，下面摆放着一个盛满水的巨瓮；巨瓮旁边安置着一盆熊熊的炭火，里面插着几把长柄烙铁；一个赤膊露胸，肥壮矮胖的狱卒，正在试着手中的皮鞭，蘸了水的皮鞭被甩得噼啪作响，在墙上划出一道道痕迹。陈珏又惊又怕，使劲叫道："本公子是皇亲，谁敢动我！"

他的话引起了狱卒们的一阵哄笑。

"谁敢在狱中喧哗，好大的狗胆！再他娘的乱叫，给我掌他的嘴，掌烂了为止。"一名矮个子狱吏走了进来，双目暴睛，恶狠狠地盯着陈珏。

"甚他娘的皇亲？你他娘的死到临头，还敢拉硬？你放明白点儿，这是囚牢，任他娘的甚人，到了这儿，都是一样的身份！王孙公子，公卿将相，这里头关过得多了，你一个乳臭小子，捏死你还不就像捏死个虱子？"

他一把攥住了陈珏的前襟，像拎小鸡子一样拽到胸前，就着火把亮光，他端量着陈珏苍白秀气的脸颊，淫邪地笑了。"老王，这小子细皮嫩肉，看上去还是个雏呢？夜间留给你受用吧！"

被喊作老王的狱卒凑到跟前，用粗壮有力的大手捏住了陈珏的下颌，把一张油汪汪的胖脸贴了上来。陈珏又气又怕，用力一挣，摔倒在地上。那胖子还要动手，被那狱吏止住。"先问案子，夜长着呢，足够你受用。"

一名狱卒在地面铺了张席，狱吏坐下，双目如鹰隼一般，紧紧盯住陈珏，仿佛要看到他心里去。"小小的年纪，就敢动刀杀人，你服罪么？"

"小爷没有杀人，你含血喷人！"陈珏自幼不服软的脾性，压倒了恐惧，他昂首对视，恶狠狠地说。

"嚯？在这儿还敢来脾气！小小年纪就敢称爷，来呀，把他的衣衫扒开，看看他毬上长毛了没有！"

不等那狱吏说完，两个彪形大汉将陈珏按住，他羞愤惊恐，猛烈地蹬着双腿，尖叫了起来。

那狱吏笑了笑，示意放开他。"怎么，怕了？怕了就老实招供！茂陵杨家死的那两个人是不是你杀的？"

"不是！"

"不是你是谁？是那个修成子仲么？"

"不是。"

"光天化日，汝等入室劫掠，杀人害命，目击的人证海了去了！你以为赖得过去么？来呀，把他们一伙的押上来！"

两名蓬头垢面的犯人被带了进来，跪在狱吏身旁。狱卒要他们抬起脸，火光映照下的面孔肿起老高，狰狞可怖，显然因受刑所致。陈珏认出，一人是茂陵的李亨，另一人是自己府中的家人。

"李亨，这个人你认得吧？"狱吏指着陈珏，问道。

"认得，是隆虑侯的公子。"

"茂陵杨家出事那日，此人在场么？"

"在场。"

"与杨家争执时，他动手了么？"

"动了……"

李亨话音未落，狱吏猛然逼问："人是他杀的？"

李亨觑了陈珏一眼，费力地咽了口吐沫，"那……那会很乱，小的看不真，实在记不得了。"

狱吏揪住李亨的头发，将他的脸拉向自己，"没看清，记不得了，是么？

方才你个狗东西说甚，你敢耍我！"他猛击一掌，将李亨打倒在地，狱卒们将他脸朝下按倒，剥光了他上身的衣衫，狱吏抄起一支烧红的烙铁，用力按他背上。霎时，皮肉烫焦的味道与李亨撕心裂肺的叫声充斥了整间囚牢，陈珏的心狂跳不止，额头冒出了冷汗，四肢像是失去了知觉，动弹不得。

"怎么，这会儿记得了么？"狱吏将褪了色的烙铁重新插入火盆，望着不停抽搐着的李亨，好整以暇地问道。

"大人饶命，大人说甚，小的都认……都认下了。"

"好个狡猾的东西，我说甚，你认甚，那么你的口供，竟是我王温舒授意所为，屈打成招的了？"陈珏这才知道，面前这个狠毒的狱吏，名叫王温舒。

"火里来，水里去，你该清醒清醒脑子了！"王温舒做了个手势，狱卒们缚住李亨的手足，将他吊起在梁柁上。狱卒手中的绳索一松，李亨便会一头扎入那只水瓮，随着狱卒手中绳索的收放，李亨像只被钓住的鱼似的时起时落，不一会儿便呛得口鼻淌血，大叫道："大人饶命，我招，我招哇！是修成子仲杀的人，周公子他……他也……也动手杀了人呐！"

轮到隆虑侯府的家人时，那人早已魂飞魄散，身子抖如筛糠，涕泪交流地哭诉着："我家公子杀了人，我家公子杀了人啦！"

王温舒命令将证人带下去录供画押，得意地望着陈珏道："看到了，这水火两关是最轻的，后面还有三木①，三木之下，我还没见过能挺得住不招的！招，还是不招，我给你两个时辰，你好生掂量着。今儿个不动你，为的是留着你这身细皮嫩肉，人定②一过，你就是老王的人了，他会让你圆个好梦的！"

王温舒指了指身旁那个肥壮的狱吏，他冲陈珏做了个淫邪的手势，狱卒们哄然大笑起来。

陈珏怕得要命，蜷缩在角落里，嘤嘤地抽泣。他心乱如麻，漏壶计时的水滴，如同催命的脚步，拉紧着他的每一根神经。不知过了多久，他才松弛

---

① 三木，古代指拶指、压腿、拶足的酷刑。
② 人定，汉代计时的时段，相当于后来的亥时，即晚九至十一时。

下来。申时已过，狱卒并未如往常一样送来饮食，他饥渴难耐，顾不得其他，俯身在那水瓮上饮了个够。他染上了虱子，身上总有种蚁走的感觉，奇痒难当。可虱子藏在襞褶中，囚室阴暗，捉不到，也捉不净。他只得脱下内衣，披着袍衫，倚在墙壁上打盹。

家里真好啊，面前的食案上满是精馔美食，母亲微笑地望着他。不停地有侍女为他添酒布菜，他大嚼不止，觉得饭菜从未这样香过。酒足饭饱后，他回到寝室，几个面容姣好的侍女侍奉他沐浴更衣，他躺在温软爽洁的卧榻上，熏香的被褥催人欲睡……远远似有人凄厉地嚎叫，他猛然惊醒，许久眼睛才能适应囚室中的黑暗。囚室中弥漫一切的恶臭，辘辘的饥肠，全身复起的蚁走感……逼得他几乎发疯。此时此刻，无论让他做甚，他都会答应下来，只要能够离开这个鬼地方。

黑暗中响起了脚步声，脚步停在了这间囚室门外，有人在开锁。随后出现的该是老王那张油汪汪的胖脸，淫邪的笑容……陈珏想喊，却发不出声来，手脚冰凉的他，绝望地蒙住了双眼，蜷缩成一团。

有人踢了他一脚，喝道："起来跟我走，大人传见。"

陈珏挪开手掌，看清楚不是老王，悬着的心才放了下来。他随那狱卒出了刑狱，来到一处院落。月光如洗，陈珏四顾，只一间屋内还有灯火，已是夜深人静之时。那老王莫不是在这里？陈珏一惊，绝望又攫住了他，他停下脚步，期期艾艾地问道："传……传见……见我的，是……是……是哪位大人？"

"少他娘的废话，见了面自然知道。"狱卒不由分说，拽他到门前，掀起门帷，将他推了进去。

室内灯火通明，就中对设着两张食案，一张陈设着笔墨简牍，一张则满是美食精馔。陈珏被推进门的同时，空案后有个人站起，呵斥道："不得无礼，快为公子除去缧绁。"狱卒为他松了绑，那人走过来，揖手施礼道："公子受苦了！"此时陈珏方看出，传见他的大人，正是去隆虑迎接他们回家的义纵。

陈珏满腹委屈，眼圈也红了，喝问道："好你个义纵，竟敢诱骗拘捕皇亲贵戚，这件事我大舅姥姥知道了，你还想活命么！"

义纵笑道："这件事我也是事后才晓得。那日原以为缇骑是送二位公子回府，谁知道皇上另有诏命。公子一定饿了，先用过酒饭，我们有的是时间。"

望着狼吞虎咽的陈珏，义纵心里有了主意。

陈珏这餐，足足吃了半个时辰。狱卒收拾起餐具，奉上一杯热茶后，悄悄退了出去。

"义纵，你马上放了我们，送我们回府！"饱食后的陈珏，呷了口热茶，气焰复起。

义纵并不答话，双眉紧锁，翻来覆去地翻看着案上的卷牍。良久，叹了口气道："看来，公子是在劫难逃了！"

"怎么？"陈珏不明就里，看见义纵愁眉不展的样子，心里也跟着忐忑起来。

义纵指指案上的卷牍，"茂陵杨家告二位公子杀人劫财害命，此事已轰动了京师三辅，皇帝诏命深究严办。现在又有茂陵李亨与足下的家人指证，坐实了汝等杀人……"

"他们是被逼无奈，屈打成招。这是我亲眼所见，证言绝不可信！"陈珏又气又怕，不等他说完，便大叫起来。

一阵急促的敲门声过后，那个人称老王的狱卒走了进来，他冲陈珏笑笑，揖手道："大人，王头要连夜突审案犯，要我马上带他下去。"

"不！"陈珏的心一下子凉到了底，恐惧与绝望再次攫住了他。他猛地冲到义纵身后，死死抱住他的胳膊不放，他想大声喊叫，可心慌气短，竟再也发不出声响。

义纵扶陈珏坐下，对那狱卒道："我还有话要问，你先去外面等着。"胖狱卒死死盯了陈珏一会，方才不情愿地退了出去。

义纵又为陈珏斟了杯茶，"公子先喝口茶，宽宽心。"随后他在室中来回踱步，心事很重的样子。好一会才坐下，心情沉重地看着陈珏道："我知道，审案子的这些人如狼似虎，蛇蝎心肠，可这是皇上交办下来的事情，水落石出以前，谁也不敢拦着不办。废格明诏①，是弃世的死罪，他们要审，我实在不能拦着。这个苦衷，还望公子曲谅。"

---

① 废格：汉代法律术语，意为不执行皇帝的诏命，又称废格明诏，罪当弃世。

"义大人，义大人！千万救我！千万救我呀……"陈珏又急又怕，一下子瘫倒在席上，涕泪交流了。

沉吟了许久，义纵皱着眉头，很恳切地望着陈珏，说道："公子若能为我讲清案由与经过，我或许能想想办法。放二位回去，我做不到，可给你换个地方，不受狱卒的折辱，有洁净的衣裳被褥，一日两餐的饱饭，我还是能够做到的。可有一条，必得讲实话，公子可能做到？"

陈珏已是心胆俱裂，只要不落到王温舒一伙手中，他什么都愿意做了。"我讲了，那些狱吏不会再审我么？"

"你交代了真相，自然不用再审。"

"可承认了杀人，会处吾等重罪么？"

"二位公子天潢贵胄，朝廷有议亲议贵之制，更何况还有太后、公主和修成君在呢？总会有办法的。"

于是，陈珏将当日去茂陵杨家买犬不成，金仲等动抢行凶杀人之事，原原本本讲述了一遍，义纵边记边问，足足写满了三卷简牍。次日，他与王温舒如法炮制，金仲要顽固得多，可看到陈珏的供述后，也泄了气，最终承认了杀人的事实。

义纵接手此案后，从缉凶、诱捕到案犯认罪，前后不及一月，案件侦办之顺，出乎他的预想。他本想顺着这个线索，继续追查朱安世、宁成与王、田两支外戚间的关系，可来不及了。田蚡忽然急召他去丞相府，修成君、隆虑公主的家丞亦先后上门求见，种种迹象显示，金仲与陈珏被羁押在长安这件事已经走了风。太后与丞相虽未必会直接插手，却很可能将案子交由廷尉或太常重审，为免于功败垂成，他备齐爰书，连夜呈递到了未央宫。他回望着暮色中的宫城，长出了口气。他已完成了天子的托付，此后，事情的吉凶悔吝，个人的祸福安危，皆系于皇帝一念之间了。

二十六

"那个义纵，是条养不熟的狗！娘看在与他姊姊当年的情分上，要你舅舅看顾他。想不到他做了长安令后的第一件事，竟是拿你的外甥们开刀。他这是想要做甚？这等连皇家都不放在眼里的人，早晚都是个祸害，皇帝，这个长安令不能再要他做了！"

得知金仲与陈珏被逮进了诏狱，长乐宫里一下子炸了窝。接连派去长安令署的侍者，都吃了义纵的闭门羹。王娡又急又恨，次日亲临未央宫，刚一落座，不等刘彻开口，便气急败坏地大骂起来。

随王娡而来的隆虑公主与修成君，更是不遑多让。

"阿娥才出嫁，大姊身边就这么一个儿子，他义纵竟敢把阿仲关到牢里头，打狗还要看主人，皇亲他都敢关，真真是狗胆包天，他这是要反哇！"修成君红头涨脸，目光凶狠，仿佛义纵就在面前。

"阿珏还是个孩子，他就敢下这样的狠手？此人狠不说，还阴险狡诈。皇帝，阿珏本来是同他哥到阿姊的封邑去玩，娘、大姊与我都以为他们要在那儿住上几个月。谁曾想，这个义纵竟找上门施骗，说家里要他们赶回来给阿娥送亲。若非封邑那边来信问安，说起此事，我们至今还会被蒙在鼓里。这不是假传诏命是甚？都搞到皇帝头上来了，他胆子也忒大了！"

三个女人各逞口舌，把义纵骂了个狗血喷头。刘彻面无表情，不发一言，只是静静地听着。在一旁侍候的郭彤不免为义纵捏了一把汗。

"这件事，依母后的意思，该如何办呢？"终于，刘彻开了口。

"马上放了仲儿与珏儿。义纵以下犯上，欺君罔上，大逆不道，不杀不能以儆效尤。皇帝该召他来，当面问罪，为娘，为你姊姊们出这口恶气！"

"两个月前，茂陵出了件血案，父子二人同日毙命。这件事，母后听说过吧？"

皇帝话中有话，王娡心中一紧，"茂陵死了人，有甚相干？我不像窦太后，能调看朝廷的奏章，皇帝请安的时候，又从不愿与我这个老太婆谈公事，茂陵的事情，我上哪里知道！"她冷冷地说道，试图先声夺人，以进为退。

"这父子二人为何罹此大祸？是因为有人看上了他家的狗。杨家父子不愿卖，他们威逼利诱不成，干脆就动手抢夺。人家反抗，他们就在光天化日下杀人！京师三辅，首善之区，竟有此等狂徒横行无忌，百姓还安生得了吗？不惩治，大汉岂不国将不国！"

刘彻语气沉重，在他锋利目光的扫视下，三个女人面面相觑，气焰顿挫。"要惩治，就要缉拿人犯。这些人犯是谁？你们心知肚明，不用朕点出名字来了吧？义纵奉诏办案，行法不避贵戚，难能可贵，何罪之有？"

刘彻沉吟道："记得先帝曾交代给朕一句话。他说，酷吏如同打人的鞭子，执法除乱必不可少，是以毒攻毒的法子。郅都、宁成是先帝的鞭子，义纵是朕的鞭子，也是朕手中的利器，这样的利器，多多益善！"

奉诏办案？难怪义纵有恃无恐，原来有皇帝作靠山。皇帝竟向自家人下手！王娡的心寒了，可以母后之尊，她不肯退让。"利器？郅都当年逼死临江王，还不是被赐了死！阿仲阿珏年少无知，一时莽撞做错事也是有的。自家关起门来，要打要骂，随便皇帝。何苦下到狱中，由那些如狼似虎的狱吏们摧折羞辱，皇帝以为这丢的只是汝姊姊的脸么？不，这丢的是皇家的脸，丢的是皇帝的脸！"

"秉公执法，非但不丢皇家的脸，百姓们反倒会体认朝廷的公正无私。母后还提临江王？他被人构陷下狱，还要拜赐义纵姊弟吧！"看到太后变了脸色，他指了指面前的案牍，转而向两个姊姊道："这件命案，那两个孽子已经供认不讳。汝等平日娇纵，惯成了他们的毛病。犯了事，你们又将他们藏到封邑，犯下了首匿之罪。朕念及亲情，未加追究，尔等不思自省，还闹到未央宫来，真是岂有此理！"

修成君道："皇帝就这么绝情，真要杀自己的外甥？"

"杀不杀，要由朝廷依律公断。"

"娘，女儿一子单传，皇帝这是要绝我家的后呀！"修成君倚到王娡跟前，牵衣顿足，大放悲声。

"你给我站好！他要大义灭亲，你哭瞎了眼又有何用？这未央宫不是咱们待的地方，我们走！"走出几步，王娡回过头，冷冷地看着儿子。"我真没有想到，皇帝竟如此绝情。可皇帝莫忘了，大汉以孝治天下！孔子还讲父为子隐，子为父隐，直在其中。陛下不正在提倡他的儒学么！为娘的与你姊姊为亲者隐，何错之有？"

刘彻并未起身相送，王娡等离去很久，他仍在垂头沉思。他绝情么？显然，他伤了母亲与姊妹们的心。可他若放过那两个孽子，满朝的大臣会怎样看，天下的苍生又会怎样？为人君者决不能存妇人之仁！他记起父皇的话，觉得心中有股杀气在涌动。

"杀，会伤了母子姊妹间的亲情；不杀，难以服众，会冷了群臣百姓们的心。郭彤，你若碰到这么棘手的案子，该当如何？"

"小臣愚昧，不敢妄言。"

"朕并非要你断案，你但说无妨。"

"小臣以为，陛下若当其为家事，尽可以独断；若欲取信于天下，当由公断。"

"取信于民当由公断，说得好！"刘彻有了主意，满意地笑了。

小黄门所忠悄声走进来，顿首陈奏道："陛下，丞相田蚡、太常张欧、宗正刘弃疾、长安令义纵，已在宫门候见多时。"

"召他们上来。"

在田蚡等人应召上殿这会工夫，案子的处置，刘彻胸中已经有了成算。他不待田蚡等人开口，先指了指自己，"朕是人犯的娘舅，"又指了指田蚡，"丞相是人犯的舅姥爷，你我对此案理当回避。"

他吩咐郭彤，将全案的爰书，交予太常与宗正阅看。"茂陵的案子理当太常管，议亲议贵，责在宗正。眼下案犯认罪不讳，口供、人证俱在。义纵开了个好头，下面该由他们两位接手了，丞相以为如何呀？"

"陛下圣明，臣以为如此甚好。"田蚡既忧且喜，忧的是，皇帝明示他不得插手这件案子，明摆着不相信他。喜的是，张欧与刘弃疾，居官温和，与他的私交不错，金仲与陈珏在他们手中，还有活路。

"义纵行法不避贵戚，敢作敢为，在朕与丞相的头上动了土，了不起！朕要大大地奖励他，升他的职。丞相，河内位当关中之门户，豪强纵横，历来号称难治。把义纵这样的硬手放在那里，朕看行，丞相以为如何啊？"

"义纵虽能干，可任职长安令不过一个多月，从四百石一跃而为二千石，未免升迁过速，臣恐怕难以服众。"

"谁不服气，叫他也办件案子给朕看看，办得好，一样可以升职么！甚升迁过速？朕就是要让天下的人都知道，只要实心办事，卓有才能者，朕都会擢之以不次之位。以此为天下树立一个榜样，廉顽立懦，扫除官场因循唯喏的风气。"

皇帝既如此打算，多说无益，田蚡唯唯称是。大臣们告退后，刘彻单独留下了义纵。

"义纵，这件案子你办得好，可也得罪了一大窝子贵戚，太后也恨上了你，你怕么？"

"不怕。臣奉诏办案，情非得已，得罪人是免不了的。"

"把案子交给别人，调你去河内任都尉，朕的用意你可明白？"

"小臣愚昧。"太后亲临未央宫，必是为外孙们求情。这个面子，皇帝不能不给。皇帝若有心放过自己的外甥，自然要换人办案。换人，他既有解脱之感，又心有不甘。可对皇帝，这个话他不能说，也不敢说。

"苍鹰郅都，你知道？他办了栗太子一家，得罪了窦太后，被军前处斩。宁成，你也该知道吧，这个人做了十年的中尉，行法严苛，得罪了不少权门贵戚。可终因为贪贿，被人捉住了把柄，差点掉了脑袋。你捉了修成子仲他们，代朕做了恶人，朕自然要保全你。可你莫学宁成，而要像郅都那样，狠而廉。天子立国，文武之道，不可偏废，朕治乱，离不开皮鞭、快刀与恶犬。你，就是朕手中的利器，放到哪里，哪里即应路不拾遗，秩序井然。你记住了！"

"小臣记住了。"

"你只管放手做事，至于太后那里，你不用忧心，不会再有第二个郅都的。"

皇帝向他交了底，义纵大有知遇之感，鼻子酸酸的，他想说些甚，可又无从说起，于是顿首再拜，响亮地答应了一声："是。"

此刻的田蚡，正在宫中的直庐①内，大骂义纵。"想不到王家养虎遗患，竟遭反噬！"他盯着张欧和刘弃疾，冷笑道："今上要吾回避，两位大人接了手，打算如何办这个案子，我不便过问。我只提醒二位大人，不光皇帝，皇太后那里，也要交代得过去！"

张欧与刘弃疾面面相觑，谁也不说话。良久，刘弃疾道："今上既然有话，君侯当然不便过问此案，可也不是全无变通的法子。"

"哦，是甚法子？"田蚡两眼一亮，问道。

"我听说丞相府才调来的长史，精通律令。不妨唤来，以备咨问。如此，君侯不参与也等于是参与了。"

田蚡一拍脑门，大喜道："我是叫那个义纵给气糊涂了！无病所言甚是，张大人以为如何？"

张欧事事以明哲保身为上，当然不愿得罪田蚡与太后一族。他颔首道："吾等于律法不甚精通，有人备顾问，当然好。"

"弃疾还有件不情之请，望君侯答应。"

"甚事，你尽管说。"

"我听藉福讲，君侯与灌仲孺闹得不可开交，长安人言藉藉，都在看你们的笑话。魏其侯托我进言，灌夫是个酒疯子，君侯莫与他一般见识，还是和解了吧！"

田蚡双目圆睁，晒道："魏其侯？说到底，这件事还是由他而起。吾与燕王之妹结缡，翁主喜食东陵瓜，吾想以瓜田为聘，遣藉福与之讨价。他不肯出让也就罢了，反诬我是欺负他，口出恶言。灌夫尤为可恨，本来不关他的事，他却大放厥词。当年，魏其侯之子杀人，本该抵命，赖我救其不死。如今求他几顷田，吝惜成这个样子，还口出恶言！谁是谁非，你们评评看。"

①直庐，古代宫廷中，大臣们办公值宿之处。

207

张欧道："评甚？都是皇亲，以往又都在朝为官，能争出个甚是非来？徒然让外人笑话。冤家宜解不宜结，不是我愿做和事佬，窦婴既求和，君侯当朝丞相，该大度些，就此息事宁人吧。"

"藉福当初也劝我不与他们计较，可我若忍下了，他们或以为我可欺，这口气，我咽不下！"

"以丞相之尊意气用事，这就是君侯不智了。"

田蚡盯着刘弃疾，"怎么说？"

刘弃疾拍拍书案上的爱书，"君侯想想，现在是甚时候，你们互揭阴私？皇帝本来在为外甥杀人的事烦，打算整肃京师，你们的这些事传到宫里，就不怕陛下再派个义纵来查？那时候，我怕君侯悔之晚矣！"

田蚡一惊，呆呆地坐了一气，站起身道："我去唤张汤来。"走出几步，转过身道："我就卖你个面子，再容他一回。无病，我知道你与窦婴灌夫交好，就烦你代我传个话，此番吾不再与他们计较，要他们好自为之！"

张汤来到直庐时，张欧与刘弃疾正在为罪名争执不下，他长揖施礼后，恭恭敬敬地坐在一旁。争论发生在律目上，宗正认为是伤人致死，太常则以为是杀人。张欧道："久闻张长史是治狱的行家里手，茂陵的案子，有争斗的情节，刘大人不解，何以径报杀人呢？"

"小臣自少为狱吏，行家里手不敢当，熟谙差之，敢为二位大人言之。"张汤揖揖手，很沉着地说道："律：斗伤人，伤者于二旬中死亡，为杀人。杨家在争斗的当时已毙命一人，另一人稍后亦死，虽有争斗情节，也要定为杀人。"

"杀人者死，伤人者刑。杀人，是弃世的罪；伤人，受刑而已。两者可有着死生之别呢！"刘弃疾叹道。

"刘大人的担心下官明白。可杀人者死罪，争亦无用。眼下要紧的，是想办法为他们脱罪免死。案犯有皇亲的身份，按律可以议亲议贵，赎死减等。小臣以为，皇帝要大人们参与此案，也有这个意思在里头。"

张欧指了指爱书道："张长史说得对。二位公子已对杀人供认不讳，律目争无可争。好在不是殊死的罪名，我们还是议议如何为他们脱罪免死吧。"

汉代死罪分两等：死与殊死。一般的死罪为弃市，即在大庭广众的去处施以绞刑，可以保全一个囫囵的尸首。严重的死罪称作殊死。据律目之不同，分别施以磔、腰斩与斩首①之刑，身首异处，不得全尸。而且逢赦不赦，不能减免。

刘弃疾道："我记得具律②上有议爵议贵的条文。张长史也知道吧？"

"是。具律：上造③，上造妻以上，有罪可减刑一等，此为议爵。皇亲外戚子孙，虽无爵位，可比照上造减刑一等，此为议亲。二位公子为太后之外孙，按律可以减死一等。"

减死一等，仍要服六年的徒刑，先要做四年的城旦，之后转为鬼薪与隶臣妾④，二年之后，方可释放。不要说六年，就是一年，那两个纨绔也受不了。刘弃疾摇头道："死罪虽免，可活罪也够他们受的。太后那里绝交代不过去，还得想法子。"

"除非遇到大赦，没办法减刑。若要免除刑罚，怕只能求皇帝特赦了。"张欧道。

一个多月来，长乐宫已多次派人去过茂陵，经不住威逼利诱，杨家已经退缩，以千金的赔偿接受私了了。可事出意外，金仲与陈珏被义纵诱捕，进入了决狱程序且认罪不讳。由此，必得依律行事，私了已不可能。张汤本已绝望，听田蚡说案子换由朝廷大臣主持，觉得事情又有了转机。

皇帝若一意严办，就不会换掉义纵。显然，皇帝不能不顾及太后、丞相为首的外戚势力。皇帝拿自己的外甥开刀，本意是要震慑权贵，以儆效尤，并不真想置他们于死地。张汤由此揣摩，觉得皇帝所要的，是能对金仲、陈珏起到足够的吓阻作用，使他们以后不敢为恶的惩戒，未必一定要他们服刑。

---

①磔、腰斩与斩首：磔，车裂；腰斩，将人身体斩为两截；斩首，又称枭首。将处死的人犯肢体断裂，不得完尸，被古人视之为比死更重的惩罚。

②具律，汉代对治狱量刑作有详细规定的律法。

③上造，秦汉时二十等爵之第二位爵的名称，可用以抵罪；上造之妻，亦可以比照丈夫爵位议罪减刑。皇室、诸侯王子孙亦可比照次等爵位议罪减刑（参见《张家山汉简·具律》）。

④城旦，秦汉时徒刑，犯人被剃发披枷锁押往边塞，从事修筑守卫长城的苦役，刑期四年，满期后转为鬼薪，即为宗庙祭祀从事樵采。服刑一年后转为隶臣妾，即充作公家的仆从，一年后释放。总共需服徒刑六年。

张欧的话，触动了他心中的一点灵犀。

他兴奋地说："张大人所见甚是。不过刑罚不可全免，总要有所惩戒，要他们知所畏惧。如此，方可收惩前毖后，治病救人之效。"

"哦，怎么说？"

"二位大人奉诏议罪，议爵议亲，减死一等，完为城旦。这是依律议罪，谁也挑不出毛病的。可揆之以情理，不能不顾及皇家的尊严、外戚的体面。由此上奏天子恩出格外，易徒刑为圈禁，要他们在家面壁思过，下可以惩戒逆子，上可以告慰亲情，不是很好么！"

"圈禁，面壁思过，毋乃过轻，行么？"刘弃疾问。

张欧颔首道："六年徒刑改行六年圈禁，思悔改者可减为四年，我看可行。"

刘弃疾用指头敲打着爱书，"我觉得，这么大一件案子，总得杀个把人，方能给杨家一个交代。那个李亨，引良家子弟为恶，罪不可赦，定他个弃市，不算冤枉。"

张汤连连摆手道："主犯圈禁，从犯弃市，两相对照，朝廷岂不是不公？今上最忌讳这个，万万不可如此！莫如完为城旦，他家里有的是钱，总有办法为他赎刑的。"

最后，由张欧与刘弃疾联名上奏，金仲与陈珏以杀人议定为弃市罪，议爵议亲后，依律减死一等，完为城旦。提议由皇帝特赦，圈禁闭门思过六年。同案的李亨诱良家子为恶，完为城旦。

奏牍久久没有批复，可也没有发下来重议。直到年终，制书仅一个可字。出乎张汤意料的是，那个李亨，皇帝另有诏令，说他是始作俑者，诱人为恶，罪不可恕，竟被斩了首。

二十七

元光三年春三月上巳日，由函谷关方向，驶过来一列车马，车马行至霸昌观受阻。大队的缇骑守卫在驰道两面，禁止所有行人车马过往。最前面那辆安车上的帘帷被掀开，一名衣饰华贵的女人露出脸来，蹙眉问道："前面出了甚事，为甚不放我们过去？"

一名侍卫策马上前，对手执长殳，阻断道路的缇骑揖手道："淮南国公主要去长安，请让路放行。"

缇骑神情倨傲，挥了挥手道："汝等退后等着，没有命令，谁也过不得。"

刘陵自幼娇纵惯了，哪里见得了这个，涨红着脸喝道："岂有此理！本公主赴长安有急事，光天化日里封得甚路？还不快快让开。"

"公主有甚了不得？长安天子脚下，就是诸侯王，谁敢撒野！"那缇骑全然不惧，嘲讽地盯着刘陵。

"放肆！你敢报出名字么，我今日就要你好看！……"

"甚人在此喧哗？"一名骑郎将策马上前，缇骑纷纷让路，看到刘陵，他眼睛一亮，急忙跳下马，长揖道："原来是殿下，属下无知，冒犯了翁主，在下代他们赔罪了。"

原来是个熟人，数月前淮南国娶太子妃时，张次公曾一路护送过她们。刘陵莞尔一笑，问道："张将军，为甚不准我们过去？"

张次公不过是个三百石的郎官，在送亲路上，他与刘陵闲谈时，曾言及自己的抱负，是成为统率千军万马的将军，立功封侯。此后刘陵便一路调侃，称他为将军。

张次公脸一红，做了个鬼脸。"今日是上巳日，皇帝全家在灞水修禊，整个霸上都警跸了，车驾还宫前，这段路是不准通过的。"

每年三月上旬的第一个巳日，被称为上巳。古时民俗，在这一日要临水洗浴，祛除宿垢，称作祓禊。有祓除不祥，祛灾求福的含意。沿袭至后来，上巳日渐成民间与官方踏春嬉游的共同假日。每逢上巳日，百姓、官吏乃至皇家，都会出城到河边沐浴燕聚。普通人汇聚于渭水之滨，皇室则修禊于灞水之滨，窦太主进献了长门园，今年皇家的燕聚，就定在了长门宫。所以车驾经过的霸上一带，早早就清道警跸了。

"皇帝全家？皇帝而外都有谁？"

"太后，皇后，还有窦太主都在。翁主与皇后交好，皇后知道了，一定会邀翁主同浴。要不要在下奏报一声？"张次公问道，殷勤备至。

刘陵不自觉地望了眼后面那辆安车，沉吟了片刻，笑道："我一路劳顿，想早早休憩。总不成就这么不前不后地堵在这儿吧，将军行个方便，放我们过去，可好？"

刘陵的笑，天真妩媚兼而有之，张次公哪里说得出不字。他想了想，转身上马道："翁主随我来。"

警跸的缇骑让开了一条路，到了不远处的一个路口。张次公道："往北面有条侧路，不在警跸之中，翁主由此可以直达长安城的宣平门。"

"多谢了，日后得空，到我府里坐坐。"刘陵冲他扬了扬手，一行车马上了侧路，疾驰而去。

上巳日的修禊，被窦太主视为修好的机会，因而极力主张在长门宫举办。自从进献给皇帝，变园为宫以来，这里还是首次启用。长门宫修葺一新，筵席由窦太主家的名厨主灶，佳酿珍馐，百味杂陈，酒食餐具鎏金错银，尽极富丽奢华之能事。可席上的气氛却沉闷压抑，原因还是出在皇室的子嗣上。

皇帝大婚已经十年，却仍无一男半女的事实，已经成了席上诸人心头的大病。刘彻苦恼，阿娇忧心如焚，刘嫖一心想帮女儿，王娡则隔岸观火，幸灾乐祸。

酒过数巡，众人轮番上寿，刘彻还是提不起兴致，于是吩咐撤席，饮茶闲话。王娡看着窦太主，年长她几岁的刘嫖风韵犹存，令她既羡慕又嫉妒。这女人容颜耐老，怕是得益于她的那个男宠，皇帝居然还称他作主人翁，等于是认同了他们这种关系。董偃露了一面就退了下去，并不在席上，可王娡心里还是酸涩难忍。

窦太主瞟了眼刘彻，"已经是仲春之季，春分一至，燕子又该回来了。说到这燕子，我倒想起件事。陛下知道高禖之祀么？"

刘彻略作思忖道："《诗》中有玄鸟一首，首句是'天命玄鸟，降而生商'，说的是商之始祖契由此而降生的故事，这个高禖所祀就是契吧。"

"陛下所言甚是。可除去祭祖，高禖还有祈子求福之用呢。我问过太常张欧，他讲高禖是于燕子初回之日，以太牢祭祀于郊禖之所。天子携后妃前往行礼致祭，可以祓除无子之病而得福。眼下准备还来得及，陛下不妨与阿娇试试这个法子。"

"皇帝皇后十年的夫妻，要能有早有了。没这个命，就算日日祭祀拜神，又有甚用？"王娡冷笑道，她决意要打这个破锣。

陈娇的脸唰地白了，太后明摆着在讥刺她。可在皇帝面前，她得谨守孝道，只能忍下这口气。

"太后这是甚话！"刘嫖涨红了脸，不快之意溢于言表。"你这是咒阿彻，还是咒阿娇呐？皇子事关国本，谁能不急？不试，又怎知道管不管用！"

看看要起口角，刘彻开了口："朕若能得子，高禖之祀又算得了甚！"他苦笑着摇了摇头，"母后的话也不是没有道理。腊月二十三，朕曾便衣出宫，到上林苑的碾氏馆祠竈。那晚朕宿在馆中，李神仙陪我坐了一夜。半夜时起了一阵风，帷幕后似有人走动叹息，影影绰绰仿佛是个女人的身影，朕欲相见，被李少君拦住。朕默诵求子之愿，许久，远远传来女子说话的声音，仔细分辨，好像是说，天命有常，时日不到，不可妄求之类。鸡鸣之后，就再无动静了。"

刘嫖道："臣妾听说那个李少君神乎其神，道行了得，陛下养着他，难道就帮不上忙么？"

"他的本事在长生炼丹上，祈福求子，还是神君更灵。"

"当然是神君灵，当年平原君也是祠奉神君，才有了田蚡田胜。皇帝还是按照神君的话做，不可妄求。何必枉费心机呢！"王娡的话皮里阳秋，摆明了是在揶揄刘嫖母女。

话不投机，窦太主提议出去沐浴，拉着阿娇先退了席。看看她们走远，王娡不屑地说道："阿嫖还当是太皇太后当家那阵，甚好处她都能占全呢。"

刘彻颇为厌烦，起身道："一家人，互相体谅一下不好么！朕夙兴夜寐，操心国之大事，宫里面还不得消停，真是岂有此理！"

"是我不让陛下消停么？皇后不能生育，就该早想办法。皇帝心急，我难道不急，我也想早些抱上孙子呢！"

"好了。儿臣有事，要先行一步，告退了。"刘彻实在受不了女人们的聒噪，拂袖欲去。

"彻儿，何不去看看你大姊、三姊，阿仲、阿珏有错，给皇家丢了人，可陛下也处置了他们，难道姊弟间的情义就这么生分了么？"

刘彻停下脚步，回身道："她们最好管好各自的家事，母后可传个话给她们，错可一而不可再，那两个孽子若再惹是生非，就莫怪汉法无情了！"

"陛下不愿意见她们，可以到平阳那里散散心么。平阳总没有做甚错事吧？"

刘彻头也不回地走了出去。直到车驾进了清明门，才想起今日修禊，大臣们都会携家人踏青嬉游，朝中无公可办。于是吩咐骖乘的郭彤，"先不回宫，去戚里平阳侯曹家。"

平阳侯曹寿府邸的大门开向戚里东街，车驾未到，远远便听到一阵笙歌。曹家是万户侯，也是开国功臣之后，府邸极大，前后五进，进了大门，绕过影壁，豁然入目的，是处阔大的庭院，遍植木兰，一簇簇花蕾，姹紫嫣红，如火焰般含苞欲放。正堂前阶下的一处空地上，笙歌起处，一队盛装的歌伎正翩跹起舞，人面花丛，点染得满院春光盎然。

看到被家人搀扶而至的曹寿和满面惊喜的平阳公主，刘彻笑道："真是神仙的日子，姊夫好兴致！"

曹寿早年嗜酒，喝坏了身子，体弱多病，面色灰败，大多时候卧床不起。故全家上巳日只能于府中游宴。接驾行礼后，曹寿支持不住，回了后堂，招待皇帝的事，便由平阳主持。

"陛下不在霸上修禊，怎的想起来这里？"平阳边问，边喜滋滋地为刘彻斟酒。

"娘，大姑，阿娇，聚在一起就免不了聒噪，难得相聚一日，却不让朕有片刻的清闲！"

"还是为皇子的事？"

刘彻抿了口酒，点了点头。

"来，陛下尝尝我家庖厨的手艺，这是用三个月的猪崽烧制的炮豚，脆嫩而不肥。"平阳将片成薄片的乳猪肉蘸上酱汁，夹到刘彻面前的盘中，笑道：

"这事陛下不能怪她们着急，臣妾摊上这么个痨鬼，十几年了，最知道个中的滋味。太后想抱孙子，大姑、阿娇愁没皇子，女人心里存不住话，要憋住不说，非疯了不可。"

刘彻指指堂下的歌伎道："阿姊也愁么？朕看你兴致不错，没有一点愁样子。"

"还能总愁？总愁人还活不活！时日久了就得往开处想，自寻其乐呗。"

"阿娇若能像你这般开通，就好了。"

平阳摇摇头道："我无子嗣，曹寿不能也不敢出妻。阿娇不一样，没有皇子还能坐得住皇后之位么，陛下忘了当年的薄皇后么？"

刘彻叹了口气道："姑母当年对朕有大恩，阿娇与朕又是少年夫妻，即便生不下皇子，只要她不为已甚，朕不会难为她的。"

"可娘的话，陛下不该不听。不早想法子，陛下年高之后，难道将皇位拱手送人！"

"若天命如此，不送又怎么办？真有那么一日，朕也想好了，皇位就传给胶东王，要不就传给常山王。兄终弟及，总还是先帝的血胤。"说罢，刘彻猛饮了一大口酒，心情更加郁闷了。

"阿寄和阿舜？小姨娘的儿子？不成，母后不会答应的。"

"怎么不答应，欠别人的总要还的！"刘彻又饮了一大口，重重地将酒杯顿在食案上。

"陛下富于春秋，哪里谈得上让位！阿姊这里的歌伎中，有不少美人，我叫人为她们相过面,都有宜子之相。阿彻,我唤她们上来,你挑几个带去宫里,保准能为你生儿子。"

"又是母后的主意吧。"刘彻冷着脸,未置可否。

平阳侯府的歌伎,个个云鬟花容,皓齿明眸。虽有妍媸肥瘦的不同,可春兰秋菊,各擅一时之秀。可以刘彻目前的心境,却提不起兴致。看过一遍,摇摇头道:"比起宫里的女人,也不见得怎么出色么。"

费了恁大的钱财与心力,得到的却是如此的评价,平阳大失所望。"陛下看不中,阿姊再找。以天下之大,不信找不出个陛下喜欢的。"

她忽然想起李嫣,这个丫头若在,皇帝肯定会喜欢。她开始后悔不该放她回乡探亲。她这一走几个月没有音信,看来是不会回来了。她走下前堂,吩咐把车驭卫青找来。

"卫青,你马上驾车去请韩师娘过来,就说天子驾临饮宴,要安排些歌舞助兴,请她过来帮忙。"

回到堂上,刘彻还在一杯杯喝着闷酒,不久,便醺醺然了。即位十年,家事国事均不如意。匈奴依然睥睨一世,至今扰边不断,而他却奈何不得他们!还要忍耐多久,大汉才能与强胡一战,洗雪前耻?僻处南荒的西南夷,居然也没能搞定,还要派专使安抚,真是一事无成,愧对先帝。再看朝政,亦乏善可陈。外有诸侯豪强,内有外戚权臣,自己的意志,在国事大政上每每受阻于群臣,远不能收如臂使指之效。内兴儒术,外事四夷,成就一代圣王大业,仍是遥不可及的追求。孔子云,三十而立,自己已年近三十,尚一无所成。白驹过隙,时不我待,时不我待呀!

先帝在这个年纪,已是儿女成群了,而自己孑然一身,只能与阿娇茕茕相对……他一阵晕眩,仿佛身不由己地向黑暗中飘落,飘忽与沉沦的感觉交织成为一种紧张,人从高处跌落,触地那一刻,会是甚感觉?他屏息等待着。朦胧中,有人唤他,声音听起来很熟,"陛下,陛下……"那是谁?是韩嫣,不,不是韩嫣,是大萍!一双温暖丰腴的手在摇动他的肩头,若断若续的歌声,圆润清亮……

雄朝飞兮鸣相和,雌雄群游于山河。我独何命兮未有家,时将暮兮可奈何,嗟嗟暮兮可奈何！

刘彻抬起头，倚在平阳肩上。醉眼恍惚中，一队歌伎载歌载舞，亦真亦幻。"我独何命兮未有家，时将暮兮可奈何！"他反复吟诵着这两句，觉得特别契合此时的心境。

"好，唱得好！这是甚歌，歌者何人？"

"歌名'雉朝飞'，歌者乃臣妾家的歌伎卫子夫。"

"卫子夫，卫子夫。这名字好怪！"这颇似男人的名字，给了刘彻深刻的印象。

平阳欣喜地招手道："卫子夫，陛下赞你歌唱得好，还不快上前谢恩！"

卫子夫伏地稽首，行参拜大礼。刘彻要她扬起头，恍惚中，但见丰容盛鬋，皓齿明眸的一个美人，在锦绣华衣的衬托下，光彩照人。

"方才怎么不见她？"

"方才见过的。想是陛下心烦，顾自饮酒，视若不见。"

"哦，是这样么？"刘彻有些不好意思。

平阳笑道："适才陛下酒入愁肠，险些醉了。眼下心情好，不妨多饮几杯。子夫，再歌几曲为陛下助兴！"

"陛下喜欢听甚歌诗，请示下。"

卫子夫再拜顿首，莞尔一笑。刘彻心旌摇动，竟有了些不能自持的感觉。"朕看这满园的春色不可辜负，就唱些男欢女爱，琴瑟相和的歌诗吧。对了，'凤求凰'这首歌，可会？"

"当然会。难得陛下有这样的兴致，子夫，你要用心侍奉！"平阳笑道。这首歌诗，是司马相如在蜀中琴挑卓文君时所作，早已传入关中，成为流行一时的情歌了。

堂阶下设有一席，一名淡妆素裹的妇人，只手清扬，一串珠玉铮锨的琵音过后，是一段舒缓轻柔的过门。先似清风徐来，水波不兴。继而宛转抒情，在一队歌伎的伴舞下，卫子夫舞袖轻扬，啭喉而歌：

凤兮凤兮归故乡，遨游四海求其凰。时未通遇兮无所将，何悟今夕升斯堂。

群伎进，卫子夫退；群伎退，卫子夫进。舞姿之翩跹曼妙，如杨柳轻拂，鱼龙曼衍。群舞之后，琴音转为而激越。

有艳淑女兮在此方，室迩人遐愁我肠。何缘交颈作鸳鸯！何缘交颈作鸳鸯！

最后一句声如裂帛，高遏行云。众歌伎齐声应和，坐中人无不色动。"好一个'何缘交颈作鸳鸯'！"刘彻兴起，起身加入，与卫子夫相对，且舞且歌。

凰兮凰兮从我栖，得讬孳尾永为妃。交情通体心和谐，中夜相从知者谁。

群伎回转盘旋，将二人围在当中，舞袖飘飘，如鸟翻飞。曲终齐声高唱：

双兴俱起翻高飞，无感我心使余悲。

舞毕，众人鼓掌大乐，齐声赞好。刘彻回到座中，早些时候的不快与郁闷一扫而空，下令赐赏千金。心情一好，他又与平阳猜枚行酒，又饮了数杯后，酒多内急，起身欲如厕更衣。一旁侍候着的郭彤，领着两个小黄门，正欲上前，却被平阳一把拦住。"皇帝更衣，我府里有人服侍，不用劳动公公了，各位正可以放松一下，饮几杯酒。"她转身直视卫子夫，连连招手道："你还愣着干甚，还不快扶陛下入室更衣！"

在众人的哄笑声中，卫子夫羞红着脸，扶刘彻去了尚衣轩。许久，她又走了出来，告诉平阳公主与郭彤，皇帝醺醺大醉，要回宫。郭彤等赶忙入内服侍。平阳叫过卫子夫，悄声问道："皇帝宠幸了你么？"

卫子夫红着脸，嗫嚅难言。"陛下他醉了，他亲……亲了臣妾，倒在臣妾怀里，说是要回宫，就一头睡过去了。"

平阳蹙眉道："就只这些？陛下还说了些甚？到这个地步，你还有甚难为情的，快说！"

犹如电光石火，卫子夫猛然意识到，一生的富贵贫贱，就决于此刻，这正是自己千载难逢的机会，她还犹豫个甚！她嫣然一笑道："陛下说喜欢我，要我入宫陪他。"

平阳闻言喜笑颜开，马上吩咐侍女为卫子夫更衣装扮，并将自己日常用的一套金镶玉错的头饰，送与了卫子夫。郭彤等将刘彻搀扶上车驾，平阳把他叫到一旁，告诉他，卫子夫已被皇帝宠幸，不宜再留在宫外，要他携卫氏一道进宫。皇帝醉成这个样子，还能行房事？郭彤将信将疑地打量着盛装待命的卫子夫，最后还是决定宁可信其有，吩咐另备一辆安车带她回宫。

平阳送到府门之外，卫子夫登车时，平阳公主拊着她的背道："走了么？到了宫里，一切小心，加餐强饭，保重了。他年若得富贵，毋相忘！"

卫子夫回过身，俯首长揖致谢。动身时，伴随着车马辚辚与侍卫们的警跸呼号声，卫子夫心怀忐忑，泪水夺眶而出。此去宫中，会给她的命运带来何种变化，她难以想象。天阴着，举目四望，漫天阴霾，即将到来的，会是个不见星月的暗夜，与吞噬一切的黑暗。

二十八

上巳休禊之日，阿娇与母亲在长门宫盘桓了一日，次日一早回宫，却从胭脂处听到了一个令她心惊的消息：皇帝昨日从平阳侯家带回了一个女子。

"这女子是甚人，甚来路？"阿娇强压下心头的怒火，问道。

"这女人叫卫子夫，是平阳侯府的一个歌女。听永巷的人讲，皇帝中意她的歌，由她服侍更衣，沾了恩泽，才被带回宫来。她家里头出身微贱，母亲是平阳侯府中的仆妇。"

"这女人你见过么，模样如何？"

"昨夜在永巷录名安置她时，臣妾见着了。模样不算很出色。"

"怎么安置的？"

"先安置在永巷的尚衣监。按规制，一月之内无妊娠迹象，即发给永巷劳作。若有孕，则奏报天子，晋封名位。"

"你要找个靠得住的稳婆①侍候她，把她给我看紧了，别管甚消息，要马上报过来，决不能大意了。"汉代的制度，被皇帝召幸而无孕的女子，除非天子特召，将很难再有机会侍寝。时间久了会被皇帝淡忘，被发配到永巷从事扫除浣洗。

"是。"

---

① 稳婆，古时以接生为业的妇女。

"还有，若月内无孕，不能留她在永巷。你要尽快将她撵出宫去，决不能让她再得见皇帝。上林苑的蚕室不是还缺人么，就把她放到那里去。"

"万一她要是有了孕呢？"

"那就早早用药打掉，决不能让孩子生下来！"

胭脂领命，正待退下，忽然又想到了什么，回身道："还有件事情要奏报殿下，淮南国的刘陵回来了。"

阿娇猛然一喜，急问道："哦，甚时到的？"

"昨日到的长安，午后觐见殿下不得，说了会儿话就走了。她说为殿下带了个人来，要办个名籍入宫。"

"那你倒是快去办呐！办好了马上传召她们进宫来。"

刘陵午后才入宫，足足让陈娇心神不定了几个时辰。才见过礼，陈娇便急不可耐地问道："人带来了？"

刘陵点点头，"我叫她在殿门外边候着呢。"

"是楚服么？"

"是。"

"快传她进来。"

楚服年近四旬，可身材瘦削，皮肤白皙。一点也不显老。漆黑的头发被她盘成了高髻，修得细长的眉毛下，一双眼睛奕奕有神，总是盯着人看，仿佛要看到人的心里去。

"你是楚服？"陈娇好奇地打量着她，问道。

"我是楚服。"

刘陵道："宫里头有规矩，称呼时要以卑达尊，见了皇后要称殿下，不得直视，你也要具名自称臣妾。"

楚服顿首称是。

"不知者不罪，日子长了你就明白了。"陈娇的心思并未在礼数上，她吩咐侍从们退下，留下了刘陵与楚服。

"听说你懂得医术？"陈娇问。

"是。"

"你们那里有种药草，说是能使人相恋，叫甚……鹤子草？你带来了么？"

楚服解下缚在背部的一个布包，小心翼翼地打开，里面是个扁平的药箱。她从里面取出一小扎蔓草，蔓草藤本，交互缠绕着，叶形如柳而稍短，因干枯呈现灰绿的颜色。茎头有花数朵，干后呈浅黄泛紫的颜色，细看时，花瓣上可见一道道淡紫色的条纹。

"殿下说的就是这个，岭表地方的女人，喜用鹤子草的花装扮自己。贴在两靥，当地男女皆以此为美，就如汉人点唇敷粉一般。"

陈娇反复端量着蔓草，狐疑地问道："这扎枯草就能使男人回心转意么？"

刘陵插言道："阿苗上次讲得不对，来时路上臣妾细细问过楚服，能令人相恋的不是鹤子草，而是食草为生的媚蝶。"

"哦，媚蝶？"

楚服又从箱中取出一只赤黄颜色的干蝶，小心翼翼地递到陈娇手上。"春草蔓生时，总有成对的毛虫附生于草上，只食鹤子草的叶子。蜕过几次皮后，虫化为蝶，化蝶在夜间，一经交尾，便无功效，极难捕捉。岭表的女人往往收幼虫于妆奁之中，采鹤子草叶饲之，如养蚕一般。老蜕为蝶后，佩于身边，称之为媚蝶。佩此蝶者，均秘不示人。这只蝶，还是我在武陵行医时，救了一病重女子的命，她以此相赠为谢。不然，纵使千金，也是有价难求呢。"

"为甚？"陈娇问。

"消息一旦被男方晓得，媚人的功效会大减。更因为南中视此为巫蛊，一旦为他人知晓，会招来极厉害的报复，有性命之忧。"

南方如此，北方还不是一样。陈娇根本不敢想，皇帝若知道了此事，会如何处置她。可为了保住皇后的地位，她决计行险侥幸，后果已在所不计了。

"这东西真那么好使么？"她问。

"雌雄成对最好使，不过保存不易，效力也短。岭表女人年年孵化饲养，可使其效力延续不绝。"

刘陵道："媚蝶之外，不是还有其他媚药么？你都对皇后讲讲。"

"是。"楚服又取出一对鸟的头骨，"殿下看，这是鹊脑，雌雄各一。每年的五月五日，将脑仁取出焙干，入于酒中，丙寅日饮用，可令人相思。"

鹊脑散发出一股腥气，刘陵蹙眉掩鼻，陈娇却不在意，前席相就，"孤看看你这里面还藏着甚好东西。"

她打开药箱，拨拉着里面的物件。她将手指探进一只五彩锦囊，一个毛茸茸的东西吓了她一跳，"这里面是甚？"

楚服从囊中掏出一只干瘪了的动物，形似北方的花鼠，只是个头更小，通身红褐色的被毛。"这件东西最难得。是南粤交趾所产的红毛鼠。雌雄结对后，终身不离不弃。平日深藏于花丛绿叶之中，捉住了一只，另一只总会跟来；一只死掉，另一只很快也会死去。南中的妇人皆佩于锦囊之中，以之为媚药。"

"这又是甚？"陈娇手指着缠结成一团，看似菟丝女萝样的东西。

"这就是巫山下生的瑶草啊。煎服代茶饮，可与思念之人梦中相会。新鲜的最好，最灵。"

"这么多的媚药，除去相思之病，你可还通其他医术么？"

"是阿苗告诉我，京师的贵人患在相思上面，所以臣妾带进来的多是媚药。其他药也有，存在了淮南国的京邸，翁主知道的。"

刘陵颔首道："是这样。我派阿苗去江汉一带，很容易便找到了她。她医术高明，在那一带名气很响的。"

"好！"陈娇满意地笑了。"孤这一向总觉得不适，不光身子乏力，心情也差。寝难安枕，食不知味。你可愿在孤身边做名御医？"

楚服再拜顿首道："承殿下不弃，臣妾愿服侍殿下，伏愿殿下康健无恙，长乐未央。"

刘陵吩咐侍女告知胭脂，为楚服更换宫妆，并通知太医署，椒房殿添置了一名御医，月俸比照诸太医。楚服游走江湖，半生漂泊不定，能做皇后身边的御医，不啻有了可靠的归宿。她大喜过望，连连叩首谢恩。

陈娇对刘陵使了个眼色，刘陵会意，问道："听阿苗说，你还通巫蛊之道？"

楚服的脸色有些发白，低头不语，一副嗫嚅难言的样子。

刘陵不以为然道："怕甚，皇后当你身边之人，难道还有甚好隐瞒的么？讲嘛！"

"臣妾当年在武陵山寨为巫觋时，曾为寨主放蛊诅咒过敌人。"

"皇后若有敌人，须施蛊厌魅，你可肯做？"刘陵步步紧逼。

楚服猛然抬起头，紧盯着面前的两个女人，黑亮的目光中，闪过一丝冷漠与凶残，虽只是瞬间印象，陈娇、刘陵还是不由得打了个冷战。

"皇后如此看顾臣妾，天恩高厚，臣妾万死难报。日后，皇后的敌人就是楚服的仇人，臣妾必除之而后快。耿耿此志，敢质于天！"言罢，楚服啮指出血，在自己的前额上抹了个十字。

"你这是……"陈娇惊问道。

刘陵道："我父王说，南中的蛮夷，以此为血誓，恰如汉人的歃血为盟。"

"好，好！"陈娇大为感动，亲手扶起了楚服。"你有此心意即可。孤与皇帝已结缡十载，却迟迟没有子嗣。没有皇子，孤心烦，皇帝也心烦，搞得琴瑟不谐，夫妻反目。为了这件事情，孤与皇帝愈来愈疏远了。长此以往，孤可真怕有甚狐狸精乘虚而入，迷惑住皇帝。"

陈娇面色苍白，眼中似有泪光。她拉起楚服的手，握在掌中，"有了你，孤的心，安稳多了。眼下，孤要你办两件事。一是觅购你所知道的媚药，施展你的医术，使皇帝回心转意，回到孤的身边来。再就是尽你所能，使孤怀上皇子！"

楚服受宠若惊，顿首称是。

"阿陵，这件事情上你还得帮我。昨日在长门宫，我娘已应允，为孤求子，寻医问药之资，随用随取，她全包下了。楚服在宫里，出入总是不便。宫外头的事情，你要为孤分劳。我娘家那头，由你居间联络，药材上的事情，楚服拟方子，由你去办。媚药的事情，吾等三人而外，再不可有其他人知道，包括我娘。"

"你就是昨晚进宫的新人？"

尚衣监厢房的门被推开了，明亮的阳光晃得卫子夫眯起了眼。一个年纪颇长的宫人走进来，不无妒意地打量着她。

"你叫卫子夫，从平阳侯府来？"

卫子夫急忙起身，敛衽为礼道："臣妾卫氏，字子夫，敢问阿姆是……"

"你喊我史阿姆便是了。我在尚衣监的年头多了，皇帝、皇后、嫔妃与皇子们的衣裳全归我们这里照管。你在平阳侯府里做甚？"

"讴者。"

"甚讴者，不就是歌伎么？"

"是。"史阿姆颇不友善的态度，使卫子夫不知说什么好。

"别呆站着啦，跟着我做活去吧。"史阿姆边说，边走了出去。

卫子夫有些恼了，她追出几步，鼓足勇气问道："阿姆，皇帝带臣妾入宫，怕不是为了跟你做活儿吧？"

史阿姆回过身，斜睨着她，不屑地笑道："可真是的，让皇帝沾了回身子，就真当是上了枝头作凤凰？宫里像你这样心高的人多了去了，最后还不是扫除的扫除，浣衣的浣衣，一辈子老死在宫里。反倒不如没被亲近的宫人，还能放归乡里，嫁人成家。"

"不可能，皇帝这么快就把我忘了，不再召见我了？"

"那要看你中不中用了。你昨夜在永巷登录了吧？"

卫子夫点了点头。

"自此一个月之内，你若有孕，皇帝或许会再见你。不然，你就是从事贱役的命了。可这么多年，还没有一个人能再蒙皇帝的召幸呢。"

卫子夫懵了。昨日更衣时，皇帝已酩酊大醉，虽与她有过肌肤之亲，但并未真正宠幸她。也就是说，她根本没有也不可能受孕。原想进宫之后，有的是机会亲近皇帝，不想宫中竟是这样一种制度，弄不好竟是要一辈子在宫里从事贱役，她是弄巧成拙了。

"阿姆，可能让我见皇帝一面？"

史阿姆大摇其头，"能让你见着皇帝的，只有三个人。安排宫人侍寝的永巷令或丞，还有就是皇后宫里的女御长。你既得恩宠，上面会派个宫人来，你若有孕，她会报上去并侍候你，直至孩子出生。"

她小心地扫了一眼四周，低声道："我劝你还是老实做活。你这样四处求人见皇帝，让椒房殿那里知道了，很危险。"

"危险，为甚？"卫子夫不解。

"皇后十年不育，已成了她心头的大病。若得知宫人中有人抢了她的先，你想她会怎样！"

卫子夫打了个冷战，"阿姆，我当如何？"

史阿姆生了恻隐之心，讲出了自己的经验之谈。"决不可再提皇帝之事，你要尽可能做出卑微恭顺的样子，低首下心地做活，尽快被人遗忘、漠视，甘为蝼蚁才是最好的自保之道。"

　　尚衣监的活并不重，每日里只是晾晒整理衣物。卫子夫自怨自艾了几日，渐渐适应了宫里的生活。可二十日不到，在确定她无孕之后，永巷忽然来了两名宦者，不由分说，将她推上了一辆辎车，带出了未央宫。辎车走了一个多时辰，到了一个所在，下车四望，是刚刚萌生嫩叶的大片桑林，一片新绿，远远望不到头。大门的门楣上，题有"茧馆"两个大字。大门内建有数排房屋，正中是供奉蚕神嫘祖的祭室。两旁则是孵化蚕蛾的茧室。

　　宦者向管事的作了交代，径自驾车离去。管事的自称为丞，带她进入茧室，室内挂满了编成长串的蚕茧，年龄不一的妇人们正穿梭于一排排木架之间，拴挂用于产卵的缣帛。他指指那些妇人道："你就随她们做活，蛾子出来溵子后，将蚕卵收集起来，送去蚕室孵化。"

　　"大人，这是哪里？"

　　"这里是上林苑的蚕室。你莫问这问那的，快去做活儿。"

　　上林苑距长安数百里，每年除春季皇后来此行先蚕祀典而外，这里所能见到的，便只有被处宫刑的犯人了。如果说卫子夫此前还有所希冀的话，到了这个地方，她真的绝望了。

二十九

光阴荏苒，转瞬已是初夏，可短短两个月，在卫子夫，却度日如年。上林苑的蚕，已进入三眠，三眠之后，蚕即开始作茧。入眠后的蚕不再进食，不用整日采桑，劳作轻了许多。卫子夫倚在蚕室门前，默默地想心事。

她自幼随母亲生活在平阳侯府中，没有出过大力。终日劳作，汗流浃背的滋味她还是初次领略。她被晒得黝黑，手上的皮肤也被蚕沙杀得粗糙了。身体上的劳累而外，最令她痛苦的是屈辱与无望的处境。先蚕祀典上皇后对她的羞辱，令她不堪回首。

仲春化卵出蚕之际，依惯例，皇后会亲率公卿贵戚的夫人们，亲临上林苑蚕室，祭祀蚕神。祭祀之后，皇后要率众夫人亲手采摘三盆桑叶，饲喂幼蚕。如同皇帝每年躬行先农藉田大典一样，此举是为天下的民妇做一个表率，以示朝廷重视耕织之意。

那日采桑饲蚕完毕，皇后把她召到跟前，当着众多公卿命妇奚落她的情景，还历历如在目前。"啧，瞧瞧，瞧瞧！这就是皇帝上巳日从平阳主那里带回宫的美人呢。可怜皇帝全无顾惜，被发配到这里。风吹雨淋的，这才几日呀，快把个美人糟蹋成黄脸婆了么！"

那些命妇们围着她，评头品足，放肆地嘲弄她。她低头跪在那里，汗流满面，脑子里嗡嗡作响，心慌得仿佛要跳出来。她任凭众人奚落，咬紧牙关去忍。在心里默默地念叨史阿姆传授给她的自保之道：卑微恭顺，低首下心，甘为蝼蚁。

那些人戏弄得乏了，见她畏缩胆怯的样子，皇后也觉得无趣，问她有什么话说。她抽泣着，说出了真相。皇帝醉了酒，并未亲幸她，她糊里糊涂地被带进了宫里，又糊里糊涂地被送到蚕室。她思念家人，哀求皇后开恩，放她出宫团聚。

"早知如此，何必当初。你以为这宫里想入就入，想出就出？"坐在皇后身旁的一个贵妇冷笑道。"你在此卖力做活，等到真熬成了个黄脸婆，皇后想留你，皇帝也不答应呢！"众贵妇哄然大笑。事后才知道，那言辞恶毒的贵妇，是皇后的母亲窦太主。

直到皇后一行的车驾卤簿离开了许久，卫子夫还如木胎泥塑般地跪在那里。此后，蚕室上下人等，均知她得罪了皇后，视她为异类，避免与她接近。她茕茕孑立，竟找不到一个人可以倾诉内心的痛苦。而从那时起，她也放弃了出宫的想头，时时告诫自己，要以无尽的耐心去忍受这一切，直到可以扬眉吐气的那一日。

不远处传来呜呜咽咽的笛声，曲调沉郁，低回不去。循着笛声，卫子夫又看到了那个男人，背对着她，坐在一座土堆上。男人李姓，听说是犯了死罪，赎为宫刑，在这里行了刑，下在蚕室养伤。蚕室下面是地窖子，灶火直通上面的蚕炕。春蚕孵化后，为防受病，须将蚕炕烧热取暖。地窖子位于地下，除一门上通蚕室外，四面无窗，里面灶火常燃，内中极为温热。处宫刑者，极易受风坐病，于是便被置于其中，直至伤口痊愈后，方可外出。

这男人可能是刑后初愈，露面没有几日。可他那一手笛子吹得极好，卫子夫觉得，甚至超过了平阳侯府的乐工。男人可能是受刑屈辱，出入总是避开人，从不与人接语。所吹的曲子，多忧郁悲切，动人心扉。卫子夫觉得，他的曲子很能宣泄自己的悲苦，她想要了解他的过去，可又无从接近他。对这个谜一样的男人，她由好奇而好感，同为失意沦落之人，虽形同陌路，却心有灵犀。可那男人见到她，总是脸也不抬，匆匆避开，她甚至恨他无情了。

这谜团，却因一个不期而至的熟人破解了。十日之后，卫子夫正在屋前晾晒衣物。远处驶过来一辆辎车，车驭停下车，掀起帷帘，下来了一个妙龄女子，女子随车驭进了蚕室令丞的公室。待她转身出来时，卫子夫看清了她的面目，不觉失口大喊道："阿嫣，怎么是你？"

那女子端详了一会儿，也吃惊地叫了起来："三姊，何以如此狼狈！"她快步上前，把臂相视，几乎不敢相信自己的眼睛。

相对无言了许久，卫子夫望见室丞正向蚕室走去，不时回头看看她们，叹了口气道："我的事一言难尽，先说说你来此做甚吧？"

"我来看我哥。"

"你哥，在这里？"

"他受了刑，关在这里。"

室丞带出了那个男子，向这边走来，原来这个男子竟是李嫣的兄长——李延年。李嫣见到兄长，飞似的迎了过去。回身向卫子夫招招手道，"过会儿去看你。"

有了李嫣，就可以通消息给平阳侯府，让他们来救她出去。卫子夫又感觉到了希望，犹如死水微澜，心思又活动了起来。她焦急地等候着，直至晡时，李嫣方姗姗而来。

原来，李嫣为防修成子仲与陈珏的报复，不敢再留在平阳侯府中，于是假借探家，回了中山老家。不想在中山，又有个当地的无赖看上了她，逼着李家许嫁。李嫣的哥哥李广利不忿，与那无赖子争讲起来，一失手，竟刺死了他。李延年见状，当即要兄弟逃亡，自己则去官府自首，把罪过揽到了自己头上。李氏变卖家产，勉强够赎死罪，李延年还是被押解到京师，处以宫刑。李嫣在家乡随人卖艺为生，直至攒够了一笔钱，方回到长安探望兄长。兄长入狱，全是为了她，她打算这次回来就不走了，陪在兄长身边。

两人相与叹息了一阵，李嫣问卫子夫为何也在这里，得知她的经历后，不平地说，这件事她一定要转告平阳主，求她向皇帝要人，救卫子夫出去。久别重逢，两人有说不完的话，李嫣索性就留在卫子夫的住处，联床夜话。

"你兄长伤愈后打算如何呢，带你还乡么？"男人是一起姊妹的亲人，卫子夫感情上与那男人更近了一层，关心地问道。

"我哥说他大质已亏，无颜再见乡人父老，只能留在京城了。他说以自己这样的残躯，往好了说，或可入宫做个宦者，不然就在京师为官宦豪门作乐演奏，倒不愁没有饭吃。我也想帮我哥，就怕遇到那两个恶少，纠缠起没完，大哥反而又会受我牵累。"李嫣叹了口气，发起愁来。

"不用怕了！你还有所不知，那两个恶少，在茂陵犯了命案，被拘禁了一阵，现在都被圈禁在家中，闭门思过，不许出来。听说是皇帝亲自下的制书呢。"

李媛一下子兴奋起来，拍手道："那太好了！我哥告诉我，他有个好友，名气可大了，被朝廷派去巴蜀公干，不知何时回来，有他在，我哥的出路就好办了。我明日就去长安，一件事是帮三姊你通消息，另一件就是去找我哥的朋友。如果行的话，也要他帮你出去。"

"你哥的朋友是谁？"

"说出来你准不信，是大名鼎鼎的司马相如。"

"司马相如！"上巳日与皇帝对舞时所唱的歌诗，便是司马相如的《凤求凰》。卫子夫清楚地记得，在唱到"何缘交颈作鸳鸯"一句时，皇帝那神往动情的目光。当日的一切，于今已恍如隔世了。

此时的司马相如，正在茂陵的家中生闷气。

元光三年冬十月，他奉皇帝之命，以二千石的大员身份出使西南。此番出使，仪从甚盛。不仅有王然于、壶充国、吕越人三名副使扈从，而且建节旄，乘驷马，有数十名骑士护卫。未到成都，蜀郡太守率属下百官，北出十里郊迎。

相如当年只身赴长安时，曾在这里的送客观歇脚，临行时在观北升仙桥的柱廊上刻有"不乘朱轮驷马，不过汝下也"的誓言。此番重游，字迹依然清晰可见。抚今追昔，他感慨万千。父母虽已亡故，不得亲见儿子发达，显亲扬名，可自己总算不负平生，实现了衣锦荣归的志愿。

在送客观小憩之后，蜀郡太守为他举办了盛大的入城仪式。由属县的县令负弩前驱，太守与郡中的主吏陪同，数百名卫士前呼后拥，夹护而行。入城时，士女云集，万人空巷。场面之盛，为有汉以来所未有。此行之风光，蜀中众口喧阗，皆以为是天子前所未有的恩宠。丈人卓王孙与临邛诸富豪都赶来成都谒见，进献牛酒。相如大宴宾朋，席间，卓王孙感喟自己看人没有眼光，自恨没有早些将女儿嫁给长卿。他当众宣布，要将家产一视同仁地分给儿子与女儿。

此番出使，相如也确实不负所望。不但安抚住了巴蜀三郡的官员父老，而且周边的蛮夷，如邛、莋、冉、駹①、斯榆②等部君长，闻风而动，纷纷遣使请求内附。这个结果大出司马相如的意料，西南的局面非但没有收缩，边关之外的领地，反而向西延伸至沫、若二水，南界则以牂牁为边徼，而深入邛莋的灵山道与孙水桥也已贯通。

归报朝廷，皇帝大悦，准备重重地赏赐他，甚至有封侯的传说。相如志得意满之际，却有人上书，列举了他出使时种种跋扈情景，且言其从蜀中满载而归，有受贿贪赃的嫌疑。事情下到廷尉署，他不仅未得封赏，反而被削职居家听讯。经查，相如携回关中的十数车财物不假，但都是岳父卓王孙分与女儿的家产。最后以"事出有因，查无实据"结案，不了了之。相如不明不白地丢了官，而且是脏污的罪名，胸中愤懑难平，终日以酒浇愁。结案之后，他变得十分消极，几乎杜门不出。好在有岳父之赠，夫妻二人衣食无忧，没有了二千石的俸禄，日子照旧富足。

一日，邹阳来访，说是皇帝近日问起他，可能不久便可起复，重新入宫侍中。司马相如对此却看得淡了。

"子曦兄，弟沉浮官场二十余年，多作趋奉君主的文学侍从之臣，此番有机会做番事业，总算不辱使命。不料却遭小人暗算，险些丢了性命。弟已近知命之年，若再看不破，就是个愚人了！吾从前于功名利禄，孜孜以求者，是不甘心学无所用，此番蜀中之行，一支笔，一张口，兵不血刃，群夷归服，总算不负平生所学，我知足了。至于做不做官，做多大的官，随他去，吾当随遇而安。"

"长卿看得开最好。我听皇帝的口气，还是打算由你主持乐府。你我以文学侍从始，看来还得以文学侍从终。"

相如自嘲道："侍从天子，诗酒风流，这样的命也算不错了。"

邹阳诡秘地一笑，压低声音道："嫂夫人在家么？"

"她在后堂，怎么？"

---

① 駹，音芒，古代西南夷部落名，在今四川茂县一带。

② 斯榆，又名斯臾，古代西南夷部落名，在今四川邛州一带。

"说起风流，有个绝色的少女，这几日常到宫门打探长卿呢？"

"少女，打探我？子曦见到了？没问她做甚么？"

"当然问过。她姓李，是中山人。据她说，兄长与你是好友，有事求你。"

"哦，姓李，中山人？一定是李延年，那女子应该是他的女弟。"司马相如兴奋了起来，"当年在睢阳，我与枚乘常去买醉，在酒肆与之相识。吾等所作歌诗，他都能即席谱曲吟唱，是难得的奇才。梁孝王薨逝，我回了成都。这一别有十余年不见了。此人精于音律，正是乐府急需的人才！"

"对，是叫李延年。"邹阳道。

"真是太好了！子曦，我们马上去访他。"司马相如站起身，"他现居何处，是在平阳侯府中么？"

邹阳微笑道："此人的居处我不知道。不过，他的女弟我同车带过来了。"

相如不悦，蹙眉道："嗨，人来了，子曦为何不请入相见，哪有如此待客的道理，叫人家等在门外！"

"我倒想带她进来，可贸然进来，如此绝色的美人，文君夫人见了，会怎样想？女无美恶，入室见妒啊。"

司马相如一怔，随即笑了。"内子哪里都好，唯独……也好，我们要她带路，径直去访李延年。"

司马相如以为邹阳在开他的玩笑，及至出了里门，看到等在邹阳车上的李嫣，他才真正吃惊了。不想李延年竟有个如此出色的姊妹。而当李嫣嫣然一笑，落落大方地施礼问候的时候，他那颗老于世故的心，竟也跳得快了。

三十

田蚡的吉期，定在了元光三年的夏至。汉代的夏至与冬至，是重要的假日，朝廷的官员，有一连五日的假期。田蚡以丞相之尊，中年再婚，娶的又是诸侯王的公主，当然想要风风光光地大办，早早就将婚期告知了同朝为官的大臣们；太后也赞成他大办，并特为传谕在京的列侯宗室，一定要亲临致贺。魏其侯窦婴，是前朝太后的侄儿，自然也在传谕进贺的外戚之列。

自从上次因东陵瓜田一事交恶后，窦、田之间再无来往。事后冷静下来，窦婴颇生悔意，田地终为身外之物，为此得罪田蚡这样势高权重的小人，未免意气用事了，之后田蚡与灌夫相互攻讦，虽经两家的宾客朋友调解，总算没有酿成大事。可以田蚡睚眦必报的性格，恶感不消，后患不除。窦婴几次想去田府，开释双方的恩怨。可事到临头，总觉得像是主动去递降表，深深的屈辱感攫住了他，无论如何迈不出这一步。

太后的口谕，不啻为一个极好的转圜机会，由于是奉谕上门致贺，自不会有主动求和的屈辱。他自己要去，而且要携灌夫同去。嫌怨既由田土而起，他估算了一下，东陵瓜田既为新妇所求，而足直百金的良田，即使对田蚡，也是份厚礼。他以此为贺，田蚡既得其所欲，又有了面子，应该可以释憾，放过灌夫了。对此，窦婴很有把握，当日一早，便驱车去了灌夫府上。

但灌夫却不这样认为。听了窦婴的来意，他连连摇头，说自己是沾酒便醉，点火就着的性子，几次饮宴，都闹得不欢而散。如今又与丞相结了仇，丞相看他不顺眼，他看丞相也不顺眼，酒酣耳热之际，保不准又会出什么事情，还是不去赶这个热闹为好。僵持了半日，终拗不过窦婴，还是随他往田府致贺了。

到得田府，最先到贺的宗室外戚，已经散席。两人于是随第二批到贺的大臣们入席。看过窦婴的礼单，田蚡淡淡一笑道："难为王孙肯送这么厚的礼，早知如此，又何必当初呢！"见到灌夫，则眼皮也不抬，拱拱手便与他人寒暄去了。灌夫受窘，本想一走了之，却被窦婴拽住，强留在了席上。

酒过数巡之后，笑语喧阗，客人们开始活跃了起来。田蚡起身祝酒，众人皆避席①伏地，以示恭敬。轮到窦婴祝酒，朝中与之有深交的老臣，亦避席致敬，可多数客人，仅只略作退让。窦婴虽心有不惬，可自己资格虽老，终究是在野之身，也无可奈何。而灌夫最恨势利之人，看在眼里，窝了一肚子的火，强忍着没有马上发作。

又过两巡之后，轮到灌夫行酒。轮到主人时，田蚡原位不动，只用嘴唇抿了抿杯口。客人敬酒，主人不饮，是很失礼的。田蚡明摆着是要当众给灌夫难堪。

灌夫怒火中烧，强笑道："丞相大人大量，莫与我一般见识。灌夫先干为敬。"言罢，将杯中酒一饮而尽。照照杯，盯着田蚡。

"我无将军的海量，干杯做不倒。"田蚡冷着脸，一副全无商量的神态。

灌夫满面通红，可口吻已转为讪笑："今日乃将军大喜之日，身为贵人，不会是看不起吾等吧？满饮一杯，如何？"

田蚡不肯满饮，两人僵持不下，还是窦婴喝止了灌夫。此景此情，引得满席之人交头接耳，议论纷纷。田蚡的下首，坐着临汝侯灌贤，正与邻席的东宫卫尉程不识低声耳语。灌贤是开国功臣灌婴之孙，与灌夫虽非一系，但有联宗关系，同属颍川灌氏。从辈分上论，灌贤是晚辈，还要称灌夫叔父。他没有注意灌夫已来到自己的席前，既未避席，仍在与程不识耳语。

灌夫见状，满腔的怒火就此发泄在了他的身上，喝骂道："你平生私下

---

① 避席，汉代饮宴，主客均席地跪坐；凡身份地位高的人祝酒时，其他人均会后退至席子之外，以示恭敬；反之，则不动或稍稍后退（半膝席），恭敬的程度低于避席。

把程不识贬得一钱不值，今日长辈敬酒，你倒如小儿女般，叽叽咕咕在人家耳边啰嗦起没完了？你个目中无人的东西！"

灌贤与程不识满脸通红，嗫嚅着不知说些什么。可最后一句话，田蚡听起来像是指桑骂槐，忍不住冷笑道：

"程将军是东宫的卫尉，李将军①是西宫的卫尉。仲孺当众羞辱程将军，难道就不为李将军留点脸面么？"

灌夫气血奔迸，额头青筋毕现，完全失去了控制。"我骂的是势利小人。管他娘的姓程姓李，今日就是开胸斩首，把我大卸八块，汝等势利小人，老子该骂还是得骂！"言罢，将手中用来斟酒的铜斗掷在地上。

众人见状，纷纷起身如厕更衣，一时间宾客零落，杯盘狼藉。窦婴情知不好，起身拉灌夫退下。望着灌夫的背影，气得浑身乱战的田蚡恨声道："这件事怪我，是我把灌夫娇惯坏了！搅和完了想走？没那么容易！来人，把他给我提搂回来！"

藉福见势不妙，起身排解。他拉回灌夫，强按住他的脖子，要他向田蚡低头赔罪。灌夫哪里肯从，昂首怒骂不止。

田蚡命侍卫将灌夫绑起来，先押在传舍②。他将藉福、张汤两位长史召至后堂，恶狠狠地说道："今日的婚宴，乃奉太后之诏。灌夫使酒骂座，搅闹筵席，他冲着谁？不光是冲着我吧。仅此，就可以劾他一个大不敬的罪名。"

藉福道："灌夫是个酒疯子，谁人不知？醒了酒会后悔的。君侯莫与之一般见识，看在故交份上，还是网开一面吧。"

田蚡满脸的不耐烦，白了藉福一眼，"网开一面？笑话！他一而再，再而三地羞辱我，是可忍，孰不可忍！这回我要与他新旧账一起算。吾晓得，藉长史与灌夫交谊匪浅。你既然抹不开这个面子，不参与也罢。你退下去吧！"

看看藉福走远，田蚡瞟了眼张汤道："张长史，你以为此事该怎样办呢？"

"丞相所言极是。藉长史空有妇人之仁，不足为训。丞相还记得前一阵

---

① 李将军，指时任未央宫（又称西宫）卫尉的李广。东宫，即长乐宫，位于未央宫之东，故称东宫（又称东朝），程不识时任长乐宫卫尉。

② 传舍，古代供官员往来食宿的客舍，如后世之宾馆。

灌夫大放厥词，四处扬君侯之恶吧？打蛇不死，定遭反噬。既翻脸，就该一做到底，斩草除根！"张汤出身狱吏，加之曾受命暗查过灌氏的劣迹，对灌夫这类地方豪强有种本能的反感。

田蚡颔首道："你提醒得好，是要斩草除根！这个人在朝廷与江湖上名气大，朋友多，留下来早晚是个祸害。你说说具体的办法。"

"诚如丞相所言，灌夫名气大，朋友多，被拘的消息传出去，这些人必会上门探视，设法营救。所以最要紧的，是先一步将他与外界隔绝。把他由传舍转移到一个别人想不到，也去不成的地方囚禁起来。"

"对，就按你说的办。"田蚡满意地点点头，吩咐侍卫，马上将灌夫押入廷尉署软禁起来。

张汤道："蛇无头不行，这第二步，就是趁灌氏群龙无首之际，剪除其羽翼。灌夫一向所交通者，无非豪杰大猾，这些人不奉朝廷的法令，多横行不法之事。丞相曾对下走提到过那首颍川儿歌，'颍水清，灌氏宁；颍水浊，灌氏族。'灌家之横暴，可想而知。眼下，正可以用前番搜集到的证据，以迅雷不及掩耳之势，将其党羽一网打尽。"

田蚡连连颔首，"好！就这么办。这件事吾当知会廷尉赵禹，这个人很能干，定能不负所托。"

"地方上的豪强不难处置，可灌夫在朝廷中的朋友不少，有些还是元老重臣。这些人若出面为他缓颊，甚至捅到天子那里，此事的胜算就难说了。"张汤沉吟道，眉间现出一丝忧色。

"我想不至于。灌夫平日好臧否人物，嗜酒任性，得罪的人太多。肯豁上身家为他出头的，怕只有窦婴一人。窦婴投闲置散有年，已远没有当年的威势了，不用怕他。"田蚡很自负地说，满脸的不屑。

"不然。窦婴终究是两朝元老，又有贵戚的身份。他的话，足以引起皇帝的重视，君侯切不可大意，有备无患。"

田蚡想了想，觉得张汤言之有理。皇帝这一向对他颇为冷淡，倒要防着窦婴见缝插针，从中作梗。他沉吟了许久，认真地看着张汤，做出了决断。"明远所虑甚是，是得未雨绸缪。眼下当值大内的侍御史出了个缺，官职虽不算高，可侍候皇帝，是仕路上的要津。我会即日安排你补缺。"

张汤暗喜，顿首再拜，很恳切地说："君侯的栽培，在下没齿不忘。若入禁中，张汤愿为君侯耳目。"

"不单单是耳目。"田蚡指了指他的脑袋道："皇帝那里有个风吹草动，特别窦婴若想不利于我，通气而外，你要代我设法，消解隐患。"

田蚡依张汤之言行事，猝然一击，大获成功。灌氏一族中的豪强，银铛入狱，京师与灌夫交好的侠士，纷纷走避。灌夫被拘，亲友宾朋四散亡命，无人能代其出头申诉，形势对灌氏极为不利。而窦婴起初也被蒙在鼓中。直至韩孺到访，方了解到事态之严重。

风声愈来愈紧，与灌夫交好的韩孺，将酒肆托人代管，自己携窈娘母子回乡间避风。临行前，他悄悄去了趟窦府，道别而外，希望窦婴出手相救。

"千秋误会了。仲孺有事，我岂能作壁上观！"灌夫出事，窦婴内心有深深的愧疚。都怨自己，硬拉着灌夫去田府，才会酿成大祸。数日来，他几次去见田蚡，却都被挡在府外。他出资宴请田蚡的门客，托他们在田蚡那里为灌夫缓颊，也都碰了壁。昨日从藉福处得知，灌夫的案子已转到廷尉署，他连夜携翟公探视，却硬是被拒之门外。

"眼下执掌廷尉的赵禹，是个只认法，不认人的酷吏，绝难疏通。非但我，就是原来的廷尉翟公，连面也不肯一见。嗨！千不该，万不该，老夫不该强拉他去赶这个热闹！"窦婴老泪纵横，唏嘘不止。

"王孙莫自责，谁能想到，田蚡会下如此狠手。以下走看，这件事，只托人缓颊已无济于事。要救仲孺，除上陈天子申诉而外，别无良策。眼下，长安缇骑四出，江湖上的朋友自顾不暇。而这，就要借重于王孙了！"韩孺叹了口气，揖手道别。

窦婴拭了把泪，握住韩孺的手道："仲孺与老夫情同父子，他的事，就是我的事。千秋可以转告江湖上的朋友们，老夫会尽吾所能，代灌夫出头，为救仲孺，窦婴何惜一死！"

韩孺走后，一直在屏风后面偷听的窦夫人走了出来。"灌将军闹酒生事，不单得罪丞相，连太后家也得罪了，能救得了么？君侯能做的都做了，适可而止吧。"

窦婴喝道："你个妇道人家，知道个甚！灌夫为何与田蚡交恶，还不是为了我。此番的祸事，亦由我造成。朋友有难，束手旁观，我窦婴还算是人么？还有脸见朋友么！"

"我是个妇道，可我晓得一个道理，小胳膊拧不过大腿。我怕你人救不下，反而坏了自家的前程。"

窦婴冷笑道："甚前程？大不了丢了这个爵位。这个侯自我得之，自我捐之，没甚好心痛的。我告诉你，在这件事情上，我是铁了心。终不能令灌仲孺独死，窦婴独生！"言罢，拂袖而去。

当晚，窦婴避开家人，连夜上书，求见皇帝。奏章报到皇帝那里，立时召见。窦婴将当日灌夫闹酒的经过原原本本地讲述了一遍，称酒醉偾事，罪不至死。田蚡借此兴起大狱，杀人立威，为的是排除异己。刘彻颇以为然，频频颔首。奏对之余，皇帝设便宴招待魏其侯，席间殷殷存问，颇示优渥。窦婴辞出时，刘彻说，这件事，明日他不妨与田蚡当廷辩论，由大臣们评断是非曲直。皇帝的态度，使窦婴大受鼓舞，拜谢而去。

夜半时分，酣睡之中的田蚡与新夫人被惊醒，家丞报称，宫里有人到访，非面见主人不可。田蚡满肚子不快，及至见到来人是新任的侍御史张汤，知道必有要事，忙引入密室细谈。

"我今晚当值，魏其侯果然代灌夫出头了！他今晚奉召进宫，灌夫之事，已被他捅到皇帝那里去了。"张汤神色凝重，看上去很紧张。

"魏其老儿都说了些甚？"

"他说灌夫不过是酒后失态，而丞相小题大做，挟嫌报复。"

"哦，皇帝作何反应？"

"皇帝对魏其侯相当看重，见到奏章后立刻召见，事后还留他饮宴，君臣谈笑风生，很亲密的样子。"

田蚡也觉得严重了，追问道："对灌夫之事，皇帝有态度了么？"

"皇帝未置可否，说是要魏其侯与丞相明日在长乐宫廷辩，由百官评判是非曲直。可从皇帝的态度上看，君侯不容乐观。"

皇帝有了先入之见，田蚡的心慌了。他绕室彷徨，计无所出，一叠声地自语："廷辩，廷辩……"

"君侯，事机急迫，得马上拿个主意。"见到田蚡失魂落魄的样子，张汤心中生出几分鄙夷。这个平日专横跋扈的人，事到临头却变成了六神无主的屠头，自己是不是跟错了人。

"拿主意？对，拿主意！张君，此事你怎么看，说来听听。"

没有田蚡，自己得不到侍奉御前的机会，举朝的官员都会把他视作田蚡的人。田蚡倒了，对他绝无好处。无论如何，还是要帮他过关。张汤想到这里，抖擞精神，将来时想到的腹案讲了出来：

"既是东朝廷辩，丞相可以而且必须借太后之力。明日一早，一定要派人去长乐宫通消息，求太后做主。"

田蚡连连颔首，"嗯，嗯。好，这件事不用你说，我也会做的。还有呢？"

"魏其侯为救灌夫，廷辩时，很有可能兜出丞相的阴私，无论他怎么说，丞相都毋动怒，甚至不妨应承下来。只要死死抓住他们一个短处不放，仍可置灌夫于死地。"

"哦？"田蚡两眼放光，急切地追问道："甚短处，你快说！"

"天子与朝廷最忌讳的事，就是朝廷大臣结交地方诸侯豪强，图谋不轨。魏其侯与灌夫，久以任侠自诩，朝野闻名。灌氏横行乡里，尚可活命，可结交江湖，居心叵测，那就必死无疑！君侯切记，无论真假，只要死死揪住这件事不放，今上一旦动了疑心，丞相就胜出有望。"

三十一

东朝廷辩,这是皇帝继位以来没有过的事情。大臣们奉召来到长乐宫前殿,不知所为何事,免不得低声议论起来。不久,皇帝驾临,群臣行朝拜大礼后,谒者高声宣召武安侯与魏其侯上殿,大臣们才觉出事情可能关系到灌夫。

"田氏、窦氏,都是朕的外家。为灌夫闹酒一事,武安侯与魏其侯各执一词。一个要严办不贷,一个以为薄惩即可。两位都是朕的母舅,朕无所偏袒;孰是孰非,一秉于朝廷的公论。所谓廷辩,不过如此。两人各有各的道理,而是非,要决之于公论。魏其侯年高,先讲;武安侯后讲。之后由各位大臣评断是非曲直。窦婴,你有甚话,讲吧。"

窦婴看了看身后那些既熟悉又陌生的面孔,深吁了口气道:"灌夫的为人,各位都知道。闹酒当日,各位想必大多在场,亲眼所见,也不用窦婴啰嗦。我想说的是,灌氏一门,是为国尽忠的英烈,当年七国之乱,田丞相或不知道,可韩大夫身在前敌,应该知道。灌夫之父战死于沙场,灌夫亦奋不顾身,斩将搴旗,勇冠三军。身被大创十余处,几次险些丧命,是位功在国家的勇士啊!"

他望了眼皇帝,揖手道:"灌夫好酒,醉即失态,人又刚直不阿,难免得罪人。陛下想必记得,建元二年,灌夫任职太仆,臣叔父窦甫任长乐卫尉,两人饮酒,为酒多酒少争得不可开交。灌夫醉击窦甫,打落了他满嘴的牙齿。陛下爱惜功臣,特意派任他到燕国为相,以躲避太皇太后的诛杀。"

刘彻颔首,唇吻间露出了笑意。

皇帝的态度鼓励了窦婴,"此番闹酒,也是由于丞相不肯与他对饮。当时酒过数巡，席上主宾皆已微醺。灌夫乃沾酒即醉的人，伤了自尊，酒性发作，搅闹了丞相的婚宴，当然可恨。就事论事，尽可以处罚。可丞相却以其他的罪名拘捕了他，进而罗织构陷，大捕灌氏族人，必欲置灌夫于死地而后快。窦婴愚昧，不知丞相如此，是何居心！"

田蚡白了窦婴一眼，恨声道："他冲撞我，搅了我的婚宴，我都可以不计较！可这是太后特谕举办的贺筵，他仅只是冲我么？他这是冲着朝廷，冲着太后来的，是大不敬的罪名！"

刘彻道："有理不在声高。武安侯说他蓄意大不敬，可有甚佐证么？"

"当然有。灌夫一向飞扬跋扈，坐法丢官后，更是愤世嫉俗。不仅结交江湖中人，肆意非诋大臣，妄议朝政。而且勾结地方豪强，纵容门客家奴，无视朝廷律法，横行乡里，侵渔百姓，是颍川一霸。凡此种种大逆不道的证据，都在廷尉赵禹那里，陛下可以随时调阅。其实，听听当地的儿歌，即可知颍川的百姓，恨灌氏刺骨。"

"哦，甚儿歌？"田蚡的话，引起了刘彻的注意。

"'颍水清，灌氏宁；颍水浊，灌氏族。'凡去过颍川者，都听到过此歌。王孙问我的居心？我可以告诉你，拿办灌夫，为的就是与民除害。"田蚡道，得意地瞟了窦婴一眼。

窦婴本想把争执囿于使酒骂座，可田蚡并不打算就事论事，而是肆意牵扯，唯恐天下不乱。事出无奈，为救灌夫，窦婴顾不上其他，即使得罪田蚡，亦在所不计了。

"今年黄河于濮阳瓠子决口，漫延关东河淮十六郡，陛下顾惜民隐，而丞相却称河决是天意，非人力所能挽回，以一念之私，放任关东百姓流离失所，饥啼寒号，而至辗转于沟壑。丞相自谓视民如伤，不自觉虚伪吗？"

本年夏，河决于濮阳，刘彻曾派汲黯、郑当时发军卒十万塞杜决口，但塞而复决，竟至黄河改道。田蚡确曾谏称江河之决口，皆为天意，不宜以人力强塞，塞而复决，即天意不可违之征候。他又征询过王朔对此的意见，也称塞河不宜，应顺其自然，所以他才放弃塞河的念头。难道田蚡在这件事上，怀揣了私心？

刘彻看了一眼田蚡，问道："丞相有何一念之私？"

"臣不赞成塞河，为的是塞而复决，劳民伤财，最终徒劳无功。魏其肆口诬蔑，臣冤枉。"

窦婴上前一步，看定田蚡，"敢问君侯的食邑所在？"

"在鄃，怎么？"田蚡一愣，面色慢慢涨红了。

"再请问鄃在河北，抑或河南？"

"当然在河北。"

窦婴转向皇帝，揖手道："丞相不赞成塞河，怕的是决口塞住，河或于北面决口，患及他的食邑，此乃老臣说丞相有私念的缘由。"

"你竟拿个子虚乌有的罪名诬蔑于我？"田蚡瞪着窦婴，恨声道，"河工是朝廷的大政，塞与不塞，朝议不同，各有道理。即便我有私心，与灌氏之横行不法，岂可同日而语？！"

原来这个娘舅在塞河这件事上确有私心，刘彻看了眼田蚡，摇了摇头，示意窦婴说下去。

"田丞相难道比灌仲孺清白多少？比起丞相的贪贿不法来，灌夫不过小巫见大巫罢了！"

田蚡恶狠狠地盯着窦婴，眼里好像要冒出火来。"你血口喷人！你说我贪贿，证据何在？"

"证据？证据还少么！"窦婴积蓄已久的怨愤，至此爆发了出来。"丞相看来健忘了。丞相索要老臣的东陵瓜田不过几日，以我两朝老臣的地位，都不敢拂逆丞相，乖乖将私产献上，遑论其他！丞相在长安城内外有多少处田产私宅？后宅又有多少好女？怕是不下百人吧！可君侯仍不餍足，甚至谋夺武库的地产，凡此种种，昭昭在人耳目，君侯又有何面目责他人不法呢！"

田蚡的跋扈、贪贿，刘彻早有所闻，可他也知道，自己内心的憎恶，决不可以在臣下面前表露。他不动声色地问道："丞相还有甚话说么？"

红头涨脸的田蚡猛一激灵，反而冷静了下来。"无论他怎么说，丞相都毋动怒，不妨应承下来；只要死死抓住他们的短处，今上动了疑心，就胜出有望……"张汤的话萦回在耳边，他定了定神，揖手道：

"承陛下宵旰忧劳，皇天庇佑，天下安乐无事。臣幸为陛下倚为肺腑。魏其说得不错，臣好狗马驰骋之乐，爱倡优音乐之巧，为子孙计，多买田宅甲第，是个耽于享乐、胸无大志的庸人。哪里比得上魏其侯与灌夫，致仕家居却又不甘寂寞，招聚天下豪杰壮士，指摘诬蔑朝廷大臣。汝等日夜睥睨于两宫之间，仰观天象，窥测天子与太后的年寿吉凶，安的又是甚心？不是盼着天下有事，汝等可以东山再起，左右朝政吧！臣逸乐在明里，魏其、灌夫则居心叵测。在这上面，臣自愧不如，甘拜下风。"

田蚡的辩白近乎无赖，可还是令刘彻心中一动。窦婴好任侠，喜交游，人所共知；说他不甘寂寞，胸怀异志，刘彻根本不信。可那个灌夫看来不同，地方上的豪强大姓，往往控制乡里，成为雄霸一方，削弱中央控制的势力。这历来是朝廷的一块心病，剪除一批，又会生出一批。刘彻想起自己当年东市的遭遇，想起了朱安世。灌夫狂傲不羁，不过匹夫之勇，算不得甚；可若是灌氏坐大成为能够左右颍川一郡的势力，就决不可姑息不问。他决定要亲自调看灌氏一案的爰书。

群臣的目光都集中在皇帝脸上，揣摩着皇帝会偏向哪一方，可刘彻面无表情，沉吟不语。良久，他看看窦婴，又看看田蚡，扫了一眼众臣，问道："两造是公说公有理，婆说婆有理，孰是孰非，该由各位大臣评断了。怎么，谁先讲？"

大臣们面面相觑，谁也不肯出头。刘彻有些不耐烦了，他看了一眼御史大夫韩安国道："田丞相而外，韩大夫最尊。就由长孺带个头，说说你的想法吧。"

"魏其侯所言，灌夫之父战死，灌夫奋击敌阵，身背数十创，勇冠三军种种，臣当时在军中，实亲所闻见。这么位壮士，只为了争杯酒，不该以其他的缘故诛杀。魏其侯的话对。"言罢，看了眼满面阴云的田蚡，韩安国又道："可话又说回来了。丞相所言灌夫交通奸猾，侵渔细民，家累巨万，横恣于颍川。且以下犯上，凌轹宗室，屡犯而不思改悔。正所谓'支大于干，胫大于股，不折必披'。丞相的话也对。是非曲直，惟明主裁断。"

模棱两可，各是其是，各非其非。韩安国的评议提供了一个样本，除主爵都尉汲黯赞同窦婴而外，其余大臣，全持首鼠两端的态度。轮到内史郑当时，初似赞同窦婴，而后话头一转道："丞相之言自然也有他的道理……"

话没有说完，刘彻已忍无可忍。他怒视着郑当时道："汝平日几次私下论及魏其、武安的长短，无不振振有词。今日当面廷辩，话却讲不出来了？

像只驾不起辕的马驹子！"他指了指噤若寒蝉的群臣，喝道："汝等惧怕谁？想要讨好谁？是非曲直都听不明白么？一群不中用的东西，吾恨不能连你们一起斩了！"言罢，拂袖而去。

未出长乐宫门，长信殿的詹事就赶了上来，禀报说太后闻知廷辩之事后，大怒绝食了。刘彻转去太后的寝宫长信殿，尚未进殿，就听到了王娡呼天抢地的哭声。

"堂堂大汉朝的丞相，竟如犯人般当廷鞫问！我还没死，人家就拿吾弟不当个人，人人都想踩他一脚。我百岁而后，又当如何？王家、田家怕是全成了人家俎上的鱼肉吧！"

砰的一声，好像是摔掷杯盘的动静，随即悲声大作，代之而起的又是王娡恨恨的声音。"吃，吃甚吃！皇帝难道是个石头人么？皇帝还在，碌碌诸公，竟没有一个敢站出来说句公道话的；皇帝百年之后殡了天，还能指望这帮人辅佐新君？祖宗的江山能够信托给他们么！"

刘彻立在门前，静静地听了一会儿，决定不进去。母后正值盛怒，还是由着她发泄为好。他低声吩咐东宫詹事道："太后息怒后，你传朕的话。窦氏、田氏，都是朕的外家，不能偏着谁、向着谁，更不是有意针对谁，所以才要廷辩。不然的话，一个狱吏便可决断。告诉她强饭保重，武安侯不会有事的。"

罢朝后，韩安国出了长乐宫西阙，正待招呼自家车马，却见田蚡坐在车中，远远地向他招手。

"君侯有事么？"韩安国走上前去，揖手道。

田蚡阴着脸道："我这车宽敞，搭你一程，我有话说。"

韩安国上了车，两人对视着，默默无语。韩安国不由得微笑了。

"君侯不是有话说么？说吧。"

田蚡怒道："你我同朝为官，我亏待过你么？没有我帮你，你能上到三公的位置？窦婴不过是个致仕家居的秃头翁，以你我之力，足以应付。不想你对不住朋友，首鼠两端！"

韩安国沉吟了许久，摇摇头道："魏其攻讦丞相，丞相本该暗自心喜才对。可惜君侯念不及此，别人又如何帮得上忙？"

田蚡气冲冲地说道："你这个话我就不明白了。魏其大放厥词，我倒该心喜？真是岂有此理！"

"看来丞相在中枢这么多年，还是没摸透今上的脾性。皇帝最见不得人跋扈。皇帝念旧，窦婴老迈家居，君侯又咄咄逼人，同情本来就在他那边。兵法云：能而示之以不能。同样道理，强应示之以弱。丞相一人之下，万人之上，本来就处于遭忌的地位，低首下心，方可化敌意为同情。"

"以长孺之见，我该当如何？"

"魏其侯毁君，君侯当即刻免冠解印绶，对今上请罪说：'臣以外戚附幸得为肺腑之臣，固然不称职，魏其侯的话全是对的。'你若如此，今上必会赞赏你的谦恭，更不会允准君侯致仕还家。而魏其侯必心怀愧疚，搞不好会杜门不出，断舌自杀呢。可人家毁你，你也毁人家，如同市场中的商贾妇人争价，恶言相对，未免有失体统，贻笑大方了。"

田蚡拍着脑袋，懊悔得不行。"当时争急了眼，哪还能想得到这个？还是你这手高，是我错怪长孺了。"

皇帝做出决断，是在调阅了灌氏的案卷之后。无论是张汤，还是韩安国的谋划都没有起作用，促使刘彻下决心的，是郎中令石建。建元二年，窦太后以蛊惑皇帝、离间两宫的罪名罢黜王臧后，指名以孝谨闻名的石建接任这个宫内最要紧的位置。起初，刘彻以为，这是太皇太后监视自己，以老臣扼制新进的手段。可时间一久，他却不能不由衷佩服窦太后用人的眼光。窦太后死后，他有了用人的大权，他罢黜了丞相许昌与御史大夫直不疑，可石建，他仍留在身边。

原来，石建不但孝谨，而且有学问，有见识。他人极内敛，平日朝会上，木讷寡言，恂恂若不能言者。可刘彻私下有所咨询，无他人在场时，石建总能直言不讳，把事情分析得十分透彻。

一日，刘彻看过廷尉呈报上来的案卷，对侍坐于一旁的石建叹了口气道："灌夫父子有大功于朝廷，灌氏虽横，可也不是灌夫一人之过。杀掉这样一个人，天下不会当朕是个刻薄寡恩的君主么？"

石建扫了眼刘彻身后的几位宦者，揖手道："陛下圣明。"

刘彻知道，凡如此，意味着石建有话要说，可碍于众人，不好开口。他摆了摆头，示意侍者们退下。

　　"灌夫罪不至死，而且有功于国家。可颍川灌氏……"刘彻翻开手中爰书，将简牍上的一段文字指给石建看。"你听听赵禹的说法：'灌家身无封爵，而荣乐过于封君，势力侔于守令。财贿自营，犯法不坐，刺客死士，为之投命……'石建，你怎么看？"

　　"陛下为民父母，要为天下的苍生做主。可民，有细民，有豪民。细民寡弱，豪民骄暴，灌氏乃颍川豪民。灌仲孺罪不至死，可他所代表的那种势力，如赵禹所言，绝对是朝廷的祸患。"

　　石建略作沉吟，继续说道："齐国的太公姜尚，传下来一部《阴符经》，曾论述过豪民之害，陛下有空不妨找出来读读。"

　　"太公怎么说？"

　　"太公说，豪民有十大，注定是害群之马。"

　　"十大？害群之马？你讲来听听。"

　　"周武王也曾这样问过太公，太公所对，臣记得不一定准，可大意错不了。太公说，民的威信高过官吏，胜过大臣，这是一大。强宗大姓，侵陵群下，这是二大。民饶于财，富可敌国，三大。民亲附其君长，天下归慕，四大。民恃强凌弱，以众暴寡，五大。民有百里之誉，千里之交，六大。民以吏威而非皇威为权，七大。民施恩于吏，上下颠倒，八大。强宗豪右，夺人田宅妻子，九大。民横行乡市闾里，勒索民之基业畜产，十大。这种豪民，倚财仗势，交结官府诸侯，威令地方，权移主上，久之必为朝廷大患。所以太公说，民忧十大于此，除之则国治民安。"

　　刘彻深以为然。杀灌夫，就如给天下的强宗豪右一个明确的警告，灌夫名气愈大，震慑的效果也愈强！对此，他没什么好犹豫的了。可田窦之争，也要做个了结。

　　"那日廷辩，孰是孰非，石君如何看？"

　　"陛下若要处置灌氏，窦太傅代灌夫出头，当然有过。陛下可使御史簿责，如此看似严厉，实则无事，应该可以出太后与丞相之气了。窦婴若认错，自不必深责。"

"那田蚡如何，这个混蛋，是个蠹虫。"放过田蚡，刘彻心有不甘。

"臣记得，陛下已传话给太后，说武安侯不会有事。恕丞相以慰太后之心，乃陛下大孝之举。武安侯若怙恶不悛，以后再处置他也不迟。"

"也好，他若不思悔改，朕早晚会收拾他。"

冬季万物肃杀，也是朝廷行刑的季节。元光四年冬十月，灌夫以大逆不道论族①，全家及众多门人宾客被斩于渭水之滨。窦婴闻讯，心痛如焚，在接受宫中派来簿责他的侍御史责问时，他非但不认过，反而抗言灌夫罪不当死，他的辩护没有错。事情交付廷议，此时朝廷中已经是田蚡一边倒的局面，结论是他与灌夫朋比为奸，有欺君罔上之嫌。由于他是皇室宗亲，廷议建议将他拘禁于宗正所属的都司空②，继续审查他与灌夫的关系。但这道劾奏被皇帝压住，并未实行。

既然翻了脸，窦婴不死，就是田蚡心头的大病。他日夜与心腹计议的，便是如何置窦婴于死地，彻底扫除窦氏一族的势力。而机会，竟然不期而至。风声最紧时，窦婴曾托昆弟子侄上书言事，说自己曾奉有先帝的遗诏，有事可以面见皇帝，免除死罪。这件上书递到宫中的尚书台，却落到了当值的侍御史张汤的手中。

太后与田蚡得知此事，密令张汤连夜查看尚书台的存档，盗出了景帝遗诏的底本，交到了长乐宫。在销毁遗诏之后，那件上书才直达御前。刘彻吩咐郭彤去魏其侯府上取回了那份遗诏，又命尚书台核对可有原本。副本上只有侯府家丞的封印，而尚书台查不到原本，结论是：大行皇帝并无此遗诏。这一下子，问题严重了起来。所谓遗诏并非皇帝的亲笔，真伪难辨，若不能查明真相，窦婴就要承担矫制的罪名。汉律，伪造皇帝的诏书印玺，称矫制，是死罪。果然，尚书台劾奏他伪造先帝诏书有害，罪当弃世。

事情紧急，窦婴赶到窦太主家，想请她出面代为缓颊。可窦太主携董偃

---

① 族，古代死罪之一种，刑及父母妻子。

② 都司空，汉代宗正属官。司空为古代主管工程的官员，秦汉以来，工程多用刑徒，司空亦逐渐演变为实施刑罚的官员。

去了馆陶的封邑，没有一两个月回不来。汉代大臣义不受辱，多于入狱前自杀，情急之下，窦婴佯作中风偏枯，绝食欲死。过了几日，听说皇帝并无处死他的意思，廷议亦议决他过不至死，才又重新进食，延医治病。

田蚡自然不肯甘休，他以重金买通了窦婴的家仆，诬告主人背地里腹诽怨望朝廷。消息报到未央宫，皇帝允准了劾奏，而窦婴竟因此冤死，于当年十二月在渭城被处以弃世之刑。

除掉了灌夫、窦婴，外戚中窦家的势力大削。田蚡志得意满，日日置酒高会，开怀痛饮。却不料乐极生悲，不到两个月，就一病不起了。

三十二

司马相如要李延年等在东阙的司马门外，自己进了未央宫。他顺着甬道，向前殿走去。行不多远，身后驶来一辆二马拉的传乘，他闪到路边，却听到车上有人在喊他。

"司马将军，司马将军！"车驭勒住马头，传乘停在他身旁，一个年轻宦者跳下车来，微笑着向他揖手致意，眉宇间透着种精明伶俐。他对那车驭挥挥手道："你先驾车回马厩，我陪着司马大人走几步。"

原来是侍奉御前的小黄门所忠，此人地位虽低，可甚为皇帝所亲信，是个不能慢待的人物。司马相如亦揖手还礼，自嘲道："甚将军？相如戴罪之身，所公公笑话了。"

"眼下不是清白了么！皇上近来没少念叨先生，今儿见了先生，一准的喜欢。"所忠笑容可掬，司马相如的心踏实了下来。所忠的表情，如同皇帝情绪的晴雨表，看来皇帝对他确已释怀，今日入宫举荐李延年，成功有望。

"我久不进宫，有甚新闻，皇帝这一向可好么？"

"还不就是武安侯与魏其侯两家那档子事么！"他环视了一眼四周，低声说道："丞相怕是也挺不了多久了。"

"怎么？"田蚡病倒之事，司马相如还不知道，闻言很是吃惊。

"前儿个相府的晚宴上，丞相忽然就犯了病，双目圆睁，边跑，边大呼服罪。浑身若有人笞击一般，痛楚难当。昨日更甚，明明寝室中空无一人，他却跪在地上，大呼饶命。"

"哦？这真是有些怪了，延医了么？"

所忠笑道："那还用说？太后连夜派陈太医到府诊治，诊断是中风历节①。太医说，丞相病在过食肥甘，又嗜酒喜女色上面。其状貌如狂，妄行谵语，就是这病的一种症候。至于身痛如磔，则属气滞血淤，经脉筋骨痹阻不通所致，不通则痛。我觉着陈太医说的有道理，你想丞相那肥头大耳，脑满肠肥的样子，不就是吃喝出来的么！"

"可服罪求饶又作何解呢？"

"就是呀，陈太医说是谵妄所致，可也不敢肯定。这不，今儿个一早，皇上派我去接李少君，说他善视鬼物，请他为丞相视病。司马大人猜猜看，李神仙看见了甚？"所忠一脸诡秘、恐惧的神情，声音也变了调。

"怎么说？"

"说是魏其侯与灌夫，手执竹篾，一个守在丞相身前，一个守在他身后，劈头盖脸地猛笞。"

"李少君有办法么？"

"他说阴间的仇恨恩怨，神仙也无能为力，倒是陈太医按照治中风的法子，为武安侯放了血，又开了汤药，眼下倒安静了一些。可太医说，这病凶险，可能挨不了几日了。司马大人，咱们私下说，这就是报应，对不？"

"或许是吧。"司马相如若有所思地点了点头。田蚡仗势欺人，诛灭功臣，无乃太甚。自己被诬，据说也与之有关。看来天道昭昭，恶人终有恶报。

"大人慢走，皇上等着听消息呢，小的先走一步了。"看看到得前殿，所忠拱拱手，快步上殿去了。司马相如停下脚步，望着所忠远去的身影，渐渐变成了一个黑点。

春风送暖，宫中的草地与树丛，又染上了一层新绿。司马相如觉得，自己蛰伏的心田，仿佛薄冰下面涌动的潺潺春水，新鲜、清凉而又甘甜。这种既熟悉又陌生的感觉，令他欣喜，又令他害怕。他放诞于诗酒，整日嬉游于长安的酒肆，想要忘却这种莫名的烦恼。可愈如此，愈苦恼，最终，他不得

①中风历节，古代中风病的一种症候，病人发狂谵语，一身疼痛。其症状治法见《金匮要略》。

不正视内心的情感，他喜欢上了李嬿，无可救药地陷溺于其中了。

窈窕淑女，君子好逑。辗转反侧，寤寐思服。这种情感美好而折磨人，即在于它若即若离，可远观而不可以亵玩。李嬿的举手投足，一颦一笑，无时不在司马相如脑中回旋。李嬿视其为兄长，嬉戏笑闹，全无猜防。与她在一起，他重温着年轻时心跳的感觉，更觉得韶光易逝，去日难追。他愈虔敬，内心愈痛苦。他几次鼓足勇气，欲向李延年提亲，可想到患难与共的妻子，却又张不开口。李延年觉察出什么，缄口不言，可是看得出，他对这件事很不情愿。司马相如再去上林苑，就很少能够见到李嬿了，近来干脆见不到了。据李延年讲，她回中山，探望兄弟去了。

十月以来，朝野都注意于田蚡与灌夫、窦婴之争，皇帝也迟迟没有召见司马相如。直至昨日，恢复其郎官身份的诏书才下达，传诏的使者告诉他，皇帝说，这几日有空，随时愿意见他。司马相如连夜去了上林苑，他要向皇帝举荐李延年，兑现自己的诺言。可细思起来，他这么迫不及待，未始没有讨好李延年的意思。

昨日的种种，依然萦绕在他心头。李延年听了他的来意，兴奋而不忘形，揖手致谢后，很沉着地对他说："长卿情谊可感，可我不会以阿嬿的终身作为报答。"

望着司马相如讶异的神情，他放缓了语气，"阿嬿豆蔻年华，来日方长，我们兄弟对她期望很大。君既有妻室在堂，看在你我兄弟的份上，丢开那份心思，大家都好过。"

司马相如的脸红了。"我是喜欢你家阿嬿，可从未对她有过哪怕些微的暗示！此事我敢质之天日。"

"长卿诗酒风流，哪个小姑娘挡得住你？你或许没有在意，可我是阿嬿的兄长，她那点心思瞒不过我。"

"那么所谓去中山探亲，是专为避开我了？"

"有这个意思在里头。她知道家人的期望，我们也不能坐视她铸成大错。"

良久，李延年道："长卿不惬于我，明日自己进宫好了。"

"这是两回事，我不会食言的。"司马相如既失落，又欣慰。失落的是，佳人一别，相见无日。欣慰的是，阿嬿竟对自己有意。

远远地有人呼唤他的名字，他抬头望去，所忠正在向他招手，他正了正衣冠，快步登台，向宣室殿走去。

刘彻听了司马相如的举荐，即刻召见了李延年。他打量着面前这个相貌英俊的男人，心里先就有了几分好感。

"听长卿讲，你精通音律？"

"奴才全家皆为倡优，自幼习歌曲，略有所通，精通不敢当。"

"长卿怕是对你讲过，朕欲在太乐之外，另办乐府，创制新赋而外，还要采风，把民间的歌诗搜集上来。眼下文学之士尚可，缺的是精通音律、善赋新声的人。你既通音律，可知乐之雅俗，区别何在么？"

"奴才愚昧，敢为陛下言之。乐之雅俗，有器、音用处的不同。器之不同，在雅乐多用金石，如钟镈声磬；而俗乐多以丝竹管弦。器之不同，则音亦不同，雅乐如黄钟大吕，音声动静有节，中正平和；俗乐以丝竹取胜，所谓凄婉悱恻，哀怨动人，流连忘返者是也。音声又决定了它们各自用处的不同。雅乐多用于祭祀礼仪；而俗乐人称郑卫之音，桑间濮下，男欢女爱，多为时人所好，故多用于饮宴唱和的所在。"

"好个男欢女爱，世人所好！"刘彻捋髯大笑道："你算是道出了个中的肯綮。雅乐庄重不假，可大病在于沉闷，催人昏昏欲睡。朕欲兴一代圣王之业，不独学术要变，制度要变，乐声律制也要变。俗乐如何？郑卫之音又如何？世人所好么！长卿，汝等可尽力搜罗，朕看无害于乐府。"

"是。"皇帝的心情不错，是个好兆头。司马相如看了眼李延年，"陛下，李延年不惟解律，尤其难得的是，可即时为歌诗谱曲。"

刘彻颔首道："那好啊。你擅长哪种乐器？"

"奴才会使笛、瑟、琴、筝，节鼓也打得。"

"好，好。乐府缺的就是这样的人，你就留在未央宫吧。郭彤，你为他在禁中安排个住处，再告诉狗监的杨得意，这个人朕留下了。"

郭彤领着李延年退了下去。刘彻望着司马相如，面色转而凝重。

"长卿先生，前一阵冷落了你，中郎将做不成了，觉得委屈了吧？"

"臣不敢。"

"不做也罢。朕以为，先生之长，不在军事，而在于辞赋。用人当舍其短，用其长，先生以为如何？"

"陛下圣明。"

"所以朕还要你回大内侍中，为新乐府牵个头，多作诗赋，这才是正道。西南夷传檄而定，先生之功甚伟。你在南中时发布的那两道檄文，辞情并茂，道理也说得透彻，好文章！朕诵读再三，觉得让你外任，还是辜负了人才。"

司马相如再拜顿首道："臣行有不轨，招人物议，愧对陛下。"

刘彻注视着司马相如，"木秀于林，风必摧之；行高于众，人必非之。这是常有的事，先生不必放在心上。你或许会奇怪，既然无事，为何不官复原职，先生怪朕么？"

"小臣不敢。"

"大汉之兴，文治武功，缺一不可。武功，朝廷还在蓄积力量，文治则延迟不得。十年树木，百年树人，礼仪之变革，风气之转移，非积久不能为功。这个文治，朕仰仗于先生者甚多，不能要你分心，所以要你回到朕身边来。朕的用心，先生要体谅。"

"是。"

"眼下先生先带着他们纂辑乐府。将来朕还要改正朔，易服色，重修历法。待击败匈奴，朕还要步武历代圣王，行封禅大典，告慰天地祖宗。那时的封禅书，还要借重先生的大笔。这些都是朕的心事，没有几个人知道。你记在心里，莫对外人讲。"

皇帝语重心长，情辞恳切。尤为难得的是，皇帝竟与他分享了自己内心的秘密。司马相如受宠若惊，连连称是，心又热了起来。

司马相如辞出后，一路都沉浸在兴奋之中，差点儿与回来复命的郭彤撞在一起。他不好意思地笑笑，揖手道："公公见谅，冲撞了。"

郭彤赔笑道："不碍，不碍。"

"李延年安置好了？"

"安置好了。"

"此人乃在下的好友，以后他在宫里，有甚不明白的，还望公公不吝指教。"

"好说，好说。"郭彤笑容可掬。

司马相如正欲道别，忽然想到一件事，问道："有人托在下一事，敢问公公，可能帮忙？"

"甚事？"

"去年上巳，皇帝从平阳主家带回一个歌伎，名卫子夫。此事公公可记得？"

"怎么？"郭彤并不回答，好整以暇地看着司马相如。

"这女子进宫一个月就被发配到上林苑蚕室，境况凄惨，她想再见皇帝一面，公公可能帮他？"

郭彤问道："大人如何认识这女子？"

"李延年在蚕室养伤时，我常去看他。这卫子夫与李延年的女弟交好，故而相识。"

郭彤摇摇头，为难地说："皇上召幸过的女子，无孕者都会被打入另册。这件事归永巷管，而永巷得听命于皇后。大人想，皇后能答应么！"

"可我受托于人，怎可言而无信？要不，我去对皇帝说？"

郭彤连连摆手，"多事贾祸，后宫里头的事情，大人千万别掺和。"他沉吟道："这么着吧。宫里很快要放一批不中用的宫人回家，我去对少府讲讲，把她的名字列进去。这么着好歹能与家人团聚，嫁个男人成家，强似在这宫里面苦熬。这么办，大人看成么？"

司马相如点了点头。如此差强人意，总算不负李嫣所托了。

望着司马相如远去的身影，郭彤摇了摇头，上巳酒筵上的事情他记得很清楚。当时就觉得这个叫卫子夫的女人颇有机心，留下来，宫里早晚不得太平。司马相如的求情，更坚定了他的想法。

五日之后，是这批宫人出宫的日子。卫子夫携着衣包，呆呆地站在出宫的队列中。她已竭尽所能，想到时过正午，宫门将从此对她深锁，不由得潸然泪下，万念俱灰了。

三十三

　　此时的刘彻，正高卧于宜春宫。自建元初年起，气血正盛的皇帝便爱上了田猎。公事闲暇之际，每每率领期门卫士，狗马驰骋于上林苑之中。皇帝每每亲自搏杀熊罴，奋不顾身。随侍者屡谏，他总是笑道："虎豹熊罴，匈奴是也。朕之田猎，练兵而非逸乐，今日不敢当虎豹，他日岂可战匈奴？"

　　连日游猎，收获颇丰。若非京师来人报告丞相田蚡的死讯，刘彻还打算由长杨宫南下，深入南山，亲手捕猎猛虎。车驾连夜启程，行至长安附近的宜春宫，一行人疲惫已极，驻跸于宜春宫。

　　日上三竿，皇帝与扈从们仍在酣睡。司马相如偷闲，单人匹马，到附近的秦二世胡亥的墓冢处，凭吊了一番。墓冢位于从长杨回京师的路侧，黄土长阪之上墓木已拱，青青的春草，在风中摇曳呜咽，似乎在诉说着什么。相如发思古之幽情，感慨良深，回到离宫，提笔作赋。赋成，名之为"哀二世赋"。

　　他吟诵一过，觉得有一处用词不妥，正待笔削，身后却有人赞道："'持身不谨兮，亡国失势；信谗不寤兮，宗庙灭绝。呜呼哀哉！'长卿先生，又有佳构，可否允我先睹为快乎？"

　　原来是扈从的郎官东方朔。他揉着惺忪的睡眼，接过竹简，嘴里嘟囔了一阵，不以为然道："胡亥那个糊涂虫，值得浪费司马大人的笔墨么？"

　　"不过是有感而发。"司马相如淡淡一笑，收回简牍，起身欲走。

　　"先生请留步，在下有事请教。"

　　司马相如注视着面前这个人高马大、相貌堂堂的男人。虽同朝为官，两人却并无交往。他觉得东方朔为人高自标置，过分招摇，言语谐谑不经，热衷于仕途，与自己不是一路人，故而敬而远之。

"先生特立独行，朔敬慕已久。人言大隐隐于朝市，先生就是这样的人吧？"

"东方君过誉了。鄙人不过是率性而行，随遇而安罢了。" 东方朔话里有话，意存讥讽，司马相如觉得无趣，拱手作别。不想东方朔紧紧拉住了他的衣袖，很恳切地说道：

"人言旁观者清，当局者迷，在下有一事不明，望先生为我譬解。"

"请讲。"

"天子雄才大略，拔擢人才，在下入宫几年，同时的诸人都已获得重用，可为何我不得发达，做不成大官呢？以长卿先生看，在下为人行事，有甚不妥么？"

东方朔焦忧之色，溢于言表，平日的那种诙谐，全无踪影，看来是真心求教。司马相如略作思忖，决定帮帮他。

"曼倩可是要听真话么？"司马相如问道。

东方朔很肯定地点点头，"当然是真话，长卿但说不妨。"

"曼倩是极聪明之人，言辞亦辩给，可惜所用非是。官场自有规矩，曼倩不愿受其拘束，自然做不成高官，换言之，你我之辈，文人也，本来就不是做官的材料。"

东方朔连连摇头，满脸的不快。"不对。先生淡于荣利，尚且能够出使巴蜀，一展长才。陛下何以不置我于囊中，让我一试身手呢？先生说我所用非是，指的又是甚？"

司马相如笑道："世人言，一为文人，便无足观，无非是游戏文字，玩物丧志者罢了。一旦背负了这种成见，翻身就难了。天子何尝不用曼倩，君自负诙谐，不拘小节，陛下以你为文学侍从之臣，俳优处之，正是用你所长。至于所用非是，曼倩想想从前射覆①之事，心里还不明白么？"

---

① 射覆，古代覆盆，使人猜测下有何物的游戏。后来发展成猜谜式的酒令。

原来酒筵之上，皇帝曾将一只守宫①置于铜盂之下，令众人射覆。没有人猜得中，轮到东方朔，他以蓍草作卜，一射而中。皇帝赐帛十匹，东方朔抖擞精神，连射连中，所获得赏赐也越来越多。皇帝身边的弄臣郭舍人，是谒者令郭彤的侄儿，在一旁看的眼热，说他是幸中，而非真本事。两人较上了劲。郭舍人提出由他覆物，东方朔若能猜中，他愿受搒一百。结果仍是屡射屡中，郭舍人亦遭痛笞，股血淋漓，卧床不起了一个多月。

"郭舍人妒忌生事，自取其辱，与我何干？"

"可郭舍人的背后是谁？郭彤是今上太子宫时的旧人，最得信用，这叔侄两人，日夜在御前侍候，岂是得罪得起的？你一时痛快了，可今上耳边再也听不到你一句好话，又孰得孰失？"

"再如去年伏日，陛下诏赐祭肉②。不等三公九卿到场，君拔剑割肉而去。皇帝罚你自责，你说些甚？"

东方朔笑道："怎么，先生不记得了？'朔来！朔来！受赐不待诏，何无礼也！拔剑割肉，一何壮也！割之不多，又何廉也！归遗细君，又何仁也！'皇帝闻言大笑，非但没有怪罪我，反而加赐酒一石，肉百斤。这有何不当么？"

"你的聪明都用在这上面，难怪今上当你俳优，用你寻开心了。君以弄臣自处，又怎能期望今上重用你呢？"

东方朔拍拍脑袋，懊悔不及。"真是聪明反被聪明误！如今不但皇帝，满朝的大臣都当我是个弄臣，这个印象怕是磨都磨不去了。在下何以自处，望长卿先生有以教我。"

"君生性谐谑，改也难，但求凡事自律吧。今上看你是个乐子，当然不会把你的话当真。这个印象，只能一步步扭转，先从眼前的实事做起吧。"

"甚实事？"

"皇帝为驰猎便利，打算扩建上林苑，把苑内的百姓迁出去。听说吾丘寿王已将苑内的民田造册，要把阿城以南，盩厔以东，宜春以西的大片民田，

---

① 守宫，即壁虎，蜥蜴类的爬行动物。

② 祭肉，汉代夏季的伏日，冬季的腊日，均要放假一日，祭祀天地鬼神。祭神后的肉食，皇帝会分赏群臣，以示同乐。

划入上林苑，而以长安四周的荒地，作为补偿。这是件关系民生的大事，曼倩辩才无碍，何不为民请命，谏阻此事，做一件令举朝刮目相看的正事呢！"

东方朔狐疑地看着司马相如，"既是正事，先生为何不做？"

"吾已绝意于仕进，随遇而安而已。况且这件事，今上心意已定，是阻止不了的。"

"阻止不了，为甚要我去做？"

司马相如笑道："你不是想要做大事，扭转众人的成见么？这就是机会。"

"这种拂逆麟的事情，搞不好要杀头，怎么是机会？"

"曼倩自称学富五车，文史足用，君人南面之术不知道么？今上不会因人谏阻而停建上林苑，可仍会赏赐进言之人。为的是鼓励臣下建言，保持言路的通畅。不信？你可以试试看。"

小黄门所忠，捧着宫人的名册，急匆匆地赶到宜春宫。被遣出的宫人应于午时出宫，行前名册要经皇帝过目勾红。可一连数日，皇帝均在外行猎，郭彤于是派他去永巷取回名册，赶赴上林苑呈给皇帝过目。

车马一路疾驰，所忠的心情亦如车马般平静不下来，早上的一幕，萦回不去。他去永巷，身份虽不过是个小黄门，在宦者中只是个不入流的角色。可身在御前，却是个得罪不起的人物，永巷的令丞迎来送往，殷勤备至。他盘桓了一阵，取了名册回前殿复命。还没走出永巷，身后追过来一个女人，不容分说地塞给他一副金镶玉错的头饰，恳求他让皇帝见她一面。女人名卫子夫，是个即将被遣出的宫人。所忠本不想揽这种闲事，可那副头饰太珍贵、太值钱，不由得他不动心，于是答应了下来。

他本打算甚也不做，干没此物，可转念一想，那女人肯送他如此贵重的东西，见不到皇帝，绝不肯甘休，日后此事一旦被捅出来，麻烦绝少不了。可他又怎么敢对皇帝提这种事情？一旦皇帝疑心他交通后宫，他这条小命，就算完了。前思后想，总也想不出个妥当的主意，一路忐忑着到了宜春宫。

跳下传乘，却一眼看到在苑中踱步闲谈的司马相如与东方朔，所忠心头一喜，叫道："司马先生，奴才有要事求教，请借一步讲话。"

两人走到背静处，所忠将卫子夫的托付讲述了一遍，眼巴巴望着司马相如道："奴才见那女子可怜，心肠一热，糊里糊涂就答应了下来。不办，对不住她；办，这种事，哪里是奴才敢管、能管的事？要了命我也不敢对皇上开这个口呀！这批人午时就得出宫，大人无论如何帮小的拿个主意。"

"这女人叫卫子夫？我认得她。"司马相如沉吟良久，拍着所忠的肩头道："这件事这么办，你将名册摆开在皇帝的案头，奏请皇帝勾红，其他话我来说。至于皇帝能否记得她，召见她，那是天意，谁也帮不了她。"

刘彻起身沐浴之后，正在寝殿中进食。他瞟了眼所忠，问道："你不在大内当值，跑到这里做甚？"

"有批不中用的宫人，午时要遣散出宫。郭公公怕皇上赶不回去，要奴才带名册过来，请皇上过目勾红。郭公公还要奴才请示，这些宫人临行前，皇上还要不要见她们一面。"

"不见。"

所忠将名册铺展在一张书案上，将毛笔蘸满胭脂研成的朱墨，放置在笔架上，等候着刘彻勾红。被勾红者，意味着允准出宫；反之，则会被留在宫内。

刘彻夹起一块脍炙的狍肉，细细咀嚼着，品味着猎物的鲜美。"放出去的人有多少？"他不经意地问道，又夹起一块狍肉。

所忠偷觑了一眼走进来的司马相如，对道："三十六人。"

"长卿，你来得正好。"刘彻指了指书案上的名册，"你代我勾勾红，一个不留，全勾上。"

司马相如提笔勾红，很快就轮到了卫子夫。他看了眼刘彻，皇帝正大口咀嚼，显然沉浸于品尝美味的快感之中，根本不关心这件例行的公事。

"卫子夫？这宫人的名字挺怪，像个男人。"司马相如高声道，随即重重地勾下了一笔。

"甚，像个男人？你说她叫甚？"刘彻放下筷子，用丝帕拭了拭嘴，朝司马相如看过来。

"卫子夫。"

"卫子夫？卫子夫……"刘彻念叨着这个名字，觉得很熟悉。伴随这个名字而来的，是种很温馨的感觉：灯火通明的厅堂，翩跹的舞姿，曼妙的歌喉，美人们的皓齿明眸……他记起来了，这是平阳侯家酒筵上那个歌伎，他曾与之对舞和歌。

"哈！这个女人我记得，说起来，这段姻缘，还是长卿先生的大媒呢！"刘彻回想起当日情景，心里很快活。

"怎么，这女子我闻所未闻，大媒，从何说起？"事情有望，司马相如与所忠心中暗喜，却又有点吃惊。

刘彻大笑道："'何缘交颈作鸳鸯'，长卿琴挑文君夫人的大作，自己倒不记得了么！这女子歌唱得好，长卿的文辞更好，打动了朕，这才带她进宫。说先生的大媒，错了么？"

司马相如会心一笑，问道："可是臣已奉诏把这卫子夫勾了红，要不要削掉？"

刘彻沉吟了片刻，起身道："先不忙，见一面再定。所忠，传朕的话，起驾回宫！"

回銮的车驾进入未央宫时，已届午时。遣出的宫人们已集中在司马门内，也是天意所佑，晚一刻，这些人就会被带出宫门，四散而去。召见即在宫门内举行，被点到名字的宫人，一一出列向皇帝拜别。点到卫子夫时，她百感交集，一年来的遭遇，如狂涛般在胸中翻涌，只说了句"臣妾谢陛下恩典"便泪如雨下，泣不成声了。

尽管卫子夫因在蚕室劳作，容颜大不如前，但在刘彻眼中的卫子夫，依然光彩照人，且寂寞红颜，梨花春雨，别有种楚楚动人的风致，激起了他的怜惜之情。他当即下车，扶起卫子夫，改乘肩舆回宫。卫子夫重得皇帝宠幸的消息，像野火一般，当日就传遍了东西两宫的每一个角落。

三十四

　　窦氏与王氏两大外戚势力中，若说窦婴是窦氏的中坚，田蚡就更是王氏家族的顶梁柱。窦婴之死，使窦氏的势力一落千丈，王氏一家独大。可惜好光景只持续了三个月，田蚡之死，使王氏的顶梁柱訇然倾覆，王太后的苦心孤诣，顷刻间便失去了凭借。这个打击，使她一下子老了十岁。

　　办过丧事，悲恸过度的太后连日来茶饭不思，神思恍惚。直至灵枢归葬长陵祖茔之后，她才起身略进饮食，精神也稍稍恢复了一些。田蚡是贵戚，又身为当朝的丞相，葬仪可谓哀荣备至。天子诏赐棺椁赙仪，百官会丧，军士列阵护卫，皇帝与皇后，车驾素服，亲临送葬。武安侯的爵位，由田蚡之子田恬承嗣。可王娡仍心有不餍：田蚡没能享有朝廷重臣的最高的恩典——陪葬茂陵；田蚡之弟——周阳侯田胜，也未被允准入朝为官。此后，王、田两氏的外戚只能以列侯坐食俸禄，再难干预、影响朝政了。

　　看着围坐在身旁的兄弟子侄，王娡既郁闷，又伤感。盖侯王信年事已高，平庸嗜酒；周阳侯田胜，贪贿无能；田恬也是个骄奢淫逸的纨绔子。三个女儿，平阳嫁了个废物，至今无子。隆虑与金俗，各有个惹是生非，至今仍被圈禁的儿子。

　　太后叹息道："阿蚡去了，朝廷里头再没有为咱们说话办事的人了。孤百年之后，还有谁能护着你们？都好自为之吧。阿蚡扳倒了窦婴，也与窦家结了仇，窦太主，皇后都恨着咱们，你们日后得小心着点，都给我收敛些。"

　　"娘未免过虑了。"对母后的忧虑，平阳不以为然。"娘的法子起效了，皇帝留下了卫子夫，很得宠，阿娇的好日子快到头了。我敢说，她与她娘，比咱们更怕，哪儿还顾得上与母后作对呀！"

"跟谁作对我也不怕，孤终究是皇帝的娘！可你们就不同了。" 王娡全无喜色，白了平阳一眼，"你以为这是好事？这个卫子夫含恨忍辱一年多，终能得遂所愿，绝不是个善茬子。我担心的是，用不了多久，这外家的权势就会转移到卫氏一门去。窦家靠着太皇太后，风光了二十多年，我们才几年？平阳你们给我记住了，好生应承着这个女人。孤百年之后，你们或许都要靠着卫家呢！"

未央宫的宣室殿中，刘彻正在与郎中令石建密议田蚡身后的人事。刘彻早就不满于田蚡专权，可投鼠忌器，碍于太后，一直未下决心。田蚡的暴死，是个扭转外重内轻局面的契机，他要潜削相权，乾纲独揽，非如此，不能统一事权，在朝廷兴革的大政上，贯彻自己的意志。

"石卿，丞相一职，以何人接任为好？"

"依例，丞相出缺，应从三公之中以次递升。御史大夫本为丞相之副，如此，则该韩安国继任。"

"韩安国这个人，你以为怎样，直言无妨。"

"韩大夫知兵，有大略，才智器用，足称国士。为人忠厚，无野心，荐举贤能不避亲疏。短处是贪嗜财利，大事当前，模棱两可。"

知兵，忠厚无野心，举贤荐能，都是国家重臣应有的品质。贪财嗜利，只要不过分，也可以容忍。刘彻不喜欢的是，韩安国曾党附田蚡，遇事首鼠两端。

"那就先要他以御史大夫代行丞相事，看看再说。你再提几个可任丞相、御史大夫的人出来，要那些老成持重，年高德劭的。"

皇帝想用什么人，石建心知肚明。一山难容二虎，今上乃大有为之君，丞相若强，必生争执。他故作沉吟道："平棘侯薛泽，是功臣之后，人老成廉谨，只是年近耄耋了。中尉张敺，也是两朝老臣，忠厚恭谨，唯办事魄力不足，任中尉九年，京师三辅的治安不能令陛下满意。再就是宣平侯张欧，为先赵王张敖之后，年事亦高，现以太常为九卿之首，依例当晋位御史大夫。"

"在朝中办事的人老成持重点儿好！这几个人先作为备选。三公之中，太尉一职，久已空缺，朕欲改其名为大将军。将来与匈奴作战，得有个足智多谋，又能亲冒锋矢，身先士卒的统帅。这个人得坐镇前敌，所以要年富力强，眼下缺的就是这么一位大将军。这个人最难寻，你要为朕留意。"

"韩安国知兵，马邑伏击时为前敌统帅，节制众将军，资望够，人也老成。若任大将军，所遗御史大夫一缺正好由张殴继任。"

刘彻连连摇头道："韩长孺遇事首鼠两端，没有决断，临敌最足以偾事。不成，不成！"

"李广将门世家，身经百战，匈奴惮之，陛下以为如何？"

"李广、程不识都是名将，朕所以要他们出任东西宫的卫尉，为的就是考察其为人行事。李将军教练期门、羽林，确为朕练出了一支精锐的骑兵。朕对他期望甚高，可武职不同于文职，非军功不足以服众。谁能出任大将军，全在于未来大战时的表现。眼下，还要虚位以待。"

议论过人事，君臣闲谈，刘彻忽然问道："朕那位母舅，石君，盖棺论定，此人如何？"

皇帝憎恶田蚡揽权霸道，人所共知。石建顺着这个思路，陪着小心道："武安侯以椒房之贵，难免霸道了些。"

"石君错矣，霸道不是过，朕得大力于田蚡的霸道！"见石建迷惑不解的样子，刘彻微笑道："人死了之后，想到的多是他的好处。有汉七十年来，朝廷奉行黄老，太皇太后尤甚。朕即位之初，朝廷上下充斥着守旧的势力，朕用武安侯作丞相，不出二年，尽黜黄老、刑名百家之言，荐任文学儒者为官者百数。风气至此丕变，儒学大兴，天下从风。不霸道他能有颠覆旧局面的魄力？故霸道之长短，不可一概而论。可事事霸道，不知收敛，乃至诛除异己，权移主上，则是自取灭族之道了。他死得其时，保住了他一家的富贵。"

石建倒吸了口凉气，暗自提醒自己，皇帝已长成为雄才大略，城府很深的君主，再也不是当初那个垂拱端坐，冲动稚气的青年了。

椒房殿女主人的心情，此时却是喜忧参半。

"你皇祖母崩逝没多久，娘就觉出你婆婆没安好心，她想让她娘家那一拨子人尊荣富贵，把咱窦家的风光压下去。可娘怎么也没想到，田蚡把你大舅（指窦婴）往死里整。这下好了，你大舅与灌夫阴间变鬼也放不过他。报应，真是老天有眼！"

窦太主满面喜色，饮下一大口酒，斜睨了一眼陈娇与刘陵，问道："田蚡一死，你大舅的仇也报了，太后家再没有上得了台面的男人，张狂不起来了。你俩还板着个脸做甚？"

刘陵道："前门去虎，后门入狼。大姑还不知道吧？皇帝宠幸了个宫人，传闻有了身孕，皇后她能好受得了么！"

"啊？这宫人叫甚，甚来路？"仿佛晴天霹雳，窦太主一下子变了颜色。

"卫子夫。"陈娇语气平静，可面色惨白，双目荧荧似有泪光。

"卫子夫？"

"就是平阳主送到宫里的那个倡女。去年先蚕祀典时，娘还见过这个人，就是那个被发配到蚕室做事的贱人。"

"哦，是她。这贱人远在上林苑，怎么钩上的皇帝？"

"听说是出宫门时遇上了皇帝，被留下来的。"刘陵道。

陈娇摇了摇头，"宫里我让胭脂她们盯得很紧，没人敢为她通消息。原本想打发她出宫，不想事到临头，还是出了纰漏。我敢肯定，皇帝身边有人替她说了话。"

"真有了么？那么多年，宫里头没有一个有孕的，不是以讹传讹吧！"

"我命胭脂查问过太医署，说那女人身重恶阻①，喜食酸，手少阴②脉动有力，是真的有了！……娘，我可怎么办哪！"陈娇再也忍不住，终于哭了出来。

窦太主的心也慌了，她掏出块丝巾，为女儿拭泪，"阿娇，莫哭。就是有了，也未必就一定能生儿子。阿彻他答应过娘，无论如何，他会善待你的。"可在心里，她自己也不敢奢望，皇帝若有了那女人的儿子，女儿皇后的地位还能保住？一念至此，不觉悲从中来，她也潸然泪下，与女儿哭作了一团。

刘陵看着这对母女，心里颇为不屑。"皇后好歹还号令着后宫，就不能

_____

① 身重恶阻，古代医学用词。身重，指身体慵懒倦怠；恶阻，呕吐。

② 手少阴，即古代十二经脉之手少阴心经，古代视此脉搏有力为妊娠之征候。

想个釜底抽薪的法子，把那孩子拿掉么？"

"甚！阿陵你说做甚？"窦太主惊问道，不敢相信自己的耳朵。

侍奉在旁的胭脂摇摇头道："行不通的。这是头一次有宫人怀上至尊的孩子，至尊拿她看得极重，不但专门安排了住处，而且派专人护卫侍奉。寻常人等，根本进不去那里。"

"阿陵，可不敢做这种事。"窦太主语气严厉起来。"再怎么着，也是皇帝的骨血。做下这等事，要夷三族的，你不为我们想，也要为你爷娘想想。"

刘陵撇嘴道："可真是的，我为皇后抱不平，大姑倒冲我来了！那女人生与不生，干我何事？若不是为皇后分忧，我才懒得操这份心！"

陈娇向刘陵递了个眼色，示意她莫在窦太主面前争嘴。

"王家做这种事，明摆着是想把皇后挤倒。前一阵丞相害窦太傅，不也是冲着你们窦家。你们越忍，人家越猖狂。"刘陵视若不见，侃侃而谈。上次省亲时父王的话言犹在耳：宫里闹得愈凶，愈有利于淮南。你在长安，要尽可能地推波助澜。捅出天大的娄子也不要怕。

"谁说忍了？"刘嫖伤了自尊，脸涨红了。"这些忘恩负义之徒，没有窦家，她们王家能有今日！"

"这个卫子夫是平阳家的甚人？"稍停，她看着胭脂，问道。

"奴婢察看过永巷的名簿，她出身微贱，原是平阳侯府上的歌伎，父母原是平阳侯府的家奴，她还有个同母异父的兄弟，原在平阳侯府里做车夫。"

"阿娇，这口气娘代你出，我要当面问问平阳，她到底想做甚！可在宫里，你千万莫乱来，惹出事情，娘帮不上你呀！阿陵，你既与皇后情同姊妹，就莫撺掇她生事，惹恼了皇帝，悔之晚矣。"

"大姑说哪里话，我怎能撺掇皇后去惹皇帝。说实在的，只要皇后能生养，哪里会有今日这个局面。阿陵一向做的，不过是寻医问药，大姑不信，问问皇后，我可曾生事？"

刘嫖颔首笑道："这就对了。你们莫灰心，阿娇一定能怀上皇嗣。再大的花销，我也供得起。你们尽管放手寻医问药，药上，钱上，都到我府上支用。来，来，都打起精神饮酒。"

送走母亲，日色已暮。陈娇将刘陵拉进密室，急切地问道："楚服去南方买药，已经数月了，怎么还不回来？"

"前次买回的药我记得还有不少，够殿下服几个月的，足够支撑到她回来。"

陈娇双目圆睁，像是要冒出火来，直直地瞪着刘陵，"孤想的不是药。这次回来，孤要她放出最厉害的手段，要那个贱人卫子夫连同她的孽种，不得好死！"

三十五

元光四年五月，长安东市的河洛酒家于歇业半载后，重新开张。行迹不出乡里的郭解，此番也到了长安。

原来，义纵出任河内都尉，以诛除地方豪强为务，上任伊始，就族灭了河内郡的豪强穰氏一门百余人。消息传出，全郡大震，平素强横不法者纷纷走避，素称难治的河内郡，不过数月已风气大变，路不拾遗。之后朝廷又诛灭了颍川灌氏，风声愈来愈紧。郭解虽不为害乡里，可他的名声远在穰氏之上。义纵传话，要他暂避风头，无奈之下，借酒肆重开之机，悄然赴长安一游。

韩孺与他，已暌违二十年，相见之下，悲喜交集，连日盘桓，互道契阔，真是有说不完的话。这日，两人又在店门旁的小几上把盏小酌，说起故人灌夫、窦婴的冤死，不胜痛惜。

正嗟叹间，门帘一挑，走进来三个壮汉。为首一人，高鼻深目，虬髯浓须，一望而知是个胡人。跟在他身后的人亦相貌英俊，两人均身着皮铠，从装束上看，是皇宫期门的卫士。走在最后面的人令郭解一怔，此人面长而阔，印堂丰满光洁，眉骨隆起直达发际，是大贵之相。可从服饰看去，不过是京师大户人家仆庸的装束。

三人向里间走去，走出约十步，郭解起身招呼道："各位请留步，雅间在这面。"

后面那人停住脚，稳稳站了片刻，从左侧慢慢回转身来。郭解见状大喜，抢前数步，揖手道："贵客临门，在下有失迎迓，请随我来。"

那人很沉静地笑笑，揖手作礼道："不烦主人劳动，吾等小酌，没有很多钱的。"

"这家酒肆，乃天下豪杰聚会之所，谈甚钱不钱，有缘即可！"郭解边说边将三人让到很宽敞的一座雅间中。

韩孺纳闷，低声问道："这几人是翁伯的朋友？"

郭解摇了摇头，将他推到前面。"各位请坐，这位是店主，今日由他做东，请三位饮酒。在下不善饮，叨陪末座。"他又指着中间的位置，对那人道："贵人请坐首席。"

那人脸红了，不好意思地说道："鄙人乃为人执贱役者，哪里敢称贵人，店家取笑了。"

郭解道："吾外祖善相，我亦略得其皮毛。君适才回首左转，相法称之为官兆，且君骨相不凡，发达只在早晚之间。"

那人闻言一震，怔怔地望着郭解，去年赴甘泉服役时遇到的事情，不觉又萦回于脑际。与其同室而居者，有一受过髡钳的刑徒宁乘，也为他相过面，说他命当大贵，拜将封侯，前程未可限量。他一笑置之，自嘲道："人奴之子，免于责骂鞭笞足矣，拜将封侯？这不是异想天开么！"

"仲卿莫妄自菲薄，英雄不问出身，我看人家说得有道理。"那虬髯骑郎插言道，随即揖手问道："敢问店家名讳。"

郭解指着韩孺道："这位是店主韩孺韩千秋，关中大侠。在下轵县郭解。"

"壮……壮士就是天下闻名的郭……解郭翁伯？天哪！仲卿，子敖，这就是郭……解郭大侠！次公等得瞻颜色，幸何如之！幸何如之！"另一骑郎激动得面色发红，言语也结巴起来。

郭解笑笑，揖手道："幸会！幸会！敢问各位尊姓大名？"

原来，这三人分别是未央宫的骑郎公孙敖、张次公与尚在平阳侯府做车驭的卫青。公孙敖，北地义渠的胡人。义渠为北方之戎，密迩中原，筑城定居，春秋战国时于秦国北境建立起一个小国。秦国在壮大过程中，逐步蚕食其国土，义渠最终于昭王时被兼并，成为秦国的郡县。义渠与匈奴同源，饮食长技相同。景帝采纳晁错之议，将归降的义渠人安置于边塞，捍御匈奴。义渠子弟多有被选拔至长安者，编入期门骑兵。公孙敖就是其中的一员。张次公乃义纵少年时的密友，后与义纵同时入宫为郎，现在是骑郎将。

卫青则是个私生子。他的亲生父亲，名郑季，是河东平阳的一位县吏。平阳是曹家的封邑，县吏要轮流到平阳侯府服役。卫青的母亲卫媪是曹家的婢女，后嫁入卫家做继室，有三女一子。步入中年的卫氏，风韵犹存，与郑季私通，生下了卫青。

卫青虽冒姓为卫，可卫家很清楚他是个野种。为此，他自幼不受待见，年方五岁，就被迫随兄长们一同牧羊。卫家子侄根本不把他当作兄弟，乡里的孩童对他，更是鄙视讥笑无虚日。童年时的卫青，没有玩伴，只有母亲与三姊卫子夫，暗中给他些安慰。卫青忍气吞声，在孤寂与屈辱中默默成长，养成了沉稳内敛的性格。

作为奴仆，卫氏全家都要为曹家服役。卫青长成之后，先做平阳侯府的骑从，充当外出时的仪仗。曹寿发现他善驭马匹，便选他做车驭。平阳侯夫妇进出宫禁时，他都要驾车马等候在司马门外，一来二去，与守卫宫门的卫士混得很熟，尤为要好的，就是公孙敖与公孙敖的族兄公孙贺。张次公与他相识较晚，关系也不错。

近来，三姊卫子夫成为皇帝新宠，又有了身孕，平阳侯府上下人等对他客气了很多。平阳主连日进宫探视，多在傍晚出宫。长日无聊，公孙敖等不当值，于是拉着他来东市小酌。

主客重新见礼，分宾主坐下。众人纷纷祝酒，各道对郭解的倾慕之情。推杯换盏，酒过三巡，郭解以茶代酒，唯独与卫青对饮了一杯，霎时间面色酡然。

"大侠说仲卿是贵人，面相上有甚说法么？"公孙敖好奇地问道。

郭解指了指自己的眉际，"这地方叫作印堂，印堂丰满光洁，主贵。"他又指了指卫青的额头，"君之印堂有骨隆起，微微可见，自额头直贯头顶，这在相法上称作'伏犀贯顶'，主大富大贵。"

他又用手触了触卫青的眉脊，很肯定地说："君辅骨直接天仓，也主贵，是大将之相，你该多读些兵书。"

公孙敖似信非信地摇摇头道："仲卿乃一车夫，缘何做大将？"

张次公却坚信不疑，"郭翁伯的外祖许负，相人绝准。当今太后微时，有人推其贵不可言，果然应验。准吧？可此人不过是许负的弟子，郭大侠得乃祖真传，所言该当不虚。"

"既如此，郭兄也为我与次公看看相，如何？"公孙敖道，眼里是很期待的目光。

郭解环视众人，捋须微笑道："兄弟高看我了，吾于相术，略知皮毛而已。不过各位的面相都主贵，都有做将军的命，大致是错不了的。"

众人闻言，面面相觑，皆有喜色。

只有韩孺觉得意外，追问道："翁伯所言，我也在内么？"

"千秋一身勇力，武艺非凡，若弃商投军，定会脱颖而出。"郭解很肯定地点了点头。

韩孺的心一热，随即摇摇头叹道："大汉承平七十年，只在边塞上与胡人小有冲突，若无大战，即如李广李将军，也是空有一身功夫，难望立功封侯。"

张次公猛然将酒杯顿在食案上，豪迈地说："不然。以我所知，今上对匈奴憋着一股劲，上次马邑失手，皇帝不甘心，暗中厉兵秣马，大汉与匈奴，早晚会有场生死较量。彼时吾等驰骋沙场，奋击胡虏，功名还不是如囊中之物，任由你我探取。"

公孙敖亦连连颔首，"次公所言不错。近日皇帝大大扩充了北军，中垒校尉而外，又添练了七支精兵，其中屯骑、越骑、长水、宣曲、胡骑、虎贲等军都是骑兵。不是为了对付匈奴，编练那么些骑兵做甚？我还听我族兄说，北边马苑所养马匹的数量已大增，年年都会向长安输送。我猜马匹足够之后，朝廷必会有大的举动。"

听着友人们的议论，卫青的心中也泛起了涟漪。自己的人生或许真如郭解所言，要在战场上改变。他心中升起一丝渴望，他要如轭下的羸马一般挣脱羁绊，自由驰骋。他的双目湿润了，往昔的自卑在消退，心绪如同盘旋的苍鹰，翱翔在广漠无垠的绿色草原之上。

他望着郭解，双手奉杯齐眉，郑重地说道："闻君一言，卫青茅塞顿开。他日若得遂所愿，翁伯兄于吾人有再造之功！卫青与在座诸位，敬为郭兄上寿，我们对饮一杯！"

众人纷纷举杯，郭解让了几让，推辞不过，只得一饮而尽，脸色已如一块红布了。

笑语喧哗之际，酒佣掀帘进来，问道："哪位是平阳侯府上的车驭？外间有人找。"

"甚事？"卫青问道。

"说是公主即刻便要出宫，要你预备马车。"

卫青起身，向席上的众人拱手作别。公孙敖饮多内急，起身随他一起出来，两人揖手道别，卫青去牵自家的车马，公孙敖则拐入酒肆西面的圊厕，自行方便。

一泡急尿而后，公孙敖的小腹一下子松快了下来。他满意地舒了口气，系好腰带，正待回去，忽听得墙外人声嘈杂，一个极熟的声音高叫道："汝等甚人？放开我！"

圊厕的外墙就是东市的垣墙，墙外就是夕阴街，他们来时，卫青的马车就拴在街边的树干上。公孙敖一惊，顾不得龌龊，搬起一块垫板，靠在墙垣上，奋身上去，扒住墙头向外看。数名大汉正将一人塞入一辆有帷帘的车内，那人双脚乱蹬，拼命挣扎，虽然看不到那人的头脸，可他还是明确无误地从衣装上，认出了卫青。

公孙敖大喝一声，"大胆狂徒，光天化日下竟敢行劫，住手！"为首的一名壮汉瞄了他一眼，随手一掷，一道寒光闪来，公孙敖本能地一缩，一把匕首牢牢插在了身后的木柱上。那几个壮汉面无表情，跳上车，一声响鞭，马车疾驰而去。

他俯身下墙，拔出那把匕首，大步跑回酒肆，大叫道："不好了，卫仲卿被人劫持，各位马上随我去救人，迟了，卫君有性命之忧！"

张次公抓起身旁的佩剑，跳起身来，韩孺则招呼店伙备马。郭解摆摆手道："各位少安毋躁。"随即盯着公孙敖问道："绑他的人有多少，往哪里去了？"

"六七个人总有，个个孔武有力，驾车顺夕阴街向东去了。对了，这伙人身手了得，我险些被狗日的匕首刺中。"说罢，公孙敖将那把匕首递给了郭解。

郭解用食指试了试匕首的刃口，蹙眉道："京师辇毂之下，竟敢白日劫人，绝非寻常盗贼所为。京师闾里，均有里正监管，他们绝不敢留在城内。千秋，夕阴街往东有几条路通向城外？"

"大致上有三条，余者得经过未央宫与长乐宫，沿途禁卫森严，他们未必敢走。”

“好，三条路中，哪一条出城最快？”

“当然是顺东市东街北拐，出厨城门最快。”

“还有呢？”

“再就是从章台路南拐，顺香室街直行向东，出清明门。”

郭解略作思忖，不容分说地吩咐道：“为稳妥计，我们分作两路追。千秋，你带上郑山，奔清明门。我带黄轨走厨城门，二位军爷与城门守吏相熟，各跟一路。事后咱们还在这里会合。”

卫青被人蒙眼塞口，在车上颠簸了许久。车子停下来时，他被两名壮汉拽下车，踢倒在地上。有人解下了蒙在他眼上的黑布，他眯起双眼，许久才适应了刺眼的光亮。一条宽阔的大河出现在他眼前，原来，这些人将他绑架到了城北的渭水之滨。

几名黑衣壮汉已是汗流浃背，他们脱下衣衫，蹲在水边洗浴。为首那人，吩咐一人牵马到河滩上吃草，自己解开衣衫，在阳光下落汗。他坐到卫青对面，端详了他一阵，问道：

“你是平阳侯府的车驭，叫卫青？”

卫青点了点头，“我与诸位素不相识，更无恩怨，各位莫不是绑错了人？”

“错不了，绑的就是你。”

“为甚，我有得罪之处么？敢请壮士告我。”

“如你所言，我们素昧平生，无怨无仇。可有人被你们卫氏得罪了，吾等不过是受人之托。”

“你们要拿我怎么办，是勒索要钱么？”

“钱，自有人给。主家要的是你的命。”汉子淡淡一笑，从车上取出条粗麻织成的袋子，捧打了两下，撑开袋口，在卫青身上比量着。

“你要做甚？”

汉子阴阴地笑着，好整以暇地望着他。“送你归天。装你在这麻袋里，丢进水里，好歹能留你一条全尸。”

一个面目凶狠，满身横肉的壮汉懒洋洋地从河边踱过来，“樊哥，天不早了，早些完活儿，还赶得及进城领赏。今儿晚上弟兄们好好聚聚，一醉方休。"

"你把住他，咱们把他装进去。"

那汉子按住卫青的双肩，示意樊哥将麻袋套上来。卫青拼尽全力，用头猛撞。壮汉猝不及防，仰面朝天摔了出去。被称作樊哥的头领从身后猛起一脚，将卫青踢倒在地。壮汉跳起身，取出长剑，恶狠狠地刺过来。

卫青闭上眼，脑子里忽然闪过方才聚饮时的情景。郭解称他有富贵之命，不过数刻工夫，却要命丧黄泉，真是滑天下之大稽了！他的嘴角浮出一丝苦笑。

预期中的痛苦与死亡迟迟未到，负痛的叫声却让卫青睁开了眼睛。长剑已经落地，那个壮汉正捂着手臂号叫，一支弩箭射穿了他的手腕。远处三骑人马，拉成一条散兵线，各从不同的方向，张弓搭箭，瞄着怔在一旁的樊哥与其他汉子。

三十六

"哈！我当是谁恁大的胆子，敢在京师白日行劫？樊老二，数年不见，你出息了！"郭解策马上前，公孙敖与黄轵张弩瞄住两边，那伙人虽心有不甘，无奈兵器不在手边，谁也不敢乱动。

看清是郭解，被称作樊老二的头领瞠目结舌，一时竟不知说什么好。郭解解去卫青手脚上的束缚，指着远处的公孙敖道："你先去那里等着，我说两句话就过来。"

卫青等人望着河滨，只见那头领对同伙说了些什么，那帮人争相上前，向郭解揖手致敬。郭解笑着与众人招呼，又与姓樊的单独谈了许久。末了拍拍他的肩头，与众人拱手作别，飞身上马，招呼卫青等人回城。

"这是些甚人，大侠认识？"公孙敖好奇地问道。

"姓樊的名樊仲，排行老二。少年时好勇斗狠，作奸犯科，无所不为。壮年之后收敛了许多，不过他这一帮子人，在长安道上的人中，仍算是狠的。樊仲从前犯事时，到我那里躲过一阵子，故而熟识。不然，今日不那么好脱身呢。"

公孙敖不以为然道："今儿个算是便宜了他们。若非大侠认识，真该一鼓作气，将这伙歹人捉将官里去。"

郭解瞟了眼卫青，笑道："此等人无非受人钱财，与人消灾而已。江湖中人，讲的是多个朋友多条路，少个仇人少堵墙。解释开了便罢，犯不上结怨。仲卿，对不？"

"我与这伙人素无瓜葛，那樊仲讲，是雇用他们的主家欲置我于死地。不知他可对翁伯道出真凶？"

郭解的面色凝重起来，颔首道："这还真不是件能轻易化解的事情，主家有财有势，一击不中，还会雇刺客再来，防不胜防。"

卫青似乎想到了什么，"主家是谁？"

"窦太主。"

卫青、公孙敖闻言大惊，也明白了事发的原委。窦太主雇凶杀人，原因只能有一个，卫子夫的得宠，极大地威胁了皇后的地位，可有皇帝护着，她们拿她无可奈何，抓卫青是为了出口恶气。这种怨恨是化解不了的，这也就意味着对他的追杀不会终止，情势凶险，卫青与公孙敖都没了主意。

跟在一旁的黄轨插言道："郭叔，救人救到底，总不成要卫叔束手等死吧？"

郭解看了看卫青，不假思索地说道："了断此事只有一个法子，就是通天。天子既对你姊姊宠幸有加，当不会容忍他人加害她的亲人。仲卿何不托她求告于皇帝呢？"

深宫九重，内外悬隔。卫子夫进宫后，家人就再没有见过她，托她求告，谈何容易？可舍此别无办法，走一步看一步吧，卫青闷闷不乐地想道。

转至夕阴街，远远看到东市门前簇拥着大队的缇骑，看样子有事发生。郭解看着卫青与公孙敖，揖手作别道："看来此事已惊动了朝廷，在下不方便出入这种场合，就不过去了。二位给我个面子，放过樊仲他们，把事情都推在窦太主身上，天塌下来，有长个子顶着。如此，想不通天也难。"

其实，这件事已经闹到皇帝那里去了。平阳主出宫不见卫青，派人四下寻找，得知卫青在东市被一伙人劫走，当即就怀疑是窦太主报复，随即重回未央宫，向刘彻告了一状。

"你怎么敢肯定此事为姑母主使？"听过平阳的话，刘彻将信将疑。

"三日前我去后宫探视子夫，路上遇到姑母。我给她请安，她却横眉立目，开口就责怪咱们忘恩负义，说是没有太皇太后和她，就没有今日的陛下，那口气好像离了她，陛下根本坐不了天下似的。我一气，也没客气，顶了她。我说，阿娇自己的肚皮不中用，怪得了谁！她不能生儿子，就不允别的女人给皇帝生儿子了么？太霸道了吧！”

刘彻阴沉着脸，喝道："你放肆！你说姑母是主使，证据何在？”

平阳满脸委屈，"证据？她冲我使劲，为的就是我向陛下进献了卫子夫。卫子夫有陛下护着，她们没办法在宫里头报复，就拿子夫的兄弟卫青出气。若非如此，臣妾甘愿受罚。陛下肯认真查下去，一定查得到证据。"

"卫子夫家中姊弟几人？"

"五人。大姊卫君孺，二姊卫少儿，子夫排行第三。下面还有两个兄弟，大的叫卫长君，小的卫青，是侯府的车驭。姑妈若想报复，肯定会在他俩身上下手。"

刘彻命太常张欧派车送平阳回府，又命中尉张瓯派出缇骑，查找卫青的下落。他近日要在宣室宴请姑母与董偃，这件事查清楚后，他会明白无误表明心志。窦家也好，王家也好，尊荣已极，懂得收敛方可安享富贵。他要尽快扶植起一股新的力量，一股完全仰赖且听命于他的力量。

日暮时分，张瓯回奏，卫青已经找到了。刘彻当即召见，殷殷垂问，卫青谦和稳重，应对得体，很得他的好感。当问及绑架他系何人所为时，卫青并未捅出窦太主，而是轻描淡写地说，一伙人误以为他是有钱人，劫他为的是勒赎。后来得知他只是个车夫，就放了他。刘彻舒了口气，若真是姑母所为，惩戒而又不伤亲情，他还真是难以措手。

大祸临头，而能出之以沉着冷静，是种难得的品质。这个卫青，居然能有这样的心性，或与其出身贫贱有关。刘彻感叹卫青儿时经历的坎坷，艰难困苦，玉汝于成，古人的话，真是一点也不错。望着卫青远去的背影，刘彻看了眼一直在身旁侍候的郭彤，问道："你看这个人怎样？"

郭彤赔笑道："陛下看中的人，错不了。"

"此人出身贫寒，五岁就得做活牧羊，从小遭人欺侮，不想倒成就了他的大器。你再看看太后家的修成子仲和昭成君，看看窦太主家的陈须，都是些从小锦衣玉食的膏粱子弟，除去惹祸，哪有一个成器的？'故天降大任于斯人也，必先苦其心志，劳其筋骨，饿其体肤，空乏其身。行拂乱其所为，所以动心忍性，增益其所不能。'孟轲此言，诚是也！"

刘彻沉思，感叹，郭彤心里明白，窦氏、王氏，争斗不已的这两家外戚的失势为时不远了。代之而起的一定是卫家，迟速则取决于卫子夫何时生下皇子。

"陛下，太中大夫吾丘寿王求见。"小黄门所忠，进殿通报。

刘彻猛然回过神来，吩咐传他上殿。郭彤见机会来了，顿首道："常侍郎东方朔有奏疏陈奏。"

"哦，大个子常在朕侧，有甚话不能当面讲，上的哪门子书，该不是又在耍甚怪吧？"东方朔身材高大，谐谑成性，刘彻俳优处之，戏称他"大个子"。

这道奏疏三日前已递到尚书台，郭彤见到后，有意压了两日。奏疏的内容是谏阻扩建上林苑。吾丘寿王觐见，肯定是为上林苑之事而来，皇上扩苑的决心已定，在兴头上被东方朔泼了冷水，肯定会发怒。这道上书八成会触霉头，皇上一怒之下，或许会赶他出宫，算是为侄儿报了掳掠之仇。

郭彤将奏疏展开，略微浏览一过，说道："奏疏所言，是扩建上林苑之事。"

刘彻颇感意外，瞥了郭彤一眼。"哦，大个子有甚话说，吾丘大夫，正好一起听听。郭彤，读来听。"

"是。"郭彤清了下嗓子，以抑扬顿挫的声调大声读起来。

臣闻谦虚静悫，天表之应，应之以福；骄溢靡丽，天表之应，应之以异。今陛下垒郎台，恐其不高也；弋猎之处，恐其不广也。如天不为变，则三辅之地尽可以为苑，何必盩厔，鄠、杜①乎！奢侈越制，天为之变，上林虽小，臣尚以为大也。

"'奢侈越制，天为之变。'大个子这是在借天象警示朕呢，不过是拾董仲舒、王朔的牙慧，没有甚新鲜的。郭彤，你拣要紧的读，看看他能说出甚花样来！"刘彻的脸沉了下来，很不高兴的样子。郭彤则抖擞精神，继续

①盩厔（音周至），鄠（音户）、杜，均为当时长安属县，位于长安城西南，即今之周至、户县一带。

277

高声读道：

　　……酆镐①之间号为土膏，其贾（价）亩一金。今规以为苑，绝陂池水泽之利，而取民膏腴之地，上乏国家之用，下夺农桑之业，弃成功，就败事，损耗五谷，其不可一也。

　　……长养麋鹿，广狐兔之苑，大虎狼之墟，又坏人冢墓，发人室庐，令幼弱怀土而思，耆老泣涕而悲，其不可二也。

　　……斥而营之，垣而围之。骑驰东西，车骛南北，又有深沟大渠，夫一日之乐不足以危无隄之舆，其不可三也。故务苑囿之大，不恤农时，非所以强国富人也。

　　夫殷作九市之宫而诸侯叛，（楚）灵王起章华之台而楚民散，秦兴阿房之殿而天下乱。粪土愚臣，忘生触死，逆盛意，犯隆指，罪当万死，不胜大愿，愿陈泰阶六符，以观天变，不可不省。

　　"读完了？"

　　"读完了。"

　　"王朔夜观星象，奏告说泰阶六星昏乱。大个子竟借此指摘朕的不是，可恶！"刘彻恨恨不已。郭彤、吾丘寿王屏息敛容，揣度着皇帝会给东方朔怎样严厉的处置。

　　良久，刘彻面色转晴，叹道："难为他肯把心思用在民生上，做了件正事，朕要赏他。"

　　郭彤大失所望。吾丘寿王吃不准皇帝的用心，期期艾艾地问道："可……可这扩苑的事情？"

　　"一切照旧，该办的还是得办。民间讲话，喇蛄再叫唤，地还是得种！朕若怪罪处置了大个子，别人会以为朕听不进逆耳之言，言路若闭塞，朝廷

---

　　① 酆（音丰）镐（音浩），西周初年都城的所在地，在今陕西西安市西南，亦汉武帝想要圈占扩建上林苑的地方。

上下一片阿谀颂扬之声，朕岂不是成了聋子、瞎子！喇蛄固然可恶，朕却不能不让他叫唤。"

次日，刘彻颁诏，拜东方朔为太中大夫、给事中，赐黄金百斤。东方朔大喜过望，打心里佩服司马相如的判断，决心一有机会，再做件令举朝刮目相看的正事。

两日后，刘彻在宣室殿置酒，宴请窦太主与董偃。谒者令郭彤在宫门迎候，以肩舆接二人赴宴。窦太主的肩舆在前，到得宣室殿，却迟迟不见董偃的踪影。郭彤赶回去寻找，却见董偃的肩舆被持戟陛卫的东方朔拦在了陛阶之下。

"东方朔你做甚，董君是皇上的客人，你也敢拦？"

东方朔毫不示弱，盛气而言："前殿乃朝廷议论决策大政之地，不相干的人怎可僭越？"

郭彤望了望大殿，有些急了。"皇上与太主都等在上面，你快放董君过去，有甚事情过后再说。"

东方朔不为所动，一副绝无商量的样子。董偃则被窘得满面通红，气咻咻地说不出话来。

"你也太张狂了！"郭彤的眼睛像要冒出火来，"你敢随我面君么？"

"怎么不敢？天子也得讲理，欲化民成俗，更得率先垂范。"

"讲理，好啊，你说来听听。"

郭彤与东方朔都吃了一惊，刘彻不知何时赶了过来，冷冷地盯着东方朔。

东方朔将长戟递给旁边的卫士，长揖道："臣愚昧，可也知道亲近嬖幸小人，有辱圣德。"

"董君乃朕的客人，何谓有辱圣德？"

"董偃死罪有三，安可步于朝堂之上？"

"怎么说？"

"董偃以人臣之体，私侍公主，其罪一；伤风败俗，淆乱教化，其罪二；陛下富于春秋，正当大有为之时，本应博览六经，专心国事，董偃则诱陛下以靡丽奢侈为务，尽狗马驰骋之乐，极耳目声色之娱，行淫邪便嬖之路，其罪三也。如此奸恶之徒，昂然于朝堂之上，有累圣德，故臣不肯放行。"

东方朔振振有词，冠冕堂皇，还真难于同他理论。刘彻默然，良久，以商量的口吻说道："吾业已设席于宣室，仅此一次，下不为例，如何？"

"不可。宣室，乃先帝与大臣决策国事之正殿，不合法度的事情不得入内。陛下宜防微杜渐，这种恶例决不可开。"东方朔不为所动，口气上没有一点商量的余地。

刘彻心中气恼，可众目睽睽之下，又不好发作。于是下诏将酒筵挪至北宫。一行人默默离去，在众人异样的目光中，东方朔打了个冷战。他讨好地望望四周的卫士，做了个鬼脸，露出自来诙谐的笑容。

北宫的酒筵很沉闷。董偃当众受辱，满面羞惭。刘嫖心里虽然为他难过，可两人不正当的关系终究令她心虚，斥责东方朔的话自然难于启齿。皇帝默然沉思，客人的窘迫，他看在眼里，却不置一词。使得一老一少两个情人，心情愈发忐忑不安。

良久，刘彻抬起头，望着刘嫖，缓缓地说道："朕年将而立，方才有宫人怀上了朕的孩子，姑母不为朕欢喜么？"

刘嫖一怔，董偃扯了下她的袍袖，接口道："这真是皇天护佑，可喜可贺之事，太主，我们该为陛下干一杯。"

刘嫖也回过神来，不自然地笑道："是么，这可真是个好消息。能怀上陛下的孩子，不知甚人有这样的好福气。"

"这宫人名卫子夫。姑母该知道的，她说，太主与皇后先蚕时专门召见过她呢。"

刘嫖仰起头，仿佛用心回想着什么，"是么？我可记不得有这么个人。人老了，记性也不济了。出个门，也总是丢三落四的，全仗着董君帮我记着呢。"

董偃赔着笑，频频点头，"太主的记性是赶不上从前啦。"

"是么？这女人原是平阳家的歌伎，她还有个兄弟在平阳侯府做车夫，姑母这会儿记起来了吧？"刘彻冷笑道。

刘嫖的脸红了，"好像听平阳说过，是有这么个人。"

"姑母，你不想朕绝后，把皇位传给兄弟吧？"

"你这说的甚话？这太冤屈人了，姑妈怎会有这等念头！"

刘彻笑道："没有就好。卫子夫为朕生子，按规矩，该封她做夫人，卫家的人便成了外戚，理当共沐皇恩，是这样吧？"

刘嫖不情愿地点了点头。

"朕打算拜卫子夫的两个兄弟为郎，给事建章宫，另加侍中的名义，这样不过分吧？"

刘嫖无奈地点了点头，心中却觳觫不安。皇帝难道晓得了她的所为，意有所指？郎官给事禁中，而侍中的差遣，意味着卫家兄弟成了皇帝身边的亲信侍从，前程远大，今后再难加害于他们。

"那个东方朔，朕当他俳优，姑母，董君，莫把他的话放在心上。他虽然放肆，可为了鼓励臣下建言，朕还得赏他。"

刘嫖的心中一阵阵发冷，该来的终究来了。女儿的地位岌岌可危，卫氏或将取而代之，成为外戚中一族新的势力。她心乱如麻，魂不守舍，好容易挨到散席，她破天荒地要董偃独自回府，径自去了皇后的椒房殿。

三十七

　　椒房殿的后堂重帷密闭，幽香四溢，鼓声砰砰，灯影憧憧，给人一种诡异的感觉。

　　女巫楚服正在降神作法。她身裹红袍，披散着一头黑发，两道细细的长眉下，是灼亮逼人的目光。涂成黛蓝色的眼皮，眉间、两颧与口唇上点染着的鲜血，使她愈发妖娆可怖。她聚精会神地盯着面前的一只蟾蜍。蟾蜍四肢大张，被牢牢钉在几案上。剖开的肚腹中，心脏还在有力地搏动。女巫仔细察看着征兆，振振有词地诵读着咒语。

　　她含了口酒，用力喷出时却化为蓝色的焰火，火舌舐舐着蟾蜍抽搐着的四肢，发出吱吱的声响。女巫猛然揪出它的心脏，一口吞了下去，随即尖啸一声，双臂扬起，十指勾曲作鸟爪状，随着建鼓的节奏，翩然起舞。鼓点由慢转快，舞步也从舒缓转而紧张。她甩动黑瀑似的头发，蛇似的扭动，如痴如狂的舞姿，狂野而怪诞。

　　激烈的摆动耗尽了她的气力，女巫尖啸一声，抽搐着倒了下去。黑发遮盖住她的面孔，女巫蜷缩成一团，一动不动地伏在地上。众人屏息静气，默默地注视着她，不敢发出一点声响。

　　刘陵附在陈娇耳边，轻声说道："她这是魂灵出窍，神游物外了，降神还得过一会儿。"

　　眼前的一切，陈娇闻所未闻，只是呆呆地看着。得知卫子夫再受宠幸而且有了身孕的消息，她就再没有安睡过一日。起初的气急败坏过后，一种莫名的恐惧，从内心深处升腾而起，萦回不去。她开始服用楚服配制的方药，药力发作时，果然有种神奇的效力，她身心放松下来，焦虑消失了，甚至时有飘飘欲仙的快感。

有几次，她恍如见到了皇帝，皇帝亲切体贴，仿佛又回到了从前的时光，夫妻恩爱，琴瑟和鸣。她再也离不开楚服的汤药，亢奋欣快的感觉虽然短暂，却令人心醉神迷，只要能重复那种体验，她愿付出一切。她信服楚服的神通，对她言听计从。这次降神，便是楚服为回转天心所作的最新尝试。

良久，楚服动了起来，她如大梦初醒般四下观望着。随后，她打开一个陶瓮，从中拎出一条长长的青蛇。她不停把玩着它，任由它在手臂间盘旋游走，之后猛然扼住青蛇的脖颈，与之四目相对。她喃喃诵读着咒语，青蛇仿佛被催眠，一动不动地注视着她。

诵过咒语，她将蛇放回陶瓮，一挥手，两名小巫又开始击打两边的建鼓。此番鼓声带给人震撼与躁动，仿佛有种原始的力量在体内升腾。女巫夸张地摆动着身体，不知从何处闪出一个娈童，贴近她身前，与之对舞。娈童面相姣丽，以致起初被观者误认作女子。女巫从壶中倒出一杯浆液，让那娈童喝下。她用手轻轻摩挲着他的脸，极尽旖旎温柔，娈童似心醉神迷，随之而舞，舞姿舒缓，柔情。随着鼓点的加快，舞者愈来愈兴奋，动作亦渐次激烈夸张，淫靡放浪。两人汗水淋漓，神情却飘飘欲仙。有顷，那娈童支持不住倒了下去，女巫绕在他身旁，做出多情而伤痛的表情，如招魂者般挥舞着两臂，引吭而歌：

高唐帝女，名瑶姬些；朝云暮雨，荐枕席些。
长夜无眠，守空床些；君亦薄情，忘妾身些。

狐媚惑主，姣丽极些；蛇蝎心肠，害君王些。
丰狐长蛇，食人醢骨；赤蚁玄蜂，啄害人些。

神兮归来，莫迟疑些；执迷不悟，自贻害些。
南巫楚服，通魂灵些；神兮来归，不可以久淫些！

283

执迷不悟，自贻害些；归来归来，离彼不祥些！

歌声深情而凄厉，闻者无不伤心噙泪，心里空空的，失魂落魄了一般。

窦太主赶到时，发现椒房殿门禁森严，气氛与平日迥异。正待询问，隐隐听到击鼓之声，便循声找了过去。她止住把门的侍女，示意不必通报，悄悄走了进去。室内明烛高烧，炭盆中不知烧的什么东西，发出一股极为馥郁的浓香，闷得人透不过气来。再看室内的情景，她被惊呆了，正待喝问，却被人拉至帷后。她回头一看，原来是刘陵，她用食指压在嘴唇上，示意她不要出声。

女儿目不转睛地注视着那巫女，竟没有觉察到她的到来。窦太主的心一下子凉到了底。阿娇好大的胆子！竟敢引女巫进宫，暗中降神祝祷，一旦事泄，难逃大逆不道的罪名。不用说皇后之位难保，窦家的富贵尊荣，也会随之灰飞烟灭。

"阿娇，汝等在做甚？要他们马上都给我停下来！"刘嫖厉声喝道。

窦太主的不期而至，并未使陈娇惊慌。她摆了摆手，要众人退下。"娘不在前殿陪皇帝饮宴，来此何干，有甚急事么？"

"眼下这事还不急？幸亏我撞见了。你们吃了豹子胆，敢在宫里搞这个！这事让皇帝知道了，是灭族的罪！快把那些巫觋撵出宫去，一个都不要留。"

"不成。"陈娇的语气斩钉截铁，没有半点商量的余地。

"怎么？"刘嫖吃惊了。

"我不能眼看着姓卫的贱人，偷容取巧，夺走孤的位子！"

刘嫖摇首道："没有皇子，位子早晚不保。今日饮宴中，阿彻的心全在那卫氏身上，他加封卫子夫的两个兄弟为侍中，意思再明白不过了！"

"真有此事？"陈娇的脸唰地白了。

"阿彻他特意当面告诉给我，你想会是甚意思？无非是警告我们，今后莫再为难卫家。"

陈娇潸然泪下了。这么看来，自己梦中所见无非镜花水月，全是一厢情愿。皇帝如此无情，自己又何苦绻绻以对？

窦太主见女儿伤心，心也软了下来，叹息道："阿娇，人再要强，也争不过命去。你得学你皇祖母，先忍下这口气，与那卫子夫相安无事。她就是生了，也不保准是个儿子，没有儿子，她就登不上皇后的位子，到头来还不是一场空！可阿娇你若不听娘的话，信用左道，反而会授人以柄，正中那贱人的下怀。皇帝得知此事，会放过你么？阿娇，你一定要听娘的话，千万莫做蠢事呀！"

陈娇此时已冷静了下来，是福不是祸，是祸躲不过。她生就的金枝玉叶，身上淌流着的是帝王家的血脉，以她狂狷不屈的个性，是绝不肯步薄皇后的老路的。与其束手认输，莫不如拼死一争，大不了鱼死网破！她相信以楚服之力，应该可以剪灭卫子夫。生而贵胄的她，宁可与敌手同时毁灭，也不愿觍颜侍人，忍辱偷生。她对母亲笑了笑，颔首道："我不会的，娘的话，我记下了。"

刘嫖拉过站在一旁的刘陵，"还有阿陵你呀，你和阿娇好，向着她，我知道。你帮她寻医问药，我老太婆感激得很，可你千万别撺掇着她摆弄这些个旁门左道哇。你年纪小，不晓得这其中的利害，无论在哪朝哪代，沾上了巫蛊，都是了不得的祸事！你不想牵连你爷娘丧命，淮南因为你灭国吧！"

刘陵吃吃笑道："姑母可真会吓唬人，皇后怎么会行旁门左道！阿陵又懂得甚是巫蛊？刚才那个女巫，是为皇后禳病祈福，哪里咒那卫子夫了？"

"有病找太医，用巫师禳灾，传出去，人家说你们行盅，有多少张嘴也说不清。你们莫把我的话当作耳旁风，一旦有事，悔之晚矣！"

窦太主离去后，陈娇吩咐把楚服等人召回来。刘陵问道："还接着降神么？"

"降神？你没听我娘说，皇上被那贱人给迷住了，有她在，皇上何能回心转意？那贱人是孤的心病！不是能生么？我偏要叫楚服行盅，叫她不得好死，叫她娘母子一起死！"

东方朔退值后，四处寻找司马相如。陛卫的郎官告诉他，天子家宴，郎官们无事，都偷闲去了兰台①。汉代宫廷中枢设有尚书、谒者、御史三台，有

---

① 兰台，汉代宫廷藏书之处。

中台、外台、宪台之称，是宫中掌管文书档案、出纳诏令章奏与监察百寮风宪的衙门。兰台为未央宫藏书之处，位于北阙内石渠阁附近，归御史中丞掌管，故御史台亦称兰台。

匆匆赶到兰台，室内笑语喧阗，推门而入，只见聚在一处的郎官御史中，一位少年男子正在侃侃而谈。见有生人进来，少年停了下来，众人的目光一下子集中到了东方朔身上。

"抱歉，打搅了各位，司马先生没在这里么？"东方朔环视着众人，揖手问道。

"哪位司马先生？"

"岂有此理，宫里难道还有第二位司马先生？"

"曼倩，是找我么？"

司马相如从人丛中站起身来，向他打了个招呼。他指着那位少年，笑吟吟地引见道："这就是另一位司马先生，郎中司马迁，是司马太史的哲嗣。天子派他周游列国，搜求古诸侯所遗藏之史记，一去数年，近日方回宫复命。汉宫中学富五车者，无过于太史父子，足下未免寡闻了！"

他又指了指东方朔，对司马迁笑道："这位东方大夫，是元光二年你走后进的宫，眼下是天子跟前的红人。"

司马迁沉静地笑笑，揖手为礼。

东方朔匆匆还了个礼，拉起司马相如的衣袖。"长卿，我们借一步说话。"

司马迁又开始讲述一路上的见闻，众人津津有味地听着。司马相如跟着东方朔来到室外，心不在焉道："曼倩有事就讲吧。"

"午前我在前殿当值，生生没让董偃进殿，长卿听说此事了么？"

司马相如笑道："先生所为，自然不胫而走，想是长安城中，此刻已是无人不晓了。怎么？"

"可今上这次只赏了我三十金，少得很。此事若令今上不快，为何颁赏？我真搞不懂了。"

"今上即使不快，为虚心纳谏计，也还是会赏你。赏得少，无非让你明白，天子的家事私事，毋庸他人置喙。你若不识趣，下次给你的怕就是罚了。"

"何以见得？"东方朔不以为然。

"喏，"司马相如向远处走过来的几个人努了努嘴。"窦氏失势，董偃又是个面首，天子当然不会与你较真。可这些新贵，足下就要小心了！"

远远走来的，是侍御史张汤，跟在他后面的，正是刚刚被封拜为侍中的卫长君、卫青兄弟。

"各位同人，静一下！"张汤眯起一双笑眼，环视着屋内的众人。

"这又是谁？"司马迁附在司马相如耳边，好奇地问道。

"侍御史张汤，是个刀笔吏，田蚡举荐上来的人，入宫没多久。"

张汤往旁边退了一步，露出了身后的卫氏兄弟。"在下为各位引见两位新人，这两位是兄弟，与今上沾亲。这位名卫长君，字伯孺，这位名卫青，字仲卿。天子今日拜他们兄弟为郎，给事建章宫，加侍中差遣。日后大家都是同僚了，还承各位多多看顾！"

以新进的郎官而加侍中衔，表明了皇帝的爱重。满屋的人鸦雀无声，好奇地打量着卫氏兄弟，复杂的目光中有歆羡，有妒忌，更多的则是鄙夷。初见同僚，卫氏兄弟不免有些腼腆，憨笑着四下揖手致意，反倒是张汤，不无倨傲之色。

"看他那样子，又找到新的靠山了。"司马相如身旁的一名郎官低声道，满脸的不屑。

"嗨呀呀！"东方朔大咧咧地叫道："难怪二位大拜，敢情是天子的妻舅……不，是妾舅！幸会，幸会！"

众人哄笑起来，卫长君涨红了脸，想说什么却又嗫嚅难言。倒是卫青安之若素，气定神闲地注视着众人的反应。

张汤似笑非笑地盯着东方朔。"东方先生何必这么刻薄，外戚以椒房之贵，得天子重用，乃本朝故事，田蚡还做到了丞相，足下的噱头并不可笑。"

"噢呀，张大人这一点拨，鄙人如梦初醒，二位敢情还是日后的丞相呐！"东方朔面向卫氏兄弟，夸张地长揖为礼，口中高呼："失敬，失敬了！"

众人又哄笑起来。卫长君还礼不是，不还礼也不是，已经是手足无措的样子。卫青走到东方朔面前，揖手施礼，不卑不亢地一笑道："足下就是人称滑稽的东方先生了？相见之下，果然名不虚传，幸会了！"

他伸出一掌，止住正欲开口的张汤，继续说道："我当然知道，我们兄弟无尺寸之功，得以侍中，全出于皇帝爱屋及乌，顾念亲情。可皇帝天纵英明，慧眼识人，我做车夫时便听说过东方先生上书自炫，言称学问大，兵法熟，入宫数年，却也不过就是个博天子一笑的弄臣而已。卫青自幼贫贱，少文才，可也知道一句俗谚，是骡子是马，得牵出去遛遛。东方先生遛过了，不过如此。卫青是块甚材料，日久自知，不烦先生噪聒。"言罢，拉起卫长君，大步扬长而去。张汤冷笑一声，亦随之而去。东方朔瞠目结舌地站在一旁，满室之人鸦雀无声，默默注视着他们的离去。

"曼倩一向恃才傲物，戏弄他人，此番自取其辱了。不想这个卫青，倒像是个人物！"司马相如叹道。

司马迁颔首道："小弟此番遍游中国，阅人多矣，此人静水流深，立如山，步如风，颇有履险如夷的气质，看上去是个大将之才。"

三十八

次日，刘彻在宣室殿召见了回朝复命的司马迁。元光二年，年仅十五岁的司马迁，奉诏乘传出游，搜求先秦各国史记。这件事本该太史司马谈去做，可适逢他患病，于是举荐儿子代己一行。司马迁少年颖悟，十岁时便从师于博士孔安国，诵读《古文尚书》。十三岁时以博士弟子补任郎官，博闻强记而有主见，与桑弘羊同为郎官中的少年英才，深受皇帝的器重。太史是世职，既有这么个增广见闻的机会，刘彻也乐于放他出去历练一番。

刘彻微笑地端量着司马迁。三年不见，过去那个颜如处子的少年，长高了许多，脸上添了些风尘之色，唇上也长出了一层软软的口髭。同样欣慰的还有太史司马谈与博士孔安国，父子师徒昨日秉烛夜谈，两位长者颇感意外。这孩子出游数年，学问大进，见识大增，每每有发人深思的见解。可见古人主张少年壮游，有他的道理。

刘彻东向而坐，身后有两个宦者陪侍。两侧席上，父亲、师傅而外，就是司马相如。墙边阴暗处亦坐着两人，司马迁认得出，是新拜的侍中卫氏兄弟。

他先细细禀报了几年来的行程、见闻，夹叙夹议，历历如数家珍。然而搜求典籍史记的事情，并不顺利。六国灭国兼秦末焚书，各国史记多已付之一炬，所得断简残篇，只能够对旧史起些补苴作用。

刘彻摇摇头道："所行甚远，所得甚少，你这趟走得不值。"

"不是这样。古人讲，读万卷书，行万里路。行路亦如读书，小臣所获颇丰，敢言不虚此行。"

"哦？你才说过断简残篇难征信史，又说不虚此行，那这颇丰的收获都有些甚？你说给朕听听。"

司马迁顿首再拜道："小臣愚昧，敢为陛下言之。臣以为所谓史记，并非只见于载籍者。历代遗迹，名人故里，金石碑刻，父老传闻，非但可用以证史，亦足以启迪智慧，教化人心。譬如臣曾南游衡山、湘水，于九嶷山寻觅传言大舜薨逝之处。秦始皇帝亦曾到此处望祀，书于简册，臣亲自踏勘，遗迹确实还在。"

"在又如何？于人心教化何在？"

"史载嬴政乘舟欲至湘山祠祭祀虞舜，遇大风，以为湘水之神作祟，暴怒之下，使刑徒三千，尽伐湘山九嶷之木。小臣泛舟四望，此处果然成了童山①，灌木杂草而外，绝无一棵大树。人们都说始皇帝个性乖僻，恣睢暴戾，观此可证此言不虚。秦行暴政而民不堪命，二世而亡。反观我大汉，为政以德，宽厚仁慈，与民休息，传之五世，国运方兴未艾，蒸蒸日上。天下的得失，取决于人心的向背，高祖皇帝能以一布衣，提三尺剑而取天下，道理就在这里。"

刘彻捋着胡须，满意地笑了。"说得好！再讲讲看，还有甚心得。"

"小臣去到了高皇帝的故乡丰沛，访问地方上的遗老，也探访了当年随高皇帝打天下的萧何、曹参、樊哙及滕公的故居，其寒素艰难，大异于传闻。萧曹滕公均不过县乡小吏，周勃织席兼作丧家之吹鼓手，樊哙更是操刀屠狗之徒，却都能风云际会，成就大业，垂名于竹帛，成为一代安邦定国的功臣。追思既往，三代封建，世族世官，寒素庶民绝难出头。自高皇帝起，颠覆了旧局面，英雄辈出，但凭本领，不问出身。我大汉得兴，正在于用人上的不拘一格！"

"好个英雄但凭本领，不问出身！子长有此见识，不愧少年英睿，且所见与朕略同，痛快！痛快！"刘彻斜睨了一眼卫家兄弟，捋髯大笑起来。

皇帝兴致高，司马迁也兴奋起来，他看了一眼孔安国。"小臣此行也去了老师的家乡鲁国曲阜。学生最为感动的是瞻仰了先贤的故居，祭祀仲尼先

---

① 童山，古代对光秃秃、无树木庇荫之山的称呼。

生的庙堂与车服礼器仍在，诸儒弦歌不辍，四时讲学习礼于此。'高山仰止，景行行止'学生虽不能至，心向往之。再读先师笔削的《春秋》，憬然有悟，陛下兴儒的本意，豁然开朗！"

"噢？"刘彻两手扶膝，身子前倾，目光灼灼地看定司马迁，追问道："朕兴儒的本意何在？"

"孔子作《春秋》，所求者，复兴周礼，进而大一统中国。高皇帝肇造鸿基，统一了天下，可中国之大一统尚未完成，还须辅之以人心之大一统。这个大任，落在了陛下肩上。"

刘彻捋须仰首，若有所思。司马相如问道："子长所言，有甚根据么？"

"当然有。孔子言：'郁郁乎文哉，吾从周。'又云：'克己复礼为仁。一日克己复礼，天下归仁焉。'如此，归复周礼，乃孔子之理想。可他适逢乱世，言不闻，道不行，自知无力回天。于是潜心于《春秋》，折中史事，评断是非于二百四十二年的历史之中。上明三王之道，下辨人事之纪，别嫌疑，明是非，定犹豫。扬善惩恶，举贤贱不肖，存灭国，继绝世，振敝起衰，大有益于世道人心。"

司马相如不以为然道："《春秋》不过一部史书，子长偏爱于史，未免言过其实了。"

"《春秋》真有那么厉害，可以定人心于一统？"刘彻亦半信半疑。

"陛下决不可小看历史！历史不是死的文字，而是声教礼乐之传承，传统之载体。君主败亡，朝代更迭，只要历史在，文化在，国家就不会灭亡。所以孔子云，'夷狄之有君，不如诸夏之无也。'夷狄即使强盛一时，终因无文字历史难得长久；中夏哪怕一时分裂衰败，仍能传诸久远，就在于历史之传承。历史在，则华夏一脉不绝。春秋时周道废衰，礼崩乐坏，孔子致力于著史，正是为了延续中夏的血脉！"

孺子可教！司马谈与孔安国频频颔首，不时对看一眼，会意地微笑。

"朕当然不会小看历史，可你还是没有回答朕的问题，《春秋》何以能够定天下人心于一统？"

"小臣为陛下打个比方，孔子著《春秋》，如同一个医生为患者疗疾。不过视那个时代为病人而已。为甚这么讲？陛下读史一定知道，春秋二百余年间，是纪纲败坏，天下大乱的时代。所谓弑君三十六，亡国五十二，诸侯奔走，不得保其社稷者不可胜数。孔子著《春秋》，为的就是诊察这乱世的病因，以待后世拨乱反正。所以他会说，后世知我罪我者，全在于《春秋》这部书。"

司马迁略作思忖，继续说道："其实，先师列举出春秋时那么多乱事，要说明的只是个很简单的道理：国家不能没有一个合于王道，能够凝聚人心，规范言行的思想制度。没有它，人心就会乱，世道也会随之而乱，由之而来的便是动荡，分裂，天下大乱。人而不知礼义，无异于禽兽。贵贱躐等，长幼失序，最终会沉沦于君不君，臣不臣，父不父，子不子的局面。《春秋》之本旨，以礼义为大宗。所谓礼禁于未然之前，法施于已然之后，乱臣贼子蔑视礼义，犯上作乱，就在于他们心中没有自律，而自律非由礼义难得养成。所以无论君主臣子，都不可以不知《春秋》，君主不通《春秋》，亡国而不知其所以亡；臣子不通《春秋》，则犯上作乱，身死族灭，势不可免。孔子以一部《春秋》，阐扬大一统，为的就是提醒后来者尊行礼义，莫蹈乱世的覆辙。陛下罢黜百家，弘扬儒学，则《春秋》之义行，《春秋》之义行，则乱臣贼子惧，民心归于一统，而大汉朝万世基业可成！小臣愚陋，斗胆陈言，望陛下裁断之。"

刘彻含笑颔首，"听你所言，朕倒是要把此书找来，认真读读了。"董仲舒曾对他说过，"天不变，道亦不变"，所指无非就是《春秋》所阐扬的这种君臣父子的纲常伦理，看来欲皇基永固，还真离不开春秋大义的教化。

他忽然起了个念头，司马迁这样博闻强记，见识闳通的少年英俊，他要多多网罗一些在身边。诚如这个少年所言，不拘一格，方可造成人才辈出的局面。面对即将开展的宏图伟业，朝廷在人才的准备上，还远远不够。看来，征辟选举人才之事不可放松，数年一次的征辟，不敷足用，应该想个法子，常川选拔人才。而众多的列侯功臣，只要不妨碍自己兴国的大计，不妨以高官厚禄供养在朝堂之上。

召见过司马迁后，刘彻找来了郎中令石建，最后议决了朝廷的人事。鉴于韩安国坠车伤足，卧床养伤，平棘侯薛泽被任为丞相，御史大夫韩安国与中尉张敺对调，伤愈上朝之前，由赵周代行中尉职事，而他的廷尉一职，由起复的翟公接任。出乎石建意料的是，年事已高的太中大夫公孙弘，被提名拔擢为左内史。

田蚡死后，朝局大变。以前朝政的中心在相府，皇帝过问朝政，非得经过丞相不可。如今朝政的重心转移到了宫中，皇帝五日一朝，平时有事都是特别传召有关的大臣，而整日侍从于身边，随时顾问的，都是些官卑职小的郎官、侍中。三公九卿位尊秩高，却不过是些朝堂上的摆设，平时连皇帝的面也难得一见。朝会时，若非皇帝征询，也难得有建言的机会。

石建略为迟疑了片刻，还是忍不住问道："公孙大夫年事已高，内史任事繁剧，他受得了么？"

刘彻微笑不答，反问道："石君，这个人你以为如何？"

"臣与之无私交，感觉上此人城府甚深，善于察言观色。从前好像也党附于武安侯。"

"田蚡霸道，大臣党附不足为过。田蚡既死，他们还党附谁？这个人做过狱吏，读过春秋，博士出身，学问够用而不愚道。不比那些整日空论的学究，是有真本事的。朕欲以春秋大义一统民心，他是个用得上的人才，用他作内史，历练几年后可以大用。"刘彻振振有词，一副成竹在胸的样子。

石建喏喏称是，他明白了两件事：公孙弘不久会发达；《春秋》会成为一门显学和入仕的捷径。这件事他一回府便要告诉兄弟子侄，要他们早作准备。

"还有件事，朝廷用人之际，现有几年一次的征辟不敷足用，你看看有甚好法子，能源源不断地向朝廷输送人才？"

"陛下的意思是……一年一次？"

"对，就是一年一次！"刘彻肯定地点点头。

"陛下可记得，每次征辟，都有不少落选者赴京师上书自荐，庄助、朱买臣、东方朔、主父偃等都是由此获用的。臣以为陛下可诏命郡国守相，吏民有明时务，习先圣之术者，皆可以自荐。由郡县供给衣食盘缠，与当年上计的官员偕行，赴京师量才录用。"

"好，就这么办。你马上去起草诏书，朕看过后尽快发往各地！"

郭彤匆匆走了进来，脸色很难看。等到石建出去后，陈奏道："上林那边报来了消息，李少君昨夜祠竈，与神君交接。天微明时，无疾而终。"

"怎么？死了？不可能！"按李少君的说法，他寿高千载，怎么可能一夜而终？刘彻猛然想起，初见李少君时，他曾说过自己已届化生之期，但求速朽。难道真如他所言，他尸遁成仙了！

好不容易遇到位得道的真仙，可黄金未能炼出一两，人却化去了。刘彻既惋惜，又懊恼，吩咐道："你传令少府，送付棺椁先把他殓了，不要下葬，供奉在蹏氏馆中，看看与凡人有何不同。"

郭彤称是，却迟疑着不肯退下，嘴张了几下，嗫嚅着说不出话来。

"怎么，还有事么？"刘彻注意地看着他。

"司马太史与灵台的唐都、王朔求见，说是天象不吉。"

"与李少君之事有关么？"

"不是，说是与宫里头的人事有关。"

刘彻一下子变了颜色，"叫他们进来。"

巫史卜祝，皆归太常管辖，而观测天象的灵台由太史兼掌。司马谈还未出宫，便遇到灵台赶来报信的史官。唐都长于观日，而王朔善占风角。昨日天象异常，有日蚀。古人以为，日为太阳之精，为人君之象。日蚀关涉人君，两人求见，必是有严重的事情发生。

"日蚀当然不是个好天象，你们看出了甚？不吉，怎么个不吉？"刘彻心里紧张，脸上仍是好整以暇的样子。

司马谈瞅了眼王朔，示意他先讲。

"臣王朔前日当值，日入于北方七宿，经须女①而蚀，观测日旁的云气，戒在右夫人姪妇，或有祠礼求幸于主者。"

后宫的宫人，哪一个不盼望得到皇帝的宠幸，有什么稀奇？可这个右夫人指的是谁，姪妇又是谁？

"有人求幸于主，这件事有甚不吉么？"刘彻问。

---

① 须女，星座名，四星。又名女宿，婺女，古人以为北方七宿之一，分野于扬州。

唐都再拜顿首，额上已有了微汗。"臣唐都昨日再察甘氏星经①，上面说，日蚀于须女，戒在宫中。有使巫祝祷祀以求贵幸者，戒在于巫祝。"

刘彻勃然变色了。"司马太史，这么说，有人在朕的后宫行巫蛊之事？"

"从天象上看是这样。凡日蚀，都是阴侵阳，臣掩君之象。"

"何以见得事出后宫？"

"日蚀于北方之宿，北方为阴，此为阴侵阳之象。须女之星官②下应于少府，少府主后宫之事，而须女为贱妾之称，所以可以推断事情出自后宫的宫人。后宫里面或有人为求陛下宠爱，妄行巫术。"

刘彻气冲丹田，他猛然站起身，挥挥手，要司马谈等退下，自己在殿中逡巡徘徊起来。胆大妄为，罪无可恕！他要把这些个奸人找出来，绳之以法。可这到底会是谁呢？卫子夫？她正得宠幸，应该不会乱来。阿娇？身为皇后的她应该知道利害，不会如此糊涂。再有就是那些深宫寂寞，得不到皇帝亲近的宫人了，没错，奸人就在这些人里！此事有损皇室声望，不可声张，只能派人暗中进行。这个人要干练无情，与后宫没有一丝瓜葛。刘彻细细搜索着自己的记忆，终于想到了一个合适的人。

"郭彤，你去把侍御史张汤给朕找来！"

---

① 甘氏星经，甘氏，名甘德，又称甘公，战国时齐人，著有《天文星占》八卷，对古代中国天象学影响极大。

② 星官，古人迷信天人感应，认为天象下关人事。所谓星官（又称天官）即将天上的星宿比拟于下界的文武百官，由星官显现的天象占测当世的吉凶祸福。

延伸阅读

1 《曾国藩传》

本书详细介绍了曾国藩的生平经历和主要事迹，重点记述其镇压太平天国革命运动、捻军起义和处理天津教案、发起洋务运动的过程；深刻透彻地分析了曾国藩政治和学术思想的形成、发展、演变及对后世的影响；深入归纳了曾国藩的用人方略，概述了以曾国藩及其幕府为核心的政治集团的形成、发展、分化和主要特征、作用；同时，历史地科学地实事求是地总结评价了曾国藩的历史功过和历史作用。观点鲜明精当，资料丰赡翔实，分析雄辩有力，观念新颖，视野开阔，是中国近代史研究和历史人物传记创作上的一部不可多得的力作。

2 《大明亡国史：崇祯皇帝传》

本书在 2014 年被"罗辑思维"重磅推荐。

在明朝的历代皇帝中，亡国之君崇祯朱由检的个人素质并不算太差，他好学勤政、严于律己，也非常能干。但他生不逢时，正好赶在一个最不利于实施统治的时代，登上了君临天下的宝座。作为一个最高统治者，他自作聪明、自以为是、固执多疑又刻毒残酷，性格的这些缺陷被至高无上的皇权无限放大，反过来又导致大明王朝更迅速地走向灭亡。最终，回天乏术的崇祯皇帝走投无路，吊死煤山，延续二百多年的明王朝也就此灭亡。

3 《宫花寂寞红——细说中国后宫》

翻开此书，你会看到这些皇帝身边的女子是怎样把绝色容颜、情意绵绵、千娇百媚、风情万种、才华横溢、蕙质兰心、聪明智慧、出类拔萃、长袖善舞、勾心斗角、尔虞我诈、蛇蝎心肠、费尽心机、不择手段这些矛盾的词诠释得淋漓尽致！令人不禁唏嘘：都说女子天生为情而生，为爱而存，她们却活得如此辛苦、变态、悲惨、扭曲、挣扎！看一代代女子接力棒似的投入她们逃不了的劫，所有今天的人们都该感到幸福，尤其女性更该深刻体会到幸运，因为再不用进入元稹的《行宫》：寥落古行宫，宫花寂寞红。白头宫女在，闲坐说玄宗。

4 《决战华东》

抗日战争胜利后，国共双方又展开了 3 年殊死的搏斗。在华东解放战场上，人民解放军创造了以少胜多的光辉范例，老百姓的独轮车推出了战争的胜利。百万雄师强渡长江，誓将革命进行到底，插上南京"总统府"的红旗，宣告了蒋家王朝的灭亡。本书是一部详实、权威的华东解放战争实录，将重点解答以下几个问题："国军五大主力"的五分之三，即整编七十四师、第十八军、第五军是如何在华东战场全部被歼灭的？南京政府是如何覆灭的？人数明显占优势的蒋家王朝为何在华东战场全面崩溃？

5 《中国历代谋士传》

中国古代士人中有一个独特的社会阶层：他们同样是饱学之士，却不屑于寻章摘句，吟诗弄文；他们热衷于成就一番安邦治国大业，却必须择良木而栖，寻良主而仕。他们就是谋士。本书所立传的历代大谋士四十余人，大都活跃于社会动荡、王朝更替的历史时期，在风云激荡的社会大舞台上，做过翻天覆地的大事业。在封建时代，成者王侯败者贼。成，往往成于谋划，败，也往往败于谋划。由此也可以看出谋略文化的一大特点：经世致用。谋略不同于知识，在竞争激烈的时代，谋略比知识更重要。

本书展现给读者的，除了历史谋士们的事功之外，主要是他们的人格特点，归纳起来主要是：大智慧而不是小聪明，多谋善断而不是善谋无断，灵活多变而不是僵化教条，图大义而不是贪小利。

6 《黄埔军校名将传》

《黄埔军校名将传》对国共两党出身黄埔军校（包括分校）教职员和前六期学生的三百多著名将领分别列传，较为详尽地介绍他们的生平事迹、重大活动和战斗历程，是一部关于黄埔军校名将的大型传记。该书根据实事求是、秉笔直书的原则，对国共两党黄埔名将在历史上的作用、地位和功过是非，都作了客观公正的叙述，如对国民党将领，既写了"围剿"工农红军和参加第三次国内战争与解放军作战的事实，也记述了他们在东征、北伐和抗日战争中为国家和民族所立的战功。

7 《伟人的困惑》（分两卷：治国者卷和思想者卷）

《伟人的困惑》共两卷，分为"治国者卷"和"思想者卷"，两书分别遴选20位与23位中国古代历史人物，每人一篇，夹叙夹议，深入浅出，雅俗共赏，不啻是43篇各具手眼精彩纷呈的袖珍版评传。所选人物，泰半大名鼎鼎（如刘邦、李世民、朱元璋，孔子、司马迁、苏轼），也有罕为人知的（如郝经、鲍敬言）。每篇写法不同，角度各异，但大多斐然可观，且不凡杰作。这是两本有想法、有意思、有深度、有热力、有趣味——也有矛盾和困惑的读物。中国古人留下的解惑之路，在新的历史时期，可以带给人们全新的思索和启示。

8 《曾国藩集团与晚清政局》

本书讲述了一场长达数十年的博弈。在这场旷日持久的棋局中，慈禧太后、恭亲王奕䜣、当朝重臣肃顺，以及胡林翼、左宗棠、李鸿章等崭露头角手握重权的汉族大臣都粉墨登场，演出了一场场历史活剧。曾国藩集团崛起，扑灭了太平天国，创造了所谓"同治中兴"；同时又极大地改变了权力格局和结构，为清朝的覆亡埋下了肇因。

刘忆江

著

汉
武
大
帝
之

飞
龙
在
天

中

—汉武帝系列长篇小说—

辽宁人民出版社

三十九

元光五年冬，卫子夫终于生下一个女儿。刘彻内心的欢喜，难以言喻，女儿的出生，彻底扫去了盘踞他心中十年的阴影。有了女儿，儿子也一定会有的。

他抱着女儿，笑得合不拢嘴。"皇后，过来看看，这丫头又白又胖，还冲着朕笑呢。"

陈娇瞥了眼那孩子，勉强笑了笑。心中仿佛长满了荒草，有无数只虫子在里面爬动。

"朕看这丫头的眉眼很像朕，皇后看是不是？"

孩子很可爱，眉眼也确实像皇帝，可惜不是自己的骨血。"这孩子相貌不错，是挺像陛下的。" 陈娇苦笑道，她想作出为皇帝高兴的样子，可就是做不到，心里像翻倒了的五味瓶，说不出是种什么滋味。

刘彻将孩子交还给乳母，要她转告卫子夫，哺乳后将孩子送去长乐宫，让太后也见见孙女。乳母退出后，刘彻要陈娇坐下，很关切地问道："朕看你脸色不大好，身子没有不适吧？"

陈娇神色落寞，摇了摇头。

相对无言，良久，刘彻道："皇后该做些甚，本用不着朕提醒你。皇后领袖六宫，要胸怀大度，能容得下人。堂堂正正，方可母仪天下……"

皇帝话中有话，陈娇一惊，随即恼羞成怒，满腹的积怨一下子爆发出来："胸怀？堂堂正正？我哪里做错了么？皇帝若觉得我不配做这个皇后，明说好了！"

少年夫妻，每逢见面却形如怨偶！刘彻既感伤，又无奈。他摆摆手道："好了，我们不说这个。今日请你来，为的是几件关涉后宫的事情，朕该听听皇后的意思。"

陈娇揣度出是什么事，冷着脸一言不发。

"这头一个女儿，朕要加封她为长公主，选定名号之前，就先称作卫长公主。"

"天子的长女自该封为长公主，这事陛下用不着同我商量。"

"卫子夫为朕生了孩子，母以子贵，朕打算加封她为夫人，皇后以为如何？"

"我记得祖宗的成法，宫人生有皇子，也就是儿子，方有资格加封'夫人'名号吧，难道我记错了？"

"朕十年苦等，才等到这么个孩子，卫子夫功莫大焉！封她个夫人，不算过分。"

陈娇冷笑道："陛下贵为天子，言出法随，想封谁就封谁呗，问我做甚？我说了也是白说，陛下又何苦做样子给人看呢！"

刘彻的好心情一下子没了，他双手挂膝，恨声道："近之则不逊，远之则怨，圣人的话真是一点不错。女人的嫉妒，真是无药可医，可怕！"

"女人的嫉妒？女人为甚嫉妒！皇帝可以亲近的宫人成百数千，可这满宫的女人呢？连一个囹圄的男人也得不着，得着了也保不住！这是命，我认了。皇后不就是个摆设么？陛下愿意封谁尽管封好了，不必惺惺作态来问我，我也犯不着惹气伤身。"言罢，陈娇径自扬长而去。

不可理喻，不可理喻！刘彻负气地望着陈娇的背影，心里涌出一股怨毒。他就是要封卫子夫为夫人，越发地宠幸她。非但如此，他还要加封卫青。他要让阿娇明白，她娇纵任性的后果，只会适得其反。

次日，封卫子夫为夫人的诏书便下达了。不久后，卫青被加封为太中大夫。由于卫尉李广被派往陇西，平定当地羌人的叛乱，刘彻将皇室骑兵的教练也交给了卫青。卫氏一门一跃而为京师炙手可热的人家，趋奉者甚多。经好友公孙敖撮合，卫青的长姊卫君孺，嫁给了他堂兄，身为九卿之一的太仆公孙贺。

卫青的二姊卫少儿，后来也嫁给了詹事陈掌。皇室外戚中，卫氏之势，俨然与皇后与太后两家鼎足而三，且大有后来居上之势了。

卫氏的风光陈娇都忍下了，可数月之后，听到卫子夫又有了身孕的消息，她终于失去了理智。她要胭脂马上派人出宫，把刘陵与楚服召进宫来。上次祝祷后，她遣楚服出宫，藏在刘陵那里。

晓得皇后又欲行盅，胭脂慌了，"宫里这一向风声很紧，后宫里头进来不少生人，奴婢听说是皇上派来查案子的。椒房殿左右常有不明身份的人走动，殿下要三思呀！"

"顾不得了，那贱人若再生下个儿子，做甚也晚了。与其这么挨下去，莫如拼一拼，也许还有活路。"陈娇容颜惨沮，可有股决绝之气。胭脂知道多说无益，领命去了。

卫子夫的再孕，对长乐宫中的太后来说，是个喜忧参半的消息。喜的是，这次自己或许真就要抱上孙子，而皇后连同窦氏，日薄西山，怕是来日无多了。忧的是，取而代之的不是自家，而是煊赫一时的卫家。

"是么？"王娡端详着褓褓中的孙女，满脸的欢喜慈爱，她瞥了眼乳母，笑道："但愿这回生个儿子。你回去告诉卫子夫，就说是皇太后说的，要她努力，生了儿子，这皇后的位子就该她坐了。"

乳母抱着孩子退下后，王娡的脸沉了下来。"费力不小，却是为他人做了嫁衣！"

陪坐在一旁的平阳当然知道母亲的心思。"女儿昨儿个去看卫子夫，她可是对女儿巴结得紧呢，一个劲儿地谢我。我想她不该是个忘恩负义的人，即便得了势，也不会对咱们不利。"

"她巴结你？那是她还没生下儿子，身后还有个阿娇在那里虎视眈眈！等她做上了皇后，她儿子做上太子你再看！"

平阳不以为然，"娘过虑了。除了修成，我们都是皇帝的亲姊妹。她卫家再发达，靠的也是皇帝，论亲疏她们没办法比。"

王娡摇了摇头，神色黯然。"可她若给皇帝生了儿子就大不一样了！做姊妹的终究是外姓，亲不过夫妻父子。"

"这也是没有办法的事。"王娡叹了口气道："你二舅一死，咱家没有个男人能顶得上去。为了咱家这些个儿孙后代，娘得未雨绸缪，早作打算。平阳你要记住，今后万不能妄自尊大，你们得反过来，巴结卫家。卫子夫若真生下了儿子，准定会被立为太子。你们靠住卫家，娘就是不在了，你们仍会有靠山，家人也才能长享富贵。"

王娡陷入沉思中，良久，抬眼注视着平阳，问道："好像听你提过，你府里有个舞伎，色艺俱精，比卫子夫还强？"

平阳颔首道："嗯。是有这么个人，叫李嬿，称得上是个绝色佳人。"

"快把她找到！"

"怎么？找她做甚？"

"安排皇帝见她一面，自有妙用。"

平阳一下子明白了母后的用意，可对她翻手为云、覆手为雨的做法，不免心存疑虑。"娘方才叮嘱女儿要靠住卫家，送李嬿进宫，不是与卫家作对么？"

"卫氏一家独大，就不会在乎你们，再巴结，卫家也未必看重你们。可她若在宫里有个厉害的对头，就端不起架子了，她得有人帮她，在卫家眼里，你们才更有地位。"

"可那李嬿一走便没了音信，去哪儿找她呢？"

"要找，就没有找不到的。我听郭彤讲，皇帝前不久用了个刑徒为乐府配曲。这个人也姓李，原籍也是中山，一家子世代为倡。他代他兄弟顶罪，下了蚕室……"

平阳猛然记起，窈娘曾对她提过，李嬿有个受刑的长兄在上林苑。"对。她是有兄长在上林苑，找到他，自会问出阿嬿的下落。"

"这件事要让李家的人出面去做，你在一旁点拨一下即可。要悄悄地去做，出之以自然，不落痕迹。如此两家都会感激你，借重你，拉你。到时候别管她们怎么斗，你记住，咱家无偏无党，谁也不得罪，即可稳立于不败之地。"

平阳连连称是。母后心机之深，令她吃惊，也令她佩服。

王娡吁了口气，"你按我的话把事情办了，咱家就没有了后顾之忧。娘年寿已高，操心的事还有两件，把这两件事办了，娘九泉之下，也可以安心了。"

"娘何出此不祥之言！甚事让娘放心不下？"

"还不是你大姊与隆虑家的事。金仲与陈珏那两个不争气的东西，娘还得豁上这张老脸，求皇帝宽恕他们。另一件更揪心，金娥嫁到淮南两三年了，看样子一直不舒心。她娘把她近几次书信拿来我看了，信里的口气，她夫君对她不好，最近尤甚，逼得她下堂求去。当初，娘与你大姊一心想的是找个能让她享福的高门大户，没想到反而辜负了这丫头。修成整日苦着个脸，我知道她心里头怨我。也罢，我做的主我善后。无非与淮南退婚，再为阿娥寻头好人家。"

"这样子了么！"平阳颇为吃惊。"信里没讲淮南太子为甚对她不好么？"

王娡摇了摇头道："男女间的事，阿娥一个女孩子怎么好意思说。八成是那小子不正经，另有女人。淮南国没几个好人，也怪我看走了眼。"

平阳连连摇头，"下堂求去？不明真相的人还以为阿娥有甚见不得人的毛病，传出去咱家丢不起这个人！淮南国的翁主不是在京师么，娘何不召她来问问，能维持还得维持。"

"那你就找她问问。可那丫头精灵鬼怪的，又傍着皇后，跟咱家隔着心眼。我怕你也问不出几句真话来。"

"我哥与我嫂子为甚反目？"刘陵一脸的天真，摇摇头道："这两口子的事谁知道呢？父王为此，没少责骂我哥，可他就是不听。父王一怒之下，把他俩锁在一间屋内，可越这样，就越生分。他们爷俩较上了劲，夹在当中受罪的是嫂子，整日以泪洗面。嫂子的为人宁折不弯，大姊该知道的。我哥我最知道，人糊涂不说，犟起来八头牛也拉不回来。"

平阳紧盯着刘陵，"阿娥人不丑，新婚燕尔，不该出这种事情。这里面一定有隐情！阿陵，你实话告诉大姊，刘迁他到底安的甚心？"

刘陵迟疑了许久，很为难的样子。"还能安甚心？男人还不都一样，喜新厌旧呗……大姊，我要说了真情，你千万不能说是我告诉你的，要不我爷娘和兄长，非骂死我不可。"

"你尽管说，我指天为誓，一定为你保密！"

"我哥好色，还是个束发少年时，身边就有不少女人。嫂子人虽不丑，可淮南宫中的姝丽成百上千，哪一个不是千娇百媚？嫂子出嫁，我同行回淮南省亲，没几日就觉出嫂子郁郁寡欢，后来听父王讲，我哥嫌弃嫂子，最多时一连三个月不回太子宫。家人相聚，见嫂子在场，他扭脸便走。父王一怒之下，才把他锁在嫂子房里，可还是不管用。"

王娡料事很准。刘陵绝不会讲真话。这番话是她与刘安精心准备好了的。金娥受淮南太子的冷落，是刘安与儿子一手策划的。婚事定下来不久，刘安便心生悔意。淮南这些年来，四处招募豪杰壮士，私造兵器，已经有了相当的规模。娶进一个与皇室沾亲的女子，时间久了，难免不被看出破绽，走漏消息。可无缘无故地悔婚，刘安得罪不起皇室，于是便与儿子合谋了这出闹剧，逼得儿媳自己下堂求去。

刘陵瞟了眼平阳，继续说道："父王说，强扭的瓜不甜，这么撑下去，会毁了人家女儿一生。父王很苦恼，本想上书谢罪，将嫂子送归长安娘家，另择好人家。可又怕太后和皇帝生气，一直迟迟下不了决心。"

刘迁既是无可救药的好色之徒，看来只有绝婚改嫁这一条路了。平阳起身看着刘陵，冷笑道："你兄长如此德行，怎配做太子，早晚得遭报应！你父王要谢罪就谢罪吧，好好把我家阿娥送回来。这世上高门大户想与我家攀亲的多了，我就不信，阿娥寻不下个比你们淮南更好的人家！"

"那是当然！"刘陵边送平阳上车，边赔笑道："我哥那人品，根本配不上嫂子，嫂子再寻户好人家，气死他才解恨！"

待回到室内，胭脂从屏风后闪了出来。平阳来时，她正与刘陵密谈。

"这下，长乐宫那边，算是与翁主家结下仇了。"

"结就结，怕她怎的！谁让田蚡、太后当初上赶着把那女人塞给淮南的？这种以势压人的婚事，我父王原本就不愿意，是她们自作自受。"

刘陵满不在乎地说，心里很高兴代父王了结了这件难事。她看了眼计时的漏壶，对胭脂说道："出了这档子事，长乐宫会记恨我们，皇后那里我就不方便常去了，免得被她们抓把柄。你自己带楚服进宫好了，药材我会随后派人送进去。你给殿下捎个话，要她小心行事，过些日子我会去看她。"

胭脂走后，刘陵回到寝室换装。椒房殿那满腹怨恨的女人，已引不起她的兴趣；京师豪门的斗鸡走狗，日复一日的饮宴更令她生厌，她交了新朋友，有了新乐。她女扮男装，过会儿有人带她深入长安的闾里街巷，商家酒肆，去见识民间风情百态。

小黄门苏文，匆匆赶到未央宫前殿旁边的值庐，一名中年人正倚案沉思，
见到屋中没有别人，苏文揖手道："张大人，椒房殿来了个女人。"

"女人？查过她的门籍没有？"

"查过。这女人叫楚服，是后宫的女御长胭脂从淮南王的京邸接进宫来的，
说是请来为皇后医病的。"

"楚服？"张汤双目一下子亮了起来，他放下手中的简册，起身踱了几步，
吩咐道："你马上要司马门把两年来出入宫门的记录检查一下，看看这个楚
服最初是在甚时入的宫，入了多少次，在宫中留宿未出几次。查明后马上报
给我。"

"等等，"他叫住苏文，你先去趟后宫，多布置些人手，给我牢牢盯住
椒房殿，有甚异常，立刻报我。

他兴奋地来回踱步，他的直觉告诉他，他苦苦查访数月的案子，就要露
头了。

四十

四月的长安，春风送暖，时值休沐，司马迁与司马相如结伴而行，在东市逛了回市场。乏了，看看时候尚早，两人商议到现在已经非常出名的河洛酒家小酌一番。

进得大门，乱哄哄地围着一堆人，当中一人披散着头发，面色酡红，看得出已醺然大醉，他高举着只酒杯，不顾围观者的讪笑，踞地而歌：

陆沉于俗，避世金马门。宫殿中可以避世全身，何必深山之中，蒿庐之下哉！

当门一间雅座中，一名眉清目秀的少年，好奇地问道："这个大个子甚人，当着这么多人撒酒疯，好没脸！"

相对而坐的男人三十出头，面相英俊，从装束上看，应该是大内的军吏。他瞥了一眼歌者，笑道："你还真说对了，这个人行事不拘小节，宫里都称他为'狂人'。"

少年颇感诧异，"哦，他也在宫里做事？"

"他就是天子身边出了名的弄臣东方朔。平素侍候御前，也总是这么装傻充愣，博皇帝一笑罢了。皇帝赐宴，饭罢他总是怀揣余肉，说是带回去给细君吃，弄得满身油污。他这么耍怪，皇帝很开心，总是额外赏他些酒肉。"男人脸上有些不屑。

少年望着东方朔，不解地问道："在宫里能得赏，可在这里要怪，他图得个甚？"

"这回不是要怪，他是丢了官，真的伤心了。"

"怎么？"

"前几日大内饮宴，他醉酒内急，来不及去圊厕，就在殿内的柱子后面小遗，被个侍御史劾奏为大不敬。好在皇帝不很计较，免他为庶人，要他待诏宦者署。他升到千石的太中大夫没几日，这下子一撸到底，是真伤了心，来此买醉浇愁，不想……"

"哎，你看，那一老一少劝解他的人是谁？"

男人随少年的指向看去，原来是司马相如与司马迁，正在搀东方朔起来。

"那老者是司马相如，少者是司马太史的公子，都在宫中为郎，是天子身边的文人，吾等老粗，与他们谈不来。"

"曼倩，起来，朝市之中，君如此自污，又是何苦呢！"

东方朔认出了司马相如，他挥手笑道："是长卿么！你们以为我丢了官，借酒消愁？才……才不是呢。天子以弄臣待我，我便以弄臣自处，醇酒妇人，怎么就是自污？你……你听好了，古人隐于深山，而今大隐隐于朝市。我东方朔，即所谓避世于朝市间者，是大隐士！"

"好，大隐士！"司马相如与司马迁一边一个，将他架起来，吩咐酒保叫车。东方朔挣扎着，忽然放声大哭起来。"圣人说，君子疾没世而名不称，吾堂堂八尺男儿，被当作供人逗趣开心的俳优，有何面目见先人父母于地下！"

司马相如抚背劝慰道："圣人还说过，人不知而不愠，不亦君子乎。何况老弟的声名，长安三辅尽人皆知呢。快回去醒醒酒，莫让细君夫人苦等！"

"三辅，细君，回家……"发泄过后，东方朔渐入醉乡，喃喃低语着，被店里的仆庸搀扶出去。司马迁与司马相如将他送上车，又回到店里，拣了个散座，招呼店家上酒。

"这位仁兄看似旷达，不想热衷如是，可叹！"司马迁亦知东方朔被免为庶人之事，可失意一至于此，是他没有想到的。

"其实也难怪他，圣贤教人修身齐家治国平天下，读书人的出路，本来就是入仕做官。沉沦下僚者，抱负不得施展，郁郁不得志的太多了。"

"小弟倒以为不尽然。长卿兄，小弟此番出游，曾专程去瞻仰圣人的遗迹，感慨良深。古往今来，天下的君王乃至于贤人很多，当时可谓荣耀已极，死后又能有几个人能记得他们？可孔子则不同，其学问教诲，传到今日已经十余世，学者宗之。自天子王侯，中国言六艺者，无不折中于孔子，人称至圣先师。在下敢说，百世之下，其英名不灭。小弟以为，读书人未必一定要做大官，著书立说，究天人之际，通古今之变，成一家之言，藏诸名山，传诸后世，成就反倒要在那些做官者之上。"

看到司马迁少年英睿，朝气蓬勃的样子，司马相如心里一热。"太上有立德，其次有立功，再次有立言，人称三不朽。立德非吾等凡人所能为，立功要看机遇，立言全凭天分。子长有此志向，愚兄佩服。来，咱们干一杯！"

曾几何时，自己不也是个志怀高远，意气风发的少年！可岁月蹉跎，人不知不觉间就老了，须发苍苍，志气消磨。司马相如捋起花白的胡须，感慨道："其实人之追求，随年岁之不同而不同。少年仗剑出游，谁没有建功立业的抱负？可时过境迁，雄心亦难免消磨，孔子说四十不惑，五十而知天命，确实如此。子长到了我这个年岁，心境肯定不同于今日。"

"长卿今日的心境如何，追求如何，可否告知小弟一二？"

司马相如微微一笑，"人出来做事，所为无非权势名利。做官求权势，从商求财富，建功立业，功成身退，求的是名垂青史。你羡慕著书立说，传诸后世，为的也是个名。其实圣人亦不能免俗，诚如孔子所言，君子疾没世而名不称，就是这个意思。至于我，文名有了，功建过了，钱也不缺，所求者情也，但求老病残生，情感有所寄托而已！"

话音未落，有人接言道："亏你还有脸在此奢谈情感！你把文君夫人撂在茂陵独守空房，一去经年，连封书信也没有，天下薄情负心之人，我看就是长卿你了！"

司马迁与司马相如一怔，抬眼一看，原来是宫里的同事邹阳。司马相如脸一红，揖手寒暄道："子曦兄！怎么找到这里来了。"

"我去茂陵有事，顺便到你家看了看，文君夫人托我为你带了些药来。她要我告诉你，消渴病最忌酒肉，要你清心静养，不要挂念家里。这么贤惠的夫人你不知道珍惜，整日里痴心妄想，到头来还不是一场梦！"

司马相如有消渴病？司马迁也略有所闻，他仔细看着司马相如，果然形容消瘦，面带憔悴。

"即便是梦，暂解巫山云梦之思，又有甚不好！"司马相如苦笑道。

"子长不是外人，我就告诉你李延年的打算。我问过他，他的野心大了！他妹子不过是块图富贵的敲门砖，是要进献给皇帝的。与今上争美人，长卿，你即便有这个心，能有这个力？这个胆么？"

李延年如此居心，难怪他要将李媛送走。司马相如形容沮丧，嗫嚅着说不出话来。邹阳从怀中掏出一方锦帕，递给司马相如，恨声道："君夫人托我带这个给你，你好好读读。当年你落魄之际，君夫人嫌弃过你么？现今你衣食无忧又靠的是谁？扪心自问，你这么做对得起谁？"

司马相如展开锦帕，上面以娟秀的笔迹，写着一首歌诗。

皑如山上雪，皎若云间月。闻君有两意，故来相决绝。
今日斗酒会，明旦沟水头。躞蹀御沟上，沟水东西流。
凄凄复凄凄，嫁娶不须啼。愿得一心人，白头不相离。
竹竿何袅袅，鱼尾何簁簁。男儿重意气，何用钱刀为！

体味着妻子的心声，一股温情汩汩而出，司马相如的眼睛湿润了。当年落魄无依，文君夜半出奔托付终身，夫妻当垆卖酒，患难与共时的情景历历如绘。以老病残生，还要痴心妄想，糊涂啊！天下美人多矣，可真能关爱自己，相守一生的，只是文君。

司马相如猛然扯下一块襟袍，铺展在食案上，大声招呼道："店家，取笔墨来！"

邹阳问道："长卿这是？"

"子曦责备的是，我辜负了文君。所幸亡羊补牢，时犹未晚。"言罢略作思忖，文不加点，运笔如飞。司马迁与邹阳看去，原来是写给卓文君的一篇书信。

五味虽甘，宁先稻黍。五色有灿，而不掩韦布。惟此绿衣，将执子之釜。锦水有鸳，汉宫有木，诵子嘉吟，而回余故步，当不令负丹青，感白头也。

司马相如将书信封好，交给邹阳。"烦子曦兄交与内子。告诉她，我不日便会求见皇帝，辞官归里，与之携老于乡梓。"

店门被猛地推开，一伙壮汉簇拥着一个瘦子走进来。看来是熟客，店伙很是巴结，把众人迎入最大的雅间。伙计们忙不迭地烹茶送水，端酒上菜，不一会，雅间中喧声大起，酒客们呼卢喝雉，猜枚行令，旁若无人。

"这伙人派头不小，是甚样人物？"雅间中那个眉清目秀的少年，好奇地问道。

"江湖中人。就中那个瘦高个，叫朱安世，是当今的大侠。十几年前在长安东市，他就是个一顿足乱颤人物。后来去了关东，改名换姓做起了生意。"

少年兴致十足地问道："你认得他们么？"

少年就是改了装的淮南国公主刘陵，带她来此的是骑郎将张次公。父王嘱咐过她，要留心结交英雄豪杰，他日或可为用。淮南国内，不少豪杰勇士都是父王的座上宾。这个朱安世，无疑是个值得结交的人物。

"十几年前，打过一次交道。现在我认得他，他未必认得我。哎？那不是……"

一名身着便衣的男子进了店，不期然与张次公打了个照面，两人一怔，张次公喜出望外，正欲招呼，那人连连摆手，示意他不必声张，自己向他们所在的雅间走了过来。

"次公！"

"义纵！"

两人把臂相望，随即笑起来，各自朝对方的胸前击了一掌。

"这位是京师的朋友刘公子。这位……咦？老弟为何如此装束？"

"有件公事，为的是方便。"义纵看了眼刘陵，觉得似曾相识，揖了揖手道："这位公子，好相貌！"

刘陵莞尔一笑，"张将军，你这位朋友的大名？"

"这个人，别看他这般装束，眼下在京师可算是大名鼎鼎了。义纵义大人，现任河内都尉。横行不法之徒，听到他的名字无不胆寒心跳。修成子仲厉害吧？就栽在我这位老弟手里！"

刘陵眼睛一亮，揖手道："哦？义大人行法不避贵戚，在下神交已久，佩服！"

义纵看上去心不在焉，眼睛不时朝那喧闹的雅间望着。

张次公随着他的目光望去，轻声问道："那里面是朱安世一伙。老弟此行的公事，与他有关？"

义纵颔首道："此人这些年一直做阑入阑出的买卖，我听说是往长安贩运西域的马匹。现今京师的富贵人家，十有七八都换乘了他搞来的高头骏马，他也发了大财。"

张次公道："朝廷禁的是马匹出关，往关里长安进马，好像没有甚禁令。朱安世他犯禁了么？"

"这么多马匹进关，函谷的税金却没有见增，我看他与宁成不清白，十有八九是上下其手，一贿一贪，逃漏过关的税金。"

一名随从模样的人走进来，附在义纵耳边说了些什么。义纵揖手作别，匆匆离开了酒肆。

刘陵不以为然道："这个人，手倒伸得长。管事管到函谷关和长安来了。"

"你是说义纵？我这位兄弟最是嫉恶如仇，贪赃枉法的人和事碰上他，算是倒了大霉。这回朱安世我看是悬了。"

"嗳，那矮子是谁，旁人怎么那么敬着他？"刘陵指着一个刚刚进门的矮壮男人，客人纷纷起身致敬。寒暄之声不绝于耳。

"是郭解郭大侠。"张次公一跃而起，也加入到店堂问候的人群中去了。

望着这个五短身材，相貌平平，谦和微笑着的男人，被客人们众星捧月般围在中间，司马迁等面面相觑，颇为讶异，这就是天下闻名的郭解？

司马相如道："子曰：以貌取人，失之于子羽。这郭解如此为人看重，想必有他的过人之处。"

外间的喧闹声惊动了雅间当中的客人，垂帘起处，朱安世一伙走了出来。他带同属下迎上前去，向郭解长揖为礼。郭解亦长揖还礼，但谢绝了同席共饮的邀请。人群慢慢散去，他拉起朱安世的手，在散客席上闲话。两人相知甚久而从未谋面，朱安世自做马匹生意以来，人变得谨慎而内敛，在郭解面前颇为虔敬，以后辈自居。

"翁伯兄的大名，如雷贯耳，今日得见，得偿在下平生夙愿。"

郭解谦和地笑笑，自嘲道："盛名之下，其实难副，老弟笑话了。"

"在下欠翁伯兄一个人情，无以为报。此番从西域进了批马，其中顶尖的一匹儿马名黑鹰，脚程极快，望足下笑纳。"

"人情？老弟是说……"

"就是修成与昭成二君，翁伯在轵道上差点要了他们的命。他们回来说，是提到了在下的名字，足下才放了他们一马。这两人是纨绔子，被惯坏了，伤了翁伯兄的弟兄，兄弟我一直戚戚于心。翁伯大人大量，所幸今日能当面致歉，这两个小子眼下被圈禁于家中，日后怕再也不敢为非歹了。"

郭解哈哈一笑道："都是过去的事了。我既放过了他们，自然不会再与他们为难。除非他们怙恶不悛，再犯在我手上。"

"那这马？"

"我收下了。如老弟所言，此马想必所值不菲，就算我反过来欠你个人情好了。"

"听说千秋兄代翁伯打理这家店，怎么今日没见到他？"

"他兄弟随军戍边，近日随主将回京师。他先一步回家，接兄弟的妻小来长安相会，昨日就走了。"

散市的钲声敲响了。客人纷纷起身结账，酒肆渐空。朱安世一行与郭解道别后，走出东市，解下拴在夕阴街道旁树干上的马匹。他翻身上马，隐约间看到街对面的树丛中，有双眼睛正在注视着自己。

久历江湖，练就了朱安世极为犀利的眼风。他做了个手势，纵马上前。手下的人马即刻呈半圆形散开，牢牢地将那人围堵在墙边。

"朋友，出来吧。"朱安世冷冷地说，幽黯的目光中透出一股杀气，令人不寒而栗。入关这一路上，朱安世都有种隐隐的不安，似乎某种危险在向他迫近。这个窥测者，无论是江湖中人，还是官方的细作，他都会毫不犹豫地杀掉他。

那人一闪身出了树丛，出乎朱安世的意料，原来是个容貌俊秀的少年。

"朱安世朱大侠吧？在下有要事相告，请借一步说话。"少年揖手致意。

"你是谁，鬼鬼祟祟地躲在这里做甚？"朱安世拔出长剑，指着那少年的喉咙。

少年全无惧色，眉毛一扬，双目流波，妩媚中透着刚强。"你不相信？我说两个要紧的人，你就明白了。宁成，义纵，你知道吧？"

朱安世的脸色变了，他做了个手势，手下勒转马头，退出去好远。"有甚话，你快说。"

"你与宁成的买卖，叫人盯上了。"

"甚买卖，叫谁盯上了？"

"马，西域马的买卖。装甚糊涂？那个叫义纵的跟踪你到过酒肆，你竟不知道？"

"你怎么知道的？那个义纵在哪儿？"朱安世不安了。义纵是河内郡的都尉，竟然一路跟踪自己到长安，所为何来，他猜不透，可里面不用说暗藏着凶险。

"他在酒肆只待了一会儿，就随着个报信的走了。你若是有马，得藏好了，别让朝廷逮住了证据。"

报信的？难道囤货的地方暴露了？事不宜迟，他得马上将马匹转移走。"朱某与公子素不相识，做甚帮我？公子姓甚名谁，望报名讳，容朱某日后图报。"

少年嘻嘻笑道："我之如此，是敬重大侠的为人。你莫管我是谁，大侠你欠我一个人情，你只记住自己的话就够了。"

朱安世心急如火，揖手作别道："好，在下记住了。我们后会有期！"言罢，他勒转马头，紧夹马肚的双腿猛力一磕，马前蹄跃起，一声嘶鸣，疾驰而去。

那少年注视着他们的背影，开心地笑了。

四十一

　　"照你这么说，朝廷内外，竟有一个官私勾结、朋比分肥的团伙了！证据呢？"听过义纵的奏报，刘彻颇为吃惊。

　　"证据不多，可臣敢言一定是这样。陛下试想，通往西域之路，现为匈奴人把持，要得到西域的良马，只能同匈奴人交易买卖，过境这道关卡，没有边塞驻军放行，根本入不了塞。而从边塞到京师路程千里，沿途关卡重重，没有官家发放的传、缮①，无论人还是马，根本过不来。此番进京，臣颇为吃惊，不知陛下留意没有，京师富贵人家的车骑，大都改换了西域来的高头骏马。朝廷打从马邑事后，与匈奴交恶，各边郡与胡人的关市交易几乎断绝，这么些西域马怎么进到关中来的？只能出之于走私阑入。而如此长期大量阑入西域马匹，入塞，押运，过卡，售出，哪一件都不是件简单的事情。"

　　"引入西域的良马，可以改善中国的马种，不是件坏事，无可厚非。况且律法上禁的是出，不是入。"刘彻有些不以为然。商人重利，有钱赚的事情自会趋之若鹜，义纵未免有些小题大做了。

　　"律法确实没有禁止，引入西域良马也确非坏事。可这种官商勾结，上下其手的风气，陛下绝不可纵容！奸商逃漏税金，分润给官员；官员受赃枉法，

――――――――――

　　① 传，木或竹制；缮，帛制。二者均为汉代出入关塞时的凭证（类似后世的通行证），经查验并加盖印信封泥后放行。

纪纲废弛。时间久了，律法全成具文，官场风气大坏，更可惧者，豪强恶吏狼狈为奸，尾大不掉，形成地方上难以左右的势力，害莫大焉！"

刘彻心中一动，"豪强恶吏！贩马的难道不是商贾？你这话是推想，还是实有所指？"

"臣岂敢以推想之言妄渎宸听。臣两次路过函谷关，两次亲眼所见。此番回京述职路上，所见押送马匹过关的是同一批人，为首者陛下从前也见过，并非甚商人，而是个地地道道的豪强。"

"朕见过，谁？"

"就是当年在东市与陛下和臣等干过一架的朱安世。"

"朱安世？"刘彻仿佛被烫了一下。他清楚地记得，这个人曾经劫去了他的剑，并使他蒙羞受辱。

"正是他，如今改了名字，叫朱六金。"

"你说他勾结官府走私，有甚确证么？"

"臣敢肯定，他与函谷关都尉宁成关系非同一般。函谷那么严紧的关口，朱安世进出，就像自家大门。昨日臣派人跟踪了他们，发现他在长安圈放马匹的所在，也是京师贵戚的产业。"

"贵戚，谁？你但说无妨。"

"是修成君家的一处闲宅。臣还听说，修成子仲与昭成君还称他作师傅。"

有如此的关系与靠山，难怪此人能做也敢做马匹走私的买卖！义纵所言，看来实有其事，此风确不可长！

"这件事，你以为该怎么办？"

"臣以为，最好先不惊动他们，而是顺藤摸瓜，暗中查证，俟证据足够之后，一网打尽。"

"从哪里查起？先把那个朱安世捉住如何？"

"朱安世不可先动，一动必会打草惊蛇。臣以为，可从宁成下手。此人颇为张扬，据说在其故里南阳，宁氏已成了巨富，可以左右一郡的官员。"

"有如灌氏在颍川么？"不过数年，宁成竟搞成这么大的局面，刘彻吃惊了。

"有过之而无不及。灌氏是几世簪缨的大族，宁成则是暴发户，有财可以贿赂官府，结交江湖，役使百姓；有权势则更易于敛财。宁氏二者兼备，很容易成为雄霸一方的恶势力。"

这个宁成不思改过，反而变本加厉，可恨！看来，他已畸变成为寄生的恶疽，不除不行了。刘彻沉思了一会儿，终于下了决心。

"义纵，朕若由你专办此案，你可有替手么？"

"替手？"

刘彻颔首道："对，替手。三辅之难治，你是知道的，你若不在，可有行法不避贵戚的人作替手？"

义纵略作沉思，道："有个叫王温舒的，原是臣的属下，这二年在广平任都尉，治绩不俗，应当可以。"

"王温舒？"刘彻略作思忖，想起了这个人。去年上计，广平的治安号称路不拾遗，当时就引起了他的注意。

"治广平易，治三辅难，怎知他可以？"

义纵揖手道："当年拿下修成子仲和昭成君口供的，就是此人。"

"噢？是这样。"刘彻拿定了主意。

"此事自你发端，也要由你完成。况且宁成、朱安世这类豪恶势力，亦非酷吏不治。你不必再回河内，朕即日诏任你为南阳太守，把家安顿一下，直接赴任。"

"陛下天恩高厚，臣愿效犬马之力，万死不辞。"

"这件事没有查清楚前，只朕与你知道。若有必要，你可以便宜行事。你以往的治绩，已简在帝心，朕相信，卿定能不负所望，除恶安良。"

义纵退下后，刘彻命郭彤传令尚书台，草拟义纵的任命诏书，自己则在宣室殿内来回踱步。水至清则无鱼，他明白这个道理。朝廷内外许多事，他可以听而不闻，视而不见，但总该有一条不可逾越的界限。这个界限该怎么定，定在哪里？他心里一直没数。方才那番谈话，使他豁然开朗，那界限就是，在大汉朝廷治下，无论在诸侯贵戚，还是地方豪强中，决不容产生任何可能危害与挑战皇权的异己势力。

郭彤领着一名当值的尚书，将草好的诏书呈上，刘彻首肯后，吩咐誊抄后转给丞相副署，传告各地。尚书退出后，郭彤又领入一人，低声奏报道："陛下，侍御史张汤求见。"

行过礼，张汤抬起头，偷瞥了皇帝一眼，随即屏息凝神，等候问话。皇帝的面色不快，得小心应对。刘彻叫住了正欲退出的郭彤。

"这件事你也知道，一起坐下来听听。"

他注视着张汤，心里有些不安，可眼神依旧不怒而威。"事情查明白了？"

"查明白了。"

"谁在行蛊？"

"臣昧死陈奏，事情出在椒房殿。"

"当真？"刘彻扬起眉毛，怀疑自己听错了。郭彤的心咚咚狂跳，这件事坐实了，皇后与窦家算是彻底完了。

"当真。"张汤字斟句酌，很沉静。

"证据呢？"

张汤打开布囊，里面是十余册卷起的简牍，记录着每日宫门出入的人名。他展开一卷，铺在刘彻面前，指着上面的一个姓名道：

"这个楚服是椒房殿专聘的御医，其实是个女巫。去年入宫后一直服侍皇后，有时也出宫数月，说是去江南为皇后采购草药。最近又入了宫，眼下还在椒房殿。"

刘彻仍是满脸狐疑，"皇后何以能够从江南找来个女巫！后宫派过人去江南么？"

"这个女巫，是淮南国的公主刘陵带进宫的。入宫的门籍，则是少府奉皇后之命办的。"

"淮南国的公主？她不在淮南，跑到京师做甚？"

"元光二年，她随淮南王进京奉朝请，之后便留驻在淮南王的京邸，与皇室贵戚过从甚密，尤其得到皇后的青睐，随意进出椒房殿，时有留宿。那个女巫，当是她回淮南省亲时，从江南寻来的。"

事情牵扯到了淮南国，大出刘彻的意外。印象中的刘安，是位慈祥渊博的父执，他实在不愿意相信，淮南国也卷入了宫廷阴谋的旋涡。

良久，刘彻道："出入记录而外，朕要椒房殿行蛊的确证。"

张汤胸有成竹，不慌不忙地将一幅素帛铺在席上，又从怀中掏出只锦囊，将其中的物事一一摆列于帛上。

"这是那女巫自江南购办来的药材，原存于淮南王京邸，前日后宫女御长带那女巫入宫后，小臣便派人在各司马门严加守候，果于今日查获了这些蛊药。"

"怎见得是蛊药？"

"小臣请陈太医辨认过，陈太医以前曾在南中行医，认得它们。"

张汤指着一只四肢有蹼，腹被长着红色鬃毛，形似松鼠的动物，"这东西名红毛飞鼠，产于南越交趾一带。据说此鼠出双人对，从不分离。南中的妇人皆买而佩之，说是有魔媚之用，配上它，男人会永远钟情于自己。"

"陛下再看这个。"张汤指着红毛飞鼠旁边一团卷曲缠绕的枯草，"陈太医说这东西名瑶草，产于巫山之下，当地人用作媚药，说是煎服后可与情人梦中相会。"

他又指着一对干萎了的蝴蝶道："这东西名为媚蝶，生于鹤子草上，据说南中妇人亦用它吸引男人……"

"够了，把这些收起来。"刘彻蹙眉道，厌恶地挥了挥手。

阿娇为维护自己的地位，竟一至于此！他既震怒，又痛心，呆呆地坐着，许久说不出话来。

"陛下，陛下，"郭彤轻声呼唤着刘彻，心中直打冷战。在宫里这几十年，皇后之位争夺所酿成的夫妻反目，姊妹仇杀，父子绝情的事变，算上这次，他已经目睹了三起。

刘彻深吸了口气，问道："椒房殿的事情，窦太主知道么？"

"小臣奉诏后，日夜监视着后宫，尚未见到窦太主入宫探视皇后。"

刘彻松了口气，但愿姑母与此事无涉。"要善待你大姑和阿娇，我们是一家人。"父皇临终前的话，又浮现于他的脑海。可令他苦恼的是，若曲宥了阿娇，不啻为带头枉法，以后又有何面目督责臣下？

"张汤，这件事，依律如何论处？"

"巫蛊罪当大逆不道，十恶不赦，依律该当灭族。为首者身当大辟，胁从者一律枭首。"张汤只背律条，但凭皇帝决断，一个字也不肯多说。

刘彻瞭了眼身旁的郭彤，"郭谒令，你看呢？"

郭彤泪如泉涌，猛然伏地稽首，哽咽道："皇后与太主乃陛下至亲，望陛下无忘先帝遗言，恩出格外！"

"怎么说？你起来回话。"刘彻眼睛酸酸的，他仰起头，尽量不让泪水流出来。

"先帝崩逝前，奴才随陛下服侍于榻前，亲耳闻先帝叮嘱陛下善待、照顾大长公主母女。皇后多年无子，怕失去陛下的宠爱，一时情急，做下了糊涂事。真正杀无赦的，应是蛊惑皇后的奸恶小人，陛下尽可以惩戒皇后，但切不可以一时之愤，背诺弑亲，做下悔之无及的事情，奴才昧死请陛下三思！"

郭彤又抬眼看了看张汤，问道："张大人寻到祝诅所用的桐人或布偶了么？"

张汤摇了摇头。

"这就是了。奴才以为，媚道与祝诅有所不同。祝诅是加害于人，而张大人方才举出的物证，不过是些媚药，为的是使陛下回心转意，并无加害之意。"

"可她摆弄这些左道旁门，还有甚脸面领袖后宫，母仪天下？皇后她是不能再做的了。朕也不会株连她的族人，如此朕无背于先帝，对姑母一家也算得上仁至义尽。郭彤，如此可以了么？"

郭彤再拜顿首道："敢问陛下，罢黜了的皇后，安置于何处？"

"你以为，朕该将她安置在哪里？"

"奴才以为，废后不宜再居于后宫。窦太主只此一女，皇帝欲上全其母女天伦，下示对废后的宽宥，只有一处，最为适宜。"

"你是说长门宫？"

"正是长门宫。此处原为窦太主家的产业，她探视女儿可以出入无禁。而废后虽移出大内，环境却仍如自家，心情会慢慢好起来。尤其要者，陛下眼不见，心不烦。如此，后宫很快会风平浪静，余下的宫人们也会相安无事。"

刘彻颔首不语，沉思良久，终于有了决断。

"皇后失序，惑于巫祝，不可以承天命，其上玺绶①，罢退居长门宫。"

---

① 玺，皇后的印玺；绶，标明皇后身份的绶带。玺绶被收缴，意味着被罢黜。

他字斟句酌，口述了废黜陈娇的诏命，吩咐郭彤明日一早，宣示椒房殿，并即时看押陈娇，移住长门宫。

张汤再拜顿首道："皇后而外，其余参与了媚道的人员如何处置，敢请陛下训示。"皇帝与郭彤之用心，他一目了然。皇帝既无心深究，自己又何必多事！这么一想，话头也随之而变了。

"那个淮南国的公主，是通到刘安那里的一条线索，不动她，就稳住了淮南国。你给朕盯住了，放长线钓大鱼，暗中访查他们在搞甚名堂。其余人等，有一个算一个，都不能放过，那个女巫，可恶至极，要枭首示众。"

张汤奉诏，顿首再拜，很干脆地答应了一声是。

郭彤道："椒房殿清出来后怎么办？敢请陛下示下。"

"先空在那里，谁为朕生了儿子，留给谁住。"

退出后，张汤与郭彤商量了明日行动的细节。议定郭彤带陈娇移宫离开后，张汤再出面抓人。

分手之际，郭彤揖手道："在下还有个不情之请，望张大人允准。"

"请讲。"

"那个女御长胭脂，是自小服侍窦太主与皇后的侍女，明日大人行个方便，就放她陪皇后去长门宫吧。"

张汤面有难色，"这个人乃此案的要犯，下官碍难从命。"

郭彤笑道："张大人熟谙律法，自有办法把事情做得圆通。方才你也看到了，今上对皇后有不忍之心。既要做好人，不妨索性做到底，与人方便，自己方便。"

张汤入宫虽不久，大内里的人事却捉摸得很透。他知道，这个郭彤，是自小侍候皇帝的近臣，得罪不得。往深里想，陈娇虽已废黜，卫子夫未必一定能够取而代之。听皇帝方才的口气，皇子之母方能最终成为皇后。卫子夫的命运，取决于其腹中胎儿的性别，在这分际不明的当口，他不能得罪郭彤，自坏前程。

"公公说得透彻，明儿个就照公公说的办。"

四十二

　　春日迟迟，刘陵直睡到日上三竿，仍恋榻不起。她倚着蚕丝锦被，神态慵懒，心身都沉浸在脉脉温情中，昨夜她携张次公回府饮宴，醉而忘情之际，她第一次尝试了男女之事。那旖旎的光景，不时闪回，在头脑中萦回不去。两人缠绵至夜半，张次公才离去。约定今日午前，两人依然乔装改扮，去长安内外其他市场游玩。

　　看看时候不早，她起身盥沐更衣用餐，时近日中，仍然迟迟不见张次公的踪影。刘陵不耐烦枯等，吩咐府丞，张次公来时，要他去东市河洛酒家会合，自己带着阿苗，径直奔东市去了。

　　走出不远，刘陵便觉察出城中的气氛与平日迥异。刚转过华阳街与夕阴街相交的路口，路上已是万头攒动，人潮从四面八方向东市涌去，个个脸上都是兴奋好奇的神情。一队相貌凶恶的狱吏挥舞着皮鞭，随着狂暴的呵斥声，人群闪出了一条窄窄的通道。刘陵等被拥向外围，可骑在马上，远近的情况，仍看得很清楚。

　　"老伯，出了甚事，哪里来的这么多人？"刘陵用马鞭捅了捅坐骑前的一位老者，他手搭凉棚，正踮起脚向前瞭望。

　　老者回头，不满地瞥了她一眼，"还能有甚事，杀人呗！"

　　"杀人，杀甚人？"

　　"谁知道哩，听说杀的是宫里的贵人。"

　　"贵人？"刘陵打了个冷战，心里有了种不祥的预感。

远远已经看得见押送人犯的槛车了。槛车一共五辆，从装束上看，都是女人。头一辆中的人犯，头发披散着，遮住了面孔，可刘陵还是一眼认出了她。是楚服，这么看来，巫蛊终于事发了。皇后命运如何，她已顾不上去想，楚服被抓，第一个被牵连的肯定是自己。刘陵乱了方寸，汗出如浆，此时此刻，朝廷的缇骑或许已将淮南王邸围得水泄不通了。

　　刘陵与阿苗，被四下的人群簇拥着前行，一直来到东市的南门。南门前面已被清出一大块场地，用作刑场。当犯人被押解下车时，阿苗也认出了楚服，她扯了扯正在发呆的刘陵，低声道："殿下，看来宫里出事了，王府是不能回了，咱们得马上出城！"

　　"出城，出城做甚？"

　　阿苗又气又急，没好气地说："当然是回淮南，难道等在这里受死不成！"

　　她跳下马，拽住马缰向外牵，费了好大气力，两人才摆脱出人群。远远传过来开市的鼓声。午时已到，犯人马上会被执刑，身首异处。

　　两人失魂落魄，原想从最近的厨城门出城，可城门已被关闭，没有中尉府颁发的特传，根本出不去城。宣平门、清明门也是如此，怀着一丝侥幸，她们绕道直奔河洛酒家。酒肆里十分冷清，平日的酒客都去看杀人了。刘陵求见朱安世、郭解，店伙却称，主人与朱大侠搭伙去关东，昨日便出城了。

　　万般无奈之际，张次公却找来了。"抱歉，宫里头出了大事，牵连到了皇后。一早就有差事，脱不开身，累公主久等了。"

　　"宫里出了大事？甚大事？皇后怎样了！"她佯作震惊，一叠声地追问。事情牵涉到皇后，巫蛊事发确定无疑了。是福不是祸，是祸躲不过。危险一经证实，刘陵反而冷静下来。

　　张次公四下看了看没人，压低声音道："后宫里出了巫蛊大案，皇帝震怒，下诏废黜了陈皇后。之后皇城戒严大搜，椒房殿数百宫人，都被拘禁候审。几个行蛊的女巫，被先行押赴东市枭首示众，眼下她们的脑袋怕已悬在东市门楣之上了。"

　　"皇后呢？"

　　"皇后被移往长门宫安置，这件差事落到我们禁军头上。在下一早出城，忙乎的就是这件事，我这也是才赶回来。"

刘陵神色黯然，"我与皇后亲如姊妹，她出了事，想必不用多久，就会牵连到我了。"

"老天保佑，宫里倒没有听到甚。"张次公面露忧色，吁了口气道："可王府那边不妙，方才去你家，外面已有缇骑看守。我没敢靠前，来此碰碰运气，不想你们还真在这里。"

"次公，还记得你昨夜的话么？"刘陵双目灼灼，盯着张次公，像是要看到他心里去。

"事隔一夜，我当然记得。怎么？殿下以为次公会临事退缩么！"

刘陵容色肃然，"那好。以我与皇后的关系，此番十有八九会受牵连。大祸临头，你若怕事，可以将我等献出去求赏；你若守约，请助我们出城，我要回淮南。"

"殿下太看轻张某了！"张次公悻悻然道："我若是小人，就不会一个人找到这里。在下还是那句话。公主用到我，赴汤蹈火，在所不辞！"

言罢，他一把拉开店门，"要走，就赶快。长安很快就会全城搜捕，再晚就走不脱了。"

刘陵与阿苗跟着张次公，策马疾行，很快又来到清明门。刘陵勒住马头，望着城门处麇集的卫士，心有余悸地问："这里方才我们来过，出不去。"

"长安十二门都是只许进，不许出，哪里都一样。在此门缉查人犯的都是期门的卫士，彼此相熟。好在你们都是男装，记住了，若有人问起，你们咬死了说是朱六金的人。你们现在沉住气，跟我过去。"

看到三骑人马过来，卫士早早就挺起了长戟，防备有人冲门。及至看清是张次公，纷纷竖起兵器，注目致敬。当值的骑郎将公孙敖冲他挥挥手，走上前来。

"次公，你才从城外回来，怎么又要出城？"

见是公孙敖，张次公的心一下子落了肚，他跳下马，揖手笑道："有两个朋友耽搁了，怕出不去城，我送他们一程。"

公孙敖上下打量着刘陵，问道："朋友？哪条道上的？"

刘陵揖手道："回将军的话，在下是朱大的手下的弟兄。"

"朱六金的人？我怎么看着眼生呐。"

张次公对公孙敖使了个眼色，接言道："他们是初次来京师。朱六金昨日出城时，有几笔账没结完，留他俩晚走一步，谁想碰上了警跸，不知道还追不追得上他们。"

"他们带着货，走不太快，你们快马急追，赶在他们出关前，还能追上。"公孙敖与朱六金很熟，他的坐骑就是朱六金所赠。于是挥挥手道："打开城门，放他们出去。"

张次公一直送到灞桥。作别后，刘陵二人如丧家之犬，昼夜兼程，果然在第三日追上了朱安世一行。朱安世、郭解不知道长安出了大事，商队满载货物，晓行夜宿，此时已到了渑池，再过新安，百多里外，就是函谷关了。

一行人正在路旁盘灶打尖，相距不远的一棵大树下，郭解与朱安世正在纳凉闲话。刘陵一喜，策马上前，揖手道："二位大侠，可真是巧遇，别来无恙乎？"

郭解打量着马上的少年，记不起自己认得这么个人。朱安世则起身还礼道："是巧了，公子这是去哪里呀？"

"去关东，回家。"刘陵翻身下马，将马缰递给阿苗，要她牵马到道旁吃草。

"敢问公子乡里何处？"话音未落，郭解轻轻推了下朱安世的腰，低声道："这两个人绝非男子，我看是乔装改扮的女子。"

朱安世细端量，果如郭解所言，这两人确是女子。他沉下脸问道："你们到底是甚人，为何要跟着我们，从实道来！"

刘陵四下望去，午间打尖时分，路上阒无人迹，朱安世的商队在十数米开外，听不到这里的讲话。于是笑道："大侠的眼风果然厉害。不错，我们是女子，改扮男装，为的是行路方便。"

朱安世盯着她，脸色依然很冷。"你还是没有说，你们是甚人，为何跟着我们？"

刘陵扬起眉毛，傲然道："我是淮南国的公主，阿苗是我贴身的侍女。跟上你们，为的是要大侠带我们过函谷。不过几日前，朱大侠还欠我个人情，不会这么快就淡忘了吧！"

"当然忘不了。可你这话就让人不懂了，堂堂一国的公主，为何要易装潜行，又怎么会没有行路的关传！"

刘陵咬了咬嘴唇，恨声道："我以为凡称大侠者，该是胸襟磊落之人，不想尔等猜忌如此。好吧，我就实话告诉你们。宫里出了大变故，皇后被黜，我与皇后交好，怕受牵连，所以要潜行回淮南。我们乃亡命之身，到哪里去弄行路的关传？"

朱安世与郭解面面相觑，几乎不敢相信自己的耳朵。"你是说，陈皇后被废黜了？"

"我干吗要骗你们？不信，你们可以派人回去看看啊。"

陈皇后久无子嗣，被废是早晚的事，可真的废掉了，还是令人震惊。受益的该是谁呢？不用说，是为皇帝生了孩子的卫子夫。一念至此，震惊之下，郭解也为朋友感到欣慰。这下，卫氏去一劲敌，而卫青的发达，亦指日可期了。

"新皇后是谁？是卫氏么？"朱安世心中暗喜。田蚡之死，修成子仲等被拘，使他精心构筑的护墙坍塌了大半。若卫氏富贵，应该对他有利，公孙氏兄弟与卫青交好，而公孙兄弟，尤其是公孙贺，在他重金贿赂下，早已成了他生意上的伙伴与庇护人。

"不知道，出事的当日我们便出了城。"看到郭解与朱安世不置可否的样子，刘陵心中一紧。

"可否带我们出关？请大侠明示。若有难处，吾等就此告辞。"她双目灼灼，逼视着他们，咬紧的双唇泛出了白色。

"你欠她甚情？"郭解很好奇，附在朱安世耳边轻声问道。

"有对头跟踪了我，亏她报信，我及时转移了马匹。"

"那这是大恩了。"不等朱安世开口，郭解纵身向前，长揖道："殿下助人于危难之际，郭解佩服。过关之事，包在吾等身上。不嫌弃的话，就搭伙同行吧。"

朱安世亦颔首笑道："公主以为在下是忘恩负义之人么？方才所问，无非想明了公主的真实身份。日已向午，二位怕是还未进食吧，请随我来。"言罢，他做了个让先的手势，几个人随他向商队走去。

商队过关，朱安世借口核算税金，单独求见宁成。在衙门的密室中，他打开一只藤箧，里面黄澄澄的全是瓜子金，足有百金。

宁成捧起一把金子，又松开手，看着金子流下去，两眼眯成了一条缝。

"这是这回的分润。往后的买卖，怕是难做了。"

"怎么？"宁成收住笑容，注意地看着朱安世。

"有人盯上咱们了。"

"谁？"

"义纵。"

"义纵？是那个诱捕了修成子仲，被派到河内做都尉的义纵？"宁成的心一下子沉重起来。

"就是他。此番不知怎么被他嗅出了踪迹，从函谷一直跟我到长安。亏得有人报信，及时转移了马匹，才没有出事。"

宁成愤愤地骂道："他娘的狗拿耗子多管闲事！他地盘在河内，手也伸得太长了吧。"

转念一想，不对。郡国的守相都尉，平白无故决不敢擅离职守。义纵去长安，函谷是必过的关卡，自己竟然一无所知，宁成紧张了。"他去长安办案？不能啊。京师三辅，中尉、内史、太常外加长安令，多少个衙门管着，容不得他去插一手！不对，这里面肯定有名堂。"

朱安世点了点头。"我怕的也是这个，他若给咱们来个阴损坏，把事情捅到天子那里，危矣。"

"你这次的货不都出手了么？他抓不住证据，也是枉然！"

"这次算涉险过关，可以后就难说了。我打算收收手，过一阵看看风头再说。来者不善，善者不来，伯坚兄你也要小心。"

宁成不以为然，"他拿不住证据，其奈我何！"

"可皇帝挺看重他，不然也不会坐视他拘捕自己的外甥。"

"我就不信他能撑得住多久！要论酷吏，我以前比他还狠。可树敌多了，早晚会中了仇家的道。飞鸟尽，良弓藏；狡兔死，走狗烹。做官得留条后路，这个道理，我吃了亏才明白。他义纵早晚也会明白。"

"但愿吧。"朱安世笑笑，"方才忘了告诉你，京师出了大事，皇后被废了。"

"这可是惊天大事！怎么不见诏书过来，真么？"

"错不了。大人还记得从前打函谷经过的那位淮南国公主么？她是皇后的密友，怕受牵连，逃出了京师，想随我们过关。"

宁成沉吟道："她若牵扯进去，就是逆犯。律法上见知故纵是死罪，放她过关，风险太大了。"

"大人刚说过甚？不是还没有接到朝廷的查捕文书么？我欠她个人情，一定得还。况且她女扮男装，没有人知道她是谁。足下卖我个面子，神不知鬼不觉我们就过去了。"

"也好，那我就不出面了。日后上面查问起来，也有个说话的余地。守关的军吏你们都认得，交验了关传，就走你们的。"

宁成站在敌楼上，望着渐渐远去的商队。一名军尉跑上来呈送公文，说是刚刚传到的朝廷紧急公事。一件要求各地关塞即日起严格盘查出入人员，显然与长安的宫变有关。第二件公牍，是朝廷任命官员的文告。宁成呆呆地盯着文告上那行短短的文字，脑中一片空白。真是怕什么来什么，方才说起过的义纵，竟然被派到了他的家乡南阳，出任一郡之守。

去南阳赴任必经函谷关，宁成连续在关门候了两日，终于等到了义纵。他安排了盛大的仪仗与丰盛的酒筵，打算留这位父母官盘桓一日，以深相结纳。出乎意料的是，对亲在关门大礼迎候的他，义纵竟视若不见，连传乘也未停，径自扬长过关而去。

作为过来人，宁成深知，皇帝把酷吏视作快刀，派到哪里，意味着在哪里开刀。义纵在河内诛灭了穰氏，此次去南阳，刀锋又会指向谁？宁氏在南阳属于后起，论富有比不上以冶铁起家的孔氏，论田土比不上暴氏，惟论势，可以睥睨一郡。义纵的态度是个不祥的信号，好在他已作了最坏的打算，两日前已在密信中作了缜密的安排，派心腹日夜兼程送回了南阳家中。此刻，赃证该早已销毁，而官府，也理应打点停当了。

四十三

就在刘陵离开长安的同时，城西的直城门，也进来一彪人马。为首者眉目疏朗，美须髯，是个年近半百的男人，肩披标志大将身份的燕尾赤幡。紧随其后的，是三名英姿飒爽的青年军将。他们后面，一个面目精悍的中年军将，双手擎着一面军旗，上面绣着"卫尉骁骑将军陇西太守李"十一个大字。军旗之后，跟随着数十名亲兵。

为首的正是李广。马邑设伏后不久，羌人犯境，朝廷将他调任于陇西。他虽兼着卫尉之职，几年中倒有大半时间驻守在边郡。三位青年军将都是他的儿子：长子李当户，次子李椒，少子李敢。护旗的军将正是韩毋辟，数年来他一直跟从李广，戍守于各边郡，现已升任军中的护旗校尉，极为李广爱重。

城门守军与巡城的缇骑，见到李广一行，无不肃立致敬。李广挥手致意，心里纳闷，满街缇骑，莫不是朝廷出了甚大事？到得皇城北阙，一行下马。李广拍拍韩毋辟的肩头道：

"仲明，此番回来，想必可以松快几日，你领弟兄们去南军营垒住下后，一定要去会会家人戚友，代我问他们个好。吾等先进宫面君，明日得空，到我家饮酒。"李广的三个儿子都是宫中的郎官，宫门备有名籍，按例可以随父入宫面君。

言罢，李广与众人揖手作别，带着儿子们进宫。一入司马门，郎中令石建含笑迎上来，身后一老一少，跟着两位郎官。老的李广认得是司马相如，少年看上去则颇为眼生。寒暄已毕，经石建引见，方知道是司马太史之子司马迁。

司马迁向前一步，长揖为礼，极为恭敬。"将军当世名将，在下倾慕已久，今日一见，得慰平生所愿，敬问将军安好！"

"不敢，不敢。司马太史好，少公子也好！"李广拙于言辞，在文人面前更觉拘束，揖手见礼后，起身欲走。

"伯远稍候，还有两位新人没有引见。"石建指着甬道两旁一字排开的禁军卫士道："将军卫戍边郡，南军①的教练，皇帝改派了他人。眼下南军的军容气势，将军可还满意？"

李广带兵不拘形式，可眼前的禁军卫士个个目不斜视，执戟肃立，比他在宫中教练时的军容严整得多。他不以为然地呵呵一笑道："莫不是程不识代我教练？这些兵，倒像是他带出来的。"

"程将军还在长乐宫任职。代将军教练未央卫士的是这一位。"石建指了指身后一个人，笑道："仲卿，见过李将军。"

此人三十出头，身材颇壮，长头大耳，印堂饱满，目光谦和而沉着。他上前一步，揖手道："卑职卫青拜见将军。"

石建又指了指身后另一个人，此人年纪长于卫青，面相亦相仿佛。"这位是卫青的兄长卫长君，字长孺；卫青，字仲卿。两位都是去年才入宫的郎官，甚为今上见重，现已擢升为太中大夫。"

他凑到李广耳边轻声道："其姊卫子夫贵幸非常，两位都有椒房之宠。"

原来是靠裙带上来的外戚。李广斜睨了二人一眼，略一抱拳，淡淡一笑道："幸会，幸会。"

李敢少年气盛，不屑道："这种花架子，要到战场上才知道顶不顶用。"

李广瞪了儿子一眼，拉住石建的手，转了话头："石大夫，今日京师满街缇骑，出了甚事？"

石建看了眼被冷落在一边的卫氏兄弟，赔笑道："李将军鞍马劳顿，征

---

① 南军：汉代长安的卫戍，由三部分构成。中尉统率的北军规模最大，肩负京师三辅的治安保卫；卫尉统率的南军，负责皇城内苑的警卫；郎中令统辖的郎官约千人，食俸禄，轮班侍奉拱卫天子，被皇帝视为储备待用的人才。

尘未洗。过会儿皇帝要召见，先要盥沐更衣，二位先请便吧。"

石建陪着李广等人向前殿去了。卫青无语，向承明殿走去，卫长君则满面悻悻之色，跟在后面。司马相如看着二人的背影，叹了口气。

"李广木讷耿直，这下子与卫氏结下梁子了。"

"怎么？"司马迁不解道："我看李将军未必是有意给他们难堪，他原本就木讷寡言，不善交际。"

"陈皇后被废，卫夫人入住椒房指日可待，那时你再看卫家的势焰！外戚皇亲，前车之鉴可畏呀。灌夫招惹田蚡，自罹无妄之灾，族灭身死，这才过去多久！"

"我看不至于。卫氏兄弟远不如田蚡跋扈，卫青尤其谦和沉稳，不像是得志猖狂之人。"

司马相如怅然道："随他们怎样，我是要离开这个是非之地了。"

"长卿兄告病还乡，天子允准了？"

"回乡是别想了，今上不放我离开长安，派我为霸陵园令。说是要我拿份俸禄就近养病，有事时好随时都能找得到我。"

他看看司马迁，揖手苦笑道："好在霸陵距长安咫尺之遥，子长空闲时可来盘桓。愚兄要赶回茂陵，就此作别了。"

司马迁望着相如远去的身影，恍然若失。如此文名卓越且大得天子赏识的才子，何以灰心如此！或如自己凭吊过的屈子、贾生，仕途蹭蹬，忧谗畏讥，或自沉，或郁郁而终，有大才之人傲世而独立，多伤于性情，世道人心一至于此，可叹！

少年不识愁滋味，转瞬间他又兴奋起来。如父亲所言，大汉国势蒸蒸日上，天子雄才大略，躬逢盛世，正该是他大有作为之时。皇帝近日极大地提升了太史的作用，下诏擢太史令为近臣，随时记录天子议政时的言行。天下郡国上计的文书，要先交到太史令处备案撮抄，再转给丞相。皇帝还特命司马迁随侍父亲实习，给了他参与机要的难得机会。

"司马迁，朕寄厚望于汝，你要努力呢！朕欲做一番前无古人的事业，其间的人和事，你要序事如春秋，桩桩件件记录在案，传诸万世而不朽！"皇帝言犹在耳，令他回味不已。他知道，皇帝召李广等人回京，是要作出打击匈奴的最新决策。一场波澜壮阔的历史画卷即将展开，而自己亦会置身于其中，亲笔记录下事件的全过程。沉甸甸的使命感，在司马迁心中油然而生，他向前殿走去，由司马相如引退而生的遗憾，亦如流水中的浪花，转瞬而逝。

安顿好亲兵们的食宿，韩毋辟直奔东市。远远望见东市的旗幡，想到就要与暌别已久的亲人们相会，竟不由得有些心慌。结缡多年，与家人却聚少离多，算起来，儿子该有八岁了，窃娘信中讲，儿子已长成懂事的少年。他不敢想象，昔日的顽童会长成甚样。自从获救，他一直跟从李广转徙各个边郡，根本没有机会回长安与家人团聚。与妻子一别，已近五年，家里全靠她一人支撑，除去不时捎回些饷银，他再没有为这个家做什么。走近河洛酒家时，韩毋辟忽然心生怯意，不自觉放慢了脚步。

门帘掀处，走出个妇人，将一盆污水倒入泔沟。抬眼看到一个军吏站在门前，她以为是客人，正待招呼，却猛然怔住了。如此熟识的面容，不正是分离数载，昼思夜想，无数次梦中相会的丈夫么！

两人相对无言，细细端量着对方，如在梦中。夫君肤色黝黑，满身征尘，略显苍老的面容刚毅如旧，依稀可见当年的风采。窃娘人近中年，身材仍保持得很好，只是眼角已生出细细的皱纹，依然黑亮的乌发中已看得到缕缕银丝。

韩毋辟的眼睛湿润了，嗫嚅着说出一句："夫人受苦了！"

"你可回来了！"窃娘泪如泉涌，掩泣失声。

一名少年闻声而出，挡在窃娘前面，警惕地盯着韩毋辟。"娘，你怎么了？这人是谁？"

少年面相英俊，舒展的额头，抿起的嘴角都与自己仿佛相似。韩毋辟伸出手，亲切地叫了一声"昌儿！"

昌儿打开他的手，退后一步。"你别碰我！我不认得你。"

"昌儿，这是你爹，你平日总念叨的亲爹！"窃娘笑起来，抱住韩昌，把他推向前去。

韩昌怔怔地望着眼前的男人，"你真是我爹？"

"你娘的话还能假得了么？傻儿子！"韩毋辟一把拉过儿子，紧紧搂在怀中，一股热流涌上来，他竟身不由己地颤抖起来。

韩孺闻声赶出来，身后也跟着个孩子。"嘿，仲明到了！原想去迎你的，不想出了逆案，全城警跸，出不了门。"

韩毋辟走上前，与兄长把臂相望，不觉泪眼蒙眬。昆吾一别，已逾十载。光阴荏苒，两人鬓上都有了白发。

另一个少年抱住韩孺的手臂，问道："阿爹，这就是二叔么？"

韩毋辟摸了摸少年的头，"这孩子是延年？"韩毋辟从家信中得知，兄长有了个独子，起名延年。当年韩毋辟亡命时，还没有这个孩子。

韩孺笑道："正是犬子。听到你要回来，非缠着相跟到长安。还不快给你二叔请安！"

少年羞赧地问了声安，转到叔父身边，抚摸着韩毋辟的佩剑。

韩孺拉过儿子，笑道："好了，让你二叔进屋叙话。都进屋，都进屋说话。"

众人进店后，窈娘亲自下厨操持酒食。兄弟俩相对而坐，韩昌与韩延年倚在韩毋辟身旁，听大人叙话。

"怎么不见大嫂？"韩毋辟四下打量着，店堂中很冷清。

"全都来了长安。家里种着麦菽青菜，还有鸡鸭鹅狗，总得有人照应，她脱不开身。"

"这店生意如何，怎么不见客人？"

"好着呢，饭口上来的客人都得等座。这几日宫里出了事，满街巡查的缇骑，谁还敢出门找事？过一阵子，还会火的。"

"甚事？"

韩孺道："听说是宫里有人行巫蛊，皇后为此也被废黜。你若早回几日，东市门前，还见得到被枭首示众的巫婆脑袋呢。"

于是细细讲述了最近的传闻，韩毋辟错愕之外，不免相与咨嗟。韩孺忽然想起什么，双手拍膝，叹道："可惜。"

"怎么？"

"你若早回来几日，就能见到当年救你们出险的恩公，郭解郭翁伯。"

韩毋辟叹息道："兄长既知我近日还京，为何不多留他些日子！此番错过，又不知相见何日了。"

韩孺笑道："我岂能不留？可我去昆吾接弟妹，回来时他已然走了。留下话说他与人搭伙出关还乡，风头过了，后会有期。翁伯是个自行来去的主，他想走，任谁也留不住。"

"黄轨呢？他不是也帮着翁伯打理此店么？"

"前年他与京城的恶少结了梁子，搬翁伯教训了他们。怕人报复，去上郡他兄长处投了军。说实在的，若非朋友之托，我也想换个行当，弃商从戎呢！"

"哦，为甚？"

"为兄堂堂八尺男儿，一身长技，无所施展，岂不虚掷了一生！眼下家中衣食无忧，儿子也大了，没有了牵挂，该是换个活法，为国建功立业的时候了。"

韩孺抿了口茶，叹道："从私心上说，也是为了改换身份。商贾乃四民之末，比奴婢强不到哪里。朝廷抑商，有钱也不许捐贷为官。为子孙计，脱去市籍，再造家世，亦只有从军一途。"

得知兄长有意从军，韩毋辟亦兴奋起来。"此番天子召回李将军，据闻便是咨商和战大计。匈奴欺我数十年，皇帝早有意转守为攻。愚弟以为，朝廷不久当会遣大军出塞，重击匈奴。兄长有意从军，正其时也！我在李将军面前可以说得上话，要不要兄弟我代为先容？"

"仲明追随李将军数年，真如传闻所言，胡人畏之如虎么？"

"有过之而无不及！弟随将军转戍上郡、北地、雁门、云中四郡，胡虏知道他在，皆不敢贸然犯境。此番去陇西平乱，一举诱杀数百羌豪，威震羌中。"

韩孺兴致极高，好奇地追问："据说朝廷两大名将，程不识与李广不相伯仲。依仲明看，两人孰高孰低？"

"论起治军，各有千秋，一严苛，一简易。程将军可学，李将军不可学。"

"怎么讲？"

"程将军治军律法极严，从不打无准备之战，行军必依部曲行伍，扎营必严阵以待，军吏巡徼，刁斗直敲到天明。没有主帅军令，谁也不准妄动一步，故胡虏无隙可乘。李将军则不然。幕府文书简易，行军不布阵，扎营就水草而居，人人自便，夜无刁斗之声。"

"胡人偷袭怎么办？"

"无论行军还是扎营，将军都会放出数支斥堠，伺察敌人动静，外紧内松，胡虏根本靠不了前。士卒多乐于跟从李将军，而苦程不识。有位将军曾说过，'李广才气，天下无双。'确是一语中的。"

"那么仲明是赞成李广了？"

"不由得你不赞成。将军爱兵如子，与士卒共饮食，有口皆碑。带兵出征，行至水源缺乏处，士卒有一个没有饮到水，他绝不沾水。士卒饱餐之前，他也绝不会碰一下食物。有赏赐，辄分与麾下士卒；宽和仁厚，全军爱戴，乐于为之效死。以此论之，他人差矣，相去不可以道里计！"

"古之名将，不过如此。难得，难得！"韩孺赞叹不置。"若有机会得瞻颜色，烦老弟一定为愚兄引见。"

"没问题。适才分手前，将军还邀我明日去他家饮酒，兄长可随我同去。不过我得先提个醒，将军为人木讷寡言，不善交际。平日军中无事，与部下划地为阵，以弓弩校射，负者罚酒为游戏。将军长臂善射，力开百钧，箭无虚发，观者无不叹为观止。"

韩毋辟绘声绘色，韩孺啧啧称叹。兴致正高时，偎在韩毋辟身边的韩延年蓦然插嘴道："二叔，我也要投李将军，从军杀敌！"

"昌儿呢？"韩孺笑问。

"我也要从军！"韩昌不甘落后，也叫起来。

两个孩子兴奋得涨红了脸，稚嫩的面容上流露出对军旅生活的向往。韩毋辟摸着儿子与侄儿的头，笑道："好，到时候咱们全家都从军。打虎亲兄弟，上阵父子兵！"众人哄然大笑。

窈娘领着店伙托着酒菜过来，听到了他们的对话。她蹙眉佯怒道："好了，好了。老的，少的，别动不动就从军打仗！肚子饿了就让开，容我们布完酒菜，再唠扯你们那些事。"

孩子们跳起身，欢呼起来。

四十四

"传召的人都来了么？"

刘彻身着便服，东向危坐。平日众多侍从的宦者宫人全被屏除，随侍于身旁的只有郎中令石建，谒者令郭彤与郎官司马迁三人。显然，今日会议的定是机密大事。

郭彤道："都在殿外候着呢。"

"传进来吧。"

"是。"郭彤走到殿门旁，清了清嗓子，逐个大声宣召候见的官员。

"中尉韩安国觐见！"

"大农郑当时觐见！"

"未央卫尉、骁骑将军李广觐见！"

"长乐卫尉程不识觐见！"

"太仆、轻车将军公孙贺觐见！"

"太中大夫、材官将军李息觐见！"

"太中大夫卫青觐见！"

被宣召者鱼贯而入，依次向皇帝行礼后，各依官爵位次入席，每席的书案上，都摆放着一卷简牍。

"今日奉召入宫的各位，除卫青而外，都带过兵，有将军的身份。闻鼙鼓而思将帅，朕不讲，各位想必也明白，今日所议必与军事有关。"

刘彻扫视着众人，举起手中的卷牍道："各位面前都有这么一卷简牍。

这是前御史大夫晁错上孝文皇帝的《言兵事疏》。先帝将此疏交给我时说，晁错虽诛，但其见地不凡，有谋国之忠，不可因人废言。要我细心研读，摸索出战胜匈奴的办法。朕翻检诵习此疏，不下百遍，熟而生巧，终于悟出了一些道理。此疏朕让人誊抄多部，各位人手一册，请各位细读后，共议对匈奴的军事。"

奏疏不长，众人很快读完。刘彻接着说道："说到对匈奴的军事，朕想起了另一个人。大行王恢马邑之役偾事被诛，可他的判断没有错。他说我与匈奴处于必战之势，如此则迟不如早，先发制人，后发制于人。马邑失利，汉匈绝了和亲，断了互市，胡虏耿耿于怀，连年侵扰我边郡，意在疲敝，削弱我国力。若听之任之，则国无宁日。晁错提出合小以攻大，以蛮夷制蛮夷，朕原来亦想远交近攻，联络匈奴之世仇大月氏，以牵制，分散匈奴的兵力。可张骞一去八年多，渺无音讯，生死不明。看来月氏是指望不上了，匈奴只能靠我们一家来打，好在休养生息了几十年，国力已大为充实。公孙太仆，你给各位说说，朝廷可用于作战的军马，现状如何？"

公孙贺顿首道："臣遵命。先帝深谋远虑，于北方边郡设置马苑三十六所，发官奴婢三万人，养马三十万匹。现今的规模，可用于骑兵征战的军马约三十万匹，以一骑两马计，可装备十五万骑兵。用于挽重转输的马匹近二十万，尚待长成的马驹更多，二三年间，便可得力。虽然累于辎重，我大军尚不足以深入匈奴腹地，但在边郡沿线，足可出塞与匈奴一战。"

"各位将军，以大汉目前的实力，如何打击匈奴？各位尽可直言不讳，贡献自己的意见。"刘彻言罢，看了眼韩安国，示意他先讲。

韩安国道："臣愚昧，敢问陛下：依公孙将军的判断，我军尚不足以深入，只宜在边塞附近作战，那么无非还要用老办法——以逸待劳，诱敌来战。问题是，马邑涉险之后，军臣还肯不肯上钩？"

"李将军怎么看，与匈奴开战，可乎？"韩安国对开战不积极。刘彻压住心里的不快，转问李广。

得知皇帝欲出击匈奴，李广极为兴奋，终于可与劲敌一较高下了！心中蠢蠢欲动的战斗渴望，化作了激情四溢的一句话："天子圣明！臣等这一日，等得头发都白了！"

334

少年时随孝文皇帝出猎的情景，历历如在目前。他赤手格杀猛兽，皇帝拍着他的肩头赞叹道：可惜了人才！你若生在高皇帝之世，万户侯何足道哉！朝廷数十年与匈奴和亲，边塞少有大战，身怀长技的他，本该立功封侯，显扬父母；战场之于他，犹如苍穹之于鹰隼，深林之于猛兽，那种驰骋沙场的渴望，充斥着他的身心。无奈生不逢时，半生蹉跎，志意难伸。

李广自觉失态，敛容道："韩将军之言差矣！兵法云，兵无常势，水无常形。故用兵不可囿于常规，军臣肯不肯上钩，要看鱼饵够不够大！鱼饵够大，不愁他不上钩。"

刘彻大喜，双目熠熠，催问道："将军请讲，要甚样的鱼饵军臣才肯上钩？"

"军臣年老，耽于享乐，其众多阏氏姬妾，最喜欢的就是中国的缯帛织锦。以往有朝廷的赏赐与关市交易所得，尚难餍足其嗜欲。而今绝和亲，断关市，军臣所欲，只能由走私与抢掠得之，可数量太少。臣在边郡多年，深知胡人对关市之依赖，朝廷若能恢复边郡关市，胡汉客商定会麇集交易。军臣闻讯，必来掳掠。我军以逸待劳，猝然击之，可获全胜。"一涉及军事，李广仿佛变了个人，口若悬河，神采奕奕，绝难相信他平时竟是个木讷寡言之人。

韩安国笑着摇了摇头："军臣糊涂，他下面的诸王未必糊涂。你开一关市，明摆着是个圈套，再大的诱饵，他也不会上钩。伯远太过一厢情愿了！"

"谁说只开一个关市？边郡关市可以多开几个，虚虚实实，让军臣摸不着头脑。我敢断定，军臣必来。韩将军多虑了！"

"好，就算军臣受不住诱惑，那么何以知道胡虏会袭击哪一个关市？难道每个关市都设伏，扑了空怎么办！马邑之役，你我劳而无功的教训还不够么！"

"关市与马邑根本是两回事！匈奴袭掠关市，多是数千人的小股。我军亦不用兴师动众，各关市预备一万精骑即可，相互策应，随机应变，有利则进，无利则退。哪里谈得上劳师动众！"

刘彻看看石建，问道："二位将军的议论，石大夫以为如何？"

"老臣以为，李将军多年来转戍于各边郡，身在前线，比起吾等久列朝堂之人，更熟悉那里的情况，也最熟知匈奴的战法。他说可行，就应该可行。"

"程将军？"程不识用兵谨慎，刘彻很想听听他的想法。

"臣以为，凡事应从最坏处打算，向最好处努力。战，则应求必胜；战而不胜会挫伤士气，折辱军威，则不如不战。臣只有一个疑问：关市胡汉杂处，匈奴人细作众多；大军设伏，难于保密。风声一旦走漏，军臣以大军奔袭一处，何以应之？请各位三思！"

　　程不识之问切中肯綮，众人面面相觑，场面一时冷了下来。

　　一直沉默不语的卫青忽然开口道："小臣奉诏研读此疏，略有心得，不知可否冒昧陈言？"

　　刘彻早于数月前，即已指示卫青研读此疏，有加意栽培之意。卫青明白皇帝的用意，日日往承明殿研读军事，不懂的便向石渠阁的博士们请教。刘彻有时问其心得，卫青总是闪烁其词，语焉不详。不想今日大庭广众之中，竟然有勇气开口。

　　刘彻注意地看着他，颔首道："好啊，今日召你们来，为的就是征询汝等的意见。你既有心得，不妨说给众人听听。"

　　卫青环视着众人，揖手道："在下冒昧，在各位将军面前班门弄斧了。"

　　他深吁了口气，语气不疾不徐，款款而谈："晁大夫疏中，概述了敌我态势的不同，与作战方式之短长。具体而言即匈奴长技有三，中国长技有五；而所谓长技皆取决于其所处地形技艺。长久以来，皆以为中国不敌匈奴，输在马上面。初闻有理，但细一琢磨又不尽然，晁大夫于此早有先见之明，卫青不揣冒昧，愿再为各位将军诵读。"

　　他展开简牍，大声读道："今匈奴地形技艺与中国异。上下山阪，出入溪涧，中国之马弗与也；险道倾仄，且驰且射，中国之骑弗与也；风雨疲劳，饥渴不困，中国之人弗与也。此匈奴之长技也。若夫平原易地，轻车突骑，则匈奴之众易扰乱也；劲弩长戟，射疏及远，则匈奴之弓莫能格也；坚甲利刃，长短兵器相杂，游弩往来，什伍俱全，则匈奴之兵莫能当也；材官驺发①，矢道同的，则匈奴之革甲木盾弗能支也；下马地斗，剑戟相接，去就相搏，则匈奴又不如我。此中国之长技也。"

---

①材官，汉代习语，指勇武之士；驺发，善射之骑士。

"由此可知，车战、步兵或骑兵，各有其适宜之地势，地势不对，纵有长技亦难得施展。匈奴背倚阴山，占尽地利；又善于骑战，来如风，去如电，纵横驰骋，我军若无长城，几乎无险可守。故小臣以为，阴山，乃我军与匈奴必争之地，我军长远战略亦应基于此，步步为营，逐次推进，直至将匈奴逐出阴山一线。阴山以北为草原大漠，一马平川，无险可据，最利于中国之长技。拿下阴山，则敌之依托变我之依托，如此攻守易势，以我之长击敌之短，我军终将化被动为主动，胜券方可稳操于中国之手。"

卫青的分析切中肯綮，众人频频颔首，豁然开朗。对这个由裙带邀幸的外戚，刮目相看了。

"卫卿所言，深得朕心。眼下关市一战，你怎么看？"

"臣不才，以为可战。如晁大夫疏中所言，有汉以来，归顺朝廷的降胡甚多，其饮食长技与匈奴同，多安置于北边各郡。小臣听同在期门为郎的公孙敖讲，阴山险阻，可以义渠胡骑当之，与平原作战之车骑步战，各施长技，互为表里，则军臣不足虑。"

"朕记得这个公孙敖就是个义渠胡人，太仆，他不是你的堂弟么？"

公孙贺道："正是臣弟。"

"此番诱击匈奴，朕要派你们兄弟大用场。"刘彻笑道，欣慰之情溢于言表。晁错言，安边境，立功名，在于良将，不可不择也。卫青后生可畏，朝廷之良将，李广之后后继有人了。有了能够贯彻自己意图的将领，他决心一战。

郭彤拉开墙上一幅大图的遮帘，刘彻指点着地图上的山川形势："此番作战，就定在云中、雁门、代郡与上谷一线，四郡相邻，便于相互策应。作战方略如李将军言，有利则进，无利则退。机动灵活，不拘成法。要在痛击来犯之敌。"

他扫视了一眼众人，神色肃然。"一开春，就在这四郡开放关市。雁门当敌之正面，由李将军带一万精骑出塞。公孙太仆加轻车将军节钺，亦领一万义渠胡骑出云中；卫青加车骑将军节钺，带一万车骑出上谷；公孙敖加骑将军节钺，带本部胡骑出代郡。平时四路均听李将军节制，军臣若携大军前来，谁当之即以谁为主，其他各路及时策应，必予其以重创。"

将军是高级军职，秩二千石。卫青、公孙敖以郎官跃升至将军，是一步登天的超擢。众人惊愕之余，面面相觑，对此不赞一词。皇帝用人不拘一格，不循资历，司马迁奋笔直书，既为之鼓舞，又有些为李广抱屈。刘彻也看出，卫青的平步青云，老资格的将领们心里不服，以缄默表示着不满。

他虽然给了卫青机会，可在心里更看重李广，四军之中，李广经验最丰，威名最高，军力也最强。他把李广置于雁门，在于雁门之方位正对着单于的王廷，最有可能与军臣遭遇。而卫青所在的位置偏东，与敌相遇的可能很小，与其说他要卫青去作战，莫不如说，他是要这个布衣出身的妻舅去实地感受一下战场的气氛。

"卫青、公孙敖教练期门骑兵，卓有成绩。可中不中用，还要在战场上见分晓。此番委以重任，尔等好自为之，切莫负朕之厚望。"

说到这里，刘彻觉得不妨申明自己的用人之道："朕用人无论亲疏长幼，要之人尽其才，才尽其用，有功者必赏，有过者必罚。但能有建树者皆可望拜将封侯，朕虚位以待，决不吝惜爵赏！各位听明白了！"

"臣等明白。"众人再拜顿首。

"大战在即，为不蹈马邑覆辙，朕即此重申数条军律，各位将军谨记军法无情，莫谓朕言之不预！"

众将皆肃穆。

"知虏在前，畏懦逗留不进者，斩。"马邑之役，大行王恢即因此而死。

"作战失期，贻误军机者，斩。"

"临阵脱逃，败战失军者，斩。"

"降敌者，诛其身，没其家。"

刘彻的声音不高，可肃杀之气逼人，众将凛然。

刘彻放缓了脸色。"本次战事一如马邑，其成败仍在于保密。各军应分批小股出动，各赴待命处集结。对外则佯称朝廷发卒筑路，修治雁门道的险阻。大农，兵马未动，粮草先行，朝廷现时的储积可足用么？"

郑当时道："粮草辎重够用，不足用者钱也。前年河决赈灾，今年开掘连通渭水的漕渠，民工数万，所费不赀。此番转输辎重到边郡前线，要从民间征调车马力役，修治道路，取给支付均需现钱。官库的钱大部要留作平准之用，故不敷足用。"

"可否从少府皇库中支用，以为挹注？"

"上林苑正在扩建，建章宫亦在修治，皇库亦感支绌。怕要另想办法。"

"甚办法？"

"算商车。"

"算商车？"

"对，是算商车。石大夫属下有一新进少年郎官，年仅十三，洛阳贾人之子，以赀入官为郎。此人有家承，心思细密，言利事不差秋毫，诚为理财之能手。算商车，正是他的主意。"

"哦，是这样么？这商车该怎么算？"刘彻很感兴趣地问道。

郑当时道："天下承平数十年，我朝商贾兴盛过于以往。商贾贩运必以车船，朝廷可径以车船计值，每车或船征收税金若干，称为一算。此钱乃商贾取之于民，朝廷征收后又用之于民，而商贾亦为国家作了贡献。以每算百钱计，于商人不过九牛一毛，合税总计当不下巨万，足可支付军用。"

"此人叫甚名字。"

"姓桑，名弘羊。"石建道。

财用之难题迎刃而解，满心欣慰的刘彻露出了笑容。"好！又一个少年英才。小小年纪，能有如此头脑，难得。你会同石建，与这桑弘羊尽快拟好条陈呈上来，对他说，朕要召见他。"

他看了一眼众臣，很恳切地说："诸事俱备，各位可以分头准备去了。春季开市之前，各部人马均须到位，一俟有匈奴来犯的消息，你们便分路出塞，寻找战机。朝廷教练骑兵十数年，可否与匈奴一较短长，乃至战而胜之，全要看各位将军的表现了。李将军，大将出征，朕本应亲临宫门，为各位饯行。可事涉机密，这件事得推到各位奏捷凯旋之时，届时，朕当御门摆酒，为各位叙功。"

众人退下后，刘彻回到寝宫。他觉得有些疲倦，斜倚榻上闭目养神。有人悄没声地走进来，轻轻地招呼："陛下，陛下！"

他睁开眼，原来是所忠与小黄门苏文。"甚事？"

他记起，卫子夫今日分娩，所忠与苏文是派去听消息的。他猛然起身，满怀希望地问道：

"生下来了？"

"生下来了！奴才恭喜陛下，是双胞胎，母子全都平安。"所忠的笑有些勉强，刘彻看出了他的不安，心一下子沉了下去。

"儿子？！"

皇帝的脸色难看了，所忠嗫口不言，瞪了眼身旁的苏文。苏文无奈，战战兢兢地说道："奴才该死，卫夫人又为陛下生了一对公主。"

刘彻极为失望，方才的兴奋转瞬即逝，他倒下身子，倚在卧榻上发呆。

"陛下可要去后宫看看卫夫人，看看新生的公主？"所忠赔着小心，悄声问道。方才来前殿时，卫子夫所赠颇丰，求他们一定让她见皇帝一面。

刘彻冷冷地说道："苏文，你去传朕的话，要她们母子好生将息。朕忙公事，有空自会去的。"

苏文走后，刘彻吩咐所忠前往永巷，传王美人侍寝。王美人是赵国人，新近入宫，颇得皇帝的好感。所忠吁了口气，看来，除非生下皇子，卫子夫想要入主椒房殿，还真不好说呢。

四十五

　　横亘于塞外的阴山，东西绵亘千余里。山中沟谷纵横，草木繁盛，禽兽极多，自先秦以来就是匈奴人狩猎的场所。在雁门边塞以北数百里开外的阴山北麓，有片广袤丰美的草场，一座巨大的毡帐支在中央，四外环立着千百顶大小不一的帐幕，远远望去，犹如遍地盛开的花朵。这里便是匈奴单于驻节之处，汉人称之为单于庭，而胡人自称其为龙城。每年的五月①，匈奴诸部都会聚集于此，祭祀天神，祈祷一年的风调雨顺，人畜平安。

　　四月的春风，吹绿了草原，圈养了一冬的牲畜被放了出来，安静的草原重新喧闹起来。源源不断的胡人每日都在向这里汇集，草场上支起了越来越多的毡帐。与以往不同的是，前来的是清一色的青壮年男人，无人携带眷属与牲畜。

　　近午时分，阴山方向疾驰来一队人马，直奔单于大帐。大帐外熊熊的篝火上，正在烤炙着一只全羊。侍从们不停地翻转羊的酮体，将炙熟部位的羊肉割下，送入帐内，单于正在那里与奉召前来的诸王宴饮。

　　军臣东向而坐，身旁是左屠耆王、太子於单，相国赵信。左首是左鹿蠡王伊稚斜、左犁汙王伊秩訾，右首是姑夕王庞勒、日逐王奥鞬。马邑之役后，各边塞的关市中止了四年，匈奴日常所需的缯帛织锦、茶叶美食等奢侈品断

---

①五月，汉初以十月为岁首，则五月相当于汉历的春二月。

了来源，走私所入有限，使享乐惯了的贵族们尝到了匮乏的滋味。风闻雁门等边郡即将开放关市，军臣决计要大掠一番，一为鲜衣美食，一为报马邑之仇。龙城已会聚了十万大军，一俟探明虚实，匈奴的铁骑便将以迅雷不及掩耳之势，直扑雁门。

"百夫长贺兰英叩见大单于，愿腾格里①护佑我大单于！卑职向大单于，向各位王爷请安。"探马三十岁年纪，面目精悍，是军臣亲军的统领，数日前被派去边塞打探关市的消息。

"情况都摸清了？"

"摸清了。汉人在上谷、代郡、雁门与云中四郡都开了关市。可能是久停的缘故，今年的关市盛况空前，尤其是雁门与代郡两处，赶去交易的胡汉商贾，不下千人，货物堆积如山。"

军臣又问："汉人那面的防卫如何？"

"标下派出了细作，装扮成胡商。几日来摸出了不少消息。汉人数月前派了几万军卒，修治雁门道。而后将筑路的军卒分派到沿边各郡驻守，护卫关市的也是这同一伙人。雁门驻军的首领是悍将李广，带有一万骑兵驻扎在塞外的颓当城。代郡驻扎的据说也是汉军的精锐骑兵，也有万把人，由归附了汉人的胡人充任，带兵的将军公孙敖，就是个义渠胡人。"

"上谷与云中两地呢？"

"上谷穷瘠，交易的行商少，当地的百姓多，值钱的货不多。标下派去的人在市场转悠了一日，只见到少数成卒，看样子汉人没有在此屯驻重兵。云中有汉人的马苑，防范很严。关市上以马匹交易为主，汉人多以缯帛食物换我匈奴马匹。守将是个朝廷的大官，名公孙贺，听说也是个义渠胡。"

"雁门与代郡的关市，开了多久？"

"雁门已开两日，代郡昨日方开市。据雁门关市管事的讲，交易火得很，收市还得几日。"

军臣环视着诸王，大笑道："我们兵分两路，昼夜兼程，这桩买卖还来

---

① 腾格里，匈奴语"天"之谐音。

得及做！我带五万骑奔雁门，於单带五万人去代郡。本大单于要会会李广，与他硬碰硬地战一场。"

於单道："汉人包藏祸心，开市或许又是个圈套！请大单于三思，莫蹈马邑之覆辙。"

军臣不满地白了儿子一眼。"以为我们是傻子？汉人的皇帝不会蠢到这个地步！圈套又怎的？汉军人少，吾等不入塞，汉人干我个毬！汉军若敢出塞作战，正合吾意，管叫他有来无回。"

伊稚斜接言道："大单于圣明。汉人有句成语，叫作'不入虎穴，焉得虎子'。汉军平日龟缩在塞内，若关市遭袭，必会出战，重创其精锐，扬我天威，此其时也！小弟昨夜占测过天象，这几夜正当月圆，是出征的大吉之兆。"言罢，他对赵信使了个眼色。

"臣以为，龙城乃我之根本之地，太子乃国之储君，应留此镇守，代郡一路，当慎重推选一名王代太子出征。"赵信当然明白他的用意。太子而外，诸王的地位身份都低于伊稚斜，於单留守，左路的统帅，自然非他莫属。

於单的优柔寡断，一直是军臣的心病。他虽然猜忌伊稚斜，可心里不能不承认，统驭大军，攻坚野战，无论谋略还是勇气，伊稚斜远胜于儿子。好在自己的身体还足够强健，威望也足以压制这个不安分的兄弟。他扫了眼伊稚斜，淡淡一笑，问道：

"赵相国的话有道理。伊稚斜，若派你代於单出征，这一战，你打算怎么打？"

"诱击。臣以为，我军亦可以其人之道反治其人之身。汉军依托于边塞，有利则进，无利则退，我军难于措手。最好的办法，是把他们诱致塞外，一鼓而歼灭之。"

军臣的眼睛亮了。"好啊！可如何做到呢？"

"春季牲畜转场之际，乃放牧的忙季，以往我方即便犯塞，最多不过数千人的小股。汉人凭经验办事，探马所报各关市护卫的汉军不过万骑，就是他们这种心态的反映。我们则不妨将计就计，先派出两三千人掳掠关市。敌见我人少，必穷追不舍，我军可佯作畏惧败退，诱使汉军远离关塞，然后出其不意，以埋伏于两翼的大军包抄合围。敌军孤军深入，外无援兵，粮草不继；我军数倍于敌，又占据天时地利，可期于必胜。"

军臣将髯沉思了一会儿，颔首道："你这个主意成，就这么办。於单与赵相国驻守龙城，庞勒、奥鞬随我率本部去雁门，伊秩訾随你率左屠耆王部去代郡，要给我狠狠地打，叫那刘彻知道甚叫作痛！"

军臣与诸王们大笑了一阵，吩咐巫师占筮，卦象也是大吉，众人大喜，直饮到晡时才散席。

伊稚斜走后，军臣下令姑夕王庞勒率所部四千骑兵为前队，兵锋直指雁门，大军则隐蔽于阴山南麓的沟谷之中待命。诸王分头集合人马上路，大帐中只剩下军臣与於单。望着郁闷不乐的儿子，军臣抚慰道："不是为父的不给你机会，实在是伊稚斜更有取胜的把握。"

於单恨道："那赵信摆明了是伊稚斜一党，两人一唱一和，居心叵测。伊稚斜狼子野心，早就觊觎单于的位子，父亲就看不出来？伊稚斜屡建军功，睥睨一世。父亲一旦不讳，儿子怕只有等死的份了。"

军臣拍了拍儿子的头，"你莫慌，我心里有数，他还左右不了大局。这次我留给你一万人马，你把家给我看好了。那个赵信，是他的智囊，我不在时，找机会你栽个罪名处置了他。对付伊稚斜，要先剪除掉他的羽翼，以后收拾起来就容易了。"

頯当城位于雁门塞外西二十里处，原是汉初韩王信为抵御匈奴而修筑的一座障城。韩王信投降匈奴后，这里便被废弃。数十年后，城垣尚在，可城里面四处断壁颓垣，残砖碎瓦，几乎找不到一间完整的房屋。李广驻军雁门后，清扫修葺，頯当城面目一新，被用作举办关市的场所。

开市三日，商贾汇聚，货物山积，一日之交易过百上千，呈现出空前的兴旺。每日赶来交易的商贾百姓依然络绎不绝，主持关市税金征收的掾吏啬夫乐得合不拢嘴。坐镇于中军大帐之中的李广，每日出城校射，看上去倒也闲适自在，可熟悉他的属下都知道，眼下頯当城中心事最重的人，就是他们的主将了。

韩毋辟踩紧脚下的强弩，运足力气，不紧不慢地将牛筋缠制的弓弦拉开，扣在弩牙上。他抽出支弩箭，顶入弓弦，伸直臂膀，扣住扳机，从望山①的缝隙中觑了眼千步之外的标靶。标靶是个匈奴装束的草人，头、胸、腹部都以红色标出了要害部位的记号。他用手指抹了抹弓弦，有种硬邦邦的感觉，可想而知这强弩的力道。他再觑了一眼望山，猛地叩动扳机，弩箭脱弦而出，铮鉽有声。几乎是在同时，标靶处响起一片喝彩之声，从挥动红旗的靶监的示意中，韩毋辟知道自己射中了最要害部位——眉心。

李广接过大弩，对韩毋辟笑笑，赞道："仲明的箭法越发出色了！"李广极少对部下下这样的评语，韩毋辟笑笑，心里很受用。眉心是最难命中的部位，全军只有李将军自己能够百发百中。

李广轻舒猿臂，将弩箭上了弦，略微测度了一下靶距，扬手之间，扳机已被扣动。随即欢声雷动，可靶监的旗语传递过来的讯息却出人意料，弩箭擦靶而过，并未中的。

"晦气，校射心不静不行。"李广摇摇头，将大弩递给身旁的亲兵，走回大帐。他已连续数日派出斥堠，可一直没有匈奴人的消息，难道自己估算错了？昨夜十五，月满而圆，是匈奴人出兵的吉日，若犯塞，应该就在这几日。凭着对军臣的了解，李广不相信匈奴人会对开市无动于衷。关市一开，他便派儿子当户出巡，嘱咐他要深入阴山窥伺匈奴人的动静，最好能捉几个俘虏回来。三日了，报信的军士早该回来了，李广心里焦灼，面色却很平静。他看了眼跟在身旁的韩毋辟。

"你那个兄长，现下如何，有信来么？"

"有信。禀将军，我哥他已经投军，被编入北军越骑校尉麾下。"

上次回京城的次日，韩毋辟便领韩孺去了李广家。相见之下，惺惺相惜，李广得知韩孺有意从军，十分赞成，说是男儿理应志在四方，不可老死于牖下。韩孺答应一俟将买卖家人安顿停当，便会投奔李广，不知什么原因，却在京师从了军。

李广觉得惋惜，叹息道："你兄长是位英雄，此番错过了，早晚也会出头的。"

---

① 望山，古代弩机上瞄准器之称。

韩毋辟没有答话，他的思绪已移至窈娘和儿子身上，兄长一从军，家里只剩女人与孩子了，她帮大嫂支撑家业，又得辛苦了。

一名军吏飞跑进大帐，喜形于色地叫道："到了，到了！李校尉有消息了！"

李广猛地站起身，大步跨出营帐。一名驰到帐前的军吏翻身下马，拜倒在他面前。"禀报将军，匈奴人过来了！"

"哦？过来了！有多少？"

"四千人总是有的，昨夜过的阴山，是奔这里的关市来的。"

李广大喜之余，亦有些不安，追问道："匈奴人离这里还有多远，李当户为甚不回来？"

"说不准，总在百里开外。少将军要标下先行回报，他自己带队留在后面，一看胡虏有没有后援，二是开战后，他会适时从敌后突击，杀胡虏一个措手不及。他要标下转告将军，后路一断，敌阵必乱，我军可乘势掩击合围，聚歼胡虏。"

李当户自行其是，大出李广的意外。他原来嘱咐儿子，一旦发现匈奴来犯，应即刻返归报信。儿子带去的亲兵，不过二百余名，背后突袭，虽出敌不意，终究寡不敌众，会遭遇极大的危险。好在胡骑仅只四千，自己足够应付。当务之急，是尽快与敌接战，接应儿子回来。想到此，他好整以暇地看着侍立在身旁的军吏，以极冷静的声音下令道："马上再派两队斥堠出去。吩咐下去，各部埋锅造饭，整备军械，一个时辰之内，全军开赴前敌。"

幕府长史陈规问道："匈奴人是冲关市来的，是否马上传令关闭？"

李广道："不关。关了，匈奴人会缩回去，岂不功败垂成。"他随即命令李椒带一千骑兵巡徼边塞；李敢带一千骑兵留在頯当城，护卫关市。

"陈长史，大军开拔后，你即修书两封，遣人送代郡公孙将军、上谷卫将军处报警，要他们尽速开拔，向我军靠拢，以备策应。"

匈奴来势甚猛。李广刚刚端起饭碗，第二批出巡的斥堠已赶了回来，据他们报告，匈奴前锋已进抵到四十里开外。好在他总是最后一个用饭，全军已然处在整装待发的状态。

"韩毋辟听命。"

"标下在。"

"传令全军马上开拔，偃旗息鼓，中军在前，两翼殿后，前行至二十里处，依此队形布阵，左右翼要尽可能隐蔽。大军前面，要广撒斥堠，匈奴人的动向，要随时报我。"

"标下领命。"韩毋辟走出帐外，大声宣布开拔的军令。

隆隆的鼓点混合着大队骑兵奔驰的蹄声，如同暴雨来临前滚动于天际的闷雷，令人心惊。李广不慌不忙地往口中扒饭，仿佛根本没有看到身旁军士们的紧张。良久，他要了盂水，喝了两口，余下用来漱了漱口。随后命卫士取来甲胄，穿戴停当，大步走出营帐。韩毋辟早已将他的坐骑带到帐前，李广拍了拍爱骥的额头，这才转身望着跟随在身后的将士，笑道："戎马半生，如今才有个与匈奴人堂堂正正打一场大战的机会，胜算如何，各位心里没底是吧？

"我也没底。可你们要记住，用女人财货换取国家的平安，是大汉堂堂男儿的耻辱！缩头乌龟我们当得还不够么！朝廷忍辱负重七十年，为的就是扬眉吐气的这一天。天子圣明，下诏开战，那些个平日耀武扬威的胡虏，终于轮到我们来教训他们了！这么着想各位就会求战心切，恨不得立时斩敌于马下，哪里还会瞻前顾后，忧虑害怕呢，对不？"

将士们都笑了起来。

"两军相遇勇者胜！况且，我军一倍于敌，以众击寡，以逸待劳，可期必胜。即便匈奴有后援，我军亦有公孙将军与卫将军的策应，可保无虞。" 李广收起笑容，敛容正色道：

"我重申军令：全军以我之军旗鼓声为号令，各翼以主将之军旗为号令。旗在人在，旗进人进！杀敌建功者，朝廷不吝爵赏；临阵畏缩退却者，斩无赦！"

说罢，他跃上坐骑，双腿夹紧马肚，一声吆喝，那马箭一般飞驰而去。韩毋辟高擎军旗，率领大队亲兵紧随其后，所到之处，士卒欢声雷动。

行进不足十里，又一批斥堠来报，匈奴人的前锋距此已不足十里。李广下令就地布阵。他在边郡戍守二十余年，经历最多的是与匈奴人的遭遇战与关塞保卫战，像今日这般规模的阵地战，前所未有，他从心里渴望着这场大战。

骑兵战阵的演练，数年来已不啻百次。随着主帅军旗的挥动舒卷与战鼓擂声的疾徐轻重，这支铁骑已可以如臂使指，在他的指挥下自如地进退周旋。全军分为三部，将军之下，分由三名校尉统率。中军紧随主帅，由护旗校尉韩毋辟统带，红衣红旗红幡①，红色负羽②；左翼由校尉王昕统率，青衣青旗青幡，青色负羽；右翼本由校尉李当户统率，现由他的副手，军司马彭攸统领，白衣白旗白幡，白色负羽。行军布阵时，李广将左、右两翼隐蔽于后面，他的打算是，待两军接战胶着之际，一直附翼于中军之后的两翼迅速展开，突然快速迂回于敌之两翼，阵形变冂为凵，形成三面包抄之势。

匈奴人作战，利则进，不利则退。形势有利，鹰击蚁聚，争先恐后；形势一旦不利，逃遁唯恐不及，并不觉得有什么耻辱。今日胡虏一旦发现汉军占据着优势，肯定会尽速逃逸。李广排出这个阵法，为的就是要阻断他们的退路，围而歼之。

李广的中军，是全副武装的重装骑兵，全身铠甲而外，每人都配有弓弩、盾牌、投枪与环首长刀。另有约千人组成的蹶张骑士，每人均携带射程千步的强弩，攻击或断后时，千弩齐发，杀伤力强大。两翼则是轻装骑兵，只佩戴胸甲，兵器只有臂张轻弩与环首长刀。由于负重轻，机动性大大强于中军。李广的战术是，以重装骑兵突击敌阵，在冲击出缺口与缝隙后，乘势全力压上，将敌军分割成团块，近战博杀，形成胶着状态。与此同时，两翼快速包抄合围，使敌人陷入恐慌，动摇其战斗意志，最终予以全歼。这个方略，他反复思忖了几日才定下来，并向三军的主将作了详细的交代。

他四下望了望，大军已布阵完毕，前几排的军士荷戟持盾，掩护着身后的蹶张骑士，强弩都已持满待发，冲击敌阵的骑兵也已整装待发。午后的阳光照射在甲胄、兵器与旗帜上，反射出耀眼的光芒。临战前的静寂笼罩着草原，人们屏住呼吸，等待着那血腥杀戮时刻的来临。李广看了眼身旁的韩毋辟，无声地笑了笑，心中却掠过一丝不安。他不怀疑自己会获得胜利，唯一令他

---

①幡，古代军队将领佩戴的一种徽识，形制如燕尾形的披肩，颜色与衣、旗、负羽一致，以便于战斗中敌我之识别。

②负羽，古代军队徽识之一种，军官与士卒通用，即以与军旗相同颜色的鸟羽，插缚于士卒背部，以利于战场识别，称为负羽之制。

担心的是：匈奴人会不会入彀，在接战前便掉头而去。

    远处低沉的隆隆声，打破了寂静，这是万马奔腾的蹄声，合着凄厉的鼓角向前逼近。扬起的烟尘，使天地为之黯淡。大队的匈奴铁骑终于露面了。匈奴人身着鞣制的皮衣，皮质铠甲，被发左衽，前额上绷着束发带，褐衣褐甲褐旗，仿佛蔓延在草原上的褐色浊流。正中一面大纛上面绣着一只巨大的熊罴，纛下数十名骑士簇拥着一位神情傲慢的主帅，这就是姑夕王庞勒了，他似笑非笑地打量了汉军片刻，一挥手，身后四名号手吹角进军。角声带着种渗入骨髓的凄厉，把莫名的恐惧压入人心。四队骑士，约有千人之数，呼啸着直捣汉军，匈奴人的第一波冲击来了。

四十六

　　估算着匈奴人已进入射程，李广果断地做了个手势，喝道："蹶张，放弩！"

　　千支劲弩呼啸着飞向空中，如飞蝗般扑向匈奴人，人仰马翻之际，匈奴人开始掉转马头，试图退到射程以外。李广瞪了眼韩毋辟，喝道："仲明，看你的了！跟上去咬住！"

　　韩毋辟双臂高擎军旗，猛挥一圈，大吼道："随我来，杀呀！"一马当先地冲上前去。五百名敢死勇士紧随其后，猛扑向正欲退后的敌人。很快，他们便贴住了奔逃的匈奴人，相距不过一个马身。为了不伤着自己人，匈奴人没有放箭和投枪，汉军前锋借势逼到了敌人阵前。韩毋辟猛挥军旗，汉军齐刷刷掷出了手中的投枪，当者非死即伤，匈奴人呼啦啦倒下了一片，阵地的正面被撕开了一道缺口。他将军旗交给身旁的军司马，率先挥动长刀，大吼着冲入敌阵。

　　李广见状，下令击鼓，鼓声激越有力，和着将士们急跳的心弦，激发起杀戮的欲望。蹶张骑士退向阵后，汉军的重装骑兵开始全力压上，与此同时，轻装骑兵突然闪出，如箭一般直插匈奴军阵的两翼。李广登上左近的小丘，俯瞰到了壮观的战场景观。

　　匈奴骑兵的褐色军阵正在缓缓地退却，韩毋辟所率的前锋，如同一支红色的楔子，已牢牢地插入了敌阵。后续的重装骑兵如同巨浪，正以排山倒海之势压向敌阵；敌阵两侧，奔驰的轻骑隐约可见，如同画笔拉出的青白两条线，在扬起的尘烟中，快速向前延伸。

匈奴人显然觉察到了汉军的意图，在角声催促下，加快了后退的速度。虽三面受敌，匈奴人并未惊慌，也不与汉军胶着作战，而是且战且退，保持住了完整的阵形。两军的距离愈拉愈大，侧翼的汉军轻骑，面对严阵以待的匈奴人，难以实施有力的冲击。李广发现，他低估了对手，汉军非但未能形成合围，而且没能分割敌军，予敌以重大杀伤。更危险的是，韩毋辟带领的前锋仍在敌阵中苦苦鏖战，天却要黑了。

李广下令鸣金收兵，派出又一支亲兵接应韩毋辟等撤回来。连夜打扫战场，点算的结果，杀敌一千，自损八百。匈奴人并未受到重创。结果出乎意料，在理智上，出师不利，他应尽速将全军回撤，以边塞为依托，以利再战。可以众击寡，竟未能破敌，李广心有不甘。多年等来的机会，岂可轻言放弃？对手显然是军臣属下的精锐，悍厉能战，拿下这样的对手，不能按常规行事。况且大军一旦回撤，儿子带领的那支孤军，会立时深陷危地，几乎没有平安脱险的希望。

军中一夜刁斗不断，午夜时分，派出的斥堠回来了，匈奴人并未撤走，而是退到了六七十里外扎了营。李广估算了一下自己的位置，颓当城已远在百里之外，再向前百多里，就是阴山山口，儿子就等在那里。进，还是退？李广委决不下，在帐内徘徊到二更，方和衣而卧。刚刚躺下，却又被侍卫叫起，说是当户派人来联络。李广大喜，一跃而起，吩咐带人进来。

"你们现在甚位置，匈奴人有无后援？"

"禀将军，李校尉率部一直隐蔽在山口处。昨日曾派探马沿敌之来路走了一遭，直至北麓的山口，并无胡虏踪迹。"来人是李当户的侍卫，名何季，与李广也很熟识。

得知儿子平安，李广的心放下了大半，决定见好就收。"昨日之战，我军小胜，敌军强悍，看来是匈奴的精锐。你回告当户，我即派人接应，要他马上返回大营。"

何季一惊，叫道："返回？不可能了！"

"怎么？"

"当户命标下禀告将军，三更时，他会率部突袭敌营，请将军先作预备，一俟敌营扰乱，可全力猛攻，定获大胜。"

"咳！"李广一拳砸在书案上，儿子自作主张，他急怒交加而又无可奈何，长叹了一声，不得不被儿子牵着走了。时已过二更，马上动身，方可能按时接应。他下令全军即刻开拔，又命何季马上回禀李当户，要他等到大军赶到后再发起攻击。

夏日天长，未到三更天色已经泛白，清晨雾气很大，白茫茫的大雾遮蔽了一切，前面隐隐传来人喊马嘶的声音，儿子很可能动了手。李广细听了片刻，判断匈奴军阵应在数百米开外，于是一声令下，鼓声咚咚，蹶张强弩万箭齐发，李广身先士卒，破阵而入；大队汉军紧随其后，奔突驰骋，杀声震天。

晨曦渐渐驱散了雾气，李广在亲军护卫下，退向一座高丘。俯瞰战场，他吃惊地发现，汉军与匈奴胶着在一起，数十骑一伙，各自为战，非但不成阵形，而且没有对匈奴人形成合围。混战的当口，哪一方退兵调整都会造成溃败的局面，只有全力以赴地压倒对手，才可能获得最终的胜利。

他仔细寻觅着姑夕王的大纛，很快就发现了儿子的身影。褐色的匈奴军阵中，一队骑士正簇拥着红色的军旗，奋力向大纛的方向挺进。他指着那支苦战的汉军，对韩毋辟吼道："擒贼先擒王！得帮帮当户。仲明，旗进人进，看你的了！"

他跳下马，夺过一名鼓手手中的鼓槌，用力播动起来。数十只大鼓以同一节奏播响，这是决战的信号，犹如暴雨来临前天际炸响的滚雷，骇人心魄。韩毋辟高擎主将的军旗，缓缓挥动了数次，风中的军旗发出猎猎的声响。军旗所向，便是攻击的目标，在确信全军明白无误后，韩毋辟大吼一声，纵马跃出，约两千名后备的重装骑兵紧随其后，呼啸着冲入敌阵。

震天的杀声中，红色的军旗引领着汉军，所向披靡，一路深入，很快与李当户会合。他们只剩下几十人，个个血染征袍，通身的血渍，不知出自敌人还是自己。认出韩毋辟，李当户高兴地两眼放光，他兴奋地挥动手中的长刀，催马直逼大纛下的庞勒。

匈奴的军阵被汉军分割成几大块，开始作困兽之斗。与李广以往经验不合的是，渐处劣势的匈奴人，不仅不退却，反而吹起攻击的号角，不断发动反击。前进中的汉军，不断为匈奴骑兵投出的短矛所伤，韩毋辟身边的亲兵倒下一批，又补上一批，匈奴人始终难于接近他，夺取他手中的军旗。

他们终于靠近了庞勒的大纛，他们甚至清楚看到了匈奴王狰狞的面容。捉住或杀死他，朝廷会给予封侯的奖赏，李当户内心充满着渴望，炯炯的目光，片刻不离庞勒。韩毋辟会心地笑了，他再次高高摇动军旗，召唤战士们发起最后的冲击，大声喝道："少将军，看你的了！"

李当户一马当先，还回过头冲他笑了笑，就在一刹那，韩毋辟后悔了。一队持满待发的匈奴弓箭手突然冒了出来，拦在了庞勒与汉军之间。百步不到的距离，汉军的铠甲盾牌难挡匈奴的强弓。密集的矢雨下，冲在前面的汉军纷纷中箭落马，李当户的战马至少中了七八箭，嘶鸣着高扬起前蹄，额头与胸前的伤口血流如注，不待挣扎，便颓然倒下了。胡人欢呼着拥上来，开始屠戮余下的汉军。

眼见李当户跌落马下，生死莫卜，韩毋辟心急如焚。他将军旗交给军司马，挥起长刀，大吼着向拥上来的敌人冲过去。他劈砍推刺，闪转腾挪，连续放倒了数名匈奴人，将被困住的少数汉军解救出来。

前面十步开外，十几具为箭矢所伤的马匹士卒躺卧在那里。凭借背上的红色负羽，韩毋辟从伏卧不动的死伤者中，很快就发现了李当户。匈奴人知道那是汉军重要的将领，数十人争先向前，试图斩获他的首级。他们跳下马，无情地砍杀还活着的人，受伤坠马的汉军，人自为战，做着濒死的抵抗。

为了李将军，无论如何要带当户的全尸回去。韩毋辟顾不上多想，示意军司马稳住阵脚，自己催马上前，狂呼着冲入敌阵，刀光闪处，两名胡人倒了下去，鲜血从开裂的脖颈中喷出，染红了他的臂膀。胡人稍稍散开，他纵身跃过数匹死马的尸身，直扑那簇红色的负羽而去。匈奴人正在肆意砍杀李当户身边受伤的侍卫，他挂着一支长矛强撑着护在主将身旁，脸色因失血而变得惨白，韩毋辟认出，这人是清晨时报信的何季。一名胡人趁其不备，侧劈一刀，挂矛的手臂断了，再一刀深深插入他的腹部，何季双目失神，口喷血沫，仰面摔倒在李当户身上。

韩毋辟拔出短剑，用力掷出去，正中那胡人的脖颈，他一声未吭就倒了下去。四五名胡人围过来，他闪转腾挪，却怎么也摆脱不了匈奴人的缠斗。一个小头目模样的胡人拎着把鹤嘴斧，掀开何季的尸身，打算斫下李当户的首级请功。情急之下，韩毋辟大吼一声，手起刀落，劈倒当面的胡人，一跃而前。可来不及了，高高举起的利斧，正在砍向李当户的头颅。韩毋辟惊叫一声，汗出如浆，木然看着眼前这一幕，心想，完了……

难于想象的事情发生了，插有红色负羽的尸身猛地侧滚，坚利的斧刃深深嵌入了地下。说时迟，那时快，那匈奴人还在愣神，李当户一个鲤鱼打挺，跃起的同时，长刀已插入了匈奴人的胸口。原来，李当户只受了轻伤，跌落马下时，被摔晕了过去。何季的尸身砸在他身上，使他清醒了过来。韩毋辟喜出望外，鼓勇冲杀，刀光过处，非死即伤。

汉军欢声雷动，一拥而上，敌军为之气夺，开始退却。大半日拼杀，双方均已人困马乏，伤亡枕藉。可匈奴减员尤重，被分隔开的小股已被消灭殆尽，余者都已退缩到姑夕王的中军，困兽犹斗。此时的汉军，已经对敌军形成了合围，催促进军的鼓声，一阵比一阵紧促，两人重新上马，略整队形后，重新向敌阵发起冲击。

后路被截断，匈奴人退无可退，依托于一座小丘，集结成新的密集阵形后，反而难于插入分割。汉军于是退后，与敌军脱离接触，转用强弩与投枪实施攻击。密集如雨般的矛矢中，不断有胡人惨叫着倒下，匈奴人的阵脚终于乱了。鼓声再起时，李当户率先杀入敌阵，汉军蜂拥而入，照这个态势，不用到日落，即可结束战斗。

再见到庞勒时，他的中军已经移驻到一座小丘之上。大纛立于军帐之前。四面都有弓箭手护卫，难于接近。

李当户手搭凉棚，望着军帐后面，问道："仲明，你看那黑压压的一片，都是马么？"

"是马，是胡人备用的马。"马足有二三千匹。韩毋辟知道，匈奴人出征，每名骑士都配有备用马匹。此时匈奴人若换马突围，汉军是追不上的。一丝疑问浮上韩毋辟心头，匈奴人明明寡不敌众，为什么不逃呢？这太反常了。

"仲明，你奔马，我奔庞勒，这回咱们一鼓作气，一定要手到擒来！"李当户言罢，挥刀大呼，带领大军，对匈奴军阵作最后的冲击。韩毋辟无暇思索，也高举军旗，率先冲阵。十步，百步，在汉军如潮的攻势下，匈奴军阵节节退缩，大纛下的庞勒也紧张起来，他上了马，不住四下张望着。此时，李当户距庞勒不过百步之遥，以为他要跑，大吼道："弟兄们，盯住庞勒，死活别让他跑了！"

接下来发生的事情，是李广、李当户、韩毋辟没有想到的。庞勒忽然振臂大呼，身后的号手再次吹响凄厉的号角，此前撤下来休整的胡人，迅速换乘备用的马匹，以锐不可当之势，向汉军反扑。很快就在汉军中撕开了一道口子，反而将汉军断为两截。

李当户距庞勒已近在咫尺，正在与护卫他的大批侍卫作殊死格斗，他一心活捉庞勒，根本顾及不到势态的转变。韩毋辟却觉察出情况有异，匈奴号角并非庞勒一处，而是角声四起，其势如月夜中的群狼，一狼长嗥，群狼肆应，令人不寒而栗。而己方的鼓声节奏也有了变化，一快三慢，是脱离接触，重整阵形的讯号。他用力挥动军旗，传达着同样的讯号。汉军停止进攻，转行防御的阵势，手执盾牌长戟的重装骑士迅速在前排围成数道防御屏障，弓弩手与轻骑退到中间。开始缓缓地退却，向主将所在的小丘集结。

为什么要转攻为守？处于战场中心位置的李当户与韩毋辟是不知道的，而在小丘上观战的李广却已明了一切，心情十分沉重。庞勒吹起攻击的号角时，他便心生不祥的预感。及至角声四起，源源不绝的匈奴大军，犹如泻出的山洪，席卷而来，他一下子明白了，匈奴人是有备而来，庞勒以寡敌众，目的就是拖住汉军。敌军沿汉军两翼快速推进，黑旗黑甲，远远看去，如同翻滚奔腾着的黑色浊流。一面狼头大纛标明了统帅的身份，这是单于御用的颜色与图腾，合围庞勒的汉军，即将被军臣所合围。

戎马半生，终于有了同单于对决的机会。他心中一喜，但势态的严峻使他的欣喜转瞬即逝。面对数倍于他的匈奴精锐，他已经难得脱身了。撤退，人困马乏的汉军根本跑不过匈奴，况且两军胶着之际，先退的一方，会生发心理恐慌，很快溃不成军，任由敌军追逼杀戮。李广唯一的指望，是公孙敖与卫青的援军，计算时日，策应雁门的军令应该已传达到他们。公孙敖从临郡赶到这里，最快也得两日，卫青则更长。他若能坚守数日，苦撑待援，局面或许会改观。

于是，他下令鸣金召唤全军回撤，重新布阵，以支撑到天黑。匈奴人夜间通常不会发动进攻，汉军可以乘隙进食休整；检点战场，收集兵器箭矢；救回伤者，掩埋死者。

李当户与韩毋辟回来时，暮色已深。李广不在中军大帐，侍卫告诉他们，将军巡视各军，看望伤者去了。当户疲惫已极，由亲兵服侍着脱下甲胄，就着热汤吃了几口干粮，就倒在席上睡了过去。韩毋辟也很疲惫，用过饭，倚在几上，头沉得仿佛灌了铅，昏昏欲睡之际，忽听得耳边有人唤他。

"韩将军，醒醒；韩将军，快醒醒！"

睁开眼睛，唤他的是一名亲兵。昏暗的烛光下，李广面色严峻，正向一个人询问着什么。那人背朝着韩毋辟，身着的却是匈奴人的服装。他跳起身，那人回过头来，原来是幕府的长史陈方，他在边塞主持防务，怎会跑到这里，又为甚一身匈奴人的装扮？

"陈长史，你……"韩毋辟上前见礼，却被李广打断了。

"仲明，事情糟了，我们只能指望自己了！"

"怎么？"

陈方道："午前公孙将军那里派来了人，匈奴人也袭击了那里的关市，他们出塞迎击，遭遇了左贤王的大军，自顾不暇，不能赶来策应我军了。"

"还有车骑将军呢？"

陈方苦笑道："公孙将军也派了人向他求援。他就是过来，也只能先策应公孙敖，缓不济急！"陈方接到军报后，心急如焚。事态紧急，他下令立即关闭关市，点燃烽火报警，随即马不停蹄地赶来报信。匈奴人已将汉军合围，他改换匈奴服装，才混了进来。

"在下与少将军约定，明日我若没有赶回去，就是大军遇到了麻烦，他们会立即赶来增援。"

"糊涂！你们跟我来。"李广大步走出营帐，指点着匈奴人四下燃起的无数篝火道：

"军臣的大军，数倍于我。目前可用于策应的，只有李椒、李敢的两千骑兵，杯水车薪，无济于事。这仗是不能再打了，现在唯一要做的，是如何把队伍带回边塞。"

他仰望着空中的明月，叹息道："都怪我求战求功心切，料敌不精，反中了军臣的圈套！"

他拍了拍韩毋辟的肩膀，"少不得又得借重将军了！夜中时分，你带数

356

百人冲阵，保护陈长史回去。边塞的驻军，归你节制。两千骑兵，增援作战是送死，接应突围却能派上用场。你要转告他们，出塞接应，不要超出五十里。在这个距离，有利则进，无利则退，进可攻，退可守。我当初若依此行事，又怎能落到今日的地步！"

李广长叹了一声，面色转而严肃，扫视着陈方与韩毋辟："你们告诉李椒、李敢，这是军令，违令者斩，不服节制者亦斩！"

他一挥手，侍卫捧过一套匈奴人的服装，他要韩毋辟换上。"你马上挑选一批人，换装后来大帐集合。"

韩毋辟迟疑了片刻，决定还是把心里的话说出来："将军，还是派当户随陈长史回去……"

李广余恨未消，恨声道："他？决不成。若非他自作主张，我们能追出这么远？我决不允他再坏大事！"

陈方道："莫不如全军一起突围，夜色中敌我难辨，大军突围应该有成算。"

李广摇首道："受伤的弟兄怎么办，扔下他们在这里等死？吾等即便逃得一命，又怎么有脸面对他们的父母妻儿！你们莫再多说了，快去预备，全军的存亡，就看你们的了！"

四十七

　　韩毋辟等突围的同时，公孙敖的骑兵也已陷入了匈奴人的重围。

　　先是，接到李广的军令，他率部出塞，西行百里之后，忽然发觉身后的烽燧，由远及近，一个接一个地燃起了烽烟。细看烽表全是三道，而且有大堆的苣火燃放。这是最高等级的示警信号，犯塞的胡人，应在千骑以上。

　　正在犹豫不决之际，留守的校尉派出报警的尉史追上了他们。大军离开的当日，大队匈奴骑兵如从天降，将关市洗劫一空。守军寡不敌众，燃烽报警后，放弃了塞外的烽燧，退入障城固守。匈奴人的意图似在劫掠关市，没有入塞，次日便带着劫掠的财货北返了。

　　"犯塞匈奴有多少人？"

　　"总有二三千人。"

　　公孙敖动了心。以他的军力，收拾这二三千人绰绰有余。匈奴人携带着财货走不快，马上回师还来得及。李广那面，即使如约赶了去，功劳也是别人的。他与卫青一起被皇帝拜为独当一面的将军，举朝侧目，自己也颇感心虚。他是太需要用一场胜利来证明自己了！用不着权衡，他便作出了抉择，在下达大军回头抄击匈奴的军令后，他甚至有几分窃喜，匈奴犯塞，真是老天送他的一个机会！

　　可不过一日，他的窃喜就变作了恐惧。昨日午前，他追上了匈奴人。甫经接战，敌人望风逃遁，公孙敖留下两千人收拾弃掷满地的财货，自己率部紧追不舍。可人没有追到，善后的部队却遭到围击。领军的校尉惊慌失措，率先逃遁，汉军乱作一团，伤亡殆尽。而他自己，也被不知从哪里杀出来的匈奴大军截断了归路，敌军数倍于己，军阵中飘扬着的鹿头大纛，表明这是匈奴左贤王的嫡系。

两军结营对峙，严阵以待。公孙敖连夜派出了信使向雁门与上谷报警。去雁门的信使，是解释不能策应李广的原因；去上谷的信使则是催促卫青火速赴援，接应他撤回关塞。此时的他，已全然没有了建功立业的念头，一心盼望的，是如何从当前险恶的处境中全身而退。

天亮后，公孙敖以校尉公孙戎奴为前锋，对匈奴军阵发动了两次冲击，义渠胡骑之骁勇善战，不下于匈奴，无奈寡不敌众，未能打开一条回撤的通路。而匈奴人却从容布置，完成了对汉军的合围。公孙敖不敢再轻易出击，他紧缩了军阵，用强弩射住阵脚，决定苦撑待援。为此，他再次派出信使向卫青求援。

卫青的骑兵整装待发，只待午时主将祭过军旗，大军便要开拔。午前三刻，第一名信使赶到，李广、公孙敖均遭遇匈奴主力，苦战待援的消息令他吃惊不小。匈奴人倾巢来犯，汉军屈屈四万，集中到一起尚不足以抗衡，更何况分布于四郡，首尾难顾，一旦救援不及，难免被各个击破。赴援，众寡悬殊，很可能是白白送死。不赴援，则畏懦不前，贻误军机的死罪难逃，不但辜负了皇帝的期望，也会使族人蒙羞受辱，是件想都不能想的事情。

事出突然，卫青不敢贸然行事，他内心焦灼，神色却依然沉着。他下令三军暂缓开拔，就地造饭，等候命令。回到军帐，他找出一幅地图，吩咐侍卫去关市寻一位熟悉匈奴地理的商人过来。

他仔细地俯看着摊开的地图，一个大胆的念头忽然浮现于他的脑海之中。若是单于与左贤王全都倾巢而出，那么龙城与左贤王的驻地一定空虚。眼下李广、公孙敖与匈奴的苦战，恰恰拖住了敌军，自己若能乘隙而入，出其不意地奔袭于敌后，胜算可期。单于庭遭袭，对胡虏气焰及心理的打击，绝不亚于一场大胜。

见危不救，是干犯军法的死罪，卫青心中也泛起一丝有负于朋友的愧疚。可那个念头的诱惑力太大，机会也太难得，况且奔袭于敌后，多少能起到些围魏救赵的作用。主意一定，卫青决定上疏天子，陈述自己的理由。李广的算计对，有了大饵，匈奴人必会上钩。可他与公孙敖都未能谨守有利则进，无利则退的原则，求战立功之心太盛，孤军深入，为敌所乘。攻守易势后，败局已定，扭转局面必得另辟蹊径。匈奴倾巢而出，恰恰是汉军扭转颓势的机会。出敌不意，避实击虚，直捣龙城，会大长汉军声威，大灭匈奴志气。战机间不容发，稍纵即逝，作为主将，他决定甘冒斧钺之诛，一切付之以圣裁。

他将简牍封好，吩咐以八百里加急呈送长安。又下令给幕府长史，立即关闭关市，车骑装备一律封存，全军改换为轻装骑兵，每人只许带足二日的饮食。决策既定，心里反而平静下来，他继续研究那张地图，从图上看，到龙城的直线距离，不过四五百里，日夜兼程，二日内赶到，绰绰有余。

被派去找人的侍卫走进营帐，揖手道："启禀将军，人带到了。"

卫青放下地图，打量着面前这名商贾打扮的汉子。

"你在匈奴做过生意？龙城去过么？"

汉子没有抬脸，很谦恭地回话："回将军的话，小人贩马为生，常出入匈奴，龙城也去到过几回。"

"由这里去龙城，路有多远，快马要走几日，好走么？"

"六百里总有的，骑马得三四日，路还算好走。"

"左贤王驻牧的地方你去过么，与龙城比，孰近孰远？"

"回将军话，小人没去过，可听说左贤王驻节于弓卢水①，远在数千里之外。"

数千里之外？显然匈奴此番早有准备，左贤王部肯定是先到龙城，与军臣会合后，才分头南进的。

"你抬起头回话。"

汉子满脸精悍，一望而知绝非寻常的商贾。卫青道："你怎么称呼？哪里人氏？"

"小人朱六金，山东鲁人。"

---

① 弓卢水，黑龙江上游之克鲁伦河的古称，在蒙古国东部。

朱六金，倒真像个商人的名字。卫青屏去侍卫，低声问道："去龙城的路，你熟么？"

"熟。"

"熟就好。本将军有事借重于你，大军要去龙城，你得带路。"

汉子一下变了颜色，迟疑了片刻，赔着小心道："敢问将军有多少人马？"

"骑兵一万。"

"龙城乃单于驻地，精骑数万，将军侥幸一逞，太险了！"

"怎么，怕了？"

朱六金蹙眉道："怕倒不怕，只是小的历年往来于匈奴，认得人多，若被胡人认出，买卖就再做不成了。"

卫青沉下脸，"大军奔袭龙城，如此机密只有你我二人知道，你以为还会放你走么？"

汉子并无惧色，揖手道："小人冒昧，敢问将军可是姓卫？"

卫青颔首道："不错，我是卫青。"

汉子一下伏倒在地，顿首拜道："久闻大名，今日得见，幸甚。"

自己名不出宫闱，这商人何以知道自己姓名？正纳闷间，汉子看出他的疑惑，又道："在下与公孙太仆相熟，由是得知将军姓名。"

难怪！卫青亦记起，自己也曾在公孙贺处听到过朱六金这个名字。"既是太仆的熟人，事情就好办。我军奔袭匈奴，你带路，乃为国尽忠之举，成事之后，算你首功，我会代你向朝廷请功的。"

朱六金略作思忖，揖手道："蒙将军不弃，在下愿效犬马之劳。可有一条，将军先答应了，在下才能应允此事。"

"你说来听听。"

"小的是个商人，千里贩鬻，所为无非一个利字。请功，就不必了。"

"那么，你所谓的利？"

"在商言商，将军只要将在龙城虏获的马匹，分些与我即可。将军若允准，在下愿为前驱，击掌为约。"

"好，我们一言为定！"两人击掌大笑。

汉军昼夜兼程，只在进食时能小憩片刻。次日夜间，前锋已越过燕山与阴山余脉交汇处的珂勒山口，大军紧随其后，相距约三十里。

"朱先生，到龙城还要多久？"张次公勒住马头，打了个哈欠，他已升任前军校尉，是前锋主将。

朱六金望了望星空，月过中天，应该已经过了午夜。"不远了，天明前应该可以赶到。"

他拔下挂在马背上的皮壶塞子，递给张次公："将军喝一口，提提神。"

张次公接过皮壶，连饮了几口，赞道："好酒，有劲道！"

朱六金望着他，笑道："上谷陈家峪头流的酒，塞北闻名。这次关市上，他家的酒让我包了圆。将军好这口，回来我送你几坛。"

"岂敢，朱大侠太客气了。"

此人何以知道自己的底细？朱安世一惊，敷衍道："在下不过一介商贾，哪里敢称大侠，将军笑话了。"

"大隐隐于市，先生何必客气。十几年前，长安东市上的少年，哪一个不曾瞻望大侠的颜色？大侠记不得我，我却记得大侠呢。"

"你那会儿就认得我？我怎么不记得？"

"吾等无名小辈，大侠如何记得！可有件事，大侠怕不会忘记。"

"甚事？"

"在河洛酒家，为了把宝剑，大侠与一伙少年起了冲突，当时标下亦在其中。"

"哈，那时年轻气盛，整日价拳脚刀剑，有得罪处，多包涵！"

朱安世大笑，不理会张次公的暗示，看似不经意地问道："大军这次来塞北，也走的是函谷关这条路吧？"

"不错，是路过函谷。怎么？"

"跟将军打听个事，那函谷的关都尉，还是宁成么？"

"是宁成。不过，他的好日子，怕是快过到头了。"

朱安世一惊，追问道："怎么？"

"半年多前，我有个朋友被朝廷派去南阳做太守。他这个人，嫉恶如仇，走一路，杀一路，是个出了名的酷吏。宁成的劣迹落在他手里，能有好么？"

"哦，敢问你这位朋友的名讳是？"

"义纵。"

义纵既然到了南阳，宁成看来是逃不过这关了，他俩的关系一损俱损，看来不帮他是不行了。心里这么想着，脸上却是很钦敬的表情。

"是办太后外孙案子的那个人？贵友确为不畏强御的廉吏，在下心仪已久，以后有机会，还请将军为我引见。"

"好说……"

朱安世忽然做了个手势，止住了张次公。他侧身细听了一会儿，低声道："有夜行之人，是奔山口来的。大军当马上隐蔽，不要露了行迹。"张次公点了点头，向身后的军士们做了个手势，大军迅速隐没于山谷丛林之中。

又过了一刻，已经听得见清晰的马蹄声。月色中，一行数骑人马直奔谷口而来。进了谷，几个匈奴人将马拴在树上，围坐在地上，就着马奶吃起了干粮。汉军一拥而上，不等他们明白过来，已牢牢将几人按住，缚紧手脚，押解到张次公面前。

"先生会讲匈奴语么？"张次公看了眼身旁的朱安世，问道。

"凑合吧。"朱安世出入匈奴贩马，多少能讲几句。

不想匈奴人中的一个大声叫道："你们是汉军么，我说得汉话，要与你们将军讲话。"

张次公将那人推至光亮处，上下打量着他。这人是个矮个子，与张次公相比足足矮了一个头。他面容沉静，毫无惧色，眉宇间透着股精悍之气。

张次公用马鞭指着他的脸，冷笑道："你们深夜跑到这里做甚，莫不是奸细？来人呐，将他们的身上，细细搜一搜。"

"且慢！"朱安世上前一步，仔细端详着矮子，两人几乎同时认出了对方。

"赵相国！"

"朱先生！"

看着吃惊不小的张次公，朱安世道："这个人我认识，是匈奴的贵臣，赵信赵相国，我历年交易，承他帮忙不小。"

"那两个又是谁，随从么？"张次公指了指躺倒在地的两个人，问道。

"启禀将军，他们是我的副手，一名贺兰月氏，一名赫猛。"

张次公仍是满腹狐疑，喝问道："汝等夜入深山，所为何来？"

"我们是投奔大汉而来，请将军明察。"

张次公冷笑道："投奔大汉？奇了！放着堂堂的相国不做，投奔自己的对头，这话你说给几岁的娃娃听行，到底来做甚，从实招来！"

"狐死首丘，吾等岂愿离乡背井，老死异国！实在是事出无奈，一言难尽呐！"赵信长叹一声，讲述了出逃的原委。

军臣离开后的第三日，太子於单大宴群臣。饮宴持续到晚上，烹牛炙羊，胡女佐舞，尽极欢娱。酒至半酣，於单忽然翻脸，指责赵信是汉人奸细，不容分说，命人将他缚在拴马桩上，等到宴后审决。贺兰等闻讯大惊，他们素与赵信一党，於单既翻脸，他们亦绝难侥幸。于是刺死守卫，救出赵信，连夜出亡。三人慌不择路，昼伏夜行，原本想投奔左鹿蠡王，可伊稚斜率领的，乃左屠耆王属下的大军，多听命于於单。三人合计后，遂决定投汉，不意与汉军相遇于此。

事关重大，张次公不敢怠慢，亲自将三人押送至中军。相见之下，卫青待之以礼，握手寒暄，态度亲切，深得三人的好感。

说起赵信等人的出亡，卫青不经意似地问道："於单麾下有多少人马？"

赵信道："大单于留下了一万人。白日四散放牧，晚间于龙城宿营者不过四五千骑。"

"平日戒备得严么？"

"汉人足迹从未越过阴山，龙城王廷腹地，可说是全无戒备。"赵信答毕，脑中念头一闪，一下子明白了汉军的来意。

"将军可是要奔袭龙城？"山口距汉塞已有两日的路程，汉军轻装，深入如此之远，目的不问可知。匈奴大军南下，龙城空虚，千里奔袭，可期必胜。赵信不由暗暗佩服卫青的胆略。

卫青微微颔首，笑而不答。

龙城遭袭，不啻对於单声望的重大打击，既为自己出了口恶气，更会博得汉人的信任，何乐而不为！赵信双目炯炯，直视着卫青，揖手请战道：

"这里到龙城，有一条近路，大军马不停蹄，拂晓可达。将军不弃，赵某愿为前驱！"

卫青暗自庆幸，一举攻占龙城，汉军即可因粮于敌，总算可以让士卒们放开肚皮吃顿饱饭了。他传令全军就地休整，用餐饮马。三刻之后，大军列成纵队，衔枚疾行，很快便隐没于夜色之中。

拂晓时的草原上笼罩着一层淡淡的薄雾。远远望去，龙城中千百座毡帐仍处于沉睡之中。所谓的"城"，不过是四周环立的木栅和深沟，张次公做了个手势，命令军士们牵马步行，借着六月深草的掩护，悄悄地摸了上去。

汉军干净利索地干掉了栅门前瞌睡中的卫兵，换上匈奴人的服装，控制住了栅门。张次公仿佛能够听到自己咚咚的心跳声，他强抑住自己的亢奋，看了眼朱安世，低声问道："於单会住在单于的大帐么？"

朱安世用胡语向身边的赫猛问了些什么，随即附在张次公耳边道："军臣外出征战时，於单于大帐代理国务。可他与军臣，晚间都在阏氏与王妃的住处过夜。於单王妃众多，很难说他在哪儿过夜。女眷们的毡帐，集中于龙城北面。"

晨曦拂走了薄雾，天色愈发亮了。张次公向身后望去，大队的汉军已经列好进攻的阵形。无数面红色的军旗在微风中招展，甲胄与兵器泛着青灰色的光芒，草原依旧静谧，可笼罩于其上的已是沉沉的杀气。他拍了拍赫猛的肩头，指着栅墙内的毡帐，做了个抓握的手势，低声道："於单，於单！"

"於单？於单！"赫猛笑着，冲他点了点头。

一个早起的胡妇走出毡帐，手中提着个皮桶，看上去是要为牲畜挤奶。她打了个哈欠，一仰头，望见了悄悄逼近的汉军。她大张着嘴，怔怔地看着眼前的情景，猛然抛下皮桶，双手拍膝，大叫起来。随之而起的，是犬吠与群马不安的嘶鸣声，此应彼和，乱作一团。

张次公扬手一箭，射倒了那胡妇，可匈奴人已被惊醒。大批人光着上身冲出毡帐，大呼小叫，无头苍蝇般地四处奔跑。卫青的帅旗高高摇动着，发出了进攻的信号，隆隆的鼓声随即而起，一阵紧似一阵，犹如暴风雨中的滚雷。张次公跳上马，挥剑做了个劈刺的动作，叫了声"跟我来！"率先冲进城栅，身后回荡起一片杀声。

猝不及防的匈奴人难以形成有效的抵抗，纷纷上马逃窜。张次公紧随赫猛，直插到城北王族驻地，在粉碎小股侍卫的顽抗后，汉军开始逐帐查找於单。可除了女眷，全无男人的踪迹。再去大帐查问俘获的侍卫，张次公后悔不迭。原来，於单连日派人四下缉捕赵信等人，一直住在军臣的大帐，汉军攻进来时，他在亲军护卫下，从东栅出城，此刻应该跑出十数里之外了。

张次公欲追击於单，被卫青喝止。点算战果，此役斩首七百余级，俘获老弱妇孺无算，各类牲畜十余万头。匈奴人四散逃逸，消息会很快传开，汉军孤军深入，龙城不可久留。除马匹而外，虏获的人畜会迟滞行军的速度，只会成为汉军的负担。用过早饭，备足粮秣后，他下令立即回师。匈奴人众被赶出城外，牛羊等牲畜则驱散于四野，之后燃起一把大火，将龙城付之一炬。

卫青的决断是对的。汉军沿原路回师，刚刚穿越山口，得知内变的伊稚斜，已率大军越过了阴山。汉军得以脱离危地，全身而退，全在于早撤离了两个时辰。

四十八

　　伊稚斜大军的撤离，使公孙敖免于全军覆没的命运，五日的鏖战，他的
骑兵只余下不足二千人。而与军臣相持了六天的李广，也已到了最后关头，
数日来汉军且战且撤，南移了数十里，可仍难以突破重围。军中已断粮数日，
不得已杀马充饥。最为可怕的是，汉军的箭矢已经不足，难以远距离杀伤敌人，
而匈奴人却能以弓矢近距离攻击汉军，汉军大营中，已没有一处不在匈奴人
的射程之内。

　　匈奴人很有耐心，并不急于发起总攻，看来是想等到汉军矢尽粮绝，一
鼓歼之。李广领着亲兵，收集着匈奴人射进营内，散落于各处的箭矢。每日下来，
总能收集到数千支，对于汉军的防卫，大有裨益。

　　汉军三五成群，有的在挖坑，有的在掩埋战死的士卒。六月炎夏，人畜
的尸身，一两个时辰便会肿胀发臭，久之必引发瘟疫。李广要求每日打扫战
场时，一律就地掩埋。马尸被剥皮剔肉，充作军粮；人尸则裹入麻布，就地
掘坑掩埋。李广蹲在地上，默默地看着眼前的景象，两眼不觉得湿润了。残
存的士卒，连同伤者，不足三千人。以目前之情势，是挺不了几日的。李敢
来时，只听说公孙敖也受困于左贤王，卫青、公孙贺这两路则消息全无。看
来援军是指望不上了，不想束手待毙，唯一可行的，便是拼死突围了。

　　"将军，单于派来的使者，说有要事相告，现已在大帐等候。"李敢匆
匆走来，揖手禀报。他是三日前，自带一千骑兵，杀入重围，接应父亲的。
他走后，韩毋辟、李椒只剩下一千骑兵，守塞尚且不足，根本没有能力策应

李广的大军了。

李广命侍卫找来条湿汗巾，细细擦干净手脸，束甲正冠，大步走回军帐。匈奴使者是个青年将领，看装束应是个千夫长。见李广进帐，使者躬身伸出双手，向李广致敬。

"末将千夫长贺兰英谒见将军，大单于敬问李将军无恙！"

李广微微一笑，不卑不亢地问道："彼此彼此，大单于派你来，有何见教？"

"大单于命标下带话给将军，识时务者为俊杰。将军伤亡殆尽，外无救兵，内乏粮草，徒战无益。我大单于爱惜人才，久闻将军大名，无缘得见。此番相遇，虽为敌国，可大单于惺惺相惜之意不减。将军如愿归附于我，大单于愿待以亲王之位。属下汉军，愿随同将军归附者，仍由将军统帅；不愿，放其还乡。"

"你好口才。大单于的好意我知道了，可惜他错看了人。我堂堂丈夫，怎肯做辱及先人父母，不齿于乡里之事！请转告大单于，李广宁做断头将军，也不会背叛国家。"

"将军如此，末将无话可说。汉军能挺到今日，是大单于心存怜悯，爱重人才，期望将军自觉。贵部人不满三千，矢不足一万，人马伤残，当我数万精骑，决战之下，胜负不卜可知。届时玉石俱焚，悔之无及，还望将军三思！"

李广仰头大笑，之后敛容正色道："汝等以多胜少，不足言勇。我汉家男儿有战死的，没有吓死的。回去告诉军臣，想决战尽管来，我李广恭候大驾。来人，送来使出营！"

劝降不成，匈奴必倾全力来攻。贺兰英走后，李广立即布置营防，他命全军退缩，布成一个圆形的防线。最前面一排是盾牌手，这是防备匈奴弓矢的第一道防线；盾牌手后面是长矛手，这是防备匈奴骑兵冲阵的第二道防线；第三道防线由弓箭手组成，这是杀伤力最强的一道防线，几日来收集到的箭矢，分到每名士卒手中，不过数十支，可以勉强支撑一日。再就是备用的八百名骑兵，反击或突围，所能依靠的只有他们了。造饭，救护伤者，捡拾箭矢，修理兵器，埋葬死者等一切杂务，则由负伤的士卒们承担。

排阵甫毕，角声四起，大队匈奴骑兵开始迫近，举目四望，黑压压一片全是敌军。胡骑愈逼愈近，开始环绕着汉军阵地往来驰骋，喊杀声此起彼伏，动人心魄。他们知道汉军箭矢不足，直逼到汉军阵前。随着悠长凄厉的角声，胡骑搭箭齐射，矢下如雨，伴着由远及近的啸声，如飞蝗般铺天盖地直扑汉营。虽有盾牌的防御，还是不时有人马中箭倒下。李广骑马环营督战，他用剑格开箭镞，大喊着士卒们的姓名，时而称赞，时而呵斥，有时也开两句玩笑。士卒们最初的慌乱与紧张很快缓解了，挺过了匈奴人的第一波攻势。

箭雨甫停，匈奴骑兵就压了上来。李广挥动令旗，盾牌手立即与长矛手交换了位置，后者前行蹲踞，斜倚的长矛直指前方，组成一道密集的新防线。李广命令弓箭手持满毋发，没有他的将令，无论匈奴人怎样逼近，也不准妄发。

铁骑奔踏下的大地在战栗，隆隆的蹄声仿佛不堪重负的呻吟。三百步，二百步，百五十步……望着逼近于阵前的敌军，汉军胆寒股栗，人人色变，只有李广依旧意气自如。他从侍卫手中接过扣好弦的大黄连弩，觑了眼冲在最前面的匈奴裨将，从容不迫地扣动扳机。强弩穿透了马颈，鲜血四溅，匈奴裨将连人带马，颓然倒于百步之外。再射再中，一名匈奴旗手也应弦落马。胡骑凶焰虽挫，仍以排山倒海之势，席卷而来。

李广猛地挥动手中的令旗，汉军千矢齐发，队形密集的胡骑无从躲闪，纷纷中箭落马。少数冲至阵前的胡骑，或被密集的长矛所伤，于短兵相接中战死。为避箭矢，前面的胡骑纷纷掉头后退，与身后的胡骑，冲撞践踏，乱作一团，不得不散开后撤。数刻之后，胡骑整队再来，汉军依李广之命，仍将胡骑让到极近处后，方发矢攻击。匈奴人连续冲击三次，竟不能迫近汉营一步。午时鼓角响起，匈奴人归阵休整时，汉军阵前已是尸枕狼藉。

检点战果，汉军可谓大胜，可箭矢已严重不足，匈奴人若持续来攻，将难以为继。而没有了强弓劲弩的卫护，以三千疲惫之卒，挡数万胡骑，绝无幸免的可能。看来，最后的时刻就要到了。李广在大帐中踱步沉思，汉军之生死存亡，系于今夜，非突围出去不可。大计一定，战法也了然于胸。他默诵起孙子那段名言：兵者，诡道也。故能而示之不能，用而示之不用，近而示之远，远而示之近。欲成功突围，必先迷惑敌人，所以他要反其道而行之，弱而示之以强，走而示之以守。

午后，匈奴人再次轮番冲击汉营。军臣下令，攻破汉营时，一定要生擒李广，不许伤害他的性命。他料定，汉军伤亡过半，消耗殆尽，已成强弩之末。

再加几把力，汉军的抵抗意志便会崩溃。可出乎他意料的是，汉军非但没有垮，反而在匈奴的攻势受挫之际，借势突击。李当户、李敢各带数十骑，分两路闯入匈奴大营，大砍大杀，所向披靡；汉军往返驰骋，如入无人之境，而胡骑虽多，竟如狼奔豕突，乱作一团。看来，汉军困兽犹斗，尚能一搏。天色尚明，军臣便下令停止进攻，全军提早休整，打算明日与汉军决战，活捉李广。

　　李广将汉军分为三部，他自己带领约千余名伤员居中，两个儿子各率四百骑兵，一前锋，一断后，掩护全军突围。夜半时分，李敢所率的前锋，以迅雷不及掩耳之势，一举突围成功。李广率大队紧随其后，断后的汉军则与围追堵截的敌军混战作一团，敌军愈来愈多，汉军后队身陷重围，难以脱身。

　　李广命李敢护卫伤者先走，自己选拔了百余名尚称精壮的骑兵，接应李当户。他返身杀回敌阵，与儿子会合，两人左冲右突，无奈众寡悬殊，他们陷入了匈奴人铁桶般的重围之中，插翅难飞了。

　　借着四面匈奴人的火把，李广清点了剩余的人数，汉军多已挂彩，人数不足二百，被紧紧包围在中间。匈奴人每一次放箭，都会有人在箭雨中倒下。

　　"我们要为陇西李氏姓争脸！"李广拍了下儿子的肩头，示以鼓励的眼色。然后掉过马头，挥舞着长剑，大声呼喊道："弟兄们，朝廷养兵千日，用在一时，报效天子，杀身成仁，就在此刻！杀一个够本，杀两个有赚，够血性的汉子，相跟上我，杀呀！"

　　言罢，催马冲入敌阵，主帅身先士卒，汉军士气大振，人人怀抱必死之心，奋不顾身地冲向敌人。李广接连砍杀了几名胡骑，自己的战马也中箭倒毙，他爬起身，一手舞剑，一手执盾，继续厮杀。一名胡骑绕至他身后，挥刀劈下来，李广一闪，肩头还是挨了一刀，摔倒在地。李当户大吼一声，从马上腾身跃起，从背后抱住了那胡人，两人一起滚落马下。他死死扼住了胡人的喉咙，胡人踢蹬了几下便气绝了。他正待立起再战，却被身后的胡骑踏倒，那胡人使足气力，将投枪狠狠刺入他的背部……

　　李广见状，大喝一声，一跃而起，将那胡人刺落于马下，再看儿子，口中鲜血汩汩而出，手足抽搐了几下，便不动了。李广血脉贲张，用力砍下那胡人的头颅，向近旁的胡骑掷去。

冲入敌阵的汉军已被分割成小股，各自为战。李广护住儿子的尸身，从死去的匈奴人身上取下弓箭，连发皆中，射倒数人，胡骑稍稍后退，弯弓瞄着他，却无人放箭。李广心中纳闷，胡虏若放箭，可以轻易取他的性命，难道是想活捉他？妄想！他冷笑了，在匈奴人的尸身上擦拭着长剑，准备在最后时刻，自刭成仁。

　　哐啷一声，一件重物击中了李广的头盔，力道强劲，他只觉得脑袋一沉，身体仿佛失去了知觉，跌入沉沉的黑暗之中……不知过了多久，前方模模糊糊地闪现出一团光亮，他费力地爬起身，踉跄着向那里走去。斑驳陆离的光影中，似有无数人在厮杀，他好像又回到了战场，可奇怪的是，听不到一点响动。一个人缓缓走在他前面，从背影上看，却是儿子当户。儿子活着，他大喜过望，大声喊着儿子的名字，却怎么也不见儿子回过头答应……眼前的景象又变了，这不是未央宫么？皇帝蹙着眉头，很不高兴的样子，老友韩安国、程不识则满面忧容，很为他惋惜的样子。四面一下子暗下来，黑暗中却有双眼睛盯着他，一副窃笑的神情。李广呀，李广，可叹你一世英名，毁于一旦，丢人呐！

　　又不知过了多久，忽然，他觉得脸上奇痒难当，他试着睁开微肿的眼皮，强烈的日光刺得他睁不开眼。就在此时他听到了人说话的声音，他又回到了有声的世界。

　　"这就是李广？你老兄怎么捉住的他？"

　　李广满脸血渍，一名年轻的匈奴后生策马赶过来，挥手赶开一群吮吸血渍的苍蝇，俯下身，细细打量着俘虏。一直昏迷的李广被置放于两马牵引的绳网之中，正在押赴军臣王帐的途中。

　　"怎么收拾狼，就怎么收拾他呗。"前面那匹马上，一个长脸的中年胡人，得意地拍了拍腰中佩戴的皮囊，从中掏出个物件抛给他，原来不过是块鸡蛋大小的椭圆形的卵石。胡人放牧，用以驱赶牲畜，掷击野狼，高手掷无虚发，中者非死即伤，竟也是件厉害的兵器。

　　"活捉李广，大单于有重赏，老兄最少也是个千夫长，回去不用牧羊了！"少年满脸艳羡，策马上前，与那中年胡人并辔而行。

　　匈奴骑兵散漫无章，成散兵队形。不时有胡骑过来，好奇地观看俘虏。

胡骑离开后，李广眯起着眼睛，观察着四周。匈奴人大胜而归，十分放松，没有些许戒备。他试着动了一下腿脚，并无大碍，肩部的刀伤不深，疼痛已轻了许多。匈奴人以为他伤重昏迷，动弹不得，竟没有加以束缚。

前面两个胡人只顾说话，全然不知他已经醒来。从后面看过去，那少年的坐骑是匹良马，脚程应该很快。李广心中暗喜，他略作思忖，张开干裂的口唇，发出嘶哑的叫声。匈奴人转过脸看他，他大张着口，用手指无力地比画着，示意着口渴。后生将马身错后，解下腰间盛水的皮囊，俯身递过去。说时迟，那时快，李广把住络绳，猛一借力，腾空跃起于马上，将那后生压在身下。他双腿加力，那马一声嘶鸣，狂奔而去。不等四下的胡人明白过来，那马已跑出老远。

一阵混乱之后，那中年胡人纠合了几百胡骑，追了上来。李广紧抱吓得半死的后生，快马加鞭，一路南行。胡骑紧追不舍，李广取过后生的弓箭，且射且走，当者无不应弦而倒。胡骑不敢靠近，远远地跟在后面，南行数十里后，远远看到一队人马，当先一面大纛，正是李广的帅旗。匈奴人不敢再追，眼睁睁看着他将那后生推落于马下，扬鞭催马，直奔汉军而去。

此役李广惨败，侥幸生还。可夺马逃生那惊险的一幕，却不胫而走，传遍草原大漠的每一个角落，李广从此有了个新的绰号——飞将军。

四十九

　　"司马先生,请这边走。"陈娇领着司马相如上了一座回廊,回廊的前端,伸展于长水之滨,是座描梁画栋、四面通风的华堂。堂下环水,绿水涟漪,苇草丛生,白鹭翱翔,是个景致绝佳的去处。

　　华堂的梁椽皆由黄白色的木兰木搭建,立柱不饰髹漆,完全由硬木打磨而成,木纹古拙,极具装饰效果。司马相如用手摩挲着光洁的立柱,问道:"敢问这柱子由何等木材所制,华美如是?"

　　陈娇微笑道:"这柱子乃文杏木所制,故此堂亦被称作'文杏堂'。这里临水,比殿里凉快。"

　　堂中临水的一面,早已布置下了座席,宾主相对而坐,侍女们奉上茶水果品后,退于堂外。碧水长天,凉风习习,竟觉不出炎夏的暑热,果然是个纳凉的好去处。

　　司马相如就任霸陵园令后不久,适逢窦太主携女儿赴陵园祭扫,相见之下,陈娇极道仰慕,邀他就近去长门宫一游。早听说长门宫是城东第一佳处,相如虽答应前往游观,可担心卷进宫廷间的纷争,迟迟没有成行。近年来他的消渴病日渐严重,一再上书辞官,前日方得皇帝允准回家调养,交卸之后,打道长安回茂陵。无官一身轻,相如的病痛也好像轻了许多,于是决定顺路游览长门宫,以践前约。

　　陈娇的精心装扮,掩不住容颜的憔悴。她失神地望着栏杆外面的景色,两眼空空,似有泪光。风光势焰如陈皇后者,不想竟会落得这个下场!他是见过少年时的陈娇的，眼前这个韶华渐逝的女人，就是当年那个娇艳如花的少女么？岁月无情，老病缠身，自己又何尝不是如此！万千感慨涌上心头，司马相如不觉顿生美人迟暮之感，对主人有了种惺惺相惜的感觉。

"殿下的居处，果然堪称京东名胜，住在这里，比起大内，感觉应该好得多了……"

陈娇收回目光，看了相如一眼，苦笑道："先生不必安慰我，我知道自己的处境。"

"可我就是不甘心！"陈娇直视着司马相如，双目灼灼，一时间似乎又是从前傲慢尊贵的那个皇后。"我与皇帝少年定亲，是结发的夫妻。她卫子夫也没生下个皇子，凭甚受宠？！"

司马相如俯首敛容，一副洗耳恭听的样子。这种敏感的话题非人臣所宜言，他绝不愿卷到里面去。

"姓卫的想得美，皇帝是她一人霸得住的吗！我听说后宫里头又有个姓王的骚货得了宠，卫子夫她的好日子也快到头了！"

陈娇纵情发泄，并不在乎司马相如的反应。女人固执于情感，全无理智可言。司马相如有些不安，废后在自己跟前发泄怨恨，传出去难脱干系，他开始后悔到这里来了。

于是顿首再拜道："时候不早了，谢殿下赏我游园。小臣明日要赶回茂陵，路经长安时还要到宫门请安。殿下若无他事，小臣就此拜别了。"

陈娇并不作答，她看了眼司马相如，很平静地问道："先生还记得梁王么？"

"当然。怎么？"

"我二舅生前最欣赏的人，就是先生。那时我还小。记得每逢来京师，二舅都带着先生，是这样么？"

"蒙孝王不弃，确实如此。"相如心头一热，蓦然有故人之思。

"我二舅待先生如何？"

"孝王爱重人才，待相如以上宾之礼。"

"看在舅舅面上，我有一事相求，司马先生可能帮我？"

"请殿下明示。"

"我想再见皇帝一面，求先生帮忙。"

相如一惊，"小臣已然辞官致仕，见不到皇帝了。这个忙，在下只怕帮不上。"

"先生肯定能帮我，但看愿不愿罢了。先前在宫里的时候，皇帝多次对我提到过先生，说先生的大赋作得好。每逢先生有了新作，皇帝恨不能第一个找了来诵读。"

"小臣鄙陋，蒙天子错爱。"相如面作惶恐，心里却很受用。

"皇帝爱的就是你这支笔！先生愿意帮我，不过举手之劳。"

"殿下的意思是？"

陈娇做了个手势，候在堂外的女侍抬进来一只木箱，放置于几上。陈娇打开箱盖，赫然入目的，是一箱黄灿灿的金饼。

"我只求先生为我作篇大赋，将这里的所见所闻、所感所思写下来。此箱中千金，权作润笔之资。"

"可在下已辞官归里，见不到皇帝了。"

"你在宫门请安时递进去，之后便无须先生费心了。皇帝听说先生有了新作，一定会先睹为快的！"

看看推辞不掉，司马相如只好答应下来。陈娇大喜，命侍女取来一方白色丝帛铺在几上，亲自为相如磨墨。相如以景寄情，将故人之思、弃妇离愁与长门胜景糅为一体，洋洋洒洒，运笔如飞。深宫锁闭，长日无聊，惆怅，悔恨，神不守舍，失意宫人种种难言的幽怨，细致入微的情感，一一再现于他的笔端。

午后赶到长安，司马相如入北阙，到金马门递上请安的简牍，正欲出宫，却听到身后有人招呼他。回过头看，却是司马迁。每日皇帝的起居言行，都要由史官记录在案，称作起居注。今日正值司马迁当值，散朝后，他将起居注整理誊清，送金马殿封存。

"长卿兄稍候，我去去就来。"司马迁举了举手中盛装简牍的青布囊，快步走入金马门。

司马相如本想当日赶回茂陵，见到司马迁，又游移起来。相如与官场格格不入，邹阳而外，再难有谈得来的人。司马迁为人正直，不慕荣利，少年博学，尤为难得的是有见识，不盲从。而司马相如才华横溢，文名蜚声天下而又平易近人。一老一少意气相投，两人竟结为忘年之交，京师人称"两司马"。

司马迁很快跑回来，把臂望着相如略显憔悴的面容，摇摇头道："一别经年，兄长老矣！"

相如苦笑道："老倒不怕，恨只恨往昔放浪形骸，喜食肥甘厚味，坐下了这一身的富贵病。子长当以我为鉴，莫蹈覆辙呀。"

"要不要请宫里的太医看看？"

"长安城内外的名医，早都看了个遍。消渴之疾，别无良法，只能静养。所以我向朝廷辞了官，回家养病。"

两人走出宫门，看看时候还早，司马迁道："小弟有个建议，兄长今日就留住于舍下，弟略备小酌，你我作竟夜之谈，如何？"

"如此不叨扰司马太史么？"

"家君被今上派了外差，近来随一伙术士去了甘泉宫。"

司马迁与父亲同居，住在长安城西北角的孝里。东厢是司马谈的书室，西厢是居室，正堂三间，则是待客之处。升堂入室，司马迁自去安排酒食，相如信步走入东厢，浏览司马家的藏书。室内窗明几净，搁架、小几与台案上摆满简册，他坐到主人的书案旁，展开案上的书卷，默诵沉思，意有所得。

"长卿兄，酒菜略备，请入席吧。"

司马相如放下简册，走入中堂，只见盘盏精洁，几样素菜，一碟煎蛋，一小盘冷牛肉，新炊的黍米，散发着诱人的饭香。

"兄长之疾，忌食肥甘，薄酒蔬食，不成敬意。"

"难为子长有心，这很好了。"

两人相对而坐，司马迁举杯道："兄长辞官家居，小弟此杯为嫂夫人贺。"

相如举起杯，只在唇上沾了沾。"愚兄有病之身，不胜酒力，只能做做样子了。"

"不妨，兄长自便好了。"

"方才在书室见到太史公的文章，学兼百家，令相如佩服。"

司马迁道："家父一直以来想做两件事。一是总结先秦诸子之学术，兄长适才所见，乃家君拟定的提纲，名为《六家指要》。第二件事，就是上承三代，接续春秋战国直至大汉之史记。可惜杂务甚多，难于专心。"

“对了，你说太史随一帮术士去了甘泉，做甚？”

“长卿兄有所不知。自从今上宠信李少君，山东齐燕滨海一代的术士趋之若鹜，皆以神仙长生之术自炫于朝廷。近来有个叫谬忌的人，向朝廷献上了一个祠祭‘太一’的方子。说‘太一’是天神中最为尊贵的，古代天子皆以太牢祭之于南郊。还有个齐人少翁，自称能通鬼神，建议于甘泉宫中建通天台，画天地太一诸鬼神于其上，四时致祭以通神灵。今上颇惑于此，家君职掌所在，自得随之赴甘泉筹划，这么折腾下去，真不知伊于胡底。”

“哦？有意思。”司马相如笑着摇了摇头，“富贵长生，人同此心，人之欲望永难餍足，天子富有四海，自难例外。时间长了，子长就会见怪不怪了。”

他吃了口菜，以茶代酒，一饮而尽。“我做了一年守陵的老卒，闭塞得很，朝廷这一向有甚大事，老弟不妨说来听听。”

“要说大事，当推卫氏。此次关市之战，独卫青一路有功，斩获虽少，却掏了匈奴的老窝。皇帝激赏他为大汉争了脸，夸他胆略兼优，赐爵关内侯。随征的将领也有封侯的，就是归降过来的三个胡人，也都封了侯。”

“人奴之子，竟尔一飞冲天。看不出这个卫青还真是个人才！”

司马迁不以为然道：“依小弟看，也不尽然。”

“怎么？”

“卫青因势利导，勇于决断，有大将之才不假，可此番立功，也不免因人成事。若无李广、公孙敖苦战，拖住了匈奴大军，卫青又怎能有奔袭龙城的机会！按理说，这功劳不该算在他一人身上。”

司马相如若有所思地点了点头，问道：“李将军的处分下来了？”

“下来了。李广、公孙敖两路皆败，险些全军覆没，按军法都是死罪，押在廷尉候斩。好在今上爱惜人才，允准赎罪。只等家里凑足钱后，便可赎为庶人。”

司马相如忽然想起早间陈娇的话，“听说皇帝又有了新欢，卫子夫不甚受宠了，有这件事么？”

司马迁诧异道：哪有此事？卫子夫又有了身孕，据太医院讲，有得子之征，皇帝极为关切。卫青又立功封侯，一门贵盛，举朝的官员都趋之若鹜呢。”

司马相如笑笑，顾左右而言他道：“邹阳兄好么？”看来，又是陈娇的一厢情愿了。卫子夫若真为皇帝生下皇子，陈娇则永无翻身之日了。

"皇帝不召见，他从不进宫。听说，他与乐府的律丞不和。"

"乐府的律丞？此人可是个阉人？姓李，名李延年？邹阳与他缘何不和？"

"正是李延年。邹兄讲，此人心机极深，善伺上意，巴结权贵无所不用其极。近来常在平阳公主门下走动。"

看来陈娇的话也不错，螳螂捕蝉，黄雀在后。李嫣的色艺，倾城倾国，李延年若将其进献给皇帝，是肯定可以得宠的。然而以色事人者，色衰而爱弛，李嫣亦不过步卫子夫的老路而已，可叹！

"富贵荣华，人之大欲，无可厚非。子长少年英俊，还记得去年春天你在河洛酒家那番话么？"

"当然记得。"

"初志未改么？"

"未改。"司马迁回答得斩钉截铁。

"好兄弟！愿你成就名山之业，愚兄愿为此破例，你我浮一大白！"司马相如举起那杯一直没动过的酒，一饮而尽。

五十

"这'所受监临饮食，坐免'一条，历来如此，有甚不妥么？"

刘彻翻看着案上的简牍，问道。

"受监临饮食"，意指官员在自己治下的官府用餐而不付钱，占公家的便宜。汉景帝以前，犯此者一律免官，景帝以为处罚过重，改为吃饭付钱。可实际实行起来，往往一席奢华的酒宴，官员们只是象征性地付几个小钱，每年计算下来，仅此一项，所费不赀。

中大夫赵禹与侍御史张汤，奉诏修订律令，几个月下来，将一些过时的条文剔出，又新增了若干，删繁就简，拟定了一部新律，呈报皇帝批准。

张汤道："各地饭食取值不一，难于计算。为了讨上官的欢心，往往所费甚多，付值甚少，仅各地各级衙门送往迎来的宴请一项，所费公帑便已甚巨。而官员自以为付费，吃起来反而无所顾忌。臣等以为，不如恢复旧规，官员办差一律自备伙食，凡受监临饮食者一律免官，如此方可资震慑，以肃官箴。"

刘彻颔首道："有律不行，不如无律，律令既定，就该令行禁止。这一条，就恢复旧规吧。"

"这贪污营私一条，有甚疑义么？"刘彻拿起一支简牍，上面以红笔作了记号。

张汤看了眼赵禹，顿首再拜道："此条小臣与赵大夫所见不同，敢为陛下言之。原律令就此罪量刑分三等，赃二百五十钱以上者，免官；赃五百钱以上者，下狱；赃十金以上者，罪不道，弃世。赵大夫以为，前两等案值甚微，不如以千钱起算。小臣以为，案值虽低，正所以防微杜渐，不必改易。故以红笔勾出，惟陛下圣裁。"

"防微杜渐？你所见甚是，不必改。"

刘彻又挑出两支简牍，问道："'见知故纵'与'不举奏'这两条，有甚不同么？"

赵禹道："回陛下的话，上司、同僚或部下有罪，不举报甚或有意隐瞒者，为'不举奏'；明知有罪，而放纵罪人逃亡者，为见知故纵。犯者包庇罪人，当与之同罪。"

刘彻道："这两条所指类同，可合而为一。"

"是。"

刘彻又翻看了一阵律条，觉得不甚满意，"你们修订律令，琐琐碎碎，通篇没有个一以贯之的头绪。只在惩治贪墨上用力还不够。修订律令的目的，你们心里要有个数。《春秋》讲求的是个甚？公孙内史，你精通《春秋》之学，开导开导这些刀笔吏。"

公孙弘谦和地一笑，"《春秋》者，大一统也。普天之下，莫非王土；率土之滨，莫非王臣。二位大人把握住这一点，律令之修订，有如纲举目张。其实惩治贪官也好，诛除豪强也好，所为无非大一统。大一统者，一言以蔽之，就是树立天子的权威。"

刘彻满意地笑了。"公孙内史说在了点子上。暴秦焚书坑儒，以吏为师；我大汉欲兴三代之伟业，你们光抠律法条文不行，还得读些书，懂得《春秋》大义，方能制定一部好律法。普天下的百姓都是朕的子民，朕欲百姓安居乐业，国家富强，你们要从这个大局修订律法。凡有损于这个大局的，诸如诸侯、贪官、地方豪强横行乡里，欺压良善，商贾渔利，兼并民田，侵害小民者，一概不能允许。律法要公平，就得一碗水端平，就得抑强扶弱，抑之不行则锄之。天下只有一个头，那就是天子，君君臣臣父父子子，上下有等，尊卑有序，诛奸猾兼并之徒，众不敢暴寡，强不能凌弱，百姓方可安居乐业，懂了么？这些东西你们拿回去，细心体会，按照朕的意思重新修订。"

赵禹、张汤退下后，刘彻看了看廷尉翟公，问道："李广、公孙敖的赎金补足了么？"

"公孙敖的补足了，已于前日出狱。李广那一份，他家人还在筹。"

"朕记得李广从前多有功劳，可以以爵抵罪么？"

翟公回答得很小心："李广数十年戍边，三子俱从军，不事生产，家无余财。以爵抵罪，爵一级抵钱二千，爵三十级方可免死。李广军功所积之爵不过十级，相差甚多。"

"这次落败，李广情有可原。李当户莽撞深入，牵累了他父亲。当户战死，也算是赎罪吧。他还差多少钱？"

"四万钱。要不网开一面，先放他归家，这钱先挂在账上？"看出皇帝有意宽宥，翟公乐得做个顺水人情。

刘彻摇摇头道："律法一视同仁，岂可枉法施恩！郭彤，你去少府支四万钱，交与翟大人。再去问问李当户家还有甚人，送些钱过去。"

李广、公孙敖的失败，令刘彻的心情颇为郁闷，若不是卫青奇袭龙城成功，此番关市之战又会成为他的一大败笔。初知李广战败，他心里极为愤懑，曾一度恶向胆边生，生了诛杀大将以警来者之心。后来得知李广与敌周旋六日，虽全军覆没，可杀敌亦近万人。尤其是李当户战死沙场，李广被俘，九死一生逃归的事迹，又令他感奋不已，为之惋惜。

李当户早年亦曾在宫中为郎，任太子侍卫，与刘彻、韩嫣朝夕相处，感情弥笃。忽忽焉光阴似箭，一晃几近二十年了。

在刘彻心目中，李广地位崇高，大将军一职，本来就是留给他的。原想关市一役大捷之后，筑坛拜将。却不料李广大败亏输，落了个全军覆没的下场。军臣倾巢而出，事前难以逆料，可卫青奏牍中的分析很对，李广不该违背他自己提出的有利则进，无利则退的原则，贪功求战，自蹈败局。

反之，卫青之机智果敢，令刘彻刮目相看。数日来他详询奔袭之细情，头脑中有了种新的想法：与匈奴周旋，汉军不能拘泥于边塞，而是要走出去，到胡人的地盘上作战。卫青那个先将匈奴挤出阴山，使之失其凭借，再决战以歼之的谋略，由龙城之战获得了有力的佐证。汉军欲有所作为，必不能拘于一时一地的得失，而是要注重战略上的深谋远虑。这个卫青，他会再予之以机会，果真是大将之才，他将放手任用他。

回到寝宫，正欲召王美人侍寝，郭彤回来复命。他说，钱已由少府取出，交到了廷尉府，李广当日即可出狱还家。李当户前年新婚，去年有孕，出征后方才生了个儿子，李当户战殁，孩子竟未能见到父亲，成了个遗腹子。

刘彻一时感伤，眼中有了泪水。"告诉他妻子，当户为国捐躯，功在国家。孩子长成后送到宫里，由皇家教养。"

想了想，又吩咐道："明日你代朕去趟李家上祭，告诉李广节哀，要他好好将息一时，国家有事，朝廷总会用得到他的。"

郭彤连连称是，却并没有动身的意思。刘彻问道："怎么，还有事么？"

"司马相如卸职归家，昨日宫门请安，随请安简牍递上来的，还有篇大赋。"

"大赋？"刘彻眼睛一亮，伸手道："拿来朕看。"

展开那幅丝帛，赫然入目的是题头三个字：长门赋。"长门？难道他去了长门宫不成？"

郭彤敛容顿首道："昨儿个见到这篇东西，奴才即派人去查问，说是长门宫邀司马先生游宴，以千金润笔，请司马先生作此赋。"

看来，阿娇还是活得蛮有滋味的么！大赋递到宫里，必是有话要对他说，阿娇竟能想出这种法子，真可谓绞尽脑汁。他倒要看看，阿娇花大价钱买的，是篇怎样的说辞。

大赋仍不失司马相如一贯铺张扬厉的风格，而细读之下，则多了一份缠绵悱恻。司马相如笔下，风云、飞鸟、殿廊、台榭，乃至于日月天象，无一不信手拈来，作为比兴抒情的对象。千般思念，万种柔情，徘徊不去，在结尾数句发为心声，感人至深。

……忽寝寐而梦想兮，魄若君之在旁。惕寤而无见兮，魂迁迁若有亡。众鸡鸣而愁予兮，起视月之精光。观众星之行列兮，毕昴出于东方。望中庭之蔼蔼兮，若季秋之降霜。夜漫漫其若岁兮，怀郁郁其不可再更。澹偃蹇而待曙兮，荒亭亭而复明。妾人窃自悲兮，究年岁而不敢忘。

默诵毕，久久无言，刘彻陷入了沉思。一年多来，他疏远了窦太主，疏远了董偃，几乎忘却了阿娇的存在。司马相如的美文，勾起了他的回忆，万千往事汇聚心头。巧笑倩兮，美目盼兮，少年时在长乐宫与阿娇捉迷藏的情景历历如绘。阿娇一身白衣，若隐若现，不时回身向他招手，发出流莺般的笑声，犹如花丛中的仙子。还有大婚合卺那天，阿娇一身红装，娇羞不胜地倚在他怀中的样子，仿佛就是昨日的事情。

"你做了你大姑的女婿，就要善待她们，善待阿娇。我们是一家人，你做了皇帝，要照顾她们。"父皇的话又回响在耳际。平心而论，他自觉没有违背对父皇的承诺。姑母老来不谨，他体会她老来孤单的处境，默认了她与董偃的私情。阿娇于宫中行厌魅之术，按律是死罪，他不仅没有治她的罪，甚至没有幽禁她；为了她们母子见面方便，将她安置于景色绝佳的长门宫。

可这篇大赋还是让刘彻起了故人之思，他忽然强烈地想要见阿娇一面。"郭彤，你吩咐备车，叫上几个侍卫，我们出城一行。"

"长门宫？"

刘彻颔首笑道："朕的心思瞒不过你，莫声张，是微服出行。"

车驾抵达长门宫时，已是掌灯时分，闻知皇帝驾到，整个宫里乱作一团，好一会儿，陈娇才匆匆装束过，到正殿迎驾。

"陛下有的是新欢，难为还记得贱妾。"话一出口，陈娇就后悔了。

还是个醋坛子。刘彻摇摇头，想要叙旧的兴致一下子没了。"你花了那么大价钱，请人作赋。朕不来看看你，你怕是又要咒朕薄情了。"

落座后，刘彻就着烛光打量着陈娇，他吃惊地看到，确如司马相如赋中所言，女人没有了爱，就难以抵挡岁月的侵蚀。阿娇出宫时仍算得上是一个美人，此刻却容颜黯淡，憔悴得几乎不像是同一个人了。

"你过得还好吧？有甚不足，你找郭彤，让他办。"

"吃的，用的，臣妾缺甚，我娘会送过来，不劳皇帝费心。臣妾缺的，皇帝应该知道的，全写在司马先生那篇大赋里头。"

"亏你能请动司马相如，你怎么做到的？"刘彻不想谈情，在情感上，他知道自己给不了阿娇什么承诺，于是笑着岔开了话题。

"司马先生是霸陵园令。清明时，臣妾随母亲祭拜孝文皇帝时，约他来长门宫一游。昨日他卸职还家，我差胭脂在路口候着，请他过来的。二舅当年十分器重司马先生，凭这点君臣间的际遇，臣妾请他写点甚，他还不至于推辞，何况还有千金奉送。这件事，陛下想必也已经知道了。"

"你诸般皆好，朕就放心了。"

陈娇有满腹的话想要倾诉，可话到嘴边，却化作了无尽的委屈怨恨，明知会激怒皇帝，却还是脱口而出："皇帝读过那篇大赋，心里就没有一点感动？可真是铁石心肠！终究是十年的夫妻，陛下用在卫子夫身上的情，用一点在我身上，不行么？"

刘彻愤怒了。"你总把事情扯到别人身上，岂有此理！卫子夫能生养，你行么？"想到这话太伤阿娇的自尊，于是放缓口气道："女人失败就失败在妒忌上。妒忌会让人丧失理智，做出大逆不道的事情来。你想拉近男人，殊不知妒忌只会让男人远离你。这个教训还不够么？"

陈娇冷笑道："男子花心，却把罪过推到女人身上，说她们生性好妒。我真后悔，我不该图虚名，嫁到宫里，误了一生。"

"哦？你是说朕亏待了你？耽误了你？想要出宫？这辈子是不可能了！你悔之晚矣！你记住，你是做过皇后的人，死也得死在宫里。"

阿娇继续这么口无遮拦，会激起皇帝的大怒，引发不测之祸。郭彤心急如焚，急忙顿首道："陛下息怒。宫里头还有事，还是起驾还宫吧。"

阿娇送赋，不无悔意，而个性却使她事与愿违。刘彻原想抚慰阿娇，以减轻心中的愧疚，不想旧怨未释，又添新恨。回宫路上，刘彻一路无言，在心里骂自己儿女情长，脱不出感情的羁绊，活该自取其辱。他暗下决心，无论是谁，日后他绝不会再为情所困。快到宫门时，刘彻忽然开了口：

"阿娇说的那个胭脂，是不是宫里原来的女御长？"

"是她。"

"你传诏永巷，明日下她到暴室狱，审结后处决。这女人跟阿娇多年，是她的心腹，上次巫蛊就有她，除掉她，免得再为虎作伥。"

"是。"郭彤一惊，他知道，从此刻起，阿娇在皇帝心里已经是个死人了。

五十一

　　主父偃倚在安车中，眯着眼想心事。入宫以来，多年所学得以展露，皇帝深为器重，言听计从，一岁之中官职四迁，举朝侧目，都以为是难得的异数。可他踌躇满志之余，居常怏怏，意有不足。譬如说他养不起车，每日上下朝，只能雇车代步。又譬如他这个堂堂中大夫，在朝廷上炙手可热，却住在长安最差的地段——穷里的一座小宅之中。不能忘怀的，还有从前种种屈辱的遭遇，他不是个大度的人，或者说他就是个睚眦必报的人，非报复不能一吐心中的腌臜之气。

　　安车拐入穷里的深巷，在一座小门前停下。主父偃跳下车，丢给车夫两个铜钱，举手推门。

　　"大人，讲好了四枚钱的，还差着两枚呢？"车夫擦了把汗，伸出手道。

　　"是么？"主父偃不以为然地摸了摸口袋，"今日身上没有散钱，你且记下，明日一并与你。"

　　"小人家里每日等着这钱用，大人是官身，哪里在乎这两个铜钱。若真是没有散钱，大人进家取，小人候在这里。"

　　主父偃不耐烦道："你这个人怎么这么啰唆，每日里没少坐你的车，告诉你明日补齐，难道会赖你不成！"

　　车夫无奈，嘟囔着调头，走出不远，骂了句"穷酸样，还摆得甚官架子！"不等主父偃搭话，把鞭子挥得噼啪作响，愤愤而去。

　　主父偃又羞又恼，呆呆地站了一会，推门进宅。

"爹，散朝了，方才甚人在门外吵嚷？"一名女子，正在院中择菜，见到他进来，起身招呼。

妻子早死，女儿一直承担着家务，一晃十年，错过了婚嫁的好时候，转过年去，就该二十五了。这个年岁的女子，已难于找到合适的人家。主父偃发达后，又不甘心女儿草草出嫁。女儿为自己耽误了婚事，他暗自发誓，要报偿女儿，一定为她寻头能够光大门楣的富贵人家。

"没甚。车夫无赖，讨赏钱，爹训了他几句。"

主父偃不想女儿知道自己受窘，漫应着走进屋里。他脸上火辣辣的，真是一文钱难倒英雄汉！堂堂大臣，竟为一市井刁民所耻笑，是可忍，孰不可忍！这样的穷日子该结束了，做官求的是富贵，他要尽快想个法子敛财。

屋子收拾得很洁净，可陈设简单。居中的客室，四壁萧然，地上铺的席子也已略显陈旧，室内一几，一案，一卧榻而已。东厢是他的寝室，西厢则是女儿的居室。

他倚在卧榻上闭目养神，神思仿佛又回到了阔别多年的故乡。他是齐国临淄人，少年时攻读长短纵横之术，成年后不事生产，又学《易》《春秋》与百家之言。后家道中落，一贫如洗，妻子久卧病榻，告贷无门，眼睁睁看着不治而亡。他发奋携幼女出游燕赵，打算以平生所学干谒王侯，可走一处，碰一处壁。非但无人待之以上宾，反而处处遭人白眼与耻笑。他还记得燕王刘定国和赵王刘彭祖的目光，那目光视他如无物，甚至不屑于从他脸上扫过，仿佛他不过是一只摇尾乞怜的野狗。

这些人如今再见到他，不知会是副什么模样？以皇帝对自己的宠信，这些混账东西怕是会像朝臣们一样，一个个胁肩谄笑，争相巴结自己了吧！他想衣锦还乡，一吐胸中多年积攒下的腌臜之气，可没有钱，乡人或许还会拿他当个穷酸看。不是不报，时候未到，他有这个耐心，会像草丛中的蛇一样静静地守候着伤害过他的人。只要让他抓到了机会，他会下狠手要了仇家性命，决不宽贷。他们会怕得发抖，龟缩在自己的阴影中，后悔来到过这个世上。想到这里，他不由得乐出了声，报复的快意使得他心里暖暖的……

女儿掀开门帘，伸头道："阿爹，有客人，说是宫里的。"

主父偃起身迎到门前，不觉一怔。"原来是所公公，失敬，失敬！是陛下有事召我么？"

"没有公事就不能来你这儿认认门么？"所忠揖手还礼，笑吟吟地打量着这所宅院。

所忠是天子身边近臣，怠慢不得。主父偃堆出一脸的笑，"寒舍简陋，难为所公公肯来，快请里边坐。"

"简陋好啊！简陋不是透着大人的廉洁么？皇上就喜欢清廉的官儿，照大人这么做下去，不愁做不到丞相。"所忠打着哈哈，往屋里走。

主父偃叹道："在下家徒四壁，三餐温饱而已。公公莫笑话我寒酸，说实话，若能有钱，这官做不做不要紧。"

所忠注意地看了他一眼，笑了笑。"大人是天子跟前的红人，若有心敛财，有的是机会，但看肯不肯罢了。"

两人相对而坐，女儿送上一罐茶水。"这是小女，名沉香，老朽这个家全交给她了。"

所忠扫了眼室内简陋的陈设，点点头道："不当家不知柴米油盐贵，操持这个家，真难为她了。"

他呷了口茶，决定开门见山。"大人一定奇怪，我凭空到府上做甚。实不相瞒，在下今日休沐，是受贵人所托，专程到府上求助来的。"

"求助？贵人又是哪位？请公公明示。"

"后宫的卫夫人要奴才代为致意。"

卫夫人，一定是卫子夫了。他兄弟卫青近来因功赐爵关内侯，卫氏一门新贵，可自己平素与卫氏并无往来，卫子夫缘何求助于他呢？他脑筋转得飞快，马上意识到，卫子夫求到自己头上，只可能为了一件事。

主父偃饮了口茶，不紧不慢地问道："在下与卫氏素昧平生，不知卫夫人找我，为的是甚事？"

所忠眯起眼睛，似笑非笑道："主父大人见外了不是！后宫里头还能有甚事？你能不明白！"

"不明白。"后宫之事乃天子的家事，非臣子所宜言，他不想惹是非上身。

"中宫之事，足下明白了吧。"

"卫夫人宠冠后宫，兄弟又新立大功，一门贵盛，待生下皇子，正位中宫是迟早的事，又何求于我呢？"

"大人有所不知。皇上前阵子专程去了长门宫看望了废后，再就是有个姓王的宫人，这一向屡蒙皇上召幸，更要紧的是，她最近也有了身孕。卫夫人为此茶饭不思，知道皇上器重大人的意见，故想请大人帮她。"

"卫青也是皇帝面前的红人，难道不能帮她？"

"正因为是至亲，才要避嫌。大人与卫氏素昧平生，这个话才好说，皇上也才不会起疑心。"

话，他倒是可以对皇帝说，可凭什么要他帮卫氏？主父偃心头一动，笑道："公公讲的事，在下亦有所闻，听说那废后是用了重金，请司马相如写了篇情辞并茂的大赋，才打动了天子的……"

所忠当然明白他话里的暗示，笑道："卫夫人是极明白的人，劳动先生的酬庸比起司马相如，只会多，不会少。"

"这种事情，非臣子所宜为，所公公如此卖力奔走，看来是卫夫人的人喽？"

所忠全无避讳，有恃无恐："朝里有人好做官，官场上的事，主父大人难道不明白？有势力的朋友愈多，官就愈好做。卫氏一门新贵，交上了他们，就如同搭上了顺风船。咱们在要紧的时候帮了她一把，她将来做了皇后，儿子就会是太子，也就是日后的皇上，咱们有拥立的大功，你想他们能亏待咱们么！"

所忠话中的道理，他当然明白。这种侍奉在主子身边的小人，整日揣摩主子的心事，消息又灵通，很可怕，是得罪不起的人物。于是故作恍然地笑道：

"透彻，透彻！公公回去可以告诉卫夫人，主父偃愿效犬马，为夫人前驱。只是这进言的时机，要视情况而定。"

"甚情况？"

"要看卫夫人此番能否产下一个皇子。有了皇子，一切都好办。没有皇子，在下无从进言，就是进了言，也没有用处。"

"足下说的对。那么我回去禀报，就说你答应了。"

"答应了。夫人若有了皇子，在下一定会相机行事的。"

要紧事谈完，两人都轻松下来，主父偃坚留所忠便饭，所忠笑道："大人家用不宽裕，这么着，你请客，我出钱，不然不敢叨扰。"于是命车驭去东市购买酒食，两人继续对坐闲话。

"公公常在御前，消息最灵，宫里面近来有甚秘闻，可否透露一二？"

"要说秘闻，我还真得着点儿，不过不是京里的，是燕国的。"

"哦？燕国！甚秘闻？"主父偃精神一振，连声追问。

"你莫急，反正我要在你这里吃过饭走，有的是工夫，你听我慢慢讲。前几日，匈奴人为了报复卫青进袭龙城，大举犯边。皇上拜韩安国为材官将军，坐镇渔阳。这个韩安国兵少，被匈奴围在障城中，危急时分，仗着燕王派军来援，韩将军才脱离了险境。皇帝以燕王明大义，派我出使燕国，嘉勉燕王，我去了一个多月，才回来几日。"

"难怪近来朝会，御前见不到公公，原来是到燕国去了。"

"我在燕国下榻于宾馆，有个在燕王宫内做事的老相识来看我。他乡遇故人，自然要把酒话旧，可酒至半酣，他却向我道出了个惊天的秘密！"

"甚秘密？"主父偃大睁着眼，兴味十足。

"你想都想不到，那个燕王，一把年纪了，竟是个禽兽不如的畜牲！"

主父偃既吃惊，又兴奋，直视着所忠道："这种话可是臣子能乱讲的，无凭无据，诽谤诸侯，可是大逆不道的重罪！"

"当然有证据。我那个朋友，就是燕国的宫丞。刘定国那些见不得人的阴私，他最清楚。刘定国还是燕太子时，就看中了父王的侍妾，他嗣位后没多久，就与之通奸，还生下了个儿子。父王之妾，犹如庶母，他这么干，不就是乱伦么！"

"是乱伦。不想这老家伙冠冕堂皇，却是个衣冠禽兽。"

"还有比这更狠的呢。他做了燕王后，垂涎他兄弟妻子的美色，强夺为姬妾，其弟一气之下，暴病身亡。更不堪者，其弟三个女儿，也都被他逼奸，都是他的亲侄女，你说他不是畜牲是甚！"

真是踏破铁鞋无觅处，得来全不费功夫！燕王这斑斑劣迹，一旦通天，足够他受的了。主父偃心中窃喜，看上去却是一脸的茫然。

"燕王如此胡作非为，难道就没人举发他么？"

"当然有，可丢了命。"

“怎么？”

“关东诸侯，最难缠，也最令人头痛的就是燕、赵、胶西三国。朝廷派任外官，都视这三国为畏途，没有愿意去的，就是去了，也干不长远。”

“为甚？”

“除非你唯燕王是从，否则他会派人暗中监视窥伺你，直到找到你的短处，想方设法陷你于罪。燕国肥如县令郢人，得知燕王的劣迹，曾上书出首举报。可燕王把持邮路甚严，奏牍中途被截了下来。刘定国派谒者传他议事，就在宫中诱杀了他，而后又杀了他全家，只有个在上郡服役的兄弟，幸免于难。”

“是可忍，孰不可忍！如此巨奸大憝，难道就没人报告皇帝么！”

“没有真凭实据，谁敢告？刘定国论起来，是皇上的叔父，搞不好惹火上身，有不测之祸。所以这个事，说到此为止，你若外传，出了事，我可是不认账的。”

“那是当然，公公放心，这件事我会让它烂在肚子里。”

所忠走时，留下一个沉甸甸的青布囊，说是卫夫人的一点心意，事成之后还有重谢。主父偃回到寝室，解开布囊，眼前赫然一亮，囊中竟是十枚黄澄澄的马蹄金。有生以来，他还没有见到过这么多金子，更不用说这金子是属于自己的了。他逐个摩挲把玩，爱不释手，直至女儿的惊叫，方将恍如梦中的他，唤回到现实中来。

“呀，爹！这些是金子么？”

“是金子，当然是金子！沉香，你过来摸摸看。”

女儿走过来，用手指触了下金子，又马上移开。主父偃将一块马蹄金塞到女儿手中，用力握住，哈哈大笑道：“怕甚？这金子又不咬手！这些都是咱们的，丫头，我们穷日子熬出头啦！”

“这金子是刚才那位客人送的？他干吗要送爹恁多金子？”

“不是他，是别人求爹办大事情，咳！说了你也不明白，你就当老天眷顾，爹爹时来运转，以后往咱家送钱的人还多着呢！”

父女俩守着那堆马蹄金欢喜了许久，主父偃将金子收入囊中，交到女儿手中。“你把它收好，之后去前巷你孔叔叔处，请他过来。”

这个被称作"孔叔叔"的人名孔车,字百里,他人瘦瘦的,其貌不扬,可为人极重义气,有游侠风骨,经常往来贩鬻于京师边塞之间,与江湖上的人物多有往来。

孔车是主父偃的恩人,也是主父偃在京师唯一的患难知己。主父偃父女初到京师时,身无分文,流落街头,是孔车将他们领到自己家中安顿下来。接谈之下,孔车不仅同情他的遭遇,而且对其才学极为钦佩,认定他必能出人头地。半年后,天子征召人才,孔车鼓励他临阙上书自荐,果然一举中的。初为郎官,俸禄微薄,以致寄住在孔家,直至升任中大夫,父女两人方赁屋别居。

"伏之兄,找我有甚事么?"两家有通家之好,孔车并不讲客套。

主父偃将两枚马蹄金放在几上,很诚恳地说道:"我父女数年来蒙百里兄照拂,所费不赀,一直感念于心。这点金子,是我父女的心意,望老兄笑纳。"

"甚话!我帮你们,难道是贪图回报?这金子你收起来,不然我们朋友没得做!"言罢,竟起身欲走。

"百里,你坐下,我还有一事相求。"

主父偃将两枚马蹄金推到孔车一边,揖手道:"百里兄义不受报,我不勉强。这个钱还是放在老兄处,遇有如我当年落魄困厄之人,老兄瞻穷救急,总得用钱不是?"

孔车想了想,颔首笑道:"伏之福贵不忘贫贱,难得!如此,这金子我收下了,代老兄周济穷人。"

"拜托了。百里近来贩鬻,去过上郡的边塞么?"

"没有。这一向一直走定襄、雁门、代郡诸地,朝廷在那里用兵,耗费大,有钱赚。怎么?"

"我有位故人,为仇家所害,他兄弟亡命于边塞,近来听到个消息,说是在上郡服役。老兄若去上郡贩鬻时,顺带找找此人,找到了就带他到我这里来。我如今身在朝廷,可以帮他兄长昭雪复仇了。"

"既是如此,我专程去上郡寻他便了。他哪里人,姓甚名谁,多大年岁?"

"年岁我记不住了。你只打听一个燕国肥如县姓郿的,全家被灭了门的人。"

孔车一怔,随即颔首道:"我这几日办点货就动身。伏之兄放心,只要此人还在上郡，我一定找得到他。"

　　望着孔车远去的背影，主父偃通身畅快，他伸了个懒腰，仰天大笑起来。刘定国，刘定国，你死到临头了！

五十二

"老人家，有甚冤屈，你尽管说，新来的太守大人会为你做主的。"杜周为老者解去桎梏，老者四肢上镣铐处，斑痕累累，被磨出了一道道紫色的疤痕。

老汉耳朵有些聋，睁着一只独眼，茫然望着面前的这个人。牢狱中极为阴暗，火光中的人影若明若暗，影影绰绰地看不清面目。

"你说甚？我听不真着。"

杜周附在他耳边，大声叫道："新任的太守大人复查案子，有冤情，你就讲出来。你不讲就是认了，过了这个村可就没这个店了！"

"天爷呐，老天总算开眼了！"老者哽咽道，和着浑浊的泪水唏嘘不止。他手脚并用地爬到义纵身前，抬起身子细细打量着他，两手不由自主地战抖着。

"青天大老爷，小的斗胆问一句，老爷不是本地的官吧？"

"大人是长安人，天子脚下，与南阳没有瓜葛，你莫怕！"杜周对着老者叫道，转过头对义纵笑笑，"前几次覆狱，喊冤的事后会遭顿暴打，都怕了。"

"长安来的，天子派来的？"老者似信非信，自言自语。

义纵点了点头，附在他耳边道："老人家，莫怕，有甚冤情讲出来，本府会为你做主的！"

"是真的？大老爷为小民做主，积德行善，公侯万代呐！"老者浑浊的独眼一下子亮了起来，呜咽道："宁家夺占我家田产，我那儿子，媳妇……全家十口就剩了我一个呀！"

义纵望着泣不成声的老者，眼睛也有些发酸。他吩咐杜周找碗水给老汉喝，要他慢慢诉说冤情。老汉姓陈，居于宛城东里，两个儿子都娶了亲，全家老少十口，靠着自家的百亩良田，精耕细作，倒也能维持温饱。可六年前南阳大旱，所得不足以为生，不得已借了债。转年春季，又缺少种子。此时宁氏放贷，本息以青苗估产作抵押。秋后无论收成好坏，一律以估值还贷。若不能还贷，则以田产抵债。当年又歉收，宁家派人收债，百般威逼利诱，要陈家卖地抵债。陈家认准土地是自家的命根子，坚决不肯出卖，求宁家缓些时日，容他们筹钱还债。宁家垂涎这百亩良田，不容分说将陈家告到县里。郡县官员多与宁家交好，派出隶卒随宁家强行占地。陈老汉和儿子与之争讲，被诬为不轨行凶，一个儿子被当场刺死，老汉与另一个儿子被押入牢狱。两个儿媳变卖了房产，打算结伴上长安诉冤，还没有走出南阳，便在路上被人劫杀，儿女被掠卖，下落不明。另一个儿子覆狱时抗辩，被毙于杖下。

"小人苟且偷生，为的就是活下去，看不到恶人恶报的一日，我死不瞑目。大老爷为小的做主，我全家地下有知，来世结草衔环，也要报答大人。"

等到杜周做完笔录，义纵沉着脸问道："南阳如这老者般获罪者有多少？"

"全郡在下不敢说，这杜衍县狱内关押的，不会少于十家。宁氏本来只是平民，宁成还乡后，雇人开了些荒，可数年间，宁家的田产猛增了百倍，其中的好地，大都是这种来路。"

"这东里的百姓，肯出头为这老者做证么？"

杜周摇摇头道："不好说。宁家在南阳郡上上下下都有关系，没有人不怕。"

义纵又提讯了一些人犯，大都与陈老汉类同，因与宁家争田产而入狱。出了县狱，天色向晚，县令与县丞等早已恭候在门前，请太守前堂赴宴。义纵很客气地笑笑，说朝廷颁布新律的特使不日到郡，他不能耽搁。临上车前，他叫过杜周，低声吩咐道：

"你将今日提讯人犯的笔录誊好备用。这批人犯，是重要的案证，你要看护好。我会很快回来。"

杜衍县在南阳郡治宛城西南十里处，用不到一个时辰，义纵便回到了太守府，用过晚饭，掾史来报，邮驿送过来的消息说，朝廷宣付新律的使节，已过了鲁阳，明日一早可到宛城。他摆摆手要掾史退下，独坐沉思，回想上任一年来的经历。

到任之后，慑于他的威名，全郡竟不治而安，官吏百姓无不重足①而立。郡中的大户，如孔、暴、宁氏之属，无不循规蹈矩，敛足不出。义纵治乱，惯常的做法是趁其为恶之际，鹰击毛挚②，可豪强敛迹，竟使他无从下手。显然，事前他们已得到了警告。

义纵暗中摸了一下郡中豪强大户的底。南阳宛城，与齐之临淄，并为关东富庶的商邑。南阳西通武、郧二关，东接淮水，北靠中原，南临江汉，是中原枢纽之地，四方商贾无不辐辏于此。所谓"宛周齐鲁，商遍天下，故乃贾之富，或累万金。"南阳是富郡，而富郡中的首富则为孔氏，孔家自秦末迁徙至此，以冶铁起家，几世经营，现已成为举世闻名的大铁商。孔氏富拟王侯，起居用度豪奢，平时倒不甚作践百姓。

暴氏原为宛城商户，后勾结官府，联络江湖，养了一大帮打手，成为宛城市场上的一霸。除垄断大宗棉麻食粮交易外，除孔、宁二家，无论坐地商，过路商，在宛城及邻县市场上交易，必得向暴家交纳保护费，稍有不从者，轻则货物被抢，人遭暴打；重则摊位被砸，杀人害命；不合作者难在市场立足。久之，交保护费竟成地方惯例，官府不闻不问，与之相安无事。自义纵到任后，表面上市场中再见不到收取保护费的事情，可商户们惧怕报复，仍暗中向暴家送缴。

至于宁氏，主要是放贷，然后以债务为名兼并农户的土地田产。失去了田地的农民，又只能以租佃为生，久之欠债愈多，多有沦为宁家奴婢者。而在官私两面，宁家都极有势力。百姓状告宁家，绝无胜诉之望；不甘屈服者，宁家会找江湖上的人暗算你，那个暴家，也会为了钱，出头充当打手。或举族背井离乡，或低头服输，或家破人亡，与宁家作对者，脱不开这三种下场。

义纵还发现，郡县官员，盘根错节，多与豪强大族关系密切。自己有什么打算和举动，竟难于保密，对方都能事先知晓，预为布置，使他功败垂成，

---

① 重足，秦汉时习用语。指因过于害怕而不敢挪动一下脚步的样子，泛指循规蹈矩。

② 鹰击毛挚，鹰隼展翅于空中扑击飞鸟之状，用于比喻动作的凶猛无情。

难于将他们绳之以法。后来，他更换了府中的掾属与护卫，泄密的事情止住了，可自己信得过的下属多是外地人，办事情仍离不开郡县各级官吏，难收如臂使指之效。于是他借巡视之机物色本地可用之人，杜衍县的狱吏杜周，就是他近来发掘到的人才。杜周是能吏，但不得重用，心怀不满。经他指点，义纵终于发现了蹊跷之所在。

义纵上任伊始，就在宛城覆狱。以他的经验，只要找到被冤枉的犯人，就不难查出官场的黑幕。可令他吃惊的是，他翻遍了案卷，竟无一例冤案，且案情多为鼠窃狗偷，案犯多为外地之人。他大惑不解，问主持治安牢狱的都尉侯成，难道宛城竟无一人犯法么。侯成笑眯眯地反问道，大人治下都是良善之民，难道不好么？很久以后他才得知，这个都尉，竟是宁成的妹夫。

原来宛城的人犯，在他到任之前，已经转移到各县。案卷存于都尉之手，人犯则属临时拘押，不造名册，根本无从查起。若不是他事先知道了底细，猝然临狱提讯，人犯来不及进一步转移，这个黑幕，绝难揭破。下一步怎样做，他已胸有成竹。只要平反了一个冤狱，百姓认准他真能主持公道，一潭死水的局面就不难打破。只要有一个受害人开口，百姓平日的积怨就会如洪水溃堤般喷薄而出，宁暴之属，难逃灭顶之灾。

明日接送过专使，他要再去杜衍，提回人犯，一举将案子审结，公布于全郡。那时想要捂住黑幕，就绝无可能了。想象着万民欢腾，宁成之属惶惶不可终日的样子，他不由得微笑了。他要好好睡上一觉，五日里接连巡视了六个属县，他太累了。

"长孺兄，长孺兄！"

杜周正在瞌睡，听到有人招呼，猛然惊醒。原来是自己的顶头上司，狱丞罗岗。

"狱里潮湿得很，你睡在这里，会坐下病的，还是到上面睡吧。" 罗岗笑眯眯地说，很关心的样子。杜衍县的牢狱在地下，狱门则在地上，里侧有座简陋的小室，与牢狱相通，供当值的狱卒休憩。

杜周道："郡守大人行前吩咐过卑职，要看押好这批人犯，在下怕出纰漏，不敢不躬自守护。"

罗岗不以为然道："人犯在此关押了一年，从无纰漏，怎么郡守大人一来就会出事？长孺未免过虑了。"

看看杜周没有离开的样子，他沉下脸道："县令大人有话对你说，正在上面候着呢，你马上跟我去一趟。"

杜周无奈，喊过一个狱卒接替自己，随罗岗走到前堂。前堂便是县衙，县令彭川正等在那里。

"今日郡守大人提讯人犯，都问了些甚？"

"禀大人，问了人犯的姓名、籍贯和案由。"

"还有甚？"

"没有了。"

彭川双目灼灼，久久盯着杜周。杜周心里发毛，可还是迎着县令的目光，很坦然的样子。

"没有了？"

"没有了。"杜周很肯定地说。

"你做狱吏多少年了？"

"差两个月十年。"

"十年里换了几任县令呐？"

"连大人在内，有五任了。"

"那么，你在县里也算老人了，官场上有个道理你不该不懂。"

"在下不明白……"

"你莫揣着明白装糊涂！'铁打的衙门流水的官'，这句话你敢说不知道？"

"在下知道。"

"知道就好。新官上任三把火，哪个不是这样！你跟着他闹腾，把大户得罪遍了，能有你甚好处？任期一到，他拍拍屁股走人。可你呢，你是坐地户，你走得了么？你全家和族人走得了么？你还得在南阳做事吃饭不是？"

"可是郡守大人吩咐下的事，在下不敢不认真。"

罗岗瞪起眼，喝道："杜周你别忘了，县官不如现管，得罪了郡守，你大不了削职为民，得罪了大户，你怕是死无葬身之地！"

彭川厉声喝道："本县叫你不听郡守大人的吩咐了？笑话，你倒会倒打一耙！"他对罗岗使了个眼色，缓和口气道："你再想想，好自为之。"言罢拂袖而去。

罗岗拍拍杜周的肩头道："县令知道你勤勉能干，只要你听话，过后就会升你的职。"他从怀中掏出两枚马蹄金，放在公案上，"这点意思你先收下，是大户送的，你帮了他们，日后的孝敬会更多。"

杜周知道，县令及同僚们已经怀疑是他暗中相助义纵了，不然不会如此开门见山。在这场旋涡中，他已不可能置身事外了，他的前程乃至身家性命，全系于义纵能否扳倒宁暴之属。想到这里，他反而泰然了。

"谢谢县令与罗大人的抬举，这金子在下不能收也不敢收。小人区区小吏，可也知道律法无情，欺蒙上官，枉法徇私的事情在下实在是扛不住。请恕我公务在身，告退了。"言罢，径自扬长而去。

院中很静，听不到一点儿声响，要出事，杜周忽然有了种不祥的预感。一踏进牢狱，他便知道确实出事了。狱门大开，代他值守的狱卒被人打昏在小室中。他点燃一支火把，下入狱中察看，果然，那老者及所有宛城移来的人犯，已踪影全无。杜周急火攻心，大叫着冲出牢狱。天色已经一片漆黑，火光中隐约可见几条黑影闪过，杜周抽出长剑，张口欲喊，后脑上却挨了重重一击。他晃了晃，颓然倒地，昏迷中听得身后有人对话。

"干掉这家伙？"

"人犯被劫，责任在他，留着他上官家的刑场吧。"

"那些人犯怎么办？"

"转移到平氏……"

伤处的疼痛开始弥漫，吞噬了他的意识，他昏过去了。

五十三

次日一早，义纵在城北的宜安亭摆开仪仗，迎候颁律的专使张汤。张汤时任中大夫，秩千石，可义纵知道他是皇帝倚信之臣，怠慢不得，还是出城十里亲迎。

这就是以猛为治，行法不避贵戚，把太后的外孙压入牢狱的人物？张汤上下打量着义纵，义纵身材中等，貌不出众，只有那双不卑不亢、略带杀气的眼睛，透露出些许酷吏的本色。

略作寒暄后，义纵向专使一一引见郡中的官员。引见到都尉侯成时，张汤道："你是函谷关宁都尉的姻亲？"

侯成也是官秩比二千石①的大员，态度却要谦恭得多。"承专使抬问，宁都尉是卑职的妻舅。"

张汤将一支加盖了封泥的简牍递给侯成，"路过函谷关时，宁都尉托我带封信给你。"

"多谢专使大人。"侯成得意地瞥了义纵一眼，将简牍揣入怀中，揖手道："阖郡的乡耆得知专使大人途次宛城，在城里公设了筵席为大人接风，卑职受乡里耆老之托，恭请大人光临。"

---

① 比二千石，都尉负责一郡的军事与治安，是郡中仅次于太守的官员。太守秩二千石（与朝廷中九卿的官秩略等），都尉比二千石，略次之。

张汤微微一笑，揖手还礼道："乡里父老的好意，在下心领了。侯都尉代我谢谢各位。在下皇命在身，还要赶往淮南，不敢耽搁，恕不能从命。"

一直冷眼旁观的义纵道："专使来此，食宿由地方供张，是惯例。我已吩咐预备了酒食，用多少，大人付钱便是。"

张汤捋髯笑道："二位大人有所不知，新律又恢复了旧制，受用属下的饮宴，是要罢官的，即使交钱也不可以。"

"可专使出行，一路上难道都要自备伙食？"侯成摇摇头，不解地问。

"沿途都有驿馆，饮食不成问题。二位大人就不必费心了。"言罢，张汤命侍从从副车上取出新律，授予义纵。

"皇帝励精图治，尤重吏治，新律在这上面严了许多，要在抑豪强，除兼并，使百姓安居乐业。在下出京前，皇帝命我捎话给郡守大人，说地方上的事情头绪多，要谋定而后动，不可操切偾事。"

义纵再拜顿首，感谢皇帝的训谕。安民生，抑豪强，除兼并，新律恰逢其时，来得太及时了！他心里欢喜，面色也和缓了许多。在得知专使也是新律的修订人后，义纵对张汤更增好感。接谈之下，两人颇有惺惺相惜之感。

送走张汤，义纵决定一鼓作气，再下杜衍，揭开黑幕。可当他赶到杜衍县狱时，情势却大大出乎他的意料。杜周不在牢狱中，昨日提讯过的人犯一个都不见了，而狱吏们却如什么事情都没有发生过一样，懒洋洋地聚在院中闲话。义纵大怒，吩咐侍卫将县令与狱丞找来。

"彭县令，这县狱中宛城的人犯到哪里去了？"

"宛城的人犯？"彭川一脸的茫然，他看看狱丞，问道："咱们这里有宛城的人犯么？"

"宛城的人犯？"狱丞也是一副很吃惊的样子，随即很肯定地答道："没有，咱们这里没有宛城来的人犯。"

"大胆！本府昨日亲自提讯过这些人犯，你们把人犯搞到哪里去了？"

彭川并无惧色，很沉着地说："大人提讯人犯，下官并没有在跟前。罗岗，你看到了么？"

"大人昨日查狱，不许小的跟从，小的也没有在跟前。小的主狱，咱们的狱中，从来没有关过宛城的人犯。"罗岗边说，边将犯人的名册递给义纵。"这是狱中全部犯人的名册，确无外来的人犯，请大人过目。"

义纵一掌将名册扫落在地，怒喝道："你们好大的胆子，竟敢上下其手，欺蒙本府。昨日提讯时，狱吏杜周明明在场，宛城来的人犯，乃本府亲眼所见，亲耳所闻。一夜之间，人犯竟不翼而飞，这渎职欺诳的罪名，你们怕是担不起吧！"

彭川揖手道："大人息怒。卑职在杜衍任职两年，大人所言的人犯，实在是闻所未闻，若有欺诳，甘愿服罪。且大人昨日提讯，不允卑职与狱丞与闻，既然杜周在场，大人不妨去问他。"

罗岗更是一脸的无奈。"是呀，狱，大人查过了，名册上，根本没有大人所说的人犯。大人咬定了说有，可谁也没见过，小的们实在糊涂了。"

望着两人有恃无恐的无赖样子，义纵气涌丹田，恨不得将其立毙于杖下。他记起皇帝要张汤捎给他的话，强压下怒气，阴着脸问道："杜周呢？叫他来回话。"

罗岗道："杜周昨夜值狱，不知被甚人打了，在家养伤。"

义纵吃了一惊，责问道："值夜遭袭，这么大的事，为甚不报？"

彭川道："卑职原打算报案，可查点之后，狱中一切安好，并未丢失任何人犯与物品。所以打算查明杜周遭袭的真相后，一并上报。以免遇事张皇，遭小题大做之讥。"

彭川振振有词，全无惧色，义纵竟拿他无可奈何。于是转赴杜周住处。杜周躺在炕上，脸色惨白，头上包着块麻布，渗出的血渍已经干了。见到义纵，他强撑想要爬起身来，义纵一把扶住他，要他重新躺好。

义纵示意侍卫退出去，待室内只剩他与杜周后，方才问道："昨夜出了甚事，谁干的？"

杜周摇了摇头，苦笑道："彭县令召我去问话，回来就发现人犯不见了。我出来喊人，被人打了闷棍。"

"甚人做的，是彭川指使的么？"

"说不准，应该是那些不愿大人查到这些人犯的人吧。"

"那么这些人犯呢？"

"小人被打倒时，听到了歹徒们的话，人犯好像是被他们转移去了平氏。"

义纵恨声道："这些恶贼，竟然矢口否认，好像没有这回事一样！"

杜周道："大人要即刻去平氏找到这批人犯！晚了，我怕他们会灭口。没有了这些人证，大人斗不过他们，处境就难了！"

"可你这伤势……"

"我不要紧，他们一时半会儿不会把我怎样，要紧的是找回人证，找不回来，大人就败了，我也完了。"

"那好，我马上带人去平氏，你要保重，回来再与他们算账！"

义纵起身欲走，杜周却一把拉住了他的胳膊。"这里到处是他们的人，大人一路小心，多带些人去，万万不可掉以轻心。平氏有个叫朱疆的狱吏，人很直，与我交好。大人如遇到甚难事，缓急之间，他是个靠得住的人。"

平氏县位于东南一百多里外的桐柏山区，淮水即由此发源，山深林密，地广人稀。只有一条驿路穿山而过，通往毗邻的江夏郡。平氏城西三十里处，有座宜秋亭，是驿路必经之处，建有供往来官员客商歇脚打尖的驿舍。日晡时分，暮色四合，驿舍庖厨的廊前，坐着一位瘦高的男人，他年过四旬，鬓间已有了白发。男人全神贯注，意态安详，仿佛全身心都集中于呼吸吐纳上，只有时而四下观望的眼神，透露出他内心的焦虑。

"朱先生，酒食都备好了，马上开饭么？"亭长吕无病笑吟吟地走过来，满脸殷勤。

"不急，我还要等几位朋友。"男人微微一笑，掏出块东西塞入吕无病手中。"有劳足下，这点小意思，请笑纳。厩中的马匹，烦足下饮足水，喂足精料。"

吕无病满心欢喜地看掌中的金子，连声道："先生客气了不是？宁大人的朋友，手面就是阔！小的在公署候着，先生有事尽管吩咐。"

男人正是朱安世。龙城得手后，他随卫青回到上谷，从虏获的匈奴马匹中分得了八百余匹。此后他一路贩鬻，所得颇丰。十天前，他赶到函谷关，与宁成会面。问起义纵在南阳的所为，宁成颇为自负，以为自己预先的布置天衣无缝，只要查不出要紧的证据，义纵再狠，也奈何不了宁家。朱安世对义纵的无所作为，却有种不祥的预感，以义纵的为人，绝不会轻易放过盯住的猎物，表面的平静下面，敌人也许正在悄悄地接近目标。

于是亲赴南阳一行，果然，义纵已经寻到了踪迹。若非他预为布置，一旦被义纵拿到了人证，宁成经营了多年的势力，很快便会土崩瓦解。宁成就逮，又会牵连到他，以及由他精心营建，官商一体的走私团伙。他与这些官员上下其手，共同营私牟利，多年来已形成一损俱损、一荣俱荣的关系。到了危及他事业的关头，他必得出之以援手。发现义纵查到了人证的所在，他当机立断，于是便有了昨夜那一幕。

由远及近，传来一阵急骤的马蹄声。朱安世用头巾蒙住脸，隐身于廊柱之后。片刻之后，一行十几骑人马已来到亭前，朱安世打了个唿哨，一高一矮两个人跳下马，向庖厨走来。这是一伙出没于桐柏山区的强人，平日里在家务农，看似循良百姓，暗中却从事掘墓盗铸，杀人越货的勾当。为首两人，一名梅免，一名百政。五年前朱安世押货去江夏时，在山中遇到这伙人的堵截，一番恶斗后，梅免与百政落败被擒，朱安世不为己甚，非但没有将他们押解到官府请功，反而放了他们。此番南阳之行，朱安世绝不想落下任何痕迹，这伙山贼正好派上用场。

"朱大侠……"哨声是约定的暗号，梅免、百政知道蒙面人是朱安世，走到他身前，长揖为礼。

朱安世做了个手势，止住他们，放低声音道："称我先生。事情都办妥了么？"

高个子点点头道："劫来的人犯都已押在山中了。"

"你们能肯定，义纵会来平氏么？"

"昨晚劫人时，照先生的吩咐，我故意漏下句话，说是人犯转押在平氏。义纵从那狱吏口中得知此事，应该会追过来。"矮个子是百政，射得一手好箭。

朱安世长吁了口气，拍了拍百政的肩头，笑道："他若来，必在今晚。你们就在这亭驿中候着，出其不意，做掉他们。能不能取他性命，全在你这弩箭的准头上了！"

他望了眼亮着灯火的公署，冷冷地说道："这里的亭长与他的属下会碍事，过会儿先把他们干掉，由你们的人扮成亭长、求盗。① 客舍后面的马厩中有二十匹马，是我从塞外带回来的，送给你们。活儿要做得干净利索，不留后患，事后看上去，要像遭了劫匪。事成之后，主家尚有千金之赠。"

"可杀害郡守，朝廷放得过我们么……"梅免面带忧惧，迟疑着说道。

"你以为藏在山里，义纵就会放过你们么！郡中的大户一倒，接下来的就会轮到你们。不是鱼死，便是网破，若除去义纵，宁家不倒，你们的日子，要好过得多。"

他拍拍梅免的臂膀道："我要庖厨准备了酒食，你们马上带弟兄们用饭，我估摸着，要不了许久，义纵便会带人追踪而来。"

"若他带的人多怎么办？"梅免问，看得出他仍然惴惴不安。

"义纵在明处，你们在暗处，你们扮成亭驿的人，他们不会戒备。即便人少，也可以智取。出其不意，猝然一击，不等他明白过来，你们已经得手了，何惧之有？亏你还是在江湖上混的！"

百政道："梅哥，没甚好怕的，只要杀了义纵，咱们就撤。"

朱安世颔首道："百政说得不错，只要做掉义纵，你们即可全身而退。劫狱的事已经做下了，眼下退缩，你以为义纵会放过你们么？"

"先做掉这里的乡吏，填饱肚子再说。"百政拉起梅免，向亭署走去。

朱安世忧郁地望着他们的背影，心中生出了一丝不安。用山贼办这种大事，是不是自己的失策？可临时换人，已无可能，义纵肯定已在通往这里的驿路上了。看来，必要时只有亲自出头，方可稳住这伙山贼了。

义纵一行路经宜秋亭时，天色已经完全黑了下来，亭驿中只有一间屋子中燃着灯光。来之前，他先回了趟宛城，调集了约三十名亲兵，决定连夜赶到平氏，给对手来个猝不及防。宜秋亭距县城已经不远，再有半个时辰足以赶到县城，义纵不打算在这里停留，做了个继续前行的手势。

---

① 求盗，乡吏名。汉代十里一亭，负责当地的治安与邮驿；每亭设亭长一人，掌理全亭；求盗一或二人，行使缉捕盗贼的职能。

"站住！你们是甚人？"黑暗中猛然冒出个壮汉，拦住了他们的去路。

"放肆！郡守大人在此。你是甚人？"掾史尹齐，纵马上前，手中的火把将那壮汉的脸照得通明。

"在下宜秋亭长吕无病，不知郡守大人驾到，冒犯了。请大人先到公署暂歇，卑职马上为各位安排饭食住宿。"大汉边应承，边向尹齐身后打量着，神色看上去有些紧张。

"你说你是谁？"一名侍卫催马向前，问道。

"卑职吕无病，是本亭的亭长。"

"你？吕无病？"侍卫吃惊地望着他，忽然明白了什么，大叫道，"吕无病我认得，这个人是伪冒的，抓住他！"

大汉撒腿就跑。几乎在同时，黑暗中飞来的一支弩箭穿透了侍卫的喉咙，他双目圆睁，鲜血从大张着的嘴中喷出，晃了两晃，便栽落马下了。随着嗖嗖的声响，矢下如雨，不等惊愕官兵做出反应，又有几人中箭落马了。

"娘的，咱们中埋伏了！莫慌，保护郡守大人！"尹齐大呼，一面挥剑格挡飞矢，一面护着义纵后退。

义纵大喝道："快把手中的火把丢掉，莫让贼人做了活靶子！"

亲兵们迎着弩箭飞来的方向，用力将火把甩了过去。有几只火把落在了驿舍草缮的屋顶上，烈焰瞬时而起，舔噬着茅草，很快就燃起了一丈多高的火舌，将宜秋亭映得一片通明。

透过火光，义纵发现袭击者人数并不很多。他安下心来，低声吩咐尹齐："你带一队人从驿舍后面绕过去，把他们赶到前面来！"

数十名蒙面大汉被压迫到了驿舍前面，暴露在火光中。义纵双膝猛磕马肚，马嘶鸣着冲向前去，他手起剑落，砍倒了一名蒙面人。官军士气大振，杀声大起，那伙人开始慌乱起来，左冲右突，试图逃走。

义纵又将一个蒙面人砍落马下，一抬头，一支弩箭正向他飞来，他本能地偏过头，弩箭擦面而过，随即感觉左耳一阵剧痛。他用手一摸，觉得耳朵好像被削掉了一块，血流如注。一个蒙面的小个子手执连弩，连发连中，冲在前面的亲兵又被射倒了几个。另一个瘦长个子的蒙面人，剑术极为精妙，连续刺倒两名官军，当之者无不辟易。山贼士气复振，呐喊着扑了过来。

义纵强忍住疼痛，在尹齐与亲兵护卫下，向亭署退去。亭署是座夯筑而成的三层土楼，易守难攻。尹齐为义纵包扎了伤口，可能是失血过多的缘故，义纵觉得眩晕不止，头很沉。

"尹掾史，你马上带几个人冲出去，到平氏传我的命令，要县里尽速调人会剿，要快！"

"可大人你呢，为甚不一起走？"

"这伙人是冲我来的，我留在这里，能拖住他们。你马上走！"

尹齐走后，义纵率亲兵们退入亭署，用公署中的物件堵住屋门，打算固守待援。他们在楼内的木梯旁，发现了两具男尸，有认得的士卒说，死者正是这里的亭长与求盗。

发现不是义纵，山贼不再穷追，很快返回来与同伙会合，围住了亭署。他们拆掉亭前的木表①，用作撞木，不过几下子，屋门便被撞碎。义纵率士卒退到二层，将登亭的木梯抽起。见到仰攻不易，山贼们退出亭外商量对策。好一阵子没有动静，义纵起了疑心，他登上顶楼下望，心一下子凉了：山贼们正将庖厨旁边的柴堆移向亭署，亭署四周已堆满了柴火。

夹杂着烈焰的浓烟，很快包裹住了亭署，士卒们剧烈地咳呛着，如无头苍蝇般上下乱撞。他们只能放下木梯，架起义纵，试图冲出去。可门窗早已被山贼的弩矢封住，一露面就会被射倒。义纵被呛得涕泪交流，喉咙与胸口火辣辣地痛，身边不时有人倒下。恍惚中，他看见了屋角的水缸，踉跄着跑过去，脱下官袍浸入水中，捞出后紧紧蒙在脸上，感受着水湿的丝丝凉意。亭署中的木梯与板壁也开始燃烧，愈来愈浓的烟雾让他透不过气来。他低估了对手，活该遭此暗算，朦胧中他似乎看到了宁成狰狞的笑脸……他昏了过去。

不知过了多久，嘈杂的人声惊醒了他，烟雾中冲进来几个人，影影绰绰地看不清面目。看来，最后的时刻到了……身为朝廷大员，要死得有尊严。他倚坐在墙角，正了正头上的冠带，握紧长剑，准备作最后的一搏。

---

① 木表，古代亭驿前竖立的用以标示地名路程的木柱，状如后世之华表。

五十四

"郡守大人，郡守大人！"来人大叫，四下张望着。

义纵倚着墙壁站了起来。见有人移动，那人走过来。"是郡守大人么？"

烟雾中的面孔很生，义纵点了点头，用剑指着他，警惕地问道。"你是谁？"

那人回过头大呼："尹大人，郡守大人在这里！"随即揖手道："在下平氏县吏朱疆，参见大人。"

见到满脸欣喜的尹齐，义纵才松了口气。尹齐与朱疆将他扶到屋外，整个驿亭，除了这间摇摇欲坠的亭署，已化作一片灰烬。

"那些蒙面贼人呢？"

"见到县里的援兵，这帮人不待接战，就四下逃散了。据朱县吏讲，这伙人很像是桐柏山中的山贼。"

义纵摇摇头道："山贼？山贼靠打劫商贾为生，也敢袭击官军么？"他忽然想起什么，盯住朱疆问道："你是平氏的狱吏？"

"在下朱疆，任平氏县尉，兼管县狱。"

"我有件事问你，昨夜可有一批人犯押入县狱？"

"人犯？"朱疆摇摇头道："昨夜并无新人犯入狱。"

"你敢肯定？"

朱疆肯定地点了点头。"在下管狱，所有人犯，必经下官查验登记。"

"那么平氏县狱中，可关押着宛城的人犯？"

"宛城的人犯？没有。"

半途遭劫，而人犯竟不在平氏狱中，事情太蹊跷了，难道是杜周听错了？义纵百思不得其解。"今晚这些山贼，甚来路？平日也这般猖獗么？"

朱疆道："这伙山贼，平日居家为民，有事时啸聚山林，打劫过路的商贾，这几年一直偃旗息鼓，从无滋扰地方之事。"

这伙山贼竟是专门冲着他而来的了。为甚？他们又如何能提前得知自己今夜要路过宜秋亭？看来，杜衍转移人犯，与宜秋亭的伏击有着密不可分的关系，杜周听到的话乃有人故意为之，作为诱他上钩的诱饵，整件事情竟是个精心设计的圈套！义纵不禁私心佩服起这个设套之人，为他被人牵着鼻子走而脸红了。

没有人证，案子就难以突破。自己竟如皇帝所言，是操切偾事了。他叹了口气，看着朱疆，此人厚重沉稳，倒像是个可以交托大事之人。

"朱疆，今夜这件事关系重大，必得尽速查个水落石出，侦破此案，你可有甚想法么？"

朱疆道："山贼隐伏不动，难查其踪迹；只要他们动弹，就会露马脚。方才山贼仓皇逃逸，留下了几具尸首，由此明察暗访，不难找到线索。"

"怎么做？"

"卑职以为，可先约集四乡的三老五更①，认领尸首，则山贼身份可知；再查平日与其往来密切，行迹诡异之人，则其同党忧心暴露，必惶惶不可终日。再于四乡公示举报赏格，另派细作暗中查探，顺藤摸瓜，定可寻到巢穴，擒其首恶。"

义纵摇摇头。"你这个主意固然好，可有批人犯在山贼手中，是重要的人证。耽搁得太久或查得太紧，山贼都会铤而走险，杀掉人证，我们就得不偿失了。为今之际，当趁山贼惊魂不定，出其不意，攻其不备，穷追不舍，决不可留给他们喘息之机。"

山贼事小，人证事大，时机稍纵即逝，他也要反其道而行之，绝不能容对手从容布置，再看自己的笑话。于是当机立断，命令尹齐随朱疆即刻沿着

---

① 三老五更，三老、五更，汉代乡官名，由当地德高望重的老人担任，负责一乡民事教化。

山贼逃遁的方向追踪，自己则连夜赶回宛城布置。自明日起，他要兵分几路，全郡大索，逐一查验属下所有县狱，找出被对手隐匿起来的人证。

尹齐、朱疆赶到宜秋亭时，朱安世并未随山贼们逃遁，而是一路北行。天将破晓时，他已出了南阳，进入了颍川郡。晓行夜宿，三日之后，他又到了函谷关。

宁成将一封简牍递给朱安世，狞笑道："他就是侥幸逃得性命，又有何能为？我妹夫来信了，转移到各县的那些个人证，都已做掉了。他娘的，干净利索。他义纵再能耐，没有了人证，干我个毬！"

"此人以猛为治，不搞出名堂来不会善罢甘休。证据，他只要找，总会找得到。你宁家在南阳那么多仇家，只要一家开了口，决堤之势，没有人能压得住。况且，他后面撑着的是皇帝，新律法有一条除奸猾兼并之徒，咱们都在里边。"

宁成不以为然。"我看未必，水至清则无鱼，这个道理天子能不知道？！"

"可百姓是朝廷兵税之源。你夺了一份百姓的土地，国家就少了一份兵税。这种事多了，于国家不利。我真想不透，你弄那么些田地作甚，做生意一样可以发大财么！"

"可商贾是什么身份？我可不愿子孙永远矮人一头。被征去从军作战，上阵送死的，有市籍人的子弟还少么！"

"这义纵绝非善茬子，你还是多留心，好自为之吧。"

"娘的，是福不是祸，是祸躲不过。即便吾家兼并，也不犯死罪，逢赦还可以出来。对了，忘记了告诉你，宫里头有了大喜事。"

"大喜事？"

"皇上有儿子了，是卫夫人生的。这么喜庆的大事，朝廷一准要大赦，义纵即使抓了我的家人，也关不了几日。"

朱安世一喜，卫氏生了皇子，地位当更为尊贵了。他也该去长安一行，访访朋友了。

皇帝二十九岁，才得了头一个皇子，长安两宫皆大欢喜，连日赐宴百官，举朝同乐。

"阿彻，你看这孩子，憨憨厚厚的样子，与你小时候简直一模一样呢。"王娡抱着孙子，看过来看过去，喜不自胜。老了，老了，总算抱上了孙子，皇帝总算有了皇嗣，皇家的血脉不愁传承了。欢喜之余，又不免有些伤感，卫子夫为皇帝生了儿子，迟早会被立为皇后，卫氏真的要取代王氏，成为朝廷内外最有势力的外戚了。

"娘，也让朕抱抱儿子。"刘彻接过褓褓中的婴儿，亲了亲，满怀慈爱地端详着。

"太后，陛下，这孩子还没有取名，请陛下为他取个名字吧。"卫子夫笑吟吟地说道。

"对，是得取个名字。"刘彻沉吟了一会儿，说道："此儿乃我大汉之国本，刘家的依靠。朕看，就叫他刘据吧。"

王娡颔首道："刘据，刘家与大汉之依靠，好，这个名字好！"

卫子夫喜滋滋地躬身行礼道："臣妾谢皇帝与太后赐名。"

王娡瞥了眼卫子夫，不经意地问道："皇帝，那位王夫人的身子也有七八个月了吧？听太医说，也是个儿子？看来今年皇帝是双喜临门呐。"

刘彻笑道："吴太医诊过几次脉，说是从脉象上看，十有八九也是个儿子。"卫子夫赔笑依旧，可笑得很难看，目光也暗淡下来。

"可惜让阿娇耽搁了十年，不然眼下陛下的儿子也该老大了，太子也早就立了。"

刘彻心里不快，蹙眉道："过去的事，娘就莫提了。"

"女人若太张狂了，就活该自作自受，好了！娘不提她了。来，再让奶奶抱抱宝贝孙子。"皇太后意有所指，卫子夫佯作不知，从刘彻手中接过婴儿，恭恭敬敬地交给王娡。

回到未央宫，数封边塞的警报，驱散了刘彻得子的喜悦。他紧急召见卫青、李息、公孙贺与主父偃等近臣，讨论对付匈奴的方略。最后决定，在时机与条件尚不足以与匈奴决战之前，先由卫青与李息各带一军，游弋于雁门与代郡边塞，寻机与犯边的匈奴交战，予敌以重创，杀一杀匈奴人的气焰。

众人退下后，刘彻正欲去后宫探视王夫人，忽然看到主父偃仍在原位未动，仿佛有话要说。

"你还有事么？"

主父偃稽首再拜道："闻知陛下得了皇子，大汉皇祚永续，小臣恭喜皇帝，贺喜皇帝！"

"就这事？天下同喜。" 刘彻含笑点了点头，起身欲走。

"陛下，小臣还有话说。"

"有甚话方才不说，要等到现在？"

"小臣敢问陛下，自李将军免为庶人，欲破匈奴，朝廷所能依仗者，卫将军一人而已，是这样么？"

刘彻想了想，颔首道："算是这样吧。"

"小臣愚昧，敢问陛下，大将出征，心存感戴者比起心存怨望者，哪一个更能为陛下出死力？"

"你这是明知故问么！当然是心存感戴者更为出力。怎么，你是说卫青心存怨望？"刘彻的脸色有些难看了。

"卫将军么？当然不是。可以小臣方才的观察，卫将军似意有不足。"

"意有不足？怎么，朕亏待了他么！"

"当然没有。以小臣的揣度，卫将军为的不是自己。"

刘彻沉吟道："你是说卫夫人？"

"陛下神明天纵，不言自明。卫夫人为陛下诞育皇子，延续了皇祚，大有功于汉室。母子若无封号，卫氏意有不足，乃人之常情。"

刘彻的脸色更难看了。"你管事管到朕家里来了！依你说，该给她们母子甚封号呢？"

"恩出于陛下，非臣子所敢妄言。小臣束发就学时起即知春秋继统，母以子贵，子以母贵。陛下首倡儒学，何不率先垂范，以化万民。小臣惶恐，罪该万死，可思之再三，陛下之家事关乎国运，为臣者理应知无不言，言无不尽，耿耿此心，敢质天日。望陛下三思。"

主父偃的话，搅动了刘彻心中的波澜。自从有了王夫人，他对卫子夫已日渐疏远。他之所以迟迟不作决定，就是想等到王夫人分娩后再作决定。王夫人若也生了皇子，则皇后与太子可以择人而立。主父偃的话提醒了他，切不可以个人之爱憎好恶行事。比起驱逐匈奴的大业，这些个男女私情算得了什么？作为一国之君，当以国事为先，拿得起，放得下，方可称大丈夫。

况且，立王夫人为后，她是否会像阿娇一样，恃宠而骄，把持后宫，妒忌生事呢？卫子夫为人行事内敛，待人和善大度，主持中宫者应该有此风范。可也有人称她有心机，他留意观察过，倒也没有发现什么。况且，她生了皇长子，立她为后顺理成章，百官会一致赞同，不会引发争议。当然，主父偃的话也有道理，国家用人之际，对大将之才要结以厚恩。立了卫氏，卫青必会感恩戴德，更加卖力地去打匈奴。

斟酌再三，刘彻心中的天平偏向了卫子夫一边，决定于春三月择日册立她为后。至于皇太子，儿子尚在襁褓，事情并不迫切，他完全可以俟诸来日。

"你的话朕自会斟酌。"皇帝的神色转为平和，示意他退下。主父偃知道说动了皇帝的心，兴冲冲走下前殿。迎面遇见了匆匆赶来的太常司马当时与郭彤，后面还跟着所忠。他拉住所忠，悄声道："卫家托我的事情，十有八九成了，公公可以去报喜了。"

所忠喜出望外，"成了！真的？"

"我估摸着旬月之内，必有消息。"

"事情成了，卫夫人必有重谢，大人前程似锦，在下这里先给大人道喜了！"所忠看了看司马当时与郭彤的背影，揖手道："改日再给大人贺喜，在下公事在身，先走一步了。"

主父偃好奇地问道："你们这么急匆匆的，有甚大事么？"

"事倒不大，可得由皇上定夺。"

"怎么？"

"上个月江都王薨逝，报丧的使者近日才赶到。太常议谥为'易'，再有就是太子嗣位之事。江都的使者急着回去复命，可这太子刘建，劣迹昭彰，太常不敢拿主意，要请示皇上。"

"哦，又是个有劣迹的，比燕王如何？"

"此刻实在无暇，我得走了，咱们改日细谈。"所忠揖了揖手，追赶司马当时去了。

"继嗣，继嗣……"主父偃喃喃自语着向宫门走去。在走出司马门那一刻，一个念头忽然闪现于脑际，盘旋不去。一日之内，为卫家办成了大事，又有了这为皇帝分忧，可邀天子之宠的妙计，他的发达，指日可待。想到这里，主父偃得意地笑出了声。

"大人请上车，小的送大人回家。"

主父偃一抬头，原来是以前上下朝常乘的那辆安车的车夫。

想起不久前尚受窘于此人，主父偃冷笑道："难为你还要我坐你的车，不怕我赊你车钱了么！"

言罢，他轻蔑地扔给那车夫一枚半两钱，朝着近处一辆华丽的轺车做了个手势，轺车驾着西域种的高头骏马，朱漆彩轮，耀人眼目。车驭一声吆喝，轺车直奔他而来，这是他才买下来自用的私车。

"回尚冠里新宅。"他昂首阔步登上轺车，心里充满了报复的快意。车驭答应了一声，脆脆地甩出一声响鞭，四马扬鬃奋蹄，转瞬之间，轺车已消失在长安的街市之中。

五十五

次日是休沐日，主父偃原想美美地睡个懒觉，却不料一早就有不速之客上门。他不情愿地披上衣服，趿拉着布屦，走出寝室。

"你这人咋这么不识相，你就不会说主人不见客么！"他长长地打了个哈欠，斜睨着门房，没好气地说。

"小的原想推托，可这些人看上去来头不小，万一得罪了，不是给大人你惹事嘛。想想还是得回大人一声。"门房赔着笑，将两支名刺递了过来。

主父偃扫了眼名刺，神色为之一变。"快请各位大人正堂就座，说我随后就到。再告诉沉香烹壶好茶送过去。"

来访者原来是当朝的贵戚，卫子夫的姊夫、太仆公孙贺与卫子夫的长兄、侍中卫长君。主父偃急忙盥洗更衣，赶到前院的正堂，揖手谢过道："想不到各位大人光临敝宅，真是蓬荜生辉！在下失迎，失迎了！"

客人有四个，除去公孙贺与卫长君外，另外两人很面生。一人年轻，贵家公子模样；另一人年近四旬，瘦骨嶙峋，目光黯淡，一望而知涉世很深。客人们纷纷起身还礼，公孙贺笑道："吾与长君，稍后还要入宫办事，过来早了些，搅了大人的清梦，不好意思。"

主父偃连连摆手，笑道："哪里，哪里！平日请都请不到呢，何打搅之有！"

"犬子公孙敬声，字伯光。"公孙贺拉过身后的青年公子，吩咐道："问主父大人好。"

"主父大人安好。"公孙敬声恭恭敬敬地作了个长揖。

414

"公子面相英俊，日后必成大器，伯光，伯光，定能光大太仆大人的家声。"主父偃哈哈笑着，抢前一步扶住公孙敬声。

"这一位是我家的世交朱先生，也是敬声的师傅。"

朱先生也作了个长揖。"久闻主父大人之名，在下倾慕已久，得知太仆大人要来，特为跟来一瞻颜色，今日得见，足慰平生。"

"在下不过一介文士，承天子识拔，备位顾问而已。先生谬奖了。"朱先生的话，说得主父偃心里很受用，先就对他有了几分好感。

卫长君笑道："主父大人过谦了。谁不知道大人是今上的智囊，朝廷百官之中，能使皇帝言听计从者，主父大人一人而已。"

主父偃连连摆手道："在下不过出了几个主意，是皇帝天纵英明，从善如流。好了，各位请入座，君子之交淡如水，请各位尝尝这茶，是东越的贡品，皇帝赐给我的。"

众人齐声称赞茶好，又应酬了一气，公孙贺等方道明来意。

"大人有乔迁之喜，我与长君事前不知。今日来特为道贺。"言罢吩咐侍从抬过一只木箱，"余与内子以千金为贺，望大人笑纳。"

卫长君也命人抬进一只箱子，说是他代卫氏一门亦以千金为贺。主父偃一下子明白了，卫氏已经知道，他说动了皇帝，如此厚赠，乃履行从前的诺言。比起皇后的大位，这区区两千金又算得了什么！既是该得的，受之无愧，他也就不客气地收下了。

人逢喜事精神爽，公孙贺与卫长君走后，主父偃睡意全无，留公孙敬声与朱先生闲谈。公孙敬声是个贵公子，满脑子的声色犬马，哪里耐烦在这里闲谈，敷衍了一会儿便告辞了，倒是那位朱先生，品茶议论，一脸的闲适，没有一点儿离开的意思。

"听大人的口音，好像是齐国人？"

"不错，我是齐国临淄人。你怎么能听出我的口音？"

"在下祖上乃鲁国人。齐鲁不分，皆是乡音，听上去很亲切，故知大人是齐人。"

"这么说来，你我倒是小同乡了。敢问先生名讳，祖上鲁国哪里人氏？"

"在下朱六金，祖上鲁朱家是也。"

主父偃一怔，随即揖手道："朱家，朱大侠！你是朱家的后人？失敬了！"

"在下除去赚到些钱，一事无成，先祖地下有知，怕是会遗恨九泉呢。大人佐明君，安天下，见重于朝廷，立名誉于乡里。相形之下，在下无地自容。"

"哪里，足下客气了。不瞒你说，我亦困顿多年，只是近几年，光景才好起来。'穷在家门无人识，富在深山有远亲。'真是一点儿不假！当年乡里亲党，视我如路人，避之唯恐不及呢！"

"大丈夫富贵不还乡，如衣锦夜行。大人此刻发达，何不还乡一行，一吐当年的腌臜之气？"

主父偃叹了口气道："我原来亦作此想，无奈朝廷事多，离不开。回乡数千里之遥，往来用度不会少，盘缠也不凑手，故迟迟不能成行。"

朱安世笑道："大人何苦请假还乡？以皇帝对大人的器重，谋一郡国守相之职何难！大人以封疆大吏的身份还乡，何愁盘缠？又何等荣耀！"

"你是说回乡做一任父母官？"主父偃沉吟不语，意有所动。

"在下诚心想结交大人，又怕大人嫌弃。方才碍着各位大人，不好亮明身份。不怕大人笑话，在下是个商人。"

主父偃捋须笑道："商人有甚不好，何嫌弃之有！我有个朋友孔车，就是个专跑塞北的生意人。吾贫贱之时，多蒙其周济呢。"

朱安世叫道："孔车？这个人我早就认识，为人侠义，多年不遇，他还在长安么？"

"还在长安。不过最近有生意，去了上郡。"

"小同乡，又都是孔君的朋友，真是越说越近乎了。大人若不弃，我们就做个朋友，如何？"

"好啊，朋友么，多多益善！"

"既是朋友，大人乔迁之喜，不可不贺。"言罢，径直出屋，不一会儿，从停在门外的马车中，也搬进来一只箱子。打开，全是金灿灿的马蹄金。

"在下亦以千金为大人贺。"

主父偃连连摆手，脸上则笑容可掬。"不可，不可！公孙太仆与卫家厚赠，是谢我为他们办了大事。你我乃初交，吾怎可受此厚礼！"

"大人不肯收，是看不起我这个朋友了！"朱安世垂头道，脸上是极失望的神情。

初次谋面，竟有如此之厚赠，这位朱先生显然是有备而来。主父偃狡黠地笑了笑，"无功者不受禄。你实话告诉我，送我这么厚的礼，是不是有求于我？你若不说实话，我会真看不起你的！"

朱安世被一下子问住了，他做出副嗫嚅难言的样子，思忖着这话该怎么讲。

主父偃道："我一生蹉跎数十年，这世态炎凉、人情冷暖我见过多了。当朝的廷尉翟公翟大人说得好，一贵一贱，交情乃见。我当年转徙流落关东，食不果腹时，怎么不见有人送我钱，交我这个朋友？如今身为天子身边的近臣，送钱交友者乃络绎不绝。是看得起我么？我还不缺这点自知之明，他们看得起的是我在皇帝面前说话管用，包括方才与你同来的大人们。所以，你莫不如实话实说，办得到，我就收下你这份贺礼。你我既非贫贱之交，所图者无非一个利字，你是商人，更该明白这个道理，直来直去，反倒更容易成交。朱先生看，是不是这个道理？"

这个主父偃，果然厉害，也真的痛快。朱安世点点头，很恳切地说道："透彻！大人所言极是，官场，商场，所图者无非一个利字。在下确是有求于大人，也诚心想交大人这样的朋友。"

"说吧，甚事？"

"函谷的关都尉宁成，大人可知道？"

"知道。"

"宁大人是我的患难之交，南阳郡守义纵与他过不去，以兼并民田为由，欲置其于死地。求大人援手救他。"

"兼并民田……"主父偃沉吟着，面露难色。朝廷刚刚颁布的新律，抑豪强，除兼并，是内中的要点。这是件赶在风头上的事情，颇为棘手，可这黄澄澄的金子他也舍不下。沉吟良久，方才开口问道：

"这宁家兼并的田产有多少，全是宁成所为么？"

"宁成居乡时，垦殖了不少荒地，也买过别人的地。自他起复后，在乡的兄弟子侄，数年来倚势横行，打着他的旗号强买强卖，眼下宁氏田产不下万亩，宁成名下之田约占十之一二。"

主父偃额首道："若是如此，他还有可能保全。至于其亲族乡党，吉凶祸福，但由天命了。"

"可那义纵心狠手辣，必会广为株连，把事情捅到皇帝面前，那时候，望大人出以援手，代为缓颊。"

主父偃顾左右而言他，笑道："这两人酷吏对酷吏，倒要看看谁狠了！"

"伯坚让人抓住了短处，危在旦夕，大人救他一命，事后他一定会厚赠大人的。"

主父偃却是一脸的漠然。"救命之钱，有事后才付的么？"

"要多少，请大人明示。"主父偃之贪婪，令朱安世心惊。

"宁成以为自己的命值多少钱，就是多少钱。"

"好。在下马上去趟函谷，宁大人也是识趣的人，一定会让大人满意。"此人乘人之危，狮子大开口，其心可鄙。可他敢收钱，就敢办事，紧要关头，还真得靠这样的人。

"你告诉宁成，眼下的办法，只有一个忍字。先撇清自己，再徐图将来。至于亲戚乡党干犯律法的情事，要一概推说不知。蚕蛇螫手，壮士断腕。这个道理，他应该明白。至于义纵，他若把事情捅到天子面前，我自会相机行事的。"

送走朱安世，主父偃匆匆走回正堂，摩挲着那三千两黄金，喜不自胜。商贾欲家累千金，没有十数年的努力怕是很难做到。而自己仅凭着一张能言善辩的利口，竟也能坐拥千金，数月之前，这是他想都不敢想的事。几十年的艰难困厄，终于有了回报，只可惜来得太晚。想想从前的日子，他有些伤感，有种逝者如斯、无可奈何的心酸。他已年逾知命，人生七十古来稀，这辈子留给他的只有十来年了！他还有几件大事未办，复仇，女儿的婚事，衣锦还乡……他不觉倏然心惊，年华老去，时不我待的感觉油然而生。

义纵调集士卒，兵分五路，遍查全郡三十多县的牢狱，可至关重要的人犯仍杳无踪迹。无可奈何之际，尹齐、朱疆那里却派人送来了消息，他们发现了山贼们的藏身处。义纵当即率大军赶赴桐柏山区，直捣山贼的巢穴，山贼们早已成惊弓之鸟，几乎没有抵抗，即作鸟兽散了。令义纵喜出望外的是，在贼巢的一间窝棚中，找到了杜衍县狱中被劫的六名囚犯，其中就有陈老汉。

由此，案情大白。杜衍县的令、丞故意纵贼行劫，为的是毁灭证据，这六个人犯之所以没有被杀掉，是因为山贼想以此为要挟，向官府讨要更多的赏金。掌握了人证，义纵在宛城举行了公审，当堂斩杀了杜衍县令彭川与狱丞罗岗，拘押了都尉侯成与宁氏族人数十口。消息不胫而走，阖郡震动，孔、暴氏等大族纷纷外逃，伸冤与举报者则纷至沓来。整座宛城人头攒动，每日来旁听审案的百姓，里三层外三层，将郡衙围了个密不透风。

　　五日后，案情审结。一日之内，宁成之昆弟子侄数十人，连同平日助纣为虐的家奴恶仆百余人，被并斩于市，观者欢声雷动，阖郡欢腾。南阳之风气，就此一变，义纵亦因此名传遐迩，豪强大户，恨之入骨，闻之丧胆；百姓商户提起他，则无人不竖大拇指，称其铁面无私。

　　都尉侯成与关都尉宁成，均为二千石的大员，义纵无权自行处置，于是将案卷汇集为爰书，专使递送长安。义纵呈请朝廷议定罪名后，将二犯押回宛城行刑，以平民愤。他极为自信，皇帝读过这些案卷，一定会震怒。此二人劣迹斑斑，铁证如山，绝难逃身首异处的下场。

五十六

深秋的南山，落叶簌簌，万木萧疏，地下堆积起一层厚厚的落叶。人走在上面，深一脚，浅一脚，腐叶没及脚踝。虎啸猿啼之声，此起彼伏，更为山林的肃杀添上了几分恐怖。从沟谷中走出几个人，循着这声音，走走停停，来到一处林间空地，空地上长满齐身高的茅草。

几个人都是一身短打，佩剑带弓，看上去仿佛是山中的猎户。为首者年纪已长，猿臂长身，眉目疏朗，须髯已略显斑白。而步履之矫健，又绝不似老者。跟在身后的两人，一个是面目精悍的中年汉子，另一个年纪略长，长须美髯。年长者侧耳细听了一阵草丛中的窸窣声，回过头，指了指那片草丛，又将手指抵在唇间，示意同伴不要发出声响。

一阵山风掠过，荒草摇曳，有只巨物若隐若现。老者张弓搭箭，屏息凝神地瞄着草丛中的东西，两个同伴悄然绕至两边，也向着老者瞄准的方向，持满待发。

远处又传来虎啸声，飒飒风声中，那东西仿佛在动。老者一激灵，大喝一声"着！"箭矢应声中的，訇然有声。几乎在同时，同伴的箭矢也都向那巨物射去。三人抽出长剑，准备迎战受伤扑出的猛虎。足足等了半刻，那家伙却卧在原处，既不吼，也不动。

那个面目精悍的中年汉子，拨开草丛，小心翼翼地走了进去，随即传出了他开心的大笑声。

"李将军，灌公子，快过来看看咱们射到了甚，将军真是好力道！"

那东西竟然是一块巨大的卧石，远看颇似一只卧虎。老者的箭镞正中卧石中部的一道裂隙，没进去足有两三寸深，难以拔出。另外两只箭则被弹了出去，散落在地下。

被称为将军的人就是李广，中年汉子是他属下的韩毋辟，长须美髯者则是颍阴侯灌疆。灌疆是开国功臣灌婴之后，与李广交好。元光三年，颍川灌氏受灌夫牵连，被免去封爵。可他家几世富厚，资财足用。李广被赎为庶人后，家居郁郁，灌家在南山脚下有座别墅，于是灌疆邀他小住，闲来无事，三人常结伴入山射猎。

李广用力拍了下卧石，笑道："我说射中时那么大声响，听上去就不像射中活物的动静。"

灌疆啧啧称奇道："如此力道，想来在老兄箭下，盾牌盔甲全无用处。"

韩毋辟接语道："确实如此，将军的箭法，举世无双。我亲眼所见，将军弓弩所向，胡虏避之唯恐不及。"

李广走出百步，对着卧石，张弓再射数箭，都弹了出去。"方才那箭，看来凭的是股寸劲儿。"他看了看天色，"时候不早了，咱们下山吧。天色一暗下来，咱们就成了瞎子，那会儿就不是咱们猎虎，而是虎猎咱们了。"

"伯远兄，历年算下来，你打到过多少只虎？"灌疆跟在李广身后，沿着来路下山，边走边问。

"算起来，总在十只以上吧。这回落了空，算我欠你一张虎皮。回到长安，你随我去挑，我家里现在还存着几张。"

到得山下，却有李家的人赶来送信，说是皇帝拜李广的次子李椒为代郡太守，边塞军情紧急，近日即须赴任，要他赶回去见一面。日已过午，当日是赶不回去了。韩毋辟于是提议，可先赶到昆吾亭他兄长处过夜，明日晚间即可赶回长安。

"千秋在家么？"灌疆问。灌氏因灌夫的关系，与韩孺相熟，灌疆也是他的朋友。

"每月月底他都要回家，我想应该在家。即便不在，还有我，住的地方有的是。"

于是三人赶回别墅，盥沐更衣，带着当日打到的猎物，直奔昆吾亭而来。

韩孺果然在家，见到他们，不觉大喜过望，忙将李广等让进庄院，一叠声地
吩咐女眷们收拾猎物，安排酒饭，自己陪客人们闲话。

听到李广明日要赶回京师为儿子送行，韩孺大笑道："伯远急着见儿子，
我亦急着见兄弟，赶到了一起，咱们得好好喝一回酒，以后朋友们聚首，就
难了。"

"怎么？"

"皇帝日前任命了一批郡国的守相。你家的李椒去代郡，我却被派到了
济北国。这一走至少三年，这酒，喝一回少一回了。"

灌疆道："这么说，千秋兄是被派了济北国的国相，可喜可贺，是得好
好喝一回。"

"所以我着急找仲明，走前，我得把家里的事交代给他。"

"千秋兄从京里来，朝廷内外近日可有甚大事么？"

"大事么……北边各郡一直不太平。匈奴自龙城遭袭后，存心报复。前
不久大举犯塞，连入辽西、渔阳、雁门三郡。辽西太守战死，渔阳、雁门两
郡都尉败绩。最惨的是韩安国韩大人，疏忽铸大错。一世英名，毁于一旦。"

原来韩安国以材官将军屯驻渔阳后，捕到的胡虏均言匈奴大军远去。时
值盛夏，正值农时，安国即奏请暂时罢屯，放屯垦的士卒回乡收割麦黍。不
想胡虏去而复来，直逼上谷、渔阳。安国屯驻的障城仅余七百士卒，出战不
力，他又受了伤，不得已退守障城，坚壁不出，沿边百姓千余人与众多牲畜
被匈奴掳走。安国以年纪老迈，难以胜任，意欲辞官，皇帝以为他畏懦讳责，
派专使严加斥责，不仅不许他致仕，而且把他迁到更为偏远的右北平郡。

至于西线，朝廷派卫青、李息分别从雁门、代郡出击。李息扑空，无功而返，
而卫青，如有天佑，遇到了左贤王於单，一战而胜，斩首二千级，受到了皇
帝的嘉奖。

"有椒房之亲，又连战连胜，举朝的将领，在天子眼中，都比不上这个
人奴之子了！"灌疆摇摇头，不屑地说。

韩孺道："子孟这话我不爱听，英雄不论出身，这个卫青，还真就不能
小瞧他。单说奇袭龙城那一战，可称得上是有勇有谋，绝非庸才所能为。"

韩毋辟对兄长的话不以为然，关市战败，李广被黜，他很为之不平。"兄

长不知道这里面的内情。李将军与公孙将军与敌鏖战，牵制住了胡虏，卫青方得隙进袭龙城。以毋辟看，他之得手，不过因人成事罢了。"

韩孺道："我看不尽然。敌众我寡，他就是全军赴援，也不过万把人，杯水车薪。可避实就虚，这万把人却有大用，他能因势利导，克敌制胜，就是大将之才。"

李广摆手道："我军失利，在贪功冒进，与他人无干。因人成事也好，因势利导也罢，事过境迁，再提也没有意思。千秋兄左迁，关山阻隔，今日一别，不知何日方能再见，我们莫再扯这些令人不快的话题了。"

说话间，酒席已经摆就。众人情谊殷殷，把酒话别。席间，窈娘伴奏，韩孺、灌疆与韩毋辟各自拔剑起舞，引吭而歌，以助酒兴。觥筹交错，兴会空前，唯独李广怏怏不乐，意兴阑珊。身旁的韩孺看在眼中，悄声道："胜败乃兵家常事，无足挂怀。郁郁寡欢，伯远有心事么？"

李广拍了拍自己的腰，苦笑道："赋闲二年，腰间都生了赘肉。我戎马一生，有两件事未成，心有戚戚焉。一是与匈奴单于一较高下；一是立功封侯，立名誉于乡里。吾已渐入于老境，不知还有没有这样的机会了。"

韩孺叫道："哪里话！闻鼙鼓而思将帅，朝廷一旦有事，第一个想起来的便会是将军。届时金戈铁马，旌旗猎猎，有的是胡虏等你去杀，何愁没有立功的机会！"

"你是宽我的心。"

"我若言之不预，下一次饮酒，我认罚。"

"下一次？不知何年何月了！"李广叹息道。

灌疆举杯道："一人向隅，举座不欢。朋友聚会，要当及时行乐，久闻仲明夫人歌舞俱精，请歌一阕为李将军助兴。"

窈娘看看夫君，韩毋辟点了点头，于是走到李广面前，敛衽为礼道："仲明在麾下，久承将军看顾，窈娘无以为谢，愿与将军共歌一阕。"

李广脸红了，颇为局促。"李广愚钝，夫人唱的歌，我怕是不会。"

"敢问将军可是陇西人氏？"

"是陇西。怎么？"

"秦时陇西有首出征前的战歌，流传极广，将军肯定会唱。"

"甚歌？"

"歌名《无衣》，将军一定会。听说李公子也要远赴代郡，我先唱，将军继之，各位和之，作为对李公子出征的祝愿，可好？"

众人齐声赞好，李广虽有些不好意思，亦只能颔首同意。窈娘看定李广，双手微扬，做了个邀舞的动作。

岂曰无衣？与子同袍。王于兴师，修我戈矛。

歌声柔而渐刚，由沉郁转为高亢。四句方止，窈娘做了个手势，众人齐声和道："与子同仇！"下一段轮到了李广。

岂……岂曰无衣？与子同泽。王于兴师，修我矛戟。

众人再和道："与子偕作！"在窈娘引领下，李广与之对舞，一柔媚，一刚劲，相映成趣。第三段是合唱，窈娘连连摆手，众人轰然合唱。

岂曰无衣？与子同裳。王于兴师，修我甲兵。与子偕行！

歌舞之后，李广胸中的郁闷散去许多，人也开朗起来。众人推杯换盏，猜枚行令，直喝到明月当头，方才兴尽。李广急于见儿子一面，无论韩家怎样挽留，也不肯留下，亦不许韩毋辟随他走。

"你随我这么多年，与家人聚少离多，再随我去，未免太不近人情了！即便夫人不说，我也不能允，我一个居家赋闲之人，用不着人侍候。况且千秋要去关东赴任，偌大个家你怎能丢给妇人操持？你好好与家人过日子，若将来朝廷再用我时，我自会捎信给你。"

话别后，李广与灌疆结伴而行，走大路回长安。月光如洒，将道路映得通明，两人乘着酒兴，促马疾行。时过子夜，赶到了霸陵亭。霸陵亭在长水东岸，过灞桥数里便是枳道亭，由此到长安，不过一个时辰的路程。可欲过灞桥，先要过霸陵亭。而汉代制度，日头一落，驰道便会禁止行人通过。当然也有例外，紧急公务或高官显宦，经过通融，也可放行。此亭亭长张可与灌疆相熟，灌疆自然全无顾忌，上前猛擂亭门。夜深人静之际，咚咚的擂门声，分外响亮。

"谁他娘的这么不知好歹，大半夜的不晓得禁行了么！"一个人高举火烛，趿拉着鞋赶过来。听声音正是张可。

"是我，灌疆，灌子孟。"

那人透过栅门，端详了一会儿，才认出了灌疆。"你怎地恁晚到这儿？这夜里驰道不准走人。"

"李将军急着见儿子，这才赶的夜路。我们要连夜赶回长安，你快开门放我们过去。"

"哪个李将军？"张可将烛火举高，仔细打量着灌疆身后的李广。

"还能有几个李将军？飞将军李广呗！"

"真的是飞将军李广？"张可将信将疑地打量着一身便衣的李广。

灌疆有些不耐烦，声音也高了起来。"你这人怎地了？我灌疆甚时说过谎话！我们要赶路，你快打开门，放我们过去。"

"不是我不认朋友，县里的长官巡视到此，今夜就宿在亭里。我私下放人过去，这碗饭就吃不成了！"

灌疆觉得很没面子，有些气急败坏了。"你打开门，哑默悄声放我们过去，有谁知道？别啰嗦了，快开门！"

张可犹豫了一下，还是从腰间掏出了钥匙，插进了锁眼。

"甚人在此噪鸹，不晓得朝廷的王法么！"黑暗中，蓦地响起一声暴喝，沉闷而嘶哑，三个人都被吓了一跳。

张可回过头，脸色一下子变得极为难看。来者五短身材，方头大脑，很壮，一脸的横丝肉。正是留宿于此的霸城县尉何定彪。

"回大人的话，是长安的两位官人，有事要连夜赶回去。"张可怯生生地说，钥匙也从锁孔中拔了出来。

"甚官人也不能破了朝廷的律法，你芝麻粒大个亭长，胆子倒不小，竟敢私放行人，我看你是干到头了！把钥匙给我。"

"小的不敢，小的再不敢了。"张可满脸恐慌，忙不迭地将钥匙递到何定彪手中。

灌疆揖手道："这位大人，我等实在是有急事赶回长安，还望大人通融。"

矮子瞥了他一眼，盛气凌人地说道："是公事么？要是公事，就拿公牍来验看。"

"吾等都是朝廷上有身份的人。吾乃颍阴侯之后，这一位，乃故李将军！"灌疆也急了，声音中有了负气的味道。

矮子斜睨着他们，满脸的轻蔑。"少拿他娘的官身吓唬我！别说故李将军，就是今李将军没有紧急公事也不准夜行。打我这儿过的大官多了去了，你们算个屁，老子不尿你们，就他娘的不放你们过去，你能干我个毬！"言罢，竟解开腰带，朝着他俩撒起尿来。

灌疆大怒，正欲上前对骂，却被李广拽住了。"律法既禁夜行，吾等自当遵行。敢问大人名讳，身居何职？"

矮子一瞪眼，满不在乎地哼了一声："怎么，想找后账？老子坐不更名，立不改姓，霸陵县尉何定彪。"

李广很沉着地一笑，揖手道："承教了，咱们后会有期。"

"少他娘的跟我来这套，老子候着你们！"

灌疆还想说些什么，李广拉住他，向附近留宿行旅客商的驿馆走去。

五十七

刘彻的心情很坏,他放下手中的奏牍,吩咐道:"召孔臧、主父偃进殿议事。"

连日来,有关各地诸侯王荒淫无道、滥杀人命的奏报不断。先是睢阳人犴反,上变告梁王刘襄母子不孝,虐待祖母李太后,梁王王后任氏,无孙媳礼,对李太后病不视疾,薨不侍丧。然后,又有燕国肥如县人郢弘,上告燕王刘定国擅杀朝廷长吏,行同禽兽,乱伦奸淫诸事。之后又有赵、胶西、济东诸国官员密报各王横行不法,犯奸作科种种情事。

刘彻的心情很复杂,这些诸侯王的恶行,固然令他汗颜,令皇室蒙羞;可这种种的胡作非为,却也让他放心不少,他倒宁可这些人是些渣滓,声色犬马总比他们励精图治,成为朝廷潜在的威胁强。像淮南王刘安、河间王刘德这样得人心,以仁义号召天下而又宾客盈门的诸侯,才是他真正的心头之患。

"臣孔臧叩见陛下,恭祝陛下千秋万岁,长乐未央。"孔臧是开国功臣之后,承袭了蓼侯的爵位,是三朝老臣,年高德劭,须发皆白,走起路来颤颤巍巍,可为人行事,仍旧一丝不苟。

"臣主父偃叩见陛下,愿陛下千秋万岁,长乐未央。"跟在孔臧后面行礼的正是主父偃。

刘彻拍了拍案上的奏牍,问道:"这么些上变的文书,你们议过了么?"

"臣等议过了。"

"如何论罪处置,你们也议过了?"

孔臧道:"议过了。臣等以为,诸王禽兽行,逆人伦,横暴不法,实堪痛恨。

依律应诛杀，国除为郡。"

"你们说得不错，这些混账东西是该死！可他们不是朕的叔父，就是朕的兄弟子侄辈，一概诛杀，天下人作何议论？朕岂不成了骨肉相残，刻薄寡恩的暴君！"

见到皇帝不快，孔臧有些心慌，再拜顿首道："臣等不过奉诏议论，如何处置，唯陛下圣裁之。"

"主父偃，你怎么看？"

"诸王之恶有轻重之分，自不可一概而论，况且不教而诛，也有失厚道。臣以为，重恶者应绳之以法，以儆天下；次者诏斥以示惩戒。如此，既昭示大汉律法之无情，又体现陛下的宽厚仁慈。"

"何为重，何为轻？"

看看机会来了，主父偃轻轻吁了口气道："臣愚昧，敢为陛下言之。诸王天潢贵胄，天子分封的本意就是要他们安享尊荣，在自己的封国内骄奢淫逸，贪图的是享乐，花的也是自己的钱，即便过分，亦不足深责。可若不安于位，有非分之想，做出悖逆无道之事者，则不诛不足以儆天下。"

"你但说不妨，谁悖逆无道，谁又有非分之想？"

主父偃成竹在胸，侃侃而言："圣朝以孝治天下，梁国王后恃宠而骄，目无尊长，悖逆无道，是首恶。再如燕王，寻衅杀害朝廷派去治理地方的长吏，无视大汉的律法，权移主上，是重罪。"

为阻止地方官员举报他的不法情事，刘定国居然截查公文，擅杀官吏，甚至使出灭门的手段，可恶至极。此风不刹，诸侯们一个个岂不又成了独立王国？刘彻深以主父偃的话为是，他点了点头，命孔臧将廷议燕王与梁王的罪名呈上来。

对燕王的评议仅寥寥数句：定国禽兽行，乱人伦，逆天道，当诛。刘彻提起朱笔，在后面添上了一个字：可。

梁王的罪名是忤逆不孝，公卿大臣请诛杀梁王夫妇与其母陈太后，以正纪纲。刘彻摇了摇头，杀鸡儆猴，杀一王足矣。梁王刘襄这类纨绔，比起燕王，不过是酒囊饭袋，可以留下来以示宽大。

"首恶失道者，是王后任氏。不能辅佐刘襄向善，朕为梁国所置的官员也有责任，朕不忍置之于法。这件案子这么办，削梁王五县，夺陈太后的汤沐邑成阳，首恶任氏，枭首示众。"

对其他有过的诸王，刘彻亦打算借惩戒之名，削减他们的封地。孔臧对此，唯唯称是，而主父偃不以为然。

"臣以为一味削地不妥。古者诸侯地不过百里，强弱之势易于为制，今者诸侯或连城数十，地方千里。朝廷宽缓，则骄奢淫逸，无所不为；朝廷严苛，则合纵连横以逆京师。昔日晁错以法削割封地，激起七国之乱，前车可鉴。朝廷即使以举国之力削平叛乱，可国家元气大伤，非数十年难以复原。臣以为，强削不可行，潜削可行。"

"潜削，怎么说？"

"几代传下来，如今诸侯的子弟众多，可依制只有嫡子可以承嗣袭爵，其余虽也是诸王的骨肉，却无尺寸之封，不过一二代，即难免冻馁之苦。我朝以仁孝治天下，陛下以亲亲之德意，诏告诸侯可以行推恩之法。也就是诸侯可于嫡子之外，自行择地封子弟为侯，隶属于所在郡县，报天子允准。如此，恩出于陛下，诸侯人人得遂所愿，还要感激陛下的恩德。而在实际上，其国已一分为若干，不过一两代之间，诸侯已自行削弱，朝廷不动一兵一卒，而诸侯坐大不轨之弊尽可消弭于无形。"

"推恩令，好，好主意！君不愧为朕的智囊。"刘彻喜形于色，击节叹赏，随后又大笑起来："朕闻中山王好内，王子多至百人，若不准推恩，日后还不知道要饿死多少。"

"眼下就有个机会。臣听孔大人说，梁王前不久曾上书朝廷，愿以地分给兄弟城阳王。陛下与其削他五个县，莫不如允准他分地于子弟。并就此事诏示诸侯可以自行奏请推恩册封子弟。"

"好，就这么办。另外，淮南王、菑川王年事已高，又是朕的叔父，朕要赐他们鸠杖，免奉朝请，以颐天年。"

众多大臣都等在未央前殿的丹墀之上，听候皇帝如何处置诸侯王。见到孔臧出来，都纷纷围了上去。

"孔大人，廷议所拟的处分，陛下允准了么？"内史公孙弘揖手道。昨日的廷议，他儒法兼论，先声夺人，主导了廷议的基调。以春秋大义决案，这些个诸侯，都免不了一死。

孔臧大摇其头。"这个主父偃，也不知哪来的那么些匪夷所思的鬼点子！经他一说，陛下竟幡然变计，除了燕王，其余诸王，非但不杀，还要推恩。此人的嘴皮子，老夫是服了，皇帝对他，简直言听计从，这个人我看了，先意承旨的功夫了得，得罪不起。"

公孙弘道："推恩？怎么回事？孔大人给我们说说。"

孔臧将方才入奏时的情形细细讲述了一番，众大臣皆啧啧称叹。公孙弘又妒忌，又佩服，主父偃这种逞口舌之辩，不循常规做事的人，最善于揣摩人心，也最为危险。他看了眼身旁的翟公与张汤，叹道："事关国法，二位正管的大臣被撇在一旁，反倒由这么个外行唱独角戏了。"

翟公与张汤面面相觑，谁也没有搭话。

温室殿中，刘彻与主父偃继续议论宁成的案子。南阳的爰书到后，朝廷已将宁成免职，押入京师狱中。刘彻道："这义纵要把宁成押回南阳明正刑典，你以为如何？"

"臣以为不可。"

"说说你的道理。"

"臣听说，义纵在南阳恣意横行，擅杀朝廷派去的长吏。"

刘彻不以为意道："你是说杜衍县令彭川？那是个赃官，平日与豪强大户勾结，鱼肉乡里，劣迹斑斑，又与山贼勾结转移人犯，难道不该杀？"

"当然该杀，可要由朝廷允准，方可用刑。没有陛下允准，就是擅杀。燕王杀肥如县令郢人，是擅杀；义纵杀杜衍县令彭川，也是擅杀。这叫权移主上，此风决不可长！宁成与侯成，更是官秩二千石的大员，其处分只能出于天子。义纵求在南阳行刑，无非是沽名钓誉，为自己立威。南阳一郡，无人不知义郡守，可有几人知道，陛下抑豪强，除兼并的律法才是救民的根本？"

不错，此风不可长！刘彻忽然心生警惕，对义纵有了种不满。"那么依你看，这件案子，该如何处置呢？"

"臣以为，不但宁成不能押去南阳，那个侯成也该解到京师拘押。"

"不杀？"

"不杀。"

"为甚，难道他们不该杀？"

"该杀。该杀而不杀，是种暗示。义纵若是聪明，此中的消息他该明白：生杀予夺之权唯陛下所有，乾纲独断，决不容臣下为所欲为。"

刘彻满意地点了点头。主父偃暗喜，宁成保住了命，再逢大赦就可以出狱。自己又会有数千两黄金进账了。

看到皇帝心情好，主父偃借机又上了个削弱豪强的法子。

"其实抑豪强，并非只有诛杀一种办法。祖宗有移民以实关中的成法，茂陵初立，人口疏少。陛下可责令各郡国，将地方上的游侠与豪强兼并之家，查实造册，逐年分批迁居茂陵。这些人背井离乡，脱离了根本，又被置于警卫严密的京师近畿，无能为矣！如此内实京师，外销奸猾。不诛而害除，比起义纵一味杀人的做法，要好得多。"

望着主父偃离去的身影，刘彻久久不语。亏得这个人，不然今日几件公事，还真难以处分得如此妥帖。他看了眼郭彤，赞道："这个主父偃，是个为朕分忧的难得人才！"

"陛下圣明，主父大人绝顶聪明，只是未免张扬了一些。"

刘彻不以为然道："张扬？张扬也比朝廷中那些身居高位却尸位素餐，整日唯唯诺诺者强。"

郭彤知道皇帝指的是丞相薛泽，御史大夫张欧等人，近来皇帝对他们的不满，已经溢于言表。看来，主父偃的前程未可限量。

所忠走进来，说是边塞有紧急军情。刘彻接过简牍，原来是匈奴再入上谷、渔阳两郡，杀掠吏民千余人。自关市之战后，匈奴人的侵袭，一波急似一波，看来，该是彻底改变这种被动挨打局面的时候了。这件事他已思虑了许久，眼下匈奴人的主力，集中于东北各郡，而新秦中一地，只有白羊、娄烦两王驻牧，春季转场之际，人丁分散，避实就虚，这里是最好的攻击目标。问题在于，东北各郡不能有闪失。韩安国资历虽老，可不顶事。近来又时常呕血，看来是支撑不了多久了。他必得择一大将，代韩安国驻守右北平，协调东北边塞的防卫。

只要牵制住东北方向的胡虏，现在屯驻于云中郡的卫青，便可从中部各郡抽调出三万骑兵，作为突击河南地的主力，新秦中的作战方有胜算。材官将军李息，现统率一万骑兵，驻扎在代郡，与卫青互为犄角。可以作为一支疑兵，佯动出击，牵制匈奴援军。

河南地属我，则我有大河与边塞为屏障，胡骑势难南下牧马。谁占据了这里，即可制敌而不为敌所制。刘彻又记起王恢当年的话，这块土地既然决定了汉匈力量之消长，他是一定要拿下来的。汉军一定要打出去，打到匈奴人的土地上去。主动出击一定要成为汉军的作战方针，这个方针，要不折不扣地贯彻于此次与今后所有的战争之中。

夺取河南地的战役，由卫青出任主将。中路，由李息策应。东路的主将，他心中早已有了人选。内外的大事，一日之内都有了决断，连日来的焦虑一扫而空，刘彻心里十分痛快，兴之所至，吩咐去王夫人的寝宫。去年夏天，王夫人也为他生下一子，名刘闳，聪明伶俐，备受他的喜爱。

长安孝里西街李宅，李广正于灯下洗脚，外面却传来急促的敲门声。他吩咐孙儿李禹开门，让进来的却是谒者令郭彤。

李广趿拉着鞋，一时颇感意外，揖手道："不知公公登门，失敬了！"

"哪里，哪里！都是老相识，将军太客气了。在下来此，是传皇上的口谕，召拜将军为右北平太守，接替病重的韩将军。军情紧急，皇帝要你即日赴任，就不用陛见了。恭喜将军了！"郭彤揖手致礼，笑容可掬。

李广急忙还礼，招呼子弟备酒。郭彤摆摆手道："将军的心意在下领了，我还得赶回宫去侍候皇上，以后有机会再来叨扰吧。"

见到郭彤要走，李广一把拉住了他。"且慢，我还有个不情之请，烦公公带个话给皇帝。"

"甚事，将军尽管说。"

"此番去右北平，李广想借一人同行，求皇帝允准。"

"甚人，身居何职？"

"霸陵县的县尉，何定彪。"

五十八

汉代东北有辽东、辽西、右北平、渔阳、上谷五个边郡，右北平位置居中，在燕山东麓，战略位置十分重要。汉景帝前元三年之前，五郡都属燕国；七国之乱后，朝廷大幅削减诸侯王的封地，五郡由燕国划出，归朝廷直辖，燕国只剩了广阳一郡之地。

右北平的郡治，设于平刚县。邮驿传来的消息，新任太守今日抵达，韩安国尽管已极为虚弱，还是扶病出迎。侍从们用肩舆将他抬到城门口，阖城的官吏百姓听说飞将军李广要来，早早就箪食壶浆，迎候在城外，一时间人头攒动，笑语喧哗，人人争说李广，个个喜笑颜开，如同吃了定心丸。前不久还弥漫于此地的恐慌，竟如从未发生过一样。韩安国也感觉到从未有过的轻松，自己身上这副千斤重担，总算可以卸下了。

不到一个时辰，驿路上远远出现了一支队伍。从扈从的旗帜上看，正是李广一行。人们欢呼喝彩着迎上前去，拥着队伍前行，到得城门近前，李广跳下马，接受乡里耆老们的祝酒慰问。他连饮三杯，一抬眼，看见韩安国正由侍从们搀扶着，向城外走来，急忙放下酒碗，赶过来相见。

"长孺兄！"

"伯远兄！"

韩安国的变化太大了，面色灰白，须发皆白，瘦骨嶙峋，竟是一副弱不胜衣的样子。马邑一别，不过六七年，昔年那个驰骋疆场，号令三军的壮年将军，如今却成了病体支离，垂垂老矣的衰翁。李广摇了摇头，叹道："长孺有病，何苦迎我！"

韩安国笑道："岂止是我，阖郡军民，如大旱之望云霓，谁不盼将军早来啊！"

人群中忽然起了喧哗，韩安国看过去，只见李广身后的随从中，有个满脸颓丧的汉子，被缚于马上。围观者议论纷纷，多以为是俘获的匈奴探子，可看长相穿戴又像是汉家官吏。

"这个人……"

"是个不识好歹的混账东西，一两句话讲不清楚。我们先去府上办交接，事后再讲给你听。"

在太守府交验了调兵的虎符，接掌了太守的印信后，李广吩咐在堂前升起李字大旗，喝道："把那个混账东西押上来！"

何定彪被押上来，跪在旗下。李广于是把他与灌疆在霸陵亭受辱的遭遇，细细讲给韩安国听。边讲，边向何定彪求证，何定彪满额是汗，浑身颤抖，一叠声地求饶。

李广不屑地看着他，冷笑道："不是不尿我们么，不是候着我呢么，你那股霸悍劲儿哪儿去了？实话告诉你，押你到此，为的是借你的人头祭我的军旗，去去我李广一身的晦气！"

韩安国道："且慢，这种小人无处不有，将军又何苦与之计较！吾亦遇到过这种事，伯远可想听听？"

"请讲。"

"那还是三十多年前，我还在梁孝王那里任职。一次坐罪入狱，被关在蒙城县的牢狱里。那里有个狱卒叫田甲，人极霸悍，好折辱犯人取乐。我初入狱时，被他骂了个狗血喷头。我气不过，指着狱中取暖剩余的灰烬问他，我再不济也是个官身，未必不能东山再起，你这么对我，就不怕死灰复燃么！你猜，他怎么说？"

"怎么说？"

"他轻蔑地说，县官不如现管。你死灰复燃？老子他娘的就浇灭它！当着全狱犯人的面，他掏出那东西就朝那堆余烬撒尿，那副张狂不可一世的样子，我至今记忆犹新。"

"那你死灰复燃之后，是怎么收拾这个狱卒的？"

"没过多久，梁国的内史出缺，孝王本想用公孙诡，可窦太后想到了我，派专使到梁国，拜封我为内史，官职中二千石，比原来还大。这个田甲闻讯，连夜逃亡。我发布了通告，说田甲不投案，我灭他全族。田甲无奈，肉袒谢罪于门前。他既认罪，我自不会与这种小人计较，我放过了他，而且善遇之。这个人，至今还在长安做狱吏。"

李广明白，韩安国是在讽喻他放过何定彪。可想起那晚的遭遇，不杀难泄他一腔腌臜之气。"吾堂堂丈夫，岂可受小人之辱？我非韩信，也没有长孺的雅量。"

韩安国道："可霸陵尉也是朝廷的命官，擅自诛杀，伯远就不怕天子怪罪么？"

"大丈夫做事，敢作敢当。天子那里，吾自会上书请求处分。长孺不必多言，这个混账东西，必死无疑。"

何定彪听到这里，哼了一声，径自昏死了过去。

李广喝道："把他提搂起来，斩首祭旗！"

两名侍卫走过去，架起何定彪。一人拎起他的头发，露出后脖颈；另一人手起剑落，人犯身首异处，殷红的鲜血喷了满地。

韩安国摇了摇头，李广使气杀人，未免戾气太重，而且意气用事，绝非大将应有的气度，长此以往，会给他的前程蒙上阴影。

数月之后，边郡来的军报，好消息频传。右北平自李广去后，形势一变，匈奴人听到"飞将军"驻军于此，竟不战而遁，右北平及相邻边郡，数月来已不见胡虏之踪影。

"李广不愧名将，贼虏望风而遁，用他坐镇东北，朕是用对了人。"

"李将军的奏疏里，还有两件事上禀。"郭彤见皇帝心情好，悬着的心，也放了下来。

"甚事？"

"韩安国将军，呕血不止，已于上月，卒于右北平。李广请陛下施恩，准其家人扶柩回乡安葬。"

刘彻沉吟了片刻，颔首道："韩安国也算尽瘁于国，准奏。"

"还有一事，李广自请处分。"

"自请处分？"刘彻诧异了。

郭彤于是将李广受辱于霸陵尉，奏请携其共赴右北平，斩首祭旗的事情叙述了一遍。"李广以擅杀长吏有罪，自请处分。"

原来如此。李广要带霸陵尉上任，并非因此人有用，而是为了泄愤。刘彻的眉头皱了起来。刘定国擅杀，义纵擅杀，李广又擅杀，长此以往，谁还把朝廷放在眼里！主父偃的话没有错，此风不可长。刘彻提起笔，思忖着给李广一个什么处分。

可看着李广的奏疏，他就是落不下笔。飞将军的威名，遏阻了匈奴人犯塞，东北边疆赖李广而安。相对于汉匈之战的大局，一个小小霸陵尉的性命又算得了什么！更何况这个县尉以下犯上，自取死路。同样，义纵诛杀恶吏，也是纾解民怨，贯彻自己抑豪强、除兼并的决策，与刘定国杀人灭口，抗拒朝廷全然不同。一念至此，刘彻豁然开朗，写下的批语，非但没有处分李广，反而勉励有加。

将军者，国之爪牙也。夫报忿除害，捐残去杀，朕之所图于将军者也。若乃免冠徒跣，稽颡请罪，岂朕之旨哉！将军其率师东辕，弥节白檀，以临右北平盛秋。①

卫青那里的军报，就更令刘彻欢喜。卫青集中了三万骑兵，自云中出塞，由高阙②穿越阴山，一路迂回到河套以北。匈奴白羊王冒脱，娄烦王可辛所部多从事春季转场，人丁分散，对于来自后方的突袭猝不及防，几乎不能组织起有效的抵抗。十数天内，卫青的大军，如同张开的大网，从河套直撒到陇西。

---

①全句意为：将军乃国之爪牙，一怒之下报忿杀人，可以理解，朕所期望于你的又岂是请罪！将军率师东征，建节于白檀，应以防备胡人秋高马肥之际返我边塞为重。白檀，县名，右北平边塞上的重镇。

②高阙，阴山西脉的山口，为塞北要隘，在今内蒙古杭锦后旗东北，由此可直达河套平原。

游牧的匈奴人望风而逃。斩获虽只有二千余人，可虏获的牛羊牲畜，多达百余万。秦末失陷于匈奴的河南之地，全数收复，这是大汉自与匈奴交战以来，获取的最大战果。

听过奏报，刘彻拿过卫青的军报，在地图上一一核对，喜悦之情，溢于言表。"卫青不负众望，出任大将军，朕看名至实归。石建，你以为如何？"

"陛下天纵英明，慧眼识人，卫青连战皆胜，确为大将之才！"郎中令石建笑着应道，心里有些为李广惋惜。

卫青的战果，令刘彻踌躇满志。前几次的战事，互有胜负，可就总体而言，汉军仍处于守势。此番重占河南地，实现了他的战略意图，重创了匈奴，消除了朝廷的肘腋之患。下一步打击的目标，就是匈奴人的老巢——阴山了！兴之所至，不吐不快。刘彻于是又亲笔下诏，嘉奖卫青。

匈奴逆天理，乱人伦，暴长虐老，以盗窃为务，行诈于诸蛮夷。造谋借兵，数为边害。故朕兴师遣将，以征厥罪。《诗》不云乎？"薄罚玁狁，至于太原"；"出车彭彭，城彼朔方"。今车骑将军青度西河至高阙，斩获首虏二千三百级，车辎畜产毕收为虏，西定河南地，驱马牛羊百有余万，全甲兵而还。卫青前已封侯，现益三千八百户封青为长平侯。钦此。

"有功者必赏，朕说到做到。此次随卫青出征立有大功者，也要封侯。"于是，卫青所部的校尉苏建被封为平陵侯，张次公被封为岸头侯。消息不胫而走，汉军士气大振，民间从军者甚为踊跃，举国上下议论的都是从军杀敌，建功封侯的话题。即便是孩童，游戏时亦好舞枪弄棒，尚武成了一时的风气。

可如何处置河南地，却在廷议中起了争论。主父偃上了道奏疏，力主筑城于朔方，作为未来出击匈奴的基地。这个主意很对刘彻的心思，可如何经营，心里没数，于是将主父偃的奏疏交付廷议。不料多数大臣态度消极，公然反对的，是才从西南夷巡视回来的专使，内史公孙弘。

"此事不可行。殷鉴不远，在秦之后世，秦始皇命蒙恬征发三十万人，在大河以北修筑长城，最后没有完工就放弃了。工程浩大，劳民伤财，甚至国家亦因此而衰亡，这个教训还不够么？近年来，南通西南夷，东置苍海郡①，现在又要北筑朔方，奉无用之地以疲弊中国，此乃大不智之举。"公孙弘这番话，出于对主父偃的恶感，而在刘彻听来，颇有影射他好大喜功，行类秦始皇之嫌。他心有不慊，但却不动声色地问道：

"筑城有弊无利，这是一种意见，谁还有不同的想法么？"

班次中走出一人，顿首道："臣与内史大人所见不同，敢为陛下言之。"原来是中大夫朱买臣。刘彻点了点头，朱买臣向公孙弘揖了揖手，很恭敬地问道：

"敢问大人，筑城疲弊中国，何以见得？"

"我听大农讲过，京师的粮仓与钱库，数年来已消耗过半，大都用在了开边上。老臣奉天子之命出使巴蜀，亦亲身见闻。西南夷本化外蛮夷，地广人稀，朝廷筑路以通舟车，耗费之大，巴蜀广汉三郡官民叫苦不迭！以三郡役力与赋税的巨大耗费，却得不到商贾贸易之利，筑路为的是甚？河南地广袤千里，全是草场，若无匈奴人放牧，本是荒无人烟之地，大河以内，亦无险可守。朝廷若派兵驻守，要征兵，筑城、转输辎重，哪一样少得了用钱？这块地犹如鸡肋，食之无味，弃之可惜，徒然耗费朝廷的资财。请问，这不是疲弊中国，又是甚？"公孙弘振振有词，声若洪钟，朝堂上响起一片低语声，听得出，多数人都是赞成公孙弘的。

"公孙大人之言，知其一，不知其二；听似有理，实为短视。以在下看，守住河南地，于大汉利莫大焉！"

"何利之有？"

"河南地虽是草原，可土质肥沃，烧后翻耕，可为良田一利也。"

"改草原为农田，说得轻巧，人呢？难道要匈奴人弃牧种田不成！"

"人有的是，而且不是甚匈奴人，而是种地的好手。元光三年，河水于濮阳决口，改道由顿丘入海，泛滥十六郡，失地灾民至今要靠官家赈济。这

---

① 苍海郡，汉武帝元朔元年秋，穢貉（在今韩国江原道）之君主南闾上书，愿归附于汉朝。武帝接纳，将此地置为苍海郡。元朔三年春，撤销。南闾以举国二十八万人内附。

些人不下十万，朝廷下诏移民朔方开荒，灾民必踊跃应征。将赈灾的钱转用于移民，则垦荒之事迎刃而解，二利也。"

不待公孙弘开口，朱买臣笑道："大人少安毋躁，容小臣把话讲完。灾民屯垦，则前敌之粮秣无待于转输，三利也。移民实边，垦荒不必征发百姓，四利也。筑城设防，修复前秦故塞，则河北有险可守，五利也。而最大的利还不止这些看得见的收益……"

公孙弘冷笑道："你所说的大利，我不知道，我只知道，匈奴人丢了河南地，必会报复。大汉的边郡此后难得片刻的安宁。未见其利，反受其害，我说疲弊中国，难道有错么！"

主父偃抢前一步，揖手道："敢问公孙大人，不取河南地，匈奴人就不犯我边境，不疲弊我中国了么？"

公孙弘道："起码孝景皇帝一朝，汉匈和亲，边郡十数年无警，我大汉得以与民休息，才有今日之富强。"

主父偃傲然道："此一时彼一时也！往日之和亲，正是为了今日之富强；今日之富强，则绝非安枕无忧之理由。河南地密迩关中，留在匈奴手中，会是朝廷的心腹大患，哪里会有安宁可言？"

他看了眼公孙弘，揖手道："孝文皇帝时，匈奴人数度入侵，深入关中，全经由河南地。长安警讯频传，一夜数惊。尤其是孝文皇帝十四年，老上单于率十四万骑入侵关中，兵锋直指彭阳，焚回中离宫，前哨直逼雍城与甘泉，京师警戒数月不息。我说它心腹之患，算不得危言耸听吧？

"而筑朔方，修故塞，虽有一时之费，可守住了河南地，则吾原来之不利可化为有利，而匈奴之利则一变而为不利。为甚这样说？河南地归我，则关中至边塞，有了块缓冲之地；匈奴则失去了富饶的草场与威胁关中的基地。更有甚者，我军筑城修塞于河北，反而逼近了匈奴的腹地阴山，成为胡虏的肘腋之患。如此，攻守之势互易，一旦与匈奴决战，我军先已处在有利位置，可以先发制人。"

公孙弘满面通红，想驳斥，可却想不出什么有力的根据，一时竟嗫嚅难言。

刘彻见状，冷笑道："疲弊中国，你这个帽子不小！可为天子者，只盯着眼前的小利，而不知道居安思危，从长远打算，能算够格的君主么？钱粮少了不假，可国土增加了好几郡，人民物产，哪样不是财富！这总比让钱粮烂在库里强吧！公孙弘，你还有甚话说么？"

皇帝的立场明显站在主父偃一边，公孙弘一急，汗出如浆，心中暗恨自己只想着贬斥主父偃一伙，却在无意间惹恼了皇帝。于是伏地谢罪，再拜顿首道："臣山东鄙人，愚昧无知，不知朔方之利若是。可臣奉诏巡视西南，耗费确实巨大，苍海郡僻处海外，鞭长莫及，望陛下体察民瘼，罢苍海、西南夷事。"

公孙弘一认输，满朝的大臣噤口不言。于是，刘彻下诏，以河南地置朔方、五原两郡，募关东灾民十万口，移民实边。派平陵侯苏建率部筑朔方城，修缮前秦故塞。对于西南夷，则诏命道路修通后，免除三郡赋役。而苍海郡，则确如公孙弘所言，受制于朝鲜，往来极为不便，不如先搁置起来，俟诸将来。

白羊王冒脱，望着绵延于地平线上的阴山，使劲揉了揉硕大的鼻头，长长地吁了口气。他在数十名侍卫护卫下，昼伏夜行，辗转逃亡了半个多月，总算躲过了汉军的搜剿。

"殿下，有动静。"即将脱离险境，可匈奴人已如漏网之鱼，惊弓之鸟，一点风吹草动，都会激起他们极大的警惕。冒脱向着侍卫指点的方向看去，薄暮中，远处影影绰绰地有一骑人马向这边驰来。他做了个手势，部下散开，呈半圆形包抄了上去。

"白羊王可在这里？请白羊王出来讲话。"来人一身汉军装束，说的却是胡语。

侍卫们开弓欲射，冒脱喝止了部下，催马上前，喝道："这里没有白羊王，你是谁？"

"殿下别来无恙？"那人摘下头上的帽盔，静静地望着他。

冒脱惊讶地睁大了眼睛，叫道："是你……娘的个叛贼，我还以为这辈子再也见不着你了呢！"

五十九

豁朗一声，冒脱拔出弯刀，侍从们牢牢围住了汉将，只要一声令下，瞬间即可将他砍落于马下。

汉将是龙城之役中降汉的匈奴相国赵信。他平静地看着冒脱，冷笑道："殿下鲁莽如昔，难怪败得这么惨。各位少安毋躁，这附近有汉人的大军。"

"你找我做甚？"冒脱远眺，心又提了起来，远远可见汉军点燃的火把，距此不过数里之遥。

"自然是救殿下出险。"

"救我！为甚？"冒脱满脸疑惑。

"我们借一步说话。"赵信面无表情地看着环绕在他左右的侍卫们。

冒脱做了个手势，侍卫们散开，两人策马走到一边。

"有话你就说吧，我们还得赶路。"冒脱仍然满腹狐疑，警惕地盯着赵信。

"我若想加害你们，不会一个人过来。"赵信指了指远处那片火光，"我带的骑兵不下一千，若想捉你，你们插翅难逃。"

"有甚话你就说，别跟我卖关子。"

赵信沉吟了片刻，问道："大单于近来如何？"

"正月龙城大会时，看上去还成，怎么？"

"不怎么。你们过阴山，莫走高阙与鸡鹿塞①，那儿的山口都留驻有汉军。从西面走，绕过去。"

冒脱心里一惊，他们正是打算由鸡鹿塞穿越阴山。"那我们得多谢你了。"他犹豫了一下，还是忍不住问道："你相国干得好好的，干甚投靠汉人！是为了做卧底？"

"一言难尽。太子与左鹿蠡王势成水火，我与伊稚斜亲近，於单想要杀我。殿下也与伊稚斜走得近，也得当心。此番惨败，他们或许会借此诛戮异己。"

"真的？"冒脱又惊又怕，追问道："照你这么说，不能去龙城见单于？"

赵信双目灼灼，看定冒脱道："我劝你投伊稚斜。大单于一旦殡天，於单肯定不足以服众，出来收拾局面，重振我强胡的，只有伊稚斜。"

"我听你的。"冒脱略作思忖，猛地拍了一下赵信的臂膀，"干脆，咱们一起走，投伊稚斜！"

赵信摇了摇头。"大单于、於单恨我入骨，大单于在，我回去是送死，还会连累伊稚斜。早晚我会回去，可不是现在。"

天色更暗了，暮色笼罩了草原，阵阵角声响起，似乎是汉军在相互联络。冒脱有些心慌，四下张望着，额头也冒出了冷汗。

"不用怕，是我的人在召唤我。"赵信指了指西北方向，"我过会儿会带他们奔东去，你们从西面绕过去，很安全。还有件事，你务必转告伊稚斜。"

"甚事？"

"汉军要在北河修缮旧长城，还要修筑大城，看来，他们要向河南地移民屯垦。据我所知，汉人下一步会以边塞为依托，深入到阴山以北，寻求我主力决战。你要转告伊稚斜，切不可掉以轻心。汉人的军力，尤其是骑兵，已大大强过从前了。指挥前敌作战的大将卫青，比起李广，谋略与胆识有过之而无不及，是我们的劲敌。"

冒脱恨声道："娘的，老子这把就栽在了这个卫青手里，让他攻了个措

---

① 鸡鹿塞，先秦赵长城上的要塞，位于高阙以西，阴山最西面的山口（今内蒙古磴口西北狼山的哈格乃隆山口）处。

手不及！"

"你转告伊稚斜，先发制人，后发制于人。汉人在边塞屯垦，是为深入草原作准备。眼下汉军羽翼未丰，吾当全线出击，令其顾此失彼。要尽可能在他们的土地上作战，摧毁其屯戍，疲弊其国力。"

"我记下了，一定带到。"

两人揖手道别。冒脱的几十骑人马，很快就消失在黑暗中。赵信估摸着他们去远了，方才朝着点燃着火把的汉军疾驰而去。

赵王刘彭祖的使者赵蕤，在长安转了一天，也没有找到主父偃的家。打探了几次，才知道他已买下故魏其侯窦婴的宅第，搬到戚里去了。一年之中，他已是三易其居，房子是越住越大了。

窦婴死后，窦家便败落了。窦婴夫人去世后，子女遂将旧宅出售。近年暴富起来的主父偃家则门庭若市，每日奔走于室者不下百人，原来的住所顿觉逼仄不堪，于是斥巨资买下了这座五进的大宅，改建一新。前两进被打通，堂庑相接，是门客们每日聚会议论之处。一日两餐招待，往来就食者川流不息，常常要开流水席。不久，主父偃礼贤好士的名声，在长安内外不胫而走。

还没有到门前，道路已被众多的车马壅塞不通。赵蕤无奈，只得就地停车，步行过去。门丁接过名刺，见是诸侯王的使者，会心地一笑，径直将他领到中堂等候。落座以后，赵蕤才发现，已有四五位先来者等在那里，其中不乏相识者。

"赵兄，久违了。今日不期而遇，真是太巧了！"一个瘦瘦的小个子男人凑过来，满面笑容地向他长揖致意。赵蕤认识，他是中山国的宫丞李枌。中山王与赵王是一母同胞的亲兄弟，常有往来，两人因此熟识。

赵蕤赶忙还礼，揖手道："李兄也在长安？此来也是为了分封的事情么？"

"彼此彼此。"李枌看了眼四周，低声道："咱们那位王爷好内，姬妾成群，眼下光儿子就不下百人。前阵子朝廷颁布了推恩令，允许分封庶子，几个最得王爷宠爱的姬妾就闹腾开了，都想为儿子弄块封邑。扛不住她们闹，王爷给朝廷上了表，要拿四个县出来分封。喏，这儿的人，都是为了这事儿来的各诸侯国的使者。"

"赵王想要推恩封侯的儿子更多。"赵蕤伸出手指比画着，"八个！"

李枒笑道："那钱可少花不了！这位大人，眼睛里只有金子。"

"推恩之事，都得走这里的门路么？"

"当然，推恩之事即出于主父偃的建议，推恩于子弟的奏表，朝廷汇总后，由他作初审。此人极贪，不上供，他随便挑个毛病，你就得从头来过。谁经得起这么折腾？认头花几个钱，把事情办顺。"

"如此胆大妄为，他就不怕有人上变举报？"

"这个人睚眦必报，可得罪不起！他那张嘴太厉害，言语之间可以决人生死。天子视其为智囊，宠信有加，言听计从。据说卫皇后之立，也得力于他。燕王刘定国得罪过他，这回也遭了他的报复，身死国除。眼下他见天在御前侍候，谁敢当面讲他的坏话！"

赵蕤咂舌道："我初来乍到，不摸行情，敢问李兄，一份封邑，要多少钱办得下来？"

李枒沉吟道："那倒没有一定。封地的大小肥瘠不一，价码也不同。反正最少不能低于十万钱，多的可达百金、千金。"他伸出三指道："中山王此番欲加封五子为侯，我带过来的是这个数。"

"三千金？"

李枒点点头，"就是这个数。"

赵蕤心里一沉，看来此番带钱太少，办不了事。赵王临行前，曾专门叮嘱赵蕤打探主父偃的阴事，他脑子一转，觉得眼前正是个机会。李枒之外，赵蕤认得的有长沙国、广阳国的使者。他沉吟了片刻，低声道：

"李兄，平时咱们天各一方地侍候主子，难得一聚。今晚小弟做东，请各位饮酒。小弟不认得的，还请李兄引见。"

李枒笑道："请客？好哇。赵兄既如此慷慨，吾等却之不恭，请人的事，你交与我好了，保你一个不少，全到。"

新宅的第四进，是主父偃与女儿的住处，第五进则被他用作了库房。此刻，主父偃正与一位客人在寝室中密谈。

客人是长乐宫的宦者徐甲。他原在齐国宫中服事，前年朝廷从各诸侯国中抽调了一批老成的宦者，充实长安两宫，徐甲被派作长信殿丞，侍候王太后。徐甲心思细密，善伺人意，很快就看出太后有很重的心事。修成君之女金娥，自淮南退婚之后，一直住在太后这里，她的婚事，简直成了太后的心病。为巴结皇室，京师的大户，有意结亲的并不少，无奈金娥心高气傲，决不肯降格以求，非要再嫁与诸侯。可年纪尚轻的诸侯王多已妻妾成群，根本找不着相当的。时日一久，金娥心性也变了，动辄发怒哭闹，摔砸什物。王娙看在眼中，痛在心里。外孙女的婚事，已经成了她的心病。

徐甲了解太后的心思后，忽发奇想，自告奋勇，要为太后分忧，游说齐国现任的国王刘次昌，要他上书娶金娥为妻。齐王刘次昌是元光四年嗣的位，年纪刚过三十，论年纪相当，可几年前已经立了王后，是王太后纪氏的娘家侄女。纪太后此举，为的是巩固娘家的势力，可齐王根本不爱这个女人，立后数年，茕茕独处，尽管纪太后坚持，这个王后早晚会被齐王废黜。徐甲剖析了这个前景后，王娙心中又燃起了希望。她没敢声张，害怕万一不成，没面子还在其次，外孙女受刺激太大。于是私下派徐甲回齐国一行，试探一下齐王与王太后的意思，若有结亲的意愿，再正式下聘，谈婚论嫁。事成之后，太后许愿用徐甲做长乐宫的大长秋，也就是总管。

徐甲想讨好太后，更想做东朝的总管，可他心里明白，自己说的是大话，实在没有什么成算。唯一的希望，是与皇室联姻这块金字招牌，可凭这能否打动齐王与纪太后，他全无把握，忧惶之际，他猛然想到了一位同乡。主父偃也是齐国人，人传足智多谋，眼下圣眷正隆，或许能够助他一臂之力。徐甲于是以同乡之谊，登门求教。

“齐国的太后人怎么样？好相与么？”听过徐甲的叙述，主父偃马上意识到，事情成功的关键在纪太后身上。齐王既不喜欢纪王后，乐得换一位新人，徐甲提亲正对齐王的心思。可纪太后的目的不同，她想的是将齐王牢牢控制在纪家手里，废黜王后，等于是削掉她的臂膀，这一关绝不好过。

徐甲苦笑道：“老太太狂得很，小国之君妄自尊大，都是这个样子。”

“再狂，皇太后也压王太后一头！你求亲时，话不妨说得硬气点，记住你后面是皇太后，当今天子的娘。”

徐甲点了点头，可看得出来，他信心并不足。

主父偃沉吟道："你在齐国多年，这齐王或纪太后为人如何，宫里有过甚丑闻么？"

"纪太后霸道，齐王懦弱，夫妇不相亲，除此之外，别无丑闻，怎么，大人听到过甚么？"

主父偃冷笑道："人若有短处，就不怕他不就范。你此番到齐国，提亲之余，不妨向熟人打探一下齐王宫内的情形。这些诸侯王多是些纨绔子，骄奢淫逸，为恶不悛，你若能找出他们的短处，我必能助你成功。"

"即使那纪太后反对也能成么？"

"肯定成。不过我帮你，你也要答应我一件事。" 主父偃的口吻斩钉截铁，眼中却含着狡黠的笑意。

"甚事，大人尽管说。"

主父偃紧盯着徐甲，问道："方才为咱们烹茶的姑娘，你以为如何？"

徐甲拿不准主父偃的心思，可看那女子出入无忌的样子，应该是他的女儿。于是颔首道："娴淑沉静，看得出是位能干的姑娘。她是……大人的女儿？"

"正是小女沉香。鄙人早年蹭蹬，她跟我吃了许多苦，婚事也耽搁了。如今我发达了，想要为她寻户好人家。既然公公去齐国议婚，我看索性两好作一好，捎带着把我闺女的事也一起办了。"

"大人的意思是……"

主父偃双目灼灼，逼视着徐甲。"公公，哪一国的诸侯不是妻妾成群的？王后只能有一位，可姬妾嫔妃可多可少，不在乎多一个两个的。我的意思是，让沉香陪嫁过去，充齐国的后宫。将来为齐王生下一男半女，我主父一族的脸上也有光，对不？"

可真会见缝插针，其心可鄙！可自己所图的不也是富贵？他若能助成此事，让他搭回车也算不了什么。何况此人圣眷正隆，绝不是可以轻易得罪的人。徐甲一念至此，满脸的愕然顿时转成了微笑。

"当然，当然！大人放心，我一定把话带到。可齐王从不从，就不由我了。"

"你把话带到即可，公公只要找着了齐王的短处，我自有办法叫他从。"

送走徐甲后，主父偃在中堂逐一接见了诸侯国的使者。轮到赵蕤时，已近晡时了。主父偃斜睨了一眼名刺，轻蔑地扔到一旁，皮笑肉不笑地问道："怎么，堂堂赵王殿下，今日也求到我主父偃头上来了？"

赵蕤赔笑道："奴才临来前，王爷一再叮嘱，要奴才向大人再三致意，从前的误会，王爷很后悔。此番遣奴才来，一是为了子弟推恩之事，二是专为向大人谢罪的。"

"谢罪？我还记得，从前的赵王双眼望天，是看都不屑于看我一眼的。如今怎么这么客气，何前倨而后恭也？"

"这……小人入宫晚，不晓得大人与王爷间的事。"

"燕王，你可知道？"

"是。"

"他被朝廷赐死的事，你想必也听说了？"

"听到过一些……"

"他怕了，是不是？"主父偃双眉一扬，纵声大笑起来。笑过一阵子，他忽然沉下脸问道：

"你家主子以为几句空话就可以了事了？就这么让你两手空空地来谢罪！"

"不，不是。王爷奉百金谢罪。"赵蕤捧起一只重重的青布囊，恭恭敬敬地放到主父偃身前。

"看来，你们这位王爷不仅势利，人也苟气。人活一口气，树活一张皮！他当年如此羞辱我，以为区区百金，事情就可以了结了？你把这金子拿回去，告诉赵王，要他该吃吃，该乐乐，反正他的好日子也不长了，及时行乐吧。"

赵蕤拾起布囊欲走，主父偃叫住了他。

"慢，别以为我是吓唬他，你稍等片刻，我叫个人来你见见。"他走到门边，大声吩咐道："来人呀，去前堂叫江充过来！"

一个身材魁伟、相貌堂堂的中年男人走入中堂，对着主父偃，恭恭敬敬地行了一个礼。赵蕤一惊，这不是赵王原来的门客江齐么？江齐是赵国邯郸人，字次倩。有个妹妹善于歌舞鼓瑟，甚得太子刘丹的宠爱，江齐亦由此发迹，成为赵王门下的宾客。太子丹淫邪为恶，为赵王责罚，怀疑是江齐泄露了他的阴私，两人争吵乃至恶言相向。江齐惧祸逃亡，数年没有消息，其父兄皆

447

被太子丹诬以弃世的死罪，不想他竟投奔了主父偃。江齐在赵王宫中多年，尽知赵王父子的阴私，他投靠了主父偃，赵王父子凶多吉少。

主父偃捋须笑呵呵地说："回去告诉赵王，就说故人江充问他好。"

江充走近赵蕤，揖手道："赵公公，别来无恙？我改名你们还不知道，你回去对赵王与太子讲，就说我江次倩一直在惦记着二位殿下呢。我在长安主父大人府上过得很好，也问二位殿下好！"

赵蕤面色灰白，汗出如浆。这两个与赵王结怨甚深的人走到一起，赵王的好日子怕真是要到头了。

六十

元朔三年冬十月，徐甲到了齐国的国都临淄。

"听说你在长乐宫做事，做得怎样啊？"宫人正为纪太后绾假发，她斜睨了一眼徐甲，爱搭不理地问道。

"回太后的话，奴才被分在长信殿任殿丞，专门侍候皇太后。"看来，纪太后傲气依旧。徐甲低首下心，毕恭毕敬地回答。

"侍候皇太后？那你是攀了高枝，成个大忙人喽。怎么有空还乡呐？"还是那副懒洋洋的腔调。再怎么也不过是个奴才！纪太后鄙夷地撇了撇嘴，并未因他是皇太后身边的人而有任何改变。

"是皇太后体恤下人，放奴才回家来看看。奴才昨日到临淄，今儿个特为来向太后和王爷请安。"

这回纪太后脸上有了笑意，颔首道："难为你还不忘旧主，还想着来看看，算是个有良心的。"

"徐甲，长安这一向怎样？有传闻说，燕王自杀，是栽在一个叫主父偃的人手里，是这样么？"齐王刘次昌好奇地问道。燕王之死，令他有种物伤其类的感觉。

"是有这么个人。说起来，也是咱们齐国临淄人呢。"

"哦，齐国人？"

齐王既对主父偃感兴趣，正是个递话的机会。徐甲抖擞精神，决定把齐王的胃口吊起来，相机行事。

"就是临淄城里的人。这个人学问挺大，早年曾游历燕、赵，可一直怀才不遇。直到五十岁了，逢朝廷征辟人才，他赴北阙上书，得到了皇帝的赏识，被留在皇上身边任郎官，皇上视其为智囊，言听计从。一年之内，就升了他四次官。"

"那燕王怎么得罪他了呢？"燕王之死，震动了关东诸国。齐王关注的，还是这件事。

"奴才不清楚，听说是主父偃当年在燕国时，受到过燕王的冷遇。"

纪太后不以为然，插言道："这么个睚眦必报、以下犯上的主，朝廷却任由他操纵，这世道可真是变了！"

"可他终究还是齐国人，犬马恋主，这个主父偃还托我向太后与殿下请安呢。"

"哦，是这样。他家中还有甚人么？"刘次昌点点头，不觉对这个主父偃有了些好感。

"临淄这里，他的族人亲戚不少，可长安的家里，只有一个待嫁的女儿。说来也可笑，这个主父偃，说是愿将女儿充任大王的后宫呢？"徐甲试探着说，小心观察着太后与齐王的反应。

齐王未有表示。纪太后却冷笑道："穷鬼攀高枝，我看他是想富贵想疯了！"

徐甲心里鄙夷，脸上却赔笑道："太后有所不知，这个人可是当今皇上身边的红人。现在虽只是千石的中大夫，可说的话，比丞相三公都管用，万万得罪不起的！当今的卫皇后，据说也是走了他的门路才上去的。"

纪太后撇撇嘴道："他再大的本事，也管不到我们齐国的地界上来。小人得志，有甚好夸耀的？不提也罢。还是说说宫里的事儿吧。"

这个话题是个机会，可以不露痕迹地讽喻齐王，徐甲接过太后的话茬，试探道："未央宫那边的事奴才不清楚，可长乐宫这边，这几年，皇太后最大的心思，奴才一清二楚。"

"哦？"纪太后与齐王起了好奇心，目光一齐盯到了徐甲身上。

"皇太后有桩心病，谁若能把她这块心病去了，皇上必当对谁刮目相看。"

齐王兴冲冲地问："你说说看，到底怎么回事？"

"太后有个与前夫生的女儿，后来封作修成君，殿下听说过吧？"

齐王木然，摇了摇头。纪太后却颔首道："我听说过。孝景皇帝在世时，王太后一直隐瞒着不敢认她，对吧？"

"正是。皇太后觉得亏欠这个女儿太多，所以格外宠爱。这个修成君，有一儿一女，这女儿叫金娥，至今还没有婆家。女大不中留，太后与修成君愁得不得了。"

纪太后不以为然道："京师那么多高门大户，还愁没有好人家？"

"说的是呢！可这金娥，心硬是比天还高，除去诸侯王家，任谁也看不上。皇太后干着急没有办法，这回奴才回乡前，皇太后还特意叮嘱，让奴才一路留意察访，哪国有年龄相当的诸侯王，后宫里头要人，要奴才搭搁呢。"

齐王道："那她是想做王妃喽？"

"倒没有明说。可依奴才想，她是皇太后的亲外孙，皇上的外甥。凭这么高的身份，她是绝不肯委屈了自己的。再说不论哪一国的诸侯王，能驳太后和皇帝面子！又有哪一国的诸侯，不想与皇帝亲上加亲？"

"她非得做正室么？"与皇帝亲上加亲的前景显然很有诱惑力，齐王有些心动了。王后不是他喜欢的人，而他喜欢的人又绝做不成王后，为此，他的心情一直很郁闷。

"能做正室最好，马上不成，暂求其次也不一定就不成。"见齐王动心，徐甲一下子来了精神。

纪太后的脸却一下子阴了下来。自她嫁入齐国，三十年来，感受最深的，就是夫家的不平之气。第一代齐王刘肥，是高祖刘邦的长子，但是庶出，死后由太子刘襄即位。吕太后薨逝，刘氏宗亲与朝廷大臣联手诛除诸吕，刘襄与其弟朱虚侯刘章出力最多，功劳最大。事后，刘襄作为高祖皇帝的长孙，又立有大功，最有资格嗣皇帝位。可朝中多数大臣，认为其母家暴戾，搞不好会再出现吕氏专权的局面，于是竟拥立代王刘恒为皇帝。第四代齐王刘将闾是刘襄之弟，后因参与七国之乱自杀，太子刘寿即位，娶纪氏为后。本该是自家的皇位被他人取而代之，这是令历代齐王耿耿于怀的事情，这种不平之气自然也感染了纪氏。

徐甲这个奴才，不过服侍了几天皇太后，竟敢在旧主人面前托大，满口皇帝、皇太后地唬人，以为别人都巴不得娶宫里头的剩货！更可恶的是，他明知道齐王与王后不睦，竟想火中取栗，把皇太后的外孙女塞进来。对这样的奴才，一定要给他些颜色看看。

纪太后冷着脸道："皇太后的这个外孙女孤听说过，不就是被淮南国太子不要了的那个女人么？年纪也老大不小了吧！"

"这……"纪太后冷不丁儿一闷棍，把徐甲给打蒙了，他呆望着纪太后，口中嗫嚅难言。

"怎么，孤说得不对？你以为孤白活了这么把年纪，连你这点儿小伎俩也看不透！我们齐王有王后，后宫也不缺人，要你来牵个甚红线？"

徐甲脸色煞白，顿首道："太后息怒，奴才不敢。"

"你家里头贫寒无依，这才做阉人进宫讨口饭吃。送你去长安，没见对齐国有甚补益，你倒打着太后的旗号，把别家不要的剩货塞给我们昌儿，你安得甚心？那个主父偃算个甚东西，也想把嫁不出去的老姑娘塞进宫里，你把这王宫当成甚地方了？看在你从前还算勤勉，孤不办你的罪，马上给我滚出去！"

徐甲满面羞惭，惶惶如丧家之犬，走到宫门附近，忽听身后有人招呼他。回身一看，原来是旧时一起的宦者苗通。

"听说你来见齐王，怎么说走就走？"

徐甲叹了口气道："一言难尽，说起来都晦气。"

苗通不放他走，拉着他去了一家酒舍。两人叫了个单间，互道契阔，几番推杯换盏后，两人酒酣耳热，都有了些醉意。徐甲猛然想起临行前主父偃叮嘱他的话，"人若有短处，就不怕他不就范……"

"苗兄，齐王与王后，现在还是老样子么？"

"老样子？每况愈下啦。"

"怎么？"

"老太后一心要王后先生下个儿子，将来好继承齐国的王位。可齐王硬是不与她同房，结缡四载，仍没有子息。为防其他宫人先于王后生子，老太后派了长女纪翁主入宫监视齐王的起居，这下儿，反而生出了邪事。"

"甚邪事？"

苗通四下看了看，轻声道："齐王与翁主日夕相处，竟有了奸情！这件事老太后还不知道呢，话说到为止，你可别乱传，出了事不得了。"

哈！齐王竟然也出了这种事，燕王刘定国就是为此而丧命的呢。老家伙知道自己亲手促成了儿女的逆伦，怕是再也狂不起来了吧！徐甲无声地笑了。

徐甲正愁没办法回复皇太后，怨自己行前夸下的海口，齐王姊弟乱伦之事，给了他极好的借口。果然，听到齐王犯这个毛病，王娡的心一下子凉了下来。

"听说太后愿将外孙女嫁给他，齐王倒是满心欢喜。可后来奴才一打听，他犯这个毛病，不敢不明白回禀。"

王娡颔首道："你做得好。娥儿若是不明不白地嫁过去，悔之晚矣。有燕王的前车在那儿摆着，这种人就是再上赶着，也不能与他结亲，不然就是害了娥儿。今后再不要提嫁女齐国的事了，寒碜！"

晚间退值之后，徐甲又赶到主父偃家，在纪太后那里受的腌臜气，他要假主父偃的手报复。听过他添油加醋地叙述纪太后的话后，主父偃冷笑道："敬酒不吃吃罚酒！小小个诸侯王，几多斤两？老夫早晚叫他知道。"

接着，徐甲叙述了齐王姊弟相奸的丑闻，主父偃的眼睛亮了。有了这个把柄，齐王算是犯到自己手里，在劫难逃了。原打算举发赵王之事，不妨往后放一放，他先要收拾这个不识抬举的齐王刘次昌。

次日进宫，见到皇帝正与心爱的小皇子刘闳玩耍，他一下子有了主意。刘闳是王夫人之子，皇帝宠爱王夫人，爱屋及乌，对这个儿子格外钟爱。

"伏之，你来得正好，朕将来若封闳儿为王，你说封在哪里为好？"

"当然是封在齐国为好。"主父偃揖揖手，不假思索地说。

"齐国？"刘彻仿佛不相信自己的耳朵，诧异地望着主父偃。

"自然是齐国。天下利薮所在，自然要封给陛下的爱子。臣是齐国人，最知道齐国的富庶，临淄城户口十万，不仅人口多，富庶也有过于长安，仅市租一项，就能月收千金。这样的地方，只有天子一母的同胞兄弟和爱子，才有资格封王。"

刘彻心有所动，可仍蹙眉道："你胡说些甚，齐国早于高祖皇帝时已经封了出去，哪里还有地可封？"

"臣冒昧，请细听臣为陛下剖析之。最早的齐悼惠王，是高祖皇帝的长子，故得此封国。可眼下，齐王与陛下，已经出了五服，只能算是远亲了。况且齐王几次反叛朝廷，若非先帝宽大为怀，齐王早该被罢黜了。"

"反叛朝廷？真有其事么？"

"孝惠皇帝无嗣，高祖便没有了嫡系子孙。吕太后薨逝时，齐哀王（悼惠王之子）以为自己是高祖皇帝的长孙，最有资格继承皇位，起兵反叛。他虽以诛杀诸吕为号召，却居心叵测，真正想的却是争皇位。可事与愿违，大臣们推举了代王，也就是陛下的祖父孝文皇帝即位。"

齐王最先联络朝廷大臣，讨伐诸吕，这件事刘彻听父亲讲过，但不知道其中还有这么一段故事。他沉吟道："还有呢？"

"哀王崩，太子即位，是为文王，在位十四年崩，没有儿子，国脉本已断绝。孝文皇帝可怜长兄绝嗣，于是将齐国一分为六，尽立悼惠王健在的六个儿子为王，其中杨虚侯继嗣为齐王。七国之乱时，齐王起初犹豫，暗中与七国通谋，后来汉援军赶到，才没有加入叛乱。事后密谋泄露，齐王畏罪自杀。又是因为孝景皇帝宽大为怀，齐国才得以保全。"

"这都是些陈年旧事了，先帝既已宽恕他们在先，现今的齐王并没有过错，朕又怎么好罢黜他呢？"

"陛下有仁恕之心，可恰恰不如陛下所愿，现今的齐王，也犯有逆伦之罪。"

刘彻颇为吃惊，"甚，你说甚？"

"齐王犯有逆伦之罪。"于是，主父偃将齐王姊弟通奸之事，绘声绘色地讲述了一番，把个刘彻听得目瞪口呆。

"你怎么知道这等事？"刘彻狐疑地盯着主父偃。燕王的阴私，他知道；齐王的阴私，他又知道，此人未免令人惧怕。

"臣齐人，是听一个从临淄回来的同乡讲的。"

刘彻脑中忽然冒出了一个念头，他沉吟了一阵，问道："你是临淄人？"

"臣原籍临淄循安里。"

"离开乡里很久了么？"

"屈指数来，有二十年了。"

刘彻点了点头，"是该回乡探探家了。齐王人还年轻，难免为情所惑，不足深责，可得有人约束训诲他。朕欲拜卿为齐国的国相，去正一正那里的风气，你可愿意？"

诸侯国的国相，秩二千石，而且以封疆大吏的身份衣锦还乡，那种威风快意，正是他久已向往的！主父偃又记起朱六金的话，想不到机会竟是说来就来了。他抑制住内心的激动，敛容顿首道："臣知遇于陛下，但能为陛下分忧，为皇子效力，臣愿肝脑涂地，效犬马之劳。"

主父偃抬起头，君臣相视而笑，莫逆于心。从这一笑中，主父偃知道，他已得到皇帝的默许，为皇子谋取这块富庶的封地了。

数日之后，数千里之外的邯郸，在赵王宫中的密室中，刘彭祖也正在与几个心腹近臣密谈。主父偃不收他的钱，意味着与他做定了仇人。既是仇人，下手就不该留情，幸亏赵蕤从诸王使者口中搞到那么多赃证，不然他还真难扳倒这个对头。

"上变①的文书整理好了？"

"整理好了。"贺凯道。他是王府的詹事，也就是内务总管。

刘彭祖眉头紧皱，看得出他满心焦虑。"整理好了就快些誊抄出来，送去长安上变。娘的，要干，就得先下手。"

宫丞许顺顿首道："殿下，不可操之过急，要等时机。"

"等时机？甚时机？"

许顺道："奴才听说，那主父偃巧舌如簧，又深得天子的信任，御前论事，与其意见相左者，每每落败。大王若上变，也要等到他不在朝廷的时候，才有胜算。"

刘彭祖嗒然若丧，一下子泄了气。自从听到江充在主父偃处，他就再没有睡过一日安稳觉。从赵蕤捎回来的话看，主父偃与自己结怨甚深，不可挽回；那江充更是与儿子结下了杀父灭门之仇。这两个对头凑在一起，如同悬在他脖颈上的两把利剑，令他时时有大祸将至的感觉。

---

① 上变，汉代用语，指向朝廷举报、告发诸侯或官员的阴谋、劣迹等。

"坐等？难道要孤步燕王的后尘，束手待毙！你们倒说说看，该如何办？"

贺凯道："我看不如这样，大王把上变的奏牍备好，先派人携重金去京师，一面联络朝廷大臣，一面俟机而动。老虎还有打盹的时候，我们总有机会下手。至于那个江充，没有了主父偃，他掀不起大浪来！到时候找个江湖中人，做掉他就是了。"

刘彭祖叹息道："只怕来不及了。那小子已经向赵蕤放过话，说不好这会儿已经向皇帝进了谗言。他们近在长安，我们远在邯郸，先就落了后手。先下手为强，后下手遭殃啊！"

太子刘丹恶狠狠地说道："父王，是福不是祸，是祸躲不过。大不了拼个鱼死网破，他主父偃贪赃枉法，也难逃一死！"

刘彭祖沮丧地摇摇头，他与皇帝自幼就有过过节，关系一直很疏远。诸侯五年方能一至长安，二十天后就得返国，平时不得出封国一步。而主父偃是刘彻跟前的红人，几乎日日见面，他若恶人先告状，他们父子凶多吉少。

正在彷徨无计之时，密室的门忽然被推开了，一名内侍闪身进来，对刘彭祖揖手道："大王，赵蕤大人从长安带话过来，说是主父偃被皇帝拜为齐国的国相，近日就要出关赴任了。"

"哈哈，天无绝人之路哇！"刘彭祖怔了一下，随即仰头大笑，声震屋瓦，浓密的须髯亦随之抖动不止。众人也跟着大笑起来。

笑过一阵子，刘彭祖目露凶光，恶狠狠地说："贺凯，你马上去少府提取万金，携文书连夜赶往长安。告诉赵蕤，只要主父偃一出函谷关，即刻上变。"

六十一

　　张骞将手指伸进锅中，试了试羊奶的温度。煮沸的羊奶已经晾了半个多时辰，不再烫手了，他用铜斗将羊奶舀进一只高可及膝的皮桶中，倒入昨日的剩酸奶，搅匀后，封好桶口，再用厚厚的毛毡裹严，发酵两个时辰左右，新鲜的酸奶就做成了。春寒料峭，他裹紧皮袍，走到自家的毡帐前，在一截矮木桩上坐下来，默默地看着妻子为母羊挤奶。

　　妻子的手法很熟练，她蹲在羊身后，很利落地分开它的后腿，伸入胳膊，攥住乳头，将奶挤入羊身下的皮桶中。妻子很专注，额上已沁出小小的汗珠。长年的放牧劳作，已催出了她满脸的皱纹。初识时，妻子还是个少女，红扑扑的面庞，乌黑发亮的长发，灿烂明丽的笑容……张骞摇了摇头，岁月如流，一生就这样不知不觉地淌走了，就这样老于牖下，他死也不会甘心。

　　他的思绪又回到了十三年前。建元二年，朝廷招募出使大月氏的使者时，他还是个青年的郎官。当时汉匈尚未交恶，他带领着一支百余人的使团由陇西出发，穿越原属大月氏的河西走廊，前往寻找这个西迁了的国度。河西早已在匈奴人的控制下，进入河西不久，使团就被扣住，押往单于庭。问过汉使的目的地，军臣心生警惕，于是以擅自越境的罪名扣押了使团，一扣就是十年。其间，张骞娶妻生子，可一刻也不曾忘记朝廷的使命，始终不肯交出使者的旌节。

　　他终于等到了机会，与几名随从一起逃出了匈奴，西行数十日，到了大宛，大宛王派人护送他们到康居，康居人又将他们转送到了大月氏。张骞万万想不到的是，月氏王满足于当地的富庶安乐，全无与汉结盟，报仇雪恨的意向。拖了近一年，得不到一点儿要领，张骞无奈，只好率队东返。这次他们试图沿南山①南侧潜行，从羌人居住的地区返回汉地。可羌人亲胡，他们还是落到了匈奴人手中，这回匈奴人将他们拆散隔离，居住在不同地方，平时很难见面。不幸中的大幸是，他的妻子仍在，家保留了下来。

转眼又是一年多，自己年近不惑，却仍困处于漠北。此生不知还能否与父母家人相聚，或许真会老死于异乡？一念至此，不觉鼻酸，两滴清泪从眼角滚落下来。

远远驰过来几骑人马，跑在最前头的正是他十岁的儿子，后面跟着的两人虬髯满面，都是胡人装束。儿子使劲挥着手，兴奋地大声叫喊着："阿塔②，阿塔，有人找你！"

直至两人到得跟前，张骞才认出，打头那个矮壮的汉子，正是与他患难十余年的向导兼通事堂邑甘父。后面那人，相貌身段与堂邑甘父相似，问过果然是他的兄弟堂邑候生。他乡遇故知，更何况是患难之交，张骞把臂相视，嘴里一个劲地说，想不到，真想不到。直到妻子提醒，才忙不迭地将朋友让进帐幕叙话。

妻子为客人斟满热腾腾的奶茶，又端出一盘酸奶干待客。儿子倚在他身边，好奇地看着堂邑兄弟。张骞抚着儿子的头，问道：

"胡人平日看得那么紧，怎能允你们来我这里？"

堂邑兄弟对视了一眼，甘父看了看胡妇，示意道："大人这里方便说话么？"

张骞做了个手势，妻子笑笑，很恭顺地退出了毡帐。他又拍了拍儿子的头，"乖儿子，去帮你阿纳③做活儿，赶羊去吃草。"

甘父抿了口奶茶，放低声音道："子高兄，军臣单于病重，看样子要不行了。"

"哦，怎么知道？"

"大单于近来一直不适，数日前已长卧不起。前日召来了好几个巫医，

---

① 南山，汉时对今祁连山的称呼，与关中南山（即秦岭）不是同一条山脉。

② 阿塔，突厥语父亲的谐音。

③ 阿纳，突厥语母亲的谐音。

轮番降神驱鬼，可仍不见好。挨到昨夜，已经进不了饮食了。"堂邑甘父被留在单于大帐做通译，他的消息应该很可靠。

张骞问道："军臣一死，可是太子於单即位？"

甘父摇了摇头道："难说，若各部名王不服，於单未必压得住。第一个不服的，就是军臣的兄弟伊稚斜。"

"可伊稚斜远在漠北，等他赶到，怕是木已成舟了。"

"不然。"甘父拍了拍堂邑候生的肩膀，"我兄弟候生，一直被扣在伊稚斜那里打造兵器。伊稚斜已悄悄赶到龙城附近，候生趁乱混进龙城找我，我才知道要出大事了。这是千真万确的事，不信你问他。"

候生颔首道："五日前伊稚斜就率本部往龙城赶了。一路上还联络了其他裨王，总军力不下五万精骑。现在都埋伏在龙城附近，等着单于殡天的消息。"

张骞眼睛亮了，他用力拍了下大腿，举起茶碗道："这消息太好了！咱们以茶代酒，干一碗！"

堂邑兄弟也都举起茶碗，会意地笑了。伊稚斜夺位，龙城必会发生血战，整个匈奴亦会大乱，是难得的逃脱机会。

张骞从火塘上提起铜壶，将奶茶续满。问道："伊稚斜此来，於单会听不到一点儿风声？"

甘父道："依我看，他也有防备。自军臣卧病起，龙城就人心惶惶，戒备也十分森严。各地的裨王被陆续传召到龙城觐见单于，据说唯独没有传召伊稚斜。据说这是军臣的授意，想要甩开伊稚斜，让於单顺利接位。"

张骞捋着长髯，兴奋异常。"军臣一死，马上会内乱，没人顾得上咱们。我们莫再分散了，都住在我这里，时候一到，咱们就走。"

甘父向帐外望了一眼，问道："嫂子和孩子怎么办，她们肯跟你回关中么？"

张骞略作思忖，肯定地点了点头。"上次去西域，皇命在身，没办法带上他们。此番回乡，当然要全家一起走。"

当夜，雾气很大。张骞一家与堂邑兄弟束装待发，围坐在火塘旁。约莫一更时分，龙城方向火光大起。帐外人喊马嘶，不断有人用胡语大声呼喊，要男人们马上携带兵器去龙城参战。张骞所在的这个驻牧地是於单的辖地，可想而知，他与伊稚斜的争斗已经开始。半个时辰后，驻牧地的男人们披挂整齐，向龙城方向呼啸而去。他们走出毡帐，远处一些妇孺老弱，正望着龙城的火光议论纷纷，没有人注意到他们。他们悄然上马，朝着相反方向疾驰而去，很快就隐身于茫茫大雾之中。

龙城火并之际，长安的朝廷中也有了重要的人事更迭。御史大夫张欧与廷尉翟公因老病致仕，由内史公孙弘、太中大夫张汤分别接任。

长安的春天，比起朔漠的春寒，要暖和得多。树梢与草地，已蒙上了一层茸茸的绿意。公孙弘深吸了一口清新润泽的空气，沿着未央宫前殿的丹陛拾级而上，心中的得意与踌躇满志，兼而有之。民间说，七十三，八十四，是人生中寿夭的关坎。他今年刚过七十三岁的大坎，不想一步登天，自己这样须发如雪的老翁，竟能荣登三公的高位。命欤？天欤？他将了将长须，傲然四顾，不由得笑出了声。

"公孙大人，甚事如此高兴？"

身后传来的声音，吓了公孙弘一跳，回头望去，原来是新任的廷尉张汤，正快步赶上来。

公孙弘转过身，笑眯眯地望着张汤。"原来是张大人。春风和煦，万物复苏，难道不可喜么？"

张汤心不在焉地点了点头，他的心思不在风景上。赵王上变的文书已经递到了廷尉衙署，这是件大案子，怎么办他还心里没数。御史大夫兼管司法监察，他急着在上奏前，请教公孙弘的意见。

"赵王告主父偃借推恩贪贿，苛索诸侯金钱，为数甚巨。此事弘公知道了么？"

"这个主父偃，小人得志，骄横至极，老夫就知道他早晚会犯事！"

"这件事报上去，皇上保准会震怒，弘公以为此事该如何办？"

公孙弘笑笑，不紧不慢地说道："当然是公事公办，公事公办。"

张汤不解地摇了摇头，他与公孙弘，都视主父偃为仕途上最大的威胁，对手自蹈罪衍，正是除去他的良机。可公事公办是句官话，公孙弘的本意如何，还是暧昧不清。

公孙弘伸出两个指头，"两条。证据查实了，依律该甚罪定甚罪。再就要看皇帝的意思，是杀是赦，以今上的意旨为准，用不着咱们强出头。"

张汤像是明白了什么，连连点头道："弘公说得对，公事公办！"

公孙弘何尝不想置主父偃于死地？可宦海沉浮了这么多年，他真正明白了这样一个道理。仕途之顺与不顺，与揣摩功夫的深浅大有关系。皇帝的心思便是陟黜的路径，揣摩得透，顺着皇帝的心思走，宦海上自会顺风顺水；反之，必致蹉跌。主父偃足智多谋，能言善辩又勇于任事，正是皇帝器重那种人。此人睚眦必报，一击不中，必遭反噬。他今日之地位来之不易，在揣摩出皇帝的心思前，揑这个头风险太大。好在他先已做了安排，自有直言敢谏者代为出头。

昨日，赵王的使者赵蕤登门造访，历数主父偃贪赃的事实，求他为扳倒主父偃助一臂之力。他虽痛恨主父偃的跋扈，可也绝不愿代诸侯王出头，招致皇帝的猜忌。当然，也绝不可轻易放过主父偃，思来想去，最适合做这个恶人的，只有一个人——汲黯。

公孙弘任中大夫时，曾与汲黯共事，十分了解他的性情。皇帝还是太子时，汲黯就是东宫的师傅。皇帝即位后，用他做谒者，可汲黯仍时时以师傅自居，规谏皇帝的行为。一次，河内郡失火，延烧千余家，皇帝命他为专使，去河内安抚灾民。不想他见河内遭遇水旱饥荒的灾民众多，竟甘冒矫诏之罪，以专使持节可以便宜行事为由，擅自开仓赈济。皇帝以他用意良善赦了他死罪，降职为荥阳县令，汲黯以降职为耻，称病归田。皇帝念师生之情，召还任中大夫，又因屡屡不留情面地直谏，让皇帝哭笑不得。之后他被外任为东海太守，名为重用，实际上是皇帝嫌他聒噪，图个耳根清净。汲黯在东海，以清静无为为治。他体弱不任繁剧，于是择官任事，责大旨，不苛察。不过一年多，东海大治，路不拾遗，远近称誉。皇帝知道后，又召他回京，用为主爵都尉，列位九卿。

汲黯生平任侠负气，与袁盎、灌夫等相互标榜。为人倨傲少礼，不能容人之过，生就一副嫉恶如仇的肝肠。与之志趣相投者善待之，不合者则视若路人，即使在皇帝面前，也敢犯颜直谏。公孙弘主张儒术，而汲黯好黄老之术，本来不是一路人。可在与匈奴和亲，罢苍海郡与西南夷的主张上，两人却出奇地一致。由此，倒也有了些共同的语言。

于是公孙弘告诉赵蕤，若想扳倒主父偃，必得汲黯出头。赵蕤果然去找了他。汲黯听后，果然气愤填膺，竟连夜造访公孙弘，联络他一起向皇帝进言。公孙弘不想得罪他，满口答应，两人约定，一定要在皇帝面前力争，严惩主父偃。

赵王的上变，不仅详尽列举了主父偃每一次受贿的事由、地点、经手人与数额，而且指明赃证就藏在他家的后堂。援引律法丝丝入扣，切实详明，无可挑剔。看过上变的奏牍，刘彻的脸色变了，心头燃起一股无名之火。主父偃可恶！他不是一个苛察的人，可这个主父偃，竟辜负了他的信任，滥用权力营私索贿，而且数额巨大，这是他没有想到的。尤其可恶的是，有人劝他收敛自重，他竟狂言：吾老矣，来日无多，故倒行而逆施之。

然而在内心深处，郁结得更深、更沉的，却是对赵王的不满。少年时那场争斗，刘彻还记忆犹新。被立为太子之后，刘彭祖与刘胜多次托贾姬向他赔罪，及至他即位为皇帝，兄弟两个更是诚惶诚恐，生怕他会挟嫌报复，不利于他们。刘彻理解他们这种心情，格外宽纵他们，以示自己不念旧恶。久之，刘胜还好，刘彭祖却变得有恃无恐，我行我素起来。

先是，赵王上书，自言为排遣无聊，愿督缉国内盗贼之事。刘彻允准后，他竟真的不惮辛苦，日夕巡行于邯郸城中，只要是他看不顺眼的人，都会逮进牢狱严刑拷问，能够活着出来的，十不及三四。之后，他又干预封国中各县的市场交易，派出使者为监督，把很多有利可图的生意垄断为专卖，收取大笔税金，封国的岁入，竟然高过缴纳给朝廷的数额。

尤为可恨的是，自己这个异母兄长，不好宫室游乐，专心于律法，又巧舌如簧，每每能以诡辩屈人。七国之乱后，朝廷要求诸侯国一律实行汉法，并直接委派官员执掌诸侯国的行政。刘彭祖认为汉法不利于自己，每每设下圈套，陷害坚执汉法的官员。每逢朝廷新任的国相或内史到任，刘彭祖都会身着朴素的布衣，到馆驿亲迎。他巧言令色，表面上恭维备至，内里却暗设机关，用一些看似平常的话题诱人失言。失言者浑然不觉，他却细细地为你记下一笔。一旦谁违拗了他，他便会以此进行胁迫，胁迫不成，他便会上书告讦，加以各种莫须有的污蔑，使你干不下去。二千石的大吏，或罪死，或受刑，或罢职，几乎没有坐满任期的。久之，朝廷派任郡国的大吏，无不视赵国为畏途，刘彭祖亦由此得以在封国内擅作威福。

刘彻几次想要教训这个兄长，可彭祖行事诡谲，一直难以抓到有力的证据。此番，自己的心腹之臣反倒被赵王抓到了把柄，主父偃死不足惜，可长赵王的志气，灭自家的威风，也是他所不愿看到的。

见到皇帝沉默不语，汲黯频频向公孙弘示意，公孙弘却佯作不见，他早已抱定了不进言的宗旨，更何况皇帝此刻脸色难看，他才不会去触这个霉头。无奈，汲黯只好独自进言了。

"陛下，主父偃胆大妄为，大逆不道，不严惩不足以谢天下。臣请陛下召回主父偃，处以大辟之刑，以儆效尤，以正视听。"

刘彻不以为然道："也不能光凭赵国一面之词，就定大臣的罪，也得听听主父偃一面的说法。这件事所关非细，要查清楚后处置。"

汲黯再拜顿首，争道："主父偃索贿受贿，案卷上一笔笔列得很清楚，找那些经手人一核实，即可真相大白，陛下还要怎么查？"

刘彻面露不悦，敷衍道："主父偃家的后堂是不是堆满金子，总要查看一下吧！审案子，两造也要当面对质的嘛。张汤，你掌廷尉，是不是这个道理！"

张汤道："陛下说得是。臣以为，案子再大，也得公事公办。无规矩不成方圆，朝廷订立的律法，就是办案的规矩。主父偃固然可恨，可还是要按照律法的程序走。"

刘彻颔首道："朝廷既有律法，就以律法办，自天子以至庶民，谁也不该僭越。张汤说得不错，这才是公事公办。公孙大夫，你看是不是这个道理呀？"

"陛下圣明，是该公事公办。"公孙弘一脸正色，声若洪钟。殿中的大臣，纷纷附和。

汲黯语塞，恨恨地瞪了公孙弘一眼。

散朝后，公孙弘追上汲黯，赔笑道："汲师傅息怒。"

汲黯狠狠地白了他一眼，呵斥道："背诺无信，小人所为，我今日才算明白了你主张的儒术是甚东西！"

公孙弘大睁着眼，满脸委屈："我何曾背诺，实在是汲君将我心里的话说尽了！"

"无耻！"汲黯掉头而去。

公孙弘哈哈大笑道："汲师傅误会了。我何曾不想严惩主父偃？可急，也不在这一刻。公事公办，他也逃不掉一死。我们又何苦惹皇帝不快呢！"

六十二

张汤很快查明，主父偃借推恩分封子弟一事，向各诸侯王索贿受贿，确有其事；而且在主父偃家的后堂中也搜出了黄金，数量惊人，足有万金。刘彻下令张汤严密封锁消息，他还要想一想，看一看，再决定如何处置主父偃。此时，一件更大的事情占据了他的心思，令他激动不已。

先是，驻扎于雁门边塞的车骑将军卫青，向朝廷发来了急报，塞外的匈奴动静异常，大批骑士纷纷北返，似乎发生了什么大事。其后不久，每日开始有三五成群的匈奴人叩关归降。从他们口中得到的消息是：军臣单于病亡，诸王争位内讧，在龙城开了战。又过了数日，战败的一方开始大规模内附，直至四月初，局势才最终明朗，左鹿蠡王伊稚斜获胜，自立为大单于。军臣之子，原本应该继承王位的匈奴左贤王、太子於单战败负伤，逃至云中一带的塞外，请求内附。

匈奴的内乱，正是大汉的机会。刘彻毫不犹豫地指示卫青，接於单入塞，并封其为涉安侯。可诏命刚到云中，於单已伤重不治身亡。刘彻惋惜不已之际，又传来一个难以想象的好消息，十三年前派去西域联络大月氏，身陷匈奴，生死不明的汉使张骞，竟奇迹般地回来了。卫青亲自送张骞一行回到长安，在沐浴更衣、稍事休息后，一行人被带入未央宫见驾。

远远看到走进前殿的张骞，期待了一个下午的刘彻再也坐不住了，径自起身迎了上去。张骞面庞黑瘦，颧骨高耸，鬓边已有了缕缕银丝，只有目光一如从前，依然深邃坚定。刘彻把臂相视，见到张骞满面风霜、憔悴不堪的样子，摇首叹息，很有些情不自已。

"大个子，一别十三年，你……老了！"

"想念咱们大汉想的！皇天庇佑，陛下神明天纵，风姿依旧！臣无能，有辱使命，死有余辜！"言罢，张骞百感交集，不由落下泪来。

"回来就好，回来就好！"刘彻一眼看到张骞身后两个胡人装束的虬髯壮汉，问道："这两位壮士是……"

堂邑兄弟伏地顿首，行觐见大礼。张骞道："他们是一对月氏兄弟。兄长堂邑甘父，是当年随我去西域的通译。兄弟堂邑候生，原在上郡，被掳入匈奴，也是最近才团聚。此番随我一同回来的。"

刘彻扶起二人，叹息道："百余人的使团，只回来你们几个，真是九死一生，难得呀，难得！走，我们进殿谈。"

众人落座后，张骞开始讲述十三年来的经历。他语调深沉，富于感染力。西域的山川形胜、人物风情，在他口中，绘声绘色，如在目前。众人听得如醉如痴，惊讶、叹息、欢喜之声时起时伏。在细述大月氏王不愿与汉结盟，共击匈奴的缘由后，刘彻叹道：

"父母之仇，不共戴天。人言蛮夷不明礼义，不讲孝道，果然不假。大月氏王既然数典忘祖，耽于安乐，这样的盟友，没有也罢。"

看看天色已暮，刘彻意犹未尽，吩咐就在殿中设席为张骞接风，秉烛夜谈。张骞于是为刘彻细说西域之山川道路。他们去大月氏时，从阴山向西南过居延，沿弱水穿越河西草原，过白龙堆、盐泽①。因北道为匈奴控制，故从鄯善向西北行数十日，先到大宛，然后至康居、大月氏、安息诸国。结盟之事不得要领，他们回返时，则自葱岭入大戈壁。大戈壁东西六千余里，南北千余里，有大河横贯东西。西源葱岭，东处于祁连山下之于阗，注入盐泽。沿河多绿洲城邑，往往一洲一邑便自成一国，有三十六国之多。诸国居民多为土著，亦农亦牧，定居于城邑，与北路匈奴、乌孙、大宛等逐水草而居者迥异。而小国寡民，户不过数千，口不满几万，国之兵力少则几百数千，多者也不过一两万，国

---

① 盐泽，罗布泊古称盐泽，又称蒲昌海。

466

势甚弱，所以皆臣服于匈奴。西域人善贾，好中国之丝绸。可惜商路为匈奴截断，过不来。匈奴日逐王在西域设置了僮仆都尉，管领各国，收取贡献赋税，成为匈奴财货的一大来源。

刘彻叹息，又问北路诸大国国势、对大汉的态度及其与匈奴的关系。张骞道："北路大夏臣服于大月氏，与安息俱愿与中国通好，无奈相距遥远，道路为匈奴阻绝，难于往来。康居距长安一万二千三百里，人口六十万，相当于汉之一郡，凡青壮男子人皆为兵，约十二万。西北二千里有奄蔡国，东临大泽①，人口三十万，兵仅六万。自大宛以至安息，民俗、语言大同小异，相互通晓。人则高鼻深目，面多须髯，以银为钱，不识铁器。诸国多臣服于匈奴，其物产也多贡献于匈奴。"

听到匈奴的势力遍及于西域，刘彻心有不甘，热切地问道："那么大宛呢？子高初到西域，大宛王不是很友好，派人送你们去大月氏么？"

"大宛人口亦不过三十万，胜兵六万，不足以抵御匈奴。不过其物产有足称者。"

"怎么？"

"大宛产一种藤果，名葡萄，土著以之酿酒，甘甜微酸，可贮数十年不败。当地又盛产良马，身形体魄皆极强健，其中一种，出汗色红如血，名汗血马，土著皆言其乃天马之种。当地还盛产苜蓿草，马极喜食，用为马料。"

刘彻的眼中，满是向往的神情。"汗血马，长安城中也有西域来的马匹，也是大宛马么？"

"是大宛马，但肯定不是汗血马。大宛王视此马为天马，轻易不准交易。"

刘彻扼腕叹息道："以西域之大，竟无可与我联手对付匈奴的国家么！"

"臣所到之国，皆有心与我交通，因畏惧匈奴，不免首鼠两端。可臣在匈奴时听说，还是有不听命于匈奴的国家。"

刘彻的眼睛亮了，追问道："哪一个？"

"乌孙。"

---

① 大泽，即今咸海，又称北海。

张骞如数家珍，将他所知有关乌孙的情形，一一道来。乌孙原来也是游牧于河西祁连、敦煌一带的小国，国王名难兜靡。大月氏强盛时，攻杀难兜靡，夺占了乌孙故地，乌孙人北徙依附匈奴。那时，难兜靡之子昆莫刚刚出生不久，抱着他逃亡的大臣将他藏在草丛中，外出觅食归来，惊讶地看到有只母狼在为之哺乳，又有大鸟衔肉围着他飞翔。观者皆以为这孩子有上天的神佑，哄传四方。消息传到老上单于那里，单于也以为是上天的神兆，收其为养子。

昆莫长大后，勇武超群，单于将乌孙人交还给他统领。他随单于征战，助匈奴击破大月氏，又西击塞王，屡战屡胜。塞人南迁，月氏占据了塞人之地。昆莫自请为父报仇，率军击败大月氏，大月氏西迁数千里，其土地人民多为昆莫掠取，乌孙逐渐强盛起来。老上单于死后，昆莫即不肯再臣服于匈奴。匈奴为此曾攻打过乌孙，可没能取胜，以为昆莫真有天神护佑，遂不再逼其臣服。两国从此相安无事。

一去十三载，却未能完成朝廷的使命，不免愧赧于心。看到皇帝初衷未改，张骞借机把自己熟思已久的想法端了出来。

“欲破匈奴，非经营西域不可！大月氏不可恃，还有乌孙可恃。臣不才，敢为陛下言之。”

“你说，但说不妨！”张骞的话正对刘彻的心思，他捋着胡须，示以鼓励的目光。

“军臣新死，诸王争位，匈奴又与我为敌，精兵多屯于塞北。河西空虚，乌孙故地旷无人居。蛮夷依恋故土，又爱我大汉财物，若能厚贿乌孙，招其东归，重返故地；再以大汉公主与之和亲，结舅甥之好，其势必归心于我。乌孙附我，则大夏之属皆可招徕附庸于大汉。如此可以扫平河西，断匈奴之右臂。匈奴与西域城邑诸国的通路隔断，西向皆敌国，赋税物产之收益全无，即便不战，匈奴已被大大削弱了！”

兴奋转瞬即逝，张骞的建议虽好，可河西在匈奴手中，又从何联络乌孙？刘彻蹙眉叹息道：“当初派你们出去，为的就是这个。可联络西域的通路至今还在匈奴手中，远交近攻的战略虽好，可眼下难以实施，总不能再耽搁十几年吧。难道除去南北两道，再没有其他通路了么？”

张骞忽然想到了什么，揖手道：“臣在大夏时，曾见到产自邛州的竹杖和蜀郡的布帛。我曾问他们当地哪里来的这种东西，大夏国人告诉我这些东西是从身毒国买来的。身毒在大夏东南数千里，地方卑湿暑热，临大水，士兵往往驭象而战。以臣度之，大夏距汉一万二千里，身毒又在大夏东南数千里，而且有蜀中的物产，应该离巴蜀不远。如今出使大夏，不走匈奴人所据的河西，就得走南面的羌中，臣等由西域回来走的就是这条路。可羌人亲胡仇汉，臣等即被羌人俘获，交给了匈奴。看来只有走蜀道，借道西南夷去身毒，由身毒转赴大夏，虽是绕行，可沿途无敌寇，或许行得通。"

是呀，身毒既然能买到蜀地的物产，就一定有一条商道可通。可即使能够找到一条迂回的商路，仍不足以扭转匈奴在西域坐大的局面。关键还是在河西，占据河西，方能切断匈奴与西域、羌中的联系，实现断匈奴右臂，削弱其国势的战略目的。与匈奴的战争不可拘于阴山一线，而是要延伸至河西，在这漫长的战线上打击匈奴，大汉实力足备，现在缺的，不是马匹与战士，而是独当一面的大将之才。东线有李广坐镇，阴山一线有卫青，这河西的作战又交给谁呢？

如张骞所言，匈奴之内争，正是进击的极好机会。伊稚斜篡夺大位，降服反对者，获得匈奴诸部的拥戴需要时间，短时间内难于外顾。机不可失，时不再来，他要筹划一次全面的出击，给匈奴人以沉重的打击。

筵席散后，夜色已深。刘彻还沉浸在兴奋中，了无睡意。他踱出前殿，沿着宽大的回廊散步，两名值夜的郎官随侍在他身后。夜雾凉气逼人，石砌的栏杆湿漉漉的，摸上去冰手。

侍从取来了披风，在加衣时，刘彻忽然发觉此人眼生。侍从年纪很轻，不过十七八岁的样子，英气内敛，少年老成。

"你是新来的！叫甚名字？"

青年揖手，很沉着地回话道："小臣霍去病，是一个月前进宫的。"

"谁送你进的宫呀？"未央宫的郎官多为刘彻亲选，可他心里却记不得有这么一个青年。

"小臣父亲早死，娘改嫁，是寄父以门荫送臣进宫为郎。"

"你寄父又是谁？"

"陈掌。"

难怪了。他不久前曾允准数名达官子弟入宫为郎，其中就有詹事陈掌。说起来，这陈掌娶了卫子夫的二姊卫少儿为妻，论起来还是自己的连襟。这个霍去病既是卫少儿之子，也就是皇后的侄儿，与自己有一层亲戚关系了。

"噢。宫里的日子还过得惯么？"

"过不惯。"

"哦？"这下刘彻吃惊了。入宫服侍天子，被视为仕途的捷径与莫大的恩荣，不想竟有如此出人意表的回答。

"若能如你所愿，你又能做甚？"

"臣愿随舅父出征胡虏，驰骋塞外，杀敌漠北，立功封侯。"

这番话也大出刘彻的意料，他不能不对这个青年刮目相看了。"杀敌立功可不像嘴上说说那般容易，你可会武功？"

"小臣不当值之时，均随北军教练骑射。"

"练得怎么样呢？"

"还成。"

"怎么叫还成？"

"力开千钧，手搏数人。"

听得出，对这个结果，霍去病不无得意。刘彻摇首道："个人再有勇力，不过一人敌，作战要的是万人敌，你该读些兵书。"

霍去病振振有词，颇为自信。"兵书是死的，兵法是活的。小臣愚昧，可也知道，古之兵法方略不可拘泥。其实制胜之道只有一个：知己知彼，因敌制宜，出敌不意。"

这个年轻人的大胆、自信、卓尔不群令刘彻印象深刻。"好啊，有志者事竟成，你努力吧！驰骋塞外的日子，不会太久了。"

郭彤匆匆走来，脸色很难看。"陛下请回宫，齐国递来了紧急公事，出事了。"

又是主父偃！刘彻的心沉了下去。

六十三

主父偃元朔二年冬十一月出京，次月底抵达临淄就任国相，至齐王刘次昌饮药自杀，在职不过三个月。这个结局，不光刘彻，连他自己也没有想到。

刘彻的本意，是借整肃齐国风气之机，恩威并施，要他授意齐王自动上表，愿以齐国贡献于皇子。这样，他可以顺水推舟，转封刘次昌于他处。之后，便可堂而皇之地封刘闳为齐王，使爱子宠姬享用这块富庶的封地。

主父偃此番赴任，兼有衣锦还乡的用意，故一路招摇，仪从甚盛。皇帝拜他为齐国国相的消息，不胫而走，临淄城内的亲朋故旧无不喜笑颜开，奔走相告。有钱的人家，竟至迎出千里之外，所以出函谷不久，就有旧时的亲戚与宾客迎候在那里。一路上远迎的乡人不下十几拨。一路走，一路应酬，随从者愈来愈多，自然快不了。从长安到临淄，路上足足走了一个月。

到了临淄，下榻于馆驿，来访的亲戚故旧更多。主父偃索性于馆中设宴，遍召亲友宾客。赴邀的人，足足有五百人，屋里坐不下，索性在院中设席，偌大的庭院，被挤得满满的。主父偃笑容可掬，逐席敬酒，酒过三巡之后，他站上台阶，摆手示意，喧闹之声渐渐静了下来，众人含笑望着他，听他讲些什么。

"穷在家门无人识，贵在深山有远亲，这个话，我身历其境，说得透彻！各位以为如何？"

众人纷纷附和，主父偃笑道："我在长安的家中，平日宾客盈门，谈笑饮宴，不遑终日。今日在乡里，不料也是这番景象，抚今追昔，我才更明白了一个道理。有钱，有权，有势，就不愁没有人趋奉；无钱，无权，无势，即便是家人也会视你如路人。各位，是不是这样啊？"

众人面面相觑，席间响起一阵嗡嗡的议论之声。

"难道不是么？我早年贫寒时，宾客不纳我入门，兄弟们甚至不肯接济我衣食。如今我发达了，来齐国任国相，诸君拜门唯恐不及，竟有人迎我于千里之外！这个面子，我不能不领，不能不谢。来人呐，把赏敬散给各位。"

言毕，四名随从抬出一只木箱，打开，里面是满满一箱金叶子。数十名侍从逐席交给每位客人一叶，分量大致一金。众人不明就里，接也不是，推辞又不敢，都呆呆地望着主人。

散完金叶子，主父偃向众人揖揖手道："今日一会，老夫把欠诸君的人情还清了，从此绝交，各位再毋入主父偃之门！各位心里一定骂我无情，可各位当初又何曾有情！愿意骂我的，尽管去骂，老夫却要倒行逆施了！"言罢一声暴喝，数十名彪形侍卫挥棍冲出，逢人便打，众人大哗，抱头鼠窜而去。主父偃望着遍地狼藉，纵声大笑，笑得流出了眼泪。

家事处理完，主父偃觐见齐王与纪太后。他一心要在气势上压倒齐王母子，言谈之间，颐指气使，咄咄逼人。纪太后责备他无人臣礼，他却冷笑道，他所知道的君主只有一个，那就是大汉天子。余者都不过是臣子。齐国虽为诸侯，其地位不过相当于一郡而已，他则是朝廷派来治理齐国的最高官吏，上自王室下至庶民，无一例外，他都有权过问。

之后他召来了服侍于齐王后宫的宦者，严刑峻法之下，很快就取得了刘次昌与翁主姊弟相奸的证据，遂以此为要挟，逼齐王自供。齐王羞惭而外，忧心朝廷会像处置燕王那样处置自己，惶惶不可终日，竟焦虑过甚，饮药自尽了。齐王是独子，没有子嗣，他一死，齐国竟绝了嗣。纪太后悲恸欲绝，亲笔写了劾奏主父偃的奏章后，亦投缳自尽了。王宫中酿成的这场惨剧不胫而走，被传说得沸沸扬扬，到后来矛头竟指向了刘彻，说是他贪图齐国的富庶，授意主父偃逼死齐王母子的。

主父偃的本意，是借齐王的阴私胁迫其就范，不料齐王懦弱，经不起这一吓，一出敲山震虎的戏演砸了。为平息流言，刘彻不得不下主父偃于诏狱。

主父偃平日予智自雄，树敌甚多，此番蹉跌，大臣中非但无人出头为之缓颊，朝廷内外反而处处皆曰可杀。

主父偃的案情重大，从律法上绝难宽恕；可处决他，刘彻迟迟下不了决心。无论如何，主父偃是个难得的人才，是绝对忠实于他的。主父偃的贪贿，由于元朔三年三月的大赦，可以免于一死，可以下犯上，逼死齐王按律是大逆不道，罪在不赦。主持谳狱的御史中丞减宣，是个认死理的酷吏，坚执据律处决。最后还是御史大夫公孙弘的一番话，使刘彻下了决心。

"大赦虽可赦其贪赃，却难塞天下悠悠之口。齐王忧惧而亡，绝嗣国除，主父偃乃首恶，举世昭昭，不杀无以平复诸侯的怨望。难道陛下要代主父偃承担逼死齐王，灭国绝嗣的罪名么？诸侯们若以为陛下刻薄寡恩，不恤宗亲，从而暗中勾结，蠢蠢欲动，大汉还安定得了么？中国不靖，陛下驱逐匈奴的伟业又从何实现？为一人而负天下之望，孰得孰失，望陛下三思！"

主父偃被定为族诛之罪。消息传出，他门下的上千宾客顿时作了鸟兽散。及至行刑时，竟无一人为其收葬。故友孔车不忍，出面收葬。望着身首异处的故友，孔车感慨万分。曾几何时，主父偃张扬跋扈，大肆受贿，孔车曾以老友身份劝他自重，却被他断然拒绝。主父偃生前与他最后一次见面时的豪言，他记忆犹新："吾自结发游学四十余年，从来没有顺遂过。父母不把我当儿子，昆弟不许我进门，宾客尽弃我而去……没有人肯正眼看我一眼，我困厄太久了！大丈夫生不五鼎食，死也要五鼎烹吧！我老了，日子不多了，故倒行而逆施之！"现在回想起来，这番话倒更像是他一生的谶言了。

得知主父偃身后凄凉，刘彻难过地叹息道："以主父偃的聪明，竟结交了一帮趋炎附势之徒，真是想不到。倒是那孔车，可称忠厚长者。"

一个须发皆白、长髯飘飘的老者不以为然地摇了摇头："待人不能以诚，好耍心术的人怎能交到真朋友！有个孔车为他收尸，不错了。"老者正是董仲舒，他以身体老病为由辞官，从胶西国相的位置上致仕，举家迁居京师茂陵。路过长安，进宫向皇帝述职请安。

刘彻忍住笑，看了一眼这位大儒。董仲舒当年吃过主父偃的亏，难怪他耿耿于怀。前些年，董仲舒热衷于天人关系，好以灾异之变推演五行阴阳，辽东高庙与长陵①园寝都发生过大火，董仲舒以为是上天示警。一次，主父偃来访，偷看了他的草稿，乘其不备，窃书上奏，说他妄议天象。刘彻召集诸儒予以评议，其中一人是董仲舒的弟子吕步舒，他并不知道此书乃老师研究的心得，大加抨击，以为愚妄荒诞。由此，董仲舒竟被以大不敬的罪名下了狱，若非刘彻下诏赦免，几乎为此丢了性命。此后，他也不敢再说什么天人灾异了。

"只可惜了这个人才！未央宫中这么多郎官，主父偃是出类拔萃的一个，堪称朕之智囊。"

"以老臣之见，陛下求才心切，不妨眼光向下，草野民间不乏才俊之士，但看朝廷肯不肯用心网罗了。"

"子大夫此言何谓？"

"天下郡国之长吏，多出于郎官。郎中署乃为国储才之地，选举的范围宜宽。眼下二千石子弟多以门荫、訾财为郎，都是贤才么？臣以为不见得。陛下求才，可命郡国守相及二千石的高官，每岁择其吏民之贤者，举荐给朝廷为郎官，宿卫于宫禁，以俾陛下随时量材任用。从这些推荐上来的人身上，也可以了解大臣荐人之眼光。所荐贤者有赏，不肖者有罚，如此诸侯、二千石必会尽心于求贤，天下之良材，陛下尽可得而器使之。"

"好办法！郭彤，拿笔记下子大夫的话。"刘彻频频点头，击节叹赏。

"有了人才，还要看能否知人善任。老臣以为用人上的弊病，是循资排辈，此病不去，有人才亦等于无人才。"

刘彻额首道："讲下去。"

"选贤任能不能循资历，而要看是否称职。庸才任职虽久，也应在下位；贤才资历虽浅，不妨委之以重任。所以有司的职责是知人善任，循名责实。由此言之，郎中令一职，宁用老成谨饬者，而不可用浮滑躁进者。"

刘彻指了指作陪的郎中令，笑道："子大夫以为石大夫如何？"

董仲舒仔细端详了石建一会儿，问道："石大夫？是万石家的么？"万石君名石奋，赵人。十五岁时为服侍高祖的小吏，忠厚少文，侍上待人恭谨

---

① 高庙与长陵：高庙，即汉高祖的祭庙；长陵，汉高祖之陵。

无比。文帝时积劳为太中大夫，景帝时历任九卿、诸侯国相，四个儿子也都秉承了家风，孝顺恭谨，都做到了二千石的职位。景帝特赐号石奋为万石君，后归老于家，至今聚族而居。

"石大夫正是万石君的长子。"

董仲舒颔首道："既是万石家的，错不了。"

众人又谈笑了一会儿。董仲舒精神矍铄，语声洪亮，并不像有病之人。公孙弘笑道："我看董君尚康健强饭，何以早早就乞骸骨①呢？"

董仲舒白了他一眼，揖手道："这还不是拜公孙大夫所赐么？吾若久留下去，怕不得寿终呢！"

董仲舒为人廉直，学问也比公孙弘高，曾当面责备他曲学阿世。公孙弘怀恨在心，得知胶西国王刘端凶狠狡诈，常常暗害不顺从他的官员，于是建议说胶西王这样顽劣不堪的诸侯，必得董仲舒这样的博学硕儒作为辅佐，方能去恶向善。用心之险，不问可知。

"怎么说，他又闹事了么？"胶西王刘端，先朝程夫人之子，也是刘彻同父异母的兄长。他为人阴鸷，所为与赵王刘彭祖相类，顺之者存，逆之者亡。朝廷派去的官吏，若奉行汉法，他一定会想方设法陷害。死者甚多。刘彻对此一清二楚，有司屡屡上报，公卿也不止一次地请求置之以法，可他就是硬不下心来。

董仲舒苦笑道："这位王爷，一句话，强足以拒谏，智足以饰非。对我，还算得上客气。可规谏久了，难保他甚时一怒，老臣就再也见不到陛下和公孙大夫了。"

刘彻曾于心中立誓，不杀同父的兄弟。况且燕王、齐王相继暴死，人言藉藉之际，他绝不想谈论这种令人不快的话题。于是顾左右而言他："子大夫致仕后，有何打算？"

董仲舒捋了捋长长的胡须，微微一笑道："老臣一生的兴趣在学问上。孔子云，假我数年，五十以学易，可以无大过矣。老臣年逾耳顺，正当步先

---

① 乞骸骨，汉代常用语，意为请求退休。

圣的后尘，学易。"

"学易？周易八卦么？都说从卦象上可以推算一个人的运势，是这样么？"刘彻好奇地注视着董仲舒，双目熠熠。

"老臣所学以易理为主，也就是贯注于天地万物中的大道。明了于这个大道，心智澄明通澈，洞见万物，可以乐天知命。无如世人，汲汲于名利，患得患失，戚忧不止。至于运势，乃事物生发变化之常理，无须推卦，亦可以预知的。"

"那么朕之运势如何，请子大夫为朕譬解。"

董仲舒再拜顿首，推辞道："老臣愚妄，学易未精，怎敢妄言天子的运势。"

"先生但说不妨，讲出个大概即可，吉凶悔吝，自有天数，朕绝不怪罪你。"刘彻前席相就，扶起董仲舒，目光十分热切。

"陛下不嫌老臣愚陋，老臣就勉为陛下譬解一回。"皇帝既然虚心求教，董仲舒自然不敢峻拒，也正可以借这个机会，有所规谏。

"陛下身为天子，天为乾，臣就以乾卦之卦辞，推求陛下的运势。初九之卦辞是，潜龙勿用。陛下即位之初，也是条潜龙。"

"潜龙？"

"对，潜龙。从字面上看，就是潜于水下之龙；勿用，就是不可轻动。寓意是，陛下少年承继大位，虽贵为天子，亦难有作为。"

刘彻额首道："先生的话有点儿意思。朕即位后，受制于太皇太后，确实难有作为。"

"世间一切变化，都可以归结为两个字：时也，位也。时不至，在位者亦难有所作为；时至，则可以大有作为。"

"先生是说，朕现在可以大有作为了？"

"陛下欲大展宏图，可万事皆不可一蹴而就，欲速则不达，这个道理，也是易理所强调的。九二的卦辞是，见龙在田，利见大人。龙之为龙，或跃于渊，或飞于天，在田者，不上不下，受困之象也。所谓大人，即百姓所言之贵人。受困之际，利见贵人，意味有贵人助陛下成就大业。而陛下屡屡下诏求才，贵人会更多。"

董仲舒看了一眼刘彻，"譬如陛下方才惋惜的主父偃，就是陛下命中的贵人，可他僭越违法，则贵人一变而为恶人，非但不能助陛下成大业，反而会败坏陛下之清望。弃之正当其时。圣人不仁，以万物为刍狗，用过了的东西，丢掉就是了，没有甚好惋惜的。中国广土众民，人才济济，陛下有伯乐之胸怀与眼光，还愁没有贵人相助么！"

是呀，以中国之大，还怕没有足够的人才么！刘彻颔首，若有所思地笑了。

"九二之卦，讲明圣王之业，要有大人助成。九三之卦，讲的是成大事者，要磨炼淬砺自身的道理。卦辞是，君子终日乾乾，夕惕若厉，无咎。即便有大人之助，治国平天下仍要立足于修身，所谓'终日乾乾，夕惕若厉'，指的就是为学做事要专注精神，始终如一，方能不出错。无咎，就是这个意思。臣还拿主父偃作譬，事业得意时，人最容易忘形，他不能克己守法，最后落得身死族灭的下场，正好为这一卦做了反证。"

"那么以先生看，朕目前的运势如何？"

"陛下莫急，先看九四的卦辞：或跃在渊，无咎。到了这一步，陛下之大业已有了转机，露出了苗头。或跃在渊这四个字，言简意赅。平静之中，豁朗一声水花四溅，一条龙探了下头，一条鱼翻跃于水面，都是活泼泼蓄势待发的意象，是好兆头，所以卦辞说无咎。这种时候，陛下尽管放手去做，不会错。"

刘彻面上有了喜色，急切地追问道："那么下一步的运势又当如何？"

"陛下将一飞冲天，由潜龙一跃而为飞龙，自然是大吉。九五之卦辞是，飞龙在天，利见大人。奇数为阳，九为阳数之极，五在阳数之中位，九五意寓至尊至正，象征着天子之位。飞龙在天，自在遨游，寓意陛下身负九五之尊，又有大人相助，伟业大成，无往而不利。"

"飞龙在天，无往而不利。是否说朕可以驱逐匈奴，一统华夷？"

"还不止于此。陛下可还记得即位之初老臣那番话？"

"当然记得，先生答朕的策问，提出春秋大一统之说，要朕罢黜百家，独尊儒术。这些年，朕一直在推行儒学，五经博士早已立于学官。"

"可这还不够，没有制度上的更新，大汉仍难脱前秦的窠臼。"

"先生是指……"

"改正朔，易服色，之后封禅，告祭于天，成就一代圣王大业。如此，陛下才真是达到了飞龙在天的境界。"

刘彻颔首，这些事情他当然会做，可路得一步步走，朝廷的当务之急，是重击匈奴，使之再难危害中国。

他将须笑问道："封禅祭天就算到头了么，再以后呢？"

"再以后？再以后天下太平，垂拱而治就是了。可是……"董仲舒忽然明白了，圣王的光环并不能满足皇帝的欲求，传闻皇帝好神仙，怕是会步秦始皇的后尘，追求长生不老吧。一念至此，眉间不觉有了忧色，欲言又止。

"可是？可是甚？"刘彻追问道。

"极高处也是极危处，所谓乐极生悲，物极必反者是也。九五大吉之后，紧跟着的是上九，卦辞为亢龙有悔。亢者，过也，过犹不及，反而会事与愿违，悔之无及。"

"这其中的道理呢，就没有挽回的办法么？"

"陛下若想无悔，就得行持盈保泰之道。也就是凡事要有节制，做事留有余地，量力而行，适可而止，当可逢凶化吉。其中的道理，陛下可以慢慢体会。与其事后挽回，莫不如不让事情发展到有悔的地步。"

刘彻无心捉摸卦辞中的道理，只记住了那些让他为之心动的预言。正如卦辞所言，他正处于或跃在渊、蓄势待发的状态，而卦象告诉他无咎，告诉他必得大人相助，可以一飞冲天！这种前景令他怦然心动。

"先生槃槃大才，退居读书，未免可惜了。可否留在朝廷，以备朕随时顾问？"

董仲舒一惊，他已侍奉过两个诸侯王，深知伴君如伺虎的危险。于是顿首道："臣精力日衰，难以胜任职事，只想读书以尽余年，望陛下恩准。且老臣举家迁居茂陵，近在咫尺。陛下有事，随时可以找得到臣。老臣还是那句话，陛下但有伯乐之胸怀与眼光，必可网罗到胜老臣十倍百倍的人才。"

刘彻心有戚戚，可还是允准了董仲舒，放他致仕家居。

六十四

　　出乎刘彻意料的是，伊稚斜竟然很快慑服了匈奴诸部，并于当年夏季大举入侵雁门与代郡，大肆杀戮掳掠。代郡太守，李广之子李椒阵亡。接到边报，刘彻连夜召集卫青等将领议事，决定以大军出塞，新近逃回来的张骞等人在塞外生活多年，熟知匈奴水草放牧之地与山川形胜，有了可靠的向导，刘彻对找到匈奴主力并战而胜之，很有信心。为此，他拜张骞为太中大夫，堂邑甘父为奉使君。

　　卫青麾下有功的校尉被提升，岸头侯张次公被拜为北军将军，苏建被拜为游击将军。此外，大行、材官将军李息，左内史、强弩将军李沮，太仆、骑将军公孙贺，轻车将军李蔡，俱归卫青节制。经过卫青为之缓颊，因兵败赎为庶人的公孙敖也被起用，在卫青麾下重任校尉。此番出征，刘彻准备使用十万骑兵，随征的战马，不下二十万匹。

　　方略既定，正待下诏发兵之际，皇太后却病倒了，而且病势凶险，群医束手。王娡的病，起因于外孙女的婚事。金娥与淮南国太子绝婚，受了刺激。被送回长安后，一直神情恍惚，恹恹成病。王娡心痛外孙女，将她接到长乐宫居住，答应再为她说一门更好的亲事。可听说齐国之事不谐，金娥的病势骤增，常常喃喃自语，哭笑无常，太医的诊断是癫狂症。消息不胫而走，现在即便降格以求，也没有人家肯于结亲了。一日，散步到鱼池，金娥乘宫人不备，竟赴水求死。虽被富人救起，可人却疯癫了。修成君大恸病倒，王娡本已心力交瘁，这下更觉得对不起女儿与外孙女，自责不已。

一连多日，王娡夜不能寐，偶尔入睡，则噩梦连连，惊醒后大呼报应。宫人问她梦到了什么，她却沉默不言。终于有一日，在宫中散步时，王娡猝然倒地，人事不省。抬入寝殿，才发现皇太后面红口干，脉弦数且半身麻木无知觉，是中了风。延太医视病，诊为肝气郁结而致肝风内动，用了大剂滋阴药平肝熄风，王娡才苏醒过来，可气息微弱，左侧肢体麻木，根本起不来床了。

　　挨到次日，王娡清醒了一些，吩咐把在寝殿外守候了一夜的儿女们叫进来。

　　王娡没戴假发，花白的头发稀疏散乱，全然一副老妪的模样。见到母亲这个样子，刘彻一阵心酸，他仰起头，强忍着才没有落下泪来。

　　王娡想把头抬起来，可费尽力气，脖颈仍是软软的，支撑不住脑袋。宫人用锦被把枕头垫高后，她才能看到儿子的面孔。

　　"阿彻吾儿，娘……要去了，去见你父皇了。儿啊，把你的手给娘。"她张开还能活动的右手，要刘彻把手放入，使劲握着。母亲握着他的手小而瘦弱，软弱无力，刘彻不觉又是一阵心酸。

　　王娡扫了一眼儿子身后跪着的女人们。前排是三个女儿，修成君金俗，平阳公主与隆虑公主。后面则是她的儿媳们，皇后卫子夫，王夫人与新近有妊的李姬。

　　"彻儿，娘去了以后，只有这几个姊妹是你一母同胞的亲人了。你要照顾她们，特别是你大姊，差一点就要白发人送黑发人，可怜啊！阿娥疯癫了，她只有阿仲这棵独苗了。你看在要死的娘面上，莫再圈禁他了，还有阿珏，行么？"

　　母亲是在交代临终前的愿望，一种茕独无依的感觉与汹涌而来的伤感攥住了刘彻，他再也忍不住，任凭泪水泗涕横流，泣不成声地答应道："儿臣……知道了，儿臣这就下诏，放他们出来。"

　　他陷入了深深的自责。含饴弄孙，是老人最大的快乐，祖母疼爱孙儿，而圈禁两个外甥，不啻冷酷地剥夺了母亲晚年不多的快乐。太医说皇太后中风，根源于长期郁闷寡欢所致的肝气不舒，这难道不是他造成的么？这些年来，他忽视了母亲，总觉得她唠叨自私，除去例行的请安，他很少关心母亲在做什么，更难得陪母亲说话。此刻他一下子理解了母亲，她所求的无非是儿子与家人间的亲情，而这正是自己给予最少的，最吝啬的。

王娡将儿子的手向怀里拉了拉，怔怔地看着前面，叹了口气道："娘为了你，为了咱们这个家，做过许多可怕的事情，最后还是逃不过报应。你父皇那些儿子，特别是你小姨娘的儿子，都是你同父的兄弟，要善待他们，有错处，宽容些。也算是为娘赎罪了，这样娘才好去见先帝。"

"儿臣知道了，娘放心。"刘彻知道母亲心里的恐惧，韩嫣死前说出了一切，他只是装作不知罢了。

王娡放开刘彻的手，示意他退下。"叫你姊妹们过来，我们说说话。"

她拉起平阳的手摩挲着，看了眼远处跪着的卫子夫，轻声道："皇后这个人，有心机，也懂得谦退，扳不倒的。扳不倒的人你就要与她站在一起，不要再同她作对了。你得机会劝皇帝立刘据做太子，卫家会感激你。与卫家一起，娘不在了，也没有人敢欺负你们姊妹。"

"阿俗，娘这辈子亏欠最多的就是你和阿娥了，别记恨娘……"她望着金俗，泪水潸潸而下，修成君扑倒在她身边，泣不成声。

宫人为王娡拭干泪水，她望着女儿们，叮嘱道："记住娘的话，从今往后，你们要管住自家的孩子，娘走了，他们再犯事，没有人能要皇帝枉法不杀他们，你们也不成。"

女儿们频频点头，母女抱着哭成一团。侍候在一旁的宫人们见状，纷纷调转过头，不忍再看下去。

良久，轮到卫子夫上前问安，王娡瞟了眼远处的王夫人与李姬，"怎么样，做皇后的滋味不那么好受吧？"

卫子夫的脸红了，敛眉低首，不知道说什么好。

"这个位子你若想坐牢，就得想得开。谦退，大度，容得下人，做后宫的管家，这些都不能少。"

"皇太后教诲得是，臣妾记住了。"

王娡不胜今昔之感，叹了口气道："我是过来人，你心里的苦我晓得，可在我们女人这是没有办法的事。你得忍，只要你坐稳了现在的位子，据儿早晚会被立为太子，那才是你真正的盼头。皇帝喜欢甚女人，就由他去吧。"

卫子夫忍住泪，低声道："臣妾谨记太后的教诲。"

"你兄弟卫青很得皇帝的器重，你们姊弟好好帮着皇上，坐稳这个天下，就是帮了据儿。"她摸了下卫子夫的手，无力地笑笑。"你放心，那个王夫人没甚心机，据儿会被立为太子的。"

卫子夫的眼泪夺眶而出，哽咽道："臣妾万死不足报答皇太后的恩典。"

"你下去吧，要他们都退下去，叫皇帝来陪陪我，我困了，想睡……一会儿。"言罢，王娡忽觉舌端蹇涩，说不出话了。

刘彻等赶进殿来，儿女们围在太后的卧榻前，呼唤不止。王娡抓住儿子的手，环视众人，茫然地笑笑，昏睡了过去。过了约半个时辰，她忽然睁开眼睛，恐惧地望着空中，喉咙中咕隆了几声，握着刘彻的手一下子松开了。再看，王娡的头已歪到一边，一瞑不视了。

长信殿中响起一片哭声，举哀之声瞬间响遍了长乐宫，随即又传至未央宫。很快，整个长安城都知道了皇太后崩逝的消息。

长安霸城门内客栈的一间客房内，三个人正在计议着什么。客栈外面忽然传来缇骑净街的呼喝声。一个中等身材、满面虬髯的汉子跳起身，外出打探。另外两个人，继续低声议论着。

"伯坚兄打算回南阳么？"问话的人瘦高个，室内很暗，看不清面目。

"不回。有个对头在南阳，倒是巴不得我回去呢！"回话的人五短身材，满脸横肉，须发苍苍。

"是义纵？"

矮个子颔首道："就是这个王八蛋！乡里捎话来说，他布下了差役，说我一露面，就逮我下狱。天子都赦了我，他却非要我的命，老子一直在琢磨，得用个甚法子除掉这个祸害，有他在，你我都没有好日子过！"

"我在南阳时试过一回，一击不中，再做就难了。眼下他正得势，动不得。君子报仇，十年不晚，总有收拾他的机会。"

瘦子蹙眉思索了一阵，很果断地说："伯坚兄，我看，你们还是投奔淮南国吧。淮南王刘安好客，天下闻名，而且我与淮南的翁主相识，你们到那里提我，他们肯定会收留你们。"

矮子摇首道："淮南？数千里之遥，怎么去？我家破了，可恨那主父偃又敲走了我数千金。如今你老哥我，是两手空空，吃了这顿，不知哪里去找下一顿了！"

"钱你不用愁。"瘦子从身后的行李中取出一个包裹，捧给他。

矮子道："这是甚，钱么？"包裹沉甸甸的，很有些斤两。打开看，足有百金之多。

矮子双眼湿润了，揖手道："老弟仗义！我算没看走眼，没有白交你这个朋友。大恩不言谢，这金子我收下了。"

"这算不得甚，当年兄弟落魄时，伯坚兄不是也帮过我。"

矮子笑起来，眼睛眯成了一条缝。"帮你不白帮！怎么样，一起到淮南一游？"

瘦子摇摇头道："此番不行，我有批货在定襄，得先去把买卖做了。"

街上戒严之声不断，门又被推开了，虬髯汉子走了进来。"你们猜猜看，宫里头出了甚大事，京师戒严了！"

矮子瞪了他一眼，"卖甚关子，快讲，出了甚事？"

"皇太后崩逝了，京师大丧，正在净街戒严呐。"

瘦子一下子跳起来，"戒严？事不宜迟，咱们得马上走。大丧在即，道路、关卡对行人都会严加盘查。走晚了，就脱不了身了。"

三人赶在霸城门戒严前出了城，当晚赶到了霸陵。在霸陵路口，瘦子交给另外两人过卡的传牒，揖手道："我走北路，你们奔东南，就此道别。兄长最好绕开南阳，从梁国的睢阳奔寿春。还是那句话，君子报仇，十年不晚，我们后会有期。"

"后会有期。"

言罢，矮子与那虬髯汉子策马东行，瘦子驻马看着他们消失在夜色中，然后调转马头，疾驰而去。

六十五

淮南国的国都寿春，北临淮水，南望勺陂①，平野开阔，水道纵横，一派南国风光。初秋，暑热渐消，金风送爽，正是一年中最好的时候。

两名商贾装束的人走近宫门，其中的虬髯汉子向卫士揖了揖手道："敢问这位军爷，淮南公主可在宫内？"

卫士不屑地瞥了他们一眼，摆手示意他们走开。另一个矮子见状，高声骂道："你他娘的狗眼看人低！老子是你们王爷与翁主的客人，痛快去通报，不然有你小子受的！"

矮子的蛮横镇住了门卫。另一个卫士赔笑道："敢问二位客人，怎么称呼？"

"你就说阳陵大侠朱安世的朋友有事求见……"

话没说完，忽听得宫内一片人喊马嘶之声，卫士丢下他们，纷纷执戟肃立。转眼间，一行数十骑人马，风驰电掣般驰出宫门，绝尘而去。打头的是个中年人，一袭锦衣，通身玉佩，一望而知是王室贵胄。

待那卫士再来搭讪时，矮子道："气派不小，可比起当年的梁孝王，可还差着多呐。这是王太子么？"

"正是太子殿下，殿下去东郊校练骑射，无一日间歇。"

日日校练骑射，所为何来？矮子与虬髯汉子对视了一眼，会意地笑了。

---

① 勺陂，寿春西南的大湖；陂，水泽湿地之意。

484

寿春的王宫经过两代淮南王数十年的营建，规模虽比不上长安的皇宫，可也是深宫重阙，殿宇堂皇，亭台楼榭，鳞次栉比。刘陵住在王宫东厢的一座院落中，昨日她与宫中的年轻郎官纵酒欢宴，闹到后半夜才就寝，所以日上三竿，才勉强起身梳洗。

内侍者来报时，刘陵宿酒未消，头昏沉沉的。"求见我？甚人？你们怎么办事的，连个名字也不问！"

"客人只说是阳陵大侠朱某的朋友，说是公主听到后，自会接见他们。"

刘陵一怔，猛然记起元光五年巫蛊案发前后，邂逅朱安世与郭解的情形。蛇有蛇路，鼠有鼠路，江湖与朝廷平时素不往来，此番朱安世的朋友找来，肯定不是一般的事情。

"请他们前厅稍坐，我随后就到。"侍女们围着她，梳头的梳头，穿衣的穿衣，上妆的上妆。刘陵再看一眼铜镜，里面又是个神采焕发的美人，她满意地笑了。

宁成是见过世面的人，可面对着由十余个皓齿明眸的南国佳丽陪侍，在衣香鬓影中漫步而来的公主，他还是惶惑了。他扯了一把发呆的虬髯汉子，两人伏地顿首，向刘陵请安。

分宾主坐下后，刘陵仔细地打量着他们，扑哧一声笑了。

"我道是谁，这不是宁成、宁大人么！怎么，入了江湖，随了朱安世，不做官了？"刘陵几次出入函谷关，宁成方头大耳，一脸横肉，那副似笑非笑的神情，是人都会过目不忘。

"翁主取笑了。我的事殿下想必也听说了，我宁伯坚倒是想为朝廷做事，可朝廷弃吾等如敝屣。早听说淮南王礼贤下士，招纳四方宾客，故而不远千里，特来投奔。"

"投奔？宁君是个有本事的人，父王想必会很喜欢。这位是……"刘陵瞟了一眼虬髯汉子，问道。

"他是在下的妹夫，名侯成，原是南阳郡的都尉。受我牵连入狱，也随我一同投效王爷。"

"朱安世怎样，他为何不一起来？"

"安世是江湖中人，散淡惯了，受不了官场的拘束。而且他有笔生意要做，去了定襄。"

刘陵颔首道:"不错,他就是这样的人。"略停,又笑道:"二位才过淮水,还没有用过早饭吧?吃过饭,我带你们去见父王。"

刘安正倚在卧榻上,闭着眼,听郎中令左吴诵读皇帝不久前下达的诏令,诏令责备各郡国不向朝廷举荐人才。

……夫十室之邑,必有忠信;三人并行,厥有我师。今或至阖郡而不荐一人,是教化不施,而德行君子壅于上闻也。二千石官长纪纲人伦,将何以佐朕烛幽隐,劝元元,厉众庶,崇乡党之训哉?且进贤受上赏,蔽贤蒙显戮,古之道也。其中二千石、礼官、博士议不举者罪。

刘安猛然睁开眼睛,叫道:"好家伙,不给他贡献人才,他都要杀人了!那么,有司是怎么回奏他的?"

左吴道:"有司当然是顺着皇帝说话,说甚古时诸侯有贡士之责,不贡士者,要黜爵黜地。结论是,在上位者不能进贤就要黜退,非如此不能劝善黜恶,移风易俗。二千石不举孝,不察廉,概以不奉诏、大不敬或不胜任论罪,一律免官。"

一直静听的宫监晋昌,看了一眼刘安,愤愤不平地开了口:"看来,皇帝是想把天下的人才网罗到朝廷,为己所用。与推恩令一样,都是强干弱枝的举措。说得冠冕堂皇,甚劝善惩恶,移风易俗,其实是削弱地方,心机用得实在是太深了!"

晋昌说得透彻,皇帝削弱地方诸侯,竟是无所不用其极了。可刘安还是摆了摆手,蹙眉道:"晋昌,怎么说话呢?大不敬,大不敬啊!"

晋昌不服,"朝廷收走了兵权,收走了人权,现在又割裂诸侯的封地,搜刮地方的人才。若坐视不问,一旦有事,自保尚且不能,王爷的宏图大业,难道付诸东流么?"

刘安捋须笑道:"皇帝要人,孤就送给他人,以天下之大,一年送几个人去,孤就不信,淮南的人才就空了!"

地方举荐的孝廉，照例会入宫为郎。田蚡一死，女儿又因陈皇后巫蛊事发逃回淮南，淮南在京师再无得力的耳目。几年来，得不到朝廷内部的消息，很令刘安苦恼。凡事有弊必有利，这道诏令不啻是送上门来的机会，他可以名正言顺地送入自己的坐探。

一名内侍匆匆进来，附在他耳边说了些什么。刘安要其他人退下。刘陵带着两个人从旁门走进来。

"父王，这两位是专程投奔淮南国来的。"

宁成与侯成顿首请安，刘安笑容可掬地看着他们，连声道："二位不必拘礼，请坐，坐下说话。"

刘安鹤发童颜，仪态庄重，不怒而威。初见之下，两人不免有些踧踖。刘陵附在父亲耳边说了些什么，刘安点了点头，问道：

"二位是从长安来？"

"是。"

"长安近来如何？"

"在下离开长安时，皇太后刚刚去世。"

皇太后薨逝的文告早已由驿路传递到淮南，刘安对此没有兴趣。他看定宁成，问道："宁君所为何来？"

宁成再拜顿首道："王爷想必知道，宁成中人暗算，两为刑徒，在朝廷已无立足之地。大丈夫失意，无非北走胡，南走越。良禽择木而栖，王爷的好客，声闻遐迩。故而前来投效。"

刘安颔首道："宁君的委屈，孤略知一二。那个义纵仍不肯放过你么？"

宁成的脸红了，似睐非睐的眼睛猛然睁开，露出一道凶光。"臣阖家百口，都死在他手中。此仇不报，宁某誓不为人。"

"你怎么报？那义纵，可是有天子做靠山呢！"

"谁做靠山，也救不了他！他义纵总有走背字的时候，君子报仇，十年不晚。"

敢于藐视皇帝，是块得用的材料。刘安满意地点了点头，"敢作敢为，不愧是宁成。二位患难之际投奔于孤，孤自不能拒之不纳。只是有一件，二位是朝廷的罪臣，孤没办法用你们做官，用了，朝廷也不会允准，反而会疑心孤招降纳叛。二位在淮南只能是客卿的身份，不免委屈了。"

宁成、侯成顿首道："王爷肯收留我们，已经是再造之恩，吾等愿效驱驰。"

刘安摆摆手，看似不经意地问道："除了皇太后薨逝，你们还有甚宫里面的消息么？"

宁成与侯成面面相觑，不知道刘安想知道什么消息。

也是，两个刚刚出狱的囚徒，又如何晓得宫中的消息。刘安自嘲地笑笑，"孤的意思是，你们在长安时，有没有听说燕王与齐王之死的真相？"

这件事，宁成在狱中时，张汤曾去探视他，对他讲过些内幕。淮南王关心此事，看来是兔死狐悲，物伤其类。于是，他将听到的内幕讲给了刘安。得知齐王之死，是结亲不成而由主父偃施行的报复，刘安有些不安了。太子与金娥绝婚之事，不唯得罪了太后，皇帝怕也会心有不慊。他有些后悔自己在这件事情上做得操切了，金娥与太后之死，皆起因于此，皇帝对淮南的这份恶感，怕是再难消释了。

陈皇后巫蛊之案，女儿牵连其中，几年来令他惴惴不安。可长安那里全无动静，皇帝反于元朔二年赐予他鸠杖①，免其奉朝请。刘安心里明白，皇帝看似优容，可在实际上加强了对淮南的控制。与他关系密切的国相、内史与中尉相继调离，新任者对王室公事公办，敬而不亲，而且完全把握了淮南的军事与任用官员的大权。显然，皇帝已经觉察到了什么，对他心存警惕。

正思忖间，郎中令左吴匆匆走进来。

"殿下，太子受伤了。"

刘安一惊，他看了看两位客人，示意他们退下。

"怎么回事？"

"太子与郎中雷被比试剑法，不慎被刺中。"

"伤势如何，人现在哪里？"

"伤得不重，正在御医那里敷药包扎。"

刘安松了口气，惊吓虽消，恼怒却继之而来。明知是与太子比剑，就该

---

① 鸠杖，杖头以鸠鸟为饰的拄杖，汉代朝廷每每赐给年长老人以鸠杖，以示敬老之意。

点到为止，这个雷被也忒胆大了！居然动了真的。

左吴道："敢问殿下，那个雷被如何处置？"

"不识尊卑的东西，先罢了他的职，关起来以观后效，以儆效尤。"

淮南国的太子刘迁，自幼锦衣玉食，骄奢淫逸，为人极为傲慢自负。他自以为剑术淮南第一，听说雷被剑术精巧，屡屡召其比试剑术。雷被心存忌惮，一再推说自己不行。本日校练时，适逢雷被在场，刘迁约其比剑，雷被无论如何不肯。刘迁以为他轻视自己，恼羞成怒，不由分说，拔剑便刺。雷被无奈，被迫还手，交手不过数合，一剑刺中刘迁的小臂，剑应手而落。众人喝彩声中，刘迁大失颜面，拂袖而去。雷被则呆呆地站在校场上，不知如何是好。

有人拍了拍他的肩膀，"攸之兄，随我来。"

雷被回头，原来是好友伍被，他随伍被走到僻静处。

"太子为人阴鸷，睚眦必报，攸之，你惹了大祸了。"

"他先逼我，我处处退让，根本没想赢他，谁知道……"

"眼下说这些有甚用，梁子结下了，攸之作何打算？"伍被叹了口气，心事很重的样子。

雷被道："扛着呗，是福不是祸，是祸躲不过。王爷总会公断吧？"

伍被摇摇头道："王爷小事通达精明，大事自负，对太子尤其溺爱，指望公断？攸之未免天真了。这件事，伤了太子的面子，他们不会放过你的。"

"那怎么办，还望伯刚兄有以教我。"雷被满面忧色，揖手求教。

"走。"

"走？"

"对！走。一不做，二不休，马上就走。"

"往哪里走？"

"长安。"

"长安？"

"对，长安。朝廷四月曾布告天下，招募郡国壮士与勇敢之士从军，征伐匈奴。攸之兄剑法无双，必当立功边域，荣膺乡里。说实在的，若非老母在堂，我亦愿随君从军呢。"

"可王爷肯放我走么？"

"不肯也得放行。汉律上有一条，叫废格明诏，不奉法，是弃世的死罪。你可以上书朝廷，自报愿奋击匈奴。有了这个，谁敢阻拦，就是废格明诏。"

"这么做能行？"

"能行。不过要快，迟则生变。上书递到长安，等于在朝廷上挂了号，他们不放你走，朝廷会查问的。"

可雷被未能走脱，在淮水的渡口被捉住，从他身上，搜出了自荐从军的上书。刘安大怒，认定他背叛自己，将他下入牢狱。

伍被，字伯刚，楚国人氏，祖上是春秋末年的名将伍子胥。他不仅才能出众，而且通兵法，善谋略，在招纳的数百英才当中，淮南王最器重他。可察觉淮南王图谋不轨后，伍被身陷两难境地，追随刘安，势必会走上反叛朝廷之路，到头来是死路一条。弃刘安而去，则会被视为无情无义，背弃主人的小人，又有何颜面立足于人世？思来想去，刘安终究待他不薄，他应该留下来，随时规谏主人，这方是忠臣该有的作为。

得知雷被被拘禁，伍被求见刘安。禀报后，他随内侍入内，刘安踞坐于殿中，见伍被进来，起身招呼道："伍将军请上位就座。"

伍被一惊，揖手道："小臣不敢当此称呼。"将军之称，只有天子有权授予，诸侯王这么做，明显是僭越。

刘安不以为然道："怎么当不起！你是中郎将，统领孤的卫队，祖上又是名将。孤看当得起。"

"大王千万不可讲这种亡国之言！传出去不得了。当年臣祖子胥谏吴王夫差，夫差不听，臣祖说，臣今日见麋鹿游于姑苏之台也。臣今日也要说，大王若不轨，臣也将见宫中荆棘遍地，蓬蒿丛生了！"

"放肆！你在咒孤亡国？"刘安的脸沉了下来。他称伍被将军，意在试探，伍被若欣然答应，则可进而参与机密。伍被若不从，也要拉他下水。

伍被再拜顿首。"臣不敢。臣效忠于殿下，犹如殿下效忠于天子。"

刘安将须笑道："你倒很会口辩。孤何曾不忠于朝廷？不过形势逼人，孤不能束手待毙，不得不未雨绸缪。早为预备罢了。"

"敢问殿下，何谓形势逼人，束手待毙又指甚？"

"燕王、齐王，不过半年，相继被逼死，难道你不觉得，朝廷要对远宗的诸侯下手了么？"

"可据臣所知，燕王、齐王逆伦无道，罪无可逭，是自杀而死。"

刘安愤然作色道："要说逆伦无道，岂止燕、齐！远处的先不说，与我淮南相邻的江都王刘建，不也是禽兽不如，所作所为不比齐王更甚？易王①还没有下葬，这个孽子就与易王的姬妾相奸，而且一奸就是十人！他的女弟徵臣，是盖侯王信的儿媳，回来奔丧，他也不放过。平日恣意横行，杀人取乐，种种不法情事，上告到朝廷，天子、朝廷动他一根毫毛了么？

"再说胶西王刘端，赵王刘彭祖，恶名昭著，陷害了多少朝廷派去的官吏？汉法，诸侯王不奉诏不得出国境半步。可刘端怎么样，易名便衣数度出游列国，还来过淮南，有人管过么！这两人跋扈不臣，凭的是甚？为天子者应一秉大公，对诸侯一视同仁，岂能亲者宽，疏者严，公道何在！"

伍被顿首道："这些事，臣闻所未闻，我想天子也未必清楚，大王若有证据，可以据实参奏，不可妄自猜疑。"

刘安冷笑道："据实参奏，揭皇帝的短？那是自取速死之道，这种蠢事，寡人是不会做的。亏你这么聪明个人，居然看不出朝廷的用意。

"几代皇帝，受臣下挑唆，无不以削弱诸侯为务。贾谊向孝文皇帝上'众建其地而少其力'之策，意在削弱诸侯，我淮南即由此一分为三。孤今日的封地，不及父王远甚。晁错则找寻诸侯的错处，削割诸侯的封地，激起七国之乱，孝景皇帝又借此收走诸侯用人治军行政之权。今上更甚，信用主父偃，搞甚推恩，明眼人谁看不出来，名为推恩，实际于不知不觉之间，将一国分为数国乃至十数国，一代之后，诸侯尽成坐食租税的废物，这种用心，寡人说他毒辣，难道说错了么？

"这还不算，昨日又传来了诏令，说是郡国大吏每年必得向朝廷举荐人才，否则郡守要免官，诸侯要黜地黜爵。伍君，朝廷这一步紧似一步，为的是甚？

①易王，即江都王刘非，刘建之父，易王是其谥号。刘非为汉景帝第五子，是武帝刘彻的兄长。

还不明白么！刀就要架到老夫脖子上了，不作预备成么！淮南难道就这样无所作为，等着步燕王、齐王的后尘么！"

伍被惊心动魄，汗出如浆。站在淮南国的立场，他不能不承认，刘安的话有道理，于是顿首道："大王贤明，天下共知，朝廷若无故加罪于淮南，臣愿追随大王，作鱼死网破之争。"

刘安大喜，捋须笑道："孤就知道伍君深明大义，是孤的忠臣。孤有件事，要你赴长安一行。"

"长安？"

"朝廷要人才，孤自然奉命惟谨。你借送人才的机会，打探一下朝廷的动静，尤其是皇帝对淮南的观感，再就是立嗣的事，一定要详细。京师的人物，你也要留意，能为我淮南所用的，尽可能拉到我们一边，不要怕花钱。"

又议论了一气，刘安忽然想起，伍被是有事求见，他拍了拍脑袋，笑道："看看，光顾了说话，你求见的事倒忘了。伍君今日来，有事么？"

伍被伏地顿首道："求殿下宽大为怀，宽恕雷被。"

"雷被？不成。太子是甚身份，他又是甚身份？不识尊卑，以下犯上，关他，为的是以儆效尤。"

伍被再拜顿首，"可此事怪不得雷被，雷被本不想比剑，一再辞让，是太子不依不饶，交手之下，误中太子。臣在场，乃亲眼所见。"

刘安语气冷淡，毫无商量："这个雷被，非但无悔改之意，反而上书自荐，要去打甚匈奴，讨朝廷的好，这种弃主背恩的东西，是淮南的祸害！这件事，关乎王室的颜面，淮南的安危，寡人不能答应你。长安的事情要紧，你回家准备一下，早去早回吧。"言罢，竟拂袖而去。

伍被一人在大殿中，默默地跪了许久、许久。

六十六

　　元朔三年，汉军大举进军匈奴的作战，因皇太后的大丧而搁置。而伊稚斜得到密报，决定先发制人，元朔四年夏季，伊稚斜兵分数路，抄略代郡、定襄、上郡与朔方四郡，试图深入塞内，夺回河南地。匈奴虽未得逞，可汉军伤亡甚重，沿边百姓被掳走数千人。刘彻怒不可遏，决计趁来年春季匈奴转场人畜分散之际，以大军出塞，予匈奴以重大打击。汉军的战略是：声东击西，避实就虚。派大行李息、岸头侯张次公以两万骑兵出右北平，佯作攻击之势，以为牵制。而以车骑将军卫青，率苏建、李沮、公孙贺、李蔡四将军，总计十万骑兵，出朔方穿越阴山，长途奔袭匈奴右贤王部。

　　大军出征已近半月，却没有前线的任何消息，刘彻心中的焦虑不安，可想而知。他俯视着身前的舆图，计算着大军行进的里程，按说，卫青的大军早该越过阴山，抵达预定位置了。难道出了问题，为匈奴人所困？不可能，这个季节，匈奴人的兵力是最分散的时候，十万大军，犹如一只击出的铁拳，应该能够所向披靡。

　　这是汉军首次大举出关，也是主动打向匈奴的第一拳，打赢了，会削弱右贤王部，为下一步出击河西扫平障碍。打输了，或者如关市之役战个平手，不仅关乎朝廷的威望，而且会给反战的大臣提供口实，阻挠后来的战事。对卫青，他寄予了最大的信任，朝廷的精锐，都交给了他。你得争脸，莫辜负了朕。刘彻边在前殿宽敞的大堂中踱步，边喃喃自语。他对上天发了个誓：卫青此番实现了他的夙愿，他会不吝重赏，拜他为大将军。

所忠满心欣慰地赶进来，揖手道："陛下，卫青的信使到了！"

刘彻一怔，脸上掠过一丝喜色。"哦？告诉他不必沐浴换装，朕马上传见。"

传见的呼声此落彼伏，刘彻甚为忐忑，既怕传来坏消息，又恨不能马上见到信使，一问究竟。他走到殿门前，望着跟在内侍身后，拾级而上的信使。

信使尚来不及卸下甲胄，满脸汗渍，一身征尘。刘彻好一会儿才认出，来人原是大内的郎官，现任卫青麾下的校尉黄义。

"胜了？"刘彻顾不得问别的，他要知道的是结果。

黄义使劲点了点头。"胜了，而且是大胜。"

刘彻长长地出了口气，大胜，皇天庇佑！他走回君位坐下，招呼黄义到跟前来。"黄义，你给朕说说，这仗怎么打的？"

黄义揖手道："我军三月中由朔方出塞，乘夜由高阙进入阴山，隐蔽了二日一夜。直到探明右贤王的确切位置，卫将军将人马分为三路，乘夜掩袭。右贤王猝不及防，等到集合起人马时，已被我军合围了。"

"难道他一点儿准备都没有？"

"本来是有准备的，右贤王驻牧地集中的人马有数万骑之多。后来审讯俘虏时才知道，他以为我军没有熟知地理者为向导，根本不敢深入匈奴腹地作战。合围的当晚，他还与部下张灯饮宴，我军发起突袭时，他尚醉卧于帐中。"

"捉到了？"

"没有。他带着爱妾，在数百骑侍卫保护下溃围而出。轻骑校尉郭成等追击数百里，终因路途不熟，被他跑掉了。"

刘彻不胜惋惜，蹙眉道："跑掉了！那么你为朕讲讲战果，何以称大胜？"

"我军如从天而降，胡虏几乎不战而溃，事后点算，此役斩获匈奴万五千人，虏获牛羊牲畜百余万匹。车骑将军麾下众将，几乎人人都有斩获，捕获右贤王麾下的裨王总计十余人。而我军伤亡不过数百人而已，相较而言，当得起大胜了。"

刘彻喜形于色，捋须大笑道："好，好极了！确乎当得起大胜了。"

笑过一阵，刘彻忽然想起什么，问道："这次跟去的霍去病，表现如何？"

"霍去病？陛下是说派任卫将军麾下的青年校尉么？"

"对，就是他。"

“此人了不得，是个孤胆英雄。”

“孤胆英雄？”刘彻不解，好奇地看着黄义。

“此番他带着八百骑士随征，卫将军本想要他们护卫中军，可他说甚也不肯。将军无奈，胡虏溃围后，命他带这八百骑兵，追杀亡虏。可他一气追出了数百里，好几日没有踪迹，卫将军迟迟未能会奏军情，就是在等他的消息。”

“结果如何？”刘彻双目熠熠，充满着期待。

“五日后，方见他返回。计斩捕胡虏二千二百多级，其中有相国、当户等匈奴高官，尤令全军振奋的是，单于的叔祖父、叔父也在其中。”

千里奔袭，以少胜多，这个霍去病不光有胆识，而且身上有股令敌人胆寒的杀气，绝对是块独当一面的材料。此番放他随卫青历练，果然不负所望。将来河西方面的征战，他不用担心没有担纲的大将了。

“大军回撤了么？”

“霍校尉回来后，卫将军随即班师。在下奉命先期回报，沿途随驿换马，马不停蹄走了七日。大军回撤得慢些，估计现在也该越过阴山，距边塞不远了。”

黄义退下后，刘彻感奋莫名，命郭彤草诏，他要厚赏全军，给卫青、霍去病等人一个惊喜。

“大将军卫青，统帅六军，克获大捷，掳匈奴名王十数人，斩获万五千人，牲畜百万，威慑敌胆，扬我天威，功莫大焉。兹益封卫青八千七百户。”

郭彤犹豫了一下，怀疑自己听错了。“陛下是说……大将军？”

“不错，就是大将军。朕即派专使，就军中拜卫青为大将军。郭彤，这不妥么？”

“妥，妥得很。卫青立了大功，大将军对他是实至名归。”

“再草一道诏书。卫青之子卫伉、卫不疑、卫登分别加恩，封为宜春侯、阴安侯、发干侯。”

郭彤落笔疾书，心里不由得感叹，皇帝对卫家，可谓恩宠已极，连几个身在襁褓的婴儿，居然也封了侯，有汉以来，这还是破天荒的事。看来，太子一位，非卫家莫属了。

“第三道诏书，骠姚校尉霍去病以八百骑深入敌后，追奔逐北，身先士卒，斩捕过当①，获单于大父、季父，勇冠诸军。以二千五百户封去病为冠军侯。"

毫无疑问，卫家已代王氏而起，成为最有权势的后戚家族了。郭彤有些后悔，自己平日与皇后和卫氏一族不即不离，眼下卫氏崛起，此时再攀附，会不会晚了呢？

"其他有功将领，是不是也一同封赏？"

刘彻想了想，很肯定地点了点头。"你这么写，此番作战，太中大夫张骞、奉使君堂邑甘父随军向导，功不可没，并前番出使西域时艰苦卓绝，坚贞不屈，封张骞为博望侯，封堂邑甘父关内侯，食邑三百户。其他诸将，凡杀敌过当，擒获匈奴名王大臣者，朕不吝厚赏，着卫青综核事功后，一并封赏。"

自元朔三年起，朝廷欲进击匈奴，在全国范围征召才能与勇敢之士，此后前来投效者八方辐辏，络绎不绝。长安城比平日喧闹了许多，街道、客舍与酒肆中，处处可见从军者，到处是有关大战的议论，整座城市处在莫名的躁动、兴奋与期待之中。北军校场门外，每日报名投军者络绎不绝，北阙的金马门外，也不乏上书自荐的奇才异能之士。伍被穿过熙来攘往的人流，向东市走去。他访友不遇，悄然去了趟北阙，将雷被的上书递了进去。现在他要赶去与同来长安的刘陵和谒者曹梁会合，他们约定，午时在南门相见。

老远就看见等在那里的曹梁，伍被挥手打了个招呼，赶了过去。

"劳曹君久等，翁主呢？"

"翁主去会个熟人，要我们别等她，说是在东市的河洛酒家见面。你事情办完了？"

伍被随口敷衍道："没甚事情，不过去访了个同乡，他随军出征了，没见着。"代雷被上书自荐，被淮南王晓得，有性命之忧。

时辰近午，两人都有些饿，正合计到哪家饭舍用饭，忽然有人在身后招呼伍被。"伯刚兄，是你么？"

---

① 过当，汉代军事习用语，指以少胜多，杀伤敌人远超过自身伤亡。杀敌一百，自损八十，敌我双方损失接近的，称为自当。

伍被回头望去,不觉大喜过望。骑在一匹西域高头骏马上,为一群亲兵簇拥着的,正是适才不遇的同乡黄义。黄义跳下马,与伍被把臂相视,笑道:"期门的卫士,说是有个姓伍的同乡找我,我一听就想到是你。果然不差!"

"子菁,一去十年,别来无恙乎?"

"好,好着呢。伯刚兄如何?"

"也好,也好。来,吾为子菁引见一位朋友,这位是淮南王御前的曹谒使。这位就是我刚刚访而不遇的老乡,黄义黄子菁。"

"幸会,幸会。"两人互致问候,揖手致意。

得知伍被二人欲去用餐,黄义大喜道:"我在长安,当然由我做东。"他挥挥手,命部下回营,不由分说,拉着伍被与曹梁,径直进了东市。

绕过几排商肆,走不远,是座颇大的店堂,斜矗的酒旗上,赫然书写着"河洛酒家"四个大字。伍被与曹梁相视而笑,巧了,这正是刘陵约定见面的地方。

"这家酒肆主人与大将军相熟,酒菜也好,是我们期门骑兵常来的店。"言罢,黄义一撩门帘,大声招呼道:"有客到了,伙计们侍候着!"

看得出来,黄义与店家很熟。两个伙计跑出来,殷勤备至地将他们一行三人让入单间。黄义略作吩咐,不大工夫酒菜齐备,伙计又用炭炉为他们烹上一罐热茶,说了声慢用,就退了出去。主宾互道契阔,连连祝酒,不多工夫,三人都面红耳热,有些醺醺然了。

"伯刚,此番你我得见实在侥幸。一别十年,君偶来长安,愚兄本该在塞外军中,竟被大将军派回来报信。曹大人你说,这是不是缘分?"

曹梁频频颔首道:"是缘分,当然是缘分。"

"是缘分,咱们就碰一杯。"三人举杯,一饮而尽。

伍被道:"子菁,你刚才说甚大将军,谁是大将军,哪里来的大将军?"

"也是,这大将军是刚刚才封的,难怪你们不知道。此番出征,以车骑将军卫青为主帅,奇袭右贤王,大获全胜,皇帝派专使就军中拜他为大将军。我在卫将军处任中军校尉,是专程回京报捷来的。"

伍被与曹梁一下子来了兴趣,"哦?你在大将军麾下?他为人怎样?"

"为人?"黄义喝了一大口酒,放下耳杯,在食案上重重击了一掌,叫道:"厚重少文,好人!"

他看看两位客人，做着手势以加强语气。"大将军遇士大夫有礼，驭士卒以恩，无论甚人，都乐为其用。伯刚说说看，这是不是本事！"

"是本事，当然是本事。"伍被道。

"至于行军作战，则军律严整，号令分明。对敌之际，身先士卒。露营扎寨，必士卒休息，大将军乃就军帐；穿井得水，必士卒先饮，自己方饮；回撤遇河时，必待士卒安全渡过后，他才会登舟。天子、皇后所赏赐的财物，都尽数分给士卒，自己一文不留。如此作为，伯刚评评，不在古之名将以下吧！"黄義娓娓道来，如数家珍。

伍被叹服地连连颔首。曹梁默然，临行前，淮南王叮嘱他们观察京师的人物，看来，淮南将来若举事，这卫青绝对是劲敌呢。

曹梁试探道："此番卫青拜封为大将军，卫氏一族，是大贵了。"

"何止大贵，是大贵而特贵了，皇帝赐予卫家的，是有汉以来从未有过的恩典！"

"怎么？"

"卫青拜大将军不算，他的三个襁褓中的儿子，也一并封侯。他的外甥霍去病，因军功卓越，此番也被封为冠军侯。而大将军不仅是皇后的兄弟，而且是皇帝的姊夫，未来太子的舅舅，这种身份，开国以来，可说是绝无仅有。"

"皇帝的姊夫？"曹梁愕然。

"皇太后薨逝后不久，新寡的平阳公主就托皇帝的大媒，嫁给了大将军。于今三载，一连生了三胎，都是儿子，如今都封了侯。"

这件事京师内外早已沸沸扬扬，只是不明究竟。曹梁更感兴趣的是太子的人选。"子菁说大将军是未来太子的舅舅，这么说，太子定下来是卫皇后之子了？"

黄義肯定地点了点头，"从卫家的势头看，只能是这个结果。"

他又抿了口酒，问道："伯刚一直在淮南王处么，所任何职？"

伍被颔首道："淮南待吾甚厚，现任中郎将之职。"

黄義摇首道："再厚，局面小，也不过是个千石的中郎将。以伍君的才能，若在大将军麾下，不愁拜将封侯，曹大人，是不是这个道理？"

曹梁笑笑，不以为然道："当然。淮南安处于江淮，无仗可打，没有军功自然不能拜将封侯。"

"打匈奴，大将军麾下立功封侯的人老了去了！我给你们念叨念叨。"黄义竖起手指，边说边数，"平陵侯苏建，岸头侯张次公，博望侯张骞，合骑侯公孙敖，龙雒侯韩说，南窌侯公孙贺，乐安侯李蔡，陟轵侯李朔，随成侯赵不虞，从平侯公孙戎奴，还有李息、李沮、堂邑甘父、豆如意、陈缩也都赐爵关内侯，食邑三百户。这些人，从前大部分都是军中千石的校尉。"

黄义说得不错，以自己的才干，若投效朝廷，不难像这些人一样，驰骋疆场，立功封侯。投淮南王，不仅难得施展，而且很有可能被牵连到刘安的逆谋之中，累及家人妻子。可老母在堂，他又怎能弃养？淮南王厚待于他，自己又怎能背弃主人，为此不孝不忠之事？伍被心中黯然，不想再谈这个话题。

"匈奴人吃了亏，怕是要报复吧？"

"那是肯定的。眼下的单于，一意与大汉为敌。不过即使他不来，我军也要打上门去。皇帝下了决心，要重创伊稚斜，驱除胡虏于漠北。今后，有的是大仗要打……"

门帘一掀，一个店伙望着黄义，赔笑道："军营来人找，要黄大人立马回去呢。"

"人在哪儿？"

"在大门候着呢。"

黄义扫了眼等在门口的部下，做了个要他等着的手势。不想那士卒径直走过来，揖手道："大将军班师回来了，就快到霸城门了。"

黄义一惊，跳起身来。"军务在身，连酒也喝不痛快，我们改日再聚吧。"随手取出一串铜钱丢给店伙，"酒钱记在我账上，好生侍候二位大人。"

伍被也跳起身，揖手道："子菁兄，吾等皆欲一瞻大将军的丰采，随君同去，可成？"曹梁也站起身，请求带他们同去见见大将军。

黄义迟疑了片刻，颔首道："也好，那就一起去吧。"

三人走到店门处，却见女扮男装的刘陵，与一位形容瘦削的汉子，正向这里走来。

六十七

　　刘陵一副贵家公子装束，对伍被等人挥了挥手道："你们自便，我与朋友有事，晚上淮南王府见。"言罢，径自随那瘦子进了酒肆另一个包间。

　　入席后酒菜上毕，店伙退出，瘦子方端详着刘陵，低声问："翁主怎么这身打扮？"

　　"还不是图个往来方便。朱大侠该称我公子，莫露了形迹。"

　　朱安世似笑非笑地望着刘陵，"也好，可公子也莫称我大侠，我朱六金如今是个商人，你称我先生好了。"

　　刘陵直视着他，眼中隐含笑意。"有人要我代问先生好，向先生报个平安。"

　　"是宁成吧？"

　　刘陵颔首道："他俩现在是淮南国的客卿了。"

　　朱安世哼了一声，自斟自饮，不置可否。

　　"先生的事情，宁成都讲给我听了。"

　　朱安世取了块野鸡肉放入口中，用力咀嚼着，对刘陵的暗示，似乎充耳不闻。

　　"这野鸡多骨头少肉，有甚嚼头？"朱安世将鸡骨嚼碎，细细品尝着滋味，刘陵斜睨着他，一脸的不屑。

　　朱安世道："你知道甚？味道好着呢！"

　　他喝了口酒，冷笑道："公子说甚，我的事情？不就是从塞外贩马进来么？朝廷不限制这个。"

刘陵眉毛一扬，哂笑道："可劫狱呢？行贿呢？先生以为义纵会放过你么？"

该死的宁成！朱安世心里骂着，可脸上仍是好整以暇的样子。"就算他不放过我，没有证据，其奈我何！"

刘陵咯咯地笑出了声，"先生难道忘记了，你与今上有夺剑之仇呢！你想到过吗？皇帝抓到了你，会怎么做？"

朱安世一下子变了颜色，猛然恶向胆边生，他拔出佩剑，直指刘陵，恶狠狠地问道："你想胁迫我么？看不出你个小妮子，用心很深呢。"

刘陵面不改色，微微一笑道："先生误会了。我没有别的意思，只想请先生加入我们，大伙一起干。"

"你们是谁，大伙又是谁，甚意思？"

"宁成、先生与我俱负案在身，我们何不联起手来，做番大事业！"

朱安世哈哈笑道："大事业？我，一个买卖人？宁成不过是个丧家的刑徒，公子不过一介女流，即便联手，敢问能做成甚大事业？"

"怎么不成！最起码能把义纵这类与我们为敌的人除掉。"

"怎么除？"

"他们在明处，我们在暗处，明枪易躲，暗箭难防，总能找到他们的短处。主父偃如何，最后还不是着了别人的道儿。"

这丫头知道得不少，倒不能小看她。"公子与义纵素无仇怨，何以要除去他？"

"这些人无孔不入，少一个，就安生一些。"

淮南王自恃是高祖皇帝的嫡孙，觊觎大位，朱安世早有耳闻。可以淮南之力，图谋大位，不啻痴人说梦，他才不会去蹚这个浑水。可转念一想，即便不掺和，也不必为此得罪淮南王，于是笑道："公子今日约我来，就是这件事么？"

"也是，也不是。"

"公子若需在下效力，但说无妨。"

"淮南僻处江淮，消息不灵。我这回来京师，就不准备回去了。先生知道我与陈皇后的案子有牵连，为掩形迹，亦为联络方便，不能住在父王的京邸。

还求先生为我谋一落脚之地。"

这丫头竟打算留在京师为淮南王当坐探，朱安世不由得刮目相看了。他想了想道："修成子仲与昭成君之子是皇亲贵胄，金枝玉叶，也都是我的弟子。我的朋友，他们会厚待的。公子可任选一家，住在他们那里，会很舒服。"

刘陵连连摆手道："不成，不安全。"

"不安全？笑话，没有人会想到公子隐身于此，最险的地方最安全，江湖上管这叫灯下黑。"

"不成。这些人都认得我，况且为儿女绝婚一事，修成君与淮南已反目成仇。"

"是这样？"朱安世思忖了许久，沉吟道："住处有的是，可简陋得很，怕委屈了公子。再有公子打探消息，当然还是住在官宦人家更方便。"

"简陋算甚，先生下榻何处？我愿与先生同住。"

"我么，自然是客栈，可你是个女儿身，进出不便。"

"怎么不便？我与先生兄妹相称，不就成了么？再说客栈八方辐辏，进出往来，更不惹人注意。"

"我那些兄弟，多是江湖中的粗人，你一个女人，不怕么？"

"怕甚，江湖中人不也是人，我正想结识他们呢。再说，我身边也带的有人，没人能欺负得了我。"

朱安世无奈地摇了摇头，"既不嫌简陋，就随公子好了。"

刘陵举杯道："谢谢大哥，小妹敬大哥一杯，先干为敬。"言罢莞尔一笑，一饮而尽。

再说伍被一行赶到霸城门时，卫青的仪仗已经开始入城了。在前面开道的是四十名赳赳武夫，赤帻缇衣 ①，四人一排，手执棨戟 ②；紧随其后的是百名赤帻黄衣的弓弩手，与棨戟手一起组成前导仪仗。主车之前则由黑帻黑衣、

---

① 赤帻缇衣，赤帻，红色的头巾，帻，头巾；缇衣，黄赤色的衣衫。缇，黄赤色，为古代兵服颜色。

② 棨戟，配有彩幡的木戟，古时用作官员出行的仪仗。

手执棁杖的辟车二十人护卫，高声呵斥着要路人闪避；主车前后各有八名头戴武冠大弁，手执棨戟护卫的侍从僚佐。十辆从车紧随其后，后面有赤帻黄衣、身佩弓弩的缇骑二百扈从，殿后的则是赤帻黑衣、四人一排、手执长矛的百名骑士。大队车骑，浩浩荡荡，直入长安。坐在主车中的应该是大将军，可前后左右盛陈的仪卫，使围观者根本无从看清他的模样。

望着渐去渐远的车队，黄义颇为懊丧。"算啦，你们随我去大将军府，我为二位引见吧。"

随着卫氏一门贵盛，卫青的宅第已经搬到了贵戚云集的戚里。几里之外的车马人流就已阗街壅巷，前来道贺的官员摩肩接踵，都被卫士挡在大门前。一名侍者大声喊道：

"各位大人请回吧，大将军军旅劳顿，今日不见客！"

好一阵子，壅堵的人群方散去，身为中军校尉的黄义与卫府的卫士很熟，打了个招呼，卫士就放他们进去了。卫宅不算大，一式三进，他们进去时，卫青刚刚沐浴完毕，正坐在中厅休息。

卫青屏息端坐，闭着双目，正在听身旁的一个中年男子说话。黄义领他们走到附近，摆摆手，示意他们耐心等一会。伍被细细观察着这个名震天下的人，心中暗暗吃惊。他早年学过相面，卫青面长而阔，印堂饱满，眉骨隆起直达发际，相法上管这叫作"伏犀贯顶"，是大富大贵之相。

说话的人名宁乘，齐人，当年曾与卫青一同服役甘泉，是最先道出卫青日后富贵的人。卫青发达后，交友极为谨慎，唯独宁乘被视为贫贱之交，是可以随时出入他家中的朋友。

"仲卿，适才到府，门前人满为患，都是来贺喜的官员呢？"

卫青叹口气道："见，没完没了地应酬；不见，人家骂我不近人情。我真不知道如何是好了，子才聪慧，望有以教我。"

"大将军是万户侯，这是开国功臣萧何、曹参才有的恩典。大将军的三子，襁褓之中，无寸功可言，竟同日封侯，这个恩典，竟是前无古人的了。仲卿以为，自己的功劳，真的超迈前贤么？"

卫青摇首道："卫青岂敢比肩前贤！今上无非看在平阳和皇后的面子上，赐小儿爵位。从平阳那里论，皇帝是这些孩子的舅舅。"

"仲卿能作此想，有自知之明。可还有一层，不知大将军想到没有？"

"哪一层？"

"敢问现今皇后与王夫人，哪一个更得皇帝的宠爱？"

卫青沉吟道："当然是王夫人。"

"对极了。将军一门贵盛，皇亲国戚，没有哪个比卫家风光。可王夫人出身贫寒，虽受宠于天子，可宗族呢？比起卫氏，简直天上地下，将军以为，他们对卫家会怎么想？"

卫青一怔，随即双眼一亮。"子才的意思我明白了，独乐乐，不如众乐乐。"

宁乘道："皇上为此番大捷，赐予大将军千金，我看就用这笔钱，为王夫人的二老双亲做寿。他们念大将军的好处，很多嫌怨可以化解于无形。"

"千金贺寿，太张扬，不妥。"卫青思忖良久，下了决心。"就用五百金做寿，两家二一添作五，不那么咄咄逼人。这件事要顾到王家的脸面，你马上亲自去办，你知我知，再不要外传。"

宁乘走后，黄义才上前参见，顺带把伍被与曹梁引见给了卫青。

卫青打量了他们一眼，淡淡地说："淮南国的么？来我这里有事情么？"

伍被等揖手道："大将军声闻天下，下官等今日得瞻丰采，于愿足矣。"

卫青狠狠地瞪了黄义一眼，正看到平陵侯苏建走进来，于是揖手还礼，很客气地说道："卫某与淮南素无往来，难得各位来看我，卫青多谢了。"他指了指苏建，笑道："苏将军有军务要事，恕不能与二位久谈。来人，送客！"

客人出了府门，卫青猛地沉下脸，怒斥黄义道："你好大的胆！不得允准，竟敢私自带人进府，混账东西！"

黄义俯首屏息，喏喏而退。

苏建笑道："大将军至为尊重，而天下士大夫却没有称誉大将军的，大将军不觉得奇怪么？如此冷落客人，岂不令天下的士大夫寒心么！"

苏建与卫青，也是要好的朋友，平日无话不谈。卫青苦笑道："子煦以为名望高是件好事么？木秀于林，风必摧之；行高于众，人必非之。魏其、武安厚集宾客，名扬于天下，却令天子切齿，最后不得好死！招揽士大夫，进贤黜不肖，乃人主之事，我们做臣子的奉公守法而已，招贤纳士，不是找不自在么！"

远远看见门丁引着所忠进来，卫青满面生辉，迎上去揖手道："不知公公光顾，有失远迎，怠慢了！"

所忠亦含笑还礼，揖手道："所忠先给大将军道喜了。传皇上的话，明日午前请大将军进宫，皇上要设家宴，为大将军接风洗尘。"

随即将头俯向卫青，耳语道："皇上这几日心情大好，我敢说，皇长子就位储君，指日可待。"

所忠的猜测不错，刘彻反复权衡后，决定立卫子夫之子刘据为太子。从情感上，他更喜欢刘闳，可在理智上，他很清楚废长立幼的阻力与后患。他曾与郎中令石建密议立储之事，确如石建所言，皇长子渐长，已到了就学的年纪，要为东宫配备太傅与师傅，再拖会耽误学业了。更无奈的是，以卫家与皇室的关系，立刘据为太子，已经成了势在必行的事。卫子夫已立为皇后，皇后之子做太子，顺理成章。平阳已嫁给了卫青，卫家与他的关系又深了一层。与匈奴角逐，离不开卫青与霍去病这两个人。尽管很不喜欢这种感觉，可刘彻清楚地知道，攘外必先安内，若弃长立幼，卫家这一摊子，非但不再是他事业的助力，反而会成亟待剪除的可怕威胁。如此，政局会有极大的动荡，国家会元气大伤，宏图大业或许会终成泡影。他岂可为了房闱私情，置皇权于险地呢？一念至此，他下了决心。

他去了王夫人居住的鸳鸯殿，与爱子刘闳玩了一阵，然后与王夫人闲话。

"阿闳快好六岁了吧，该进学了。"

王夫人笑笑，"我都忘记了，难为陛下记挂着闳儿，那就烦陛下为闳儿请几位师傅吧。"

当断不断，反受其乱，刘彻硬下心肠道："不用另请了，要闳儿去东宫与太子一起读书。"

王夫人神色黯然了，问道："东宫？太子？陛下何时立的太子，臣妾怎么不知道？"

刘彻视如不见，很生硬地说道："明日朕就要宣布立刘据为太子，今日告诉你还晚么！阿据是皇后之子，以长以嫡，都该被立为太子，这是祖制，你们不要争。"

王夫人低下头，抹了把眼睛，委屈地说："谁争了？皇帝莫冤枉人。"

"不争就好。你放心，闳儿眼下还小，过几年，朕会把最好的地方封给他。"

王夫人叹了口气，"我早知道会是这样，我们娘儿俩认命了。"

刘彻心有不忍，握住王夫人的手，恳切地说："明日朕要为卫青接风，你要到场，改变不了的事情，你要学会顺应，捧皇后的场，对你与闳儿，只有好处。"

"卫青，就是皇后的兄弟，新拜的大将军么？"

"对，就是他。他可为朕立了大功。"

"若是他，我该去捧场。"

刘彻不解，"怎么？"

"大将军倒是位挺厚道的人呢。我娘今日进宫，说卫大将军今日派人到臣妾家里，以五百金为臣妾父母上寿。贵而不骄，卫家能主动关照我家，我又为甚不能捧卫家的场呢。人敬我一尺，我敬人一丈，皇帝你说，是不是这个道理？"

想不到卫青能做出这等事来，刘彻颇为吃惊，也颇为欣喜。"夫人说得对，说得好，就是这个道理。朕、你、皇后，我们是一家人，理应和衷共济。"

六十八

　　为大将军接风的筵席设在未央宫前殿的西暖阁，被邀约的客人们早早就到了，而晏起的刘彻却刚刚盥洗过，所忠将他的头发绾起，塞入皮弁，接过小黄门递过来的玉簪，将发髻牢牢地固定住。

　　"陛下，起驾么？客人到得差不多了。"郭彤匆匆走进来，顿首启奏。

　　刘彻端详着自己在铜镜中的形象，好整以暇地问道："皇后与大将军夫妇到了么？"

　　"到了。还有公孙太仆夫妇，陈掌夫妇，卫长君夫妇，冠军侯夫妇，卫家的亲友都到齐了。王夫人、隆虑公主与修成君也到了。"太仆公孙贺、詹事陈掌的妻子分别是卫青的长姊卫君孺与二姊卫少儿，卫少儿又是冠军侯霍去病的生母。

　　"李夫人呢？"李夫人原是普通的宫人，因侍寝有孕，接连为皇帝生下两个儿子，最近才被擢升为夫人。

　　"还没有到。"

　　李夫人仗着生了儿子，竟无视宫里的尊卑体制，刘彻不快了。"哪里有皇后等嫔妃的道理？可恶！传朕的口谕，家人饮宴，都得到场。所忠，你快去催！"

　　所忠刚要退下，却又被刘彻叫住了。"她不去就算了，免得扫大家的兴。起驾吧。"

　　郭彤道："陛下，隆虑公主单独求见，见不见？"

刘彻迟疑了片刻，颔首道："你带她过来。"

自从办过太后的大丧，刘彻就再没有见过隆虑。隆虑大他三岁，过去这个年，就到四十岁了。她自幼体弱，身体一直多病，二年多不见，隆虑看上去更单薄了。

隆虑公主屈膝欲拜，刘彻抢前一步扶住她，笑道："三姊，你我莫讲这些繁文缛节，快坐下说话。"

隆虑面色苍白，两颧潮红，看上去弱不胜衣的样子。刘彻心里一阵难过，关切地问道："三姊，这一向身子还好么？"

"好也好不到哪儿去，坏也坏不到哪儿去，自打娘去了，就一直是这个样子。"

"国事繁忙，朕一直顾不上阿姊……"

"皇帝肩上的担子重，要操心打匈奴的大事，阿姊虽是个女流，也还懂得国事重于家事的道理。阿姊老病缠身，怕是挨不到皇帝成就大业的一日。可阿姊有两件心事，求陛下成全。"

"阿姊请讲。"

"昭成君已快成人了，可夷安公主年纪尚幼，三年五载成不了婚，我怕是等不到那一日了。当年咱们定下的娃娃亲，陛下不会变卦吧？"夷安公主是刘彻庶出的次女，年方九岁。

刘彻笑道："君子一言，驷马难追，何况天子言出法随，怎么会变卦呢！朕再说一次，夷安是周家的儿媳妇，绝不会变，阿姊放心了吧。"

隆虑脸上露出了笑容，可一闪而逝，她一下子扑倒在刘彻的膝下，久久不肯起来。

"阿姊，阿姊！"刘彻吃惊地看到，隆虑潸然泪下，哽咽难言。他拿起布巾为她拭泪，劝道："阿姊有事尽管说，何必如此？"

"昭成君是个孽子，总惹是生非，给皇家丢脸。要怪，就怪阿姊从小惯坏了他。可他是阿姊的独苗，于陛下又是外甥，又是女婿。阿姊在，一定管住他；阿姊若不在了，他再惹祸，望皇帝一定看在大行皇太后与阿姊的面上，饶他不死，为陈家留一条根，成么？"

原来是这件事。皇家的这些纨绔子，尤其是修成子仲与昭成君，是贵戚子弟中的害群之马，若怙恶不悛，自己姑息不问，何以服众？

刘彻蹙眉沉吟道："这件事太难了，阿姊总不能要朕枉法徇私吧！"

"阿姊绝没有这个意思。汉法有赎死的律条，阿姊只求皇帝，阿珏若犯了死罪，允准他赎死。阿姊愿奉献千金，为阿珏预赎死罪，这……这总成了吧！"隆虑面色潮红，可能太用力的缘故，咳喘不止，额头上沁出一片细汗。

看到隆虑紧张的样子，刘彻不忍峻拒，颔首道："既是这样，朕答应阿姊，可阿姊要教训他，可一而不可再，若怙恶不悛，没有人救得了他。"

隆虑长长出了口气，整个人好像虚脱了一般。刘彻扶起她，一起走出寝宫。"今日大喜的日子，我们不说这些个扫兴的事，走，随朕一起去前殿，为大将军洗尘。"

西暖阁中的食案足足摆了十张，偌大的厅堂一下子显得小了。刘彻入席后，摆摆手道："今日请来的，非亲即故，可算是家人的聚会，各位不必拘礼。大将军此番进击匈奴，大有斩获，振我国威，可喜可贺！今日这席酒，权当庆功宴。朕先敬大将军一杯，愿大将军攻无不克，战无不胜，一雪我大汉七十年的耻辱。"

众人纷纷举杯，山呼上寿。卫青红着脸，将杯中酒一饮而尽，顿首道："此番突袭右贤王得手，全在皇帝神明英武，决胜千里，将士用命。卫青不过供陛下驱驰，因人成事而已。皇帝天恩高厚，不吝爵赏，卫青受之有愧。尤其是三子俱在襁褓，无寸功而受禄，实令臣汗颜。望陛下收回成命，转授有功将士，以励民心，以劝天下。"言毕，再拜顿首。

刘彻将须微笑道："有功将士，朕难道吝惜过爵赏么？该封赏者朕已经封赏了。朕之所以连你襁褓中的儿子也封了侯，正所以励民心，劝天下。朕要天下的人都知道，立功者必赏，立大功者，荫及子孙。

"朕翻阅石渠阁的旧档，曾见当年高祖即皇帝位时，大封功臣，刑白马盟誓的誓词。那誓词说，使黄河如带，泰山若砺，国以永存，爰及苗裔。爰及苗裔，甚意思？不就是君臣一体，世世代代泽及子孙，共享富贵么！仲卿不必过谦，若不过意，今后多打胜仗报答朝廷就是了！"

言罢大笑，众人皆笑。之后众人纷纷祝酒上寿，欢洽之情，使原本拘谨的客人们都放松了下来。

"此番拿下了河南地，可那里地广人稀，除非筑城戍守，仍难免匈奴的侵扰。"看到皇帝心情好，卫青鼓足勇气，将一直憋在心里的想法说了出来。

刘彻挥了挥手，道："此事朕早有打算，河南地划为边郡，筑城戍守，移民实边，这都是题中应有之义，朕已交代给公孙丞相他们筹划。大将军不必担心，今日家宴，不谈国事。"

酒过三巡，郭彤吩咐乐府准备歌舞助兴，刘彻摆了摆手道："且慢，朕还有件大事，本想以后诏告全国，可今日是大吉之日，此事又与各位关系甚大，就让你们先一步知道，算作锦上添花吧！"

卫青意味深长地看了卫子夫一眼，她猛然觉得心跳得厉害，难道皇帝斟酌已定，就要立阿据为太子了？她扫了王夫人一眼，王夫人低着头，心事重重的样子。看来，自己是熬出头了。

刘彻却忽然犹豫了，将已到嘴边的话咽了回去，他还要再想一想。

"皇长子阿据与阿闳已经到了进学的年纪，朕为他们物色了师傅，自明日起，他们要每日去承明殿听讲。你们做母亲的，要督促他们。"

王夫人露出了笑容，卫子夫则神色黯淡地低下了头，其他人则一片附和之声。

郭彤拍了拍手，一队盛装歌女与乐师悄没声地走进来，为首的正是李延年。乐师们安顿好乐器，李延年做了个手势，顿时钟鼓铿锵，琴瑟和鸣，曲子是宫中宴乐最常用的《安世房中乐》。歌女们分作数排，随乐声载歌载舞。

大孝备矣，修德昭明；高张四悬，乐充宫廷。云景杳冥，金支秀华……

"停，停！"刘彻蹙眉道，"怎么又是这老一套！李延年，朕命你为乐府谱的变曲新声呢？"

李延年顿首道："奴才该死！"随即起身，从一个乐人手中接过一支竖笛，呜呜咽咽吹将起来。曲子初听很悲，情浓似酒，婉转悱恻，似别离，又似追怀。无何音声渐杳，犹如瑟瑟芦花中，漫漫清江，一帆远去，而离愁别恨亦随之如烟散去，化入一碧如洗的蓝天之中。曲终，余音袅袅，徘徊不去，闻者莫不感动，暖阁中一片肃静，随即响起一片赞叹之声。

李延年揖手道："方才这首曲子名《秋思》，奴才再为陛下歌一曲《倾城倾国》，以助酒兴。"

刘彻含笑道："倾城倾国？有意思，你唱来听听。"

李延年抖擞精神，起舞踏歌。其舞步刚健婀娜，阳刚气十足，而又不失阴柔之美。神移目夺之际，又忽然引吭而歌，高亢中含蓄着柔情，如泣如诉。

北方有佳人，绝世而独立，一顾倾人城，再顾倾人国。宁不知倾城与倾国，佳人难再得！

回环往复，吟咏不绝，李延年足足将歌词反复唱了三遍，方才停口。刘彻闻歌惘然，一种莫名的情愫在胸中鼓荡不已，眼前若隐若现，似真有倾城倾国的佳人出没，这样的美人，怕只活在宋玉的词赋中吧。良久，他才回过神来，叹息道：

"好一个倾城倾国！东家之子，增一分则太长，减一分则太短，敷粉则太白，施朱则太赤。眉如翠羽，肌肤如雪，腰如束帛，齿如含贝。嫣然一笑，惑阳城，迷下蔡。世间岂有如此美人乎！"

李延年含笑不语，平阳却忍不住说道："李延年有一女弟，曾在我府中学艺，歌舞俱精，人才是第一等的，我看可以当得倾城倾国的美誉。"

话刚出口，她就后悔了。卫皇后满脸愤恨地瞪着她，对面的王夫人，眼里像要冒出火来；而身旁的夫君卫青，也是一脸的不自在。倒是大姊修成君，一脸幸灾乐祸的神情。这些刘彻都看在眼里，但却不动声色，视若不见。

"李延年，果真是这样么？"刘彻双目熠熠，充满着期待。

"奴才不敢称女弟倾国倾城，可如翁主所言，妙丽善舞是不错的。"

"你女弟现在何处？"

"在奴才家中。"

"郭彤，马上随李延年一起，将他的女弟接入宫来，朕等在这里，观其歌舞。"

乐府有了李延年，变曲新声层出不穷，可随着司马相如卧病家居，邹阳故去，辞赋又显不足了。刘彻怀念起司马相如来了，他叫过所忠，吩咐他去一趟茂陵司马家，探视相如的病情。若司马相如不能进宫，也要把他这些年写的辞赋取回来。

酒筵变得很沉闷，刘彻看了眼闷闷不乐的卫子夫，低声问道："怎么，皇后身子不豫么？"

"没有。"

"那就代朕招呼客人呐！皇后是半个主人，招待的又是你兄弟与卫家，你板起个脸，是做给谁看的！"

"臣妾不敢。"卫子夫低下头，一脸委屈。

刘彻有些不忍，低声道："朕知道你想甚。你放心，朕已决意立据儿为储，可昭告天下，要择一吉日。"

"全凭陛下做主。"卫子夫喜上心头，面色豁然开朗。

"做皇后心胸要大度，要学你兄弟，莫学阿娇。"

"我兄弟，卫青，他怎么了？"卫子夫不解。

"王夫人，你给皇后说说，大将军为你家做了甚？"

王夫人避席顿首道："启禀皇帝皇后陛下，大将军以五百金为臣妾的爷娘上寿。"

"卫青，是这样么？"

"是。"

"你倒是个有心人，说给朕与皇后听听，你所为何来？"

卫青亦避席顿首道："臣愚昧，臣是听了朋友的劝告，才这么做的。"

"哦？你那朋友是谁，怎样劝你？"

"臣的朋友名宁乘，齐人，是卫青的贫贱之交。陛下赐臣千金，宁乘劝臣说，大将军如今贵极人臣，阖门富贵，而王夫人宗族家境未富，推己及人，损有余而补不足，天道也。臣以为他说得对，故以半数为王夫人父母寿，以彰陛下亲亲之意。"

"好！有这样的朋友，是卫青的福气；有这样的兄弟，是皇后的福气。"刘彻看着卫子夫，笑吟吟地说道，"孔子说过，己欲立而立人，己欲达而达人，正是所谓推己及人的恕道。人存了这样的心，待人自会宽厚大度，他人也才会对你心悦诚服。"

卫青如此，卫子夫心里不免感动，顿首道："臣妾谨受教。"

可当李嫣在内侍与李延年的陪伴下走入暖阁时，望着款款而来的这个皓齿明眸、光彩照人的女人，卫子夫与王夫人的心再次沉了下去。一望可知，这个烟视媚行的尤物，无论对谁，在争夺皇帝的宠爱上，都将是劲敌。

六十九

　　元朔五年的夏日，艳阳高照，绵延的春旱，一直持续到夏季，中间偶尔下过几次小雨，仍远不足以缓解旱情。整个关中酷热难耐，而在前殿廊前徘徊的大臣们，心情亦如天气般焦躁不安。

　　自从李嬿进宫，皇帝仿佛变了个人，重又成了个多情少年，终日与那女人厮守在一起，往往连日宴乐，临朝的时间越来越短，间隔越来越长。公事送进去，久久得不到回复。这次，皇帝又是十日不临朝，徘徊在殿廊中的丞相公孙弘与御史大夫番系相视叹息，无奈地摇了摇头。

　　清凉殿在宣室殿的西面，地板下面有冰窖，夏季填充冰块，烈日当头，室内却清凉宜人。室内设白玉石床，上挂紫琉璃帐，宫人于帐外挥扇送风，以祛潮气。入夏以来，刘彻一直携李嬿在这里避暑。此刻他正倚在卧榻上，懒洋洋地翻阅着奏章。李嬿坐在一侧，挥着把绢扇，为他扇凉。

　　所忠匆匆走进来，伏地稽首道："陛下，公孙丞相等一干大臣都在前殿候见呢。"

　　"让他们候着去，朕交代给你的事，办得怎样，见到长卿先生了么？"刘彻早就差所忠去茂陵，可直到昨日才成行。

　　"回陛下的话，奴才只见到了司马夫人，据夫人讲，长卿先生已故去数月了。"

　　刘彻一怔，猛然觉得心里空落落的，李嬿手中的扇子也停了下来，眼中闪过一丝复杂的神情。

514

"可惜了！他写的那些辞赋呢？"

"司马夫人讲，自先生卧病，辞赋就作得少了，写过一篇，马上就有人索走，甚也没剩下。"

"甚？你个混账东西，早叫你去你不去，拖到现在，当然甚也剩不下！"刘彻心头火起，脸也涨红了。

望着满脸怒容的皇帝，所忠赶紧从怀中取出一卷简牍，怯生生地递了上去。"奴才该死。不过夫人给了奴才这个。"

"这是甚？"

"夫人说，这是长卿先生未死时，专门写给陛下的。"

刘彻展卷细读，原来是司马相如劝他踵武先圣，行封禅之事的谏章。谏章后附有供封禅所用的颂歌数阕。刘彻默诵一过，回想起当年与司马相如那番谈话，难为他还惦记着自己的圣王大业，可却没能等到这一日。人生若梦，为欢几何！即位几近二十年，百事待兴，而上天还能留给自己多少时光呢？刘彻心里猛然间涌起一股痛楚，大业未成，时不我待，自己人近中年，竟溺于儿女私情而不能自拔，长此以往，岂不志气消磨，一事无成么！

他将简牍交给所忠，命送李延年处谱曲。却见李嬿神情大异，惘惘然若有所思，一副神不守舍的样子。他正待询问，小黄门苏文赶进殿来，奏报说汲黯不听拦阻，径自上殿见驾来了。刘彻有些心虚，急命苏文送李嬿回后宫，又招呼郭彤，马上取冠冕来为他戴上。

近些年来，刘彻驭臣下如狗马，于帝王之术得心应手。大将军卫青，势倾朝野，可他视若仆从，甚至在如厕时召见议事。丞相公孙弘求见，衣冠不整在他也是常有的事。唯独汲黯，他会冠带齐整地出见。不知是因为少时的师生之谊，还是汲黯的一身正气，刘彻在面对昔日的师傅时，心里总存有几分忌惮。

甫及冠带，汲黯已闯进殿来。"陛下日事嬉游，玩物丧志，何以对先帝和大行太皇太后！"

汲黯抗声而言，声震屋瓦。内侍们面面相觑，刘彻的脸却红了。"玩物丧志？先生说哪里话！炎夏酷热，朕身体不适而已。"

"陛下在此清凉，却让大臣们在日头下一等数日，这合乎君臣之道么！"

刘彻故作惊讶道："有这种事？郭彤，快去看看，若有大臣候见，马上召他们进见。"

不一会儿，丞相公孙弘、御史大夫番系、大将军卫青、廷尉张汤、大农令郑当时等一干大臣鱼贯而入，伏地稽首请安。看到大臣们额头的热汗，刘彻心中不免愧疚，和颜悦色道：

"朕方才阅看司马长卿的遗册，劳各位久等了。各位爱卿，有事陈奏么？"

公孙弘前出一步，顿首再拜道："臣数日前所上为博士置弟子员额一事，陛下可有决断了么？"

"这是件移风易俗、崇儒兴学的好事，丞相可草拟诏书，交朕看过后，尽快发下去。"

"还有两件人事上的事，请陛下决断。"

"是石建的荐书么？就按他说的办，传诏李广，交卸右北平太守之职，尽速回宫供职。"郎中令石建病重，荐贤自代，上书说李广为人厚重可任。这件事刘彻已考虑多日，鉴于对匈奴的军事，也觉得把李广调回，比放在东北一隅作用更大。

"另一件呢？"

公孙弘瞥了眼汲黯，不动声色地说道："右内史 ① 出缺，畿辅重地，豪族贵戚麇集，素称难治，望陛下择一名望素著的大臣出任，以安京师。"

为了明年的战事，汉朝大军已屯驻在定襄，卫青亦陈奏，军需粮秣，需郡中协调备办的事务甚多。尤其是商贾辐辏，往来人等甚杂，后勤、治安，亟待有个得力的太守主持。刘彻微微颔首，可一时间却想不出适合的人选。

"用人的事，待朕斟酌后再定。丞相，朝廷要各郡国荐贤的诏令下达后，执行得如何？"

"各地正在陆续征召，近来报到的，有淮南国举荐的儒者狄山，此人学富五车，据说曾助淮南王编撰《淮南鸿烈》，已派任为承明殿的师傅。再有

----

① 右内史，京师三辅之一，即后来的京兆尹，掌理长安城及东南十二县，位比九卿，地位则高于其他二辅与地方郡国。

济南举荐的终军,已经在路上,论日子就快到京师了,准备先安排作博士弟子。"

刘彻看了看汲黯,笑问道:"长孺先生能为朕荐贤么?"

汲黯位列九卿时,公孙弘、张汤等人不过是小吏,可不过十载,这些在他看来只知阿谀逢迎的小人,或与之同列,或拜相封侯,为皇帝所信用,远过于他。蓄积已久的愤懑不平,竟随着刘彻的这句问话一泄而出:"陛下用人犹如积薪,后来者居上,臣愚戆无能,不敢荐贤。"

刘彻的面色微红,脸上的笑意也僵滞了。"汲先生何必意气用事?拔擢后进,朕用人难道用得不对么!"

"敢问陛下,天下之治,囹圄空虚,或人满为患,哪一种好呢?"

"你这话问得好怪,当然是囹圄空虚更好。"

"法令滋彰,盗贼多有。陛下用刀笔吏更定律法,法网唯恐不密,囹圄又怎能不人满为患?难道陛下就不怕重蹈暴秦的覆辙么!"

大臣中只有张汤出身刀笔吏,汲黯指桑骂槐,他忍不住了,应声道:"没有规矩不成方圆,百姓无所遵从,何以措手足?汲都尉是在说我吧?刀笔吏又怎样,有律法,就离不开刀笔吏。"

汲黯怒斥道:"难怪人言刀笔吏不可以为公卿,果然如此。使天下人重足① 而立,侧目而视朝廷者,不就是你张汤么!"

"汲大人,大家同朝为官,都是为国家做事,夙兴夜寐,进贤不懈,是为大臣者的本分,陛下请你荐贤,你又何苦意气用事,同张大人过不去呢!"

见到说话的是丞相公孙弘,汲黯更是气不打一处来。"当年丞相师事辕固生,可他的教诲你怕是早丢到脑后去了吧?"

公孙弘的脸不自觉地红了。当年他被征入朝时,辞行时辕固生的话言犹在耳:"公孙子,务正学以言,无曲学以阿世!"

"辕固生、董仲舒与丞相均倡导儒学,可有真有假。丞相所为,曲学阿世,沽名钓誉而已。"

公孙弘沉住气,问道:"汲大人说我曲学阿世,总要有点根据吧?"

---

① 重足而立,汉代成语,形容人们因恐惧而战战兢兢与手足无措的样子。

"如你所言，为大臣者理当辅佐天子，匡正时弊。可丞相平日在人前说些甚？什么为人主者病不广大，为人臣者病不节俭，这是甚话！"

　　"普天之下，莫非王土；率土之滨，莫非王臣。怎么，天子富有四海，多享受一些过分么？做臣子的，节俭以奉朝廷，难道有错么！"公孙弘振振有词，义形于色。

　　"请问汲大人，我又怎么沽名钓誉了？"

　　汲黯冷笑道："君侯位在三公，俸禄万石，钱有的是，可是布衣脱粟，又是做给谁看的？说君侯沽名钓誉，难道错了么！"

　　刘彻道："丞相，有这回事么？"

　　"有。朝廷上与臣友善者，非汲都尉莫属，今日当廷诘弘，诚中弘之病。夫以三公之贵而盖布被，难怪汲大人说我沽名钓誉。可是臣也曾听说过，古代之名相有奢有俭，并无碍于治国。管仲相齐，姬妾成群，奢侈拟于君主，可不妨碍他辅佐齐桓公称霸。晏婴相齐景公，食不重味，妾不衣丝，下比于齐民，可国亦大治。如果说沽名钓誉，臣宁愿作晏婴，不作管仲。我还得谢过汲大人，不是你，陛下又从哪里得知这些事呢？"

　　公孙弘不急不怒，侃侃而谈，在刘彻眼中，倒是汲黯心存嫉妒，强词夺理了。

　　刘彻笑道："丞相佐朕，兴礼仪，行仁义，复兴三代之治，做得很好！至于布衣脱粟也好，锦衣玉食也罢，都是个人所好，用的是自己的钱，汲师傅管得未免太宽了吧？"

　　公孙弘巧言令色，竟博得了皇帝赞扬，汲黯一气之下，犯忌讳的话不觉脱口而出："陛下内多嗜欲而又要外饰以仁义，丞相这套当然合用，可又何苦扯到唐虞三代之治上去呢！"

　　刘彻的笑容猛然僵住了，脸忽而红，忽而白，双手紧攥成拳头，不自觉地抖着，好一会儿才吐出两个字："放肆！"

　　殿内的群臣与内侍无不俯首敛容，为汲黯捏了一把汗。汲黯仍是负气的样子，他意识到自己惹了祸，可话既出口，覆水难收，死生只能听天由命了。

　　良久，满脸怒容的刘彻长出了口气，下令罢朝。众臣退出后，公孙弘与张汤却逡巡不去，似乎还有话说。

　　"朕不适，若非公事，还是以后再说吧。"

公孙弘对张汤使了个眼色，张汤会意，义形于色地大声陈奏道："汲黯非但肆意诬蔑大臣，且敢对陛下不敬，是可忍，孰不可忍！请陛下以法论之。"

刘彻摇了摇头道："朕自束发就学，即受业于汲长孺，其耿直敢言，数十年不变，朕知之深矣。古有社稷之臣，至如汲黯，即使当不起社稷之臣，也是朕身边少有的诤臣了！"

见皇帝无意追究，公孙弘马上附和道："陛下圣明。老臣倒是有个想法。右内史管区豪杰贵戚麇集，非德高望重的大臣坐镇，难以为治。汲黯既不满现在的职任，欲有所作为，不如转任内史之职，可以得力。"

刘彻沉吟了片刻，颔首道："也好，他有事情做，牢骚也会少些，就派任他为右内史。"

公孙弘再拜顿首道："还有件事，要请陛下定夺。"

"讲。"

"淮南国有个叫雷被的郎官，自称精于剑术，上书自荐从军奋击匈奴。可蹊跷的是，上书数月，却不见他人来报到。臣托张廷尉探查他的消息，由此却牵出不少淮南国的事情，怎么办，要请陛下定夺。"

刘彻望定张汤，蹙眉道："都是些甚事情？"

"那个雷被，被淮南王太子关押着，不准他到长安报效朝廷，为臣子者，废格明诏，罪在不赦，此其一。据淮南国中尉密报，淮南国太子，近年来，每日顿兵习武，寒暑不辍，此其二。"

"封国驻军，例由朝廷派出的中尉统领，他哪里来的兵？"

"据从会稽、豫章逃亡过来的人说，南粤蠢蠢欲动，淮南王因此招练民兵，说是防备南粤与东越犯境。可淮南中尉处，并没有得到类似消息，很可疑。"

刘彻问："他们私招了多少士卒？"

"不下万人。"

刘彻不屑道："乌合之众，派不了大用。"

张汤道："还有件事，据臣派去的细作来报，大赦出狱的宁成和他妹夫，也去了淮南，做了淮南王的客卿。淮南王好客，人所共知，可以前招揽的无非是帮他著述的文人墨客，而今则江湖术士、亡命剑客无不在网罗之中，形迹十分可疑。"

刘彻沉吟不语，看来，淮南王竟真的是想图谋不轨了。这比燕王、齐王的放纵乱伦，要严重得多，也难办得多。淮南王名重天下，威望远高于诸王，动他，得有足够的证据，搞不好会牵一发而动全身。当前对匈奴用兵之际，国内不宜动荡，这是大局，还是先听听大臣们的意见。

"此事，丞相与廷尉以为该怎么办？"

张汤道："废格明诏，依法论治，罪当弃世。"

公孙弘道："壅阻雷被报效朝廷的事小，图谋不轨之事大，在查实淮南王的反迹前，似不应操切从事。"

刘彻领首道："丞相的话对，要先稳住他们。淮南、衡山、济北三王源出一脉，刘安若谋反，必会联络他们。你们要不动声色，暗中伺察他们的动向，不要急于收网。明年是衡山王进京奉朝请之年，他若心虚，必托故不来。"

"雷被一案该怎么办，望陛下明示。"

"淮南王是否真有反意，正可以用雷被的事来作个试探。这件事由廷尉出面，传刘迁问话，看看他怎么说。"

张汤道："臣以为，为防串供，可以传淮南太子等异地问话，看他奉诏，还是不奉诏。他若心虚，必不敢到案。"

"也好，就由廷尉会同河南郡案问，行文淮南国相，要他速遣雷被与太子到雒阳聆讯。不过要记住，莫打草惊蛇，他不奉诏，就又多背了一条罪状。"

刘彻又看着公孙弘道："淮南之事，由廷尉、河南下手办，丞相总其成。淮南国两世经营，根基很深，在一步步摸清他们的底细前，不可冒动，逼得他们铤而走险。眼下，打匈奴才是大局！"

公孙弘回到家中，刚刚换上家居时的便装，侍者来报，辟阳侯审卿来访，已在客舍等了许久了。公孙弘以布衣晋位丞相后，皇帝为加重其权威，封他为平津侯。可公孙弘是个文臣，无寸功可封，心里一直不安。审卿知道他的心思后，建议将雷被之事上奏，若由此查出淮南国谋逆之事，公孙弘便是首功。

公孙弘当然知道审家的用意，审卿的大父①审食其，被淮南王刘长所杀。父母之仇，不共戴天，审家念念于心，视淮南为世仇。雷被一事，审卿提供给他，为的是借刀杀人。若能立功，兼可为朋友复仇，他又何乐而不为呢？今日试探皇帝的态度，果如审卿所言，皇帝对淮南王疑忌甚重，而办好这件案子，审卿正是得力之人。

寒暄未毕，审卿已迫不及待地发问了："君侯，事情捅上去了？"

"捅上去了。"

"今上怎么说？"

"已经交由廷尉与河南郡传淮南太子案问，想必不久必有结果。"

"太好了。君侯，淮南那边的线索，我又搞到一条。"

"哦，甚线索？"

"这回是他们窝里反。刘安有个庶出的长子名不害，愚憨不智，自幼不得其欢心。王后荼不以为子，太子不以为兄。可这呆子却生了个聪明伶俐的儿子，名刘建。推恩令下达后，诸侯纷纷上表分封诸子为侯，刘建亦望其父能够推恩封侯。可刘安父子根本没有这个意思。刘建心怀怨望，暗自结交壮士，欲害太子，以其父取而代之。事泄，太子几次寻衅毒打其父，刘建恨之已极，差人到长安上书。君侯说巧不巧，此人今日却被我遇到。"

"上书中说些甚？"

审卿将一卷竹简递给公孙弘，里面概述王后、太子如何虐待他父子，表示愿受朝廷的征问云云，其中只有"臣具知淮南王阴事"这句话，暗示着他知悉淮南的阴谋。"这个上书的是个甚人？"

"此人乃刘建的亲信，寿春人，名严正。我问过他，淮南王有甚阴事。他说刘健告诉他，只有听到淮南国不利于他父子的消息，他才可以伏阙上书。至于淮南的阴谋，他也不清楚。"

"这个严正现在哪里？"

"在我家里。"

---

① 大父，即祖父，古人称祖父为大父。

公孙弘沉吟良久，眯着的双眼猛然大睁，精光四射。"这个人极要紧，你要看好了他，甚时候用他，你听我吩咐。"

"是。还有件事，也与淮南有关。那个严正说，他在长安城内看到了淮南国的翁主刘陵。君侯想，这刘陵涉嫌巫蛊，逃犹不及，去而复来，不是很可疑么？"

"果真是淮南国的翁主，他没有看错？"

"我也这么问他，可他发誓他看见的就是淮南国的翁主，他是淮南国宫里出来的人，想必不会错。"

公孙弘颔首道："辟阳侯的大仇可以得报了！不过有一件事，君一定要答应我。"

"但凭君侯吩咐。"

公孙弘神情郑重地拍了拍审卿的肩头，"刚才这件事你知，我知，千万莫讲出去。报仇得一步步来，甚时告变，你要听我的。"

七十

淮南王，自言尊。百尺高楼与天连，后园凿井银作床，金瓶素绠汲寒浆。
汲寒浆，饮少年，少年窈窕何能贤？扬声悲歌音绝天，我欲渡河河无梁。
愿化双鹄还故乡，还故乡，入故里，徘徊故乡身不已，繁舞寄声无不泰，
徘徊桑梓游天外。

红烛高烧的寿春王宫中，钟鼓齐鸣，一队歌女随着乐声载歌载舞。一阕
歌毕，主宾齐声赞好，刘安饮了一大口酒，斜倚在小几上，满脸笑容地接受
家人们祝酒上寿。

九月重阳，是淮南王刘安六十五岁的寿日，淮南王府连日张灯结彩，大
摆筵席。衡山、济北两国都派来专使为他上寿，日间拜寿的有司的官员络绎
不绝，场面上的应酬过后，接踵而至的又是晚间的家宴。刘安两子一女，今
年的寿宴，令刘安美中不足的是，女儿刘陵没在身边。

王后孟荼、太子刘迁上寿后，轮到了长子刘不害。刘不害的母亲，原是
淮南王的宠姬，分娩时难产而死，刘不害生而骏痴，直到五岁时才会说话，
且又结巴。刘安由此不喜欢这个儿子，平素关系疏远。每年只在祭祖与贺寿时，
刘不害才能见到父亲一面。

"父……父王，儿……臣愿……愿父王强……强强饭毋恙，长……长乐
无极。"刘不害举着酒杯，费了好大力气，才说出祝词，额头已经冒了汗。
望着儿子的窘状，刘安蹙眉叹息，王后与太子则相视而笑。

刘建见状，又羞又恼，猛地站起来，愤然道："家君口讷于言，是自幼落下的毛病，尽人皆知，有甚可笑么！"

刘迁也跳起身来，恶狠狠地逼视着刘建。"放肆！你个没大没小的东西，这里没有你说话的份！"

刘安摆了摆手，示意刘迁坐下。"阿建，有甚话你讲。"

平日难得见刘安一面，此刻机会难得，刘建顾不上多想，把平素的怨恨一股脑抛了出来。"家君骏痴，可也是阿爷亲生的骨血，朝廷允准推恩，诸侯无不纷纷上表以求分封子弟，阿爷却连块封地也不肯给他，薄凉至此，实在让孙儿寒心。"

刘迁插言道"也不看看你爹那个样子，封给他甚，都得给败了！"

"都给我住口！"刘安沉下脸喝道。他目不转睛地盯着刘建，"不给封地，寡人饿着你们了，还是冻着你们了？无知孺子，你懂个甚？你以为朝廷推恩是为了这些诸侯王好？是为了亲情？笑话！"

他吩咐宫丞晋昌去取一幅帛图。"朝廷千方百计想要做的，就是削弱各地的诸侯。有个叫贾谊的，最早出了这个坏主意，叫甚'众建诸侯而少其力'，现在的推恩令，如出一辙。王分封子弟为侯，侯再分封子弟为君，不过三代，一个诸侯国就这么完了，没了。我不管别国如何，淮南绝不上这个圈套。"

晋昌取来了帛图，刘安将图挂上，展开，伸手在图上比画着。"你们看看，这才是当初的淮南国，比起现在要大几倍！朝廷逼死了你们的王父①，说他谋反，其实还不是为了削弱淮南！天子立吾等为王时，淮南被一分为四，衡山、豫章与庐江被分割了出去。阿建，你给我记住了，不分封，子孙世代王侯；分封了，不过一两代，尔等的子孙还比不上庶民百姓。"

郎中令左吴走入殿中，神色慌张地奏报说，不知出了什么事，淮南中尉邓昕，从牢狱中提走了犯人雷被，现正带兵向王宫这里来。

"莫怕！"刘安强自镇定，"取我的朝服与冠冕来！寡人还是诸侯王，他一个淮南中尉，其奈我何！"

---

① 王父，即祖父，古代称祖父为王父。

邓昕昨日还随其他官员向刘安祝过寿，见到刘安朝服冠冕，盛装相见，不由得一愣，随即赔笑道："殿下莫误会，卑职来此，只是传达朝廷的诏命……"

刘安冷笑道："你随意到我宫中提人，知罪么？"

"罪？这倒让臣不明白了，臣奉命提雷被到案，何罪之有？"邓昕并无怯意，口气很强硬。

"到案，甚案？寡人怎不晓得！"

邓昕递上一卷简牍，"这是驿卒早间传下来朝廷的文书，王爷不妨自己看看。"

简牍上加盖有丞相与廷尉府的封泥。内容是：淮南郎中雷被身负剑术，上书自愿奋击匈奴。明知朝廷征召天下才能之士，淮南太子却格阻不遣，着廷尉将淮南太子、雷被等相关人等解赴河南雒阳，听候案问。

刘安将简牍递给儿子，"为甚要去河南，淮南就不能问吗？"

邓昕道："朝廷这么做，总有他的道理，王爷还是为太子预备预备，抓紧上路，早去早回么。"

"不成，我不放迁儿去。我迁儿犯了哪条律法，凭甚带他走！"王后荼茶紧紧抓住了儿子的衣袖，厉声喝问道。

刘安道："邓大人，你该知道，那雷被下狱，不是为的甚上书从军，而是以下犯上，用剑伤了太子的缘故，这里面一定有误会。"

邓昕冷冷地瞟了他们一眼，揖手道："到了河南，不就知道了？臣乃奉命行事，请王爷王后见谅。公事我交代给王爷了，去与不去，是贵邸的事情，何去何从，殿下好自为之。"言罢，揖手告退。

"父王，咱们怎么办？"刘迁望着邓昕的背影，眼中闪过一道凶光。

刘安看了眼刘不害父子，摇摇头，叹道："你们看到了？南面为王，却连顿寿筵也吃不消停！一个小小的中尉，也敢不把寡人放在眼里。今日就此散席，你们先退下去吧。"

顿首再拜后，刘建扶着父亲，退了下去。随后，王后荼茶也被刘安打发回了后宫。

怕事，怕事，可事情终究还是找上门来了！悔不该没有听儿子的话，养痈遗患，若早早杀掉那个雷被，什么事也不会发生。眼下他落入朝廷的掌握，必会不利于淮南。难怪儿子说自己妇人之仁，妇人之仁，害人呐！刘安心怀愧疚，绕室彷徨，不停地自责。

"父王，怎么办？河南儿臣是决不会去的！"事已至此，刘迁反而置之度外，比他更沉着。

"太子说得对，大王要快些拿主意。当断不断，反受其乱呀。"郎中令左吴、宫丞晋昌心怀焦灼，连声附和。

抗拒，会有不测之祸，到头来免不了兵戎相见。可军权不在王室手中，即便夺了军权，起兵的准备也还远远不足，孤注一掷，必致宗族陵夷，宫室丘墟。遣儿子到案，又怕上了朝廷的圈套，被一步步诱入陷阱。事关淮南的生死存亡，刘安的方寸乱了，额头上淌下的冷汗，把眼睛渍得又涩又痛。斟酌良久，他还是委决不下，于是反问刘迁有什么办法。刘迁比父亲冷静得多，也强硬得多。

"大不了鱼死网破。我不去，朝廷必下令淮南中尉拘捕我，我们王宫的卫队有万人，挑选出有勇力的壮士，装成卫士，持戟侍立于父王四周，一旦闹僵，父王一声令下，即刻刺杀中尉于宫中，夺其兵符，号令全军。"

刘安摇摇头，"以我淮南一国之力，是万万对抗不了朝廷的。不到万不得已，不能行此下策。能拖就先拖些时日，看看阿陵那里有甚消息再说。阿迁，王室卫队这里，你要马上去布置，王宫内外的警卫也要加强，还要密切注意国相与中尉的动静。"

刘迁恨声道："那个祸根，也不能放过他。"

刘安额首道："你是说雷被？当然不能放过！你去安排些个江湖上的高手，等他出了淮南，在去雒阳的路上，结果了他。"

刘迁去后，刘安又召见了中郎将伍被。伍被从京师回来后，刘安曾几次以举兵之事问计于他，打算委任他为淮南的前敌统帅。而伍被力辞不就，并举当年七国败亡之事为谏。七国有天下之半，尚且不胜，而今淮南地不过一郡，兵不足数万，强弱胜败之势可以立判。刘安则以为，淮南若能揭竿而起，或可如陈胜、吴广故事，各郡国群雄并起，造成土崩瓦解之势，进而乱中取胜。伍被却哂笑说，秦末人心思乱，而今国泰民安，形格势禁，倡乱者必败无疑。刘安又气又怒，他知道伍被是孝子，下令将其父母软禁在后宫，以胁迫他顺从。

伍被进殿，正欲伏地顿首请安，刘安上前一步扶住他，苦笑道："闭门家中坐，祸从天上来。伍将军，此番非寡人谋反，而是朝廷找上门来，要逮太子去河南。不害愚憨，吾只此一儿可以承嗣。朝廷这是要绝我的后，寡人不得不作预备。"

雷被之事，可大可小，伍被本想劝淮南王奉诏，可父母被当作人质，他不能不低头附和。"朝廷这样做，是逼人太甚了。"

"那么，伍君应许做寡人的将军了？"刘安一喜，双目灼灼地盯着他。

"臣不能答应，臣只能为大王筹划大计。"

筹划就是参与，而参与就是谋反，如此伍被就没有回头路可走了，不怕他不跟着自己走。刘安笑吟吟地看定伍被，颔首道："也好。依你在京师的观感，方今之朝廷，是治呢，还是乱呢？"

"方今之天下，当然是治世。"

刘安不以为然道："你这么说，根据是甚？"

"被私下观察，自天子倡导儒学，朝廷君臣父子夫妇长幼之序皆依古礼，风俗纲纪没有缺失。富商大贾周流天下，道无不通，货畅其流。南粤宾服，羌、僰贡献，东瓯入朝。朝廷重挫匈奴，收复河南地，筑城朔方，修复长城旧塞。虽然称不上太平盛世，可也绝不是乱世。"

刘安不悦，厉声喝问道："可天子好大喜功，滥用民力，峻削商贾，逼迫诸侯，凡此等等，难道不是事实么！"

伍被语塞，揖手谢罪。刘安沉默了一会儿，挥了挥手道："好了，不扯这些，我们说正事。依你看，山东一旦有变，朝廷会派谁主持军事？"

"大将军卫青。"

"那么公以为，大将军如何人也？"

"臣有故人黄义，在大将军麾下从事。上次送大山小山去京师，臣与谒者曹梁，随他拜访过卫青。据黄义所言与臣等亲见，大将军谋勇兼优，数击匈奴，身先士卒，战无不胜。而且遇士大夫以礼，驭士卒有恩，众人皆乐为所用，有古名将之风。"

"是么？寡人倒听说，朝廷上只有一个汲黯是直臣，其他如公孙弘等，不过是发蒙解惑的俗儒而已。阿迁之智略不世出，非常人所及，从前去京师迎娶时，曾遍会群臣，以他看，汉廷公卿列侯无非沐猴而冠者，根本没有出色的人才。"

刘安父子如此狂妄自大，必败无疑。可也犯不着当面揭破他，伍被笑笑道："是么？那么大王若要举事，必得先刺杀了大将军，方有胜算。"

刘安前席，与伍被造膝而对，很殷切地望着他。"伍君，大丈夫以一言决生死。当年吴王所以失败，在于他不明军事。欲取关东，要害在成皋，而吴王不知扼守，致使朝廷大军源源不绝而来，焉能不败？若是寡人，会先派大将占此通路，之后挥军西向颍川，堵截辕、伊阙之道；发兵南阳以扼武关。如此，关东汉军援兵不继，坐困愁城，何忧不胜？寡人与左吴等日覆地图，关东形势，可谓成竹在胸。人言'绝成皋之道，天下不通'，寡人据三川之险，招天下之兵，公以为如何？"

狂妄自负，纸上谈兵。伍被摇摇头，苦笑道："臣但见其害，未见其利。淮南距成皋不啻千里之遥，大王怎敢肯定我军会比朝廷的大军先到呢？而成皋的守将又不会婴城固守，以待援军呢？"

"以公所言，竟是只有刺杀卫青一条路可走了？"

伍被肯定地点了点头。刺杀大将军，谈何容易？伍被的真实意图无非要刘安知难而退，为救父母，他只能虚与委蛇了。晋昌走进来，附在刘安耳边说了些什么。刘安面带喜色，要伍被等在这里，自己则随晋昌匆匆而去。

在偏殿的一间密室中，刘安接见了刚刚从衡山国赶回来的宁成。数月前，得知衡山王少子刘孝招揽宾客，刘安即授意宁成往投其门下，一来为刺探衡山国的消息，二来可以相机行事，游说衡山王，联手对抗朝廷。

衡山王刘赐，是刘安的兄弟。刘安兄弟三人，被汉文帝分别封为淮南、衡山、庐江三王。刘赐最初被封为庐江王，七国之乱后，衡山王刘勃北迁为济北王，刘赐则被徙为衡山王。衡山国位于淮南之西，两国互为掎角之势，刘安若起兵，衡山王不响应，会有极大的后患。他派宁成去，为的就是拉衡山下水。

"怎么，见到衡山王了？"

"见到了。"

"他怎么说？"

"衡山王看上去意有所动，可未置可否，说是今年奉朝请路过淮南时，与大王面谈。"

刘安颇为失望，眼下形势急迫，他没有时间等。衡山王若坐观成败，甚至更坏，对他落井下石，上书告变，淮南可就真的族无噍类了。

宁成看出了刘安的不安，很沉着地笑了笑。"衡山王来时，殿下与他明说无妨，他有短处，不敢不从大王。"

于是将数月来在衡山刺探到的消息，一一讲给刘安听。衡山王刘赐任少子刘孝治军，佩戴王印，号称将军，并赐予他大量钱财招揽宾客。宾客中多有野心之人，鼓动衡山王父子谋逆。刘赐命刘孝暗中私刻天子印玺与将相、军吏之印，并豢养了一批敢死之士。

宁成诡秘地一笑。"大王可知，衡山王父子要对付的是谁？"

衡山王与刘安，曾因礼节之事积不相能，兄弟间已多年不相往来。刘安诧异道："难不成他们是想要对付寡人？"

"正是。臣听衡山王的门客奚慈、张广昌讲，大王一旦起兵北上，他们准备趁虚而入，发兵淮南，占据江淮。"

刘安大睁着眼睛，叫道："可恶，寡人没有打他的主意，他却算计起寡人来了！"

"与大王联手，还是投效朝廷，以臣观察，何去何从，衡山王还在两可之间。可他们私刻天子与大臣的印玺，已经是谋逆的重罪。大王拿住这个要害，衡山王绝不敢妄动。"

刘赐的所为倒提醒了刘安，有些事要提前预备，比如皇帝玺印，丞相等三公九卿之印，将军、二千石的大吏及各郡太守、都尉之印，刀剑弩矢，等等。一旦事变，仓促之间赶办不齐，会贻误大事。

宁成走后，刘安要晋昌传命少府赶办这些器物，自己又回到正殿，继续与伍被议事。

"方才，伍君言起兵必得先刺大将军，怎么办得到？公为寡人言之。"

伍被思忖了一阵道："殿下可选几个心腹之人，伪装得罪逃逃京师，投效于大将军与丞相门下。一旦得到大王起兵的消息，先刺大将军，再游说公孙弘，只要丞相肯与大王里应外合，朝廷一定会乱套，成事的把握会大得多。"

伍被说得不错，得拉公孙弘下水。他要派人送书去长安，要阿陵代自己赠一套《淮南鸿烈》给公孙弘，公孙弘自以为大儒，好附庸风雅，正可借此试探一下他对自己的态度。

"国内如何发动，还望将军有以教我。"

"殿下可命人于宫中燃火，国相与二千石的大吏必会赶来救火，诬以谋害大王，就宫中斩杀，并以之作为起兵的理由。至于招兵扩军，殿下可派人改易衣装，假作会稽、庐江和豫章郡传檄报警的士卒，一路大呼'南粤兵犯境'。如此必会群情汹汹，一时半会儿，他人难辨真伪，大王便可以名正言顺地招兵买马。"

刘安捋髯大笑道："好，好！伍君真乃寡人之子房，这两件事，就照你的计策办。"

"大王，可以放臣与父母团聚了么？"

刘安笑吟吟地看着他，颔首道："你既愿做寡人的忠臣，寡人自不能不让你做孝子。晋昌，你陪伍将军去后宫探视老人，为孤备一份厚礼，一并送去，为老人压压惊。"

伍被刚走，太子刘迁神色慌张地冲进来。"父王，又出事了。刘建那个逆子，偷听到了咱们方才的计议，欲上书告变。"

如巨雷轰顶，刘安怔得目瞪口呆，好一会儿才开口道："建儿告变？怎么可能！"

刘迁递给父亲一卷简牍。"有卫士看到他鬼鬼祟祟地附在窗前偷听，事后报告了我，我带人去他的住处，他却逃了。在其书案上，见到了这件尚未写完的告变文书。"

刘安扫了一眼，气急败坏地吼道："他人呢？快去把这逆子给我抓回来。"

"晚了。我带人一直追到江边，他乘的舟船已经过了淮水。"

大难临头，刘安反而有了决断。"你马上派人连夜赶赴长安，告知阿陵，要她无论如何要找到阿建，他若不听劝，就除掉他，绝不可容他抢先上变！"

七十一

半个月后的长安藁街，翕侯赵信的府邸，就位于熙熙攘攘的胡市后面一条窄巷中。自放走冒脱后，已经过去了三年。他平日除去校练士卒，深自韬晦，虽然住在胡人聚居的藁街，却极少与人往来。得知伊稚斜夺得大位的确切消息，赵信既欢喜，又焦虑。欢喜的是，回归匈奴终于没有了障碍；焦虑的是，伊稚斜一直没有派人与他联络过，这种憋闷的日子，不知还会延续多久。

这一日从校场回来，正在自斟自饮，司值的亲兵走了进来。

"将军，有人求见。"

"甚人？"赵信心中一动，问道。

亲兵摇摇头，"来人自称是将军的熟人，不肯报名讳。"

话音未落，身后已闪出一人，对他使了个眼色，抱拳长揖道："赵将军，上谷一别，暌违已久，将军可还安好？"

赵信摆了摆头，亲兵退了下去。

"原来是朱先生，生意可还好么？"赵信示意他坐下，捡起只空酒杯，斟满，递了过去。

来者是朱安世，他用手摩挲着酒杯，低声道："敢问将军府上说话方便么？"

赵信颔首，默默注视着他。

"敝人从北边过来，有人托我带件东西给将军。"说罢，他从食指上捋下一只戒指，递给赵信。

戒指的金托上镶着颗硕大的绿松石，正是伊稚斜常戴的那只。赵信心中涌起一阵狂喜，但面容依旧平静。

"大单于有何吩咐？请讲。"

"大单于命我传话给将军，他盼着将军尽快回龙城襄助大业。"

"马上走么？"赵信欣喜不置，紧盯着客人，双目熠熠生辉。

朱安世摇摇头，"不急。大单于命我转告将军，胡汉不久会在阴山一线会战，将军应力争随征，相机行事，阵前举义，予汉军以重创。"

赵信沉思了片刻，点了点头，问道："大单于还吩咐了甚话？"

"没了。"

"好。先生辛苦了，我要下面添几个菜，我们好好喝它一回。"

"将军莫张罗，大单于的话已带到，在下还有急事要出关，朋友就在府外候着，此番实在不能久留，叨陪末座，只能俟诸来日了。"朱安世敛容顿首，随即起身，揖手再拜道："将军保重，在下就此别过了。"

刘迁仍迟迟不赴河南应诉，朝廷催迫的公文不断，急如星火。淮南国相许敬忍无可忍，于是向朝廷上书，以大不敬的罪名劾奏淮南王。刘安闻讯，亦派人到长安候司①，申辩自己并未阻挠雷被从军，拘押他实在是因为他以下犯上，刺伤了太子。

事情交付廷议，多数公卿认为淮南王不奉诏，罪当大不敬，应予逮治。刘彻却不动声色，派中尉殷容亲赴淮南，面询雷被之事。刘安接到女儿送来的消息，知道天子无意深究，也放缓了谋反的脚步。孰知刘彻的想法是：燕王、齐王新死，若以雷被这样的小事处置淮南王，会使诸侯人人自危，于安内攘外的大局不利。对于大臣们议定的严厉处置，他都没有允准，而是再派殷容赦淮南王父子之罪，削去淮南国两个县作为处罚，看看刘安有什么反应。

刘安先是得到刘陵的密报，说举朝公卿议定以"废格明诏"的罪名诛杀他们父子，遂决定铤而走险，在汉使宣诏时发难。可殷容一入淮南国境，天子赦免的消息已不胫而走。见到淮南王时，殷容满面笑容，连声道贺，虽然

---

① 候司，汉代法律用语，意为听候有司的询问，类如现代被告遣代理人出庭应诉。

被削地二县，可小不忍则乱大谋，刘安忍下了。事后，他深以为耻，又加快了谋反的步伐。

元朔六年冬十月，衡山王刘赐赴长安奉朝请，经水路抵达寿春，行辕就设在淮南王宫之中。刘安设盛宴款待，酒筵散后，兄弟二人促膝密谈。

"阿赐，可还记得当年父王被监押入蜀时，我们兄弟跟在囚车后面踉跄而行的情景么？"

刘赐有些吃惊，"王兄何以问起这件事？"

刘安叹息道："父王屈死的大仇未报，可同样的祸事，怕是又要落在我们头上了！"

淮南王的意图，刘赐已从宁成的游说中晓然于心，可他更想从刘安口中得到证实，于是试探道："王兄是指朝廷削地之事？"

刘安恨声道："不假！弋阳、期思两县，已被划入汝南郡。吾年逾耳顺，一生以仁义自励，不想到头来，天子竟借故夺削寡人的封地，耻辱啊！"言毕悲从中来，两眼滢滢似有泪光。

刘赐义形于色，愤然道："我真搞不懂，王兄是皇室宗亲，论辈分还是皇帝的叔父，雷被不过一背主求荣的小人，而朝廷竟不分亲疏，不论尊卑，一意袒护这样的小人。是可忍，孰不可忍！"

"老弟你太天真了。朝廷岂能不明亲疏尊卑？分明是有意为之。"

"有意为之，为甚？"

"为的是削弱所有威胁到皇权之人。只要能抓到点儿把柄，天子会无所不用其极，把咱们捏在手心里。无事则鼓动推恩，让诸侯自生自灭；有事则夺权削地，逼你就范。诸侯不可能不怨恨，而这正是朝廷想要的，是以谋逆之名消灭我们的证据。这些伎俩，一代甚似一代，老弟还没有看透么！"

刘赐若有所悟，颔首道："难怪了，我也碰到过类似的事情，朝廷也向着背主求荣的小人。"

"甚事？"

"我上一次入朝是在元光六年。随行的有个谒者卫庆，颇通方术。那时天子好神仙之道，重用李少君，山东术士辐辏京师，争相自荐。这个卫庆也动了心，欲图上书自效。这种背主求荣之辈，是个祸害，我找了个借口，劾其死罪，内史却不接这个案子。我令人劾告内史，内史却反咬寡人一口，说寡人强占民田房产。有司自然向着他，反倒要逮治我。天子不辨是非，竟将衡山国二百石以上主吏的任免之权，收归了朝廷。"

刘安笑吟吟看着刘赐，颔首道："这就对了。老弟招兵买马，私刻印信，为的就是对付朝廷吧？"

刘赐勃然变色，"王兄何出此言？莫血口喷人，这种事情开不得玩笑的！"

"谁开玩笑！宁成你可还记得？你我做的是同一件事情。"

刘赐悻悻然，"宁成？我与王兄不同，王兄胸有大志，不甘屈人之下。我之所为，但求自保而已。"

刘安笑道："私刻天子玺印，也为的是自保么？"

刘赐语塞，嘴唇哆嗦着，倏然间面无血色。

刘安握住刘赐的双手，语重心长地说道："《诗经》中讲，兄弟阋于墙，外御其侮。你我过去虽有嫌隙，可大难临头之际，还当守望相助，共渡难关。阿勃早死，淮南一支，我们兄弟是硕果仅存的两人，一荣俱荣，一损俱损啊。以愚兄看来，皇帝是有意剪除疏宗的诸侯，你我忍让，只能坐以待毙，不过时候迟早而已！"

"怎见得皇帝一定要剪除我们？"

"燕王、齐王就是前车之鉴，而孝景皇帝一支的赵王、胶西王、江都王，同样有罪，甚至有过之而无不及，朝廷却不闻不问，放纵不管。你想想看，是不是这样！"

刘赐思忖良久，颔首道："是这样。"

"更何况朝中还有与我们不共戴天的仇人，日夜媒孽于其间，防不胜防啊！"

"仇人，是谁？"

"辟阳侯审卿，是父王当年手刃的审食其的孙子，你想他会放过我们？小女阿陵来信说，此人于公卿大臣间到处煽惑，说咱们欲图谋反。"

"既然是世仇，皇帝应该晓得，他是公报私仇。"刘赐将信将疑。

刘安目光灼灼，看定刘赐。"皇帝要整我们，正用得上这种小人。朝廷已经搞到了我头上，我倒了，下一个就会是你。依你，你会怎样做？"

"困兽犹斗，我自不能束手待毙。"

"好兄弟，不愧淮南王之后！朝廷势大，我们与其被各个击破，不如联起手来，与朝廷拼个鱼死网破！"

刘赐的脸涨红了。"朝廷若欺人太甚，也只能反了。怎么做，我听王兄的。"

刘安大喜，兄弟俩前嫌尽释，重归于好。刘安召来了刘迁与心腹近臣，一起谋划并约定了两国攻守同盟事宜。次日，刘赐宣称身体不适，打道回国，同时遣使赴长安上表谢病。

刘赐的上表递到长安时，已在一个月之后。刘彻看过表，面色蔼然地笑笑，问那使者道："王叔有病，自当调养，谢得甚罪！朕记得，衡山王也已年过六十了吧？"

"是。王爷今年冬月，就要满六十三了。"

"都是朕的长辈，衡山距京师数千里，往来奔波很辛苦，王叔年纪大了，就在封国好好颐养天年吧。你回去代朕告诉他，朕允准他今后与淮南王一样，免奉朝请。"

专使退下后，张汤密奏，衡山王原已启程，途经寿春见过淮南王后，忽然称病回国，十分可疑。刘彻道："这本在朕预料之中，他不来，恰恰证明了他心虚。这件事情先不要追究，眼下的大事是痛击匈奴，你与公孙丞相，没有真凭实据，先不要惊动他们。"

张汤道："可万一他们趁朝廷大军出塞，中原空虚之际，兴兵作乱，岂不危险？"

刘彻大笑道："朕是太了解这两位王叔了！论起著书立说，难得有人与淮南比肩；可若起兵谋反，他们的胆不够，脑子也不够！淮南王多谋寡断，无足为患！衡山王就更是等而下之了。"

公孙弘匆匆走进殿来，顿首陈奏道："陛下，出大事了，辟阳侯审卿被刺了！"

刘彻一震，"辟阳侯？怎么回事！"

"审卿为报世仇，一直搜罗淮南谋反的证据。淮南王之孙刘建与淮南太子不和，差严正来长安告变，就住在审家。昨日审卿到臣府上，说是刘建来信说淮南太子要害他父子，要严正照约定告变。他与老臣约好，今日一同带严正入宫。老臣久等不来，派人去审家催问，却见到审卿与严正，双双被刺身亡。"

毂辇之下，竟有人敢行刺朝廷列侯，刘彻觉得事态严重了。"甚人所为，查出来没有？"

"凶手没有留下踪迹，估计是淮南派来的刺客。"

"那么那严正上变的文书呢？"

公孙弘递上简牍，刘彻看过，蹙眉道："具知淮南王阴事？那个刘建呢？"

"据严正说，刘建已逃出淮南，估计正在来长安的路上。"

这个刘安，朝廷没有动他，他倒先在京师动手了，是可忍，孰不可忍！

"张汤。"

"臣在。"

"缉捕刺客之事就交给廷尉府了，你要尽快破案。那个刘建是关键证人，一旦到了长安，你要保护好他，把淮南王种种谋逆不道之事，都给朕挖出来。这件事不必声张，只要不惊动他们，一时半会儿还掀不起大浪。"

"臣明白。"

"再有，刘安平素以仁义标榜，沽名钓誉。此案查清后，朕要暴淮南王之恶，也要有个合乎春秋大义的说法，以昭示于天下。这件事，丞相要费心，找个明于春秋史传的人参与此案，丞相还是总其成。"

公孙弘道："老臣府中的长史吕步舒，是董仲舒的弟子，学养俱佳，可以当此大任。"

"好，淮南王谋逆之事查实了，就派吕步舒为专使，持节到河南问案。还是那句话，眼下对匈奴作战是大局，淮南的案子，没拿到真凭实据前，不可妄动。"

退朝后，张汤随公孙弘一道去了丞相府，商讨破案之事。望着张汤一脸的愁云，公孙弘道："廷尉有心事么？"

"这缉捕刺客之事，全无线索，若全城大索，今上又不准声张，难呐！"

"老夫倒是有条线索。那严正曾对审卿说过，他在京城见到过淮南国的翁主，你想会不会是那丫头觉察出甚，先一步下手杀人灭口？"

刘陵？不正是巫蛊案子中的漏网之鱼么！张汤两眼放光，追问道："君侯有此线索，为甚不早说？"

"老夫没有声张，为的是放长线钓大鱼，给皇帝一个惊喜。孰料他们先下了手，真是可恶至极！"

张汤猛然一拍大腿，叫道："糟了，那刘建若是联络不上严正，还敢到京师来么？"

公孙弘沉吟道："这个刘建，已经没有了退路；若想保住性命，只能到官府告变。京师他若不敢来，必会去雒阳投案。张大人事不宜迟，马上派人到河南候着，我看能够等到他。"

公孙弘的判断不错。数日后，刘建果然到了函谷关，在客舍用饭时，听到了严正被杀的消息，连关也没有进就掉头而去了。

自从接到朝廷的海捕文书，关吏彭从格外用心盘查往来出入函谷关之人，尤其注意年轻人。文书上说，长安的刺客中有位青年女子，而淮南进京的逋客也是位少年的王孙。无论进出，都只有通过函谷关，这真是老天爷眷顾，上司宣称，无论拿到哪一个，都有厚赏。几日来，彭从一直亲自守在关门前，两眼盯在进进出出的人身上，生怕漏过一个。

将近午时，自长安方向过来数骑人马。为首一人，瘦身长脸，后面跟着的是位青年公子，可彭从多年练就的锐利眼风，还是一眼看出她是女扮男装。

瘦子递过来的关传，是太仆府颁发的，人数没错，去向是定襄。彭从上下打量着这几个人，猛然拽住那公子的马，喝问道："你是甚人？"

瘦子一把打开了他的手，几个随从拔剑在手，护住那女子。戍守的士卒见状，猛扑上来，将他们团团围住。双方剑拔弩张，怒目相对。

那瘦子示意随从们不要动，气定神闲地望定彭从，问道："阁下要做甚，难道我们的关传不对么？"

"关传是死的，可人是活的。长安出了谋刺列侯的大案，所有可疑人等，都要仔细盘查。这位公子心里没鬼，做甚女扮男装呀？"

"阁下好眼力，这公子女扮男装不假，她是鄙人的女弟，这样装扮为的是行路方便。"

彭从冷笑道："你骗谁呢！海捕文书上说刺客中有个青年女子，我看，你们怕都是这刺客一伙的吧。来呀，把他们都给我拿下！"

"慢着！"瘦子睁圆了眼，幽幽的目光中透出一股杀气。"这函谷关我常进常出，还没见到你这么不通情理的！叫你们都尉来，让他认认我们是不是刺客！"

彭从斜睨着瘦子，不屑道："你好大的口气，都尉大人是你想见就见的么！少废话，都给我拿下！"

豁朗一声，瘦子拔出佩剑，喝道："哪个敢动？不要命的就靠前试试。"

剑身寒光熠熠，看得出来，刃口极为锋利。士卒们用长戟逼住瘦子一伙，迟疑着不敢上前。彭从怒道："娘的，还治不住你们了？给我放弩！"

士卒们扣弦搭箭，张弩欲射之际，忽听有人大叫："住手，都给我住手！"

彭从回头望去，却见关都尉孙皋带着一干侍卫，匆匆向关门走来。他赶忙跑过去，正待禀报，孙皋却一把将他推开，直奔那瘦子而去，边揖手为礼，边笑道："属下都是新征调来的，不认得朱兄，冒犯了！"

瘦子插入佩剑，瞟了彭从一眼，也揖手笑道："难怪，我看这些兄弟也眼生。不打不相识么，再见就是朋友了。"

孙皋请那瘦子到府叙话，瘦子推托有急事，要兼程赶路，略说了几句话，就带人上路了。彭从满心焦急，凑到孙皋身边，指着那青年公子的背影道："大人不该放他们过关！此人女扮男装，很可疑，像是海捕文书中说的女刺客。"

孙皋白了他一眼。"你知道个甚！这是多年往来于边塞京师的朱大侠，长安多少豪门贵戚，都是他的朋友，得罪不起的。亏你还是个老吏，这么没眼力，以后再这么不知轻重，你他娘的就干到头了！"

孙皋回府后，一个老卒碰了碰彭从，悄声道："这个姓朱的是贩马的大驵，每回出入关卡，都会孝敬当官的一大笔，出手豪阔着呢。几任都尉都被他喂饱了，你惹他，搞不好要送命的。"

"当真？"

"假不了！方才的事你是亲眼所见吧？交情不厚，都尉大人能帮他？告诉你，几任都尉都与姓朱的称兄道弟，好得不得了。姓朱的送钱，我见到过的就有五六起。"

"那好，找时间老兄给我唠唠这些事，我请你饮酒。"

老卒听说有酒喝，乐得两眼放光，随即又压低声音道："唠唠可以。可你别说是我讲的，都尉大人知道了，不是要的！"

"好，咱们一言为定，你讲的，我都烂在肚子里。"

彭从认定那女子可疑，上司以人情卖放疑犯，本来可能到手的厚赏，竟打了水漂。他是个睚眦必报的人，决不肯这样就算了。他想起一个长安的朋友，对，找田甲，他认得当朝的廷尉，即使这些人不是刺客，他们上下其手，受贿卖放之事，也够这都尉受的。想到这里，他的心情好了些，抬眼向关外望去，却见一位气宇轩昂的少年公子，正向关门走来。莫不是淮南那位王孙到了？彭从心中暗喜，大步迎了上去。

可马上他就泄了气，少年交上的关传，写明的姓名是终军，乃地方举荐的博士弟子，正赶往朝廷报到。少年布衣粗褐，风尘仆仆，看样子是一路步行而来的。

"敢问军爷，过了函谷关，去京师还有多少里程？"

"五六百里该有吧。既是地方上举荐你进京，为甚不乘官传①呢？这么一路走着，不辛苦么？"

"一路行走，沿途观览名山大川，风土民情，可以亲眼领略书中所学，辛苦也值得。"

验过关传，少年背起行囊，举步欲行。彭从拦住他道；"慢着，有件东西给你。"

少年接过去，却是半幅撕开的绢帛，上面的字迹被一分为二，勉强能看出"函谷关"几个字。

"这是做甚用的？"

"用处大了，你过关用传，这东西叫军缯，作用与传相同，不过由军府发放。你去长安，再出关时，交上此缯，与关吏存着的另一半对得上，才能放你出关。"

---

① 官传，即官方为公出的人员配备的车马，又称传乘。

少年笑笑，笑容中有种与年龄不符的豪迈。"大丈夫西游京师，事业有成，还用得着凭这个出关么！"

言罢，竟弃缯于地，大步而去。彭从呆呆地望着少年的背影，许久才对一旁的老卒叹息道："好大的口气，这小子早晚是个人物！"

七十二

匈奴袭扰掳掠边塞，多选在秋高马肥之际，此时匈奴大会蹄林，课校人畜，军力最为集中。汉军出击，则多选择胡人春季转场之时。这个时候，匈奴人多散居于大漠南北，马的膘情也差，救援呼应不易。更严重的是，牲畜的转场被干扰，会极大影响畜群的繁殖，疲弊其国力。

元朔六年春，大将军卫青统率十余万大军出塞，再次寻求匈奴主力作战。为了诱使伊稚斜南下决战，汉军赶在胡人春季转场之前的二月，对匈奴人实施了初次打击。散居于塞外冬季牧场的匈奴群落被扫荡，斩首三千余级，虏获数十万牲畜，卫青相信，消息会很快传开，伊稚斜会被激怒，调集大军南下报复。汉军则可以逸待劳，实施皇帝拟定的方略，予以围歼。

汉军的中军大营设于定襄。卫青以下，分设六将军，分别是中将军公孙敖、右将军苏建、左将军公孙贺、前将军赵信、后将军李广、强弩将军李沮，均归大将军节制。朝廷的方略是：以六路大军分布于自云中至雁门长达五六百里的边塞外，唯中路让出数十里宽的一道口子，可以直抵定襄。卫青放出风，大军退入定襄休整。一旦急于报复的单于大军寻踪而入，两翼各军就会迅速包抄合围，吃掉匈奴主力。刘彻很得意这个方略，称之为"关门打狼"。

可一个多月过去，并无伊稚斜的任何消息。卫青有些焦急，指派前将军赵信、右将军苏建各率所部骑兵，出塞探寻匈奴人的动静。不久后，赵信探报在阴山一带发现左贤王的大军，卫青率大军出塞兜击，可甫经接战，匈奴人就退走，这样且战且走数日，卫青大军已追至阴山北麓，四路大军只斩获一万五千余级，而且多数是散居畜牧的胡人。当卫青返回到边塞时，却听到了一个惊人的消息：就在大军追逐左贤王部时，伊稚斜却率军南下，一举包围了前、右两军，赵信率所部八百人叛降，而右军伤亡殆尽，苏建只身逃回。

原来，汉军的方略早已由赵信密报给单于，伊稚斜将计就计，派左贤王诱开汉军主力，然后以迅雷不及掩耳之势，吞噬了汉军的右翼。这个结局，出人意料。军情报到长安时，刘彻极为恼怒，一下子掀翻了御案。

"叛贼！这样的叛贼，怎么可以委以前军主将的重任？卫青该死！"

众臣与内侍，个个低首敛容，眼观鼻，鼻观心，大气也不敢出。良久，右内史汲黯出班陈奏道："陛下息怒。我军虽有两路败绩，可大将军斩获颇丰，即使在阴山腹地，匈奴人也难得安全了！老臣以为……"

他欲言又止。刘彻冷冷地看着他，问道："以为什么？先生尽管说出来。"

"老臣以为，朝廷正可趁此机会，与匈奴再议和亲。匈奴新败，气焰大挫，应该可以成功。"

刘彻盯着他，蹙眉道："你说甚？是和亲么？"

"是和亲。"

"不是说我们胜了么！胜了为甚要与胡人和亲？"

"正因胜了，匈奴才会低首下心地接受和亲，如此，朝廷方可与民休息。"

"与民休息？"

"朝廷连年用兵，征发不绝，地方赋税捉襟见肘，而奖励将士，动辄巨亿，国库亦难以为继。望陛下体恤民艰，暂息兵戈。"

汲黯说的是实话，刘彻又何尝不知军费浩大，国家的财用不足。可两军相逢勇者胜，相持之际，他不能有半点退缩；反之，要再接再厉，决不能给对手以喘息的机会。此次决战不成，尤其是赵信的背叛，暴露了汉军的意图，此后再寻伊稚斜决战就更难了。

刘彻皱着眉头，很恳切地说："先生的意思朕明白，可先生也曾为朕讲过为山九仞，功亏一篑的道理。为驱逐匈奴，朝廷厉兵秣马数十年，此时退缩，不但不智，而且遗患无穷。不把匈奴逐出漠南，大汉会永无宁日，为了长治久安，一定得打下去，直至匈奴降服，不能为害中国时，朕才会休兵。"

汲黯的话勾起了他的心事，财用不足确是件大事，得想法子解决，不然确会掣军事之肘。他忽然想起一件事，于是问身边的谒者令郭彤道："前日有个河南人上书，自愿捐输一半家财以助边事。你去见过他了么？"

郭彤道："此人名卜式，奴才已经见过他了。"

"你问过他这样做的缘故了吗？"

"奴才问他，捐输是否为了做官。他说他自小牧羊，不会也不想做官。奴才又问他，是不是家里有冤屈，要朝廷为他做主。他却称与世无争，说甚邑人或得其资助，或服其教诲，没有不拥戴他的。"

"哦，既然如此，他捐输为的是甚？"

"奴才也是这样问他，他说天子欲诛匈奴，做百姓的，应有钱出钱，有力出力，帮助朝廷诛灭匈奴。"

"哦？这倒是个急公好义的人呢。丞相，树此人做个表率，倡导公卿百官与商贾等有钱人家捐输助国，你以为如何？"

公孙弘摇首道："老臣倒是觉得此人行事有悖人情事理，他这么做，应该有所图。有所图而又不肯说出来，足见此人居心叵测。老臣以为，此人乃一沽名钓誉的伪君子，其所为不可为法，更不可树立为民众的表率。"

刘彻对公孙弘的话不以为然，可又想不出驳斥的理由。沉吟了片刻道："他既不愿做官，也好，上林苑中有供奉御膳祭祀用的羊群，他既善牧羊，就派他去饲喂，看看他的本事如何。"

劝人捐输，靠个把卜式这样的人不够，看来还是要自己带头做起，公卿百官与地方的诸侯才会响应。他要与少府计议一番，看看皇室能够捐出些甚，自己率先垂范，全国的富人跟从响应，国用不足的难题方能迎刃而解。

在这之前，应该寻求一个长远有效的法子，筹集军费。更要紧的是，一拳接一拳地重击匈奴，毁伤其元气。他要尽快实施"断匈奴右臂"的方略，而实施此方略的统帅，要起用锐气十足，敢于深入的霍去病，刘彻暗暗在心里作了决定。

刘建滞留雒阳半载，一直下不了投案的决心，投了案就回不了头了。他恨刘迁，可担心牵出刘安，若牵出刘安，朝廷会以谋逆废黜淮南国，如此告变岂不是自我毁灭？皮之不存，毛将焉附？淮南刘氏不存，他又图得个什么！

可即使他不出首，也会被淮南视为叛卖的罪人，严正的死告诉他，王父与太子会毫不留情地诛杀他。或许，此刻就有刺客在雒阳四处找寻他！他惊惧地想起数日前的一幕，他在城内的一家酒店中自斟自饮，店门处一阵喧哗，他猛然抬头，却与一双熟识的目光碰了个正着。

四目相对，两人都怔住了，这个化装成男子的人正是淮南的公主刘陵，跟在她身旁，一身仆从装扮的人，是刘陵的侍女阿苗。其他两个男子，刘建没有见过，一个是瘦子，面目精悍；另一个身材壮硕，面目凶狠。刘陵盯着他，偏过头对身旁的瘦子说了句什么，一伙人排开店堂内拥挤的客人，径直向他走过来。

刘建的心一下子提到了喉咙，好在他对这个酒店很熟，很快从庖厨绕到后门，慌不择路地穿街走巷，直到确信甩掉了那伙人，才悄悄回到寓所。此后几日，刘建深居简出，一直处于惶惶不安之中。刘陵一直在长安，为何到了雒阳？他越想越不安，严正被刺，十有八九是刘陵干的，此番到雒阳，莫非就是奉王父之命取他性命来的！

"韩公子，韩公子，有客人求见。"是女房东的声音。刘建在雒阳，隐姓埋名，对主人自称韩姓。

客人？他从未对他人泄露过住址，怎会有人找到这里！他跃起身，透过窗棂看出去，女房东正笑吟吟地引着两名女子走进院子。刘建觉得浑身的血都涌到了头顶，冷汗涔涔而下，手脚仿佛失去了知觉，动弹不得。来者正是刘陵与侍女阿苗。

"阿建，"等到奉茶的女房东退出去，刘陵才似笑非笑地开了口，"自家的事情，有甚说不开的？你出走半载，父王很为你忧心，你爷娘望你回去，整日以泪洗面。你这么做，对得起谁？"

刘建低头不语，思忖着脱身的办法。

"父王带信给我，要我带你回去。你收拾收拾，与阿姑一道回淮南。见了王父认个错，他不会怪罪你的。"

"真的，王父能饶了我？"刘建抬起头，面色苍白，心里仍在思忖如何逃出去。

刘陵笑道："当然是真的，阿姑会骗你不成！父王责怪你，阿姑会帮你说话的。"

刘建点点头，顺从地取出衣篚，交给阿苗，又招呼女房东，结算了房钱。女房东接过钱，诧异地问道："公子有急事么，怎么说走就走？"

不等刘建开口，刘陵接过话头道："爷娘卧病，急着见阿建。"

"姑娘是？"女房东很好奇，边问边随他们向外走。

"我么？"刘陵笑吟吟地望着她，"是阿建的姑姑，接他回家的。"

见刘陵不备，刘建猛地推开走在前面的阿苗，一个箭步向大门冲去。可不等他迈出院门，却被一个瘦子堵在了门前。

女房东张大了嘴，正待呼喊，刘陵使了个眼色，说时迟，那时快，阿苗扔掉衣篚，一扬手，一把短剑已洞穿了那女人的喉咙，血泉涌般四溅，女人哼了一声，倒地身亡了。

刘陵扬手打了刘建一个耳光，冷笑道："背祖求荣的东西，怕了？怕了就莫向朝廷告密！"她指指那个面无表情的瘦子，"躲，你躲得过去么！你以为改名换姓就找不到你了？这位朱大侠，雒阳到处有朋友，查出你的所在，不费吹灰之力。"

刘建浑身冷汗，嗒然若丧，瘫倒在地上。阿苗找出根绳子，将刘建的手脚捆牢，门外的两个男人将他扔进一辆挂着布幔的安车。刘陵与阿苗也挤进帐幔，坐在他身上。刘陵用指尖狠狠戳了下他的额头。"你老实待着，我带你回淮南，你若再想跑，我会让阿苗取你性命。"

不知颠簸了多久，安车停了下来。不远处似乎有个男人在同人交涉着什么，刘建乱嗡嗡的头脑忽然清醒了过来。一定是到了城门，雒阳城的守备，最近严了许多，听说是朝廷的专使莅临，与淮南的案子有关。

"这车里是甚人？"男人的声音已经到了近前。把守城门的军吏走到了车旁，随手将帐幔撩开了一道缝，一道刺目的阳光射了进来。

"救人呀，淮南王杀人啦！"刘建拼尽全身的力气，边挣扎，边大叫起来。

不等军吏反应过来，跟在他身后的瘦子已扼住他的脖颈，一用力，随着颈骨的断裂声，卫士如一摊泥般倒了下去。不远处的卫士见状，挺着长矛拥过来。

"阿陵，快上马，我们走！"那瘦子与壮汉挥剑格挡着冲过来的卫士，大叫着招呼刘陵。

　　阿苗一跃下车，牵住马匹，刘陵袖出一把短剑，扬手刺向刘建。一支弩箭激射而至，短剑应声而落，她痛得叫出了声，被射中的小臂上血流如注。阿苗见状，奋力将她托上了马，自己亦随身跃上马背，调转马头，双腿用力一夹，那马嘶鸣一声，飞也似的绝尘而去。瘦子刺倒一名卫士，也飞身上马，疾驰而去。在他身后仗剑掩护的壮汉，寡不敌众，倒在了乱弩之下。

　　卫士们围上来，掀开车帷，车中躺卧着一个手脚被缚的青年男子，满脸的恐惧与绝望，有气无力地说："带我去见专使，我是刘建，我要告变。"

　　刘建的供词飞报到长安，廷尉张汤连夜入宫呈报皇帝。刘彻很快地浏览一遍供词，蹙眉道："刘迁谋逆，刘安不知，你相信么？"

　　张汤道："这个刘建只肯供述刘迁阴谋行刺中尉之事，涉及刘安，他一问三不知，王温舒用了刑，他仍是咬死了不认。"

　　这个淮南王，自以为仁义冠天下，却连个家也治不好。刘建告讦刘迁，为的是取而代之，居心可诛。衡山王近来也上表，请求废黜刘爽，另立刘孝为王太子。看来，他的家事也是一团糟。这些个诸侯王，修身齐家的功夫没有，却个个野心膨胀，觊觎皇位，真是可笑之至。刘彻在心里冷笑了。

　　"审卿被刺那件案子，查出头绪了么？"

　　"有头绪了。数月前，函谷关一军吏曾向廷尉举报，有人女扮男装过关，形迹可疑。当时怀疑是淮南国的翁主勾结江湖人物所为，惜无确证。此番刘建招认，绑架并试图杀他的，正是刘陵。联系到严正、审卿被杀之事，可以肯定，均是一伙人所为。"

　　"江湖人物？是朱安世么！"

　　"据函谷关军吏与洛阳城门卫士所言，与刘陵同行的瘦子，很像是朱安世。"

　　"要尽快捉这两人归案，他们能去哪里？"

　　"或者是淮南，或者是定襄，朱安世贩鬻，那里是他的老窝。"

　　"定襄，定襄……"刘彻沉吟了一会儿，终于下了决心。

　　值得警惕的是，地方诸侯与江湖人物勾结，已经对大汉构成了严重威胁。

刘陵能拉拢朱安世，在京城刺杀列侯，到雒阳绑架刘建，四处游走，杀人无忌，朝廷的威信何在？大汉的律法何在！该是趁军事的间隙，处置淮南、衡山之事的时候了。

"你马上指令减宣，以专使身份携缇骑五百赴淮南，会同淮南国中尉，遣散王宫卫队，逮治刘迁。"

"淮南王若拒绝交人，怎么办？"

"朕要的就是这个！逮刘迁为的是敲山震虎，淮南王平日视其为拱璧，动了他，他会反形毕露。告诉减宣，朕准他放手办事。刘安若拒绝交人，就立即围困王宫，拘捕所有淮南国的宫人与门客，不准放跑一个人。"

"臣奉诏。"张汤顿首再拜，响亮地答应了一声。皇帝要动真的了，他表现的机会来了，内心有种压抑不住的兴奋。

"再有，之前所定徙郡国豪杰及家资三百万者于茂陵一事①，拖拉数年未能落实，你出宫后到丞相那里去，告知他严敕各郡国抓紧督办。另外要他明日会同尚书台，拟一道诏令，南阳太守义纵转任定襄太守，要他不必回京陛见，火速赴任。"

皇帝的目光坚定而冷酷，张汤觉得背上有股飕飕的凉意，定襄，看样子是要大开杀戒了。

---

①《汉书·武帝纪》：（元朔三年）夏，募民徙朔方十万口；又徙郡国豪杰及訾三百万以上于茂陵。

七十三

得知女儿在河南失手，刘安寝食不宁，愈来愈迫近的危险，如一块巨石压在心中。几日下来，寝食难安，他人瘦了一圈，皮肉松弛，老态毕现。刘建落到官府手中，淮南与朝廷也就到了图穷匕见的时候，再敷衍下去，就是自欺欺人了。

他瞻顾彷徨了数日，终于下定了决心。不反必亡，反，或许还会有一线生机。无论如何，他要拼一次，就是死，也该死得壮烈。

"当断不断，反受其乱。朝廷的缇骑随时会来，我们等不得了。阿迁，怎么办？"刘安问计于儿子，目光中有种殷切的期望。

"一不做，二不休，反了！"刘迁口气凶狠，目光中却有种茫然。"关键是淮南的精锐不在我们手里。儿子的想法是，趁朝廷的人没下来，先一步解决许敬、邓昕这些人，把兵权夺过来。"

"怎么夺？"郎中令左吴，有些气沮。淮南中尉掌控着数万精锐，以区区万人的王宫卫队，夺中尉的军权，他信心不足。

刘迁看了眼左吴，"当然不能硬夺。马上就是重阳日了，父王可邀约封国内二千石的大吏入宫饮宴，就在筵席上诛杀。然后称有人谋反，接管中尉府，宣布戒严。"

"之后呢？"

"中尉所辖之军，连同王宫卫队，总计在三万人以上。我们可以谎称蛮夷犯边，再征召几万人入伍。同时派出专使，联络其他诸侯。朝廷的精锐之师多驻扎在北部边塞，要调集一支大军来淮南，没有一两个月不成。只要能顶住几个月，一旦天下骚动，我们就有机会。"

左吴摇了摇头道："先发制人，后发制于人，坐等不是办法。一旦发动，即应挥师西向，把战火燃向中原。事发突然，朝廷猝不及防，胜机应在大王一方。"

刘安搓了搓手，很有些心动的样子。"我曾问过伍被，他讲若举事，应先刺杀大将军，蛇无头不行，没有了卫青，长安怕会乱作一团。寡人觉得他的话有道理，你们以为如何？"

刘迁哂笑道："他可真是异想天开，刺杀大将军，是他说的那么容易的事么！"

左吴亦道："话说得不错，可派谁去，又怎么接近卫青？况且，即便此事可行，也缓不济急。"

刘安颇为扫兴，于是议定重阳节发动，刘迁、左吴分领卫队埋伏于宫中，派王宫内侍分头邀请国相、内史与中尉入宫赴宴。

终于要举事了！刘安既兴奋，又紧张，几番睡下，却寝不安枕，噩梦连连。于是连夜召伍被入宫，他要有个人说说话，以纾解内心的焦虑。

"将军，淮南就要大祸临头了。"

"大祸临头，大王何出此言？"伍被望着刘安，眼中流露出惊疑的神色。

"阿建那个孽子，落在了雒阳官府手中，不知会胡说些甚。大难将至，寡人如箭在弦上，不得不发了！"

"大王打算怎么做？"

"天子连年征伐匈奴，劳动天下，百姓怨声载道。诸侯行为失检，忧心朝廷追究者，亦大有人在。我举兵西向，必有响应者，就算无人响应，还军以略衡山，犹可以自固。将军以为如何？"

"苟延时日可以，持之久远，不可行。"

"左吴、赵贤、朱骄如都以为胜算为十之八九，唯独将军以为不可行，根据何在？"刘安悻悻然，恶狠狠地盯着伍被。

"大王欲行大事，首在人才，而群臣近幸中素得人望者，如雷被，皆系诏狱。大王无可用之才，拿甚对抗朝廷？"

"这么说，是寡人委屈了雷被？这种背主求荣的小人，死有余辜，寡人失误在没有早些杀掉他。你不会像他一样，出卖寡人吧？"

伍被一惊，再拜顿首道："大王于臣有知遇之恩，臣不敢不据实以对。"

刘安颔首道："寡人看重的就是你肯说实话。"他起身在殿中踱了几步，"我就不信，陈胜、吴广身无立锥之地，不过百余名刑徒，在大泽乡振臂一呼，天下响应，举兵西向，到戏下时，号令的大军已达百二十万。寡人行仁义，国虽小也可征集胜兵二十万，难道不比那些刑徒胜出千百倍么！"

"可陈胜、吴广当年可以做到的，大王如今未必能够做到。"

"怎么做不倒？"

"臣祖子胥，死于忠谏。愿大王勿蹈吴王之覆辙，臣冒死为大王言之。秦皇无道，残贼天下，杀术士，燔诗书，弃礼义，任刑法。男子耕不足以食，女子绩不足以衣，北筑长城，南伐百越，暴兵露师数十万，僵尸满野，流血千里，死者不可胜数……"

不待伍被说完，刘安便打断了他。"当今天子不也如此？北攻匈奴，经营西南夷，好大喜功，民不聊生！"

伍被苦笑道："请陛下允臣讲完。秦始皇修陵墓，筑阿房，求仙药，滥用民力而不知爱惜，赋税之重，征发之频，用刑之严苛，空前绝后。那时民怨沸腾，欲为乱者，十室而八，人皆引领而望，如大旱之望云霓。举国人心思乱，才会有陈胜一呼，天下响应的局面。而今大汉国势蒸蒸日上，民心安定，绝非举事的时机。别的不说，秦时百姓收入的一半要交赋税，而大汉十五税一乃至三十税一，百姓的日子比秦代要好上十倍！仅此而论，大王想，百姓们会想造反么？"

刘安语塞，伍被继续说道："国泰民安的时候举事，绝难成功，有吴楚七国的前车为鉴。今上非秦始皇可比，大将军的才能亦非当年的章邯可比，大王之兵，人数不到吴楚的十分之一，而天下之安宁，又百倍于秦时，岂是可以行险侥幸的时候么？商纣不用忠臣之言，虽贵为天子，死时不如匹夫。愿大王听臣的忠言，莫轻弃千乘之位，蹈吴楚七国的覆辙，身死国灭……"伍被悲从中来，流涕不止，再也说不下去了。

刘安的双眼湿润了，他强忍住感伤，摇摇头道："晚了！就算寡人听你的，可朝廷就要对淮南动手了，难道寡人坐以待毙不成？"

伍被叹了口气道："逼不得已，臣有愚计，可以一试。"

刘安眼睛一亮，"你说说看。"

"当今诸侯无异心，百姓无怨气，若举事，非得搅起内乱不可。朔方地广人稀，朝廷早晚会移民实边，殿下可以伪造丞相、御史大夫的上书，扬言朝廷欲迁徙郡国豪杰，家产五十万以上及百姓有轻罪者，限期举家迁往朔方。再伪造左右都司空①文书，声言逮诸侯太子与幸臣赴诏狱。如此，百姓怨恨，诸侯恐惧，随后派辩士鼓动他们，或许可以侥幸一逞。"

刘安沉吟片刻，"计策可行，只是缓不济急。我们等不及了，只能直接发动了。"事机间不容发，明日就会血溅朝堂，这个时候找伍被谋划大计，又有什么用处呢？他自嘲地笑了。

可他没有料到的是，次日情势大变，他们精心准备的政变，竟然落空了。应邀赴约的只有国相许敬，内史以外出公干敷衍，中尉邓昕则以朝廷诏令不得私自会见诸侯王为由，辞谢不来。

中尉不除，无法掌握驻军，国相不掌握军队，杀了许敬，反而会惊动邓昕，有害无益。刘安无奈，只得借故送许敬回府。正在忧惶无计时，传来了更坏的消息。左吴来报，朝廷的专使已经到了淮南，指名逮治太子刘迁。

"此番专使，派的是御史减宣，此人是个出了名的酷吏，还带了数百名缇骑，其势汹汹。"

"他到了宫门么？"

"还没有，减宣先去了中尉府，召许敬与内史前去议事。"

刘安满头冷汗，颓然道："想不到他们下手这么快！晋昌，你马上传令关闭宫门，要卫士们戒严。"

刘迁反倒比父亲冷静，他止住晋昌，问道："专使只对着我来的，没有牵涉父王么？"

---

① 都司空，汉九卿太常属下掌管诏狱囚徒之官。

左吴道："没有。"

"那就不要紧，我们还有机会。"他跪在刘安面前，顿首道："儿臣请父王收回成命。"

"怎么，难道我们束手就擒么？"

"我们准备不足，淮南之兵，不在我们掌握之中，仓促起事，了无胜算。刘建告变，无非谋杀汉中尉之事，可参与此事者皆已为儿臣灭口，死无对证，其奈我何！朝廷要逮治我，就由他，这样赢得些时间，父王可以待机再举。"

内侍通报，内史奉专使之命，传太子到案，正在宫门候见。刘安嗒然若丧，怔怔地望着儿子，完全没了主意。良久，他摆摆手要刘迁退下，吩咐晋昌传内史晋见。

"方才请你不来，现在却不请自到，有事情就说吧。"刘安冷着脸，没好气地说。

内史揖手道："启禀殿下，专使减大人的行辕已经设在了中尉府，臣奉专使之命，传太子与翁主到行辕问案。"内史的语气还算温和，可脸上凛若冰霜。

"翁主？你是说阿陵？"刘安一惊。

"正是。听说是与长安、雒阳的两件行刺案相关。"

"寡人老矣，朝廷逮治我一双儿女，难道竟是要寡人断子绝孙么！"

"大王莫要厚诬朝廷！请快些传太子、翁主出来，随臣去中尉府。"内史冷冷地注视着刘安，口气强硬。

一名宫人飞奔而来，上气不接下气地禀报道："大……大王，不……不好了，太子他……"

"太子怎么了？"刘安的心一下子缩紧了。

"太子他……他自到了！"

"甚？太子自到了，这是真的？"刘安怔住了，浑身战抖，泪水汩汩而出。内史也被这个消息惊呆了，追问道："为甚？太子他人还……"

"为甚？"刘安老泪纵横，放声号啕道："迁儿天潢贵胄，义不受辱，伏剑自刎，以一死报朝廷，这够了么！"

宫人再拜顿首道："太子还没有死，宫医正在救治，王后请大王快去后宫。"

刘安怒气冲冲地瞪了内史一眼，拂袖而去。内史尴尬了片刻，决定先出宫向专使报告消息。

太子殿内乱成一团，医官与宫人们进进出出，王后孟荼两眼失神，呆坐在一旁。见到刘安进来，她紧张地问道："他们真的要把迁儿带走？大王，迁儿就快没命了，你要想个法子呀！"

刘安示意她安静，走到儿子的榻旁。刘迁仰卧着，面色惨白，气息微弱，胸口包裹着的大幅白绢上，洇着一大片血渍。

医官须发皆白，见刘安过来，敛眉低首道："太子以短剑自刺心口，没有刺中，血已经止住了，眼下尚无性命之忧。"

刘安松了口气，低声吩咐道："对外你要说太子伤势垂危，命在旦夕。"他回身看定王后，问道："阿陵呢？"

孟荼摇摇头，没好气地说道："一早就再没有见过她，怕是又同那姓朱的客人在一起。"

刘安命众人照看刘迁，独自去了东厢刘陵的住处。女儿不在，侍女说她一早出宫，与朱先生一伙出城校射去了。女儿伤好后，忽然对习武有了兴趣，每日带着阿苗，与太子和那个朱安世到郊外跑马射箭，早出晚归，乐此不疲。

他走进女儿的寝室，在卧榻上坐下来。室内装饰华丽，小几上有只镏金的小盂，里面插着的燃香已经熄灭，可仍闻得到一股淡淡的，若有若无的馨香。

他四十岁上才得了这个女儿，爱若拱璧。女儿幼时伶俐温顺，小鸟依人，与偎在膝前的女儿嬉笑玩耍，是他最大的快乐。成年后的女儿明丽脱俗，冰雪聪明，更是他心头的骄傲。如烟的往事飘忽不定，女儿的如花笑靥似在眼前，一股悄然而至的温情裹住了他，刘安紧锁的眉头舒展了，唇间的笑意，隐约可见。

紧随而来的是即将失去儿女的恐惧。大难临头，国破家亡，五十年前淮南国那一幕又将重现，这一次朝廷不会放过他们。棋错一着，满盘皆输，他若早下决心，现在尚可以借城背一，如今驻军已在朝廷掌握之中，一切都晚了。一种前所未有的无力感攫住了他，他潸然泪下了。

此番朝廷来势不善，开口就要逮治他的一双儿女，明摆着要置淮南于死地。他已年近古稀，死不足惧，可叹的是淮南与朝廷的夙怨未了，这个夙怨自父王未出生时就结下了，父王之死，身为长子的他含恨忍辱数十年，是该了结的时候了！他猛然间明白了，十几年来的密谋准备，根本是不可能实现的妄想，是他宣泄内心仇恨的白日梦。伍被说得对，小小一个淮南国，拿什么与正当盛世的朝廷抗衡呢！大梦醒来时，也就是交出性命的时候了，在即将到来的清算中，他与儿子，难以幸免，目前唯一可做的，就是在朝廷向自己动手之前，帮助女儿逃出去，存留下淮南刘氏的这点骨血。

一念至此，他又振作了精神，连续召见内臣，对几件大事作了安排。刘陵一行去寿春城郊行猎，直至傍晚才回来，听说白日之事，她受了不小的惊吓，看望过刘迁后，来不及易装，急急赶到刘安的寝宫。

"父王，朝廷真要对我们淮南下手了？"刘陵气息咻咻，仍是一身男装。

刘安不动声色地望着女儿，良久问道："随你出猎的朱先生呢？"

"朱先生回了馆驿，怎么？"

刘安命内侍马上去请朱安世，然后看定女儿。"这个姓朱的，靠得住么？"

"当然靠得住。人家是大侠，信义当先，不然在江湖上也站不住脚。父王可是想用他对付朝廷？"

刘安摇摇头道："偌大个淮南国办不到的事，他一介匹夫又能做甚！我是想求他带你走。"

"带我走，为甚？"

"朝廷派来的专使，不光是冲着你兄长来的，还要逮治你。你要马上走，走得越远越好。"

刘陵闻言，心头一酸，眼中已有了滢滢泪光。"阿爷不走，女儿也不走。"

"朝廷现在还没有动到我，我走，岂不是畏罪潜逃？君死社稷，吾当与淮南共存亡。寡人生为一方诸侯，活要活得堂堂正正，死也要死得有尊严，不能让天下的人，看我们淮南刘家的笑话！你留下来，只会拖累我；你走，是为淮南刘氏存留下一线血脉。若淮南果真覆亡，王父的大仇，父王的大仇，淮南灭国的大仇，都要靠你来报。"

"女儿一个弱女子，如何报得了这几世的大仇？"

"正因你是个弱女子，朝廷才会放过你。死很容易，活着才艰难。阿陵，还记得我给你讲过的赵氏孤儿的故事么？"

春秋晋景公时，晋大夫屠岸贾诛杀赵朔，灭其族。赵朔之妻乃晋成公之姊，匿避于宫内，有遗腹子。得知屠岸贾欲斩草除根，赵朔的门客程婴与公孙杵臼议救婴儿，公孙杵臼问抚育婴儿成人与死，哪件事更难。程婴回答说，抚育婴儿更难。公孙杵臼道，赵氏遇君厚，吾为其易者，君当其难者。于是议定以他人婴儿假冒，由程婴告变，引军逮公孙杵臼。公孙杵臼怒骂程婴背主卖友，与婴儿一同被杀，而程婴遂得以带赵氏孤儿（赵武）逃匿于山中。忍辱负重十五年后，程婴终于有机会与朝廷众臣攻灭屠氏，为赵氏报了大仇。赵武成人继业后，程婴为取信于老友公孙杵臼，自杀成仁。

"阿爷老了，死不足惜，阿爷一死，朝廷以为大患已除，会松懈下来。阿陵你就可以活下来，淮南几世的冤仇，要靠你来报。阿爷就如公孙杵臼，阿陵你却如程婴，要艰难地活下去，成就我们几世的复仇夙愿。"言罢，刘安老泪纵横，刘陵则早已泣不成声。

朱安世来时，刘安已镇静如常，刘陵的眼圈还是红红的。朱安世早已觉察出气氛异常，虽心存焦虑，可脸上平静如常。

"王爷连夜召见，可是出了甚事么？"

"大侠之风范，寡人从阿陵处听到许多，原想留大侠多住一阵子，可惜没有这个机会了。我有一事相托，请大侠一定答应我。"言罢，刘安起身，长揖为礼，神色十分恭敬。

朱安世赶紧起身还礼，"不敢当，不敢当。王爷有事尽管吩咐，只要力所能及，在下愿效驱驰。"

刘安指了指刘陵，"小女阿陵，蒙大侠几次相救，老夫感激不尽。此番我淮南将遭大难，我仅此一女，就托付给大侠了。"

于是将朝廷专使指名逮治太子、翁主一事，讲述一过。朱安世听着，额头不觉冒出了冷汗，刘陵有事，必然会牵扯到自己，淮南不能再待下去了，得赶快返回定襄，一旦朝廷追缉得紧，还可以出塞到匈奴避祸。

"在下四方贩鬻，游走江湖，居无定所，翁主可能吃得苦么？"朱安世的语气有些迟疑。

刘陵冷冷地盯着他，"大侠若怕受牵连，尽可明言。我从长安跟大侠走了一路，可见我怕苦么！"

朱安世脸一红，笑道："翁主这么说，我没话说了。请问大王，我们何

555

时动身？"

"事机紧急，寡人已在港口安排了渡船。先生可回馆驿收拾一下，阿陵一到，你们马上动身。"

朱安世告退后，刘安随后屏退了内侍，只留下了女儿贴身的侍女阿苗。

"阿陵，你过来。"刘安拉起女儿的手，交到阿苗手中，"阿苗，眼下淮南大难将临，寡人欲将阿陵托付于你，你可愿意？"

"嗯。"阿苗敛衽为礼，肯定地点了点头。

刘安斟满一杯酒，用短剑将二人的指尖刺破，将血滴入杯中，搅拌均匀。"阿陵，今后世上只有阿苗能帮你了。你们自幼长在宫中，情同姊妹，喝下这杯血酒，日后便是真姊妹了。"

两人饮过血酒，刘安取下佩剑，交给刘陵。"这是你王父传下来的剑，今日传给你。人在剑在，剑在，我们淮南就不会亡，你要收好了它。"

刘陵抽剑出鞘，剑身在烛光下泛着冷光，看上去锋利无比。"阿爷若有不测，女儿定用此剑手刃仇人！"

刘安望着女儿，欣慰地笑了。"还有件事，船上我已命人放置了万金，是给你们用的。五千金做你们的日用与嫁妆，五千金用作日后复仇时的费费。阿爷若不在了，没人再供你们钱用，阿陵你要知道节俭，省着用。"

刘陵心头一热，不觉泣下。刘安拍拍她的肩头道："时候不早了，莫让朱大侠久等，走，去见见你娘就走吧。"

送走女儿，刘安心事已了，倚在卧榻上闭目静思，盘算着如何与朝廷派来的专使周旋。

"大王，坏事了！"被派去监视中尉府的左吴，不等内侍通报就闯了进来。

"怎么？"

"伍被向中尉府投案了。"

犹如晴天霹雳，这个消息击得刘安目瞪口呆，久久说不出话来。伍被参与过谋逆，知晓大部分机密，他的投案不啻是刺向刘安要害的一剑。

七十四

伍被的投案，给了刘安最后一击。在得知淮南王是谋主后，减宣立即调集人马，将王府团团围住。同时宣布寿春戒严，全城搜捕，上千名淮南王门下的宾客扫数而尽。次日，他与中尉邓昕强行带兵入宫，抓捕了太子刘迁与王后荼，并搜出了淮南用于谋逆的文告、军服、印玺。减宣以带到淮南的缇骑取代了王宫的禁卫，刘安被软禁于宫中，近万人的卫队被解散，分别关押起来听候侦讯。减宣以严酷的拷问，很快查明了谋逆的全部细节，牵连到的人达数万之多。此后的寿春城，俨然一座牢狱，银铛入狱者，每日随处可见。

这是刘彻即位以来第一宗诸侯谋反大案。案卷以六百里加急的速度传送到长安时，皇帝却并不在宫中。丞相公孙弘看过案卷后，不敢耽搁，亲自赶往雍城。自元光二年起，每年冬月的岁首，皇帝都要临幸雍城祭祀五帝。

此时的刘彻，正沉浸在猎获白麟的喜悦中。白麟，是一种鼻端长有独角、鹿身、牛尾、马蹄的异兽，此兽极为罕见，传说只有大圣之人在世时，它才会现身，被视为上天降下的祥瑞。

棫阳宫中，炉香缭绕，刘彻正兴致勃勃地听取随侍郎官的辩论。辩论双方，一为司马迁，一为终军。司马迁以为，白麟虽不常见，未必就是祥瑞之征；终军则认为，白麟出世，乃大祥瑞。

"鲁哀公十四年，西狩获麟，孔子以为不祥，叹息说吾道穷矣。而今西狩再获白麟，焉知非不祥之兆呢！"终军少年新进，头角峥嵘，很得皇帝的宠爱，举孔子为例，看他还怎么说。司马迁虽年长于他几岁，可仍是个青年，问难之际，不免带有几分意气。

"六鹢退飞①，逆也；白鱼登舟②，顺也。明暗之际，上乱飞鸟，下动渊鱼，吉凶悔吝，完全可以因时制宜作出判断。这白麟数百年难得一见，却偏偏于天子雍祀五畤之际现身，小臣以为，此乃上天所赐，大吉大利。"终军略无难色，侃侃而谈。

"那么依你说，此番获麟，祥瑞何在呢？"

"麟为仁兽，既为陛下所获，应该预示着万邦来仪，数载之内当有北胡南蛮归附向化，解编发，削左衽，奉中夏衣冠者③。"

刘彻满面笑容，大声赞道："子云解得好！朕当以之为牺牲，荐飨于皇天五帝。"

见到皇帝心情大好，终军再拜顿首，借机建言："大汉继秦为水德，色尚黑，数用六。年终岁首，正当此数，陛下正可借此改元，与民更始。"

刘彻连连颔首，捋髯笑道："终军与朕想到一起去了。西狩获麟，西狩获麟……"喃喃自语了片刻，他终于有了决断："自今年起，以元狩为年号。"

终军入宫未久，却后来居上，大得皇帝的青睐，老资格的郎官们本来就心有不惬。而他为人好张扬，事事咬尖，不免有人不忿。这里面就有太祝属下的星官王朔。

"臣昨晚望气，曾见填星④现形如瓜，一餐饭的工夫又隐没消失了。臣与有司的星官们都认为这是上天显露的征兆，主汉家封禅之事。"

"哦？"刘彻注意地盯着王朔，问道："这个天象作何譬解？"

"填星五行属土，色尚黄，数用五。五行相胜，土克水，秦既为水德，

---

① 鹢（音义），又写作鶂，水鸟名，形似鹭而大，羽色苍白，善翔。《左传·僖公十六年传》上曾记载六只鹢鸟倒着飞翔的奇景，当时人以为是种异象。

② 白鱼登舟，传说周武王伐纣，渡河时有白鱼跃入舟中，众臣皆以为吉兆。

③ 解编发，削左衽，奉中夏衣冠者：编发，即辫子，指异于汉民族的风俗；左衽，即服装从左首开襟，也是当时胡人的风俗。全句意为，异族将会向往汉族衣冠，在文化上归附大汉。

④ 填（音镇）星，即土星，又称镇星。与五行对应的五星分别是：金星，又称太白星；木星，又称岁星；土星，又称填（镇）星；水星，又称辰星；火星，又称荧惑。

大汉取秦而代之，应为土德。陛下应早行封禅大典，改正朔，易服色，才是真正的与民更始。"王朔言罢，眼含笑意，斜睨了一眼终军。

战国时，术士邹衍将五行学说运用于政治，提出了一套王朝嬗递的理论，称作五德终始说。金木土水火，五行相生相克，体现在朝代的更迭上，就对应为五德，配之以五色，而天上也有表征五行的五星。五行生克，则五德自然也会随之更迭嬗代。而每当新王朝兴起之际，上天都会示之以不同的祥瑞；反之，旧王朝覆亡之际，上天也会示之以不同的灾异。

秦汉更迭之际，战乱频仍，国家残破，无力更张。由此因袭了秦朝的制度，秦自称水德，汉继秦而有天下，也称自己为水德，色尚黑，数用六，以亥（十）月为岁首。到了孝文皇帝时，开始有大臣提议，汉既取秦而代之，按五德终始说，应该是土德替代了水德，而不是因袭水德。为此，应当改正朔，易服色，建立一套符合土德的制度。最先提出这个建议的是贾谊，而后又有鲁人公孙臣上书，称将有黄龙现世，而黄龙，正是传说中土德将兴时老天降下的祥瑞。可当时的丞相张苍力主汉为水德，他们的建议没能被朝廷采纳。

文帝十五年，黄龙果然现于陇西成纪，引起了皇帝的重视，召公孙臣为博士，与诸生草拟改易历法服色制度诸事，并亲自前往雍城郊祀五帝。可这一次的改制，却因持同样主张的新垣平戛然而止，新垣平为博取皇帝的宠幸，于玉杯上刻字，谎称是上天降下的祥瑞。可被人举发，骗术败露，恼羞成怒的皇帝诛杀了他，而改制也就从此搁置了下来。

窦太后好黄老之学，孝景皇帝不任用儒者，改制的呼声消沉了十几年，直至刘彻即位，身为他师傅的儒者王臧、赵绾才旧事重提。但窦太后生前，他们非但未能实现夙愿，反而为此丢掉了性命。只是在窦太后薨逝后，更张改制的呼声才又高涨起来。刘彻采纳董仲舒之策，罢黜百家，独尊儒术后，以土德替代水德，改正朔、易服色已成为朝廷的共识，王朔、司马迁等都是赞同改制的。

天象竟然也显露了土德的征兆！刘彻压抑住心中的喜悦，沉吟不语。改正朔、易服色是件大事，决不能仓促行事。他早已决定将此事与封禅联系在一起，封禅是历代圣王的事业，而他，要以驱逐匈奴成就自己的圣王大业。封禅改制，他是一定要做的，只是目前还不到时候。

"封禅之前，还是沿用水德。况且改正朔绝难一蹴而就，先要修订历法。未雨绸缪，这件事要早些预备。朕看就由司马迁你，还有唐都、落下闳、魏鲜、王朔等人筹划此事，返回长安后，你可将朕的意思转告司马太史，修改历法的事，要他与太常总其成。"

司马迁与王朔再拜受命。远远地，刘彻看见谒者所忠引着公孙弘走进殿来。丞相这个时候来雍城，肯定是发生了大事，于是吩咐议事到此为止。郎官们退下后，两人进入正殿一侧的暖阁中议事。

看过减宣的奏报，刘彻摇了摇头。"既然铁证如山，他们是咎由自取，朕也就顾不得亲情了。这件事，丞相要尽速通报各诸侯、三公九卿与朝廷大臣。他淮南王不忠，朕却不能不义，对他的处置，要一秉大公，让诸侯众臣都发表意见。"

"是。"公孙弘又取出二卷简牍，恭恭敬敬地捧给刘彻。

"这是甚？"

"衡山王家里也起了内讧。太子刘爽派其心腹白嬴赴长安上书，说衡山王与次子刘孝谋逆，造兵车锻矢，而且刘孝与衡山王的后宫有奸情。衡山王也上书朝廷，说太子不孝，要废长立次，立刘孝为太子。"

"这件事丞相怎么看？"

"老臣宁可信其有，据减宣讲，淮南与衡山之间有密谋。"

"有证据么？"

"应该有。据说，淮南王曾派宁成居间联络，可惜的是，此番抓捕到的淮南门客中，漏掉了宁成。"

"宁成？看来留着他是个祸害。"刘彻有些后悔没有听义纵的话。他翻看着减宣的奏牍，心里又惊又喜。惊的是，淮南的谋逆处心积虑地进行了十数年，若非雷被上书，朝廷居然一无所知。喜的是，最终还是抓住了这只老狐狸的尾巴。衡山王既然也卷入其中，自己正好可以痛下杀手，名正言顺地剪除隐患了。

"衡山这件事情，交给中尉府办，派中尉司马安与大行李息去，将案犯押解到沛郡查办。一俟查明，衡山王之下的案犯，比照淮南处置。那个宁成，会不会躲到衡山去了？你要传话给司马安，要严密缉查，逮他归案。"

"淮南谋逆一案，牵涉数万人，敢问陛下如何处置，要等到与刘安一同处置么？"

刘彻面如严霜，很果断地说道："这是七国之乱后首宗谋逆大案，对从逆者宜严不宜宽，非如此不能以儆效尤。减宣既握有朝廷授予的符节，本可以便宜行事，用不着事事奏报请示。义纵在定襄就做得很好么！都说他们是酷吏，朕倒要看看，两个人中，哪一个更狠。"

公孙弘屏息敛容，唯唯称是。看来，皇帝是真动了杀心，淮南这些人难逃一死了。

刘彻又翻看了一阵奏牍，略作沉吟道："那个自首告变的伍被，曾反复规谏刘安，父母被拘，乃被胁迫从逆者，似乎情有可原。贷其一死，如何？"

"老臣原也作此想，可张廷尉讲，大逆谋反，本来就罪在不赦。况且伍被几次为淮南王献计，甚至欲行刺大将军。这种人若可以不死，汉法之权威，必扫地以尽。为一人而废汉法，朝廷日后何以号令天下？一个人的死活与令行禁止，孰重孰轻，望陛下三思。"

刘彻略作思忖，觉得张汤的话有道理，遂额首默许了。他沉思了一会儿，忽然问道："淮南、衡山、济北均出自一系，此番谋逆，有没有济北王的份哪？"

公孙弘道："还没有这方面的消息，老臣会函告济北国的国相，要他严密注意济北王的动静。"

济北王刘勃，是刘安的胞弟，薨逝于建元四年。现任的济北王刘胡，是刘安的侄儿，且远在济北，关系已经疏远多了。刘彻的想法是，淮南王谋逆，既能联络衡山王，也该会联络济北王。既然开了杀戒，济北王若参与了谋逆，索性一并处置，斩草除根。他就是要以严酷无情的手段，警告、震慑诸王，扼杀所有觊觎皇权的念头。

公孙弘赶往雍城之际，朱安世一行也已行抵了定襄郡内的武城县。县城东门外有座不小的客舍，朱安世往来贩鬻，每到定襄，常在这里打尖，与主人很熟。他掀开门帘，很响亮地喊了一声："主人家，来客了！"

客舍内很冷清，寥寥数名酒客，全没了昔日熙来攘往的喧闹。主人微胖，五短身材，正蜷在炭盆旁向火。他转过脸，一眼看到朱安世，一下子面色苍白，张了张口，想打招呼，却又马上闭紧了嘴。几乎就在同时，朱安世也觉察到气氛不对，他随着店主的眼风看过去，坐在角落中的一对酒客，正盯着他们，低声交谈着什么。

朱安世挡住身后的刘陵等人，用几乎是耳语的声音吩咐道："店里头有官家的探子，你们等在外面，看好车马。"随即大步跨进客舍，大笑道："主人家，怎么，不认得了？"

"认得，认得。"主人很勉强地笑着，目光中有种深深的恐惧。

那对酒客站起身，向门口走去。朱安世倒退一步，挡住了两人的去路。"朋友，吃了酒，不付钱就走么？"

"不付钱？哪里的话！"走在前面的汉子，从怀中摸出几枚铜钱，扔给店主。

可朱安世仍不让路。他似曾相识地笑笑，揖手道："朋友留步，我们好像见过。在下请二位饮一杯，如何？"

汉子一怔，揖手回礼道："吾等是过路的，与君素昧平生，不敢叨扰。"

"老弟太客气了，在下诚心与二位交个朋友，请里面坐。"

"多谢了。我们有急事，不敢耽搁，请让让路。"汉子向前一步，目光中有了几分焦躁。

"二位既着急上路，在下就不便耽搁了。"朱安世的目光黯淡下来，仿佛很惋惜的样子，侧身让路。

当那汉子走过身边时，朱安世猛然用左臂勾住了汉子脖颈，以右掌一击，随着颈骨的折断声，朱安世松开臂膀，汉子如一摊泥般瘫倒在地上。后面那人惊呼一声，正欲拔剑，朱安世伸腿一扫，将他别倒，随即反剪双臂，将他摁在地上。

"你还愣着做甚，快取条绳子缚住他！"朱安世瞄着店主，眼中透出一股杀气。主人心中一悚，赶忙吩咐目瞪口呆的店伙照办。

"说，这里出了甚事？李虫儿呢？"

朱安世往来于京师与边塞，武城是他走私线路中的一站，李虫儿是跟从他多年的弟兄，也是他在武城的联络人。

"这里没甚，是定襄出了大事。那位姓李的兄弟闻讯去定襄救人，怕也丢了性命。"店主战战兢兢,将听到的消息讲了出来。朱安世面色凝重地听着,心里却暗暗叫苦,看来,自己的老窝被端掉了。

定襄是朝廷大军驻屯之地,粮秣、兵器、马匹的需求极旺,利薮所在,各地商贩麇集于此。朱安世在此经营了数年,与边塞驻军乃至官府皆有交往,在那些走私贩私、囤聚居奇以至逋逃亡命之徒当中更是如鱼得水。官府得着这些人的孝敬,对其所为睁只眼闭只眼,小小一个边郡,亦因战争而有了一时畸形的繁荣。一个多月前,新太守到任,对关市大加整顿,一举拘捕了所有的商贾,逐个侦讯后,扣押了二百多个犯禁者。起初,众人以为新太守如此,不过是为了勒赎钱财,纷纷托人运动。郡监的门禁也很松,人犯的亲朋好友,花钱即可探视。不料这是太守有意布下的局,在众人略无防备之际,一举收捕,入狱探视者无一漏网。汉律,囚徒私自解脱桎梏者,罪加一等;而为人脱罪者,与罪者同罪。结果这二百多囚徒连同入狱探视的二百多人,竟被全数诛杀。此举阖郡不寒而栗,百姓无不重足而立。

"那位姓李的兄弟,走时说是去郡监营救朋友,从此再没有回来。之后郡里下来了海捕文书,是冲大侠来的,这两个探子,每日在此坐守,已经有半个月了。"

"这个新来的太守是甚人,竟如此歹毒!"

"不详细。"店主摇摇头,目光转向了被捆缚于地上的探子。

朱安世用剑峰抵住那探子的脖颈,问道:"说,这新太守是甚人,从哪里来?"

"说出来吓死你,新太守是从南阳调来的义大人。阖郡上下,大人早已布下了天罗地网,你跑不掉的!"探子斜睨着朱安世,笑得很恶毒。

朱安世的心一下子沉到了底。老对头端了他的老窝,他在定襄已无地立足;而淮南国的事会掀起大狱,他带着刘陵,此刻去京师同样危险。思来想去,他只有一个去处。

他蹲下来,用手拍了拍那探子的脸颊,很平淡地说道:"义大人与我是老相识了,我会去拜访他的。不过先要送你上路,免得你那位兄弟孤单!"言罢,他用三指锁住了探子的喉头,猛一用力,那探子喉间咕噜了一声,无力地抽搐了几下,便气绝了。

他冷冷地扫视了店主一眼，似笑非笑地说道："这两个人烦你用袋子装好，我们会带了走。你接着卖你的酒，可你得记住，这里甚也没发生过，你们甚人也没有看见过！"

延伸阅读

1 《曾国藩传》

　　本书详细介绍了曾国藩的生平经历和主要事迹，重点记述其镇压太平天国革命运动、捻军起义和处理天津教案、发起洋务运动的过程；深刻透彻地分析了曾国藩政治和学术思想的形成、发展、演变及对后世的影响；深入归纳了曾国藩的用人方略，概述了以曾国藩及其幕府为核心的政治集团的形成、发展、分化和主要特征、作用；同时，历史地科学地实事求是地总结评价了曾国藩的历史功过和历史作用。观点鲜明精当，资料丰赡翔实，分析雄辩有力，观念新颖，视野开阔，是中国近代史研究和历史人物传记创作上的一部不可多得的力作。

2 《大明亡国史：崇祯皇帝传》

　　本书在2014年被"罗辑思维"重磅推荐。

　　在明朝的历代皇帝中，亡国之君崇祯朱由检的个人素质并不算太差，他好学勤政、严于律己，也非常能干。但他生不逢时，正好赶在一个最不利于实施统治的时代，登上了君临天下的宝座。作为一个最高统治者，他自作聪明、自以为是、固执多疑又刻毒残酷，性格的这些缺陷被至高无上的皇权无限放大，反过来又导致大明王朝更迅速地走向灭亡。最终，回天乏术的崇祯皇帝走投无路，吊死煤山，延续二百多年的明王朝也就此灭亡。

3 《宫花寂寞红——细说中国后宫》

　　翻开此书，你会看到这些皇帝身边的女子是怎样把绝色容颜、情意绵绵、千娇百媚、风情万种、才华横溢、蕙质兰心、聪明智慧、出类拔萃、长袖善舞、勾心斗角、尔虞我诈、蛇蝎心肠、费尽心机、不择手段这些矛盾的词诠释得淋漓尽致！令人不禁唏嘘：都说女子天生为情而生，为爱而存，她们却活得如此辛苦、变态、悲惨、扭曲、挣扎！看一代代女子接力棒似的投入她们逃不了的劫，所有今天的人们都该感到幸福，尤其女性更该深刻体会到幸运，因为再不用进入元稹的《行宫》：寥落古行宫，宫花寂寞红。白头宫女在，闲坐说玄宗。

4 《决战华东》

　　抗日战争胜利后，国共双方又展开了3年殊死的搏斗。在华东解放战场上，人民解放军创造了以少胜多的光辉范例，老百姓的独轮车推出了战争的胜利。百万雄师强渡长江，誓将革命进行到底，插上南京"总统府"的红旗，宣告了蒋家王朝的灭亡。本书是一部详实、权威的华东解放战争实录，将重点解答以下几个问题："国军五大主力"的五分之三，即整编七十四师、第十八军、第五军是如何在华东战场全部被歼灭的？南京政府是如何覆灭的？人数明显占优势的蒋家王朝为何在华东战场全面崩溃？

5 《中国历代谋士传》

中国古代士人中有一个独特的社会阶层：他们同样是饱学之士，却不屑于寻章摘句，吟诗弄文；他们热衷于成就一番安邦治国大业，却必须择木而栖，寻良主而仕。他们就是谋士。本书所立传的历代大谋士四十余人，大都活跃于社会动荡、王朝更替的历史时期，在风云激荡的社会大舞台上，做过翻天覆地的大事业。在封建时代，成者王侯败者贼。成，往往成于谋划，败，也往往败于谋划。由此也可以看出谋略文化的一大特点：经世致用。谋略不同于知识，在竞争激烈的时代，谋略比知识更重要。

本书展现给读者的，除了历史谋士们的事功之外，主要是他们的人格特点，归纳起来主要是：大智慧而不是小聪明，多谋善断而不是善谋无断，灵活多变而不是僵化教条，图大义而不是贪小利。

6 《黄埔军校名将传》

《黄埔军校名将传》对国共两党出身黄埔军校（包括分校）教职员和前六期学生的三百多著名将领分别列传，较为详尽地介绍他们的生平事迹、重大活动和战斗历程，是一部关于黄埔军校名将的大型传记。该书根据实事求是、秉笔直书的原则，对国共两党黄埔名将在历史上的作用、地位和功过是非，都作了客观公正的叙述，如对国民党将领，既写了"围剿"工农红军和参加第三次国内战争与解放军作战的事实，也记述了他们在东征、北伐和抗日战争中为国家和民族所立的战功。

7 《伟人的困惑》（分两卷：治国者卷和思想者卷）

《伟人的困惑》共两卷，分为"治国者卷"和"思想者卷"，两书分别遴选20位与23位中国古代历史人物，每人一篇，夹叙夹议，深入浅出，雅俗共赏，不啻是43篇各具手眼精彩纷呈的袖珍版评传。所选人物，泰半大名鼎鼎（如刘邦、李世民、朱元璋，孔子、司马迁、苏轼），也有罕为人知的（如郝经、鲍敬言）。每篇写法不同，角度各异，但大多斐然可观，且不凡杰作。这是两本有想法、有意思、有深度、有热力、有趣味——也有矛盾和困惑的读物。中国古人留下的解惑之路，在新的历史时期，可以带给人们全新的思索和启示。

8 《曾国藩集团与晚清政局》

本书讲述了一场长达数十年的博弈。在这场旷日持久的棋局中，慈禧太后、恭亲王奕訢、当朝重臣肃顺，以及胡林翼、左宗棠、李鸿章等崭露头角手握重权的汉族大臣都粉墨登场，演出了一场历史活剧。曾国藩集团崛起，扑灭了太平天国，创造了所谓"同治中兴"；同时又极大地改变了权力格局和结构，为清朝的覆亡埋下了肇因。

丛书顾问

梁由之 策划

刘忆江 著

汉武大帝
之
飞龙在天
下

汉武帝系列长篇小说

辽宁人民出版社

七十五

十一月的长安，霜雪纷至沓来，天气分外寒冷。刘彻自雍城回銮后，移住于未央宫温室殿，每日改在该殿的东暖阁议事。暖阁不大，四壁散发出椒泥的香气，两盆旺旺的炭火，使室内和暖如春。刘彻聚精会神，听取丞相公孙弘奏报淮南事件的廷议结果。

"赵王彭祖及与议的列侯四十三人都以为，淮南王大逆不道，谋反事实查证明白，应该伏诛。胶西王端尤为激烈。"

"哦，他怎么说？"刘彻感兴趣地问道。

"胶西王以为，刘安背叛宗庙，废法度，行邪僻，妄作妖言，诈为仁义，荧惑百姓，扰乱天下。《春秋》曰：臣毋将，将则诛①。刘安罪重于将，其谋逆文书、玺印事实俱在，应当伏法。没有参与逆谋的二百石以上官吏与宗室近幸诸臣，不能及时发现规谏其君，皆当免职，削爵为士伍，不得再为官吏。其他近幸而非为吏者，宜赎死，人金二斤八两，以彰显刘安之罪，使天下人明臣子之道，毋敢再有邪僻背叛之意。"

刘彻心中暗喜，刘彭祖、刘端在诸侯中都是有名的难缠者，此番的表白，含有输诚的意味，看来公议淮南谋逆一事，敲山震虎的作用是起到了。

"中尉司马安、大行李息日前已从淮南回到京师。"

---

① 臣毋将，将则诛：将，逆乱也。全句意为：臣子不得谋逆，谋逆则诛。

"衡山的事查实了么？"

"查实了。淮南事发，专使一到，刘孝先行自首，刘赐见大势已去，承认了所有谋逆实情。专使已发兵将宫室围禁，如何处置，请陛下示下。"

刘彻沉吟了片刻，"淮南、衡山俱为宗亲，由宗正刘受携朕之符节，当面问罪后赐死，国除为郡。二王之臣属，由吕步舒持节赴二国，以春秋大义决狱，不必事事请示。"

"二王之宗室，如何处置？如刘建、刘孝皆自首告变，按律应赦死罪……"

不待公孙弘说完，张汤就打断了他。"刘建、刘孝自首告变，虽可将功抵罪，可谋逆罪可赦，忤逆不孝、淫乱宫闱之罪仍不可赦！"

"张汤说得对。朝廷对淮南王等已仁至义尽，他们怙恶不悛，是自食其果。在这件事情上，要告诉吕步舒，不可姑息养奸，而是要务绝根株。至于刘爽、刘孝、刘建，以子孙举告父祖，为不孝。《孝经》云，五刑之属三千，而罪莫大于不孝。不孝依律该是死罪吧？"

张汤道："是死罪，依律应弃世。"

"就这么办吧。"

张汤道："那些与淮南王书信交通的朝廷大臣，该如何处置，请陛下决断。"

减宣搜检了王宫，在书信文牍中，查到了一些朝廷大臣写给淮南王的书信。不少人向刘安称臣，极尽谄媚之能事，尤其令刘彻心惊的是，他的母舅、已故的丞相田蚡，竟然将他从前为无嗣而苦恼的宫闱秘事透露给淮南王，暗示刘安有机会入承大统，诱发了他的野心。

"假使武安侯不死，他们田家是要灭族的。"刘彻恨声道，眼中有股杀气。

公孙弘顿首道："武安侯虽死，可庄助还活着，与淮南王暗通消息，为恶则一。敢问陛下如何处置？"

庄助是皇帝身边的亲信侍中，每每奉命驳斥三公九卿的奏议，是最令公孙弘等大臣头痛的人物。这回犯到逆案当中，是除去他的好机会，他早与张汤商定，必得置庄助于死地。

"庄助么？"对于自己欣赏的亲信近臣，刘彻心怀不忍，迟疑着下不了决断。

张汤顿首，抗声道："庄助侍中，为陛下心腹之臣，出入禁中，却交通诸侯，接受淮南王的贿赂，泄露朝廷的机密，罪在不赦。这种人不杀，恶例一开，难儆效尤。"

张汤的话打动了刘彻。是呀，此风不刹，任由臣子们交通诸侯，宫廷乃至自己的一举一动，都逃不出那些居心叵测的人的窥视，这简直就是噩梦！他收拢五指，用拳头重重地捶了一下御案，迸出了一个"杀"字。

遗书淮南王，称臣献媚的安平侯鄂但、有利侯刘钉都被处以弃世的死罪。而岸头侯张次公则因与淮南公主刘陵通奸，被罢黜爵位与北军将军之职，在刘陵归案前，被下入了死牢。

散朝前，刘彻忽然有了一个想法，吩咐道："这件事情不能杀几个人就算了，朝廷也不可不教而诛。丞相与廷尉要拿出个长治久安的办法来，使天下之人都知道警惕，不要再附逆于那些不轨的诸侯。"

不久后，公孙弘与张汤便提议设立左官之律与附益之法。古代中国贵右贱左，所谓"左官"，指所有仕于诸侯之官，寓意着他们的身份低于朝廷命官。左官律的目的在于贬低诸侯国官员的地位，使诸侯难于网罗到英才。官员身名一入"左官"，即不得再仕于朝廷，而朝廷官员则被严禁交通王侯，而王侯间也严禁相互交通依附，犯律者严惩不贷。而附益之法，则是禁止诸侯国在所食租税之外，另立名目，搜刮资财。左官与附益之法，在用人、行政与财用上设置了重重限制，更为削弱了各诸侯国的利力，使之再难拥有与朝廷相抗衡的力量。

刘安与刘赐在宗正抵达前畏罪自杀。吕步舒与减宣则大开杀戒，数月之内，被牵连处死者多达数万人。事后，淮南与衡山两国被废黜，分置为九江、衡山两郡，由朝廷直接治理。

为化解戾气，夏四月，刘彻在立长子刘据为皇太子之际，大赦天下。因迟迟未能捕获刘陵，张次公逃过一死，于大赦中减死一等。刘彻念其有战功，免其髡钳①，完为城旦，发往边塞军前效力。

---

① 免其髡钳：髡，剃去头发；钳，佩戴刑具（桎梏）；城旦，秦汉时徒刑之名，即到边塞服戍守修筑长城的劳役。免于髡钳即免于剃发桎梏、服役于边塞。古人认为身体发肤，受之于父母，因而剃发被视为极大的耻辱。

鸡鹿塞是战国古长城内的要塞，位于高阙①之西，河套之外，阴山之南。东南二十里开外，有个大湖名屠申泽，朔方郡的窳浑县城就建在湖畔。一望无垠的草原，由此一直延伸至阴山脚下。时值初夏，莺飞草长，微风徐来，送过阵阵花草的芬芳。

　　张次公从草丛中爬起身来，望了一眼静静吃草的马群，吐掉嘴中的草茎，百无聊赖地打了个哈欠。朔方自太守苏建兵败赎死后，由太仆公孙贺接任，他见此地牧草繁茂，建议朝廷在此新设了几个马苑。张次公与其从弟公孙敖交好，有了这层交情，公孙贺待他颇为宽厚，指派他牧放马群，免去了筑城的苦役。

　　张次公摇了摇头，半年来的境遇，判若云泥，恍恍如在梦中。由尊贵的列侯变为死囚，由威风八面的北军将军一落而成戍卒，是他再也想不到的事情。而这飞来横祸，竟是由一个他所深爱的女人带来的。可他却恨她不起来，非独不恨，甚至暗怀思念与同情。她现在哪里？一定是满怀恐惧地东躲西藏，颠沛流离于路上吧？她是躲不掉的，早晚会被捕获，有生之年，不知还能不能见上一面！

　　马匹躁动起来，不安地喷着响鼻，向一起聚拢。张次公站起身，远远看见数骑人马正从阴山山口缓缓而来。看穿戴是汉人，身背弓箭，马背上驮着猎物，看样子是狩猎归来。元朔年间几次大战，匈奴人被驱逐到阴山北麓，山南的草原已轻易见不到胡人的踪迹了，所以沿边驻军与百姓常常结队出塞狩猎。

　　前面的两个人在追打笑闹，纵马驰来，女人咯咯的笑声，极富感染力，又是那么熟悉。张次公抹了把眼睛，这两人分明是男子的装束，难道是自己想入非非了？恍惚之间，两骑人马已经到了近前，旁若无人地从张次公身前越了过去。也就是在此刻，张次公认出，前面一人，正是他日思暮想的女人；后面的那人，则是刘陵的侍女阿苗。刘陵虽着男装，可她的影像刻骨铭心，张次公是无论如何不会认错的。

---

　　① 鸡鹿塞与高阙塞都是战国时赵国长城沿线的著名要塞，也是控扼穿越阴山山口的孔道。

想着她她竟然就出现了，机缘真是太巧了！张次公满面惊讶，激动得一时无语。看到两人走远，方如梦初醒，大喊道："翁主！翁主留步，是我呀！"

　　两人勒转马头，款款而来。张次公一身戍卒装束，刘陵虽觉得面熟，一时却也不敢相认。

　　"是我呀，张次公！翁主不记得了么？"

　　"张次公？你……怎的在这里？"

　　"还不是淮南国谋反的事，我受牵连下狱。本以为难逃一死，孰料皇帝立太子，大赦天下，我也被发配为城旦，来此戍边。"

　　"你倒是为我受苦了！"刘陵赧然一笑，随即急切地问道："将军有我父王的消息么？"

　　"淮南王么，怎么你不知道？朝廷遣使问罪，你父王不愿受辱，先就自杀了。"

　　刘陵面色一下子变得惨白。"自杀了？！那我娘，我兄长呢？"

　　"谋逆大罪，淮南宗室没人能逃过此劫，无一例外均被减宣诛杀于市，枭首示众。听说处死了几万人，血流成河，淮水亦为之变色呢！"

　　刘陵大恸，长号一声，猛地从马上栽下来，牙关紧闭，浑身不停抽搐，人昏厥了过去。阿苗跳下马来，用力掐住刘陵的人中，恨恨地扫了张次公一眼。

　　"这些事我们一直瞒着翁主，这下好了，翁主若有不测，我不会放过你的！"

　　"这事已经过去好几个月了，众口喧腾，无人不知，无人不晓。我怎么晓得翁主她不晓得……"话没说完，却被后面跟上来的人打断了。

　　"张将军，别来无恙？"

　　张次公回首，一眼认出，这个表情冷峻的瘦子，正是当年的东市大侠朱安世。他看了眼昏厥的刘陵，吩咐道："阿苗，扶她上马。"

　　"你是朱……"

　　"没错，张将军好记性。故人相见不易，何况是在这种地方！张将军到舍下聚聚，一起喝一杯怎样？"不容他问完，朱安世便打断了他，嘴角隐隐似有笑意。

　　"聚聚当然好，这个鬼地方难得见到熟人。可是……"张次公为难地望

569

了望吃草的马群。

"这个好办。钟三，你在这里看会儿马，张将军与我是故人，一起回去叙叙话。"跟在他身后的一个剽悍的中年汉子答应着，很利索地跳下马，将缰绳交到张次公手里。

一行人策马疾行，走了十多里，来到一个小村落，此地距县城不过数里，远远地可以看得到窳浑的城墙。

"这是刚才那位兄弟的家，钟三是本地的猎户，也是位朋友。"朱安世拍了拍张次公的肩头，将他让入一座小院。

院内收拾得很干净，墙上晾着几张狼皮。两边的厢房，分别是朱安世与刘陵等人的住室。一名妇人迎出来，帮着把刘陵扶进正房，朱安世与张次公也跟了进去。

刘陵已经醒过来，倚在炕上默默地流泪。朱安世吩咐了几句，那妇人自去厨下预备酒食，阿苗陪在刘陵身旁，想劝慰她，可又不知说什么好。

朱安世道："她想哭，就让她哭，你莫劝，哭过了她心里才会好受。"

刘陵擦了把泪，忽然说："我要去长安。"

"去长安？做甚，送死么？"朱安世的声音很低，很冷。

"我要杀了减宣，为我爷娘报仇！阿苗，为我收拾行装！"刘陵的面色毅然决然，起身下炕。

"你给我站住！"朱安世沉下脸，低声呵斥道。"就凭你们两个女流，能杀得了减宣？"他用手指了指自己的脑袋，"报大仇靠的是忍，靠的是计谋，不是匹夫之勇。暴虎冯河，成不了大事！"

刘陵站下，呆呆地看着朱安世，泪水又夺眶而出。

"你要忍，忍得住才能报得了仇。现在咱们要做的不是去自投罗网，而是要消失。"

"消失？"刘陵、阿苗与张次公望着朱安世，不明白他在说什么。

"对，消失，消失得无影无踪。只有躲过朝廷的缉捕，留得人在，早晚会有报仇的一日。只有消失，仇人才会淡忘你，才会放松戒备，你才能够接近他，窥测他，出其不意地猝然一击，致其死命。"

朱安世说得对，父王临别时的那番话，也是这个意思。"你走，是为淮南存留下一线血脉"。"淮南几世的冤仇，只有靠你来报了。阿爷就如公孙杵臼，阿陵你却如程婴，要艰难地活下去，成就我们几世的复仇夙愿"。回想起临别时的情景，刘陵又禁不住潸然泪下了。

妇人端上一盆热气腾腾的炖羊骨，又切了一盘腌萝卜丝。众人围着炕桌坐下，妇人为每人斟满酒，就又到厨房忙活去了。

"故人不期而遇，是难得的机缘。来，咱们为张将军干一杯。"朱安世首先举杯祝酒。碰杯之后，两个男人一饮而尽，刘陵只啜了一小口，坐在炕沿上，默默地想心事。

朱安世细细询问了张次公入狱判刑的经过，不停地为他夹菜劝酒，很快，张次公便面红耳热，醺醺然了。

朱安世呷了口酒，问道："张将军的好友义纵，是皇帝面前的红人。张将军有难，他也不予援手么？"

"身在朝廷的人，由不得自己，况且他是个认死理的人，认准了事情会一做到底。我罹此大祸，他就是有心，也无能为力。"张次公饮下杯中的残酒，起身揖手道："谢过大侠与翁主的款待，在下告辞了。"

朱安世伸手拦住了他的去路。"且慢，咱们还有话说。你放心，钟三牧马，绝出不了差错。"

"可若苑监来巡视，发觉我私自外出，罚我苦役而外，还会牵连那位姓钟的朋友。大侠有话说就是了，在下实在不敢再多耽搁了。"

"将军方才讲，身在朝廷之人由不得自己，眼下丢了官爵，该是自由之身了？"

朱安世话里有话，张次公一怔，心生警惕。"在下已是一刑徒，谈何自由？大侠莫拿我开心。"

"将军是刑徒，我等是逃犯，彼此彼此。敢问将军可愿加入我们，共图大事？"

"加入你们，做甚？"

"报仇！"

"报仇，报甚仇？"张次公吃惊地睁大了眼睛。

朱安世双目灼灼，看定张次公，恨声道："义纵诛杀了我众多兄弟，端了我在定襄的窝。朝廷派减宣诛灭了阿陵的全家，你由列侯一跌为刑徒，这些都是仇，血海深仇，不共戴天，不报，大丈夫何以自立于人世。"

"这……你是说谋反？"

刘陵双颊泛红，逼视着张次公。"是报仇。我们不想夺汉室江山，可杀人偿命，欠债还钱，难道不是天经地义的么？血债要用血来还！"

"就凭你们几个？"张次公摇摇头，捂手道："各位在逃，自身尚且难保，又何能报复朝廷？还是好自为之，在下实在得告辞了。"言毕，抬脚欲走，却被朱安世的利剑挡住了。

"你得知了吾等的秘密，就这样一走了之？你以为走得出去么！"朱安世话音不高，却含着一股令人不寒而栗的杀气。

张次公浑身燥热，额头却冒出了冷汗。"大侠误会了，次公身在缧绁之中，实在帮不上忙。可我敢对天立誓，绝不会告发各位。阿陵，巫蛊之狱时，朝廷欲拘捕你们，是我送你们出的长安，你可为我作证！"

刘陵正欲开口，朱安世用手势止住了她。"你既然放过朝廷的要犯，泄露出去，也不免一死，而且会死得很难看。与我们合作，纵使失败，你也不失为英雄，况且报仇是以后的事情，我方才说过，当务之急是销声匿迹，让仇人淡忘我们。"

在众人殷切的注视下，张次公沉吟良久，终于点了头。"好，我跟你们干，不过有一条，加害义纵的事我不能干。"

朱安世颔首道："各人的仇各人报，义纵的事我不勉强你，可阿陵的事，你得帮她。"

张次公冲刘陵笑笑。"我能帮你做甚？请吩咐。"

"你自管牧你的马，时候到了，我们自然会找你。大家在此隐姓埋名地住着，一旦有警，转瞬即可以出塞。我们就在这里住下去，朝廷那帮恶狗嗅不到踪迹，早晚会懈怠的。"

七十六

淮南、衡山之狱未决，却又牵连出江都王刘建种种恶逆之事。吕步舒以《春秋》大义决狱，将刘建所为归结为九项大罪，件件令人触目惊心，每一项以法论之，都不免于死罪。读着吕步舒的奏报，刘彻气得双手颤抖，骂道："自作孽，不可活！"

起首一件，名为禽兽行。江都王刘非薨逝，尚未下葬，刘建即在守灵之服舍，逼奸其父王所宠幸的淖姬等十名美人。

再就是乱伦。盖侯王信之儿媳刘征臣，乃刘建之女弟，回江都奔丧，经刘建逼诱，竟兄妹通奸，秽声四扬。

大丧过后，刘建数度遣使赴长安迎征臣回国。其伯母乃鲁恭王太后，得知后，遗书征臣，告诫其勿返江都，遗羞于祖宗。又传话给刘建，要他自谨，莫步燕齐之后尘。刘建非但不听，反而怒骂长辈，痛击使者。是为不孝。

草菅人命。刘建承嗣王位后，游章台宫，令四宫女乘小艇，而以足蹈之，艇翻覆，溺死二人。后又游雷陂，遇大风，令郎官二人乘小船下水，浪大倾覆，二人溺死，刘建却以此为乐。

残虐不道。宫人姬妾微有小过，辄罚以裸身击鼓，或置于树上，最长者三十日乃得穿衣。不从者笞击或以狼犬啮杀，刘建则坐观取乐。还有禁闭不予饮食而活活饿死者，如此死于非命者，多达三十五人。

刘建自知罪无可逭，内心恐惧，乃与王后胡成光密使女巫下神，祝诅天子。他还与内臣怨望朝廷，声言朝廷若追究下来，宁可鱼死网破，大逆不道。

私造兵器，居心叵测。刘建颇闻淮南、衡山之阴谋，非但不向朝廷告变，反而私造兵器，刻铸皇帝玺印与将军、都尉等金银印，又私自制作汉使节符，搜集天下舆地①与军阵之图。封其后父胡应为将军，中大夫冯疾为灵武君，与越䌶王闽侯交通，互赠礼品，约为攻守同盟。

淮南事发，朝廷穷治其党羽，内中颇有牵连刘建者。刘建使人携重金贿赂狱吏，杀人灭口以消踪灭迹。

平时，刘建时时佩戴先帝赐予其父王的将军印绶，私制黄屋②，载天子旌旗出行，僭越不轨，大逆不道。

江都王刘非是刘彻同父异母的兄长，刘建论起来还是他的侄儿。他是有心宽待这些近支亲王的，可恨这刘建忒不争气，其为恶不悛，昭昭在人耳目，远过于燕王与齐王，若不依律处置，大臣、诸侯们会怎么看？天下人又会怎么看？

他沉思了一会儿，下了决心。"江都之事，吕步舒既已查证属实，就交有司核议，然后交付廷议定罪，不可姑息迁就。"

公孙弘顿首奉诏。心里想，这下，又一个诸侯国要被收为大汉的郡县了。

"淮南漏网的要犯，还没有线索么？刘安的那个女儿呢？"

张汤道："减宣遍搜寿春内外，迄无踪迹。有人报告说，封禁王宫那天夜里，曾见到她向淮水方向去了，可渡口有缇骑把守，并未见到她。也有人揣度她是投水自尽了。臣已命减宣，加紧缉查，活要见人，死要见尸，决不可纵其漏网。"

皇帝满脸阴云，看得出心绪被江都王的事搞得很糟。公孙弘再拜顿首道："请陛下放宽心，天网恢恢，疏而不漏，逆犯总归难逃法网的。那个宁成，被刘安派到济北策反，却被济北王执送中尉，还是难逃一死。"

"哦，宁成，抓到了？"

张汤道："抓到了。据济北中尉奏报，已审决处斩，枭首示众了。"

---

① 舆地，即地理。

② 黄屋，皇帝车驾上竖立的黄色伞盖，黄屋左纛，是天子车驾才能使用的器物。

"看来，济北王还算是个忠臣，朕倒是错疑了他。"

"济北王还上了道表章，说为了便利天子封禅，愿将泰山及其近旁的乡邑献与朝廷，陛下没有见到么？"见到刘彻心情转好，公孙弘借机进言。他曾在济北为官，与济北王有旧。济北王担心淮南、衡山之事牵连济北，已几次遗书求他代为缓颊。

"这刘胡倒是个识大义的人！"刘彻面上有了喜色，为将来封禅计，他早想将泰山收归朝廷所有，可又不愿给人以势攘夺的印象。难得济北王善察人意，倒不能亏待了他。

"他的好意朕领了，可朝廷当然也不会占他的便宜。丞相可与太常议一议，从平原郡划出几个县给济北国，还要发一道公告，表彰他想朝廷之所想，大义奉公之举。"

退朝后，刘彻命郭彤将近日递进的奏章找来，果然有济北王刘胡的表章。他浏览了一遍，心里却又为王夫人的病焦虑起来。

"郭彤，王夫人这病，有起色了么？"

王夫人的病起得很急，不过受了点风寒，隔日就浑身发热，卧床不起了。皇帝为此茶饭不思，神不守舍，已几日没有心思看奏章。皇帝在王夫人身上用情很深，可却觉察不出这女人的心病。郭彤踌躇着要不要对皇帝道出真相，嘴上自然嗫嚅难言。

"夫人的病……看上去是一日重似一日了。"

"到底是甚病，太医们怎么说？"

刘彻几次差遣郭彤视诊，他私下请教过会诊的太医们，都说是凶险已极，命在旦夕了。郭彤镇定了一下情绪，顿首道："太医说，夫人病于七情郁结，又为寒邪所客，外邪借内伤深入脏腑，造成了虚寒之症。寒盛使气血凝滞，气机郁闭，症见恶寒肢冷身痛，是气血衰惫所致。眼下已见损脉，情形很不好……"

刘彻的心一下子提了起来，连声追问："甚是损脉？怎么不好？"

"损脉就是尺部无脉。太医说夫人多日饮食不进，胃气衰微，牵连肾气亦衰。昨日察脉，沉取至骨，也难以按到尺脉。奴才问尺脉是怎么回事，太医说，以三指搭在寸、关、尺三处，可候心、肝、肾之脉象，尺部无脉，是寒邪已深入内里，肾气已衰之象，针、药怕都无济于事了。"

刘彻呆呆地坐着，脑中一片空白，泪水夺眶而出。半晌才恨恨地说了一句："甚太医，都是些不中用的东西！"

郭彤偷看了一眼皇帝，当年得知大萍被送走时，皇帝也是这副模样。皇帝雄才大略，冷酷无情，可在自己喜爱的女人身上，还是不免为情所困。

"其实，太医的意思，王夫人所患，是心病，所以说是七情郁结。心病，针药是医不好的。"

"心病，甚心病？"刘彻注意地看了郭彤一眼，问道。

"夫人自知母子无皇后、太子之望，但仍有陛下的一份宠爱。自李夫人进宫，陛下的宠爱又被分去了大半，故郁郁寡欢，恹恹成病，已经很久了。"

"是呀，是朕对不住她。"刘彻叹了口气，站起身道："起驾去鸾鸳殿，朕要看看她。"

王夫人连日食药不进，人已经瘦得不成样子，几个时辰以来，一直处在谵妄之中，连前来探视的皇帝也认不得。刘彻坐在她的病榻旁，寸心如捣。她就要去了，就要去了！或许是即将失去的缘故，王夫人的种种好处，一时都浮现了出来。只有在王夫人那里，他才能真正放松自己，体验到民间那种夫妻相对时的感觉。女人娴静，恬淡，总是静静地听他讲话，微笑着看着他与儿子嬉戏。

为王夫人拭汗的侍女，忽然叫道："夫人醒过来了！"刘彻凑到近前，王夫人果然大睁开双眼，口中喃喃呼唤着："闳儿，闳儿呢？带他……来，来！"

另一名女侍赶忙将等在寝室外的刘闳领到卧榻旁，刘闳见到骨肉支离的母亲，害怕地后退了一步。刘彻拉起儿子的手，放到王夫人的手中。她长久地注视着儿子，极力想要握住儿子的手，可只有抚摸几下的气力。她认出了儿子身后的皇帝，苦笑道：

"臣妾不能够再陪伴陛下了。闳儿还这么小，臣妾走了，真是放不下心……"

她泪如泉涌，大口喘息了一阵，嘴唇翕动着，却发不出声音。

刘彻强忍住悲哀，握住王夫人的手说道："夫人，夫人放心，朕会像应许过的，赐封闳儿为齐王。"

王夫人望着他，双眸似乎亮了一下，头一歪，又陷入谵妄。刘彻紧握着王夫人又瘦又凉的手，生怕一撒手，女人会一瞑不视。王夫人再也没有清醒过来，在午夜时分死去了。

父皇的死，太皇太后的死，母后的死……与至亲亲人的诀别，刘彻已经历过多次，可哪一次也不如王夫人之死给他的刺激大。人总是要死的，这个念头挥之不去，死死缠住了他。人死万事皆空，即使贵为帝王，荣华富贵亦会转瞬成空。若不能留住生命的脚步，他所拥有的一切，权力、事功、富贵，后宫的无数佳丽，究竟有何意义？活着，难道就为的是一年年地老去，最终化为一具枯骨！

薤上露，何易晞！露晞明朝更复落，人死一去何时归？
薤上露，何易晞！露晞明朝更复落，人死一去何时归！

远远传过来值夜守灵的宫人们的歌声。歌名《薤露》，是专为王公贵人守灵送丧时吟唱的挽歌。歌词感叹人生的短暂，生命脆弱得犹如薤叶上的露水，转瞬即逝。歌声一唱三叹，哀伤恻，搅得刘彻辗转反侧，难以入睡。为了方便守灵，他宿在了鸾鸯殿的侧殿，既然睡不着，他索性坐起来想心事。

他想到李少君，当年为求子嗣，曾按他的方祠竈，后来还真得了儿子，看来不是徒有虚名。李少君自称在人世间活了千年以上，最后尸蜕成仙，刘彻对此半信半疑，李少君死后，他曾派人启墓开棺，里面除去他的一双鞋，什么也没有，竟真是升仙了的样子。

太祝史宽舒曾受命从学李少君，学习祠竈与黄白之术的秘方，可惜当时见不及此，没有兼学长生不老的秘方。悔之晚矣！刘彻摇摇头，叹息不置。好在自己尚在而立之年，还有的是时间去寻仙求药，哪怕能活到百岁也好啊。亡羊补牢，时犹未晚，他兴奋起来，在侧殿中来回踱步，恨不能马上派人到齐鲁一带访求仙人。

阴山北麓的单于大帐中，灯火通明。伊稚斜正在与左右贤王集重臣们议事。连年的大旱，使得牲畜的数量大减，而汉军的不断进击，也使匈奴丢失了大片土地。阴山以南，胡人已不敢牧马，而每次南下，都有汉军严阵以待，无从下手。而且汉军常常主动出击，深入草原腹地，几次交战，匈奴都损兵折将，占不到便宜。

"现在情形已与从前大为不同，攻守易势，我们得换个方式与汉人周旋了。"说话的人个子不高，脸颊瘦削，面目精悍。正是降而复叛，现任匈奴自次王的赵信。赵信原来就是伊稚斜的亲信，此番叛归，成为胡人中的中国通，极为单于所倚信，伊稚斜甚至把自己的姊姊嫁给了他。

"甚方式？你但言不妨。"伊稚斜以鼓励的目光注视着赵信。

赵信看了看众人，说道："现在汉军已经装备了足够的马匹，我军与之相比，已不再有速度上的优势。阴山南北，汉军骑兵二日内可到，而且屯田边郡，粮草转输远较从前容易。在数量上，我们没有优势，在速度上也没有了优势，这就是近几次作战不利的原因。所以，今后不宜在漠南与汉军角逐。"

左贤王不满地斜睨着赵信，问道："不在漠南在哪里，难道要到长城以南不成？"

"当然不是。是漠北。"

"漠北？！"众人惊呼道，连伊稚斜也吃了一惊。

"对，是漠北。"

右贤王瞪大了眼睛，满腹狐疑地盯着赵信。"难道漠南之地拱手送与汉人？这阴山祖地，这单于廷也不要了！"

"在下没有这个意思。不打垮汉军，漠南难有一日之安。这几年，我们的牲畜被汉军掳走何止百万只！春夏之交，汉军趁我转场，各部分散放牧之机，频频出击，以优势军力各个击破。待我集中军力，也往往救援不及，人畜损失惨重。而秋高马肥之际，汉军则缩回边塞之内，坚壁清野，严阵以待我南下大军。近几次南下，杀掳不过区区千余人，得不偿失。汉人既针对我之长处，精心制定了对策，我们若想战而胜之，在下以为，必得反其道而行之。"

伊稚斜道："何谓反其道而行之？"

"我们将人畜转移到漠北。漠南与漠北之间，隔着千里大漠。汉军虽然有了马匹，可长途作战，不可能携带大量粮草，况且跨越千里戈壁沙碛，人困马乏，粮草亦难于持久。如此敌之优势不再，我军则可以避其锋锐，击其惰归，这在兵法上是上上之策。"

伊稚斜连连颔首道："有道理，说下去。"

"汉军千里赍粮，深入敌后，外无救兵，内乏粮草，在兵法上这是绝地，只利于速战速决。而我们偏偏不同他速决，而是引着他们兜圈子，在最有利于我们的时候与其决战，予以致命一击。只要有几次这样的大战，汉军精锐当损失殆尽。那时候我军挥师南下，漠南兵不血刃可入我掌握。汉军残余，只会龟缩于塞内，再难与我较力，届时汉廷必会再提和亲，大单于陛下也可重振祖上的雄威。"

左贤王摇摇头道："你这全是嘴上的功夫！汉军若不到漠北来作战，难道阴山祖地就白白让汉人占去了不成？"

"汉军一定会到漠北寻求决战。我这么说，是因为汉家的皇帝是个好大喜功的君主，一心想要我匈奴臣服于他。此事即使汉廷的将军们不愿，皇帝也一定会强要他们出击的。况且，我军可以时时南下，突袭其边郡，引诱他们追击。"

伊稚斜一锤定音，击掌道："这件事就这么定了！自次王言之有理，豁不出孩子打不到狼！我们不争一时一地的得失，先让出漠南，引他们到漠北来，聚而歼之。"

可左右贤王与其他名王大都不以为然，不过慑于伊稚斜的凶狠，也没有人敢于公然反对。

"自次王在汉廷多年，探得不少内幕，你给大家说说，特别是那些汉军的将帅，这些人都是你我各位的对手，不可小视。用汉人的话说，知己知彼，方能百战不殆。"

"汉军这些年来确实不比从前，军力已经强大了很多，而且多是骑兵。他们的将领也有了变化，更年轻的人已经顶了上来。李广而外，大将军卫青，也已经是我们的老对手了。此人心思细密，谨慎而又不乏刚猛，确有大将风度。尤其可怕的是，有一年纪不过二十出头的青年将军，名霍去病，尤其骁勇善战，最擅长千里奔袭，给人以猝不及防的一击。汉皇帝封他为骠骑将军，对他的宠信，比卫青有过之而无不及。在下以为，此人乃我匈奴之大患，遇到他，各位务必要加小心。"

右贤王冷笑道："听自次王这么一说，我倒真想会会他了。儿马驹子再烈，也怕碰上狼！这些些年，汉军中让本王佩服的将军，只有李广。"

赵信笑笑，转向左贤王道："那个被俘十几年的汉使张骞逃回了长安，听说向皇帝建议打通河西，联络西域各国与我抗衡。张骞在匈奴十几年，熟悉了胡地的山川路径，我担心他会引汉军偷袭河西，河西是浑邪王与休屠王的驻地，王爷当提醒他们，切不可大意。"

"联络西域抗衡我们？"左贤王不相信地反问了一句，随即狂笑起来。"西域那些弹丸小国，敢与我们作对？我莫不是听错了，大侄女婿？"左贤王是伊稚斜的叔父，故称赵信为侄女婿。

"西域无大国，故对我们确是敢怒而不敢言，可若河西入于汉军之手，形势一定会变，西域诸国会首鼠两端，其中怨恨我们的小国，会投靠汉人。"

左贤王白了他一眼道："河西？照你的说法，汉人的胃口可不小！有种他们就来，我候着他们，人心不足蛇吞象，我怕他消受不了。"

一直没有开过口的姑夕王插言道："我也听说过，那个张骞途经西域去过了大月氏，想与咱们这个仇家立盟，两面夹攻我们。结果呢，月氏人根本没这个胆子！想想他们老王的头骨，做了大单于的酒壶，我敢说月氏王半夜一定会吓尿了裤裆！"

座中诸王纵声大笑起来，伊稚斜也忍俊不禁，笑出声来。不笑的只有赵信，他摇了摇头，用忧郁的目光扫视着众人，心中掠过一丝不祥的预感。

七十七

　　元狩二年冬十一月，新一轮对匈奴的作战方略得到了皇帝的认可。此番出击，兵分两路，郎中令李广、卫尉张骞任东路主将，霍去病与公孙敖，则为西路主将。自元朔初年以来，李广已经近六年未曾出塞作战，此番出任主将，十分兴奋，遂写信召集散居于各地的旧部，随军出征。

　　接到李广的书信，韩毋辟连夜赶往长安，夜深时宿在了霸陵亭，次日一早进城，直接到李府报到。

　　"仲明，来得好快！快进来，我为你引见张将军。"得知韩毋辟到了，李广亲自迎到门前，拉着他的手，大笑着进了中堂。

　　李广指着一位长脸美髯的男子道："仲明，见过张骞将军。张将军奉使西域，凿空之旅，艰苦卓绝，为朝廷立了大功呢。"

　　他又指了指韩毋辟。"这位是我的护旗校尉，韩仲明韩将军，为人仗义，勇冠三军，是难得的将才！"

　　韩毋辟与张骞相揖为礼，互道仰慕。李广又指着堂中几个子弟道："李敢你早认识。这两个小的，一名李陵，是当户的遗腹子；一名李禹，是敢儿之子。你们还不过来与韩叔叔见礼！"

　　韩毋辟望着李家的子侄，倍感欣慰。"二位公子年纪虽少，可眉宇间均有勃勃英气，不愧将门虎子。日后定能不负老将军所望，成为国家的栋梁之材。"

　　"栋梁之材不敢说，但愿不会丢我陇西李氏的脸。"李广自谦道，可还是听得出他对这两个孙儿发自内心的喜爱。

子侄们退下后，家人奉茶，宾主重新入座叙话。

韩毋辟看着李广，揖手道："敢问将军，可是又有仗要打了么？"

"明知故问，没仗打，我召你回来做甚！"李广看了眼张骞，"子高今日来此，为的也是此事，不妨给仲明透露些消息，他曾出入匈奴腹地，情况熟悉，或能贡献些意见。"

张骞呷了口茶道："也好，我说说朝廷的打算，具体的战法，韩将军娴于军旅，不妨贡献些意见。"

他铺开一幅地图，指着右北平郡的方位。"我们是东路，计一万四千骑兵，由右北平出塞。霍去病与公孙敖是西路，计二万骑兵。总的作战方略是声东击西，我们这一路，要牵制住单于与左贤王，如此则西路可以放心深入敌后，进击河西。东路主要是策应，但也不排除遇到战机时，予敌以重创。"

韩毋辟思忖了片刻道："眼下是冬季，胡人多集中于冬季牧场，不如春夏时分散易制。一万多骑兵，数量少了些，若深入敌后，一旦被包围，摆脱不易。"

张骞道："我军惯于春季出击，匈奴人对此已有戒备，现在改由冬季出击，为的正是出其不意，攻其不备，此战的精义就在这里。我以为，东路的作用不在于作战，而在于如何虚张声势，吸引住伊稚斜与左贤王，策应西路顺利进兵。"

李广不以为然，连连摆手道："不成！虚张声势不成，得真打。真打，才能使伊稚斜猜不透我军的意图，把他牢牢钉死在东路。"

他搓搓手掌，兴奋地说："不光要真打，还要打得漂亮！子高，你我兵分两路，我带四千骑兵先行，咬住敌军后，你带一万人由后路抄上来，打他个措手不及！"

张骞却并不如他那般乐观。"真打？若如韩将军所言，遭遇匈奴大军，寡不敌众怎么办？"

"一万与几万，看似悬殊，可胜负取决于士气，两军相遇勇者胜！李广身经百战，还从没有虚张声势过。吾老矣，来日无多，仗是打一次少一次。子高功成名就，可吾戎马一生，两个儿子捐躯沙场，尚未得封侯，不甘心呐！"言罢，李广长吁一声，眼圈竟也红了。

韩毋辟心有所感，很为李广不平，抬眼看到张骞的面色发红，很尴尬的样子，于是岔开了话题。

"敢问张将军，此番堂邑甘父与将军同行么？"

"甘父么？韩将军认识他？"

"岂止认识，我们早年是患难之交呢！"

"哦？我记起来了，甘父好像对我说过当年从中原亡命到上郡之事。韩将军就是当年与他一同出亡的壮士？"

韩毋辟颔首笑笑。"正是在下。一晃近二十年了，真想见见他。"

"甘父原本该随我出征，可他原是河西月氏人，人地两熟。此番霍将军出征，指名向皇帝要他作向导。今上已派任他随西路出征。好在大军未开拔，甘父尚在长安。韩将军若想一见，我马上可以差人将他请过来。"

韩毋辟大喜，揖手道："那就烦张将军给他带个话，就说在长安东市的河洛酒家，有故人等他叙旧。"

李广也很为他欢喜，问道："这个甘父可是与你一道陷落于匈奴的那个人么？"

张骞道："不是的，甘父是那人的兄长。"于是将堂邑兄弟如何相会，又如何随他一道逃出匈奴的经历，讲述一过。

韩毋辟喜出望外，问道："候生也同甘父在一起么？"

张骞肯定地点了点头。"甘父回来后，皇帝封他为奉使君，兄弟二人一起回梁国祭扫庐墓，就在睢阳置产定居了。若非此番作战征调他们为向导，想要见他们兄弟一面，还真不容易呢。"

于是与张骞约好请堂邑兄弟一聚，韩毋辟告辞出来，直奔东市。他要快点把这个消息告诉给窈娘和昌儿，兄长从军后，妻子一直留在京师，照管河洛酒家的生意。

"爹！"看到韩毋辟进店，韩昌的眼睛一下子亮了，回头叫道："娘，阿爹回来了。"儿子已经是二十出头的青年，面目英俊，个子长得比自己还高。韩毋辟含笑望着儿子，十分欣慰。

窈娘从庖厨中出来，用手巾擦拭着双手，欢喜地望着丈夫。韩孺从军后，为了照管昆吾亭的祖业，丈夫时常住在乡下，一家人聚少离多，一年之中，只有在年节时分可以团聚。

"这次回来，可以多住些日子了吧？"

韩毋辟神色歉然，苦笑着摇了摇头。"李将军来信召我，过不了几日，要随大军去右北平。"

窈娘的脸色一下子黯淡下来，张了张口，又忍住了不说。

听说父亲要随军出征，韩昌的心思活动起来，跃跃欲试地说："爹，娘，我也要从军。"

见窈娘脸色难看，韩毋辟没有答应儿子，顾左右而言他。"不说这个。今儿可是个大喜的日子，一会儿赶过来的两位稀客，包你们想都想不到！"

韩昌叫道："是大伯父！"

韩毋辟笑着摇了摇头。"你大伯官事在身，哪里脱得开身。"

"那一定是郭大伯和黄叔。"郭解与黄轨，已多年未到京师来了。韩昌小时，常随他们到城郊玩耍，极为熟稔。

"好了，你猜不到的，见了面就知道了。快去准备些酒菜吃食，客人说到就到，爹一早还没有用过饭，也饿了。"

韩昌答应了一声，进了庖厨。夫妻相顾无言，窈娘低下头，若有所思。韩毋辟拉起她的手，在掌中摩挲着，"这么些年，害你跟着我受苦了！"

窈娘觉得脸有些发热，夫君这少有的温存化解了她心中的不快。"当年结亲时，大嫂说过，你一生漂泊不定，生死难卜。我若图长相厮守，也不会跟了你！"

"李将军父子于我有救命之恩，知恩图报，乃大丈夫所应为。此番出征，多则半载，少则数月，我会平安回来的，你们莫担心。"

韩毋辟用手抚了抚窈娘的头发，发现妻子两鬓已有了几丝白发；面容虽尚称姣好，可眼角又添了皱纹。纵使美貌倾城，也留不住岁月的脚步，妻子正在悄然老去。他一阵心酸，一把将窈娘拥进怀里，慨叹道："是我对不住你。"

"店里有客人，还有昌儿，让人看见，羞煞人的。"窈娘红着脸，轻轻推开他。"你去厨下吃些东西，既是有稀客来，我要去市场买些鱼肉来。"

窈娘提起菜篮，正欲出去，店门被推开了，一个矮壮的汉子大步跨进门来。汉子面色黧黑，虬髯苍苍，见到窈娘，大睁着眼睛叫道："哈，这不是嫂子么！"

随后又看到韩毋辟，汉子大张着双臂迎了上去。"仲明兄，你想死老弟了！"

"甘父！"

"仲明！"

两人百感交集，对视了片刻，泪眼蒙眬地抱在一处。

"是堂邑君？"窈娘惊喜交集，正欲上前问候，后面进来的男子，也开口叫她嫂子，对她行长揖之礼。细一端详，窈娘喜得将菜篮抛在地下，双手扶住那男子，叫道："这可真是想不到的稀客！仲明，快看看这是谁来了！"

"候生！"韩毋辟放开堂邑甘父，上前与堂邑候生把臂相视，慨然道："昔年一别，真不敢想我们兄弟还会有相见的一日！"

候生微笑道："我则不然，自离别时起，兄弟我无时不在盼着这一日。"

店中的食客纷纷掉过头来，好奇地望着他们。窈娘拾起菜篮，冲客人们笑道："我家的亲戚，失散多年，相见之下喜不自胜。搅扰了各位，我给各位赔不是了。"

"久别重逢是大喜事，有甚搅扰？吾等向主人家贺喜了！"客人们纷纷揖手致贺，反倒让韩毋辟等不好意思起来。

"爹，谁来了？是你说过的稀客么？"韩昌闻声从庖厨中出来，好奇地望着堂邑兄弟。

"这是韩公子了！"堂邑甘父做了个鬼脸，笑道："好家伙，我走时的那个小不点儿，现在成了堂堂男子汉。仲明，难怪我们都老啰。"

韩毋辟将儿子推到身前。"小儿韩昌。昌儿，见过堂邑叔叔。"

韩昌长揖为礼。眼前这个虬髯汉子，他根本记不起是谁。可另一个却似曾相识。他端详了一会儿，终于记了起来。

"你是铁匠堂邑叔叔，我小时候，娘常带我去你家玩呢。"

"今儿个可真是难得一遇的好日子，仲明陪你们说话，我先去张罗酒食，几十年一见，你们兄弟一定要好好聚聚。"将堂邑兄弟让进雅间，窈娘为他们烹上一壶热茶，自己则赶去市场购物了。

患难与共，生死相依，回顾既往那段经历，三人唏嘘不已。时而高声谈笑，时而又感慨泣下。韩昌伏在一旁，呆呆地听着。惊讶于父辈们曾有过如此惊险的人生，心驰神往，竟忘了为客人们斟茶。

韩毋辟在儿子头上拍了一下，喝道："发甚呆？你堂邑叔叔说得口干舌燥，还不快快斟茶！"

他接过儿子递过来的茶壶，为堂邑兄弟斟满茶水，叹息道："可惜郭翁伯与黄公路不在，不然，今日的聚首可称是圆满了！"

堂邑甘父摇了摇头，叹息道："如今，郭翁伯的日子也不好过了！"

"怎么？"

堂邑甘父呷了一大口茶。"我与候生来关中的途中，绕路去了趟河内轵县，本想会会故人，面谢他当年的搭救之恩，不想碰了个空门。"

"翁伯很少离开乡里，他会去哪里呢？"

"听翁伯邻里的少年讲，他是外出避风去了。"

韩毋辟不解，问道："避风？难道是仇家找上门来了不成！"

甘父道："仇家倒没有，说是朝廷要将关东豪强富户迁入茂陵。不知是甚人使坏，竟把翁伯列在了名单上。翁伯的家赀，你我都知道，绝够不上富人。可就是被人算计了，他出游，怕也是为了逃避迁居。"

"可若是上了名录，郡县亦难于袒护，避怕是避不开的。"韩毋辟蹙眉道，"不过，翁伯救过大将军的命，很得大将军礼敬。卫仲卿若肯出头缓颊，朝廷或许会免其迁徙。"

郭解竟然与卫青有交情，很令堂邑兄弟好奇。于是韩毋辟又将当年大长公主忌恨卫氏，差人绑架卫青，为郭解所救一事的始末，细细讲了一遍，众人叹息了一番，觉得有卫青这层关系，郭解的困境不难纾解，便都放下了心。

庖厨中烹饪的阵阵香气，勾起了他们的食欲。当窈娘将两道主菜端上时，主客三人都呆住了。一道是鲜鲤脍，将鲜鲤片成极薄的薄片，晶莹剔透，佐以葱姜酱醢，是贵戚豪门家聚饮时必备的名菜。另一道更是民间难得一见的炮豚，制作的方法是将乳猪开膛洗净，用盐、酒、蜂蜜、花椒诸物腌渍半日，然后将腹内塞入葱、姜、花椒，以莲叶包裹，外涂黄泥上火烤制，熟透后去掉黄泥，刷上一层油脂，晾凉后连皮片成肥瘦相间的大片，蘸以韭花与盐、醢捣成的酱，外脆里嫩，极为鲜美。

堂邑甘父道："这可真是拿我们当贵客待了！嫂子，这炮豚可是道费工夫的菜，你？"

窈娘笑笑。"这几日心神不定，总觉得会有喜事，鬼使神差就预备下了，偏巧你们就都来了，这也是天意吧。"

她取来一壶烫过的酒，依次为他们斟酒。几个男人再也忍不住，顾不上饮酒，各自取箸，大快朵颐，脸上是极为享受的神色。窈娘则坐在一旁，微笑着看着他们。

一番大嚼之后，韩母辟才想到祝酒。"甘父，候生，我们大难不死，今日再得相见，幸何如之！为这个，咱们尽饮此杯。"

三人一饮而尽。韩昌也想与长辈们同饮，可囿于长幼不同席的规矩，只能到庖厨内进食。韩母辟与堂邑兄弟你来我往，觥筹交错，笑语喧哗。窈娘来去烫酒上菜，还要招呼店里的食客，忙得不亦乐乎。这顿酒一直饮到日晡，散市的钲声响过后，主客依然兴致不减。

堂邑甘父将耳杯在食案上一顿，叫道："甘旨美味，故友重逢，不可无歌舞！某不才，愿歌一曲为诸君助兴。"言毕起身，以沉郁浑厚的男声，引吭而歌：

漫漫秋长夜，烈烈北风凉，辗转不能寐，披衣起彷徨。
彷徨忽已久，白露沾我裳，俯视清水波，仰看明月光。

候生亦起立拍手，与甘父同舞，两人合唱道：

天汉迴西流，三五正纵横，草虫鸣何悲，孤雁独南翔。
郁郁多悲思，绵绵思故乡，愿飞安得翼，欲济河无梁。

歌声中，十数年来的遭遇，人生之坎坷，命运之无常，化入浓浓的酒意，汇聚于心头。几个大男人眼中都有了泪光，齐声合唱道：

愿飞安得翼，欲济河无梁，相逢长叹息，断绝我中肠。

韩昌赶过来，拍掌助兴。看着男人们忘情宣泄，想起当年一路逃亡，夫君流落异乡，自己独自抚养昌儿的日子，而今韶华不再，一家人却仍难长相厮守，窈娘亦不由得伤感起来。她为自己斟了杯酒，大口喝了下去，一股热流在体内蔓延开来，她闭上眼睛，人仿佛在云间飘浮。这样的日子，甚时是头呀。

"说起来，嫂子最辛苦，我与候生敬嫂子一杯。"

窈娘睁开眼，堂邑甘父已到近前，斟满了两杯酒。她推说不胜酒力，甘父却奉酒齐眉道："人生聚散匆匆，今日一别，不知何时能再相聚。谢谢嫂夫人的酒菜。暂借杯酒，为夫人上寿，祝愿夫人阖家安好，长乐无极！"

"怎么，你们也要走？"

"朝命在身，吾等几日内就要随骠骑将军出征了。"

"那我倒是不能不饮这杯酒了！"窈娘举起杯，也是一饮而尽。

"堂邑君可有了家室？"

甘父道："当然有了，候生也娶妻生子，堂邑家的人丁又兴旺了呢。"

"好，好。堂邑伯母地下有知，也可以含笑九泉了。可你们这一走，堂邑家的妻儿又不知怎样牵挂呢！"窈娘的两腮泛起了潮红，双眸滢滢似有泪光。

"窈娘！你怎么了？"

"好了，不说了，不扫各位的兴了。难得一聚，我也为诸君歌一曲助兴。"

堂邑兄弟不明就里，韩昌则欢声赞好。韩毋辟想要说些什么，却又不知从何说起。

秋风萧瑟天气凉，草木摇落露为霜，群燕辞归雁南翔。

歌声凄婉，似乎含着凉凉的秋意。

念君客游思断肠，慊慊思归恋故乡，何为淹留寄他方。
贱妾茕茕守空房，忧来思君不敢忘，不觉泪下沾衣裳。

歌词由悲秋一转而为思妇怀人，情深意切，听得几个男人面面相觑，眼睛酸酸的。

援琴鸣弦发清商，短歌微吟不能长，明月皎皎照我床。

588

星汉西流夜未央，牵牛织女遥相望，尔独何辜限河梁！

歌声戛然而止，可余音久久萦绕不去。窈娘平静了下来，男人们默默无语，若有所思。只有韩昌不解母亲的心意，问道："娘，你唱得是甚曲？太悲了！"

七十八

汉军声东击西的战略获得了成功。李广与张骞在右北平成功牵制住了匈奴的主力，使霍去病得以顺利西进。霍去病统帅两万骑兵，从陇西出发，越过乌鏊山，横扫匈奴遬濮部后，渡狐奴水，转战六日，过焉支山千余里，与河西匈奴鏖战于皋兰山下，阵斩折兰王、卢侯王，擒获浑邪王子以下众多高官，斩首八千九百多级，获取了休屠王用以祭天用的金人像。伊稚斜单于之子乌维侥幸逃脱。刘彻大喜，将霍去病的封邑增至二千五百户。

可之后的作战，则不如预想的那么顺利。先是，河西遭袭证实了赵信的预见，伊稚斜开始实行赵信的战略，以小股突袭边郡，试图将汉军诱至远离边塞的地方进行决战。代郡、雁门一带连连遭袭，为了策应夏季的再次西征，东路开始按照预定战略出塞作战。李广率骑四千先行，张骞率万骑迂回策应。可因为张骞迷路，两军未能如期会合，致使李广被左贤王部四万骑兵包围，苦战数日，汉军死伤殆尽，幸亏张骞大军赶到，左贤王才撤围而去。李广几乎全军覆没，但杀敌过当①，功罪相抵，无赏。张骞则因失期②贻误军机，导致东路军事失利，律当斩首，赎罪为庶人。

可令刘彻更为忧心的是西路。为了出敌不意，霍去病选择了迂回进击。

---

① 过当，汉代军事用语，指杀伤敌人超过了自身的损失，得失相当的意思。

② 失期，也是汉代军事用语，指没有按期抵达战场，若由此造成作战的失利，便是贻误军机的死罪。

他与合骑侯公孙敖，从北地出发，兵分两路，约定于鞮汗山①会合后，由居延海南下，沿弱水②进击河西。

西路遇到了同样的问题，公孙敖部一万骑兵在戈壁中迷了路，赶到鞮汗山时整整迟到了三日，霍去病的大军早已不知去向。孤军深入的汉军随时有被匈奴人发现合围的可能，公孙敖心存胆怯，竟率所部退回到边塞一带等候消息。已经过去了半个月，霍去病的大军仍无消息。

公孙敖以失期，逗留不进的罪名被处死罪，赎为庶人。河西的这次作战，关系到"断匈奴之右臂"的战略能否成功，备受皇帝重视。得不到霍去病的消息，刘彻连日绕室彷徨，寝食不安，人也憔悴了许多。

霍去病作战，身先士卒，惯于携精锐突入敌后，大军往往会落后他许多。若被匈奴人截断联络，首尾不能相顾，会陷入极大的危险之中。一直以来，霍去病如有天幸，从没有遭遇到类似的困境。可侥幸之事能够再三再四地发生么？刘彻忧心如焚，他不敢想象，如果霍去病失利，会造成怎样的后果。他统率的可都是汉军的精华，若全军覆没，大汉必会大伤元气，攻守的态势将会被逆转，整个边塞将重新蒙受匈奴进犯的巨大压力。

巨大的压力使得他心神不安，暴躁易怒，身边的侍从们动辄得咎，成为他发泄怒气的对象。好容易熬过当值的两个时辰，司马迁屏气凝神，悄悄退出了清凉殿。时候还早，他向郎署走去，打算将近几日记录的廷议整理一下。

郎署距前殿咫尺之遥，设在一长排平房里面，为的是皇帝随时传召方便。司马迁路经中堂时，听到有人在里面说话，声音听上去很熟。

"谁？你是说李蔡做了丞相？"

李蔡是李广的从弟，文帝时即在宫中为郎，名声远在李广以下。可官运奇好，先是出任轻车将军，随大将军出征，在突击右贤王之役中，以功封为乐安侯。此后又被拔擢为御史大夫。

"公孙丞相三月病逝，李蔡身为御史大夫，接任丞相顺理成章。张汤接

---

① 鞮汗山，位于居延海以北，现今蒙古国境内。

② 弱水，流经甘肃河西走廊，即今之黑河。

任了御史大夫。"

"看不出我这个老弟，居然如此出息，广自愧不如呀！"

是李广。李广出征时，以郎中令兼任将军。仗打完了，卸任回朝，还任郎中令。司马迁一喜，推门进去，想要慰问这位出师不利的老将军。

"你为我看看，我的运势怎么总走背字！"李广向司马迁颔颔首，算是打过了招呼，继续与王朔交谈。王朔也是位郎官，兼司望气，善于断人事的吉凶。

李广一脸愤郁不平之气，问道："自朝廷与匈奴开战以来，老夫几乎无役不与。部下的校尉与军吏中，封侯者不下数十人，有人才能不过中人。而我身经百战，论战功绝不亚于他人，可却难得尺寸之封。这是甚道理？难道老夫面相不吉，无封侯之命么！"

王朔沉吟了片刻，反问道："将军想一想，这么多年来，心中可有悔恨之事？"

"悔恨之事？"李广思忖了一会，颔首道："吾为陇西太守时，羌人反叛，我诱降羌人，却将八百多归降者同日斩杀。至今想到这件事，我还是常常悔恨自己所为。"

王朔道："这就是了。祸莫大于杀害已降之人，将军所以不得封侯，恐怕就是报应在这件事上。"

李广攥紧五指，狠狠捶了下几案。"可我还是不服！即便不得封侯，有机会我也还是要与胡虏一决胜负，我就不信，晦气总跟着我！"

李广平昔在下属面前，恂恂无语，口讷于言。司马迁还是头一次见到他意气用事。他望着这个鬓发斑白、满面征尘的老人，既崇敬，又同情，想宽慰他，又不知从何说起。良久，方才说道：

"要说运气，谁也不能预料。人言骠骑将军逢战必胜，可此番下落不明，吉凶难卜，皇帝亦为此茶饭不思呢。"

李广注意地看了他一眼，蹙眉道："哦，还没有消息么？"随即向二人揖揖手，径自向前殿去了。

望着他的背影，司马迁看了眼王朔，问道："王君所言，李将军屡战不捷，真的是杀降所致么？"

王朔叹息道："也不尽然。人言君子之泽，五世而斩。陇西李氏世代为将，杀戮既多，戾气亦未免过重，不是件好事情。"

霍去病孤军疾进，此时已越过钧耆水①，到达了小月氏人的居住之地。所谓小月氏，是河西月氏败于匈奴西迁后，残留下来的部分，分布在南山（即今之祁连山）与弱水下游一带。虽然臣服于匈奴人，可仍怀有灭国的仇恨。经堂邑兄弟联络，当地的小月氏部落允准汉军暂驻休整，同时，霍去病派亲兵扮成月氏牧人，随堂邑兄弟四出侦伺匈奴人的动向。

哨探已经派出去数日仍没有消息，霍去病心中隐隐有些焦急，敌军的位置与状况不明，他很难决定下一步的打击方向。孤军悬于敌后，若不能乘敌不备，先发制人，他将陷入极其危险的境地。先发制人，后发制于人，这是作战的铁律。一旦匈奴人有了准备，甚至先发制人，汉军将陷入苦斗。他开始后悔没有多等公孙敖几日，眼下外无救兵，内乏粮秣，搞不好会全军覆没。

内心尽管焦急，脸上却仍是好整以暇的样子。他是全军的主心骨，稍露怯色，军心必定动摇。到目前为止，全军上下还对他这个孤胆将军充满信心，为了佯示镇定，他派士卒平出了一块草场作为鞠城②，用作蹴鞠比赛之用。蹴鞠乃古代一种军事游戏，在一大块平地四周培土为墙，其中一面设有看台，场地两端各设有六个球门，由专人把守。比赛规则简单，双方各六人，争抢皮球（以革为面，内塞麻草）并将球踢入对方球门，多者为胜。期门、羽林卫士常把蹴鞠作为日常训练课目，霍去病任期门卫士时，是个中好手。就是成为上将，他的蹴鞠爱好一如从前，每逢出征扎营时，他都要带着亲兵，来一场比赛。

他瞄着远远飞过来的皮球，摆了个身段，很利索地将皮球停于脚下，随即带球快步向对方球门冲去。他绕过迎面扑过来的壮汉，正欲起脚射门，不防那壮汉回转身来，死死抱住了他。他猛然下蹲，借势托住了汉子的双臂，

---

① 钧耆水，即今甘肃境内的石羊河。

② 鞠城，即球场。中国古代的一种军事体育游戏称作蹴鞠（即现代足球的张本），踢球的场地被称作鞠城。攻防双方手脚并用，既可脚踢，亦可以手搏、摔跤等方式争夺皮球或摆脱对手之纠缠（类似于今日之橄榄球）。最后以进球多寡计胜负。

向前一用力，双脚离地的壮汉大叫一声，从他肩上飞了出去。之后他飞起一脚，皮球箭一般从把门人头上飞入球门。四下观球的士卒们一片欢呼，霍去病抹了把额头的汗水，甩在草地上，洋洋得意地挥了挥手。

一缕白烟从远方升起，这是汉军斥候发出的信号，探哨回来了。霍去病心里一喜，招呼一个亲兵顶替自己，匆匆离开鞠城，向中军大帐走去。

果然是堂邑兄弟赶回来了，他们分为两路，与放牧的月氏人偕行，终于打探清楚了河西匈奴目前的状况。浑邪王与休屠王率领四五万精骑布防于陇西塞外，而河西匈奴的后方空虚，其驻牧大帐设于觻得 ①，即南山 ② 北麓弱水上游的牧场处。河西诸王与家眷都集中在那里，人数虽不少，可并非作战的精锐。

霍去病在大帐内来回踱步，低头沉思。看来，自己迂回的战略是对的，他们现在已绕行到敌军主力的背后。在浑邪王觉察之前，若能以迅雷不及掩耳之势，一举攻下觻得的大营，可以极大地震慑匈奴的军心。即使屯驻于东面的敌军回救，没有三天也绝对赶不到觻得，他可以以逸待劳，予敌军以重创，而后从容回师，自陇西回返关中。

对，就这样打！避实就虚，乃兵法精要所在。反复斟酌后，霍去病终于下了决心，他下令大军立即开拔，对沿途所遇到的匈奴牧人，一律不留活口，以防走漏消息。汉军日夜兼程，仅用了两日，便赶到了觻得。进攻于拂晓时发起，尚在睡梦中的匈奴人猝不及防，根本组织不起有效的抵抗，大多束手就擒。单于阏氏，匈奴单桓王、酋涂王、稽且王以及王母、王子五十九人，相国、将军、当户、都尉以下官员六十三人被擒，二千五百人投降。

之后，霍去病迅速布阵设伏，与闻讯回援的浑邪、休屠二王的骑兵进行了激战。在得知大营被端，亲眷被擒的消息后，匈奴人军心大乱，无心恋战，很快溃不成军。汉军乘势追杀，大获全胜。此役共擒获匈奴名王五人，斩首三万二百级，汉军损失只有三成。这是汉匈开战以来斩获最多的一战。当汉

---

① 觻得，即今甘肃张掖一带，汉占据河西走廊后，在此设张掖郡，郡治设在觻得县。
② 南山，即祁连山，汉代称为南山，匈奴称之为祁连山；北山，即天山。

军大捷，霍去病率军由陇西得胜班师的消息传到长安时，刘彻大喜过望，派使臣就军中拜封立功的校尉赵破奴为从骠侯，高不识为宜冠侯，仆多为辉渠侯。主将霍去病益封五千四百户，没有其他封号，可在刘彻心里，霍去病之勇武善战，已经超过了卫青，他正在思忖，以何种方式，使自己的这员爱将与大将军平起平坐。

河西惨败的消息，半个月后方传到单于廷，伊稚斜因重挫李广而来的喜悦与信心，转瞬间消失得无影无踪。

"浑邪与休屠在睡觉么！他娘的在自己的地盘上，让汉人干掉了三万人？"他在大帐内来回踱步，简直不能相信自己的耳朵。春季刚遭到过霍去病的袭击，这才几个月过去，竟又让人抄了后路，前后算起来，河西损失了近五万人，而且王族贵戚被汉人捉去了上百人，真正是匈奴从未有过的奇耻大辱！

"来人呀，传本大单于的命令，要左右屠耆王带所部人马到龙城会合，老子这回要直捣长安。这个霍去病有甚了不得？我就不信这个邪！"伊稚斜额头青筋暴起，怒眼圆睁，帐内的贵臣们面面相觑，大气也不敢出一声。几名侍卫应声后退，准备去传达伊稚斜的命令。

"且慢。"赵信向前一步，躬身揖手道："大王息怒，一定要冷静。这件事还是从长计议的好。"

"怎么？"

"现在正是牲口上膘的要紧季节，把男人们召集起来作战，不利于民生。况且我们集结大军南下会战，正中汉军的下怀，一旦失利，颓势难挽。我们匈奴的人口，不过当汉之一大郡，几年打下来，损失已近十万，这样的损失，我们承受不起。大单于千万要冷静，要权衡利弊，就如大单于所言，不与汉人争一时一地之短长，而是坚持诱敌深入，乘隙蹈瑕的战略，方可挽回颓势。李广名将，一旦深入我腹地，不也被重创了么？"

赵信说得对，可伊稚斜还是咽不下这口气，恨声道："可这回河西却让霍去病钻了空子，河西有十万精骑，却被一支孤军杀得丢盔卸甲，我强胡的威名，让他们丢尽了！"

"这也难怪他们，我军剽悍有余，军律松散，利则进，不利则退，虽不乏匹夫之勇，却形同乌合之众，故难当强敌。汉军则不然，行军作战秩序井然。大将失期贻误军机，逗留不进，临阵脱逃，按军律都会处死罪。败者必罚，胜者必奖，有大功者必封侯赏爵，故作战人人奋勇，即使身陷重围，仍可以做到临危不乱，秩序井然，无军令不退。臣在汉军中数年，觉得他们的做法，实在有值得我们效法的地方。"

伊稚斜阴沉着脸道："自次王说得不错，我军胜则争先，败则唯恐逃得不快，不能够再这么下去了！当年冒顿大单于曾立法，临敌'拔刃尺者死'①。此番河西之役，长汉人志气，灭我强胡威风，不能就这么算了。秋季蹛林②大会，浑邪王与休屠王若做不出个像样的交代，我必行祖宗的成法！"

之后，伊稚斜全面接受了赵信的献议，决定秋季之后，将单于廷撤到漠北，另留数支骑兵，以长途奔袭的方式与汉军周旋，打过就跑，诱汉军深入。放弃漠南，尤其是阴山祖地，多数人都不情愿，可慑于伊稚斜之威，却也没有人敢于公然出头反对。

大当户稠雕，乘着单于与众臣议论迁居漠北之事时，悄悄踅出了大帐。他与浑邪王交好，又是儿女亲家，蹛林大会在即，伊稚斜既存了杀心，他不能不尽快告知亲家。他四下观望了一阵，确信没有人注意，跳上马，双腿在马肚上用力一夹，马如离弦之箭，飞奔入草原，很快隐没在暮色之中。

①'拔刃尺者死'意为临战迟疑，不奋身扑敌者，死罪。

②蹛林，匈奴地名，匈奴人每年秋季在此集会，点验一年来的人畜数字、生计状况，以确定向王廷缴纳贡赋的数额，类似于汉朝每年秋季的上计。

七十九

位于戚里的淮南王京邸，因刘安谋逆被没入充公后，很快又大兴土木，数月之后，里里外外都已装修完毕，粉刷一新。这一日，府邸所在的街巷戒严，缇骑林立，门前则停着几辆华贵的辂车，一望而知，有宫里面的贵人莅临。

"霍将军，感觉怎么样？"里里外外巡视过后，刘彻望着霍去病，笑吟吟地问道。他自即位以来，除自家姻戚，还从未向朝廷大臣赐赠过宅邸。这座金碧辉煌的五进大宅，不单是对功臣的奖赏，更蕴含着自己对这位少年将军的爱重。

"臣家人丁单薄，陛下赏我这么大的宅子做甚？"霍去病的反应却很茫然。

"你年逾二十，是成家的年纪了，娶妻生子后，一大家子人，住处总要宽敞些好。"

霍去病摇摇头，双眉一扬，脱口而出道："娶妻生子？匈奴未灭，何以为家！"

猛然想到不妥，再拜顿首道："陛下的恩德，天高地厚，去病愧领了。去病不才，唯有多杀胡虏，以报陛下恩德于万一。"

刘彻最赏识的，就是霍去病这种豪迈不羁的气势。他扶起爱将，笑道："男子汉大丈夫，匈奴要灭，家也要立。李将军，是不是这样？"

陪侍在一旁的郎中令李广颔首称是，霍去病连战皆捷，功劳直追卫青，无论缘于勇气还是运气，总归是事实。想到自己逢战不胜，他心中落寞，不甘，却又无可奈何。

正说话间，谒者所忠匆匆赶来，说陇西来了紧急边报，请示圣裁。刘彻吩咐就在这里传见，使者是大行李息麾下的校尉。李息接应霍去病归来后，屯驻于陇西边塞，五日前，有匈奴军将叩关，声言是浑邪王的使者，指名要见霍去病。

霍去病诧异道："败军之将，见我做甚？"

"使者言浑邪王等有意归降，愿与将军面谈。"

浑邪王若降，河西当可兵不血刃，入于大汉掌控，而西域的通路便会就此打通。刘彻心中一喜，一时竟不敢相信会有如此好事。"去病，这件事你以为如何，其中不会有诈吧？"

"真也好，诈也罢，臣马上去一趟河西便知分晓。"

刘彻沉吟了片刻，颔首道："是得与之面谈。不过你要带兵去，作两手预备。"

"是，臣所部正在狄道①休整，加上李息的人马，足够对付浑邪。"霍去病领命，起身欲行。

"慢，急也不在这一刻，朕还有话吩咐。"刘彻在庭中踱了几步，决定尽最大的可能，招降浑邪王。"浑邪王若降，匈奴之左臂就断了！河西入我掌握，去西域的路也通了。这件事，能招降尽量招降，见了浑邪，你要代朕许个大愿，告诉他，凡归降者均有厚赏。王者封侯，跟从者赏爵，所辖诸部不拆散，仍归诸王统领，不迁入内地，在边郡就地安置。"

他拍了拍霍去病的手臂，满怀希望地注视着自己的爱将，"该怎么做，你相机行事，朕不为遥制。能说服他归降最好，若不成，你不可冒险犯难，一定要平安回来。"

霍去病日夜兼程，三日后便赶到了狄道，可事情已经起了变化。李息告诉他，河西匈奴对是否归降一事，意见分歧，大有兵戎相见之势。据最新的探报，昨日休屠王所部，忽然包围了浑邪王的大帐，眼下浑邪王生死不明，招降的事情，怕是很难进行下去了。

---

① 狄道，汉代陇西郡治所在，在今甘肃临洮附近。

"休屠王有多少人马？"

"不下八九千。"

"河西匈奴，数浑邪王的兵马最多，怎么会被休屠挟制？"

李息道："浑邪的大军，驻扎在百里之外，他自己带了数千人在河西岸等候将军，不想被休屠围了个措手不及。"

看来事不宜迟，不救出浑邪王，会功亏一篑，打通河西又不知要等到何时了！霍去病当机立断，决定立即率八百亲兵渡河，而由李息调集两万骑兵随后接应。

得知伊稚斜的图谋，浑邪大为恐慌，连夜召集河西诸王会议。都知道伊稚斜心狠手辣，既然安了杀人立威的心，就一定会做得出来。思前想后，多数人觉得只有归附汉朝一条路可走。浑邪即派人叩关传话，自己带了二千亲兵，在大河西岸等候霍去病。不料休屠王事后反悔，浑邪猝不及防，竟为休屠王所挟持。

霍去病率所部八百精骑渡河后，伪称议和，以迅雷不及掩耳之势，直入浑邪大帐，斩杀了休屠王。随后渡河的大军，将陷入溃乱的休屠王部八千人包围，斩刈净尽，极大地震慑了河西各部。此后，在汉军监督下，河西余下的数万匈奴人，在浑邪王统领下渡河进入陇西，霍去病要李息调派传乘，先期陪送浑邪与诸王赶赴长安，自己留在陇西，安置归降的胡人。

得知河西匈奴全数归附，浑邪王等即将来长安归降的消息，刘彻大喜过望，一面传诏内史马上筹备接待，一面传召三公与大农入宫，筹议犒赏有功将士事宜。

"此番招降河西匈奴的事，霍去病办得好！办得利落！"刘彻捋着胡须，满面红光，喜色盈人。"朕要大赏出征将士，也包括那些归附大汉的匈奴，此番召诸位入宫，为的就是这件事。"

众臣稽首称贺，余音未落，大殿门前却响起一阵嘈杂声，众人回头望过去，却见右内史汲黯推开拦阻他的宦者，气冲冲地走了进来。

"汲师傅，有事情么？"汲黯顿首行礼后，刘彻有些意外地问。

"敢问陛下，诏令借赁京师百姓车马两万乘，所为何来？"

"河西匈奴扫数归降，这件事汲师傅竟不知道么？"刘彻有些不快，反问道。

"臣听说了,可还是不知道朝廷征调这么多车马何用!"

这是明知故问了,刘彻蹙眉道:"浑邪率所部数万人来降,这是有汉以来没有过的盛事,朝廷自要示之以恩德,调集车马,是接他们来长安,见识一下我大汉的昌盛繁荣。"

"几万人都接过来?"

刘彻盯着汲黯,以不容置疑的口吻说道:"都接过来!朕欲恩德普施,柔远能迩,借以感召更多的胡虏。"

"陛下用意虽美,可惜官库无钱,百姓把车马都藏匿了起来。长安令很为难,征调两万辆车马的差事,他办不了。"

"办不了?"刘彻沉下脸,恨声道:"办不了是他庸懦无能,该斩!"

众臣见皇帝动了怒,面面相觑,都为汲黯捏了一把汗。

汲黯的脸色却转为平和,顿首再拜道:"长安令无罪。臣是他的上司,要斩,可斩汲黯。斩了臣,陛下看看百姓可肯献出马匹!陛下为了数万降虏,竟要杀光京师几十万百姓么!"

"你,你!"刘彻怒视着汲黯,一时语塞,竟不知说什么好。

"浑邪背主降汉,本不是甚光彩之事,来京师陛见,骠骑将军已传令沿途各县供给车马传乘,为何还要征调民间车马,扰动京师三辅的百姓不安呢?难道非要疲弊中国方能讨夷狄的欢心么?望陛下三思!"

御史大夫张汤站起身,抗声道:"汲内史,你废格明诏①,还敢顶撞天子,你知罪么!"

汲黯的脸色也变了,"为大臣者,职责何在?夙兴夜寐,进贤不懈,日进善道。勉主于礼义,谕主以长策,将顺其美,匡救其恶。你张汤算个甚东西?智足以拒谏,诈足以饰非,从不肯为天下的百姓说话,专门阿顺主上之意,逢君之恶。主上所不欲者,因而毁之;主上所欲,因而誉之。貌似忠厚,内怀奸诈,舞文弄法,令天下人重足而立,侧目而视,难怪天下人都说刀笔

---

① 废格明诏,意指拒不执行皇帝诏命,罪在大不敬,律当弃世。

吏不可以为公卿，果然！你想陷我于罪，我偏不怕你！"

"够了，都给朕住嘴！"刘彻额头青筋暴起，挥起拳头，狠狠擂在御案上。众臣低首敛眉，匍匐不动，殿中静得可以听到呼吸声。

良久，刘彻按捺住了怒气，望着汲黯道："你只知道征调扰民，可招抚河西匈奴，断匈奴之左臂，打通西域而削弱伊稚斜的大账你算过么？朝廷若以大军征战河西，比起征调车马的耗费来，难道不是大得多么？师傅作为内史，凡事为三辅百姓着想，朕不怪你。而朕身为天子，做事要为天下人、为中国着想，值此胡汉相持的关键时刻，一切当从大局着眼，百姓暂时的付出，为的是日后的长治久安，这没甚不妥，况且，官府并非白取，日后有钱，自当给付。"

汲黯仍很倔强，埋头不语。刘彻叹了口气道："这件事，事关大局，不单是为了朝廷的脸面，非办不可。你退下后传朕的口谕，命长安令速办，逾期就以废格沮事之罪，杀无赦。"

望着汲黯的背影，张汤揖手道："汲黯当面顶撞陛下，是大不敬，应予薄惩，以肃朝纲。"

刘彻摇摇头，叹息道："汲师傅乃骨鲠之臣，朝廷之上，不能没有他这样敢于直谏的大臣。所谓良药苦口利于病，古人所说的社稷之臣，应该就是汲黯这样的吧。"

随后，话题转到厚赏将士与归降的匈奴上，丞相李蔡、御史大夫张汤、大将军卫青全力附和，唯独大农郑当时沉默不语。

李蔡道："官库由大农当家，这笔开支怎么办，还得请子庄擘划。"

郑当时瞥了一眼李蔡。国库的支绌，作为丞相的李蔡知道得一清二楚，事到临头，却置身事外，一推了之，可恨。可皇帝既要放赏，自己无论如何是躲不过这一关的，巧妇难为无米之炊，万般无奈之下，也只能向皇帝和盘托出了。

"敢问陛下，此番参加河西之役的将士与匈奴降人，可是都予赏赐么？"

"都赏，一个不漏。"

"陛下所言厚赏，是多少，还望给个数目。"

"怎么一个人也不能少于万钱吧，有殊功者另算。"

"匈奴人呢？"

"也比照我军将士放赏，既赏，就不能小气，失了我大汉的气派。"

"如此，则汉军参战者两万，死伤三成，抚恤另算，实有一万四千人。河西降虏据说有十万余众……"

卫青道："那是浑邪虚张声势，去病来信说，实际只有四万余众。"

"就按四万五千人计，则受赏人数也有五万九千人，每人万钱，总计在五万万九千万钱，只少不多。以目前大农官库的存钱，臣实无力负担。"

"怎么？难道官库已支绌到如此地步了么！"每年的上计，大农都会呈递上当年朝廷及各郡国的收支明细，印象中官库已连续多年入不敷出，刘彻虽知道连年征战，耗费巨大，可绝不曾也不愿想到，官库之钱也有近乎枯竭的那一天。在他脑海中，官库还是父皇带他看过的那个样子，钱币山积，满得仿佛要溢出来的样子。

"臣不才，敢为陛下言之。自元光初年对匈奴开战，开拓西南夷，连年河工用度，沧海、朔方筑城，关东各郡救荒及犒赏将士，数十年的积蓄，已用之殆尽。官库虽还有些钱，可水旱救荒，河工水利，在在都要用钱。若全用于赏赐，一旦有事，临时万难筹措。何去何从，还请陛下决断。"

刘彻的脸红了，郑当时的话，印证了汲黯所言。继位以来，他极少过问国库的收支，总以为官库中有取之不竭的钱财。看来，今后要开源节流了。而天子言出法随，他既作了决定，就一定要实行，决不能在臣下面前表现出畏缩。

"为山九仞，功亏一篑。大汉与匈奴相持十几年，眼下我们占了上风，胜负关头，决不可松懈退缩，就有天大的难事，也要挺过去。还是朕方才与汲黯所言，一切以大局为重，暂时的付出，为的是日后的长治久安。故对降胡不是赏不赏，而是一定要赏，而且要厚赏。非如此不能坚定其归附之心。浑邪归附后，不仅能为我所用，而且会给匈奴诸部以极大震撼，转而对我心存畏惧，仅此一端，就不是巨万金钱所能买到的。算大账，这笔钱用得值。"

他扫视着群臣，侃侃而谈。"至于官库不敷足用，可以想别的办法。朕可以减膳，可以调用御苑之马，眼下颁赏之钱，可以先从少府取用。总之，财用之道，不外乎开源节流，你们都要想想法子，举荐一些善于理财生财的人出来办事，为朝廷分忧。"

张汤再拜顿首道："臣以为，可以将前秦军功爵之制，向百姓开放，既可以救急，又不失为开源的办法。"

"向百姓开放，怎么开放？"刘彻问道，随即恍然，"你是说，卖官鬻爵？"

"是。前秦设军功爵二十级，只有立功将士可以获得。本朝也有以军功爵位抵罪的先例。臣以为，军功爵于人的吸引在于，既可以优先补用为吏，又可以用来抵罪。若不加限制，由朝廷确定一个基数，每加一级，多收钱若干。如此，富足人家定会趋之若鹜，所入可供朝廷弥补财用之不足，朝廷不用加派赋税，小民也可以乐业安生。以此开源，富者自愿，贫者无忧，是个两全其美的法子。"

刘彻捋髯沉思了片刻，心里还是没数。"这个办法顶用？能搞到多少钱？"

"臣原在廷尉，每年犯律下狱者何止千万！其中富贵人家子弟居多。即便这些人无意做官，可买些爵位预备着抵罪，他们也会愿意的。譬如每一级爵位作价万钱，增一级可再加若干万，一万人买爵，朝廷可收入巨万，况且有心并有力买爵者，以臣估之，还远远不止此数。"

"哦，这么多！好，富者既肯出钱，朕看基数还可以加高。丞相，大将军，此事你们要会同张汤与有司，尽快草拟出实行的办法来。"刘彻脸上有了笑容，这笔钱颁赏有余，他恨不能即时下诏推行到全国。

卫青揖手再拜道："可拼死才能够获得的军功，无尺寸之功的富人凭钱就可以买到，岂不令前方将士寒心！臣以为张大夫的法子不妥。"

"不妥？不妥你倒是拿出个法子看看。董仲舒当年曾对朕言，三皇不同道，五帝不同教，为政者必得审时度势，因地制宜。富人出钱买爵，弥补了朝廷财用的不足，依朕看也可算是一种贡献。况且朝廷历来许可赎死。有力者出力，有钱者出钱，何不妥之有！"

"臣愚陋无知。"卫青红了脸，揖手请罪，可心里并不服气。

"臣老朽愚昧，理财不善，愿避贤路。"郑当时对张汤的献议，也很不以为然。这个口子一开，朝廷敛财，将无所不为，固有的纪纲难于维持，自己不如趁此抽身，不与张汤之流蹚这股浑水。

"怎么，郑师傅，遇到难处，就想要弃朕而去吗？"刘彻直视着郑当时，冷冷地问道。

郑当时凛然，周身仿佛为一股寒气所笼罩，不由得咳嗽起来。"臣，臣实在是老病缠身，也实在是理财乏术，陛……陛下明鉴。"

"大农拿不出颁赏的钱，张汤已想出了法子，你还难为个甚？"看着早年的师傅杌陧不安的样子，刘彻心生恻隐，口气也缓和下来。

"陛下，军功爵岂是可以一下子卖掉的，这笔钱筹起来要多少年？再者，"郑当时侧过身，看了看李蔡与张汤，"朝廷因山东连年水患，小民流离失所，生计无着，前不久才议定向边郡与新秦中移民实边七十余万，这些人初来乍到，安置与口粮种子，在在都要官库出钱，且朝廷免其赋役三年以休养生息，三年之中，仍须持续出赀维持。这笔财用耗费巨大，各县官库早已难乎为继，郡县告帮之简牍急如星火。老朽绕室彷徨，实已焦头烂额，这些你们都是知道的啊。"

刘彻不语，扫视着群臣，面色又难看了下来。

"臣请荐用三人，助大农理财。"张汤揖手上前，朗声道。

"什么人？"

"山东齐地的东郭咸阳，南阳孔仅，和现在禁中的郎官桑弘羊。"

刘彻颔首，满意地看着张汤，大臣们若都能像他一样为朝廷分忧解难，国事岂不大有可为。

八十

君臣对坐，郑当时低首敛容，不发一言。看着老师稀疏的白发与满脸的皱纹，刘彻不觉感叹岁月如流，人生短暂。

"郑师傅，莫拘束，我们师生一场，你就如当年授课一般，为朕细细梳理一下，朝廷的财政何以困窘如此，又该当如何纾解。"

"老臣无能，官库缺的是钱，而历年积粟尚多，臣曾令属下以之出粜换钱，无奈有钱者不缺粟，而缺粟者无钱。方才张大夫提议卖爵，若能行当年晁错贵粟之义，以入粟换爵赎罪，官库之积粟当可大销，卖得的钱财，亦可缓朝廷一时的急用。"

刘彻略思，摇摇头道："出售军功爵既可直接得钱，用就是了，何苦还要费事倒腾官库的粮食。晁错的法子用于百姓可，用于官库不可，一进一出之间，损耗太大，不可行。"

"那么朝廷要想财用宽裕，只有一条路好走了。"

刘彻双目灼灼，满是期盼地问道："哪一条路？师傅请讲。"

"民谚有'用贫求富，农不如工，工不如商，刺绣纹不如倚市门'之说。朝廷若做大事而无匮于财用，自然要在商字上用力。"

想来是他与张汤于朝堂上提议收山泽之利那件事，刘彻颔首示意他说下去。

"先朝弛山海之禁，藏富于民，而今朝廷财用不足，可重施此禁，实行盐铁专卖。然与民争利，有失祖宗的德意，且臣愚陋，做不来这件事情。"

刘彻沉吟不语。见到皇帝未置可否，郑当时顿首再拜，鼓勇道："在潜邸时，老臣与汲黯均以黄老学授读东宫，所授皆清静无为，与民休息之道，这陛下是知道的。现今陛下是大有为之君，而臣等愧未与时俱进，措置无能，还望陛下允准老臣致仕，以避贤路，让内行的人办此事业。"

"郑师傅看来真是想卸肩了，你说的内行人是谁？"刘彻面色沉了下来，口气颇为不耐。

"当然是做过盐铁贩鬻的行家里手。如老臣者，为官的多不谙个中门道，搞不好赚不到钱，反而赔进去公帑……会误了朝廷的大事。"郑当时原想坦白尝试盐铁买卖被骗之事，可见皇帝面色难看，遂噤口不言。

刘彻沉吟良久，面色渐渐平和下来。郑当时若能找到替手，他不做这个大农也罢，但在朝廷财用艰窘时刻求退，是种失职，也不能轻轻松松地放他走。

"行家里手？就是张汤在朝堂上举荐的那三个人吗？他们有何本事，你说给朕听听。"

"山东的东郭咸阳以贩盐，南阳孔仅以冶铁而成巨富，富埒王侯，这两姓都是几世经营，个中门道没有人能比他们更精通，臣以为可擢二人以大农丞，且允其自行招募下属，分别主持推行盐、铁之专卖，不数年，朝廷之财政当可大为改观。"

"既然富埒王侯，他们会愿意到朝廷做官？"

"臣在大农，时时会与此等人物打交道，他们巴不得做官，本朝政令自高祖起，即以重农贱商为旨，商人再有钱，在官场上也还是位列下贱，抬不起头来。而身为朝廷命官，在地方上可以一呼百应，做到名利双收。"

"用商人做官，百官百姓们会怎么看？"做官可以抬高身份，可弄一帮子商人做官，会不会有辱朝廷的声光？刘彻面有难色。

"陛下曾下诏求人才，说办非常之事须非常之人。今办盐铁，在官者皆外行，如臣之失，故非行家里手难以成事。陛下要的是能成事之人，又何必拘泥于身份呢？"

刘彻面色发红，捋髯道："你说得对。可大农一职，关系朝廷财用，非商贾可任，你求退，可有靠得住的替手吗？"

见皇帝松了口，郑当时也松了口气，揖手道："朝廷财用浩繁，自需熟手，臣以为颜异可任此职。"

"颜异，"刘彻想了想，颔首道，"你是说现任的大农丞？"

"正是。颜异任职大农十余年，从百石小吏一步步做上来，多年来主持上计，对朝廷的收支、财用了若指掌，且为人廉直不阿。由他主持大农，陛下当可放心。"

颜异多年主持上计，刘彻知道这是个可以放得下心的人，但郑当时在这个当口弃职求去，还是令他心里不快。

"郑师傅求去，是觉得朕行事铺张，不好伺候，是吗？"刘彻斜睨着他，似有笑意，但郑当时仍感觉到了一股寒意。他摇摇头，苦笑着，一脸愧赧之色。

"臣自潜邸时即侍奉陛下，二十年来，除任职郡国那七八年，一直在陛下身旁侍候，知我者，陛下也。臣年逾七十，实在是老了，且臣所学者黄老，主持财政实在是力有不逮，如此尸位素餐下去，真是怕会耽误了陛下的大事，还望陛下明鉴。"

"哈哈，郑师傅言不由衷。你民间朋友多，道听途说的消息也多，说说看，百姓如何看朕？是如汲黯所言，朕内多欲而外施仁义，做不成尧舜之君吗？"

汲黯为人耿直，好面折廷争，直言极谏。皇帝初即位时，大招文学儒者，欲兴三代盛事，一日，皇帝与诸儒议论应兴应革事宜时，汲黯抗声道："陛下内多欲而外施仁义，奈何欲效唐虞之治乎！"[1]郑当时清楚记得，皇帝大窘，当时就变了脸色，像被兜头泼了盆冷水般，瑟瑟发抖，强忍着才没有发作，之后拂袖而去，朝会不欢而散。满朝的大臣都为汲黯捏了一把汗，尤其是作为好友的他。事后他曾劝过汲黯，汲黯却不以为然，认为皇帝任用大臣，为的就是辅弼匡正自己的言行决策，一味顺从甚或阿谀，会陷君上于不义，况且大臣在其位，就得谋其政，否则就是不忠不义。

"陛下……雄才大略，当然，当然是大有为之君。"郑当时虽然钦佩汲黯的风骨，可话到嘴头，期期艾艾地，仍是言不由衷。

---

[1] 此句意为：陛下欲念多多，又怎么可能仿效尧舜而成圣贤仁义之君呢？意即皇帝根本不是做圣君的材料。

刘彻摇摇头道："人言卿总爱把话藏在肚子里，看来不假。汲师傅虽憨直，话都是讲在当面，而卿只知趋承朕意，同样做师傅，你难道就不能像汲黯那样，对朕讲一次真话吗？"

"陛下驱逐匈奴，治河赈灾，迁徙移民到边郡，屯垦戍边，用钱再多，也是安定国家的正事，无可厚非。"郑当时偷觑了一眼皇帝，刘彻颔首，示意他说下去。

"可事有轻重缓急，官库的钱当集中使用，不急之务可缓则缓。"

"你所言的不急之务指甚？"

"老臣当年教授的《尚书·五子之歌》中，大禹对子孙的训诫，陛下可还记得？"

"内作色荒，外作禽荒，甘酒嗜音，峻宇雕墙，有一于此，未或不亡。"师傅们当年传授《尚书》时，着重强调过的文字凸现于脑海之中，这几条他大都犯了。刘彻的脸倏然红了。

"当然。师傅不妨明说，朕犯了哪一条？"

"眼下与匈奴相持的要紧关头，宫室的营建似可稍缓。"

刘彻轻舒了口气，郑当时提出暂缓宫室的营建，而轻轻放过了朝廷这一向征选女色，广求鬼神之事，今日朝会之后，他就要接见前来献方的方士，郑庄显然是避重就轻，免去了他的尴尬。

"宫室的营建用的是少府的钱，与朝廷财用无干。郑师傅既然倦勤，朕也不勉强你。可知会所荐之人到御史台张汤那里报到，朕要听听他们的说法。至于你，朕尚有一事交给你去办，不可推辞。"

郑当时也松了口气，揖手再拜道："老臣谢陛下恩典。不知是什么事情，请陛下示下。"

"关东封堵河堤决口迟迟没有竣工，派你去督办，务必加快河工的进度，此为解民倒悬之大事，朕分身无术，烦师傅代劳了。"

河工是桩苦差事，以七十老翁办苦差，可见皇帝不满自己辞官，有意为难，可事已至此，只能硬着头皮顶下来。郑当时提出请假五日，预备行装。

刘彻笑道："我闻江湖有言，郑庄出行，千里不赍粮，盛名如是，还用得着预备行装吗？"

郑当时唯唯，他知道皇帝很不喜欢江湖人物，认为这些人以武干禁，不尊朝廷法度，更厌恶朝廷大臣与之结交，当年断然处置窦婴、灌夫，即与此有很大关系。

刘彻捋了捋胡须，好整以暇地望着郑当时，问道："师傅近来还与江湖上的人物走动么？朕要跟你打听一个人。"

"臣自任大农，职任繁剧，已很少与这些人来往了。不知陛下想打听的是谁？"

"朱安世，这个人你认识吧。"

郑当时心里一紧，当年他曾听韩嫣讲过，他与刘彻私逛东市遇险，被朱安世搭救，但也被他劫去了一把宝剑。

"臣知道此人，是国初鲁人朱家的后人。孝惠皇帝时举家内迁，后来定居在阳陵。他笼络一伙恶少年，呼卢喝雉，纵横长安街市，后来先帝用宁成治理三辅，据说他逃到关东去了。臣多年前曾在同僚的酒宴上见过他两次，但并无交集，与他不熟，此后他出走关东，老臣再未见到过他了。"

刘彻斜睨着郑当时，满脸的狐疑："是吗？此人这些年没少出入长安，还勾结刘安之女，参与淮南国的谋叛。长安大户人家的车驾，大都换了西域的马匹，多是拜他所赐，师傅的车驾难道不曾换马吗？"

"老臣惭愧，现在用来代步的还是牛车。"

"哦，是这样。"刘彻有些吃惊，也有些不忍。郑当时掌管朝廷财用多年，却仍以牛车代步，可见其廉洁，不必再难为他了。于是吩咐道：

"爱卿去关东督工，要代朕查访姓朱的下落，尽快捉其归案，以消反侧。"

郑当时唯唯称诺，退出暖阁。刘彻偏过头，向在一旁侍候的内侍们问道："少府找来的人到了吗？传他们进来。"

来人身高六尺，眉目清秀，但目光似乎闪烁不定。陪同他进来的吕宽舒奏称，此人名少翁，也是齐地人氏，与之前仙逝的李少君，乃同门师弟。

"你既与李少君同门，想必也是高寿了？"刘彻好奇地上下打量着他。李少君鹤发童颜，一把雪白的美髯，而此人面相看上去不过四十左右，若是他的同门师弟，年纪也应该不小了。

"臣年寿刚过二百，入门学艺时，少君早已肄业，不过师傅安期生传授给我们的方术是一样的，故称同门。"

"你也能祠竈以通鬼神么？"刘彻精神一振。王夫人死后，他思念不置，
而夫人魂魄却从未入梦。李少君曾以祠竈招致神君现形，不知此人可有如此
本事。

"小臣最擅长的便是祠竈，不知陛下想见哪路鬼神？"

"朕有一爱姬，前不久亡故，朕欲再见之，你可能招其现形？"

李少翁屏息静思，好一阵子方揖手称是道："可以。但宫中阳气太重，
逼仄过甚。若能于空旷处设一帐幕，小臣当可以仙方招致之。不过神鬼之属
只可远观，而不可近渎，陛下若能应允，小臣当致夫人魂魄现形。"

刘彻大喜道："你若能致夫人来会，朕必不吝厚赏。如何设置，你尽管
吩咐吕宽舒，让少府去办。"

当晚，刘彻带上次子刘闳，一行人出宫直奔少林苑中的碾氏馆，当年李
少君就是在这里召神君现形的。碾氏馆外一处空地上，早已搭建起一座大帐，
重重帷幕中烛火通明，在夜色中显得格外通透，帐外设一长长的食案，摆放
有祭神的酒食。皇帝的御座设在百步之外，与帐幕隔着一座小小的神坛，李
少翁将于此作法召神。

一身黑衣的李少翁，举手示意，侍从们熄灭手中的火把，四面都笼罩在
淡淡的月色中，众人皆屏息静观，万籁俱寂，只有远处不时传来的虫鸣声，
帐幕在月色衬托下呈现为月白色，像是罩着一层荧光，透射出一种神秘的吸
引力。

猛然间，神坛上的李少翁，手摇鼗鼓①，边击边舞，鼓声疾徐不一，但节
奏感强烈，在暗夜中尤有一种摄人心魄的力量。伴随着愈来愈快的鼓点，李
少翁旋转的舞步也愈来愈快，神坛上只见一团疯狂扭动、似癫似狂的黑影。
时约一刻，疲累已极的方士大张双臂，嘴中念念有词，仿佛神灵附体般渐渐
瘫倒在坛上，与此同时，远观的人们看到，月白色的帐幕中，影影绰绰地出
现了两个女人飘移着的身影……

---

① 鼗鼓，拨浪鼓之古称。《周礼·小师》郑注："鼗如鼓而小，持其柄摇之，旁耳还自击。"

刘彻欲起身，一旁侍候的吕宽舒等急忙示意不可，又过了一会儿，大帐的幕帘掀开，一个中年女性的面庞露了出来，在月光下熠熠生辉。

"这是神君，以前李少君招来的就是她。"吕宽舒轻声说。

那神君向帐外望了一眼，举手将帷帘拉开得更大，身后的女人也现形了。女人亦三十上下，蛾眉微蹙，面含悲戚，喃喃自语着什么，远远地望向这边的人群，月光下的那张面容分外清晰，分明就是故去不久的王夫人。"娘！父皇看，那是我娘！"坐在身旁的刘闳叫起来。刘彻再也按捺不住，站起身来，拉着刘闳向着帐幕快步走去。

忽然间，一片浮云遮住了月光，四下一下子暗下来，而帐幕的帷帘亦瞬间落下，待刘彻父子赶到，大帐中空空如也，哪里见得到女人们的踪影。

"陛下阳刚之气太足，鬼神均会避之不及，小臣提醒过陛下，只可远观啊。"面色惨白的李少翁不知何时来到身边，刘彻有些懊悔，转身看着他道："夫人说些什么？"

"夫人感谢陛下驾临看顾她，还说陛下不要忘记对臣妾与闳儿的许诺。"

这李少翁如何得知这临别前的私语，定是王夫人的魂魄来会没错了。刘彻亦喜亦悲，喜的是能重睹爱姬的真容，悲的是天人永隔，相望而不得相即。

"以后还能招夫人来会吗？"

"可以。陛下若想与夫人经常会面，应选一离宫，被服饰配皆应像神，四壁及车饰皆应绘以诸神云气，无此环境，欲鬼神常至，难矣哉。"

刘彻大喜道："若能与夫人常常会面，朕必不吝厚赐，待卿以上宾之礼。"

当晚，车驾留宿在附近的鼎湖宫。翌日，刘彻即于宫内赐少翁以文成将军的封号，又下令整修甘泉宫，起建柏梁台，作为接神之所。尽管耗费巨大，但如张汤所言，作为广土众民的大国，总能找得到开源的办法。念及与师傅的对话，虽然不免愧赧于心，好在斯人已去，已无须面对。普天之下，莫非王土；率土之滨，莫非王臣。作为天子，花费些钱财以求自身之满足，不是理所当然的吗？！

八十一

　　寙浑县周边的新移民村落，多是用黄泥土坯搭建的房屋，屋顶无脊，而是略微前倾的平顶，住户们用以晾晒自家的食粮、杂物。钟三家数年前从关东移民至此，住的也是这种土坯平顶房。

　　朱安世登上屋顶，向县城方向望过去，土路上空空荡荡，渺无人踪。在这里遁迹隐身，不知不觉已近一年，偶尔出塞狩猎之外，平日都是深居简出，尽量避免与人往来，日子过得百无聊赖。自打听说汉军拿下了河西走廊，打通了去往西域的通路，朱安世原本平静的心又开始蠢蠢欲动了。从前走私西域的良马，要穿越匈奴、塞上，兜个大圈子，如今河西路通，贩鬻的成本必会大降，而长安富贵官宦人家对西域马的需求有增无减，如此利市十倍的前景，由不得他不动心，尽管他是通缉亡命的身份，可这个风险值得一冒。为此，他派钟三去往长安联络故旧、朋友，打探消息，希望能再建网络，重操旧业。

　　钟三一去数月，按理早该回来了，边塞僻处一隅，消息十分闭塞，长安目前到底是个什么状况，江湖上的朋友们近况如何，与自己交好的官员贵戚们还有几人在位……所有这些都是他所急于知道的。钟三迟迟不归，使一向沉稳的他亦不免有了几分焦躁，近十几天来，他日日登屋眺望，竟似成了每日必行的功课。

　　他看了看日头，天已偏晌，正待下屋，却见县城方向的官道上扬起一道黄尘，细细看过去，原来是几骑人马，正朝这里驰来。他心生警惕，扶住木梯，一跃而下，推开一间屋门，叫道："阿陵、阿苗，抄家伙。"

刘陵正坐在炕上，与钟三媳妇说话，见状跃起，边从行囊中拔剑，边问道："什么人？是捉我们来的吗？"

"不清楚，但是冲这里来的。" 看着慌乱的女人们，他反而冷静下来，放缓口气道："莫慌，他们人不多，到这里还得会儿。我们准备在先，出其不意，足可收拾的。"他令刘陵与阿苗，分藏于两扇门后，又吩咐钟三媳妇届时开门，自己则掩身于院中的柴垛后面。

约莫半刻工夫，数骑人马已到门前，门被擂得咚咚作响。钟三媳妇拔开门栓，先进来的是个年逾四旬的汉子，留着一口美髯；跟在后面的人年岁相当，面目清朗；最后是钟三，牵马而入。看清楚是自己人，朱安世闪身出来，揖手笑道：

"真真是稀客！樊兄，久违了。"

美髯汉子停住脚步，略作端详后，大步上前，与朱安世把臂相视，随即大笑起来。

"我道是哪个，原来是你！你这个兄弟的嘴可真严。"他指了指钟三，竖起大拇指，又指了指另一个人道："槐里赵王孙，也是道上的朋友。"

原来，美髯汉子姓樊名无疾，字仲子，也是长安有名的侠者，与朱安世乃相识多年的朋友；而赵王孙原是故相田蚡的门客，田死后重回槐里，从事贩鬻，为人仗义，近些年在江湖上声名鹊起。自河西道路打通，二人均有意经营西域的马匹，但苦于不得门径。有次在河洛酒家小酌，邂逅钟三，听说他老板是精于此道的大駔，遂结伴随钟三而来，不想得遇故人。

将客人让入堂屋，朱安世招呼刘陵等出来见客，称是自己的堂妹。钟三夫妇自去置办酒食，阿苗奉上茶点，互致寒暄后，女人们退下，男人们则倚在土炕上闲话。朱安世问道："吾等避居塞下有年，甚是闭塞，二位自京师来，消息灵通，不知长安这一向如何？"

樊无疾摇摇头，叹息道："朝廷连年对外用兵，民穷财困，酷吏当道，文景当年的好光景，怕是再难见到了。"

"淮南连带衡山的大狱结了吗？"

"大狱是结了，减宣这家伙忒狠，前前后后杀了几万人。不过还是有漏网之鱼……"樊无疾捋捋髯，笑眯眯地觑着朱安世道："兄台就是其中一条大鱼。"

朱安世淡淡一笑，"找不到我，朝廷其奈我何？一年多了，风头也该过去了吧。"

樊无疾摆摆手道："哪里！一波未平，一波又起。朝廷把一班酷吏全都调来了长安，义纵、王温舒、减宣、尹齐、杜周，大有横扫江湖，灭此朝食之意。吾等来边塞，一为生意，再就是避避风头。"

"噢，这么厉害吗？"朱安世不觉皱起眉头，盯住樊无疾。"我人不在长安，朝廷如此，不是无的放矢，白费气力吗？"

"哪里是捉你呦，此番抓的是郭解郭翁伯啊。"

"甚？郭翁伯！"朱安世吃了一惊，脸色也变了。

"对，就是翁伯，前后追捕了一年多，现下被捉到大牢里了。"

郭解并未参与淮南一案，朝廷何以戮力抓捕？郭解虽然不是自己一路的人，可其人品，朱安世甚为敬重，内心总有种惺惺相惜的感觉。郭解被抓，他既吃惊，又痛惜。

"翁伯兄为人厚重，早已不干年轻时那些勾当，朝廷抓他，所为何来？"

"详情我也不甚详细。"樊无疾看了看赵王孙，道："王孙曾参与其中，悉知底里，还是你来说说吧。"

赵王孙盘坐于炕上，因系初识，一直在旁边静听，二人谈及郭解时，他几次欲言又止，至此方侃侃而谈，详叙了事情的始末。

元朔二年，主父偃向皇帝献议"推恩令"以削弱诸侯势力的同时，也建议将郡国豪杰富商徙居茂陵，内实京师，外销奸萌，于是当年朝廷下了一道诏令，将各郡国豪杰及家訾三百万以上者徙居于茂陵。郭解世居河内轵县，身家并不富有，本不在迁徙之列。但轵县有家姓杨的，与郭家本无过节，杨家家长名杨季主，有个儿子杨立在县里公干，是名掾吏。轵县少年甚多皆奉郭解为首，平日游手好闲，无所事事，遇事则好勇斗狠，啸聚乡里，官府拿他们没办法；而郭解却偏偏能令他们服服帖帖，由此，他的声威隐隐盖过了官府，但他于县内并不惹是生非，双方相安无事，这种状况，纵令掾吏们不快，却也无可奈何。

徙居茂陵的诏令下达后，河内郡与轵县长官都与郭解交好，都想放他一马，不将其列入移民名单，不想杨立却别生枝节。他认定郭解名满江湖，绝对当得上"豪杰"一流，虽然家资不富，仍应在迁移之列，力争不已。郡县长官害怕担上"废格明诏"的罪名，却也不敢压制，遂将争执上交给朝廷。三公会议，丞相公孙弘认为够格，大将军卫青认为不够格，御史大夫李蔡不置可否，于是提请皇帝决断。

"大将军出头，也救不了郭翁伯吗？"卫青刚发迹时，郭解曾救过他一命，此事江湖上遐迩皆知。郭解有难，卫青自当出面解救，朱安世好奇的是，卫青是皇帝的姊夫，又是皇帝极为倚重的肱骨重臣，只要肯出面缓颊，应该很容易摆平此事。

赵王孙道："是啊，本来都以为大将军出面，皇帝怎么也得给这个面子，不想皇帝一句话，硬生生把大将军噎了回去。"

"什么话？"

"一日朝会，议及茂陵移民之事，大将军出列为郭解求情，说郭家不中訾①，不当徙居。皇帝却冷笑着说：'郭解一介布衣，能让你这个大将军出面说情，仅此而论，郭家就不贫。'大将军满面通红，不敢再说什么，而郭家徙居茂陵，竟成定案。"

"大将军虽为亲贵重臣，但今上绝对是个乾纲独断的雄主，没人左右得了！我听说有时如厕，皇帝亦召大将军议事，简直当奴才对待。满朝大臣，在今上眼中，无非犬马，能得到皇上尊重的，只有汲黯一人。"看到大家似信不信的样子，赵王孙道："我与田家同乡同里，武安侯死后，我仍常去田家走动，此事我乃自周阳侯田胜处听得，千真万确，绝不会错的。"

"既已定案，翁伯迁居便是，大丈夫四海为家，到哪里不是个活？何以又遭追捕呢？"时运不济，命乖运蹇，郭解那么稳重自敛的人，居然也会面对与自己一样的困境，朱安世叹了口气，问道。

"还不是门下一帮少年惹的祸！翁伯被迫移民，他们岂肯善罢甘休？郭家离开轵县的第二天傍晚，杨立就于县衙的门前被人手刃，下手的就是翁伯

---

① 不中訾，意谓家产不够移民标准。

的侄儿……"

"大侠所言甚是，"樊无疾插言道，"翁伯徙居，轵县官民的赠与就不下千余万，而关中豪贤，知与不知，皆闻风而动，争与结交，去年九月朔，郭家抵达霸陵那日，我与王孙都在现场，光迎迓的车骑，就不下千乘，放眼望去，霸陵原上黑压压一片，车行马嘶，人声鼎沸，煞是壮观。"

朱安世摇摇头道："动静太大了，肯定遭忌，对郭家不是好事。"

赵王孙颔首道："就是，据说宫里极为震动，要三辅及茂陵的官衙，监视翁伯的一举一动，随时报上去。翁伯谨言慎行，甚为自重，可轵县那头儿一直消停不下来，那帮人与杨家结了仇。杨立被杀后不到一个月，其父杨季主也被刺杀，杨家报官，可郡县都恨杨家多事，敷衍了事，杨家人于是赴京举报，结果又被刺杀于阙下。事情传到宫里，惊动了皇上，于是诏命抓捕郭解，彻查案子。"

"论逋逃，翁伯乃个中高手，怎么会落在官府之手？"

"三辅毂辇之下，四塞关禁极严，朝廷要抓他，翁伯先一步得知消息，先把老母、兄弟等安置在了夏阳①，自己去了临晋②，我猜他是想先探探路子，由武关直下南阳。可朝廷的海捕文书到了，想要出关是太难了。"

朱安世眼睛一亮，"临夏？籍少公在那里做关掾，可以帮到翁伯的。"

"就是，少公极侠义，虽与翁伯素不相识，可翁伯报上名讳，少公二话没说，亲自送翁伯出城。但武关稽查甚严，翁伯于是辗转去了太原。而官差寻踪而来，追逼翁伯下落，而少公竟自杀绝口，这一下线索断了，翁伯方得以逃脱追捕。"

朱安世早年与籍少公相识，知道他是个极仗义的人，但听到他竟为掩护郭解而死，也不由得佩服得五体投地。

"那翁伯又怎么会被捉呢？"

"后来官府在夏阳抓住了翁伯的老母及兄弟一家，押解到长安，翁伯是

---

① 夏阳，汉之左内史属县，即今之陕西韩城县。

② 临晋，汉之左内史属县，即今之陕西大荔县。

大孝子，听到消息，自己投案自首的。"

朱安世摇摇头，叹了口气道："翁伯既自首，朝廷应当满意了，为何还盯着江湖不放呢？"

樊无疾应道："是呀，弟兄们都想不明白，蛇有蛇路，鼠有鼠路，本来两不相干，长安与地方一众大臣任侠者不在少数，唯独当今这个皇上好像与江湖有种解不开的心结，前些年杀灌夫、窦婴，如今抓郭解，仿佛专同咱们过不去。"

皇帝有心结，想必是当年东市夺剑结下的梁子，看来今上是个记仇的人，不化解这个结，自己终究难得施展。可当年我也救过他一难，这段旧怨既然由我而起，免不得还要由我来解。朱安世想起当年的往事，思绪起伏，神游物外。众人见他走神，也都不再言语，场面一时冷了下来。

良久，他有了个主意，决定近期去一趟长安。他呷了口冷茶，问道：

"老弟可知道眼下朝廷谁主政？"

赵王孙略作思忖，道："若说朝政，丞相李蔡不过是个摆设，拿大主意的是张汤，大将军军事而外，很少参言。"

"张汤？是做廷尉那个酷吏吗？"

赵王孙颔首道："正是，不过眼下已升了御史大夫，最得皇帝倚重。我听周阳侯说，皇帝每每于朝会之外单独召张汤议事，自晡至晚，往往兴而忘食，言听计从，天下大事皆决于此。张汤有病，皇上亲临张家探视，亲信之程度，一时无二。"

"哦，他有何建树，竟得皇帝如此器重？"朱安世印象中，张汤与朝中其他酷吏并无不同，一刀笔吏而已。皇帝对这种人，只当刀把子使用，用不顺手，随时可弃，如郅都、宁成之属，张汤靠什么得此青睐，很令他好奇。

樊无疾恨声道："还不是为朝廷敛财！年来朝廷推出诸多措置，如造白金、皮币，盐铁官卖，实行五铢钱，算船、算车、算缗等等，专从富人身上盘剥敛财，朝野为之侧目。所谓'千夫所指，无疾而死'，我看他的下场好不了！"

"尤其可恨的是，他还提议'告缗'，把个京师、三辅搞得鸡飞狗跳，民不聊生。"赵王孙亦义形于色，插嘴道。

"告缗，怎么回事？"

"一缗千钱，抽一算，合二十文。起先要商贾富豪自占①身家，众人自然少报虚报。于是布告天下，凡隐匿虚报家产者，家产没入官，男人戍边一年，其乡邻知情举报者，可分被举报者没官家产的一半。此令一下，颇有贪鄙小人甚至富豪商贾的仆从出首举报，一时间缇骑四出，长安、三辅人人自危，鸡犬不宁，真是作孽呀！"

朱安世摇摇头道："如此恶政，皇帝居然允其施行，难道就不怕失人心吗？"

"皇上原本想率先垂范，从内廷节用始，还树了个急公好义的河南老儿卜式为表率，希望诸侯、富商等有钱人效仿，急国家之急，向朝廷捐助财用。不想数年来，响应者寥寥，而权贵、富商大贾则钟鼓笙歌，奢靡如旧。天子几年来憋了一肚子的气，那话怎么说来着？……对！'怒从心头起，恶向胆边生'，所以，张汤这些个损招、恶招，皇上竟是言听计从，照单全收，存心要有钱人的好看。"

"朝臣们就没有谏阻的吗？内史汲黯、大农郑当时，都做过皇帝的老师，皇上如此胡来，他们也坐视不管吗？"

"汲黯外放去了淮阳郡做太守，郑当时辞了大农，被皇帝派往关东督理河工。现在京师掌权用事的都是些酷吏，内史换了义纵，中尉换了王温舒，张汤居中总其成。而接替大农的颜异，认为以皮币荐璧，本末不称，被张汤诬告为当面不言，背后腹诽，竟下狱论死，现在正等着秋后勾决。"

"皮币又是怎么回事？"朱安世初次听说，好奇地追问道。

"上林苑中养了不少白鹿，张汤献议恢复古制，将这些鹿的皮制成一尺见方的皮币，规定春秋两季诸侯宗室朝觐聘享必须以皮币荐璧，而一张皮币竟作价四十万钱，而苍璧所值不过数千，所以颜异才会说是本末倒置。

"又以银、锡造所谓白金，分为上、中、下三品，上品重八两，值三千，文龙；中品值五百，文马；下品值三百，文龟。强行向诸侯贵戚摊派，所谓白金，其实就是些不值钱的铜锡合金，又下令废止半两，代之以三铢钱，

---

① 自占，自报之意。

而民间不乐用，竞相盗铸白金，色值错杂，良莠不一，于是商人们囤积居奇，反而造成了物价飞涨，钱不值钱的局面。由此告缗方大行其道，专就是勒逼有钱人家出血。"樊、赵两家均富于家资，自然也面临告缗之威胁，不得不出走避祸，一谈及此事无不切齿痛恨。

朱安世注意地看着赵王孙，问道："那京师何人主持告缗？是义纵吗？"

"不是义纵，是个叫杨可的内监。茂陵巨富袁广汉，朱兄可熟识？"

朱安世颔首道："熟识，怎么？" 袁广汉富甲一方，曾多次从朱安世处购入西域良马，是极为熟识的朋友。

"当年修成子仲在袁广汉的西园与人斗犬，败了，得知茂陵杨万年家有名犬，欲购得再战，杨家不肯卖，修成子仲一伙为夺犬竟杀了杨万年父子，杨家通过狗监杨得意告到皇帝那里，将那几个纨绔圈禁了多年。这件案子，朱兄可还记得？"

"当然记得，怎么？"

"皇帝派任主持告缗的杨可就是杨得意的堂弟，杨家旧怨不忘，修成子仲皇亲国戚，他搬不动，可与此案有关的袁家可就成了他报复的对象，老袁一度被捉进牢里，拷打勒赎，家产赔进去了大半，若非义纵为之出头，他性命难保。"

"哦，那义纵恶名昭著，怎么会代老袁出头？"

"义纵在他的辖地，说一不二，像王温舒那样的恶吏，在三辅抓人都要事先知会他，杨可仗着自己是皇宫大内的人，不打招呼就肆意抓人，直到袁家告官，义纵方知袁广汉被抓，一怒之下，将杨可的人抓了，以之为质，杨可势焰大挫，不得不以老袁交换自己的手下。"

告缗乃皇帝特许，义纵这么做，不啻挑战天子……一念至此，朱安世脑中灵光一现，忽然有了主意。

"说到金仲，他目下如何，有长进了没有？"

"我听他舅舅说，还是不脱纨绔脾气，不过，比起从前，还是收敛了许多。"

朱安世微微一笑，转了话头："钟三告诉我二位想做西域马的买卖，对吗？"

樊无疾笑道："不然吾等到此荒僻小县来做甚？早知道你老兄经营多年，

老马识途，吾与王孙愿追随其后，挣些小钱。"言罢，与赵王孙一起揖手道："望吾兄提携，指示门径。"

自己的贩鬻网被义纵摧折得七零八落，有此二人加入，当可重起炉灶。朱安世笑容可掬地回礼道："好说，好说……"

他好整以暇地呷了几口茶，蹙眉道："我避地边塞，消息闭塞，不知这行当在京师怎样？西域马只有贵戚豪门、富商大贾买得起，京师若查禁得严，这买卖很难做得起来。"

赵王孙道："前几年是这样，可自敦煌捕得天马后，皇上大悦，又派张骞再使西域，据说就负有探察西域良马的任务。朝廷还鼓励民间饲马，现今京师三辅对马市管得松多了，现下正是做这个生意的好时候。"

"天马？怎么回事？"

"南阳新野有个叫暴利长的人，因罪遣戍敦煌，他们的屯田靠近渥洼水，每天都有很多野马来此饮水，其中有匹马身高腿长，与众不同，但警觉性也极高，有人靠近即飞驰而去。这个姓暴的聪明过人，你猜他想出了个什么法子？"

"什么法子？"朱安世问道。

"他用黄泥烧制了一个手执勒鞿①、真人大小的土人，安置在野马饮水之处。起初这些马见到这个异物，皆避之唯恐不及，但久而久之，见其无害，渐渐习惯，遂照常在此饮水。又过了很久，见那些马完全不作防备后，暴氏扮成土人的样子，一动不动地候在水边，趁那马低头饮水，抛出勒鞿，一举成擒。暴氏称其为天马，将之献与朝廷。皇帝大悦，赦了暴氏之罪，并亲撰《天马之歌》，交乐府配曲吟唱。上有所好，下必甚焉，眼下京师富商大贾，无人不想做马的买卖，但对西域皆茫然无知，不知从何措手，朱兄于此轻车熟路，这不正是一展长才的时候嘛。"

朱安世矜持地笑笑，摇摇头道："我被朝廷追捕，原来的老关系死的死，关的关，重操此业，谈何容易？再有，做这行离不开官府的人照应，不知现

————————

① 勒鞿，捕马的器物。

在朝廷里谁主持马政？"

赵王孙会心一笑，道："没听说九卿的人事有变，太仆应该还是公孙贺，朱兄贩马多年，应该与他熟识。"

"熟识是熟识，不过如今我是朝廷的钦犯，在官之人怕是会避之唯恐不及吧。"朱安世心中掠过一丝狂喜，但神情依然凝重，蹙眉叹息不止。

钟三夫妇整治好了一桌肴馔，招呼大家入席。朱安世向钟三使了个眼色，于是席上两人频频向来客劝酒，很快樊、赵二人不胜酒力，玉山倾倒，众人将二人扶去睡了。

朱安世拍了拍钟三的肩头，低声道："我要带那俩丫头出趟远门，你看好家。"

"客人咋办？"钟三问道。

"醒过来后，你告诉他我出塞办事去了，少则十日，多则半月就回，让他们等我。闲来无事，你可陪他们去鸡鹿塞走走。"

朱安世走到院子当中，望了眼当空一轮皓月，随即走向刘陵的房间，推开门招呼道：

"阿陵、阿苗，马上收拾下行装，顺路叫上张次公，我们连夜赶去长安。"

"长安？我们是朝廷的要犯，难不成要自投罗网？"

"这叫'灯下黑'，你莫多问，到时候你自然明白。"

八十二

　　八月的长安，阳光宜人，秋高气爽。义纵出了城，纵马小跑起来，随从的掾吏亦策马跟随，在土路上踏出一溜烟尘。自调任右内史以来，他总是闷闷不乐，京师根本之地，情势复杂，虽位列九卿，可朝廷体制繁复，掣肘颇多，远不如在外郡时顺心快意。他不由得怀念起主政地方的日子，那时候他言出法随，令行禁止，行政效率要高得多。

　　皇帝调他进京，为的是抓捕郭解，但籍少公自杀后，郭的去向渺无踪迹，耗时一年，全无进展，皇帝不悦，又调来了王温舒，王随即就抓获了郭母等郭氏族人为质，迫使郭解自首投案。他本来也掌握了郭氏族人的落脚处，但迟迟没有行动，一来义姁与郭家有旧，一来他对郭解有好感，觉得不应该祸及郭母。或许就是这种念旧之情化解了原本的铁石心肠，难怪郭解投案后，皇帝冷冷地丢给他一句："原本拿你当把快刀，不想锈钝如此。"

　　义纵长吁了一口气，自从为官以来，二十余年，为贯彻皇帝的旨意冒险犯难，像狗一般忠实，诛杀了多少人，得罪了多少人，到头来却给了皇帝这样一种印象，他的心一下子灰了，悲凉的情绪久久左右着他，继之而起的则是极度的郁闷和敏感，杨可的人在他的辖区抓人，而没有事先知会他，竟敢无视他的权力与尊严，他怒不可遏，不计后果，断然抓捕了杨可的属下。事后冷静下来，也觉得行事鲁莽，颇觉懊悔。杨可是一定会告到皇帝那里的，他硬着头皮等候那雷霆之怒的到来，但两个多月过去了，上边一点儿消息也没有，他那颗悬着的心也渐渐放了下来。

昨天，他突然收到一封信，拆开一看，原来是多年不见的张次公邀约他在茂陵见面。张次公因牵涉淮南一案，被削爵充军，义纵只知道他在边塞服役，行止应受限制，何以能来茂陵。作为朝廷大员，私下会见人犯是件很犯忌的事情，但自少年时代，两人就是好友，强烈的故人之思还是让他放下了顾虑，赴茂陵一行。为了避人耳目，他摈弃了车驾仪仗，只带了两名亲随出行。

远远望去，茂陵已在近前，五凤山下，寿陵工地上人头攒动，场面壮观。寿陵西面，北邙阪上那片茂密葱郁、五彩缤纷的植被中，楼台亭阁隐约可见，那就是著名的西园了。杨可告缗所抓者，就是此园的主人袁广汉，义纵替他出了头，他感激不尽，多次邀请义纵来此游园，出于避嫌，都被他婉拒了，张次公选择此处为会面处所，想必也与袁某有旧。义纵勒住马，注意观察了一下四周，选择了一条小路，绕过县邑，一行直奔西园而去。

西园深处，竹林掩映的一座平房中，数人正闲坐品茶，主人袁广汉不时望望门前空地上竖立的那座日晷，一副心事重重的样子。得知义纵今日会来此会友后，他的心就一直悬着。几个客人都是旧识，也都是遭朝廷缉捕的要犯，他刚脱出一厄，若被人知道这些人到过他这里，他就完了；可他也绝无胆量拒绝这些个亡命之人，尤其是那个朱安世，早年间横行于长安街市时，就是个出名的狠角色。

朱安世呷了口茶，好整以暇地望着杌隉不安的主人，笑道："义纵的官衙在夕阴街，出城来此再快也得一个多时辰，况且你有人在园门那里守候，何必着急，敝人还有桩大买卖要借重主人家呢。"

"袁老伯，跟你打听个事儿。"刘陵仍是一身男装，可袁广汉仍然认得出当年那位淮南国的翁主。

"翁主请说，请说。"

"陈皇后现在可好，还是住在长门宫吗？"

"陈皇后？哦，翁主是说废后阿娇，是呀，还住在长门宫，老朽与陈皇后素无往来，只知道她还活着，其他一无所知，请翁主见谅。"

刘陵俯在朱安世耳边说了些什么，朱安世点了点头，刘陵做了个手势，与另一个面色黝黑，也着男装的女子站起身来。袁广汉认得那是刘陵的侍女，当年在赛犬时的表现，给了他很深刻的印象。

袁广汉忙问："翁主这是要出门吗？"

张次公闻言，起身欲同去，可想到要等义纵，又坐了下来。

刘陵点了点头。袁广汉招呼管园，挪开置放茶具的木几，掀开铺着的席子，兀然而现的，是个盖板。他拉起盖板，黑黝黝的洞口有阶梯通往下面的秘密通道。

"翁主由此出园，管园会带你们出去，避开驰道，尽量走小路，会安全得多。"

送走刘陵，主宾重新品茶叙话，朱安世笑道："想不到主人家竟是狡兔三窟呢？"

袁广汉摇摇头，苦笑道："家里有几个钱，招人觊觎，不得不防啊。方才大侠说有大买卖，不知是什么生意？"

朱安世眯起眼睛，似笑非笑地说："明知故问了不是，还不是老行当，目下河西道路打通，正是贩鬻西域良马的好时候。"

他膝行前席，靠近袁广汉，很恳切地握住他的双臂，低声道："我做这行多年，关系多，轻车熟路，这你老是知道的。可恨义纵那厮，在定襄端了我的窝，亡命数年，手头紧得很，故望老袁你入伙，我们合伙来赚大钱，如何？"

袁广汉以前也从朱安世手里买过不少马匹，闻言不觉心里一动，略作思索道："做马的买卖，本钱大，若想通行无阻，朝廷里非得有人罩着不可，谈何容易？谈何容易啊！"

朱安世大睁双眼，目光炯炯，很自负地答道："京师的良马，包括老袁你的，还不是我朱某人搞来的。我朝廷里自有关系，现下缺的就是本钱，你老若信得过我，咱们就合伙；信不过也无所谓，我另寻门路罢了。"

朝廷近几年一直挤压富商大贾，盐铁收归官卖，禁止民间铸币，财路越来越窄，尤其可怕的是告缗，生生是要从富人身上割下一块肉来。朝廷要打匈奴，要移民实边，要防治河患，在在要用钱，钱不够用，还会在富人身上打主意，自己的钱与其被官府勒索去，不如投在贩马的生意上，一念至此，袁广汉豁然开朗，颔首道：

"买卖都是做熟不做生，放在以前，我是不会参与的。可朝廷把盐铁、铸币都收上去了。老本行没办法做了，大侠的买卖本钱是多少？既是合伙，大侠也得拿些钱出来吧？挣了钱，又如何分润？敝人愿闻其详。"

朱安世心中暗喜，袁广汉既有意参与，本钱不足当可弥补，于是推心置腹，侃侃而谈。

"现在西域道路已通，不做则已，要做，就做大的。我眼下只拿得出万金，可我在匈奴、西域都有做这行的朋友，对关津内外的道路、城塞、旅栈和各地的驵侩，也都了若指掌。可以这么说，没有我，你老袁做这行，打通关节，得多花几倍十几倍的钱。况且千里贩鬻，风霜雨雪，冒险犯难，都得亲力亲为，老袁你一把年纪，还能服得下这份辛苦吗？与我合作，一切都是现成的，我来贩鬻，你尽可坐在家里数钱，分润我们一家一半，如何？"

袁广汉故作沉吟，脑中却在飞快地计算，显然合伙比借贷更合算，借贷的利息再高，也不可能高至五成。而合伙虽然划算，但回报时间不确定，要到马卖出去算，也有一定的风险。斟酌之后，他还是认可了合伙。

"我放出去的钱，本利一时半会儿收不回来，眼下只能拿出这个数，怎样？"袁广汉张开十指，问道。

"十万金？"这个数略觉不足，但袁广汉肯拿出这个数，也可以了。

袁广汉点点头，"对，十万金。"

朱安世故作踌躇，好一会才颔首道："也好，我再找个朋友筹筹看，凑够三十万本金，三人合伙，挣的钱三一三十一。"

"哪位朋友，我认得吗？"

朱安世摇摇头，"我朱安世是个什么样的人，信用如何，你老兄应该知道。咱爷们儿做的是刀头子上舔血的勾当，天大的干系我一个人扛着，老兄知道得越少越好……"

见袁广汉一副似信不信的表情，他略作思忖，说道；"这么大的数拿出去，你不放心，我懂。这么着，你选派几个最信得过的人跟我走。我是负罪之身，在京师不敢多待，老袁你几时能把你那份筹足？"

袁广汉笑笑，吩咐仆人把儿子找来，介绍给朱安世：

"犬子袁苋，一直帮老夫打理家业，人还算精细，我想让他出去随大侠见见世面，学点儿本事，如何？"

袁苋四十上下，相貌精干，朱安世端详了一阵，赞道："世侄一表人才，一看就知道是个能办事的人，我老朱正缺人手，世侄能来帮我，是求之不得的事儿。"

"至于我那份本钱，倒是现成。"见朱安世允诺带儿子做马匹生意，袁广汉放下了心，唇吻间也有了笑意："大侠几时动身，头天给我个信儿，我预备好，叫犬子带给你。"

两人击掌为誓，谈成了这笔买卖。

正闲话间，仆人跑来报告义纵就要到了。袁广汉起身去园门亲迎，朱安世附在张次公耳边说了些什么，随手拿起一个布包，进了里间。

袁广汉邀义纵逛逛园子，义纵对随行的掾吏摆摆手道：

"这园子是长安数一数二的私家园林，主人家既有此厚意，你们可随意转转，我与主人家说说话。"

随从走后，义纵沉下脸，问道："姓张的逋客在哪里？你好大的胆子！"

袁广汉低首敛容道："张将军说是大人的老友，要借敝处一用，敝人实在不知道他是戴罪之身。"

"他到此几日？一个人来的吗？"

义纵的冷脸使袁广汉心生警惕，多一事不如少一事，他并不作答，而是摊开手道："大人随我来。"

西园的回廊蜿蜒曲折，周遭茂林修竹，奇花异卉，目不暇给，好一阵子才来到园子深处的那座隐秘的平房。袁广汉指指屋门道："张将军就等在里面，大人请。"

义纵迟疑了一下，有点后悔此行，私会犯人，传出去他无以自明，可事已至此，已容不得他退缩，于是挥手示意袁广汉自便，推开屋门走了进去。

屋子很大，以帷幔间壁，室内铺设有锦缘蒲席，有一髹漆彩绘、铜质兽足的长案，两只竹制的凭几，别无长物，所以显得空荡荡的。长案上有玉制的耳杯，看得出之前有数人曾于此品茗。案旁的炭炉火势正旺，烧得炉上的陶壶沸鸣，水汽袅袅，弥漫着一股茶香。

正瞻顾间，张次公从门后闪出，从身后给义纵来了个熊抱，叫道："阿纵，总算又见面了，别来无恙？"

义纵转过身，端详着老友，张次公面容略显憔悴，两鬓斑白，面色黝黑，唯独目光奕奕，依稀可见当年的风采。

"我还好，次公可是见老喽。"

"咱家被发配到塞上服刑，整日里风吹日晒，怎能不老！"张次公边说，边拉着义纵倚案就座，又提起陶壶向耳杯中斟茶，大笑道："喝口茶，咱们坐下聊。"

义纵呷了口茶，"你既在塞上服刑，又怎能回来京师，难不成是潜逃亡命吗？"

"塞上的掾吏，不少曾是我当年的属下，我落难，大家为我抱憾，自不会落井下石，所以给我派了个牧马的活儿，我来京师不会久留，托个难友代我看顾几日即可，上面不会发觉的。"

"你冒偌大的风险来京师，有什么要紧的事儿吗？"

"要紧的事儿？"张次公摇了摇头道："在塞上日日牧羊，百无聊赖，来京师看看老朋友，难道不行吗？"

"缺钱了吗？"

"不缺，况且塞上荒僻，有钱也没有地方花。"

义纵蹙眉道："京师稽查很严，稍有不慎，暴露了亡命身份，那就是罪上加罪，刑罚会很重，不值得。"

张次公放下手中的耳杯，"什么值得不值得！你我几十年的朋友，想你了，就来看看。在穷里那会儿，谁能想到我们会有后来的局面？老子封侯拜将，富贵荣华享受过了，也想开了，人生一世，草木一秋，现今被打回原形，也不过如此……"他仿佛想到了什么，注意地望着义纵，问道："老弟不是怕我牵累了你吧？"

"怕牵累我就不会来赴约。"义纵以自己多年与人犯打交道的经验，根本不相信他的说辞。他目光炯炯，直视着张次公的眼睛，仿佛要看到他心里去。

"我们自小的朋友，你有啥心思我会看不出来！你若还当我朋友，就直说来意，看看我有什么帮得到你的。"

"来意？就是来会会朋友，老弟你想得太多了。"

义纵站起身，边揖手，边冷笑道："那好，你不缺钱，朋友也会过了，我公事多，不能久陪，你我就此别过吧。"

见到义纵要走，张次公慌了，红着脸道："无怪乎人家都喊你酷吏，落到你手里真的是想瞒也难。也罢，我就告诉你，我此番来，为的是有位故人想见你一谈，托我引见。"

"哦，故人？"义纵停下脚步，沉吟道："既是故人，想必是与我相识的了，又何须次公你引见！"

"内史大人错矣！若非次公邀约，吾又何能与义大人在此见面……"话音未落，帷帘起处，走出一个瘦高的男人。男人五十出头，刀条脸，薄嘴唇，一双眯起的眼睛，可盯着人看时，晦暗目光中却有股逼人的力量。

"你是……"义纵一怔，顿觉悚然，"你是朱……"

朱安世揖手笑道："大人好记性，在下正是朝廷想捉而又捉不到的朱安世！睽违多年，大人真是步步高升，三公九卿，有大人一个位子，可喜可贺啊！"

难道竟是个诱我入彀的圈套？义纵站起身，开始后悔自己没有多带些人前来，眼下孤身一人，朱安世功夫了得，稍后或许就要血溅五步，他按住佩剑，慢慢向屋门处退去。

朱安世却坐了下来，皮笑肉不笑地望着义纵，"义大人在定襄端了我的窝，杀了我的弟兄，是怕我报复吧？"

他端起杯茶，好整以暇地呷了一口，赞道："好茶！"之后向义纵摆摆手道："这些个旧怨，纠缠下去没完没了，我是个商人，求的是财，不想冤冤相报，何况你我素日无仇无怨，朝廷诏命抓我，你不过是执行公干，身不由己，对吧？"

义纵冷笑道："你走私马匹，勾结淮南王谋反，干禁犯法，捉你归案乃本官职责，天网恢恢，你能藏多久？识时务还是自首，或可从轻量刑。"

朱安世哈哈大笑起来，"义大人不愧是条硬汉！好，我就在这里，你来捉捉看。"

义纵怒目相视，却也不敢近前。良久，朱安世摆了摆手道："义大人何不坐下叙话，我今日来见大人，为的是了结一桩旧怨，请大人代我传个话。"

"什么旧怨？向谁传话？"

"我给你看件东西。"朱安世说着，将一只布包放置于案上，解开包裹，里面是把插在革套中的铜剑。

"这东西你与次公还记得吧？当年在东市剧孟的酒店里，为了这把剑，我与各位还起过冲突。"

他抽出剑，用手指拭了拭锋刃，赞道："好剑！"之后抬起头，淡淡一笑。"这是我师叔田仲的遗物，是件好东西。可再好的东西，也不过是身外之物，生不带来，死不带去，我年逾知命，方才明白了这个道理。当年在东市，谁又能料得到胶东王能成了皇上，我强买了他这把剑，对之不敬，由此结下了梁子。这么些年，皇上一直想逮住我，报当年夺剑之恨，而老夫数十载颠沛流离，去国离乡，居无定所，皆拜此所赐。所以，我想通了，我把此剑还与皇帝，并请大人代呈且代敝人请罪，望皇帝宽宏大量，恕老朽当年有眼无珠，唐突了陛下。"

"你若诚心了结旧怨，何不自赴阙门，背祖请罪？"

朱安世自嘲地笑了笑，"当今皇上是个雄主，恩威难测，万一动了杀心，敝人去哪里再去找一颗脑袋？以蝼蚁之贱，尚且贪生，何况安世这样的俗人。"

义纵摇摇头道："你当年让皇帝在一众人前受辱难堪，以为只要还了剑，请个罪，皇上就会宽恕了你，毋乃天真了。这件事，我帮不了你。"

"当然不止于此！敝人愿报效朝廷，戴罪立功。"

"戴罪立功？"

"对，戴罪立功。"

"你一个逃亡的罪人，自顾且不暇，能立什么功？！"

"敢问大人，皇帝可是从敦煌得了匹天马，还为此亲作了《天马之歌》？"

"是啊，怎么？"义纵一怔，这是不久前刚刚发生的事情，不想朱安世一个亡命之徒，消息居然还很灵通。

"所谓天马，其实就是西域那边跑过来的马。大人知道，敝人多年以来，一直做西域良马的买卖，皇帝稀罕西域马，想要以之为种，繁育良马，以壮我大汉骑兵。现今河西道路已通，安世愿自筹本金，亲赴西域，购入良马，报效朝廷，以赎罪衍。"

义纵沉吟不语，皇上确实把良马看得很重，要深入大漠，北击强胡，离开骑兵不行，匈奴一人数骑，汉军骑兵的配备相形见绌，若能大量引入西域的骏马，确能弥补这一短处，皇帝也许会因此放他一马。

"你若真能做得到，皇上或能放你一条生路。这样吧，你随我回长安，算作投案自首，我会于朝会时禀明你的请求，由今上权衡，皇帝用人不拘常例，多半会允你戴罪立功。"

看到朱安世似乎心动，义纵遂趁热打铁，"还有一事，你必须作个交代。淮南国的公主藏身于何处，你若能提供线索，抓她归案，也是大功一件，获得赦免的把握更大。"

不想朱安世闻此，脸却沉了下来，目光幽幽地盯视着义纵，良久方淡淡一笑道："亏得义大人也曾在江湖上混过，难道不晓得老朽的为人吗？莫说不知道，就是知道，背诺弃义、卖友求荣，老朽还能算是个人吗？！"

他呷了口茶，拍了拍案上的铜剑，道："剑，请大人呈给皇帝，皇帝若准我戴罪立功，安世愿效犬马之劳。老朽还有个不情之请，听说朝廷抓了郭翁伯，翁伯并未犯罪，罹此无妄之灾，想必也是因老朽而迁怒于江湖中人，恳请皇帝网开一面，吾等皆愿为朝廷效力，若逼迫过甚，则南走越，北走胡，孰得孰失，还望天子三思。"

话不投机，朱安世且语含威胁，看来是不肯投案自首了。义纵决定派属下赴茂陵召集人手，抓捕两人归案，于是揖手笑道："这样吧，大侠日后的出处，我们可以从长计议，我与次公睽违已久，难得见一面，该当好好聚一次。我去找主人家安排酒食，去去就回。"

出得门来，义纵一路小跑，找到逛园子的部下，命其速去茂陵搬兵，又命袁广汉安排筵席，尽可能稳住朱安世。

待义纵推开房门，却已是人去屋空，那把铜剑仍在案上，下面压着卷绢帛。他打开绢帛，寥寥十数字赫然在目，墨迹尚未全干：

吾等亡命，不敢叨扰，诸事拜托，不具。

义纵再一次后悔自己没有多带几个人，错失了这难得的抓捕机会。

八十三

　　仿佛还是在未央宫，一灯如豆，整个大殿暗影幢幢。刘彻猛然醒来，大睁着眼睛，努力适应着黑暗。远处似有人叹息，若隐若无。"谁？谁在那里？"刘彻心里一紧，大声问道，但无人应答。他起身下床，但觉浑身绵软，头重脚轻，趔趄前行，向着声音传来的方向找去。不知走了多久，一阵强烈的咳喘声取代了叹息，刘彻停下来，费了好大的气力才站稳，借着窗棂间漏进的月光，努力分辨着自己的所在。良久，他认出这是未央宫的正殿，大殿笼罩在黑暗之中，而叹息与咳喘声已经不远，好像就在御座方向。他摸索着走去，一阵强风刮开了窗前的帷幔，月光下，赫然而见御座上坐着个男子，正满面怒容地注视着他。再一端详，刘彻怔住了，那男子竟是故去多年的父亲，孝景皇帝刘启。

　　"父皇？"

　　"孽子！你知罪吗！"

　　"罪？儿何罪之有？"

　　"朕交代与你的话，你丢到脑后去了吗！"

　　"甚话？"

　　"朕要你善待家人，你不记得了！你违拗祖母在前，废黜、软禁阿娇在后，背恩负义，你有何话说？"

　　"父皇息怒，容儿子譬解。太皇太后不悦儒学，于朝政横加干预，诛杀大臣，即便如此，儿子也不敢违拗她老人家。至于阿娇为皇后多年，未能诞育皇嗣，儿子并未怪她，她却招纳巫医，行厌胜巫蛊之事，依律为大逆不道，罪不容诛，可儿子念及父皇之嘱，且姑舅至亲、夫妻情分，不忍置其于法，而是安置于长门宫，允大姑随时看望，以全亲情。儿子这样做，自认仁至义尽，又何过之有？"

"哼……"刘启语塞，但旋即戟指怒目，声色俱厉地喝道：

"朕教你体恤民力，与民休息，你却征发无度，将列祖列宗积攒下的家底挥霍几尽，甚至任用商贾，与民争利，刘家的天下朕怕是要败在你的手里了！"

刘彻鼻酸，强忍着泪水，分辩道：

"父皇委屈儿子了！儿子用钱为的是甚？匈奴七十年来一直是我大汉的心腹大患，父皇曾告诉过儿子，大汉与匈奴，早晚会有一战。从前无马，朝廷没有本钱与他们一较胜负，只好忍辱负重，委曲求全。可当今不同了，我们养的数十万马匹都已长成，是大汉雪耻的时候了！父皇还曾说过，将来国力充实，与匈奴一较长短的担子，会落在儿子的肩上，现今儿子挑起了这副担子，就不可能放下。儿子遣大军出塞，与胡虏战于狼山以北，数次大胜，尽挫凶焰，新秦中、河西均为我有，西域商路已通。行百里而半九十，在敌我较胜的关口，儿子不能松劲儿。可打仗就是打钱，朝廷收山泽之利，用商贾主持盐铁专卖、车船算缗乃至告缗，所为都是筹钱，与胡虏决战漠北，儿子穷竭智计，为的就是这个，又何罪之有！儿子将盐铁收归朝廷专卖、算缗、告缗，实为损有余而补不足，富人依山泽之利，富甲王侯，国家艰困时，却漠不关心，形同路人，悭吝可恨，故不得不行此下策，可对务农的百姓，儿子没有增一文的税负，重农抑商，是朝廷一贯的方略，儿子这样做有错吗？"

而刘启的面色仍不见缓和，摇首道："朕指的不是这个。朕是说你大兴土木，滥建宫室，征发无度！你祖父文皇帝连五十金建个亭子都不肯，你呢？你又建了多少？"

刘彻怔了一下，期期艾艾地说道："宫观……宫观儿子是建了一些，原是想太皇太后、皇后颐养天年有个溜达的去处，况且营建未动公帑，而是由少府出资……"

刘启冷笑了，"你倒好意思用你皇祖母、母后搪塞，你皇祖母见到过这些宫室了吗！这不是用钱的事，而是征发无度，滥用民力，耽误农时。你做下了，反倒不敢认么！朕临别时特别嘱咐过你，不可步朕的后尘，迷信长生丹药，而今你却招神弄鬼，嬉荒国事……"刘启又咳了起来，上气不接下气地指着儿子道："你、你太令朕失望了，朕、朕真、真是看错了你……"剧烈的咳喘使他气息仅属，双目圆睁，月光下的面色愈加惨白，慢慢倒了下去。

刘彻见状，欲上前扶掖，双腿却软得迈不开步。一阵狂风吹来，他打了个寒战，再看御座，哪还有父皇的影子。他浑身发抖，冷汗涔涔，眩晕伴随着剧烈的头痛猛然袭来，他想大声呼喊侍从，却发不出声音，身子仿佛悬浮着，在无尽的黑暗中急速下沉，在失去知觉前，他脑中闪过了最后的念头：我要死了。

数日之后的长安，暮色渐深，已过了净街的时辰，京师八街九陌已阒无一人。中尉王温舒率一队缇骑依惯例巡街，行至戚里附近，却见自华阳街方向，一辆辎车疾驰而来，后面还跟从着两名骑士。

"停车！"两名缇骑上前，挡住了去路。辎车的驭手抖了下缰绳，吆喝了一声，辎车停了下来。

"天马上黑了，已经过了禁夜时辰，汝等何人，无视禁令，仍在街上驰骋？"一名缇骑策马上前，高声喝问。

辎车的骑从亦绕至车前，扬鞭指斥道："放肆！我家主人要去大将军府，快把路让开。"

"车上所坐何人？干犯大汉律法，不怕诏狱无情吗！"缇骑自觉占理，毫无惧色。王温舒听说是去大将军府，心中一动，策马上前，示意缇骑住口，跳下马，走到辎车旁，和颜悦色地问道：

"请问，车内是哪位大人？"

但见车帘一掀，露出一张年轻英俊的脸庞，似笑非笑地直视着王温舒，"王将军，我要去会大将军，行个方便？"

王温舒一怔，随即笑容可掬，频频点头，挥手下令道："把路让开，放大人的车过去！"

缇骑们交头接耳，"什么人这么大势派？"王温舒并不作答，他望着飞驰而去的辎车，陷入了沉思。

大将军府位于戚里东街，原为平阳侯曹寿的府邸，曹寿病逝后，平阳公主改嫁于卫青，这里遂成为大将军府。卫青即住在这座五进大宅的第三进中厅。皇帝驻跸鼎湖宫，至今未归。几天来各种小道传闻不胫而走，搞得人心烦意乱，每天的朝会，因皇帝不在，要紧的奏章都以专骑送往鼎湖宫，可奇怪的是，往常皇帝在外时，报送的奏章快则当日，迟则四五日即会批复送回，交由相关衙门执行。可这一次，所有报送的奏章无一返还，朝内反倒无公可办。皇后与太子每隔几日即派人前往请安，见到过皇帝的人都说皇帝神形委顿，很疲惫的样子。近来几次请安则被挡驾，被告知皇帝不适，需静养，不见人。

这是刘彻登基以来从未有过的状况，朝政虽如以往按部就班地运行，但京师百官无不惶惑不安，而卫氏一门，尤为忧心忡忡。当霍去病随着门卫进入中厅时，卫青正襟危坐于席上，闭目养神。

"二舅，你还有心思在家养神！"

卫青睁开眼，示意门卫退出。"已过了禁夜的时辰，去病所为何来？"

"都火烧眉毛了，你可真沉得住气。我有个消息，想与你合计个办法。"

"消息，什么消息？"

"北军一个校尉自上郡回来，说当地一个能通鬼神的巫医被召去了鼎湖宫，看来，皇帝病得不轻。"

"哦，怎么见得？"

"今上出行，都有太医随驾，有恙自会服药，针药罔效，才会请神下鬼。"

卫青沉吟不语。

"你倒是说句话呀！我听吾娘说，皇后与太子近来几次派人去鼎湖请安，连皇帝的面都见不着，若非大渐，何能如此？"

霍去病心焦气躁，绕室彷徨，卫青摆摆手道："去病少安毋躁，你坐下来，我们从长计议。"

霍去病抓起一个蒲团，与卫青相对而坐，低声道："二舅，先发制人，后发制于人，现下天子生死未明，千钧一发之际，莫如我们先动！"

"先动？"卫青一惊，问道，"怎么动？"

"北军八尉随你我征战有年，足资号令，我们调北军入城实施戒严，拥戴太子登基。"

卫青瞪着霍去病，摇头连连，低声呵斥道："住口！这是大逆，你不要命了？"

霍去病却不以为意，正色道："当断不断，反受其乱。舅舅不怕沙丘之变①再现于今日乎！"

秦始皇三十七年，车驾出游江淮，返程平原津之际，病甚，拟以玺书授太子扶苏，随侍的宦者赵高扣玺书不发，与丞相李斯谋立随行之公子胡亥，诈为始皇帝遗诏于沙丘立胡亥为帝，密不发丧，矫诏赐死扶苏与大将蒙恬，秦亦因此二世而亡。刘彻此番去上林，携次子刘闳同行，若皇帝崩逝于鼎湖，有人拥立刘闳于枢前即位，一切就都晚了。故霍去病以胡亥篡位类比。

卫青内心同样为此焦灼，但其喜怒不形于色，仍沉吟不语。良久，方叹息道："调用兵马，须今上授以符节，无此，北军能否用命，并无把握。城内缇骑听命于中尉，大内禁军掌于卫尉、郎中令，无皇命，王温舒、李广又岂肯放北军进城、进宫？"

霍去病不以为然，争辩道："今上生死未明，难道以太后、太子之命不能号令禁军？退一步说，北军乃我军精锐所在，数倍于禁军、缇骑，一旦发动，无人可当。"

"利害即在于此。今上若仍在，这样做就是谋逆，是诛九族的大罪，而且牵连到皇后、太子，本来可以堂堂正正承继大统，却由此沦为叛逆，身死族灭，图得个甚！"

"那你说该怎么办？就这么干等着，一旦落了后手，吾等还不是俎上鱼肉，任人宰割！"

"今上春秋正富，向来体格强健，我觉得他能扛过去。若真不讳，也要消息确实后再作打算。太子已立数年，朝廷内外无人不知，刘闳还是个孩子，

---

①沙丘，沙丘宫，秦代皇帝出巡时驻跸的离宫，地望在今河北广宗县。秦始皇巡游至此病死，宦者赵高与丞相李斯合谋篡改遗诏，赐死太子扶苏，立随行的皇子胡亥为帝，史称沙丘之变。

不足以当国政，况其母已薨，外家无可倚靠，没有了皇帝，论嫡庶，论名分，论人脉，拿什么与太子争！即使有变，名不正，言不顺，其事必不行，届时吾等再为太子出头，胜算可期。"

甥舅二人争辩几近两个时辰，时近人定①，仍旧谁也说服不了谁。卫青目送霍去病悻悻离去，决意翌日进宫觐见皇后，再请遣使鼎湖宫，一定要探明究竟。

一直厕身在戚里东街的拐角处暗影里的一名缇骑，目送霍去病的轺车远去，方才策马驰往城东的中尉府。王温舒一直等在那里，他已得知霍去病午后去了北军，那么这位青年将军夜访大将军府所为何来呢？皇帝车驾在外，京师近日谣传甚多，他不能不留意朝廷重臣的动静，尤其是卫霍一门，两人作为皇亲贵戚、舅甥至亲，又都是朝廷统军重臣，他们会密谋些甚？自己要不要奏报给行在？可无确凿的内容，又能证明什么呢？万一漏风，得罪了这些贵戚，可不是玩的。王温舒绕室彷徨了好一阵，仍旧委决不下，遂决定暂且搁置此事，等等鼎湖宫那里的消息再说。

刘彻自昏睡中醒来，汗湿重衣，口干舌燥，连饮了数杯热茶，问起在旁服侍的郭彤，方知自己这一觉已经睡了九天。

沐浴更衣后，他感觉精神清爽多了。自在上林苑礛氏馆夜会王夫人后不久，刘彻因偶感风寒，竟至大病一场。那日请神后，已是夜半，于是车驾直奔附近的鼎湖宫②，打算在那里小憩数日后，取道茂陵去甘泉宫。不想当夜即感不适，数日后寒热交作，时而浑身寒战，时而汗出如洗，时发谵语，如见鬼状。诸内侍病急乱投医，在李少翁指点下，请来了京师附近的各路巫医，作法招魂，而药石罔效，全无起色。后来有个叫发根的小黄门，从上郡请来了一位巫医，据说能够下神祛病。他连续作法数日，好在吉人天相，皇帝总算挺过来了。

车驾滞留鼎湖宫期间，刘彻一度濒危，诸内侍皆惶惶不可终日，有人提

①人定，古代计时单位，相当于亥时（晚九至十一时），其时夜已深，人多入眠，故以是称。

②鼎湖宫，一说在京兆湖县，此从陈直说，在今蓝田县焦岱镇（陈直，《三辅黄图校正》，陕西人民出版社，1980年版，第77-78页），由地望可知鼎湖宫位于上林苑东。

出通报皇后、太子，以备不测。内侍中地位最高的谒者令郭彤，力持不可，严令封锁皇帝病危的消息。他这么做是押上了身家性命，皇帝一旦不讳，则帝后父子未能诀别，天人永隔，绝对是大逆不道之罪，会被诛戮九族。郭彤清楚地知道其中的利害，可他就是有种直觉，感到皇帝不会愿意宫里知道他去上林苑做什么，皇后与太子每隔几日派来问安的使者，都被他敷衍了回去，直到皇帝醒过来，他那颗悬着的心才放了下来。

刘彻倚在卧榻上，闭目养神，熏炉中的燃香袅袅，他的思绪亦随着这淡淡的香气，神游物外。恍然间，一女子一袭黑衣，翩然而至，仔细端详，竟像是在碨氏馆见到过的神君。女子吹气如兰，附在他耳边道："天子毋忧，病少愈，与我相会于甘泉。"他猛然睁开眼，室内空无一人，但仍能清楚地记起神君的话语。

"郭彤……郭彤！"

"奴才在……陛下有何吩咐？"郭彤就守在寝宫门口，应声而入。

"吩咐车驾，明日一早去甘泉。"

"甘泉？"郭彤一怔，皇帝龙体初愈，似应先回京师以安定人心。他略一迟疑，奏报道："皇后与太子之使来行在请安，陛下要不要见一下？"

刘彻边欠伸边摆手，"不见。你让他告知据儿与皇后，朕身体大好了。"

"去甘泉，可携二皇子同行？"

刘彻略作思忖，摇摇头道："闳儿这次已见过母亲，还是回大内，莫耽误了学业，你吩咐苏文帮闳儿收拾一下，随京里请安的使者一同回宫。"

"是，奴才马上去办。"郭彤领命欲去，又想起什么，回转身问道："陛下不豫时，京师送过来的奏章甚多，陛下要不要看看。"

卧病近月，朝廷奏报待批的公文山积，但刘彻的心思不在这上面，他吩咐郭彤将公文一并携往甘泉宫，在那里慢慢看。眼下他满脑子都是神君，父皇的指责早已被抛诸脑后，恨不能依李少翁之议，将甘泉宫立时布置成与鬼神交会之场所，若能得神仙导引，长生不老，尘世的荣华又算得了什么！

八十四

　　自长安北出横门，过渭桥，即入咸阳原，又称长平阪，平原宏敞，一马平川，泾水自西北而来，穿原而过，自阳陵汇入渭水。行五十里至池阳，由此下阪，溯泾水上行三十八里则至车厢阪，登阪车道顿窄，萦纡曲折，只容单轨上下。而登阪后则豁然开朗，但见坦原上宫室林立，这里就是汉代帝王避暑离宫之所在——甘泉宫了。①

　　传说这里曾是自黄帝以来祀天之处，秦时建有林光宫，并以此为起点修建直达塞上九原②的直道。刘彻登基后，对这里进行了大规模的扩建，周回十九里，因倚甘泉山而建，故名甘泉宫。刘彻每年五月多会至此避暑，入秋后方返回长安，皇帝驻跸之处统称行在，公事亦随行在走，故朝廷重臣亦会随驾至此，即使地方职任在身的九卿，如内史、中尉等，遇到相关公事，也须招之即来。

　　依李少翁之言，甘泉宫中自春末就开始了大规模的改建，于宫中新建一台室，四面墙壁均绘有大幅壁画，遍及天、地、太一之神，于云蒸霞蔚之中，腾云驾雾，光怪陆离。而室内所饰，帐幔袍服，车驾器物，均绘有云气灵仙，完全由李少翁一手安排。可怪的是，尽管如此，李少翁每每作法下神，却再

---

①甘泉宫之地望在今陕西淳化县铁王乡，其往长安路线参见《汉书·宣帝纪》及史念海《直道和甘泉宫遗址质疑》，《中国历史地理论丛》1988年第3期第73页。

②九原，秦郡，汉代改五原郡，今内蒙古包头。

没能招致神君与王夫人现身。问他缘由，则以宫内凡俗人等太多，浊气太重，鬼神嫌之远之。刘彻为此动用了少府存赀之半，却全无效用，对李少翁的法力渐渐生疑，脸色也不好看了。

李少翁当然感受到了皇帝的不满，于是自承愿授黄白之术，以纾朝廷财用之急。早先李少君以祠竈化丹砂为黄金，刘彻曾命太常寺的史宽舒、黄锤随之观摩，无奈李少君炼制丹砂，从不假手于人，一到掺入铜、锡的当口，往往故弄玄虚，内侍们搞不清雄黄的配比，没办法独立操作，李少君殁后，他们辛劳累年，仍炼不出哪怕一两黄金。李少翁接手后，果然不同，少府终于在他的指导下，以锡炼成了白金。

"好，好！"刘彻打量着手中的白金，连声赞好。这白金精光闪亮，色泽远较黄金夺目，只是重量比金、铜轻了很多。

"爱卿，你们看看这白金成色，用作诸侯朝觐觐荐享所用白金如何？"他将白金递给在旁侍候的丞相李蔡、御史大夫张汤。李蔡接过白金，掂量了一下，摇了摇头，"颜色是好的，就是比起以前李少君所炼，轻得太多。"

张汤接过白金，连声赞好。"这白金精光闪亮，铸印纹饰后，用作荐享用币最好不过。"

"如丞相所说，你们练的这白金比当年李少君所炼要轻许多，何以会如此？"

黄锤稽首道："所用的材料不同，李少君当年所用为铜，奴才们用的是锡，以是轻重不同。"

"李少翁炼金，用的也是雄黄吗？"刘彻问。

吕宽舒道："正是雄黄，李少翁告诉了吾等雄黄与草灰的配比，故一次成功。"

其时术士点石成金的做法为：先以草灰伏住雄黄，提升其熔点至与铜等金属相等，之后掺入熔解之金属，即会产生颜色上的化合反应，但如不先以草灰伏住雄黄，则其熔点远低于金属，不待金属熔解，雄黄早已挥发殆尽，而草灰与雄黄之配比，往往须经无数次实验方可把握，也是黄白之术的不传之秘。

刘彻颔首道："无李少翁在场，尔等可否独自炼金？"

吕宽舒稽首再拜道："可以。今日所呈之白金，正小臣与黄锤所炼。"

刘彻大喜道："少府多的是银锡，以之炼金，当可纾吾财用之困。李少翁这趟差事办得好，传他进宫，朕要厚赏。"

李蔡道："白金好是好，只是所拟三品①币值甚高，只可用于诸侯朝觐享聘，所入均归少府，而朝廷财用仍不敷足用。"

刘彻不满地瞪了李蔡一眼，转而询问张汤："朝廷数议开源，实行盐铁专卖，售卖军功爵、算缗告缗，何以仍不足用？"

张汤敛容揖手道："东郭咸阳、孔仅已持诏乘传赴各郡国，征收衙门的设立与人事非一日之功，其收效尚须时日，售卖军功爵更是如此，眼下来钱最快者当属算缗告缗，无奈推行不顺，朝廷大臣颇有阻挠者。"

刘彻怒甚，厉声道："朝廷定下的事，废格沮事，汝身为御史大夫，何不依律治罪！"

见到皇帝震怒，张汤伏地稽首："处置朝廷大臣，须由陛下决断，在鼎湖时，臣已将杨可所奏报告行在，迟迟未见陛下批复，臣不敢擅断。"

刘彻想起，卧病鼎湖时，积压章奏甚多，而到甘泉后，心思都在营建神宫上，竟把批复奏章这回事丢到脑后去了。他放缓语气，示意张汤起身，问道：

"杨可的奏章怎么说？"

"有告茂陵富人袁广汉算缗不实者，杨可遣使查办，不想义纵以未经准许在他治内抓人，是乱法扰民，派人抓扣了算缗使。"

"义纵？！"刘彻一怔。朝廷大臣中对算缗，尤其是告缗，抵制者甚多，他是知道的。如汲黯、颜异等，他将颜异下狱、罢黜汲黯，投闲置散，而以义纵为内史，为的就是要在三辅力推算缗，不想他所为更甚，竟敢抓扣告缗使，这其中必有缘由。

他吩咐郭彤将杨可的奏章找出来，又命传召义纵、王温舒来甘泉觐见。他要以大军深入漠北，与匈奴决战，此事在他心中酝酿已久，而骑士、马匹、

①《史记·平准书》："又造银锡为白金，以为天用莫如龙，地用莫如马，人用莫如龟，故白金三品：其一曰重八两，圜之，其文龙，名曰'白选'，直三千；二曰以重差小，方之，其文马，直五百；三曰复小，撱之，其文龟，直三百。"

粮秣的征调，辎重、后援之接济，士卒伤亡之抚恤、立功将士之赏赉，在在都离不开金钱，而欲于短期内凑足军资，最大的指望就在告缗之上，义纵不识轻重，竟敢沮已成之议，坏己之大事，是可忍，孰不可忍。

刘彻在甘泉的寝宫周边栽有修竹万竿，故名竹宫，竹宫殿外有一巨大露台，台周设有勾栏，凭栏远眺，咸阳原可以尽收眼底。刘彻心中烦躁，在露台上踱步，盘算着如何处置义纵。义纵是自潜邸时即跟从他的老人，胆大心细，办案雷厉风行，极为得力，刘彻视其为快刀，二十年来，一直备受信用。但自调任内史以来，义纵之行事，已几次惹他不快。譬如，抓捕郭解，前后近二年，迟迟不能归案，若非改用王温舒，还不知道会拖到甚时候，刘彻一直怀疑义纵有意纵放。又如此番自鼎湖赴甘泉，途经咸阳阪的官道竟全无修整，今夏几场大雨冲刷后，路面坑坑洼洼，颠簸不平，这里是义纵的辖区，废弛如此，可见其公事上的懈怠。此番抓捕告缗使，废格沮事，依律罪无可恕，刘彻考虑的是要不要法外施恩，赦其死罪。

"陛下，李少翁应召候见。"谒者所忠打断了他的沉思。刘彻回到宫中，示意所忠传谕少翁觐见。

"朕功成必赏，有诺必践。李少翁，汝能进献秘方，指导少府炼成白金，是大功一件，朕今赐汝文成将军之号，爵比二千石，开府京师，职任太常，专司祠竈下神，炼金铸币。你好好干，朕不会亏待你。"

"陛下天恩高厚，小臣愿效犬马，唯愿天子千秋万岁，长乐无极！"李少君满面喜色，伏地稽颡①，连连顿首。

"丞相，衡山王的京邸还空着吧？朕即赐此宅予李少翁，更名'文成将军府'，你叫长史拟一道诏令，知会朝廷。"

李蔡揖手领命，正待退下，刘彻想了想又道："你顺带传朕的谕令与太常，告诉他在金坊为文成号间屋子，与史宽舒、黄锤等加紧炼铸白金，所需物料不可短缺。"

之后，刘彻示意文成前席至御座之旁，为他详解淬炼白金的方法与过程，

---

① 稽颡，以头触地。

说者绘声绘色，一众听者如醉如痴，不经意间，已近晡时，正待吩咐用膳，却见小黄门苏文满头是汗，神色慌张地走进殿来，看到皇帝身前的李少翁，不由得一怔。

郭彤见状，迎了上去，"陛下正忙，你张皇个甚？没规矩！"

刘彻摆了摆手，道："让他过来。"

苏文伏地顿首道："陛下，御苑喂饲的青犛打从早间就不吃食了，叫兽医来看，说是肚肠里有东西梗住了。大夫给它灌了大黄水，上吐下泻，可没用，气力反倒耗尽了，眼下卧在地上揣气儿，眼瞅着要不行了！"

青犛乃西南夷白马国进贡的一只牦牛，通身乌黑，被毛长而光亮，性子温良驯顺，是刘彻的爱物。

"该死！喂牛的是干什么吃的？青犛若有个好歹，朕唯这些奴才是问！"

"青犛？是只黑色的牦牛吗？"一直在旁静听的李少翁忽然开了口。

苏文点点头，偷觑了一眼李少翁，愈发觉得很像昨晚在御苑遇到过的人，只是当时天色太暗，看不清面目，但高矮与身形颇似。"正是，大人见到过这牛吗？昨晚上？"

众人的目光都集中在了李少翁身上，他大睁着眼睛，神情诡谲，嘴中喃喃自语，良久，才回过神来，向苏文点点头道："我今早路过御苑，见到过那只牦牛，哞哞长鸣，躁动不安……"他转向刘彻，揖手道："小臣其时亦有感应，心跳，脑子也眩晕得厉害。"

"感应？以汝之判断，这青犛是犯了什么病？"刘彻一头雾水。

李少翁连连摇头："非病也，乃天降神物于其腹中，故小臣有所感应。"

"神物？"刘彻越发不解，追问道："甚神物，何以会降于青犛腹中？"

"青犛乃陛下爱物，天降神物于其腹中，或为谕示陛下，至于何物，取出即可知晓。"

从牛肚取物，势必开膛破肚，则青犛必死。刘彻半信半疑，沉吟良久，好奇压倒了不忍，于是命李少翁、郭彤随苏文前往御苑剖取牦牛肚中之物。

庖人剖开牛腹后，在食道与瘤胃相交处，取出了一团锦帛，原来是这团锦帛塞住了食道，致使青犛不能进食与反刍。锦帛已被胃液浸染得污脏不堪，洗涤后勉强可以辨识出上面书有文字，烘干后，墨色虽褪，数行文字依稀可辨：

> 阉茂沉沉，岁星在戌，天雎色白，女丧惟永。
> 大渊湛湛，岁星在亥，师旅振振，将有四海。

刘彻反复将帛书看了几遍，不得甚解，于是要李少翁譬解。

"戌为九月，岁星喻指天子，阉茂是为太阴之名，又称天雎，色白，象征女人，光芒为岁星所掩，是为沉沉。女丧惟永，意指死去了的女人永远不会复生了。"

李少翁蹙额摇头，恍然大悟的样子："这是天降的神谕啊，难怪到了甘泉就再也召不来亡魂了！"

"亥为十月，与岁星相对应的太阴名大渊，师旅振振指大军出征，而天子将囊括四海。"

他看了一眼皇帝，面带喜色，伏地揖手道："这神谕的意思是：逝者长已矣，来者犹可追。陛下即将武功大盛，富有四海。"

"噢，"刘彻眯起眼睛，脑中却突然闪过祖母窦太后的话，"新垣平一类的事儿你要警惕，术士里多得是骗子！"

他示意文成将帛书呈上，重新细细地端详上面的字迹，有种似曾相识的感觉，不觉疑窦丛生。

"既是给朕的神谕，何以会在青犇的腹中？"

李少翁语塞，迟疑了片刻道："想那青犇乃陛下爱物，以之感生，更易为陛下发觉吧。"

新垣平在玉杯上刻字，埋入地下，然后伴称阙下有五彩祥光；陈胜、吴广亦以帛书"陈胜王"塞入鱼腹，以惑戍卒；这帛书会不会也是事先写就，塞入牛腹，以行诈术呢？一念至此，刘彻已经有了主意。

"这神谕朕要反复诵读，体会其真意，果若如你所言，朕当大奖掖之！文成既能感应神迹，可在宫里四处走走，找找还有甚祥瑞。"

李少翁兴冲冲领命而去，刘彻望着他的背影，传召史宽舒、黄锤入殿。

"你二人随文成炼金，见过他写的字吗？"

“见过。炼金时，文成将军曾书写物料清单，要小臣等按单备料。”

“那么，文成的笔迹你们是识得的喽？”

“识得。”

“尔等看看这帛书，像不像是文成的字迹？”

刘彻吩咐将帛书交与他二人验看，二人传看后，交换了一个眼色，奏称不敢肯定，但很像是文成的笔迹。

“噢，像在哪里？”

“文成的字，都是隶体，帛书也是隶体；文成的书法，凡有捺这一笔画者，都拖得很长。”吕宽舒展开帛书，指着几个字道：“帛书中‘女丧惟永’的‘永’字，‘师旅振振’的‘旅’，‘振’字中的‘捺’，也都拖得很长，是文成特有的书法。”

一直站在郭彤身后的苏文闻此，不觉失声叫道：“这就对了！”

郭彤回过头，狠狠瞪了他一眼，呵斥道：“这是什么所在，竟敢在陛下面前大呼小叫，你知罪么！”

刘彻扬了扬手，示意苏文到御前来。“苏文，你在说甚？”

苏文抢前几步，伏身顿首道：“这帛书上的字体既是李少翁的，那帛书也一定是他饲喂给青犉的！”

刘彻身子前倾，盯着苏文，“哦，何以见得？”

“奴才昨夜人定①时分，去为青犉加料时，看到个人影一闪而过，而青犉的料槽中草料不少，显然是有人喂过了。奴才虽未看到那人的脸，可身高胖瘦都与李少翁相似，刚刚他们说字迹也像，不是他，又能是谁！”

刘彻顿觉心头无名火起，浑身燥热，脸色忽青忽白，额头沁出了细汗。郭彤见状，赶忙递过汗巾，刘彻借着拭汗，强自镇定，可在场的人都能觉察出皇帝的怒气。

不想新垣平又见于今日！该死的李少翁，竟敢装神弄鬼，欺君罔上，想必碾氏馆那次下神也是他预先布置的，难怪到了甘泉他的法术就失灵了。尤

①人定，汉代计时单位，夜深将息之时。

其是他拿自己当个傻子在耍，而自己竟还予以厚赏，事情揭开，满朝的官员、天下的百姓会怎么看？自己岂不成了众人口中的笑料！一念至此，刘彻矍然而惊，头脑也冷静下来，方才恨不能立时将李少翁抓住明正典刑的暴怒，亦渐渐散去。

好在，朝臣们并不在场，目睹自己失态的仅只郭彤等五六个中官。刘彻略作沉吟，看了看众人道："文成是否欺诳，朕会饬中尉府查明，水落石出前，你们都管住自己的嘴，谁走漏了风声，朕唯汝等是问。"

八十五

义纵与王温舒匹马兼程，赶到甘泉宫时，已是黄昏时分。

刘彻先召见了王温舒，待到传义纵进殿时，已近午夜了。他将佩剑交与殿前侍卫，边跟着谒者令进殿，边问道："郭公公，皇帝召我何事？"郭彤低声道："你让杨可告了，皇上很生气，你好自为之。"

御案前烛火通明，义纵伏地请安，刘彻面无表情，视如不见，只是哼了一声，继续看奏章。

自从抓扣告缗使后，义纵就知道会有这一天，是福不是祸，是祸躲不过，天塌下来，也只能扛着了，扛不住，无非一死而已。一念至此，他反而坦然了，俯首屏息，静等着雷霆降临。

良久，刘彻放下竹简，欠伸一过，端详着匍匐在地的义纵。这家伙的倔劲又上来了！刘彻回想起少年时的情景，不觉莞尔。

"义纵，近来在做甚，有甚事要对朕讲吗？"

义纵抬眼，皇帝似乎心情不错，唇吻间似有若隐若现的笑意。他的心一动，顿首道："臣代陛下讨回了当年失去的物件。"

"哦，甚物件？"

义纵转向站在近旁的郭彤："烦公公将我交存于殿前侍卫的那把佩剑呈与陛下。"

可能是摩挲年久，暗棕色的革鞘十分光亮，置于御案，在烛光下熠熠生辉。刘彻第一眼就认出这是当年被夺走的那柄剑，他抽剑出鞘，剑身仍黑湛有光，靠护手处"百炼"二字依稀可见。他拔下一根头发，置于剑刃，轻轻一吹，发丝迎刃而断。

"你抓住朱安世了？"

"没有，这剑是他主动呈还，他还托臣向陛下请罪。"

"哦，怎么说？"

于是义纵将如何在西园遇到朱安世，朱安世如何还剑请罪，如何愿意戴罪立功、报效朝廷，一一缕述。

"西园？是那个袁广汉的园子吧，你去那里做甚？"

"臣去西园，原是想命其主动算缗，以免罪衍。"

"你既遇到朱安世，为何不拿他归案？"

"臣当时未带随从，力不能制，待调了人来，他已踪迹全无。臣以为，这类江湖人物，与其抓与杀，莫如善为利用，譬如我朝马匹不敷足用，朱某愿戴罪立功，急朝廷之所急，赴西域购马报效朝廷，岂不有助于陛下伐胡大计。"

刘彻摇摇头道："朱安世夺剑、走私且不论，他参与淮南谋叛，携刘陵逃匿，是谋逆大罪，罪无可缩。"

义纵语塞。有顷，顿首道："臣愚昧，朱安世罪有应得，臣必缉拿他归案。但臣还有一事不明。"

"甚事？"

义纵知道廷尉即将对郭解处刑，决意尽最后的努力为其缓颊。原来，在轵县又有人因郭解而杀了人。轵县有个儒生，陪郡里的使者闲谈，说起郭解，儒生称郭解以私犯公，根本算不上贤人。消息传出，郭家门下的一个恶少年，手刃了这个儒生，且断舌泄愤。事后缉拿人犯，竟茫然不知其下落。郡县上报到廷尉，廷尉责郭解供出人犯，而郭解坚称不知情，朝议时仅义纵一人主张郭解无罪，于是定了郭解大逆不道罪，依律当族。爰书已报到甘泉，皇帝认可，即会执行。

"郭解成年以后，再无杀人越货的勾当，朝廷以其为逋逃渊薮，迁其于茂陵，他也乖乖地来了，他犯的事情，均在赦前。此番轵县逋客杀人，郭解更是身在狱中，全不知情。臣不解朝廷何以必欲除之后快。"

"郭解之门徒布衣任侠，以睚眦之怨而取人性命，无视朝廷律法，郭解虽不知，罪过甚于其亲手杀人。仅茂陵之迁，其门徒就先后滥杀五人，所谓以武干禁，罔顾国法，不除此祸首，天下哪得太平！"

"郭解名重江湖，臣恳请陛下赦其死罪，此类江湖人物，相逼过甚，北走胡，南走越，会成朝廷心腹大患的。"

没能捉住朱安世，已令刘彻不快，那把剑，不啻重新揭开了他心中的疮疤，及至义纵为郭解缓颊辩解，他终于发作了。

"哦，你是代江湖鸣不平吗？朕倒是忘记了，你少时也是江湖中人，难怪与朱安世、郭解之流惺惺相惜。"

义纵心里一紧，难过得几乎流下泪来。"臣冤枉。臣为陛下犬马逾二十年，诛贪除恶，不惧生死，人所共见……"

远远地，他看见皇帝身后的郭彤频频以手指封唇，示意他不要再争辩，但为时已晚，刘彻误会已深。

"朕当然知道，所以才把你当作朕的快刀，把你从一个江湖混混拔擢为朝廷大臣，何曾亏待过你！可你内调以来，所为深负朕望。抓个郭解，你拖沓经年；遇到朱安世，你非但放了这个谋逆的要犯，还代他缓颊；朕卧病鼎湖，京师到甘泉的御道，你弛于修治，你是以为朕再也走不了这条道了吗……"

刘彻愈说愈怒，不能自已，他自御座起身，走到义纵身前，戟指怒斥道：

"尤有甚者，算缗告缗，乃朝廷振兴军国之大计，而汝竟敢勾结奸商，抓扣告缗使，废格沮事，胆大包天！你与朱安世会面，就是这个袁广汉居中牵线吧？难怪这个奸商遭人告缗，你要代他出头，你如此卖力，袁广汉给了你多少好处？！"

义纵涨红了脸，昂首抗辩道："臣官俸自给有余，从未妄取过一文，清者自清，浊者自浊，臣之肝胆，敢质天日。"

刘彻冷笑道："你是清是浊，要由有司查明定谳，可你藐视朝廷律令，抓扣告缗使，罪无可恕，你还有甚话可说？"

义纵头脑一片空白，他深吸了口气，渐渐冷静下来。还是那句话，是福不是祸，是祸躲不过，男子汉大丈夫，宁为玉碎，不为瓦全，一念至此，置生死于度外，心里反倒坦然了。

"陛下欲治臣罪，臣无话可说，但臣不服。飞鸟尽，良弓藏；狡兔死，走狗烹。吾阿姊如此，吾亦如此，早知今日，何必当初！"

"当初怎样？"

"当初就不该掺和宫里头的事，不该做官，踏踏实实做老百姓，至少不会死于非命！"

义纵的负气不屈，颇令刘彻吃惊，他原想将义纵免官罢职，让他赋闲一段时间。而义纵这番话，令他改了主意，衔恨如此，这个人真的不能留了。

他下令将义纵就地罢官，由侍卫押赴廷尉待审，又传谕召王温舒上殿。亢奋而后的他，疲惫、困倦，他用力眨了眨发沉的眼睑，倚在凭几上，气运丹田，试着让自己平静下来。

郭彤将一杯热茶送至案上，轻声道："夜深了，陛下早些将息吧。"

刘彻呷了口茶，问道："朕要置义纵于法，你怎么看？"

郭彤是同情义纵的，既然问到自己，于是赔着小心，代义纵缓颊，希望化解皇帝一时的怒气："义纵是自潜邸就跟从陛下的老人，看在他这么多年为朝廷冒险犯难的分儿上，陛下宽宽手，给他条活路，他一定会感戴陛下的不杀之恩。"

刘彻冷笑道："感恩？你难道没有听到他最后说甚？骂朕是兔死狗烹，鸟尽弓藏！义姁是你去赐死的吧，他一直牢记在心，这样心里藏着恨的人，是个隐患，当然得除去。"

"长姊如母，义纵自小由其姊带大，姊弟情深，一时糊涂，触怒了天子，还望陛下念其愚诚，恕其一死。"

"他们姊弟两个有功于朕吗？当然有，可他们也各有取死之道。义姁管不住自己的嘴，义纵抓扣告缗使，沮坏朝廷大计。以中国之大，何愁没有可用的人才，悉心奖拔而已。可这人才若不与朕同心，不为朕所用者，留之适为祸害，又怎可滥行妇人之仁呢！"

"老臣愚陋，陛下圣明。"郭彤额上沁出了冷汗，心知义纵必死无疑，只得连连称是了。

王温舒应召赶来，他已闻知义纵被收押，心里一则以喜，一则以忧，喜的是这个令他心存忌惮的对头倒掉了，忧的是皇帝喜怒难测，伴君如伴虎，随时有罹祸的可能。

"文成的事情办完了？"刘彻看着这个匍匐在地的小个子，他注意此人多年，从广平都尉到河内太守，王温舒杀伐决断，所治群盗伏匿，路不拾遗，干得很出色。去年调任中尉，就任伊始，即能迫使郭解投案自首，更让刘彻认定，这是个少有的、肯用脑子的能吏。李少翁伪造神谕，欺君罔上，却封爵赐宅，一旦真相大白，喧腾于众口，自己会成为天下人的笑料。只有让他神不知鬼不觉地消失，方可消弭此事于无形，而这正是他重用这个小个子的原因。

"办完了。"

王温舒受命后，即以恭贺为名宴请文成，美味珍馐，觥筹交错，几巡酒下来，文成酩酊大醉，王温舒扶其就寝，即于寝室结果了他的性命，随即深埋于甘泉苑的密林中，整个过程只有他与属下成信在场，没有第三个人知道。

相比于王温舒处置李少翁的经过，刘彻更为关心的是如何对他的失踪做出解释："文成夜宴后，就没了踪影，他的去向，尔等作何交代？"

王温舒早就想妥了说辞，胸有成竹，不慌不忙道："文成酒醉，炫技逞能，食马肝①，毒发而亡。"

刘彻大感兴趣，追问道："活要见人，死要见尸。若有人提出验尸，尔等怎么办？"

王温舒很沉着，揖手道："掘一空棺搪塞。"

"空棺？如何搪塞？"

"或可于空棺中加置文成常服之衣履，就说文成尸解升仙了。"

刘彻莞尔，摇首道："此皆汝等之说辞，又何能取信于人！"

"文成尸解，意味成仙，成仙则仍会时不时现身于人世，寻一貌似者现身于某地，与熟人相遇，消息必将不胫而走，喧腾于众口，即便有人不信，事过境迁，又何能证明那不是文成！"②

刘彻颔首，不由得对王温舒刮目相看，这谎竟被他圆得天衣无缝。"聪明！

---

① 汉代人均认为马肝味美而有剧毒。《史记·武帝本纪》：帝与方士栾大论神仙之术，栾大称方士皆恐步文成后尘，不敢言方术。"上曰：'文成食马肝死耳。子诚能修其方，我何爱乎！'"

②《汉武故事》："文成诛月余，有使者藉货关东还，逢之于漕亭，还见言之。上乃疑，发其棺，无所见，惟有竹简一枚，捕验闲无踪迹也。"参见《史记·武帝本纪》。

这番故事也亏汝想得出来。"

"非臣聪明，不过仿建元故事罢了。陛下可还记得李少君？"

刘彻憬然而悟，连连点头。当年李少君死后，他亦派人发其棺木，也是尸骨全无，唯剩衣冠①。

"文成曾称，他与少君同事安期生，所学亦同，小臣由此推论，他死后尸遁升仙，亦应与少君类同，而举朝官员，自不会对此生疑。"

"好，好！"刘彻连声赞好。

夜漏更残，远远传来了鸡鸣声，郭彤又为刘彻换了杯热茶，轻声提醒道："陛下，已是鸡鸣时分，该歇息了。"

刘彻打了个哈欠，摆了摆手，示意郭彤收起案上的铜剑，之后看定王温舒，决定把抓捕朱安世、刘陵这件事交与他。

"王温舒，朕没有看错你，文成的事办得好，朕还有一事，要你去办。"

"臣誓不负陛下所托，请示下。"王温舒昂首应答，声音响亮。

"茂陵有个叫袁广汉的巨富，你可知道？"

王温舒当然知道，实际上，他与袁广汉还很熟，袁在京师放贷生利，他也受过袁的好处。他更知道，杨可的告缗使就是因袁广汉而被义纵抓扣，他乐得坐山观火，果然，义纵被杨可举告，锒铛下狱。

"袁广汉吗？三辅上下无远弗届，没人不知道放贷老袁。"

"有人举报他算缗不实，偷漏瞒报，尤其可恶的是，此人胆敢窝藏朝廷要犯朱安世。义纵下了诏狱，朕命你代行其内史职权，赴西园查抄袁广汉的家产，并于三辅、关东访求线索，缉拿朱安世与刘陵归案。你是否堪任朝廷的快刀，要在这件事上做给朕看！"

几乎在同一时间，朱安世也自长安回到了茂陵西园。此番京师一行，他实现了几乎所有目的，不仅与金仲、陈珏、公孙敖等旧交重续，经由他们，

---

①《史记·孝武本纪》：《汉书起居》云："李少君将去，武帝梦与共登嵩高山，半道，有使乘龙时从云中云：太一请少君。帝谓左右：将舍我去矣。数月而少君病死。又发棺看，唯衣冠在也。"

又结识了太仆公孙贺的公子公孙敬声，搭上了当今最有权势的卫家。卫家姊妹三人，长姊卫君孺，二姊卫少儿，三姊卫子夫。卫子夫又有同母兄卫长君，弟卫青、卫步广。阿娇以巫蛊废黜后，卫子夫得刘彻宠幸，生子刘据，元朔元年立为皇后，数年后刘据亦立为太子。卫家以此贵盛后，一荣俱荣。卫青以军功升任大将军，大姊卫君孺嫁给了太仆公孙贺，二姊卫少儿嫁了詹事陈掌，其私生子霍去病则入宫为郎，后从大将军击匈奴，屡立奇功，不满二十即被拔擢为骠骑将军。敬声乃公孙贺与卫君孺的独子，自小视若拱璧，锦衣玉食，娇惯异常。小姨是当今皇后，舅父位居三公，而太子、骠骑将军论起来都是他的表哥，一门贵盛如此，养成了他骄奢淫逸、为所欲为的纨绔习气。成人后敬声以贵戚子弟入宫为郎，前不久又拔为侍中，成为皇帝身边的侍从之臣，势焰熏灼，朝野侧目。

同为贵游子弟，敬声少时即与金仲、陈珏等相熟，平日架鹰走马，呼朋引类，横行于长安八街九陌①。后来金仲、陈珏被义纵诱捕，因罪圈禁，敬声亦惧而敛迹，每日按时进宫从事；然而金、陈解禁后，敬声故态复萌，时相过从，呼卢喝雉，欢宴聚饮。朱安世进京后寄居于隆虑侯府，以是相识，一来二去，朱安世摸清了敬声的性格与弱点。这个纨绔自幼予取予求，奢靡无度，而其俸禄有限，即便有父母的挹注，也远不足以供其挥霍，而他又极为顾惜脸面，决不肯输给同为贵游子弟的金仲和陈珏。于是呼卢喝雉之际，朱安世每每在他窘迫之时施以援手，两人关系日渐热络，公孙敬声亦如陈珏、金仲一般，拜其为师。朱安世亦每于酒酣耳热之际，大讲他走南闯北，从贩鬻马匹上获取厚利的故事，引得这帮公子哥啧啧称羡。看到弟子们入彀，他话锋一转，提议有钱大家赚，他们都可以参一股，有钱出钱，有力出力，敬声等自然纷纷响应，不几日就凑够了十万金；尤其令他大喜过望的是，通过敬声，他得以复制太仆衙门用于通关关传的官印，随时可以伪造通关的文传，这是长途贩鬻中的关键，日后出入关津，能否畅通无阻，取决于此。

唯一遗憾的是来时四个人，回朔方的却只有他一人了。刘陵、阿苗不耐

---

①《三辅旧事》："长安城中八街九陌。"转引自陈直《三辅黄图校注》。

塞北苦寒天气，早就想去南方，适逢南越王赵胡薨逝，入质长安的南越国太子婴齐先期奔丧，其妻樛（音就）英、王子赵兴随后返国，在长安招雇随从，刘陵、阿苗化名应召，而张次公为了刘陵竟也执意随行。朱安世原想劝阻，可想到日后赴西域购马，路途险阻，女人随行，多有不便，于是为他们备办了丰厚的川资。数载患难与共，至此分道扬镳，朱安世不免心情落寞，好在应办之事都已办完，遂决定早日回返朔方。途经西园，为的是取走袁广汉的那一份股金。

将所有行装打点停当后，天色尚黑，朱安世将事先预备好的关传填好起讫地，押运人员姓名、籍贯与样貌特征后，加盖封泥，交与随从。为了不引人注目，他要马帮先行，自己留在西园等候袁苋收拾停当，一起出发。

及至天光破晓，朱安世与袁广汉话别后，正待启程，园外隐隐约约传来人喊马嘶之声，随即有西园的门人来报，园外有大批缇骑与军卒，正在将园子团团围住。朱安世心里一沉，看来自己呈剑请罪之事已经上达天听，而皇帝于己衔恨甚深、睚眦必报，必欲得而甘心。

"主人家，事情不妙，与我们一起走吧。"

袁广汉摇摇头，"是福不是祸，是祸躲不过，吾老矣，死也要死在自己家里。你带上苋儿走吧。"

园子被围，他们只能自地道出园，马匹、行李只能弃留。在秘道入口，袁广汉望着朱安世，泪眼蒙眬，几次张口，却嗫嚅难言。朱安世淡淡一笑，揖手道："主人家放心，我朱安世已诺必诚，答应下的事情就一定会做到。你多保重，我们后会有期。"

在朱安世印象中，西园秘道约数里之长，出口是园外牧场中一口枯井。借着微弱的烛光，他们磕磕绊绊地走了半个时辰，终于看到了井盖缝隙中漏下的亮光。朱安世吹灭蜡烛，示意袁苋不要出声，将耳朵贴住井壁，约莫过了一刻，朱安世点了点头，抓着井壁上的把手，慢慢爬到井口，推开井盖，探出头去。

"朱大侠，别来无恙，吾等在此恭候多时了！"

朱安世一惊，循声望去，距他十数步的地方，一领草席之上，盘坐着的小个子，正笑眯眯地望着他。身后左右，簇拥着数十名缇骑。

小个子看着眼熟，尤其是那双暴睛，可一时竟想不起来是谁。朱安世行走江湖几十年，多次身陷险境，练就了他的沉着冷静，他跃出井沿，揖手道："小的上了年纪，有点儿糊涂，大人是……"

"哈哈，贵人多忘事，敝人也是阳陵人，与大侠还是小同乡呢。"

小个子望着他的目光，锐如鹰隼，就在这一刻，他认出了这个人，王温舒。

八十六

朱安世揖手为礼，高声叫道："啊哈，原来是王大人！失敬，失敬！多年不见，久违，久违了！"

这么高的声音，应该足以警示井下的袁苋不要出来。朱安世坐在井沿上，摆弄着膝上的佩剑，斜睨着王温舒，好奇地问道：

"敢问大人怎么会知道这条暗道，又怎知道我会由此出园？"

王温舒嘿嘿一笑，傲然道："大侠行走江湖多年，我王某的手段，难道竟无耳闻？朝廷调我主持京师的治安，我自然要把治下的沟沟坎坎摸清楚，像老袁这号巨富，京师多少豪门贵戚指着他的钱过日子，当然要看住他，狡兔虽有三窟，也跑不出好猎人的手。至于为何于此守株待兔，那西园被围得铁桶一般，你不走秘道，难道还能飞出去不成！"

朱安世当然知道他的手段，他听广平、河内的兄弟说过，王温舒主政时，也是先摸清郡中豪强大户的阴私，然后以一家为鹄的，猝然发难，施以严刑逼供，一旦吐口，则转相牵引，往往百家连坐，毁家破族，财产尽没入公家。其所用属吏，皆勇于任事、严酷嗜杀者，所捕报闻至王温舒处，十有八九皆不免一死。由此，其在任广平、河内时，邻郡之盗贼惧不敢入，阖郡城乡路不拾遗，王温舒也声名鹊起。

"茂陵是内史辖地，王大人越俎代庖，义纵义大人处如何交代呢？"

"义大人？"

王温舒冷笑道："义大人此刻在诏狱中，大侠很快就会在那里与他相会的。"

朱安世心里一紧，不出所料，皇帝是个记仇的人，义纵受此牵累，也算是为被杀的弟兄报了仇，他全无愧疚，令他忧虑的是，自己这辈子都将在追捕逃亡中度过，而眼下就得想办法脱身。

"义纵下狱了？！"

他大睁着眼，惊诧莫名的样子，随即叹息道："看来与皇帝结下的梁子解不开了，义大人受我连累了！"

"你说甚？结下甚梁子，怎么回事？"王温舒骨碌着眼珠，窥人阴私的好奇心油然而生，迫不及待地想要知道内情。

朱安世望望四下的缇骑，摇摇头道："稠人广众，天子的隐私不好说吧。"

王温舒想想也对，狡黠地笑了。"你把佩剑丢下，我让缇骑们退后，你到我跟前说给我，怎样？"

朱安世掷剑于地，用脚踢开。王温舒做了个手势，缇骑四下散开，退到二十步开外。朱安世扬起双臂，慢慢向王温舒走去。

"好了，停下。"王温舒跳起身，拔剑指向他，示意他停在一剑之外。

"说吧，你和皇帝是怎么回事？"

"还是孝景皇帝时，今上还是胶东王，有一日私自出宫，与朋友到东市闲逛，买到一把好剑。可那剑是我师叔的爱物，身后流散民间。我得知后，欲出重金买下那把剑，可胶东王年少气盛，说什么也不肯出让，还与我弟兄们动起了手，他们当然不是我的对手，剑被我夺了，由此结下了梁子。"

"哦，那义纵于此何干，又怎么会受你牵累？"

"义纵当时在场啊！谁曾想胶东王日后成了太子，又成了皇上，一直衔恨于我，欲得而甘心。我觉着总这么东躲西藏不是个事儿，就约义大人见了个面，托他将那把剑还给皇上，并代我请罪。皇上若因此将他下了狱，事情由我而起，岂不是罪过……"

原来如此，义纵犯下的错，自己决不能再犯，王温舒一手执剑指着朱安世，一面回首挥臂，示意缇骑们过来，就在他侧过脸去的瞬间，朱安世一个滑步，飞起一脚，正中其腕，剑被震得飞出去老远；他借势把住王温舒一只手臂，用力一别，给王温舒来了个仙人背剑，痛得他弓腰屈背，嗷嗷直叫。朱安世又抖了抖空着的那支胳膊，从袖口滑出把尺把长的匕首，他将刃口轻轻按在王温舒的脖颈上，一抹血丝隐约可见。

"想活命，就叫你的手下退后。"朱安世的动作连贯，一气呵成，缇骑们根本来不及反应，王温舒已成了他的囊中之物。

命悬一线的王温舒乱了方寸，大叫道："我与朱大侠有话商量，你们都给我退远着点儿，快给我退后！"

朱安世牵着王温舒的坐骑，挟持着他返回井口，招呼袁苋上来。

缇骑们在百步之外，交头接耳，踟蹰不前。朱安世招呼袁苋上马，又解下腰带，将王温舒缚在马背上，之后一跃上马，转身向着跃跃欲试的缇骑们喊道："王大人要送吾等一程，你们要是敢追，他就没命了。"

言毕，他双腿夹紧马肚，在马屁股上用力一掌，向着牧场尽头那片林子飞驰而去。

半个时辰之后，追踪而来的缇骑在林中找到了王温舒，他手脚并绑，匍匐在地，样子狼狈不堪。侍从们将他扶上马匹，请示行止，他面色铁青，摆摆手，带着部众返回了西园。

他决意亡羊补牢，重新布一张大网，将朱安世一伙一网打尽。缇骑们将西园搜了个底朝天，但所得不过百金，追问袁广汉，称钱财都放贷于外，索要放贷的账册，答称烧掉了。王温舒将他押回中尉衙门，连日拷问，袁广汉熬刑不过，供出与朱安世同来长安的尚有张次公、刘陵等三人。王温舒调阅廷尉处的案卷，查出张次公早已因罪发配朔方，据此判断，朱安世、刘陵肯定是隐身于张次公服刑的边塞，于是传檄关中所有关津亭驿，严查行人，并专派了一队缇骑赴朔方抓捕诸犯。

把一切安排停当后，王温舒返回甘泉宫，向刘彻呈报案情。他不敢隐瞒几乎抓到朱安世，却因自己的疏忽得而复失之事，但隐去个中缘由。

"朱安世这次来长安，与之同行的有淮南国的逆犯刘陵，还有其奸夫，在朔方服刑的张次公。臣已传檄各关津亭驿，严查行旅，他们逃不了多久就会被抓捕归案。"

刘彻不以为然，他想到了义纵说过的"北走胡，南走越"，人犯若真是藏身于朔方，越境出塞不过指顾间事。

"是吗？义纵没抓住他，你不也一样放跑了他！朱某游走江湖一辈子，到处都有同伙儿，朝廷与地方尚不知有多少官吏与之暗通着款曲，他们若不走官道，不住驿站，你又怎么办？抓捕他谈何容易！"

王温舒悚然，伏地顿首道："臣愚昧，要不重金悬赏，在全国张榜海捕？"

"狮子搏兔，得不偿失，不可行。"

刘彻连连摇头，略作沉吟道："朱某多年以走私马匹为生，朕料其还会重操旧业，你要换个思路，在马匹进出的关传上用心查勘。"

"陛下圣明，臣明白了。"

刘彻指点着御案上的爰书，问道："都说袁广汉富拟王侯，家资仅只百金，怎么可能！"

"他供称钱都贷了出去，追其账册，他推说都已烧掉了。"

刘彻冷笑道："他以为如此就可保住家产？账册烧了，脑子里总还记得，你要查出他把钱都贷给了谁，逐一核对追讨。还有，你回京后马上知会太常①与茂陵县，先把他的西园充公！"

在大战将临之际，他不能容忍任何有悖于其意志的言行，决意以霹雳手段震慑朝野。

"你回长安后，传朕谕与丞相、御史大夫、廷尉，郭解既拟以大逆不道罪，即应依律处刑，主犯斩，其家人、同产②无少长皆以弃世论死。颜异腹诽朝政，义纵废格沮事，亦皆以弃世论死。"

袁广汉之富，遐迩闻名，查抄其家产，足以震慑三辅之富商大贾；朱安世亦当世之雄，原想借他的脑袋震慑那些恣意横行、无视朝廷律法的游侠，可惜被他逃脱。郭解名声在朱安世之上，虽罪不至死，可为了震慑不安分的江湖，刘彻仍要将其明正典刑。至于颜异、义纵，处死他们，对那些非议朝政，或口是心非的官吏是个严厉的警告。

———————

① 太常，汉代九卿之一，掌管朝廷宗庙礼仪之主官，兼管陵县，西园在茂陵，茂陵为太常所辖陵县之一。

② 郭解被定为"大逆不道"，依汉律，主犯腰斩或斩首，父母妻子同产无少长皆弃世；同产，同胞兄弟姊妹。

几乎是在同时，南越返国奔丧的车队自宣平门出城，过饮马桥、轵道亭，在霸城观小憩后，一行过灞桥，就是霸上了。函谷道、武关道、蒲关道由此一分为三，分别通往关东、荆襄与河东，去南越既可走函谷，出关东行南下，也可越南山由武关而直下荆襄。函谷道好走，但绕行路远，而武关道更为直捷，先樛氏数日启行返国的婴齐，走的就是武关道。

　　车队正欲自道口南拐，却见函谷道霸陵方向，一骑人马飞驰而来。

　　"陈荃，你看过来的是不是朱叔？"刘陵掀开车帷，指着那个骑士问。

　　陈荃是张次公的化名。他一副武弁装扮，手搭凉棚，细细端详了一阵，摇摇头道："不像。朱叔个头比他高，人也瘦一些。"

　　刘陵失望地叹了口气。得知南越王妃招聘女侍后，她立刻拉阿苗化名应聘，她化名陈菁，阿苗化名鲁青，而张次公得知此事，亦愿随行，化名陈荃，三人以兄妹相称。汉人安土重迁，没有人愿意背井离乡，几乎无人应征，所以他们三人立刻就被聘用了。朱安世想要从事他的老行当，且与袁广汉有约在先，不赞同他们南行，于是分道扬镳。

　　几年来窝在塞上那么个荒僻寒凉的地方，无所作为的日子真是过够了。刘陵每每于睡梦中见到父母，父亲容颜惨淡，目光中充满着忧伤、不甘与期望，她深知自己是淮南国硕果仅存的苗裔，父王与祖先的期望全在自己身上。可窝在朔方，她一筹莫展，而南越，是边地仅存的不在朝廷控制之下的藩国，疆域广大，或可作为反汉复仇的凭借。

　　她偷偷去长门宫会过阿娇。十年不见，阿娇已全然不是她印象中那个仪态万方的皇后，而是个容色暗淡、萎靡嗜酒的老妪了。刘陵向她打听宫里的事儿，阿娇除了诅咒卫子夫而外，就是骂皇帝忘恩负义，再就是要刘陵陪她饮酒，劝告她隐姓埋名，找个男人嫁了。话不投机，刘陵极为失望，告辞出来，四顾茫茫，一时颇有临歧失路，托足无门之悲。

　　朱安世离去几日后，刘陵觉得心里空落落的。朱安世见多识广，遇事沉着、机敏，几番遇险，都能当机立断，绝处逢生。离开了他，她的安全感大减，原来的自信也打了折扣。希望朱安世能够同行的愿望是如此强烈，致使她每每出现错觉，觉得他随时会回来找她们。

　　"阿菁！"张次公轻声叫道，突然策马转至车帷的另一侧。

"怎么？"刘陵猛地回过神来，奇怪地看着他。

"这个人我认识，是宫里的大行丞，不能让他认出我。"

来人已至车队近旁，策马跟从着车队，高声叫道："有故人求见王妃殿下，请留步。"

刘陵掀开车帷看去，骑在马上的是个中年男人，身材略胖，双目灼灼，透着一种渴望。

车队停了下来，王妃樛氏也下了车，那人伏地顿首，行礼如仪。

"阿荃，你看，王妃竟同这个人散步！"刘陵轻声叫道。

张次公与阿苗透过车帷的缝隙看去，果然，王妃与那人边漫步边说话，很亲近的样子，十几步之外，一个侍女小心翼翼地跟从在后面。

"这男人与王妃关系非同一般，他是谁？与王妃怎恁熟识？"

"他叫安国少季，我在宫里做郎官时，他也是郎官。据说与王妃自小青梅竹马，还订过娃娃亲，不承想这女子被南越王子看上，求皇帝作伐，女家亦贪恋富贵，竟至劳燕分飞。"

"喔，是这样。"刘陵眼睛一亮。"王后常与他私会吗？"

张次公摇摇头道："王府门禁甚严，除去年节命妇入宫上寿，能远远望上一眼，私会，想也不要想。"

"那王子知道他们这段旧情吗？"

"知道，所以防嫌甚严。若非王子先期奔丧，他断不敢如此。"

说话间，王妃与安国少季又转了回来，走到座车前，王妃登车，安国少季伏地顿首送别。临别前两人依依惜别的神情尽被刘陵看在眼里。她莞尔一笑，用胳膊碰了碰身边的阿苗道：

"鲁青，这下你我在南越可有作为了！"

八十七

卫青于中军大帐后面支起了一座小帐篷，作为休憩之处。他之所以避开幕府僚属，是不愿被属下窥出他内心的焦虑。

他斜靠在卧榻上，闭目假寐，而思绪却如汩汩溪流，缓缓涌动。此番出征，卫青十分谨慎，因为这是汉军第一次跨越大漠，寻找匈奴主力决战。他将斥候放出百里之远，出塞后每日行进五六十里就扎营歇息，等候步兵和辎重跟上，如此则人马皆能得到歇息补充，次日行军，方可保持体力不衰。如此，千余里的戈壁荒漠，大军足足走了二十天。其间，一次沙尘暴，导致大军与右翼的偏师失去了联络，迄今已近十日。这支偏师计约二万人，主帅是前将军李广与右将军赵食其①。

根据自己的推算，大军距寘颜山②已经不远，安侯河自寘颜山南麓绕山北去，匈奴人近些年建造起来的唯一一座木城——赵信城③就坐落于河畔，单于将龙城大会征收上来的粮草辎重都存贮于此，据传伊稚斜单于与其心腹赵信，均长年驻在于此。汉军数年来几次出塞，对漠南之匈奴打击沉重，尤其是河西匈奴战败内附后，匈奴实力大损，已无力进行全面战争。综合各边郡的探

① 食其，音易机，汉代人名中常用，如汉初有审食其。

② 按，寘颜山，今蒙古之杭爱山南脉，安侯河即今色楞格河之支流鄂尔浑河。

③ 赵信城，其地望在今蒙古国境内杭爱山南麓鄂尔浑河畔，由匈奴自次王、相国赵信所建，故名。

报，伊稚斜继任单于以来，渐渐避免与汉军主力作战，而是集中优势兵力，出敌不意，自一点或多点出击，侵扰边关，以杀伤官兵，掳掠人货为目的，得手即撤，等到援军赶到时，胡人早已远飏无踪。显然，之前的不断杀伤胡人，虏获其畜群的消耗战术已经失灵，反而是匈奴人的突袭，在大汉的边塞上一次次撕扯出伤口，虽暂时于国力无损，可胡人的不断袭扰严重影响到了沿边商民的生活，边塞一日数惊，关市萧条，这种旷日持久的骚扰，终将会疲敝大汉的国力。

皇帝与将军们都意识到这个问题，决定以大军出塞远征，寻匈奴主力作战，这意味着汉军在没有边塞作为依托的情况下孤军深入，需要极为有力的粮秣辎重保障。好在几十年的休养生息，大汉国力充裕，尤其是马匹的蕃衍已使汉军具备了深入大漠作战的能力。但连年的战事，导致官库空虚，财用大亏，而皇帝则穷竭智计地设法敛财，算车、算船、算缗、盐铁专卖、统一币制，收铸币权于朝廷，出售军功爵，向诸侯强行摊销皮币白金，等等，为了解决与匈奴决胜的军赀，真可以说是罗掘净尽了。

皇帝对此番远征寄望极深，可以说赌上了朝廷几十年累积下来的家底儿。卫青与霍去病各领五万骑兵，仅配备的马匹一项，即将近二十万匹，而跟从的步军及运送粮秣辎重的人员亦不下几十万。还记得拜命出征的前一日，皇帝散朝后单独留下了他与霍去病，殷殷嘱托，要他们一定要分兵协作，力争一战重创乃至歼除匈奴主力，从根本上解除边塞的威胁。

"赵信献策伊稚斜，以为我军难越大漠，我军正可出敌不意，乘隙蹈瑕。二位将军，此番朕以举国之力远征漠北，你们一定要给我捉住伊稚斜，最好要活的，把他押到长安来，将这个'天之骄子'献俘于阙下！"皇帝说到忘情处，扫视着卫青、霍去病，双目灼灼，仿佛看到了他们心里去。

"朕所有失人心、落（读如涝）民怨的事情都做了，为的就是这件事、这一天！仲卿①、去病，汝等可能不负朕之所托？"皇帝连声发问，他们舅甥二人只能跪拜于地，顿首称诺。当时的那种紧张，于今仍时时萦怀在心头。

---

① 卫青，字仲卿。

但在实际上，活捉单于，他全无把握，只是在塞外捕得匈奴的探子，得知叛将赵信所筑用于储备军资的木城的确定位置后，他一颗悬着的心才真正落了下来。有固定不移的目标就好办。匈奴的战法，利则进，不利则退，很少与汉军缠斗苦战，呼啸而来，风驰而去，飘忽不定，难于捕捉，这是最令他头疼的地方。现在胡人建了固定的据点，单于的主力想必会不离左右，即便不在，只要能够牢牢咬住赵信城，攻敌所必救，匈奴大军定会驰援，也就有了擒获伊稚斜的可能。尤其令他兴奋的是，匈奴探子招供说，匈奴方面也已得知汉军即将大举北进的消息，伊稚斜采纳了赵信的献议：全军集结于漠北，以逸待劳，待汉军千里行军，跨越戈壁沙碛，疲惫不堪之际，再以雷霆万钧之势予以重击，全歼汉军于漠北。总之，疲敝之，重击之，摧垮之，歼灭之，这是伊稚斜的战略。

卫青担心的是匈奴人的运动战，因为敌人一骑数马，以逸待劳，地形熟悉，占尽了速度与地利、人和的优势。但他不怕阵地战，他早已为此作了准备。得知皇帝决心与伊稚斜决胜于漠北后，他就下令打造和调集武刚车，近一年来已装备千余乘。武刚车车身巨大，长两丈，阔一丈四，置有可拆卸组合的木质大盾与长矛，盾与盾间留有射击孔，可供发射连弩。平时卸下装备，可装载辎重军资，随军远征；战时则可将车侧的穿环用铁链结为一体，组成阵列，辅之以长矛连弩，可以有效防止敌人骑兵的冲锋踏阵。"先为不可胜，以待敌之可胜"，就是他此番深入漠北作战的战略，具体战法就是步步为营，以武刚车做成强固的军垒，抵御住匈奴骑兵的冲击；依托车阵，汉军在拒守的同时，可以长矛连弩予敌以大量杀伤，重挫胡骑锐气，由此再而衰，三而竭，汉军即可乘隙蹈瑕，后来居上，最终击溃匈奴。他之所以下令每日行军数十里即扎营打尖，为的就是保持大军充盈的精力与士气。

如今即将当敌的关头，两支重要的偏师却没有了音信，尤其是李广那支，是久经战阵、威震匈奴的精锐之师，有它在，能够极大地牵制与震慑对手，可偏偏要用的时候用不到，他摇摇头，长吁了口气，后悔自己不该强行调走了李广的向导与爱将韩毋辟。

那日朝会的场面，仍历历如绘。

"陛下圣明，老臣总算等到这一天了！"

皇帝宣布北征匈奴的诏令后，李广最先一步出列，揖手陈情，他双臂微颤，已显苍老的脸上泛起红光，内心情感的起伏一览无余。

"臣昧死请战，愿为大军先锋。"

皇帝面无表情，望着李广，良久才答道："将军老矣，冲锋陷阵的事情还是让年轻人去做吧。"

李广交替用手拍打着双臂，抗声道："臣虽老，可臂力仍可开十石的强弩，北军的后生小子们不服，臣愿与之比试大黄连弩……"稍停，见皇帝并无表示，遂顿首再拜道："臣自结发即与匈奴作战，均在边关塞上，迄今四十余年，从未一当单于。皇上今天发下誓愿擒捉伊稚斜，是天赐良机于李广，使我得当单于，臣愿为先锋，不成功则成仁，效死疆场，决不食言。"

当时，卫青就在李广身侧，清楚地看到了他眼中的泪光。

皇帝显然被触动了，俯身摆手道："爱卿起身说话。"随即站起身，扫视着面前的众臣，捋髯笑道："李将军的誓言掷地有声，真壮吾军行色，朕就成全了你，任你为前将军，若捉住伊稚斜，你就是第一功！"众臣自然纷纷附和，唯唯称贺。

但朝会散后，皇帝留下他与霍去病面授机宜时，却对此不无悔意。

"仲卿，依你看，李广可能当前锋之任？"跟随到寝殿后，皇帝招呼他舅甥二人坐下，挥手屏去侍从，第一句话就是这件事情。

"李将军与胡人打了一辈子的仗，匈奴皆称他为'汉飞将军'，经验、勇气不容置疑，年纪虽长，老当益壮，应该不是问题。"卫青生性谨慎，回答得非常小心。

"朕指的不是他的年龄，而是他的命数。王朔给他算过命，说他命里不得封侯。从他这些年的战绩来看，说其命数奇，不为过。如此，既当单于，他又岂能捉得住伊稚斜？"

李广与匈奴大小数十战，其同僚部属立功封侯者不下数十人，独独他不得尺寸之封，郁闷非常。一次饮宴中，与天官望气者王朔道及此事，请王朔推算因果，语及他在陇西太守任上诱杀叛羌头目八百人之事，王朔称杀降不祥，正是他不得封侯的原因。卫青当然知道这件事，但他从来不在人前论他人是非，皇帝提起，他亦只是唯唯称是。

"去病，你以为呢？"

霍去病平素狂傲张扬，唯独对这个舅舅恭敬非常，皇帝问到，他觑了眼卫青，答道："陛下明鉴。"

刘彻皱了下眉，意若不快。"再说，李广虽欲争锋效死，可这样勋名卓著的大将，一旦折损，徒长匈奴志气，灭我汉军威风，用他为前锋当敌不妥，可朕已准其为前将军，君无戏言，在使用上，如何行事万全，仲卿你要斟酌。"

之后，皇帝又告诉他们，他们各自进军的路线要调整，霍去病所部自代郡出征，而卫青所部，则改由定襄出塞。自从汉军抓获的胡虏供称单于在东面，卫青就料定两军之进军路线必会互换。此番出征，北军八校①最精锐骁勇的骑兵都划归到霍去病麾下，原定就是以霍去病出定襄，正面以当单于。现今互换，为的也还是这一点。外甥圣眷正隆，他并不嫉恨，但他认为胡人证供不可信，单于未必在东方，如此交换，霍去病很可能扑空，但他并未把自己的判断说出来，暗暗希望抓获单于的大功落在自己头上。皇帝以偏爱做此决策，他又何乐而不为呢？现在，胡探的供词证实了自己的判断，这是运气，也是天命。

皇帝认为李广命数不好，不宜当敌，有了这个授意，他正可移花接木，把前敌的机会交给己有恩的公孙敖。元光五年，公孙敖被任命为骑将军，与轻车将军公孙贺、骁骑将军李广和当时还是轻车将军的卫青，兵分四路，出击匈奴，公孙敖一路自代郡出塞，为匈奴诱击，大败，所部阵亡七千人，被判死罪，赎为庶人，为卫青收揽，渐次升为校尉，元朔五年春，随卫青出征塞外，立功封为合骑侯。两年前，公孙敖再率一军策应霍去病出征西域，却在中途迷路失期，论律当斩，赎死为平民，再次投奔卫青，出任中军校尉。卫青未发达时，与他交好，他又曾救过卫青的性命，其表兄公孙贺更与卫青有姻亲关系，故格外看顾他，视之患难之交，每次穷蹙失路之际，都是自己将他揽于帐下，为他谋求东山再起的机会。汉军将领败战依律均论死罪，然

---

① 北军，西汉长安禁卫军，因驻屯城北故称，武帝时增设，由羽林、屯骑、步兵、越骑、长水、胡骑、射声、期门（后改名虎贲）八校尉分别统带，其中期门、羽林为皇帝直接掌握的皇宫禁军，隶于郎中令；北军则隶于中尉，负责京师三辅的保卫与治安，后中尉改称执金吾，不再统领北军，专责京师治安。北军为当时西汉军队的主力中坚。

而真正处死者极少，皇帝爱惜将才，允许赎死，一旦日后再战立功，即可复职。此番出征，公孙敖若能以前锋作战，擒获单于，拜将封侯不是问题。这是他存的一点私心，但也是贯彻皇帝的旨意。

所以军出塞外后，卫青并未把最新的敌情告知属下，而是召集麾下诸将会议分兵，提出由李广、赵食其两路组成一支偏师，由东路迂回至安侯河，策应主力大军。听到卫青的安排，李广坐不住了。

"大将军，广受命为前将军，且今上已认可敝人为前锋，若须另置一路，也请派任他人。"

卫青面无表情，冷冷地说："老将军当知道兵法有'军无常势'之说，一切皆因敌而变化之，兵分两路，可以相互间有个策应，以破匈奴诱我深入的诡计。将军熟知胡骑战法，统带一路，自可游刃有余。"

李广不为所动，揖手道："末将已在圣上面前立下过誓言，要与伊稚斜阵前一决高下，望大将军斟酌。"

卫青不以为然地笑笑，"老将军未免一厢情愿了。单于在哪一路，谁说得准？若在东路，与之决胜的是霍去病。"

"若在东路，那是霍将军的运气，我无话可说……"李广略费踌躇，揖手道，"我听说帐下捉到了匈奴的探子，想必大将军已经得知了伊稚斜的所在吧？"

卫青心中一紧，但未形于色，摇头道："探子并不知单于在哪里，但招供了赵信城的所在，我军可以有的放矢。"

李广并不相信，继续争道："敝人职任前将军，乃今上钦命，请大将军斟酌！"

"皇上既命我为大将军，节制西路各军，我自有便宜行事之权。将军自带一路，偏师挺进，怎见得一定不会遭遇单于？我意已定，将军不必再争，回军布置去吧。"卫青面色凝重，言毕，挥手示意散会，径自掀起帷幕，走进中军大帐去了。

"大将军留步，李广还有话说……大将军！大将军行事如此不公，李广不服……"李广大声呼喊，欲图跟进内帐理论，却被随从的诸将拉住，不由得顿足长叹，愤懑之情，形于颜色。

李广当面抗命，卫青也很生气，于是公事公办，命长史著令简册，下达给李广的幕府僚属，敕令执行。不仅如此，他还另发一封调令，指明要李广所部的护军校尉韩毋辟留在中军，做前锋向导。

行军长史是个刀条脸的瘦子，神色极为倨傲，他将加封的简册交与李广的随从，皮笑肉不笑地冲李广揖揖手道："李将军，别来无恙？"

李广看了看他，觉得很面熟，肯定在哪里见过，但就是记不起他的名字。

"将军贵人多忘事，敝人成安，在麾下任过军正。"

"哦，是你。"李广记起来了，正是这个成安，当年曾诬告李广、韩安国以私害法，放纵属下，但遭到朝廷的驳斥，自觉颜面过不去，竟自辞职返乡。曾几何时，竟又入了大将军的幕府，更高升为行军长史。

既是故人，李广欲请其先容，单独参谒大将军。成安却把脸一板道："大将军军令已下，将军应该马上奔赴军前，依令行事。"

李广张口欲言，却被成安粗暴打断，"军法无情，将军不是要违抗军令吧？！"

成安为人刁钻刻薄，言必条法律令，李广愤愤不平，却也无可奈何，于是拂袖而起，带领幕府一干人扬长而去。望着他们远去的背影，成安阴冷地笑了。

起初，卫青的大军与李广的偏师保持着百里左右的距离，大致一两天，双方的斥候就会相互通报一下各自的位置。但自十天前那场沙尘暴后，李广即再无音讯。几天前，卫青曾遣几路游骑东向打探，但一一回报，了无踪迹，竟似人间蒸发了一般。

寘颜山应该还有两天的行程，接战在即，卫青看似镇定，内心却很惶急。他原想自己的大军正面当敌，而以李广所部迂回到侧翼，奔袭赵信城，匈奴大军得讯，必会张皇，分兵赴救，不战自乱，自己则可乘势一举围歼匈奴，拿获单于。可人算不如天算，关键时刻，他没有了用奇之兵，只能与敌正面交手，胜负难以逆料，全看运气在谁一边。他长吁一口气，在卧榻上辗转反侧，思虑着要怎样应付这个局面。

他的思绪似在一片朦胧黑暗中摸索，依稀看到李广即在不远处，他喜出望外，大声招呼着走过去，李广却浑似什么也听不到，只是呆呆地望着他，目光深处的愤懑、失望与无奈令他难以正视。"将军莫要误会我，是皇帝不要你做前锋！"李广并未作答，只是不详地摇了摇头，飘然远去。他想追，继续在黑暗中摸索，却总也找不到去路，他的身子仿佛飘浮在空中，强烈的愧赧、疲惫与无助的感觉包裹住了他，令他窒息……

　　"大将军，醒醒，快醒醒，前敌斥候的探报来了！"两名内侍卫摇醒了他，他坐起身，擦了把额头的汗水，好一阵子才回过神来。

　　韩毋辟的探报很简单，他与数名斥候，在前方百里以远遭遇了匈奴的大军，匈奴军营中有大帐，帐外竖有狼头大纛，是单于的标志。眼下，匈奴人正循踪而来，大战在即，请大将军早作准备。

八十八

在卫青饬令全军布阵备战之际，伊稚斜的大军已循安侯河谷越过寘颜山①口，前进到离汉军约五十里的地方。

自从得知汉军欲深入匈奴腹地作战的消息，他听从赵信之策，厚集兵力，以逸待劳，打算将千里行军、疲累不堪的汉军聚歼于漠北。赵信叛归后，已成为伊稚斜最为倚重的重臣，他不仅将自己的一个姊姊嫁给了赵信，而且封其为自次王，继续担任匈奴的相国。赵信降汉那几年，被封为翕侯，曾数次随军出征，对汉军之军力与战法印象深刻，回到匈奴后，即建议仿效汉军战法，修建囤积秣秣军资的城池，放弃长途奔袭的战术，改用诱使汉军深入大漠，日久粮草辎重不继，待其饥疲，围而歼之。几次下来，汉军有生力量会损失惨重，终将一蹶不振。

得知汉军出塞，伊稚斜即屯兵寘颜山，已近一月，而汉军迟迟不至，令人焦躁。匈奴作战之长技在机动自如，来去如风，像这样株守一地长时间等待，无所事事，全军上下啧有烦言，伊稚斜也担心长此下去，大军锐气消磨，开始怀疑赵信的战法是否可行。所以一当发现了汉军的斥候，他即下令大军开拔，循踪追赶而来，他就像只饥饿的鹰，终于发现了猎物，恨不能一击中的。

---

① 寘颜山，寘，音填，即今蒙古杭爱山南麓。

寘颜山绵亘千余里，南麓陡峭，是通往漠北的坚固屏障，人马只能穿越山口后，循安侯河①谷行进，方能抵达漠北。赵信临行前一再谆嘱他要善用地形，倚山布阵，易守难攻，汉军千里行军，不可能久留，一旦粮秣不继，必然会退兵，此时包抄追打，可期必胜。但一心求战的他早已将此丢诸脑后。倚山自守岂非示弱，让汉军看轻了自己，这在他是绝不能忍受的。在一个完全陌生环境下作战，汉军能有几多胜算呢！汉军要么不敢来，要敢来，必让其有来无回。在自己的地盘上作战，他有绝对的自信。

一个时辰后，前往追踪汉军斥候的探哨来报，汉军正在前方约十里处排兵布阵。伊稚斜策马登上了一座缓坡，远远望去，汉军旗幡林立，军容甚盛。大批士卒蜂屯蚁聚，正在将一辆辆战车从马匹上卸下来，围成营垒，显然，汉军也已得知匈奴大军即将到来，正在搭建车阵，打算以此抵御匈奴骑兵的攻击。汉军的营垒方数里，跨越了一道小河，中军大帐也设在一座缓坡上，这将保证主帅能够居高临下，了解远近战场的态势，即便被围，也不至于被切断水源，显然，敌人有位富于经验的主帅。

"汉军的主帅是谁？"伊稚斜扬起手中的马鞭，指着汉军大帐前竖立着的大纛，问道。

"据哨探报告，帅旗上绣有'卫'字，应该是汉军的大将军卫青。"答话的是前锋、右骨都侯朐黎湖。他年近三十，体魄强健，面目精悍，是伊稚斜的爱将。

"依你看，汉军有多少人？"

朐黎湖扯紧马缰，勒住跃跃欲试的坐骑，"二三万吧。大单于，趁其立足未稳，我们杀过去吧。"

伊稚斜有些后悔，不该分兵给左贤王乌维，致使自己的骑兵在临敌时没有足够的优势，但箭在弦上，不得不发，事已至此，已由不得他踌躇不决。

卫青是敌方的大将，匈奴这些年在他手中吃亏不小，若能活捉或杀掉他，

---

① 即今蒙古色楞格河的支流鄂尔浑河。

必会重挫汉军的士气。时近隅中①，阳光暖暖地照在他的脸上，天空一碧如洗，伊稚斜深深地吸了口气，指点着汉军的营垒道：

"你们看对面小坡上的中军大帐，里面就是汉军的主将卫青，捉住他，汉军就会土崩瓦解。汉军布置车阵，意在阻挡我军冲踏其营垒。胸黎湖，怎么破他的这个阵？"

胸黎湖道："当然是火攻。"

伊稚斜颔首道："对，火攻。胸黎湖，你马上传我的命令，要各部骑士将箭头蘸上松油。"匈奴军中有专人熬制松油，以备夜行火把之用。

过了片刻，胸黎湖返回，将一支蘸满松油的长箭交给了他。伊稚斜将箭平举，侍卫将一小团火绒粘到箭头上，另一名侍卫取出一枚火石，凑近箭头，用火镰轻轻一划，随着一缕青烟，火苗冒起，随即整个箭头熊熊火起，空气中弥漫着浓浓的松香味道。

伊稚斜满意地笑了笑，挥着火箭，指着汉军营垒，大叫道："天地所生的匈奴健儿们，猎物在前，你们各逞其能的机会来了，振起你们雄鹰般的翅膀，扑击他们，抓住他们，杀死他们！有能活捉卫青或取其首级者，我以腾格里起誓，赏牛羊千头，赐封王爵！"

欢呼声应声而起，伊稚斜举起右臂，用力向下挥去。胸黎湖一声呼哨，策马跃下山坡，数千胡骑紧随其后，呼啸着直奔汉军营垒而去。

卫青循声望去，看着对面坡上黑压压一片蜂拥下山的胡骑，忽然想到了什么。不能让胡骑逼近营垒，不然，胡骑一旦火攻，会带来灾难性的后果，营垒一旦陷入火海，军心将不战自乱。他命令中军司马立即传达他的将令，在武刚车上架起绞车连弩，备足弩箭，这种连弩力道足，足以将进攻的胡骑压制在千步之外。匈奴最强的战弓射程亦近千步，但武刚车上的强弩射程更远，当可有效阻止胡骑靠近放箭。

之后，他走回大帐，传令公孙敖来见，并吩咐中军即刻埋锅造饭，以备

---

① 隅中，将近中午。

将士轮换进食。

　　"末将参见大将军。"公孙敖很快赶来，单膝跪地，揖手拜见。元狩二年，他以骑将军出兵北地，策应骠骑将军经略河西，因未能按期会师，导致霍去病孤军作战，依律死罪，侯爵被夺，赎为庶人。后来靠堂兄公孙贺的关系，再度从军，在卫青军中担任校尉。

　　卫青挥了挥手，待左右幕僚及侍从均退出大帐后，他走上前去，微笑着扶起公孙敖。

　　"子劬，此番天佑我军，遇到了伊稚斜，咱们的机会来了。"

　　"噢，真的是伊稚斜？卑职还以为单于在东路呢。"

　　"之前捉到的胡探消息不确，这次的斥候是韩毋辟所率，他亲眼见到了伊稚斜的狼头大纛。"

　　"遭遇单于的大军，这仗怎么打，请大将军示下。"公孙敖目光闪烁，很小心地问道。

　　"避其锋锐，击其惰归。就我所知，单于所部当有八万骑，于我军有二对一的优势，不过匈奴作战难于持久，我军只要顶住胡骑最初的冲击，适时出击，当有胜算。"

　　"敢问大将军，末将当作何用？"

　　"吾受汝堂兄太仆大人所托，会给你一个赎过立功的机会，你可能不负吾望？"卫青的脸色凝重起来，目不转睛地盯着公孙敖，足足有一刻之久。

　　公孙敖心头撞鹿，屏气凝息了好一会儿，伏地顿首道："谢大将军看顾，卑职愿为前驱，这一条命就交给大将军了！"

　　卫青再次扶起公孙敖，蔼然道："你我乃老友，私下不必拘束。我支走李广，为的就是要你能立此大功。"

　　"甚大功？大将军所指为何？"

　　卫青道："此番出征漠北，今上最想要的就是伊稚斜，我们运气好，遭遇了伊稚斜，我要你做的，就是抓到伊稚斜，无论死活！"

　　捉住或杀死单于，都将是首功，公孙敖一振，揖手道："末将领命，该怎么做，请大将军示下。"

　　"我已安排精骑五千，交你统带。你将他们带到后面，养精蓄锐，用饭待命，等吾之号令。"

"诺。末将定不负大将军所托。"

公孙敖走后，卫青又召见了强弩将军李沮、将军李息与校尉李朔、豆如意、韩毋辟等一干将领，各授机宜，之后走出大帐，观望阵前的形势。胡骑已进至阵前一里左右，角声凄厉，蹄声隆隆，大地仿佛在脚下颤动。胡骑并未一直前冲，而是慢下来，张弓搭箭，缓缓前行。

"不好！大将军，胡人要火攻我军。"站在卫青身后的军司马惊呼道。果然，胡骑正在拉开间距，点燃箭镞，骑阵上空烟火弥漫。

卫青不为所动，传令武刚车上的士卒持满待发，自己拿过军司马手中的令旗，密切注视着胡骑的举动，目测胡骑已进至强弩射程内，他挥动令旗，大喊道："发！"

千矢齐发，如蝗般的箭雨漫天而下，胡骑应声倒掉了一片，失去主人驾驭的马匹惊慌乱窜，致使匈奴的军阵扰乱。胸黎湖调转马头，退出百步开外，重新整理队列，下令对汉营齐射，一支支火箭呼啸而来，很是骇人。但箭雨只能够到汉军营垒的外沿，少数武刚车中箭燃烧，随即就被士卒们扑灭。

站在坡上观战的伊稚斜，见火攻未能奏效，命左大将贺兰英传令左右谷蠡王各率所部，自两翼包抄汉军营垒，使敌备多力分，暴露出自身的软肋，之后乘隙蹈瑕，一举破之。左谷蠡王伊稚訾是伊稚斜的弟弟，伊稚斜夺位自立为单于后，以他接手自己的王位，右谷蠡王则是其亲信庞勒，在争夺单于大位时，两王都是他有力的支持者，最得其信任，所统带的也都是匈奴中战力最强的精骑。

鼓角声震天而起，匈奴的第二波攻势如潮，但见两大股胡骑犹如黑棕色的浊流，自汉军营垒两翼蔓衍而来，蹄声、鸣镝与胡骑的呼号声笼罩在整个营垒上空，摄人心魄，即便是这支久经战阵的汉军，亦不能不为之股慄。卫青明白关键的时刻到了，他骑上马，巡行于大营前后，高声督促、鼓励将士们沉着应战。汉军之防卫以武刚车为依托，前排士卒手执大盾，抵挡匈奴人的箭雨，为后排作掩护；后排士卒手执丈八长戟，胡骑一旦冲阵，则盾牌手退后，长戟手上前，如林般的长戟使得匈奴骑兵难以靠前冲阵，即使有少数胡骑突破一隅，杀入阵中，也会被第三排的短刀手连人带马斫倒。第四排则是持满待发的蹶张射手，在胡骑尚未接近营垒前，千矢齐射，是远距离杀伤胡骑之利器。

卫青的武刚车阵与这四层防卫颇为有效，竟使匈奴骑兵无从施其长技，几番冲击，都难以突破汉军的营垒，阵前陈尸百千，狼藉一片。攻至晡时①，胡骑方得以真正接近汉军的营垒，如蝗般的火箭铺天盖地而来，外围之武刚车乃至一部分军帐中箭起火，见到火攻得手，胡骑并不即刻进攻，而是一波接一波地施放火箭，希望汉军自乱阵脚后再一举收功。

卫青见状，下令解开连接武刚车阵的铁链，推开一条通路，李朔、豆如意等按之前的授命，各率五千骑直冲敌阵，与之短兵相接。一时间刀剑铿锵，杀声震天。卫青策马回至坡上，观看两军态势。匈奴的攻势已持续了两个时辰，人困马乏，而汉军据垒坚守，士卒可以轮番进食，正当士马饱腾之际，一进一退，士气之盛衰极为明显，胡骑数量虽多，仍难挽颓势，在汉军逼迫下节节后退。随着胡角频吹，包抄汉军侧翼的胡骑开始回返，显然是试图包围出击的汉军。不一会儿，胡骑即以数倍于我的军力实施了反包围，双方在人马密集的战阵中缠斗，战事胶着下来。

卫青抬头望了望天空，日已西斜，很快就会落山，今日的防御战可说是成功的，营垒无恙，粮秣足用，伤亡虽重，他手里还有近两万精兵，仍可与匈奴相持数日。而以他对匈奴作战方式的了解，利则战，不利则退，数日拿不下对手，匈奴人多半会脱离战场，此时反击，敌人难以实施有组织的抵抗，往往作鸟兽散，而胜利也就可期了。他下令守垒士卒持满待射，控制住入营的通路，准备鸣金收兵，忽然感觉到耳后吹过来一阵轻风，他回转身，但见身后戈壁的地平线上，一抹浓淡不一、黑褐色的尘雾正在冉冉升起，随风弥漫，很快将半个天际染成了黄褐色，风力愈来愈强，夹裹着尘沙的土腥味扑面而来，简直就是十几日前那场沙暴初起时的情景再现，也就是说，不用半个时辰，可怖沙暴就会降临。

---

① 晡时，汉代计时单位，约午后三时前后。

好在是在上风头，一念至此，卫青灵明一动，决计就沙暴之势发起进攻。匈奴人当然清楚沙暴的威力，刻下与汉军缠斗在一起，难于脱身。机会千载难逢，稍纵即逝，他策马奔至后营，亲自下令待命的公孙敖即刻率部出击，韩毋辟策应，一左一右，自两翼绕过战阵，趁视觉尚可，直插单于大帐。

　　骑兵出营后，卫青回到中军大帐，下令击鼓，号令全军进攻。一时间鼓声隆隆，喊杀声震天，而天色则愈来愈暗，狂风呼啸，碎砾沙尘伴随而来，两军胶着的战场上一片混沌，数武之内，人马难辨，而胡骑身处下风，风沙迷眼，势尤不利，但并无撤军号角，只能缓缓退却，殊死格斗。

　　伊稚斜早已看到漫天席卷而来的沙暴，己方处于下风头，作战十分不利，而两军缠斗之际，先退的一方，军心势必崩溃。他忧心如焚，但又不肯下令吹角退兵，于是在毡帐前来回踱步，双手握拳，仰面大呼："腾格里①，腾格里！"

　　"大单于，看！"左大将贺兰英指着坡下，伊稚斜顺其所指看去，昏黄暮色中，但见汉军大股骑兵，正绕过战场，一左一右直奔匈奴大营所在的山坡而来，目的显而易见，包围、擒杀单于。匈奴大军与汉军厮杀在一处，几乎没人注意到外围的情势，大营中只有侍卫二千余人，一旦被合围，坚持不了许久。

　　伊稚斜默默地看着愈来愈近的汉军，心中五味杂陈，在漠北自己的地盘上，难道要败给汉军？！为什么？为什么！我什么地方得罪了老天，竟以沙暴待我！他想起临行前赵信的嘱咐，开始后悔没有善为利用地势，而是跑到戈壁滩上与汉军对决，原本可期的胜利，却瞬间为一场顶头风所逆转。

　　一声嘶鸣打破了大帐前的沉闷，伊稚斜回首望去，只见他的亲从侍卫奥勒纮正把他的坐骑黑乌牵过来。黑乌是头公羸（骡），是雄驹駼②与雌馲骡③交配而生，比起一般公马来，它体型更高大，不仅脚程快，而且异常坚忍耐劳，一昼夜可行数百里而不停歇。黑乌也感受到了浓浓的杀气，不时喷鼻踏蹄，焦躁不安。

---

① 腾格里，匈奴语：天。

② 駒駼，音陶图，匈奴语，良马。

③ 馲骡，音决提，匈奴语，公马和母驴所生的杂种力畜。

眼见汉军愈益逼近，再有一刻就会杀到大营，贺兰英心急如焚，单膝跪禀道："大单于，天时于我不利，走为上，我们还是撤吧！"

"撤？伊稚訾、庞勒、胸黎湖他们咋办？！"

"大王们所率全是身经百战的骑士，山川道路均极熟识，听到退兵的号角，都不难脱身。汉军就要到了，大单于莫再迟疑，请速下令撤军！"

伊稚斜长叹一声，抬眼望着昏暗的天空，强忍着没让泪水流出眼眶，挥挥手道："天不佑我，奈何！贺兰英，传令退兵吧。"

"大单于请换便装，走西北。我引汉军走东北。"贺兰英服侍着伊稚斜，将一件骑士的外套披上，自己则披上了单于的大氅。

"一会儿汉军攻上来，我领大队引开他们，奥勒纮，你带三百骑，护卫大单于自西北溃围。"

公孙敖听到胡角吹起，知道匈奴人要溜，双腿猛夹马肚，一马当先地冲上了高坡。但见单于大帐熊熊火起，约千余名胡骑正拥着狼头大纛向东北方疾驰。不好，伊稚斜要跑。正待率部穷追，不料斜刺里又冲出一股胡骑，直奔汉军而来，短兵相接之际，公孙敖眼看着大股胡骑护着一头戴狼皮帽、身着大氅的人渐行渐远，不由得大叫道："弟兄们不要纠缠！相跟上我，活捉伊稚斜！"汉军闻命，纷纷调转马头，一窝蜂地追了过去。

此时沙暴已经减弱，天近黄昏，听到撤军号角声的胡骑开始纷纷逃窜，仍在缠斗中的胡骑左冲右突，难以脱身，鼓角声中，渐渐被汉军分割包围，在做最后的抵抗。

卫青策马登上高坡，下令侍从点起火把，单于的毡帐已经烧成一片狼藉，余烬仍在冒烟，弥漫着一股毛皮焦煳的味道。

"有公孙将军的消息吗？"卫青跳下马，望着山下的战场，战斗已近尾声，汉军正在打扫战场。

成安道："有人看见他们往东北方向去了，说是去抓单于。"

是呀，抓单于，但愿公孙敖能够不负委任。卫青面色凝重，围着那堆余烬来回踱步。

临近夜半，公孙敖才回到营地，和他一起回来的，还有左路的韩毋辟。

卫青迎出大帐，望着一脸疲惫的公孙敖："怎么样？抓到伊稚斜了？"

公孙敖摇了摇头，面有惭色，将单于的狼头纛与皮大氅扔到地上，指了指韩毋辟押解着的一个人道："让丑虏给骗了，就是这家伙！"

卫青挥了挥手，侍卫们举着火把上前，他就着火光仔细端详着那个俘虏，胡虏四十出头，面目精悍，毫无怯意，嘴角隐含着一丝笑意。

"你是什么人，怎敢冒充单于？"

"末将贺兰英，匈奴左大将。"俘虏直视着卫青，全无惧色。

"你一定知道单于去了哪里，对吧？"

"知道。"

"你告诉我，单于去了哪里，我恕你不死。"

贺兰英扬起头，冷笑道："沙暴一起，大单于就走了，此刻已在数百里外，你们追不到的。"

卫青的内心极为失望，可面色如常，淡淡一笑道："堂堂单于，遇见点儿沙尘，就抛下部下逃命？这不像伊稚斜的为人哪。"

"一点儿沙尘？若无这点儿沙尘，你们早就成了我强胡的刀下之鬼，若非天助，你们一点儿胜算也不会有。"

卫青面色蔼然，笑道："说得好。你的嘴再硬，单于还不是落荒而逃，你还不是我军的阶下囚。"言罢挥挥手，士卒将其押出帐外。

伊稚斜跑掉了，而据军正陈楷的统计，此役汉军死伤亦重，若非那场不期而至的沙暴，或真如这个贺兰英所言。这样一场惨胜，如何向皇帝交代？卫青强忍着内心的焦虑，吩咐公孙敖等下去进食休息，只留下了韩毋辟。

"韩将军，你可熟悉这寘颜山？"卫青取出一张手绘的地图，铺展到案上。

韩毋辟点点头，"我在匈奴的那些年，随着放牧的胡人走过几次。"

"安侯河谷走过吗？"

"走过。"

"那就好，我还要偏劳韩将军做一回前锋，溯安侯河而下，直取赵信城。我想那伊稚斜一定会逃到那里与赵信会合。我们连夜尾追，趁其喘息未定，或许还能打他个措手不及。"

韩毋辟面露难色，嗫嚅道："那公孙将军呢，他说大将军把抓获伊稚斜……"

　　卫青摇摇头道："他试过了，不行。你马上安排你的人用饭，饭后即刻动身，大军会随后开拔，力争天明前赶到赵信城。"

八十九

在卫青与伊稚斜接战时，霍去病所部早已深入大漠二千余里，一路连战连捷，所向披靡。霍去病之所以兵行神速，在于他采用了与卫青全然不同的进军方式。他原本也有边塞提供的粮秣军资，与卫青大军同等丰厚，但在得知东路水草丰茂，匈奴牧放种落①甚多后，遂当机立断，抛开辎重，轻装挺进。马匹无须自带草料，而大军则可因粮于敌，他专派了数队骑士，专职虏获匈奴人的畜群，每日四出打掠。大军则追随其后，匈奴人一旦来袭，往往成为早有准备的汉军的猎物，一路杀伤虏获甚重。战俘，交给后路策应的右北平太守路博德所部押解回边塞；牲畜，则就地宰杀以飨将士。直到行至狼居胥山②下，方遇到匈奴左贤王乌维（右贤王为朐黎湖，乌维之弟，右谷蠡王为詹师庐，乌维之子）的大军。

霍去病所部均由北军八校所辖之精骑组成，老成宿将多在卫青一路，却正好使霍去病得以放手用人，北军八校之校尉均被用作独当一面的大将，如李敢、徐自为、高不识及内附的匈奴属国将领仆多、复陆支、伊即轩、安稽等，个个年轻气盛，不甘人后。此番遭遇匈奴大军，虽人马不及对手一半，但论两军气势，汉军士马饱腾，士气极旺，人人求战，摩拳擦掌，立功心切。

———————

①落，为北方游牧民族如匈奴、鲜卑、突厥等人口统计之基本单位，匈奴一落约为二三穹庐，二十人左右（从日本学者内田吟风之说）。

②狼居胥山，即今蒙古之肯特山，在蒙古东北部，蒙语称不儿罕山。

霍去病用兵亦不循常法。刘彻曾寄望他深造以孙、吴兵法，他却不以为然，对称："兵无常势，水无常形，贵在因敌顺势，方略得当而已。孙、吴不曾当匈奴，能指授吾骑兵方略乎？！"刘彻大窘，却也无话可说，但皇帝欣赏的就是青年人张扬无忌的个性，所以心里虽然不快，却也并未加罪于他。

匈奴阵中胡角连声，人马穿梭往来，霍去病知道胡骑正在排兵布阵，敌方立足未稳，正是出其不意发起攻击的好时机。时机转瞬即逝，他没时间召集诸将会议，即令身边侍从分别传令诸将，各率所部随中军大旗指向，对匈奴阵地发起冲击，有进无退，后期畏懦者杀无赦。之后，他挥动长殳，大吼一声，一马当先奔向敌阵，掌旗校尉高举帅旗紧随其后，汉军士气大振，个个争先，喊杀声、马蹄奔踏声伴随隆隆的军鼓，合成一股令人血脉偾张的张力，弥漫了整个草原。

面对以排山倒海之势碾压而来的汉军，匈奴未战先怯，阵脚自乱。乌维起初仗着人多，亦派出两大支胡骑左右迂回，试图包抄汉军，而汉军两翼因敌而动，转而抄击其后，反而将机动的胡骑裹入阵中，陷入合围，很快短兵相接，形成了混战。这种局面下，匈奴之长技——弓箭难于施展，而汉军之近身格斗大行其道，在优势敌军面前，非但不落下风，反而大有斩获。

霍去病与各军主将，均深得擒贼擒王的三昧，军旗所指、兵锋所向皆单于、名王、头领之所在。最先落败被俘的是带领单于援军的章渠，汉军逼近时，章渠大惧，率先退涉弓卢水①，在乱军中被挤落马下而被俘。其后匈奴之相国、当户、都尉等数十人亦相继被擒。匈奴各部，均由其种落头人统领，蛇无头不行，一旦失去了指挥，匈奴军心摇动，各自为战，很快陷入混乱，被汉军分割成几块，虽殊死抵抗，但已难于进行有效的反击了。乌维见状，再也沉不住气，下令吹角退兵，随着凄长的号角声，胡骑纷纷调转马头，紧随右贤王的帅纛，自狼居胥山一处山口，突驰而去，而正在缠斗或被围困不得脱身的胡骑，或战死，或被俘，无待天黑，战事已经结束。各军军正上报伤亡与战果，汉军战损逾万，

---

① 弓卢水，即今之蒙古克鲁伦河，发源于狼居胥山，历史上名称甚多，如臚朐河、饮马河、怯禄连河等。

而匈奴，则被斩杀虏获多达七万余级，是对匈奴开战以来前所未有的大胜。

鸣金收兵后，霍去病先命安置伤员，再命战俘掘坑掩埋尸首，又派出游骑，严施斥候，循左贤王遁去之山口追寻敌踪，并下令烹牛宰羊，祭奠阵亡将士，而后大犒全军，庆贺胜利。望着一堆堆篝火旁血染征尘、欢笑饮宴的将士们，他决定暂不休兵，而是要趁此士气高昂之际，跨越狼居胥，直插传闻中的匈奴北境——瀚海。

休整一日后，放出去的斥候回报，左贤王残部退往西北方向，早已跑得不见踪影。于是霍去病下令军分三路，相互策应，自不同山口越过狼居胥山，于北麓的姑衍山会合。行进中，他策马登临狼居胥峰顶，俯瞰山下，一望无垠的草原，在阳光下泛着青色的光芒，河流如带，蜿蜒北去，拂面的微风，送来草原上花草的馨香。霍去病顿觉心胸如洗，他跳下马，坐到一块岩石上，默默享受这难得的恬静时光。良久，他似乎想到了什么，跳起身，吩咐侍从的亲军到林中搜寻干柴，集中到峰顶一块突兀而出的大青石下。

此番远征虽未能对战单于，但重创了左贤王，肯定也大伤了匈奴之元气，如此大胜，乃天佑大汉，天佑吾皇，不勒石纪功，不足以阐扬大汉天威。但这碑铭又由何人执笔呢？他拍了拍自己的脑袋，懊悔自己一向轻视儒生，军中除了刀笔吏，竟至无人可用。也罢，权以祭天拜地，以纾宏愿。

汉军很快在大青石下垒起一座周回数丈的圆形祭坛，又将搜集到的干柴堆积于上，高亦数丈。"将军这是做甚？是……是想要封禅吗？"长史姚少琪忍了好久，然职责所在，不得不问。

"对，是要拜祭天地，你说是封禅也无不可。"霍去病看了一眼姚少琪，吩咐侍从道："传令下去，要前行的将士在姑衍山照样垒一座祭坛备用。"

"封禅乃天子所行的祀典，将军未得今上的授权，擅行此典，会被人说成是僭越的，望将军三思！"闻言，姚少琪大惊失色，谏言不觉脱口而出。

霍去病冷冷地看着姚少琪，此人乃卫青推荐与他，不承想如此多事。"你怎知道我未得皇帝授权？吾行前面君，今上给了大将军与我塞外作战的全权，尽可便宜行事。我于此祭天，就是代皇帝行事。"

"将军所言，是作战的指挥权；而封禅，乃帝王盛典，不一样的。以陪臣而行此典，有僭越之嫌。麾下职责所在，不得不提醒将军。"不想姚少琪竟是个强项之人，与卫青帐下的成安类似，死抠法理律条，很难通融。

霍去病心知姚少琪是对的，但他颐指气使惯了，岂肯在这么多下属面前退缩。他扬眉睨视着姚少琪，用手中的马鞭指了指脚下，道："你知道这是座甚山？"

姚少琪也冷静下来，敛容道："狼居胥山。"

"错，它可不是座寻常山脉，而是匈奴的圣山！"霍去病用力挥了挥马鞭，打出一声脆响，环视着周围的将士道：

"这山是匈奴人的圣山，吾等于此燔柴祭天，正是扬我大汉天威，令丑虏胆寒心碎之壮举，有何不可！皇帝在与不在，都会赞同这样做，何僭越之有！"

他瞪了一眼姚少琪，警告他莫再开口，又扫视众军士道："我军一路顺风顺水，得此大胜，岂非天助？天佑吾大汉，天佑吾圣君，当然要祭拜天地，以表诚意。你们说是不是！"

"是。天佑大汉，天佑吾皇！"四周军士齐声欢呼，呼声萦回于山谷，仿佛群山作出的呼应。霍去病满意地笑了。他下令以太牢①致祭，吩咐手下屠牛宰羊，没有猪，即以狗替代，一番屠剥割烹之后，祭牲备齐，涂抹味料后，置于祭坛旁的烤架上炙烤。看看天色不早，霍去病双手高举祭祀用酒大声祝祷后，以酒酹地，随后从侍卫手中取过一支火把，用力抛向祭坛，随从军士也纷纷抛出手中的火把，一股浓烟欻然升起，旋即数十条火舌噼啪作响，腾空而起，远在百十里之外，都可以看到狼居胥山上泛起的那条粗灰的烟柱。

翌日，霍去病又在狼居胥北麓的姑衍举行了祭地仪式。之后三军会合，向瀚海行进，沿途扫荡，又抓获了驻牧在这一带的三个匈奴王。时当盛夏，水草丰茂，沿途散居放牧的匈奴种落，畜群甚多，汉军粮秣无忧，也没有遇到过值得一提的抵抗。四五日后，大军终于抵达了瀚海之滨。依照过去与匈奴作战的经验，胡人对深入其境内的汉军，总会发起一轮又一轮的突袭包抄，但自漠北一战，竟难见匈奴大军的踪影，霍去病由此判定，卫青在西路也打了胜仗，胡虏已无余力再取攻势，于是好整以暇，于北海之滨休整三日，烹

---

① 太牢，古代天子祭祀所用牺牲，为牛、羊、猪三样；诸侯祭祀所用牺牲称少牢，为羊、猪二样。

宰牛羊，饱飨全军后，振旅还师。

霍去病封狼居胥之时，卫青也率大军，一路追杀溃败的胡骑，兵临赵信城下。赵信城实为以巨木方楞构造而成的一座木城，外周夯筑有四道高达六尺的土墙，辅以四尺深的土沟，作为防御工事，而城内粮秣辎重山积。木城不耐火攻，而败兵溃卒如惊弓之鸟，不堪守御。城内胡人得知单于大败、下落不明的消息，皆惶惶无斗志，见到汉军追来，一哄而散。赵信未曾想到伊稚斜败得如此快，如此惨，而汉军又几乎是追尾而来，猝不及防，甚至连毁掉辎重的时间都没有，他只来得及带上数十亲随，弃城而去，卫青赶到时，进入的是一座空城。

卫青点算过战果，斩虏匈奴一万九千余级，汉军虽胜，伤亡亦不轻，损失逾万。杀伤过当，差强人意，而抓获单于的希望则彻底破灭，被虏获的匈奴人皆不知伊稚斜的去向。这件事极大地困扰着他，后悔不该把捕捉单于的差事交给公孙敖，可事已至此，责罚谁已无济于事，还是得自己扛下来。卫青屏退属下，于大帐中踱步，细思回去如何向皇帝交代。皇帝说李广数奇，示意不让他前敌作战，自己行君上所想，找不出什么毛病，错在自己在选将上，一念之私，派用了公孙敖，这件事他无从推卸。皇帝若由此生了成见，则圣眷堪忧，本已后来居上的霍去病或将替代他，成为皇帝与朝廷最为倚重的柱石之臣。

必须得找个由头卸责，转移因抓不到伊稚斜，皇帝很可能发泄到自己身上的怒气。他仿佛看到皇帝那不快与冷峻的脸色，不由得心里一阵阵发紧。良久，他握拳狠捶了一下臂膀，紧绷着的脸一下子松弛开来。现成的原因自己竟忘在了脑后！李广、赵食其的失期正可以用来卸责。如果军力充足，将匈奴人牢牢围住，伊稚斜又何能成为漏网之鱼？！对，就从战阵兵力单薄上做文章，或可将皇帝的问责消弭于无形。

一念至此，他有了主意。

伊稚斜渺无音讯，无从捕捉，而自己后援不继，孤军深入，随时有可能遭到匈奴人的反噬，所以尽管粮秣足够，卫青仍不敢久事停留。于是下令打开城中仓廪，饱飨三军后，将带不走的食粮连同赵信城一把火烧了个干净。之后下令班师，并允准了韩毋辟先行，寻找失去联系的那支偏师，若这支军队出了什么差池，作为全军统帅的他，也是要承担责任的。

三日后，正在漠南草滩上徘徊不进的李广与赵食其，终于与大军会合了。原来，上一场沙暴后，两军失联，李、赵也曾进入戈壁，但由于没有熟悉漠北的向导，两次行军数百里后，却发现又绕回了原地，人困马乏，水草难觅，粮秣不继，他们不得不退到漠南休整，这一耽搁，就是十几日。

参拜过主帅后，李广、赵食其返营。卫青吩咐长史成安，调拨一些虏获的粮秣和酒食先行赴偏师劳军，同时将二军失期的原因查明，呈报给他。这本是军正的责任，他之所以要成安去办，是知道成安与李广有夙怨，由他去办，必会一丝不苟，从严苛察，从而为自己的卸责找到使人信服的根据。

他清楚记得元朔六年那次出征。前将军赵信与右将军苏建合军一路，共为前锋，遭遇伊稚斜的大军，赵信是胡人的卧底，阵前投敌，致使苏建力寡势单，被匈奴围攻一昼夜，全军覆没，而苏建只身突围来归。苏建有丧师之罪，卫青问幕僚们如何处置，议郎周霸称，苏建之败，沮丧士气，大将军当于军前处斩之，以申军纪，以立大将军之威。而军正吕闳、长史成安均以为不可，说赵信临阵反戈，苏建当敌数万，不仅没有逃跑，士卒皆无异心，反能力战一日，伤亡殆尽后突围回来，足以激劝各军，不当斩。但汉律败军之将必为死罪，虽可赎死为庶人，但这样处置，颜面无存，未免令浴血苦战的将士们寒心。

卫青左右为难，沉吟之际，忽然想到苏建出征前职任卫尉，位在九卿，是朝廷的大臣，顿时有了主意，于是叹息道："青幸以肺腑得侍今上，何患无威？周霸劝我杀大将立威，甚失为臣之意。苏建位居九卿，乃朝廷的大臣，其功过奖罚，要由朝廷来定。我虽有生杀大权，但皇帝给我的这份尊宠无非为使诸军号令如一，而生杀予夺的大权属于天子，绝非允吾等专擅，苏建之功罪，还是交给皇帝自己裁决，如此可以风示为人臣不可专擅的道理，这样不好吗？"

卫青所言入情入理，众幕僚自然齐声赞好。果然不出所料，刘彻对其忠顺谨慎大为满意，苏建亦被允准赎死，对他感怀不尽。李广职任郎中令，也位在九卿，出征失期，贻误军机也是死罪，卫青打算效法前事，将失期原因查明，然后上交朝廷，李广的罪如何办，由皇帝决定。如此，他借皇命徇私而放跑了伊稚斜一事，也会由此消弭于无形。

　　但他万万没有想到的是，两天之后，回到大帐的成安，报告给他一个不啻为惊雷般的消息：李广非但不肯担责，反因负气而伏剑身亡了。

九十

　　李广自杀的消息，传到长安，掀起了一阵不大不小的波澜。百姓知与不知，说到李将军殁了，无论老少，皆为之垂泣。北军八校将吏，多为李广一手培训造就，亦皆为之叹息不平。

　　李广家住尚冠里，是个三世同堂的大家庭。其遗体到家后，已由家人大殓入棺，安放于正堂，供亲朋好友吊唁。

　　司马迁吊唁后，随着李家的仆人来到旁厅。吊客们都在这里用饭。进得门来，司马迁第一眼看到的就是坐于食案前的两个壮汉，一个八尺昂藏，长头大鼻，另一个眉目精悍，面色黧黑，显然是大漠骄阳风沙所致。

　　"那两位是？"司马迁问道。

　　仆人抬眼看了看，轻声道："韩家兄弟。左边那位是李将军麾下的护旗校尉。大人请坐，我这就催庖厨上酒食。"

　　李广妻室早死，以侍妾为继室，主持中馈。三个儿子，当户、椒、敢，李敢以校尉从骠骑将军出征未归，当户与李椒均战死于沙场，李广、李敢父子出征后，所余皆女眷与孩童，丧礼由李广堂弟，丞相李蔡出面，方才得以举办。韩孺、韩毋辟兄弟连日在李府协助治丧，疲累不堪，趁吊客较少时退下来进食休息。

　　司马迁精神一振，很恭敬地前行一步，揖手道："敢问足下可是李广将军麾下的韩将军吗？"久经沙场的名将何以会自杀？司马迁既惋惜，又好奇，得知李广军中将领在此，难得有此机会，他决定留下来，了解整件事情的始末。

正在用餐的韩氏兄弟抬起头，目光齐齐落在司马迁身上。

"在下韩毋辟，敢问公子是？"

"敝人司马迁，在禁中任郎官，李广将军是我们的长官①。"

韩毋辟眼睛一亮，起身揖手道："噢，是司马太史的哲嗣吧？真是闻名不如见面！来，来，公子请过来一起坐。"

彼此见礼后，重新落座。韩毋辟指着韩孺道："这是在下的堂兄，韩孺韩千秋。"

韩孺望着司马迁，揖揖手，笑道："公子真的是一表人才。太史公还好吧？"

"承问，多谢了。家大人近来身体欠佳，故派我代他来此吊唁。"

司马谈官职不高，可道德文章朝野皆知，颇为世人所敬重。

"家大人与李将军同朝为官，对将军十分仰慕，常说李将军铁骨铮铮，为国干城。闻此噩耗，痛惜不置。在下也十分不解，李将军何以出此下策？"

韩毋辟望着司马迁，欲言又止。韩孺却忍不住，拍案叹息道："为何？人活一口气呗！"

韩孺话中有话，内中必有隐情。一名仆役进来，为司马迁奉上酒食，仆役走后，舍内仅剩他们三人。司马迁看定韩毋辟，很恳切地说道：

"家大人说李将军虽木讷少言，若没有大委屈，决不可能自杀。史册昭昭，岂容烈士蒙冤？韩将军跟从老将军十数年，想必深知内情，也一定不忍老将军死得不明不白，在下恳请将军道出真相，还老将军一个清白。"

"令尊是太史，我若说出真相，令尊可能秉笔直书？"韩毋辟目光灼灼，直视着司马迁，语气很沉重。

"当然，家大人虽不比董狐②，可实事求是是一定的。"

"那好，我告诉你，李将军之死，死于大将军徇私。"

---

① 李广时任郎中令，统辖宫内郎官，掌守宫禁门户，为汉代九卿之一，后为武帝改名为光禄卿。

② 董狐，春秋时晋国太史，晋灵公横征暴敛，大臣赵盾屡谏不听，反欲杀之，赵盾出走至边境时，得知灵公被其族弟赵穿杀死，遂返朝执政。董狐对此记以"赵盾弑其君"。赵氏屡屡质疑施压，董狐坚持"君臣大义"之书法，认为赵盾不惩罚弑君者，即须承担弑君之罪名。孔子称其为"书法不隐"之良史。

司马迁一惊："大将军？你说的是卫青！"

"对。"

"大将军如何徇私？"

"皇帝于朝堂上拜李广为前将军，公子知道吧？"

"知道，那天我轮值，侍从今上，也在朝堂上。"

"前将军顾名思义，就是前锋，李将军六十几的人，与匈奴打了一辈子，与单于决一胜负，这是他最后的机会，所以他向皇帝力争，也争到了。

"原以为单于在东路，皇上以为骠骑将军所部战力更强，便将骠骑换到东路。大将军与李将军自然争无可争，可大将军出塞之后，抓到一个单于派出的探子，得知伊稚斜正当我军一路，大将军秘而不宣，却让老将军与右将军赵食其合编为偏师，走右路，说是可以相互策应，其实是把他们支开，将接战与擒杀伊稚斜的机会留给了自己，李将军不服，争之不得。非但如此，大将军还强把我调到中军做斥候，致使右路无向导，出塞数日即遇沙暴，结果迷途失路，没能按约定会师作战，依军法，失期是死罪。如此，老将军非但没能与单于决死一战，反而落下这么个窝囊的罪名，心中的愤懑可想而知。"

司马迁仍有疑惑，摇摇头道："失期虽是死罪，可朝廷允赎死，如博望侯。李将军从前也曾赎过，何以这次想不开呢？"

"大将军本想独得擒杀单于的大功，不想反被伊稚斜跑脱，于是想以右翼失期卸责。两军在漠南相遇后，大将军派了个长史，以慰劳之名，来了李将军大营。这长史名成安，是个恶吏，与李将军有过节。"

"哦，甚过节？"

"十五年前，我自匈奴逃回，这个成安是李将军麾下的军正，欲加我以髡钳之刑，李将军代我缓颊，成安坚执不可，最后韩安国将军决断吾赎为庶人，戴罪立功。这个成安悻悻而去，不久后就辞了职，不想又混到了大将军帐下，真个不是冤家不聚头！"

"一个四百石的长史，也敢刁难李将军？"

"大将军节制三军，他有大将军的敕令，自可狐假虎威。本来右军无向导，又遇沙暴迷路，军中人所共知，他却明知故问，询问何以失期，老将军自然不屑回答，他回去不知作何媒蘖，大将军动了怒，又派他过来，疾言厉色地呵斥幕府，要他们书面呈报失期缘由。李将军看不过，斥责道："诸校尉有何错？失期责任在我，我自会与大将军交代！'"

"那成安作何反应？"

"见到老将军发怒，他不敢再逼，悻悻而去，临走时撂下句话，说是会在大将军处等着，失期已是死罪，若再违抗军令，其后果自己掂量。"

"老将军呢？"

"平静如常，我们谁也没觉出有何异常，晡时他还一如平日，巡视了军营，将劳军的酒食分享与将士们，不料回到幕府就出事了。"

三人相与叹息，良久，司马迁问道："老将军去时没留下甚话吗？"

"回到幕府，他与吾等饮宴，逐个敬酒，之后举卮致辞，说自己自结发起与匈奴大小七十余战，此番好不容易有个接战单于的机会，不想被大将军支到右路，又遭沙暴迷路，岂非天哉！吾老矣，终不能复对刀笔之吏！言罢竟引刀自刭，众人猝不及防，待反应过来，将军已血流如注，倒地不起了。"

司马迁连连摇头，叹息道："大将军看上去为人厚重，不想徇私诿过如是！"

韩孺道："可他也未能如愿，伊稚斜还是跑掉了，人算不如天算，这也是报应了。"

正说话间，忽听院中人声嘈杂，脚步杂沓，哭声大作。三人正待起身，但见刚才送餐的仆役推门而入，招呼韩家兄弟道："二位将军，李公子回来了。"

李敢是李广的次子，时任北军校尉，随霍去病出征，回到京师，方闻父亲的凶讯，征衣未换，即疾驰回府，进了大门，对着满院子的吊客们揖揖手，披上粗麻孝衣，扑在父亲柩前大恸失声，左右守灵的男女亲眷亦皆垂泣不止，满室的吊客看得心酸，众人一起劝慰了好一阵子，方将李敢扶至后堂休息。

两人站起，韩孺揖手道别："老将军阖家孤寡，丧祭均须吾人张罗，少陪了。"韩毋辟则握住司马迁的双手，低声嘱咐道："司马公子，代问太史公珍重，毋忘汝所言'史册昭昭，岂容烈士蒙冤'！"

刘彻自然是第一时间得知李广自杀的消息，他既吃惊又愤怒，吃惊的是，一代名将竟如此陨落，斫丧士气；愤怒的是，卫青非但没能捉住伊稚斜，还折损大将，令自己颜面大失。更为郁闷的是，他竟无从发泄，只能自吞苦果，因为卫青之所以支开李广，调走向导，使之没有面对单于的机会，正是出于自己的授意。几天来他一直闷闷不乐，直到霍去病东线大捷的军报传来，他紧锁的眉头才舒展开来。

卫青所部杀虏万九千级，自己阵亡万余，亡失单于，若非攻下赵信城，焚其辎重，几乎就是惨胜。霍去病所部也损失过万，可斩杀胡虏七万余级，擒获名王与大头目八九十人，兵锋深入数千里，直达匈奴北境瀚海，这是开国以来，前所未有的大胜。刘彻大喜过望，下诏益封霍去病五千八百户，属下立功将士皆赐爵封侯，而卫青则未益封，属下将士亦无一人封侯。非但如此，他还加封卫青、霍去病二人同为大司马，秩禄相等，虽然霍去病擅自封禅，有僭越之嫌，而刘彻高兴之余，并未深究，反而于诏书中给以褒扬。这样薄此厚彼，引得朝野议论纷纷，都揣测霍去病将会后来居上，取代卫青。不久后，卫青门下的宾客、幕僚纷纷借故告退，不少人转投骠骑将军府，而大将军府的门庭则渐渐冷落了下来。

"大将军，好闲在，病好些了吗？"

大将军府院中有座鱼池，卫青正坐在池台上，一面观鱼，一面信手撒播着鱼饵，竟是副自得其乐的样子。

循声看去，原来是苏建。苏建杜陵人，以校尉从卫青出征匈奴，因功封为平陵侯，后率军版筑朔方城。之后又数次跟从卫青出征。元朔六年，因翕侯赵信临阵叛变，苏建所部孤军苦战一日，全军覆没，唯苏建只身逃出，赎死为庶人，赋闲家居。作为老部属，听说卫青有病，特来看望。

卫青眼睛一亮，笑道："原来是子煦，稀客呀！同住京师，为甚不常来走走呢？"

"我倒是想来，无奈听说大将军府镇日宾客盈门，高朋满座，敝人一个闲人，不好叨扰。"

卫青摊开双手，笑道："宾客盈门？哈哈，子煦看我这里，门可罗雀喽。"

"所以我才敢登贵府的大门呀！"苏建也随之大笑起来，良久，才感叹道："'一贵一贱，交情乃见'，窦婴当年所言，不想复见于今日。"

"我倒觉得寻常，官场么，人情势利是常态。"卫青淡淡一笑，将手中的余饵撒入池中，拍拍手道："走，子熙，屋里说话。"

主宾坐定后，侍者奉茶，两人闲聊了一阵，说到朝廷近日里的动向，卫青道："我居家这几日，朝廷可有甚事情吗？"

苏建摇摇头道："大将军朝廷重臣，反倒要向我一个赋闲之人讨消息吗？"

卫青赧然，"门人均作鸟兽散矣！"然后自嘲道："也好，都是些吃白饭的家伙，散了也好。"

苏建不解，问道："吃白饭，怎么回事？"

卫青呷了口茶，微笑道："今上求贤若渴，求到了大臣们的家里。赵禹到我府里挑人，敝府舍人①逾百，能入赵禹法眼的居然只有区区二人。"

原来，刘彻欲选批郎官充实宫禁，派少府赵禹到各大臣家中选拔。卫青从府中舍人家境富裕者中选了十数人以供挑选，每人都自备了鞍马、绛衣和玉具剑②。赵禹来后，依次约谈，竟无一当意者。他告诉卫青，皇帝以为将门之中必多才俊，你光找些富家子应付差事，这些人志骄意满，其实或乏智略，或无经验，衣装锦绣，却形同木偶，回去没办法交差。于是卫青将百多名舍人召来，让他逐个拣选，最后只选中田仁、任安两人，而两人贫敝不堪，自陈不能自备鞍马、绛衣，卫青无奈，只能上疏举荐。

苏建莞尔，转而正色道："难怪大将军这么位尊权重之人，举国的士大夫却少有称扬者。愿将军观古名将之所为，甘为伯乐，奖拔人才，勉之哉！"

卫青略作沉吟，摇摇头道："子熙知其一不知其二。"

"怎么？"

"从前魏其侯、武安侯倒是广揽人才，而天子切齿；大臣结交江湖，是朝廷的大忌，魏其因此丧命。吾曾代郭翁伯缓颊，亦遭今上呵斥。招贤黜不肖，亲附士大夫，乃人主之权柄，非臣子所宜为，吾等奉法遵职而已。"

卫青自为郭解缓颊，遭皇帝揶揄后，即自敛锋芒，圆融处世。其实，门下士被赵禹视为纨绔子，他心中窃喜，赵禹会将他的印象奏报上去，皇帝会

---

① 舍人，古代豪门贵戚家中的门客。

② 玉具剑，配有玉饰的剑。

由此减少几分猜忌。而苏建心里则颇不以为然，话不投机，一时冷了场，两人静静地品起了茶。

良久，苏建另起话头，问道："李将军后日出殡归葬，大将军不去送送吗？"

卫青心里一紧，佯作品茶，好一阵才好整以暇地问道："哦，李家现下如何？"

"还好吧，李将军一门英烈，现在只剩下李敢一个顶门立户的男人了。李敢此番随霍将军出征漠北，夺得左贤王的旗鼓，以此得封关内侯，食邑二百户，今上还让他接了李将军的郎中令一职。我昨日去李家吊唁，正逢今上派郭谒令传谕厚恤，赐给李家兵马俑以为丧葬之用。李广戎马一生，最纠结的就是未能封侯，李敢算是遂了他的心愿，老将军地下有知，也可以安心了。"

李广自杀后，卫青一直愧赧于心，皇帝此番厚赏李敢，怕也是有怍于心吧。他沉吟了片刻，对苏建说道："李将军出殡，子煦会去吧？"

苏建颔首，回答得很肯定："嗯，在下与李将军有通家之好，当然要去。"

"那么，后日子煦先来我家，我们搭个伴，一起去李府，送老将军一程，如何？"

苏建喜笑颜开，连声道："好，好！一言为定，大将军能到场，李家必会感荷无任的。"

但是，李广出殡那日，卫青并未随苏建前往吊唁，而是托病不出。要苏建代送的一份祭礼，却被李敢当着送灵的众臣之面，直接丢出了门外。如此一来，两家之交恶，暴露于朝野，各种流言蜚语亦不胫而走。

九十一

元狩四年秋，二年前被派往西域联络乌孙国的汉使张骞回到了长安，随之而返的还有乌孙国使臣十余人，西域良马数十匹。抵达长安的当日，刘彻便召见了他，详细询问此番出使的情形。

元狩二年，霍去病进兵河西，匈奴浑邪王率部内附，而河西空虚，张骞提出联络乌孙，引其众东迁河西，断匈奴右臂之计，刘彻以为然，遂拜其为中郎将，率领三百余人的使团，挟巨资赴西域游说各国内附。张骞到了乌孙，发现其国已一分为三，老王昆莫、其孙太子岑娶、其中子大禄各统万骑，各有份地，政令不一。其地距汉辽远，靠近匈奴，大臣们皆畏惧匈奴，不愿迁徙。张骞游说再三，仍旧意见分歧，莫衷一是，时近一载，竟不得要领。张骞无奈，于是要昆莫配给通事，随副使分别前往大宛、康居、大月氏、安息、身毒、于阗诸国，而昆莫派向导、通译及使节数十人随张骞回国，一来报聘，二来实地窥探汉地的虚实。

"那昆莫既做不了儿孙的主，朕看就不要勉为其难了。河西当然也不能空着，自令居①至盐泽，可以像敦煌一样，设郡立县，安置内地的难民，屯垦戍边，亦可断匈奴之右臂。"刘彻言罢，斜倚在靠枕上，扫视着几位重臣，等待着他们的意见。

---

① 令居，今甘肃庄浪县一带，原为霍去病征河西时所筑边塞，武帝元鼎二年设县。

丞相李蔡沉吟不语，张汤不耐，蹑等陈奏道："陛下圣明，如此则大汉与西域诸国接壤，更便于经营。张将军，是不是这样？"

张骞看了一眼丞相，咳了一声，很小心地说："假以时日，应该可以。"

李蔡颇为恼火，自拜为丞相以来，廷议时，张汤每每先声夺人，大得皇帝的器重。而自己的隐忍，却被视为木讷可欺，一段时间以来，朝野已有丞相因人成事、尸位素餐的传言。他决意不再迁就，要出个难题，杀杀张汤的威风。

"纳河西入我版图，好固然好，但似难一蹴而就。河西原为月氏、匈奴牧马之地，不经开垦，草场难以耕作。迁难民于此，食粮、种子、耕牛皆须仰赖县官，财用浩繁；为防匈奴反噬，障塞、驿站亦须同时营建，如此非巨万投入不可，从何措手，愿听张大夫高见！"

张汤面色发白，他从心里看不起这位丞相，忝居高位，遇事少有建白，处处打退堂鼓，现在居然在皇帝面前发难，要他的难看。

"君侯柄国政，当知算大账不计小数。开疆扩土，耗费是一时的，可若干年后，收获必大。田土人民乃国家的根本，投入大，产出亦大，且源源不断，永续不绝，与之相比，最初之投入，不过九牛一毛而已。"

李蔡冷笑道："张大夫画得好大个饼，还是说说拿什么抵充这无米之炊吧！"

张汤一时语塞，望向刘彻，看到皇帝也正注意地望着他，似在等着听他的答复。

张汤尴尬地笑笑，"君侯是说我画饼充饥喽？大汉广土众民，家大业大，一人省一口，也能把事情办了。"

李蔡不再与张汤争论，揖手奏称道："臣以为河西之事可以缓办，目下当务之急，是要抚平民乱，轻徭薄赋，休养生息。"

李蔡所说的"抚平民乱"，指的是近年朝廷推行白金以来，民间兴起的盗铸之风，已经泛滥成灾。朝廷严刑峻法，仍难于阻遏。刘彻很为此苦恼了一阵子。

"丞相所指，是民间盗铸之风吧？有司不是主张废弃三铢，改行五铢，并压制钱郭①，使之难以仿制嘛，朕已诏准，去做就是了。至于赋税，尽管国用浩繁，朕坚执先帝所定三十税一，从未加赋。'轻徭薄赋，休养生息'所指为何？丞相给朕说说。"

见到皇帝脸色难看，李蔡脸色微红，心跳也加快了，但他绝不愿朝中的同事们视他为尸位素餐之人，决心犯颜上谏。

"陛下仁厚爱民，百姓黔首无不感怀于心。老臣近日曾检视各郡国历年上计的简册，有感于心，不敢不陈情于陛下。"

刘彻惊讶于李蔡的一反常态，频频颔首道："当然，兼听为明，佐朕理国，建白本就是丞相的责任，丞相但说无妨。"

"圣朝以农为本，而务农，丰年仅止于温饱；灾年或辗转于沟壑，量入为出，方可久远。本朝开国以来，自高皇帝以下皆以无为而治，与民休息七十余年，渐臻富强。还记得陛下登基之初，国库充盈，非遇水旱之灾，民则家给人足，都市仓廪皆满，府库钱累巨万，太仓之粟陈陈相因，阡陌牛马成群。古语称，衣食足，知荣辱；仓廪实，知礼节。故其时人人自爱而重犯法，无人不称太平盛世矣。陛下少年有为，外事四夷，连年征发无度，兵连祸结，天下疲矣。"

刘彻脑中依稀浮现当年父皇带他视察大农粮仓钱库时的情景，一时走了神。国家富足，不正是天降大任，要他振作有为吗？钱留着做甚，奢靡享受？有道是生于忧患，死于安乐。击退了强敌，开拓了疆土，振作有为，又何错之有！这个李蔡不能与时俱进，反而暗讽自己好大喜功，不好大喜功，难不成好小喜过？真是岂有此理！但他的不快并未形于颜色，自汲黯托病家居以来，朝廷上已经很久没有听到过不同的声音了，他冲李蔡点点头，神色蔼然，示意他接着讲下去。

"陛下所言'轻徭薄赋'，薄赋，不错；可轻徭则未必。先是，西南夷凿山开路千余里，扰动数郡，兵民疲敝，耗费巨万。之后收河南地，筑朔方城，

_____

①钱郭，指古代铜钱上压出的圆边与方孔之突起，参见《史记·平准书》："有司言三铢钱轻，易奸诈，乃更请诸郡国铸五铢钱，周郭其下，令不可磨取镕焉。"按镕，音玉，此指铜钱因久用摩擦而光滑。疑应为镕，制钱的模子。

集工匠十余万人，劳动天下，自山东起，数千里转输供给，所耗又数十百巨万，而府库渐虚。关东频年水患，河工耗费巨大，无所底止；而迁被灾之民七十余万于边郡，臣记得大农郑当时陈奏库藏经耗，天下之赋税已不足以奉战士，故朝廷议定出售军功爵、制白金皮币，收山泽之利，盐铁专卖，乃至算缗、告缗，自施行以来，人心浮动，私铸遍地，罪徒相望于道，长此以往，国将危矣……"

罪徒相望于道？这简直是在拿暴秦来比拟当下了！刘彻的面色愈来愈难看，额头青筋凸起，李蔡见状，嗫嚅其辞，停了下来。

刘彻道："怎么不说了？丞相平日寡言少语，一肚子话都憋在心里，难得今日一吐为快，说呀，说下去，朕决不会怪罪丞相。"他对李蔡笑了笑，笑得很难看，很勉强。

是福不是祸，是祸躲不过，李蔡硬起头皮，继续陈奏："陛下驱逐胡虏以雪国耻，自马邑至今，大小数十战，战绩骄人，天下无人不赞陛下之雄才大略。可一张一弛，文武之道，轻重缓急当因时制宜。此番卫、霍二将军远征漠北，随征马匹辗转死于途中十余万，数十年繁殖所得，一旦而尽，还未计入用兵与粮秣转输之费；而赏赐将士，仅黄金一项即二十余万斤，河西内附之胡虏数万，人皆厚赏，衣食皆仰给于官库。现今张汤一味怂恿陛下经营河西，却不言钱、粮从何着落，蒙蔽天子，坐观成败，其居心诚不可测！"

一口气道出心中所想，不免气喘咻咻，他略作停息，伏身于地，顿首道："臣……臣甘冒斧钺，昧死陈奏，所为陛下能够体恤时艰，与民休息，则百姓幸甚，国家幸甚。"

刘彻愈听，头脑愈冷静，压下了原有的不快。李蔡所言确为不争的事实，官库空虚，币制淆乱，罪徒遍地，都是必须应对的当务之急，他曾就此征询过很多大臣的意见，歧见纷呈，莫衷一是，但也渐渐理出了头绪。今日李蔡的谏言再次触动了他，决意将考虑成熟的措置，尽快付诸实施。

"陛下，丞相……"刘彻摆了摆手，制止了张汤，向在旁侍候的郭彤问道："卫青的病怎样了？你去到他府上，若无大恙，接他进宫，朕要与三公会议朝政。"

郭彤去后，刘彻对李蔡道："爱卿平日唯唯诺诺，唯今日所言，可说无负于朕。丞相掌丞天子，助理万机，朕望汝今后好自为之，真正当起'丞相'的责任。"

李蔡释然，揖手称是。刘彻又对张骞、张汤道："河西的事情还是要办，非如此不能断匈奴右臂。怎么办，待卫青到后再议。子高出使绝国，劳苦功高，你的那些副使何时能够返朝？"

"各国远近不一，总要数月半年方能陆续赶回吧。"

"那好，朕就拜你为大行①，专司接待四夷各国的来使。这趟同来的乌孙报聘专使，你要好好招待他们，领他们在京师、三辅各地走走，见识一下我大汉的广大富足。"

"谢陛下……"张骞伏地顿首拜谢，一时激动，欲语凝噎。

"朕听说乌孙此番进贡了西极的天马，是养在少林苑的马监吗？"

"是的。与陛下得自敦煌的那匹马养在一处。"

"好，朕要去看看。"刘彻来了兴致，临时起意，传谕奉车都尉安排车驾，又命传妃嫔宫人十数人同行，一行人浩浩荡荡，在羽林骑士护卫下，直奔上林苑而去。

约一个时辰后，车驾一行抵达御苑，苑内均为土路，车驭放慢了速度，缓缓前行，正要拐向通向马监的路口，但见一大群肥羊，约摸百余只，自道口蜂拥而出，车驭急勒马缰，险些相撞。领头的是只硕大的公羊，颈上系着只叮当作响的铃铛，其后三五成群，均极肥硕，一路咩咩鸣叫，此起彼伏，相跟着前行。跟在后面的羊倌，是位鬓发花白的布衣老者，边吆喝，边甩动长鞭，而羊群颇为驯顺，有条不紊地随着头羊转向另一条岔路。

随侍的卫士暴喝道："圣驾在此，还不快些让开！"

一声吆喝，羊群停了下来，老者扔下长鞭，退到一旁，伏地顿首为礼。刘彻止住侍卫，径自下车，走到羊群旁，摸摸羊只，个个肥硕，不觉欣喜不置，回身对那老者道："卜式，你这羊养得好么，难怪你官不做来养羊，原来真

---

① 大行，西汉时九卿之一，主持四夷之邦交、封贡、报聘等相关接待、礼仪等事宜。

是个好把式！"

后面辎车中随驾的大臣们也纷纷凑了过来，见到如此肥硕的羊群，也不由得啧啧称羡。

卜式站起身，拾起长鞭，淡然一笑道："老本行，这算不得什么，以时起居，存优汰劣而已。非但羊，就是治理百姓亦不过如是，莠民必除，不让他成为害群之马就是了。"

"哦，听听，都听听，这老人家不简单！"刘彻闻言，不觉刮目相看，这卜式或真有做官的本事。

"你既然这么说，朕倒要试试你的本事。丞相，你看看地方上哪里的官守有空缺，即以卜式补缺。"

李蔡略作思忖道："河南缑氏①，前不久县令出缺，尚未补任。"

"好，就缑氏。卜式，朕就简任汝为缑氏县令，把这里的事情交卸后，你即去丞相处领取关防印信，一年以后，朕可是要察看你的治绩，汝好自为之。"

卜式淡淡一笑，揖手称诺，追赶羊群去了。

刘彻一行亦起驾，又过了一刻，枝木扶疏中，豁然出现了一大片草场，草场一侧是长长的数排马厩，这就是上林苑的马监了。

上林苑令、丞及左右尉等官吏皆已等候在此，随侍宫人与诸臣坐定后，刘彻令将乌孙进献的马匹逐一牵出过目。

役卒牵着马匹，鱼贯而出。这些来自西域的马匹颜色不一，皆身材高大，四腿颀长，而辗转数千里，一路风尘，看上去都有些掉膘。刘彻有些失望，向于身旁侍候的张骞问道："这西域马除去身高腿长，耐力如何，可否比得过匈奴之马？"

"西域牧人亦骑此放牧，臣以为应该可以。将来或可与中国、匈奴之马交配，所产儿马，各马之长可兼而有之。"

看到皇帝有些扫兴的样子，张骞道："臣在大宛时，偶然遇到过当地的一种良马，人称汗血，据说是西域最好的马匹，大宛王视为国宝，轻易不肯

---

① 缑氏，汉代河南郡属县，地望在今河南偃师一带。

示人。"

"那马叫什么？"

"汗血。当地人称此马日行千里，沁出的汗水，色红如血，故称汗血。"

"哦，竟有这等事，尔等何不买回几匹与朕看看。"

"大宛王不肯以之示人，又何肯售卖。其实，彼等也是言过其实，我见到的那匹，汗非血色，而是浅粉色。"

一个刚刚牵马上场的少年，引起了皇帝身后的宫嫔们窃窃私语，刘彻看过去，但见那人身高足有八尺，高鼻深目，相貌英俊，一望而知是个胡人。宫嫔们粉黛金钗，衣装华美，莺莺燕燕，绚丽夺目，役卒们牵马走过时，莫不偷眼窥视，唯独此人目不斜视，仪态沉着。

"这大个子是匈奴人吗，甚来历？"刘彻指着那少年，问道。

"这人是匈奴休屠王的长子，前年骠骑将军横扫河西，休屠王被杀，他的阏氏和一双儿子被掳，发配到马苑从役。"应答的是侍卫在旁的上林左尉。

"唤他过来。"

胡儿闻命，牵着马走到近前，伏地顿首请安："奴才敬请大皇帝安。"言毕，俯首不语。

刘彻再看那匹马，膘肥体健，毛皮乌亮，远胜过乌孙进献的那些马匹。他拍了拍马臀，肌肉结实而富有弹性。

"这匹马如此出色，是你饲喂的吗？"

"是由奴才饲喂。"

"同样的马匹，饲喂的草料也相同，何以你喂的就比他人的好？"

"奴才自幼随部落放牧，熟知马儿的脾性，一点儿也不敢马虎。"

"你叫什么名字？"

"奴才日磾。"

"日磾，日磾，磾字何义？"

"磾字义为黑石。阿公说，当年生我时，天上曾落下一块黑色的石头，故以之为名。"

"那么姓呐？"

"家父姓须卜氏。"

"朕赐你个汉姓吧。你父王曾有个祭天用的金人，是吧？"

"是。"

"朕就赐你姓金，金人的金，以后你就叫金日磾。"

"谢陛下赐姓，陛下的恩德，日磾永志不忘。"胡儿再拜顿首。

胡儿相貌英俊，老成敬业，应对得体，刘彻大起好感，决意收为己用。"朕记得古书上说，马八尺为龙，此监专养西域天马，就赐名龙马厩。金日磾既善养马，当尽汝一技之长，朕即拜汝为此厩马监……"看到胡儿吃惊的样子，刘彻笑道："朕用人亦不拘一格，做得好，就擢以不次之位，这些乌孙的马匹就交汝喂养，你当尽心悉力，好自为之。"

又见胡儿所着衣衫甚旧，汗渍斑斑，于是谕令苑丞取一套郎官衣装，送他去沐浴更衣。

看过马匹，已近晡时，上林苑令与太官令①正待安排酒食，但见一辆疾驰而来的轺车，停在了马苑门前。谒者令郭彤跳下车，一路小跑，直奔刘彻而来。

"陛下，大将军受了伤，暂不能与议朝政了。"郭彤附在刘彻耳边，声音很小，可还是让他吃了一惊。

"怎么，卫青因何而伤？"

"大将军进宫，在东司马门遇见了当值的李敢，李敢拦住大将军，责问其父的死因，言词争讲中，被李敢一拳打中面门，颜面与左眼肿起老高，不得不回府就医了。"

---

① 太官令，秦汉时少府属官，掌宫廷膳食、酒果、饮宴等。

九十二

匈奴涿邪山北，匈河①河畔，散落着百十帐毡房。居中一座大帐中，就是自寘颜山败逃到这里的伊稚斜。伊稚斜担忧汉军的追捕，昼夜兼程，马不停蹄地狂奔了数日，跟随的侍卫于途中散失甚多。惊魂甫定的他派人四出召集流散，不久，赵信闻讯赶了过来，二人相见，悲喜交集。匈河一带尚无汉军的踪迹，于是赵信建议在此屯驻休息，派使联络各部落的名王统领，以尽速掌控大局。

伊稚斜下落不明时近半月，自战场逃出的胡骑纷传其已死于乱军之中，而后又传来左贤王乌维大败、踪迹不明的消息，一时间，匈奴各部群龙无首，皆惶惶不安。同样突围出来的右谷蠡王庞勒，以为单于与王储②都已战殁，于是自立为单于，而其他有王号者，多有不服，各自纠集部众，欲与庞勒争雄。好在不久后就有了伊稚斜的消息，庞勒于是自去其号，宣称拥戴单于，草原上的扰攘才渐渐平息了下来。

"我想月末蹛林③大会时，清点一下各部人马，乘秋高马肥之际，分头南下突袭汉边，以雪前战之耻，赵相国以为如何？"

---

① 蒙古高原上之内陆河，发源于逐邪山北麓，一说为今蒙古满达勒戈壁（阿尔泰山）中部。

② 按，匈奴一般以左贤王为王储。

③《史记·匈奴转》：秋，马肥，大会蹛林，课校人畜计。按蹛音带，颜师古注云：蹛者，绕林木而祭也。鲜卑之俗，自古相传，秋祭无林木者，尚竖柳枝，众骑驰绕三周乃止，此其遗法也。

赵信皱了皱眉，伊稚斜凶狠有余，谋略不足，匈奴总人口不过百余万，除去老幼妇孺，能作战的壮丁总计五十余万，此番漠北两次大败，折损人马十万有余，五分已去其一，这种消耗战绝非匈奴所能承受。可伊稚斜复仇心切，当面谏止或触雷霆之怒，况且伊稚斜采用他的谋略，却不料败得如此之惨，脸面上虽无表现，可有慊于心是肯定的。

　　而新败之师，疲累不堪且士气低落，非经长时间休整不堪再战，为了保存元气，赵信不得不去触这个霉头。

　　"我军此役损失颇重，休养生息乃当务之急，况且吾河南、河西两地尽失，国力大亏，勉强作战，难期必胜，在下以为南下之事，还是从长计议为好。大单于当下要考虑的，应该是重提和亲。"

　　"和亲？"

　　"对，和亲。"

　　伊稚斜绕帐踱步，连连摇头道："我军新败，此时提和亲，岂非示弱？不可行！"

　　伊稚斜是个好胜心与报复心都极强之人，可匈奴的人力、国力均不足以支撑起长期的战争，硬来只会输得更惨，那时候单于的声望一定会大跌，他的大位是强夺而来，得靠一次次胜利凝聚人心。而一败再败，只会使诸王蠢蠢欲动，起取而代之之心，届时危及的就不光是胡汉势力的消长，而是单于的性命了。一念至此，赵信决意不避嫌疑，力劝伊稚斜改变心意。

　　正思索如何说动伊稚斜，忽然一个哨探掀帘而入，报告说巡哨的游骑于涿邪山口北面的戈壁上，抓到了两拨汉人。

　　伊稚斜一惊，难道汉军发现了自己的踪迹？

　　"汉人，甚样的汉人？"

　　哨探报告说，百夫长巡哨匈河以南青仑泽一带，发现十数骑汉军正在追踪数骑平民穿戴的汉人，于是迂回包抄，将两拨人分别抓获，送来大帐待审。

　　"先把汉军的头目带进来。"

　　一个身着绛衣、披挂皮铠甲的小个子男人被押进大帐，匈奴侍卫猛踹一脚，小个子男人扑通一下跪倒在地上。

伊稚斜久久地凝视着他，小个子看上去很紧张，两颊涂墨，额头汗津津的，他偷觑了一眼面前的几个人，随即埋下头，沉默不语。

赵信凑到伊稚斜耳边，悄声道："看他的穿戴，像是长安城的缇骑，看来他们追捕的是重要人物。"

伊稚斜点了点头，示意他问话。

"你姓甚名谁？在缇骑任何职，为何越境到此？"

胡人知道自己的身份，使小个子吃了一惊。"下走华成，职任中尉府掾史，奉长官之命抓捕逃犯，追出边塞数日，越境情非得已，望大人宽谅，交还人犯，容吾等回去复命。"

"逃犯是甚人，尔等如此穷追？"

"逃犯姓朱，长官交代，他是谋逆要犯，藏身于窳浑，吾等赶到时，彼等已先一步出塞逃亡，吾等穷追不舍，故误入贵境，望大人们涵容。"

"姓朱名甚？"

"朱安世，是我朝皇帝钦点的要犯。"

"朱安世？"伊稚斜、赵信猛然一振，面面相觑，难道竟是当年那个带信的马贩子？元朔六年，伊稚斜曾让在塞外行商的朱安世给赵信带过信，嘱其择机反水。

"他如何谋逆？"赵信问。

"听长官说，是参与了淮南王的谋反。"

赵信对伊稚斜使了个眼色，吩咐将华成押下去。

"这家伙是京师中尉府的缇骑，正好用他作信使，传信给汉朝皇帝。"

"信使？有甚信可传？"

"和亲呀，可派使赴长安重提和亲。"

伊稚斜哼了一声，怒视着赵信。"我说过了，此时和亲形同示弱，不啻自取其辱，不可行。"

赵信淡淡一笑，颔首道："大单于不愿，那就先放一放。这个姓朱的往来于胡汉两地，见多识广，吾等听听他的说法。"

"那个给你带信的马贩子？"

"对，就是汉军要抓的那个人，他是个很精明的驵侩①，应能为我所用。"

朱安世亦被黥面②，走进大帐，首先看到的是盘腿坐在一张驼皮上的伊稚斜，高鼻深目，目如鹰隼，紧盯着自己。当年要自己带信的正是此人，于是单膝跪地，长揖道："在下朱安世，参见天所生大单于，敬请大单于安好。"

"嗯。"伊稚斜领首，示意他坐下说话。这个瘦削精干的马贩子，沉着稳重，不卑不亢，坦然对视，使伊稚斜不自觉地生出几分好感。

两月前，朱安世与袁苈自茂陵逃脱后，追上车队，一路赶回窳浑，筹划赴西域购马，可没几天，就传来京师缇骑寻踪而来的消息，他与袁苈、钟三将筹得的巨资转移至安全之处，三人连夜逸出鸡鹿塞，与缉捕他们的缇骑只差了半个时辰，原以为可以摆脱追捕，不想这伙儿人紧追不舍，周旋多日，怎么也甩不掉。所以看到匈奴的游骑时，朱安世反而松了口气，他往来胡地贩鬻多年，胡人中不乏相熟的朋友，反而比汉地更安全。

"朱先生别来无恙！还认得我吗？"

朱安世循声望去，但见伊稚斜左侧站着个小个子，正笑眯眯地看着自己。他细细端详着小个子，忽然叫道："赵将军，是你吗？"

赵信点点头。

朱安世揖手见礼，笑道："得与二位贵人不期而遇，这真是太巧了！"

伊稚斜吩咐侍从看茶。良久，貌似不经意地问道："看你一脸憔悴，奔波了很久的样子，是打哪儿来啊？"

朱安世呷了口茶，揖手谢道："谢大单于赐茶。敝人自长安来，吾等自被缇骑盯上后，衣不解带已十余日，不免狼狈。"

"缇骑为何抓你，以至冒险深入大漠，你犯了甚罪？"

"在下行商走南闯北，路过寿春③时，曾受淮南王之托，照拂他的女儿，不想淮南谋逆被诛，敝人亦受牵累，不得不越境亡命，谢大单于相救之恩。"

---

① 驵侩，马匹掮客。

② 黥面，黥，音晴，双颊涂墨，当时匈奴一种仪节，入单于穹庐（大帐）之异国使节人等，不黥面不得入。

③ 寿春，汉初淮南国的国都，在今安徽寿县。

言罢，朱安世伏地稽颡①，以大礼致谢。

"你不必客气。长安现今如何，汉家皇帝又怎样呢？"

朱安世略作思忖，摇摇头道："在下一介草民，皇帝高高在上，难得一瞻颜色。至于长安，吾等离开时，听说朝廷已派两路大军出征塞北。后事如何，余等出塞亡命多日，汉地情形全然不晓了。"

"汉军敢来大漠，难道忘记了当年白登之辱②，不怕有来无回吗？"朱安世所说，当是指不久前那场大战，伊稚斜虽作若无其事状，可想起前不久的那场惨败，脸色一下子难看起来。

"自白登迄今已八十年，时移势易，今非昔比，不知大单于可容朱某直言？"

"大单于，不妨听他讲讲现下汉军有何不同。"赵信抢前一步，附在伊稚斜耳边道。朱安世或能说动单于，使他放弃报复的冲动。

"你说。"伊稚斜点了点头。

"我朝上一位皇帝在位时，朝廷上有位叫作晁错的谋臣，大单于知道这个人吗？"

伊稚斜摇摇头，望了望赵信，赵信也是一脸的茫然。

"也是，这个人死去三十余年了，难怪二位不知。此人智谋韬略皆强，有智囊之称。他曾向皇帝上疏③，论汉匈较力之短长。此疏后来流出，朝野均许为知言，数十年来，用为制敌之圭臬。可以说，汉军教练，上上下下以此为蓝本，可说是烂熟于胸，并由此琢磨出了对付胡骑的办法。所以如今两军对垒，胜负很难说的。"

---

① 稽颡，以头触地的大礼。

② 汉初，高祖刘邦率大军三十万亲征韩信，被匈奴冒顿单于困于白登七日，后贿阏氏得脱。

③ 晁错《上兵事疏》（见《史记·晁错传》）原文："今匈奴地形技艺与中国异。上下山阪，出入溪涧，中国之马弗与也；险道倾仄，且骑且射，中国之骑弗与也；风雨疲劳，饥渴不困，中国之人弗与也；此匈奴之长技也。

若夫平原易地，轻车突骑，则匈奴之众易扰乱也；劲弩长戟，射疏及远，则匈奴之弓弗能格也；坚甲利刃，长短相杂，游弩往来，什伍俱前，则匈奴之兵弗能当也；材官驺发，矢道同的，则匈奴之革笥木荐弗能支也；下马地斗，剑戟相接，去就相薄，则匈奴之足弗能给也；此中国之长技也。"

"哦，是么。他是怎么说的？"伊稚斜来了兴趣，双目灼灼盯着朱安世。

朱安世略作思忖道："他认为匈奴之长技有三：马匹比中国马耐劳；胡人马术强，人马合一，且骑且射；再就是一骑数马，进退自如，无辎重之困。"

"那么汉军呢，汉军有何长技？"

"汉军之长技有五：一是平原作战，以车骑突阵，千军辟易；二是匈奴的长弓，比不上汉军的长戟劲弩，射疏及远；三是以各种兵器短兵相接，胡骑不是对手；四是汉军的弩矢的力道，非匈奴的木盾所能抵挡；五是胡骑弃马步战，论耐力不如汉军。"

伊稚斜冷笑道："按他说汉军有这么多长处，为何窝在塞内，不敢出塞一较短长呢？"

"汉军从前取守势，在于马匹少，辎重千里转输，耗费过甚。现今则不同，塞内数十年饲马不下百十万匹，一骑数马，可配备骑兵十余万，至于辎重，以步兵押解殿后，骑兵不虞供给，则汉军已有能力决战于塞外，大单于切不可轻敌！"

"那依你之见，吾等该如何与汉军作战呢？"

朱安世略作思忖，"兵法上有'避其锋锐，击其惰归'之说，贵军熟悉大漠地理，可诱敌深入，与之周旋，骚扰游击，待汉军疲敝，士气低落，辎重将尽时，自可收功。可敝人还是要劝大单于一句，兵凶战危，还是不战为好。"

"哦，此话怎讲？"

"贵国人口仅相当于汉一大郡，就人力而言，贵国耗不起。贵国以牧猎为生，风霜雨雪，年成丰歉取决于天，就物力言，同样耗不起。"

"不战又当如何？"

"和亲、互市。布帛稻粟，贵地所无；牛羊马匹，汉地所缺，以所有易所无，各取所需，互通有无，比起互动刀兵，两败俱伤，不是要好得多嘛。"

朱安世条分缕析，侃侃而谈，伊稚斜暗暗称是。他说得不错，寘颜山一役之所以战败，错在于以己之短对敌所长，焉能不败？至于和亲互市，在新败之际，无异于示弱服软，作为几十年来一直强势的一方，他绝不愿由自己开这个头。

"汉人夺吾河南、河西膏腴之地，除非退还与我，方可停战，你以为汉朝的皇帝肯么？”

朱安世摇摇头，苦笑道：“当然不肯。”

伊稚斜冷笑道：“所以胡汉不两立，还要打下去，直到打得他肯为止。”

朱安世无语。单于既不知己，又不知彼，徒逞口舌之快，难于理喻。

而在伊稚斜眼中，这个汉人确如赵信所言，是个可用之才。

伊稚斜指着赵信道：“汉朝的叛逆，我这里当作朋友。你若归顺我匈奴，可以放心大胆地在这里住下，我会重用你，你可以与自次王一起，做本大单于的智囊，怎样？”

朱安世心里一紧，这是要自己做中行说①了。塞北苦寒之地，他是绝不愿与青灯毡帐、膻肉酪浆长伴为生的。于是貌似不胜荣宠，伏地顿首道：“谢大单于不弃，可敝人实为一商贾，识见短浅，方才所言种种，无非拾人牙慧，自己的斤两，断不足以承受大任。”

伊稚斜脸色沉了下来，“怎么，在我帐下从事，委屈了你么！”

“当然不是。敝人是说，在下长于经商，短于谋国，大单于用人当避其所短，用其所长。”

“怎么讲？”

“匈奴与汉交兵，汉军必于边塞严防死守，关闭互市，则大单于与诸王、贵人所需汉地之缯絮②、食物、美酒从何而来？安世虽不才，可人脉甚广，若以胡马入内地交易，所得丝帛美食足以供大单于等所用。”

确实，自与汉交战以来，关市萧条，掳无可掳，匈奴王侯贵戚所嗜的华衣美食渐形匮乏。

赵信道：“汉军既严关防，你一个逃犯，又何能出入关塞，把这些东西运出来呢？”

“敝人行商多年，江湖上有的是朋友，阑入阑出轻车熟路，加点儿小心

---

① 中行说，汉初燕人，为宫中宦者。文帝初年，遣宗室女与老上单于和亲，命中行随行，中行不愿，强之。中行怀恨，遂投匈奴，为之出谋划策，专与汉廷作对。

② 缯絮，汉代对丝绸棉布的称呼，其时在匈奴，以此制作的服装是单于诸王贵族专享的奢侈品与身份高贵的象征。

没问题的。大单于若能允我出入胡地贩鬻，我必能将贵地所需物品不时运过来，使大单于无虞匮乏。"

确实，数十年来通过和亲、互市、掳掠，匈奴贵族已经形成了对汉地物产的依赖，而今两国交兵，鲜衣美食忽然断了来源，颇感不适。

伊稚斜看了眼赵信，赵信肯定地点了点头，于是他从身后的小柜子中摸出一块铜制腰牌，由赵信交到朱安世手中。

"有我这块腰牌，塞北、西域可任你通行，遇有拦阻，出示腰牌都会放行的。"

朱安世看着腰牌，不觉喜出望外。关传与腰牌都有了，塞内塞外任由进出，日后的生意可望大成，聂壹、桥姚 ① 不足道也。一念至此，再拜顿首道：

"谢大单于相助，朱某定不负所托。"

伊稚斜颔首，示意他起身说话，又指了指赵信，问道："自次王也建议我与汉和亲，你以为如何？"

朱安世摇摇头道："汉军数年来屡挫贵军，势盛的一方，要价会很高，不过不妨一试。大单于当下需要的是休养生息，恢复国力，隐忍一时，也是好的。"

"你以为汉军会否得寸进尺，如在河南、河西所为，设郡立县，鲸吞蚕食我匈奴疆土？"赵信问道。

朱安世想了想，摇摇头，很肯定地说道："不会。塞北苦寒之地，不宜耕作，汉军即使深入，也不可能久踞……"他脑中灵光一现，忽然有了个主意，揖手道：

"大单于切忌与汉军硬拼，不如坚壁清野，远飏漠北，待元气恢复后，再南下一较短长。还有，单凭一己不免势单力孤，大单于可联络西羌、南越，远交近攻，遥相牵制，分散汉廷的注意，赢得喘息的时间。"

伊稚斜叹道："我早有此想，西羌好办，可南越途程万里，难通消息。"

长安的皇帝睚眦必报，多年来盯住自己不放，务得而甘心，主动和解既不可得，那也就别怪我以牙还牙，以直报怨了。一念至此，朱安世下了决心，

---

① 聂壹，汉初雁门马邑大骟；桥姚，边塞戍卒；二人均以走私塞外马匹、牛羊而致巨富。

揖手道：

"很快就到冬季了，大单于尽管放心北去，安世愿效犬马之劳，这件事就交给我来办好了，在下定不负所托。"

"你要去南越？"

朱安世摇了摇头道："不用。我只要修书一封，差人送至南越的朋友处，她们自会代吾游说南越王的。"

九十三

数日后，刘彻于宣室殿召集三公会议朝政，三公而外，代颜异主持大农的孔仅、廷尉司马安也奉诏与会。孔仅奏报了实行白金一年多来，民间盗铸成风的现状。司马安则奏报了目下盗铸者查处情况。

"自施用白金以来，盗铸被抓者不下数十万，因自首赦出者逾百万，而实际估算，这些尚不及半，可以说，现下凡有聚落人家处，大抵皆私铸白金，屡禁不止，抓不胜抓了。"

刘彻也风闻民间盗铸成风，但没想到如此厉害，他颇为不解，何以严刑峻法，仍不能遏止此风。

"孔仅，你是行家，依你看，原因何在？"

孔仅看了看丞相李蔡与御史大夫张汤，面有难色，欲言又止。

李蔡道："大农日前尚振振有词，今日当着陛下的面，反而畏怯了吗？"

张汤道："还不是莠民贪心，利之所在，趋之若鹜……"

刘彻白了张汤一眼，问道："大农有甚顾虑吗？朕恕尔无罪，但讲无妨。"

"是。臣以为，当初白金定价过高，譬如龙币，重八两，值三千钱，每两折合三百余钱，而银价一两不过一百余钱，相差甚多，名实相悖，又无成色规定。而白金掺锡，银贵锡贱，私铸皆以锡为主，银则十不及一，滥竽充数，遂成暴利渊薮，故奸民皆铤而走险，冒死犯难。"皮币白金币值不称，而提议出自张汤，前任大农颜异即因有异议而遭张汤构陷，以"腹诽"而罹死罪。若非皇帝有话在先，孔仅是绝不敢道出真相的。

对刘彻而言，币值相悖无所谓，制皮币白金，原本为的就是逼那些不肯与国休戚的王侯割肉出血的。而引发举国贪欲，致私铸成烈火燎原之势，则大悖其初衷。

事前没有料到不为过，可恨的是，流弊至此，张汤非但没有及时奏报，反而刻意掩饰，致使私铸泛滥成灾，难以收拾。刘彻此前对张汤十分倚重，一段时间以来，可以说是言听计从，若非李蔡直谏，还不知道自己会蒙在鼓中多久。臣下报喜不报忧，必致下情壅滞，难以上达，一念至此，他开始心生警惕。至于白金，当断不断，反受其乱，他决意快刀斩乱麻，废弃白金，改行五铢钱。

"白金流弊如此，弃去不用就是了。朕看就改用五铢钱，铸造时要有外郭，打磨精细，使寻常人等难以仿制，即便能仿制出来，也得不偿失。若还是遏止不住，那就索性将铸币之权收归朝廷，由上林三官①总其成，各郡国不再允许铸钱，诸卿以为如何？"

李蔡道："陛下圣明，臣以为可行，张大夫，你以为呢？"

作为首倡白金者，张汤颇为尴尬，他沉吟片刻，揖手道："臣以为白金原本就是专备诸侯朝觐献祭之用，不宜全废，至于民间，禁用就是了。"

刘彻颔首，转问孔仅道："大农以为如何？"

孔仅揖手道："臣亦以为，陛下以五铢一统天下，实为治本之大计。朝廷精细铸币，加高成本，则民间即便私铸，也会赔本，没人会去做赔本的生意，久之，私铸之风必熄，正所谓扬汤止沸，莫如釜底抽薪。"

张汤道："已经流通在郡国的旧币又当如何？若良莠并行，怕是会劣币逐良币，好钱反而难以流通。"

孔仅不以为然，可仍然赔笑道："当然不能良莠并行。朝廷推行新币时，可作价以一当五，也就是新钱一枚抵旧钱五枚，敕令郡国以旧兑新，旧钱回收后皆送三官，用作铸造新钱的材料。假以时日，五铢当可独步天下。"

"好，废白金，行五铢，就这么定了。至于五铢的分量、成色与样式，

---

① 上林三官，即钟官、技巧、辨铜三官，后来主持五铢钱铸造与发行的官署。

诸卿与大农详细会议后，与钟官造出的样钱，一并报朕允准后颁行天下。"

众人称诺。

"至于兼并、私铸之风，必得狠刹。地方惩治不力，则朝廷当以雷霆之势扫除之。朕思忖多日，拟设直指使，着绣衣，持节，赋予专杀之权。所谓直指，意为直接对朕负责。火烈民畏，不信那些刁民恶吏不怕！如此方可收标本兼治之效。在直指使人选出来之前，朕拟先派博士褚大、徐偃等巡视郡国，访查舆情，查办郡国守相营私牟利、放任私铸者。经商有市籍者，连同眷属，一概不得购置名田。有犯者，家产与所购田产，俱没入官。"

皇帝欲出重手整顿天下，而法不责众，私铸者天下滔滔，又怎么杀得过来，抓得过来呢？李蔡等皆不以为然，但皇帝决心已定，众人亦只能唯唯称是了。

于是转到下一个议题，刘彻道："此番我军北征，战马折损甚大，如何尽快弥补，是个问题。卫青，你以为如何？"

卫青的左颊与左眼虽已消肿，而因瘀血仍呈青紫色。铸币之事他外行，故未参一言。

"陛下所言甚是。与匈奴较胜于大漠，非骑兵不可。这次北征，重创胡虏，本可以再接再厉，横扫漠北，可受制于马匹不足，只能班师。我问过太仆，此番我与骠骑两军折损马匹计十一万，都是儿马，存活下来的也都疲累不堪。现下各马苑所存多为骒马①，交配、生养都得时间，短期内恐怕恢复不易。"

"光指望官苑饲养当然不行，朕看可以将官苑现有的骒马放出二十万匹，由郡国各县敕令亭长派放，每亭②十匹，每匹以二十万钱赊给有能力的百姓家饲喂，以所生儿马偿息，一岁一课，这样用不几年，朝廷用马当不再是难题。"

自从决意与匈奴开战，马的繁殖就受到刘彻的持续关注，马匹不足，会严重制约汉军的作战，如何尽快弥补此番北征的损失，几乎成了他的心头之病。一日，在听桑弘羊细述放贷收息的道理时，刘彻触类旁通，脑中灵光一现，有了这个主意。

---

① 儿马，公马，又称牡马；骒马，母马，又称牝马。

② 亭，秦汉时地方的行政单位。《汉书·百官公卿表上》：大率十里一亭，亭有长。十亭一乡，乡有三老、有秩、啬夫、游徼。

几位大臣一怔，随即恍然，皆曰可行。卫青敛容长揖道："圣上英明天纵，臣等愚陋，所见皆不及此。但民间养马，有个草场问题，草场不足处难于饲喂，臣以为新秦中过去乃匈奴南下牧马之处，臣在那里作过战，亲见牧草高茂丰美，正是饲马的好去处。"

　　李蔡道："大将军所言极是，新秦中地广人稀，朝廷正愁如何安排，若用以放牧，可将关东水患难民与私铸入罪之商民，迁移到这里安置，屯垦戍边，设立亭徼①，官派牝马，任人畜牧，以马驹抵充利息。数年后，田土尽开，马羊繁殖，可以一举数得。"

　　刘彻捋须颔首，心情不由豁然开朗："丞相所言关东难民与罪徒，有多少人？"

　　"确切的数字尚待统计，总不下六七十万人吧。"

　　"好！"刘彻面带喜色，伸出四指道："推行五铢钱；设置直指使；赊官马与民饲养，以马驹偿息；移民实边，开发新秦中，这四件大政就这么定了。丞相会同有司，拟出细则后，交朕过目，颁诏施行。"

　　说到养马，刘彻又想到张骞说过的汗血马，他一心引入西域良马，宫廷自用而外，就是用以改良汉地马种，而财用、人力的匮乏，颇令他有力不从心之感。

　　"卫青，以汝之见，匈奴此番惨败之后，还有力量扰我边塞么？"

　　卫青略作沉吟，答道："小股的劫掠不会断，可臣敢肯定，大的战事三两年内不会发生，胡虏经此惨败，元气大伤，想要恢复过来得一阵子。"

　　胡虏如此，汉家不也是如此，刘彻摇摇头，叹了口气，对李蔡、张汤等道："既然如此，就依丞相所言，河西的经营先放一放，先忙当务之急，待四件大事落实，将来行有余力，再经营河西，也还来得及。"

　　众臣揖手称诺，刘彻示意他们退下，单独留下了卫青。

　　"爱卿的伤好些了么？"刘彻起身走到卫青身旁，细视卫青的伤处，很

----

　　① 亭徼，亭，汉代基层组织，行人停留食宿处所，汉代十里一亭，设有亭长；十亭一乡，设有三老等乡官。徼，边地要塞。

关切地问道。

"谢圣上，肿胀已消，不甚痛了。罪臣损军折将，负圣上之望，愧赧难当……"卫青伏倒在刘彻脚下，辞气哽咽，不觉泣下。

"大将军请起身，莫作小儿女态。朕已吩咐郭彤把李敢召来，你二人当着朕的面和解。"刘彻拍了拍卫青的肩头，递给他一条汗巾。李广已死，无从挽回，而卫青乃国之干城，汉家的江山还须他拱卫，不能不假以颜色。

卫青拭去泪水，心情渐渐平静下来。李敢之女是太子刘据的爱妃，其子李禹则是太子宫的舍人，论起来两人还是姻亲呢。李广之死，他既没办法说出真相，又得给李敢一个交代，不然芥蒂难消。

"请圣上示下，激使李将军自到者是罪臣幕府的长史，要不要置之以法，给李敢一个交代？"

"哦，这长史叫甚，做了甚？"

"这长史叫成安。受命赴李将军、赵将军帐下劳军，顺带问明他们迷路失期的缘由，以便上奏。不想他逼迫过甚，恶言相向，激出事端。出事后，我已将他拘押在营内，以候圣裁。"

"执军法者不是军正么？长史为何越俎代庖？"

卫青凛然，皇帝果然不是好蒙蔽的，好在他早有准备。"军正有伤行走不便，故由长史代为察问。"

"既然如此，长史何罪之有？你身为大将军，节制大军靠的是甚，你不知道吗！无规矩不成方圆，无论何人，在法度面前要一视同仁，军法无情，失期按律是死罪，贻误军机，李广、赵食其难辞其咎，就如当年张骞一样，可以赎死嘛。李广自杀，是他自己想不开，干成安甚事？"

"臣……当时闻报，心里一团乱麻，李将军是我朝名将，出了这样事情，臣不知如何交代，一时间乱了方寸……"卫青嗫嚅难言，额头上已经冒了汗。

"军法一视同仁，不可违；至于死罪之执行，则可以变通，可以将功折罪，也可以爵赎死嘛。那个成安以军律按问没错，属下执法以严是好事，以之卸责，非但众心不服，日后谁敢再严格执法？杀一人小事，军纪废弛大事，孰轻孰重，你要明白！"

卫青敛容称是："臣谨记教诲，散朝后马上释放成安。"

"岂止释放，还该奖掖他，作一个全军的表率。"

"是，臣准定办，马上办。"

刘彻颔首道："你明白就好。"远远看到郭彤与李敢走入殿门，刘彻与卫青各归其位，坐了下来。

见到卫青，李敢的脸色一下子难看起来，但在皇帝面前，他不好发作，于是伏地俯首请安。

"大将军在此，你以下犯上，知罪吗？"

李敢低头不语，一副负气的样子。

"你打伤大将军，一句道歉的话都没有吗！"刘彻摇摇头，加重了语气。

李敢不情愿，但慑于皇帝之威，不得不从："末将一时激愤，伤了大将军，大将军位高望重，不与下走一般见识，望大将军海涵。"

李氏三兄弟自少时起，即在宫中为郎，与刘彻是自小玩到大的伙伴，他深知李敢生性倔强，能做到这个地步已经不容易，于是不再勉强他，息事宁人地说道：

"好，有李敢这番话，误会就算解开了。今日当着朕的面，二位就算和解了，卫青，你说呢？"

"圣上明辨，臣无话可说，李将军的事，臣也有责任，李敢一时激愤，臣不计较。"

刘彻使了个眼色，郭彤于是引李敢下殿，直送到未央宫东门，正待出宫，却见霍去病走了进来。

李敢在霍去病麾下带过兵，于是揖手致礼道："大司马，末将请安。"

霍去病哼了一声，并不回礼，径直走到二人面前，望着李敢，似笑非笑地问道："请我的安？不敢当。"

李敢的面色慢慢涨红了，负气道："怎么，我哪里得罪了大司马吗？"

"你以下犯上，连大将军都敢打。大将军是我娘舅，他涵养好，不与你计较，换了我，绝放不过你！"

李敢闻言，猛然心头火起，冷笑道："好啊，我就在这里，有本事就放马过来，我倒要看看你能把我怎样。"

霍去病皇亲贵戚，少年得志，年轻轻就做了大军统帅，养成了颐指气使

715

的性子，哪里听得下这些，上前一步，挥拳向李敢打去。

李氏兄弟，自小都练就的一身功夫，李敢顺势一让，躲过了一拳。

霍去病略一侧身，双拳紧握，左右开弓，直击李敢面门。李敢躲闪腾挪，让过几拳后，一把攥住了霍去病的手腕，他身高力大，霍去病被攥住的双腕竟然动弹不得。霍去病怒目圆睁，气急败坏地叫道：

"你马上把手放开，不然要你好看。"

"是吗？"李敢嘿嘿一笑，手上加了力气，霍去病额上青筋暴起，脸上有了痛苦的表情。他猛然跃起，抡腿横扫李敢的下盘，李敢闪躲的同时，放开了对手的手腕，向后跳出一步，摆出一个再战的架势。

两人动手时，郭彤与宫门侍卫都怔在一旁，到这时方如梦初醒，一拥而上，将二人隔开。二人则仍不依不饶，隔空戟指怒骂。

郭彤扯住李敢的衣袖，小声呵斥道："将军刚在御前认错，又在这里与骠骑将军启衅，喧闹宫禁，就不怕皇上震怒吗？"

李敢掰开郭彤的手，恨声道："郭公公，谁先启的衅，你老要看好了！"言罢又指着被侍卫们挡着的霍去病道："你们甥舅即便是皇亲贵戚，也莫欺人太甚，别以为你在北军做甚无人知晓，惹毛了，老子上变到天子处，跟你们鱼死网破！"

北军，什么事？郭彤一头雾水，不解地看着李敢。再看霍去病，脸色煞白，停止了詈骂，夺过侍卫手中的长戟，再奔李敢而来。

"去病，不得无礼，你给我住手！"

随着一声断喝，不知何时跟过来的卫青，快步拦住霍去病，一把夺过长戟，交还给侍卫。转身向郭彤与李敢揖手致意。

"去病年少躁急，触犯了二位，我代他赔礼了。"言罢拉起霍去病，匆匆而去。

郭彤将李敢送出宫门，临别之际，看看四周无人，很小心地问道："方才将军说起北军，北军怎么了？将军可有话带给皇上？"

李敢乘坐的是一辆单马轺车，他望着郭彤，笑了笑，却顾左右而言他。

"劳公公远送，李敢就此别过，彼此保重了。"言罢一抖缰绳，轺车缓缓而去，留下郭彤在宫门前发怔。

九十四

日上三竿，张汤方才起身盥洗，今日是休沐之日，不上朝，通常这是朝官每周与家人游宴的日子，可他却独处一室，不许家人打扰。直到门人通报鲁谒居来访，他才打起精神，吩咐中厅见客。

鲁谒居是跟从他二十余年的老属下。张汤还是茂陵尉时，他是手下的掾史；张汤出任廷尉，用他为右监；张汤升任御史大夫，提拔他为御史中丞，鲁谒居是他的腹心之臣，无话不谈，相互间可以做到心领神会。官场上，他们是长官与下属；私底下，他们却更像是一对相知的密友。

"大人身子不舒服吗，要不要在下请个大夫看看？"仆人看茶后，见到张汤怏怏不快的样子，鲁谒居问道。

张汤勉强笑笑，指指胸口道："心病。"

"哦，病由何生，大人说出来，下走久病成医，或可想出个管用的方子呢。"鲁谒居早年得过消渴病，近些年来时好时坏，身材虽瘦了下来，颜面、腿脚都有些浮肿，他四下里寻医访药，常有些经验之谈。

张汤叹了口气道："跟你说了是心病。丞相平日唯唯诺诺，不想忽然有了骨头，在皇上面前大谈白金盗铸成风，暗喻这都是我的不是。皇上称赞他敢言，还赐了他几十亩冢地①。他风光了，而皇上由此疑我文过饰非。这不，

---

① 冢地，即用于埋葬死者的墓地。

皇帝往常出游，皆要我随驾，以便随时顾问，唯独今年不再带我，谒居你说，这是不是有意疏远？看来，我这个官要做到头了。"

"大人莫灰心，总会有办法的。大人说，皇帝赐给李蔡的冢地在哪里？"

"在阳陵，先帝的陵墓旁边。你问这个做甚？"

"没什么，问问而已。"

张汤郁闷多日，面对老友，大诉委屈。

"皇上一心想要降服匈奴，连年用兵，把前朝攒下来的家底用光了。有个叫卜式的老儿捐献家产以供军用，皇上大喜，表彰天下，期望诸侯富人们也都像他一样，捐助家资，报效国家，不想这些人一毛不拔，全作壁上观。做大臣的，当然要急朝廷之所急，变着法子开源节流，我给皇上出主意，举荐人才，帮了皇上的大忙，却惹得朝野侧目。凡事有利必有弊，事前谁能逆料？兴利除弊就得啦！结果账都算到我头上，谒居，你说我图的个甚！"

看到张汤颓丧的样子，鲁谒居心里涌起了一股要为朋友分忧解难的冲动。

"大人要小心，最近御史台各郡国来的文报中颇有攻讦朝廷币制的，尤其是赵国与中山国，夹枪带棒，虽未指名，字里行间可都是冲着大人来的。"

"你是说刘彭祖？诸王里最为险诐①的就是他，就凭他的所作所为，早就该办他了，可那厮是今上的兄长，投鼠忌器啊。"疏不间亲，张汤无奈地摇了摇头。

"未必。我听到一个信儿，赵王宫里的一个幸臣逃来长安，赴宫门上变②，举报赵太子逆伦无道，据说皇帝已经传谕召见。"

"哦，甚人？怎么回事？"张汤双眼一亮，一下子来了精神。

"此人名叫江齐，邯郸人，其女弟善于鼓琴歌舞，被太子丹看上，嫁入宫中，江齐亦缘此入宫，成为赵王的座上宾。不想那刘丹生性淫邪，渔色无餍，乃至与其姊妹相奸，风声走漏后，太子疑心是江齐兄妹告的密，于是派人抓捕他，他得信逃脱，而其父兄女弟皆连坐弃世。杀父破家之仇，不共戴天，这江齐

---

① 险诐，险，阴险；诐，诡辩。
② 上变，向朝廷告发谋反大逆等罪行。

算是与赵王父子结下了死仇，他们的斑斑劣迹，必会假江某之口上达圣听。大人，你说这是不是天意？"

"这是甚时候的事，我怎么不知道？"

"四五天前吧。未央宫司马门接状后，以事关皇亲隐私，未转御史台，而是直接呈报给了皇帝。"

皇帝会怎样处置？会不会看在先帝遗嗣的分儿上又放他们一马？若是那样，皇帝会将呈状留中，也不会召见告变者，显然，皇帝不打算放过这对父子。一念至此，张汤脸上有了笑意："对，是天意，自作孽，不可活！"

鲁谒居一喜，随即又担心地问道："大人，你看皇上这次会办赵王父子吗？"

张汤想了想，颔首道："会吧，不然不会召见举报人。"

"好，等诏命下来，大人一定派我办这个案子，好……好收拾收拾这两父子，为……为大人……出口气。"鲁谒居好像被什么噎了一下，结巴起来，面色苍白，额上冷汗淋漓。

"谒居，怎么了，哪里不适？"张汤吃惊地望着他。

鲁谒居抹了一把额头上的冷汗，喘息道："老……老毛病犯了，心……心里……慌得厉害。大人这里可……可有吃食，我……我垫巴一下就好了。"

张汤立时传令庖厨上食。鲁谒居拣了块甜饼放入口中，细细地咀嚼了一阵，神色渐渐恢复了过来。

张汤舒了口气，关切地望着他，摇摇头道："你这病是重了呢，可不能大意，我会找太医令，派个御医帮你看看。"

"老毛病了，只能维持，大夫讲去不了根的。"他摆了摆手，呷了口茶，淡然一笑道，"想想这日子真是不抗过，在下跟从大人二十年，想起来还像是昨日的事情。我早想开了，人呐，都免不了一死，迟或早而已。"

两人相对无言，神情中各有几分悲戚与无奈。

"不说这个了。皇帝疏远大人，在下觉得不光是丞相的事情，还应该有人在暗中使坏，大人不可不防。"

"谁？你是指李文，他如何使坏？"

张汤闻言，几乎立刻就断定，使坏者是李文。他在任二百石的茂陵尉时，李文已是千石的县令，是他的顶头上司。后来张汤巴结上了田蚡，被擢为丞相府的长史，之后一路高升，由侍御史而廷尉而御史大夫，做到了三公的高位，而李文则沉沦下僚，直到去年才升任御史中丞，成了张汤的属下。公堂上见面，从前的属下成了自己的上司，尴尬而外，还得毕恭毕敬地侍候，李文心里那分不甘与嫉恨，如虫子一般时时啮咬着他的心。张汤也能感觉到恭顺后面的不忿，于是常有意无意地挑他的毛病，给他难堪，使其不安于位。

各郡国与三辅呈报到朝廷的上计公文，除去直达御前的密件，通常都由御史台初阅摘要上报，李文是侍御史，能接触兰台秘籍，受理呈文奏事，就中有不少由他摘要上报。文书报到御前，皇帝都是先看摘要，觉得要紧才看原件。故摘要的作用潜移默化，往往会造成皇帝的先入之见。张汤常在御前，李文则利用这个机会，单拣不利于张汤处摘要，而地方上对于新币制引发的伪币泛滥的众多文报，他都会不加讳饰地直接送报，给朝廷造成舆情一片恶评的印象。

鲁谒居颔首道："对，就是他。前几日趁他休沐，我看了几份尚未报送的摘要，又比对了原件，这一看，就看出了毛病，这个人唯恐天下不乱，处处曲笔，将私铸泛滥之事，借机渲染，为的是甚？还不是想把大人诬为祸首。"

张汤恨声道："我能觉出他的嫉恨，可没想到他窝里反，居然在背后搞我！看来这个祸害，不除是不行了。"

"大人只要有这个心，其他的事情交给在下好了。"

张汤点点头，前席相就，两人造膝密谈。良久，他拍着鲁谒居的手，嘱咐道："这件案子，办，就要滴水不漏，办成铁案。"

几乎是在同时，上林苑犬台宫内，刘彻召见了匈奴派来的使臣。伊稚斜想要和亲，显然漠北之战打痛了他，可作为战败者，刘彻以为单于已没有资格再提这种要求，他想要的是单于的内附，像河西匈奴一样，成为大汉的属国。乘着对手的颓势，趁热打铁，诱其归顺，或许正是时候。以往和亲出使，朝廷派出的都是宗正、大行这类九卿秩次的大臣，以符敌体，但刘彻如今已视匈奴为外藩，则使臣的秩次也要相应降低，到底派谁出使，完成说动伊稚斜内附的使命呢？

"陛下是在考虑派人出使匈奴吗？"

刘彻循声望去，却是随侍在旁的谒者①终军，这个十八岁就被选为博士弟子的青年，非但学识渊博，且有股生气勃勃、一往无前的劲头，很得刘彻的喜爱与器重，故每每带他在身旁，以资顾问。

"怎么？子云有甚建议么？"

终军上前一步，伏地顿首道："军身无寸功，得列宿卫，食禄五年，本应像那些郎官一样，被坚执锐，矢石前行。可惜驽下不习金革之事，但愿凭三寸之舌辅佐明使，游说匈奴，擘画吉凶于单于之前，晓以大义，促其来归。"

"你年岁尚轻，单于见我派个娃娃去，会误会朕轻视他，反倒误事。你少安毋躁，早晚有你出头的机会。"刘彻看着他，笑着摇了摇头。私心里，他认为以终军出使，未免大材小用，万一给匈奴扣住了，不划算。不如留待以备大用。

"陛下，那个告变的赵国人，已奉召在宫门候见。他称来京仓促，衣装无备，自请以日常冠服见驾，可否允准？"谒者令郭彤，送使臣出宫就馆，正遇奉诏前来的江齐，嘱其宫门候见，自己先一步进宫禀报。

刘彻颔首。他已看过了江齐的上书，书中对赵王父子恶行的揭露，淋漓尽致而又具体而微，令人动容，这勾起了刘彻的好奇，于是传谕召见，若果如所料，就留为己用。

伴随着宦者们由远及近的传唤声，殿门外走进来一位男子。男子身材高挑伟岸，脸型轮廓分明，身着黑色深衣，曲裾后垂，交输有如燕尾，外罩着件半透明的绢丝禅衣，头戴帛制的步摇冠，以翠羽为缨，远远望去，飘飘然似神仙中人。

从第一眼起，这形象就令刘彻大起好感，他看了看随侍在旁的郭彤与终军，赞道："难怪都说燕赵多奇士，看他这样子，此言不虚！"

"罪臣江齐敬颂陛下长乐未央，顿首顿首，死罪死罪。"男人走近御前，伏地顿首请安。

刘彻指指身前的蒲席，示意他坐下说话。

---

① 谒者，郎中令属员，掌宾赞受事，秩比县令，六百石。

"汝任赵王宫内何职，何以知晓太子丹那么多阴私，又为何告变长安？"

江齐再拜顿首，略作沉吟后，缓缓道出了他的遭遇。

"罪臣之女弟善鼓琴歌舞，为太子丹看中，嫁入宫中，罪臣亦夤缘入宫，初任舍人，后得赵王识拔为上客，颇倚任，忽忽不觉已十年矣。

"不想那太子丹淫邪成癖，悖逆伦常，与同产姊妹奸宿，又交通郡国豪猾，椎埋攻剽，无恶不作，秽声四扬。罪臣虽知其劣迹，皆因女弟而隐忍不发。不知赵王何以风闻，怒斥太子，而太子以为吾兄妹所为，欲加害之，罪臣不得已逃亡，而赵王袒护其子，收吾父兄于狱，追比折磨至死，且杀吾妹。孟子说过，君视民若草芥，民视君如寇仇。罪臣家破人亡，命悬一线，只剩告变一途，唯望圣明天子解臣所蒙覆盆之冤……"说到沉痛处，江齐唏嘘泣下，大放悲声，闻者动容。刘彻示意郭彤，递给江齐一条汗巾。

"汝上书中所言，可有人证？否则以下犯上，可是重罪。"

"当然有，邯郸城内的豪猾恶少、太子宫中的男女宫人都是人证，可赵王手眼通天，朝廷任用的官吏都惧其三分，在赵国绝难取证，除非将人犯异地拘审，这些人证方敢开口。"

刘彭祖巧言令色，精研律法，尤善以诡辩陷人于罪，得知有朝廷大员派赴邯郸，他都会布帛单衣，亲赴驿馆扫除迎接，设宴款待，每每趁席间酒意醺然之际，百般试探，诱其失言，日后以此胁迫，不从者则告讦之，以是，朝廷所派任的官员无不视赵国为畏途。这江齐说得不错，案子不能在赵国办。

"终军，你传朕谕与张汤，要他选个得力的御史做专使，调集周边几郡的吏卒，赴邯郸围捕太子丹，押解魏郡①审办。"

话音刚落，江齐感激涕零，顿首连连，大颂圣明。

"圣上英明天纵，小臣沉冤得雪，恩同再造，齐愿生生世世做狗马以供驱策……"

刘彻打断他，问道："你名字中这个齐字作何讲？"

"听家父讲，孔子说过见贤思齐，所以用了这个'齐'字作名。"

---

① 魏郡，地望在今河北南部，与赵国相邻，郡治为邺城（今河北临漳县西南）。

"朕看你一表人才，也赐你一个字作名，出自孟子：'充实之谓美，充实而有光辉之谓大。'朕就取这个'充'字赐汝为名，今后你就叫江充，望汝人如其名，不负朕望。"

江充闻言，喜动颜色：

"圣上为小臣洗雪沉冤，恩同再造，又赐名于我，幸何如之！昨日那个江齐已死，今日之江充犹如再生，臣誓不负圣上所望，愿为狗马以供驱策。"

"赵王看得起的人不多，既奉汝为上客，想必本事不小。既愿为朕做事，就将汝的本事，说来听听。"

"本事不敢当，小臣少时曾熟读申韩商君之书，赵王亦好此术，时常命臣等与之辩难，无非帮闲而已。"

"朕外事四夷，内改币制，耗费繁巨，朝野啧有烦言。这件事，以你所奉之术作何譬解？"

"商鞅变法，秦人不悦，秦孝公责问，他的回答是：'民不可与虑始，而可与乐成，至德者不和于俗，成大功者不谋于众，是以圣人苟可以强国，不法其故。'秦用其法，果致富强而一统六国，是为先例。圣上英明天纵，深谋远虑，自当独断乾纲。臣民拘于故常，只看得到眼前那点儿利害，待到大功告成那一日，朝野都会心悦诚服的。"

江充侃侃而谈，刘彻不由得刮目相看，就在那一刻，他决心将此人收为己用。

"说得好，很多大臣都还赶不上江君的见识，朕先派你个差事，做得好，当重用汝。"

"陛下拘审太子丹，小臣愿做证人……"

"证人用不着汝做，朕要派给你的，是作为副贰，出使匈奴，向单于阐明利害，促其归顺。"

江充一怔，随即憬然，顿首谢恩。

"陛下为何派这么个人与胡人交涉，正使又派何人呢？"终军颇觉失落，江充退下后，忍不住追问。

"伊稚斜狡诈非常，对付他，江充的长短之术更好用。"

"那么正使选派何人，陛下有了人选吗？"终军跃跃欲试地问道。

"当然有，就是丞相府的长史任敞。郭彤，你马上传谕给丞相，命其速来行在觐见。再命大行招募随员，调集车马粮秣，一俟齐备，尽早出塞赶赴蹛林。"

　　看到终军失落的样子，刘彻笑道："朕说过，早晚会有用汝之日，汝少安毋躁，随朕去狗监走走，看看他们新配出的狗儿们。"

九十五

　　元狩五年三月的长安，春寒料峭，随风飘落着淅淅沥沥的小雪，将城内八街九陌点染得一片迷蒙。尚冠里丞相府前院的厢房，是相府属员办公事的所在，时近隅中①，屋内两名当值的中年官吏正围坐在炭火盆旁向火闲话。

　　"边君，昨日赵王的上书你看过没，依你之见，皇帝会答应他的请求吗？"个子矮胖者名王朝，齐人，以术数干谒入仕，发达很早，曾任秩二千石的右内史之职，几年前因事降职，降秩为千石的丞相府长史。他边用火钳将火头拨旺，边向对面的瘦高个发问。

　　被称作"边君"者也是齐人，名边通，以短长之术入仕，官也做到二千石的济南国相，同样因为公事上的挂误降秩为千石的长史。既有乡谊，仕途又同遇蹉跌，两人惺惺相惜，相识不久就成了无话不谈的密友。

　　边通摇摇头道："我昨日不当值，没看到。上书里说些甚？"

　　"当然是为儿子辩诬，说是愿意自费招募国内勇敢之士，编伍成军，交给朝廷去打匈奴，只求放回刘丹，复太子之位。看来，这回这老家伙是真的怕了。"

　　边通哼了一声，不屑地笑笑："办案子的是张汤的爱将鲁谒居，儿子落到这个狠人手里，赵王当然得怕。"

---

　　① 隅中，汉代计时单位，时将近午。

去年秋，御史台奉诏查办赵太子一案，张汤交由鲁谒居主持。鲁谒居一到赵国，先将王宫围了个水泄不通，宫门卫士全数缴械，敕令赵王即日交出太子，否则时限一过，将直接入宫抓人。赵王无奈，只得交人，鲁谒居又于太子宫暨邯郸城内大索三日，将刘丹与一干人证押至邺城，昼夜熬审，很快就坐实了罪状，刘丹被废黜圈禁，以死罪待决。赵王气焰尽失，一时间朝野称快。

　　"老家伙以为皇帝志在降服匈奴，想投其所好，殊不知朝廷眼下力有未逮，他那点儿人派不上用场。只可惜子开兄滞留于漠北，反倒成就了江某人。"

　　边通口中的子开就是丞相府的另一同事——长史任敞，字子开。去年秋皇帝钦点任敞为出使匈奴的正使，其时，匈奴各部大会于蹛林，使团抵达后，伊稚斜以为汉帝答应了他的和亲请求，亲自接见，不料任敞开口就要求匈奴内附，以外臣朝请于边塞，之后才能谈互市与和亲之事。伊稚斜则坚持两国关系一仍其旧，对等相交，任敞答称贵国连遭重挫，国力大衰，与其强撑，莫如归顺，朝廷宽仁为怀，定会善待之。伊稚斜恼羞成怒，竟将任敞扣押，将副使江充一干人等驱逐出境。

　　王朝捋髯微笑道："哈哈，老兄不平了么！同是学长短之术，江某干进有术，老兄又气得个甚？不过说起来，这个江充倒真是个厉害角色，险狠如赵王者，吃了他的大亏不说，长安的贵戚子弟多年来横行街市、声色犬马、骄奢无度的痼疾，遇上了他，硬是一针见血，药到病除，难怪皇帝器重他。"

　　原来江充狼狈返朝后，刘彻非但没有怪罪他，反而任用为直指绣衣使者，命其督捕三辅盗贼，纠察京师违禁逾制之事。江充抖擞精神，一心做出成绩以报君恩。他每日带同手下，游走于八街九陌，终于寻到了打开局面的办法。

　　原来，长安周边数条大道，中间皆为皇帝专用的驰道，驰道宽五十步，道侧每隔三丈植以青松，自秦及今近百年，皆已长成郁郁葱葱的大树，绿荫华盖，冬夏常青。汉代行道各有制度，驰道两侧皆筑有旁道，是为国人通行者；中央三丈，是为皇帝车驾专行之路，非经特许，即使皇亲国戚、诸侯百官亦不得践越，不如令者，皆没入其车马。

　　其时，驰道制度日渐废弛，飞车走马，招摇于驰道的王公贵戚，日甚一日。于是江充于驰道连日蹲守，将违规逾制者一一记录在案，上报御前，并请将这些违规之车马没收充公，违规之人则责令赴北军报到备案，从军击胡。得到皇帝认可后，江充调集宫内禁卫将那些犯事的王孙公子尽数押解到北军，命门卫严加看管。众贵戚阖门惶惶，纷纷进宫觐见，请以钱赎人，经皇帝允准，数日内北军收到的赎金高达几千万。

又一日，江充蹲守在树荫之中，但见驰道上一队车骑自长门宫方向迤逦而来，待到近前，江充手下一干人跃出阻拦，高声呵斥停车。车驭不以为意，傲慢地呵斥拦路的差役，直到身着绣衣的江充现身，方大惊失色，停车交涉。车骑是馆陶大长公主家的，长公主去长门宫探望女儿，多少年来走的都是驰道，这是太皇太后当年特许的。江充闻言，下令先放大长公主的座车过去，其余数辆全数扣押充公。交涉再三，江充咬定太皇太后特许的只是长公主个人，而非其家仆随从，除非再有今上的特许，随行车骑绝不放行，最后，尊贵如刘嫖者竟也无可奈何，只能单车返城，随行车骑经奏劾后全部罚没入官。这几件事声震三辅，王公贵戚大为收敛，驰道上几乎再见不到违规的车骑了。

对江充之所为，皇帝大加赞赏，称其奉法不阿，忠直可嘉，一时间他几乎成了皇帝身边的第一红人。

边通点了点头，叹息道：“你说得也是。这厮真是不管不顾，全身心投入，把自己当作了皇帝的一只忠犬，咱家比不了。不过，有道是‘人无远虑，必有近忧’，似这般不留余地，四面树敌，他也就回不了头了，他选的是条不归之路。”

两人注视着明灭不一的炭火，相与嗟叹，良久，方各归其位，翻阅几案上的公牍。

“子乾，你快来看看，李文出事了！”边通指着铺开在几案上的简牍，惊叫起来。李文是他俩的老友，前两日的朝会上，彼此还打过招呼，不想再得消息，斯人已在狱中。

“甚事？”王朝抬起头，不解地问。

“这御史台奏报的公事里，称他交结诸侯，暗通赵王。”

“暗通赵王？御史台……”王朝蹙额思索了良久，恍然道：“这就对了，李君对咱们说过他与张汤的恩怨，定是张汤所为。”

边通摇摇头道：“未必，案卷称赵国有人飞书上变，指称他与赵王暗通书信，

727

窥探朝廷消息。"

"甚人上变？怎么知道不是诬告，有证据吗？"

"赵王府的宫人，名许超，与诸多人证一起押在邺城，告变为的是将功赎罪。"

王朝冷笑道："这张汤竟是一石两鸟，既办了太子丹，也顺手拔去了眼中钉。咱们该建议丞相，提许超来京勘证，我敢说这是张汤与鲁谒居合谋下的套。"

说到丞相，两人不约而同地望了望院中设立的日晷。时近晡时，天色转晴，按常规，李蔡早该退朝回府了。

丞相府有长史四人，除去被扣在匈奴的任敞，其余三人，王朝、边通、朱买臣，皆曾位至二千石，其时张汤不过是个籍籍无名的小吏，后得田蚡识拔，先后出任千石的长史、侍御史与太中大夫，奔走趋奉于朝堂，于买臣等恭敬如仪。而后三人先后遭遇贬黜，沉沦下僚。而张汤则由廷尉而御史大夫，又数度代行丞相事，权势炙手可热。三长史皆以学术进身，又都曾跻身高位，对于出身于刀笔小吏的张汤，不免心存藐视，而张亦心知肚明，每每在公事上吹毛求疵，颐指气使、羞辱三人。尤其是，张汤治淮南狱，诛杀有恩于朱买臣的严助，买臣衔恨甚深，双方遂成积不相能之势。

李文之狱背后有着张汤的影子，其人熟谙刀笔，玩弄律法于股掌之上，又身居高位，可以轻易陷人于罪，之前的严助、颜异、李文等皆可谓前车之鉴。一念至此，边通、王朝面面相觑，都觉出了彼此眼中那彻骨的寒意。

直至薄暮时分，大门外方传来车马的嘶鸣，王朝与边通以为丞相回来了，相与去门前迎接，不料进来的，却是随李蔡上朝的朱买臣。

"翁子，丞相呢？"

"进屋说，进屋说。"朱买臣脸色十分难看，径直向屋内走去。落座后，他用火钳拨了拨炭火，蹙额叹息道："丞相家出了大事，退朝后径直回了私邸。"

迎着同僚们吃惊的目光，朱买臣搓搓手，细细讲述了事情的经过。今日的朝会，皇帝正式颁布了去年议定的三道诏令：以匈奴扣押汉使，关系再度恶化，战事随时可能爆发，为加快马匹的繁育，再平粜牡马二十万匹与民间；正式推行五铢钱；徙天下奸猾吏民于边郡。正待散朝之际，阳陵令送来上变简牍，未具名，事关重大，于是上送。卷牍告丞相李蔡借赐地之机滥行贪占盗卖，实际圈地三顷①，转卖得钱四十余万，而其亲属却并未葬在所赐冢地之中，而是葬在了阳陵享堂外神道外侧的空地上，实属欺君罔上，大逆不道。

皇帝阅罢，询问其事真假，李蔡与掌管宗庙礼仪与各陵县的太常、戚侯李信成皆茫然不知。李蔡分辨称李氏世居陇西，庐墓均在家乡。从兄李广死事，皇帝念其为先帝功臣，归葬不易，特赐阳陵冢地，以陪葬阳陵，所占仅只一亩而已，其余冢地的丈量圈占，自己委托家丞办理，并未亲自到场。于是皇帝敕令太常派人速去阳陵勘察李氏冢地实际亩数，这一等就是几个时辰。结果查实果然多占数倍之地，李家人也确实将多余的地亩卖给了一个富商，契约上买主名鱼翁叔，人已离家外出，家人称月前就已出关贩鬻去了。

王朝叹息道："这可是坐实了欺君罔上了，丞相看来凶多吉少。那个圈地卖地的家丞呢？没查查事情的原委吗？"

"当然抓了，已经押到中尉府看管了。皇帝怒甚，责备丞相与太常玩忽职守，以致属下上下其手，当廷罢了李信成的职，又责令丞相闭门思过，听候处置。"李蔡罹罪，朱买臣最担心的是，一旦丞相去职，张汤会顺理成章地继任丞相，那么他们几个长史就落入了对头的掌握，搞不好会像李文，被张汤一个个收拾掉。

"城门失火，殃及池鱼，用不了许久，咱们几个怕也会是张汤俎上的鱼肉了！"王朝叫道，显然他与朱买臣想到了一处。

得尽快想个应对的办法出来，朱买臣、王朝对望了一眼，彼此已了然于心。而边通却默不作声，仿佛神游物外，在蹙眉苦思着什么。

"仲达，仲达！"朱买臣见状，大声招呼，边通一怔，猛然回过神来，觍然一笑道：

"抱歉，我走神了。"

朱买臣道："丞相罹罪，继任者当是张汤，吾等何以自处，仲达怎么想？"

"当然最好的是皇帝拜他人为相……"

---

① 汉代一顷五十亩，三顷一百五十亩，而刘彻赐予李蔡的冢地为仅二十亩，参见《汉书·李广苏建传》。

王朝嗔笑道："说了等于没说，以资历、秩次论，循例都该张汤接任丞相，皇帝又怎么会拜他人为相！"

"可若皇帝对他起了疑心，就一定会拜他人为相。"

"起疑心，怎么会？"

"你们想想，那个买地的富商前脚刚走，后脚就有人告变？这么巧，难道不可疑吗？"

"依你之见，是有人做了手脚，陷害丞相？"

"是否有人设套，我不敢肯定，不过前朝的临江王，也是栽在这样一宗无头案上。"

朱买臣与王朝对视了一眼，恍然而悟，当年临江王含冤自杀一案，举国震惊，案情也真的很相近。

"仲达如此说，可有证据？"

边通摇了摇头道："证据没有，可有的是疑点。"

王朝问道："疑点何在？"

边通没有理会王朝，径直追问朱买臣，"今日朝会，张汤也在吧？"

"在。"

"皇帝询问此事时，张大人甚反应？"

朱买臣略作思忖，摇摇头道："冷眼旁观，一副事不关己高高挂起的样子。"

边通看定朱买臣，问道："翁子兄，你方才说过，那个买地的贾人名字叫鱼翁叔？"

朱买臣颔首，"不错，买卖文书上有这个名字，怎么？"

"我听说过，长安城有几位与张大人交好的富商，此人是其中的一个。"

王朝不以为然，"单凭这一条不足以为证……"

边通打断了他，"当然不足以为证，可咱们以当年临江王一案之相似，再加上鱼翁叔蹊跷匿踪一事上书皇帝，足以引皇帝起疑，有了这点疑心，足可阻其上位。"

"对头。事不宜迟，咱们说干就干，我来执笔，你俩补充润色，连夜递进宫去。"朱买臣连连点头，边通所言甚是，今上乃雄猜之主，有临江王的前车，皇帝肯定会注意到此案的蹊跷之处。

几乎与此同时，张汤也在私邸，宴请自郪城归来的鲁谒居。

"谒居，你这趟差事办得好，一石两鸟，快哉。来，你我满饮此杯，权当洗尘，我先干为敬了。"张汤一饮而尽，照照杯，红光满面，心情极为畅快。

"弟病消渴，不胜酒力，只能意思意思了。"鲁谒居皱皱眉头，就着杯缘抿了一口，就放下了。

"那就以茶代酒……"张汤命家人上茶，亲手为他斟了一盏，之后为他布菜。

"大人，李文在狱中如何？"

"还是不服罪，日日大呼冤枉。"

"打蛇不死，须防反噬，大人不可大意，还是早些送他上路为好。"

张汤面有难色，摇摇头道："眼下的廷尉司马安，是汲黯的外甥，行事圆滑，而居心深不可测，人在他的手里，不好办。"

"廷尉那班人，多是大人旧部，在下以为最好不循常规，找个靠得住的人做掉他，报称瘐死狱中，永绝后患为好。赵王宫里那个许超，已然瘐死，李文再闹，也只能自证清白了。"

张汤满意地笑了。"老弟办事，最让人放心。谒居，李蔡罹罪，也是老弟的手笔吧。"

鲁谒居摇摇头，"很多事情，大人不知道为好。那个鱼翁叔最好走得远远的，没有他，这不过是个贪占贿买的案子，他若被找到，万事休矣。"

"放心，此刻他应该已到岭南，不在我大汉的治下了。"

张汤夹起一箸菜，放入鲁谒居的食盘，"谒居，尝尝这个菜，吾家庖厨新进了个厨子，烹饪甚精，不要辜负了他的手艺。"

鲁谒居细细咀嚼着菜品，连声赞好。"我这一向吃起东西来不知饥饱，总觉得饿，或许就是医家所说的'消谷善饥'吧。"

张汤摇摇头，好整以暇地笑了笑："人生苦短，以吾之见，咱们该吃吃，该喝喝，顺其自然。"

"大人以为我看不开？死生顺逆皆由天数，人生百年，亦不过白驹过隙。我早就想通了。可在下还有一愿未了，望大人成全。"

"谒居你说，只要我办得到。"

"这个病，我心里有数，是治不了的了。"鲁谒居拍拍腿，叹道，"在魏郡熬审人犯，近来老病又犯了，这两条腿一直肿胀不消，一按一个坑，脚趾发乌，有如针刺，又痛又麻。我不惧死，放不下的是我那兄弟。"鲁谒居父母早死，只留下他兄弟二人，幼弟名谒川，小他十几岁，由他一手带大。鲁谒居妻子前年故去，没有留下子息，家中只有兄弟二人，形影相吊。

张汤点点头道："你是说谒川，想怎样安排，你说。"

"我这兄弟性情躁急冲动，不是做官的材料。这些年我也略有积蓄，打算留给他，成个家，做些小生意，可以无虞冻饿。只是我不在了，怕他受人欺侮，望大人念及旧谊，在他遇到难处时，看顾一下他，下走黄泉之下，也会祷祝大人阖家安顺的。"言毕，鲁谒居眼圈红红的，强忍着不让眼泪流下来。

张汤闻此，亦不觉鼻酸，嗔怪道："谒居何出此不吉之言！你在与不在，我都会拿谒川当自己兄弟看顾的。"

"大人此话当真？"

"当真。"

"击掌为誓？"

"击掌为誓。"

张汤肯定地点点头，伸出一掌，与鲁谒居相击。鲁谒居整个人放松下来，容光焕发，笑意盈盈。举起食案上的酒杯。

"有大人这句话，不枉我之所为，今晚我当与大人尽兴，舍命奉陪，不醉不归！"

厅外人声嘈杂，张汤正待发问，家人推开门，进来的是御史台派来报信的侍御史。

"大人，出大事了。丞相已于晡时自杀，李府上下已在素服举哀了。"

两人默然相视，莫逆于心，在侍御史退出后，鲁谒居笑逐颜开，敛衣顿首道："一人之下，万人之上，大人做到了！谒居恭祝大人即将荣升丞相，公侯万代。"

两人喜气洋洋，觥筹交错，这顿酒一直喝到人定①时分，仆佣将醺醺大醉

---

① 人定，汉代计时单位，夜深将息之际，近于子时。

的鲁谒居扶上辂车，张汤送至大门之外，并吩咐家丞亲自驾车送鲁谒居到家。

谁也没有注意到，停在街角凹处的一辆辂车中，一个黑衣人静静地注视着这一切。

九十六

李蔡自杀的翌晨，三长史的条陈也递了上来，力陈事出蹊跷，并举出临江王的旧案为证，吁请抓捕相关人犯，厘清事实，以祛众疑，以正视听。

可圈占阳陵祭地三顷为实，售卖多余冢地牟利亦为实，李蔡起码有失察的大过。事情若真有黑幕，主谋又是何人呢？三长史虽未实指，可拎出那个与张汤有旧的富商鱼翁叔，不啻欲盖弥彰，而理据很有力量——丞相出缺，谁是最大的受益者？当然是作为丞相副贰的御史大夫。果真如此，这个张汤的心机也就太深，也太黑了。

刘彻心里种下了深深的怀疑，他有些伤感地看着御案上的遗书，遗书是昨晚李家人呈递上来的，写在一方白色的缣帛上。

罪臣蔡再拜顿首，死罪死罪。陛下念臣僻乡之人，归葬不易，特赐冢地，家丞蒙蔽，罪涉簠簋①，臣纵容于前，失察于后，负陛下厚待老臣之意，罪无可绾。人无廉耻不立，唯愿一死以报君恩，是以免冠跣足，盘水加剑，造请室而自裁，与上永诀矣。②

---

① 簠簋，祭祀所用之礼器，簠簋不饰，比喻为官不廉。

② 汉贾谊《治安策》云：故古者礼不及庶人，刑不上大夫，所以宠励臣节也。又（大臣）闻谴何则白冠氂缨，盘水加剑，造请室而请罪耳。意思是受到君王的谴责与质问的大臣应自着丧服，闭门请罪，自行了断，而不必如囚徒般下狱受辱，为的是顾全大臣的体面与廉耻。

人死长已矣，而丞相承上启下，大位不可空缺，张汤原当顺位接任，现在看来，未可轻任。刘彻掂量再三，一时却想不到合适的人选。委决不下之际，谒者来报，卧病在家的汲黯，已应召来到殿外候见。正好可以听听师傅对人选的意见，刘彻起身换了正式的朝服，正了正发冠，吩咐传见。

汲黯年近七旬，发白如雪，而精神尚好。见到刘彻，想要伏地跪拜行礼，刘彻赶紧示意侍从扶他跽坐于蒲团之上。

刘彻望着汲黯，微笑道："师傅精神矍铄，身子看上去也大好了，可喜可贺。"

"呵呵，托陛下之福，老臣风烛残年，拖得一时是一时喽。陛下不忘老臣，是有什么事情了吧？"汲黯容颜颇见苍老，双目依然炯炯有神。

刘彻颔首，"这些年老成凋零，人才不敷足用，朕有一事，还须借重师傅。"

汲黯摇摇头，哂笑道："陛下招延士大夫，常如不足，人才何以不敷足用？"

看来师傅又要倚老卖老，刘彻不悦道："以师傅看，人才何以不足？"

"陛下性格严峻，群臣虽素来所爱信者，或小有过错，或涉欺罔，辄按诛之，无所宽假，如颜异、义纵、严助、徐偃者。以是求贤甚诚，未尽其用即杀之，以有限之士恣无已之诛，臣恐天下贤才将尽，陛下谁与共为治乎？"汲黯动了感情，脸色渐红，气息咻咻了。

刘彻昂首大笑起来，"以天下之广，何患无才？患人主不能识拔而已！苟能识之，又何患无才？是所谓千里马常有，而伯乐不常有。对吧？"

他拿起案上的一只玉杯，随手把玩起来。"朕所说的人才，犹如器物，无非量才器使。有才而不肯尽用者，如颜异，与无才同。或有才不仅不肯尽用，反而阻挠朕之大政，其才适足为害，如义纵者，当然得除掉，留之为患，贻害无穷！"

言毕，刘彻将玉杯猛然掷出，触地应声碎裂成数块。汲黯见状，摇摇头，叹了口气，不再言语。

良久，刘彻苦笑道："好了，不扯远的，师傅也听说了吧，丞相因过自杀，由谁接替李蔡，朕委决不下，还请师傅为朕贡献点儿意见。"

"丞相出缺，理应副贰接替，自然轮到张汤喽。"

"汲师傅也这样看？"刘彻不觉有些失望。

"哪里，是循例轮到张汤！若依我之见，最不宜用其为相。"

"为甚？"

"理由有两个。李丞相事出蹊跷，他的死，谁受益最大？张汤啊！所以他有嫌疑，此其一。"汲黯伸出了一个指头。

"陛下乃雄才大略之主，我自小看到大，错不了。由此丞相不宜太强，太强了相互抵牾，是所谓一山不容二虎。要用，就用个老成忠厚的人。张汤出身刀笔吏，智足以拒谏，诈足以饰非，狐假虎威，权移主上，不可用。此其二。"

汲黯伸出第二个指头时，刘彻已经决意另用他人了。对于张汤，他要再观察一段时间，是忠是奸，要看其落空后的表现。汲黯历来看不起张汤，评语未免过苛，刘彻看中的恰恰是张汤的头脑，也就是汲黯所不屑的"智"，尤其是他不惧树敌，一心为君上分忧的忠荩。

"那依师傅之见，丞相当用何人？"

"太子少傅庄青翟人品厚重，资历也够，可任丞相。"

庄青翟功臣之后，博士弟子出身，饱览群书，为人谨慎小心，做事中规中矩，建元年间曾任御史大夫，所以刘彻选他辅佐太子。按汲黯的标准，倒也适合做个弱势的丞相。

"谢谢师傅的举荐。还有件借重师傅的差事，方才跑了题，把正事忘了。"

"甚差事？陛下请讲。"

"淮阳①太守出缺，朕欲请师傅偏劳。"

淮阳地处中原，原为楚地，郡治陈县，距京师二千里之遥。以古稀之年出任外郡，形同放逐。一念至此，汲黯悲从中来，不觉泣下，非但不接印绶，反而伏地请辞。

"臣自卧病，自以为将埋骨于沟壑，不复能再见陛下，没想到陛下还惦记着老臣。臣虽风烛残年，常怀犬马恋主之心，外郡的公事，力所不任，黯愿为中郎，出入禁闼，拾遗补阙，献替于御前，此黯之所愿矣……"言及此，汲黯已唏嘘不已，语不成声了。

---

① 淮阳，汉郡，地望在今河南周口一带，郡治陈县。

刘彻心里虽不好受，可汲黯与朝廷现今推行的大政无一不抵牾，留他在身边，每日必聒噪不休，师生之谊难于保全，与其君臣反目于将来，莫如防患于未然。于是硬下心肠，板脸道：

"君以淮阳无足轻重乎？淮阳地处要冲，吏民不相得，私铸泛滥，非重臣坐镇不足以安定，吾所借重的，就是师傅的威重。像当年在东海一样，师傅可卧而治之，不是么！"

所谓卧而治之，原来多年前，刘彻嗛其直言切谏，曾外放汲黯出长东海郡。汲黯学宗黄老，以清静无为为治，慎择丞史，循名责实，政简刑清，岁余，而东海大治。于今，刘彻欲行大有为之政，师傅不合时宜，反倒是放到地方上可以得行素志，两不相妨。

看到皇帝执意外放，再争无益，汲黯再拜顿首，想要起身，试了两次仍起不来，郭彤赶忙上前扶他站起，汲黯长叹一声，接过印绶，揖手道："此去山高水远，老臣风烛残年，相见无期，就此别过了。寄望陛下与民休戚，亲净臣，远小人，以祖宗天下为重！"

望着师傅步履蹒跚的背影，刘彻心头像翻倒了五味瓶，犹豫、难过、不舍、如释重负……有一刻他几乎想要召唤师傅回来，但终究还是没有开口。

四月，车驾去了甘泉，皇帝外出期间，由张汤代行丞相职权，主持日常公务。

李蔡自杀逾月，新丞相任命的诏书却迟迟不见发布，本以为顺理成章的事情没有了下文，而此番皇帝外出，又没有要他随驾，这里面肯定有什么不对劲，个中的原因，张汤琢磨不透，他内心的忐忑、焦躁，使得他格外敏感，而三长史貌似恭顺，实则皮里阳秋，似乎在等着看他的笑话。为此他呼来喝去，把三人指使得团团转，又百般挑剔，故意难为三人，以发泄内心的戾气。

一日，田信来访，告知鲁谒居病重。张汤闻讯，放下公事，驾车登门探视。

"大人……"鲁谒居仰卧于榻上，见到张汤，强撑起身子，灰败的面色泛起一丝红晕。

"你莫动，好好躺着。"张汤握住鲁谒居的臂膊，扶他慢慢躺下。

"月来公事繁剧，也没倒出工夫看你，若非田信相告……嗐，还是说说老弟你的病情吧，又重了吗？"

"脚肿得下不了地了，看样子老天要收我去了。"鲁谒居苦笑着指了指脚的部位。

张汤掀开被盖，但见鲁谒居自小腿直至脚趾，肿起老高，皮肤泛着亮光，仿佛就要胀破的样子。张汤坐下，将鲁谒居的腿架于膝上，自内及外，自上而下地揉、捏、按摩，他手法轻柔，但额头很快就沁出了汗珠，看得出用力颇深。很快，鲁谒居的小腿和脚有了酸胀感，趾尖虽依然麻木，整个人感觉轻松了许多。

"想不到大人还有这一手，不比医家差啊。"鲁谒居要弟弟谒川拿两只靠枕垫在腰上，倚坐了起来。

"吾少时家父亦患此症，汤侍奉汤药无暇日，从那时起跟医家学会了这些手法。"

鲁谒居吩咐弟弟烹茶待客，两人闲话，看茶后，谒居屏退家人，与张汤闭门密谈。

"丞相的位置还空着，不会出甚差池吧？"鲁谒居问道，忧形于色。

"谁知道今上作何打算，等着瞧吧。"张汤摇摇头，三长史的条陈被皇帝留了中，他并不知道有人告了他。

"是不是有人在皇帝面前进了大人的谗言？"

"为皇上办事，免不得会内外树敌，得罪的人多了，难说。"

鲁谒居面色一下子严重了起来，"木秀于林，风必摧之；行高于众，人必非之。大人，看来我们想简单了，得马上亡羊补牢。"

"亡羊补牢？你指甚？"张汤有些摸不着头脑，怔怔地望着鲁谒居。

"李文。"

李文下在廷尉大牢，为避嫌疑，张汤不便直接过问此案，况且现任廷尉正是老对头汲黯的外甥，心机颇深，令他心存忌惮，一时竟想不出什么好的办法。

"李文现在司马安手里，我不便出面，不好办。"

"大人当然不能出面，可有个人可办此事。"

"谁？"

"杜周。当年在廷尉，由义纵举荐与大人，用为尉史，后擢为中丞，大人于他有识拔之恩。"

"杜周，他不是一直在边郡缉查逃卒吗？"

"回来了，前两天还来我这里探过病。此人头脑精明，知恩图报，又是个杀伐决断的狠角色，李文的事情交代给他，当可消弭于无形。"

张汤心里一喜。杜周与他一样，都是出身刀笔小吏，故相互间有种天然的亲近感。张汤不仅在公事上格外看顾他，且不时耳提面命，传授办案的经验之谈，以致杜周私下称其为"老师"，自认为私淑弟子。张汤任廷尉时，可以视为心腹的，鲁谒居而外，就是杜周了，既然回来了，由他下手，最为稳妥。

主客在室内密谈，鲁谒川则与门前候命的车夫高谈阔论。身居高位的御史大夫来访，令他倍感荣耀，于是绘声绘色，大谈两家交情，尤其是大人亲为乃兄摩足的情形，引得巷中路人驻足倾听，啧啧称叹。

张汤告辞时，日已黄昏，遂直接打道回府。次日再赴相府，却见门前停着两辆轺车，进得府来，但见众多员役交头接耳，窃窃私语。尤其是三长史，恭敬如常的后面，散发着掩饰不住的快意。

"张大人，有中使自甘泉来，正在中厅等候大人。"见到张汤进来，朱买臣笑着迎上前去，揖手为礼。

张汤视若不见，昂然走入中厅，一眼看到正中坐着的人，却是皇帝身边的谒者所忠，旁边坐着的一个中年人，看着眼熟，好像是太子宫的师傅。张汤抢前一步，很恭敬地向所忠揖手为礼。

"公公安好，是从甘泉过来么？皇上……"

所忠也站了起来，不等张汤讲完，高声向张汤与三长史宣读敕谕："皇帝诏曰：以武强侯、太子少傅庄青翟为相。钦此。"

看到张汤瞠目结舌的样子，所忠堆下一副笑脸，揖手还礼道："皇上的口谕我带到了，张大人，过来见见新丞相，庄青翟庄大人。"

庄青翟也站起身来，煦煦和易，微笑着向张汤揖手为礼。

"张大人，久仰大名，今后共事，少不得要借重大人，请大人受我一拜。"

张汤尴尬地笑了笑，还礼道："哪里的话，君侯掌承天子，助理万机，张汤唯丞相马首是瞻，请多关照。"

所忠办完差，要回甘泉复命，张汤本该将经手的公事向新丞相交代，可他有满腹的疑窦要求解，于是将一切推给三长史，自己亦步亦趋地跟了出来。

"所公公慢走，我有一事不明，想问个究竟。"

"甚事？大人请讲。"所忠停下脚步，好整以暇地望着他。

"这庄青翟什么来头，皇上何以用他为相？"

"他祖上是高祖皇帝的沛县老乡，相跟着打天下的功臣，几代下来传到他手里。庄丞相学问不小，博士弟子出身，所以皇上用他做太子的师傅。为甚用他为相嘛，不详细，听说是汲师傅举荐了他。"

难怪！张汤恨得牙痒痒，本来汲黯外放，去了自己一块心病，却不料临了还是被这老儿算计了一把！

半月后，阴暗潮湿的诏狱中，李文正倚在一堆稻草上假寐，远远传来的嘈杂人声将他惊醒。他自下狱已逾数月，每逢有狱吏巡视，他都会大声呼冤，但巡狱者大多无动于衷，无人认真理会。直至日前廷尉复审时，才认真听了他的自辩，并要他把自称的冤情写成文字上呈。回到牢房，虽然给了他笔墨、竹简，可一灯如豆，诉状写到一半时，灯油耗尽，徒呼奈何。

脚步声愈来愈近，灯光后面人影幢幢，停在了李文的囚室前。高举的提灯，晃得他眯起眼睛。两名狱卒在前，一人提灯，一人开锁，后面的阴影中，还有一人，个子不高，盯视着这个蓬头垢面的犯人。

"你就是李文？"阴影中的人面目不清，但阴恻恻的目光，令李文畏怯。

"是我，大人是……"话音未落，身前的狱卒迎面一掌，将李文打了个趔趄。

"在这个地界你个贼囚还不老实？好生回大人的话！"

那人又问："听说你不闲着鸣冤叫屈，是吗？"

"在下确实冤屈，廷尉大人听了我的申诉，命我落成文字。"

"哦，你写出来了？拿来看看。"那人双臂环抱于胸前，向旁边的狱卒点了点头。

狱卒走进囚室，拿起小几上的散简，交到那人手里。

就着提灯，那人看着竹简，光亮中，出现的是一张似曾相识的面容，可李文一时仍记不起他是谁。

"你这诉状有头无尾……"

"实在是灯油不够用，写到一半就没了。"

"邺城那边的人犯指证你为赵王做卧底，窥探今上与朝臣们的消息。你说冤枉，口说无凭，证据呢？"

李文入狱后，苦苦思索自己入罪的原因，唯一可能与之相关的，是有次他在一家店里独酌，微醺之际，与邻座一伙赵国来京上计的小吏接谈，似乎曾经有过丑诋张汤的言语。至于勾结赵王，窥伺朝廷，是绝对没有过的事情。

"你在御史台摘要奏疏，与赵王合谋，屡屡构陷张大人，这是事实吧！"

犹如暗夜中的一道闪电，李文一下子明白了入罪的原委。太子丹一案的主审是张汤的心腹，所谓邺城的人证，无非是张汤、鲁谒居欲置自己于死地而作的局。一念至此，李文怒形于色，冷笑道：

"大人也是与张汤、鲁谒居一伙的吧？深文周纳，罗织成罪，不就是为了要我的命吗！"

那人冷冷地凝视着李文，吩咐道：

"这贼囚胡言乱语，脑袋烧得不轻，你们帮他凉快凉快！"言毕，径自离去。一个狱卒将李文手脚缚住，另一个狱卒不知从哪里提来一桶冰水，兜头倒在他身上。李文一激灵，浑身的关节开始不由自主地战抖，就在那一瞬间，他记起了那人的名字，大声詈骂道：

"杜周，你为虎作伥，不得好死！"

两名狱卒剥下李文的衣裳，紧紧缚住他的手脚后，扬长而去。半夜，李文发起了高热，谵妄不断，在曙色熹微时断了气。

九十七

甘泉宫是在秦代林光宫基础上扩建而成，规模宏大，周回近百里，是汉代皇家避暑的离宫。甘泉宫西面有片广阔的苑囿，饲养着大量的奇珍异兽，以鹿为最，亦名上林，人称甘泉上林，是供皇帝游艺与行猎的场所。苑中林木葱茏，草场繁茂，往年例于九月秋猎，但近年鹿群繁殖过盛，苑令奏报需要扩充草场，刘彻则决定将多余的雄鹿尽数放出，提前行猎，就在本月杀一围。

五月的甘泉，虽已是初夏，但早晚两头仍然凉爽。刘彻策马登上一处高地，随行的有大司马霍去病、谒者令郭彤、郎中令李敢及数十名羽林与期门卫士。高坡下有片很大的草场，数里开外则是一大片树林，隐约可见雄鹿的身影。

骑士们散开，成一字排列，随着号角响起，受惊的鹿群开始向林子深处逃去，猎手们策马小跑，大声呼喊以驱赶鹿群，李敢一马当先地冲在前面，猎手们亦成数路纵队，分头扑向猎物。霍去病策马踟蹰，像是在找什么人，刘彻斜睨了他一眼，问道："去病征战、出猎向来身先士卒，今日是怎么啦？"

霍去病脸一红，不好意思地笑笑，目光却一直追随着驰骋在前方的猎手，仿佛在寻找着目标。猛然，他夹紧马肚，断喝一声，马儿如箭离弦，直追了出去。郭彤朝着他的去向看过去，但见李敢已脱离了大队，紧盯住一只向斜刺里飞奔的巨大雄鹿，转瞬间已经追进了林子。看到霍去病紧追其后，郭彤忽然有了种不祥的预感。

李敢深入林中，却不见了鹿的踪影，猎犬与骑士们的喧嚣声渐行渐弱，林子安静下来，偶尔能听到枝叶扰动的窸窣声。他跳下马，蹑手蹑脚，循声而进，前行了数百步，终于又看到了那头雄鹿，雄鹿警惕地四下张望，李敢闪到一棵大树后面，良久，雄鹿觉得安全，开始进食林木上新生的嫩叶。李敢屏住呼吸，慢慢张弓搭箭，觑准公鹿的脖颈……

长箭离弦，铮钺有声，雄鹿惊觉，四目相对之际，箭已中的，雄鹿一声嘶鸣，扬蹄飞奔，趔趄数丈之后，轰然倒下，压倒了身旁的一丛灌木。李敢丢下长弓，快步赶到猎物身旁，雄鹿四肢抽搐着，目光暗淡、无助，箭创处鲜血汩汩而出，失血与窒息，使生命渐渐离它而去。雄鹿身型巨大，足有二千多斤，头上那副鹿角尤为可观。看着这庞然巨兽，李敢欣喜不置，他生平头一遭猎到这么大的鹿，思量着如何请人将鹿首制成一副墙饰，以为纪念。

正当摩挲着那对巨大的鹿角，李敢听到身后的蹄声，他以为是麾下的骑士们，头也不回地问道："谁带着刀或剑，拿过来我用用。"

"刀剑没有，弩箭倒是现成的。"

李敢猛然回头，却见骑在马上的原来是霍去病，手中的连弩已是箭在弦上，稳稳地瞄向自己。

"原来是大司马，你这是做甚？"显然，霍去病来意不善，李敢转过身，脸色略显苍白，但并未示弱。

"将军健忘么，上个月在未央宫司马门前，你以北军之事要挟我，北军何事？还要鱼死网破，说来听听。"霍去病眼中透着一股恨意，连弩一直对着李敢的胸口。

李敢以目相慢，全无怯意，冷笑道："你用不着装傻充愣，大丈夫敢作敢为，自己做下的事情不敢面对，大司马也不怕天下的人笑话？"

"笑话，怕你是看不到了！"霍去病策马转向，侧身将弩弦扣至弩机的牙上，恶狠狠地盯着李敢。

"你竟敢在御前杀朝廷大臣，会是甚下场你想过吗？"李敢的脸色更白了，他稍稍挪动了一下，试图靠近自己那张弓。

"你闭嘴，再动一下要你的命！"霍去病压低的声音，透着股狠劲儿。

"哈，你怕啦？有种你跟我刀对刀，枪对枪地较量，偷袭算他娘的甚本事……"

李敢怒目圆睁,话音未落,弩箭已洞穿其前胸,他紧紧握住箭杆,血流如注,跟跄着倒在雄鹿的头前,抽搐了几下,就不动了。

"大司马,这是怎么了?"几名循声赶来的期门郎目睹此状,皆瞠目结舌。霍去病脑中一片空白,要做的事情已经做下了,他忽然有种解脱后的轻松感,良久,方才吩咐道:

"去报知皇上,就说是我射鹿时,不慎误中了郎中令。"

很快刘彻就赶了过来,他望着倒毙在地上的李敢,摇摇头,挥起手中的马鞭,劈头盖脸地抽向霍去病,霍去病并不躲闪,低着头一声不吭。

"误中,在朕面前你也敢扯谎?你老实给我说,你做甚要射他!"

"实在是李敢他打了大将军,末将愤懑难平,故报之以弩箭,臣擅杀朝廷大臣,是死罪,愿以性命相抵!"

事已至此,无可挽回,刘彻当然不打算以自己的爱将抵罪,而是要留着他打匈奴。于是下令将尸身上的箭杆截断,取出箭镞,用布包裹好,连夜送至长安李府殡葬。

刘彻扫视着所有在场的侍从与卫士,吩咐道:"这件事你们都把它埋到肚子里,对外就说郎中令猎鹿时不慎为鹿角所触,意外身亡。消息由谁嘴中走漏出去,朕唯谁是问,记下了?"

众人皆揖手称诺。

皇帝不欲真相外泄,出之意外,这使霍去病于茫然中又生出了几分希冀。

刘彻瞟了眼身旁的霍去病,心里虽然已经放过了他,却仍是一脸严霜,不见一丝开化的影子。良久,斜睨着霍去病,恨声道:

"你二人都是我大汉的猛将,朝廷倚为干城,不想沙场余生,竟殇于自相残杀。霍去病你个混账东西,还振振有词!朕命你马上滚回长安,待罪家中,闭门思过。来人呀,送大司马回府。"

霍去病走后,刘彻跳下马,绕着那头巨鹿走了几转,吩咐侍从抬走。回程中一路无语,直至进了寝殿,方对郭彤叹息道:

"朕看那鹿颈上的箭支,乃李敢所射,李敢下马视鹿,不想却被霍去病背后偷袭,这小子睚眦必报,仗着朕的宠信,是愈发胆大妄为了,卫、李两家的怨恨，怕是解不开的了！"

"依奴才看，霍去病暗算李敢，怕不只是卫、李两家的嫌怨那么简单。"刘彻的话，引发了郭彤久已压在心里的疑窦，如鲠在喉，不吐不快。

"哦？这件事你怎么看？讲来！"刘彻斜睨着郭彤，颇不以为然。

"陛下还记得上个月在未央宫为卫、李二人劝和的事情吧。"

"嗯，两人当我的面释怨，言犹在耳，怎么？"

"事后奴才送郎中令大人出宫，在司马门遇到大司马，一言不合，两个人动起了手，奴才与门卫们劝阻之际，大将军赶来，拉走了大司马。"

"这又如何？霍去病骄狂惯了，又是睚眦必报的性子，你们早该告与朕，警告在先，就不会有今日的惨剧。"

"可对骂之际，李敢威胁要将北军之事告变于皇上，霍将军闻言勃然变色，欲与李敢性命相搏，可见霍将军是为此，才动了杀心。"

"哦，北军何事？"

"事后奴才问过郎中令，可他讳莫如深，笑而不答。"

臣下有事情瞒着自己，自古是国君最放心不下的，李敢讳莫如深，而霍去病为此杀人，这里面有什么不可告人之秘？刘彻起了疑，决意一查到底。

"这件事情你怎么看，但说无妨。"

"北军的事，奴才实在不敢妄言，但这件事情一定是发生在陛下不在京师之时。陛下若在京，没有甚事情能瞒得过去的。"

刘彻颔首，思忖良久，猛然憬悟道："是了，一定是朕卧病鼎湖时候的事，郭彤，你要给我细细地查明此事。"

"奴才从何查起呢？"郭彤面露难色。

"北军平时归中尉府节制，当然要找王温舒，问问他朕在鼎湖时，北军有何异动。此事先不要声张，须暗中进行。"

郭彤顿首辞行："奴才奉诏，马上就回长安。"

刘彻颔首，又叮嘱道："李广父子一生征战，于朝于民功劳甚大，你回到长安后，要代朕亲赴李府吊唁，厚赠赙赗，以见朝廷厚待功臣之意。李家孙辈，除已在宫内的李禹，还有什么人，一并报给朕，录用为羽林孤儿，俾使将门有后，长成后服事国家，再振家声。"

霍去病被押回长安后的第三日，椒房殿派人召卫青入宫，说是皇后有事情找他。卫青为了避嫌，平时除去朝会，轻易不会入宫向皇后请安，怕的就是引起朝野的闲话，说他贪缘椒房，靠着女人上位。卫子夫也很谨慎，从不主动找他，但这次指名要他进宫，说是正在椒房殿等他，有要事商量。

卫青不敢怠慢，相跟上宦者，直奔后宫，有宫人相接，直接引他进了寝殿。见到卫青，卫子夫招呼他坐下，屏去侍女，亲手为其布茶。卫青平时，算上节祭朝会，一年中也见不到几次皇后，就是能见到，也只是远处的一个身影。卫青呷了口茶，偷觑了眼坐在对面的皇后。卫子夫身着常服，妆容一丝不苟，可丰容盛鬋之下，眼角已有明显的鱼尾纹，皮肉也略显松弛了，再也不是十八年前那个令他心仪与自傲的三姐了。

"去病闯大祸了，你知道了吗？"卫子夫看着卫青，满腹心事。

卫青吃了一惊，失声道："不知道。去病出了甚事？"

"他在甘泉杀了人，就是那个殴打过你的李敢。"

"真的么？殿下的消息从何而来？"卫青心里一紧，霍去病的性子，冲动起来谁也拦不住，可他还是希望这不是真的。

"昨天被押回来的，你二姐去他府中探视，被缇骑挡住，说是皇上要他闭门思过，在家待罪。"

卫少儿是去病的亲娘，她听到消息后，径赴霍府，门卫没敢硬拦，被她冲了进去，但随即又被架了出来。随后她便进宫，呼天抢地，求皇后想办法救儿子一命。好不容易安抚与送走二姐，卫子夫夜不能寐，绕室彷徨，她所想的，更深，也更远。

李敢身任郎中令，位在九卿，是朝廷大臣，也是皇帝信任的近臣，再大的嫌怨，擅杀大臣，都是死罪。可处分却是在家闭门思过，看来，皇帝会放霍去病一条生路。

一念至此，卫青悬着的心放了下来。"皇后放心，皇帝爱惜将才，不会杀自己的爱将，否则去病也回不了长安的。"

"这里没外人，我们还是姊弟相称。"卫子夫端起壶，向卫青杯中续了些茶水，再抬起头时，却是一脸的严峻。

"去病的死活我不担心，我担心的是，这事情还没有完。仲卿，你觉没觉得，我们卫家危矣！"

"去病是霍家之人，他的事儿他自己担着，与我卫家何干？何况皇帝并未将他下狱，三姊未免过虑了。"卫青不以为然，又呷了口茶。

"霍家人？他也是你我的外甥，与李家结怨也为的是仲卿你，这层瓜葛我们抹不掉的。何况，行在那边并没有放下，还在查。"

"查？查甚？谁在查？"卫子夫眼中深深的恐惧，感染了卫青，他也觉得事情严重了。

"你大姊夫今早要你大姊来我这里报信，说是昨天去北军遛马，看到了郭彤。郭彤从小跟着今上，是他身边最受信任的奴才，不待在甘泉侍候，回长安做甚？去北军又做甚？肯定是皇帝派他回来，有事情要问王温舒。"

北军？卫青心里一阵燥热，额头涔涔汗出。他忽然明白了霍去病为何要杀李敢。那日司马门斗殴后，卫青曾苦苦劝说他不要再与李敢寻仇，霍去病闷声不语，离开时却撂下句话：他以北军之事要挟我，一旦事发，吾等家无噍类矣！看来杀李敢绝非个人嫌怨，而是有意灭口。

皇帝卧病鼎湖时，霍去病夜访卫府，两人间的夜话没人知道，可天知道他之前在北军做过些什么！他肯定做过说过些甚，不然李敢何能以此要挟？卫青眉头紧锁，细细搜索记忆中相关的每一点细节。

见到卫青神色大变，卫子夫亦心似悬旌，失口叫道："仲卿，去病在北军做下甚事，我们大祸临头了吗？"

"没有……阿姊少安毋躁，事缓则圆，我们还是静观其变为好。"

"不对，我记得皇帝卧病鼎湖那会儿，你曾入宫，亟劝吾遣使赴鼎湖问安。你和去病肯定谋划过什么，到了这个肯綮上，你还有甚好瞒的，说给为姊听，我们也好有个商量！"

霍去病是否曾策动北军入城戒严，卫青并不知情，可李敢之死，使他宁可信其有。如果有，真相结果或迟或早一定会水落石出，谋划宫变罪属大逆不道，那时候卫氏连带旁支亲族都会有灭顶之灾，卫青一时间乱了方寸，汗如雨下，好一阵子说不出话来。

见到这情景，卫子夫反倒冷静下来，她抓起一条锦帕，为卫青拭汗，拍拍他的胳膊，示意他冷静下来。

"是福不是祸，是祸躲不过，仲卿你把知道的事情说出来，我们一道想办法。"

卫青于是将那晚霍去病如何夜访，如何劝说他一同起兵入宫拥立太子，他又如何反对，反复辩难，最终不欢而散，而宫变的想法也就此搁置之事，一一详述与卫子夫。

"去病这孩子，天生就是匹戴不住笼头的野马！"卫子夫柳眉倒竖，双目含泪，爱恨交加。她既感激这个外甥对太子的一片忠荩，又恨他行事莽撞不计后果，为卫氏惹下了天大的祸事。

"我们卫家，出身卑微，到现在阖门亲贵，举朝无匹。古话说'日中则昃，月盈则食'，我身为中宫，早就战战兢兢，如履薄冰，怕的就是有这一天。可老天不从人愿，怕什么什么还是来了。好在仲卿你劝阻了他，搅黄了这件事，留给我们卫氏一线生机……"

"生机何在？"卫青不解地望着卫子夫，北军的事一坐实，卫氏阖门连坐，如霍去病所言，会落个家无噍类的下场，又何来生机呢。

"断臂求生，唯此一法。"卫子夫语声坚毅，眉头微蹙，肯定地点了点头。

"断臂求生？阿姊的意思是……"

皇后之言如电光火石，卫青已了然于心，霍去病是至亲，对他这个舅舅可谓维护备至，可这个外甥也是个强劲的竞争者，自漠北一战，霍去病的地位、声望与皇帝之宠信都压过了他，大将军府的门客，十有八九弃他而去，投奔了霍去病。他为外甥的大用高兴，也明白人往高处走的道理，可心里仍不免落寞。

"去病自作孽，一意孤行，不计后果，惹下这天大的祸事，我们顾不上他了。仲卿你要将此事上变，将你们夜谈之事，你如何劝阻乃至最后打消了他的念头，原原本本讲出来。"

"可即便讲出来，皇帝未必相信，会责备我当时为何不举报，律法上见知故纵，知情不举也是死罪。"

"现在甚时候，容得你瞻顾踟蹰！我入宫侍奉皇帝十八年，给他养了四个儿女，没人比我更知道他的脾性。皇帝是雄猜之主，最恨臣子有事相瞒，他若对谁起了疑心，再怎么坦白解释都晚了；对自己信任的人，只要忠诚坦白，即便有过，他也不会深究。眼下还没有怀疑到你头上，你先一步举报，就是卫氏的生机。"

卫青摇摇头，不觉悲从中来："可早不讲，晚不讲，单单去病出了事，吾等这样做，皇帝、朝野和舆情会怎么看？我们岂不成了背亲弃义、落井下石的小人。"

"皇帝独尊儒术，朝廷以孝治天下，儒术讲什么？为亲者讳！你不早讲，是你已打消了他的念头，宫变无疾而终，作为舅舅，也想给他个弃恶为善的机会，不想他怙恶不悛，再蹈罪衍，你才不得不大义灭亲。"

其实，卫青心里早已认同了皇后的主张，挽救卫氏，及早告变是唯一的出路，他之迟回瞻顾，任由皇后说服他，为的是尽可能减少良心的不安。而大事临头，卫子夫不让须眉，其沉着决断，处事缜密令他刮目相看。

卫子夫招呼重新沏茶，侍女退下后，她望着卫青，叮嘱道："还有，你不要上赶着去甘泉上变，而是要坐在家里等，一旦郭彤上门，提及北军，仲卿你再坦诚相对，将事情的始末原原本本地告诉他，托他转告皇帝。"

卫青点头称是，姊弟俩正待推敲告变的细节，侍女通报，太仆夫人有事求见。太仆公孙贺，其夫人乃卫子夫与卫青的大姊卫君孺，早间才来过，又来求见，必有要事相告。

卫君孺顾不上与二人见礼，满面喜色地道："去病有救了。我家老爷怕皇后着急，特为要我再来知会一声。"

原来朝廷一众大臣今早赴李府吊唁李敢，郭彤也去了，代皇上厚赠赙赗，说李敢是事出意外，围猎中遭雄鹿顶撞意外身亡。朝臣与李家疑窦虽多，亦只能唯唯称是。

"你们听这说辞，是不是皇上要保去病？死于意外，当然就没有去病什么事儿，你们二姐今儿个再去霍府，门禁也松了，让进了。"

卫青与卫子夫互望了一眼，皇后眼中的忧虑更深了，天知道李敢生前对皇帝说过什么，皇帝为何刻意隐瞒真相，他要郭彤查的又是什么呢？

九十八

　　元狩五年冬十月的一个下午，长安天气肃杀，草木摇落。一辆辎车疾驰而来，停在戚里隆虑侯府门前，车上跳下来一位公子，高鼻深目，面相英俊，一望而知有胡人血统。他招呼从人将一件沉重的包裹取下，监押着走入侯府大门。此人是长安城有名的贵戚子弟公孙敬声，其父为当朝太仆、位列九卿的公孙贺，母亲是卫皇后的长姊卫君孺。敬声少年入宫为郎，前不久又被加衔为侍中，得以隔日侍从御前，京师的贵戚子弟们多赋闲在家，很少有能入宫任职御前者，故颇为众人所艳羡。

　　得到门人通报，从内院中厅出来两个中年男子，一高一矮，忙不迭地叫道："老弟，何来之迟，令吾人空等了几个时辰？"

　　"还晚，这点儿钱搞来容易吗？不说谢谢，还说三道四，嫌晚今儿个就别玩了。"言罢挥挥手，示意从人将包裹扛出去。

　　高个子一把攥住公孙敬声的胳膊，赔笑道："别，别，子璧早早备下嘉旨①，静候老弟与吾等尽兴一博，作长夜之饮，老弟登堂而不入，主人家颜面何存？"

　　于是半嗔半哄，将公孙敬声拉进中厅。

　　高个胖子名金仲，母亲修成君，是当今皇帝的异父姐姐，故又称修成子仲，

---

① 嘉旨，美酒佳肴之谓。

这个当年京师出了名的纨绔，于今已是中年发福的模样。太皇太后王娡与他娘舅田蚡在世时，金家的权势在众外戚中一时无二，而今庇护者云亡，已不复当年风光。

矮个子名陈珏，也是皇帝的外甥，祖母是大长公主刘嫖，父陈蟜加封隆虑侯，母亲则是皇帝的亲妹隆虑公主，陈珏以门荫封为昭平君。陈家一门贵盛，比金家有过之而无不及。陈珏自小与金仲沆瀣一气，也是个有名的纨绔。隆虑侯在朝无职任，依制，夫妇俩长年住在封邑。陈珏是他们的独子，在娶了夷安公主①后，将家安在了京师的侯府。近年来隆虑公主多病，夷安多在封邑侍奉汤药，陈珏遂成脱缰野马，侯府也成了京师贵戚子弟常川聚首之处。

至于公孙敬声，风头还要盖过他们。皇后卫子夫是他亲姨，太子刘据、骠骑将军霍去病与他同为两姨兄弟，舅舅卫青战功卓著，拜封大将军，且结褵于帝姊平阳公主，与霍去病同为朝廷之柱石重臣。由是，与卫氏沾亲者皆随之而发达，尤其公孙敬声年纪轻轻就入侍宫中，成为天子身边的近臣，后来居上，于贵戚子弟中风头最健。每逢休沐日或不在宫中当值之际，他们都会呼朋引类，长安八街九陌的街头巷尾，不时可以听到看到这伙人纵马飞驰、呼卢喝雉、斗鸡走狗的身影。

皇帝拜江充为直指绣衣使者，主持三辅道路纠察以来，贵戚子弟们的好日子也到了头。江充连续抓扣了多起违规通行驰道者，金仲与陈珏都曾被他连车带人扣在北军，两家入巨资方被释出，否则受训后会派往边郡从军，以为教惩。从此纨绔们大为收敛，不敢再于驰道上纵马驰骋，横行街里。找乐子，最保险还是在自家宅邸的高墙之内，而陈珏的家长妻室皆在外郡，偌大一个侯府自然成了纨绔们聚会的首选。

今日的聚会，酒肴而外的主要目的是赌博，以六博设局，以箸为筹，说好了要赌把大的。三人的私蓄都投给了朱安世，不想朱某忽遭朝廷通缉，

---

① 案，汉代皇室多结姑舅亲。如景帝与其姊馆陶长公主刘嫖、武帝与其妹隆虑公主之子女均如此。夷安公主庶出，应为武帝某位嫔妃之女。

一年多不见踪影，搞不好这笔钱会血本无归。各家虽都是富家翁，可财权掌握在长辈手里，尤其是金家家道中落，修成君把家财攥得牢牢的，金仲不务正业，坐吃山空。近些年来，靠着自己的赌技，时不时挣些浮财，拮据度日。

公孙敬声虽在朝任官，可那份俸禄远不够他挥霍，时时要靠父母掷注，好在家门权势熏灼，不乏上门送礼请托者。没有公孙敬声，今日的博弈便没了赌资，只能是四目相对，寡淡无味的棋局了，这是金仲与陈珏对他低首下心的主要原因。

中厅间壁成三间，中堂设有食案，一大两小，大食案鸡鸭鱼肉，水陆杂陈，尚待烹饪；两张小食案上，则食具酒具、酱醢调料、杯盘刀箸等一应俱全。

"老弟是上宾，先用酒饭，还是先玩六博，你说了算。"金仲笑吟吟地看着公孙敬声，说道。

三人中金仲最长，陈珏居中，公孙敬声比金、陈少十余岁，平时皆以兄弟相称。

"当然先对弈，不然都喝醉了怎么玩！赢家包酒食，输家罚酒，记下账，用饭时一起算。"公孙敬声的心思全在赌局上，前些日子他输给金仲不少，此番想要回本。

"好。二位请进。"陈珏撩开门帘，将二人让进东侧一间，但见一张被漆成黑色的梓木棋桌置于蔺席之上，蔺席青色，锦绣包缘，棋桌周边设有四只供人跽坐的蒲团。棋桌上刻有一尺半见方的博局，居于中央的方框与标识曲道的 ⌐、⌐、⊤、⊥、⊦ 等规矩纹均以阴刻而成，刻槽内再嵌鎏金铜线，熠熠生辉，倍添华贵。中间的方框中亦有阴刻嵌铜之水纹，内置一白一黑两条阴阳鱼。棋盒中则有玉石所制的或青或白之长方形棋子各六枚，再就是掷骰用的茕①，与一束六支象牙所制的算筹。汉代以前，掷采多用竹箸，自从有了骰子，箸演变为计算输赢的算筹，略同于后世之筹码。

---

① 茕，音琼，汉代六博对弈时掷采所用的骰子，为十八面体，面上刻有一、二、三、四等行棋步数，相对应的正反两面分别刻有"骄"与"妻畏"字样，掷骰得"骄"，可再投；得"妻畏"，则暂失行棋权。

公孙敬声解开包裹，里面是一贯贯五铢钱，还有一些白金，他将之一分为三，每人一份。

"怎么算，每筹多少？"他望着金仲，问道。

"一贯千钱，一筹一贯，如何？"分到每人手中约有十贯，约合万钱。

"好，就一筹一贯。不过话说在前头，这些钱是向我爹府里那些门客借的，要还的。"

"当然得还，不会让老弟你为难的。"金仲颔首，之后骂道，"姓朱的拿了钱跑路，害得咱们爷们儿没了赌资，让我逮着他，非双倍返还不能算完。"

陈珏冷笑道："你也就敢背后牢骚，当着师傅，你还不是得草鸡。"

公孙敬声不觉莞尔，他并不觉得师傅是拐钱跑路，摊上这种事不躲起来，难道自投罗网不成？他对朱安世有信心，觉得江湖上的大侠已诺必诚，说过的就一定会兑现，时间早晚而已。

六博两人对弈，一人观战，首局由公孙敬声执黑开局，金仲应战，陈珏观战。随着一声大叫，公孙敬声扬手掷采，那只牙茕滚了几滚，果然停在了"骄"字一面。他拾骰再掷，这次停在"四"，他拿起一支黑棋，沿曲道逆行四步，再掷再行，一直行到"水"中，将棋子竖起，将白鱼翻个，由是赢得两筹。

第二局他运气逆转，头一掷就得了个"妻畏"，行棋权转到金仲手中，金仲老于此道，连投连中，很快也行进到水中，将黑鱼翻个，赢回两筹。

第三局运气仍在金仲一边，屡投屡中，公孙敬声根本没有上手的机会，很快再胜一局。如此对战，公孙敬声输多胜少，不到一个时辰，十万赌资所剩无几。看着他恼恨无助的样子，金仲将赢下的钱推向对手，笑道：

"老弟莫急，这些钱你可用来接着赌，不过你我两不相欠了，如何？"

公孙敬声无奈，硬着头皮再赌，接下来几局略有斩获，先手以四：二，四：一扳回两局。但很快形势再度逆转，金仲一路领先，连投连有，很快又将公孙敬声的赌资收入囊中。这样里外里，金仲已赢下了两万钱。

陈珏看看将近晡时，提议暂歇用饭，公孙敬声一心回本，哪里肯停，于是借用主家的赌资再试身手。又战了半个时辰，运气奇好，连掷皆有，到了最后一掷时，他兴奋地连声大呼"五白"①，只待投中，就可翻本，不想那茕急转几过，停下后，却又是"妻畏"，行棋权又回归对方，金仲再次通吃，将三万钱席卷而空，而陈珏借出的一万则转为敬声的负债。

金仲将钱用包裹装好，嘿嘿一笑道："运气今日不在老弟一边，再战无益，麻烦主家预备笔墨绢帛，让敬声给我写个欠据。"

"赢钱想走？没门儿，接着来……"公孙敬声一肚子无名火，说话开始难听起来。

"话可不是这么说的，愿赌服输不是？况且运气在我这儿，老弟你不服也得服，对不？歇几日转转运，咱们再接着来。按你定的规矩，酒席的钱归我会账，咱们别辜负了主家预备下的嘉旨。"金仲笑吟吟地来扶公孙敬声，不想公孙扬臂猛地将他推开，他一个趔趄，险些跌倒。

金仲瞪着公孙敬声，沉下脸，语气也不对了。"你小子年少，看在皇后太子的面上，咱爷们儿敬着你，你可别不识抬举。"

"既是愿赌服输，我今日就跟你赌到底，想走，没门儿！"

"好啊，接着赌，钱呢？你马上拍出钱来，我就跟你玩。没钱，想着空手套白狼？你当我是甚！"金仲将包裹撂在地上，斜睨着公孙，一脸不忿的劲头儿。

"那包里不是钱吗？就用它接着来。"公孙敬声俯身欲拾那包裹，金仲起脚将包裹踢到一边。

"这钱已姓了金，要用，你得管我借，借不借，得看爷的心情。"

公孙敬声气得满面通红，戟指怒骂道："放你娘了个狗臭屁，若不是我张罗，你个穷酸有得玩吗？"

"敢骂我，你个输不起的小杂种！"金仲怒从心起，上前一步，一拳直奔公孙敬声的面门而去。陈珏见势不好，忙将公孙拦在身后，自己左肩却中

---

① 《楚辞·招魂》中有形容六博对弈时的场面："成枭（骄）而牟，呼五白些。"六博骄棋而外，其余五枚皆掷得黑子曰"卢"，掷得全白曰"雉"，故后世以"呼卢喝雉"形容掷采赌博。

了一拳。

　　正僵持间，家仆进来，俯在陈珏耳边说了些什么。陈珏喜笑颜开，摆手道："二位少安毋躁，有贵客到了。"

九十九

门帘掀起处，走进来两个人，公孙敬声双眼一亮，叫道："师傅，怎么是你！"

金仲也笑道："刚才还说起过师傅，看来师傅还真是不经念叨，一念叨就给念叨来了。师傅别来无恙，一向可好？"

来人是朱安世与钟三。他离开漠北后，与秦芃、钟三在朔方、五原、云中三郡的边塞上从事走私皮张的生意。匈奴有的是皮张，通过他在边塞集市上换得各种日用百货，很受欢迎，价钱也很好，赚了些钱，此番来长安，为的是偿付合作者们的利钱，打探京师的情势。朱安世知道陈珏父母妻子皆在封邑，故每到京师，都是在陈家打尖。

朱安世淡淡一笑，揖手为礼道："朝廷追缉得紧，这一向一直在塞上跑生意，还算好吧。今天是甚日子，几位公子都聚在这里？"

陈珏笑道："长安新来了个恶吏，街市上风声也紧，大伙儿都宅在家里，闲来无事，哥几个聚在一处博戏，打发时光而已。"

朱安世眉头一挑，问道："甚恶吏，能让你们几个不敢上街？"

陈珏道："是个叫江充的家伙，专跟豪门贵戚过不去。不提他了。边塞到长安千里之遥，师傅仆仆风尘，一路辛苦，还没用过饭吧。我这里刚好备有酒筵，师傅难得一见，就此好好聚聚，如何？"

朱安世指了指身后的汉子道："这是我生意上的朋友，你们叫他钟哥即可。"又对几人揖揖手，笑道："也好，我们就叨扰陈公子了。"

众人分宾主入席，酒过数巡，互道契阔，都不免有了几分酒意。

"你刚才说的那个江充怎么个厉害法，能叫汝等不敢上街？"朱安世旧话重提，他要摸清长安现下的情势，以决定去留。

陈珏道："行法不避贵戚，谁犯到了，他都敢抓。譬如馆陶大长公主，皇上姑妈家的车马，当今皇太子家的车马，都被他抓扣罚没，有今上宠着他，也只能自认倒霉。"

"这家伙一肚子坏水，专在有钱有势人家身上打主意。谁犯到他手里，车马罚没不说，人还被扣在北军受训，说是以后送到边塞充军打匈奴，王孙公子没人不怕，都忙不迭地交钱赎人。这家伙给皇上开了条财路，备受宠信，谁也拿他没办法。"公孙敬声指了指陈珏和金仲，哂笑道："这二位都尝到过被拘北军的滋味，花了大钱才出来，那江充的人日日在驰道上盯着，谁还敢找这份不自在。"

"呵呵，想不到二位小爷还受过这个……"想起当年金仲与陈珏横行长安街头的样子，如今受此窘辱，不得不龟缩于私宅，朱安世不由得忍俊不禁，扑哧笑出了声。

金仲的脸色却沉了下来，公孙敬声与朱安世一唱一和，明摆着是要他难堪，于是冷笑道："师傅说要倒腾西域良马，一去经年，杳无音信，想必赚到了大钱，应许下的丰厚回报，我们可一直等着呢。"

朱安世闻言，淡淡一笑道："如公子所知，朝廷对我一直严加缉拿，这桩买卖暂未做成，不过各位放心，公子们的母钱①都藏在安全的地方。大买卖没有，小买卖倒是赚了些钱，公子们的子钱，敝人会按时奉上的。"

言罢，他向那被称作钟哥的汉子使了个眼色，汉子拎出一条沉甸甸的袋子，交给了朱安世。他解开袋子，里面全是捆扎成束的五铢钱。

"按当初议定的息钱，年息什一，我先付头年的息钱，钱我带过来了，第二年的年息到期后我也会按时付给各位的。"

金仲佯笑道："朝廷的文告我们都看到过，以亡命之身，做大生意，谈何容易。弟子不才，也知道师傅处境艰窘，就不必勉为其难，为我们挣大钱了，

---

① 母钱，即用以增值的本钱；子钱，以钱生钱，即高利贷之利息。

师傅将本金退还与我，还差那几个月的息钱作罢，可好？"

朱安世一怔，没想到金仲会打退堂鼓，略作沉吟后，他看着公孙敬声与陈珏，点点头道："二位亦作此想吗？"

陈珏摇了摇头，公孙敬声则吃惊于金仲的无情，愤然道："我相信师傅的承诺。君子成人之美，不乘人之危，这种不仁不义的事情，我是做不来的。"

金仲闻言，怒目相向道："你输钱输急了眼，这会儿装他娘的甚仗义？老子要回自己的钱，有错吗！"

朱安世摆摆手，止住二人，向陈珏与公孙敬声揖手道："我朱安世江湖一世，已诺必诚，二位公子的厚意我领了，容后图报。"他转过脸，看定金仲，笑道："金公子，先收下息钱，本金嘛，等我下次来京师带给你，如何？"

金仲大摇其头，笑道："下次是甚时候？你不露面，我上哪儿找你？师傅人脉广，区区三万本金，用不几日即可筹得，还是请您费心把我这事儿了了吧。"

朱安世面有难色，蹙额道："我们明日就要离开长安，哪有时间筹借，公子家不缺钱用，刚才又赢下不少钱，就不能缓一缓，待我下次到长安与你清账吗？"

金仲笑道："师傅开玩笑，这点钱能难住你？我不像他俩，我老娘、二舅过世后，家道远不比从前了。况且谁知道你何时再来长安，我是真的等不起，对不起了，师傅，这钱你这回就得给我结清了。"

这小子刻薄如此，几近刁难，朱安世压住心里的火，淡然一笑道：

"你我相识多年，且有师弟之谊，如此相逼，所为何来？"他又指指那袋息钱，"我眼下就这些钱，你说怎么办？"

"好办。"金仲笑笑，指着陈珏与公孙敬声道："守着富家翁，还怕筹不到钱？他们两位也是你的弟子，向他们借就是了。"

老账未清，再借新债，明摆着是要给自己难堪。朱安世皱了下眉头，看定金仲，"好，到这个份儿上，我也没甚好说的了，两条路由你选，听说你博术了得，手气正顺，我就以息钱为本，咱们赌几局，输了，我会豁上这副面皮，向他们借钱，砸锅卖铁，我也会与你清账。再一条，息钱你先收下，本钱以后与你清。"

金仲家道败落以来，平日花销全靠博戏，京师少有对手，颇睥睨自雄。自相识以来，还从未见过师傅赌博，自信他不是对手，朱安世的提议，正中他的下怀，可趁此再赢下笔大钱。于是笑道：

"赌几局？可以，可丑话说在前头，赌场无父子，师傅莫怪我无情。师傅赢了，我认头，若是输了，我的本息又当如何，我可是不允拖后的！"

"陈公子，我若输，可能借我三万金？公孙公子，可能代我作保？"

这是前所未见的大赌，二人既兴奋，又紧张，齐齐点头首肯。

金仲面见朱安世真赌，却又不免心下忐忑，可脸上仍是副好整以暇的神情。他望着朱安世，点了点头，笑道："好，我倒要见识一下师傅的博技，怎么个玩法，六博，还是五木①？"

"五木。天色已晚，我们就来个痛快的，不用棋枰，以掷采定输赢，一掷胜者万钱，如何？"

"好。师傅先请！"

五木，又称樗蒲，是当时新兴的一种博戏，以掷采行棋，每方掷具（又称骰子）五枚，以樗木制成，呈两面扁平之杏核状，一面涂黑，一面涂白，黑者刻二为犊，称卢；白者刻二为雉，称雉。每掷一次，骰子翻滚转跃后都会形成不同的排列组合：五枚皆黑，是为贵采，称"卢"，其采十六；二雉三黑，是仅次于"卢"的贵采，称"雉"，其采十四。余下的组合，如二黑三白、三白两黑、四白一黑乃至五采全白，依次列等，皆为杂采。行棋的玩法，以掷采胜负决定行棋的先后，类同于六博，决胜负的时间较长，故一般赌徒皆喜以掷采决胜负，赌博遂有了"呼卢喝雉"的别称。

陈珏拿出一副骰子，朱安世握在手里转了几转，扬手一掷，三黑两白。金仲拾起骰子，掂量了一下，随掷随喝道："卢！"骰子落定后，果然五枚皆黑，再战再掷，金仲又接连胜出，不一会儿，那袋子息钱已输去了大半。再看朱安世，仍气定神闲，不以为意。

"手气顺了，真是不得了，我这里还剩有三万钱，我们来一把大的，

---

① 五木，古代博戏之一种，又称樗蒲。

三万一局，如何？"

金仲利令智昏，早已得意忘形，笑道："师傅输急眼了，想翻本？好说，全依你！"说罢，扬手一掷，骰子落定后是个"雉"，他得意洋洋地望着朱安世道："师傅请。"

朱安世抓起骰子，气运丹田，大喝一声"卢"，掷出的骰子齐齐旋转于席上，倒下后五枚皆黑，果然是卢。继续博下去，连掷连有，呼卢得卢，喝雉得雉，如有神助。观战的陈珏和公孙敬声，起初还连声喊好，之后则面面相觑，瞠目结舌，吃惊得说不出话来。不一会儿，先前输掉的钱，连同公孙敬声输掉的赌资，全都被朱安世赢了回来。

金仲满头是汗，面色铁青，恨声道："你这里头有门道，我不服！"

"不服？不服可以再来啊，"朱安世冷笑着指了指席上的骰子，"这些都是陈公子的物件，你们常玩的，何以今日就有了门道？"

他抓起一袋钱，扔给公孙敬声，"小赌怡情，大赌伤身，你是官身，聚众赌博的事情要是传到宫里去，前程堪忧，公子好自为之。"

"阿珏，借我些本钱。"金仲又急又恨，满心想的只是回本。

陈珏摇头道："手气不在你一边，再赌无益，借多少也是个输。老兄还是暂且放下，改日再战吧。"

输掉的钱，数逾百万，足够自己一年的花销，金仲心有不甘，决意孤注一掷了。他斜睨着朱安世，问道："我在你那里的本金，有三万吧？"

"不错，是三万金。"

"我即以此为赀，咱们接着赌三局，万金一局，如何？"

朱安世呵呵一笑，"公子才是输急了眼，把老本也拿来赌？我与你有师徒之谊，息钱我一文不少地给你，本金容后再还，我已是仁至义尽，公子还是收手吧。"

"甚师徒之谊，今儿个也是到头了，你既不肯赌下去，欠我的本息，自当立马还清！"

"你输了还不认头，言而无信！也好，既已恩断义绝，我也就不客气了。不过丑话说在头里，愿赌服输，公子可能做到？"

"当然，可你输了，就得加倍返还我本金，六万金，对吧？"

朱安世点点头道："不错，赢了本金归我，输了还你六万。请吧。"

金仲屏气凝神，将手中的骰子摩挲了很久，方才掷出，落定后五木全黑，是个卢，他喜不自胜地问道："朱先生，还掷吗？"

"当然掷,不掷如何定输赢？"朱安世抓起骰子，在掌中掂了掂，扬腕一掷，骰子落定后也是个卢。

平局再掷，这次金仲是三黑两白，而朱安世得雉。第三局金仲掷出雉，而朱安世仍得卢胜出。金仲满头是汗，眼里像是要冒出火来，他抓起骰子，反复掂量，轻重一致，不像有甚机关。

朱安世淡淡一笑道："公子以为咱家耍老千？赌完这局，你可以砸开看看，里面若有水银，算我输。"

金仲咬咬牙再掷，二黑三白，而朱安世得雉。他将一袋五铢扔给金仲，笑道："论博术，公子道行还浅，我玩这东西的时候还没有你呢。本金我赢下了，可之前压在我那儿一年多，息钱还是要算的。"

他又从食案上拿起割肉的短刀，递与金仲。由他一一将骰子破开，全是实心的樗木，并无机关。

金仲嗒然若丧，拿起那袋钱，拂袖而去。出门前恶狠狠地丢下一句："姓朱的，你够狠，我们走着瞧！"

钟三拽了拽朱安世的衣襟，轻声道："这小子怀恨而去，会不会上变？"

朱安世冷笑道："知情不举，反与亡命之人饮宴赌博，有首匿①之罪，谅他也不敢。况且禁夜时分，里门②已经下钥③，他去哪里上变？"

于是对陈珏、公孙敬声点点头，举杯道："他走他的，咱们接着喝，二位的义气，安世感荷于心，我敬公子们一杯，先干为敬了。"

朱安世从公孙敬声口中得知，西园罚没入官，袁广汉也早已瘐死于狱中，王温舒在长安城内派有细作，查找他的踪迹，四塞关津都下了海捕文书。看

---

① 首匿，汉代刑律罪名之一，意为容留、藏匿逃亡有罪之人。

② 秦汉城市社区之称，百户上下，四周筑有墙垣，每日宵禁时，垣门落锁，禁止出入。

③ 下钥，落锁。

来关中非久留之地。翌晨，里门甫开，二人早早便出了城。

一路疾驰，过了灞桥，转往通往蓝田的大路，方按辔徐行。太阳升起，驱散了晨雾，道旁的树丛中，不时传来鸟儿的啁啾声。

"老三，此番南越之行，找到阿陵她们后，把匈奴欲与南越结盟抗汉之事告诉她们，要她们设法游说南越王室和朝廷，结盟，则能牵制汉廷，使之备多力分，难以各个击破。再有，穷家富路，这些钱你带着，快去快回。"

言罢，朱安世将马背上一只布袋递给钟三，钟三一怔，边接袋子边问道：

"怎么，大哥不一同去么？"

"前面有峣关、武关两道关口，朝廷给我下了海捕文书，插翅难越。你不一样，没人知道你，单独走，过关容易。"

钟三有些失望，闷声不语。朱安世拍拍他的臂膀，"振作点，兄弟，做大买卖的日子还在后头呢。"

于是将自己打算在长安东市开家货栈，专营塞外的皮张，并以此作为在长安的落脚地的想法告诉了钟三。

"长安那些纨绔，朝廷盯得紧，也靠不住，尤其是那个金仲，这回翻了脸，这小子阴狠贪鄙，得提防他报复。"

正说话间，忽闻身后声响，两人勒马回首，但见一人一骑，疾驰而来，两人退到路旁，放他过去，不料那人勒转马头，去而复来。钟三正欲抽刀，被朱安世按住手臂，示意他别动。那人策马小跑着，来到近前，却是个八尺昂藏的中年汉子，四目交会，那人揖手道："敢问足下可是朱安世朱大侠？"

朱安世不置可否，亦揖手还礼道："阁下是……"

"在下韩毋辟。家兄韩孺，当年在东市，是与大侠相熟的朋友。"

"哦，原来是千秋的兄弟，失敬了。你我从未谋面，怎地认得我？"

"当年在东市行商者，哪一个不识朱安世的大名，大侠不认得敝人，敝人却认得大侠。"

朱安世苦笑道："朱某如今四海为家，不过是个亡命之徒罢了，让韩兄弟笑话了！"

韩毋辟淡淡一笑道："有甚可笑话的，二十年前，毋辟亦一负案在逃之身，此一时彼一时罢了。"

朱安世忌讳这个话题，转而言他："千秋兄可好，现在做甚，韩兄弟这是要去哪儿？"

"家兄现在长安，朝廷派他去济北国公干，这几日就要赴任，我回家接大嫂一家进京团聚。从这儿再往前十余里，即到昆吾亭，吾兄弟的家就在那里。"

于是邀他们一同到家一叙，用餐打尖后再赶路。朱安世则以韩家有事，不便叨扰婉拒，韩母辟亦不勉强，三人一路闲话，同行至昆吾亭，长揖作别。

又前行数十里，远远已可望见嶕关的望楼。朱安世从怀中抽出两支关传，交与钟三。

"前面就是嶕关，我们就此作别。这传收好了，一去一来，通关就凭这两支传。此去南服①，数千里山重水复，兄弟你一路多保重，快去快回，老哥在塞北等你。"

当日，谒者令郭彤也到了戚里的大将军府。

两人于中堂分席对坐，看茶后，卫青屏去侍者，很恭敬地冲郭彤笑了笑。

"公公难得来我这里坐坐，是有重要的事情吧？"

郭彤颔首，好整以暇地呷了口茶，面色凝重地问道："皇上有事情要查问，下走自甘泉回来，为的就是这个。该问的人都问过了，到大将军这里，是最后一个，望大将军能够坦诚相对。"

"当然，当然。眼见得天气越来越冷了，皇帝该从甘泉返驾了吧？"郭彤到长安数月，迟至今日才来找他，为的是甚？卫青心里忐忑，边为郭彤续茶，边察言观色。

"是呀，昨日启程，路上不耽搁，应该今儿个到吧。"

郭彤品着茶，笑吟吟地看着卫青。

"公公要问的是甚事呢？还望明示。"卫青心里一阵犹豫，既然皇帝就要回銮，何不直接告变？可郭彤也决不可得罪，这种人整日围着皇帝转，对上意有着潜移默化的影响。

"对下走说是怎么个情况，到皇上跟前说又是怎么个情况，大将军不明

---

① 古代中央王朝邦畿之外，依远近亲疏分为五服，南服即对南方邦国的统称。

白？”郭彤心里不屑，可神情依旧煦煦和易。他入宫近五十年，世事沧桑，白云苍狗，盛极而衰的达官贵戚，他见得多了。栗姬、王娡、陈阿娇、王夫人……哪一个得宠时，其外家不是颐指气使，权势熏灼，可到头来还不是一场空。

卫青心里一紧，瞬间记起卫子夫那句话，“他若对谁起了疑心，再怎么坦白解释都晚了。”他打消了向皇帝面陈的念头，决定将事情和盘托出。

“明白，当然明白。对公公讲，还是对皇帝讲，都是一样的。事关君臣大义，卫青再不能为亲者讳，那我就竹筒倒豆子，直说了。”

于是将霍去病夜访卫府，提议以北军入宫拥立太子嗣位，两人如何辩难，最后无果而终，霍去病拂袖而去的经过，详详细细地复述了一遍，把个郭彤也听得心惊胆落，边听，边与之前查到的种种一一比对，若合符契，整件事情的过程清晰复现。郭彤大为满意，临别时给了卫青一颗定心丸：

“识时务者为俊杰，大将军坦白得对，下走会如实呈报，大将军放心。”

当晚，刚刚返回未央宫的刘彻，就在宣世殿听取了郭彤的奏报。刘彻心情极为阴郁，刚到京城，就得到大行令张骞病故的消息，河西乃至西域的经营不得不暂时放弃。而霍去病于自己卧病之际，竟欲起兵拥立太子为帝，朝政几乎一夕失控，自己竟长时间一无所知。他眉头紧锁，在殿中来回踱步，良久，方问侍立在旁的郭彤道：

“朝廷差点儿就发生宫变，而一众大臣竟也知情不举，郭彤，你查了几个月，整件事情你最清楚，说说你怎么看？”

“皇后与太子都是皇上的家人，卫、霍不仅与椒房沾亲，更为陛下所倚重，没人想得到他们会危及皇室，即便有疑心，没有足够的证据，谁又敢冒险犯难？”

是呀，卫、霍位高权重，他们的后面则是帝、后、太子这一家人，谁敢得罪有如此背景的人呢？刘彻忽然记起了父皇当年要他精读的《陈政事疏》，“天下之势方病大瘇。一胫之大几如腰，一指之大几如股”，权移主上，太阿倒持，这不正是贾谊所言可为痛哭的局面吗！看来是时候分卫、霍之势，以防权臣尾大不掉了。

“你接着讲。”

"是。皇上带闳儿出游上林，意外卧病鼎湖，京师消息不通，以致人心惶惑……"郭彤忽然停了下来，嘴唇翕张，嗫嚅难言的样子。

刘彻狐疑地望着他，"怎么不讲了，讲啊，朕要你讲你怕个甚！"

"大司马……大司马的初衷也为的是太子，情有可恕，且经大将军力阻，他也放弃了……"

刘彻狠狠瞪着郭彤，眼中满含着杀气，"你想为他缓颊？糊涂！是朕，还是太子用他做大臣？他该像江充他们一样只忠诚于朕，而不是甚太子皇亲！他不明白这个道理，那就还会有下次，这种人能力愈大，祸害愈大。"

郭彤凛然，知道卫、霍，至少霍去病已经失去了皇帝的信任。"是，老奴糊涂。可老奴并非为霍将军讲情，老奴想说的是，陛下既已立了太子，也该像先帝当年一样，将年龄渐长的皇子及早封王就国，以固储位，以全亲情。"

刘彻的脸色和缓下来，颔首道："你说得对。朕爱屋及乌，却忘记了爱之适足以害之的道理，闳儿那孩子，朕会很快安排的。"

"皇上圣明。霍去病待罪在家已逾四月，这一段有关他的种种流言暗中流传，人言可畏，望皇上斟酌。"

"嗯。流言嘛，好办。你明日即去霍家传朕的口谕，要他像从前一样出席朝会，朕还要用他办件大事。"

果然，霍去病重新露面后，皇帝待他一仍其旧，谣言随即止息，只有郭彤心里知道，死亡如影随形，很快就会落在他身上。

一〇〇

　　元狩六年九月初，长安内外植被依然茂盛，而叶片则已七彩缤纷，霍去病登上未央宫北阙，前面不远就是宣室殿，放眼望去，晴空一碧如洗，枝叶扶疏中，一座座巍峨的宫室隐约可见，他长吁了一口气，向天使劲摆了摆双拳，露出了踌躇满志的笑容。就在今年夏天，他挑头干成了一桩大事，历经大臣们多次陈情劝进，终于得到了皇帝的首肯，并于四月末在高庙正式册封诸皇子为王。

　　这个念头起于他待罪于家、闭门思过的那几个月，解禁后他曾第一时间找卫青商量，建议由二人共同会衔上奏，在他看来，这是个一举两得的好办法：一可以博皇帝之欢心，再可以固太子之位，将夺嫡之隐患消弭于无形。不想卫青听后，只是淡淡地抛下一句："这是皇帝的家事，外人不便置喙。"之后无论他怎样劝说，卫青或默然相对，或顾左右而言他，就是不肯会衔，一气之下，霍去病决定单干。他先是于朝会时口头陈情，皇帝久久盯着他，未置可否。这鼓励了他，于是请精于文学之门客笔之于书，作为正式的奏疏，交由堂弟，时任御史兼尚书令的霍光，呈递于御前。

　　呈递的当天，皇帝将他的奏疏交给大臣们讨论，这下子群臣似乎嗅到了什么，齐声赞同他的提议。而皇帝则以海内未洽，诸子教养未成推辞，即使要封也以列侯为宜。大臣们则颂扬皇帝的文治武功，反对以皇子为列侯，称会淆乱体制尊卑，不能垂统于后世。

　　皇帝再以康叔、周公作譬，称儿子们德望不够，长成之前不宜封王。诸臣复上疏辩难，举出高祖鉴秦亡之弊，拨乱反正，皇子即使身在襁褓，亦封王以为屏藩，而今旁支为诸侯，亲子若位置以列侯，尊卑失序，恐天下失望，以种种理由，再次吁请皇帝俯顺舆情。

疏上留中，前后一个多月，三请三让，直至四月中，皇帝方认可此事，并以四月二十八日乙巳为吉日，即日成礼，以丞相之副贰、御史大夫张汤为专使，册封次子刘闳为齐王、三子刘旦为燕王、四子刘胥为广陵王。

霍去病以首倡建策，声名大震，朝会时大臣们纷纷致意示好，唯独卫青，避之唯恐不及，朝会而外，平时决不相往来，比一般的朝臣还显得生分。霍去病很纳闷，不知自己什么地方得罪了舅舅，后来与门客们闲谈时，有人揣摩是他的风头盖过了大将军，举的例子就是卫府的门人大都投奔了他，卫青不能不忌惮有加。想想似有道理，可又觉得不像卫青的为人。也许这次建策成功，舅舅后悔没有参与首倡，被我独占鳌头？不搭理就算了，咱家铁铮铮一个汉子，靠自己本事打出来一片天地，所作所为还不是为了太子和你们卫家？假以时日，舅舅早晚会想通的。

汉代皇室的规矩，皇子自幼养成于宫内，一旦封王，都要就国，也就是住到自己的封国中去。刘闳与其他两位皇子一旦封王就国，他们与太子之间君臣的分际就算定下了，刘据储位既定，登基后就是皇帝，而卫家、霍家的福荫至少会延续数十载，福佑子孙的好事情，卫青怎么就想不通呢？

皇子封王典礼之后，皇帝赴甘泉避暑，一去三个月，这期间长安又出了件朝野轰动的事情。太子派赴甘泉请安的家使，回程走了驰道，被江充逮了个正着，车马没收，家使被送官。太子得知此事的当晚，便纡尊降贵，托人前往缓颊，恳请江充网开一面，不要将此事报告给皇帝。不是舍不得车马门人，而是不愿让父皇认为他平时对家人管束不力。江充不置可否，可次日便将此事报告给了皇帝。太子恨在心头，却也无可奈何。

霍去病知道后，每逢在宫内见到江充，都大骂他小人得志，不识抬举。江充阴恻恻地看着他，一言不发。霍去病几次想要动手，想起不久前的圈禁，还是忍下了，觉得还是等皇帝回京后，再作理论。

老远见到谒者所忠从宣室殿出来，向掖庭殿方向走去，霍去病大呼一声：

"所公公，请留步。"

所忠一怔，见是霍去病，停下脚步，揖手笑问道："将军安好，老没见了，进宫有事儿？"

霍去病亦揖手还礼，颔首道："公公也好。我有事面君，皇帝在吗？烦公公通报一下。"

"皇帝没在宣室，在掖庭李夫人处，将军随我来。"

掖庭离寝宫不远，原来名永巷，是皇宫后妃的住处，刘彻更名为掖庭。掖庭殿是择其中一处很大的院落扩建而成，内有云光、九华、鸣鸾三殿，另有丹景台、开襟阁、临池观等，内中奇石嶙峋，曲榭通幽，盛集女乐，是皇帝宠妃的居所。最早住于此殿的是王夫人，王夫人死后，空置了一段时间，后李嫣宠擅专房，取而代之。李嫣出身乐户，与其长兄李延年俱精歌舞，刘彻为讨爱妃欢心，将宫廷女乐安置于此，拜李延年为协律都尉，常川演练乐府歌诗舞蹈，或以降神迎神，或以供宫廷宴乐，极声色之娱。今夏在甘泉，李夫人有妊，太医卜算所孕为男，刘彻壮年得子，大喜，晋李嫣以婕妤之位，在后宫中仅次于皇后。每日朝会一散，刘彻必往掖庭，笙歌宴乐，不离李夫人左右，而李家亦由是炙手可热，隐然直追卫氏，成为京师最为显赫的贵戚家族之一。

进入掖庭，丝竹管弦之声隐然入耳，二人循声而去，但见丹景台上女乐盛陈，刘彻与李嫣坐北朝南，正踞坐在一条长案之后，注目于高台中央，那里数十名歌舞伎排列成行，随着李延年的手势载歌载舞，进退有序，为皇帝演练乐府新曲——《西门行》。

歌诗共六解，每解为一章节，初解称艳，婉转抒情，一歌伎引吭而歌，舒缓中略带沉郁，似如自问。

出西门，步念之。今日不作乐，当待何时？

众歌伎因声起舞，步态舒缓，舞姿娉婷，且歌且舞，同声作答：

夫为乐，为乐当及时，何能坐愁怫郁，当复待来兹？

饮醉酒，炙肥牛；请呼心所欢，可用解愁忧。

独舞者则作困惑状，舞姿迟回瞻顾，似意乱情迷，难以摆脱内心的挣扎，忽而又豁然醒悟，自嘲似的唱道：

人生不满百，常怀千岁忧；昼短苦夜长，何不秉烛游？

众伎皆欢然跃如，舞姿随乐曲亦一转而奔放、热烈，齐声叠唱应和：

自非仙人王子乔，计会寿命难与期。自非仙人王子乔，计会寿命难与期……

曲终为乱，急管繁弦，歌舞随之进入高潮，众伎齐声放歌：

人寿非金石，年命安可期？贪财爱惜费，但为后世嗤。

余音袅袅，良久不绝。

"《关雎》之乱，洋洋乎盈耳哉。此曲差似之！"刘彻接过李嬿递给他的酒杯，一饮而尽，笑吟吟地望着李延年，颔首鼓掌为赞。自李延年接管乐府以来，新声迭出，大得刘彻的欢心与肯定。

此歌诗改编自古诗，讽咏人生苦短，为欢几何，但当及时行乐，不负当下。歌诗中所咏的王子乔，是周灵王的太子，名晋，喜吹笙作凤凰鸣，而为浮丘公接引上嵩高①，是传说中极少数得道成仙之人。原诗"仙人王子乔，难可与等期"，意谓像王子乔那样成仙的事，可望而不可期。

而刘彻心有不甘。李少翁虽死，可长生不老的念头在他心中已长成了大树，王子乔、李少君可以成仙，他为甚不能！每每对镜梳头，都会发现新生的白发，起初一根两根，他还会揪掉，到后来揪不胜揪，使他倍感岁月的无声催迫：这

---

① 嵩高，即今中岳嵩山。

煌煌宫室，如花美眷，一呼百诺、众星拱月般的尊荣，喜怒瞬间决人生死的权势，山海无边的财富与自己不羁的雄心，最终都将随着似水流年而一去不返。岁月无情，时不我待，他坚信神仙存在，长生不老可行，只是还未寻到一个可靠的、如李少君那样的得道者，导引自己与神交通，得道成仙。他有些后悔杀了李少翁，文成虽有欺君之嫌，可终究与李少君同出一个师门，留着他，与神仙交通总有路可寻，如今就是找这样的人，也难了。

"陛下，霍去病求见。"郭彤看到立于台下的所忠与霍去病，打断了刘彻的沉思。

进见安排在了临池观，观前有一石台，台上设有木枰①，可以供人临池观鱼。池中放养着大量锦鲤，五色缤纷，大者长可数尺。刘彻屏退侍从，只留下郭彤侍候茶点。

"去病有甚急事，连朝会都等不及，说吧。"后宫的游艺被打断，刘彻不惬，可脸上仍是煦煦和易的样子。

"臣请治江充以不敬之罪。"

"江充？江充怎的了，他如何不敬，又对何人不敬？"刘彻有点摸不着头脑。

于是霍去病将江充如何截扣太子家使与车马，太子如何求情，而江充虚与委蛇，实则告讦一事讲了一遍。

"看来，你倒真是太子的忠臣！"刘彻的面色渐渐严肃起来，吩咐郭彤传江充并霍光来见。之后顾左右而言他，携霍去病观鱼，直至江充到来。

"江充，你为何查扣太子家的使者与车马，说给大司马听听。"

江充瞟了眼霍去病，揖手道："汉法：驰道非经天子特许，诸侯、百官乃至皇亲贵戚皆不可行。太子家使，奴也，以奴而经行驰道是欺君犯上。天子以下官为直指使，纠察驰道，下官自当秉公执法，自大夫、卿相将军以至皇亲国戚有干律法者，皆当治之以肃官箴。大司马为国重臣，这个道理不待

---

① 枰，汉代坐具，可供一人独坐的板床。

下官解释，自该懂得的。"

霍去病不屑道："你少来这个，拿律法做盾牌，实则沽名卖直，请陛下明鉴。"

霍光看在眼中，急在心里，连连示以眼色，可霍去病偏偏视若无睹。他随侍甘泉，江充将此事上报时，他正在近旁，亲耳听到过皇帝的赞许。难怪江充有恃无恐，兄长为此发难，会触大霉头。

"那你不接受太子的关说，又是为何呢？"刘彻面色严冷峻，不睬霍去病，接着问江充。

"小臣愚昧，只知道天无二日，国无二主，率土之滨，莫非王臣，即太子虽为国之储君，可于陛下仍是臣子，小臣既受命于天子，自当忠于职守，若受人私下关说纵放，是为不忠，蒙蔽，臣宁冒斧钺之诛，亦不肯欺君罔上，耿耿此心，天子明鉴。"

刘彻露出满意的笑容，颔首道："你做得对，为人臣者当如是。朕想大司马应该听明白了，你下去吧。"

霍光欲随之退下，被刘彻叫住，"你做甚？"

"事涉家兄，臣当避嫌。"

"避甚嫌？朕要你来，就是要你在场做个见证，给我好好听着就是了。"

霍光揖手称是，站到了一旁。

"江充的话你听到了，违法必究，没有人能够例外。"

霍去病大窘，脸涨得通红，可眼中仍有倔强之色。"我是为了太子好……"

"是呀，你是太子的忠臣，但对朕，江充才算得上是忠臣，而你，不过是个逆臣！"刘彻粗暴地打断了他。看着这个自己一手栽培起来的青年将军，他愈发意识到岁月无情，时不我待，是时候解决这件事了。

"陛下何出此言？臣不明白！"霍去病吃惊于皇帝的发作，但更不服皇帝对他的评价，声调也高了起来。

"不明白？还是揣着明白装糊涂？北军怎么回事，你射杀李敢敢说不是为了灭口？你挑头奏请分封诸皇子为的是甚，以为朕看不出来？看来你是不见棺材不掉泪，也好，朕今日就与你清清账，你个不长记性的东西！"刘彻怒从心起，语气愈加严厉。

"北军，北军甚事……与李敢何干？"霍去病心里一惊，脸上的慌乱已被刘彻看在眼里。

射杀李敢为的是灭口？霍光也吃惊不小。

"朕在鼎湖之时，你在禁夜时分跑去卫青家做甚？"

看来王温舒举报了此事，北军中的知情者早晚也会漏风，瞒是瞒不住了。霍去病心跳得厉害，时值秋凉，额头还是沁出了细细的汗珠。

"陛下卧病鼎湖，京师人心惶惶，臣亦寝食不安，故而夜访大将军，想一起商量出一个安定人心的法子。"

"哦，甚法子？先下手为强，调北军入城拥戴太子登基夺位？"看着霍去病嗒然若丧的样子，刘彻冷笑了。

"'当断不断，反受其乱，舅舅不怕沙丘之变再现于今日乎！'这是你的原话吧，齐王随朕出游，你怕朕爱屋及乌，才想尽办法把他支到封国去，你居心很深呐。"

卫青出卖了我，卫青出卖了我……霍去病脑中一片混乱，只有这个念头萦回不去。良久，霍去病扑通一声跪伏在地，稽颡①请罪道：

"臣一时糊涂，罪在不赦，望陛下念我为朝廷征战有年、驱逐胡虏的微功，允臣将功赎罪，为国宣力……"

"你岂是一时糊涂？你是恃宠而骄，僭越不臣。你擅自于狼居胥封禅，朕不以为意，念你立有大功，还表彰了你；你射杀朝廷大臣，是朕枉法为你遮掩，给你机会，望你能闭门思过，勿蹈前衍；而今你又欲谍杀江充，强为太子出头。一而再，再而三，朕还没死，你就挟太子而自重，起了拥兵夺位的念头，朕千秋万岁之后，你又会怎样，我真是不敢想。"

刘彻愈说愈怒，站起身，绕着石台踱步。良久，他下了最后的决心，吩咐郭彤去他的寝宫取一样东西回来。之后看了看面色如土，呆立在旁的霍光，问道：

"霍光，你看到了也听到了，你说他的罪成不成立？"

兄长欲起兵拥立太子，即便没有实施，也是大逆不道，罪无可赦，一念至此，

---

① 稽颡，以额触地，即后世所称之五体投地，以示极度的虔诚与悔恨。

霍光不由得觳觫战栗，伏地顿首道：

"臣兄罪无可绾，望陛下念他有功于国，全其名节，恕其一死……"言毕涕泪交流，泣不成声。

"你二人都起来坐下，看着我。"刘彻招呼霍去病兄弟起身，坐到与之相对的另两张枰上。

刘彻看了眼霍光，又盯住霍去病，话音斩钉截铁，掷地有声："骄纵不臣如此，你是活罪可免，死罪难逃。朕再不能姑息养奸，全汝名节可以，恕你一死不成。"

"念你于国家有大功，若将你明正典刑，腰斩于东市，你一世功名会毁于一旦。汉家待大臣自有制度，所谓刑不上大夫，所以厉宠臣之节也①。如前丞相李蔡有罪，盘水加剑，造请室而自裁。我的话，你明白了吗？"

"陛下欲施恩于罪臣，让我走得体面，死得有尊严。"霍去病顿首再拜，不觉哽咽。

刘彻亦不觉鼻酸，颔首道："非但如此，我还要保全你一世的功名，使之传扬千古，让你的家人继续安享尊荣富贵，如此你可以安心地去了吧？"

"陛下天恩高厚，罪臣敢不从命！若有来世，去病仍愿为犬马，为陛下前驱……"霍去病泪如雨下，霍光亦泣不成声。

"听说你收养了一个儿子，他叫什么名字，年岁几何？"

"罪臣婚后无子，去年过继我大哥一个孩子为嗣，名嬗，霍嬗，字子侯。今年十二岁了。"

"霍嬗，嬗者，传也，传霍家之脉；子侯，有子封侯，这个名字取得好。就这么定了，由他承继你冠军侯的爵位。"

身后事既已安排妥帖，霍去病心安了，渐渐冷静下来，话题也转到了匈

---

① 贾谊《陈政事疏》建议对有罪大臣不宜加刑而宜赐死，使之死得有尊严："夫尝已在贵宠之位，天子改容而体貌之矣，吏民尝俯伏以敬畏之矣，今而有过，帝令废之可也，退之可也，赐之死可也，灭之可也；若夫束缚之，系緤之，输之司寇，编之徒官，司寇小吏詈骂而榜笞之，殆非所以令众庶见也。夫卑贱者习知尊贵者之一旦，吾亦乃可以加此也，非所以习天下也，非尊尊贵贵之化也。"

奴头上，闲话中，霍去病流露出更愿意为国尽忠，赴死于沙场之念，刘彻全不为动，冷然相对，说没有你与卫青，匈奴也照打不误。

郭彤回来后，刘彻吩咐摆酒，将一些药粉倒入酒杯，搅动多时后，递给了霍去病，霍一饮而尽。

刘彻颔首道："视死如归，去病不愧好男儿。朕会以盛大的军阵葬汝于茂陵，以马踏匈奴的石雕彰显你的战功，以霍嬗承袭冠军侯爵，入宫造就成才，有霍光看顾他，你就放心地去吧。"

霍去病离去后，刘彻久久端详着霍光，嘱咐道："你兄长的名节保不保得住，全在你的嘴上，你今日没到过这里，无所见亦无所闻，记住了！"

霍光连声称诺，出殿时已是冷汗浃背。

当夜子时，霍去病猝发急病，牙关紧咬，浑身抽搐，很快进入谵妄状态，忽而哭笑，忽而詈骂，如见鬼状，等到家人请来的医生赶到时，人已角弓反张，二便失禁，不到天明，就咽气了。

—〇—

　　霍去病的移柩与安葬仪式，几乎进行了一整天，边通与王朝直至晡时才回到相府。

　　王朝踏进公事房，对仍在伏案于公文的朱买臣叫道："翁子，你没去，是亏大了。"

　　"怎么？"朱买臣抬眼看着二人，问道。

　　边通颔首道："我长这么大，除去皇帝奉安，这么大场面的出殡，还真是头一次见到。"

　　霍去病死后，依礼制"诸侯五月而葬"的惯例，本该于翌年二月安葬，而关中冬季地冻天寒，施工不易，工期延误了一个多月，直至前天，朝廷才通知各衙门长官与长吏送葬的具体日期。丞相府三长史中，年长的朱买臣自愿留衙当值，错过了今日的场面。

　　于是二人绘声绘色地讲起了仪典所见。自长安至茂陵八十余里的驰道两侧，自各属国都尉调来的胡骑，皆身着玄甲，执兵肃立，夹道目送。而其冢墓封土工程尤其浩大，巍峨如山，据说是皇帝要求做成祁连山的样子，以表彰霍去病力克匈奴，将河西收归大汉的功勋。尤为可观的是，墓冢前竖立着的数十尊石人石兽，其中一尊马踏匈奴，尤夺人眼目，不足者因工期仓促，石雕皆以巨大块石粗凿成型，再以线雕勾勒出人兽轮廓，但看上去质朴天成，别有一番雄浑之美。

　　边通叹道："大司马虽然早殇，这一世生为俊杰，死亦备极荣哀，也算值得了。"

"二十三岁，正是气血方刚、邪气难侵的年纪，死得太蹊跷了。霍大司马的家人应该在场，你们没问问吗？"朱买臣不以为然，头天在朝会上人还好好的，何以一夜之间暴疾而亡？

王朝道："詹事陈夫人①、霍家那一坡子亲戚、大司马夫人与其继子都在场。陈夫人哭得死去活来，小孩子刚满十岁，已承袭了冠军侯爵位。我问过霍光，他支支吾吾，说也是事后得知，大司马死于急病不治。"

"是啊，我见到大将军也在送葬的百官之中，极伤心的样子。大司马英年早逝，我朝克制胡虏之柱石，两去其一，痛哉！"边通亦不由叹息。

"丞相怎么没回来？"朱买臣问。

王朝道："丞相代表朝廷致祭，之后就回城去了大内，说是要向皇上报告霸陵园瘗钱②遭盗之事。"

霸陵，是皇帝祖父孝文皇帝的陵墓，昨日园吏在例行巡视中，在陵园内发现了一处盗洞，地面上还散落十几枚生了铜锈的半两钱，显然是有人在夜间盗掘瘗钱。得知此事后，庄青翟片刻不敢耽搁，亲携一众高官查勘现场，限期破案。汉代丞相"掌丞天子，助理万机"，朝廷的公事，军事、监察而外，事无巨细，皆在其责任范围。有规定丞相须四时巡视陵园，所以瘗钱被盗，他也有一份脱卸不了的责任。

边通叹息道："几十年都好好的，偏偏在他任上出了事，庄丞相也真够倒霉的！"

庄青翟做学问出身，为人谦和，于政务甚少经验，事事离不开三长史，故极尽礼遇，大得三人好感，故皆愿鼎力相助。

王朝不以为然，"之前的丞相，有几个依规巡陵？庄丞相应该不会遭蒙严谴的。"多年以来，巡陵这种例行公事，早已成为具文，历任丞相对此多虚应故事。可没有事，一切都好说，一旦出事，则为失职。处分可大可小，

---

① 即霍去病生母卫少儿，后嫁詹事陈掌，故有是称。
② 瘗钱，随葬的铜钱，瘗，音亦。

取决于事故的严重程度。

"可这次是盗墓，霸陵园的令丞与郎官们罪无可绾，可若较起真来，有人把护卫的松懈与丞相疏于巡视捏合到一起，就难说了。"

王朝一怔，与边通对望了一眼，问道："翁子话里有话，依你看，谁会是这种落井下石的小人？"

"还有谁？张汤呗！丞相挡了他的路，他能甘心？我敢断言他必会伺机媒孽，陷丞相于罪。"

"张汤？不会吧。昨日在霸陵，丞相约他一起到皇帝面前谢罪，他答应得很痛快，我亲耳所闻，不会错的。"

"边大人未免天真了，答应了还得践行才算，官场上心口不一的人太多了。当年汲黯大人曾与公孙弘约定一起劝谏皇上，汲大人先发，而公孙弘每每变卦，专拣皇帝爱听的说。我敢断定张汤必会食言。"

正说话间，屋外传来杂沓不一的脚步声，远远能听到门卫的招呼声："丞相大人回府！"三人赶忙起身迎了出去。

庄青翟一言不发，面色铁青，直入正堂坐定后，才长舒了口气，叹息道："想不到这世间还有如此无信无义、居心险恶的小人！"

"是张汤？"三长史面面相觑，随即憬然有悟，齐齐脱口而出。

"你们怎么知道？"庄青翟吃惊地看着他们，满脸狐疑。

朱买臣揖手道："君侯坐了本该他坐的位子，挡了他的道，他又怎肯与君侯同担责任呢。"

"我诚心待他，处处让他几分，本指望戮力同心，把朝廷的事情做好。不肯担责明说就是了，偏偏答应得好，事到临头出尔反尔，不帮忙也罢，还欲图反噬，这种小人，太可怕了。"

庄青翟面色惨白，愤懑不能自已，双手握拳，猛捶书案。

朱买臣道："君侯息怒，你说的反噬是怎么回事？"

"霍大司马葬仪过后，我们去温室殿向皇帝报告葬礼情况，而后又报告了霸陵瘗钱被盗之事，皇帝很生气，要严办霸陵园令丞守卫，这当口张汤原应与老夫一同顿首请罪，引咎自责，不想他非但不肯担责，还添油加醋，说甚陵园令丞的懈怠，源自大员视朝廷规制如具文，上行下效，致有此失，非严查严办不能以儆效尤。他这是要做甚，虽然没点名，摆明了要把罪名栽到老夫头上，是可忍，孰不可忍！"

"皇帝怎么个态度？"

"皇帝在气头上，当然首肯了张汤的建议，口谕他派御史专职查办。那些御史都是张汤的下属，唯其马首是瞻，能查出甚结果，不问可知。"庄青翟摇摇头，一脸的颓丧。

三长史面色严峻，看来张汤是铁了心要借此扳倒庄青翟，以取而代之。一旦得逞，他们三人必遭池鱼之殃，轻则贬黜罢职，重则罗织构陷，如李文般瘐死狱中。一荣俱荣，一损俱损，必须帮丞相，他们已经没有退路了。

朱买臣道："君侯作何打算？"

庄青翟进退失据，嗫嚅难言，一副神不守舍的样子。

边通摇摇头道："先发制人，后发制于人，若无所为，以张汤之阴毒，君侯可真就在劫难逃了。"

庄青翟忧惶无计，摊开双手道："吾待君等不薄，你们要帮老夫，你们说说，我该怎么办？"

朱买臣道："君侯莫慌，吾有一策，但要君侯点头。"

"甚策？你说。"

"我们先从他身边的人下手。张汤在长安关系最深的人有两个，一个是鲁谒居，打从茂陵时就是其下属，两人上下其手，害了不少人。譬如前不久突然瘐死狱中的李文……"

"李文何人？"庄青翟问道。

"张汤任茂陵尉时的老对头，被鲁谒居诬陷入罪。"

王朝摇摇头，叹道："可鲁谒居前不久病亡，死无对证了。"

朱买臣道："他死了还有他兄弟在，把他下狱拷问，当可得知内中的隐情，也就有了张、鲁二人合谋陷害李文的罪证。"

"你说两个人，另一个是谁？"

"张汤为小吏时，交下了几个做生意的朋友，几十年情好无间，其中一个叫田甲的，李丞相的事发之后，与那个鱼翁叔一样，隐匿无踪。可他还有个在家的弟弟，名田信，我想鱼、田二人一定会通过他与张汤联络。捉到他，查出鱼翁叔等的下落，他们构陷李丞相的阴谋当可大白于天下，张某必被绳之以法，再没办法害人了。"

庄青翟沉吟不语。没有确凿证据就抓人，万一惊动了张汤，告到御前，自己决辩不过他那张利口。庄青翟心存畏怯，迟迟做不了决断。而丞相不点头，没办法抓人，朱买臣有些沉不住气了。

"张汤出尔反尔，摆明是要借此事扳倒丞相，取而代之。丞相放过他，他能放过丞相吗？李丞相前车可鉴，当断不断，反受其乱，等他动起手来，君侯悔之晚矣。"

"我不是下不了决断，这两个人被抓，若不能很快获取证据，一旦走漏了风声，张汤必会反噬，那时候麻烦就大了。"

于是三长史轮番敦劝，保证秘密从事，一定拿到罪证云云，庄青翟终于下了决心，首肯了朱买臣的法子，并授三人予全权，秘密抓捕鲁谒川与田信，坐实张汤的罪证。

当晚，边通找到了御史台的老乡减宣，减宣时任侍御史，是张汤的下属，也是知名的酷吏，同时又是边通河东郡杨县的同乡，平时常常走动，关系极好。

"老兄来得正好，淮南的朋友捎来了好茶，我们一起品尝品尝。"减宣招呼家人烹茶，自己与边通对坐闲话。

他们两人都是少小离乡，边通习长短之术，仕途早达，三十岁上就做到秩二千石的郡国大员。而减宣自小吏做起，升至侍御史后即蹉跎不进，虽然办过主父偃与淮南王这类大案子，可十几年来，仍不过是秩禄六百石的侍御史。边通仕途蹉跌，减宣沉沦下僚，二人同病相怜，牢骚不断，渐成无话不谈的朋友。

"公疏，你我知交，我就不绕弯子了。霸陵瘗钱被盗的案子，御史台派你去查吗？"

减宣摇摇头道："不是，派的别人。"他知道此事牵扯到丞相，边通来访，定为此事，于是亲手为朋友布茶，屏人密谈。

边通又问："这案子你怎么看，会牵连到丞相吗？后果严重吗？"

减宣笑道："这类事可大可小，单看办案子的人的居心了，你懂的。"

"公疏，有两事相求，你务必答应，不可推辞。"边通面色严肃，很郑重。

减宣敛容道："你说，只是得是我能办了的。"

"这案子有何进展，你一定要知会我，这也是丞相所托，丞相是忠厚人，你帮了他，他不会忘记的。"

"当然，有消息我会先告诉你。另一件甚事？"

"抓捕鲁谒川和田信，找家靠得住的牢狱关起来。"

减宣有点吃惊，思忖良久，问道："鲁谒川，不是鲁谒居的兄弟吗？"

边通肯定地点了点头，"就是他。"

"为甚抓他？"

"鲁谒居与你们那位上司合谋陷害李文与前丞相，鲁谒居虽死，可他弟弟还在，抓他为的是找到证据。"

减宣似有所悟，"巧了，昨晚刚收到一封告变，就是告张汤与鲁谒居的。"

边通猛然一振，兴奋之情溢于言表："谁告变，告些甚？"

"赵王。说是张汤身为大臣，属下鲁谒居卧病，汤亲侍汤药，乃至为之摩足，关系如此暧昧，定有不可告人之大奸。总之，他们把赵王的儿子办了死罪，赵王恨之入骨，意图报复，可多是些望风捕影之事，没甚过硬的证据，被我压下了。"

"不能压，报，报上去。"

"这种查无实据的东西，报上去也没用，若被张大人知道是我报的，搞不好咱家就是第二个李文了。"减宣不以为然，贸然上报，若被张汤知晓，非但御史台待不住了，或者更惨，会像李文一样死得不明不白。

"怎么，怕了？"

"不是怕，没把握的事我是不干的，张汤是能轻易得罪的人么！"

边通冷笑道："公疏以为吾等肯做无把握之事吗？张某欲以霸陵盗案构陷丞相，取而代之，毋乃欺人太甚。不瞒你说，这是丞相交代下来的事情，三长史皆参与其事。"

减宣摇摇头道："丞相是个厚道人，未必是张某人的对手。"

"这你就错了。你想想看，两次丞相之位空缺，张汤都未能循例上位，说明皇帝不看好他，他圣眷已衰，扳倒他，此其时也！"

减宣有些心动，可还是下不了决心。"你说，像摩足这么私密的事情，赵王从何得知？若查无此事，就是诬陷大臣，要反坐的，不值得为赵王蹚这趟浑水。"

"那你可小看了刘彭祖，此人阴柔险狠，睚眦必报，更何况他们要了他儿子的命。我当年听说，赵王要恨上一个人，会广撒眼线，窥伺、蒐集其隐私，往往一击收功。既敢实名告变，他于此事必有把握，信是他写的，天塌下来有长个子顶着，怕甚！"

看到减宣还在犹豫，边通道："你在御史台十几年，案子办得那么出色，可御史中丞的位子总也轮不到你。李文出缺，杜周顶上，鲁谒居出缺，还是轮不到你，为甚？能上位的都是张汤的人，我说得没错吧。张汤就是你头上的大山，不扳倒他，公疏你永无出头之日。"

减宣终于下了决心："那好，我答应你，不过要以我自己的方式办。告变信我会择时上呈，难在抓捕鲁、田二人，若押在廷尉，张某的旧部很多，很难不走风。"

"我知道个地方，在城北，关押的都是些轻罪犯，地方也偏僻。"

"你说的是导官狱？"

"对，就是导官，那里背静，我回去会用相府的公文知会缇骑抓人，押过去后，你可在那里突审。"

"以甚罪名？"

"就用赵王告变的'奸谋不轨'，坐实他们罗织罪名、诬陷大臣的罪证，就算大功告成。"

当晚禁夜之后，缇骑以相府密令，抓捕了鲁谒川与田信，分别关入导官狱。牢房中人满为患，栅门上方，一灯如豆，用稻草铺成的大通铺上，影影绰绰睡着二十几个犯人，作为后来者，鲁谒川被安置在墙角，近旁有只净桶，臊臭熏人。

"看你的穿戴不似黔首，没到过这地界吧？新来者都得过这关，将就几日就习惯了。"看到鲁谒川惊悚不安的样子，相邻的老者嘿嘿一笑，往里挪了挪，示意他坐下。

鲁谒川坐下，捂住鼻子，埋首于膝，脑中一片空白。

老者拍了拍他的肩道："老弟，不管你甚身份，到了这里就都一样了，狱吏不会拿你当人看的，端架子你就瞧等着吃亏吧。"

鲁谒川抬起头，不屑地扫了他一眼，问道："怎么能同外边联系上，我想他们肯定是抓错人了。"

老者斜睨着他，摇了摇头道："进了鬼门关还想出去？你就踏实待着吧，这地界有错抓没错放，不从你身上榨出几两油来，想出去门儿都没有！"

"我家朝廷里有人，张大人是我哥过命的朋友，要知道我被抓到这里，放我出去就是他一句话的事儿。"

"张大人，哪个张大人？"老者另一侧满脸虬髯的汉子，接语道。

鲁谒川傲然道："张汤张大人，当朝御史大夫。"

汉子一怔，紧接着哂笑道："呦嗬，导官今儿个来了贵人了，你当咱家都没见过世面，话专拣大的说？"

另一个瘦子站起来，走到近前打量着他，"张汤在京师可是掷地有声的人物，有他罩着，你怎么会来这儿？等会狱吏来了，你跟他们说你识得张汤，看他们可鸟你。"

"伙计，咱家跟你打个赌，张大人要是认得你，算我输，我睡净桶边上，把铺腾给你。若是不认得你，嘿嘿，你趴我跟前儿叫爹，以后咱罩着你。"

一众囚犯哄然大笑，鲁谒川恼羞成怒，喝道："赌就赌，不过输赢都没你好日子过，你充其量就是一牢头狱霸，我会叫张大人好好收拾你的。"

"嘿嘿，这小子还挺横，不给点颜色看看，你他娘的还真不知道马王爷几只眼！"虬髯汉冷笑着起身，活动着手腕，把骨节捏得咔咔作响。

老者也站起身，劝道："是真是假，用不多久就知道了，犯不着跟他动手，把官家人招来，都没好果子吃。"

眼见几条大汉围拢过来，鲁谒川大喊救命，虬髯汉猛然一跃，将他压在身下，一只手捂住鲁谒川的嘴巴，另一只手攥住他的头发，向地上猛磕。

"干甚，干甚！"几个狱卒闻声赶来，几条汉子迅速归位，鲁谒川被丢在地上，灰头土脸，狼狈不堪。可看到狱吏，他还是勉强爬起来，几步冲到木栅旁，叫道：

"公爷，拜托帮我给张汤张大人传个话，就说鲁谒居的兄弟被错抓在此，只要消息传到，事后定有厚报……"

几个狱吏盯着他，目光凶狠，一个像是小头目的胖子，双手抱臂，似笑非笑地说：

"鲁谒居不是死了吗？你既是他兄弟，狱里的规矩你应该听说过。你新来的，我就再告诉你一遍，甭管甚皇亲国戚、卿相大人，到了这里就只一个身份——犯人。错抓？怎么不错抓别人，单抓你？你给我老实点儿，免得皮肉受苦。有事没事要等大人们审过才作数。"

胖子又转向牢房里的犯人，恶狠狠地说道："都给我老实点儿，谁再他娘的闹腾，别怪咱家不客气！"

当晚鲁谒川又怕又恨，辗转反侧，夜不能寐，直至鸡鸣时分，才沉沉睡去。

一〇二

之后一连十日，并无官员提审鲁谒川，他如同被忘却了的物件，在一堆垃圾中腐烂。牢中污浊的气味，其他囚犯的嘲讽与辱骂，糟糕的伙食，令他生不如死，度日如年。

第十一日，新进来一批犯人，听同室的囚犯们议论，说是霸陵的守卫，因渎职遭盗入狱。当晚，终于来了位大官，将他提至一间空着的班房中审讯。

问话者坐在暗处，个子不高，中等身材，神情和易，双目炯炯有神。鲁谒川张口就喊冤，那人并不问他的案情，而是顺着他话头，细细询问张汤与他家的关系，看着对方似信非信的表情，鲁谒川恨不能长出十张嘴，让他相信两家有通家之好，于是举出了张汤于兄长病重时，为之摩足的例证。那人满意地笑了，安慰他不必心急，张大人近一两日就会来此提讯犯人，若真是像他说的那样的关系，放他出去，就是张大人一句话的事情。那一晚，是鲁谒川在牢中第一次睡了个踏实沉稳的觉。

又过了两日，导官狱的狱卒们，一早就驱赶着犯人打扫通道与囚室，平日总是闲置的灯台被纷纷点亮，照得过道一片通亮。老者与鲁谒川相帮着点灯，老者向在一旁看管他们的矮胖狱吏赔笑问道：

"敢问公爷，今儿个要来的是甚人，这么大阵仗？"

胖子斜睨着鲁谒川，撇撇嘴道："张汤张大人，你不是要带信儿吗？今儿个有啥冤屈，当面跟张大人说吧。"

"张大人……甚时能过来？"鲁谒川脸涨红了，觉得气血上涌，心跳得不行。

"你还真是说咳嗽就喘，别找不自在，老实给我干活儿。"胖子不屑地看着他们，皮笑肉不笑地哼了一声。

囚室落锁后，干了一上午活儿的囚犯们四仰八叉地倒在通铺上，鲁谒川则紧倚着囚栅，一颗心早已飞扬狱外，期待着与张汤相见的那一刻。那些作践他的人也不似平日那般嚣张，相互窃窃私语，看他的目光中也有了几分畏怯之色。

一刻、二刻……鲁谒川默数着漏壶的滴水声，时间过得好慢，仿佛被无限拉长，疑虑与亢奋的情绪交替而来，若无即将得救信念的支撑，身心俱疲的他真想去铺上躺躺。

终于，伴随着杂沓的脚步与嘈杂的人声，张汤终于到了。狱卒们纷纷列队于通道两侧，张汤在一群御史簇拥下走来，他要亲审霸陵令、丞，诱导他们的供述，以尽可能牵连到丞相。

张汤边走，边侧耳听陪同的狱监说着什么，行经一间囚室时，忽听到有人大喊："张大人，救救我，我是谒川呐！"

一行人同时转过头，望着手握隔栅，狂呼不止的鲁谒川。张汤略蹙眉头，视如不见地继续向前走，诸人相跟而行，眼见一行人将要拐入另一条岔道，鲁谒川情急不顾，连连高叫，声音里已然带着哭腔：

"张大人，我是鲁谒居的弟弟谒川啊，你要救救我啊！"

一个狱卒打开锁，几个狱吏冲入囚室，猛地扑倒鲁谒川，将他反剪双手，五花大绑地拎起来。那个矮胖的狱吏脸涨得通红，鲁谒川此举很可能给他带来狱管不严的处分，他恶狠狠地瞪着鲁谒川，"你胡诌八扯，还敢在张大人面前咆哮，真他娘的吃了豹子胆，来呀，把他的嘴巴塞住！"

两名身高马大的狱卒将鲁谒川牢牢把住，另一个分开他的口，将一团麻布塞入他口中，之后那个矮胖子抡开手臂，左右开弓，连续抽了他十几个耳光，片刻工夫，他鼻口淌血，脸已肿得不成人样。

他被押到另一间囚室单独关押，囚室在地下，很小，是专门用来惩戒违规者的。囚室里没点灯，漆黑一片，弥漫着一股潮湿而呛人的霉味。鲁谒川仍被捆着，嘴也仍被塞着，脸上火辣辣地疼，脑中一片混沌。

怎么会这样？怎么会这样！他喊出第一声时，张汤明明看到了他，他清楚记得四目相对的那一刻，张汤的双眸一闪，肯定是认出了他，然而那目光转瞬即逝，代之而来的是漠然无视，这是为甚？两家有通家之好，熟得不能再熟，为什么看到身陷囹圄的自己，张汤竟佯作不识，扬长而去？兄长病重时，曾亲口对他说过，身后已托付张大人看顾自己，人才死了几个月，张大人怎么就没有一点儿故人之思，翻脸无情，视自己如路人？

沮丧、失望、恐惧的情绪交替而来，一度使他感觉不到身体上的痛楚，他翻滚到墙边，用肩膀蹭着墙壁，一点点坐起来。想到自己的遭遇，不由得涕泗滂沱，不久，身心俱疲的他昏睡了过去。

有人踢了他几脚，鲁谒川睁开眼，光亮中，但见两名狱卒站在身前，一人手执提灯，另一人为他松开缧绁。

"起来，相跟上走。"

他浑身发麻，勉强站起身，掏出嘴中的麻布，在狱卒一前一后的挟持下，跟跄前行，被带到曾经到过的那间班房中。

"怎么，听说今日张大人来此录囚，没有搭理你？"

还是那天问他话的那个人，不过今天戴上了獬豸冠，表明了自己御史的身份。

"用得着的时候亲如家人，用不着的时候弃如敝屣，官场不都是这样子嘛，可恨我瞎了眼，看不透。"鲁谒川恨声道。幻想破灭后，没了指望的他反而冷静了下来，从心底滋生出一股恨意，满脑子都是报复的想法。

"你总算明白了，想回家么？"那人注意地看着他，好整以暇地问道。

"无日不想，做梦都想，大人救我。"

"有件案子牵涉到张大人与令兄，你若能助官家厘清内情，我会帮你免罪。"

"张汤吗？大人若帮我，我愿尽我所知以报大人。"鲁谒川一下子扑倒在地，连连顿首。一丝报复的快意在心头泛过。你不仁，我亦不义，兄长卧病时，张汤曾几次去他家谋议公事，个中机密他听到不少，这些事兄长固然参与其中，但他人已经死了，暴露出来，倒霉的只能是张汤。

"好。不急，你先喝口水，吃些东西，慢慢讲。"那人颔首示意，狱卒很快端来了食物与水。一狱吏将笔墨简牍铜削铺排于案上，那提讯的御史则笑吟吟地望着鲁谒川狼吞虎咽。

几乎是在同时，未央宫中的御史台的中堂灯火通明，张汤只在休沐日回家，平日都住在台内。此刻，他绕室彷徨，心里有种莫名的不安，像是在等什么人。约莫半个时辰后，掾史通报，御史中丞杜周求见，张汤将其迎入内室，忙不迭地问道：

"长孺，查明白了吗？"

杜周面色严重，点点头道："鲁谒川十几日前被缇骑逮入导官，据说是丞相府的长史持手令命中尉府抓人，罪名不详。我查问了导官的狱监，说谒川被关进来十几日，日日喊冤，说他与大人熟识，可今日大人去录囚时，看样子根本不认得他，狱里以他咆哮闹事，干扰大人的公事，已将他收押于地牢。"

"我当然认得他，这孩子不识好歹，当那么多人大呼小叫，要我救他。我当然会放他出来，可不是在那种场合，更不能给僚属们留下因私卖放的印象。"张汤颇为尴尬，好在灯光下看不出来。

杜周颇费踌躇，想了想还是说道："还有件事，去导官提讯鲁谒川的那个人是谁，大人绝想不到。"

"谁？丞相府的人？"

"是咱衙门里的人，减宣。"

"减宣？"

杜周很肯定地点了点头，"是，是减宣，看来御史台里有人吃里扒外，大人要小心。"

张汤略作思忖，颔首道："长孺，还得劳你明早去一趟导官，把谒川提出来安置好，只要人在我们手里，他们搞不出甚名堂来。"

次日早朝，减宣等在司马门等到了边通。

"昨日张汤去导官录囚，就我所知，霸陵的盗案已经审结，他们打算以'见知故纵'①的罪名构陷丞相，你要知会丞相小心。"

---

① "见知故纵"，张汤、赵禹修律所定法条，指下属有罪，长官知情未报，是谓见知故纵，与罪者同罪。

边通一怔，心里叫了声好狠毒，下属失职或有过，知情不举是为"见知故纵"，犯者与罪人同罪。霸陵因护卫夜间醉酒而失盗，张汤以丞相没有依规巡视为由，诬以见知故纵的罪名，这是存心要丞相的命了。

"鲁谒川、田信那里如何，审出他的罪证了吗？"

"那姓田的是他的死党，坚不吐实，不过无所谓了，姓鲁的已被拿下，证据足够了。"减宣拍了拍边通的手臂，很沉稳地说："今日张汤轮休，欲先声夺人，今日发动最好。"

朝会散后，刘彻眉头紧锁，心情如同冬月的天气一般，灰暗而压抑。先是，秋九月，馆陶大长公主刘嫖病逝，这是他最后一位至亲长辈离世，感念姑母从前对他种种的好，刘彻很伤感，接踵而来的就是三姊隆虑公主因操持丧礼①，劳累过度，遽尔病故，同胞姊妹三去其二，令他倍感生命之无常。更令他愤恨的是姑母尸骨未寒，两位堂兄弟②为分家产，打得不可开交，在京师贵戚中传为笑谈。不久后又传来这两人竟于热孝期间亲近女色，母丧未除而行奸，是忤逆不孝，于法为禽兽行，于律为死罪。为免付审后秽声四扬，刘彻饬令二人自我了断，并褫夺了陈蟜的封爵封邑，公告于朝廷，以为警诫。为了弥补对姑母与三姊的愧疚，他饬令将姑母与姊夫家遗留的亿万家财判归隆虑公主的独子、自己的女婿昭平君陈珏，希望他能够一改纨绔习气，老老实实地做个富家翁。

而朝政方面，也令他不快。赵王刘彭祖上书，称张汤与鲁谒居狼狈为奸，惑乱朝廷。谁都知道，前不久这两个人将太子丹逮捕归案，刘彭祖显然是挟怨报复，本打算置之不理。不料朝会上，丞相庄青翟突然发难，奏称张、鲁上下其手，陷害李文。朝廷大臣们不和，对自己并非什么坏事，令他不快的是这种不和公开化，成为不择手段与相互攻讦的帮派之争。

他原想要庄青翟与张汤面折廷争，于是派专骑赴杜县张家召张汤入朝，

---

① 按，刘嫖与王娡结过两门姑舅亲，一为刘彻与陈阿娇，一为隆虑侯陈蟜与隆虑公主。隆虑公主是刘嫖的儿媳，故有操持丧礼之事。

② 刘嫖为刘彻之姑母，其子为刘彻之（姑舅）堂兄，陈蟜更因隆虑公主而成为其姊夫。

不料家人称其并未回家。于是再派谒者赴御史台寻找，当值侍御史们却称他一早就离开了，都以为他是休沐回家了。

刘彻起了疑心，自霍去病事发，他对朝廷大臣们愈加警惕了。张汤或者真的在背后搞甚名堂，他想当丞相而一直没当上，有上位之心不足为怪，男人谁不想拜相封侯？刘彻鼓励甚至有点欣赏臣下们的竞争，唯独不能容忍的是臣下的欺谩，这些人拿他当甚，一个可以玩弄于股掌，被牵着鼻子走的傻瓜？

他传召了呈递赵王告变书的减宣，此人在以往的几件大案中，办案得力，给他的印象深刻。他指点着公事缄封的日期，问道：

"这封告变应该早已递送到御史台，为甚这么晚才呈报？"

"事涉主官，臣下不敢造次。赵王数次告讼朝廷派驻赵国的铁官，都被张大人驳回，后来张大人又主持了赵太子一案，赵王挟怨甚深，臣下恐其构陷，不查证属实而贸然呈递，恐渎圣听。"

"哦，那么说你查证属实了？"

"是。"

"赵王告变，你是张汤的属下，为甚不向他通报？"

"张大人是当事人，理当避嫌，故臣下未曾向张大人通报。"

"你都向谁查问，查到些甚？"

"告变事涉张大人与御史中丞鲁谒居，鲁谒居不久前病故，臣提讯了他兄弟鲁谒川与京师富商田信。据鲁谒川交代，其兄与张大人交情很深，过从甚密，在公事上其兄不仅得力，且为张大人倚为智囊，以赵王宫人牵连李文，就是他哥的主意。"

"连亲兄长都出卖，这种人的话可信吗？"

"赵王告变中所提张大人为鲁大人摩足一事，除去看过告变书的我，当时无任何人知晓，我也没有问到他，而他却自己说了出来，故臣以为可信。"

"那他为何要揭破这些阴私呢，他与其兄长不睦吗？"

"为了张大人不肯救他。他说，鲁谒居死前曾将他托付与张大人，张大人保证会好好帮他，可他入狱落难，张大人明明认识他，却视若路人，不肯一施援手。鲁谒川绝望之下，起心报复。"

"他怎么下的狱？"

"是臣因欲核实赵王告变事情真伪，报请丞相府饬令缇骑传他入狱问话，以便查证。"皇帝问得仔细，不能有任何破绽，减宣心里一紧，于是实话实说。

"这个鲁……什么的押在哪里？"

"鲁谒川，原押在导官狱，为方便陛下提讯，臣已于昨日将他提押到内官狱① 候审。"

"内官？为甚不押在廷尉诏狱？"

"廷尉诏狱常有瘐毙人犯之失，譬如不久前死于诏狱的李文，臣不想再出那样的纰漏，致使死无对证。"

"瘐毙？怎么回事？"

"简而言之就是虐待致死，譬如不给吃喝，不让睡觉，唆使同牢人犯围殴，有病不予医治，酷刑种种，熬不过去的人很多。"

"杀人灭口，是吧？"刘彻的眼中已有了恨意。

"不全是，可有些肯定是。"

刘彻思忖良久，颔首道："你做得对。你速将姓鲁的供词拿来我看。"

"供词已在赵王告变之案卷中，陛下翻翻，可以找得到的。"

"你说还抓了个什么人，他交代了些甚？"

"张大人早年在京师交下了两个经商的朋友，一名鱼翁叔，一名田甲，这两个人据称都去了关东做买卖，行踪不定。不过姓田的家里还有个叫田信的兄弟，相府的长史们说。朝廷议决的很多事情，还没公告前，这个田信就知道了，几人以此囤积货物，赚了大钱。他们怀疑消息是张大人有意透露，朋比分肥，所以也抓了他。我也曾提讯过此人，可这人骨头很硬，坚不吐实。"

"甚消息可以赚大钱？你举个事情说说。"

"听长史们说，前些年朝廷决定收山泽之利，鱼、田二人提前从关东购入囤积大量盐斤，盐铁官卖后，利市翻倍，他们借机贩鬻，二三年间，获利百万。张大人主理新政，而他们都是张大人多年的好友，由不得人不起疑。"

谒者来报，已找到张汤，在殿外候见。刘彻吩咐传见，又对减宣点点头，

---

① 内官狱，由少府管辖的一所牢狱。

示意他退下。进出之际，四目相对，减宣揖手叫了声张大人，张汤则哼了一声，视若无睹，傲然前行。这些刘彻看在眼里，对张汤的疑忌更深，但他仍打算给他一次机会，看他肯不肯实话实说。

"休沐日你不回家，在长安做甚？"刘彻翻开案卷，找出鲁谒川的供状，看了一会儿，抬眼问道。

"臣去录囚了，霸陵盗案有些尾子没结。"张汤敛容揖手道。

刚才见到减宣，他貌似不屑，心里其实很紧张。早间他启程回家时，被候在司马门外的杜周拦住，告知他鲁谒川昨晚已被减宣提走，去向不明。他有些慌神，顾不上返家，带着杜周在长安城内逐狱查找。长安牢狱二十余座，查过几座，觉得不是办法，于是回到御史台找减宣要人，不想减宣先已被皇帝叫去问话，当值的御史还告知，皇帝也在找他。

皇帝越过主官直接召见下属，并不鲜见。问题在于减宣背着自己提讯鲁谒川，谒川对他说过些什么，他又在皇帝面前说了些什么，他不知道，但肯定不利于自己。走入大殿那一刻，张汤就已决定，无论何事，都尽可能往后拖，不管减宣给自己下了什么套，都得要时间查证，事缓则圆。

"现在结了？"

"结了，还没来得及做成爰书。"

"丞相疏于管训，于律该当如何？"

"臣等合议，适用'见知故纵'，与罪人同罪。"

"那些个护陵吏卒日常所为，丞相又怎么能知道呢？"刘彻冷冷地看着张汤，看来他想丞相的位子想疯了，必欲除之而后快。

"诸陵管训，丞相有责，庄青翟未能以时巡视，致使霸陵盗案发生，责任重大，难以推卸。"张汤回答得很肯定。涉案者均已定谳画押，他不怕查证。

刘彻扬了扬手中的简牍，问道："赵王说他根本不认识李文，告你与鲁谒居合谋陷害他，你怎么说？"

"赵王？我陷他于罪？"张汤一怔，随即莞尔。

"赵王睚眦必报的脾性，没人比圣上更清楚，臣等奉诏处置了太子丹，早知道他必有报复的一日，不想来得这么快。"

"朕说的是李文，李文自入仕起，一直在关中为官，他从何勾结赵王，窥伺朝廷？你们共事多年，最清楚他的为人，你说说看，他为甚要勾结声名狼藉的赵王，这告变者又是何人？"

当事人均已瘐死狱中，鲁谒居也已故去，张汤并不担心，他佯作吃惊道："陛下圣明，也许有人挟怨报复？臣也说不准。"

从鲁谒川的供词中，刘彻已明了张汤与乃兄阴谋构陷李文的经过，发问，是看看张汤肯不肯坦露实情。看到他装傻充愣，以为人证皆殁无从查证，殊不知更凸显他做贼心虚。他会再问一次，若仍敢当面欺谩，这个人就不能留了。

"还有件事，有个叫田信的你认识吧？"

张汤颔首，"认得，认得，他兄长田甲，是臣相识多年的布衣之交。"

"这些年，朕所推行的很多事情，这个姓田的总能占得先机，囤积居奇，看来是有人故意将消息泄露给了他，让他发财，你说呢？"刘彻言罢，双目灼灼地注视着张汤，仿佛要看到他心里去。

张汤全无惭意，佯作惊奇道："不能吧。不过生意人走南闯北，得风气之先，又多财善贾，发财固宜有之……"

几乎挑明了的事情，他还在那里装糊涂，是可忍，孰不可忍。刘彻勃然大怒，他敕令张汤住口，即时押赴诏狱待罪候审。

当晚，皇帝身边的尚书，接连八次赴御史台簿责张汤，就李文案、李蔡案、霸陵失盗案、泄密案等，逐一审问，张汤不服，竟也强项不屈，逐案辩驳，坚不认罪。

夜半，昏昏欲睡的张汤被人唤醒，抬眼一看，来的是少府赵禹。两人皆出身刀笔吏，又共事多年，曾同任中大夫，一同奉诏修法，相知甚深。

"赵兄，弟……弟为奸人所害，救我！"张汤一直兄事赵禹，相见之下，不觉泣下。

赵禹摇摇头，叹道："你真的不明白？没有切实的证据，能把你下狱？你和鲁谒居密谋于私室，却不避着他兄弟，此人现就在少府关着，有他在，你百口莫辩！"

张汤语塞，良久争辩道："李文构陷在先，我收拾他不过是自卫，赵王阴贼险狠，公报私仇，皇上怎么能相信他！"

皇帝在气头上，张汤所有的解释，都会被视作狡辩，当局者迷，是时候点醒他了。

"老弟是朝廷大臣，何以不识轻重？想想多年来在你手上破家灭族的有多少人？指不胜屈了吧。君四面树敌，有多少人怀恨于你，如今你栽了，自然一拥而上，群起而攻，喊冤有甚用？"

张汤负气道："弟四面树敌，还不是为了朝廷好，耿耿此心，今上最清楚，忠奸不辨，以至于此，我还有甚话好说！"

"你住口，甚忠奸不辨！你的事件件有证据。你我共事多年，情同兄弟，我就实话告诉你吧！你那些事本来可轻可重，错就错在你自以为得计，今上比你聪明得多，又岂能容你巧舌如簧，欺君罔上？皇帝没将你下狱拷问，是想你自我了断，给你多留点体面，你还辩个什么劲儿呢！"

张汤默然，继而泪如雨下，良久，方对赵禹点点头，要了笔墨与一方白帛，运笔如飞，赵禹接过一看，数行汉隶遒劲有力：

　　汤无尺寸功，起家刀笔吏，陛下幸用臣以三公高位，尸位素餐，无以塞责。然谋陷汤罪者，三长史也！

一〇三

　　元鼎四年春三月，长安戚里乐成侯府正堂内，两个人正在屏人密谈。一人是这里的主人，乐成侯丁义，他更为显赫的身份是鄂邑长公主的夫婿。皇家公主择偶讲究的是门当户对，诸侯王最好，列侯次之，鄂邑公主庶出，及笄之后一直没有适合的夫家，拖到二十，不得已降格以求，这才下嫁给了乐成侯。得力于这门婚事，丁义成了皇家的女婿，也得以长住长安。另一人身材高大，容颜俊秀，看上去不过二十多岁的样子。他名栾大，是胶东王内廷的尚方①。

　　胶东王刘寄的母亲儿姁，是刘彻的亲姨妈，刘彻立为太子后，其胶东王的王位即改封刘寄。在五个中表兄弟中，与皇帝最为亲近的也是刘寄。元朔二年，刘寄薨逝，王后无出，身后只留下两个庶子，刘彻感伤之余，立其长子刘贤为胶东王，次子刘庆亦加封为六安王。

　　庶出的王子皆由王后抚养成人，王后偏爱刘庆，讨厌刘贤，曾几次撺掇刘寄废长立幼，可碍于制度，一直没敢向皇帝提出。刘寄死后，予谥康，史称胶东康王，新王嗣位后，王后亦加封为太后，而备受冷遇，而向所亲近的刘庆又就国于六安，自此孑然一身，形影相吊。这位胶东国的王太后，就是乐成侯家的女儿，丁义的姐姐。栾大来京师，就是受命于太后，向丁义送交

---

①尚方，古代掌管宫廷器物制作的官署，属少府。

一封密信。

"你真与李少翁同一师门？"

丁义看过密信，上下打量着栾大。王太后信中盛称栾大通神仙之术，与李少翁同学，要他引荐给皇帝，如此，有知近的人在皇帝身边，丁家在宫内就多了一份靠得住的关系。

看到丁义满腹狐疑的样子，栾大微微一笑，颇为自傲地说道："侯爷看我不像？小臣自幼学辟谷，故可养生延寿，华颜永驻。"

"哪里，哪里。"

丁义尴尬地笑了笑，在心中衡量这件事的利害。他是开国功臣之后，几年前承袭了爵位，并与长公主结缡而成为皇亲，得以不时进宫宴乐或随驾巡游，对皇帝之好恶了如指掌。长生之道，这是皇帝近年来朝思暮想的事情。年初汾阴①有宝鼎出土，众臣皆称祥瑞，祝祠官吕宽舒力陈关中既有五畤以祀太一，亦应立祠以祀后土，以皇天后土并祀为宜。于是车驾渡河东巡，以宝鼎出土的脽上立后土之祠，皇帝以时致祭，立为制度。

车驾东巡时，丁义以子婿侍驾随行，彼时情景还历历在目，皇帝憧憬神仙，向往长生的心态，可谓纤毫毕露。尤其是回程时，泛舟汾河，皇帝大宴群臣，丁义身任侍酒。酒酣耳热之际，群臣上寿，齐呼万岁，皇帝醺然之际，诗兴大发，即席赋诗吟唱，唱至结尾两句"欢乐极兮哀情多，少壮几时兮奈老何"时，目含泪光，被在旁斟酒的他，看得清清楚楚。

"皇上对神仙之事倒很是热衷，不过你晚来了一步，已有人捷足先登了。"

栾大一怔，急问道："哦。甚人，本事如何？"

"是个齐国来的方士，叫公孙卿，你听说过吗？"

栾大颔首道："公孙卿，是他？我知道这个人，巧舌如簧，他是如何说动皇帝的呢？"

自从李少翁死后，方士们消停了一阵，很快又卷土重来。汾阴出土宝鼎后，被运置于甘泉宫。公孙卿得到消息，写了份书札，想托谒者所忠呈递给皇帝。

---

①汾阴，今山西万荣县，汉时河东郡属县，与夏阳（今陕西韩城）隔（黄）河相望，建有后土祠。

书札说，宝鼎出土的季候与当年黄帝时相当，都是在冬季，是前所未有的祥瑞。黄帝得鼎后曾向臣子鬼臾区讨教，鬼臾区号大鸿，称得鼎时值冬至，乃得天之纪，周而复始，以二十岁一推，凡二十推三百八十年，而黄帝登仙。所忠看后，以为荒诞不经，推托道："宝鼎之事已了，我帮不上你。"公孙卿不死心，又厚贿内侍，将书札递到了御前。孰知皇帝念兹在兹的就是长生不老，即刻召见，接谈之下，公孙卿称此说受自同乡申公，而申公又受之于安期生，申公已死，只留下这部书，书中称汉兴复当黄帝之时，汉之圣者则在高祖曾孙，现今宝鼎出于冬至，与黄帝时相合，皇帝的辈分亦合，是天命而绝非巧合。往古圣君皆封禅，唯独黄帝封禅泰山后得以登仙。申公曾亲口对他说过，汉主亦当封禅于泰山，封禅后亦能登仙。但这件事不能急，而是要巡狩天下名山，交通鬼神，功到自然成。所以他听到宝鼎出土的消息就赶来长安，进献书札，以应天命，效力于圣主云云。刘彻半信半疑，他正为李少翁之后没有了与鬼神交通的途径而犯愁，自然不肯放过这个机会，于是拜公孙卿为郎，专赴各大名山寻找得道成仙之人。

听完公孙卿干进的故事，栾大不屑地笑了。"费了恁大口舌，不过得了个郎官，这公孙卿的说功，我只给差评。"

丁义摇了摇头，不以为然道："皇帝自李少翁后对谈神弄鬼之事警惕心很强，总觉得大多方士都是新垣平一类的骗子，欲借此以谋富贵，故言行稍露破绽，或被认为是大话忽悠，必当场诛杀，这碗饭不是那么好吃的。"

看着丁义似信非信的神情，栾大顿首道："小臣定不负太后所托与侯爷的信任，侯爷只须让我见到天子，取富贵不过指顾间事。"

"你说得太容易了，皇帝乃雄猜之主，用人不拘出身，唯才是举不假，可一旦生疑，诛杀赐死，亦毫无吝惜之情。"

栾大神情殷切，揖手道："小臣正想请教侯爷，皇帝是个怎样的人，最爱甚，又最恨甚，望侯爷有以教我，最好能举个实例。"

"用人不拘出身，举个现成的例子，大将军卫青，原是平阳公主家的马夫，以其姊得宠而得以入宫为郎，塞北几战成名，立擢为大将军，位列三公，反过来娶了从前的主子，数子皆少小封侯，贵极人臣。再如霍去病，一个私生子，亦能以军功拜将封侯，只可惜年轻轻就死了，不然成就还要超过卫青。

今上用人，但看才能，有才能，则布衣可以为卿相，富贵自不待言。朝廷里由此晋身者，所在皆是，所谓英雄不问出身，大汉之盛，盛在群英荟萃，盛在今上用人不拘一格。"

"至于翻脸无情，最近的一个当数张汤。前几年此人最得今上信任，炙手可热，他为朝廷罗掘财用，无所不用其极，四处树敌，朝野侧目。可平心而论，他这么做，都是为了皇帝，是代皇帝做了恶人。"

栾大道："我在胶东时，听到他被皇帝赐死的消息，举凡王室贵戚，无不拍手称快。皇帝为甚这样做，这不是自隳干城吗？"

"这就是最重要的了，你要记住，皇帝最容不得的就是欺谩，若犯有过错，实话实说，处罚反而不会很重；反之，即便是素所信用的大臣，尽管你有大功于国，必诛无疑。皇帝视欺谩为不忠，不忠之人，才能愈大，危害愈大。张汤不说真话，在今上看来，就不是甚干城，而是心腹之患，不除不行了。"

"可我听说事后皇帝又后悔了，反过来诛杀了举发张汤的三长史，还赐死了丞相，这又是怎么回事？"

"还是出在三长史所言不实上。他们举报张汤将朝廷新政透露给经商的朋友，朋比分肥，于是皇帝派人去张家查抄，发现其家产不足五百金，还多是皇帝赏赐之物，反而证实了他的清廉。三长史坐诬罔按诛，庄丞相亦牵连下狱自杀。诛杀这些大臣，皇帝有惋惜而无后悔，杀了就杀了，天下人才有的是。不同的反倒是你那位师兄，就我所知，诛杀文成，是皇帝唯一后悔之事。"

"哦，为甚？"

"我想还是物以稀为贵吧。没了文成，今上交通神仙的路就断了。所以，你若真能通神，富贵指日可期；若无把握，现在收手还来得及，皇帝虽热衷于此，警惕心亦高，忽悠他会死得很惨。"

栾大毫无惧色，呵呵一笑道："人言富贵险中求，这些人事败身死咎由自取，不足为怪。不过我与他们不同，得的是神仙的真传。侯爷放心，我若本事不够，能提着头来长安找死吗？"

"那倒是。"

栾大所言所行，自信满满，绝无丝毫瞻顾犹豫，这使得丁义心中的天平倒向了他。阿姊信中称其能够通神，言之凿凿，这一宝若押对了，丁家的富贵荣华当更上层楼，而阿姊亦会在朝中增一奥援，于是领首道：

"太后信得过你，我也没话说，吾等把你引荐给皇帝，是押上了身家性命！也罢，如君所言，富贵险中求，你我一荣俱荣，一损俱损，成败利钝，全系于君之才能，望好自为之。"

此时的刘彻，却并不在未央宫，而是去了城北的太子宫。太子刘据，去年由皇后与进京奉朝请的鲁王王后撮合，纳王后之妹为良娣①。良娣姓鲁名可儿，鲁人，自幼伶俐手巧，善编织，人皆称有宜男之相。果不其然，十个月后即产下一男。有了长孙，刘彻大喜，不时去太子宫探视，抱在怀中，爱不释手。

郭彤急匆匆赶到太子宫，但见皇帝、皇后、太子一家人正围坐在皇孙周围闲话家常，其乐融融。在郭彤的记忆中，这种场面真是久违了。太子降生不久，皇帝就移爱于王夫人，王夫人死后，李夫人继之，宠擅专房，皇后只能每五日侍候皇帝进餐一次，再无床笫之欢，虽有领袖后宫的名义，但卫子夫处事谨慎，非但不过问那些宠妃女御之事，反而事事礼敬，竟也相安无事。远远看过去，卫子夫丰容盛鬋依旧，可走到近前，眼睑皱纹细密，若不戴假发，亦可见有丝丝白发了。

芳华不再，斯人永逝，联想到废后，郭彤不觉悯然，赵趄踌躇之际，却被刘彻看到，摆手示意他近前。

"朝廷来了重要的封事，亟待圣上回宫……处置。"皇帝正在兴头上，郭彤不想惹其不快，可事情又须尽快知会他，为难之际，言语不免嗫嚅。

"是吗？甚要紧事，说来听听。"刘彻抱着皇孙，边问边逗弄。

"中山王薨逝，中山太子遣其弟刘屈氂赴朝廷告哀并呈递封事，今日到京，正在未央宫候见。"

"生老病死之事，无日不有，也不差这一日。"刘彻皱着眉头，有些不情愿地将皇孙交还史良娣。

---

① 良娣，西汉太子配偶分三等：太子妃、良娣、孺子。

趁众人不注意，郭彤向刘彻使了个眼色，再奏道："朝廷还有重要公事，请圣上起驾还宫。"

"甚重要公事，说吧。"刘彻倚着肩舆，沿复道回宫，他看了看跟在一旁的郭彤，示意他靠近点儿。

"长门宫宦者来报，废后已于今日平旦薨逝，如何善后，少府及掖庭在等圣上示下。"管理后宫的衙署原名永巷，刘彻不久前更名为掖庭。

刘彻一怔，刚才的好心情一扫而空，取代而来的是深深的悲情。巫蛊事发于元光五年，阿娇被废黜后禁锢于长门宫，迄今已十八年。她的生活想必生趣全无，度日如年吧。他知道近几年阿娇开始酗酒，醉后以骂詈发泄戾气，状似疯癫。而十八年前，这同一个女子，还被视若拱璧，是集万千宠爱于一身的皇后，在她身上，刘彻真正体会到了天道无常、造化弄人的悲哀。一路默然，直到落舆宣室殿前，刘彻才吩咐随侍的谒者，传令掖庭，将阿娇以公主之礼附葬于霸陵郎官亭。

进殿后再看中山国的封事，原来是刘胜的遗书。遗书称自己沉疴不起，将不久于人世，恳求皇帝施恩，仅只传国于长子。刘彻不觉莞尔，早知如此，何必当初！刘胜于诸侯王中是出了名的乐酒好内之徒，就国之后，广置姬妾，据说光儿子就有一百二十余人。按推恩令，除长子继承王位外，余子皆可封侯食邑，偌大个中山国，若分为一百几十份食邑，则一代之后，分不胜分，至孙辈皆将沦落。诸王就国后，刘彻与他们仅在五年一次的朝觐与会宴时才能见上几面，日渐生疏。他脑海中浮现起与堂兄弟们少小同窗时的记忆，同刘胜、刘彭祖斗殴的场景，如同一张陈年褪色的旧画，反而带给他一丝亲切感。

不过刘胜好酒乐内，也好过刘彭祖插手郡国行政，更无论那些违法犯禁、行同禽兽的宗亲们。思忖良久后，刘彻传谕，以嫡长子刘昌嗣位中山王，嫡子封侯，庶子封君，而中山国的岁入，以半数奉养王太后窦绾与王室，另一半则为诸子奉养。可以想见，用不了几代人，刘胜的孙辈们所得就不过中人之产，与黔首为伍，可这也是没办法的事，他已尽可能做到公平了。

他吩咐传见中山国的告哀使，这个血缘上是他叔伯侄子的少年进殿后，便一头扑在大案之前，连连顿首，亟称自愿放弃食邑，进宫侍卫，效力于朝廷。刘彻要他起身，细问之下，得知其名刘屈氂，乃刘胜庶出之子，少时丧母，时年十八，无所牵挂，故愿投效朝廷。刘彻当然明白这背后的意图，封君不过是鸡肋，而投效朝廷，或能另开蹊径，搏得一个更好的前程。刘屈氂少年英挺，颇得他的好感，而王室子弟不靠余荫，愿凭自家努力吃饭，太难得了。于是欣然接纳，敕令他去郎中令处报到，入宫为郎，刘屈氂连声谢恩，喜不自胜地去了。

下一件封事来自朔方，据边郡探马呈报，他的老对头、匈奴大单于伊稚斜已于去年岁末病逝于漠北，单于廷秘不发丧，直至蹛林大会公推其子乌维为新一任单于后，才敢肯定这个消息是真的。封事还说，漠北连年荒旱，牛羊疫疾不断，已经很长时间不见胡人南下劫掠了。这又是个令他喜忧交集的消息。喜的是，匈奴国力大衰，已难以威胁大汉，见证了自己外攘四夷的成功，与伊稚斜较力多年，是他笑到了最后。忧的是，他也四十四岁了，虽自觉年富力强，可相比于生年皆不满半百的父、祖，自己会不会同样来日无多了呢？一念至此，喜悦转瞬成空，刘彻的心情再度沉闷下来。

"陛下，乐成侯有封事呈阅。"郭彤小心地将卷牍放置于案头，退到一边。

刘彻闷闷不乐地掰开封泥，展读之下，顿觉眼前一亮，喜上眉头。

臣乐成侯义昧死以闻，臣姊胶东康王后荐其宫人于陛下，言能通神，臣试为接谈，乃与文成同师安期生者，自称常往来海中，与安期、羡门之属游，其师言黄金可成，河决可塞，不死之药可得，而仙人可致也。以是冒死渎陈……

如大旱而忽现云霓，这就是天命了，时不我待，这次机会再不能放过了。刘彻激动得不能自已，传谕召见时，声音听上去都在发颤。

看到栾大第一眼时，刘彻就感觉到了一种气场，这个年轻男人身材高挺，相貌英俊，尤其难得的是，在面对皇帝时全无怯色，要言不烦，侃侃而谈，那种沉着自信，全不像他这种年纪的人所能有的。

"你师傅是安期生？他住在哪里，是传言的蓬莱三山么？"

"是的。"

"你师傅说黄金可成，河决可塞，不死之药可得，仙人可致，是这样吗？"

"是这样。"

"怎样才能做到呢，你师傅没教给你么？"

栾大面现忧色，摇摇头道："没有。仙人以弟子出身微贱，信不过我，不肯授以秘方，我提康王，师傅也以诸侯不足以受方为由，拒不传授。我揣测，师傅的那番话，其实指的是天子，非天子无以承受天命，享此福祉。只是眼下方士们都害怕落到文成的下场，即便习得此术，亦只能缄口不言了。"

"文成误食马肝，死没死没人知道，有人在关东遇到过他，都传他尸遁升仙了呢。"刘彻赧然，看来，得提振一下这些人的勇气。

"若真能为朕修得长生之秘方，朕必厚报无遗。你可以传话给你师傅，这天下中没有甚是朕舍不得的。"

栾大微微一笑道："陛下贵为天子，可也有管不到的地方。陛下得明白，非吾师有求于陛下，而是陛下有求于吾师，若真心与吾师交通，则栾大愿为使者，但先要做几件事以表陛下的诚意。"

"诚意？"刘彻略现怒色，目不转睛地瞪着栾大，而栾大亦不闪避，分毫不为所动。丁义、郭彤及殿内的一众侍从，皆为他捏了一把汗。

而刘彻并不以此为忤，他的心思全在如何拿到仙方上，于是放缓脸色，问道："哪几件事？你说说看。"

"陛下既以我为通神使者，最好给我以皇亲的身份，待之以客礼，而不是当作臣子看待，如此，吾师才会认可陛下的诚意，将仙方授予使者。"

刘彻真的吃惊了，对这个人的信心却有增无减，若无真本事，甚人敢放恁大的话？他略作思忖，领首道：

"好。你既从汝师学艺，当有所表现，让朕先睹为快。"

栾大知道这是要试他一试，他自少习艺，颇有些炫人耳目之技巧，于是领刘彻及众人走到殿外，指着台下广场中矗立着的百余杆旌旗，吐纳运气，两臂回缩后猛然推出，但见那些旌旗格格作声，齐齐拔地而起，浮于空中。他再舞动手臂，那些旗子竟如有了生命一般，往来翻飞，良久，随着栾大一声长啸，那些旗帜竟又各自归位，齐齐立于原来的位置上。从皇帝到一众侍从、宫人，无不惊呼连连，目瞪口呆。再看栾大，则傲然兀立，竟如玉树临风，飘飘然似神仙中人。刘彻大喜，称其为先生，请其进殿深谈，恭谨之意，现于颜色。

当晚传出来的消息是，皇帝即席拜栾大为五利将军，加封乐通侯，食邑二千户，赐长安甲第，僮仆千人，并赐车马帷帐、器物玩好以充其家。一个月后，皇帝嫁卫长公主于栾大，陪嫁十万金，亲至其家，置酒欢宴。之后宫中使者往来，存问供给，相属于道，而群臣则风行景从，自皇室贵戚至公卿大臣，无不置酒高会，轮番宴请栾大与丁义，馈赠无虚日。

　　一日，酒阑人散，栾大醉眼蒙眬，望着同样酒力不支的丁义，笑道："丁君，富贵险中求，吾言不虚乎？"

　　"不虚，当然不虚。但不知何时能为今上引见神仙？"自引见栾大，皇帝对丁义颇加以青眼，指名他陪侍栾大，这一宝算是押对了，可每逢夜阑人静之际，心头仍会掠过一丝不安，终究是要让皇帝见到神仙与仙方，承诺方算四脚落地，二人也才能长享富贵尊荣。

　　栾大不以为意道："见神仙，那还早着呢！得先造接神的亭台楼阁不是？凡间宫殿浊气太重，招不来神仙。就算不计繁费，倾力而为，没个三年两载，建得起来吗？你我及时行乐，尽享人间富贵，将来的事情，走一步看一步，总有办法的。"

　　两人哈哈大笑，栾大吩咐掌灯添酒，再作长夜之饮。

一〇四

　　樛瑛踞坐①于妆台前，手执铜镜，端详着自己的面容，一个侍女很仔细地将梳直的长发挽至她的头顶，结了个高髻。

　　"殿下既梳高髻，若在髻前簪只华胜②，就更美了。"

　　"是么？"樛瑛从镜中瞟了眼身后的陈菁，从妆奁盒中挑出一只贴翠的华胜，在额前比了比，交由侍女为她簪好，再看镜中，果然贵气逼人。

　　"阿菁，你是富贵人家的女儿吧，眼光、品位与常人不同，看得出从小教养差不了。"

　　刘陵踞坐于樛瑛身后，自到南越后，凭借自己的聪明讨巧，她很快就为王后垂青，更以精明能干被王后倚为亲信，对她几乎无话不谈。

　　"小时候随家母进宫服役，见过些大场面。"刘陵赧然一笑，随即岔开话头道，"还是殿下的头发生得好，乌光水滑，稍作点缀，就能艳压群芳，不像那几位夫人，满头珠翠，累赘不说，反失了自来的本色。"

　　话中的"夫人"，是指越王婴齐即位后，另纳的嫔妃。这就触到了樛瑛的心病。婴齐回到南越，当年那个在汉宫中循规蹈矩的王子就像变了个人，随心所欲，恣意而行。使酒好色而外，尤喜铺排场面，踵事增华。近几年，

----

①踞坐，双膝着地，上身挺直地跪坐，此风仍可见于当今之日本与韩国。

②古代贵妇的头饰，以金箔制成，镂空为花枝错杂样式，上贴翠羽，以示华贵。

几乎年年纳妃，个个年轻貌美，是王后的劲敌，令她岌岌可危。好在她们尚无子息，但樛瑛已经感到了夫君的疏远。

"哼，一个以断发文身为美的化外之地，能指望甚好品位？蛮夷女人，就认得穿金戴银，恨不得把值钱东西都搭在身上，好像不这样显不出身份，其实就是一个字——俗！"

樛瑛想到那几个女人，就恨得牙痒痒，愈加怀念在关中时的生活。那时候，朝会散后，婴齐都是早早回府，她会烧几样拿手的小菜，侍奉夫君小酌一番，与两个儿子共享天伦，其乐融融。那时候，夫君心无外骛，身与心都为她一人所有，甚至对她此前的一段感情还有些小嫉妒，把她看得很紧，作为女人的她，真的觉得很幸福。

而做了王的婴齐，却在一点点地疏离她，两人在一起的时间越来越少，这两年，作为王后的她，非但没有领袖后宫的权力，连侍寝的机会都不再有了。她才三十几，一头青丝，红颜犹在，漫漫长夜，却只能独对孤灯，顾影自怜。午夜梦回之际，安国君的身影每每浮现，霸陵道别时，他轻声吟诵给自己的那些诗句又似回响在耳边：

昔我往矣，杨柳依依。今我来思，雨雪霏霏。
行道迟迟，载渴载饥。我心伤悲，莫知我哀。

在南越，因言语不通，除了宫中的小天地，一切在她都是陌生的，难以了解的。南国多风雨，炎夏之季，潮热难挨。她曾力劝婴齐如期赴长安朝觐，循规蹈矩才会得到朝廷的信任，而她亦可借此省亲关中，与亲友们团聚。婴齐自然不肯，他故技重施，托病不朝，把他们的次子次公派往长安，说是充任皇帝的宿卫，其实不过是南越派去的人质而已。

"殿下，时候不早了，是不是该赴大王的寿宴了？"陈菁的提醒打断了樛瑛的思绪。

"昨晚和那几个贱人宴乐终宵，他能起那么早？"

樛瑛恨恨地说道，但还是由女侍们服侍着穿上礼服，曲裾深衣，环佩叮当，缓步向前殿走去。正行进间，但见一名宦者自寝宫方向飞奔而来，到得面前，已是气喘吁吁，大张着口，前言不搭后语地奏报：

"启禀王后殿下，大……大王他……他中风，说不出话了，殿下……殿下快过去看看吧。"

樛瑛脑中嗡的一声，随即气上心头，怒道："劝过他多少回，酒色伤身，就是不听，就是不听，这下好，自作自受，我才不去看他那个死鬼样子！"

她觉得有人把住了她的手臂，随即听到陈菁附在耳边的低语："殿下，这个时候万万不可任性，消息传到宫外，大局就由不得你了！"

她猛然清醒过来，她在朝野孤立无援，最要紧的就是把控住婴齐，使儿子顺利嗣位，才可能立住脚。于是赶到寝宫，而平躺在床榻上的婴齐，双目圆睁，面色潮红，嘴角流涎，已经说不出话了。与陈菁屏人密议后，她敕令宫内戒严，以越王不豫取消寿宴，传太医视病，并密召丞相连夜入宫。

翌日晨，婴齐于昏迷中死去，丞相吕嘉与诸太医皆为见证。吕嘉心虽不愿，可赵兴是越王生前立下的太子，名正言顺，他不得不陈请太子枢前继位，并为樛瑛上尊号为王太后。之后举哀，布告朝野，并飞使驰报长安。这一切过后，当议及丧事时，樛瑛借儿子之口提出，父王中风，责在当晚陪侍的嫔妃，无子息者皆加恩殉葬，以陪伴先王于地下。于是除去婴齐赴汉前的越裔夫人橙氏，后宫嫔妃都做了人殉，无一幸免。

朝局底定后，陈菁出宫回家。可以在家居住，这是王后的特许。刘陵等陪护太子家眷抵达后，解约领钱，就在南越国的国都番禺住了下来。初来乍到，人地两生，刘陵用父王留给她的金钱开了家客栈，以容留南来北往的遏客与豪杰，积蓄反汉的力量。可海隅偏僻，殊少人气，生意维艰，不久就停了业。于是又改为货栈，借收购、贩鬻岭南的土特产，以游走四方，刺探消息，联络志士，而惨淡经营有年，仍无起色。一筹莫展之际，刘陵憬悟到，人单力薄，决难成事，非凭借王室不能高屋建瓴，促成反汉大业。于是她以收购到的合浦南珠为介，再入越宫，讨得了王后的欢心，王后一度要封她为随侍的女官，刘陵则以看顾兄姊与生意为名婉拒，但应许随召随到。宫中的女人可以说都是王的女人，而她不是，王后的庇护使她免于婴齐的纠缠，王后正是发觉越王觊觎其美色后，才特许她挂名门籍，回家居住。

吕嘉的不情愿，凸显了南越朝野对汉裔的王后与有汉人血统的太子的猜嫌，这种猜嫌利用得好，或能成为反汉的力量。刘陵眼下最大的困惑，就是失去了与朱安世的联系。几年前朱曾遣钟三来此，告知匈奴欲与西羌、南越联合反汉的大计，要他们待时而动，一旦北方开战，他们应策动南越起事响应。可匈奴迟迟未动，后来才传来单于病重的消息，钟三一去亦渺无踪迹，仅凭南越，反汉不啻以卵击石，自取覆亡。

"阿荃，你得回北边一趟。"刘陵猛然从张次公的怀中挣起身来，叫道。自到南越后，两人兄妹相称，实则同居，张次公数次请婚，刘陵皆以大仇未报，不能以身许人为辞。

"为甚，不一起去么？"

"目下消息全无，我们在这里苦等无益，你去找到朱叔，问清他的打算，北边还干不干，要干，怎么干，何时干。你去探消息，阿苗坐家看摊，新王年少，太后辅政，要我帮她，走不开。"

"几时走？你们两个留下行么？"张次公恋恋于家，满脸的不情愿，但他深知刘陵的脾性，从不敢违拗。

"明日一早，越国报聘的使者会前往长安，我已请王太后为你申请了关传，说要你顺路探家，随报聘使同行，一路上不会有麻烦。"

"可茫茫人海，又去哪里找朱安世呢？"

刘陵蹙额沉思，随即舒展眉头道："朱叔做马的生意，踪迹当不离塞上。还有，东市的河洛酒家出入的多是江湖上人物，你去那里打听，应能问出他的下落。"

告哀的快马抵达长安，已在半个月后，刘彻闻讯后，有了个想法，召对众臣，指名要安国少季与终军到场。

刘彻望着终军，示意他到近前，含笑道："终军，你说过愿凭三寸之舌辅佐明使，出使绝国，如今机会来了。"

"是么，去哪里？"终军很兴奋，他自少就羡慕先秦的那些辩士，穿梭于六国，纵横捭阖，立功建业。

"南越王薨逝，现在的王后与太子都亲汉，是游说南越内附，比内诸侯的好时机，朕应许过给你机会，派你去怎样？"

终军激动得不能自已，顿首道："臣愿受长缨，必羁南越王以至阙下。"

刘彻又指了指安国少季，"中大夫安国君与南越王后少小同乡，关系不一般，朕此番即命安国大夫持节，子云为副，出使南越，凭借汝二人之关系、口舌，说赵越来归，如何？"

安国少季与终军顿首再拜，两人皆踌躇满志，自信马到功成。

丞相赵周道："南越自外于朝廷已逾九十年，几代越王皆托病不肯一朝长安，顽狡异常。化外蛮夷，或难于理喻，老臣觉得还是应作两手准备。内附则皆大欢喜，拒之则慑以兵威，这样把握更大一些。"

刘彻颔首道："丞相说得对，不怕一万，就怕万一，是得有两手准备。"

他略作思忖，欣然道："汝二人皆书生，朕会派勇士魏臣随汝同行，以资保护；另敕卫尉路博德屯兵桂阳，接应使团。南越报聘的使者快要到了，诸事毕，尔等与之共赴南服 ①，朕能否早闻佳音，这就要看爱卿你们的了。"

自伊稚斜死后，塞上胡虏敛迹，西域从风，西南夷争相归顺。五服之内，只剩两越 ② 尚未内附，此番若能说服南越归顺，东越独木难支，臣服亦势所必至，如此则六合同风，九州共贯，大一统焕然可成，之后则封禅以成千古圣王伟业，继而得道登仙，永享富贵。刘彻踌躇满志，抟髯微笑，似乎看到了报捷的使者正向长安飞驰而来。

漠北的夏日，晴空一碧万顷，不时飘过的白云，与地上的羊群交相映衬，湖泊清澈，野草芬芳，望不到边的草原上散落着大小不一的毡帐，不时有成群的胡骑张弓搭箭，呼啸而过，看得出是在校射。

一座巨大毡帐中，几人席地而坐，除一人着汉服外，余者皆胡人穿戴，正在议论着什么。

"相国，这几年蛰居漠北，休养生息，恢复得差不多了，我想是时候动动了，不然汉人还以为我们怕了他们。"言者高鼻深目，眉眼酷似伊稚斜，他就是

---

① 南服，古者王畿之外的诸邦，依远近亲疏分为五服，故称南方为南服。

② 两越，南越与东越。

伊稚斜之子，现任匈奴单于乌维，几年来他一直想要奔袭塞内，以纾父王未遂之志。

被称作相国的小个子，鬓发皆白，面容枯槁，看得出身体不好，可眉宇间仍不失精悍之气。他看了眼那个汉人，不紧不慢地说道："要动，可不能盲动，知己知彼，方有把握。朱先生这几年来往于塞内，依你之见闻，汉人现在强了，还是弱了？"

"怎么看呢？"被称作"朱先生"的正是朱安世，近几年一直游走于边塞内外，做些阑入阑出的生意。汉地风声紧，就出塞避避；形势松缓，就进塞贩鬻，没有他，匈奴贵族对汉地丝绸酒食等奢侈品的需求，会难乎为继。

"看表面，还是歌舞升平，但这只是金玉其外而已。这个皇帝好大喜功而外，更迷上了神仙。长安道上，方士络绎于途，这几年虽无战事，可花销之浩繁，为秦始皇后所仅见。所造柏梁台，高二十丈，梁柱皆用整根柏木构架，粗可数围，香闻十里。另铸铜柱，上置承露盘，说是仙人餐英饮露，不食人间烟火，要接上天降下的露水供仙人饮用。仅此一项所费以亿万计，还不算在甘泉宫大兴土木的费用。"

"想不到汉帝有钱，一至于此！"乌维瞠目结舌，大声感叹着。

"皇帝收山泽之利，霸占了天下的资源，还要与民争利，算缗告缗，盘剥富人不够，前些年又布告天下，谁告缗，予其查抄家财之半，此令一出，刁民蜂起，告讦之风大行，中产以上，莫不战战兢兢，如临深渊。朝廷有了钱，按理说应该说是强了。可民怨载道，也可以说是弱了。"

"汉地真有神仙，真的可以让人长生不老？"乌维双目灼灼，很感兴趣地看着朱安世。

"都说有，可谁也没见着过真人。依我看不过是方士投其所好，猎取功名的伎俩。"

"汉人的神仙与我强胡两路，庇佑的是汉人。朱先生是说汉帝敛财无数，挥霍无度，失了民心，是吗？"赵信打断二人，继续追询。

朱安世略作思忖，摇摇头道："失民心？不敢说，反正富人商贾之心是失了。不过这皇帝很精明，三十税一没变，务农的还过得下去。"

"汉地的马怎样？"

"马？上次卫青、霍去病在漠北折损了不少，元气大伤，所以这几年汉军没办法深入草原。不过朝廷历来把马政看得很重，将马苑的二十万母马放给民间散养，这样要不了几年，马的数量当会很可观。"

"将才如何，那些功臣宿将还在吗？"

"李广自杀，霍去病暴亡，剩下出名的大将还有卫青，总之是大不如前了。"

赵信的眼中有了笑意，转向乌维："现今汉人马匹不足，名将凋谢，如大单于所言，是可以动了。"

乌维大喜，捋髯笑道："好！相国说说，怎么干？"

"还是按先大单于定下的，与西羌、南越同时发动，让汉人猝不及防为好。知会他们，没有几个月不成，我看还是待到秋高马肥之季出动，不动则已，动则必胜。"

"好，就这么定了！不动则已，动则必胜。"乌维喜动颜色，两手交握，把骨节捏得咔咔直响，一副跃跃欲试的样子。伊稚斜死前，曾向他交代，要向对待他一样礼敬赵信，与汉人打交道，无论和战，尤其要征询相国的意见。这些年蛰伏漠北，休养生息，积蓄力量，以谋恢复，就是赵信提出的方略。

出敌不意，攻敌不备，一雪前耻，伊稚斜地下有知，亦当可以瞑目了。但赵信深知，胡汉国力悬殊，与汉人全面持久开战，匈奴力有不逮，早晚会被拖垮。他想要谋取的，是和亲时代的局面，两国敌体相待，通过和亲与关市交易，从汉地获取源源不断的财富，壮大国力，称霸北边，而西域重归掌控，使天下引弓之民唯匈奴马首是瞻，如此，匈奴方可立于不败之地。

"我记得朱先生说过，在南越有朋友帮得上忙，于今大计既定，还烦先生入塞一行，把消息告知给那些朋友，策动南越如期起事。"

朱安世揖手道："大单于与相国放心，安世定会将消息带到，只不过吾等皆为行走江湖的买卖人，为取信南越，最好有大单于授权的书面文书。"

因伊稚斜卧病，匈奴迟迟未能实施既定的攻势。钟三回来后，告诉他，南越王室既不愿内附，更不愿公然对抗汉廷，但王室而外的南越高官，大都惧汉仇汉，刘陵等一时难有作为。朱安世将钟三夫妇安置于东市，作为生意上的一个据点，自己则与袁苋游走于边塞内外。数年转瞬而逝，他正想回长安看看，如果风声还是紧，他打算亲赴南越一行，看看那些曾经患难与共的朋友。

乌维看了眼赵信，赵信额首示意可行，于是击掌道："没问题，来人呀，取我的印信来！"

一〇五

钟三在东市租了间货棚，左右皆为商贾们存放物品的货栈，很不起眼，他专做牛羊皮张生意，一年多半时间都大锁把门，只在春夏几个月做些批发。内地的各类杂货，很受胡人欢迎，用之交换牧人们的皮张，很合算。每年冬春之季，朱安世都会把换得的皮张运至东市，由钟三夫妇批发给三辅或关东的商贩。

昨天到的这批货量不小，是老板亲自押运过来的，为了赶在宵禁前进城，车队日夜兼程，货物卸下后，朱安世又困又累，匆匆吃了些东西，倒头便睡，直至翌日日上三竿。

"老三，河洛酒家还开着么？"朱安世眯着眼，用力伸了个懒腰，肚子咕噜咕噜作响。

钟三肯定地点了点头，"还开着。不过店老板换了韩孺的堂弟，叫韩毋辟。"韩孺从军后，仕途颇顺，把河洛酒家的生意交给堂弟打理。

"趁还未开市，人少，我们去那里吃点东西。"

河洛酒家靠近东市南门，两人走到时，见到店家的酒保正在下卸窗板，准备开张。见到钟三，笑道：

"钟老板，怎的今日恁早？"

钟三点点头道："有个生意上的朋友，到贵处整点酒喝，老板在吗？"

酒保看了眼朱安世，有些眼熟，可记不起是谁，于是扬扬手道：

"老板前两日回家有事，应该要回来了，不过不碍的，钟老板是熟客，二位先进去，我忙乎完这儿，就让灶上安排酒食，二位就赌好吧！"

进得店来，两人拣了个背静的座席坐下，朱安世前后打量着，店内的装潢陈设均显陈旧，已不复当年模样，曾经在这里欢聚的故友知交，多已零落，抚今追昔，倍感悲凉。良久，他收回目光，问道：

"老三，昨晚太疲惫，没能叙谈，京师这阵子有甚要紧消息吗？"

"南越王死了，路传告哀聘使前日已到京师，据说朝廷也会派使前往致祭。"

"长安治安如何，还是那个姓王的主事吗？"

钟三点点头道："还是他，拢了一班恶少年充当细作暗探，满城撒网，咱们得小心。"

"这里如何，安全吗？"朱安世用两指点了点食案，问道。

"老板原来也是江湖中人，这里还好，若有生客出入注意点儿就是了。"

"二位久等了，来点儿甚，昨日店里进了头野猪，很美味。"说话间，酒保已端来杯盘和酒具，边笑边问。

"怎么个做法？"

"后腿肉去骨褪毛，文火炖，凉透后连皮细切成脍，肥瘦相间，辅以豉酱蒜齑蘸食，下酒最妙。"

塞外牛羊肉不稀罕，倒是猪肉久违了，酒保连说带比画，把朱安世说得食指大动，于是颔首道："就请店家先上两大盘脍肉，再来盘生拌葱韭，酒两壶。"

酒保连声应承，正待离去，朱安世又叫住了他。

"公孙太仆的公子家你可知道？"

"知道，在戚里，敝店常为太仆家送菜，很熟的。"

"那好，烦贵店派人送个信给公孙公子，就说有朋友在这儿等他，请他过来喝酒，辛苦了。"言罢，朱安世将十几枚铜钱塞入酒保袖中。

"好嘞，二位先喝着，小的一准送到。"酒保揣起钱，欢天喜地地去了。

河洛酒家讲的是江湖规矩，从不问客人来历，但能称太仆公子为朋友的人，绝非普通人，这是有豪客到了。

听到开市的鼓声，张次公勒转马头，向东市驰去。虽离开多年，但他仍怕被人认出，为了尽可能少地在长安城内露面，他昨天去了霸陵，将太后的赐品送去樛家，主家设宴款待，当晚就留宿于霸陵。

走到河洛酒家门前，他犹豫了好一会儿，当年还是北军校尉的时候，常与军中同僚在此买醉，虽是南越装束，会不会被熟人认出来呢？推门进去，只一席上有人，细看去，不由得喜出望外，叫道：

"朱叔，果然在此！"

张次公推门伊始，朱安世就盯住了他，可张一身越人衣冠，一时没敢相认，于是冲张招招手，示意他过来。

"次公？"

张次公点点头，笑道："钟兄也在？原以为得去塞上找你们，不想巧遇于此，老天庇佑，真是太好了！"

钟三招呼伙计添酒加菜，三人推杯换盏，互道契阔，喜悦之情，溢于言表。张次公将婴齐中风暴毙，其子赵兴继位，樛氏上尊号为王太后等事细细陈述一遍后，问道："阿陵要我问问，北边还干不干？要干，怎么干？"

朱安世颔首道："我才从北边过来，大计不变，当然干。南越现况怎样，王与太后意向如何，肯抗拒汉廷吗？"

张次公摇摇头道："指着新王与太后，决无可能。阿陵说，要真干，须说动越相吕嘉，此人三朝元老，朝野上下人望极高，有他参与，大事方可有成。"

朱安世若有所思，看来最好还是由南越发动，北边联动策应为好。西羌近塞，匈奴快马数日可至。而岭南山高水远，耗时经月，亦难通消息。

"你随南越报聘告哀使团来的吗？甚时候回去？"

张次公颔首道："快了。等拿到皇帝册封越王与王太后的制书和颁赐物品就将启行。皇帝还派了正副专使赴越吊唁致祭。可这么一来，我反倒不便随行，得自己独自回去了。"

"为甚？"

"朝廷派的专使安国少季，当年同在宫中为郎，会被他认出来。"

钟三双眼一亮，问道："是当年与越太子妃有旧的那个人吗？"

张次公颔首道："对，就是他。朝廷想利用这层关系，说服南越内附。"

"可能吗？"朱安世追问道。

"可能。太子年少，大事都是太后拿主意。太后原本就是汉人，娘家就在霸陵，我昨晚还去过。在太后眼里，大汉要远亲过化外蛮夷，她一心想的都是归附中土。"

"内附，那个吕嘉能从吗？"

"难说。王室与南越朝廷表面一家，内里不和。王后不信任他们，他们更不信任王后，可话说回来，太子终究会听太后的，挟天子可令诸侯，不从又能怎么办！"

朱安世蹙额沉思。看来，南越的事情难办。蛇无头不行，刘陵一介女子，游说吕嘉多所不便。事关成败，不赶去帮她，怕还真是不行。

"事不宜迟，我们得赶在汉使前面，次公，我们一起走。"

"甚时走？"张次公不由喜动颜色，有朱安世在，他们就都有了主心骨，更何况他的一颗心全在刘陵身上。

戚里的长街上，金仲自驾着辎车，踽踽独行，一腔的戾气，无从发泄。自皇太后宾天后，金家就失了势。母亲修成君只知守财，食邑的进项被她牢牢把着，除去日用之外，绝不肯多掏一文钱。姊姊退婚再嫁不成，怨天怨地怨家人，活脱脱一个怨妇。妻子则怪他非赌即嫖，不务正业，顶不起门梁。三个女人一台戏，整日里数叨他，难得片刻清静。自从与公孙敬声等因赌交恶后，原来那些势族豪门也渐渐疏远了他。他一度想要振作，托母亲请皇帝允他进宫宿卫，皇帝笑笑，传话给他，说他不是那块料，要他老老实实过日子，切勿为非作歹以蹈罪衍。

他憋着一股气，公孙敬声有何能为，如今已经做到了千石的太仆丞，无非借了爹娘的势。他更羡慕的是陈珏，没了爹娘管束，继承的大笔家财，几辈子都花不完。他数夜难眠，思来想去，决意做番让亲友刮目相看的大事。这件大事，就是找到朱安世藏身之所，把舅舅念念于心的这个家伙抓到，置之于法。皇帝会看到自己的价值，仕路也必会向他敞开大门。

为此，他去找了王温舒，王温舒知道他的身份，对他很客气，甚至还有点谄媚。他还是从王温舒那里得知朱安世与舅舅有个几十年解不开的结，他恨不早知此事，那样他有的是机会帮官府抓到朱安世。朱安世眼下背负重案，音声渺茫，很可能躲在塞外。可他知道朱安世搞到好马，就一定会卖到长安，来长安就免不了在几个弟子家下榻，他悔恨自己一时财迷心窍，与师傅绝交，与朋友疏远。但亡羊可以补牢，他只要盯住公孙敬声与陈珏两人，早晚可以捕捉到朱安世的行踪。当然，这是独得之秘，不可泄露。他告诉王温舒，朱某早年曾指教他功夫，很熟，一旦发觉其踪迹，就会通知中尉府抓捕其到案。王似信非信，但同他撒出去的众多眼线一样，许给他每日千钱，作为辛苦费。这样，每日他都会驾车游走于长安街头，寄望能有一天遇到朱安世。

日已过午，他觉得有点饿，将车停在里门一侧，正欲回家，却见公孙敬声驾车而出，车侧站着个人，穿着像是店家的伙计。出里门时，公孙看到了他，冷漠地点了下头，随即一抖缰绳，朝东市方向，扬长而去。抖得个甚威风，十年前还不是人前人后地跟着老子混！金仲愤愤于心，好一会儿才意识到公孙敬声的去向不对，他不是去上朝，车上那个伙计模样的家伙一定是来传口信的，他会去见谁呢？

河洛酒家，对，肯定是河洛酒家，那里是南来北往的游侠们必到之处，公孙敬声要是去那里，约他见面的人十有八九会是朱安世。他心里涌过一阵狂喜，如果朱某真在那里，他的愿望就将大功告成，锦绣般的前程仿佛正向自己招手。他跳上辎车，向中尉府的方向跑了几步，又调转车头向东市而去，他要拿到确证，再报官抓人。

"这是公子和昭平君去年的利钱，你点点收好。"朱安世将一袋重物扔到公孙敬声脚下。

公孙敬声摇摇头，笑道："有大侠之称的，哪个不是一诺千金，我们信得过才入伙，点甚点，师傅见外了不是！"于是招呼酒保，拣最好的菜式上，连带先前的酒食统统由自己会账。

朱安世并不推托，颔首道："这几年艰困，西域的生意一直未成，不过二位放心，钱亏不了，大财早晚有得发。"

他又指了指钟三，"这几年占了你们的本钱，我心里也不踏实，这次来京师，带了两匹好马，你和昭平君一人一匹，一会儿跟你钟叔去牵走，权作答谢吧。"

时已过午，食客渐多，酒家内落座的食客有八九席。公孙敬声偶一回首，

815

正与在门边窥视者四目相对。公孙敬声面色惨白，轻声叫道："不好，咱们被盯梢了。"

"盯梢，是谁？"朱安世脸色一沉，轻声问道。

"是修成子仲。"

朱安世等齐向门口望去，门西头有两席客人，并无金仲踪影。

"你没看错？"

"绝对没错。刚才赴约时，我还在里门遇到他，他与你我熟识，悄悄跟过来，也不打招呼，肯定没好事。"

"哦，怎么见得？"

"我听说他做了中尉府的探子！"王温舒为官，最擅夤缘权门势要，外戚豪门首推卫氏一门，故王奔走往来无虚日。金仲甘充密探，就是他对太仆公孙贺当作笑话说的。

金仲若去报官，连累店家朋友不说，还会坏了自己的大事。

朱安世的目光黯淡下来，站起身对钟三使了个眼色，钟三会意，起身而去。看着满脸焦虑的公孙敬声，朱安世拍拍他的肩头道：

"谢谢公子告诉我这些，以后有工夫再聚，你放心回府，余下的事由我们来办。"

出得门来，钟三已将两匹快马牵来，朱安世附在张次公耳边说了些什么，张次公点点头，径自离去。两人跃上坐骑，向北军方向疾驰而去。

绕过华阳街向北，有条窄巷，穿过这条窄巷，就是香室街，香室街的北头，就是中尉府。金仲将轺车拐进窄巷，心情才放松下来，再过一会儿，他就要大功告成。他已确认了席中有朱安世，但愿没有惊动他们，半个时辰后，就可一举成擒。

舅舅赞许的笑容，母亲与妻子喜悦的目光，邻里羡慕的神情，公孙敬声、朱安世颓丧绝望的眼神，——浮现于面前，成功在即的喜悦充溢着他的全身，他深深地吸了口气，抖起缰绳，直奔巷口而去。

但见巷口拐进一人一骑，横在巷中，挡住了去路，随即听到了一个熟悉的声音：

"金公子，见熟人招呼不打一个就走，这么急，你这是要去哪啊？"

金仲脸色煞白，抬眼看着面前之人，下意识地将手按在了剑柄上。

"怎么，想动家伙？"朱安世翻身下马，向金仲走来。

"你别过来！"

金仲跳下马车，抽出长剑，边挥边叫，转身朝巷子另一头跑去。只要跑到华阳街，遇到巡街的缇骑，就有机会脱身。将到巷口时，他回过头看看，朱安世已落下老远，正牵转辎车的马头，慢慢跟在他后面。

正待出巷，巷口却又闪出一骑挡住了去路。来人面色黧黑，扬手抛出一团绳索，不待金仲反应过来，双臂及腰部已被牢牢缚住，动弹不得。金仲一面大呼救命，一面试图用剑挑割绳索，那人纵身一跃，将他扑倒在地，用臂弯勒住他的脖颈，片刻之后，金仲便昏死过去。

在通往峣关官道旁的一处荒僻的灌木丛旁，三个人坐在一处矮丘上，望着脚下深可及丈的矩形土坑。

"老板，这可是皇亲贵胄，这么干，你想清楚了？"

张次公挖完了坑，忽然觉得后怕，他看着正在沉思的朱安世，觉得不能不提醒一下他。

朱安世抬起眼，点点头道："这混账东西知道的太多，若被他告了变，你我不说，老三的货栈、河洛酒家、公孙公子都会被牵累，吾等日后在京师将无立锥之地，两害相权取其轻，我们这是不得已。"

钟三不屑地朝地上啐了一口。"皇亲贵胄？多半都是他娘的坏种，尤其这个姓金的，恶名昭彰，咱们这是为民除害。"

朱安世抬头看天，起身道："日头快要落了，办事情吧。"

三人走到不远处，将一只扎着的布袋解开，把绑缚着的金仲拖了出来。朱安世扯出他口中的破布，解开他的束缚。

金仲扑通一声跪倒在地，涕泪交流道：

"上次樗蒲时弟子输急了眼，得罪了师傅。今日见到师傅，本想当面致歉，可忽觉无颜相对，故而……"

朱安世面色蔼然，可声音很冷："不用说了，带你来这儿，为的是跟你结账的。"

"结账？"

"对，结账。我们三个人中，一对一，你随便选一个，胜了，咱们两清，你可以回家。"言罢，朱安世将金仲的剑扔到了他脚下。

"我剑术不精，必输无疑，我不比。"

"这是给你个机会，让你死，也死得有尊严，不比剑，自我了断也成。"朱安世冷笑道。

"我即便得罪过师傅，也罪不至死，凭甚要我死！"

"得罪我？我会跟你一般见识？你真是太小看我朱安世了。自作孽，不可活。也好，事不过三，我把账跟你算算清，让你死个明白。

"头一次，你跑到河洛酒家逞凶闹事，韩千秋要结果你，是我到场缓颊，你逃过一劫，还记得吧？

"第二次，在羊肠坂，郭翁伯为他小弟出头，要取你性命，是义纵把你救下，没错吧？

"今日你跟踪公孙公子到河洛，看到吾等，反身即去中尉府告变，想把吾等一网打尽，可惜未能得逞。江湖中人，最恨的就是告密的，你犯下了，就得死。"

"谁说我要告变？"金仲边叫，边挥剑乱刺，借三人躲闪之机，慌不择路地向矮丘跑去。钟三抽出腰间的匕首，应手一掷，正中其后腰，金仲惨叫一声，一脚踏空，跌进了土坑中。

一〇六

元鼎四年的一个秋日，时近黄昏，番禺城南越国相府邸前警卫森严，一驾疾驰而来的轺车，在府门前停下，自车上下来一男一女，自称有要事求见国相吕嘉。

吕嘉字子美，年逾七十，满头银发，美髯苍苍，作为三朝元老，自王室宗亲至普通百姓，都视他为本国的柱石重臣。吕氏宗亲在朝出仕为长吏者多达七十余人，男子尽尚王女，女子皆嫁王子宗亲，吕嘉本人与苍梧王赵光为姻亲，其弟吕祥总领都城禁卫，阖门贵盛，为王室倚为国之干城。然而自婴齐暴毙之后，吕氏与王室的关系急转直下，积不相能，几乎到了水火不容的地步。

起因还是王太后一心想要内附，而他侍候的三代越王，对汉廷都是佯作臣服，实为自主，老王赵佗、赵胡甚至自称皇帝，绝无附庸中原之意。汉廷借新王初立，派来专使，名义上是吊唁婴齐，册封新王，实际上是趁此主少国疑之际，策动内附，把南越纳入汉朝的版图。南越立国九十年，一枝独秀于岭南，它的独立自主绝不能失于己手！吕嘉自认肩负先帝遗志与百越民望于一身，内政自主是他心中最后的底线，为此他会与汉使巧为周旋，甚至不惜一战。令他痛苦与郁闷的是，王室不站在他一边，尤其王太后，能以亲娘身份左右新王。而与王室作对，会使他落下欺君甚至篡夺的恶名，名不正则言不顺，言不顺则事不成。作为大臣，他尚无充分的理据，去动员朝野跟从他抗拒君主的意志。

他曾数次上书新王，谏止内附，但不被接受。现在看来，王室内附之意已决，所差的就是以他为首的百官的附从，为说服他，汉使曾数度来访，吕嘉皆称病不见，他知道不可能这样长期拖下去，他必须尽早做出决断，而昨日发生的事，更使决断迫在眉睫。

昨日凌晨是明王①的奉安大典，作为丞相的他必须到场。仪典之后，朝廷举行酒筵，答谢汉使，大宴群臣。主席布于正殿之内，王太后南向，新王赵兴北向，汉使东向，吕嘉等几位重臣西向，百官则皆设席于殿前之广场。席间酒过数巡，王太后对他说，南越内属，于国家有大利，丞相却视之为洪水猛兽，为的是甚？他揖手作答，自称愚昧，不知大利何在？之后那个年轻的副使，巧舌如簧，大谈内附的好处，说什么六合同风，九州共贯，天下一家，正是春秋大一统之宗旨，边鄙如南越，亦可同享中原文化，共臻繁荣云云。他则反驳称边鄙之人，更愿意过自己习以为常的日子，中原的富庶，非蛮夷所能消受。邦畿之外，是为五服②，南越地处边裔，百越断发文身之族，是为荒服，九十年安定平和，屏藩大汉，继续这样下去，是越人一致的愿望。

两人愈辩愈烈，渐渐红了脸，那副使冷笑道，南越能有今日之规模，还不是有赖中原人的开发，百年前秦皇帝以屠雎为将，伏尸流血几十万，将岭南收入中国版图；大汉承天之赐，取而代之，南越三郡乃秦之遗产，自当由大汉接收，难道丞相想要螳臂当车，使南越百姓生灵涂炭，重陷于水火刀兵之中么！他则针锋相对，寸步不让，称南越一向恭顺大汉，从不惹事，可也不怕事，你口出狂言，我却不信你能做得了天子的主，有本事你就放马过来！

王太后怒容满面，高声呵斥他无礼，他环视四周，见殿内外的侍卫皆是生面孔，意识到这是场鸿门宴，于是托言如厕，起身而去，径自回府。有了这场冲突，双方势同水火，都没有了转圜的余地。吕嘉当日便令吕祥于都城警戒，另派重兵拱卫相府。一时间，番禺城内，风声鹤唳，人人感觉将有大事发生，路上几乎见不到行人，只有全副武装的骑兵巡逻于街头。

---

① 明，是南越王婴齐的谥号，亦称明王。

② 五服，西周时兴起的一种封建制度理论与实践，即周天子所居邦畿之外，以亲疏远近与文化发达程度而分封的众多邦国，为周王朝起到层层屏藩的作用。

侍卫将那两人带入中堂时，吕嘉正斜倚于卧榻之上，与吕祥等亲信议事。那男人六十左右，须发苍苍，气场很强，一望而知是个阅历很深的江湖中人。女人年约三旬，面容姣好，穿着则如寻常富贵人家的女眷，但他仍一眼认出，这女人是王太后身边的女官。

吕嘉盯着刘陵，冷冷地问道："你是太后的人，来此做甚？"

"我来告诉国相，大祸即将临头，请早作准备，一旦事发，吕氏阖门恐无噍类。"

"你好大的胆，敢对国相危言耸听……"吕祥闻言大怒，拔剑直指刘陵。

朱安世一把将刘陵拽至身后，双目圆睁，怒喝道："大汉王室翁主在此，谁敢无礼！"

王室翁主？吕嘉等人一时蒙了，良久，吕嘉望着刘陵，问道："你明明是太后身边的女官，何时又成了翁主，你到底是什么人，从实讲来。"

"我实为淮南王刘安之女，家门罹难后化名陈菁，避祸于贵地，侍从王太后，是以宫廷暂作栖身之地。"

"你既是淮南之后，想必也是汉廷缉拿的要犯，就不怕我们将你捉拿归案吗？"

刘陵全无惧色，冷冷地说："不怕。越国境遇与当年的淮南没甚不同，也已大祸临头。昨日酒筵上，若非新王一把抱住太后，汉使逡巡不决，国相早已血溅朝堂，头悬东市了。"

"血溅朝堂？怎么说？"吕嘉狐疑满腹，昨日虽是场鸿门宴，但他决不相信那对孤儿寡母敢加害于他。

朱安世道："国相昨日起身离开，刚下阶几步，太后就抓过卫士的长矛，欲从后锬杀之，若非新王与大臣们拦阻，你早没命了。翁主当时就在现场，乃亲眼所见。"

刘陵又道："再者，太后已通过汉使上书朝廷以求内附，国相即便不同意，一旦汉帝允准，生米做成熟饭，悔之晚矣。"

吕嘉一怔，追问道："有这等事，上书内说些什么？"

"我听太后说，书中陈请比内诸侯，三岁一朝，废弃边关，往来自由，实行汉法，国相、太傅、内史、中尉以下之长吏，可以自置。太后与王，已饬令少府置办行装、贡物，看来不久后就将入汉朝觐了。"

吕嘉感觉到了后怕，更愤懑于心，凛然道："你我素昧平生，吾之死活，与汝何干，告我此事，所为何来？"

"贵国为汉使所逼，归顺或抗拒，已到了不得不抉择的关头，国相昨日与汉使舌战，不落下风，长越人志气，我从心里佩服。为报淮南之大仇，小女子卧薪尝胆十余年，总算遇到了可与结盟之人，愿与贵国联手发难，对抗大汉。"

刘陵侃侃而谈，带着股巾帼英气，吕嘉不由得刮目而看。但随即摇头道："结盟抗汉？我南越地兼三郡，民人百万，尚不敢挑战大汉，你一亡命孤女，又有何能为，说这等大话！"

刘陵莞尔："国相误会了。我所言结盟者，非个人，乃国与国之盟。请容我介绍匈奴专使，朱安世朱大侠。"

吕嘉兄弟面面相觑，打量着面前这位老者，看装束明明是个汉人，又怎么会是匈奴的使者呢？

朱安世则不慌不忙地从怀中掏出一卷羊皮纸，解开捆扎着的丝带，递给侍卫道："这是加盖了大单于乌维印信的亲笔的文书，请国相过目。"

吕嘉接过文书，文书附有汉字译文，展读之下，他眉头舒展，喜色盈然。"这么说，不仅匈奴，连那西羌也欲结盟抗汉？"

"是的。"

"大单于寄望于南越的又是什么呢？"

"自然是三方结盟，同时发难，使汉军首尾难以相顾，文书上写得很明白。"

吕嘉摇头道："结这个盟，得过王、王太后这关，尔等也知道王太后是汉人，自来就亲汉，一国之君不点头，这个盟怎么结，请专使指教。"

"南越兵权握于国相之手，只要国相点头，可以瞒着王室，秘密结盟。"

"王终究是王，背王结盟，不啻悖逆作乱，名不正则言不顺，言不顺则事不成，在国人心中，吾等若被视为犯上作乱的叛贼，有多少人敢跟着老夫干，实无把握。"

刘陵抢前一步，敛衽为礼道："国相大人昨日酒宴上与汉使唇枪舌剑，几致决裂，已没有了退路。至于王太后更无廉耻，汉使安国少季，是太后少时之男友，此番出使，二人重续旧缘，宣淫后宫，污辱先王与国家体面，越人若知道了真相，王室声名会扫地而尽，届时国相可以会同朝廷，废黜太后母子，改立新王的！"

吕嘉兄弟瞠目结舌，他之前也听说过，王太后三天两头召汉使入宫议事，以为是她投汉心切，全未料尚有苟且之私。刘陵揭破此事，于南越的宫廷政争中，给了他极大的信心与助力。

"翁主此话可真，也是汝亲眼所见？"

"我不在宫里住，但我知道太后曾于夜阑更深之际，单独召见安国少季叙旧，我求证于太后女侍，都说这样的私会已不下五次之多。你说真不真？"

吕嘉气得发抖，从榻上一跃而起，怒骂道："好个淫恶的女人，吾岂能容你毁我越国！"

他慢慢走到刘陵身前，问道："翁主说的改立新王，又是怎么回事？"

"我服侍宫中时，尝听说明王入汉宫宿卫前已有妻子，生有一子，对吧？"

吕嘉憬然而悟，颔首道："不错，明王赴汉前，文王①为她娶了个越裔妃子橙氏，生有一子，名建德。明王立赵兴为太子后，他避地苍梧，没在番禺。"

朱安世揖手道："敢问国相大人，现在可以下决心了吧？"

"决心？当然。可兹事体大，还要容老夫与群臣从长计议。"

"敝人要回报大单于，不能久留南越，请大人把心里的决断告诉我，也好对单于有个交代。"

"这个嘛，请专使代吾知会大单于，吾等绝不容王太后卖国求荣的。吕祥，宫中的侍卫有多少？"

吕祥道："忠于王室的，两千人总有了。"

"好，自明日起在番禺暨周边戒严，以非常时期，严密监视王宫与驿馆的汉使团，任何文书，未经察验不得出入宫禁，之后派人分请各位大臣，明日一早来相府议事。"吕祥应诺而去。

于是又告诉朱安世，番禺城内外驻军三万，皆在吕祥掌握之中，完全可

---

① 文王，即南越第二代王，太子婴齐之父赵胡，薨后谥文，史称南越文帝。

以控制住都城的局面，这以后他会将太后的丑闻散播出去，与地方各郡长官互通声气，动员全国之力反对内附，届时朝廷集议，废黜太后，改立新王，待举国一致后，南越方可正式与盟。

"请大单于放心，南越绝非俎上鱼肉，可任汉人宰割。"

朱安世未得要领，追问道："请国相大人告诉我一个准信儿，南越何时起兵，有了这个准信儿，北边方可起兵策应。"

"起兵？专使误会了。汉军不来犯，南越为何冒险犯难，主动启衅？"吕嘉狡黠地笑了。

朱安世的目光黯淡下来，哂笑道："大人未免天真了，废了王与太后，等于打了皇帝的脸，你以为他不会为此大动刀兵吗？"

吕嘉不悦，傲然道："他动刀兵，我们也就动刀兵，一句话，人不犯我，我不犯人；人若犯我，我亦犯人！"

朱安世摇摇头道："除非四方联动，方可起到牵制作用，不然汉军大军压境，各个击破，国相悔之晚矣。"

吕嘉极为不悦，开始怀疑朱安世力促南越发难，是匈奴为了减轻自身压力，把祸水引向南方，以乘虚蹈隙，入塞抢掠。

"我南越虽僻处南荒，可也见过大阵仗。秦皇帝以五十万大军，耗时数年拿不下南越。吕太后时，汉军亦曾大军压境，终以暑湿瘴气、士卒大疫而不能越南岭一步。"

"那是百年前，南岭只有鸟兽之道，进兵当然不易，可如今五岭皆有路可通岭南，灵渠水道更便于军辎输送，大人勇气可嘉，但今非昔比，独木难支广厦，望大人三思。"

吕嘉伸出三指，颇为自负地说道："老夫三朝为相，与汉人周旋多年，汉硬，我便软些，汉使走了，我朝依然故我，只要不撕破脸皮，皇帝就难下大张挞伐的决心。兵凶战危，数千里征伐，那么容易？光粮草辎重没有个半年一载的备不齐，边塞的驻军不能动用，从各郡国征发凑集，没个半年一载的也难以成军。所以我才说不可轻启衅端，我南越不启衅，汉廷亦不会轻动刀兵。而只要南越自立，汉廷就不能不有几分顾忌。你回去把这层意思知会大单于。"

"可当今的皇帝乃雄猜之主，睚眦必报，决不会容贵国偏安一隅，卧榻之旁，岂容他人酣睡？他想要的是真正的大一统！"

话不投机，多说无益，朱安世拉着刘陵辞出相府，刘陵心有不甘，一路责怪他没有耐心，只有说服了吕嘉，南越方能起兵抗汉。朱安世闷不作声，直至回到住所，方将张次公、阿苗叫到一起，很严肃地对刘陵说道：

"我在江湖上扑腾了一辈子，阅人多矣，这个吕嘉是个老狐狸，决不会为他人作嫁。吾人愈劝其起兵，他的疑心愈大，过犹不及，就是这个道理。"

"这么多年的努力，难道就这样算了！"

看着刘陵沮丧的样子，朱安世笑道："哪能算了，吕氏在朝势大根深，与国休戚，这决定了吕嘉绝对会阻止内附，你们会问这是为甚，汉历朝为强干弱枝，都会将地方世家大族迁往长安，南越一旦内附，他吕氏亦难逃此等命运，你说他们肯吗？不肯，他吕氏就成了大汉与王太后必欲除之而后快的眼中钉、肉中刺，再加上阿陵知会他的那几件事，足以成事了。"

张次公问道："甚事？"

"阿陵告诉吕嘉王太后要杀他，吕氏与亲汉的王室势成水火，再难转圜。他又得知了王太后的秽事，抓到了对手致命的短处。我敢说，或迟或早，内乱必起，王太后必被杀，越汉必会兵戎相对。"

言罢，朱安世拍了拍刘陵的肩头，吩咐张次公、阿苗马上打点行装，即刻离开这个是非之地。

三人一惊，不明所以，目光齐齐盯在他身上。

"阿陵与我的身份已经暴露，吕嘉那老狐狸杀了王太后，为了平息天子之怒，难保不首鼠两端，拿我们顶罪。番禺明日即将戒严，此时不走，我们再脱身就难了。"

张次公道："我们去哪儿呢？"

"我要回匈奴复命，当然回塞北，眼下那里最安全，你们可随我同去。"

刘陵道："十年了，阿陵不孝，未能赴父王坟前一哭，戚戚于心久矣。我要去淮南一行，阿苗、次公随我同行。拜祭完父王的陵墓，我们会去投奔朱叔你的。"

朱安世点点头，从行囊中取出几支空白的关传，交给张次公。

"也好，一路关山阻隔，路途艰险，你们多保重！来北边先去长安东市找钟三，他会想办法送你们出塞的。"

　　翌日，通过曾出使过大汉的南越官员，吕嘉查明了朱安世与刘陵的根底，确认他们是伏案在逃的钦犯时，吕嘉登时有了种奇货可居的喜悦，决定将二人扣作人质，迫其效力于自己。但当吕祥带着大批军卒赶到刘陵住处时，却早已是人去屋空，满眼狼藉了。

一〇七

　　元鼎四年秋九月，历时三年的柏梁台终于竣工了，工程之浩大令人叹为观止，材料皆用香柏原木，有风天气，香闻数十里。台高可数十丈，直矗云天，与未央宫北阙遥遥相望。台上立有一巨大的铜凤，以示群仙毕至，凤凰来仪，故又名凤阙。台旁又立有铜柱，粗可七围，高二十丈，上托仙人乘露盘，皆以精铜铸作，金光耀目，不可方物。自国初萧何营建未央宫以来，长安城再无如此宏伟的景观，远近五陵百姓蜂拥而至，摩肩接踵，争睹为快，长安道路为之拥塞。

　　落成后，刘彻命少府再制玉印一枚，上刻"天道将军"，于夜间在柏梁台行拜赐仪式。是夜台上遍竖白茅，天子之使郭彤与通神之使栾大，皆身着少府绣女以鹤羽精工缝制的羽衣，立于白茅之上，行授受之礼。栾大一再强调神仙不与身份低贱者交通，故作如此布置，以示他不臣，而是神人之间的信使。

　　之后，栾大治装东行，入海找寻其师安期生，行前向皇帝辞行，巫称柏梁既成，仙人当欣然来会，皇帝长生有望。刘彻粗算其途程，去来半年可期，于是日日悬望，心心念念的都是栾大与神仙，直至南越王室的告急文书摆到案头，他才从自己的神仙梦中清醒过来。

　　上次王室的文书，是请求内附的奏章，刘彻大喜，大度地答应了南越的要求，并已命少府刻制南越国相、太傅、内史与中尉的印信。不想半月后风云突变，王太后欲杀吕嘉不果，反而被吕嘉控制的军队围困在王宫中动弹不得。

　　看过告急文书，刘彻悔怒交加。悔的是自己轻信了终军的大言，竟以为可以凭借口辩拿下一个国家；怒的是吕嘉作梗，致使南越内附生变，而汉使优柔寡断，没能抓住仅有的机会，助太后诛杀吕嘉。

好在吕嘉没敢公然作乱，王室仍心向大汉，现在需要的，就是派去一支可供使用军队，拱卫王室，威慑吕嘉。经过数日斟酌，刘彻召见了北军校尉庄参，他曾在霍去病麾下为将，以多谋善断知名。另一名被召见的，则是刚刚卸任不久的济北相韩孺，刘彻拟以二人为将，带兵二千，赴南越搞定内附之事。

不想庄参听过，面露难色，顿首陈情："区区二千士卒不敷足用，得出动大军。"

"怎么说？"刘彻不悦，脸一下子沉了下来。

"若宗藩交聘，数人足矣，如陛下派安国少季、终军赴越，说动王室内附。可风云丕变，眼下非临以兵威不能迫其妥协归顺，而吕嘉三世为相，势大根深，南越军权尽握于吕氏之手，制服吕氏，非大动刀兵不可。"

"韩孺，你以为如何？"刘彻压住了内心的不快，但已认定庄参未战先怯，成事不足。

"庄将军未免过虑了。王室既然心向大汉，区区吕氏一族，不啻螳臂当车。臣愿得勇士二百人，定斩吕嘉以徇！"韩孺长头大鼻，状貌甚伟，言谈铿锵，一望而知是条有血性的汉子。

庄参不屑地笑笑，反唇相讥道："兵法善战者，先为不可胜，以待敌之可胜。大话谁不会说，千秋豪气干云，可你未带过兵，未免轻敌了。"

"你倒是带过兵，可未战先怯，沮我士气，不配为将，当年霍去病可不是你这样子！"

庄参的态度激怒了刘彻，于是立时免去了他的校尉，敕令其赶赴陇西，协助骑郎将李陵校练新军。

至于韩孺，则被任命为主将，另委郎官樛乐为副将。樛乐是南越王太后的兄弟，派他随军，为的是便于与王室沟通联络。

二个月后，一路舟车劳顿，汉军抵达汉越交界处的梅岭①，梅岭横蒲关，

---

① 梅岭，即今之大庾岭，为赣江与珠江（北江）之分水岭，古称塞上，秦时改称横蒲关。

有越军驻守，但未作抵抗，放汉军过岭。过岭后汉军顺浈水南下，途中连克两座小城，越人非但未作抵抗，沿途甚至供给汉军粮秣。韩孺、樛乐更认定越人不敢抗拒，此行定可不辱使命。

孰料这完全是吕嘉预设的圈套。接到汉军越岭，人数不过二千的消息，吕嘉即于当日公告全越，以王太后淫乱宫闱、勾结汉使、卖国求荣为名，发动政变，立明王长子赵建德为新王，并连夜以大军攻破宫门，诛杀王、王太后与诸汉使，之后封锁消息，并在番禺北面埋伏下大军，静待汉军入彀。而韩孺等亦风闻有变，派樛乐率八百骑驰赴番禺，增援王室，自己则率一千二百步卒继后，两军相继在距番禺四十里处，遭到数万越军围攻。众寡悬殊，不到半天，汉军全军覆没，越人将韩孺、樛乐、安国少季与终军的首级封入木函，连同汉使牦节，送至屯驻于桂阳的卫尉路博德处，谩辞①谢罪，声言王太后与汉使淫乱，招引汉军无故内犯，消息传出，越人愤怒，群起而攻之，汉使暨汉将皆不幸罹难，实出之于无奈，望朝廷谅解。现新王已立，南越愿偿以巨资，继续为汉屏藩云云。

看过路博德的奏报后，刘彻脸涨得通红，握拳猛击御案，满腔的怒火久久不能平息。自登基以来，他还从未遭遇过此种难堪，可这个吕嘉做下了，这是对大汉的挑衅与嘲弄，是可忍，孰不可忍！天子之怒，伏尸百万，流血千里！他几乎是立刻下了决断，要诛灭南越与吕氏，让这些可恶的蛮夷领略大汉的雷霆之怒。

冷静下来后，他召见卫青等一众将领和大臣，筹划大军征讨南越事宜。时值三月，为了不延误农时，他决定不从民间征集士卒，而是将各郡国牢狱中年富力强之罪犯赦出，统一编练成军。这二十万大军而外，还要遣使分赴东越、夜郎、南越，宣告朝廷即将大张挞伐，诛灭吕氏的决心，以此先声夺人，最大限度地孤立南越。

朝议提出，韩孺的失败，出于轻敌和误判，损害了大汉的声威，应予惩戒。刘彻则力排众议，称其一往无前，勇气可嘉，可为三军表率。由此特加封韩

---

① 谩辞，欺诳的言辞。

孺之子韩延年为成安侯，樛乐之子樛广德为龙亢侯，以为表彰。在以何人出任大军统帅上，朝议均以卫青为最佳人选，奏请以大将军总领师干，以一事权，但刘彻认为，五岭山川隔阻，路途远近、行军迟速不一，难于划一，决定由各路将领因地制宜，自行决策，他相信，如此南越备多力分，既可分散敌方的兵力，又可激发各路争功好胜的心理，提振汉军士气。

岭南山川阻隔，路途遥远，军资转输多倚水道，故春夏两季，汉军除编训新军外，就是大造船舰，对南越的攻心战亦初见成效。先是，东越王馀善上书，愿以八千人从汉军讨伐吕嘉，其后南越桂林郡两名亲王室的将领投奔汉朝，据他们提供的消息，吕嘉的势力集中于越都番禺，各郡长官多为秦人后裔，心向中原，意存观望，只要攻克番禺，吕氏势力将会土崩瓦解，各郡可望风行草偃，不难传檄而定。

转眼入秋，七月，刘彻与诸将多次会议，反复斟酌后，颁布了五路出征的将帅与路线：

第一路，以屯驻桂阳的卫尉路博德为伏波将军，自桂阳、洭水①、溱水②一路进击番禺；

第二路，以主爵都尉杨仆为楼船将军，自豫章③泛舟章水，南下梅岭④，夺横浦关入越，弃陆登舟，循浈水⑤、溱水直抵番禺，与东越士卒会师城下；

第三路，以归义越侯⑥阮严为下濑将军，率由巴蜀罪人编练成军者自灵渠分水塘入漓水⑦，自漓水南下苍梧⑧；

第四路，以归义越侯范甲为戈船将军，率由巴蜀罪人编练成军者自零陵、

---

① 洭水，今广东连江，古称洭水。

② 溱水，今广东北江，古称溱水。

③ 预章，今江西南昌，古称豫章；章水，赣江古称。

④ 梅岭，即大庾岭，五岭之一。

⑤ 浈水，今北江上游支流，自韶关汇入北江。

⑥ 归义越侯，武帝封归附的越南将领为侯，故称归义越侯。

⑦ 漓水，今广西漓江，西江支流，自梧州汇入西江。

⑧ 苍梧，南越三郡之一，在今广西梧州。

潇水①，自严关②过岭入越，循贺水、郁水③直下番禺；

第五路，以越降将、驰义侯陈遗率少量巴蜀罪卒，赶赴夜郎国，就地征发士卒后，自牂牁江④泛舟而下，与其余四路大军会师于番禺城下。

五路大军中第二路最精锐，最为捷径，也最先到达，越岭后先破寻陕，再破石门⑤，连挫越军，越军不敌，全线收缩至番禺外围。汉军数万大军顿兵坚城之下，约定会师于城下的东越舟师却不见踪影。原来，馀善所部行至揭阳，就被迎候那里的南越使者拦下，说以唇亡齿寒的道理。馀善于是以风急浪大为借口，将舟师停泊于揭阳海岸，与南越互通声气，阴持两端，坐观成败。好在杨仆先已虏获了越军运粮的船队，粮秣无虞，于是安下心等待其他几路大军的到来。

第一路汉军，大部分由巴蜀卒编练而成，加以迂回路远，行进缓慢，为避免失期，路博德率其精锐千余人，扬帆先发，于数日后抵达番禺，与大军会合。

又等了数日，其他三路杳无音信，久拖下去粮秣堪虞，且会影响大军作战士气，两人一商量，决定分兵自东南与西北两面夹攻番禺。

看到朝廷公告大举征伐的檄文，吕嘉就开始在番禺城囤积粮秣，加固城墙，汉军入境后，更是于周边坚壁清野，寄望于汉军久困坚城，粮秣不继，最终知难而退。孰知杨仆早于过岭之际，即留人砍伐巨木，自水路放排而下，半月之后，就造成了数百架投石机与冲车。番禺城内房屋多为土木建筑，杨仆算定，越人很难经得起火攻，一旦城内火起，必将人心大乱，辅以冲车强攻，番禺必破。

路博德兵少，除多设营帐，虚张声势，防止城内人外逃之外，以攻心为上。他派出多路使节，分赴各郡，公布吕氏弑君篡位之罪，传达皇帝的意旨：效

---

① 潇水，湘江上游古称潇水。

② 严关，即越城岭，五岭之一，秦代建有严关。

③ 贺水，今广西贺江；郁水，今两广西江古称。

④ 牂牁江，即今西江上游之北盘江古称，亦称豚水；又一说为今贵州乌江。

⑤《史记·南越列传》："元鼎六年冬，楼船将军将精卒先陷寻陕，破石门，得越船粟，因推而前，挫越锋，以数万人待伏波。"寻陕，今址不明；石门，地望在今广东从化。

忠并归顺于大汉者，地方可保平安，反戈立功者天子不吝爵赏，跟从吕氏负隅顽抗者难逃一死。对于番禺城内的投诚者，路博德皆授以印信，命潜回城内，以招揽更多的人反水。

元鼎六年八月末，汉军发起总攻，杨仆所部先以投石器向城内抛掷火球，继之以巨石，再继之以冲车，城内烈焰蔽天，人心恐惧，自暮至旦，汉军几次登城，白刃相接，虽死伤枕藉，而攻势不减。双方战至黎明，越军军心瓦解，杨仆大军自东门攻入，越人大开西门，纷纷向汉军大营请降，吕嘉、赵建德等率数百死士溃围出城，泛舟入海，截至天明，番禺全城沦陷。从归降者口中得知吕嘉逃亡去向后，路博德派出一支精兵，由投诚之越将为向导，由陆路追踪而去。

番禺陷落后，苍梧王赵光、揭阳令阮定、桂林监居翁率先归降，各地越官望风迎降，偌大个南越，不过一月，传檄而定。杨仆从阮定处得知东越顿兵揭阳，首鼠两端后，上书长安，请借南越之胜势，一鼓作气，扫灭东越。但出乎他意料的是，一向好大喜功的皇帝给出的答复却是，士卒劳倦，罢兵休整于豫章、梅岭，以待后命。

原来，就在汉军南征之际，匈奴兵犯五原[①]，太守战死；而西羌亦与匈奴通使，以十万大军进犯河西，围攻陇西之安故、枹罕[②]；而西南夷之且兰、夜郎诸国，则抗拒征兵，击杀汉使者与犍为太守，一时间，烽烟四起，警报频传。尤令刘彻头痛的是，迎击匈奴，剿灭叛乱，在在离不开钱，而国库支绌，难于应付，告缗者的奖赏已高至罚没财产的一半，却后继乏力，他又拿什么去押注军资，筹组大军，摆平这一切呢？

尤其令他愤恨的是，王侯贵戚当国家多事之秋，不肯与国休戚。征伐南越期间，齐相卜式上书，愿率儿子们躬习船弩，效死疆场，刘彻颇为感动，于是赐封卜式关内侯、黄金数百斤、田十顷，以为表彰，并公告天下，希望王侯贵戚风从响应，解国家之急。不想半年过去，冷冷清清，全无反响，这

---

① 五原，汉边郡，地望在今陕西榆林一带。

② 安故，汉陇西郡属县，地望在今甘肃临洮；枹罕，亦汉县，地望在今甘肃临夏。

一场伐越之役，竟如同他个人的独角戏。愤懑至极，刘彻恶向胆边生，你们装聋作哑，我却要给你们一个悔不当初的教训！于是敕令少府，将诸侯当年助祭酎金的数量详加校验。

所谓酎金是朝廷的一项助祭制度。每年元旦，朝廷都要开始酿造醴酒，以备天子四时祭祀所用，数量庞大，为臣民者亦有做贡献的义务。依制，每年秋祭前，诸王列侯须以本封国人口数目，按比例分摊酎金，大致为每千口奉金四两，献交少府，作为来年酿造之资。届时皇帝斋宿，亲率众臣，承祠宗庙。但多年以来，酎金已流为例行公事，丞相、少府验收时多碍于情面，对权贵们睁只眼闭只眼，于是以次充好、缺斤短两时有发生。

这一较真，查出上百名王侯贵戚所献酎金分量短缺或成色不足，刘彻敕令皆以"不敬"罪名处置，丞相赵周以见知故纵遭到严谴，下狱自杀。余者则依酎金律处罚，王者削县，侯者国除，其削县、封国所食租税尽入国库，这样一来，所没入之资财，不仅大大纾缓了国家财政之支绌，也弥补了军赀之短缺。有了这笔钱，刘彻以郎中令徐自为、大行李息为统帅，调集陇西骑兵与京师、河内、河南士卒十万，出征河西，又以公孙贺为浮沮将军，赵破奴为匈河将军，各率骑兵，深入塞北二千余里，寻匈奴作战，而匈奴远飏无踪，皆不遇而还。李息等则于月内击败了西羌叛军，于是下令经营河西，以李息为护羌校尉，自武威、酒泉分置张掖、敦煌两郡，徙民实边，设立军屯，以卫边疆。

而东越王馀善，在得知楼船将军奏请诛除东越后，亦先发制人，乘朝廷用兵西北，出兵封锁了所有通往汉地道路，自刻印玺，号称武帝，以越将驺力为"吞汉将军"，发兵突袭白沙、武林①、梅岭，杀驻地汉军三校尉，势焰嚣张。得知东越反叛的消息，刘彻决意一鼓作气，消灭边裔所有反叛势力。元封元年冬，他先敕令将畏懦避战的大农张成、山州侯刘齿于军前处斩，以申军纪。北方边患解除后，再组大军，分从海道陆路，四路进军，围剿东越。

---

① 白沙，据《汉书集解》：白沙在今鄱阳一带；武林，在白沙东南百余里，为东越前往豫章及汉地之要道。

大军压境后，东越震恐，大臣们相与谋议，刺杀越王馀善，向最先抵达的汉军横海将军韩说请降，兵不血刃，东越覆亡。刘彻旋以东越据险凭海，反复无常，下令将其国民全数迁往江淮定居。

对于西南夷，先是，驰义侯陈遗将巴蜀罪卒与在西南夷所征发的士卒，编伍成军，分由八校尉统领开赴南越，行至中途，得知且兰、夜郎等国叛乱，而南越已破，遂奉皇帝之命回师平叛，诛杀且兰、邛君、筰侯等抗拒汉军者。西南夷大恐，各国君主纷纷请降，愿意接受朝廷派官治理，而夜郎国王更是主动入汉觐见，数月间，西南夷尽奉大汉正朔。借此兵威，汉军深入徼外①，连带扫灭了屡犯边境的劳浸、靡莫两个部落，兵锋直抵滇境，滇王慑于西南夷之亡，举国降汉，请朝廷置官治理，自己则与夜郎王一样，入长安朝觐。刘彻见其恭顺，亦仿夜郎，赐滇王印信，仍治理其民。其余上百部落君长，皆拜受抚循，西南底定。

经过近二年的征伐，四裔之蛮夷，除匈奴外皆已归顺，大汉之疆域、人口大增，国力趋于鼎盛。刘彻踌躇满志，自认功业超迈前贤，是时候举办封禅大典，告祭天地，纪功于泰山，继而东临沧海，以会神仙，求取长生不老乃至登仙的方药，估算时日，那个栾大应该已在回来的路上。刘彻翘首以待，念念于心的是，在满足了栾大要求的所有条件后，此番出使，带回给他的将会是何种喜悦。

———————————————

① 徼，边界；徼外，西南夷边界之外。

<h1 style="text-align:center">一〇八</h1>

元鼎六年秋八月末，自齐鲁赴关中的官道上，自驿亭东望，但见一辆华盖安车正缓缓向西驶来。安车驾四马，翠羽华盖，耀人眼目，四周垂饰流苏，上立三面锦旗，一书"大汉天子驸马乐通侯栾"，一书"奉使求仙天道将军栾"，一书"大汉五利将军栾"。车前有十余骑士导引清道，车后则有数十地方官员、侍卫跟从护卫，一行人马前呼后拥，迤逦而来。天子钦使，地方逢迎唯恐不及，每过一地，地方长官皆率部迎来送往，就这样一路张扬，离长安愈近，行速愈慢，五利将军栾大懒洋洋地倚在车中，漫无目的地扫视着路边的景色，脑子却在紧张地运转，构思面君时的说辞。

前方就是猴氏县境，远远地已可望见驿亭外等候的人群与仪仗。栾大打起精神，嘴角流露出一丝笑意。无论吉凶悔吝，他坚信自己是有史以来赌得最成功的那个人。公主娶了，侯封了，天子的宠信得到了，人世的荣华富贵尽享了，前秦迄今的有名方士，如卢生、徐福以迄李少君师兄弟，哪一个有如此成功？而这一切，全凭自己一张利口，他将舌头转了几转，猛然想起张仪不遇时关于舌头的那番对话①，不由得笑出声来。

安车停在驿亭之前，侍从递上一沓名刺，他漫不经心地看过，无非是猴

---

①《史记·张仪列传》："张仪已学而游说诸侯。尝从楚相饮，已而楚相亡璧，门下意张仪，曰：仪贫无行，必此盗相君之璧。共执张仪，掠笞数百，不服，释之。其妻曰：嘻！子毋读书游说，安得此辱乎？张仪谓其妻曰：视吾舌尚在不？其妻笑曰：舌在也。仪曰：足矣。"

氏的县令、丞、尉等一众大小官员，然而其中一支却令他眼前一亮，正面书有：

进　奉使访仙天道将军　栾
再看背面：
未央宫侍中　郎　奉使访仙　公孙卿进谒再拜问起居

　　这就是丁义说起过的那个公孙卿了，不想竟于此相遇，栾大不由心中暗喜。这半年多来，虽被各地长吏待为上宾，风光无限，可都是些官面上的应酬，除去恭维就是好奇打探，无一人可谈心里话。风光固然风光，可内心里却有种排遣不尽的孤独感。

　　寒暄过后，众人入亭驿用餐，推杯换盏之际，自不免又是一阵恭维与打探，栾大对此场面早习以为常，谈笑风生，应对裕如。当问到众人最想知道的事情——是否到过蓬莱三山，觅到了仙人时，栾大收起笑容，倨傲地扫视着众人：

　　"天机岂能泄露，非天子本人不可知也！"

　　众人唯唯，于是改谈沿途风土人情，山川物产，栾大口若悬河，将他在东莱、泰岳一路所见，绘声绘色，娓娓道来，把一众陪客听得瞠目结舌，如醉如痴，连公孙卿也不得不叹服，这家伙实在是太能说了。

　　酒阑人散，栾大与众人拱手作别，公孙卿正欲离去，却被栾大叫住，说要留他把酒夜谈，以排遣长夜之无聊。

　　"在长安就听说过兄台的大名，一直未能谋面，不想相遇于此，可谓有缘。敢问兄台何以在此？"

　　公孙卿年逾四十，而栾大要小他一轮，两人地位悬殊，以兄弟相称，摆明了引他为同道，一下子拉近了彼此的距离，顾忌也少了许多。

　　"与大人一样，奉天子之命寻仙访药，缑山、太室①皆为神仙出没之地，故在此等候，一旦有神迹降临，速报天子，免得错过机会。"

――――――――

　　① 缑山，在缑氏县（今河南偃师）东南三十里，史传为王子晋成仙处；太室，即中岳嵩山，在嵩高县北八里，两山夹峙，东为太室，西为少室，山高二十里，周回一百三十里。

栾大为公孙卿倒了杯酒，哂笑道："那么，兄台见到王子乔了？"王子晋，字子乔，传说是周灵王的太子，自幼聪慧过人，好吹笙作凤凰鸣，被仙人浮丘公接往嵩山修炼。三十年后，遇故人柏良，带话给家里，要家人七月七日在缑山等他相会，届时，果见其骑鹤而来，缓缓落于山头，可望而不可即，数日后挥手作别，冉冉升空而去。

公孙卿摇摇头，他出使已有一年，缑山、太室两头跑，疲累不堪，毛也没见到过一根。

栾大嘿嘿一笑，颔首道："这就对了。你我同道中人，我就直说了。这人世间哪儿来的神仙？即便有，也是活在另一个世界，根本不可能到凡间来。"

这么离经叛道的话竟出自栾大之口，公孙卿惊得目瞪口呆，嗫嚅其言，好一阵才说出口来：

"大人何出此言？史传秦始皇东游，与安期生晤谈三日夜，赐金璧值千万。况且在下听说大人不也出自安期生之门吗？贵同门李少君、李少翁皆师从之，难不成都是假的？！"

栾大呵呵笑道："秦皇与安期生晤谈，谁亲眼见到过？这就是史传之所以为史传啊，其实全是卢生、徐市①者流编的故事。至于少君与文成，与卢生、徐市、你我一样，都是吃方士这碗饭的啊。"

看到公孙卿一脸迷惘，似懂非懂的样子，栾大好为人师的脾性上来了，决定为同道指点迷津。

"天子富有四海，海陆八珍、妖姬美眷应有尽有，恣情任性，喜怒间可决人生死，世所难能的福他都享到了，唯有一事与凡人无异，几十年白驹过隙，等在前面的同样是一抔黄土，你说他们能够甘心吗？"

公孙卿道："当然不甘心，换了我也不会甘心！"

栾大拍案大笑道："这就对了。享过大福的人没有不想长生不老的，为甚？长生不老，才能生生世世永享大福。所以那些个君王才会迷上神仙，他们迷上神仙，就得有方士代他们寻仙求药，这就是咱们兄弟的饭碗呐！"

---

① 卢生、徐市（音福）皆为秦宫方士。

栾大把话说得如此通透，公孙卿既震惊，又佩服，也有点于心不甘。"以大人之说，方士岂不都成了新垣平一流的骗子，骗术总会穿帮，又怎能取信于人呢？"

栾大敛容，一脸正色道："怎么是骗术呢？神仙有没有，取决于信不信，信则有，不信则无。做方士的，先要自信，自己都不信，怎么说服别人，更何况取信于万乘之君！新垣平之流，是吃了急功近利的亏。"

"那大人这一趟海岱之行可曾见到过神仙？两手空空，又何以复命？"

"神仙，"栾大摇摇头道，"不瞒兄台，这人世凡间哪里去找，自欺欺人而已。至于复命，我自有办法。"

公孙卿闻言大喜，寻仙一年，全无成效，每日里忧心忡忡的就是回去没办法交代。于是放下酒杯，伏地顿首，很恳切地说道：

"在下亦困于此，敢问大人何以复命，望不吝赐教，卿感恩不尽。"

栾大面有得色，扶起公孙卿，笑道："你我同道，该当相互扶持，兄台客气了。"

他端起酒壶，将酒杯注满，一饮而尽，照照杯道："公孙兄不是齐人么？"

公孙卿亦将杯中酒喝干，照照杯道："不错，在下正是齐人。"

"既是齐人，当知有'海市'一说。"

公孙卿憬然而悟，连连点头道："谢大人点拨，在下不仅知道，小时候还在海边见到过。"

所谓海市，即海隅山间大雾将散未散之际，光影幢幢中，偶尔可见有宫室台观、车马冠盖、人物往来，历历如绘，人言蛟蜃之气所成，亦称"海市蜃楼"，在栾大看来，所谓蓬莱仙境，不过尔尔。

"我此番东莱、泰山之行，就没打算找寻甚神仙，而是想一睹海市，找出其生发的地点与时辰。可惜转悠数月，一无所获。不过海岱之间亲见之人所在多有，都看见过，却可望而不可即，不正是神仙所为么！天子好神仙，咱们就带他去看神仙，若能于海岱亲睹海市蜃楼景象，他自会对神仙深信不疑，至于何时得道升仙，全在机缘与个人造化，谁也没办法强人所难不是！"

"可皇帝是个极聪明的人，我听说文成就是穿帮后被杀掉的。"

"那是他一时糊涂，被人抓住了把柄。做方士，有三事你要切记：一是话不怕说得大，越大，越不着边际越有人信；二是隔一段得加点儿料，给上头一个若即若离、似是而非的念想，让他觉着长生有望，成仙有望；三是绝不能以可证伪的物件，用来忽悠。

"宫里头有个叫虞初^①的你知道吧？你要找的那个王子晋，就是他编出来的故事，他写了部《周说》，里边净是这类的成仙得道的故事。外行看热闹，内行看门道，皇帝好这一口儿，虞初就喂他这口儿，可他聪明，就不说自己能通神，编故事穿不了帮，这口饭算让他吃定了。"

"是啊，我听缑氏的官员说过，前些年虞初来河南嵩高一带采风，从民间搜罗了不少神怪传说。"

栾大笑笑，不屑道："编故事饭虽吃得安稳，可一辈子富贵难求，皇帝要的不是听故事，而是长生不老，咱们是导引师，飞黄腾达还得看咱们！"

公孙卿满面愁容，摇摇头道："难，太难了，如大人所言，上哪儿给皇帝找仙人去。"

"难？说难也难，说易也易，就看你善不善用脑子。"栾大满脸得色，用手指点了点脑袋，笑道："还是那句话，富贵险中求！风险愈大，收获愈丰，同样说以得道成仙，君不过博了个郎官，吾人则封侯拜将，娶公主，居华厦，得赐千金……说到底还在自信上，自信则敢大言，自会有令人折服的气场，这里边学问你且得琢磨呢。"

看着栾大得意忘形的样子，公孙卿既羡且恨，哂笑道："文成也拜封过将军，也敢大言，可到头来还不是难逃一死！"

栾大蹙额沉思，面容转为严肃，良久，展颜笑道："我说过，富贵险中求啰！为方士者，一入行即应明于此，何来纠结。我最佩服主父偃那句话，大丈夫生不五鼎食，死当五鼎烹耳^②。苟且一世，孰如富贵快意一时，人固有死，迟

---

① 虞初（前140—前87），西汉河南洛阳人，武帝时以方士侍从，号"黄车使者"，撰有《周说》九百余篇，为古代中国最早的小说家。

② 《史记·平津侯主父列传》载，主父偃权倾一时，为自己辩解道："我厄日久矣。且丈夫生不五鼎食，死即五鼎烹耳。吾日暮途远，故倒行而暴施之。"

839

速而已。凡人想都不敢想的大富大贵，吾已得享，死亦何憾！"

是呀，古今方士，栾大可谓最成功者，公孙卿颔首道："大人一席话，下走茅塞顿开，敢问如此推心置腹，大人就不怕吾等上变天子，告大人以欺诳之罪吗！"

栾大闻言一怔，随即哈哈大笑道："告变？我谅你不敢，为甚？你也是吃这碗饭的，告变不啻砸自己的饭碗。况且天子孜孜以求的长生，被你说成骗局，毁了他的念想，你又会是何下场，想过吗？"

公孙卿哈哈笑道："下走当然不敢，与大人说笑而已，日后回到长安，还望大人提携照应。"

栾大志得意满，含笑答应，两人推杯换盏，一直喝到子时，才各自归寝。

翌日，公孙卿醒来时，已是日上三竿，略作洗漱，但闻室外人喊马嘶，出得门来，栾大一行的车骑早已不见踪影，驿亭前的空地上，却停着一辆不知何时而来的辎车，车驭正为马匹驾辕，准备启行。

公孙卿招呼亭长过来，问起钦使去向，亭长告知，今日郡、县诸大人早早来到官亭，邀钦使赴嵩山游览，已离去多时了。钦使留话给他，要他醒后赶去同游。他又问起那辎车，亭长称是昨夜自洛阳赶来的商贾，留此借宿，听口音像是关中人。

"我验过他们的关传，可怪的是，发传的是少府，兴许做的是皇家的买卖？这俩人寡言少语，傲气十足，咱家也没敢多问。"

正说话间，亭舍中走出一人，向辎车走去，登车之际，那人回头扫了他们一眼，四目交会，公孙卿陡然一惊，此人似曾相识，分明是宫里头的人，思忖之间，但听车驭一声吆喝，随着连声作响的鞭哨，快马疾行，辎车绝尘而去。

蓝田昆吾亭一家庄院房后，立起了一座新坟，一众披麻戴孝的男女，正在坟前焚香烧纸，祭奠死者。死者是韩孺，他奉命南征，出师未捷而殇，尸骨无存，仅余头颅。韩家得天子特许，由东园配制了副木雕的身子，方能以全尸入殓。昨晚其灵柩才由韩延年护送回来，今日一早下葬，父亲战死几近一年，方得入土为安。

蒿里谁家地，聚敛魂魄无贤愚；

鬼伯一何相催促，人命不得少踟蹰。

雇来为出殡吹打的啁调艺人，在笙埙伴奏下，反复吟唱着挽歌《蒿里》，曲声呜呜咽咽，挽歌凄切悲怆，一唱三叹，结尾处转为高亢，声如裂帛，闻者莫不胸闷气短，悲从中来。

约莫一个时辰后，葬仪结束，女眷们安排艺人、乡邻们用饭，直到日暮，吊客散去，家里才静下来，一家人疲惫不堪，围坐用饭。

"娘，天子赐恤甚丰，儿在京师赁了所宅子，权作侯府，食邑所入足用。娘辛苦这么多年，该过过好日子了。过几日，娘和二叔二嫂带永年、昌儿、小薇搬过去，我在外头也安心，二嫂也能腾出手帮二叔打理生意。"

韩孺为国捐躯，皇帝赐封其长子韩延年为成安侯，食邑五百户，并以羽林孤儿入宫为郎。成安在韩孺故乡郏县，地属颍川郡，韩家本拟举族还乡，但成安在函谷关外，距京师甚远，又放不下父母庐墓与京师的生意，故迟迟未作决定。

"我才不去，就在这儿守着你爹。京师除了人多有甚好？晚间还禁夜，门都不能出，金窝银窝不如咱家的草窝，甚侯府，我不稀罕。"说话的是韩孺之妻，得知丈夫战死，她一夜间仿佛老去十岁，鬓发苍然，人也瘦了一圈。

"你娘住惯了乡下，别勉强她。"韩毋辟望着侄儿，笑了笑。"你说的在外头，甚意思，给你娘和二叔说说。"

韩延年看了母亲一眼，说道："朝廷有事，我要到河西去一阵子。"

"你好好的不在宫中历练，跑河西做甚？"

"这次朝廷征伐南越，在楚地招募了五千精壮后生，打算练成精兵。皇帝点了李陵的将，要他带赴河西屯驻教练。少卿拉我一起去，已蒙皇帝允准。"

"李陵？是不是陇西李家李当户的遗腹子，你怎地认识？"

"正是。他从前也是羽林孤儿，现在已是骑郎将了。我入宫为郎，大伙儿吃住都在一处，一来二去的就熟识了。李陵和他爷爷一样，最擅骑射，皇帝爱重非常，夸他有祖上雄风。对了，少卿还托我带话给二叔，说他爷爷当

841

年最器重二叔，若能一起去帮他练兵，就再好不过了。"

韩毋辟担心地看了大嫂一眼，她望着儿子，默然无语，只是脸色略显苍白。

李广死后，韩毋辟愤于卫青之不公，卸职回家，接替兄长打理河洛酒家，兄长战死后，他不时有种冲动，想要重返军旅、杀敌以报兄长之仇。但自与窈娘结褵后，聚少离多，与妻儿相守的日子不过数载，他愧疚于心，开不了这个口。可当年，李家于他有救命之恩，现在有求于己，于情于理他都不能推辞。

"爹，我也要随延年哥从军！"正思忖间，坐在一旁的韩昌叫道。他亦年逾弱冠，也已成长为一条健壮英伟的汉子了。

"你哥是吃皇粮的人，身不由己，你跟着凑甚热闹，快吃你的饭！"窈娘呵斥着儿子，一脸的不快。

看看气氛尴尬，韩毋辟改换了话题："李家现在还好吧？"

"嗯。少卿而外，他堂弟李禹亦在宫中为郎，为人倜傥不群，得罪了权贵，差点没命。"

"哦，怎么回事，讲给二叔听听。"

"公孙太仆的儿子也在宫中为郎，仗着与太后的关系，早早升了侍中，以前都是平头伙伴，现在可好，这小子小人得志，颐指气使，好像谁都得让他一头。前不久我们在宫里樗蒲为戏，他路过看到，非要加入，与李禹对赌，连输数局，恼羞成怒，破口詈骂，被李禹抱摔于地，狼狈而去。却恶人先告状，说李禹聚赌，皇帝一怒之下，召他到虎圈，或入圈刺虎，或耐刑①，二者选一，阿禹眉头没皱一下，就选了刺虎。"

耐刑，是自秦传下来的一种刑罚，受刑者要被剃去胡子眉毛，虽是种轻刑，但对人污辱特甚。其时人人认同《孝经》的观念：身体发肤，受之父母，不敢毁伤，孝之始也。所以剃去须眉被视为严重的羞辱，身为将门之后，李禹宁死不辱，断然选择了更危险的刺虎。

虎圈很深，李禹用绳子绑住腰，要人把他吊进去。吊至半途，皇帝动了

---

① 耐刑，汉代轻刑之一，剃去胡须眉毛，保留头发，但对受刑者是很严重的羞辱。

恻隐之心，吩咐吊他上来，孰知悬在空中的他竟以剑斫绳，跃入虎圈，皇帝赶忙令人打开圈门，赦其无罪，放他出来。

韩毋辟摇摇头，问道："那诬人以罪的公子，皇帝又作何处置？"

"皇帝把他召去，训诫一顿了事，皇亲终究是皇亲。"

皇帝爱才惜才不假，可事涉亲贵，终不免有所偏袒。李广父子之冤，可为阴鉴，韩毋辟有种隐隐的不安，李氏孙辈或重蹈祖父的不幸。但李家于己有恩，他不可能置身事外，于是对韩延年颔首道：

"好在你们去河西，远离朝廷未必是件坏事。你带话给李陵，眼下我离不开，束伍操练之事你们自能搞定，将来若有战事，我会助汝等一臂之力的。"

一〇九

八公山的冬天，寒风吹来，草木摇落。山下濒临肥水的一处缓坡上，坐落着一座土坟，坟上宿草枯黄，随风摇曳，瑟瑟悲鸣。坟包左近，搭着一座木棚，三人席地而坐，正在争论着什么。

"阿陵，天气越来越冷，此处不宜越冬，昨日有牧羊人经过，看到了我们，一旦漏风，再脱身就难了。"三人皆白衣素妆，说话的人年纪稍长，眉宇间忧形于色。

"那你说去哪儿？以天地之大，哪儿有我们容身之处？这种颠沛流离的日子，我真是过够了。"另一人面色白皙，眉毛挑起，杏眼圆睁，逼视着年长者。

"去塞北找朱叔，在番禺时不是约好的吗？"

"我不去，胡地那股子膻腥味我受不了，苟且在塞北，我大仇怎么报！"

"要么，去我故乡武陵。"另一个面色黝黑的人接语道。

"蛮夷之乡更不能去，言语不通，非憋闷死我。"

那座坟茔，就是埋放原淮南王刘安与妻子的骨殖之处。三人中的年长者是张次公，面色白皙者是刘陵，面色黝黑者是其女伴阿苗。

离开南越后，他们晓行夜宿，一路辗转来到寿春，打探到淮南王埋骨所在，三人就在近旁搭了座棚子，作为居丧的倚庐，铺了几块席子，以为苦次①。好

---

① 倚庐，守丧者所居之草房；苦次，居丧时所睡之草席，皆喻指居丧之处。

在榛莽荒坡，人迹罕至，平日里张次公、阿苗分头去寿春采买日用，不知不觉几个月就过去了。昨日有一牧羊人由此路过，张次公以形迹已露，提出尽快离开，而刘陵不愿，遂起争议。

没想到那吕嘉如此无能，不过一年，竟至覆亡，而西羌的叛乱也仅延续了数月，匈奴更是得手就跑，远飏于漠北。几国联手，也根本奈何不了朝廷，反而成就了皇帝的雄心，开疆拓土，一下子扩增了十几个郡。风闻皇帝自以为文治武功臻于极盛，思谋着封禅泰山，告功于天地呢。

每日里守着父王的坟墓，却时时忧心走露形迹，既不敢烧纸，又不敢为坟茔添些新土，更不能放声一恸，父母之仇，不共戴天，这种不甘与仇恨时时啮咬着她的心。十年过去了，随着南越覆亡，借助外力复仇终成泡影，她一介弱女子，又从何实现自己的誓愿！她不止一次地在灵前呼唤父王，希望他能托梦给她，告诉她该怎么办，可回应她的只有空山的回音与瑟瑟风声。

自己家破人亡，漂泊无依，而自家仇人却高枕无忧，活得有滋有味，有声有色，每念至此，就有一种刺骨的仇恨溢出，游走于全身的血脉，令她气息促迫，心动加速。她不能就这么等下去，等到老得不能动弹，她有何面目面对父母、先祖！她要行动起来，拼却一死，流血五步，也要取仇人性命，以报父母在天之灵！

"有了，我们去泰山！"刘陵灵明一闪，一下子有了主意。

"去泰山，做甚？"另两人不明所以，连声追问。

"皇帝既要封禅，我们就在泰山等他。"

张次公连连摇头道："我在宫里多年，天子巡狩，出警入跸，卤薄大驾①千乘万骑，守护极严。前有侍卫导引传呼，使行者止步，坐者起立。四骑士持弓快马前驱，违者射之，有乘高窥视者，亦射之。我们根本靠不到近前，狙击不可行！"

刘陵冷笑道："君忘博浪沙乎，张良与东海力士两人刺秦，犹中副车②，

---

① 卤薄大驾，即古代皇帝出行时，最高规格的车驾仪仗。

② 张良为复灭国之仇，以重金募沧海海力士，于始皇帝二十九年（公元前218年）出巡时，在阳武博浪沙以铁锥行刺秦王，误中副车。

况且我们不在路上等。"

"不在路上，难道在山上？"

"不错，正是在山上。济北老王是我二叔，小时候我在那里登过泰山，记得道路狭仄处，仅容二人并行，侍卫再多，在彼处也难得施展，我们就埋伏在山道上，取其性命。"

"阿陵你阅世太浅，哪那么容易？皇帝驾临，必先清道，你往哪里埋伏！"

刘陵脸红了，不屑地看着张次公，嗔怒道："似你这般瞻前顾后，哪还做得成事情，真是枉为须眉丈夫！"

她又看了眼阿苗，问道："你呢？"

阿苗点点头道："阿陵到哪我到哪，祸福与共，死生相依，我言出必诺。"

张次公尴尬地笑道："去就去呗，说甚气话，我无非把事情想在头里，务求周全而已。我原本就是贱命一条，贪得哪门子生？一起这么多年了，这条命早交与你了，你心里也是知道的。"

刘陵转嗔为喜道："那你还等甚，快去备马，我们说走就走。"

栾大回到长安的第三日，刘彻才在未央宫温室殿的暖阁，单独召见了他。

"此去海岱，爱卿可入海去三山觅师？"

皇帝面色如常，全无平时谈及神仙时的那种渴求与好奇，语声低缓，好像在尽力压抑着什么。

"臣甫至东莱，晨起，海雾蒸腾，云气飘渺，三山忽隐忽现，似有若无。臣登舟，以重金贿舟子快划，远望亭台楼阁、奇花异卉及飞禽走兽历历如绘，其宫阙皆以金银筑就，禽兽皆白色，山间采药仙人，隐约可见。及至彼处，欻然风起，再看三山竟在水下，而臣所乘舟转瞬间已为风引至数里外，屡进屡为海风所阻，竟不能至。"

"交通神仙所需，朕尽予所能，均已满足，何以仍见不到神仙，你既是安期生之徒，为甚师傅都难得一见，这太不合常理！"

栾大额上沁出了冷汗，顿首再拜道："圣上莫急，且听吾道来。当夜，吾师托梦于我，说蓬莱、方丈与瀛洲三山乃仙境，凡人不可亦无法登临，约我重阳日相见于泰山之巅，臣遂转赴泰山，于九月重阳登顶，见到了安期师，陛下的话也带到了。"

他偷觑了一眼刘彻，不由得觉汗湿重衣。理应闻讯狂喜的皇帝竟不为所动，目光深不可测，冷冷地回了一句："是吗？你说来听听。"

"臣于重阳前一日登山，宿于天门，破晓之际候于巅顶，日出云散，光影中复见三山景象，正彷徨间，吾师于身后呼我，竟不知何时降临。与安师略道契阔，臣尽告吾师陛下对神之虔信与向往，以京师、甘泉迎神之宫观台阁，均已落成，亟请吾师与众仙赴之一游，以纾圣上思念之苦，以谢陛下敬神之诚。"

"哦，那神仙到底是来，还是不来呢？"

"安师称，心诚则灵，相会有日。又说陛下文治武功超迈前贤，追美黄帝，黄帝功成名就，御龙登天，陛下亦将封禅泰山，告功天地，升仙有望，望好自为之，他日自能神朋仙侣，共游于天界，福寿永年矣。"

"朕要知道的是，他们到底是来，还是不来！"

"来，当然会来。"

"嗯，何时，何地？"

看到皇帝较真，栾大心头撞鹿，咚咚地狂跳个不停，他深吸了口气，强压下内心的恐惧，揖手道：

"别时吾师嘱我，一年之内，圣上当巡狩海岱，登临泰山封禅，届时众仙毕集，当会陛下于巅顶，初识而后，自可常相往还，一切顺其自然，非可强求者矣。"

栾大暗下决心，此番忽悠过去，在穿帮之前，要尽快想办法销声匿迹，或学李少君，一走了之，留给皇帝一副空棺。一念至此，不觉好笑，唇吻间竟隐现笑意。

大言不惭，巧舌如簧，面前这个相貌英俊的男人，若不是自己留了个心眼，派人暗地跟随验看，还真会被他骗过。自栾大东去求仙，刘彻等他回来复命，真正是望眼欲穿，但他按捺住了自己，没有马上召见栾大，为的就是等候一个验证，免蹈从前的覆辙。

昨日所忠回宫，详叙了跟踪栾大一路的所见所闻。栾大以皇家驸马、天子钦使自居，一路前呼后拥，招摇过市。到了东莱海边，徘徊数日，哪见到过甚三山，更未曾登舟探海，而是在地方官陪同下游山玩水，飨宴不断。所忠伪装成小吏，与泰山山虞①员吏陪同其登山，日出是看了，泰山也游了，哪里有半点儿仙人的影子？看来，栾大亦不过少翁者流，自己险些又被一个骗子玩弄于股掌之中，成为天下人口中的笑柄。

刘彻既愤懑，又不甘。愤懑的是，此人竟敢在天子头上行骗，轻易赢得了自己的信任、女儿与荣华富贵；不甘的是，公孙卿、栾大之后，燕、齐、海隅之间，方士络绎于途，人人争言通神，各种方药试了又试，却终归于无效。以中国之大，竟难觅一个真能通神，以遂己长生不老之愿者。看着面前这个骗子，他强按下陡起的杀心，冷冷地问道：

"栾君，朕有一事不明，这世上真有神仙在吗？你真的见到过神仙吗？你给我讲真话，朕恕汝不死，若稍有欺诳，汝命休矣！"

皇帝口风不善，栾大犹豫了片刻，想到败露的后果，决意死扛："当然有，不过居于仙界，很少到人间来就是了。臣敢赌誓，若有欺诳不实之言，不得好死。"

刘彻点点头，拍掌道："好一个信誓旦旦的五利将军！来呀，传所忠上殿。"

所忠身着谒者冠服，栾大但觉眼熟，但第一眼并未认出他来。

所忠微微一笑道："栾将军好忘性，泰山登临，在下陪从累日，将军不记得了吗？"

栾大一怔，脑中如电光火石，瞬间记起了这个人。穿帮了，完了，他叹了口气，腿软软的，一下子跪倒在了地上。

时将正午，一辆辎车驶入长安清明门，甫入城郭，顿闻人声鼎沸，街上路人扰攘，车驭不得不勒住缰绳，避让行人。端坐于车中的是奉召进京的梁国国相褚大。他皱了下眉头，示意车驭去问问发生了什么事情。

路人三五成群，行色匆匆，纷纷向东市方向而去。车驭跳下车，拦住位老者，问答有时，方跑回到车前，亢奋之情溢于言表：

"大人，出大事了，这些人都是赶着去东市看热闹的。"

---

① 山虞，古代管理山林川泽之官署。

“甚大事？”

“说是五利将军欺君罔上，大逆不道，被皇上下令腰斩示众，以儆效尤；举荐他给皇帝的乐成侯连坐，也被处以弃世之罪，正午一到，两人都会在东市行刑。大人，咱们要不要过去看看。”

褚大不屑地哼了一声，正色道：“找条清静的路，进宫。”

褚大是设立学官后，最早一批五经博士，二十年后以饱学宿儒身份出长地方。皇帝欲行封禅大典，而典礼仪式，书册语焉不详，丞相石庆、御史大夫卜式，厚重少文，一问三不知，皇帝召问诸儒五十余人，言人人殊，却都说不出个所以然来。皇帝一怒之下，罢黜了卜式，诏书初至时，褚大还以为是要他接手卜式，辅佐封禅。行至洛阳，方知御史大夫已派任了儿宽，失落之余，狂笑不止。论经学，儿宽是后进，多年的前门下弟子，何德何能，竟尔后来居上！对封禅，想必他也是一头雾水，不然皇帝为何召自己入对。

到了未央宫司马门，报上官职姓名，卫士即时放行，告以皇帝早有吩咐，褚大人一到，请即刻赴温室殿面君。褚大略感忐忑，但更多的是兴奋，倒要让皇帝看看甚才是真学问，他抖擞精神，快步向温室殿走去。

“褚君，你与儿宽都读过司马相如的文章，长卿最先提议封禅，其时边衅未靖，天下尚未归于一统，时机不到。压了这么多年，眼下国势如日中天，匈奴远遁，四夷宾服，祥瑞频出，封禅正其时也。可怎么封禅，众说纷纭，莫衷一是。五经博士中数你学问大，儿宽也是饱学之士，这次召二位前来，就是为此贡献意见，助朕早下决断。”

二人皆揖手称诺。儿宽退后一步，与褚大并列，很谦谨向他拱拱手道：“老师请。”

御史大夫位列三公，朝会时按规制位列于前，与褚大并列，明显是种礼让。褚大却也当仁不让，侃侃陈词：

“封禅之见于典籍，首推《尚书·舜典》，是所谓‘岁二月，东巡守，至于岱宗，柴。望秩于山川，肆觐东后’。时间、地点，封禅之方式方法，都在这几句话里，也就是时当二月，地当泰山，行则巡狩，接受诸侯朝觐，祭则架木为柴，焚以祀天地神祇。”

“史传往古封禅人君七十有二，惟三代以上，文献不足徵。迄于春秋，齐桓公九合诸侯，一匡天下，自以为功成治定，问封禅于管仲。管子告以受命于天，天当降以祥瑞，而其时凤凰麒麟不来，嘉谷不生，而蓬蒿藜莠茂，鸱枭数至，是所谓祥瑞不生，灾异频发也，不可封禅，齐桓公因以却步。"

"到后来秦嬴政席卷宇内，一统华夏，自以为功侔三皇五帝，受命于天，遂自称始皇帝，强于泰山封禅，登山之际，遭遇骤雨狂风，此天象示警，而后十二年而国亡……"

"朕想要知道的是封禅泰山应行用何种仪典，汝所答非吾所问，扯得太远了。"

刘彻越听越不是滋味，打断了褚大。褚大所言，似是以古喻今，暗示封禅不宜。他嗣位卅载，年届知命，封禅于他已是时不我待。褚大引经据典的泛泛空谈，与那些拘泥于文献章句的儒生，并无二致。

褚大涨红了脸，揖手道："臣愚陋，但据臣所知，高皇帝初入咸阳，萧何曾接收秦宫律令图书，臣以为，从中或可找到秦始皇封禅仪典的相关记录。"

"石渠、天禄、麒麟、兰台……这些地方的藏书，司马太史早已翻查殆遍，能找得到，还会问你吗！"

看到褚大一脸尴尬，兒宽揖手道："臣愚陋，愿就褚君所未及，略述己见。"

刘彻颔首道："说。"

"臣曾问学于董仲舒，夫子尝言，道之大原出于天，天不变，道亦不变。由此推之，天子受命于天，亦同条而共贯，因革损益，取乎一心。古仪无存，难道就不封禅了吗？当然不是。《易》曰：穷则变，变则通，通则久，此即因革损益之原，千古不易之道！陛下圣明睿智，德配天地，瑞兆并出，不可不应。至于封禅典仪，天子自创可也。"

兒宽的话，让刘彻心里很受用，脸色也平和下来，双目灼灼地注视着兒宽，追问道："何以自创？"

"封者，祭天也；禅者，祭地也。圣朝于甘泉祭太一，太一即天也；于汾阴祠后土，后土者，地祇也；所用皆特牢，其礼仪皆我大汉所发明，移用泰山可也。而封禅所需之明堂，有齐人公玉带所献图纸，损益以用之，其他玉牒、祭坛与道路之修整扫除，亦需及早预备，以免临渴掘井，自贻伊戚。"

眼见皇帝频频点头，兒宽大受鼓舞，于是略作思忖，把压在心里很久的一个想法说了出来。

"天人感应，五德终始，循环相胜。周为火德，秦代周而起，是水克火，水德尚黑，建亥，以十月为岁首。秦政暴虐，高皇帝提五尺剑，揭竿而起，讨伐无道，是所谓汤武革命，顺乎天而应乎人。汉代秦，是土克水，应为土德，色尚黄，建寅，当以正月为岁首。本当改过来，无奈国家草创，百废待兴，天子无为而治，与民休息，故暂承秦制以用之。如今国家强盛，四海升平，陛下封禅之际，告功于天，当上承天意，下孚民望，改正朔，易服色，以彰吾大汉之圣德，与民更始，传诸久远。"

"还是兒大夫说得通透！"刘彻赞道，又看着褚大说道："五经博士如兒宽者，太少了，多是些读死书的书呆子，只知道死抠典籍，卖弄学问，一俟实用，则议论百出，徒乱人意，难怪秦始皇斥其无用。"

退朝出来，两人一前一后，默默而行，快到宫门时，褚大满面惭色，转身揖手道："士别三日，当刮目相视，今日方识兒君学问根底，陛下慧眼识人，鄙人服矣。"

———○

　　元封元年冬十月，酝酿数年的封禅大典终于揭开了序幕。四裔中唯有北边的匈奴尚未臣服，刘彻决意亲赴塞北巡边，大军压境，威慑匈奴，将此作为巡狩的第一站，开启自己的封禅之旅。为此，他颁布了巡边诏书：

　　南粤、东瓯咸伏其辜，西蛮北夷颇未辑睦，朕将巡边陲，择兵振旅，躬秉武节，置十二部将军，亲率师焉。

　　十月三日，十部将军各率所部十万骑，自云阳先发。五日晨，大驾卤簿亦自云阳甘泉宫启程，自直道开赴九原①。直道，乃秦始皇命蒙恬率大军修治的一条直通塞北的大道，沿途堑山堙谷，去弯取直，宽阔平展，总长千八百里，自关中驰援边塞，三日夜可到，是秦汉时期最为便捷的军事通道。

　　大驾出宫，式道侯②三人，张弓搭矢，前驱清道。紧随其后的是身着甲胄，手执长殳的十支骑兵方阵，每阵百骑，旌旗招展，兜鍪③耀日，铠甲鲜明。

　　跟随在方阵之后，是前导五车，最先一辆为司南车，又名指南车，据说始于黄帝；之后是辟恶车，车上载有桃弓苇矢，意在被除不详；第三辆是大

　　———
　　① 九原，秦汉时的边县，在今内蒙古包头附近。
　　② 式道侯，大驾出行时，张工搭矢，前驱清道者，为中尉之属官，有左、中、右三侯。
　　③ 兜鍪，鍪音侔，头盔。

852

章车，车上二层，皆有木人，每行一里，下层击鼓，行十里，上层击镯，故又名记里鼓车；第四辆为靖室车；最后一辆是象车，载乘黄门鼓吹十三人。

车阵之后便是奉引①方阵的车队，由中尉、内史等公卿大臣的车队组成，驷马安车，皂盖朱辒②，亦由各自的下属为导从。

后面就是天子的大驾，最前面的是由羽林、期门郎官组成的近卫方阵，亦百骑编为一阵，前后十阵，鸾旗飘舞，棨戟高扬，阵列整齐，步伍划一。

禁军之后，就是皇帝的大驾的车队，前导为仪仗车队，分别为武刚、九游、云罕、皮轩、阖戟、鸾旗、建华，皆驷马齐驱，护驾侍中皆以轻车相随，携弩持戟，护卫左右。引导车后是为乘舆，也就是天子专用之车，总计五辆，其中驾六马者名金根车，朱纶重牙，两毂两辕，整个车厢包金覆银，耀人眼目，黄屋左纛，气象恢宏。金根车由太仆执辔，大将军骖乘，是天子正式的座车。

紧随其后的则是副车，其中四驾安车二辆，装饰皆极为华贵，朱纶重牙，龙首鸾衡，车厢两面绘有苍龙白虎的纹饰，有可以开阖的小窗，前设帷帘，内里铺设锦茵，可供坐卧，其中一辆安车由侍中、奉车都尉霍嬗执辔，侍中霍光骖乘；另一辆由侍中金日磾执辔，侍中李禹骖乘，刘彻就坐在这辆车内，透过帷帘观看着眼前的景物。

安车之后，是皇帝用于征伐、籍田和田猎时所乘之车，亦皆华美，由平时随侍皇帝的内侍官员们执辔骖乘，追随其后。在这一核心车队周遭，防护最为严密，除内侍的郎官③外，就是护卫宫廷南军④将士。乘舆方队最后一辆车名为豹尾⑤，标识乘舆⑥之所在，犹如行进中的宫廷，非经宣召，不得擅入。

豹尾之后则是随驾的诸侯公卿大臣们的车队，取九九之数，计八十一乘，

---

① 奉引，在前引导。

② 皂盖朱辒，皂盖，黑色的车盖；朱辒，朱红色的挡板。

③ 内侍的郎官，郎中令所统，为皇帝的贴身侍卫。

④ 南军，为戍守宫廷门户的禁军，由卫尉所统。

⑤ 豹尾车，以豹尾为装饰的车子，为帝王属车，豹尾车标示乘舆所在，是为行在之禁中。

⑥ 乘舆，皇帝所乘之车驾，喻指皇帝。

前后随行的黄门鼓吹①十余部，左右随驾护卫的骑兵过万，史称千乘万骑。直道宽可二十丈，大驾队列仍嫌拥挤，从甘泉宫楼阙北望，旌旗猎猎，车队绵延数十里，竟一眼望不到尽头。

直道沿途，邮亭密布，三十里一驿，大驾浩浩荡荡，分部行进，经上郡、西河、五原三郡，终于在月末抵达了九原②。前锋骑兵斥候报告深入塞北数百里，未见匈奴，略事休整后，刘彻决定亲出塞北，登单于台③阅兵，宣示大汉的军威与德意。

车驾自高阙塞④之山口穿越阴山，三日后，直抵已经废弃多年的单于台。台基以片石垒筑，高约丈许，弃用多年，四隅渐形颓坏，一角坍塌。刘彻拾级而上，极目远眺，展现于前的，是一望无垠的漠南草原，由于胡人多年不敢南下，牧草虽已枯黄，但颇为繁茂，随风摇曳，犹如波涛起伏的黄色海洋。面对如此苍茫壮阔的草原，刘彻心胸如洗；抚今追昔，又不禁感慨万千。

九十年前，高祖皇帝被冒顿单于的四十万铁骑困于白登，巧借一个女人的嫉妒心侥幸脱险，之后数代帝王不得不委曲求全，以和亲输财赎买平安。而今新秦中、阴山、河西已皆为吾有，胡人不敢南下牧马，当年单于点兵的令台，也已经换了主人，匈奴安在哉！现今匈奴人口锐减，国势大衰，龟缩于漠北，攻守异势，和战之主动权已操于己手，百年耻辱扫地而尽，列祖列宗，你们看到了吗！

载戢干戈，载橐弓矢，我求懿德，肆于时夏……

满溢的豪情使他不觉吟出《大武》之乐章，如今六合同风，四海归一，没有归顺的外夷只剩匈奴了，他将对这些龟缩于漠北的夙敌宽大为怀，伸出

---

① 鼓吹，即乐队之古称，黄门鼓吹，汉代宫廷乐队。

② 九原，县名，为五原郡属县，地望在今内蒙古包头九原区一带。

③ 单于台，古代匈奴单于点兵南下的石台，位于阴山北麓之草原。

④ 高阙塞，阴山南麓的汉军要塞，为北出阴山的重要孔道；地望在今内蒙古巴彦淖尔乌拉特后旗查干沟山口。

和解之手。

于是敕令十二将军，各率其部，列队受阅，即所谓择兵振旅，躬秉武节。一时间鼓声隆隆，旌旗蔽日，十二万骑兵组成的方队与阵列循序而行，依次通过单于台，接受天子的检阅，随大驾而行的十几部鼓吹齐奏《大武》乐章，气势雄浑，刚劲有力。阅毕，再令烹牛宰羊，大飨三军，尽长夜之欢，当晚即搭建军帐，宿营于单于台。

翌日，刘彻派郭吉出使匈奴，传达天子的德意；另派浮沮将军、太仆公孙贺、匈河将军赵破奴各领本部骑兵，深入漠南草原，窥伺匈奴动静，其余各将军各率所部回归驻地，大驾则自朔方、北河，沿直道直奔上郡阳周桥山①，拜祭黄帝陵。

这是践行封禅的第二步，抵达阳周后，车马甫息，刘彻就忙不迭地召见早已等候在此的一干方士，特别是公孙卿，因为公孙卿等为他提供了一个两步走的方案，先求长生，再行登仙，比文成、五利②之流的忽悠似乎更为可行。

南越灭国后，服侍于越王的一批越巫被送至长安，其中一个叫胡勇的告诉刘彻，越俗信鬼，延寿极有效验。如开国越王赵佗，寿数过百，而东瓯王敬鬼礼神，高寿至百六十岁，后来的君王在祭祀鬼神上有所懈怠，人鬼交通渐疏，故衰耗不灵。能先活到一百岁也好，好歹能减慢生命的脚步，延长求仙的时间，于是敕令于长安、甘泉各立越式祝祠，以越人之鸡卜③，祠以越人之天神上帝百鬼。一时间，大得刘彻宠信，越巫颇有后来居上之势，齐鲁海岱的方士们皆惶惶不安，忧心被越巫取而代之。

公孙卿有个名叫丁公的前辈，齐人，自称年届九旬，灵机一动，别辟蹊径，把越巫的长寿说嫁接到了黄帝封禅升仙上，托人传话给正在缑氏候神的公孙卿，要他说动皇帝尽快来泰山封禅，只要皇帝巡狩海岱，封禅泰山，长生求仙的事业就还会在齐鲁方士的掌控之中，越巫的左道旁门就难成气候。

---

① 按秦汉时之桥山黄帝陵在上郡阳周县境，即今子长县高柏山，非今日之所谓黄帝陵所在也。

② 文成，即被封为文成将军的李少翁；五利，即被封为五利将军的栾大。二人皆以方士起家，亦皆因骗术败露被武帝处死。

③ 鸡卜，古代南方各民族以鸡骨预测吉凶祸福的卜筮方法。

于是公孙卿上书天子，称自己在缑氏城候到了神迹，恭请皇帝御驾东巡，临幸缑氏。刘彻是在抵达五原时接到上书的，当即敕令召公孙卿赴阳周候驾。车驾抵达时，公孙卿在这里已等候数日了。

公孙卿觐见时，刘彻令他抬起头，凝视着他，目光中既有期盼，亦有怀疑，良久方发问："缑氏有何神迹？讲来！"

栾大回到长安就被腰斩于市，是皇帝对所有试图蒙骗他的术士的警告。可如栾大所言，既然吃了这碗饭，生死有命，得硬着头皮扛下来。公孙卿心头撞鹿，但面不改色，他已为此作了充分的准备。

"旬月之前，臣于夜间在城楼上候神，夜半之后，凉风骤起，星月无光，见数只白雉飞越城堞，臣等着力捕得一只，但听得近处似有叹息声，臣等循声喝问，而四下阒然。等到浮云散去，在月光下惊见近处有脚印数行，皆大于常人数倍。白雉世所罕见，乃祥瑞之征，而大人足印，不是神仙留下的，又能是甚呢？"

"神仙既已降临，何不现身？"白雉确为世所罕见，刘彻虽满腹狐疑，内心的兴奋却现于颜色。

"在下官卑职微，仙人何肯轻现真容？臣以为上仙感于陛下礼神之虔敬，故而来会，不想陛下并未在彼，故而叹息而去。"

"那白雉、脚印何在？"

"足印已命地方严加保护，白雉则由小臣亲携至行在，以呈御览。"在谒者高声传唤下，一名侍者小心翼翼地捧雉上殿，将包裹的织锦揭开后，一只白雉赫然在目。刘彻欣喜不置，起身看视，白雉双翅及腿均为丝绳所缚，面红，颈腹皆黑，翅羽网纹斑驳，背部及长长的尾羽则雪白一片。他轻轻摩挲着白雉的羽毛，心旌摇荡，天降祥瑞，难道不是升仙有望的征兆？

刘彻敕令将白雉好生收养，以俟封禅时放生，又屏退侍从，留公孙卿细谈，把缑氏遇仙之事从头到尾细细地重叙了一遍，听得他神思飞越，恨不能马上就赶去缑氏，与神仙相会。

"你呈进的申公那部书札上说，往古曾有七十二位君主在泰山封禅，唯黄帝得以升仙，为甚？"

"天下的名山有八，三在蛮夷，五在中国，华山、首山、太室、泰山、东莱，黄帝常游这五山，与神仙交游，百余年方得与神通灵。后来他采铜于首山 ①，铸鼎于荆山，鼎成，忽然间祥云满天，从中飞下一条龙来……"公孙卿猛然打住，他见皇帝意兴极浓，不由得信口开河，忽觉不妥，可已难于收口。

"一条龙？龙来做甚？"刘彻兴致勃勃，并未注意到他的迟疑。

话不怕说得大，越大越玄越有人信。公孙卿脑海中猛然记起栾大所言，索性冒死一搏。

"当然是来接引黄帝登仙啊。那龙飞落地面，黄帝骑上去后，侍从的宫人与群臣争相跟从，爬上七十余人后，龙升腾而起，没来得及上去的，纷纷抓住龙须不放，哪里抓得住？结果拔落了一根龙须，还把黄帝御用之弓带了下来。其时百姓眼望黄帝腾龙而去，抱着龙须与弓仰天呼号，声震原野。"

刘彻神思飞越，击节叹息道："唉，吾若得如黄帝，亦能弃妻儿子女如敝履，世间又有何顾恋不舍的呢！"

公孙卿暗暗吁了口气，已是汗湿襟背。皇帝期望甚高，而期望愈高，失望愈大，要当及时收束，为将来预留地步。

"小臣有个名丁公的同乡，曾对我说过，当今皇帝受命于天，封禅后当可长生，黄帝封禅后也须百余年方得道升仙，故而升仙之事难于一蹴而就，圣上不可心急，当先求长生，虔敬礼神，积以年月，则如黄帝那般升仙是一定的。"

"这个丁公也是神仙弟子吗？"

"不是。此人年逾九十，是敝乡饱学之士，小臣学方术时曾多次问学于彼，圣上巡狩海岱，可召他觐见。"

刘彻有些失望，不过若能延寿，多搞几次封禅又算得了什么？他忽然又想到了什么，问道：

"黄帝既已登仙，这桥山怎么又会有他的陵墓呢？"

"这是群臣百姓念他的好，将他生前的衣物用品葬于此地，做成的衣冠冢，

---

① 首山，地望在今河南襄城境，传说黄帝曾于此采铜铸鼎。

857

后人追怀黄帝，就把这里当成了祭拜追思他的陵墓。"

几乎是在刘彻抵达阳周的同时，汉使郭吉也来到了狼居胥山右的单于庭。显然，汉使的到来出乎匈奴人的意料，单于大帐人进人出，忙乱了许久，主持接待外国使节的主客①才来会见郭吉，询问其来意。郭吉态度谦恭，声称奉天子之命前来宣示德意，欲汉匈重修旧好，但天子之言只能当单于之面，方可说出。他还强硬拒绝了墨面晋谒的要求，双方各不相让，最后议定次日单于在大帐外面接见汉使。

乌维单于四十上下，中等个头，虬髯，面相英俊，他打量了郭吉很久，对坐在一旁的瘦小老者说了几句话，老者点点头，用汉语问道："天所立大单于问皇帝无恙，并问所来何事，有甚话要对大单于说？"

郭吉上前一步，揖手道："天子亦问大单于无恙，命臣一字不易地传达天子对贵国的德意。"

听过那老者的翻译，乌维颔首，示意他继续。

郭吉清了下嗓子，高声说出皇帝交代给他，一路上反复默诵，已可倒背如流的那些话：

奉天承运，皇帝诏曰：南越王头已悬于汉之北阙，今单于能前与汉战，天子自将兵待边；单于不能战，即当南面臣服于大汉，何苦迁徙远走，藏匿于漠北苦寒之地，水草皆无，值得吗！

老者一怔，面色极为难看，略作踌躇后，还是一字不易地翻译成了胡语。语音刚落，但见乌维额头青筋暴起，一跃而起，一脚将身旁的主客踹倒，恨声怒骂，随即两个匈奴侍卫将主客押了下去，不过片刻工夫，置于一青铜大盘中主客的头颅，已被捧给单于验视。乌维怒气未消，瞪着郭吉，戟指詈骂。四下的匈奴侍卫皆拔刀在手，白刃相对。郭吉面无惧色，坦然相对。良久，

---

① 主客，匈奴官名，负责外国来使的接待与觐见，与汉代九卿之一大行的职能类似。

在那老者劝说下，乌维方才作罢，径自进了大帐。

老者走近郭吉，冷笑道："你很狡猾，卑礼好辞骗过了主客，当面羞辱了大单于，你可知罪？"

郭吉笑笑，揖手道："我大汉天子之使，受命将天子之言告知单于，何罪之有？敢问老先生是何人？"

老者是匈奴的相国、自次王赵信，他做了个手势，几名匈奴侍卫上前将郭吉放倒捆束，扔上一辆牛车，被几名胡骑押解而去。郭吉的随员想要阻拦，但四面白刃相加，动弹不得。

"带话给你们的皇帝，姓郭的因大不敬，被判流放于北海，回不去了。皇帝想战，大单于在漠北候着他，隔空放话，算甚本事！"

看着汉使团被押送远去，赵信回到单于大帐，乌维怒气未消，询问他可否马上集结一支骑兵，打汉军一个出敌不意。

"不可，时当冬季，我们的人分散在各自的冬季草场，马膘也不行。我问过汉使随员，此番随皇帝巡边的汉军骑兵有十八万，士马饱腾，以逸待劳，勉强凑出几万人马去漠南，不啻自投罗网。"

"汉人向咱们挑战，羞辱于我，难不成就这么认了？是可忍，孰不可忍！"

赵信摇了摇头，很沉静地对乌维说道："咱们的本钱不多了，不能再像从前一样跟汉人硬拼。"

"那怎么办？让人笑话咱们是缩头乌龟？"

赵信笑笑道："缩头乌龟有甚不好，能伸能屈，正是汉人的所谓大丈夫本色。大单于可还记得我给你父王讲过的越国复国的故事？当时记得你也在场。"

"你是说越王勾践？"乌维憬然而悟。

赵信肯定地点点头："对，就是勾践，我们就学他，卧薪尝胆，十年教训，十年生聚。终有一日，我们会叫汉人吃够苦果子，让皇帝为他的自大狂妄付出代价。"

　　　　　　　　——

　　元封元年二月，通向齐鲁海岱的驰道上，一辆轺车自函谷关方向疾驰而来，乘车人三十余岁，美须髯，一脸忧色，不住地催促车驭加鞭快行。车驭无奈地摇摇头，回首笑道："再快，这马受不了。大人少安毋躁，再有个把时辰，就到洛阳了。"

　　乘车人是未央宫郎中司马迁，半年前，汉军敉平西南夷，皇帝派他出使善后，抚循地方。上月返京复命，皇帝却已赴海岱巡狩，于是追随而来，行至新安，却得到父亲卧病洛阳的消息，他心急如焚，于是连夜启程，马不停蹄地一路赶来。

　　到得洛阳的驿馆，啬夫将他领至后院的一所房间，掀帘而入，一股浓厚的药味扑面而来。司马谈瘦骨嶙峋，面色无华，正裹着棉被瑟缩在卧榻上。看到儿子，司马谈双眼一亮，两颊泛红，挣扎着想要坐起来。司马迁赶前一步，扶住父亲，四目相视，不由得都红了眼圈。

　　"父亲大人恕罪，儿子不孝，未能亲侍汤药于病榻之前……"才说了几句，司马迁已经泣不成声，哽咽难言。

　　"儿啊，来到就好，来到就好，原以为咱父子再也见不上了呢。"司马谈却是满脸的欣慰之色，他握住儿子的手，示意他扶自己坐起来。

　　司马谈倚着靠枕，费力地喘息着。司马迁拿起炭炉上的药壶，倒出一碗煎好的汤药，晾温后，小心翼翼地用小勺侍奉父亲服药。稍后，见父亲精神好了些，司马迁开始询问病由何起。

原来，祭拜桥山黄陵后，大驾由直道返回甘泉，皇帝一心想赴缑氏观看神迹，不待休整，大驾再次启行东巡，昼夜兼程，一路风尘，终于在正月赶到了缑氏，登城看视过公孙卿认定的神仙足印，大驾又马不停蹄地开赴太室，皇帝于此登临祭拜，群臣随驾。司马谈年逾花甲，一路奔波，疲惫不堪，登山时汗湿重衣，又吹了凉风，寒湿深入腠理，下山后便突发高热，昏厥了过去。皇帝于是派人送他到洛阳驿馆，延医诊治十余日，迁延不愈，病势反倒更重了。

"那我还是送父亲返回长安吧。"

"不可，不可！"司马谈连连摆手，用手指着屋角书案上的一只藤篋，说道："你把它拿给我。"

藤篋颇重，司马迁将它移至榻旁的小几上，打开盖子，满满地装着的都是卷牍。

司马谈握住儿子的手，示意他坐下，指指那篋简牍，叹息道："这是为父一生的心血，天不假年，看来只能由你接手了。是时候告诉你咱家家世与祖传的志业了，儿呀，你要听好了，记住它。"

这是要向自己托付后事了。司马迁强忍住眼泪，点了点头，屏息静听。

"司马家先世就是周室的太史，世官世禄，以迄周亡。再往前追溯到虞夏时，先祖中还出过功名显赫、主理过天官之职的人物。大汉朝以孝治天下，孝是甚？始于事亲，中于事君，终于立身，扬名于后世，以显父母，这才是孝之大者啊。乱世无道，埋名于草莱，还能说得过去，可当逢盛世，为父碌碌多年，未能重振祖业，光耀家声，愧对列祖列宗！今上接千岁之统，继秦皇之后，封禅泰山，这种旷世盛典，可遇不可求，赶上了，却不能跟从见证，传诸青史，这就是命呀，是为父的命啊！老天，司马家的志业竟要终绝于吾手乎！"

司马谈悲从中来，言下大恸，悲呼不已。司马迁边劝解，亦唏嘘不止。良久，司马谈的情绪才平复下来，他紧握儿子的双手，语声中有种咄咄逼人的力量。

"我死后，汝必为太史，汝为太史，毋忘为父未竟志业，一定要把它完成，记住了？"

"记住了。"

"吾老病残躯，死不足惜，可封禅大典百年不遇，为史官者一定要亲眼见证，记入史册，这是史官的责任，也是为父的未竟之志，你可能代吾做到？"

"能的，儿一定做得到的。"

司马谈面现欣慰之色，拿起一卷简牍，交到儿子手中。司马迁展开卷牍，一行行工整凝重的隶书颇为醒目，而墨色陈旧。

"当年从杨师①学《易》，又与黄生②问难，揣摩有年，小有心得，将先秦各家作一综论，笔于简牍，名之为《论六家要旨》。这是完成了的……"司马谈指了指篋中余下那些卷牍，"那些都是些摘录、札记，大多纲目我都拟出来了，吾儿再接再厉，完成这未竟之业，九泉之下，我也就没甚牵挂了。"

"父亲未竟之业是甚，史记吗？"

"对，是史记。这虽然是史官本职，但作者的用心，关系到一国风俗的良善。秉笔直书，惩恶扬善，是为千秋万代立一准则；文过饰非，歌功颂德，则必致人心浇薄，风俗败坏。天下人至今称颂周公，怀思其制礼作乐，传承文王武王乃至周室列祖之德。而幽厉③之后，王道缺，礼乐衰，孔子修旧起废，论《诗》《书》，作《春秋》，学者至今以之为准则。自获麟④以来四百余岁，诸侯相互兼并，史记废绝，而今大汉复兴，海内一统，而明主贤君忠臣死义之士，作为太史，却没能把他们的事迹纂集成书，传诸后人，我没尽到责任，真的是很怕啊。儿啊，这件事情你要念念于心，不然我这把老骨头，在地下亦不得安宁呀！"

司马迁悚然动容，俯首流涕道："父亲大人放心，迁不敏，可大人的嘱托迁念念在心，儿会细读这篋书牍，完成史记的。"

交托完心事，司马谈的心情平复下来，疲惫地睡去。司马迁则守在一旁，

---

① 杨师，汉初易学大师田何之再传弟子，武帝立五经博士，杨最先入选《易》经博士，司马谈为其门下弟子。

② 黄生，习黄老之术，曾与辕固生在汉景帝与窦太后面前激辩汤武革命之法理，参见《汉宫春梦》相关章节。

③ 幽厉，周幽王与周厉王的合称，两王皆昏乱之君，祸国殃民。

④ 获麟，春秋鲁哀公十四年，西狩获麟，孔子愤而作《春秋》，对春秋时代礼崩乐坏的状况讽以微言大义，树立儒学的价值准则，成为后儒历史批判与评价的准则。

翻阅着父亲手书的那些简册。父亲要作的这部史记，架构相当庞大，上追三皇五帝，下讫先皇景帝朝的纲目都已拟就，一旦写出来，必是前所未有的巨构。他细读了部分本朝人物事迹的摘记，颇为其中的细节所打动。他站起身，悄悄走出屋子，在庭院中踱步，心潮久久难于平复。

他一度想像诸多郎官一样，在朝中历练一番之后，派任地方，有声有色地做番事业，这些年他游历的足迹遍及塞北江南，大大丰富了他的见闻与知识。此番出使西南夷，随汉军深入滇边，牧平邛、筰，收抚昆明，令他很有成就感，而所看到的高山大川、异族殊俗，更有淘洗心胸、拓展眼界的作用，若能把所见所闻与文献故牍合而为一，定能作出一部别具风格的史书来。自己既已答应父亲继承他的志业，立功是没有机会了，而立言，写出垂诸青史的大作之门，却向他敞开了。

天色向晚，他服侍父亲用完饭，又服了些汤药，看到父亲精神不错，于是点上灯，父子于灯下闲谈。

"父亲，何为良史？"

"当然是不虚美，不隐恶，秉笔直书，信而有征，如晋董狐①、齐太史②，又如孔子笔削春秋，微言大义，而乱臣贼子惧，都堪称良史。这些史料吾钞集不少，你要以他们为表率，也做成一部堪称良史的史记来。"

司马迁揖手称诺，犹豫了一下，又问道："事涉天子，又当如何，譬如今上之佞神，铺张扬厉，近乎迷狂，又从何落笔？"

"当然还是要秉笔直书啊。齐崔杼弑君，固然是以下犯上，罪不容诛，可起因却在庄公无人君之德，非但与其妻通奸，且追逐、调戏于崔家，种种无耻，皆被史官一一笔之于书，所以说，非信史不足以昭鉴后世啊。"

"那又从何理解孔子'为尊者讳，为贤者讳，为亲者讳'的春秋笔法呢？"司马迁追问道。

---

①《左传·宣公二年》：孔子曰：董狐，古之良史也，书法不隐。参见《左传·宣公二年》。
② 春秋时，崔杼弑齐庄公，齐国太史书"崔杼弑庄公"，崔杼怒而杀之；其时世官世禄，太史兄弟四人，前仆后继，杀三人，少弟仍继秉笔直书，崔杼无奈，舍之；而有南史氏闻之，执简以往，闻既书矣，乃还。参见《左传·襄公二十五年》及《史记·齐世家》。

"人有耻而不忍明言，正是孔子将心比心，为人忠厚处，所谓不虚美，不隐恶，唯于落笔时，斟酌字句以示褒贬，即《春秋》微言大义之所在。"

"至于鬼神之事，谁也不敢说就没有，信则灵，不信则不灵。敬鬼神而远之，孔子如此，为父亦如此。六合之外，存而不论可矣。今上好神仙，想必有他的道理，不可一概论之。譬如这次在缑氏城上，皇帝就对所谓的神仙足印，似信非信，疑窦颇深，当时我在皇帝近旁，亲耳听到皇帝警告公孙卿，'你不是想要效法文成、五利吧！'把公孙卿吓得不轻。可是后来在嵩山，行在登临至半山处，大家都隐约听到了山呼万岁之声。皇帝询问走在肩舆前面的官员，没有人喊过，问肩舆后面的官员，也没人喊过，那这声音哪儿来的？或言为太室神祇显灵，皇帝大喜，以三百户为太室封邑。下山后又传来东莱海隅有仙人现身的消息，大驾于是马不停蹄，直奔东海而去，吾为病所累，留滞周南，再无缘见证封禅旷典，痛哉！"

说到伤心之处，司马谈不禁悲从中来，握住儿子的手道："这样的大典百年一遇，没有现场的观感，又怎能将其复现于史册？儿啊，大驾现在海隅，你马上过去泰山还赶得及封禅，我的病也就这样了，你若孝顺，就听爹的话，尽快赶去泰山，亲眼见证、记录下这个盛典，不枉吾司马氏千年执守的志业！"

安顿好父亲，司马迁走入庭院，望着满天的繁星，立下了自己一生的誓愿，他要踵伍前贤，子承父业，完成父亲未竟的事业，继《春秋》之后，写一部承前启后、囊括古今的史记。

大驾东巡以来，自长安前往齐鲁东莱的驰道上，报送章奏文书的使者络绎于途，常有在驿馆打尖留宿者，司马迁自他们那里得知，皇帝正乐此不疲地在海域寻仙，说是要到四月前后，泰山草木萌发时，大驾才会赴泰山封禅，这样还有时间安排好家事，他托返回长安的使者给家里带信，一俟接老父返家的家人赶到，他将遵父命赶赴泰山，参与这场盛事。

"我看就在回马岭上面的盘路上选一处，陡而狭仄，蓦然而出，想躲都躲不开。"

泰山南麓蜿蜒山路上，二个人坐在五大夫松右侧的一块巨石上纳凉，他们上山已有数日，上上下下，这条山路他们已反复踏勘过几遍。

张次公看了刘陵一眼，又抬眼望去，山路蜿蜒，时隐时现，犹如羊肠，时近正午，雾气散去，可以看得到天门①。

"问题是登临前，肯定会清道，我们在哪里藏身。再者道旁侍卫必多，怎么靠到皇帝近前而又不惊动侍卫，方可一击中的。"

刘陵一行三人昼伏夜行，辗转二个月，来到济北国，此时的国君刘胡，是她的堂兄，即位已逾四十年，是淮南王刘长这一支仅存的孑遗。相见之后，刘陵称想去泰山一游，刘胡就猜到了她的来意，却之惟恐不及，推说天子欲封禅，泰山周边四邑皆已献给朝廷，自己说了不算。刘陵激以淮南旧怨，发誓为报祖仇，事成与不成，必以一死了之，绝不会贻祸济北。刘胡感于大义，告诉她到泰山可找山虞令，此人是淮南旧人，可以帮到他们。

有了山虞令的照应，他们在奉高②住了下来，数次登山，踏勘道路，最终选中了在盘路上下手。

泰山登临之路，底坡较缓，可骑马，过中关③则为回马岭，路途陡峭狭仄，虽铺有石磴，而宽窄仅可容二人并行，马匹无能为力，故称回马岭，自中关至天门皆为盘道，羊肠一线，蜿蜒曲折，肩舆亦不可行，只能徒步攀登，险要处，尚须前拉后托。反复登临数次后，他们都认为盘路是最好的行刺地点。

刘陵思忖良久，双眼一亮道："想不惊动侍卫不可能，除非自己就是侍卫！"

"你的意思是……"张次公一怔，憬然而悟。

"护路的侍卫会提前到位，我们干掉几个，换上他们的服饰，等在那里，皇帝经过时，猝然一击，任他千军万马，也全无用处。"

"可这么办的前提是，在官军清道时，咱们得有地方藏身，春寒草木未萌，藏身不易，一旦被发现，就功败垂成了。"

刘陵不以为然，蹙眉不悦道："这么大座山，藏几个人有甚难？"

"就是。翁主，就在这旁边，有个大洞，别说几个人，十几二十个人也藏得住。"

---

① 天门，即今泰山之南天门，汉代称作天门。

② 奉高，即今泰安，西汉时原济北国属县，后献与朝廷，为泰山郡郡治所在。

③ 中关，即今中天门，汉时称中关。

两人抬眼一看，原来是阿苗。于是随着阿苗，穿越灌丛，向西北行走不远，果然有个洞口，进去后果然很深，藏身之处有了。

　　三人回到五大夫松，反复斟酌，最后议定了行刺的细节，刘陵顿首相拜道："我家几世的大仇，得报与否，在此一举，二位仗义相从，请受刘陵一拜。"

　　"翁主，何出此言？"刘陵从来都是颐指气使，在人前从未低首下心过，阿苗、张次公一怔，赶忙扶起她。

　　"你们得知道，此番行刺成也罢，败也罢，都是没办法脱身的。我以必死之心报我淮南几世的大仇，求仁得仁，心里很坦然。可你们本不必如此，却一直追随我，甘苦与共，仗义赴死，阿陵感怀于心，不能不说出来。父王在天之灵，也会同样感激你们的。"

　　言次，刘陵不由泪眼盈盈，辞气哽咽，阿苗眼圈也红了，她递给刘陵一帕汗巾，点点头道："当年陛下将翁主托付于我，我们一起喝过血酒，从那时起，你我就是同生共死的命了，翁主坦然，我亦坦然。"

　　张次公则笑道："我与翁主情逾兄妹，早已是一家人，一家人当然要同进退，翁主说甚外道话？'风萧萧兮易水寒，壮士一去兮不复还'，荆轲之志，亦次公之志，为报知己，死亦何憾！"

　　当晚，山虞令来访，告知皇帝大驾已从东莱海隅动身，不日将抵泰山，近几日即将封山，要他们早些规避。三人死志已决，一商量，决定事不宜迟，翌日就上山隐蔽，孤注一掷，以求一逞。

一一二

刘彻返驾泰山，并未驻跸奉高①，而是直接去了奉高西南的汶上②，有司奉敕，按照济南方士公玉带的图纸，在这里建起了明堂，以郊祀泰一，辅以五帝。明堂为一两层宫殿，茅草覆顶，圆形，无壁，四周环水，宫垣修有复道，从西南方进入，循复道可至二楼，名之曰昆仑，明堂内安置五帝与高祖牌位，用以陪祀泰一之神。

当日，刘彻将刻有告天祭文的玉牒埋入祭坛，祭坛封广丈二尺，高九尺，玉牒青色朱文，至于写了些什么，除去皇帝与刻工，再无他人知道。瘗玉后，刘彻敕令随驾的侍中、官员、儒者行射牛之礼，以为晚间的燎祭作准备，自己则坐于明堂，冥思默想，以求天启，领悟天道，达到天人合一的境界。

这一场射礼，射杀了十二头牡牛。刘彻敕令当晚于行在举行燎祭，同时大飨群臣。所谓燎祭，就是在搭起的祭坛上架满干柴，摆上祭牲，点火焚柴，以告上苍。来泰山觐见的诸侯、跟随大驾的众臣，当地郡国及属县长吏、三老，以及所有侍卫、侍从与车驾随员万余人，尽数参与，以体现天下大同，与民同乐之义。

酒过三巡，刘彻受不了飨宴上的喧哗，回到明堂中净手，侍中霍嬗报告，

---

① 奉高，汉县名，即今泰安，时为泰山郡首县，郡治所在。

② 汶上，西汉封禅明堂所在地。

济北王刘胡求见。刘胡是淮南王刘长的嫡长孙,父刘勃早死,他继承王位已逾四十年,论辈分刘彻私下还要叫他一声堂哥。淮南谋逆案发后,刘胡怕牵连到自己,上书进献泰山及周边县邑,如此,封禅可在朝廷自己的地盘上举行,省心不少。刘彻亦以其他县邑,厚厚地补偿了他。刘胡多年来如履薄冰,恭谨如仪,可说是诸侯王中最为安分的,颇得刘彻的好感,于是吩咐霍嬗传他入内室叙话。

"罪臣胡诚惶诚恐顿首顿首死罪死罪,请陛下治臣一时糊涂,包庇逆犯之罪。"刘胡进到室内,一头扑到刘彻身前,连连叩首,刘彻不明就里,伸手扶起他,问道:

"逆犯是谁,如何包庇,王兄慢慢讲来。"

"逆犯乃刘安之女,淮南国的公主,月前她来我处,说是想赴泰山一游,吾念其为二叔家仅存之孑遗,一时糊涂,未能将其扣交官府,反而给了她一支关传。原以为她会很快离去,不想今日见到泰山山虞令,得知前几日他们还在泰山上转悠,陛下不日就将登临,我担心这妮子居心叵测,打算对陛下不利。"

刘陵一行离开不久,刘胡就后悔了,尽管她信誓旦旦,天生的血缘关系,仍会使他难脱干系。日前来奉高朝觐,得知她仍滞留于泰山,他预感到危险,唯一能够救他的,就是在事发前告变。

"你说的是刘陵?"

"是,正是刘陵。"

淮南灭国迄今已十二年了,这女人念念于心的就是国仇家恨,不达目的,誓不罢休,倒真让刘彻刮目相看了。去年讨平南越后,路博德奏告这妮子曾混入宫廷,参与了吕嘉谋叛之事,事后不知所终,不想却在这里等着自己。

"那她是自投罗网,这次跑不掉了。"

刘彻冷笑道,他略作思忖,忽然有了个主意。

"王兄既肯大义灭亲,朕亦恕汝无罪,你去将山虞令找来,朕有话要问。"

"阿陵,醒醒,天就要亮了。"张次公一身士卒装束,推了一下蜷缩在干草上面的刘陵。刘陵睁开眼,使劲揉了揉,洞内很暗,但洞口已可见到熹微的曙色。

昨日济南都尉属下大批士卒上来清山，当晚就于山上露营。一戍卒离队净手，走到他们的藏身处，不等他明白过来，就被拖进了山洞，从他口中，得知皇帝翌日上山，沿山路一侧都布有侍卫。当晚，他们趁夜又虏获了一名士卒，剥下了他的外衣。两名戍卒布帛塞口，被捆得结结实实，扔在洞子的紧里头。

天虽大亮，晨雾未消，数步之外就难看清人的面目。三人悄悄摸到五大夫松附近，一名戍卒正倚着长戈打瞌睡，被阿苗一箭射倒。三人将他拖到隐蔽处，由张次公伪装成侍卫，刘陵等藏身于附近，静候那一时刻的到来。

又不知过了多久，山下人声嘈杂起来，山路上走来两个年轻校尉，其中一个身材长大，高鼻深目，貌似胡人者走过张次公身边时，很注意地看着他问："你姓甚名谁？"

"小人泰山都尉麾下侍卫陈明义，奉命清道，并于此路段护卫。"张次公早有准备，报出了被抓侍卫的名讳。

"你年岁不小了吧，这把年纪还当兵，不辛苦吗？"

"报告大人，小的四十有五，家穷，代人过更①，没办法。"

那人颔首笑道："打起精神，出了差错，你我都担待不起的。"

"翁叔，别跟他啰嗦了，上面还有那么多路段未查呢！"

那个被称作翁叔的应了一声，跟了上去。

张次公汗湿重衣，长吁了一口气道："好险！"那个走在前面的青年校尉，他依稀认得是李敢之子李禹，幸亏流亡十几年，雨雪风霜，自己形容苍老了不少，没被他认出来。

又过了约半个时辰，远远地传来喝道声，四名侍卫，两前两后，抬着一架肩舆，缓缓上行，行至陡峭处，肩舆难于抬架，进，进不了；退，退不成。张次公轻呼一声，招呼出刘陵与阿苗，指着那肩舆道："那里坐着的应该是皇帝了，成败在此一举。"

---

① 过更，代人服役。

"阿苗，你守在这里，勿让人靠近，我与次公去取他的狗命。"

阿苗点点头。三人皆侍卫装束，刘陵与张次公手执长殳，快步向那肩舆走去。

四名侍卫的心思全在维持肩舆的平衡上，见到两个侍卫模样的人出现，以为是来帮忙，并未在意。不料两人举殳便刺，片刻间就倒下三人，另一人扔下肩舆，边拔剑边大呼："有刺客！"

刘陵挑开肩舆的围帷，喝道："老匹夫，受死吧！"

四目相对之际，刘陵大吃一惊，简直不能相信自己的眼睛，倒在肩舆中的，却是泰山的山虞令。

"怎么是你，皇帝呢？！"

山虞令苦笑道："皇帝在山下，料到你们会于中道狙击，用我做诱饵，引你们现身。"

随着侍卫的呼声，上下的盘路上大批官军向肩舆涌来，但受限于山路的狭仄，不能形成对行刺者的合围。

百密一疏，什么都想到了，唯独忽略了知情者的背叛，这最后的机会也失去了！刘陵涕泪交流，用剑猛刺山虞令，恨声道："汝既为虎作伥，那就代他受死吧！"

阿苗用箭连续射倒几个从上道冲下的士卒，下道上涌来的士卒也愈来愈多，为首一少年校尉，武术精绝，骁勇异常，一把环首刀舞动得飒然有声，几个回合过来，张次公招架不住，与刘陵且战且退，少年的刀锋却紧随左右，竟难以脱身。

张次公猛推了一把刘陵，喝道："快走！"边用长殳死命格挡刀锋，忙乱中脚下一步踏空，跌倒在地，那少年一脚踢开长殳，刀锋已逼住他的喉咙。完了，他闭目受死，却听到嗖的一声，再睁眼时，那少年已避到一旁，身后的一名士卒已中箭倒地。再看刘陵，已与阿苗会合，方才那一箭就是阿苗所放。知道自己再难脱身，张次公大叫道："阿陵，保重，九泉相见了！"纵身一跃，滚入路旁的溪涧中。

"你还有几支箭？"刘陵用长殳刺倒一个逼近的士卒，与阿苗向山洞方向退去。

　　"还有两支。"

　　山洞旁边不远处的崖边有株巨松，下面是望不见底的深谷，刘陵与阿苗退至崖边，四目相视，两人都明白，最后的时刻到了。

　　五大夫松是盘道上一处平台，百余士卒一拥而上，紧追不舍，一夫当先的仍是那个年轻校尉。

　　他做了个劈刺的动作，喝道："逆贼，还不放下兵器，你们跑不掉了。"

　　"阿苗，射他。"

　　刘陵话音未落，阿苗的箭已脱弦而出，不想他反应极快，一个闪避，应弦而倒的是身后的一名侍卫。

　　刘陵赞道："好身手！你报个姓名，也好让我们知道死在谁手。"

　　男子睨视着她们，不屑道："吾乃天子之侍中、奉车都尉霍嬗，再不投降，汝等都是我刀下之鬼。"

　　"霍嬗？霍去病是你什么人？"

　　"家父的名讳也是汝等逆贼叫得的吗！还不快快投降。"

　　刘陵冷然一笑："狗皇帝逃得一死，正好用你做个垫背的。阿苗，再射他！"

　　霍嬗早有防备，一侧身，但觉一缕凉风擦颊而过，一摸，指上沾染了血渍，箭头还是擦到了他的脸颊。

　　刘陵用长殳指着霍嬗，厉声道："你告诉那狗皇帝，我大仇未报，死也要化为厉鬼，取他性命！"言毕，她拉起阿苗的手，纵身跃入深谷之中。

　　得知刺客皆已毙命，刘彻才开始登山，自中关、回马岭以上，马、辇、肩舆都难于代步，他索性徒步登临。时已近午，天气晴好，极目回眺，下方的奉高城邑，历历如绘，向上望去，则双峰夹峙，羊肠一线，曲折萦回，若隐若现。每登十几级，都由不得仰胁抚膺，喘息不止，汗湿重衣。好在山泉汩汩，松涛拂面，沁人心脾，走一程，歇一阵。

　　刘彻拒绝了大臣们陪同的请求，钦点了四名亲信的羽林侍卫随同上山，四名侍卫，两前两后，李陵、霍嬗在前，霍光、李广利在后。走至五大夫松，刘彻一行停脚歇息，霍嬗指着不远处的深谷，说道：

"陛下，这就是刺客跳崖之处了。"

刘陵与阿娇交好，曾长年出入宫中，刘彻曾遇见过几次。当年那个美目盼兮的少女，竟变身为女刺客，他很好奇作为刺客的她会是甚样子，问道：

"刺客甚样子，跳崖前没留下甚话吗？"

"都是男人装束，伪装成侍卫。说是大仇未报，死也要化成厉鬼……都是些悖逆之言，陛下不听也罢。"看到霍嬗嗫嚅其辞，刘彻不再追问，吩咐道：

"要派人下山去搜，活要见人，死要见尸。"

霍光揖手道："已差人下山搜寻，不久当有音信。"

刘彻站起身，围着五大夫松踱步，松树粗可两围，虬枝盘结，古意苍苍，当年不可一世的秦始皇登临至此，曾逢暴雨，济南丁公以此断言，秦始皇的封禅有违天意，故天降暴雨示警；自己登临亦遭遇仇家，这是不是也是种天意呢？天知道还有多少仇家在暗中窥伺着自己，他看着霍嬗，若有所思，心中掠过一丝不安，这孩子是否知道乃父之死的真情呢？

歇过一气，继续上行，山路陡峭，远望羊肠一线，近观石级千叠，两侧巉岩壁立，钉有可供攀援的铁索。行至此处，抬眼所见是前行者之足底，俯首可见后行者的颅顶①。刘彻年近半百，步履维艰，前有霍嬗以手牵拉，后由霍光、李广利托举，数级一歇，气喘吁吁，汗出如洗。

李陵在前，霍嬗在后，每至险要处，霍嬗都会略作停顿，看看身后的皇帝是否需要援手。皇帝很好强，不到十分艰难，不会要人帮助，此刻的他，一手抓紧铁索，一手拄着支手杖，正用力在石阶上攀爬。

父亲死前的谵妄之言忽然在耳旁响起，飞鸟尽，良弓藏；狡兔死，走狗烹……那时霍嬗还小，不明白是什么意思，后来读到韩信的故事，他才开始怀疑父亲之死并不简单。那刘陵一介女流，为报父仇，尚敢行刺天子；而自

---

① 按，秦汉时登泰山之路，远比当今艰险。本书参考东汉马第伯《封禅仪记》所记路况，尚未经历朝历代的扩充与修整，大异于今日："遂至天门之下。仰视天门，窔辽如从穴中视天。直上七里，赖其羊肠逶迤，名曰环道，往往有絙索。可得而登也。两从者扶挟，前人相牵，后人见前人履底，前人见后人顶，如画重累人矣，所谓磨胷（胸）舁石，扪天之难也。初上此道，行十余步一休，稍疲，咽唇（唇）燋，五六步一休。"

己堂堂七尺男儿，又为父亲做过什么！父亲的死因，他长大后问过母亲与二叔，皆称急病不治，可父亲话中明明含有委屈，他隐隐觉得与皇帝有关，但不敢问。眼下，这个人体力透支，十分脆弱，自己只须轻轻一蹬，万乘之尊瞬间就会跌得粉身碎骨……霍嬗心中一悸，吃惊自己竟会有如此悖逆、大胆的念头。

刘彻抬头，四目相对，霍嬗眼中闪过一丝慌乱，被他看在眼里。他环视四周，两山夹峙，碎石嶙峋，下视雾气缭绕，已看不清来路，人仿佛悬挂在空中。在大山的怀抱中，刘彻第一次感觉到了自己的渺小、无助，他伸出手，向霍嬗喝道："你看甚，搭把手，快拉我上去。"

过了天门，就是泰山之山巅，视野豁然开朗。首入眼帘的，就是一个巨大的石碑。上月途经泰山转赴东莱①之前，刘彻曾命将修治好的碑身立于山巅，以备封禅，不想碑身太重，山路陡峭狭仄，五马之车亦难以拉动②，太常③无奈，只得征用石匠，在山巅取石，以同样尺寸修凿成碑身，数日前，刚刚矗立于天门一侧。先期上山的太常、太祝等一应官员，与李禹、金日磾所率的近千羽林、期门卫士都在天门迎候。山巅东面一里处，山势平缓，搭建有百余帐篷，以供临时休憩，刘彻略作歇憩，即进帐更衣。

再次露面时，刘彻已换上了天子承祀大祭时的全套礼服，衮冕赤舄④，但衣裳服色已易为黄色，而不似之前的玄上纁下⑤，袍服上绣有日月星辰十二华章⑥，组配在身，铮琤有声，以承大祭。刘彻指定由霍嬗一人陪祭，其他

---

① 东莱，西汉郡名，地望在今山东半岛烟台、蓬莱、威海一带，秦皇汉武求仙之处。

② 按《封禅仪记》载，最初那块大碑，因过重难以上山，存于山下山虞："某等七十人先之山虞，观察山坛及故明堂宫郎官等郊肆处，入其幕府，观治石。石二枚，状博平，圆九尺，此坛上石也。其一石，武帝时石也。时用五车不能上也，因置山下为屋，号五车石。"

③ 太常，秦汉九卿之首，主祭祀宗庙礼仪，兼管陵县，下属有太祝、太史等。

④ 衮，袍服，冕，冠带；赤舄，红色且绣有纹饰的鞋子，皆皇帝礼服之简称。

⑤ 玄上，黑色上衣；纁下，浅红色的下裳。

⑥ 华章，古代皇帝与诸侯袍服上所绣的各种华美的纹饰图案。是古代帝王举行重大仪式所穿戴的礼服。玄衣肩部织日、月、龙纹；背部织星辰、山纹；袖部织火、华虫、宗彝纹。纁裳织藻、粉米、黼、黻纹各二。即所谓的"十二纹章"。

人等皆不许靠近登封坛①。于是霍嬗也更换了全套礼服，华虫七章②，武弁大冠③，随侍而行。

两人东行百余步，就到了祭坛，南面是秦始皇的旧坛，北行二十余步，则是新筑的登封坛。祭坛圆形，高九尺，方圆三丈许，有两陛，台上又有坛，方一丈二尺许，上有方石，四维有距石，四面皆有阙。刘彻从东陛上，手捧玉牒，默祷于天：

唯嗣天子臣彻，敢昭告昊天上帝，天命刘氏，运兴土德，一统华夏，解民倒悬，海内升平，迄七十年。彻恭承大宝，三十有余年，宵衣旰食，夙兴夜寐，战战兢兢，不敢懈怠。敉平凶顽，四夷来归，六合同风，九州共贯，克成春秋大一统之愿。天降祥瑞，麟芝并出，白雉现世，宝鼎重光，彻踵武前贤，封祀岱宗，告成于天。皇天护佑，天禄永终。尚飨。

默诵一过后，刘彻顿首再拜，之后招呼霍嬗上坛瘗玉，所谓"瘗玉"，就是将刻有告天祭文的玉牒埋入坛中，完成封告仪式。天已向晚，但山巅光照依旧，刘彻踞坐于坛上，久久不发一语，霍嬗也侍坐于不远处，两人闭目凝思，享受着天地之间这一份难得的静谧。良久，刘彻站起身，望着巅下群峰与蜿蜒如带的河流，大声吟诵道：

"使黄河如带，泰山若厉，国以永存，爰及苗裔！"④

他转过身，望着霍嬗，双目熠熠。此时暮色已深，霍嬗看不清他的脸色，但在落日的余晖下，仍可感觉出皇帝心事很重，起伏难平。

"这段话，子侯知道吗？"

---

① 登封坛，疑为今之泰山最高处之玉皇顶，秦汉时为皇帝封禅祭天处。《汉官仪》载："秦篆刻石东北百余步，得始皇封所，汉武在其北二十余步，得北垂圆台。"

② 华虫，古人对礼服上锦鸡绣饰的别称；七章，即以华虫为主的七种纹饰。

③ 武弁大冠，汉代武将所佩戴的帽子。

④ 此为刘邦大封功臣时立下的誓言，意谓哪怕黄河变为衣带般宽窄的小河，泰山变为磨石大小的石头，大汉暨封国都将永存，传诸子孙万代。参见《汉书·高惠高后文功臣表》。

"臣叔霍光给臣讲过，这是高皇帝分封功臣，刑白马为盟时所立的誓言，要君臣一心，有始有终，永享富贵。"

刘彻颔首道，言下极为沉痛："不错，是这样。你父亲霍去病，有大功于国家，英年早逝，未能与国同休，长享富贵，可惜了。"

霍嬗有感于心，埋藏已久的疑惑不觉脱口而出：

"陛下，家父是怎么死的？"

"怎么死的，不是病死的吗？"

"臣自懂事起，即对家父之死心存疑窦，臣多次问过娘与二叔，都说是急病不治而亡，可我不信。"

"哦，你不信，为甚？"

"臣记得，家父死前谵妄，昏迷之中有鸟尽弓藏、兔死狗烹之语。小时候我不懂，长大了才知道其中有故事。"

"是有故事，子侯既然很想知道，俟封禅仪典过后，朕会让你知道的。"

一一三

当晚，刘彻即宿于山巅，打算明早观日出后，自北道下山，至肃然山祭地。肃然山，在泰山东北麓，距奉高约七十里，早已筑好禅地的祭坛，随驾的众臣也会赶到那里，会合后祭祀地神，完成封禅大礼。

夜间很凉，间以山风呼啸，难以入眠。刘彻索性不睡，命侍从点起蜡烛，闭目冥思。不知过了多久，仿佛有股风掠入大帐，四面都暗了下来。刘彻睁开眼，黑暗中仅余一支烛光忽闪明灭，正待招呼侍卫，却见对面席上，一老者须发皆白，正笑眯眯地望着自己。

难不成神仙降临？刘彻大喜，起身揖手道："敢问先生，是哪路神仙？"

老者捋髯笑道，"老臣董仲舒，陛下不记得了？"

再细看，果然是董仲舒，虽垂垂老矣，可精神颇为矍铄，言笑间中气甚足。

"先生何以至此？" 刘彻颇为诧异，也有些不快。董仲舒致仕多年，起初他还常派张汤前往其家问讯，尤其是决狱，常咨以春秋大义。张汤死后，这方面的咨询就停止了。此番大驾东巡，刘彻曾专门差人请他随行，而董仲舒以年高体衰辞谢。

"陛下成就封禅大业，老臣身不能至，神游至此，有些心里话想对陛下说说。"

"还记得寡人即位之初，先生曾以春秋大一统说朕，如今三十年过去了，百家已黜，儒术独尊，四海归一，九州共贯，春秋大一统成于朕手，子大夫还有甚话好说？"刘彻踌躇满志，颇为倨傲。

"可大一统也还有王霸之分呐，老臣祈愿陛下行王道，黜霸道，使我大汉之昌盛长治久安。"

　　"哦，怎么说？请先生为朕譬解。"

　　"王道以德服人，文、武、周公以德服人，四海归心，国祚八百余年。霸道则以力服人。嬴政并兼六国，囊括八荒，也称得上是大一统，可他用的是霸道，所以不过二世而亡。我朝立国伊始，政清刑简，与民休息，七十余年国家无事，非遇水旱，民则家给人足，都鄙仓廪尽满，而府库余财，京师之钱累巨万，贯朽而不可校，太仓之粟陈陈相因，乃至露积于外，腐败不可食。记得陛下刚即位那会儿，长安城一般的百姓都有肉吃，街巷四野马匹百十成群，一派欣欣向荣的景象。"

　　刘彻不快道："先生是说今不如昔，朕德不足以服人喽。"

　　"老朽所言，望陛下体恤民力，量力而行，不可好大喜功，靡费无度而已。古时候，民税不过什一，使民不过三日，一家之财，内足以赡养父母家人，外足以事上供税，所以老百姓安居乐业，和朝廷一条心。至秦则不然，用商鞅之法，改帝王之制，废井田，土地允许卖买，富者田连阡陌，贫者无立锥之地；又专山泽之利，与民争利，而一岁之力役，三十倍于古，田租口赋、盐铁之利，二十倍于古。由此贫富悬殊，民不堪命，常衣牛马之衣，而食犬彘之食，流离失所，逃亡山林，饥寒为盗，刑戮妄加，赭衣半道。是以陈胜、吴广者流，匹夫也，振臂一呼，天下之人皆揭竿而起，所谓土崩瓦解的局面就是这样来的！"

　　"寡人还不体恤民力？朕外事四夷，内行功利，在老百姓头上加过一分的税吗？先生真是岂有此理！"刘彻颇感委屈，他重用孔仅、东郭咸阳、桑弘羊等理财，盐铁官卖，设立平准，改革币制，允准入粟补吏，买爵赎罪，为的都是充实国家财用，远征匈奴、南越，国家大兴土木的费用皆出于此，而无须增加赋税，大汉百姓至今三十税一，所谓民不益赋而天下用饶，这是他每每引以自豪的。

　　至于告缗，造白金皮币……所涉及的都是商贾豪门，与百姓何干？无非是抽肥补瘦，这些人发达还不是靠着朝廷的恩赐与宽松，本就应急国家之所急，回馈一下朝廷有何不可！

董仲舒呵呵一笑道："老朽拿秦始皇作个比方，无非是希望陛下不要步那嬴政的后尘。有则改之，无则加勉就是了。陛下当年虚怀若谷，最喜欢听取士大夫们对于国政的意见。可后来信用公孙弘、张汤者流，巧立名目，搞出甚'见知故纵'，甚'腹诽'的罪名，钳制众口，像汲黯这样敢说实话的骨鲠老臣被外放到淮阳，陛下身边耿直之士日少，先意承旨之辈日多，如此则劣币逐良币，久之，朝廷上下皆歌功颂德之辈，陛下再难听到来自民间的真实声音，危矣！"

"正其谊不谋其利，明其道不计其功"，这老儿又来他那套迂阔的说教了。刘彻颇为不耐，反驳道："大道理谁不会讲？世言清谈误国，不虚也。朕北逐匈奴，南兼闽越，扫平西南夷，胡人不敢南下牧马，蛮夷望风归附，开疆拓土，为吾大汉增添数十郡国土人民，秦皇瞠乎后，这是靠王道说教所能做到的吗？若国家财用不足，拿什么养兵养马？没有兵马，又如何与胡虏较力于塞北？朕改革币制，将盐铁收归国有，看似与民争利，实则取之于民，用之于民。而今龙飞九五，我大汉国力如日中天，朕所著意者，治国理政之大经大法，子孙万代长治久安之道，非俗儒斤斤于肉食温饱、小恩小义也。子大夫声言王、霸之道不两立，迂阔而不近于世情，汉家自有制度，王霸杂用之。先皇以清静无为治国，朕则以刚健有为治国，时势不同，治道亦不同，所谓与时俱进是也。"

见到皇帝拒谏饰非，董仲舒摇了摇头，叹息道："春秋之道，大得之则以王，小得之则以霸，无论王、霸，皆本于仁。易经乾卦九三，'君子终日乾乾，夕惕若厉'，为人君者当如是，忠言逆耳，老朽风烛残年，来日无多，恐无再会之日，望陛下好自为之。"

"陛下，陛下……"有人在他耳边轻声呼唤，刘彻猛然睁开眼，摇曳的烛光中，哪里有董仲舒的影子？他懵懂了片刻，才明白方才的种种，都不过是自己假寐中的梦境。可为甚会做这样的梦呢？寤寐思服，境由心生，莫非自己内心对所从事过的一切，也存有质疑？

"陛下，时辰已过鸡鸣，若看日出，好动身了。"

"当值的不是子侯吗？他哪里去了？"刘彻颔首，边由金日磾服侍着披上斗篷，边问。

"霍嬗身子不适，不能随侍陛下了。"

"怎么不适，昨晚还好好的嘛？"

"夜半之前，他突然发病，壮热抽搐，病势危急，请随行御医看视，说是被毒箭擦伤面颊，箭毒渐次深入脏腑后发作，山上没有救急之药，已由霍光连夜送其下山救治去了。"

刘彻记起，白日曾问起过霍嬗脸颊上的血痂，答称为刺客所为，皮肉小创，一两日当可痊愈。看来刺客在箭头上用了毒，是想置自己于必死之地，一念至此，不由悚然，而阴差阳错，霍嬗挨了这一箭，性命垂危，却于无形间化解了压在他内心深处的一个无解之结，他一下子轻松了。

"山下还有甚消息？"

"丞相差人来报，大队皆已转移至肃然山，等候陛下行禅地大祭。司马太史的公子自西南来归，代父行事，还有就是公孙卿自东莱报告，海边也发现了类似于猴氏的大人足迹。再有泰山都尉奏报搜山时，发现伪装成侍卫的女尸两具，另一刺客的尸体还在找寻之中。"

登封台东侧，有一向上斜出的巨岩，是为观看泰山日出的最好所在。刘彻坐于石上，以虔敬之心，注视着东方的天际，随侍的人群，皆立于登封台四周，静候着那一刻的到来。

连绵的群峰，掩映于淡青色的雾霭之中，天际线上，一抹粉色的晨曦泛起，渐渐转为橘黄，漫天彩霞云蒸霞蔚，绚丽夺目，蓦然间，太阳冒出，若有似无，渐次膨大，红光弥漫，愈发凸显了天际线下的黑暗，随着太阳愈升愈高，精光四射，黑暗中的群峰，慢慢显露出轮廓，犹如漂浮于云海之中的簇簇孤岛，天空渐渐还原成蓝色，阳光映照下，大地、河流、植被一一现身，历历如绘，天地之间，一片光明通透。

刘彻观望着眼前的一切，心胸如洗，神游物外，父皇为他起名为彻，不就是取自这日出时的景象吗？刘彻觉得自己爱上了这个地方，一种前所未有的、充实而光明的感觉满溢周身。

"飞龙在天，自在遨游，寓意陛下身负九五之尊，又有大人相助，伟业大成，无往而不利。"董仲舒当年为他譬解卦辞时的话忽然再现于耳际,大汉的强盛,成于己手,这是天意,天命在兹,其奈我何!踌躇满志的他,望着空中冉冉上升的朝日,面向着苍茫云海中的群山,高声叫道:"高皇帝,列祖列宗在上,我做到了!"

这一天,是元封元年四月丙辰二十一日。

延伸阅读

1 《曾国藩传》

本书详细介绍了曾国藩的生平经历和主要事迹，重点记述其镇压太平天国革命运动、捻军起义和处理天津教案、发起洋务运动的过程；深刻透彻地分析了曾国藩政治和学术思想的形成、发展、演变及对后世的影响；深入归纳了曾国藩的用人方略，概述了以曾国藩及其幕府为核心的政治集团的形成、发展、分化和主要特征、作用；同时，历史地科学地实事求是地总结评价了曾国藩的历史功过和历史作用。观点鲜明精当，资料丰赡翔实，分析雄辩有力，观念新颖，视野开阔，是中国近代史研究和历史人物传记创作上的一部不可多得的力作。

2 《大明亡国史：崇祯皇帝传》

本书在 2014 年被"罗辑思维"重磅推荐。

在明朝的历代皇帝中，亡国之君崇祯朱由检的个人素质并不算太差，他好学勤政、严于律己，也非常能干。但他生不逢时，正好赶在一个最不利于实施统治的时代，登上了君临天下的宝座。作为一个最高统治者，他自作聪明、自以为是、固执多疑又刻毒残酷，性格的这些缺陷被至高无上的皇权无限放大，反过来又导致大明王朝更迅速地走向灭亡。最终，回天乏术的崇祯皇帝走投无路，吊死煤山，延续二百多年的明王朝也就此灭亡。

3 《宫花寂寞红——细说中国后宫》

翻开此书，你会看到这些皇帝身边的女子是怎样把绝色容颜、情意绵绵、千娇百媚、风情万种、才华横溢、蕙质兰心、聪明智慧、出类拔萃、长袖善舞、勾心斗角、尔虞我诈、蛇蝎心肠、费尽心机、不择手段这些矛盾的词诠释得淋漓尽致！令人不禁唏嘘：都说女子天生为情而生，为爱而存，她们却活得如此辛苦、变态、悲惨、扭曲、挣扎！看一代代女子接力棒似的投入她们逃不了的劫，所有今天的人们都该感到幸福，尤其女性更该深刻体会到幸运，因为再不用进入元稹的《行宫》：寥落古行宫，宫花寂寞红。白头宫女在，闲坐说玄宗。

4 《决战华东》

抗日战争胜利后，国共双方又展开了 3 年殊死的搏斗。在华东解放战场上，人民解放军创造了以少胜多的光辉范例，老百姓的独轮车推出了战争的胜利。百万雄师强渡长江，誓将革命进行到底，插上南京"总统府"的红旗，宣告了蒋家王朝的灭亡。本书是一部详实、权威的华东解放战争实录，将重点解答以下几个问题："国军五大主力"的五分之三，即整编七十四师、第十八军、第五军是如何在华东战场全部被歼灭的？南京政府是如何覆灭的？人数明显占优势的蒋家王朝为何在华东战场全面崩溃？

5 《中国历代谋士传》

中国古代士人中有一个独特的社会阶层：他们同样是饱学之士，却不屑于寻章摘句，吟诗弄文；他们热衷于成就一番安邦治国大业，却必须择良木而栖，寻良主而仕。他们就是谋士。本书所立传的历代大谋士四十余人，大都活跃于社会动荡、王朝更替的历史时期，在风云激荡的社会大舞台上，做过翻天覆地的大事业。在封建时代，成者王侯败者贼。成，往往成于谋划，败，也往往败于谋划。由此也可以看出谋略文化的一大特点：经世致用。谋略不同于知识，在竞争激烈的时代，谋略比知识更重要。

本书展现给读者的，除了历史谋士们的事功之外，主要是他们的人格特点，归纳起来主要是：大智慧而不是小聪明，多谋善断而不是善谋无断，灵活多变而不是僵化教条，图大义而不是贪小利。

6 《黄埔军校名将传》

《黄埔军校名将传》对国共两党出身黄埔军校（包括分校）教职员和前六期学生的三百多著名将领分别列传，较为详尽地介绍他们的生平事迹、重大活动和战斗历程，是一部关于黄埔军校名将的大型传记。该书根据实事求是、秉笔直书的原则，对国共两党黄埔名将在历史上的作用、地位和功过是非，都作了客观公正的叙述，如对国民党将领，既写了"围剿"工农红军和参加第三次国内战争与解放军作战的事实，也记述了他们在东征、北伐和抗日战争中为国家和民族所立的战功。

7 《伟人的困惑》（分两卷：治国者卷和思想者卷）

《伟人的困惑》共两卷，分为"治国者卷"和"思想者卷"，两书分别遴选20位与23位中国古代历史人物，每人一篇，夹叙夹议，深入浅出，雅俗共赏，不啻是43篇各具手眼精彩纷呈的袖珍版评传。所选人物，泰半大名鼎鼎（如刘邦、李世民、朱元璋、孔子、司马迁、苏轼），也有罕为人知的（如郝经、鲍敬言）。每篇写法不同，角度各异，但大多斐然可观，且不凡杰作。这是两本有想法、有意思、有深度、有热力、有趣味——也有矛盾和困惑的读物。中国古人留下的解惑之路，在新的历史时期，可以带给人们全新的思索和启示。

8 《曾国藩集团与晚清政局》

本书讲述了一场长达数十年的博弈。在这场旷日持久的棋局中，慈禧太后、恭亲王奕訢、当朝重臣肃顺，以及胡林翼、左宗棠、李鸿章等崭露头角手握重权的汉族大臣都粉墨登场，演出了一场历史活剧。曾国藩集团崛起，扑灭了太平天国，创造了所谓"同治中兴"；同时又极大地改变了权力格局和结构，为清朝的覆亡埋下了肇因。